HEYNE BÜCHER

SCIENCE FICTION

Herausgegeben von Wolfgang Jeschke

Von **Frank Herbert** (1920–1986) erschien in der Reihe
HEYNE SCIENCE FICTION & FANTASY:

Atom-U-Boot 1881 · 0603091
Die Leute von Santaroga · 0603156
Gefangen in der Ewigkeit · 0603298
auch als Sonderausgabe im *Sammelband* · 0603930
Die Riten der Götter · 0603460
Hellstrøms Brut · 0603536
Revolte gegen die Unsterblichen · 0603125
auch als Sonderausgabe unter dem Titel
Die Augen Heisenbergs · 0603926
Die weiße Pest · 0604120
Auge · 0604441
Mann zweier Welten (mit Brian Herbert) · 0604571
Der Tod einer Stadt · 0605185

Der DUNE-ZYKLUS:

Der Wüstenplanet · 0603108
Der Herr des Wüstenplaneten · 0603266
Die Kinder des Wüstenplaneten · 0603615
Der Gottkaiser des Wüstenplaneten · 0603916
Die Ketzer des Wüstenplaneten · 0604141
Die Ordensburg des Wüstenplaneten · 0604234
dazu:
Die Enzyklopädie des Wüstenplaneten
Band 1 · 0604142
Band 2 · 0604143

Der SCHIFF-ZYKLUS (mit Bill Ransom):

Ein Cyborg fällt aus · 0603384
auch als Sonderausgabe im *Sammelband* · 0604403
Der Jesus-Zwischenfall · 0603834
Der Lazarus-Effekt · 0604320
Der Himmelfahrts-Faktor · 0604577

Der CALEBAN-ZYKLUS:

Der letzte Caleban · 0603317
Das Dosadi-Experiment · 0603699

Außerdem erschien in der
BIBLIOTHEK DER SCIENCE FICTION LITERATUR:

Hellstrøms Brut · 06014

FRANK HERBERT

DER TOD EINER STADT

Gesammelte Erzählungen

Herausgegeben von
WOLFGANG JESCHKE

Originalausgabe

WILHELM HEYNE VERLAG
MÜNCHEN

HEYNE SCIENCE FICTION & FANTASY
Band 0605185

Das Umschlagbild malte Attila Boros/Sheliak
Aus dem Amerikanischen übersetzt von
Yoma Cap, Kamala Kiel, Birgit Reß-Bohusch,
Walter Brumm, Ronald M. Hahn, Joachim Körber,
Jakob Leutner, Dolf Strasser und Klaus Weidemann

Redaktion: Wolfgang Jeschke

Printed in Germany 1994
Umschlaggestaltung: Atelier Ingrid Schütz, München
Technische Betreuung: Manfred Spinola
Satz: Schaber Satz- und Datentechnik, Wels
Druck und Bindung: Presse-Druck Augsburg

ISBN 3-453-07953-1

INHALT

SUCHEN SIE WAS? 1952

Mirsar Wees, Chefindoktrinator der Unterpräfektur von Sol III, widersetzte sich allem, was der Entspannungsraum seines Quartiers zu bieten hatte. Wutschnaubend surrte er zwischen den Metallwänden hin und her, das schmatzende Geräusch, mit dem sich die Saugnäpfe seiner Fußmembran vom Boden lösten, klang wie das Zirpen von Grillen.

Diese Idioten! dachte er. Diese stupiden, inkompetenten, hirnlosen Idioten!

Mirsar Wees war Denebianer. Er gehörte einer Rasse an, die sich vor mehr als drei Millionen Erdenjahren auf dem vierten Planeten in der Umlaufbahn des Sterns Deneb entwickelt hatte, auf einem Planeten, den es nicht mehr gab. Die Silhouette des Chefindoktrinators war der Silhouette einer großen Frau im bodenlangen Kleid nicht unähnlich – sah man einmal von dem Kuriosum ab, daß unter dem ›Rock‹ die Saugnäpfe einer Fußmembran auf dem Boden standen. Im Augenblick wogten und schwankten seine acht spezialisierten Extensoren wild hin und her – das typische Verhaltensmuster, mit dem ein Denebianer bekundet, daß er vor Wut schäumt. Aus seinem Mund, einem schmalen Schlitz, der sich quer über die unmittelbar darunter liegende Öffnung zog, die sowohl olfaktorische Passage als auch Lungen- und Atemweg war und mit ihm nicht verbunden war, ergoß sich ein polyglotter Schwall von Invektiven über den Assistenten, der sich ängstlich vor ihm duckte.

»Wie konnte das passieren?« brüllte er. »Da leistet

man sich zum ersten Mal nach hundert Jahren Urlaub, kommt zurück und muß feststellen, daß einem um ein Haar die Karriere ruiniert wurde! Durch Ihre Inkompetenz!«

Mirsar Wees fuhr herum, schwirrte wieder quer durch das Zimmer. Mit Hilfe seines Sehrings, eines Organs, das ein wenig wie ein glänzend weißer Dreiradreifen aussah, der stramm über das obere Drittel seines Kopfs gezogen war, sah er ein weiteres Mal den Bericht über den Erdling Paul Marcus durch (was ihn nicht hinderte, seinen Assistenten auch weiterhin mit giftigen Blicken zu bedenken), aktivierte die Sehzellen der linken Kopfseite und kontrollierte das Wandchronometer.

»Kaum noch Zeit«, murrte er. »Wenn ich nur jemand in der Zentraleinheit hätte, der in der Lage wäre, eine Deviation zu erkennen, wenn eine Deviation vorliegt. Aber so … Mir bleibt wohl wieder einmal nichts anderes übrig, als mich selbst um diese Stümperei zu kümmern, bevor die Sache außer Kontrolle gerät. Wenn die Dienststelle davon erfährt …«

Mirsar Wees, ein kleines Rädchen im Getriebe des galaxieumspannenden Imperiums der debianischen *Korad*-Produktion, pirouettierte auf seiner Fußmembran und verschwand durch eine Tür, die sich geräuschlos vor ihm öffnete. Die Menschen, die in dieser Nacht seinen Schatten – lodernd wie eine Flamme – sahen, sie würden dafür sorgen, daß der Volksglaube an Geister, Dschinns, Zwerge, Feen, Elfen und Kobolde nicht ausstarb …

Wäre ihnen vielleicht visionäre Kraft gegeben, die Gabe, zu verstehen, dann würden sie außerdem erkennen, daß ein aufgebrachter Aufsichtsbeamter vorübergezogen war. Sie würden es natürlich nicht erkennen. Daß sie es nicht konnten, dafür hatte Mirsar Wees zu sorgen. Unter anderem.

Daß Paul Marcus beinahe und nur einen verschwindend kurzen Augenblick lang erkannt hätte, wer die Herrscher der Welt waren, das lag in erster Linie daran, daß er ein professioneller Hypnotiseur war.

Es geschah in jener Nacht, als er einer Frau, die zu seiner Show im Roxy Theater in Tacoma, Washington, gekommen war, auf der Bühne einen posthypnotischen Befehl erteilte.

Paul war ein großer, dünner Mann mit einem breiten Gesicht, das seinen Kopf größer erscheinen ließ, als er es tatsächlich war. Er trug einen schwarzen Frack und die entsprechenden Hosen, juwelenbesetzte Knöpfe an den blendend weißen Manschetten, die leuchteten und blitzten, wenn er im Bühnenlicht gestikulierte. Der rote Scheinwerfer, der vom ersten Rang auf ihn gerichtet war, gab der Bühne, die von zwei riesigen, fluoreszierenden Augen auf einem samtschwarzen Kulissenhintergrund beherrscht wurde, eine mephistophelische Atmosphäre. *Marcus, der Geheimnisvolle:* So stand es auf den Plakaten. Und so sah er auch aus.

Als Versuchsperson hatte sich Paul eine blonde junge Frau auf die Bühne geholt, eine Frau, die ihm den Eindruck machte, daß ihre Intelligenz über dem durchschnittlichen Niveau lag – Anzeichen dafür, daß sie zu jenen Menschen gehörte, die im allgemeinen leicht zu hypnotisieren waren. Die Frau hatte eine gute Figur und zeigte, als sie auf ihrem Stuhl Platz nahm, hinreichend Bein, um das Publikum in den ersten Reihen zu Pfiffen und *Aha-* und *Oho-Rufen* zu stimulieren. Wodurch sie sich aber – auch wenn sie rot wurde – nicht aus der Fassung bringen ließ.

»Sagen Sie uns bitte Ihren Namen?«

»Madelyne Walker« – eine tiefe Altstimme.

»Fräulein oder Frau?«

»Fräulein.«

Paul hob die rechte Hand und ließ eine Goldkette hin und her pendeln, an der ein großer Edelstein hing:

ein Imitat, Straß mit Facettenschliff. Im gebündelten Lichtstrahl eines Bühnenscheinwerfers, der in den Kulissen aufgestellt war, blitzte und glitzerte der Stein wie der Detonationsblitz einer Sternexplosion.

»Sehen Sie jetzt bitte auf den Diamanten«, sagte Paul. »Blicken Sie nur auf ihn.«

Der Stein begann rhythmisch zu schwingen. Paul ließ ihn wie ein Pendel gleichmäßig von links nach rechts, von rechts nach links ausschlagen. Madelyne Walkers Augen folgten ihm. Paul wartete, bis sich ihre Augen im Gleichtakt mit dem billigen Stück bewegten. Dann fing er an zu rezitieren – langsam und monoton, exakt wie die Pendelschläge:

»Schlafen. Sie werden jetzt einschlafen ... tief schlafen ... einschlafen ... tief einschlafen ... einschlafen ... einschlafen ... einschlafen ...«

Die Augen folgten dem Stein.

»Die Augen fallen Ihnen zu«, sagte Paul. »Schlafen. Schlafen Sie. Sie schlafen ein ... tiefer, ruhiger Schlaf ... heilsamer Schlaf ... tief einschlafen ... einschlafen ... einschlafen ... einschlafen ...«

Ihr Kopf begann zu nicken, die Augen fielen ihr zu, sie riß sie wieder auf – immer langsamer, immer träger. Behutsam und vorsichtig führte Paul die linke Hand an die Kette: »Wenn der Diamant zu schwingen aufhört« – mit unverändert monotonem Tonfall sprach er zu ihr –, »werden Sie in einen tiefen, ruhigen Schlaf fallen, aus dem nur ich Sie wieder erwecken kann.« Er ließ den Stein immer langsamer schwingen, ließ ihn immer kürzere Pendelstrecken beschreiben. Schließlich nahm er die Kette zwischen die Hände: Der Stein fing an zu rotieren, drehte sich schnell und kreiselte ... An seinen Facetten brach sich blitzend und funkelnd das Scheinwerferlicht.

Der Kopf von Madelyne Walker fiel nach vorne. Paul packte sie an den Schultern, damit sie nicht vom Stuhl fiel – sie war in tiefe Trance gefallen. Paul demonstrierte dem Publikum die klassischen Symptome dieses Zustands: Schmerzunempfindlichkeit, Körperstarre, bedingungsloser Gehorsam der Stimme des Hypnotiseurs gegenüber.

Die Show nahm ihren üblichen Gang: Madelyne Walker bellte wie ein Hund, verwandelte sich in eine Matrone und gab sich würdevoll und achtunggebietend, reagierte nicht mehr, wenn sie mit ihrem Namen angesprochen wurde. Sie dirigierte ein imaginäres Sinfonieorchester und gab eine Opernarie zum besten.

Das Publikum applaudierte an den richtigen Stellen der Vorführung. Paul verbeugte sich, ließ auch seine Versuchsperson eine hölzerne Verbeugung absolvieren, und kam schließlich zum Finale.

»Wenn ich mit den Fingern schnalze, werden Sie aufwachen«, sagte er. »Sie werden sich erfrischt fühlen wie nach einem tiefen, erholsamen Schlaf. Zehn Sekunden nach dem Erwachen werden Sie glauben, in einer überfüllten Straßenbahn zu sitzen, und niemand wird Ihnen einen Sitz freimachen. Sie werden unsäglich müde sein. Endlich werden Sie den Fettwanst, der Ihnen gegenüber sitzt, bitten, Ihnen seinen Platz zu überlassen. Er wird das tun, und Sie werden sich setzen. Haben Sie alles verstanden?«

Madelyne Walker nickte.

»Sie werden sich an nichts erinnern, wenn Sie aufwachen«, sagte Paul.

Er hob die Hand, wollte mit den Fingern schnalzen…

Genau in diesem Moment traf es ihn wie der Blitz. Eine Eingebung. Sie überkam ihn wie eine plötzliche Erleuchtung. Die Hände hoch erhoben, die Finger zum Schnalzen aufeinandergepreßt – so stand er auf der Bühne und überdachte und verarbeitete, was er erahnt hatte. Bis ihm schließlich auffiel, daß das Publikum im Saal allmählich unruhig wurde. Er schüttelte den Kopf und schnalzte mit den Fingern.

Madelyne Walker wachte langsam aus der Trance auf. Sie sah sich um, stand auf – und genau zehn Sekunden später setzten die Halluzinationen ein: Sie *war* in einer Straßenbahn und führte alles, was ihr befohlen worden war, exakt aus. Dann wachte sie erneut auf und stieg verwirrt von der Bühne, hinab ins Publikum, das ihr ein weiteres Mal mit Klatschen und Pfiffen applaudierte.

Es hätte ihn eigentlich freuen müssen. Aber seit jenem Moment, als Paul Marcus seine Eingebung erhalten hatte, war er so wenig beteiligt, daß auch irgendein anderer an seiner Stelle die Vorstellung weiterführen hätte können. Routiniert erledigte er den immer gleichen Schlußakt, machte die üblichen kurzen Ausführungen zum Thema *Die Macht der Hypnose,* absolvierte das Ritual der Vorhänge und ging dann gedankenverloren langsam in die Künstlergarderobe. Wie immer, wenn er die letzte Vorstellung des Abends hinter sich gebracht hatte, knöpfte er sich schon auf dem Weg dorthin die Manschettenknöpfe auf und horchte auf das Echo seiner Schritte, das von den Betonwänden des leeren Raums unter der Bühne hallte.

In der Garderobe zog er dann den Frack aus und hängte ihn in den Kleiderschrank. Er setzte sich vor den Spiegel auf seinem Schminktisch und fing an, sich das Gesicht einzucremen, um das leichte Make-up abnehmen zu können, das er aufgelegt hatte. Es fiel ihm schwer, seinem Spiegelbild in die Augen zu blicken.

Es klopfte. Ohne sich umzudrehen sagte er: »Herein.«

Schüchtern öffnete jemand die Tür, er sah blonde Haare: Madelyne Walker trat ins Zimmer.

»Entschuldigen Sie bitte«, sagte sie. »Aber der Mann an der Tür sagte, ich würde Sie hier finden und ...«

Als Paul sie im Spiegel in der Tür stehen sah, wandte er sich um und stand auf.

»Gibt es ein Problem?« fragte er.

Madelyne Walker sah sich im Zimmer um, als wollte sie erst dann antworten, nachdem sie sich versichert hatte, daß sie allein waren.

»Das vielleicht nicht gerade«, sagte sie.

Paul deutete auf das Sofa neben dem Garderobentisch. »Wollen Sie sich nicht setzen?« Nachdem sie Platz genommen hatte, drehte sich Paul wieder um.

»Sie entschuldigen, wenn ich mit dieser Prozedur weitermache«, sagte er und wischte sich mit einem Papiertuch die Schminke vom Hals.

Madelyne Walker lächelte. »Wie eine Frau, die mit der abendlichen Schönheitspflege beschäftigt ist.«

Wieder eine von diesen Theaterbesessenen, dachte Paul. Weil sie mit auf der Bühne gestanden hat, glaubt sie, mir meine Zeit stehlen zu dürfen. Er sah sie aus den Augenwinkeln an.

Hübsch. Aber …

»Sie haben mir noch nicht gesagt, was mir das Vergnügen Ihrer Gesellschaft verschafft«, sagte er.

Madelyne Walker schien Sorgen zu haben: Ihr Gesicht verfinsterte sich.

»Es ist wahrscheinlich ziemlich dumm«, sagte sie.

Wahrscheinlich. *Dachte* Paul. Laut sagte er:

»Aber ganz bestimmt nicht. Nur zu: Was beschäftigt Sie denn?«

»Ja also … Die Idee kam mir, als meine Freunde mir erzählten, was ich auf der Bühne gemacht habe.« Sie grinste schief. »Daß da oben tatsächlich keine Straßenbahn war – es fiel mir ungeheuer schwer, das zu glauben. Und ich bin immer noch nicht restlos davon überzeugt: Vielleicht haben Sie ja eine Straßenbahnattrappe und eine Schauspielertruppe auf die Bühne gebracht? Ach – ich weiß es nicht.« Sie schüttelte den Kopf und legte eine Hand über die Augen.

Ich weiß es nicht: Die Art, wie sie das sagte, brachte Paul wieder seine Idee in Erinnerung, seine Eingebung. Er nahm sich vor, Madelyne Walker so schnell wie möglich abzufertigen. Er brauchte seine Zeit für etwas anderes: Er brauchte Zeit, um über seine Eingebung nachdenken zu können – so lange, bis er zu einem schlüssigen Ergebnis gekommen war.

»Wie war das mit der Straßenbahn?« fragte er.

Das Gesicht der jungen Frau wirkte gequält. »Ich habe geglaubt, ich sitze in einer echten Straßenbahn«, sagte sie. »Es gab kein Publikum, keinen… keinen Hypnotiseur. Gar nichts. Real war nur eines: Ich fuhr mit der Straßenbahn und war müde wie nach einem anstrengenden Arbeitstag. Ich habe die Menschen im Wagen gesehen. Ich habe sie gerochen. Habe den Boden des Waggons unter den Füßen gespürt. Ich habe gehört, wie das Geld in der Wechselgeldschale klimperte, habe all die anderen Geräusche gehört, die man in einer Straßenbahn hört: die Gespräche der Leute, das Geräusch, als ein Mann die Zeitung aufschlug. Ich habe den Dicken vor mir sitzen sehen. Ich habe ihn gefragt, ob er mir seinen Sitz freimachen könnte. Es hat mich sogar tatsächlich verlegen gemacht. Ich habe seine Antwort gehört und mich auf seinen Platz gesetzt. Der Sitz war warm, die Leute haben sich von beiden Seiten an mich gedrückt – es war alles vollkommen real.«

»Und was beunruhigt Sie dabei?« fragte Paul.

Sie blickte von ihren Händen auf, die fest gefaltet in ihrem Schoß lagen.

»Die Straßenbahn«, sagte sie. »Sie beunruhigt mich. Sie war real. So wirklich wie nur irgend etwas. Wie alles, was ich kenne. Sie war so wirklich wie die Situation jetzt. Das habe ich jedenfalls geglaubt. Und jetzt sagt man mir, sie war gar nicht vorhanden.« Sie sah wieder auf ihre Hände. »Was soll ich also glauben?«

Das, dachte Paul, ist ein Problem, das dem nicht unähnlich ist, das ich mit meiner Eingebung habe.

»Können Sie das, was Sie beunruhigt, noch genauer beschreiben? Oder anders formulieren?« fragte er.

Sie blickte ihm fest in die Augen. »Ja«, sagte sie. »Noch während meine Freunde mit mir sprachen, kam mir diese Überlegung in den Sinn. Ich stellte mir die Frage: Was ist, wenn alles das …« – sie machte eine Handbewegung, die alles rund um sie einschloß – »… das ganze Leben, die Welt, was wir sehen, spüren, hören, riechen oder auf irgendeine andere Weise wahrnehmen – wenn alles das auch nur eine durch Hypnose verursachte Illusion ist?«

»Genau!« stieß Paul hervor.

»Was sagten Sie?«

»Ich sagte: *Genau!*«

Sie zog die Augenbrauen zusammen: »Warum?«

Paul drehte sich zu ihr um und legte den linken Ellbogen auf den Schminktisch. »Weil …«, sagte er, »weil mir genau in dem Moment, als ich Ihnen sagte, was Sie tun würden, wenn Sie aufwachen – weil ich in dem Augenblick, als ich Ihnen die Befehle gab, die dann Ihre Halluzination herbeiführten, dieselbe Eingebung hatte.«

»Großer Gott!« Es war kein Aufschrei. Sie hatte verhalten, mit kaum hörbarer Stimme gesprochen. Aber gerade das intensivierte die Heftigkeit ihrer Reaktion – mehr, als wenn sie geflucht hätte.

Paul wandte sich wieder ab und sah in den Schminkspiegel.

»Ich frage mich, ob das nicht vielleicht auch etwas mit Telepathie zu tun haben könnte?«

Als Madelyne Walker sein Gesicht im Spiegel betrachtete, war ihr, als würde das Zimmer schrumpfen, als würden die Wände enger an sie heranrücken. »Ich konnte diesen Gedanken nicht für mich behalten«, sagte sie. »Ich habe mit meinen Freunden – ich war mit einem befreundeten Ehepaar in Ihrer Vorstellung – darüber gesprochen. Aber die haben mich nur ausgelacht. Ich habe auf der Stelle, ohne auch nur noch eine Sekunde länger zu überlegen, kehrtgemacht und bin hierher gekommen, um mit Ihnen zu sprechen – ich hätte sonst die Nerven verloren. Sie sind schließlich Hypnotiseur. Sie müßten eigentlich etwas darüber wissen.«

»Ich habe mich flüchtig damit befaßt«, sagte Paul. »Und ich frage mich…« Er drehte sich zu ihr um: »Haben Sie heute abend schon etwas vor?«

Mit Madelyne Walker ging eine Veränderung vor sich: Sie sah ihn auf eine Weise an, als hörte sie, wie ihre Mutter ihr ins Ohr flüsterte: »Paß bloß auf! Er ist ein Mann!«

»Ja also… Ich weiß nicht…«, sagte sie.

Paul setzte sein charmantestes Lächeln auf. »Ich bin kein Kulissencasanova«, sagte er. »Bitte! Mir ist, als hätte man von mir verlangt, den Gordischen Knoten durchzuhauen. Und ich würde das auch gern tun. Nur – ich brauche Hilfe.«

»Was könnten wir denn tun?« fragte sie.

Diesmal war es Paul, der zögerte und unsicher war. »Es gibt verschiedene Möglichkeiten, das Problem anzugehen«, sagte er. »Was unser Wissen über Hypnose betrifft: Die Kenntnisse, die wir in Amerika haben, sind etwa so tiefschürfend wie ein paar oberflächliche Kratzer.« Er ballte die Faust und ließ sie sanft auf den Schminktisch fallen. »Herrgott! Ich habe in Haiti Hexenmeister getroffen, die mehr davon verstehen als ich. Aber…«

»Was würden Sie als erstes machen?« fragte sie.

»Ich würde… würde…« Paul sah sie einen Moment lang an, als sähe er sie zum ersten Mal. »Ich würde folgendes machen«, sagte er. »Machen Sie es sich auf dem Sofa bequem. Lehnen Sie sich zurück. So ist es gut.«

»Was haben Sie vor?« fragte sie.

»Es gilt«, sagte Paul, »als ziemlich sicher, daß halluzinatorische Wahrnehmungen dieser Art in einem ganz bestimmten Bereich des menschlichen Nervensystems konzentriert sind. Durch Hypnose läßt sich dieser Bereich aufdecken; man kann durch Hypnose an Anweisungen und Befehle herankommen, die andere Hypnotiseure dort installiert haben. Ich werde Sie also jetzt noch einmal in tiefe Trance versetzen und Sie nach diesen Anweisungen suchen lassen. Sollte uns tatsächlich irgend etwas in einem Zustand illusionärer Existenz halten, dann müßten die entsprechenden Anweisungen und Befehle – wie alle anderen auch – genau dort zu finden sein.«

»Ich weiß nicht«, sagte sie.

»Bitte!« drängte Paul. »Wir haben vielleicht die Chance, das Problem zu knacken. Und zwar jetzt – in nur wenigen Minuten.«

»Also gut. Meinetwegen.« Sie schien nach wie vor skeptisch zu sein, lehnte sich aber wie gewünscht zurück.

Paul nahm eine Talmipretiose vom Schminktisch und richtete den Lichtkegel der Tischlampe darauf. »Sehen Sie jetzt auf den Diamanten ...«

Diesmal fiel sie schneller in Trance. Paul kontrollierte Schmerzempfindlichkeit und Muskelreaktion. Als er feststellte, daß sie entsprechend reagierte, fing er an, ihr Fragen zu stellen: »Können Sie mich verstehen?«

»Ja.«

»Wissen Sie, welche hypnotischen Befehle in Ihrem Gedächtnis abgelegt sind?«

Es dauerte lange, ehe sie antwortete. Dann öffnete sie den Mund: »Da sind ... sind Befehle«, kam es nichtssagend.

»Gehorchen Sie diesen Befehlen?«

»Ich muß.«

»Und welcher Befehl ist der grundlegende? Der wichtigste?« fragte er.

»Das ... darf ich ... nicht ... sagen.«

Eine Antwort, die ihm Mut machte – Paul hätte sich beinahe vergnügt die Hände gerieben. Also nur ein Fall von *Das Kind nicht beim Namen nennen,* dachte er.

»Ich werde den Befehl aussprechen. Sie brauchen lediglich mit dem Kopf zu nicken«, sagte er. »*Du darfst ihn nicht aussprechen* – heißt es so?«

Kopfnicken.

Paul rieb sich die Hände an den Hosenbeinen. Er stellte plötzlich fest, daß er schweißnaß war.

»Und was dürfen Sie nicht aussprechen?« fragte er.

Wortlos schüttelte sie den Kopf.

»Sie müssen es mir sagen«, sagte er. »Wenn Sie es nicht tun, wird Ihr rechter Fuß unerträglich zu beißen und zu jucken beginnen – so lange, bis Sie es mir sagen. Sagen Sie mir, *was* Ihnen befohlen hat, nichts zu verraten.«

Wieder schüttelte Sie den Kopf. Sie faßte nach unten und fing an, sich den rechten Fuß zu kratzen. Sie zog ihren Schuh aus.

»Sie müssen es mir sagen«, sagte Paul. »Der Befehl: Wie heißt das erste Wort?«

Madelyne Walker sah zu ihm auf, sah ihn blicklos und leer an.

»Du …«, sagte sie.

Es war, als hätte sie dieses Wort von einem dunklen Ort tief in ihrem Inneren hervorgeholt, als hätte sie das eine Anstrengung gekostet, die kaum zu ertragen war. Sie kratzte sich den rechten Fuß, unaufhörlich.

»Und weiter? Das zweite Wort?« fragte Paul.

Sie wollte sprechen und konnte nicht.

»Heißt es *darfst*?« fragte er. »Nicken Sie, wenn es so ist.«

Sie nickte.

»Darfst *was*?«

Wieder blieb sie stumm.

Er überlegte einen Augenblick lang. *Sinneswahrnehmung,* dachte er. Er neigte sich vor. »Ist es *wahrnehmen …*?« fragte er. »Heißt es: *Du darfst nur wahrnehmen …?*«

Sie entspannte sich, nickte und sagte: »Ja.«

Paul holte tief Luft.

»Und was? *Was* dürfen Sie nur wahrnehmen ...?«

Sie öffnete den Mund, bewegte lautlos die Lippen.

Er hätte sie am liebsten angeschrien, hätte ihr die Antwort am liebsten mit den Händen aus dem Gedächtnis gezerrt.

»Was?« Die Stimme schnappte ihm über. »Sagen Sie es mir!«

Madelyne Walkers Kopf pendelte heftig von einer Seite zur anderen. Sie schien aufzuwachen.

Noch einmal holte er tief Luft. »Was geschieht Ihnen, wenn Sie es mir verraten?«

»Ich werde sterben.«

Er beugte sich vor, schlug einen leisen, vertraulichen Tonfall an. »Unsinn«, sagte er. »Man stirbt nicht, nur weil man ein paar Worte ausspricht. Sie wissen das. Sie sagen mir jetzt, was man Ihnen befohlen hat: Was sollen Sie nur wahrnehmen?«

Sie sah starr vor sich hin, blickte mit offenem Mund ins Leere. Paul neigte den Kopf und sah ihr in die Augen. »Können Sie mich sehen?«

»Nein«, sagte sie.

»Was sehen Sie dann?« fragte er.

»Ich sehe den Tod.«

»Sehen Sie nicht hin. Sehen Sie mich an«, sagte Paul. »Sie wissen, wer ich bin?«

»Sie sind der Tod«, sagte sie.

»Unsinn! Sehen Sie mich an!« befahl er ihr.

Sie öffnete die Augen jetzt weiter. Paul starrte hinein, starrte in diese Augen, die größer zu werden schienen, größer und immer größer ... Paul war nicht mehr in der Lage wegzusehen. Es gab nichts anderes mehr in der Welt, nur zwei blaugraue Augen. Eine Stimme, tief und sonor wie ein in den unteren Lagen gestrichenes Cello hallte in seinem Kopf:

»Du wirst alles vergessen, was heute abend geschehen ist«, hörte er die Stimme sagen. »Du wirst lieber sterben wollen, als dich daran zu erinnern. Du wirst, du *darfst nur wahrnehmen,* was dir zur Wahrnehmung befohlen wurde. Ich befehle das. Ich ... – Erinnerst du dich an mich?«

Pauls Lippen formten das Wort »Ja«.

»Wer bin ich?« fragte die Stimme.

Paul fuhr sich mit der Zunge über die trockenen Lippen. »Du bist der Tod«, sagte er.

Das Wesen der Bürokratie ist zeitlos, unabhängig von Rasse und Spezies. Jede ihrer Verlautbarungen wird daher von jedem ihrer Mitglieder, wo immer die jeweilige Dienststelle sich auch befinden mag, augenblicklich als Exempel des immer gleichen Typus wiedererkannt und verstanden. Die vielfachen Kopien, die präzise Wortwahl, mit der ein unlauteres Vorhaben kaschiert wird, die unabänderlich feststehende Diktion der Eingaben und Gesuche – es ist immer dasselbe Muster, ganz gleich, ob es sich um eine Mitteilung an die Finanzbehörde zur Mittelvergabe für den wirtschaftlichen Wiederaufbau oder um eine Mitteilung an die Denebianische Indoktrinationsbehörde handelt.

Mirsar Wees war dieses Muster in Fleisch und Blut übergegangen. 157 planetarische Jahre war er leitender Fachbeauftragter für Indoktrination und Inspektor der Koradproduktion auf Sol III gewesen und hatte in dieser Zeit durch peinlich genaue, durch keinerlei individuelle Interpretation gefärbte, buchstabengetreue Befolgung des Geistes des Codex der Indoktrinationsbehörde erreicht, daß nur einer für die Beförderung zum Koordinator der Gesamtpräfektur von Sol in Frage kam, wenn diese Stelle einmal frei werden sollte: Er.

Nachdem er nun wieder einmal eine Gefährdung seiner Anwartschaft erfolgreich abgewendet hatte, nachdem er ein weiteres Mal erfahren hatte, daß er sich seiner Position sicher sein konnte, saß er jetzt in seinem Büro vor dem Transmitter und diktierte der maschinellen Sekretärin einen Brief an seine Dienststelle. Der Sichtring um seinen Kopf leuchtete nur noch schwach gelb – er hatte die Rezeptoren auf Niederfrequenzbetrieb geschaltet. Er streckte sich behaglich aus und ließ sich von seinem Stuhl sanft massieren.

»In jüngster Zeit mußten wir feststellen, daß sich bezüglich der Ausbildung der Jungindoktrinatoren eine besorgniserregende Nachlässigkeit durchgesetzt hat«, diktierte er in die Kom-Röhre.

Sollen ruhig ein paar Köpfe rollen in der Dienststelle, dachte er.

»Weil wir – die Sol-Präfektur – es mit niedrigeren Wesen zu tun haben, scheint man wohl der Meinung, daß die Ausbildung der Indoktrinatoren der Präfektur mit entsprechend geringerer Sorgfalt betrieben werden könnte. Ich mußte mich eben mit einem Problem befassen, das als Gefahr erster Ordnung für die Koradversorgung von Sol III angesehen werden muß – mit einer Gefahr, die unmittelbar der Fahrlässigkeit von Jungindoktrinatoren angelastet werden kann: Drei von ihnen (unsere ›jüngsten Errungenschaften‹ von der Hochschule für Indoktrinatoren) haben einen Abweichler übersehen. Sie wurden mittlerweile zur Umschulung zurückgeschickt.«

Und voll Befriedigung dachte er: Das wird ihnen zu denken geben. Schließlich sichert ihnen das Korad, das von den Drüsen unserer Schützlinge abgesondert wird, die Unsterblichkeit. Vielleicht hilft das, damit sie ihre Arbeit im Ausbildungszentrum etwas ernster nehmen. Er wurde nachdenklich: Möglicherweise sollte ich ja langsam einmal daran denken, ihnen von unseren Zuchtexperimenten zu berichten: von unseren Anstrengungen, die Koraddrüsen auf die Körperoberfläche der Kreaturen zu verlegen, um eine Steigerung deı Sekretionsfrequenz zu ermöglichen. Vor allem die

Feinheiten dieses Tätigkeitsfeldes der Indoktrination werden sie zu schätzen wissen: Intensivierung des Paarungsverhaltens, Erhöhung der Gefährdung des Einzelwesens (was zum Anstieg der Dauer der Drüsensekretion führt) und die Verschärfung der visuellen Beschränkungen, die verhindert, daß die Kreaturen diese Veränderungen bemerken …

»Ich lasse Ihnen einen ausführlichen VisioCorderbericht zukommen, dem Sie entnehmen können, wie ich mit dieser Gefahr fertig wurde«, diktierte er weiter. »Hier nur so viel: Ich habe mich in das Dasein eines Erdwesens eingeschlichen und einen strikteren Befehl installiert – das gängige Verfahren. Die Kreatur zu eliminieren schien mir nicht zweckdienlich: Die jüngsten Auswertungen jener Fälle, in denen es zu Befehlsinterferenzen gekommen war, ließen mich befürchten, daß eine Eliminierung zum Entstehen zusätzlicher Denkschemata führen könnte, die unseren Absichten abträglich sind.

Dem Wesen wurde deshalb befohlen, sich mit einem anderen Wesen seiner Art zu paaren, das wir verläßlicher unter Kontrolle haben. Darüber hinaus wurde es von jeder Tätigkeit ausgeschlossen, zu deren Verrichtung die Funktionen der höheren Nervenzentren erforderlich sind, und mit einer anderen Aufgabe betraut: Mit der Bedienung eines Transportmittels, das als *Straßenbahn* bezeichnet wird.

Seine Partnerin hat man einer Amputation unterzogen: Man hat ihr ein Körperglied abgetrennt. Unglücklicherweise hatte aber die Kreatur, die ich behandelt habe, noch bevor ich eingreifen konnte, mittels einer außerordentlich raffinierten Taktik nicht mehr rückgängig zu machende Befehle installiert, wodurch das betreffende Körperglied entbehrlich und die Amputation überflüssig geworden war.«

Das, dachte er, wird ihnen wohl die Augen öffnen: Sie werden erkennen, mit welchem hochkarätigen Abweichler wir es bei dieser Kreatur zu tun hatten, und – sie werden außerdem einsehen, wie fahrlässig die Jungindoktrinatoren waren.

»Der Indoktrinatorendienst darf niemals vergessen, wie es zur Entstehung des Planetoidengürtels von Sol kam. Wie wir alle wissen, handelt es sich bei diesen Himmelskörpern um den ehemaligen Planeten Dirad, die größte Koradquelle der ganzen Galaxie. Schlampereien der Indoktrinatoren führten zu einer Situation ähnlich der, wie ich sie eben kurz skizziert habe. Wir waren gezwungen, den gesamten Planeten zu zerstören. Das Schicksal von Dirad hat uns gelehrt, wie groß die Macht und Wirksamkeit der geistigen Kräfte ist, die unserer Herrschaft entkommen konnten – wir sollten uns das immer vor Augen halten.

Unnötig zu sagen, daß die aktuelle Situation wieder vollständig normal ist. Die Koradversorgung ist gesichert, und damit die Unsterblichkeit weiterer Mitglieder unserer Spezies – *allerdings nur, solange wir in unserer Wachsamkeit nicht nachlassen.*«

Unterschrift: »Mit freundlichen Grüßen, Mirsar Wees, Chefindoktrinator, Unterpräfektur Sol.«

Eines Tages, dachte er, wird das ›Koordinator‹ heißen.

Mirsar Wees stand auf, wechselte hinüber vor das Fach ›Eingänge‹ in seinem Nachrichtenbord und stellte fest, daß sein neuer Assistent eine Röhre mit gelbem Streifband – ›Dringlichkeitsstufe 1‹ – markiert hatte.

Er steckte die Röhre in den Maschinenübersetzer, setzte sich und sah zu, wie das Gerät den folgenden Bericht auswarf:

»Ein Hindu-Wesen hat erkannt, wie und was es wirklich ist«, meldete der Bericht.

Mirsar Wees richtete einen Suchstrahl auf seinen neuen Assistenten: Er wollte sich genau ansehen, wie diese Koryphäe mit dem Problem zu Rande kam.

Der Bericht surrte weiter: »Das Wesen wurde – wie laut Indoktrinationsbefehl festgesetzt – wahnsinnig. Unglücklicherweise gehört es einer Sekte an, die den Wahnsinn als göttliche Kraft verehrt. Es hat auch schon den einen oder anderen dazu gebracht, auf sein Geschwätz zu hören.«

Der Bericht schloß mit der Bemerkung: »Ich beeile mich.«

Mirsar Wees lehnte sich zurück, entspannte sich und lächelte mild.

Durchaus vielversprechend, der neue Assistent.

Originaltitel: ›LOOKING FOR SOMETHING?‹ • Copyright © 1952 by ›Startling Stories‹ • Erstmals erschienen in ›Startling Stories‹, April 1952 • Mit freundlicher Genehmigung der Erben Frank Herberts und Paul und Peter Fritz, Literarische Agentur, Zürich • Copyright © 1994 der deutschen Übersetzung by Wilhelm Heyne Verlag, München • Aus dem Amerikanischen übersetzt von Jakob Leutner

---

ZERHACKERSYNDROM 1954

Die Lage in Honolulu hat sich beruhigt: Die Toten sind begraben, der Bauschutt von den Straßen geräumt. Vor Diamond Head schaukelt ein Bergungsschiff in der Pazifikdünung. Froschmänner tauchen ins grüne Wasser ab, folgen der Spur aufsteigender Luftblasen, die sie zum Wrack des US-Skytrains führt, der dem Zerhackersyndrom zum Opfer gefallen ist. In den Hilfsbaracken an Land führen Psychologen einen vergeblichen Kampf gegen die Auswirkungen des Wahnsinns. Hier hat es angefangen, von hier aus hat sich das Zerhackersyndrom ausgebreitet: in einer Stadt, die ruhig war und friedvoll und innerhalb eines Bruchteils einer Sekunde vom Wahnsinn zerstört wurde.

Neun Städte. Innerhalb von zwei Wochen hatte es neun Städte getroffen.

Die schwarze Pest des zwanzigsten Jahrhunderts.

SEATTLE

Erst ein Klingeln in den Ohren. Es steigert sich, wird zu einem Pfeifen. Das Pfeifen verwandelt sich in das heulende Warnsignal einer Lokomotive – der Zug rast ratternd und hämmernd durch seinen Alptraum.

Jeder Psychologe hätte sich gefreut, wenn er diesen Traum als Analyseobjekt studieren hätte können. Nur – dieser Psychologe hatte es nicht mit einem Studienobjekt zu tun: Er selbst war es, der träumte; es war sein Traum. Verzweifelt zog er sich das Laken über den Kopf, wand und krümmte sich stumm in seinem Bett, zog die Knie bis unters Kinn.

Der Heulton des Zuges veränderte sich. Er wurde zur Altstimme einer gefeierten Chanteuse, die den *Insane Crazy Blues* sang. Angst und wilde Wut – das waren die Fundamente seines Traums.

»A million dollars don't mean a thing …«

Eine rauchige Stimme, die über hellen Trompetentönen schwebt, über dem Rumpeln eines Schlagzeugs, über einer Klarinette, die kreischend aufwiehert wie ein durchgehendes Pferd.

Eine dunkelhäutige, schwarz gekleidete Sängerin, mit strahlendblauen, elektrisierenden Augen. Ein roter Bühnenhintergrund. Sie breitet die Arme aus, begrüßt ein unsichtbares Publikum. Die Sängerin schwankt, die Kulisse schwankt – sie drehen sich, drehen sich schneller und immer schneller und verschmelzen zu einem winzigen roten Lichtpunkt. Der Lichtpunkt dehnt sich wieder aus, wird zur Trichteröffnung einer Trompete; die Trompete bläst einen einzigen Ton, einen Mollton, hält ihn aus, endlos …

Die Musik ist gellend laut, sie schneidet wie ein Messer ins Gehirn.

Dr. Eric Ladde wachte auf. Atmete hektisch und schnell. War schweißnaß. Und hörte noch immer die Sängerin, die Musik.

Ich träume, daß ich wach bin, dachte er.

Er schälte sich aus der Bettdecke, streckte die Beine aus dem Bett, setzte die Füße auf den warmen Boden. Wenig später stand er auf, ging ans Fenster und blickte auf den Lake Washington, über den das Mondlicht eine schimmernde Bahn legte. Er drückte den Audioschalter neben dem Fenster – jetzt hörte er die Geräusche der Nacht: Grillen, Zirpfrösche unten am Seeufer und – weit entfernt – das Summen eines Skytrains.

Das Singen hielt unvermindert an.

Er schwankte, hielt sich am Fensterbrett fest.

Zerhackersyndrom …

Er wandte sich um, prüfte das Nachrichtenband: keine Meldung über Seattle. Vielleicht bestand für ihn keine Gefahr … gab es für ihn Krankheit. Aber die Musik in seinem Kopf … nein, das war keine Krankheit.

Er machte einen verzweifelten Versuch, sich wieder unter Kontrolle zu bekommen, schüttelte den Kopf, schlug sich mit der flachen Hand aufs Ohr. Das Singen hörte nicht auf. Er sah auf den Wecker: 01.05 Uhr, Freitag, 14. Mai 1999.

Die Musik in seinem Kopf verstummte. Aber … aber jetzt brandete Applaus auf, donnernder Applaus: Klatschen, Beifallsrufe, Getrampel. Eric massierte sich den Kopf.

Ich bin nicht wahnsinnig … Ich bin nicht wahnsinnig …

In schlüpfte in seinen Morgenmantel, ging in die Kochnische seiner Junggesellenwohnung. Trank einen Schluck Wasser, gähnte, hielt den Atem an – alles nur, um die Geräusche zum Schweigen zu bringen, die er nach wie vor hörte: Jetzt schnatternde Unterhaltungen, Gläserklirren, das Scharren von Füßen.

Er mixte sich einen Highball, spülte sich damit die Kehle aus. Die Geräusche in seinem Kopf verstummten. Kopfschüttelnd sah Eric das Glas an, das er in der Hand hielt.

Ein neues Heilmittel im Kampf gegen den Wahnsinn: Alkohol! Er lächelte sarkastisch. *Und ich erzähle meinen Patienten Tag für Tag, daß Trinken keine Lösung ist.* Verbitterung wehte ihn an: Vielleicht hätte ich mich doch dieser Therapeutengruppe anschließen sollen. Statt hier zu bleiben und zu versuchen, eine Maschine zur Therapie des Wahnsinns zu konstruieren. Wenn sie mich nicht ausgelacht hätten …

Er schob eine Preßspankiste beiseite, um Platz zu schaffen neben der Spüle, und stellte sein Glas ab. In der Kiste steckte ein Notizbuch, es lag zuoberst auf einem Haufen elektronischer Bauteile. Er nahm das

Notizbuch, starrte auf die Zeile, die er in Blockbuchstaben auf den Einbanddeckel geschrieben hatte: *Amanti Telesonde – Testbericht IX.*

Auch den alten Doktor haben sie ausgelacht, dachte er. *So lange ausgelacht, bis er in der Heilanstalt landete. Vielleicht ist das auch mein Bestimmungsort – wie für alle anderen auf dieser Welt.*

Er schlug das Notizbuch auf, zeichnete mit dem Finger den Schaltplan der letzten Versuchsanordnung nach. Die Schaltung der Telesonde, die immer noch in seinem Labor im Keller stand – mittlerweile teilweise zerlegt und auseinandergenommen.

Wo lag der Fehler?

Er schlug das Notizbuch zu und warf es zurück in die Kiste. Er überlegte, dachte nach, ging die Theorien durch, die in seinem Geist gespeichert waren, das Wissen, das er in unzähligen fehlgeschlagenen Versuchen gewonnen hatte. Müdigkeit und Mutlosigkeit quälten ihn. Trotzdem: Er wußte sicher, daß das, was Freud, Jung, Adler und all die anderen in Träumen und Verhaltensauffälligkeiten gesucht hatten, in einer elektronischen Tasterschaltung zu finden war – nur ein winziges Stück jenseits dessen, was er wußte und kannte.

Langsam ging er in sein kombiniertes Arbeits- und Schlafzimmer zurück und kroch ins Bett. Er absolvierte seine Yoga-Atemübungen, bis ihn der Schlaf überwältigte. Die Sängerin, der Zug, das Pfeifsignal – nichts von all dem kam zurück.

Hell fiel das Morgenlicht ins Zimmer. Er wachte auf. Noch immer gingen ihm Bruchstücke seines Alptraums durch den Kopf. Er hatte Zeit, vor zehn Uhr vormittags stand heute kein Termin im Kalender. Das Nachrichtenband neben dem Bett brachte eine lange Reihe von Meldungen und Beiträgen, von denen die meisten vom Thema Zerhackersyndrom handelten. Er tippte die Codeziffern für acht Nachrichtenblocks ein, stellte auf Audiobetrieb und hörte sich beim Anziehen die Neuigkeiten vom Tage an.

Die Erinnerungen an seinen Alptraum setzten ihm zu. Wie viele Menschen wachen nachts auf und fragen sich: *Ist es soweit? Bin ich jetzt an der Reihe?*

Er entschied sich für ein malvenfarbenes Cape, zog es über seinen Overall. Er fischte das Notizbuch aus der Kiste und ging hinaus in den kühlen Frühlingsmorgen. Er stellte den Temperaturregler in seinem Overall an. Mit der Unitrans war er im Handumdrehen im Stadtteil *Elliot Bay*. Er aß in einem Fischrestaurant, die Notizen zur Telesonde lagen vor ihm neben dem Teller. Nach dem Frühstück setzte er sich vor dem Restaurant auf eine freie Bank mit Blick auf die Bucht und schlug das Notizbuch auf. Er mußte feststellen, daß er keine allzu große Lust hatte, die Schaltpläne zu studieren, und starrte auf die Bucht hinaus.

Nebelfetzen stiegen spiralförmig aus dem grauen Wasser hoch, verbargen das Ufer auf der anderen Seite der Bucht. Irgendwo in der Nebelwand heulte die Sirene eines Treibnetzfischers – die Gebäude hinter ihm warfen das Echo zurück. Frühaufsteher hasteten stumm vorüber: erschöpfte Gesichter, gehetzte Blicke – die gleichförmige Tracht der Angst. Die Bank war kalt, die Kälte drang durch seine Kleidung. Er fröstelte, atmete die Salzluft tief ein. Der leichte Wind, der von der Bucht hereinwehte, roch wohltuend nach Tang und Algen, ergänzte sich harmonisch mit dem bitterem Moschusgeruch der in den Ausdünstungen der Stadt vorstach. Möwen stritten sich um irgendeinen Leckerbissen, der in der kabbeligen Flut schwamm. Die Seiten des Buches, das in seinem Schoß lag, flatterten. Er hielt sie mit der Hand nieder und beobachtete die Menschen.

Ich zaudere, dachte er. *Ein Luxus, den man sich in meinem Beruf heutezutage kaum leisten kann.*

Ein Frau, die ein rotes Pelzcape trug, näherte sich.

Ihre Sandalen klopften einen schnellen Rhythmus auf dem Straßenbeton. Ihr Cape bauschte sich im Wind.

Er sah auf, sah in ein Gesicht, das von dunklem Haar umrahmt war. Jeder Muskel seines Körper war festgeklemmt. Die Frau aus seinem Alptraum, bis in die kleinsten Einzelheiten! Er sah ihr nach. Sie bemerkte, daß er sie anstarrte, sah zur Seite und ging vorbei.

Eric suchte hektisch seine Papiere zusammen, schlug das Notizbuch zu und lief ihr nach. Er holte sie ein, paßte seine Schritte ihrem Tempo an, starrte sie unentwegt an. Sie sah ihn an, wurde rot, sah wieder weg.

»Verschwinden Sie, oder ich rufe die Polizei!«

»Ich muß mit Ihnen sprechen. Bitte!«

»Ich sagte: Verschwinden Sie!« Sie schlug ein schnelleres Tempo an – er schlug ein schnelleres Tempo an.

»Entschuldigen Sie vielmals – aber ich habe heute nacht von Ihnen geträumt. Sie verstehen ...«

Sie blickte starr geradeaus.

»Originell! Hat mir noch keiner gesagt. Verschwinden Sie jetzt endlich!«

»Aber ... aber Sie verstehen mich falsch.«

Abrupt blieb sie stehen. Drehte sich um, baute sich vor ihm auf – sie bebte vor Zorn: »Doch, ich versteh Sie sehr gut. Sie waren gestern abend in meiner Show, haben mich gesehen und haben dann von mir geträumt.« Sie wackelte mit dem Kopf. »Miss Lanai, ich muß Sie *unbedingt* kennenlernen!«

Eric schüttelte den Kopf. »Aber nein! Ich habe in meinem ganzen Leben noch nie von Ihnen gehört oder Sie gesehen!«

»Das ist doch ...! Ich schätze es genauso wenig, wenn man mich beleidigt!«

Sie wirbelte herum und stapfte mit wehendem rotem Cape energisch davon. Er lief ihr nach, holte sie wieder ein.

»Bitte ...«
»Ich schreie!«
»Ich bin Psychoanalytiker.«
Sie wurde unsicher, ging langsamer, hielt schließlich an und sah ihm verdutzt ins Gesicht. »Hervorragend! *So* hat es noch keiner versucht.«
Sie schien bereit zu sein, ihn anzuhören. Er nutzte die Gelegenheit: »Ich habe wirklich von Ihnen geträumt. Ein beunruhigendes Erlebnis! Ich war unfähig, aus diesem Traum aufzuwachen – er ließ sich nicht *abstellen.*«
Seine Stimme, die Art, wie er sich mitteilte – irgend etwas war an ihm, das sie zum Lachen brachte: »Und was nur ein Traum war, sollte also tatsächlich eines Tages Wirklichkeit werden!«
»Darf ich mich vorstellen: Ich bin Dr. Eric Ladde.«
Sie blickte auf den Äskulapstab an seiner Brusttasche. »Angenehm. Colleen Lanai, Sängerin.«
Er zuckte die Achseln. »Ich weiß.«
»Ich dachte, Sie hätten noch nie von mir gehört?«
»Sie haben in meinem Traum gesungen.«
»Oh«, sagte sie. »Sind Sie wirklich Psychoanalytiker?«
Er nahm eine Visitenkarte aus der Brusttasche und überreichte sie ihr. Sie las sie, und ...
»Was heißt *Telesondendiagnose*?«
»So heißt das Gerät, mit dem ich arbeite.«
Sie gab ihm die Karte zurück, hakte sich bei ihm unter und spazierte mit ihm los, entspannt und gemächlich. »Also gut, Doktor. Sie erzählen mir von Ihrem Traum, und ich erzähle Ihnen etwas über meine Kopfschmerzen. Abgemacht?« Hinter dichten Wimpernbögen blickte sie zu ihm auf.
»Sie leiden unter Kopfschmerzen?«
»Unter scheußlichen Kopfschmerzen.« Sie schüttelte den Kopf.
Eric sah auf sie hinunter. Die Unwirklichkeit seines

Alptraums – etwas davon war wieder zurückgekehrt. »Was ist mit mir los? Überlicherweise träumt man nicht von jemandem, den man nicht kennt, und trifft die leibhaftige Vorlage dieses Traumbilds dann am nächsten Morgen auf der Straße! Als nächstes wird noch mein gesamtes Unterbewußtsein zum Leben erwachen und Wirklichkeit werden.«

»Kann es möglicherweise mit diesem Syndrom zu tun haben?« fragte sie. »Seit wir in Los Angeles waren, habe ich …« Sie biß sich nervös auf die Lippen.

Er starrte sie an: »Sie waren in Los Angeles?«

»Nur wenige Stunden, bevor es … Wir sind aus Los Angeles abgereist, kurz bevor das …« Sie schauderte. »Doktor: Wie ist das, wenn man wahnsinnig ist?«

Ausweichend sagte er: »Für die betroffene Person besteht kein Unterschied zwischen Wahnsinn und Normalität.« Er sah auf den Nebel, der über der Bucht aufstieg. »Das Syndrom hat gewisse Ähnlichkeit mit verschiedenen anderen Formen des Wahnsinns. Es ist, als ob irgend etwas die Menschen über die Schwelle stieße, hinter der die Geistesgestörtheit beginnt. Es ist sehr merkwürdig: Das Syndrom befällt ein exakt eingegrenztes Gebiet, es verbreitet sich innerhalb eines Radius von etwa 80 Kilometern. In Atlanta zum Beispiel, genauso in Los Angeles und Lawton, hat man regelrecht äußerst scharf gezogene Demarkationslinien festgestellt: Die Menschen auf der einen Seite der Straße wurden infiziert, die Menschen auf der gegenüberliegenden Straßenseite nicht. Wir nehmen an, daß es eine Verseuchungsphase gibt, innerhalb der …« Er brach ab, sah sie an und lächelte: »Sie stellen mir eine ganz simple Frage, und ich komme Ihnen mit einer Vorlesung! Also – machen Sie sich keine allzu große Sorgen wegen Ihrer Kopfschmerzen. Vielleicht ist es nur eine Frage der Ernährungsumstellung, möglicherweise hilft eine Klimaveränderung … Vielleicht sind es Ihre Augen. Wie wäre es mit einer Generaluntersuchung?«

Sie schüttelte den Kopf. »Seit unserer Rückkehr aus Karatschi war ich sechsmal zur Generaluntersuchung. Immer das gleiche: Ich habe viermal die Diät geändert.« Sie zuckte die Achseln. »Die Kopfschmerzen sind mir geblieben.«

Eric blieb schlagartig stehen. Er atmete hörbar aus, lange, langsam: »In Karatschi waren Sie auch?«

»Ja! Wieso fragen Sie? Die dritte Station auf unserer Tournee – die dritte nach Honolulu.«

Er beugte sich nahe zu ihr: »*Und* Honolulu?«

Sie runzelte die Stirn. »Was soll das? Wollen Sie mich ins Kreuzverhör nehmen?« Sie schwieg kurz. »Ja also ...«

Er schluckte. *Wie ist es nur möglich*, wunderte er sich, *so unbeeindruckt zu bleiben, wenn man in diesen Städten war, die, jede von ihnen, das Syndrom heimgesucht hat*?

Sie klopfte mit dem Schuh auf den Boden: »Was ist? Zunge verschluckt?«

Wie kann man so schnoddrig darüber hinweggehen?

Er zählte die drei Städte an den Fingern ab: »Sie waren in Los Angeles und in Honolulu, in Karatschi. An den weltweit am schlimmsten verseuchten Orten, und ...«

Sie schrie auf – impulsiv, laut und durchdringend: »Es hat sie alle erwischt? Alle drei?«

Wie kann ein Mensch in dieser Welt leben, ohne zu wissen, wo überall das Syndrom zugeschlagen hat?

»Das wußten Sie nicht?«

Sie schüttelte den Kopf, starrte ihn wie betäubt, mit weit aufgerissenen Augen an: »Aber Pete hat gesagt ...«, fing sie an, brach wieder ab und: »Ich war viel zu sehr damit beschäftigt, das neue Repertoire einzustudieren. Wir wollen den alten Hot Jazz wieder aufleben lassen.«

»Trotzdem. Es ist doch eigentlich unmöglich: Das Fernsehen sendet nichts anderes, die Nachrichtenbänder bringen nur das eine, der Transgraph ...«

Achselzuckend meinte sie: »Ich war einfach viel zu beschäftigt. Sehen Sie: Es ist heute das erste Mal seit über einem Monat, daß ich aus dem Haus gegangen bin und alleine spazierengehe. Pete hat noch geschlafen und…« Das angespannte Gesicht entkrampfte sich. »Pete – er wollte wahrscheinlich nicht, daß ich mir Sorgen mache.«

»Wenn Sie meinen. Aber…« Er wechselte das Thema: »Wer ist Pete?«

»Haben Sie nie von ihm gehört? Pete Serantis und das Musikron?«

»Musikron? Was ist ein Musikron?«

Sie warf eine schwarze Locke aus der Stirn. »Sehr witzig, Doktor.«

»Nein, ganz im Ernst: Was ist ein Musikron?«

Sie runzelte die Stirn. »Sie wissen wirklich nicht, was das Musikron ist?«

Er schüttelte den Kopf.

Sie gluckste. Es klang rauh und kehlig. Einstudiert. »Doktor! Sie reden von mir, darüber, daß ich nichts von Karatschi und Honolulu mitbekommen habe. Und wo haben Sie sich während der ganzen Zeit verkrochen? Wir sind die Könige des Varietés!«

Sie meint das im Ernst, dachte er.

Und dann meinte er – und es klang ein wenig pikiert: »Tja, also – ich war auch ziemlich beschäftigt. Mit meiner Forschungsarbeit. Hat mit dem Syndrom zu tun.«

»Oh.« Sie sah zur Seite und blickte auf den grauen Wasserspiegel der Bucht. Drehte sich wieder um, rang nervös die Hände. »Mit Honolulu… Sind Sie da ganz sicher?«

»Lebt Ihre Familie dort?«

»Ich habe keine Familie. Nur Freunde.«

Sie sah ihn mit glänzenden Augen an. »Hat es jeden… erwischt?«

Er nickte. *Ich muß sie ablenken, irgendwie ablenken,* dachte er.

»Miss Lanai: Darf ich Sie um einen Gefallen bitten?« Er ließ ihr keine Zeit, darauf zu antworten, ohne lange Umwege steuerte er auf sein Ziel los: »Sie waren an drei Orten, an denen das Syndrom zugeschlagen hat. Vielleicht liefert uns ihr Verhalten irgendeinen Anhaltspunkt. Würden Sie sich bereiterklären, sich ein, zwei Tests zu unterziehen? In meinem Labor? Es dauert nicht lange.«

»Das ist leider unmöglich. Ich muß heute abend auf die Bühne und habe mich nur für ein paar Minuten davongeschlichen. Ich wohne im *Gweduc*. Pete könnte aufwachen und ...« Sie konzentrierte sich auf seinen bittenden Ausdruck. »Es tut mir leid, Doktor. Vielleicht ein andermal. Außerdem würden Sie bei mir sowieso nichts Wesentliches entdecken.«

»Aber ...« Er zögerte erst, zuckte dann die Achseln und sagte: »... Aber ich habe Ihnen noch gar nichts von meinem Traum erzählt.«

»Sie bringen mich in Versuchung, Doktor. Ich habe mir schon eine ganze Menge erfundener Träume anhören müssen. Die Chance, einmal keinen Schmus vorgesetzt zu bekommen – doch, Doktor, es würde mir durchaus gefallen. Warum begleiten Sie mich nicht auf meinem Heimweg zum Gweduc? Es ist nicht weit.«

»Okay.«

Sie nahm seinen Arm.

»Besser als gar nichts ...«

Ein schmächtiger Mann, mit einem krummen Bein und einem abgehärmten, vom Haß zerfressenen Gesicht. Neben sich, an das Knie gelehnt, hielt er seinen Stock griffbereit. Wie die Spinne im Netz saß er inmitten eines labyrinthischen Gewirrs aus Kabeln und Drähten im Innern des Musikrons. Auf seinem Kopf saß eine Kappe, rund wie ein Kuppeldach. Ein Spion, dessen Anwesenheit keiner ahnte, der durch die Augen einer Frau auf einen Mann blickte, der sich als

Dr. Eric Ladde vorgestellt hatte. Der Schmächtige grinste höhnisch, als er ihn über die Ohren der Frau sagen hörte: »Besser als gar nichts ...«

Eric und Colleen spazierten auf der Uferpromenade die Bucht entlang.

»Sie haben mir meine Frage nicht beantwortet: Was ist ein Musikron?«

Sie lachte auf. Das Paar, dem sie eben begegnet waren, drehte sich und starrte ihnen verwundert hinterher. »Richtig. Aber ich verstehe Sie immer noch nicht: Wir waren schließlich einen Monat lang im Fernsehen.«

Sie hält mich für verkalkt, dachte er. *Wahrscheinlich bin ich das ja auch.*

»Die Unterhaltungsprogramme habe ich nicht abonniert. Nur Wissenschaft und Nachrichtensendungen.«

Sie nahm es achselzuckend zur Kenntnis. »Das Musikron ist so etwas wie ein Aufnahme- und Playbackgerät. Mit dem einen Unterschied, daß derjenige, der das Gerät bedient, alle möglichen neuen und anderen Klänge beimischt, die er haben will. Er hat eine kleine Metallkappe, eine Art Schüssel auf dem Kopf und macht nichts anderes, als sich diese Klänge zu ›denken‹. Er denkt sie, und das Musikron spielt sie.« Sie warf ihm einen Blick zu, schnell und verstohlen, sah gleich darauf wieder geradeaus. »Alle halten es für einen Schwindel, aber – es ist kein Schwindel!«

Eric blieb stehen, packte sie am Arm und hielt sie zurück. »Phantastisch. Warum ...?« Er wartete einen Moment und gluckste vergnügt vor sich hin. »Ist Ihnen klar, daß Sie zufälligerweise mit einem der wenigen Menschen auf dieser Welt sprechen, der Experte ist für solche Sachen? Zu Hause, in meinem Kellerlabor, steht ein Enzephalorecorder, ein Gerät, das als nicht mehr zu übertreffende Meisterleistung der Telesondentechnologie angesehen werden muß ... Um so etwas, wollen Sie mir einreden, handelt es sich bei Ihrem Musikron.« Er lächelte. »Die Psychiater hier in der Stadt mögen mich ja für einen unerfahrenen Parvenü halten – ihre wirklich komplizierten Diagnosefälle schicken sie aber zu mir.« Er sah sie an. »Also geben wir doch einfach zu: Die Maschine, die Ihr Pete da bedient – das ist perfekte, sehr effektvolle Bühnenkunst. Einverstanden?«

»Es ist mehr als nur publikumswirksame Effekthascherei. Ich habe die Aufnahmen gehört – bevor sie durch die Maschine gegangen sind und nachdem sie durch die Maschine gegangen waren.«

Eric gluckste.

Sie runzelte die Stirn. »Mein Gott! Wie kann man nur so überheblich sein!«

Eric legte ihr die Hand auf den Arm. »Bitte werden Sie doch nicht gleich böse! Es ist nur so, daß ich diesbezüglich nun wirklich kein heuriger Hase mehr bin: Sie wollen sich nur nicht eingestehen, daß Sie – wie alle anderen auch – die ganze Zeit über von Pete an der Nase herumgeführt worden sind.«

Sie klang sehr beherrscht, als sie ihm darauf antwortete, sprach langsam und betont rhythmisch: »Verehrter ... Doktor ... Pete ... hat ... das ... Musikron ... *erfunden* ... Er ... und ... der ... alte ... Amanti ... Dr. Amanti.« Sie kniff die Augen zusammen: »Mag ja sein, daß Sie in Ihrem Metier ein großes Tier sind – aber ich weiß, was ich gehört habe.«

»Sie sagten, Pete hat mit einem Doktor zusammengearbeitet. Wie sagten Sie, hieß dieser Doktor?«

»Der Doktor? – Doktor Carlos Amanti. Sein Name steht auf einer kleinen Plakette, die im Innern des Musikron angebracht ist.«

Eric schüttelte den Kopf. »Unmöglich. Doktor Carlos Amanti ist in einer Heilanstalt.«

Sie nickte. »Stimmt. In der Wailiku Nervenheilanstalt. Dort haben sie es entwickelt.«

Eric sah sie argwöhnisch an. Er wirkte unsicher. »Sie sagen, die Maschine produziert die Klänge, die Pete *denkt*?«

»Ganz genau.«

»Merkwürdig, daß ich nie etwas von diesem Musikron gehört habe.«

»Es gibt noch eine ganze Menge anderer Dinge, von denen Sie noch nie gehört haben, Doktor.«

Er fuhr sich mit der Zungenspitze über die Lippen. »Wahrscheinlich haben Sie recht.« Er nahm ihren Arm und zog sie ungeduldig mit sich. »Ich will es mir ansehen, dieses Musikron.«

Lawton, Oklahoma. Fertigbaubaracken: Behelfsunterkünfte in endlos langen Reihen, die in der kahlen, sonnenverbrannten Ebene schutzlos der brütenden Hitze ausgesetzt sind. In jeder Baracke winzige Kabinen; in jeder Kabine ein Krankenhausbett; in jedem Krankenhausbett ein Mensch. Baracke XRO-29: Ein Psychiater geht den Flur entlang, der Krankenpfleger hinter ihm schiebt einen Wagen vor sich her. Auf dem Wagen: Nadeln für Subkutaninjektionen, Spritzen, Antiseptika, Beruhigungsmittel, Reagenzgläser. Der Psychiater schüttelt den Kopf.

»Eins ist denen ja wirklich gelungen, Baily: Mit der Bezeichnung *Zerhackersyndrom* hat man die Sache erst richtig angeheizt. Immer dasselbe: Nehmen Sie sich irgendeine beliebige Psychose, werfen Sie sie mit allen anderen beliebigen Psychosen in einen Topf, rühren Sie kräftig durch und geben Sie dem Mansch einen Namen – was Besseres können Sie nicht tun, damit das Zeug sich ausbreitet wie die Pest.«

Der Krankenpfleger grunzt und stiert dem Psychiater begriffsstutzig hinterher.

Der Psychiater dreht sich zu ihm um. »Und wir kommen keinen Schritt weiter ... Als wollten wir den Ozean mit einem Sieb ausschöpfen.«

In einer Kabine am Ende des Flurs schreit ein Mann. Sie gehen schneller.

Wie die umgestülpte Schale einer halben Melone wölbte sich die Aufzuganlage des Gweduc über den Gehsteig. Auf dem höchsten Punkt des Kuppeldachs kreist langsam ein blaurotes Endlosschriftband: »COLLEEN LANAI, PETE SERANTIS – UND DAS MUSIKRON.«

Ein schmächtiger Mann, der am Stock geht, hinkt und humpelt vor dem Kuppeleingang den Gehsteig auf und ab. Als Eric und Colleen näherkommen, blickt er auf.

»Pete«, sagt Colleen.

Der Mann hinkt auf sie zu, sein Stock hämmert ein scharfes Stakkato auf dem Bodenbelag.

»Pete, das ist Dr. Ladde. Ich habe ihm von Dr. Amanti erzählt, und er möchte ...«

Pete starrte Colleen böse an. Eric beachtete er nicht. »Hast du vergessen, daß wir heute abend auftreten? Wo warst du denn?«

»Es ist doch erst kurz nach neun. Und ich ...«

Eric unterbrach sie. »Ich habe bei Dr. Amanti studiert. Ich interessiere mich für das Musikron. Wissen Sie, ich setze die Forschungsarbeit von Dr. Amanti fort und ...«

»Keine Zeit!« bellte der schmächtige Mann, packte Colleen am Arm und zerrte sie zum Aufzug.

»Pete! Was ist denn mit dir los?«

Pete blieb stehen und baute sich dicht vor ihr auf. »Gefällt dir dein Job?«

Sie nickte stumm und starrte ihn mit weit aufgerissenen Augen an.

»Dann los! An die Arbeit.«

Sie sah sich zu Eric um, hob die Schultern: »Tut mir leid.«

Pete zog sie hinter sich her in den Aufzug.

Eric starrte ihnen nach. *Eindeutig zwanghafter Typus,*

dachte er, *äußerst labil. Möglicherweise weniger immun gegen das Syndrom, als sie es offensichtlich ist*. Er runzelte die Stirn, sah auf seine Uhr: »Verdammt!« Der Termin um zehn – er hatte ihn ganz vergessen. Er fuhr herum und wäre beinahe mit einem jungen Mann zusammengestoßen – mit einem Hilfskellner, wie er an seinem Overall sah.

Der Junge saugte nervös an einer Zigarette, in schnellen, hektischen Zügen, und grinste anzüglich. »Suchen Sie sich besser eine andere, Doc. Die hier ist vergeben.«

Eric starrte ihm so lange in die Augen – in Augen, die jung waren und ihn gleichzeitig alt und erfahren ansahen –, bis er ihn zum Schweigen gebracht hatte. »Arbeiten Sie hier?«

Der Junge steckte sich die Zigarette wieder zwischen die schmalen Lippen. »Sicher«, kam es aus einer blauen Rauchwolke.

»Wann öffnen Sie?«

»Wir hab'n schon auf: Frühstückszeit. Die Vorstellung geht allerdings erst abends um sieben los.«

»Tritt Miss Lanai in der Vorstellung heute abend auf?«

Der Kellner sah hoch, blickte auf das kreisende Schriftband oben auf dem Kuppeldach und lächelte wissend. »Doc – sie *ist* die Vorstellung.«

Eric sah wieder auf die Uhr. *Ich komme heute abend wieder*, entschied er sich. »Danke«, sagte er und steuerte die nächste Unitranshaltestelle an.

»Empfiehlt sich zu reservieren, wenn Sie heute abend kommen wollen«, sagte der Kellner.

Eric blieb stehen und wandte sich noch einmal um. Er faßte in seine Tasche, zog einen Zwanziger heraus und schnippte ihn dem Kellner zu. Der Junge fing die Münze auf, kontrollierte, was ihm da zugeworfen worden war, und sagte: »Danke … äh … Wie heiß'n Sie eigentlich, Doc?«

»Dr. Eric Ladde.«

Der Hilfskellner steckte die Münze ein. »Alles klar, Doc. Dann bis zur Vorstellung. Ich bin um sechs wieder hier – werd mich dann persönlich um Sie kümmern.«

Der Smog hing in jedem Winkel von Los Angeles, die Stadt war braun und vertrocknet.

Vor dem Krankenhaus *Our Lady of Mercy* kam der Laborwagen mit der Nummer 31 knirschend zum Stehen, wirbelte einen Haufen dürrer Palmwedel durch die Luft, die sich im Rinnstein gefangen hatten. Der geschundende Turbomotor stöhnte ein letztes Mal auf. Dann stiegen – der eine links, der andere rechts – zwei Männer aus: ein Psychologe, Japaner, und ein Arzt, Schwede. Mit hängenden Schultern standen sie einander gegenüber.

»Wann hast du das letzte Mal eine Nacht durchgeschlafen, Ole?« fragte der Psychologe.

Der Arzt schüttelte den Kopf. »Kann mich nicht erinnern, Yoshi. Nicht mehr, seit wir aus Frisco zurück sind, glaub ich.«

Aus dem vergitterten Heckaufbau des Pritschenwagens war wüstes, schrilles Lachen zu hören. Dann Stöhnen. Dann wieder Lachen.

Der Arzte wankte die Stufen zum Gehsteig vor dem Krankenhaus hinauf, blieb stehen, drehte sich um: »Yoshi ...«

»Schon gut, Ole. Ich hole ein paar ausgeruhte Krankenpfleger, die sich um ihn kümmern sollen.« Und leise sagte er zu sich selbst: »Falls es hier so was wie ausgeruhte Krankenpfleger gibt.«

Das Krankenhaus war klimatisiert, kühle Luft wehte durch den Gang. Der schwedische Arzt hielt einen Mann an, der ein Klemmbrett in der Hand hatte. »Wie sehen die jüngsten Zahlen aus?«

Der Mann kratzte sich mit der Ecke des Klemmbretts an der Stirn. »Zweieinhalb Millionen. Das ist es, was ich zuletzt gehört habe, Doc. Bis jetzt haben sie keinen gefunden, der normal gewesen wäre. Nicht einen.«

Wie die Muschel, von der es seinen Namen hatte, bohrte sich das Gweduc mit einem künstlichen Saugheber im Boden tief unter dem Wasserspiegel der Elliot Bay fest. In einem Druckluftkäfig, den die Besucher nicht sehen konnten, wurden wimmelnde Fuhren der Meeresfauna nach oben, über die transparente Decke des Zuschauerraums befördert. Die gebündelten Lichtstrahlen der Schweinwerfer, die über das Wasser strichen, zeigten den Zuschauern phantastische Bilder: gelbe Lachse, rosafarbene Tintenfische, blaue Quallen. Am hinteren Ende des Raums war aus synthetischem Perlmutt die Nachbildung einer riesigen, geöffneten Gweduc-Muschel errichtet: die Bühne. Farbiges Scheinwerferlicht zeichnete lodernde Flammenzungen und blaue Schatten auf die Kulissenwand.

Eric fuhr mit dem Aufzug nach unten, stieg aus und fand sich in einer Umgebung wieder, die der Szenerie in seinem Alptraum beklemmend ähnlich war. Einzig die Sängerin fehlte. Ein Ober brachte ihn an seinen Platz, führte ihn durch den vollbesetzten Raum, der trüb und dunstig war vom Rauch parfümierter Zigaretten. Sie zwängten sich zwischen Tischen hindurch, an denen Männer im vorschriftsmäßig schwarzen Abendanzug, Frauen in Goldlamé und leuchtenden Kunststoffroben saßen. Die Tischplatten der kleinen runden Tischchen schimmerten aquamarinblau. Dieser irisierende blaue Glanz war – abgesehen von den Bühnenschweinwerfern und der Illumination des dunklen Wassers an der Decke – die einzige Lichtquelle im *Gweduc Room*. Die Luft war voll vom Gewisper flüsternder Stimmen, in dichten Schwaden wehten die Düfte und Aromen der Alkoholika, der verschiedenen

Tabaksorten und Parfümmarken, der Gerichte aus exotischen Meeresfrüchten durch den Raum – vermischt und vermengt mit dem immer und überall wahrnehmbaren Geruch nach Schweiß.

Sein Tisch stand – eingepfercht in all die anderen Tische und Stühle rundum – in der zweiten Reihe. Der Ober rückte ihm den Stuhl zurecht, Eric setzte sich.

»Darf ich Ihnen etwas zu Trinken bringen, Sir?«

»Bombay Ale.«

Der Ober entfernte sich und war nach ein paar Schritten im dämmrigen Dunkel verschwunden.

Eric versuchte seinen Stuhl in eine etwas bequemere Position zu rücken. Es ging nicht. Er saß fest, war unverrückbar eingekeilt zwischen zwei anderen Stühlen am Tisch hinter ihm. Vor ihm tauchte jetzt eine Gestalt aus dem Halbdunkel auf: der Hilfskellner.

»Was Besseres hab ich Ihnen leider nicht organisieren können, Doc.«

»Das ist perfekt. Könnte gar nicht besser sein.« Eric lächelte, zog einen Zwanziger aus der Tasche und drückte ihn dem Jungen in die Hand.

»Gibt's noch was, das ich für Sie tun kann, Doc?«

»Würden Sie Miss Lanai ausrichten, daß ich hier bin?«

»Mal sehen, ob's sich machen läßt, Doc. Dieser komische Pete hat sie den ganzen Nachmittag nicht aus den Augen gelassen, nicht eine Sekunde. Eigentlich ganz verständlich. Unter uns gesagt – ich würd's auch nichts anders machen.«

Weiß blitzten seine Zähne durch dichte, schattenschwarze Rauchschwaden. Er drehte sich um, ging wieder zurück und schob und drängelte sich durch die engen Tischreihen. Das Stimmengemurmel wurde leiser und klang schließlich ganz ab. Eric sah zur Bühne. Ein korpulenter Mann in schwarzweiß gestreiftem Overall beugte sich über das Mikrofon.

»Und jetzt…« – eine schwungvolle Geste mit der

Linken – »…worauf Sie alle gewartet haben…« Scheinwerfer flammten, rissen die Schatten der verdunkelten Bühne auf – im Rampenlicht stand Colleen Lanai, hatte die Hände fest ineinandergelegt und hielt sie ihrem Publikum entgegen. In dem nach der Mode einer lang vergangenen Zeit gearbeiteten und auf die Farbe ihrer Augen abgestimmten, strahlendblauen Kleid kamen die Rundungen ihrer Figur eindrucksvoll zur Wirkung.

»Colleen Lanai!«

Stürmischer Applaus brandete auf, klang wieder ab. Der korpulente Mann deutete nach rechts. Wieder flammten die Scheinwerfer auf: Pete Serantis erschien auf der Bühne, im schwarzen Overall, auf seinen Stock gestützt…

»Pete Serantis und…«

Er wartete, bis sich der Beifallssturm etwas gelegt hatte: »…das Musikron!«

Ein letzter Scheinwerfer leuchtete auf. Er war auf einen großen Metallkasten gerichtet, der hinter Pete stand. Der schmächtige Mann ging hinkend um das Gehäuse herum, duckte sich und verschwand darin. Colleen nahm dem Conférencier das Mikrophon ab – der verbeugte sich und stieg von der Bühne.

Eric spürte, wie die Spannung und Erwartung im Saal anwuchs. *Für einen kurzen Moment*, dachte er, *vergessen wir unsere Ängste, vergessen das Syndrom – es gibt nichts mehr als die Musik und diesen kurzen Augenblick.*

Colleen hielt das Mikrophon ganz nahe an den Mund. Es war eine beinahe intime Geste.

»Wir möchten Ihnen auch heute abend wieder ein paar Oldies – *wirkliche* Oldies – präsentieren«, eröffnete sie die Vorstellung. Es war, als ginge eine geradezu elektrisierende Wirkung von ihr aus. »Zwei dieser Oldies spielen wir heute zum ersten Mal. Wir beginnen mit einem Trio: *Terrible Blues*. Hören Sie jetzt vom Musikron die Originalaufnahme von *Clarence*

Williams and the Red Onion Jazz Babies, der Pete Serantis einen absolut neuen Charakter geben wird. Als nächstes den *Wild Man Blues* – die Trompete ist purer, unverfälschter Louis Armstrong. Zum Schluß *Them Graveyard Words*, eine alte Bessie-Smith-Nummer.«

Sie verbeugte sich, neigte nur unmerklich den Kopf.

Musik durchdrang den Raum. Sie kam von überall und nirgendwoher und sprach das gesamte Empfindungsvermögen, jeden einzelnen Sinn an. Colleen begann zu singen, mühelos und scheinbar ohne jede Anstrengung. Ihre Stimme war wie ein Instrument, sie schwang sich mit der Musik empor, verebbte mit ihr, liebkoste und streichelte die Luft.

Eric – und mit ihm jeder andere im Publikum – starrte sie an: mit offenem Mund, und unfähig, sich zu bewegen.

Der erste Song war zu Ende. Donnernder Applaus machte ihn taub. Seine Hände schmerzten – verwundert stellte er fest, daß er frenetisch Beifall klatschte. Er hörte auf, schüttelte den Kopf und atmete viermal tief durch. Colleen setzte wieder ein, nahm das mit wenigen Takten angedeutete Thema einer neuen Melodie auf. Eric starrte mit zusammengekniffenen Augen auf die Bühne. Irgendein Impuls veranlaßte ihn, sich die Ohren zuzuhalten – die Musik hielt unvermindert an. Er spürte, wie ihn panische Furcht packte. Er schloß die Augen. Entsetzt hielt er den Atem an: Immer noch sah er Colleen vor sich. Ein verwischtes, unruhiges Bild zunächst, das dann aber stabil stand, an einer Stelle, die links von ihm lag und etwas näher an ihn herangerückt war.

Ein zitternder, schwankender Klagegesang begleitete diese Vision, Gefühle der Trauer stürmten auf ihn ein. Eric hielt sich die Hände vor die Augen. Das Bild blieb. Er schlug die Augen auf – wieder war das Bild erst verwischt und rückte dann langsam an die richtige Stelle. Er sah auf einen Punkt neben Colleen, suchte nach der Stelle, von der aus er sie gesehen hatte. Er kam zu dem Schluß, daß diese Stelle nur im Innern des Musikrons liegen konnte. Und genau in dem Moment, als er zu diesem Schluß kam, entdeckte er auf der Stirnseite des Metallkastens die Umrisse des Spiegels.

»Durch einen Einwegspiegel«, wurde ihm klar. »Durch die Augen von Pete.«

Still saß er an seinem Tisch, dachte nach und überlegte, während Colleen ihre dritte Nummer zu Ende brachte. Pete stieg aus dem Musikron und nahm mit ihr den Applaus entgegen. Colleen warf dem Publikum Kußhändchen zu.

»Nur eine kurze Pause. Wir sind gleich wieder zurück.«

Gefolgt von Pete stieg sie von der Bühne, die Dunkelheit verschluckte sie. Ober gingen von Tisch zu Tisch. Eric wurde ein Drink serviert. Er legte das Geld auf das Tablett. Ein blauer Schatten tauchte vor ihm aus dem Dunkel und ließ sich auf den Stuhl neben ihm gleiten.

»Tommy hat mir gesagt, daß Sie hier sind... Der Hilfskellner.« Sie lehnte sich über den Tisch. »Pete darf Sie auf keinen Fall sehen. Er ist völlig ausgerastet. Schäumt vor Wut. Ich habe so was noch nie gesehen.«

Eric beugte sich nahe zu ihr. Der feine Duft ihres Sandelholzparfüms stieg ihm in die Nase und machte ihn schwindlig. »Ich möchte mit Ihnen sprechen«, sagte er. »Können wir uns nach der Vorstellung treffen?«

»Ich denke, ich kann Ihnen trauen«, sagte sie. Sie zögerte kurz und lächelte zaghaft. »Sie wirken sehr professionell.« Wieder ein kurzes Zögern. »Und ich glaube, ich habe professionelle Beratung dringend nötig.« Sie schlüpfte aus ihrem Stuhl und stand auf. »Ich muß zurück, bevor er mitbekommt, daß ich nicht zur Toilette bin. Wir treffen uns am Lastenaufzug. Im Obergeschoß.«

Weg war sie.

Die kalte Brise, die von der Bucht herüberwehte, zupfte an Erics Cape und blähte es wie einen Ballon auf. Er lehnte sich an die Betonbrüstung und zog an seiner Zigarette. Im orangeroten Schein der Glut leuchtete sein Gesicht flackernd auf, verdunkelte sich wieder. Das ablaufende Wasser der Brandung gluckste und plätscherte, Wellen schlugen klatschend und platschend gegen die Betonmauer. Das vielfarbige Glühen, das das Wasser bunt färbte, erlosch, als die Beleuchtung über dem Gweduc Room ausgeschaltet wurde. Er fröstelte. Dann hörte er Schritte. Sie kamen von links, kamen näher: ein Mann. Allein. Er ging vorbei. Bald danach ein leises Surren. Es wurde lauter, brach schließlich ab. Dann wieder Schritte, flinker und leichter diesmal – sie liefen auf ihn zu und hielten an der Brüstung an. Er roch ihr Parfüm.

»Danke«, sagte er.

»Ich kann nicht lange bleiben. Er ist mißtrauisch. Tommy hat mich mit dem Lastenaufzug raufgefahren. Er wartet solange.«

»Ich will es kurz machen. Ich habe nachgedacht. Ich will über Ihre Reisen sprechen. Über die Orte, an denen Sie waren, seit Sie sich in Honolulu mit Pete zusammentaten.« Er drehte sich um und lehnte sich mit der Hüfte gegen die Brüstung. »Sie haben Ihr Programm zunächst in Santa Rosa, Kalifornien, getestet, in der finstersten Provinz. Sind dann nach Piquetberg, Karatschi, Reykjavik, Portland, Hollandia und Lawton. Schließlich nach Los Angeles und danach hierher.«

»Sie haben sich wohl unsere alten Tourneepläne vorgenommen?«

Er schüttelte den Kopf. »Nein.« Er überlegte kurz.

»Pete verlangt Ihnen ganz schön viel Probenarbeit ab, hab ich recht?«

»Unsere Arbeit ist nun einmal kein Kinderspiel.«

»Das habe ich auch nicht behauptet.« Er drehte sich um, lehnte sich wieder auf die Brüstung und schnippte die Zigarette in die Dunkelheit. Es zischte, als sie ins Wasser fiel. »Wie lange kennen Sie Pete schon?«

»Ein paar Monate. Ungefähr. Warum?«

Er blickte zur Seite. »Was für ein Mensch ist er?«

Sie hob die Schultern. »Er ist ein feiner Kerl. Er will mich heiraten.«

Eric schluckte. »Und Sie? Wie stehen Sie dazu?«

Sie blickte über die dunkle Bucht. »Das ist der Grund, weshalb ich Ihren Rat brauche. Ich weiß es nicht… Ich weiß es einfach nicht. Er hat mich zu dem gemacht, was ich bin; durch ihn bin ich in der Unterhaltungsbranche ganz nach oben gekommen.« Sie drehte den Kopf und sah Eric an. »Er ist sogar ein außerordentlich feiner Kerl… Wenn man weiß, wie man mit seiner Verbitterung umgehen muß.«

Eric atmete tief ein und drückte sich fest an die Brüstung. »Darf ich Ihnen etwas erzählen?«

»Was denn?«

»Sie erwähnten heute morgen den Namen Dr. Carlos Amanti. Er ist der Erfinder der Telesonde. Kannten Sie ihn?«

»Nein.«

»Ich war einer seiner Schüler. Sein Zusammenbruch hat jeden von uns schwer getroffen. Aber ich habe als einziger weiter an dem Projekt Telesonde gearbeitet. Und arbeite immer noch daran – mittlerweile sind es acht Jahre.«

Er schien ihr Interesse geweckt zu haben. »Was ist eigentlich diese Telesonde?« fragte sie.

»In der wissenschaftlichen Fachpresse hat man sich über die Sache lustig gemacht. *Der Gedankenleser* – so hat man sie getauft. Das ist sie nicht. Die Telesonde ist lediglich ein Instrument zur Interpretation bestimmter unbewußter Impulse des menschlichen Gehirns. Ich will nicht ausschließen, daß wir eines Tages mit ihrer Hilfe tatsächlich Gedanken lesen können. Im Moment aber ist sie ein ziemlich primitives und manchmal auch ziemlich unzuverlässiges Werkzeug. Amanti wollte eine Möglichkeit der Kommunikation mit dem Unbewußten finden. Er versuchte das mit der Interpretation der Gehirnstromwellen. Und seine Idee war es, diese Gehirnstromwellen zu verstärken, dadurch ein exaktes Bild der unterschiedlichen Wellentypen zu erhalten und diese Typenvarianten dann in entsprechende Gedankenbilder zu übersetzen.«

Sie nagte an ihrer Unterlippe. »Und Sie glauben, daß Sie mit dem Musikron die Telesonde verbessern könnten? Daß dadurch das Syndrom bekämpft werden könnte?«

»Mehr noch.« Er sah zu Boden.

»Sie wollen mir etwas sagen, ohne es aussprechen zu wollen«, sagte sie. »Geht es um Pete?«

»Nicht direkt.«

»Warum haben Sie mir eigentlich diesen langen Vortrag über die Stationen unserer Tournee gehalten? Das war doch nicht umsonst. Worauf wollen Sie damit hinaus?«

Er sah sie nachdenklich an, versuchte abzuschätzen, was und wieviel er ihr zumuten konnte. »Hat Ihnen Pete nichts über diese Orte erzählt?«

Sie preßte die Hand auf den Mund, starrte ihn mit weit aufgerissenen Augen an und stöhnte: »Doch nicht, daß das Syndrom … Doch nicht auch an jedem dieser Orte?«

»Allerdings.« Seine Antwort war unmißverständlich, schloß jeden weiteren Zweifel aus.

Sie schüttelte den Kopf. »Und was wollen Sie mir damit sagen?«

»Daß möglicherweise das Musikron der Verursacher ist.«

»Nein!«

»Ich kann mich natürlich täuschen. Aber sehen Sie sich die Sache doch einmal genau an: Amanti war ein Genie, das sich am Rande des Wahnsinns bewegte. Irgendwann kam der Zusammenbruch: ein psychotischer Schub. Dann konstruiert er mit Pete eine Maschine. Es könnte sein, daß die Maschine das Muster der Hirnstromwellen ihres ›Maschinisten‹ übernimmt und es als zerstörerischen Impuls weiterleitet. Fest steht, daß das Musikron Denken in eine wahrnehmbare Energieform, in Klang, umwandelt. Könnte es dann nicht genausogut möglich sein, daß es einen Störimpuls direkt ins Unbewußte leitet?« Er leckte sich die Lippen. »Sehen Sie: Ich höre diese Klänge, obwohl ich mir die Ohren zuhalte. Ich sehe Sie, obwohl ich mir die Augen zuhalte. Erinnern Sie sich noch an meinen Alptraum? Mein Nervensystem reagiert auf einen subjektiven Impuls.«

»Ist das bei allen anderen auch so?«

»Vermutlich nicht. Diese Impulse werden – falls es sich nicht um jemanden handelt, der wie ich entsprechend konditioniert ist, weil er seit Jahren der Ausstrahlung einer sehr ähnlichen Maschine ausgesetzt ist –, diese Impulse werden üblicherweise an der Schwelle zum Bewußtsein zensiert und als unglaub*bar* verdrängt.«

Ihr Mund wurde hart. Sie schüttelte den Kopf. »Ich kann nicht erkennen, wie Sie mit Ihrem Fachchinesisch und Wissenschaftskauderwelsch beweisen wollen, daß das Musikron das Syndrom verursacht.«

»Vielleicht geht es so auch tatsächlich nicht. Ich habe nur keine bessere Möglichkeit gesehen. Und deswegen möchte ich Sie jetzt auch um einen Gefallen bitten. Könnten Sie mir die Schaltpläne des Musikrons beschaffen? Wenn ich die Schaltpläne hätte, dann könnte ich feststellen, wie dieses Ding eigentlich funktioniert. Wissen Sie, ob Pete solche Pläne hat?«

»In der Maschine liegt ein … so etwas wie ein dickes Notizbuch. Möglicherweise ist es das, was Sie meinen.«

»Könnten Sie es mir besorgen?«

»Vielleicht. Allerdings nicht heute abend … Und Pete darum zu bitten – kein Drandenken!«

»Und warum nicht heute abend?«

»Pete nimmt den Schlüssel des Musikrons mit ins Bett. Er schließt es ab, wenn wir nicht damit arbeiten. Um zu verhindern, daß irgend jemand die Maschine betritt und möglicherweise einen Schock erlebt. Ausschalten kommt nicht in Frage, weil es zu lange dauert, bis sie warmgelaufen ist. Das hat irgendwas mit Kristallen oder mit Energiepotentialen, oder wie immer das sonst heißt, zu tun.«

»Und wo ist das Zimmer von Pete? Oder sein Apartment?«

»In einem Teil des Gweduc, der von den anderen Gästequartieren abgetrennt ist.«

Er atmete die feuchte salzige Luft ein und drehte sich schließlich wieder zu ihr um.

Colleen zitterte. »Es ist nicht das Musikron. Ich weiß es. Ich … sie …« Sie weinte.

Er legte ihr seinen Arm um die Schultern, spürte, wie sie zitterte. Sie drückte sich an ihn – das Zittern ließ nach.

»Ich werde die Pläne beschaffen.« Nervös drehte sie den Kopf hin und her. »Dann wird sich zeigen, daß es nicht das Musikron ist.«

»Colleen …« Er nahm sie fester in den Arm – heißes Verlangen trieb ihn dazu.

Sie preßte sich enger an ihn: »Ja …«

Er beugte sich zu ihr hinunter. Ihre Lippen waren warm und weich. Sie klammerte sich an ihn, riß sich los und schmiegte sich wieder an ihn.

»Wir dürfen nicht ...«, sagte sie.

Wieder beugte er sich zu ihr. Sie legte den Kopf in den Nacken ... Ein zärtlicher Kuß.

Behutsam machte sie sich aus seiner Umarmung frei, wandte sich ab und blickte über die Bucht. »Das kann unmöglich sein«, flüsterte sie. »Es ist, als hätte man ... Viel zu schnell. Und ohne jede Vorwarnung.«

Er vergrub das Gesicht in ihrem Haar, atmete tief ein. »Als hätte man *was*?«

»Als hätte man endlich nach Hause gefunden.«

Er schluckte. »Liebling.«

Wieder trafen sich ihre Lippen. Dann machte sie sich los – legte ihm die Hand auf die Wange: »Ich muß gehen.«

»Wann sehen wir uns wieder?«

»Morgen. Ich werde Pete sagen, ich hätte ein paar Einkäufe zu erledigen.«

»Und wo treffen wir uns?«

»Wo ist dein Labor?«

»In meiner Wohnung. Chalmers Place, auf der anderen Seite des Sees. Die Adresse steht im Telefonbuch.«

»Ich komme, sobald ich die Schaltpläne habe.«

Noch einmal küßten sie sich.

»Ich muß jetzt wirklich gehen.«

Er hielt sie fest.

»Wirklich.« Sie riß sich los. »Gute Nacht« – sie zögerte kurz – »Eric.« Die Schatten der Nacht fielen über sie und hüllten sie ein.

Er hörte den Aufzug surren, lehnte sich zurück und atmete tief und fest, um wieder ruhig zu werden.

Schritte. Langsame, vorsichtige Schritte. Sie kamen von links auf ihn zu. Das grelle Licht einer Taschenlampe blendete ihn, verschwommen sah er ein Abzeichen aufblitzen: ein Polizist auf Streife. Der Lichtstrahl wanderte nach unten, hielt auf dem Äskulapstab inne.

»So spät noch unterwegs, Doktor?«

Der Lichtstrahl wanderte zurück, strich wieder über

sein Gesicht und erlosch. Eric wußte Bescheid: Er war fotografiert worden – die übliche Prozedur.

»Sie haben sich mit Lippenstift beschmiert«, sagte der Streifenpolizist. Und ging weiter, vorbei an der Aufzugkuppel.

Im Innern des Musikrons: Ein schmächtiger Mann, mit verbittertem, haßverzerrtem Gesicht – mit bitteren, haßerfüllten Gedanken: *War doch wirklich eine rührende, romantische Liebesszene!* Denkpause. *Der Doktor wünscht etwas zum Lesen?* Hämisches Lächeln. *Kann ich ihm besorgen. Kann ihm etwas besorgen, über das er sich den Kopf zerbrechen kann, nachdem wir weg sind.*

Bevor er zu Bett ging, gab Eric noch einen Transgraph für Mrs. Bertz, seine Sekretärin, ein und sagte alle Termine für den nächsten Tag ab. Er kuschelte sich an sein Kopfkissen, er umarmte und drückte es – und fand keinen Schlaf. Versuchte es mit Yoga, mit Atemübungen – er war hellwach und blieb hellwach. Er stieg aus dem Bett, zog einen Morgenmantel an, schlüpfte in seine Sandalen und sah auf die Uhr: 02.05, Samstag, 15. Mai 1999. *Nur ein Tag und eine Stunde …* ging es ihm durch den Kopf … *vor fünfundzwanzig Stunden erst war die Welt ein grauenhafter Alptraum. Und jetzt … Ich weiß es nicht.* Er lächelte. *Doch, natürlich weiß ich es: Ich bin verliebt. Verliebt wie damals … Wie ein Schuljunge …*

Er holte tief Luft. *Ich bin verliebt.* Er schloß die Augen und rief sich Colleens Bild ins Gedächtnis. *Eric, wenn es dir noch gelingt, das Syndrom zu besiegen – die ganze Welt gehört dir.* Gedankensprung: *Ich bin im Anfangsstadium einer manischen Phase …*

Eric grübelte. *Wenn Pete mit dem Musikron Seattle verläßt – was dann?*

Er schnalzte mit den Fingern, ging zum Vidiphon und rief ein Reisebüro an, das rund um die Uhr arbeitete. Nach längerem Zureden (und dank einer entsprechenden Aufwandsentschädigung) hatte er die Angestellte der Agentur endlich soweit, daß sie ihm bestimmte Daten und Buchungstermine nachschlug. Er nannte ihr den Zifferncode für die Abbuchungsgenehmigung, legte auf und ging an das Mikrofilmregal gegenüber dem Fußende seines Betts. Er suchte das Titelverzeichnis durch, bis er gefunden hatte, was er brauchte: »Dr. Carlos Amanti: Enzephalographische Wellenbilder und ihre Bedeutung. Eine Untersuchung der neun Gehirnimpulse.« Er drückte die Wahltaste, schaltete den Bildschirm auf dem Regal ein und ging mit der Fernbedienung zurück ins Bett.

Die erste Seite erschien auf dem Schirm – automatisch verdunkelte sich die Zimmerbeleuchtung:

Innerhalb und außerhalb der Grenzen des menschlichen Hörbereichs gibt es eine abgestufte Reihe von Schwingungsimpulsen, die entsprechend abgestufte emotionale Reaktionen und Angstgefühle auslösen. Einige dieser Schwingungsimpulse – Impulse, die im allgemeinen als Klänge *bezeichnet werden – erzeugen emotionale Zustände und Verfassungen, die als Grenzsituationen des menschlichen Gefühlslebens angesehen werden müssen. Nicht ohne Grund könnte man sagen: Jede emotionale Reaktion ist Folge einer Stimulation durch harmonische Bewegung, durch Oszillation.*

Es gibt eine ganze Reihe von Forschungsarbeiten, die zeigen, daß bestimmten Emotionen und Gefühlen bestimmte charakteristische Reaktionsmuster der Gehirnstromwellen korrespondieren: etwa die Arbeit von Carter über Zeta-Wellen und Liebe; die Arbeit von Reymann über Pi-Wellen und abstraktes Denken; Poulsons Theta-Wellenindex zur Gradation des Gefühls der Traurigkeit – um nur einige zu nennen.

Ziel meiner Arbeit ist es, diese charakteristischen Reaktionen zu erforschen und damit etwas zu erreichen, das – wie ich denke – eine vollständig neue Richtung in der Interpretation von …

Eric hatte befürchtet, das Lesen würde ihn müde

und schläfrig machen. Aber jetzt mußte er feststellen, daß er hellwach war, so wach, wie er in anderen Nächten zu einem so späten Zeitpunkt kaum jemals gewesen war. Er kannte den Text, hatte ihn oft schon gelesen, und las ihn trotz alldem auch jetzt wieder mit gespannter Aufmerksamkeit. Und als ihm jetzt eine Passage am Ende Buches wieder einfiel, drückte er die Schnellauftaste und ließ den Text durchlaufen, bis er die entsprechende Stelle gefunden hatte. Er schaltete wieder auf normale Bandlaufgeschwindigkeit, dann auf Einzelblattwahl – da war sie:

Bei meiner Arbeit mit verschiedenen verwirrten Patienten stellte ich fest, daß während der Zeit, in der diese Patienten in der Telesonde saßen, die Atmosphäre mit einer starken emotionalen Spannung aufgeladen war. Auch andere, die von meiner Arbeit nichts wußten, haben von dieser Erfahrung berichtet. Das läßt vermuten, daß die charakteristischen Emanationen eines verwirrten Geistes möglicherweise sympathetisch auf diejenigen Personen einwirken, die sich innerhalb des nicht abgeschirmten Feldes der Telesonde befinden. Seltsamerweise setzen diese Wahrnehmungen und Empfindungen manchmal erst Minuten oder sogar Stunden nach jenem Zeitraum ein, in dem der Patient untersucht wurde.

Ich glaube, es wäre verfrüht, wollte man aus diesem Phänomen bereits jetzt einen hypothetischen Befund ableiten. Wir wissen nach wie vor noch immer viel zu wenig über die Telesonde – das Problem der Latenzphase wäre hier etwa zu nennen. Dennoch: Es ist denkbar, daß die Kombination Telesonde – verwirrte Persönlichkeit Feldkräfte ausstrahlt, die hemmend auf die Funktionen des Unbewußten derjenigen Personen einwirken, die sich innerhalb des Feldes befinden. Aber wie auch immer – der ganze Bereich Telesonde und Erforschung der Gehirnstromwellen umfaßt …

Entschlossen schaltete Eric den Projektor aus, schlüpfte aus dem Bett und zog sich an. Ein Blick auf die Uhr neben dem Bett: 03.28, Samstag, 15. Mai 1999.

Er war so munter wie in seinem ganzen Leben noch nicht. Er lief, zwei Stufen auf einmal nehmend, in sein Kellerlabor, schaltete ein, was an Lampen und Lichtern zur Verfügung stand, und rollte die Telesonde aus dem Winkel, in dem sie abgestellt war.

Mir ist etwas klar geworden, ging es ihm durch den Kopf. *Das Syndrom ist ein viel zu dringliches Problem, als daß ich mir leisten könnte, meine Zeit mit Schlafen zu verschwenden.*

Eine Vielzahl von Fächern und Borden, Röhren in langen Reihen, ein labyrinthisches Gewirr aus Drähten und Schaltungen, im Zentrum ein Lehnstuhl, über dem Stuhl der Elektrodenhelm – Eric starrte auf die Apparatur, die offen und ohne Abdeckung vor ihm stand: die Telesonde. *Das Musikron,* überlegte er, *ist für die Übertragung von Klängen ausgestattet. Das bedeutet, ich brauche irgendeinen sekundären Resonanzkreis.*

Er holte ein fabrikneues Tonbandgerät aus einem Regal am hinteren Ende des Labortisches und baute die Aufnahme- und Wiedergabeanlage aus. Dann nahm er das Handbuch, skizzierte die notwendigen Veränderungen und unterbrach diese Arbeit nur gelegentlich, um mit dem Rechenschieber Belastung und Spannungssicherung auszutüfteln. Auch wenn er mit seiner Arbeit nicht vollständig zufrieden war – es drängte ihn so sehr, endlich anfangen zu können, daß er sich schon bald zurechtlegte, was er an Ersatz- und Zubehörteilen brauchte, und sich an Zerlegen und Löten machte.

Mit einer Drahtzange trennte er die Aufnahmeeinheit der Telesonde ab und nahm den kompletten Bauteil heraus. Dann rollte er das Gehäuse der Sonde an den Labortisch und setzte die Aufnahme- und Wiedergabeanlage des Tonbandes ein und verdrahtete sie. Er arbeitete sorgfältig, überprüfte jeden seiner Schritte anhand des Schaltplans. Die Hauptleitungen des Monitors und des Akustiksystem verband er in einer Rückkopplungsschleife mit der vorderen Gruppe der Ableitungselektroden. In einem ersten Test schloß er die fertige Schaltung an eine Stromquelle an und baute – ohne noch lange zu messen oder zu rechnen – Widerstände ein, um Impedanzen zu neutralisieren. Hinzu kam, daß es immer wieder nötig wurde, Abschirmungen zu konstruieren – er arbeitete, testete und probierte über eine Stunde lang.

Schließlich trat er zurück, starrte auf die Maschine und überlegte. *Das Ding muß doch an jeder Ecke immense Schwingungen erzeugen! Wie schafft er es bloß, dieses Monster ruhig zu halten?*

Eric zupfte sich nachdenklich am Kinn. *Tja also ... dann wollen wir uns einmal ansehen, was dieser Bastard macht.*

Er sah auf die Wanduhr über dem Labortisch: 06.45. Er holte tief Atem, steckte eine Überspannungssicherung in den Schutzschalter, legte den Schalter um. Ein Draht im Schaltkreis der Ableitungselektroden wurde weißglühend, die Sicherung brannte durch. Eric schaltete aus, holte sich einen Phasenprüfer und ging an die Maschine. Er konnte den Fehler nicht entdecken. Er nahm sich wieder die Schaltpläne vor.

»Zuviel Strom vielleicht ...« Dabei fiel ihm ein, daß er seinen Hochleistungsrheostaten zur Reparatur gebracht hatte. Aber vielleicht ging es ja auch mit dem Hilfsgenerator, den er einmal bei einem früheren Experiment eingesetzt hatte und der jetzt unter einem Turm von Kisten und Schachteln in einer Ecke stand ... Aber dann ließ er ihn einstweilen weiter dort stehen und ging wieder an die Telesonde.

»Wenn ich mir nur dieses Musikron näher ansehen könnte.«

Er starrte auf die Maschine. »Ein Resonanzkreis – es kann gar nichts anderes sein.« Er versuchte, sich ein Bild von der Anordnung, von der Verbindung der einzelnen Komponenten zueinander zu machen, dachte sich selbst als der Teil der Maschine.

»Ich habe irgendwo etwas übersehen. Es gibt da noch irgend etwas anderes. Und ich habe das sichere Gefühl, daß ich schon einmal wußte, was das ist – daß ich davon schon gehört habe. Ich muß an die Schaltpläne dieses Musikrons kommen.«

Er drehte sich um, stieg die Treppe hinauf und ging in die Küche. Nahm ein Päckchen Kaffeekapseln aus dem Schrank, legte es wieder ab, neben die Spüle – das Vidiphon läutete. Die Angestellte aus dem Reisebüro. Eric hörte sich an, was sie herausgefunden hatte, machte sich Notizen, bedankte sich bei ihr und legte auf. Dann rechnete er nach.

»Mit einer Verzögerung von achtundzwanzig Stunden«, stellte er fest. »In jedem einzelnen Fall. Von Zufall kann da keine Rede mehr sein.«

Schwindel befiel ihn, einen kurzen Augenblick lang, dann Müdigkeit. »Vielleicht sollte ich besser ein wenig ausruhen. Um diese Geschichte kümmere ich mich, wenn ich wieder etwas frischer bin.«

Er tappte ins Schlafzimmer, setzte sich auf sein Bett, schlüpfte aus den Sandalen und legte sich zurück – viel zu müde, um sich erst noch auszuziehen. Und konnte trotzdem nicht einschlafen. Er schlug die Augen auf, sah auf die Uhr: 07.00. Er seufzte, schloß die Augen wieder und glitt in einen Dämmerzustand zwischen Wachen und Schlafen. Irgendeine pedantisch-kleinliche Befürchtung nagte und biß an ihm und ließ sein Bewußtsein nicht zur Ruhe kommen. Wieder schlug er die Augen auf, wieder sah er auf die Uhr: 09.50. *Ich habe nicht bemerkt, daß die Zeit vergangen ist*, fiel ihm auf. *Also muß ich doch geschlafen haben*. Er schloß die Augen und glitt in einen Zustand der Benommenheit, schlitterte in eine schwindelerregende Strömung in einem Wasserlauf. War ein Schiff in der Strömung und irrte ziellos umher, gehetzt, in kreisenden Wirbeln.

Hoffentlich hat er nicht mitbekommen, daß ich weg war, dachte er.

Die Augenlider klappten auf: Einen kurzen Moment nur sah er, wie an der Zimmerdecke, genau über seinem Kopf, eine Unitrans einfuhr.

»Verrückter Gedanke. Was hat mich bloß daraufgebracht?« Er schüttelte den Kopf. »Ich bin überarbeitet.«

Im Halbschlaf drehte er sich auf die Seite, ermattet fielen ihm die Augen zu. Und im selben Augenblick glaubte er, in einem Gewirr von Drähten festzusitzen. Wie eine Sturzflut kam der Haß über ihn – ein Gefühl, das so mächtig war und dabei so unerklärlich und richtungslos, daß ihn Angst befiel. Er biß die Zähne zusammen, schüttelte den Kopf, schlug die Augen auf. Die entsetzliche Empfindung klang ab. Er war geschwächt, ausgelaugt. Erschöpft schloß er die Augen. Und glaubte zu riechen – den beinahe unerträglich starken Duft von Gardenien zu riechen; glaubte zu sehen – das Licht der Morgendämmerung zu sehen, daß durch Jalousien eines Fensters fiel. Er riß die Augen auf, setzte sich auf und legte den Kopf in die Hände.

Stimulation des Riechhirns, überlegte er. *Visuelle Stimulation … Akustische Stimulation … Reaktionen beinahe des gesamten Sensoriums. Das hat etwas zu bedeuten. Aber was?* Kopfschüttelnd sah er auf die Uhr: 10.10.

In Pakistan, nicht weit von Karatschi, hockte ein Hinduheiliger am Rand einer uralten Straße im Staub. Ein Lastwagenkonvoi zog an ihm vorbei: Fahrzeuge des Internationalen Roten Kreuzes, die eine Gruppe ausgewählter, vom Wahnsinn des Syndroms befallener Patienten auf das Skytrain-Flugfeld im Indusdelta bringen. Die Kranken sollten am folgenden Tag in einer neu eingerichteten Klinik in Wien untersucht werden. Die Motoren jaulten und dröhnten, der Boden bebte. Der Heilige zeichnete mit dem Finger eine Figur in den

Staub – das Symbol des Brahmaputra. Der Fahrtwind der Transportfahrzeuge verwehte und verbog den Lauf des großen Flusses. Der Heilige schüttelte traurig den Kopf.

Es läutete. Jemand stand vor der Haustür. Eric drückte auf den Scannerschalter neben seinem Bett und sah auf den zentralen Bildschirm im Schlafzimmer: das Gesicht von Colleen. Er tippte auf den Türöffner, tippte daneben, versuchte es noch einmal und traf. Er fuhr sich kurz mit den Fingern durchs Haar, schloß den Kragen seines Overalls und ging in den Hausflur.

Zierlich und unsicher wirkte Colleen, als sie im Flur vor ihm stand. Wie ein Netz zog es sich in seinem Innern zusammen, eng und enger, vollständig und endgültig.

Junge, Junge, dachte er. *Noch nicht einmal ein Tag, und schon hat es dich erwischt.*

»Eric.«

Warm und weich schmiegte sie sich an ihn, hüllte ihn ein in den süßen Duft ihres Haars.

»Du hast mir gefehlt«, sagte er.

Sie riß sich los und blickte zu ihm auf. »Hast du von mir geträumt?«

Er küßte sie. »Nur einen ganz normalen Traum.«

»Doktor!«

Ihr Lächeln zeigte ihm, was er von dieser scharfen Zurechtweisung zu halten hatte. Sie machte sich aus seiner Umarmung frei und schlüpfte aus ihrem Pelzcape. Aus einer Innentasche des Capes zog sie ein schmales, blaues Heft. »Die Schaltpläne. Pete hat nicht die geringste Ahnung.«

Unvermittelt taumelte sie auf ihn zu, umklammerte seinen Arm, keuchte und atmete schwer.

Erschrocken hielt er sie fest. »Was ist mit dir, Liebling?«

Sie schüttelte den Kopf, atmete schwer, zog mit tiefen, stockenden Atemzügen die Luft ein.

»Hat nichts zu bedeuten. Nur... nur ein bißchen Kopfweh.«

»Das nennst du *ein bißchen Kopfweh*?« Er legte ihr den Handrücken an die Stirn – die Haut war fiebrig heiß. »Bist du krank?«

Sie schüttelte den Kopf. »Nein. Es ist schon wieder vorbei.«

»Mir gefällt das nicht. Kein gutes Zeichen. Hast du etwas gegessen?«

Sie war jetzt wieder ruhiger. »Nein. Ich esse nur selten etwas zum Frühstück... Die Linie, verstehst du?«

»Unsinn. Du kommst jetzt mit mir und ißt etwas Obst.«

Sie lächelte ihn an. »Jawohl, Doktor... Liebling.«

Der Widerschein der spiegelnden Steuerarmaturen im Innern des Musikrons wirkte wie ein Bühnenscheinwerfer, der von unten auf Pete gerichtet war: Er verwandelte sein Gesicht in eine dämonische Fratze. Seine Hand lag auf einem Steuerschalter. Er zögerte, war unschlüssig: *Wenn ich doch nur in der Lage wäre, deine Gedanken zu steuern, Colleen! Dir sagen könnte, was du zu tun und wie du dich zu verhalten hast! Wann immer ich es versuche, bekommst du Kopfschmerzen. Wenn ich nur wüßte, wie diese Maschine wirklich funktioniert!*

Dem Labor waren die Spuren von Erics nächtlichen Aktivitäten – chaotisches Durcheinander, Wirrwarr, Unordnung – nach wie vor anzusehen. Er setzte Colleen in einen Stuhl am Labortisch, stellte sich neben sie und schlug das schmale, blaue Heft auf. Ahnungslos musterte sie die aufgeschlagenen Seiten.

»Was bedeuten diese komischen Kringel?«

Er lächelte. »Das ist ein Schaltplan.« Er nahm ein

Meßgerät, machte sich daran, Leitungsdrähte aus dem Resonanzkreis zu ziehen und blickte dabei immer wieder auf das Schaltbild. Hörte auf, runzelte verwundert die Stirn und starrte noch einmal auf das Diagramm. »Das kann nicht sein.« Er holte sich einen Notizblock, einen Stift und nahm sich das Heft vor.

»Was ist?«

»Das ist absolut widersinnig.«

»Was soll das heißen?«

»Das sind Schaltpläne für ... für irgendwas – nur nicht für das, wofür sie angeblich sein sollen.«

»Bist du dir sicher?«

»Ich kenne die Arbeit von Dr. Amanti. Und so etwas hätte er nie gemacht.« Er blätterte das Heft durch. Ein lose Seite flatterte heraus. Er untersuchte die Bindung: Die ursprünglichen Seiten waren mit einem Rasiermesser herausgeschnitten und durch andere Seiten ersetzt worden. Eine saubere Arbeit: Wäre die Seite nicht herausgeflattert – es wäre ihm nicht aufgefallen. »Du hast gesagt, es wäre nicht schwer gewesen, das Ding zu finden – wo war es denn eigentlich?«

»Es war nicht versteckt. Es lag auf dem Musikron.«

Er sah sie nachdenklich an.

»Was stört dich dabei?« Sie blickte ihn offen und freimütig an.

»Wenn ich das wüßte, wäre mir wohler.« Er zeigte auf das Heft. »Dieses Ding ist ungefähr so echt wie ein Marskanal.«

»Wie willst du das wissen?«

»Wenn ich nach dieser Anleitung vorgehen würde ...« – wieder deutete er auf das Heft –, »das Ding würde sich beim ersten Stromstoß in Rauch auflösen. Es gibt nur eine Erklärung: Pete hat etwas spitzgekriegt.«

»Aber wie?«

»Das wüßte ich eben auch gerne ... Wie konnte er

ahnen, daß du mir die Schaltpläne beschaffen willst? Möglicherweise dieser Hilfskellner ...«

»Tommy? Dieser nette Junge?«

»Netter Junge! So nett, daß er seine Mutter verkaufen würde, wenn der Preis stimmt. Er könnte uns gestern abend belauscht haben.«

»Ich kann es einfach nicht glauben.« Sie schüttelte den Kopf.

Im Spinnennetz des Musikrons. Pete beißt die Zähne zusammen. *Du sollst ihn hassen! Du sollst ihn hassen!* Mit aller Macht versuchte er, ihr diesen Gedanken aufzudrängen. Er schaffte es nicht. Wütend riß er sich den Helm vom Kopf und stolperte aus dem Musikron. *Du bekommst sie nicht! Wenn du den Kampf willst, einen schmutzigen Kampf – ich zeig's dir gern, was das heißt: schmutziger Kampf.*

»Gibt es denn keine andere Erklärung?« fragte Colleen.

»Wüßtest du eine?«

Vorsichtig ließ sie sich vom Labortisch gleiten, blieb plötzlich unsicher stehen, taumelte dann auf ihn zu und drückte ihr Gesicht an seine Brust.

»Mein Kopf ... Mein Kopf ...« Kraftlos und schwach lag sie in seinen Armen, erholte sich nur langsam wieder. Sie keuchte und atmete schwer. Schließlich richtete sie sich wieder auf. »Danke.«

Eric führte sie zu einem Liegestuhl, der in einer Ecke des Labors stand, und setzte sie langsam und vorsichtig hinein. »Ich bringe dich jetzt auf der Stelle in ein Krankenhaus, und du läßt dich von oben bis unten durchchecken – einschließlich Isotopendiagnostik und allem, was sonst noch dazugehört. Die Sache gefällt mir nicht.«

»Ich hab doch nur Kopfweh.«

»Komische Sorte Kopfweh.«

»Ich gehe nicht ins Krankenhaus.«

»Kein Widerrede! Sobald ich da drüben am Telefon bin, ist der Termin reserviert.«

»Ich will das nicht, Eric.« Energisch setzte sie sich auf. »Ich will keine Ärzte mehr sehen.« Sie blickte zu ihm auf. »Dich ausgenommen. Ich kenne diese Tests und Untersuchungen, ich habe sie alle hinter mir. Mit mir ist alles in Ordnung ... bis auf diese Sache mit meinem Kopf.« Sie lächelte. »Und was das angeht: Dafür habe ich den zuständigen Spezialisten wohl schon gefunden – oder täusch ich mich, Doktor?«

Sie legte sich wieder zurück und schloß die Augen. Eric zog sich einen Stuhl heran, setzte sich neben sie und hielt ihre Hand. Colleen schien in einen leichten Schlaf zu fallen – sie atmete gleichmäßig. Die Minuten vergingen.

Wenn ich die Telesonde nicht beinahe vollständig demontiert hätte, dann könnte ich sie jetzt untersuchen, dachte er.

Sie wachte auf und öffnete die Augen.

»Es muß das Musikron sein.« Eric nahm ihren Arm. »Hattest du vergleichbare Kopfschmerzen auch schon, bevor du mit dieser Maschine gearbeitet hast?«

»Kopfschmerzen hatte ich öfter ... Sie waren allerdings nie so schlimm.« Sie schauderte. »Ich hatte in der vergangen Nacht entsetzliche Träume. Ich träumte von diesen bemitleidenswerten Menschen, die wahnsinnig werden, und bin immer wieder aufgewacht. Am liebsten wäre ich zu Pete gegangen und hätte die Sache mit ihm ausgetragen.« Sie schlug die Hände vors Gesicht. »Woher willst du so sicher wissen, daß es das Musikron ist? So sicher kannst du gar nicht sein. Ich glaube es nicht! Kann es nicht glauben!«

Eric stand auf, ging an den Labortisch und kramte und stöberte so lange herum, bis er fand, wonach er gesucht hatte: ein Notizbuch. Er ging zu ihr zurück und warf ihr das Buch in den Schoß. »Hier. Der Beweis.«

Sie sah das Buch nur an – sie nahm es nicht in die Hand und schlug es auf. »Was ist das?«

»Ein bißchen Rechnerei – mit Daten und Zahlen aus eurem Tourneekalender. Ich habe mir von einem Reisebüro eure Abflugzeiten geben lassen. Zwischen dem Moment, in dem Pete das Musikron abstellt, bis zu dem Moment, in dem die Hölle losbricht, liegt ein Zeitraum von exakt achtundzwanzig Stunden. Immer. In jedem Fall kam es zu dieser immer gleichen Verzögerung von achtundzwanzig Stunden.«

Sie stieß das Notizbuch vom Schoß. »Ich glaube das nicht. Du hast dir das ausgedacht – frei erfunden.«

Er schüttelte den Kopf. »Frei erfunden? Colleen! Du warst an jedem dieser Orte, wo das Syndrom zugeschlagen hat – und zwar jedesmal genau achtundzwanzig Stunden nach eurer Abreise! *Zufall* meinst du? Denkst du nicht, daß du den Begriff *Zufall* ein bißchen sehr großzügig auslegst?«

»Ich weiß einfach, daß es nicht wahr ist!« Sie preßte die Lippen zusammen. »Ich weiß nicht, wie ich überhaupt jemals denken konnte, daß du recht haben könntest.« Als sie jetzt zu ihm aufsah, wirkte sie verschlossen und unzugänglich. »Es kann gar nicht wahr sein. Wenn es so wäre, dann hieße das, Pete hätte die ganze Sache geplant. Und dazu ist er nicht fähig. Er ist ein lieber, rücksichtsvoller Mensch.«

Er wollte ihr die Hand auf den Arm legen. »Aber Colleen! Ich habe gedacht …«

»Faß mich nicht an! Es ist mir gleich, was du gedacht hast und was ich gedacht habe. Jetzt denke ich, daß du deine psychologischen Fähigkeiten eingesetzt hast, um mich von Pete abzubringen.«

Er schüttelte den Kopf. Wieder wollte er ihren Arm nehmen, und wieder fuhr sie zurück.

»Nein! Ich will nachdenken. Und ich kann nicht nachdenken, wenn du mich anfaßt.« Sie starrte ihn an.

»Ich glaube, du bist ganz einfach eifersüchtig auf Pete.«

»Das ist nicht ...«

Weiter kam er nicht. An der Labortür hatte er eine Bewegung wahrgenommen. Er blickte auf: Pete. Auf seinen Stock gestützt, stand er in der Tür.

Wie ist er hier hereingekommen? Ich habe nicht das leiseste Geräusch gehört. Wie lange steht er da schon? Eric stand auf.

Pete trat einen Schritt vor. »Sie haben vergessen, die Tür zu verriegeln, Doktor. Das übliche Versehen. Ist mir auch schon passiert.« Begleitet vom gleichmäßigen Tack-Tack des Stocks, kam er ins Zimmer gehumpelt. »War nicht eben von Eifersucht die Rede?« Er schwieg einen kurzen Moment. »Eifersucht ... Ich verstehe etwas von Eifersucht.«

»Pete!« Colleen starrte ihn an, drehte sich dann zu Eric um: »Eric! Ich ...«, fing sie an und zuckte dann stumm die Achseln.

Pete stützte sich mit beiden Händen auf seinen Stock und sah Eric an. »Sie würden mir wohl alles wegnehmen – habe ich recht, Doktor? Die Frau, die ich liebe, das Musikron ... Sie würden mich sogar zum Verursacher des Syndroms stempeln, um mich an den Galgen zu bringen.«

Eric bückte sich, hob das Notizbuch vom Boden auf und gab es Pete. Der drehte es um und untersuchte den Buchrücken.

»Lesen Sie es. Das ist der Beweis. Wann immer Sie eine Stadt verlassen – nach exakt achtundzwanzig Stunden bricht in jeder dieser Städte der Wahnsinn aus. Das wissen Sie inzwischen auch: Der Wahnsinn ist Ihnen – ohne eine einzige Abweichung – um die ganze Welt gefolgt. Ich habe das überprüft.«

Pete war bleich geworden. »Zufall. Zahlen können lügen – ich bin kein Ungeheuer.«

Colleen wandte sich zu Eric um, sah dann wieder

Pete an: »Genau das habe ich auch zu ihm gesagt, Pete.«

»Niemand behauptet, Sie wären ein Ungeheuer, Pete. Aber … Sie könnten ein Erlöser sein. Mit dem Wissen, das in Ihrem Musikron eingeschlossen ist, ließe sich der Wahnsinn faktisch ausrotten. Mit ihm läßt sich eine positive Verbindung zum Unbewußten herstellen … die jederzeit ›angezapft‹ werden kann. Natürlich nur, wenn eine sichere Abschirmung …«

»Sie können mich mal! Sie wollen das Musikron doch nur, damit Sie sich mit ihm großtun können.« Er blickte auf Colleen. »Und Sie haben sie mit Ihrem Schmus dazu gebracht, Ihnen dabei zu helfen.« Er grinste bösartig. »Ist ja nicht zum ersten Mal, daß eine Frau ein doppeltes Spiel mit mir getrieben hat. Ich hätte wohl besser auch Psychiater werden sollen.«

Colleen schüttelte den Kopf. »Pete! So darfst du nicht reden!«

»Ach nein! Und wie, glaubst du, darf ich dann reden? Du warst ein Nichts, eine Schnulzensängerin in einem Hula-Chor. Ich hab dich da rausgeholt und ganz nach oben gebracht. Was willst du mir …« Er wandte sich von ihr ab, stützte sich schwer auf seinen Stock. »Sie können Sie haben, Doktor. Sie paßt hervorragend zu Ihnen.«

Eric streckte die Hand aus … zog sie wieder zurück. »Pete! Lassen Sie nicht zu, daß Ihr entstellter Körper Ihren Verstand deformiert! Es geht nicht darum, was wir für Colleen empfinden! Wir müssen daran denken, was das Musikron den Menschen antut. Denken Sie an das Elend, das es verursacht: Schmerzen, Tod …«

»Menschen!« Pete spuckte das Wort aus.

Eric trat einen Schritt auf ihn zu. »Schluß damit! Sie wissen, daß ich recht habe. Ich versichere Ihnen: Was Sie entwickelt haben – es ist und bleibt Ihr Verdienst! Sie behalten die Verfügungsgewalt über die Maschine! Sie …«

»Versuchen Sie nicht, mich auf den Arm zu nehmen, Doktor! Das haben schon ganz andere versucht. Sparen Sie sich Ihre großen Worte! Sie wollen doch bloß bei der Kleinen Eindruck schinden! Aber ich habe es Ihnen doch schon gesagt: Sie können Sie haben. Ich will sie nicht.«

»Pete! Sie …«

»Vorsicht, Doc! Sie verlieren die Contenance!«

»Wär's ein Wunder – bei Ihrer Sturheit!«

»Ach so! Sturheit nennt es der Doktor, wenn man sich dagegen wehrt, daß man bestohlen wird.« Er spuckte auf den Boden, drehte sich um und wollte zur Tür. Stolperte über seinen Stock und stürzte.

Colleen lief zu ihm. »Pete! Hast du dich verletzt?«

Er stieß sie weg. »Ich komm sehr gut alleine zurecht!« Er zog sich schweratmend an seinem Stock hoch und rappelte sich wieder auf.

»Pete, bitte …«

Eric bemerkte, daß Petes Augen feucht waren. »Pete! Lassen Sie uns doch versuchen, eine Lösung zu finden.«

»Schon gefunden, Doc.« Er humpelte aus der Tür.

Colleen zögerte. »Ich muß zu ihm. Ich kann ihn nicht einfach so weggehen lassen. Wer weiß, was er machen wird!«

»Aber siehst du denn immer noch nicht, was er macht?«

Sie starrte ihn mit zornfunkelnden Augen an: »Ich habe gesehen, was du gemacht hast – etwas Grausameres habe ich noch nie gesehen.« Sie drehte sich um und lief Pete hinterher. Ihre Schritte hallten im Treppenhaus, krachend fiel die Haustüre ins Schloß.

Eine leere Preßspankiste lag neben der Telesonde auf dem Boden. Eric versetzte ihr einen Fußtritt – sie ratterte quer durch das Labor.

»Unvernünftig … neurotisch … launisch … unzurechnungsfähig.«

Er ließ es sein. Ein Gefühl der Leere saß in seiner Brust, wuchs und dehnte sich aus. Er blickte auf die Telesonde. »Es ist manchmal einfach nicht abschätzbar, wie eine Frau reagiert.« Er trat an den Labortisch, nahm einen Transistor in die Hand, legte ihn wieder weg, schob einen Haufen elektrischer Widerstände aus dem Weg. »Ich hätte es wissen müssen.«

Er drehte sich um, wollte zur Tür gehen und blieb wie angewurzelt stehen: Es war ihm etwas eingefallen, das alle anderen Problem in den Hintergrund drängte: *Was ist, wenn sie jetzt aus Seattle abreisen?*

Er hetzte die Treppe hinauf, nahm drei Stufen auf einmal, riß die Tür auf und rannte auf die Straße: Ein Jetwagen sauste vorbei, in dem nur eine Person saß; links eine Frau mit zwei Kindern – sie gingen in seine Richtung. Ansonsten war die Straße leer. Aus dem Eingang zur Unitrans, der weniger als einen halben Block entfernt war, tauchten drei Mädchen auf – Teenager. Er wollte schon loslaufen – es hatte keinen Sinn: Alle fünfzehn Sekunden fuhr ein Zug ab; die Chance, sie noch einzuholen, hatte er vertan, als er noch damit beschäftigt war, seine Wunden zu lecken.

Er ging wieder in seine Wohnung.

Ich muß etwas unternehmen, dachte er. *Wenn sie abreisen, wird Seattle dasselbe Schicksal erleiden wie alle anderen.* Er setzte sich an das Vidiphon, steckte den Finger in die Wählscheibe, zog ihn wieder zurück.

Wenn ich die Polizei verständige, verlangt man Beweise von mir. Aber was habe ich – außer ein paar Fahrplänen – schon zu bieten? Er sah aus dem linken Fenster. *Das Musikron! Sie werden …* Wieder streckte er die Hand nach der Wählscheibe aus – und wieder zog er sie zurück. *Was würden sie? Pete würde einfach behaupten, ich hätte es stehlen wollen.*

Er stand auf, trat ans Fenster und sah auf den See hinaus.

Ich könnte die Society *anrufen,* fiel ihm ein.

Er ließ die gegenwärtigen Vorstandsmitglieder der *King County Society of Psychiatric Consultants* vor seinem geistigen Auge Parade laufen. Ihnen allen war er ein wenig zu erfolgreich für sein Alter. Und außerdem war da noch seine Forscherei an dieser Telesonde. Im wesentlichen doch eher eine lächerliche Angelegenheit...

Aber irgend etwas muß ich unternehmen... das Syndrom – er schüttelte den Kopf. *Was immer ich auch unternehme – ich muß es alleine tun.* Er warf sich ein schwarzes Cape über, ging aus dem Haus und machte sich auf den Weg. Richtung Gweduc.

Der kalte Wind ließ weiße Katzenköpfe auf dem Wasser tanzen, sprühte neblige Gischt über die Uferpromenade. Eric flüchtete sich in den Aufzug. Als er wieder ausstieg, stand er im Speisesaal eines Restaurants. Die Garderobiere sah ihn fragend an:

»Sie sind alleine, Doktor?«

»Ich suche Miss Lanai.«

»Tut mir leid. Sie müssen sich eben verpaßt haben. Miss Lanai und Mr. Serantis sind gerade gegangen.«

»Wissen Sie, wohin sie gegangen sind?«

»Tut mir leid, Doktor. Aber wenn Sie vielleicht heute abend...«

Eric stieg wieder in den Aufzug. Die Fahrt nach oben ging ihm zu langsam, eine rätselhafte Ungeduld befiel ihn. Als er wieder auf die Straße trat, sah er gerade noch einen Kombi vom Eingang zum Liefer- und Versorgungskomplex abfahren. Eric spurtete los, raste zum Lastenaufzug, der bereits surrend nach unten fuhr.

»He!«

Das Surren verstummte, setzte dann wieder ein – der Aufzug kam zurück. Und mit ihm Tommy, der Hilfskellner.

»Hoffentlich hab'n Sie beim nächsten Mal mehr Glück, Doc.«

»Wo sind sie hin?«

»Also …«

Eric kramte in seiner Tasche herum, zog einen Fünfziger heraus und hielt ihm die Münze vor das Gesicht.

Tommy blickte auf das Geldstück, sah dann Eric in die Augen: »Ich habe mitbekommen, wie Pete mit der Skytrain-Station Bellingham telefoniert und London gebucht hat.«

Eric spürte, wie sich sein Magen zusammenkrampfte. Er atmete nur noch flach, schnell und hektisch und blickte konfus um sich.

»Nur noch achtundzwanzig Stunden …«

»Mehr weiß ich nicht, Doc.«

Eric sah dem Hilfskellner in die Augen, kritisch und prüfend.

Tommy schüttelte den Kopf. »Jetzt fangen Sie nicht auch noch an!« Er schauderte. »Wie dieser Pete, der ein' immer so anstarrt. Ich krieg eine Gänsehaut, wenn ich bloß dran denk: Hockt den ganzen Tag in seiner Maschine, und kein Ton ist zu hören.« Wieder überlief es ihn kalt. »Bin froh, daß er weg ist.«

Eric gab ihm das Geld. »Ich nicht.«

»Klar.« Tommy stieg wieder in den Aufzug. »Tut mir auch leid für Sie, Doc, daß Sie's mit der Kleinen nicht hingekriegt hab'n.«

»Moment noch.«

»Ja?«

»Hat Miss Lanai eigentlich keine Nachricht hinterlassen?«

Tommy faßte mit einer Hand an die Innentasche seines Overalls – es war eine kaum wahrnehmbare, unmerkliche Bewegung. Trotzdem: Dem geübten Auge des Psychiaters war diese Bewegung nicht entgangen. Eric hielt Tommys Arm fest.

»Her damit!«

»Immer langsam, Doc!«

»Her damit!«

»Ich weiß nicht, wovon Sie reden, Doc.«

Eric sah dem Hilfskellner scharf ins Gesicht. »Sie wissen doch, was in Los Angeles passiert ist, in Lawton, in Portland – überall, wo das Syndrom zugeschlagen hat?«

Der Junge sah ihn mit großen Augen an. »Doc, ich…«

»Geben Sie mir's endlich.«

Tommy fuhr mit der freien Hand in seinen Overall, zog einen dicken Briefumschlag heraus und drückte ihn Eric in die Hand.

Eric ließ den Jungen los. Ein paar kurze Zeilen waren auf den Umschlag gekritzelt: ›Damit du endlich einsiehst, daß du Pete unrecht getan hast.‹ Dann noch die Unterschrift: ›Colleen.‹

»Warum wollten Sie das behalten?«

Tommy verzog den Mund. »Sieht doch ein Blinder, daß das die Pläne für das Musikron sind. Das Ding ist ganz schön was wert.«

»Sie haben ja keine Vorstellung, wie wertvoll es ist.« Eric blickte auf. »Nach Bellingham, sagten Sie?«

»Genau.«

Eric fuhr mit der Nonstop-Linie der Unitrans. Nach einer Fahrzeit von nur einundzwanzig Minuten kam er in Bellingham an. Er sprang aus dem Waggon und rannte rempelnd und drängelnd zur Station. Vom hinteren Ende der Rollbahn schoß donnernd ein Skytrain in die Luft. Eric übersah eine Stufe, stolperte, rappelte sich wieder hoch.

In der Schalterhalle rannte er gegen den Strom derjenigen an, die ihre Tickets schon in der Tasche hatten. Er lief an den Schalter, lehnte sich über den Tresen: »Der nächste Skytrain nach London? Wann?«

Das Mädchen hinter dem Schalter sah auf den Schirm. »Morgen, Sir. Zwölf Uhr fünfzig. Den letzten haben Sie eben verpaßt.«

»Aber das sind dann vierundzwanzig Stunden!«

»Sir – Sie landen bereits um sechzehn Uhr fünfzig in London.« Sie lächelte. »Vielleicht etwas knapp für den Nachmittagstee.« Sie schielte auf den Äskulapstab auf seiner Brust.

Eric hielt sich krampfhaft am Schalter fest, beugte sich nahe zu ihr. »Sechzehn Uhr fünfzig! Das sind neunundzwanzig Stunden – eine Stunde zu spät.«

Er stieß sich vom Schalter ab und drehte sich um.

»Es dauert doch nur *vier* Stunden, Doktor!«

Eric drehte sich wieder zu ihr um. »Charter! Ist das möglich?«

»Tut mir leid, Doktor. Aber es ist ein Gewitter gemeldet. Das Funkleitsystem wird während dieser Zeit außer Betrieb gehen müssen. Und wenn das Funkleitsystem nicht in Betrieb ist, werden Sie ganz bestimmt keinen Piloten finden.«

»Gibt es eine Möglichkeit, einen Skytrainpassagier telefonisch zu erreichen?«

»Handelt es sich um eine Privatangelegenheit, Doktor?«

»Um einen Notfall.«

»Darf ich fragen, um welchen Notfall es sich handelt?«

Er sah das Mädchen an und überlegte. *Es ist überall dasselbe Problem,* dachte er. *Niemand würde mir glauben.*

»Schon gut«, sagte er. »Wo finde ich das nächste Vidiphon? Ich hinterlege ihr eine Nachricht am Bahnhof Plymouth.«

»Am Ende der Halle rechts, Doktor.« Eric drehte sich um, und das Mädchen ging wieder an seine Arbeit. Es sah noch einmal auf, blickte auf Erics Rücken: »Ging es um ein medizinisches Problem, Doktor?«

Eric blieb stehen und drehte sich um. In seiner Tasche raschelte der Briefumschlag. Er tastete nach den Papieren, zog dann den Umschlag heraus. Zum zweiten Mal, seit Tommy sie ihm übergeben hatte, sah er jetzt die gefalteten Papierbögen durch, die Schaltpläne, von denen manche mit den Initialen ›C. A.‹ gekennzeichnet waren.

Das Mädchen wartete und beobachtete ihn stumm.

Eric steckte den Umschlag wieder in die Tasche. Es war ihm etwas eingefallen – eine Idee, die langsam Form und Gestalt annahm. Er blickte auf und sah das Mädchen an. »Ja, ein medizinisches Problem. Aber keine Angst – Sie befinden sich weit außerhalb der Gefahrenzone.«

Er drehte sich um, verließ die Schalterhalle und suchte den nächsten Unitranseingang. Colleen … sie wollte ihm nicht aus dem Kopf: *Trau niemals einer neurotischen Frau, ich hätte es wissen müssen. Statt dessen habe ich mich von meinen Drüsen hypnotisieren lassen.*

Er ging die Treppen hinunter, schlug sich durch das Getümmel zu dem Bahnsteig durch, von dem die Schnellbahnen abfuhren, und stieg in den ersten Waggon, der dort zur Abfahrt bereitstand. Er hatte Glück und fand ein leeres Abteil. Er zog den Umschlag aus der Tasche, nutzte die Fahrzeit und studierte den Inhalt. Kein Zweifel: Im Umschlag waren die Blätter, die Pete mit einem Rasiermesser aus dem Handbuch zum Musikron herausgetrennt hatte; das krakelige Gekritzel war eindeutig Dr. Amantis Handschrift.

Eric ging in sein Labor, schaltete das Licht an und sah auf die Uhr: 14.10. Er riß ein leeres Blatt aus seinem Notizbuch und schrieb mit dem breitesten Filzstift, den er finden konnte:

LETZTER TERMIN: SONNTAG, 16. MAI, 16.00 UHR.

Er heftete den Zettel an die Wand über seinem Labortisch, nahm die Schaltpläne aus dem Umschlag, breitete sie vor sich aus und nahm sich die erste Seite vor.

Serielle Modulation, las er, *Viertelwelle*. Er fuhr mit einem Stift die Zeilenenden entlang – nächste Seite.

Multiple Phasenverschiebung. Er blätterte um, blieb an einer bestimmten Stelle hängen und zeichnete eine Schaltung nach. Zurück zu Seite eins. *Absinkende Rückkopplung.* Er schüttelte den Kopf. *Das ist doch nicht möglich! So etwas würde nur ein wirres Durcheinander von Oberwellen erzeugen.* Die nächsten Schaltbilder. Er ging sie immer wieder durch, blätterte zurück und las die letzten zwei Seiten noch einmal langsam und sorgfältig. Ging die Schaltbilder ein zweites Mal durch, ein drittes, ein viertes Mal. Er schüttelte den Kopf. *Was soll das sein?*

Ein großer Teil der Diagramme bereitete ihm keine Schwierigkeiten. Eric war fasziniert von der Klarheit und Einfachheit der Ideen und Vorstellungen, die in ihnen zum Ausdruck kamen. Die letzten zehn Seiten allerdings... Sie verzeichneten eine Reihe von Schaltungen, die er andeutungsweise zu verstehen glaubte – sie erinnerten ihn an einen Dualfrequenz-Kristalloszillator mit extrem hoher Stoßspannung: 10000 Kilohertz war am Rand angemerkt. Aber eben doch nur andeutungsweise: Es gab zu viele, wenn auch zum Teil nur geringfügige Unterschiede, die er sich einfach nicht erklären konnte. Etwa ein Symbol, mit dem der Wert einer Untergrenze angegeben wurde.

Nicht nur eines – eine ganz Serie, stellte er fest. *Die Oberwellen flattern und kommutieren. Aber das kann kein Zufall sein. Irgend etwas muß sie steuern und abgleichen.*

Am unteren Ende der letzten Seite stand eine handschriftliche Notiz: ›Dringender Hinweis – Bauteile: Nur C6 Kleinstformat, C7, C8 dual, 4ufd!‹

Diese Röhren werden seit fünfzig Jahren nicht mehr hergestellt, grübelte er. *Wie soll ich diese Teile ersetzen?*

Er sah sich den Schaltplan genau durch.

Nicht die geringste Chance, das Ding rechtzeitig fertigzustellen. Aber selbst wenn – was dann? Er wischte sich über die Stirn. *Warum erinnert mich diese Sache an einen*

Kristalloszillator? Er sah auf die Uhr: zwei Stunden waren vergangen. *Wo ist bloß die Zeit geblieben?* fragte er sich. *Ich brauche viel zuviel Zeit, nur um herauszubekommen, was ich da vor mir habe.* Er biß sich auf Lippen, starrte auf den unaufhaltsam vorrückenden Sekundenzeiger und ... Ladenschluß! Siedenheiß fiel es ihm ein. Und morgen ist Samstag!

Eric ging ans Vidiphon und wählte die Nummer eines Elektronikfachgeschäfts. Erfolglos. Er wählte eine andere, überflog dabei das Adreßverzeichnis, das neben dem Vidiphon lag – wieder nichts. Beim fünften Anruf wurde ihm eine Ersatzschaltung angeboten, die mit Transistoren bestückt war, die möglicherweise passen konnten. Eric kreuzte auf der Liste, die der Händler ihm vorlegte, die Teile an, die er brauchte, und gab ihm die Nummer seines Paketfachs.

»Geht alles sofort mit der ersten Lieferung am Montag raus«, sagte der Händler.

»Geht nicht. Ich brauche die Sachen heute noch! Heute abend!«

»Tut mir leid, Sir. Die Teile sind in unserem Auslieferungslager. Und die schließen Samstag nachmittag.«

»Ich zahle Ihnen einen Hunderter über Listenpreis für die Sachen!«

»Tut mir leid, Sir. Ich bin nicht befugt ...«

»Zweihundert!«

»Aber ...«

»Dreihundert!«

Der Angestellte zögerte. Eric sah ihn rechnen. Dreihundert – das entsprach wahrscheinlich einem Wochenlohn.

»Ich muß das aber selbst machen. Und das kann ich erst nach Ladenschluß«, sagte der Angestellte. »Brauchen Sie sonst noch etwas?«

Eric blätterte die Schaltpläne durch und las ihm die Zubehöraufstellung vor, die er in den Randbemerkungen fand. »Sind noch mal hundert für Sie drin, wenn Sie mir die Sachen vor neunzehn Uhr liefern.«

»Ich mache um halb sechs hier Schluß, Doktor. Ich tu, was ich kann.«

Eric beendete die Verbindung, ging an den Labortisch zurück und machte sich an die Arbeit. Mit den Mitteln, die ihm zur Verfügung standen, bastelte er eine erste, grobe Ausführung zusammen. Die Telesonde bildete das Fundament. Zu seiner großen Überraschung stellte er fest, daß gar nicht so sehr viel an ihr verändert werden mußte.

Um siebzehn Uhr vierzig hörte er im Erdgeschoß den Transgraph klingeln. Eric legte den Lötkolben zur Seite, ging nach oben und nahm das Band aus dem Gerät. Seine Hände zitterten, als er die Adresse der Sendestation las: London.

›Wir werden uns nie wiedersehen – versuch es bitte erst gar nicht. Wie du mittlerweile ja vielleicht selbst feststellen konntest, sind alle deine Verdächtigungen und Vermutungen vollkommen unbegründet. Pete und ich heiraten. Trauung: Montag. Colleen.‹

Eric setzte sich an das Sendegerät. Gab eine Nachricht an American Express ein – zur Eilzustellung an Colleen Lanai.

›Colleen. Wenn du auch nichts mehr von mir hältst – das Schicksal der Bevölkerung einer ganzen Stadt darf dir nicht egal sein. Ich kann nicht glauben, daß du so unmenschlich bist. Hol Pete und die Maschine zurück.‹

Er überlegte, wie er die Nachricht unterschreiben sollte, und hämmerte dann kurz entschlossen in die Tasten: ›Ich liebe dich. Eric.‹

Eric – du bist ein hoffnungsloser Trottel, dachte er. *Nachdem sie dich auf diese Art und Weise sitzen hat lassen.*

Er ging in die Küche, schluckte eine Kapsel, die ihn wachhalten sollte, stellte sich ein Abendessen aus diversen Pillen zusammen und trank eine Tasse Kaffee. Er lehnte sich an den Spültisch und wartete die Wirkung der Kapsel ab. Sein Kopf wurde klar. Er wusch sich das Gesicht mit kaltem Wasser, trocknete sich ab und ging ins Labor zurück.

Um achtzehn Uhr zweiundvierzig klingelte es an der Haustür. Auf dem Bildschirm sah er den Angestellten des Fachgeschäfts, der ein sperriges Paket in den Händen hielt. Er drückte auf den Türöffner und dirigierte ihn über die Sprechanlage: »Erste Tür links, die Treppen runter.«

Plötzlich begann die Wand hinter dem Labortisch zu schwanken, die Holzmaserung bewegte sich wellenartig. Er taumelte in einen Zustand delirierender Desorientiertheit ... Er biß sich auf die Lippen – der Schmerz holte ihn wieder in die Realität zurück.

Es kann nicht sein, beruhigte er sich, *es ist noch zu früh. Wahrscheinlich die Nerven; die Anspannung.*

Plötzlich schoß ihm eine Idee durch den Kopf, eine vage Vorstellung, die möglicherweise zur Diagnose und Therapie des Syndroms führen könnte. Er nahm sich einen Notizblock und begann zu kritzeln: »Verlust Autonomie des Unbewußten; Überreizung bestimmter Rezeptoren des Unterbewußtseins; übersteigerte Wahrnehmung – reduzierte Wahrnehmung; Nachlesen: kollektives Unbewußtes, C. G. Jung!«

Er hörte Schritte im Treppenhaus.

»Hier rein?«

Der Angestellte war größer, als er geglaubt hatte. Ein Anflug beinaher jungenhafter Begeisterung leuchtete aus seinem Gesicht, als er das Labor sah: »Ein irrer Schuppen!«

Eric machte auf dem Labortisch Platz. »Stellen Sie das Zeug einfach hier hin.« *Wunderbare, feinnervige Hände,* fiel ihm auf. Der Angestellte wuchtete die Kiste auf den Tisch, nahm einen bereits verlöteten Kristalloszillator, der neben der Kiste lag, in die Hand und befingerte ihn interessiert.

»Verstehen Sie etwas von elektronischen Schaltungen?« fragte Eric.

Der Angestellte grinste ihn an. »W7CGO. Hab zehn Jahre meine eigene Amateurfunkstation gehabt.«

Eric streckte die Hand aus: »Ich bin Dr. Eric Ladde.«

»Baldwin Platte … Baldy.« Er fuhr sich durch das schütter werdende Haar.

»Freut mich, Baldy. Wären Sie daran interessiert, einen Tausender zu verdienen? Zusätzlich zu dem, was ich Ihnen schon zugesagt habe?«

»Soll das ein Scherz sein, Doc?«

Eric drehte sich um und blickte auf das Gerippe der Telesonde. »Wenn dieses Ding nicht morgen um sechzehn Uhr fertig ist und funktioniert, passiert in Seattle das, was auch in Los Angeles passiert ist.«

Baldy riß die Augen auf, starrte auf das Gerippe…: »Sie meinen – das Syndrom? Wie soll dieses …«

»Ich habe herausgefunden, wodurch das Syndrom verursacht wird – durch eine Maschine wie die hier. Ich muß eine Doublette dieser Maschine bauen und zum Laufen bringen. Wenn nicht, dann …«

Der Angestellte sah ihn offen und ernst an. »Als ich das Namensschild an der Tür gesehen habe, ist mir wieder eingefallen, daß ich schon einmal etwas über Sie gelesen habe, Doc.«

»Und?«

»Wenn Sie, Doc, davon überzeugt sind, daß Sie herausgefunden haben, was das Syndrom verursacht, dann glaub ich Ihnen das aufs Wort. Und ich glaub es Ihnen unbesehen – versuchen Sie also besser erst gar nicht, mir irgendwas erklären zu wollen.« Er blickte auf die Bauteile, die auf dem Tisch lagen, sah dann wieder die Telesonde an. »Sagen Sie einfach, was ich machen soll.«

»Ich habe etwas herausgefunden, bei dem es sich einfach nicht um einen Zufall handeln kann«, sagte Eric. »Das, und was ich über Telesonden weiß, das…« – er zögerte – »doch, ich bin davon überzeugt. Ich weiß, wovon ich spreche.«

Eric nahm eine kleine Flasche, die hinten an der Wand auf dem Labortisch stand, warf einen Blick auf das Etikett und schüttelte eine Kapsel heraus. »Hier – nehmen Sie eine. Das hält Sie wach.«

Baldy schluckte die Kapsel.

Eric durchsuchte den Papierstapel, der auf dem Tisch lag, bis er die erste Seite gefunden hatte. »Hier ist es. Damit werden wir uns beschäftigen. Eine vertrackte Viertelwellenschaltung mit einem Verstärkerfaktor, der Sie umhauen wird.«

Baldy sah Eric über die Schulter. »Gar nicht so schwer zu verstehen. Lassen Sie mich das machen, und kümmern Sie sich schon mal um die schwierigeren Sachen.« Er nahm sich den Schaltplan und legte ihn sich auf einer freigeräumten Tischecke zurecht. »Wozu ist Ihre Maschine eigentlich gut, Doc?«

»Sie erzeugt ein Feld von Impulsen, die direkt auf das Unbewußte eines Menschen einwirken. Das Feld verzerrt…«

Baldy unterbrach ihn. »Lassen Sie's gut sein, Doc. Ich habe Sie ja drum gebeten, mir nichts zu erklären. Hab's nur wieder vergessen.« Er sah auf und lächelte. »In bin in Soziologie durchgerasselt.« Dann wurde er wieder ernst. »Ich verlasse mich drauf, daß Sie wissen, wozu das gut ist, was ich da mache. Von Elektronik versteh ich was. Von Psychologie… nicht die Bohne.«

Sie arbeiteten schweigend. Nur die eine oder andere Frage, ein nachdenkliches Murmeln oder Brummen unterbrach gelegentlich die Stille im Raum. Der Sekundenzeiger der Wand zog tickend seine Kreisbahn auf dem Zifferblatt, dann der Minutenzeiger, schließlich auch der Stundenzeiger.

Um acht Uhr morgens ließen sie sich Frühstück

bringen. Die Anlage des Kristalloszillators machte ihnen nach wie vor Kopfzerbrechen. Ein großer Teil des Schaltplans war in Funkerkurzschrift abgefaßt.

Es war Baldy, der als erster ein wenig Licht ins Dunkel brachte.

»Sagen Sie, Doc, sollen diese Dinger eigentlich Geräusche erzeugen?«

Eric sah auf das Diagramm. »Was?« Er blickte verwundert an. »Natürlich sollen sie Geräusche erzeugen.«

Baldy fuhr sich mit der Zunge über die Lippen. »Es gibt für die U-Boot-Ortung eine bestimmte Sonarkristallanordnung zur Tiefenauslotung. Das hier ist ein Schaltplan, der – bis auf ein paar verrückte Abänderungen – dem sehr ähnlich ist.«

Eric zupfte sich an der Lippe. Und plötzlich begannen seine Augen zu glänzen: »Das ist es! Deswegen gibt es hier keinen Regler! Deswegen sehen die Dinger so aus, als würden sie unkontrolliert flattern und tanzen! Der Regler – das ist der, der die Maschine bedient: Sein Bewußtsein, sein Geist!«

»Und wie soll das gehen?«

Eric ignorierte diese Frage. »Aber das heißt, wir arbeiten mit den falschen Kristallen. Wir haben die Materialliste falsch gelesen.« Frustriert ließ er die Schultern hängen. »Und wir sind noch nicht einmal zur Hälfte fertig!«

Baldy klopfte mit dem Zeigefinger auf das Diagramm. »Ich habe ein paar alte, übriggebliebene Sonargeräte zu Hause rumliegen, Doc. Ich rufe jetzt meine Frau an, sie soll uns das Zeug vorbeibringen. Es müßten etwa sechs oder sieben Sonarimpulsgeber sein... Das könnte uns vielleicht weiterhelfen.«

Eric sah auf die Wanduhr: 08.28. Blieben noch siebeneinhalb Stunden. »Sagen Sie ihr, sie soll sich beeilen.«

Mrs. ›Baldy‹ war eine weibliche Ausgabe ihres Mannes. Sie schleppte eine schwere Holzkiste die Treppen herunter – lässig und ohne großes Gehabe.

»Hallo, Schatz. Wo soll ich das Zeug hinstellen?«

»Stell's auf den Boden ... Wo Platz ist. Doc, das ist Betty.«

»Angenehm.«

»Hallo auch, Doc. Draußen im Auto ist noch mehr von dem Zeug. Ich hol's gleich rein.«

Baldy hielt sie am Arm fest. »Laß das lieber mich machen. Du sollst nicht schwer tragen, schon gar nicht treppeabwärts.«

Sie machte sich los. »Laß schon. Und geh wieder an deine Arbeit. Mir tut das gut ... Ausgezeichnete Gymnastik.«

»Aber ...«

»Nichts aber.« Sie schubste ihn weg.

Zögernd ging er an den Labortisch zurück und sah dabei immer wieder nach seiner Frau. Die drehte sich in der Tür noch einmal um. »Dafür, daß du die Nacht durchgemacht hast, siehst du eigentlich noch ganz passabel aus. Warum eigentlich die ganze Hetze?«

»Erklär ich dir später. Hol lieber die Sachen rein.«

Baldy fing an, in der Kiste herumzukramen, die seine Frau mitgebracht hatte. »Na also! Da sind sie ja.« Er holte zwei kleine Plastikkästchen heraus und gab sie Eric. Dann nahm er ein zweites heraus, ein drittes ... Acht waren es insgesamt. Sie stellten sie in einer Reihe auf dem Labortisch auf. Baldy öffnete das erste Kästchen. »Hauptsächlich gedruckte Schaltkreise, Kristalldiodentransistoren und ein paar Röhren. Ein wunderschönes Stück Technik. Ich habe nicht die geringste Ahnung, was ich damit einmal vorhatte. Die Gelegenheit war einfach zu günstig: zwei Dollar das Stück. Und hier, Doc, das Feinste vom Feinen!«

Eric beugte sich über das Kästchen.

Baldy faßte hinein. »Welche Röhren wollten Sie gleich wieder?«

Eric schnappte sich den Schaltplan und fuhr mit dem Finger die Auflistung der Bauteile entlang. »C6 Kleinstformat, C7, C8 dual, 4ufd!«

Baldy nahm eine Röhre heraus. »Bitteschön: Ihre C6.« Die nächste Röhre: »Hier die C8.« Die dritte: »Ihre C7.« Er spähte in das Kästchen. »Da ist noch eine dritte Verstärkerstufe – aber die, denke ich, brauchen wir nicht. Basteln wir draus uns einen Ersatz für das 4ufd-Bauelement.«

Baldy pfiff leise durch die Zähne. »Kein Wunder, daß mir die Schaltung so bekannt vorkommt. Sie ist nach diesem Kriegsmodell konstruiert.«

Eric hätte am liebsten laut gejubelt. Ein Blick auf die Wanduhr holte ihn wieder auf den Boden der Tatsachen zurück: 09.04.

Wir müssen schneller arbeiten. Sonst schaffen wir es nie rechtzeitig. Uns bleiben nur noch sieben Stunden, dachte er.

Und laut sagte er: »An die Arbeit. Die Zeit drängt.«

Betty kam mit einer zweiten Kiste die Treppe herunter. »Habt ihr Jungs eigentlich irgendwann mal gegessen?«

Baldy zerlegte gerade das zweite Plastikkästchen. Ohne von seiner Arbeit aufzublicken sagte er: »Hab'n wir. Aber du könntest uns vielleicht ein paar Sandwiches für später machen.«

Eric, der mit einem anderen der acht Kästchen beschäftigt war, sah Betty an: »Oben im Küchenschrank finden Sie alles, was Sie brauchen.«

Betty polterte die Stufen hinauf.

Baldy blickte Eric verstohlen aus den Augenwinkeln an. »Doc – kein Wort zu Betty, warum wir das hier machen.« Er konzentrierte sich wieder auf sein Kästchen und arbeitete methodisch weiter. »Wir erwarten in fünf Monaten unser erstes Kind. Einen Sohn.« Er atmete tief ein. »Ein Grund, weshalb ich mich von Ihnen habe überzeugen lassen.« Ein Schweißtropfen lief ihm über den Nasenrücken und fiel auf seine Hand. Er wischte sich die Hand an seinem Hemd ab. »Es muß einfach klappen.«

Das Treppenhaus hallte, als Betty nach unten rief: »He, Doc! Wo hab'n Sie Ihren Dosenöffner?«

Eric steckte bis zu den Schultern in der Telesonde. Er kroch heraus und schrie: »Motorantrieb! Der Knopf links von der Spüle.«

Murmeln, Brummen, Klirren – es hallte aus der Küche bis hinunter ins Labor. Und kurz darauf tauchte Betty auf – ein Tablett mit Sandwiches in den Händen und einen rotfleckigen Verband um den linken Daumen. »Hab leider Ihr Obstmesser ruiniert«, sagte sie. »Diese technischen Spielereien machen mir angst.« Sie blickte liebevoll auf den Rücken ihres Mannes. »Er ist genauso verrückt nach dem Zeug wie Sie, Doc. Wenn ich nicht aufpassen würde wie ein Spionagesatellit, hätte er meine schöne alte Küche schon längst in einen elektronischen Alptraum verwandelt.« Sie drehte eine leere Kiste mit der Unterseite nach oben und stellte den Teller mit den Sandwiches darauf. »Nehmt euch, wenn ihr Hunger habt. Gibt's sonst noch was zu tun?«

Baldy trat vom Labortisch zurück und drehte sich zu ihr um. »Du könntest heute vielleicht zu Mom rübergehen.«

»Den ganzen Tag?«

Baldy sah erst Eric und dann seine Frau an. »Der Doktor zahlt mir vierzehnhundert für einen Tag Arbeit – unser Kindergeld. Und jetzt – ab mit dir!«

Es sah so aus, als wollte sie etwas erwidern. Aber dann ging sie wortlos zu ihrem Mann und gab ihm einen Kuß auf die Wange. »Ist gut, Schatz. Bis später dann.«

Eric und Baldy machten sich wieder an die Arbeit. Mit jedem Ticken der Uhr wuchs der Druck. Sie schufteten und plagten sich ab und prüften systematisch jeden einzelnen Arbeitsschritt nach.

Um fünfzehn Uhr dreißig löste Baldy die Hälfte der Probehalterungen von dem neuen Resonanzkreis und blickte auf die Wanduhr. Dann sah er auf die Telesonde und versuchte abzuschätzen, wieviel noch zu tun war. Eric lag auf dem Rücken unter der Sonde und verlötete eine Reihe neuer Verbindungen.

»Wir schaffen es nicht, Doc.« Er legte das Meßgerät auf den Tisch und lehnte sich dagegen. »Wir haben einfach nicht genug Zeit.«

Ein Lötkolben rutschte über den Boden, Eric wand sich mühsam aus der Sonde. Er sah auf die Uhr, dann wieder auf die noch nicht verlöteten Drähte der Kristallschaltung. Stand auf, zog ein Scheckbuch aus der Tasche, schrieb einen Scheck über vierzehnhundert Dollar aus – Empfänger: Baldwin Platte –, riß ihn heraus und gab ihn Baldy.

»Sie haben jeden einzelnen Cent davon verdient. Holen Sie Ihre Frau, und hauen Sie mit ihr das Geld auf den Kopf.«

»Aber ...«

»Keine Zeit für lange Reden. Schließen Sie die Tür hinter sich, damit Sie nicht mehr hereinkommen können, wenn ...«

Baldy hob die Hand, ließ sie wieder sinken. »Doc, ich kann nicht ...«

»Schon gut, Baldy.« Eric atmete tief ein. »Ich komme schon irgendwie zurecht, falls ich mich verspäten sollte.« Er starrte Baldy an. »Was Sie angeht ... Ich weiß nicht. Vielleicht könnten Sie ja ...« Hilflos zuckte er die Achseln.

Baldy nickte. Schluckte. »Schätze, Sie haben recht, Doc.« Lautlos bewegte er die Lippen. Dann drehte er sich unversehens um und rannte die Treppen hinauf. Die Haustür fiel ins Schloß.

Eric ging wieder an die Telesonde, nahm ein Leitungskabel der Kristallschaltungen, verband es mit dem entsprechenden Rezeptor und ließ einen Tropfen Lötzinn auf die Verbindung fallen. Das nächste Kristallbauteil, das übernächste, das ...

Eine Minute vor vier blickte er auf die Uhr. Über eine Stunde Zeit würde er für die Arbeit an der Telesonde noch brauchen. Und dann ... Halbblind vor Müdigkeit lehnte er sich gegen den Labortisch, holte eine Zigarette aus seiner Tasche, zündete sie an und nahm einen tiefen Zug. Er erinnerte sich, daß ihn Colleen einmal gefragt hatte: »Wie ist es, wenn man wahnsinnig ist?« Er starrte auf die Zigarettenglut.

Werde ich die Telesonde in Stücke reißen? Werde ich mir ein Gewehr nehmen und Jagd machen auf Colleen und Pete? Werde ich aus dem Haus rennen und ... Hinter ihm an der Wand tickte die Uhr. Er verkrampfte sich. *Wie wird es sein?* Ihm war schwindlig, speiübel. Wie eine Woge spülte die Melancholie über ihn hinweg und erstickte jede Gefühlsregung. Tränen des Selbstmitleids traten ihm in die Augen. Er biß die Zähne zusammen. *Ich bin nicht wahnsinnig ... Ich bin nicht wahnsinnig ...* Er bohrte sich die Fingernägel in die Handflächen, atmete schwer, stoßend. Konfuse Gedanken gingen ihm im Kopf hin und her.

Ich werde ohnmächtig werden ... die Wirrnis des Mißmutes ... dämonische Besessenheit ... dithyrambischer Taumel ... aus der Libido erwächst eine Animafigur ... korybantischer Fieberwahn ... komplett durchgedreht ...

Sein Kopf war auf die Brust gesunken.

... Non compos mentis ... aliéné ... avoir le diable au corps ... – Seattle! Was ist mit Seattle geschehen? Was ist ...? Sein Atem ging wieder ruhiger, er blinzelte. Alles schien unverändert ... unverändert ... unverändert ... – *Ich phantasiere. Ich muß mich wieder in die Gewalt bekommen.*

Ein brennender Schmerz. Die Finger seiner rechten Hand – er schleuderte die abgebrannte Kippe fort.

Habe ich mich getäuscht? Was ist draußen los? Er wollte zur Treppe – auf halbem Weg zur Tür gingen die Lichter aus. Ein enges Band schnürte ihm die Brust ein. Eric tastete sich zur Tür, packte das Treppengeländer und stieg hinauf in den düsteren, vom einsickernden Tageslicht schwach beleuchten Flur. Er starrte auf die bunten Glasbausteine neben der Tür und erstarrte: Schüsse! Draußen auf der Straße. Wie ein Schlafwandler fand er den Weg zurück in die Küche, stellte sich auf die Zehenspitzen und spähte durch die Ventilatoröffnung über der Spüle.

Menschen! Die Straße wimmelte von Menschen. Menschen, die rannten; Menschen, die zielstrebig ihren Weg gingen; Menschen, die ziellos umherirrten – bekleidete Menschen, halbnackte Menschen, splitternackte Menschen. Am Straßenrand gegenüber wälzten sich ein Mann und ein Kind in ihrem Blut.

Er schüttelte den Kopf, wandte sich ab und ging ins Wohnzimmer. Licht flammte auf, erlosch wieder, flammte wieder auf und brannte weiter. Er schaltete das Videogerät ein, den Nachrichtenkanal – Wellenlinien. Er schaltete auf manuellen Betrieb, wählte einen Sender in Tacoma – Wellenlinien.

Olympia war noch auf Sendung, der Nachrichtensprecher verlas den Wetterbericht: »... und morgen nachmittag dann Durchzug leichter Wolkenfelder. Regenschauer. Die Temperaturen ...«

Aus dem Off wurde ihm ein anderer Text gereicht. Der Nachrichtensprecher unterbrach seine Durchsage und überflog die neue Meldung. Seine Hände zitterten. »Meine Damen und Herren, wir bitten um Ihre Aufmerksamkeit. Von unserem Studiowagen, der von den Clyde Field Jet Races berichten sollte, wird gemeldet, daß das Zerhackersyndrom in den Zwillingsstädten Seattle-Tacoma wütet. Über drei Millionen Menschen, wird uns berichtet, sind infiziert. Der Notstand ist ausgerufen, die Straßen werden gesperrt. In einigen

Fällen soll die Krankheit einen tödlichen Verlauf genommen haben, aber …«

Dem Nachrichtensprecher wurde ein neuer Text gereicht. Mit zuckendem Gesicht las er die Meldung ab: »In Clyde Field ist ein Jet Racer in eine Menschenmenge gerast. Mehr als dreihundert Todesopfer. Es gibt keine Möglichkeiten der medizinischen Versorgung. Aufruf an alle Ärzte, die uns jetzt hören … An alle Ärzte, die uns zuhören: Melden Sie sich bei der Staatlichen Katastropheneinsatzzentrale. Notstands …« Wieder fiel die Stromversorgung aus, der Schirm wurde dunkel.

Eric zögerte. *Ich bin Arzt. Was soll ich tun – jetzt, nachdem erwiesen ist, daß ich recht hatte? Mich melden und alles tun, was ich als Arzt tun kann? Oder in mein Labor gehen und die Telesonde fertigbauen? Und wenn ich sie tatsächlich noch fertigstellen könnte – würde das etwas nützen?* Er atmete schwer, in rhythmischen Stößen, fiel ihm auf. *Oder bin ich verrückt wie alle da draußen? Tue ich wirklich das, was ich denke, daß ich es tue? Bin ich verrückt, und meine Wirklichkeit ist nur der Traum einer Wirklichkeit?* Er dachte daran, sich zu kneifen, und wußte ganz genau, daß das nichts bewies. *Ich muß so weitermachen, als wäre ich normal. Alles andere wäre wirklich verrückt.*

Er entschied sich für die Telesonde. Mit einer Taschenlampe, die er im Schlafzimmer gefunden hatte, ging er wieder in sein Kellerlabor und suchte den Notstromgenerator, der unter den Kisten in der Ecke stand. Er rollte ihn in die Mitte des Labors und überprüfte ihn. Die leistungsstarke Spiritusturbine schien noch zu funktionieren. Das Druckventil am Brennstofftank knallte, als er es abnahm. Der Tank war noch gut zur Hälfte gefüllt. In der Ecke, in der er den Notstromgenerator verstaut hatte, fand er auch noch zwei Korbflaschen mit Brennspiritus. Er füllte den Tank auf, setzte das Ventil wieder ein und pumpte Druck in den Tank.

Er stöpselte das Stromkabel des Generators in den Sicherungskasten des Labors. Die Zündung funktionierte bereits nach der ersten Umdrehung. Surrend sprang die Turbine an, brummte und winselte sich durch eine ganze Skala klagender Geräusche. Die Lichter gingen an, verdämmerten wieder, leuchteten schließlich gleichmäßig.

Die Wanduhr zeigte 19.22, als Eric die letzte Verbindung lötete. Der Generator würde noch etwa eine halbe Stunde durchhalten, möglicherweise sogar bis zwanzig Uhr. Aber jetzt, als die Maschine endlich fertig war, mußte Eric zu seiner Verwunderung feststellen, daß er nur ungern daran dachte, einen ersten Probelauf zu starten. Aus seinem ehemaligen Enzephalorecorder war ein verrückter Irrgarten aus Querschaltungen und behelfsmäßigen Abschirmungen geworden, vollgestopft mit Röhren und Piezoelektrik. Der einzige vertraute Anblick in diesem röhrenförmigen Gitterwerk war der Helm mit den Kontaktelektroden, der über dem Stuhl hing.

Eric stöpselte ein Stromkabel ein, verband es mit dem tragbaren Schaltkasten, den er neben dem Stuhl plazierte, räumte vorsichtig ein Bündel Drähte zur Seite, zwängte sich in die Maschine und setzte sich auf den Stuhl. Dann legte er die Hand an den Schalter und – wieder zögerte er.

Sitze ich wirklich hier? Oder gaukelt mir mein Unbewußtes das nur vor? Möglicherweise sitze ja ich irgendwo daumenlutschend in einer Ecke. Vielleicht habe ich die Telesonde in Stücke gerissen. Vielleicht habe ich die Telesonde auch so zusammengebaut, daß sie mich in Stücke reißt – in dem Moment, in dem ich den Schalter umlege.

Er sah auf den Schalter und zog die Hand wieder zurück. *Ich kann nicht einfach hier rumsitzen – das ist genauso wahnsinnig.*

Er griff nach dem Elektrodenhelm und stülpte ihn sich über den Kopf. Er spürte die nadelfeinen Stiche der Kontakte, die sich durch sein Haar bohrten und auf der Kopfhaut aufsetzten. Die Wirkung der Narkosenadeln dämpfte das Empfindungsvermögen der Haut.

Wirklichkeit. Mir kommt das alles sehr wirklich vor. Aber vielleicht rekonstruiert nur mein Gedächtnis die Wirklichkeit? Nur schwer zu glauben, daß ich der einzige Mensch in der Stadt soll, der normal geblieben ist. Er legte die Hand an den Schalter. *Aber ich muß handeln, als ob es tatsächlich so wäre.*

Es war, als handelte sein Daumen aus eigenem Entschluß – er betätigte den Schalter. Im selben Augenblick ging ein leises Wehklagen durch das Labor. Es änderte sich kontinuierlich, war dissonant, dann harmonisch: das jammernde Wimmern einer fast vergessenen Musik, das die Tonleiter hinauf und wieder hinunter wanderte.

Buntscheckige Bilder des Wahnsinns stiegen aus Erics Gedächtnis auf, so mächtig, daß sie sein gesamtes Wahrnehmungs- und Empfindungsvermögen zu überwältigen drohten. Er versank in einem Mahlstrom. Ein glitzernder Spektrograph funkelte und glänzte vor seinen Augen. In einem verschwindend kleinen Winkel seines Bewußtseins aber war ihm noch jenes andere Wahrnehmungsvermögen erhalten geblieben, eine Wirklichkeit, an der er sich festhalten konnte und die ihn rettete – die taktile Empfindung, die ihn den Stuhl in der Telesonde fühlen ließ, den Stuhl, auf dem er saß, dessen Lehne gegen seinen Rücken drückte.

Immer weiter zog ihn der Mahlstrom hinab. Er sah, wie er sich grau verfärbte, wie er plötzlich zu einem winzigen Bild schrumpfte und so klein wurde, als sähe er ihn durch das falsche Ende eines Teleskops. Er sah einen kleinen Jungen an der Hand einer Frau in einem schwarzen Kleid. Die beiden gingen in einen Raum, groß wie eine Halle. Und von einer Sekunde auf die andere sah er sie nicht mehr von außen – von einer Sekunde auf die andere *war* er der kleine Junge, war wieder neun Jahre alt und ging auf einen Sarg zu. Und wurde wie damals von einer entsetzlichen Faszination erfaßt, hörte wie damals das Schluchzen seiner Mutter und die murmelnde, bedeutungsleere Stimme eines großen, mageren Leichenbestatters. Dann stand er vor dem Sarg, und in dem Sarg lag eine wachsbleiche Kreatur, die ihn entfernt an seinen Vater erinnerte. Und noch während Eric diese Kreatur betrachtete, zerfloß ihr Gesicht und wurde zum Gesicht seines Onkels Mark. Dann eine andere Maske: sein Geometrielehrer an der High School. *Den haben wir in meiner Psychoanalyse übersehen,* dachte Eric. Das elastisch-formbare Gesicht im Sarg veränderte sich wieder: Vor ihm lag der Professor, bei dem er Psychopathologie gehört hatte, dann Dr. Lincoln Ordway, sein Analytiker, und schließlich – sosehr er sich auch dagegen wehrte – Dr. Carlos Amanti.

Das ist also das Vaterbild, das ich in all den Jahren aufrechterhalten habe. Das heißt … das heißt, ich habe nie aufgehört, nach meinem Vater zu suchen. Großartig, wenn ein Analytiker das an sich selbst feststellen muß! Er zögerte. *Aber warum mußte ich das erkennen? Hat vielleicht Pete in seinem Musikron das bewirkt?* Doch die eine Hälfte seines Verstandes sagte ihm: *Natürlich nicht! Ein Mensch muß diese Einsicht in sein Ich* wollen. *Muß sie wirklich* wollen, *sonst erhält er sie nie – auch dann nicht, wenn ihm die Möglichkeit dazu geboten wird.*

Aber urplötzlich schien jetzt jener andere Teil seines Verstandes die Oberhand gewonnen zu haben und sein Wahrnehmungs- und Empfindungsvermögen ihm Griff zu halten. Sein Selbstbewußtsein geriet ins Wanken, wurde klein und unbedeutend wie ein Staubkorn und wirbelte durch seine Erinnerung, so schnell, daß er die einzelnen Ereignisse kaum mehr auseinanderhalten konnte.

Liege ich im Sterben? fragte er sich. *Ist das mein Leben, das jetzt in der Rückschau wie im Zeitraffertempo an mir vorüberzieht?*

Der kaleidoskopische Wirbel kam ruckartig zum Stehen – vor einem Bild von Colleen. Colleen, wie er sie in seinem Traum gesehen hatte. Die Leinwand seiner Erinnerungen wankte, sie neigte sich – Pete erschien auf dem Bild. Eric sah die beiden, sah das Verhältnis, in dem die beiden zu ihm standen – ein Verhältnis, das er nie ganz verstanden hatte. Ihre Rolle entsprach der eines Katalysators, war weder gut noch böse, war ein bloßes Reagens, das Ereignisse in Bewegung setzte.

Und mit einem Mal spürte Eric, wie sein Bewußtsein wieder erstarkte und jede Faser seines Körpers durchdrang. Er wußte um Position und Funktion jeder Drüse, jeder Muskelfaser, aller Nervenenden. Er fokussierte sein inneres Augen auf das Grau, durch das er gegangen war. In dieses Grau wucherte eine rote Ranke – verschob sich, verbog sich, schlängelte und wand sich an ihm vorbei. Er folgte der roten Linie. Eine diffuse Erinnerung nahm Gestalt an, formte sich zu einem Bild und erstarkte – es war wie das langsame Erwachen aus der Narkose. Eine lange Straße lag vor ihm, lag im trüben Licht eines dämmrigen Frühlingsabends. Er sah die Scheinwerfer eines Jetwagens auf sich zurasen. Der Wagen wurde größer und größer, die Scheinwerfer starrten ihn an wie die Augen eines Hypnotiseurs. Und mit diesem Traumbild verband sich nur ein Gedanke: *O wie hübsch!*

Unwillkürliche Reaktionen übernahmen das Kommando. Er spürte, wie Muskeln sich verkrampften, ein Körper zur Seite schnellte – spürte den heißen Strahl eines vorbeirasenden Jetwagens. Dann: Trostlosigkeit, die sich qualvoll in seine Seele bohrte … *Wo bin ich? Wo ist Mama? Wo ist Bea?*

Eric krampfte sich der Magen zusammen, als er erkannte, daß er sich im Bewußtsein eines anderen aufhielt, mit den Augen eines anderen sah und mit den Nerven eines anderen fühlte. Er floh vor dieser Erfahrung, riß sich los von diesem Bewußtsein, das nicht das seine war – so ungestüm, als hätte er sich an einer heißen Herdplatte verbrannt.

Deshalb also wußte Pete soviel, dachte er. *Pete saß in seinem Musikron und sah mit unseren Augen.* Gedankensprung: *Was mache ich hier?* Er spürte den Stuhl der Telesonde und hörte das andere Selbst in seinem Innern sagen: »Ich werde wohl sachkundigere, erfahrenere Unterstützung brauchen.«

Er folgte einer anderen roten Ranke. Ließ sie davonwehen und suchte weiter. Merkwürdig seine Lage im Raum: kein eindeutiges Oben und Unten, keine festen Fluchtpunkte, solange er mit den Augen des anderen sah. Schließlich kam er hinter zwei Augen zur Ruhe, die in der vierzigsten Etage eines Bürohochhauses aus einem offenen Fenster sahen, und spürte, wie diese Person zunehmend stärker von Selbstmordgedanken bedrängt wurde. Sanft rührte Eric an das Zentrum des Bewußtseins, versuchte den Namen herauszufinden. Es war – Dr. Lincoln Ordway, Psychoanalytiker.

Selbst jetzt noch kehre ich wieder zu meinem Analytiker zurück, dachte Eric.

Nervös zog er sich auf eine niedrigere Ebene im Bewußtsein des anderen zurück. Er war sich darüber im klaren, daß auch nur der kleinste Fehltritt die Erfüllung der Todessehnsucht dieses Mannes beschleunigen und zum Sprung aus dem Fenster führen würde. Die niedrigeren Bewußtseinsebenen explodierten plötzlich in einem gleißenden Feuerrad aus purpurrotem Licht. Das Feuerrad drehte sich langsamer, verwandelte sich in das Quadrat in einem Mandala. An jeder Ecke des Quadrats sah er vier Bilder: ein offenes Fenster, einen Sarg, einen Transitusbaum und das Gesicht eines Menschen – sein Gesicht, wie Eric plötzlich bewußt wurde, verzerrt und entstellt. Ein jungenhaftes, eher ein wenig nichtssagendes Gesicht.

Auch der Analytiker ist abhängig von der Vorstellung, die er sich von seinem Patienten macht, dachte Eric. Und mit diesem Gedanken im Kopf drängte er sich sanft und behutsam in die Verkörperung seiner selbst, und dehnte langsam und allmählich sein Herrschaftsgebiet über das Unbewußte des anderen aus. Vorsichtig schob er einen Gedanken gegen die beinahe greifbare Wand vor, die das Zentrum von Dr. Ordways Bewußtsein bildete: *Linc,* flüsterte er, *springen Sie nicht! Hören Sie mich, Linc? Nicht springen! Die Stadt braucht Ihre Hilfe.* Mit einem Teil seines Verstandes begriff Eric, daß diese Verletzung der geistig-seelischen Intimsphäre dem Analytiker unweigerlich den letzten Halt rauben würde. Er würde sich im selben Moment noch aus dem Fenster stürzen, in dem er Erics Eindringen bemerken würde. Ein anderer Teil seines Verstandes aber nützte den Augenblick, um ihm klar zu machen, warum er diesen Mann und andere Männer wie ihn brauchte: Dem Wahnsinn, den Pete Serantis verbreitet hatte, war nur beizukommen, wenn an seiner Stelle etwas anderes verbreitet wurde: Besonnenheit und geistige Gesundheit.

Eric erstarrte. Er zog sich unmerklich ein wenig zurück: Er hatte registriert, daß der Analytiker näher an das Fenster getreten war. Leise flüsterte er im Bewußtsein des anderen: »Gehen Sie weg vom Fenster! Weg …« Widerstand! Ein weißes Licht breitete sich in Erics Gedankenwelt aus und stieß ihn zurück. Er spürte, wie er in den grauen Mahlstrom hinausschwamm und verschwand. Eine rote Ranke trieb auf ihn zu, und mit ihrem Näherkommen erhob sich eine Frage in seinem Geist – eine Frage, die nicht er gestellt hatte:

Eric? Was ist das für ein Ding?

Eric ließ zu, daß die Geschichte der Entwicklung der Telesonde durch seinen Geist weitergegeben wurde. Er schloß diesen Vorgang mit einer Erklärung ab: Er klärte über die nötigen Voraussetzungen auf.

Überlegung: *Eric, warum hat dich das Syndrom verschont?*

Konditionierung, die dadurch zustande kam, weil ich lange ungeschützt der Wirkung meiner Telesonde ausgesetzt war. Hohe Resistenz gegenüber unbewußter Entstellung, die sich durch diese Arbeit ausgebildet hat.

Merkwürdig: Ich wollte eben aus dem Fenster springen, als ich deine Einmischung wahrgenommen habe. So etwa – die rote Ranke kam näher – *war es.*

Sie verbanden sich vollständig.

»Und jetzt?« fragte Dr. Ordway.

»Wir brauchen jede sachkundige und erfahrene Unterstützung, die wir in der Stadt finden können. Von allen anderen würde diese Erfahrung an der Schwelle zum Bewußtsein zensiert werden.«

»Der Einfluß Ihrer Telesonde könnte aber doch jeden besänftigen?«

»Natürlich. Aber wenn die Maschine einmal ausgeschaltet wird, oder wenn Menschen außerhalb ihres Einflußbereiches sind, würden sie wieder in der Tinte sitzen.«

»Wir müssen uns also durch die Hintertür in jedes Unbewußte in dieser Stadt schleichen und Ordnung schaffen.«

»Nicht nur in dieser Stadt. In jeder Stadt, in der das Musikron eingesetzt wurde. Und in jeder Stadt, die Serantis noch mit dem Musikron aufsuchen wird, solange wir ihn nicht aufhalten können.«

»Wie verursacht das Musikron diesen Zustand?«

Eric übertrug ein komplexes System aus Begriffen und Bildern: »Das Musikron hat uns in die tiefen Schichten des kolletiven Unbewußten versetzt und verfolgte uns und blieb uns auf den Fersen, solange wir in seinem Einflußbereich verblieben (das Bild eines Seils, dessen Ende in wirbelnden Nebeln hängt). Dann wurde das Musikron abgeschaltet (Bild eines Messers, das das Seil durchtrennt. Das abgetrennte Ende fällt, fällt in die Strudel eines grauen Mahlstroms). Verstehen Sie?«

»Wenn wir sie alle aus dem Mahlstrom zurückholen müssen – warum warten wir noch? Wir hätten uns längst schon an die Arbeit machen sollen!«

Ein kleiner Mann: Er wühlte mit den Händen im weichen Lehmboden eines Blumenbeetes und starrte mit leeren Augen auf zerfetztes Laub. Sein Name: Dr. Harold Marsh, Psychologe. Sanft und unaufdringlich zogen sie ihn ins Netzwerk der Telesonde.

Eine Frau: Bekleidet mit einem dünnen Morgenmantel, stand sie an der Spitze einer Mole, entschlossen zu springen. Ihr Name: Lois Voorhies, Hilfsanalytikerin. Schnell holten sie sie zurück – dorthin, wo Normalität war und klarer Verstand.

Eric unterbrach seine Aktivitäten. Er folgte einer dünnen, roten Ranke, die ihn zum Geist eines Nachbarn führte. Mit dessen Augen sah er, daß überall Zurechnungsfähigkeit und geistige Gesundheit zurückkehrten.

Wie kleine Wellen über die Wasserfläche eines Teichs laufen und langsam sich ausbreiten, so spülten Wellen der Gesundung über die ganze Stadt: Die Stromversorgung war gesichert, Soforthilfsprogramme waren angelaufen.

Die Augen eines klinischen Psychologen übertrugen aus dem Osten der Stadt das Bild eines Düsenflugzeugs, das im Anflug auf Clyde Field war. Über den Geist des Psychologen fing das Netzwerk die Strahlungsmuster der Gedanken einer Frau auf: Schuld, Reue, Verzweiflung.

Colleen!

Vorsichtig streckte das Netzwerk ein Gedanken-Pseudopodium aus, faßte in Colleens Bewußtsein und registrierte Entsetzen. *Was geschieht mit mir?*

Eric schaltete sich ein. *Hab keine Angst, Colleen! Ich bin's, Eric. Wir sind dabei, die Verhältnisse wieder in Ordnung zu bringen – dank deiner Hilfe, weil du uns die Pläne des Musikrons verschafft hast, sind wir dazu in der Lage.* Er projizierte das Verfahrensmuster ihrer Anstrengungen.

Ich versteh das nicht. Du bist …

Du mußt das im Moment auch gar nicht verstehen. Zögernd: *Es freut mich, daß du gekommen bist.*

Ich bin sofort gekommen, nachdem ich erfahren hatte … nachdem ich eingesehen hatte, daß du – was Pete angeht und das Musikron – recht hattest … Sie stockte. *Wir setzen zur Landung an.*

Die Chartermaschine setzte auf der Landebahn auf, rollte zu einem Hangar und wurde im selben Augenblick von Nationalgardisten umstellt.

Sie sendete eine Befürchtung: *Wir müssen etwas wegen London unternehmen. Pete hat gedroht, das Musikron in Stücke zu schlagen und dann Selbstmord zu begehen. Er wollte mich mit Gewalt zurückhalten.*

Wann war das?

Vor sechs Stunden.

Liegt der Ausbruch des Syndroms tatsächlich schon so lange zurück?

Das Netzwerk schaltete sich ein: *Dieser Serantis – mit wem haben wir es zu tun? Was für ein Mensch ist er?*

Colleen und Eric schlossen ihre Gedanken und Vorstellungen zu einem Bild zusammen, entwarfen gemeinsam eine Skizze der Person ›Pete Serantis‹.

Das Netzwerk: *Er wird sich nicht umbringen. Und ebensowenig wird er das Musikron in Stücke schlagen – dazu ist er zu ichbezogen. Viel zu egoistisch. Er wird untertauchen. Aber wir finden ihn schon rechtzeitig, wenn wir ihn einmal finden wollen. Es sei denn, jemand kommt uns zuvor und knüpft ihn auf.*

Colleen unterbrach: *Der Major der Nationalgarde läßt bestimmt nicht zu, daß ich das Flughafengelände verlasse.*

Sag ihm, du mußt dich als Krankenschwester am Maynard Hospital melden.

Singulärer Gedanke aus dem Netzwerk: *Was mich angeht – ich werde das bestätigen.*

Eric: *Mach schnell… Liebling. Wir brauchen dringend Unterstützung. Die Unterstützung eines jeden, der gegen die Telesonden immun ist.*

Gedanken aus dem Netzwerk: *Sehr hübsch! Hauptsache, man weiß, was man zur Rationalisierung seiner jeweiligen Idiotie anbieten muß – soll eben jeder nach seiner Fasson wahnsinnig sein! Schluß jetzt mit diesem Unsinn! Gehen wir endlich an die Arbeit!*

Originaltitel: ›OPERATION SYNDROME‹ • (auch ›NIGHTMARE BLUES‹) • • Erstmals erschienen in ›Astounding – Science Fiction‹, Juni 1954 • Mit freundlicher Genehmigung der Erben Frank Herberts und Paul und Peter Fritz, Literarische Agentur, Zürich • • Aus dem Amerikanischen übersetzt von Jakob Leutner

---

DIE VERSCHWUNDENEN HUNDE

1954

Ein grüner Turbokopter bewegte sich über die Sandebene von New Mexico, die Rotorflügel klangen *whik – whik – whik.* Das Licht der Abendsonne warf tiefe Schatten dorthin voraus, wo sich der Boden allmählich zu einem tiefen Fluß-Canyon senkte. Der Turbokopter landete auf einer Felsnase, eine Luke sprang auf, und ein Stahlkäfig mit einem weiblichen Coyoten darin wurde hinausgeworfen. Die Käfigtür flog fort. Mit einem Satz setzte das Tier aus seinem Käfig hinaus und rannte. Es fegte über die Felsnase, sprang auf eine Felsbank hinunter, die an der Canyon-Wand entlang verlief, und verschwand hinter einer Biegung außer Sicht – in seinem Blut ein mutiertes Virus, das mit der Schweinepest begonnen hatte.

Das Labor hatte einen beißenden chemischen Geruch, in dem Jodoform und Äther wahrzunehmen waren. Darunter befand sich der moschusartige Geruch feuchten Felles, den man in der Anwesenheit eingesperrter Tiere feststellt. Ein deprimierter Foxterrier maulte in einem Käfig an einem Ende. Die Überreste eines Pudels lagen auf einem Sezierbrett ausgestreckt, das sich über einer Hauptbank befand, an seinem Bein ein Anhänger mit der Aufschrift *X-8, Pullmann Veterinär-Forschungszentrum, Labor E.* Indirekte Beleuchtung berührte alles mit schattenloser Gleichgültigkeit.

Der Biologe Varley Trent, ein dunkelhaariger Mann mit kantigen Zügen, legte sein Skalpell in eine Schale neben den Pudel, trat zurück und blickte hinüber zu Dr. Walter Han-Meers, Professor für Veterinärmedizin. Der Professor war ein rundlicher, rotblonder Hollandchinese, mit dem sanfthäutigen Anblick eines orientalischen Idols. Er stand neben der Sezierbank und starrte auf den Pudel.

»Ein weiterer Mißerfolg«, sagte Trent. »Bei jeder Autopsie sage ich mir, daß wir damit dem letzten Hund auf der Erde wieder näher sind.«

Der Professor nickte. »Ich kam herunter, um dich über das Neueste zu informieren. Ich sehe nicht, wie es uns hilft, aber wie dem auch sei, dieses Virus begann bei einem Coyoten.«

»Coyoten?«

Professor Han-Meers fand einen Laborstuhl, zog ihn heran und setzte sich.

»Ein Rancharbeiter packte aus. Sprach mit den Behörden. Sein Chef, ein Mann namens Porter Durkin, Doktor der Veterinärmedizin, besitzt da unten ein Veterinär-Krankenhaus. Er gebrauchte radioaktives Kohlenstoff-Ei, um Schweinepesterreger zu mutieren. Erhoffte sich einen Namen zu machen, indem er alle Coyoten ausrottete. Machte sich tatsächlich einen Namen. Die Regierung mußte Truppen einsetzen, um zu verhindern, daß er gelyncht wurde.«

Trent fuhr sich mit der Hand durchs Haar. »Hat der Narr nicht erkannt, daß seine Krankheit sich auch unter anderen Hunden ausbreiten würde?«

»Offensichtlich hat er nicht einmal daran gedacht. Er besitzt eine Zulassung von einem dieser kleinen Schweinepfuhl-Colleges, aber ich verstehe nicht, wie solch ein Dummkopf den Abschluß schaffen konnte.«

»Was ist mit den Coyoten?«

»Oh, das war ein großer Erfolg. Die Schafzüchter berichten, daß sie seit mehr als einem Monat kein Tier durch Coyoten verloren haben. Was sie jetzt nur beunruhigt, sind Bären, Silberlöwen und der Mangel an Hunden, um zu …«

»Um auf die Hunde zu kommen«, sagte Trent, »wir brauchen hier bis morgen weitere Testtiere. Serum neun bewirkt überhaupt nichts bei dem Foxterrier. Er wird irgendwann heute nacht sterben.«

»Wir werden bis morgen eine Menge Testtiere haben«, sagte Han-Meers. »Die letzten zwei Hunde-Isolierungs-Reservate in Kanada meldeten heute morgen Neuansteckungen.«

Trent trommelte mit den Fingern auf dem oberen Brett. »Was unternimmt die Regierung wegen des Angebots der weganischen Biophysiker?«

Han-Meers zuckte die Achseln. »Wir weisen sie noch ab. Die Weganer bestehen auf vollständiger Kontrolle über das Projekt. Sie kennen doch ihren Ruf für biophysische Veränderungen. Sie könnten imstande sein, unsere Hunde zu retten, aber was wir zurückbekämen, wäre kein Hund mehr. Es würde ein verlängertes, vielbeiniges, schuppenschwänziges Monstrum sein. Ich möchte gern wissen, warum sie auf diese fischschwänzigen Arten hingearbeitet haben.«

»Gekoppelte Gene«, sagte Trent. »Koppelung der Intelligenzfaktoren. Sie gebrauchen ihre *Mikeses*-Generatoren, um die Gen-Paare zu öffnen …«

»Nun ja«, sagte Han-Meers. »Du hast bei ihnen studiert. Wie war der Name des Weganers, von dem du immer sprichst?«

»Ger (Pfeifen) Anso-Anso.«

»Den meine ich. Befindet er sich nicht mit der weganischen Delegation auf der Erde?«

Trent nickte. »Ich traf ihn vor zehn Jahren bei der Konferenz in Quebec – in dem Jahr vor unserer biochemischen Besichtigung auf der Wega. Er ist wirklich ein netter Bursche, wenn man ihn erst einmal näher kennt.«

»Nichts für mich.« Han-Meers schüttelte den Kopf.

»Sie sind zu hochgewachsen und arrogant. Verursachen mir ein Gefühl von Minderwertigkeit. Reden dauernd von ihren verdammten *Mikeses*-Generatoren und was sie in Biophysik bewirken können.«

»Das können sie auch.«

»Das macht sie ja so verdammt irritierend!«

Trent lachte. »Falls es dich tröstet, die Weganer mögen ganz stolzgeschwellt über ihre Biophysik sein, aber sie sind äußerst neidisch auf unsere Apparate-Einrichtungen.«

»Hm!« erwiderte Han-Meers.

»Ich denke immer noch, wir sollten ihnen Hunde zu Versuchszwecken schicken«, sagte Trent. »Bei dem Tempo, in dem es geht, bleiben uns weiß Gott ziemlich bald keine Hunde mehr übrig.«

»Wir werden ihnen keinen kranken Spaniel schikken, solange sich Gilberto Nathal im Bundessenat befindet«, sagte Han-Meers.

»Jedesmal, wenn das Thema zur Sprache kommt, springt er auf und brüllt etwas über den Stolz der Erde und die außerirdische Bedrohung.«

»Aber ...«

»Die denebianische Kampagne ist noch nicht allzu lange her«, gab Han-Meers zu bedenken.

Trent befeuchtete die Lippen mit der Zunge. »Mmmmm, hmmmm. Was gibt es für Nachrichten aus den anderen Forschungszentren?«

»Bei einigen steht es wie hier. In den Morgennachrichten erscheinen eine Menge Worte, die sich auf eine große, runde Null belaufen.« Han-Meers griff in die Tasche, zog ein gelbes Blatt Papier heraus. »Hier, dies kannst du auch ruhig sehen. Es wird sowieso ziemlich bald heraus sein.« Er drückte Trent das Blatt in die Hand.

Trent überflog die Überschrift:

Bürogramm – Amt für Gesundheit und Hygiene – Streng geheim:

Er blickte Han-Meers an.
»Lies es«, sagte der Professor.
Trent blickte wieder auf das Bürogramm.
»Die Amtsärzte bestätigen heute, daß das Virus D-D, das die Hunde angreift, hundertprozentig tödlich ist. Trotz aller Quarantäne-Maßnahmen breitet es sich aus. Das Virus zeigt Verwandtschaft mit Schweinepest, gedeiht jedoch in einer Lösung aus Protomycetin, die stark genug ist, um jedes andere Virus auf der Liste abzutöten. Es beweist die Fähigkeit, latent und anaerobisch* zu werden. Wenn nicht innerhalb der nächsten zwei Monate eine geeignete Waffe gefunden wird, um diese Krankheit zu bekämpfen, läuft die Erde Gefahr, ihren ganzen Bestand an Wölfen, Hunden, Füchsen, Coyoten ...«
Trent blickte Han-Meers wieder an. »Wir haben alle befürchtet, es wäre so schlimm, aber ...« Er klopfte auf das *Bürogramm.*
Han-Meers ergriff das Blatt. »Varley, du hast den Viehzählern etwas vorenthalten, als sie vorbeikamen, um die Hunde zu zählen, nicht wahr?«
Trent schürzte seine Lippen. »Wie kommst du dazu, so etwas zu sagen?«
»Varley, ich würde dich nicht der Polizei ausliefern. Ich schlage vor, du nimmst Kontakt mit deinem Weganer auf und gibst ihm deine Hunde.«
Trent holte tief Luft. »Ich gab ihm vorige Woche fünf junge Hunde.«

Ein Hauptstadt-Berichterstatter für einen Nachrichtendienst hatte die Story vor sechs Wochen platzen lassen, indem er eine undichte Stelle im Gesundheits- und Hygieneausschuß des Senats ausnutzte. Ein neues Virus attackierte den Hundebestand der Welt, und es war kein Mittel zur Bekämpfung bekannt. Die Leute

* Leben ohne Sauerstoff – *Anm. d. Übers.*

mußten hilflos zusehen, wie ihre Lieblinge in hellen Scharen wegstarben. Die Nachrichten-Story genügte, um Panik zu verursachen. Interstellarer Passagierraum war nicht mehr zu haben. Mächtige Menschen übten Einfluß für sich und ihre Freunde aus. Die Leute versuchten alles für ihre Lieblinge, ließen sich sogar auf einen Kampf gegen innerweltliche Quarantäne-Beschränkungen ein. Und der unvermeidliche Schwindel tauchte auf:

Spezielles Charterraumschiff zu den Planeten von Aldebaran. Strengste Quarantäne-Bedingungen. Ausgebildete Begleiter zur Bewachung Ihrer Lieblinge im Transit. Preis: 50 000 Kredits per Kilogramm.

Die Besitzer konnten ihre Lieblinge natürlich nicht begleiten, da der Frachtraum begrenzt war.

Dieser Schwindel wurde beendet, als ein Patrouillenraumschiff des Bundes jenseits von Pluto in einen merkwürdigen Meteorschwarm geriet und dabei feststellte, daß der Schwarm aus gefrorenen Hundekörpern bestand.

Elf Tage nach Veröffentlichung der Virus-Story erließen die arkturianischen Planeten eine Einfuhrsperre für terranische Hunde. Die Arkturianer wußten, daß ihre Leute vom Hundeschmuggel profitieren würden.

Trent hielt sechs Part-Beagles* im servotechnischen Hundezwinger eines Jagdcamps in den *Olympic Mountains*. Sie befanden sich im Camp, als die Regierung ihre Notstands-Hundezählung durchführte. Trent versäumte es absichtlich, sie zu erwähnen.

Als er Pullmann morgens um drei Uhr nach seinem Gespräch mit Han-Meers verließ, schaltete er seinen Turbokopter auf Autopilot und schlief bis zu seiner Ankunft in Aberdeen.

Der Kommandeur der Bundespolizei in Aberdeen

---

* Beagle, gekreuzt mit anderen jagenden Hunderassen – *Anm. d. Übers.*

war ein angegrauter, brandnarbiger Veteran der denebianischen Kampagne. Sein Büro war ein quadratischer Raum mit Blick auf den Hafen. Die Wände schmückten außerirdische Waffen und Gruppenfotos von Offizieren und Soldaten. Der Kommandeur stand bei Trents Eintritt auf, winkte ihn zu einem Sessel. »Mein Name ist Makaroff. Was kann ich für Sie tun?«

Trent stellte sich vor, setzte sich, erklärte, daß er ein Mitglied der Belegschaft des Pullmann-Forschungszentrums war und daß er neun Hunde – sechs ausgewachsene und drei junge – im Bergzwinger hatte.

Der Kommandeur setzte sich, ergriff die Lehnen seines Sessels und lehnte sich zurück. »Warum befinden sie sich nicht in einem der Regierungs-Reservate?«

Trent blickte dem Mann in die Augen. »Weil ich davon überzeugt war, daß sie an ihrem jetzigen Ort sicherer sind, und ich hatte recht. Die Reservate sind verseucht. Meine Hunde befinden sich jedoch bei perfekter Gesundheit. Was noch hinzukommt, Kommandeur, ich habe festgestellt, daß Menschen die Krankheit übertragen. Wir ...«

»Sie meinen, wenn ich einen Hund streichele, könnte ihn das töten?«

»Das ist richtig.«

Der Kommandeur schwieg. Dann sagte er: »Sie haben also das Quarantäne-Gesetz mißachtet, wie?«

»Ja.«

»Ich habe bei anderer Gelegenheit in ähnlicher Weise gehandelt«, sagte der Kommandeur. »Sie wissen, daß ein dämlicher Befehl gegeben wird, Sie wissen, es kann nicht funktionieren; also handeln Sie zuwider. Wenn Sie unrecht haben, werden Sie zu allen einschlägigen Strafen verdonnert; wenn Sie im Recht sind, stecken sie Ihnen einen Orden an. Ich erinnere mich an eine Zeit während der denebianischen Kampagne, als ...«

»Können Sie eine Luftpatrouille über meinem Camp einsetzen?« fragte Trent.

Der Kommandeur zupfte an seinem Kinn. »Hunde, wie? Es gibt nichts Besseres als einen guten Jagdhund. Es ist eine verdammte Schande, zu sehen, wie sie mit den übrigen sterben.« Er machte eine Pause. »Luftpatrouille, wie? Keine Menschen?«

»Uns bleiben noch zwei Monate, um ein Mittel gegen dieses Virus zu finden, oder es wird keine Hunde mehr auf der Erde geben«, sagte Trent. »Sehen Sie, wie wichtig diese Hunde sein könnten?«

»So schlimm?« Er zog das Vidiofon zu sich heran. »Geben Sie mir Perlan.« Er wandte sich an Trent: »Wo befindet sich Ihr Camp?«

Trent nannte ihm die Vektoren. Der Kommandeur kritzelte sie auf einen Notizblock.

Ein Gesicht erschien auf dem Bildschirm. »Ja, Sir.«

Der Kommandeur wandte sich wieder dem Vidiofon zu. »Perlan, ich brauche eine Robotik-Luftpatrouille – 24-Stunden-Dienst – über einem Jagdcamp in« – er blickte auf den Notizblock – »Vektoren 8181-A und 0662-Y, Olympic-Westhang. In dem Camp befindet sich ein Zwinger mit neun Hunden darin. Es darf kein Mensch mit diesen Hunden in Kontakt kommen. Unter keinen Umständen.« Er befeuchtete die Lippen mit der Zunge. »Ein Arzt hat mir gerade erzählt, daß Menschen dieses Virus-D-D-Ding übertragen.«

Als Trent an dem Nachmittag in Pullmann landete, erwartete Han-Meers ihn im Labor E. Der Professor saß auf demselben Stuhl, als hätte er sich in den zwei Tagen nicht bewegt. Er sann über dem Käfig nach, in dem sich der Foxterrier befunden hatte. Jetzt war ein Airedale darin eingeschlossen.

»Varley, was bezeichnet der Polizist in Aberdeen mit den neuen Diensten?«

Trent schloß die Labortür. *Der Kommandeur hatte also geredet.*

»Die Flores-Klinik hat heute zweimal angerufen«, sagte Han-Meers. »Sie wollten wissen, was wir entdeckten, das sie übersehen haben. Hat der Polizist sich vielleicht eine Story ausgedacht?«

Trent schüttelte den Kopf. »Nein. Ich erzählte ihm, daß ein Verdacht von mir eine aktuelle Tatsache sei. Ich mußte mir eine Luftpatrouille über meinem Jagdcamp beschaffen. Diese Hunde sind bei perfekter Gesundheit.«

Han-Meers nickte. »Sie sind den ganzen Sommer ohne diese Annehmlichkeit gewesen. Jetzt müssen sie sie haben.«

»Ich hatte Angst, sie wären tot. Ich habe diese Hunde schließlich von klein an aufgezogen. Wir haben gejagt und ...«

»Ich verstehe. Und morgen erzählen wir jedem, daß es ein großer Fehler war. Ich hatte gedacht, du besäßest mehr wissenschaftliche Integrität als das.«

Trent verbarg seinen Ärger hinter einem passiven Gesicht, streifte seinen Mantel ab und zog einen Laborkittel an. »Meine Hunde waren den ganzen Sommer von Menschen isoliert. Wir ...«

»Die Flores-Leute sind in ihrer Forschung gründlich gewesen«, sagte Han-Meers. »Sie argwöhnen, daß wir versuchen zu ...«

»Nicht gründlich genug.« Trent öffnete eine Schranktür und nahm eine kleine Flasche mit einer grünen Flüssigkeit heraus. »Bleibst du hier und hilfst, oder läßt du mich das allein in Angriff nehmen?«

Han-Meers zog seinen Mantel aus, fand einen zusätzlichen Laborkittel. »Du befindest dich in einer gefährlichen Lage, Varley.« Er drehte sich um, lächelte. »Aber was für eine wunderbare Gelegenheit, es ihnen wirklich großartig aufzutischen.«

Am nächsten Morgen ließ Trent um 9.16 Uhr ein Becherglas fallen. Es zersplitterte auf dem Fliesenboden, und Trents Ruhe zersprang ebenfalls damit. Er fluchte zwei Minuten lang.

»Wir sind müde«, sagte Han-Meers. »Wir wollen uns ausruhen, später weitermachen. Ich werde die Flores-Leute und die anderen heute vertrösten. Es gibt noch...«

»Nein.« Trent schüttelte den Kopf. »Wir werden eine weitere Hautwaschung mit *Clarendon Astringent* bei mir vornehmen.«

»Aber wir haben das bereits zweimal versucht, und...«

»Noch einmal«, sagte Trent. »Diesmal fügen wir *vor* der Fraktionierung synthetisches Hundeblut hinzu.«

Um 10.12 Uhr setzte Han-Meers das endgültige Glasröhrchen in ein Diffraktions-Gestell aus Plastik und drückte einen Schalter an seinem Fuß. Ein kleines silbriges Spinngewebe schimmerte nahe dem oberen Ende des Röhrchens.

»Ahhhhhh!« sagte der Professor.

Sie verfolgten es zurück. Bis Mittag hatten sie das Muster: Das latente Virus befand sind in den menschlichen Schweißdrüsen, kam nur unter emotionalem Druck durch die Poren heraus – hauptsächlich in den Handflächen. War das Virus erst einmal aus den Poren herausgekommen, vertrocknete es, wurde anaerobisch.

»Wenn ich das Becherglas nicht fallengelassen hätte und ärgerlich geworden wäre...«, sagte Trent.

»Wir würden immer noch suchen«, fügte Han-Meers hinzu. »So etwas von einem Teufel. Latent und in winziger Menge. Darum ist es uns entgangen. Wer testet schon ein aufgeregtes Objekt? Sie warten ab, daß es sich beruhigt.«

»Jeder Mensch tötet das, was er liebt«, zitierte Trent. »Ich sollte Philosophen wie Oscar Wilde mehr Aufmerksamkeit schenken«, sagte Han-Meers. »Jetzt rufe ich die Ärzte an, teile ihnen ihren Irrtum mit. Es wird ihnen stinken, daß ein popeliger Biologe ihnen den Rang abgelaufen hat.«

»Es war Zufall«, sagte Trent.

»Ein Zufall, der auf deiner Beobachtung deiner Hunde beruht«, sagte Han-Meers. »Es ist natürlich nicht das erste Mal, daß solche Zufälle gewöhnlichen Biologen passieren. Denk an Pasteur. Sie hatten ihn auf der Dorfstraße gesteinigt für ...«

»Pasteur war Chemiker«, erwiderte Trent knapp. Er drehte sich um, setzte das Glasröhrchen ab und stand auf einer Seite der Bank.

»Ich rufe die Ärzte von deinem Labor-Telefon aus an«, sagte Han-Meers. »Ich kann es nicht erwarten, die Stimme des Flores zu hören, wenn ...«

Das Telefon klingelte. Han-Meers nahm den Hörer ab. »Ja, ich bin, ich ... ich meine, ich bin hier. Ja, ich nehme das Gespräch an.« Er wartete. »Oh, hallo, Dr. Flores. Ich wollte gerade ...« Han-Meers brach ab, hörte zu. »Oh, haben Sie?« Seine Stimme klang flau. »Ja, das deckt sich mit unseren Feststellungen. Ja, hauptsächlich durch die Poren der Handfläche. Wir warteten, das zu bestätigen, um sicher zu sein ... Ja, durch unseren Dr. Trent. Er ist ein Biologe der Belegschaft hier. Ich glaube, einige Ihrer Leute waren seine Studenten. Brillanter Bursche. Verdient volle Anerkennung für die Entdeckung.« Es folgte eine lange Stille. »Ich bestehe auf wissenschaftlicher Integrität, Dr. Flores, und ich habe Ihren Bericht in meinen Händen. Er spricht den Menschen als Träger des Virus frei. Ich stimme zu, daß diese Entwicklung für Ihre Klinik ungünstig sein wird, aber das läßt sich nicht ändern. Auf Wiederhören, Dr. Flores. Danke für Ihren Anruf.« Er legte den Hörer auf und drehte sich um. Trent war nirgendwo zu sehen.

An dem Nachmittag starb in Angúac, Manitoba, der letzte reinrassige Bernhardiner. Am darauffolgenden Morgen hatten die Beamten von Georgia bestätigt, daß ihre Isolierungs-Hundezwinger in der Nähe von Igurtsk verseucht waren. Die jetzt von Robotern durchgeführte Suche nach nicht infizierten Hunden wurde fortgesetzt. Auf der ganzen Welt waren noch neun nicht vom Virus D-D befallene Hunde bekannt – sechs ausgewachsene und drei junge Hunde. Sie schnüffelten in ihrem Bergzwinger umher, verzweifelt über den Mangel an menschlicher Gesellschaft.

Als Trent an diesem Abend seine Junggesellenwohnung betrat, fand er einen Besucher vor, einen hochgewachsenen, fast 2,10 Meter großen Humanoiden der Klasse C, mit einer Kopfbedeckung von zwei gefiederten Helmen, die Augen beschattet mit geschlitzten Membranen, den venezianischen Jalousien ähnlich. Sein schlanker Körper war in ein blaues, in der Taille gegürtetes Gewand gekleidet.

»Ger!« sagte Trent. Er schloß die Tür.

»Freund Varley«, sagte der Weganer in seinen sonderbaren, pfeifenden Lauten.

Sie streckten die Hände aus, drückten auf weganische Art die Handflächen aneinander. Gers siebenfingrige Hände fühlten sich übermäßig warm an.

»Du hast Fieber«, sagte Trent. »Du bist zu lange auf der Erde gewesen.«

»Das kommt von dem verdammten oxidierten Eisen in eurer Umwelt«, sagte Ger. »Ich werde heute abend eine stärkere Dosis Medizin nehmen.« Er lockerte seine Helme, eine Geste, die Vergnügen anzeigte. »Aber es ist schön, dich wiederzusehen, Varley.«

»Und dich«, sagte Trent. »Wie steht es mit den ...« Er bewegte seine Hand hinunter, machte die Bewegung, einen Hund zu streicheln.

»Darum kam ich«, sagte Ger. »Wir brauchen mehr.«

»Mehr? Sind die anderen tot?«

»Ihre Zellen sind in anderen Abkömmlingen lebendig«, sagte Ger. »Wir gebrauchten eine Beschleunigungskammer, um schnell mehrere Generationen zu bekommen, aber wir sind mit den Ergebnissen nicht zufrieden. Dies waren sehr seltsame Tiere, Varley. Ist es nicht sonderbar, daß sie in der Erscheinung identisch waren?«

»Es geschieht manchmal«, sagte Trent.

»Und die Anzahl der Chromosomen«, sagte Ger. »Gibt es da nicht …«

»Einige besondere Züchtungen sind unterschiedlich«, sagte Trent schnell.

»Oh.« Ger nickte. »Hast du mehr von dieser Art, die wir nehmen können?«

»Das wird knifflig sein«, sagte Trent, »aber wenn wir vorsichtig sind, könnten wir vielleicht Glück haben.«

Kommandeur Makaroff war *entzückt*, seine Bekanntschaft mit dem berühmten Dr. Trent zu erneuern. Er war *entzückt*, dem Besucher von der fernen Wega zu begegnen, wenn auch etwas weniger entzückt. Es war klar, daß der Kommandeur in bezug auf Außerirdische im allgemeinen mißtrauisch war. Er führte die beiden in sein Büro, ließ sie Platz nehmen und setzte sich hinter seinen Schreibtisch.

»Ich hätte gern einen Ausweis, der es Dr. Anso-Anso erlaubt, meinen Hundezwinger zu besuchen«, sagte Trent. »Da er kein Erdenmensch ist, trägt er nicht das Virus in sich, und es wird vollständig sicher sein zu …«

»Weshalb?«

»Sie haben vielleicht von dem weganischen Knowhow in Biophysik gehört«, sagte Trent. »Dr. Anso-Anso assistiert mir bei einer Forschungsreihe. Er muß einige Blut- und Kulturproben entnehmen von …«

»Könnte das nicht ein Roboter tun?«

»Die Beobachtungen hängen von einem hochspezialisierten Wissen ab, und es gibt keine Roboter mit dieser Ausbildung.«

»Hmmm.« Kommandeur Makaroff zog dies in Betracht. »Ich verstehe. Gut, wenn Sie sich für ihn verbürgen, Dr. Trent, bin ich sicher, daß er in Ordnung ist.« Sein Ton deutete an, daß Dr. Trent sich irren *könnte.* Er nahm einen Block aus einer Schublade, kritzelte einen Ausweis und überreichte ihn Trent. »Ich kann Sie mit einem Polizei-Kopter hinbringen.«

»Wir haben einen speziell sterilisierten Kopter mit unserer Laborausrüstung«, sagte Trent. »*Robotik International* wartet ihn gerade im Augenblick.«

Kommandeur Makaroff nickte. »Ich verstehe. Dann stelle ich eine Eskorte auf Abruf für Sie bereit.«

Die Vorladung kam am nächsten Tag auf einem rosa Briefbogen:

> *Dr. Varley Trent wird beordert, morgen zu einer Vernehmung vor dem Sonder-Unterausschuß des Bundessenats, Komitee für Gesundheit und Hygiene, zu erscheinen, die um 16.00 Uhr im Gebäude des Bundes-Senats anberaumt ist.*

Sie war unterzeichnet von Oscar Olafson, dem speziellen Assistenten von Senator Gilberto Nathal.

Trent nahm die Vorladung in seinem Labor entgegen, las sie und brachte sie hinauf in Han-Meers' Büro.

Der Professor las die Vorladung, gab sie Trent zurück. »Es wird nichts über die Beschuldigung erwähnt, Varley. Wo warst du gestern?«

Trent setzte sich. »Ich brachte meinen weganischen Freund ins Reservat, so konnte er die drei jungen Hunde schnappen. Er befindet sich inzwischen auf halbem Weg nach Hause.«

»Sie entdeckten es natürlich bei der Morgenzählung«, sagte Han-Meers. »Normalerweise hätten sie dich einfach ins Gefängnis befördert, aber es steht eine Wahl bevor. Nathal muß sich mit deinem Kommandeur Makaroff gutstellen.«

Trent blickte zu Boden.

»Der Senator wird dich trotz deiner Virus-Entdeckung kreuzigen«, sagte Han-Meers. »Ich befürchte, du hast dir mächtige Feinde gemacht. Dr. Flores ist der Schwager von Senator Grapopulus im Haushaltsausschuß. Sie werden die Leute von der Flores-Klinik hinzuziehen, um zu behaupten, daß die Art der Virus-Übertragung auch ohne dich entdeckt worden sein könnte.«

»Aber es sind meine Hunde! Ich kann …«

»Nicht seit der Notfall-Hundezählung und dem Quarantäne-Gesetz«, sagte Han-Meers. »Du hast dich der Entwendung von Regierungseigentum schuldig gemacht.« Er wies mit dem Finger auf Trent. »Und diese Feinde, die du dir gemacht hast, werden …«

»Die *ich mir gemacht habe! Du* mußtest doch unbedingt diesen Endkampf mit Flores durchziehen.«

»Komm, Varley. Wir wollen uns nicht streiten.«

Trent blickte zu Boden. »Okay. Was geschehen ist, läßt sich nicht ändern.«

»Ich habe eine Idee«, sagte Han-Meers. »Die *Elmendorff* befindet sich draußen auf dem Hartley-Raumflughafen. Sie ist für eine Reise zum Sagittarius betankt und ausgerüstet worden.«

»Was soll das heißen?«

»Das Raumschiff wird natürlich gut bewacht, aber ein bekanntes Mitglied der Belegschaft mit einer gefälschten Notiz von mir könnte an Bord gelangen. Könntest du die *Elmendorff* allein fliegen?«

»Gewiß. Das ist das Raumschiff, mit dem wir zur biophysischen Besichtigung auf der Wega waren.«

»Dann mach schnell, daß du hinkommst. Schalte

auf Hyperantrieb, und sie werden dich niemals kriegen.«

Trent schüttelte den Kopf. »Damit würde ich meine Schuld zugeben.«

»Mann, du *bist* schuldig! Senator Nathal wird das morgen *aufdecken.* Es wird die große Neuigkeit sein. Aber wenn du davonläufst, wird das die größere Neuigkeit sein, und das Geschrei des Senators ist dann einfach nur noch Geräuschkulisse.«

»Ich weiß nicht.«

»Die Leute haben seinen Lärm satt, Varley.«

»Mir gefällt es immer noch nicht.«

»Varley, der Senator ist verzweifelt auf Neuigkeiten aus, die ihm Stimmen einbringen. Laß ihm ein wenig mehr Zeit, ein bißchen mehr Verzweiflung, und er wird zu weit gehen.«

»Ich bin nicht wegen des Senators besorgt. Ich bin besorgt wegen ...«

»Der Hunde«, sagte Han-Meers. »Und wenn du die Wega erreichst, könntest du ihnen den Vorteil deines Wissens in irdischer Biologie verschaffen. Du könntest das natürlich durch Fernbedienung tun, aber ...« Er ließ die Idee verlockend im Raum stehen.

Trent schürzte die Lippen.

»Jede vergeudete Minute macht deine Chance zu entkommen geringer.« Han-Meers schob Trent einen Block zu. »Hier ist mein Briefkopf. Fälsche deine Notiz.«

Zwanzig Minuten nachdem Trents Kopter zum Hartley-Flughafen gestartet war, landete ein Regierungs-Kopter auf dem Parkplatz des Campus. Zwei Männer stiegen aus, eilten in Han-Meers Büro und präsentierten Polizeiausweise. »Wir suchen einen Dr. Varley Trent. Er ist der Übertretung des Hunde-Beschränkungs-Gesetzes angeklagt. Er ist in Haft zu nehmen.«

Han-Meers sah gehörig erschrocken aus. »Ich

glaube, er ging nach Hause. Er sagte etwas davon, sich nicht wohl zu fühlen.«

Senator Nathal tobte. Sein rundlicher Körper bebte. Sein normalerweise rotes Gesicht war noch dunkler. Er schimpfte, er schrie. Sein vor Wut entstelltes Gesicht war abends auf Video zu sehen. Als er gerade einen schönen Höhepunkt erreichte und die Leute vor zügelloser Wissenschaft warnte, wurde er von wichtigeren Nachrichten beiseite geschoben.

Der letzte Hund in einem Isolierungs-Reservat – ein gescheckter Chow-Chow – starb an der Virusinfektion. Bevor der Senator Dampf für eine neue Attacke aufbauen konnte, verkündete die Regierung die Entdeckung eines vom Virus unberührten arktischen Wolfrudels von 26 Tieren. Einen Tag später machten Roboter-Sucher einen lebenden zwölfjährigen Mischling auf der Osterinsel aus und fünf Cockerspaniel auf Feuerland. Am Westhang der Olympic Mountains wurden getrennte Reservate für Hunde und Wölfe vorbereitet und alle Tiere dorthin transportiert.

Wölfe, Cockerspaniel, Mischlinge und Hunde – sie waren die Lieblinge der Welt. Von Aberdeen aus fanden in einem geschlossenen Kopter Exkursionen zu einer fünf Kilometer vom Hunde-Wolf-Reservat entfernten Stelle statt. Dort vermittelten starke Ferngläser oft den flüchtigen Eindruck einer Bewegung, die eine rege Vorstellungskraft zu einem Hund oder Wolf auffüllen konnte.

Ungefähr zu der Zeit, als Senator Nathal sich zu einem neuen Ausbruch bereitmachte und darauf hinwies, daß Trents Hunde nicht unbedingt wichtig waren, daß es andere überlebende Hunde gegeben hatte, starb der zwölfjährige Mischling an Altersschwäche.

Die Hundeliebhaber der ganzen Welt trauerten. Die Presse nahm sich der Sache an, und alle Herrlichkeit der Mischlingshunde wurde aufbereitet. Senator Nathal war wieder Geräuschkulisse.

Trent peilte die Wega an und zündete den Hyperantrieb, sobald er den Warpbereich des Sonnensystems erreicht hatte. Er wußte, daß die Weganer ihn unter Quarantäne stellen mußten, um die Hunde zu schützen, aber er konnte die Experimente auf Video verfolgen und mit seinen irdischen Biologiekenntnissen helfen.

Professor Han-Meers schützte gesundheitliche Gründe vor, übertrug einem Assistenten seine College-Pflichten und begab sich auf eine Weltreise. Zuerst machte er in der Hauptstadt halt, traf Senator Nathal, entschuldigte sich für Dr. Trents Treubruch und pries das Eintreten des Politikers.

In Genf traf Han-Meers einen Pianisten, dessen geliebter Dalmatiner unter den ersten gewesen war, die an der Epidemie gestorben waren. In Kairo begegnete er einem Regierungsbeamten, der Wolfshunde gezüchtet hatte, die auch unter den ersten gewesen waren, die krank wurden und starben. In Paris traf er die Frau eines Pelzhändlers, deren gehätschelter Airedale *Coco* in der dritten Welle der Epidemie gestorben war. In Moskau, Bombay, Kalkutta, Singapur, Peking, San Francisco, Des Moines, Chicago traf er andere unter ähnlichen Umständen. Allen gab er Empfehlungsschreiben an Senator Nathal und erklärte, daß der Senator für ihre besondere Behandlung sorgen würde, wenn sie das Olympic-Reservat besuchen wollten. Han-Meers erwartete, daß wenigstens einer dieser Leute ein hinlänglich skandalöses Ärgernis werden würde, um die politische Blamage des Senators zu sichern.

Die Vergeltung kam durch die Frau des Pariser Pelzhändlers, Mme. Estagién Couloc, aber auf eine Weise, die Han-Meers nicht erwartet hatte.

Mme. Couloc war eine schlanke Frau von etwa 45, schick in zeitloser französischer Mode, kinderlos, mit einem schmalen, hochmütigen Gesicht und einem dazu passenden Benehmen. Ihre Großmutter war jedoch eine Farmersfrau gewesen, und unter der Oberfläche der verwöhnten reichen Frau war Mme. zäh. Sie kam vollständig ausgerüstet mit zwei Dienstmädchen, einem kleinen Gebirge von Koffern und einem Briefchen vom Senator nach Aberdeen. Sie hatte sich selbst davon überzeugt, daß all dieser *Unsinn* von Menschen als Virusträgern sich wahrscheinlich nicht auf sie beziehen konnte. *Ein paar einfache hygienische Vorsichtsmaßnahmen, und sie konnte ihren eigenen Hund haben.*

Mme. Couloc beabsichtigte, sich, koste was es wolle, einen Part-Beagle zu beschaffen. Die Tatsache, daß keine Hunde zu haben waren, machte ihr Bedürfnis um so dringender. Vorsichtige Erkundigungen in Aberdeen überzeugten sie davon, daß dies ein Job im Alleingang sein mußte. Inmitten der psychologischen Verzweiflung, die ihren Geist erfüllte, arbeitete sie einen Plan aus, der alle gerissenen, listigen Merkmale der geistig Kranken enthielt.

Mme. Couloc inspizierte bei einer der täglichen Exkursionen das Terrain aus der Luft. Es war wild genug, um eine weniger entschlossene Person zu entmutigen. Das Gebiet war seit 700 Jahren in seinem natürlichen Zustand erhalten worden. Dichtes Unterholz aus Salal, Igel-Ariele und Heidelbeersträuchern hatte die natürlichen Zugangswege ins Innere überwuchert. Die Flüsse führten Hochwasser infolge der Frühlings-Schneeschmelze. Die Grathöhen waren ein Gewirr von Windbruch, Dornensträuchern wilder Brombeeren und zutage liegendem Granit. Nach dem rauhen Terrain kam ein doppelter Zaun – jeder 16 Meter hoch, mit einem Kilometer Abstand dazwischen.

Mme. Couloc kehrte nach Aberdeen zurück, ließ ihre Dienstmädchen im Hotel und flog nach Seattle, wo sie sich derbe Campingkleidung kaufte, ein Seil und einen Enterhaken, einen leichten Tornister, Nahrungskonzentrate und einen Kompaß. Eine Karte des Reservats war leicht zu bekommen. Sie wurden als Souvenirs verkauft.

Dann ging sie in den Straits of Juan de Fuca angeln und schlug in der Neah Bay ihr Lager auf. Südlich ragten die Olympics empor, in der Ferne Schneegipfel.

Drei Tage lang regnete es; fünf Tage lang angelte Mme. Couloc mit einem Führer. Am neunten Tag ging sie allein angeln. Am nächsten Morgen las die Bundesküstenwache ihr gekentertes Boot vor der Küste von Tatoosh Light auf. Inzwischen befand sie sich 19 Kilometer südlich von Sequim, zwei Kilometer innerhalb des verbotenen Gebietes, das die Zäune umgab. Sie schlief den ganzen Tag in einem Fichtendickicht. Der Mondschein half ihr, aber sie brauchte die ganze Nacht, um in Sicherheit des Zaunes zu kommen. An dem Tag kauerte sie sich in ein Gestrüpp von gelben Mahonias, sah zwei dreibeinige Patrouillenroboter auf der anderen Seite des Zauns vorbeikommen. Bei Einbruch der Nacht bewegte sie sich weiter vor, ließ eine Patrouille passieren und wartete, bis sie außer Sicht war. Der Enterhaken und das Seil brachten sie über den Zaun. Der Kilometer zwischen den Zäunen war von Bäumen und Unterholz freigemacht worden. Sie überquerte ihn schnell, überstieg die letzte Barriere.

Die Leitung der Roboterpatrouille hatte sich zu sehr auf das verbotene Terrain verlassen und in ihren Plänen nicht mit einer psychotischen Frau gerechnet.

Zwei Kilometer innerhalb des Reservats fand Mme. ein Zederngehölz, um sich darin zu verbergen. Ihr Herz raste, sie kauerte sich in das Gehölz und wartete bis Tagesanbruch, um *ihren* Hund zu suchen. Sie hatte Kratzer im Gesicht, an den Händen und Beinen; ihre Kleider waren zerrissen. *Aber sie befand sich drinnen!*

In der Nacht mußte sie mehrmals ihre schwitzenden

Handflächen an ihrer Khakiwanderhose abtrocknen. Gegen Morgen schlief sie auf dem kalten Boden ein. Bess und Eagle fanden sie dort kurz nach Sonnenaufgang.

Mme. Couloc erwachte davon, daß eine warme, feuchte Zunge über ihre Wange rieb. Einen Augenblick lang dachte sie, es wäre ihr *Coco.* Dann erkannte sie, wo sie sich befand.

Und die schönen Hunde!

Sie schlang ihre Arme um Bess, die ebenso ausgehungert war nach Zuneigung wie Mme. Couloc.

Oh, ihr Schönen!

Die Roboterpatrouille fand sie dort kurz vor Mittag. Die Roboter zählten die Hunde anhand der winzigen Sender, die im Fleisch eines jeden Tieres implantiert waren. Mme. Couloc hatte auf den Einbruch der Nacht gewartet, um mit einem Hund zu entkommen.

Bess und Eagle rannten vor den Robotern davon. Mme. Couloc schrie und tobte, als die unpersönlichen Mechanismen sie abtransportierten.

Am Nachmittag berührten sich Eagle und eine Wölfin mit den Nasen durch den Zaun, der ihre Gehege trennte.

Obwohl die Roboter jeden Hund in Isolierung steckten, war es zu spät. Und niemand dachte daran, sich um die Wölfe in ihrem getrennten Reservat zu kümmern.

Innerhalb von sieben Wochen waren die Hunde-Wolf-Reservate durch das Virus D-D leergefegt. Mme. Couloc wurde trotz der Einsprüche eines teuren Anwalts in eine Nervenklinik eingewiesen. Die Nachrichtendienste machten viel Aufhebens von Senator Nathals kleinem Briefchen, das in ihrer Tasche gefunden worden war.

Irdische Beamte sandten eine zerknirschte Botschaft zur Wega. In der Botschaft hieß es, es wäre in Erfahrung gebracht worden, daß ein Dr. Varley Trent einem weganischen Biophysiker irdische Hunde zur Verfügung gestellt hätte, und man fragte an, ob davon noch einige am Leben seien?

Die weganische Antwort lautete: *Wir haben keine Hunde. Dr. Trents augenblicklicher Aufenthaltsort ist uns nicht bekannt.*

Trents Raumschiff kam aus dem Hyperraum, und die Wega erschien groß auf den Bildschirmen. Die flammenden Protuberanzen der Sonne waren klar sichtbar. Bei 800 000 Kilometern begann er, nach dem Planeten zu suchen. Statt dessen bekam er Antwort von einem weganischen Wachraumschiff, das auf ihn zuhielt. Als es nur noch 6000 Kilometer entfernt war, schoß es eine Rakete ab. Die Explosion in unmittelbarer Nähe erwischte Trent in seinem Sprung zum Sender, wo er seine Identität durchzugeben beabsichtigte. Das Raumschiff knirschte und bebte. Schotts schlugen zu. Luft zischte, Warnlampen leuchteten auf, Klingeln schrillten. Trent kroch zu der einzigen Rettungskapsel, die in seinem Trakt übriggeblieben war. Das winzige Rettungsraumschiff befand sich noch in betriebsfähigem Zustand, obwohl sein Sender hinüber war.

Er hielt seine Rettungskapsel so lange wie möglich im Schatten seines Raumschiffwracks, stürzte dann in Richtung des weganischen Planeten, der um 14.00 Uhr undeutlich auf dem Bildschirm sichtbar wurde. Sobald seine Triebwerke aufleuchteten, beschleunigte der Weganer hinter ihm. Trent trieb die kleine Kapsel bis an ihre Grenze an, aber der Verfolger holte auf. Sie waren jetzt dem Planeten zu nahe, als daß der Weganer noch mal hätte feuern können.

Die Rettungskapsel kreischte in die dünne Atmosphäre. *Zu schnell!* Die Luftkühlungs-Einheit heulte bei der Überbelastung. Trent hatte gerade noch Zeit, die Katastrophen-Bugraketen zu feuern und auf Autopilot zu schalten, bevor er das Bewußtsein verlor. Die Raumkapsel stürzte, teils außer Kontrolle, während die Bugraketen immer noch feuerten. Relais klickten – Vollalarm! Schaltkreise, dazu bestimmt, Menschenleben bei einer Katastrophe zu schützen, wurden aktiv. Einige funktionierten, andere waren zerstört worden.

Irgendwo hörte er Wasser fließen. Der Ort, an dem er sich befand, war dunkel, oder vielleicht von einer schwachen Röte erhellt. Er fühlte Tuch um sich herum. Ein Fallschirm! Die Roboterkontrolle der Rettungskapsel hatte ihn als letzten Ausweg mit dem Schleudersitz hinausgeworfen.

Trent versuchte sich zu bewegen. Seine Muskeln weigerten sich zu gehorchen. Er fühlte Taubheit in der Hüfte, einen prickelnden Verlust von Gefühl in seinen Armen.

Dann hörte er es – das Bellen eines Hundes – fern und klar. Das war ein Laut, den er nie wieder zu hören erwartet hatte. Der Ton des Horns war wiedergekehrt. Er erinnerte ihn an frostige Nächte auf der Erde, Bess und Eagle zu folgen und …

Das Bellen eines Hundes!

Panik durchfuhr ihn. Der Hund durfte ihn nicht finden! Er war ein Erdenmensch, voll mit tödlichen Viren!

Trent strengte seine Wangenmuskeln an und brachte es fertig, ein Auge zu öffnen, und sah, daß es nicht dunkel war, sondern ein gelbes Zwielicht unter den Falten des Fallschirms herrschte. Seine Augenlider waren von geronnenem Blut verklebt gewesen.

Er hörte tapsende Pfoten, das eifrige Schnüffeln eines Hundes.

Bitte, halt ihn von mir fern, bat er.

Eine Ecke des Fallschirms bewegte sich. Jetzt wurde ein eifriges Winseln laut. Etwas kroch unter dem Tuch auf ihn zu.

»Hau ab!« krächzte er.

Mit der verschwommenen Sicht seines einen Auges

sah Trent einen braunweißen Kopf – Eagles sehr ähnlich. Der Kopf beugte sich über etwas. Mit einem todunglücklichen Gefühl erkannte Trent, daß dieses *Etwas* eine seiner ausgestreckten, von Viren erfüllten Hände war. Er sah eine rosa Zunge hervorkommen und die Hand lecken, konnte jedoch nichts fühlen. Er versuchte sich zu bewegen und wurde von Bewußtlosigkeit überwältigt. Ein letzter Gedanke huschte durch seinen Geist, bevor die Dunkelheit kam...

»Jeder tötet die Sache, die er ...«

Unter ihm war ein Bett – weich, einlullend. In einem Teil seines Geistes wußte er, daß eine lange Zeit vergangen war. Er hatte Hände wahrgenommen, Nadeln, Rollwagen, die ihn in verschiedene Räume brachten, Flüssigkeiten in seinem Mund und Schläuche in seinen Venen. Er öffnete die Augen. Grüne Wände, blendend weißer Sonnenschein, durch Jalousien gedämpft, eine Ahnung von blaugrünen Hügeln draußen.

»Fühlst du dich besser?« Die Stimme hatte die eigenartigen pfeifenden Hauchlaute der weganischen Vokale.

Trent wandte den Blick nach rechts. Ger! Der Weganer stand an seinem Bett, täuschend erdenmenschlich in seiner Erscheinung. Seine jalousienartigen Augenmembranen waren weit geöffnet, der Doppelhelm seines Kopfgefieders zurückgezogen. Er trug ein gelbes, in der Taille gegürtetes Gewand.

»Wie lange ...«

Der Weganer legte eine siebenfingrige Hand an Trents Handgelenk, fühlte seinen Puls. »Ja, dir geht es viel besser. Du bist für vier eurer Monate sehr krank gewesen.«

»Dann sind die Hunde alle tot«, sagte Trent mit flauer Stimme.

»Tot?« Gers Augenmembranen schlugen leicht zu und wieder auf.

»Ich tötete sie«, sagte Trent. »Mein Körper ist mit latenten Viren durchseucht.«

»Nein«, sagte der Weganer. »Wir gaben den Hunden eine zusätzliche weiße Blutzelle – räuberischer. Dein kümmerliches Virus könnte es nicht überleben.«

Trent versuchte sich aufzusetzen, aber Ger hielt ihn zurück. »Bitte, Varley. Du bist noch nicht gesund.«

»Aber wenn die Hunde gegen die Viren immun sind…« Er schüttelte den Kopf. »Gib mir ein Raumschiff voll Hunde, und du kannst einen beliebigen Preis verlangen.«

»Varley, ich sagte nicht, Hunde seien immun. Sie… nun, sie sind keine Hunde, wie du sie kennst. Wir können dir kein Raumschiff voll deiner Tiere geben, denn wir haben sie nicht. Sie wurden… für unsere Arbeit geopfert.«

Trent starrte ihn an.

»Ich habe unglückliche Neuigkeiten, mein Freund. Wir haben unseren Planeten für Menschen gesperrt. Du kannst dein Leben hier verbringen, aber nicht mit deinen Mitmenschen Verbindung aufnehmen.«

»Hat euer Raumschiff darum auf mich geschossen?«

»Wir hielten es für ein Raumschiff von der Erde, das kam, um Nachforschungen anzustellen.«

»Aber…«

»Es ist bedauerlich, daß du hierbehalten werden mußt, Varley, aber der Stolz unserer Leute steht auf dem Spiel.«

»Stolz?«

Der Weganer blickte zu Boden. »Wir, denen niemals eine biophysische Veränderung mißlungen ist…« Er schüttelte den Kopf.

»Was geschah?«

Das Gesicht des Weganers wurde blau vor Verlegenheit.

Trent erinnerte sich an sein erstes Erwachen auf diesem Planeten. »Als ich mein Bewußtsein wiedererlangte, sah ich einen Hund. Zumindest sah ich seinen Kopf.«

Ger zog einen Korbsessel ans Bett und setzte sich.

»Varley, wir versuchten, die besten Elemente unserer eigenen *Progoas* mit denen der Erdenhunde zu verbinden.«

»Nun, solltet ihr das nicht auch tun?«

»Ja, aber in dem Prozeß verloren wir alle von dir geschickten Hunde, und die daraus resultierenden Tiere...« Er zuckte die Achseln.

»Was sind sie?«

»Ihnen fehlt der Schuppenschwanz und die Hornschnauze. Und wir haben dem Universum seit Jahrhunderten erzählt, daß empfindungsfähige Haustiere der höchsten Qualität diese Merkmale unserer *Progoas* aufweisen müssen.«

»Sind die neuen Tiere intelligent und treu? Sind ihr Gehör und Spürsinn ebenso gut?«

»Diese Merkmale sind sogar erhöht worden.«

Er machte eine Pause. »Du erkennst jedoch, daß dieses Tier nicht wirklich ein Hund ist.«

»Nicht wirklich ein...«

»Es ist völlig brauchbar...«

Trent schluckte. »Dann kannst du deinen eigenen Preis nennen.«

»Als wir unsere erste Kreuzung vornahmen, vereinigte der *Mikeses*-Befruchtungsprozeß eine offene *Progoa*-Zelle mit einer Hundezelle, aber es traten eine Reihe sonderbarer Verkettungen auf. Sie entsprachen nicht dem, was wir nach unseren Auffassungen und dem, was du uns erzählt hattest, erwarteten.«

Trent holte tief Luft, atmete langsam aus.

»Es war, als ob das Gen-Muster der Hundemerkmale räuberisch wäre und sogar dominante Merkmale der *Progoas* unterdrückte«, erklärte Ger. »Jedesmal, wenn wir den Prozeß wiederholten, geschah dasselbe. Nach unserer Kenntnis irdischer Biologie konnte das nicht sein. Die Blutchemie unserer Tiere beruht auf dem Element, das ihr Kupfer nennt. Wir haben nicht viel Eisen auf unserem Planeten, aber die wenigen Exemplare eurer Art Tiere, die wir hatten, bewiesen uns, daß die Kupferbasis bei einer *Mikeses*-Kreuzung dominant war. Natürlich, ohne einen *Mikeses*-Generator können die Zellen nicht geöffnet werden, um eine solche Kreuzung zu ermöglichen, aber dennoch …«

Trent schloß die Augen, öffnete sie wieder. »Niemand anders erfährt jemals, was ich dir erzählen werde …« Er zögerte.

Senkrechte Linien der Aufmerksamkeit erschienen auf den Wangen des Weganers. »Ja?«

»Als ich hier Gast war, kopierte ich das Diagramm des *Mikeses*-Generators. Ich war imstande, ein funktionierendes Modell auf der Erde herzustellen. Damit entwickelte ich einen Hundestamm.« Er befeuchtete seine Lippen mit der Zunge. »Wir haben auf der Erde Leben mit Blut auf der Kupferbasis-Chemie. Der gewöhnliche Tintenfisch unserer Meere ist eine solche Art.«

Ger senkte das Kinn, starrte Trent aber weiterhin an.

»Mit dem Generator koppelte ich dominante Erbanlagen meiner Hunde mit einer rezessiven des Tintenfischs.«

»Aber sie konnten sich nicht natürlich fortpflanzen. Sie …«

»Natürlich nicht. Die Hunde, die ich dir schickte, waren aus einem Stamm, der seit sechs Generationen keine Väter mehr hatte. Ich befruchtete sie mit dem Generator. Sie hatten nur die weibliche Seite, offen für die erste Verkettung, die sich präsentierte.«

»Warum?«

»Weil ich infolge meiner Beobachtungen der *Progoas* wußte, daß Hunde überlegen waren, aber von solch einer Kreuzung profitieren würden. Ich hoffte, diese Kreuzung selbst vorzunehmen.«

Der Weganer blickte zu Boden. »Varley, es schmerzt mich, aber ich sehe mich dem Beweis gegenüber, daß deine Behauptung wahr ist. Der Stolz meiner Welt würde jedoch eine Bekanntgabe niemals zulassen. Vielleicht sollten die Älteren es sich nochmals überlegen.«

»Du kennst mich«, sagte Trent. »Du hast mein Wort darauf.«

Ger nickte. »Es ist, wie du sagst, Varley. Ich kenne dich.« Er putzte seinen Federhelm mit drei Fingern. »Und daher, weil ich dich kenne, habe ich vielleicht den Stolz gemäßigt, der meine Welt regiert.« Ein feines weganisches Lächeln huschte über sein Gesicht – und verschwand.

Trent erinnerte sich an den Beagle, den er unter dem Fallschirm gesehen hatte, als er wieder zu Bewußtsein gekommen war. »Ich würde gern eins dieser Tiere sehen.«

»Das können wir machen …« Ger wurde von dem nahen Bellen einer Meute Hunde unterbrochen. Er stand auf, öffnete die Fensterjalousien und kehrte zurück, um Trents Kopf zu stützen. »Schau hinaus, Freund Varley.«

Auf der blaugrünen weganischen Ebene sah Trent eine Meute Hunde, die in einer Hetzjagd eine Herde flüchtiger *Ichikas* verfolgten. Die Hunde hatten den bekannten Beaglekopf, braunweißes Fell. Alle hatten sechs Beine.

RATTENRENNEN

1955

Während der neun Jahre, die Welby Lewis gebraucht hatte, um unter Sheriff John Czernak zum Chef der Kripo aufzusteigen, kam ihm die Polizeiarbeit immer mehr wie das Lösen von Puzzlespielen vor. Sie bestand in der Routine, einzelne Stückchen zusammenzufügen, bis sie ein Bild ergaben. Er war nicht darauf vorbereitet, seine zynische, von Polizisten bevölkerte Welt in einer Situation wiederzufinden, die geradewegs einem Buch von H. G. Wells oder Charles Fort zu entstammen schien.

Wenn Lewis das Wort ›Alien‹ verwendete, meinte er damit einen Nicht-Amerikaner, keinen Außerirdischen. Oh, natürlich wußte er, daß ein BEM* ein glotzäugiges Ungeheuer ist; er hatte ein bißchen Science-Fiction gelesen. Aber darum ging es gar nicht – derlei Situationen waren Fiktion, und Fiktionen begegneten einem in der beruflichen Routine nicht. Ganz gewiß erwartete man sie nicht in Beerdigungsinstituten. Im Johnson-Tule-Institut, um genau zu sein.

Lewis trug sich am Dienstagmorgen um fünf Minuten nach acht an seinem Schreibtisch im Sheriffbüro als dienstbereit ein. Er war ein Mann mit niedriger Stirn, einem schmalen, abgehärmten, walisischen Gesicht und schwarzem Haar. Seine Augen glichen zwei unruhigen grünen Jadestückchen, die unter buschigen Augenbrauen glänzten.

Das Büro, ein Raum mit hoher Decke und fleckigen Kalkwänden, befand sich in einer Ecke im ersten

* Bug Eyed Monster

Stock des Rathauses von Banbury. Unter einem hohen Fenster stand ein gußeiserner Heizofen. Neben dem Fenster hing ein Kalender, auf dem ein Mädchen abgebildet war, das nur eine Perlenkette trug. Zwei Schreibtische lagen einander gegenüber – dazwischen befand sich ein Gang, der vom Korridor zum Heizofen führte. Der Schreibtisch zur Linken gehörte Joe Welch, dem Mann von der Nachtschicht. Lewis benutzte den rechten, einen von Zigaretten vernarbten Veteran, der schon seit über dreißig Jahren in diesem Raum stand.

Lewis blieb vor seinem Schreibtisch stehen, blätterte die Protokolle im Eingangskörbchen durch und schaute auf, als Sheriff Czernak eintrat. Der Sheriff, ein dicker Mann mit breiten, slawischen Gesichtszügen und dunkler Haut, grunzte, als er sich unter dem Kalender in den Sessel fallen ließ. Er schob den braunen Filzhut, der auf seinem Kopf saß, nach hinten und entblößte eine kahle Platte.

»Hallo, John«, sagte Lewis. »Wie geht's der Gattin?« Er legte die Protokolle ins Körbchen zurück.

»Ihrem Ischias geht's diese Woche besser«, sagte der Sheriff. »Ich bin hier, um dir zu sagen, daß du das Einbruchsprotokoll vergessen kannst. Eine Streife hat heute morgen zwei Tunichtgute mit dem Zeug erwischt. Wir haben sie dem Jugendgericht überstellt.«

»Die werden es nie lernen«, sagte Lewis.

»Ich hab'n kleinen Job für dich«, sagte der Sheriff. »Sonst ist alles ruhig. Vielleicht kriegen wir wirklich 'ne Chance, endlich mal unseren Papierkram aufzuarbeiten.« Er erhob sich aus dem Sessel. »Doc Bellarmine hat die Cerino autopsiert und dabei die Flasche mit dem Mageninhalt im Johnson-Tule-Beerdigungsinstitut vergessen. Könntest du sie abholen und zum Bezirkskrankenhaus rausbringen?«

»Klar«, sagte Lewis. »Aber ich wette, sie ist eines natürlichen Todes gestorben. Sie war eine bekannte

Alkoholikerin. Wenn ich an all die Flaschen in ihrer Bude denke …«

»Kann schon sein«, sagte der Sheriff. Er blieb vor Lewis' Schreibtisch stehen und warf einen Blick auf den Kunstkalender. »Sieht lecker aus.«

Lewis grinste. »Wenn ich so ein Mädel finde, heirate ich sofort«, sagte er.

»Das glaub ich dir«, sagte der Sheriff und schlenderte aus dem Büro.

Es war acht Uhr dreißig, als Lewis in seinem Dienstwagen an dem Beerdigungsinstitut vorbeifuhr, ohne in diesem Block einen Parkplatz zu finden. An der nächsten Ecke – Cove Street – bog er rechts ab und fuhr die Gasse hinauf, um auf dem betonierten Platz vor der Garage des Beerdigungsinstituts zu parken.

Der Südwestwind, der die ganze Nacht über einen Sturm angekündigt hatte, wirbelte die Feuchtigkeit auf, als er aus dem Wagen stieg. Lewis warf zwar einen Blick auf den grauen Himmel, ließ den Regenmantel jedoch auf dem Rücksitz liegen. Er nahm den schmalen Weg, der an der Garage vorbeiführte, und fand die Hintertür des Beerdigungsinstituts angelehnt. Hinter der Tür lag ein Korridor, in dem drei große Metallflaschen jener Art nebeneinander standen, wie sie Schweißer für Sauerstoff und Acetylen verwendeten. Lewis musterte sie kurz, fragte sich, was ein Beerdigungsinstitut wohl mit solchen Geräten tat, und vergaß sie wieder. Die Tür am anderen Ende des Korridors führte in ein mit Teppichen ausgelegtes Foyer, in dem es nach würzigen Blumen duftete. Auf einer Tür zu seiner Linken war ein Blechschild zu sehen, auf dem BÜRO stand. Lewis durchquerte zuerst das Foyer und betrat den Raum.

Hinter dem Glasplattenschreibtisch in der Ecke saß ein hochgewachsener blonder Mann mit eindeutig nordischen Zügen. Ein Eichenrahmen hinter ihm an der Wand zeigte eine kolorierte Fotografie des Mount

Lassen, und auf dem geprägten Titelschild stand FRIEDEN. Vor dem Mann lag ein teilweise ausgefülltes offizielles Bestattungsformular. Auf der linken Ecke des Schreibtisches befand sich eine Blechtasse, in der eine Eisenkugel lag. Die Kugel stieß einen zischenden Laut aus, als Lewis näher kam, und er atmete den schweren Blumenduft des Foyers ein.

Der Mann hinter dem Schreibtisch stand auf und legte seinen Bleistift auf das Formular. Lewis erkannte ihn: Es war Johnson, dem das Beerdigungsinstitut zur Hälfte gehörte.

»Kann ich Ihnen helfen?« fragte er.

Lewis erklärte den Grund seines Botengangs.

Johnson entnahm einer Schreibtischschublade eine kleine Flasche, reichte sie ihm und sah Lewis mit einem verwirrten Stirnrunzeln an. »Wie sind Sie reingekommen?« fragte er. »Ich hab die Klingel am Haupteingang gar nicht gehört.«

Der Hilfssheriff schob die Flasche in eine Seitentasche seiner Jacke. »Ich habe in der Gasse geparkt und bin durch den Hintereingang gekommen«, sagte er. »Vor dem Haus stehen massenhaft Odd-Fellow-Wagen.«

»Odd-Fellow-Wagen?« Johnson umrundete den Schreibtisch.

»In der Zeitung stand, sie hätten heute so was wie 'n Ramschverkauf«, sagte Lewis. Er zog den Kopf ein, damit er unter der Markise des vorderen Fensters durchblicken konnte. »Ich nehme an, daß es Odd-Fellow-Wagen sind. Ihr Tagungsraum ist jedenfalls auf der anderen Straßenseite.«

Ein Zierstrauch auf dem vorderen Rasen des Instituts beugte sich unter dem Wind, und plätschernder Regen trommelte gegen das Fenster. Lewis richtete sich auf. »Ich habe meinen Mantel im Wagen gelassen«, sagte er. »Ich nehme wohl besser den Weg, den ich gekommen bin.«

Johnson ging zur Bürotür. »Zwei unserer Angestellten müssen gleich hinten reinkommen«, sagte er. »Sie wurden zu einem Toten gerufen, und …«

»Ich habe schon mehr als eine Leiche gesehen«, sagte Lewis. Er ging an Johnson vorbei und eilte auf die Tür zu, die zum rückwärtigen Korridor führte.

Johnsons Hand packte die Schulter des Hilfssheriffs. »Ich muß darauf bestehen, daß Sie vorn rausgehen«, sagte er.

Lewis blieb stehen; in seinem Geist sammelte sich eine ganze Latte von Fragen. »Es regnet draußen«, sagte er. »Ich werde patschnaß.«

»Tut mir leid«, sagte Johnson.

Ein anderer Mann hätte vielleicht die Achseln gezuckt und sich seiner Bitte gebeugt, doch Welby Lewis war der Sohn des verstorbenen Proctor Lewis, der dreimal Präsident der Banbury-Ortsgruppe der Sherlock-Holmes-Gesellschaft gewesen war. Welby hatte sich zwar die Zähne an logischer Deduktion geschärft, doch die Logik dieser Situation entging ihm. Ihm fiel ein, was er hinten im Korridor gesehen hatte. Er war leer gewesen – wenn man von den Gasflaschen in der Nähe der Hintertür absah.

»Was haben Sie in diesen Gasflaschen?« fragte er.

Die auf seiner Schulter ruhende Hand des Leichenbestatters spannte sich, und Lewis spürte, wie er in Richtung Hauptausgang gedrückt wurde.

»Balsamierflüssigkeit«, sagte Johnson. »Sie wird in dieser Form geliefert.«

»Ach.« Lewis blickte in Johnsons verzerrte Züge, löste sich von der ihn behindernden Hand und nahm die Haupttür. Es regnete Bindfäden, deswegen rannte er um die Ecke des Bestattungsinstituts zu seinem Wagen, sprang hinein, knallte die Tür zu und blieb abwartend sitzen. Um neun Uhr achtundzwanzig – laut seiner Armbanduhr – kam ein Angestellter des Unternehmens heraus und öffnete das Garagentor. Lewis beugte sich über den Vordersitz und drehte das rechte Wagenfenster herunter.

»Sie müssen den Wagen hier wegfahren«, sagte der Angestellte. »Wir sind gerade angerufen worden.«

»Wann kommen die anderen zurück?« fragte Lewis.

Der Mann stoppte auf dem halben Weg zur Garage. »Welche anderen?« fragte er.

»Die, die heute morgen ausgerückt sind.«

»Das war vielleicht eine andere Firma«, sagte der Mann. »Dies war unser erster Anruf heute.«

»Danke«, sagte Lewis. Er drehte das Wagenfenster hoch, ließ den Motor an und fuhr zum Bezirkskrankenhaus. Die Latte der unbeantworteten Fragen in seinem Geist wurde größer. Erstens: Warum hat Johnson gelogen, um mich abzuhalten, den Hinterausgang zu benutzen?

Im Krankenhaus lieferte er die Flasche im Labor der Pathologie ab. Dann fand er einen Münzfernsprecher und rief das Banbury-Beerdigungsinstitut an. Ein Angestellter meldete sich, und Lewis sagte: »Es geht um eine Wette. Könnten Sie mir sagen, in welcher Form Balsamierungsflüssigkeit an Beerdigungsinstitute geliefert wird?«

»Wir beziehen es in konzentrierter Form«, sagte der Angestellte. »In Behältern, die vierundzwanzig Glasflaschen enthalten, zu sechzehn Unzen pro Flasche. Die Flüssigkeit enthält rote oder orangefarbene Schminke, um den Eindruck von Lebendigkeit zu erwecken. Unsere Marke riecht fast so wie Erdbeerlimonade. Aber sie ist völlig unschädlich. Wir garantieren höchste Lebensähnlichkeit ...«

»Ich wollte nur wissen, wie sie geliefert wird«, sagte Lewis. »Wissen Sie genau, daß sie nie in Gasflaschen verschickt wird?«

»Gütiger Himmel, nein!« sagte der Mann. »Dann würde sie doch korrodieren!«

»Danke«, sagte Lewis und legte zögernd auf. Sein Geist zog einen Schluß von Holmesschen Dimensionen: Wenn jemand in einer scheinbar irrelevanten Sache lügt, ist sie nicht irrelevant.

Er verließ die Zelle und prallte mit Dr. Bellarmine zusammen, dem Autopsie-Chirurgen. Der Arzt war ein hochgewachsener, knorriger Bursche mit grauem Haar, Höhensonnenbräune und blauen Augen, die so schneidend waren wie Skalpelle.

»Ah, da sind Sie ja, Lewis«, sagte er. »Ich habe gehört, Sie wären hier runtergegangen. Wir haben in der Cerino genug Alkohol gefunden, um drei Menschen umzubringen. Wir überprüfen auch ihren Mageninhalt, aber ich bezweifle, daß es noch was ergeben wird.«

»Die Cerino?« fragte Lewis.

»Die alte Alkoholikerin, die ihr in der Bude am Lok-Schuppen gefunden habt«, sagte Bellarmine. »Leiden Sie an Gedächtnisschwund?«

»Oh ... o ja«, sagte Lewis. »Ich habe gerade an was anderes gedacht, Doc.« Er fegte an dem Chirurgen vorbei und murmelte: »Muß jetzt gehen.«

Als er wieder in seinem Büro war, setzte Lewis sich auf eine Schreibtischecke, zog das Telefon heran und wählte die Nummer des Johnson-Tule-Beerdigungsinstituts. Eine unvertraute männliche Stimme meldete sich, und Lewis sagte: »Führt Ihre Firma auch Feuerbestattungen durch?«

»Nicht selbst«, sagte die männliche Stimme. »Aber wir haben ein Abkommen mit dem Rose-Lawn-Gedächtnis-Krematorium getroffen. Würde es Ihnen etwas ausmachen, vorbeizukommen, damit wir Ihr Problem besprechen können?«

»Im Moment nicht, danke«, sagte Lewis und legte den Hörer wieder auf die Gabel. Er überprüfte eine andere Frage, die ihn nicht losließ – die Möglichkeit, daß sich in den Flaschen ein Gas befand, das man für Feuerbestattungen brauchte. Was, zum Teufel, ist in diesen Flaschen? fragte er sich.

»Jemand gestorben?« Die Stimme, die von der Tür herkam, unterbrach Lewis' Träumerei. Er wandte sich um und gewahrte Sheriff Czernak.

»Nein«, sagte Lewis. »Es geht nur um ein Puzzle.« Er umrundete den Schreibtisch, ging zu seinem Stuhl und setzte sich hin.

»Hat Doc Bellarmine was über die Cerino gesagt?« fragte der Sheriff. Er kam herein und ließ sich in dem Sessel unter dem Kunstkalender nieder.

»Alkoholismus«, sagte Lewis. »Wie ich's gesagt habe.« Er lehnte sich in seinem Stuhl zurück, legte die Füße auf den Tisch und musterte einen Fleck an der Decke.

»Was ist los mit dir?« fragte der Sheriff. »Du siehst aus wie jemand, der versucht, ein Rätsel zu lösen.«

»Tu ich auch«, sagte Lewis und erzählte ihm von dem Zwischenfall im Beerdigungsinstitut.

Czernak nahm den Hut ab und kratzte seinen kahlen Schädel.

»Mich macht das aber nicht sonderlich mißtrauisch, Welby«, sagte er. »Wahrscheinlich gibt's dafür 'ne ganz einfache Erklärung.«

»Glaub ich nicht«, sagte Lewis.

»Und warum nicht?«

Lewis schüttelte den Kopf. »Ich weiß nicht. Ich glaub es einfach nicht. Irgendwas stimmt nicht mit diesem Laden.«

»Was, glaubst du, ist in den Gasflaschen drin?« fragte der Sheriff.

»Ich hab keine Ahnung«, sagte Lewis.

Der Sheriff setzte seinen Hut wieder auf. »Jedem anderen würd ich sagen, er soll es vergessen«, sagte er. »Aber bei dir … Ich weiß nicht. Ich hab dich schon 'ne Riesenmenge Karnickel aus'm Hut ziehen sehen.

Manchmal glaub ich, du bist 'ne Art Mißgeburt; jemand, der in die Leute reinsehn kann.«

»Ich bin wirklich 'ne Mißgeburt«, sagte Lewis. Er ließ die Beine auf den Boden sinken, nahm einen Federhalter und fing an zu kritzeln.

»Jetzt sehe ich's auch«, sagte der Sheriff. »Du hast sechs Köpfe.«

»Das wohl weniger«, sagte Lewis, »aber ich hab das Herz auf der rechten Seite.«

»Ist mir noch gar nicht aufgefallen«, sagte der Sheriff. »Aber jetzt, wo du's sagst ...«

»Mißgeburt«, sagte Lewis. »Das Gefühl hatte ich, als ich mir diesen Bestattungsunternehmer ansah. Als wäre er irgendeine unheimliche Mißgeburt.«

Er warf den Schmierzettel beiseite, auf dem sich ein Viereck befand, das durch Zickzacksegmente in zahlreiche kleine Fragmente zerteilt war. Wie ein Puzzlespiel.

»Und? Ist er eine?«

Lewis schüttelte den Kopf. »Äußerlich jedenfalls nicht.«

Czernak hievte sich aus dem Sessel. »Ich sag dir was«, sagte er. »Heute ist wenig los. Warum schnüffelste nich 'n bißchen rum?«

»Krieg ich jemand, der mir helfen kann?« fragte Lewis.

»Barney Keeler ist in 'ner halben Stunde wieder da«, sagte Czernak. »Er legt Richter Gordon gerade eine Vorladung vor.«

»Okay«, sagte Lewis. »Wenn er da ist, sag ihm, er soll in den Tagungsraum der Odd Fellows rein- und zur Hintertür rausgehen, ohne daß ihn jemand sieht. Ich möchte, daß er in das Turmzimmer geht und von dort aus die Vorderseite des Instituts überwacht. Er soll jeden notieren, der rein- oder rausgeht, und auf die Gasflaschen achten. Wenn sie das Haus verlassen, soll er sich an sie ranhängen und rausfinden, wohin sie gebracht werden.«

»Und was machst du?« fragte der Sheriff.

»Ich such mir einen Platz, von dem aus ich den Hintereingang im Auge behalten kann. Ich ruf an, wenn sich was tut.« Lewis deutete mit dem Daumen auf den zweiten Schreibtisch. »Wenn Joe Welch kommt, schick ihn rüber, damit er mich ablöst!«

»Gemacht«, sagte Czernak. »Aber ich glaub immer noch, daß du hinter 'nem Phantom herrennst.«

»Vielleicht tu ich das«, sagte Lewis. »Aber 'n zwielichtiges Beerdigungsinstitut verleiht meiner Phantasie eben Flügel. Ich muß immer daran denken, wie leicht es für einen Bestatter wäre, eine unbequeme Leiche zu beseitigen.«

»Vielleicht, indem er sie in Gasflaschen stopft, was?« fragte der Sheriff.

»Nein, dazu sind sie nicht groß genug.« Lewis schüttelte den Kopf. »Ich mag es einfach nicht, wenn mich so ein Typ anlügt.«

Es war kurz nach zehn Uhr dreißig, als Lewis das fand, was er brauchte – eine Arztpraxis auf der Rückseite eines Gebäudes, das der Gasse gegenüberlag und nur zwei Türen von der Garage des Beerdigungsinstituts entfernt war. Der Arzt hatte drei Behandlungszimmer im dritten Stock, und das letzte überblickte genau den Hinterhof des Unternehmens. Lewis vergatterte den Arzt und seine Sprechstundenhilfe zum Schweigen und nahm mit einem Feldstecher im hinteren Zimmer Platz.

Gegen Mittag ließ er sich von der Arzthelferin einen Hamburger und ein Glas Milch holen, und als er sein Büro anrief, um dem Tages-Einsatzleiter zu sagen, wo er steckte, ließ er sie den Hof überwachen.

Um siebzehn Uhr betrat der Arzt das hintere Zimmer, gab Lewis einen zweiten Schlüsselbund für die

Praxis und bat ihn, darauf zu achten, daß die Tür abgeschlossen sei, wenn er ginge. Lewis ermahnte den Arzt erneut, nichts über die Observation des Beerdigungsinstituts auszuplaudern, und brachte ihn mit einem finsteren Blick zum Schweigen, als es so aussah, als wolle er Fragen stellen. Der Arzt wandte sich um und ging hinaus. Dann wurde eine Tür fest ins Schloß geworfen. Die Praxis war still.

Gegen neunzehn Uhr dreißig wurde es zu dunkel, um einwandfrei zu unterscheiden, was sich auf dem Hof des Beerdigungsinstituts tat. Lewis zog in Erwägung, sich einen neuen Platz in der Gasse zu suchen, doch plötzlich flammten über dem Hof zwei Scheinwerfer auf, und der bernsteinfarbene Schein nächtlicher Beleuchtung drang durch das Fenster der Hintertür.

Um zwanzig Uhr zwanzig klopfte Joe Welch an die Praxistür. Lewis ließ ihn herein und kehrte mit ihm im Schlepptau ans Fenster zurück. Der zweite Hilfssheriff war ein großer, nervöser Kettenraucher mit argwöhnischem Blick und einer Fagottstimme. Er baute sich neben Lewis am Fenster auf und sagte: »Was ist eigentlich hier los? Sheriff John hat nur was von irgendwelchen Gasflaschen gesagt.«

»Vielleicht steckt gar nichts dahinter«, sagte Lewis. »Aber ich hab das Gefühl, wir sind einer großen Sache auf der Spur.« Mit ein paar knappen Sätzen erzählte er Welch von seiner morgendlichen Begegnung mit dem Bestattungsunternehmer.

»Hört sich aber nicht besonders aufregend an«, sagte Welch. »Was ist deiner Meinung nach in den Flaschen drin?«

»Genau das wüßte ich selbst gern«, sagte Lewis.

Welch ging in eine Ecke des dunklen Zimmers, zündete sich eine Zigarette an und kam zurück. »Warum fragst du diesen Johnson nicht einfach?«

»Das ist es ja«, sagte Lewis. »Ich hab ihn gefragt,

und er hat mich belogen. Deswegen bin ich auch mißtrauisch. Ich habe damit gerechnet, sie würden die Flaschen rausbringen, damit wir sie verfolgen und rauskriegen könnten, wo sie hingebracht werden. Dann hätten wir unsere Antwort gehabt.«

»Was macht dich so sicher, daß es die Flaschen waren, die du nicht sehen solltest?« fragte Welch.

»Da war dieser komische Korridor«, sagte Lewis. »Er hatte an jedem Ende eine Tür, aber dazwischen war keine. Außer den Flaschen war nichts in ihm drin.«

»Tja, aber vielleicht sind die Flaschen schon lange weg«, sagte Welch. »Du bist doch, wie du gesagt hast, erst um zehn Uhr dreißig hiergewesen. Keeler war erst gegen elf am Haupteingang. Wenn sie tatsächlich so verdammt wichtig sind, hätte man sie inzwischen längst weggebracht haben können.«

»Das gleiche habe ich auch gedacht«, sagte Lewis. »Aber ich glaube nicht daran. Ich gehe mal raus und greif mir irgendwo was zu essen. Dann gehe ich in die Gasse und sehe mir alles aus der Nähe an.«

»Sehr weit wirst du bei den Lichtern im Hof aber nicht kommen«, sagte Welch.

Lewis deutete auf die Garage. »Wenn du genau hinsiehst, kannst du einen Spalt sehen, der an der anderen Seite entlangführt; da, wo die Schatten sind. Das Licht im rückwärtigen Korridor ist an. Ich werde versuchen, so nahe ranzukommen, daß ich einen Blick durch das Hintertürfenster werfen kann. Die Flaschen sind groß. Ich müßte sie sehen können.«

»Und wenn man sie im Haus sonstwohin gebracht hat?« fragte Welch.

»Dann geh ich rein und werde Johnson zum Showdown bitten müssen«, sagte Lewis. »Vielleicht hätte ich es sofort tun sollen, aber es ist 'ne heikle Situation. Ich mag es einfach nicht, wenn mir ein Beerdigungsinstitut Rätsel aufgibt.«

»Klingt fast wie der Titel einer Detektivgeschichte«, sagte Welch. »Das Geheimnis der Leichenhalle.« Er zog die Nase hoch. »Der Tod ist schon da«, sagte er. »Die Sache könnte ganz schön unerfreulich werden.«

Er zündete sich an der ersten eine zweite Zigarette an und drückte den Stummel in dem Tellerchen aus, das Lewis statt eines Aschers verwendet hatte. »Vielleicht hast du recht«, sagte Welch. »Das einzige, was mich an diesem ganzen Kram beeindruckt, Welby, ist das, was Sheriff John sagte: Ich hab dich doch schon massenhaft Karnickel aus dem Hut ziehen sehen.«

»Hat er das gesagt?« fragte Lewis

»Yeah, aber er glaubt, daß du diesmal vielleicht den kürzeren ziehst.« Welch warf einen Blick auf das Beerdigungsinstitut. »Falls du reingehst … Soll ich ein paar Männer zusammentrommeln und den Laden hochnehmen, wenn du innerhalb einer bestimmten Zeit nicht wieder draußen bist?«

»Ich glaub, das wird nicht nötig sein«, sagte Lewis. »Unternimm nichts, ehe du nicht irgendwas Verdächtiges siehst.«

Welch nickte. »Na schön«, sagte er. Er musterte die glühende Spitze seiner Zigarette und warf einen eingehenden Blick auf den observierten Hof. »Bei Beerdigungsinstituten läuft's mir jedenfalls immer kalt den Rücken runter.«

Lewis ergatterte zwei Blocks vom Institut entfernt ein scharfes Beef-Sandwich und kehrte dann durch eine Nebenstraße zurück. Es war kalt und feucht in der Gasse. Ein ekliger Wind zerrte pausenlos am Saum seines Mantels. Er huschte durch die Dunkelheit in der Nähe der Firmengarage und fand die Reihe der Bretter, die man über die Fläche genagelt hatte, die er sich zunutze machen wollte. Lewis kletterte über die Bretter hinweg und rutschte auf weiche Erde, die zwar vom Wind geschützt war, sich aber unter ständig tröpfelnden Dachrinnen befand. Er schlich leise zum Ende der dunklen Zone, dann konnte er, wie erwartet, durch das Hintertürfenster des Beerdigungsinstituts sehen. Die Flaschen waren nicht zu erblicken. Lewis fluchte leise, zuckte die Achseln, verließ den Schatten und überquerte den erhellten Hinterhof. Die Tür war verschlossen, doch durch das Fenster konnte er erkennen, daß der Korridor leer war. Er ging zum Haupteingang und betätigte die Nachtklingel.

Ein Mann in einem zerknitterten schwarzen Anzug, der so aussah, als hätte er darin geschlafen, kam zur Tür. Lewis marschierte an ihm vorbei in den warmen Blumenduft des Foyers hinein. »Ist Johnson da?« fragte er.

»Mr. Johnson schläft«, sagte der Mann. »Vielleicht kann ich Ihnen helfen?«

»Bitten Sie Mr. Johnson herunter«, sagte Lewis. »Ich bin dienstlich hier.« Er zeigte seine Marke.

»Natürlich«, sagte der Mann. »Gehen Sie doch solange ins Büro und nehmen Sie Platz. Ich werde Mr. Johnson sagen, daß Sie hier sind. Er schläft im ersten Stock.«

»Danke«, sagte Lewis. Er ging ins Büro und musterte das kolorierte Foto des Mount Lassen, bis der Nachtwächter am anderen Ende des Foyers eine Treppe hinaufgegangen und verschwunden war. Dann verließ er das Büro und ging zu der Tür, die in den Korridor führte. Sie war verschlossen. Lewis versuchte sie aufzudrücken, doch sie bewegte sich nicht. Er untersuchte die Scharniere und fand einen kleinen Spalt, durch den er bis zum anderen Ende des Korridors sehen konnte. Was er sah, ließ ihn hastig Luft holen. Die drei Metallflaschen standen dort, wo er sie erwartet hatte. Er kehrte ins Büro zurück, fand ein Adreßbuch, suchte die Nummer der Arztpraxis heraus, in der Welch auf Posten stand, und wählte sie an. Nach langer Zeit hatte er Welch an der Strippe.

»Ja?«

»Hier ist Welby«, sagte Lewis. »Ist jemand hinten reingegangen?«

»Nein«, sagte Welch. »Sonst alles klar?«

»Ich werde immer nachdenklicher«, sagte Lewis. »Halt die Augen auf!« Er legte auf und wandte sich um. Johnsons hochgewachsene Gestalt erfüllte den Büroeingang.

»Mr. Lewis«, sagte Johnson. »Ist irgend etwas nicht in Ordnung?«

»Ich möchte gern einen Blick auf die Metallflaschen werfen«, sagte Lewis.

Johnson blieb stehen. »Welche Metallflaschen?«

»Die in dem Korridor da hinten«, sagte Lewis.

»Oh, die Balsamierungsflüssigkeit«, sagte Johnson. »Was interessiert Sie denn daran?«

»Ich möchte sie mir einfach mal ansehen«, sagte Lewis.

»Haben Sie einen Durchsuchungsbefehl?« fragte Johnson.

Lewis hob den Kopf und musterte den Mann eingehend. »Es wäre kein Problem, einen zu kriegen«, sagte er.

»Mit welcher Begründung?«

»Ich könnte mir schon eine ausdenken«, sagte Lewis. »Wollen wir's nun auf die einfache oder auf die harte Tour machen?«

Johnson zuckte die Achseln. »Wie Sie wollen.« Er geleitete Lewis aus dem Büro, schloß die Korridortür auf und führte ihn auf die drei Gasflaschen zu.

»Ich dachte, Balsamierungsflüssigkeit würde in Sechzehn-Unzen-Glasflaschen angeliefert«, sagte Lewis.

»Dies hier ist was Neues«, sagte Johnson. »Diese Flaschen bestehen innen aus Glas. Die Flüssigkeit steht unter Druck.« Er drehte ein Ventil auf, und eine ätzende Flüssigkeit quoll aus der oberen Düse.

Lewis feuerte einen Schuß ins Blaue ab und sagte:

»Es riecht aber gar nicht wie Balsamierungsflüssigkeit.«

Johnson sagte: »Es ist ein neuer Typ. Wir fügen das Aroma später hinzu.«

»Haben Sie die hier gerade erst füllen lassen?« fragte Lewis.

»Nein, sie wurden vor einer Woche geliefert«, sagte Johnson. »Wir haben sie hier stehen lassen, weil wir keinen besseren Lagerplatz für sie haben.« Er lächelte Lewis an, doch seine Augen blieben kalt und wachsam. »Was interessiert Sie so daran?«

»Nennen Sie's berufsmäßige Neugier«, sagte Lewis. Er ging an die Hintertür, entriegelte sie, ließ das Schloß in der Offen-Stellung, ging hinaus und machte die Tür zu. Er konnte die Flaschen durch das Fenster sehen. Er kam in den Korridor zurück.

Er belügt mich noch immer, dachte Lewis. Und dabei ist alles so plausibel. »Ich werde Ihren Laden gründlich durchsuchen«, sagte er.

»Aber warum denn?« sagte Johnson protestierend.

»Aus keinem besonderen Grund«, sagte Lewis. »Aber wenn Sie wollen, gehe ich und hole mir einen Durchsuchungsbefehl.« Er tat so, als wolle er an Johnson vorbeigehen, doch dann hielt ihn eine starke Hand an der Schulter fest, und etwas Hartes drückte sich in seine Seite. Er sah hinunter und entdeckte eine flache Automatik, die auf ihn gerichtet war.

»Ich bedauere es wirklich«, sagte Johnson. »Das können Sie ruhig glauben.«

»Sie werden noch viel mehr bedauern«, sagte Lewis. »Ihr Laden wird von beiden Seiten beobachtet, und im Büro weiß man, wo ich gerade bin.«

Zum ersten Mal sah er Unentschlossenheit auf Johnsons Gesicht. »Sie lügen«, sagte der Bestattungsunternehmer.

»Kommen Sie!« sagte Lewis. Er ging zur Hintertür und schaute zu dem dunklen Fenster hinauf, hinter dem Welch stand. Das Glühen seiner Zigarette war deutlich zu sehen, ein roter Punkt vor dem schwarzen Hintergrund. Johnson sah es. »Und jetzt gehen wir mal nach vorn«, sagte Lewis.

»Nicht nötig«, sagte Johnson. »Ich dachte, Sie wollten mich bluffen.« Er hielt inne. »Sie sind mal wieder über den Hinterhof gekommen und haben einen Blick durchs Fenster geworfen, stimmt's?«

»Was glauben Sie?« fragte Lewis.

»Ich hätte damit rechnen müssen«, sagte Johnson. »Vielleicht war ich zu sehr darauf bedacht, die Dinge so scheinen zu lassen, wie sie sind. Es hat mich überrascht, daß Sie in einer Nacht wie dieser hier reingeschneit sind.«

»Sie haben mich vorn reinkommen sehen?« fragte Lewis.

»Sagen wir's so: Ich war mir bewußt, daß Sie unten waren – bevor der Nachtwächter es mir erzählte«, erwiderte Johnson. Er machte eine Geste mit seiner Waffe. »Gehen wir zum Büro zurück!«

Lewis ging durch den Korridor voran. An der Foyertür warf er einen Blick zurück.

»Rumdrehen!« bellte Johnson.

Doch ein Blick hatte ihm schon gereicht. Die Flaschen waren verschwunden.

»Was war das für ein Summen?« fragte Lewis.

»Weitergehen!« sagte Johnson.

Im vorderen Büro bedeutete der Bestattungsunternehmer Lewis, er solle in einem Sessel Platz nehmen. »Wonach haben Sie gesucht?« fragte er. Er nahm auf dem Stuhl hinter dem Schreibtisch Platz und legte die Hand mitsamt der Waffe auf die Schreibfläche.

»Ich habe gefunden, wonach ich suchte«, sagte Lewis.

»Und was soll das sein?«

»Der Beweis, der meinen Glauben bestätigt, daß

man dieses Haus Stein für Stein auseinandernehmen sollte.«

Johnson lächelte, zog mit der linken Hand das Telefon heran, nahm den Hörer ab und legte ihn auf den Tisch. »Wie ist die Nummer Ihres Büros?«

Lewis sagte es ihm.

Johnson wählte, nahm den Hörer in die Hand und sagte: »Hallo, hier ist Lewis.«

Lewis erhob sich halb aus dem Sessel. Es war seine eigene Stimme, die aus Johnsons Mund kam. Das Schießeisen in der Hand des Bestattungsunternehmers winkte ihn auf seinen Platz zurück.

»Ihr wißt doch, was ich tue?« fragte Johnson. Er wartete. »Nein. Nichts Wichtiges. Ich sehe mich nur um.« Er machte erneut eine Pause. »Ich sag Bescheid, sobald ich was finde«, sagte er und legte den Hörer wieder auf die Gabel.

»Nun?« fragte Lewis.

Johnsons Lippen wurden dünner. »Es ist unglaublich«, sagte er. »Ein ganz gewöhnlicher Mensch ...« Er brach ab, starrte Lewis an und fügte hinzu: »Es war mein Fehler, Ihnen eine plausible Lüge aufzutischen, als die Tür offenstand. Ich hätte lieber ...« Er zuckte die Achseln.

»Sie glauben doch wohl nicht, Sie hätten uns ewig zum Narren halten können«, sagte Lewis.

»Hätte ich wahrscheinlich nicht«, sagte Johnson. »Doch die Vernunft sagt mir, daß es immer noch eine Chance gibt.« Seine Waffe fuhr plötzlich hoch, ihre Mündung deutete auf Lewis. »Und die muß ich wahrnehmen.« Das Schießeisen spuckte eine Flamme aus, und Lewis wurde in seinen Sessel zurückgeworfen. Durch einen matten Nebel sah er, wie Johnson sich die Waffe an die Schläfe hielt, den Stecher durchzog und vornüber auf den Schreibtisch fiel. Dann wurde der Lewis umgebende Nebel immer dichter, bis zum Schwarz der Besinnungslosigkeit.

In einem unidentifizierbaren Irgendwo wurde Lewis sich seines Ichs wieder bewußt. Er rannte, verfolgt von einem Ungeheuer mit funkensprühenden Augen und Tintenfischarmen, durch eine finstere Grotte, und das Ungeheuer schrie unaufhörlich: »Ein gewöhnlicher Mensch! Ein gewöhnlicher Mensch! Ein gewöhnlicher Mensch!« Seine Stimme hallte, als käme sie aus einer Regentonne. Dann wurde sie von tröpfelndem Wasser überlagert, das in einer schnellen, gleichmäßigen Kadenz fiel. Gleichzeitig sah er den Eingang der Grotte, eine runde, helle Zone. Die helle Zone wurde größer und größer. Sie wurde zur weißen Wand eines Krankenhauszimmers und zu einem Fenster, vor dem die Sonne schien. Lewis drehte den Kopf und sah eine Metallflasche, die so aussah wie die im Beerdigungsinstitut.

Eine Stimme sagte: »Er hat's geschafft.«

Ein Schwindelanfall überfiel Lewis, und er kämpfte für einen Moment dagegen an. In seinem Gesichtsfeld schwamm eine weißgekleidete Gestalt, die sich auflöste und zu einem Internisten des Bezirkskrankenhauses wurde, den er kannte. Der Internist hielt eine schwarze Sauerstoffmaske in der Hand.

Das Geräusch des tropfenden Wassers wurde lauter, dann erkannte er, daß es sich um das Ticken einer Armbanduhr handelte. Er wandte sich dem Geräusch zu und sah, wie Sheriff Czernak, der sich nahe an seinem Kopf befand, aufrichtete. Seine slawischen Gesichtszüge verzogen sich zu einem Grinsen. »Junge, du hast uns vielleicht Angst gemacht«, sagte er.

Lewis schluckte. Dann fand er seine Stimme wieder. »Was ...«

»Du alte Mißgeburt, du hast vielleicht Glück gehabt«, sagte Czernak. »Du bist nur davongekommen, weil dein Herz auf der rechten Seite liegt. Und weil Joe die Schüsse gehört hat.«

Der Internist stellte sich neben den Sheriff. »Die

Kugel hat ein Eckchen Ihrer Lunge angeritzt und ein Stück der hinteren Rippe erwischt«, sagte er. »Sie sind ein geborener Glückspilz.«

»Johnson?« fragte Lewis

»Toter als tot«, sagte Czernak. »Fühlst du dich kräftig genug, um uns zu erzählen, was passiert ist? Joes Geschichte ergibt keinen richtigen Sinn. Was ist mit den Flaschen und der Balsamierungsflüssigkeit los?«

Lewis dachte an seine Begegnung mit dem Bestatter. Nichts davon ergab einen Sinn. Er sagte: »Balsamierungsflüssigkeit wird in Sechzehn-Unzen-Flaschen angeliefert.«

»Wir haben die drei Flaschen aus dem Korridor«, sagte Czernak. »Aber ich weiß nicht, was wir damit machen sollen.«

»Aus dem Korridor?« Lewis erinnerte sich an seinen letzten Blick in den leeren Korridor, bevor Johnson befohlen hatte, er solle sich umdrehen. Er wollte sich erheben, doch der Schmerz schnitt wie mit einem Messer durch seine Brust. Der Internist drückte ihn sanft auf das Kissen zurück. »Nicht so hastig«, sagte er. »Sie bleiben jetzt hübsch liegen.«

»Was ist in den Flaschen?« flüsterte Lewis.

»Das Krankenhauslabor sagt, es sei Balsamierungsflüssigkeit«, sagte der Sheriff. »Was ist so Besonderes daran?«

Lewis fiel der ätzende Geruch der Sprühflüssigkeit ein, die Johnson aus dem Flaschenventil entlassen hatte. »Hat das Labor noch etwas davon?« fragte er. »Ich möchte es gern riechen.«

»Ich besorg etwas«, sagte der Internist. »Aber er darf sich nicht hinsetzen. Es könnte einen Blutsturz hervorrufen.« Er ging hinaus.

»Wo waren die Flaschen, als ihr sie gefunden habt?« fragte Lewis.

»Unten, bei der Hintertür«, sagte Czernak. »Wo du gesagt hast. Warum?«

»Ich weiß es wirklich noch nicht«, sagte Lewis. »Aber da ist etwas, das ihr tun müßt. Nehmt ein …«

Die Tür ging auf, der Internist trat ein. Er hielt ein Reagenzglas in der Hand. »Hier ist das Zeug«, sagte er und hielt Lewis das Röhrchen unter die Nase. Die Flüssigkeit roch leicht nach Moschus. Es war nicht das Aroma, das er gerochen hatte. Das erklärt das Verschwinden der Flaschen, dachte er. Jemand hat sie ausgetauscht. Aber was war in den anderen? Er sah den Internisten an und sagte: »Danke.«

»Du wolltest etwas sagen«, sagte der Sheriff.

»Ja«, sagte Lewis. »Nimm dir einen Trupp Männer, und zerleg das Beerdigungsinstitut in seine Einzelteile, John. Klopft die Wand ab, vor der ihr die Flaschen gefunden habt, und reißt den Boden davor auf.«

»Was, glaubst du, werden wir da finden?« fragte Czernak. »Ich will verdammt sein, wenn ich es weiß«, sagte Lewis, »aber es ist bestimmt was von Interesse. Jedesmal, wenn ich mich rumdrehte, waren die Flaschen weg und tauchten dann wieder auf. Ich möchte wissen, warum.«

»Hör mal, Welby! Wir brauchen aber was Handfestes, bevor wir weitermachen«, sagte der Sheriff. »Die Leute rennen jetzt schon wie verrückt um das Institut herum und sagen, es wäre pietätlos, was wir da machen.«

»Ich würde sagen, wir haben einen guten Grund dazu«, sagte Lewis, und ein kurzes Lächeln formte sich auf seinen Lippen. Sein Gesicht nahm ein ernüchtertes Aussehen an. »Meinst du nicht auch, es reicht, daß jemand versucht hat, einen deiner Männer umzubringen, um dann Selbstmord zu begehen?«

Der Sheriff kratzte sich am Kopf. »Ich glaub schon, Welby. Aber du hast bestimmt nicht mehr für mich als 'ne bloße Vermutung?«

»Ich weiß nicht mehr über den Fall als du«, sagte Lewis. »Wo ist übrigens Johnsons Leiche?«

»Sie wird für die Beerdigung vorbereitet«, sagte Czernak. »Welby, ich brauche wirklich 'n bißchen mehr als das, was du sagst. Der Staatsanwalt macht mich zur Schnecke, wenn ich nicht mehr beibringen kann.«

»Du bist immer noch der Sheriff«, sagte Lewis.

»Na ja... Kannst du mir nicht wenigstens sagen, warum Johnson sich umgebracht hat?«

»Nimm an, er hat das geistige Gleichgewicht verloren«, sagte Lewis. »Und – John, da ist noch etwas. Sorg dafür, daß Doc Bellarmine ihn autopsiert! Sag ihm, er soll sich die Leiche mit der Lupe anschauen!«

»Warum?«

»Johnson sagte was über – gewöhnliche Menschen«, sagte Lewis.

»Es wird mich Kopf und Kragen kosten.«

»Machst du's?«

»Natürlich mach ich's!« explodierte Czernak. »Auch wenn es mir nicht gefällt!« Er drückte sich den Hut auf den Kopf und stapfte hinaus.

Der Internist wandte sich um und folgte ihm.

Lewis sagte: »Wie spät ist es?«

Der Internist blieb stehen und warf einen Blick auf seine Armbanduhr. »Kurz vor fünf.«

»Morgens oder abends?«

»Abends«, sagte der Internist.

»War ich 'n hartes Stück Arbeit?« fragte Lewis.

»Es war eine saubere Wunde«, sagte der Internist. »Jetzt sind Sie über den Berg. Es ist fast Essenszeit. Ich schaue mal, daß Sie bei der ersten Runde sind; dann wird Ihnen die Schwester ein Beruhigungsmittel bringen. Sie brauchen jetzt Ruhe.«

»Wie lange werde ich ans Bett gefesselt sein?« fragte Lewis.

»Darüber reden wir später«, sagte der Internist. »Sie sollten nicht so viel reden.« Er wandte sich um und ging hinaus.

Lewis drehte den Kopf zur Seite und sah, daß jemand einen Stapel Zeitschriften auf dem Nachtschränkchen hatte liegen lassen. Die oberste war verrutscht und enthüllte ihr Titelbild. Lewis erblickte ein in grellen Farben gemaltes glotzäugiges Ungeheuer, das eine lasziv gekleidete Frau verfolgte. Er fühlte sich sofort an seinen Alptraum erinnert.

Ein gewöhnlicher Mensch… Ein gewöhnlicher Mensch… Die Worte überschlugen sich in seinem Kopf. Wieso bin ich darauf gekommen, in Johnson eine Mißgeburt zu sehen? fragte er sich.

Eine Lernschwester kam mit einem Tablett, richtete das Kopfteil seines Bettes auf und half ihm beim Essen. Dann kam eine andere Schwester mit einer Injektionsspritze und setzte sie an seinen Arm. Mit dem Kopf voller unbeantworteter Fragen schlief Lewis ein.

»Er ist jetzt wach«, sagte eine weibliche Stimme. Lewis hörte, wie eine Tür geöffnet wurde, und schaute auf. Er sah Czernak eintreten, und Joe Welch folgte ihm. Draußen war es hell, doch es regnete. Die beiden Männer waren in feuchte Regenmäntel gekleidet, die sie auszogen und über die Stühle legten.

Lewis lächelte Welch an. »Vielen Dank für deine guten Ohren, Joe«, sagte er.

Welch grinste. »Ich hab das Fenster aufgemacht, als ich dich durch die Hintertür kommen sah«, sagte er. »Ich dachte, du wolltest mir vielleicht was zurufen. Und als du dann wieder reingingst, kam es mir komisch vor. Also ließ ich es einen Spalt offen; sonst hätte ich überhaupt nichts gehört.«

Czernak zog einen Stuhl zu Lewis' Bett heran und setzte sich. Welch angelte mit dem Fuß nach einem anderen.

Lewis wandte sich dem Sheriff zu. »Hat der Staatsanwalt schon Terror gemacht?«

»Nein«, sagte Czernak. »Er ist neulich von einem Wolkenbruch überrascht worden, jetzt liegt er mit

Durchfall im Bett. Außerdem bin ich immer noch der Sheriff in diesem Bezirk.« Er tätschelte die Bettdecke. »Wie fühlst du dich, Junge?«

»Ich fürchte, ich werd's überleben«, sagte Lewis.

»Ich hoff's«, sagte Welch. »Wir haben nämlich 'ne neue Aushilfe in der Zentrale. Sie hat dein Bild in den Akten gesehen und möchte dich gern kennenlernen. Sie ist ein echter Wirbelwind!«

»Sag ihr, sie soll auf mich warten«, sagte Lewis. Er sah den Sheriff an. »Was habt ihr gefunden?«

»Ich steig da nicht recht durch, Welby«, sagte Czernak. »Direkt hinter den Flaschen war eine zugegipste Ziegelwand. Wir haben den Gips abgeschlagen und einen Haufen Drähte gefunden.«

»Was denn für Drähte?«

»Das ist es ja. Keelers Alter ist Juwelier, und Keeler sagt, sie wären aus Silber. Es sieht aus wie 'n Gitternetz. Die Dinger überschneiden sich an jeder Ecke.«

»Und womit sind sie verbunden?«

»Mit nichts, das wir finden konnten«, sagte Czernak. Er sah Welch an. »Stimmt's?«

»Da waren bloß diese Drähte«, sagte Welch.

»Was habt ihr damit gemacht?« fragte Lewis.

»Nichts«, sagte Czernak. »Wir haben alles so gelassen, wie es war, und ein paar Fotos davon gemacht.«

»Irgendwas unter dem Fußboden?«

Czernaks Gesicht hellte sich auf. »Mann, da haben wir das große Los gezogen!« Er beugte sich vor und sah Lewis aus nächster Nähe an. »Woher wußtest du, daß wir dort was finden würden?«

»Ich wußte bloß, daß die Flaschen ewig aus dem Nichts auftauchten«, sagte Lewis. »Was war also da unten?« Czernak richtete sich auf. »Na ja, ein Teil des Bodens ist versenkbar, wie ein Aufzug, und darunter ist 'n großer Raum. Er läuft unter dem Korridor her, bis unter den Balsamierungsraum, und da ist wieder 'ne geflieste Bodensektion, die nach oben geht, und 'ne

Falltür und 'ne Treppe. Teufel! Es war wie in 'nem Horrorfilm!«

»Was ist sonst da unten?«

»Ein Haufen Maschinen«, sagte Czernak.

»Welcher Art?«

»Keine Ahnung.« Czernak schüttelte den Kopf und sah Welch an.

»So irre Dinger hab ich auch noch nie gesehen«, sagte Welch achselzuckend.

»Doc Bellarmine ist gestern nach der Autopsie runtergekommen und hat sich alles angeguckt«, sagte Czernak. »Er sagt, er würde sich heute morgen auch dich vornehmen.«

»Hat er irgendwas über die Autopsie gesagt?« fragte Lewis.

»Mir nicht«, sagte Czernak.

Welch zog seinen Stuhl näher an das Fußende des Bettes heran und legte einen Arm auf das Gitter. »Er sagt, irgendwas an der Autopsie sei schuld daran, daß er sich das Beerdigungsinstitut ansehen wollte«, sagte er. »Aber was, hat er nicht gesagt.«

»Und was ist mit den Angestellten des Ladens?« fragte Lewis. »Haben sie was über den geheimen Raum gesagt?«

»Sie schwören Stein und Bein, sie hätten nicht mal geahnt, daß er da ist«, sagte Czernak. »Wir haben natürlich alle in Gewahrsam genommen; außer Tule und seiner Frau.«

»Tule?«

»Yeah, Johnsons Teilhaber. Seine Frau ist 'ne lizenzierte Bestatterin. Man hat sie seit der Nacht, in der auf dich geschossen wurde, nicht mehr gesehen. Die Angestellten sagen, Johnson, Tule und seine Frau hätten ewig im ganzen Haus die Türen abgeschlossen, obwohl dafür gar kein Grund vorlag.«

»Wie sehen die Maschinen aus?«

»Ein Teil gehört zum Aufzug für die Bodensektion.

Das andere Zeug ist mit 'nem Haufen Schläuchen verbunden, die oben vom Balsamierungstisch runterführen. Dann ist da noch 'ne große...« Czernak hielt inne, als die Tür geöffnet wurde.

Das zynische Gesicht Dr. Bellarmines lugte ins Zimmer. Sein Blick wanderte über die Anwesenden. Dann trat er ein und schloß die Tür hinter sich. »Wie ich sehe, fühlt sich der Patient schon besser«, sagte er. »Und dabei dachte ich zuerst, ich müßte bald in meiner offiziellen Eigenschaft tätig werden.«

»Der Knabe wird uns noch alle überleben«, sagte Welch.

»Das wird er wahrscheinlich«, sagte der Arzt. Er warf Lewis einen Blick zu. »Lust auf ein kleines Gespräch?«

»Einen Moment noch, Doc«, sagte Lewis. Er wandte sich zu Czernak um und sagte: »John, ich hab noch eine Bitte. Könntest du eine dieser Flaschen mit der Balsamierungsflüssigkeit in eine Schlosserei bringen und mit einem Schweißgerät öffnen lassen? Ich möchte wissen, wie sie von innen aussieht.«

»Kommt gar nicht in die Tüte«, sagte Czernak. »Zuerst will ich 'ne Erklärung haben.«

»Ich hab noch keine Erklärung dafür«, sagte Lewis. »Die Stücke ergeben noch kein Ganzes. Ich bin an dieses Bett gefesselt, aber ich sollte lieber draußen an dieser Sache arbeiten. Ich hab zehntausend Fragen, auf die ich keine Antwort weiß, und keine Möglichkeit, sie beantwortet zu kriegen.«

»Regen Sie sich nicht auf«, sagte Bellarmine.

»Yeah, Welby, immer ruhig bleiben«, sagte Czernak. »Es ist nur so, ich bin so frustriert, daß ich explodieren könnte. Nichts ergibt einen Sinn. Dieser Typ wollte dich umbringen, obwohl er gar kein Motiv hatte, und dann begeht er auch noch Selbstmord. Und zwar deswegen, weil du in die Flaschen reinsehen wolltest, in denen nur Balsamierungsflüssigkeit ist. Ich blick da einfach nicht mehr durch.«

»Läßt du sie nun für mich aufmachen?« fragte Lewis.

»Okay, okay.« Czernak kam langsam auf die Beine. Auch Welch stand auf. »Komm, Joe!« sagte der Sheriff. »Wir sind ja sowieso bloß 'n paar Laufburschen für unseren Sherlock. Nehmen wir die Beine in die Hand ...«

»Tut mir leid, John«, sagte Lewis. »Aber es ist nun mal so, daß ich nicht ...«

»Ich weiß, daß du im Moment nichts selbst tun kannst«, sagte Czernak. »Deswegen tu ich es ja. Du bist mein bester Mann, Welby; also rechne ich damit, daß du dieses Ding zusammenkriegst. Ich hab schon aufgegeben, als ich diese Maschinen sah.« Er verließ murmelnd den Raum. Welch folgte ihm auf dem Fuße, blieb aber an der Tür stehen und zwinkerte Lewis zu.

Bellarmine wartete, bis die Tür geschlossen war, dann nahm er am Fußende des Bettes Platz. »Wie haben Sie sie bloß dazu gekriegt?« fragte er.

Lewis ignorierte die Frage. »Was hat die Autopsie erbracht?« fragte er.

Der Chirurg runzelte die Stirn. »Als der Sheriff mir sagte, was Sie von mir erwarten, dachte ich, Sie seien durchgedreht«, erwiderte er. »Jeder Dummkopf hätte sehen können, daß Johnson an einem Kopfschuß gestorben ist. Aber ich habe angenommen, daß Sie einen guten Grund hatten; also habe ich ihn sorgfältig aufgeschnitten. Und das war wirklich gut.«

»Warum?«

»Tja, es war einer jener Autopsiefälle, die Chirurgen meist mit einem Achselzucken abtun. Eine sichtbare Wunde. Dem Anschein nach ein ganz klarer Fall. Ich hätte es übersehen können. Der Bursche sah ja ganz normal aus.«

»Übersehen? Was?«

»Zum Beispiel sein Herz. Es hat eine zusätzliche

Muskelschicht in der Scheidewand. Als ich es untersuchte, fiel mir beinahe das Messer aus der Hand. Die Muskeln funktionieren wie die automatische Versiegelung, die man in Flugzeug-Treibstofftanks verwendet. Durchbohrt man das Herz, versiegelt sich das Loch, bis die Wunde verheilt ist.«

»Verdammt!« sagte Lewis.

»Der Bursche sah überall so aus«, sagte Bellarmine. »Die Ärzte haben den menschlichen Körper seit Unzeiten mit dem Wunsch betrachtet, einige Dinge an ihm neu zu gestalten, damit sie besser funktionieren. Johnson sah so aus, als sei unser Wunsch in Erfüllung gegangen. Er hat weniger Wirbel und bessere Gelenkverbindungen, und in den Pupillen Pigmentvenen, die nur eine Art Filter darstellen können, die ...«

»Das ist es!« Lewis schlug mit der flachen Hand auf das Bett. »Es war etwas Andersartiges an ihm, aber ich hab es nicht richtig in den Griff gekriegt. Seine Pupillen änderten ihre Farbe. Ich weiß noch, wie ich es gesehen habe, und ...«

»Nichts haben Sie gesehen«, sagte Bellarmine. »Sein Beckenboden war breiter. So was verteilt das Gewicht gleichmäßiger auf die Beine. Seine Füße wiesen größere Knochen auf – das verteilte das Gewicht zentraler über den Spann. Er verfügte über eine verflochtene, membranartige Eingeweideverstärkung. Sein Kreislaufsystem hatte an strategisch wichtigen Punkten schließmuskelartige Klappen, um ein Verbluten zu verhindern. Johnson hat vielleicht äußerlich wie ein Mensch ausgesehen, aber innen war er ein Übermensch.«

»Was ist mit den Maschinen im Keller seines Ladens?« fragte Lewis.

Bellarmine stand auf und ging am Fußende des Bettes auf und ab. Dann blieb er stehen, legte die Hände auf das Gitter und sah Lewis an. »Ich habe die halbe Nacht damit verbracht, mir alles anzusehen«, sagte er.

»Es ist eine der am schönsten konstruierten Ausrüstungen, die ich je gesehen habe. Ihr Hauptzweck besteht darin, Leichenblut zu sammeln und das Protein zu fraktionieren.«

»Meinen Sie zur Herstellung von Plasma und so?« fragte Lewis.

»Na ja, so was in der Art«, sagte Bellarmine.

»Ich hätte nicht gedacht, daß man das Blut von Toten dazu brauchen kann«, sagte Lewis.

»Hätten wir auch nicht«, sagte der Chirurg. »Aber die Russen haben daran gearbeitet. Wir haben erfahren, daß es zu schnell zerfällt. Wir haben versucht ...«

»Glauben Sie, wir haben's mit einer kommunistischen Verschwörung zu tun?«

Bellarmine schüttelte den Kopf. »Fehlanzeige. Dieses Instrumentarium ist nicht nur hier unbekannt. Man kennt es auf der ganzen Erde nicht. Da gibt es eine Zentrifugalpumpe, die sich frei in einem Luftgebläse dreht. Jedesmal, wenn ich an die Kraft denke, die sie erzeugt, läuft es mir kalt den Buckel runter. Wir kennen keine Legierung, die auch nur annähernd diese Merkmale aufweist. Und die Russen haben auch keine.«

»Woher wollen Sie das wissen?«

»Weil es mehrere Forschungsprojekte gibt, die auf diesen Instrumententyp hinarbeiten und die Russen keine anderen Resultate erzielen als wir.«

»Dann wurde also aus dem Leichenblut irgend etwas produziert und in diesen Flaschen gelagert«, sagte Lewis.

Bellarmine nickte. »Hab ich überprüft. Eine der Flaschenmuffen paßt zu einer der Maschinen.«

Lewis setzte sich aufrecht hin und ignorierte den Schmerz in seiner Brust. »Das bedeutet, daß wir einen Außerirdischen in ...« Der Schmerz wurde zu stark, er sackte auf das Kissen zurück.

Dr. Bellarmine war sofort neben ihm. »Sie Narr!«

schnauzte er. »Sie sollten es doch ruhig angehen!« Er drückte den Notrufknopf am Kopfende des Bettes und beschäftigte sich mit Lewis' Verbänden.

»Was ist denn?« flüsterte Lewis.

»Blutsturz«, sagte Bellarmine. »Wo ist die verdammte Schwester? Warum hört sie die Klingel nicht?« Er riß einen langen Streifen Klebeband ab.

Die Tür ging auf, und eine Schwester trat ein. Als sie die Szene sah, blieb sie stehen.

»Nottrage«, sagte Bellarmine. »Holen Sie sofort Dr. Edwards her! Und bringen Sie Plasma mit!«

Lewis hörte im Innern seines Kopfes eine Trommel schlagen – lauter, lauter, immer lauter. Dann verstummte sie, und es gab nichts mehr.

Er erwachte von einem raschelnden Geräusch und Schritten. Dann erkannte er es. Das Rascheln eines gestärkten Schwesternkittels, der sich durch den Raum bewegte. Er öffnete die Augen und sah an den Schatten draußen, daß es Nachmittag war.

»Sie sind also wach«, sagte die Schwester.

Lewis wandte sich dem Geräusch zu. »Sie sind neu«, sagte er. »Ich kenne Sie nicht.«

»Sonderschicht«, sagte die Schwester. »Bleiben Sie jetzt ruhig liegen, und bewegen Sie sich nicht!« Sie drückte den Rufknopf.

Es schien, als käme Dr. Bellarmine aus dem Nichts. Er beugte sich über Lewis, fühlte seinen Puls und holte tief Luft. »Sie hatten einen Schock«, sagte er. »Sie müssen ruhig bleiben. Bewegen Sie sich bloß nicht!«

Mit leiser, heiserer Stimme sagte Lewis: »Kann ich ein paar Fragen stellen?«

»Ja, aber nur kurze. Sie müssen jede Art von Anstrengung vermeiden.«

»Was hat der Sheriff über die Flaschen in Erfahrung gebracht?«

Bellarmine zog eine Grimasse. »Sie sind nicht aufzukriegen. Das Metall ist nicht zerschneidbar.«

»Das ist der Beweis«, sagte Lewis. »Glauben Sie, es gibt noch mehr solcher Instrumente?«

»Es muß sie geben«, sagte Bellarmine. Er nahm auf einem Stuhl am Kopfende Platz. »Ich habe mir die Sachen im Keller noch mal angeschaut und einen Maschinenschlosser mitgenommen. Er meint es auch. Alles an diesen Dingern riecht nach Massenproduktion. Man stößt überall auf genormte Teile und ein Minimum an Handarbeit. Es sind einfache, aber wirkungsvolle Bauteile.«

»Wozu? Wozu kann Blut von Toten nützlich sein?«

»Das habe ich mich auch gefragt«, sagte Bellarmine. »Vielleicht als Nährlösung für Pflanzenzüchtungen. Vielleicht für die Antikörper.«

»Hätten sie was davon?«

»Das käme darauf an, wie schnell man das Blut entnimmt. Die Zeitumstände variieren mit der Temperatur, dem körperlichen Zustand und einem Haufen anderer Dinge.«

»Aber zu welchem Zweck?«

Der Chirurg fuhr sich mit der Hand durch das graue Haar. »Mir gefällt meine Antwort auf diese Frage zwar nicht«, sagte er, »aber ich muß ständig daran denken, wie wir das Blut von Versuchskaninchen fraktionieren, Impfstoffe aus Hühnerembryos gewinnen und mit unseren Labortieren umgehen.«

Lewis' Blick fiel auf die Kleiderablage am anderen Ende des Zimmers. Jemand hatte die Zeitschriften vom Nachtschränkchen genommen und dort abgelegt. Er konnte das Umschlagbild mit dem Glotzaugenmonster immer noch sehen.

»Nach allem, was ich aus der Science-Fiction weiß«, sagte er, »muß der Silberrost im Korridor eine Art Materietransmitter sein, der die Flaschen dorthin schickt, wo sie verwendet werden. Ich frage mich, warum sie nicht unten bei den Maschinen aufbewahrt wurden.«

»Vielleicht mußten sie zu ebener Erde stehen«, sagte Bellarmine. »Sie denken fast das gleiche wie ich.«

»Sie sind ein sturer Bursche, Doc«, sagte Lewis. »Wieso hat diese Glotzaugenmonster-Theorie für Sie Gewicht?«

»Ich habe eben kombiniert«, sagte Bellarmine. »Der silberne Rost, das Aussehen dieser Maschinen und ihr Zweck, die eigenartigen Metalle, die Andersartigkeit Johnsons. Es klingt nach einem A-L-I-E-N. Aber das gleiche könnte ich auch von Ihnen sagen, Lewis. Wie sind Sie darauf gekommen?«

»Johnson nannte mich einen gewöhnlichen Menschen. Da habe ich mich gefragt, wie fremdartig man sein muß, um sich nicht der menschlichen Rasse zuzurechnen.«

»Stimmt«, sagte Bellarmine.

»Aber warum Versuchskaninchen?« fragte Lewis.

Der Chirurg runzelte die Stirn und schaute zu Boden. Dann blickte er Lewis an. »Das Instrumentarium verfügte über einen zweiten Objekttisch«, sagte er, »der nur eine Funktion haben konnte: lebendige Viren einem Strahlenbombardement auszusetzen, von mir aus Röntgenstrahlen, und die mutierte Rasse dann in kleine Sprühdosen abzufüllen, die so groß sind wie eine Faust. Ich weiß aufgrund persönlicher Forschungsergebnisse, daß manche mutierten Viren tödlich sein können.«

»Bakteriologische Kriegsführung«, flüsterte Lewis.

»Sind Sie sicher, daß nicht die Russen dahinterstecken?«

»Ich bin sicher. Wir haben es hier mit einem perfekten Infizierungszentrum zu tun. Komplett ausgestattet. Banbury könnte längst entvölkert sein, wenn meine Annahme zutrifft.«

»Vielleicht waren sie noch nicht soweit.«

»Wenn das Infektionszentrum steht, kann die bakteriologische Kriegsführung losschlagen. Nein, diese Instrumente wurden, wenn ich nicht danebenhaue, zur Produktion einfacher Varianten gewöhnlicher Bakterien verwendet. Die kleinen Sprühdosen kamen in einen...«

»... Halter auf Johnsons Schreibtisch«, sagte Lewis.

»Yeah«, sagte Bellarmine.

»Ich habe eine davon gesehen«, sagte Lewis. »Ich hielt sie für ein Deodorant oder so was.« Er zupfte ein Fädchen von der Bettdecke. »Sie infizieren uns also mit mutierten Viren.«

»Es macht mir angst«, sagte Bellarmine.

Lewis kniff die Augen zusammen und sah den Chirurgen an. »Doc, was täten Sie, wenn Sie entdecken würden, daß eine Ihrer Laborratten nicht nur intelligent ist, sondern sogar weiß, was Sie mit ihr anstellen?«

»Tja...« Bellarmine schaute aus dem Fenster in die zunehmende Dämmerung hinaus. »Ich bin kein Ungeheuer, Lewis. Ich würde sie vielleicht freilassen. Nein...« Er kratzte sich am Kinn. »Nein, vielleicht würde ich es nicht tun. Aber ich würde sie nicht mehr infizieren. Ich glaube, ich würde sie einigen Tests unterziehen, um rauszukriegen, wie intelligent sie ist. Jedenfalls wäre sie dann kein einfaches Versuchstier mehr. Ihr Nutzen läge dann in psychischen Gefilden, damit ich etwas über mich selbst erfahre.«

»So ungefähr hab ich es mir auch vorgestellt«, sagte Lewis. »Wie lange muß ich noch in diesem Bett liegenbleiben?«

»Warum?«

»Ich habe mir eine Methode ausgedacht, mit der Versuchskaninchen Wissenschaftlern mitteilen können, daß das Spiel aus ist.«

»Was? – Wir kennen doch nicht mal ihre Sprache. Wir haben nur ein Exemplar gesehen – und das ist tot.

Woher sollen wir wissen, daß sie so reagieren würden wie wir?«

»Sie würden's«, sagte Lewis.

»Wie können Sie das sagen? Sie müßten an sich schon längst wissen, daß wir vernunftbegabt sind.«

»Ratten sind auch vernunftbegabt – zu einem gewissen Grad«, sagte Lewis. »Es kommt immer auf den Standpunkt an. Klar – im Vergleich zu uns haben sie nicht viel auf dem Kasten. Und ebenso wäre es mit ...«

»Wir haben kein Recht, für den Rest der Menschheit Risiken einzugehen«, protestierte Bellarmine. »Mensch, Lewis – einer von denen hat versucht, Sie umzubringen!«

»Und alles deutet darauf hin, daß er nicht sonderlich helle war«, sagte Lewis. »Er hat zu viele Fehler gemacht. Nur deswegen sind wir ihm auf die Spur gekommen.«

»Sie könnten uns durchs Klosett spülen – weil wir als Versuchstiere nicht mehr taugen«, sagte Bellarmine. »Sie ...«

Lewis sagte: »Ich glaube, wir haben es mit echten Wissenschaftlern zu tun. Johnson hat vor Ort gearbeitet, als Labortechniker; er war ein gewöhnlicher Arbeiter. Der echte Forscher würde unserer menschlichen Verhaltensweise folgen. Ich bin sicher. Ein echter Wissenschaftler muß in der Lage sein, sich zu beherrschen. Das bedeutet, daß er die Probleme anderer Menschen – anderer Wesen – versteht. Nein, Doc. Ihre erste Antwort war die beste. Man würde die Ratte einer psychologischen Testserie unterziehen.«

Bellarmine starrte seine Hände an. »Wie sieht Ihre Idee aus?«

»Setzen Sie eine Laborratte in einen dieser kleinen Käfige. Infizieren Sie sie mit einem gewöhnlichen Virus, legen Sie die Injektionsspritze in den Käfig und stellen Sie das Ganze – die Ratte und alles andere – vor den silbernen Rost. Verbiegen ...«

»Welch verrückte Idee«, sagte Bellarmine. »Wie könnte man einem hypothetischen Etwas erklären, daß es sich unsere Botschaft ansehen soll, wenn man nicht mal seine hypothetische Sprache kennt – und wie soll man es überhaupt kontaktieren?«

»Verbiegen Sie den Rost, indem Sie die Drähte mit einem Eisenstück berühren«, sagte Lewis. »Binden Sie ihn zur Sicherheit an einen Stock.«

»So etwas Irres hab ich noch nie gehört«, sagte Bellarmine.

»Geben Sie mir 'ne Laborratte, einen Käfig und die Fixe, dann tu ich es selbst«, sagte Lewis.

Bellarmine stand auf und ging zur Tür. »Sie werden für die nächsten paar Wochen gar nichts tun«, sagte er. »Sie sind ein kranker Mann, und ich habe jetzt schon viel zu lange mit Ihnen geredet.« Er öffnete die Tür und ging hinaus.

Lewis starrte an die Decke. Ein Frösteln ließ seinen Körper erzittern. Ein mutierter Virus!

Die Tür öffnete sich. Ein Pfleger und eine Schwester traten ein. »Sie kriegen jetzt ein Tübchen heiße Gelatine«, sagte die Schwester. Sie half ihm beim Essen, obwohl er protestierte; dann gab sie ihm ein Beruhigungsmittel.

»Ärztliche Anweisung«, sagte sie.

Durch den sich herabsenkenden Nebel murmelte Lewis: »Von welchem Arzt?«

»Dr. Bellarmine«, sagte sie

Der Nebel sank tiefer und wurde dunkler. Lewis driftete in einen Alptraum hinein, der von Tausenden von Johnsons bevölkert war, und sie rannten alle mit großen Gasflaschen herum, fragten: »Sind Sie ein Mensch?« und sammelten Blut.

Als Lewis erwachte, saß Sheriff Czernak an seinem Bett. Ein Blick aus dem Fenster zeigte ihm, daß der Morgen graute. Er sah den Sheriff an. »Morgen, John«, flüsterte er. Seine Zunge fühlte sich trocken und geschwollen an.

»Wird aber auch Zeit, daß du wach wirst«, sagte Czernak. »Ich warte schon ein paar Stunden. Da geht was vor, das nicht astrein ist.«

»Drehst du mal mein Bett hoch?« fragte Lewis. »Was ist passiert?«

Czernak stand auf, stellte einen Fuß auf den Hebel und kurbelte die Kopfstütze nach oben.

»Der größte Hammer ist, daß Doc Bellarmine verschwunden ist«, sagte er. »Wir haben seine Spur von hier bis zum Beerdigungsinstitut verfolgt. Von da aus hat sie nur noch *Pffft* gemacht.«

Lewis riß die Augen auf. »Stand da ein Rattenkäfig?«

»Schon wieder!« brüllte Czernak. »Du sagst, du wüßtest nichts, aber du weißt alles!« Er beugte sich über ihn. »Klar stand da ein Rattenkäfig! Und jetzt sagst du mir, woher du davon gewußt hast!«

»Erzähl du mir erst, was passiert ist«, sagte Lewis.

Czernak runzelte die Stirn und richtete sich auf. »Na schön, Welby, aber wenn ich fertig bin, dann spuckst du's aus.« Er fuhr sich mit der Zunge über die Lippen. »Ich hab erfahren, daß der Doc gestern abend hier war und mit dir geredet hat. Dann ist er ins Labor runtergegangen und hat sich 'ne Ratte samt Käfig geholt. – Dann ist er zum Beerdigungsinstitut rübergegangen. Er hatte die Ratte bei sich. Unser Posten hat ihn reingelassen. Aber nach 'ner Weile, als er nicht wieder rauskam, kriegte er es mit der Angst zu tun und schaute nach. Im hinteren Korridor fand er die schwarze Arzttasche. Und da, wo das silberne Zeug war, fand er …«

»*War?*« sagte Lewis anklagend.

»Yeah«, sagte Czernak müde. »Das ist die andere Sache. Letzte Nacht hat jemand das ganze Drahtzeug rausgerissen. Er hat nicht ein Itzelchen zurückgelassen.«

»Was hat der Posten sonst noch gefunden?«

Czernak schob eine Hand unter seinen Kragen und starrte die gegenüberliegende Wand an.

»Nun?«

»Hör mal, Welby, ich ...«

»Was ist passiert?«

»Tja, der Posten – es war Rasmussen – rief mich an, und ich bin sofort zu ihm rüber. Rasmussen hat nichts angefaßt. Da lagen nur die Tasche vom Doc und 'n langer Holzknüppel, an dem ein Stemmeisen befestigt war – und der Rattenkäfig. Die Ratte war weg.«

»War sonst noch was in dem Käfig?«

Czernak beugte sich plötzlich vor und stieß hervor: »Hör zu, Welby, der Käfig ... Damit stimmt was nicht. Als ich ankam, war er nicht da, ich schwöre es. Rasmussen erinnert sich auch nicht daran. Beim Reinkommen war mein erster Gedanke, daß der Doc durch die Hintertür rausgegangen ist, aber unser Siegel war immer noch dran. Die Tür war nicht geöffnet worden. Und als ich so darüber nachdachte – ich stand ungefähr in der Korridormitte –, da hörte ich dieses Geräusch ... wie 'n Korken, der aus 'ner Flasche gezogen wird. Ich drehte mich um – und da stand der kleine Käfig auf dem Boden. Wie aus dem Nichts.«

»Und er war leer?«

»Ja, abgesehen von ein paar Glassplittern, von denen ich jetzt weiß, daß sie zu 'ner Spritze gehörten.«

»Einer kaputten Spritze?«

»Total in Stücke gehauen.«

»War die Käfigtür offen?«

Czernak neigte den Kopf ein Stück zur Seite und musterte die Zimmerwand. »Nee, glaub ich nicht.«

»Und wo stand der Käfig genau?« Lewis' Blick bohrte sich in die Augen des Sheriffs.

»Wie ich schon sagte, Welby – genau da, wo vorher die Drähte waren.«

»Und die Drähte waren weg?«

»Tja ...« Der Sheriff schaute erneut sehr unbehaglich drein. »Etwa 'ne Sekunde lang, als ich mich umdrehte und das Geräusch hörte – 'ne Sekunde lang hab ich geglaubt, ich hätte sie gesehen.«

Lewis holte tief Luft.

Czernak sagte: »Jetzt bist du aber dran! Wo steckt der Doc? Du mußt es doch wissen – nach all den Fragen, die du gestellt hast!«

»Er macht gerade seine Aufnahmeprüfung«, sagte Lewis. »Und wir sollten alle dafür beten, daß er sie besteht.«

Originaltitel: ›RAT RACE‹ • Copyright © 1955 by The Condé Nast Publications, Inc. • Erstmals erschienen in ›Analog Science Fact – Science Fiction‹, Juli 1955 • Mit freundlicher Genehmigung der Erben Frank Herberts und Paul und Peter Fritz, Literarische Agentur, Zürich • Copyright © 1987 der deutschen Übersetzung by Wilhelm Heyne Verlag, München • Aus dem Amerikanischen übersetzt von Ronald M. Hahn

BESATZUNGSMACHT 1955

Es dauerte eine ganze Weile, bis er wach wurde. Es klopfte. Irgendwo klopfte es – General Henry A. Llewellyn riß die Augen auf. Jemand war an der Schlafzimmertür. Und jetzt hörte er auch eine Stimme: »Sir … Sir … Sir …« Sein Ordonnanzoffizier.

»Ist gut, Watkins. Ich bin wach.«

Das Klopfen verstummte.

Er schwang die Füße aus dem Bett, sah auf die Leuchtanzeige auf dem Wecker: 02.25. Was, zum Teufel …? Der General – ein großer, rotgesichtiger Mann, Vorsitzender der Stabschefs der Gesamtarmee – warf sich den Morgenmantel über und öffnete die Tür.

Watkins salutierte. »Sir, der Präsident hat eine außerordentliche Kabinettssitzung einberufen.«

Nach dieser Eröffnung geriet dem Ordonnanzoffizier das, was er zu melden hatte, zu einem chaotischen Wortsalat: »EinaußerirdischesRaumschiffkurvtumdieErde, großwiederErie-SeeSir, undmachtsichzumAngrifffertig!«

Der General brauchte einen Moment, bis er verstanden hatte. Er schnaubte verächtlich. Dummes Zeug für Leser von Schundromanen, dachte er.

»Sir«, sagte Watkins, »drunten wartet ein Dienstwagen, der Sie ins Weiße Haus bringen soll.«

»Besorgen Sie mir eine Tasse Kaffee. Ich mach mich einstweilen fertig«, sagte der General.

Die Vertreter von fünf ausländischen Nationen, alle Offiziere des Kabinetts, neun Senatoren, vierzehn

Abgeordnete, die Chefs des Geheimdienstes, des FBI und der Gesamtstreitkräfte – sie alle nahmen an der Sitzung teil und hatten sich im Konferenzraum des Luftschutzbunkers des Weißen Hauses versammelt, in einem Zimmer mit getäfelten Wänden, an denen Bilder in schweren Rahmen hingen, die die nicht vorhandenen Fenster vortäuschen sollten. General Llewellyn saß am Konferenztisch aus Eichenholz – dem Präsidenten genau gegenüber. Als der mit dem Hammer des Versammlungsleiters auf die Tischplatte klopfte, verstummte das Stimmengemurmel im Raum. Ein Adjutant erhob sich und setzte die Runde mit einem ersten Kurzbericht zur Lage ins Bild.

Ein Astronom an der University of Chicago hatte um zirka 20.00 Uhr das Schiff entdeckt, das aus der Gegend des Oriongürtels die Erde ansteuerte. Der Astronom hatte diverse andere Observatorien alarmiert, und irgend jemand hatte schließlich auch daran gedacht, die Regierung zu informieren.

Das Schiff hatte sich mit unvorstellbarer Geschwindigkeit genähert, war in den Orbit eingeschwenkt und hatte mit einer Umlaufzeit von anderthalb Stunden die Erde umkreist. Wie ein zweiter Erdmond war es zu diesem Zeitpunkt mit bloßem Auge zu sehen gewesen. Geschätzte Größe: Länge fünfundzwanzig Kilometer, Breite sechzehn Kilometer. Form: annähernd eiförmig.

Den spektroskopischen Analysen zufolge war das Schiff mit einem Wasserstoffionenantrieb ausgerüstet. Außerdem fanden sich Spuren von Kohlenstoff, die möglicherweise von dem Refraktor stammten. Mit den üblichen Mitteln hatte man den Eindringling nicht erfassen können: kein Radarecho, keine Reaktion beim Einsatz sonstiger Funkmeß- und Fernmeldetechniken.

Mehrheitsmeinung: Ein feindliches Schiff. Sein Auftrag: Eroberung der Erde.

Minderheitsmeinung: Ein *vorsichtiger* Besucher aus dem All.

Etwa zwei Stunden nachdem das Schiff in die Umlaufbahn eingeschwenkt war, hatte es einen einhundertfünfzig Meter großen Aufklärer ausgesetzt. Der Aufklärer war über Boston niedergegangen: Aus einer Gruppe von Schichtarbeitern, die nachts an einer Bushaltestelle gewartet hatten, war ein gewisser William R. Jones entführt und an Bord geholt worden.

Ein paar Vertreter der Minderheitsmeinung liefen zur Mehrheit über. Der Präsident aber lehnte auch weiterhin jede Aufforderung, zum Angriff überzugehen, ab. Unterstützt wurde er in seiner Haltung von den Vertretern der Auslandsnationen, die in ständigem Kontakt mit ihren jeweiligen Regierungen standen.

»Sehen Sie sich doch nur einmal die Ausmaße dieses Dings an«, sagte der Präsident. »Stellen Sie sich eine Ameise vor, die mit einem ameisengroßen Pusterohr einen Elefanten angreift: Mit derselben Aussicht auf Erfolg könnten auch wir losschlagen.«

»Es ist immerhin möglich, daß sie lediglich umsichtig vorgehen«, sagte ein Berater des Außenministeriums. »Es gibt keine Beweise dafür, daß sie diesen Jones aus Boston sezieren wollen – wie das, glaube ich, irgend jemand unterstellt hat.«

»Die Dimension spricht gegen eine friedliche Absicht«, sagte General Llewellyn. »In diesem Ding sitzt eine Invasionsarmee. Wir sollten jede Rakete mit Atomsprengkopf, die wir auftreiben können, anfeuern und ...«

Der Präsident brachte ihn mit einer Handbewegung zum Schweigen.

General Llewellyn lehnte sich zurück. Er hatte Halsschmerzen – so sehr hatte er sich ereifert; die Hände taten ihm weh – so heftig hatte er auf den Tisch eingedroschen.

Um 08.00 Uhr setzte das Raumschiff, als es die Küste von New Jersey überflog, einen dreihundert Meter großen Aufklärer aus, den es nach Washington D. C. abtrieb. Um 08.18 Uhr nahm der Aufklärer mit dem Flughafen Washington Kontakt auf und ersuchte in perfektem Englisch um Landeanweisung. Ein erschrockener Tower Operator konnte die Angelegenheit so lange hinauszögern, bis Einheiten der Armee das Flughafengelände geräumt hatten.

General Llewellyn und eine Gruppe abkömmlicher Assistenten wurden zum Empfang der Invasoren abgestellt. Um 08.51 Uhr trafen sie auf dem Flugfeld ein. Der Aufklärer, blaßblau wie ein Drosselei, setzte auf einer Landebahn auf, die unter seinem Gewicht einbrach und Sprünge bekam. In der Schiffswand öffneten sich ruckartig kleine Luken und Ausstiege und schlossen sich dann genauso schnell wieder. Lange Stäbe ragten aus der Bordwand, fuhren wieder zurück. Zehn Minuten lang ging das so, bis sich schließlich ein Tor öffnete, eine Rampe ausgefahren und wippend auf dem Boden abgesetzt wurde. Dann: Stille.

Alles, was die Streitkräfte an Waffen aufbieten konnten, war auf den Eindringling gerichtet. Ein Schwarm Düsenflugzeuge jagte über den Himmel. Und weit darüber, hoch über den Jets, kreiste einsam ein dickbauchiger Brummer, der die Lösung aller Probleme in seinem Rumpf transportierte: die *Bombe.* Und alle warteten sie auf das eine Zeichen des Generals.

Oben an der Rampe, an der dunklen Stelle am Ende der Treppe, bewegte sich etwas. Vier Gestalten aus dem Tor: Menschen. Sie trugen gestreifte Hosen, Cuts, blank geputzte schwarze Schuhe, Zylinder und strahlend weiße Hemden. Drei trugen Aktentaschen, einer eine Schriftrolle. Gemessenen Schritts kamen sie die Rampe herunter.

General Llewellyn und seine Berater gingen über das Flugfeld und postierten sich am unteren Ende der Rampe. *Noch so ein Haufen Bürohengste,* fand der General.

Der Mann mit der Schriftrolle – dunkelhaarig, schmales Gesicht – sprach als erster: »Mein Name ist Loo Mogasayvidiantu. Als Botschafter von Krolia ist es mir eine große Ehre, Sie begrüßen zu dürfen.« Sein Englisch war makellos. Er überreichte ihm die Rolle: »Mein Beglaubigungsschreiben.«

General Llewellyn nahm das Akkreditiv und stellte sich vor: »General Llewellyn ...«, er zögerte kurz, »... Repräsentant der Erde.«

Der Krolianer verbeugte sich. »Darf ich Ihnen meine Mitarbeiter vorstellen?« Er wandte sich um: »Ayk Turgotokikalapa, Min Sinobayatagurki und William R. Jones, vormals Boston, Erde.«

Kein Zweifel, dachte der General: der Mann, dessen Bild heute morgen in jeder Zeitung gewesen war – *unser erster interstellarer Quisling.*

»Entschuldigen Sie bitte die Verzögerungen, die sich bei unserer Landung ergeben haben«, sagte der krolianische Botschafter. »Aber man muß eben in Rechnung stellen, daß es bei einem Kolonisationsvorhaben gelegentlich zu derartigen Verspätungen kommt – daß hin und wieder zwischen Vorbereitungsphase und Einsatzbeginn eine längere Zeitspanne verstreicht.«

Kolonisationsvorhaben! Um ein Haar hätte der General das Signal gegeben, mit dem diesem Spuk ein tödliches Ende gesetzt worden wäre. Aber der Botschafter war noch nicht fertig.

»Bei dieser Landungsverzögerung handelte es sich um eine unumgängliche Vorsichtsmaßnahme«, sagte der Krolianer. »Nach so langer Zeit ist unser Datenbestand mitunter ein wenig veraltet. Wir brauchten also etwas Zeit, um Stichproben zu machen, Zeit für das Gespräch mit Mr. Jones, für die Aktualisierung unserer Daten.« Wieder verneigte er sich höflich.

General Llewellyn war jetzt endgültig verwirrt: *Stichproben ... Daten ...* Er atmete tief durch. Er war sich der Last der historischen Verantwortung, die auf seinen Schultern ruhte, vollkommen bewußt, als er den Krolianer um folgende Auskunft ersuchte: »Botschafter, wir kommen nicht umhin, Ihnen eine ganz bestimmte Frage zu stellen: Kommen Sie als Freunde – oder kommen Sie als Eroberer?«

Der Krolianer sah ihn mit großen Augen an. Er wandte sich an den Erdling, der neben ihm stand: »Sehen Sie, Mr. Jones? Es ist genauso, wie ich es erwartet habe.« Dann preßte er die Lippen aufeinander: »Unsere Kolonisationsbehörde! Unterbesetzt! Ineffizient! Stümper ...«

Der General zog die Stirn in Falten. »Ich verstehe nicht ganz ...«

»Natürlich nicht«, sagte der Botschafter. »Aber wenn unsere Kolonisationsbehörde die Angelegenheit entsprechend verfolgt hätte ...« Er winkte den General zu sich. »Sehen Sie sich doch einmal Ihre Leute an, Sir.«

Der General sah sich zuerst die Männer an, die hinter dem Botschafter standen: Menschen – ganz offensichtlich. Auf ein weiteres Winkzeichen des Krolianers wandte er sich um und sah sich die Soldaten an, die er hinter sich postiert hatte. Und schließlich die verängstigten Gesichter der Zivilisten hinter dem Flughafenzaun. Er zuckte die Achseln und wandte sich wieder an den Krolianer. »Die Menschen der Erde warten auf die Antwort auf meine Frage: Kommen Sie als Freunde oder als Eroberer?«

Der Botschafter seufzte. »Sir, die Wahrheit ist, daß es auf diese Frage eigentlich keine Antwort gibt. Es muß Ihnen doch auffallen, daß wir alle von ein und derselben Art sind?«

Der General sah ihn abwartend an.

»Ist Ihnen wirklich nicht klar«, sagte der Krolianer, »daß wir die Erde bereits in Besitz genommen haben ... vor etwa siebentausend Jahren?«

DER DRACHE IN DER SEE

1955/56

Bellands Sessel kratzte über den Boden. Er stand auf, begab sich an die linke Wand und deutete auf die projizierte Karte der nördlichen Polargebiete. »Fähnrich Ramsey, in diesen Gewässern haben wir während der letzten zwanzig Wochen zwanzig U-Boote verloren«, sagte er. Dann wandte er sich, wie ein Lehrer, der eine Frage stellen will, zu ihm um. »Ist Ihnen bekannt, wie dringend wir Öl brauchen?«

Bekannt? Ramsey unterdrückte ein bitteres Lächeln. Durch seinen Geist raste die fast endlose Liste der Maßnahmen, mit denen Öl gespart werden sollte: Inspektionen, Bezugsscheine, Dringlichkeitsstufen, Erfindungsprämien. Er nickte.

Die Baßstimme des Admirals fuhr fort: »Seit fast zwei Jahren beziehen wir unser Öl teilweise aus den Vorkommen vor den Küsten der Kontinentalschelfe des Ostblocks.« Seine linke Hand deutete vage auf die Karte.

Ramseys Augen weiteten sich. Die Gerüchte stimmten also: Die U-Boote raubten das Öl des Feindes!

»Wir haben eine Unterwasser-Bohrtechnik für umgebaute U-Boote entwickelt«, sagte Belland. »Eine Hochgeschwindigkeitspumpe und ein neuartiger Kunststoffprahm vervollkommnen die Ausrüstung.«

Der Mund des Admirals verzog sich zu etwas, das er für ein entwaffnendes Lächeln zu halten schien, doch die Wirkung bestand darin, daß er noch piratenhafter aussah. »Die Jungs nennen den Prahm ›Schnecke‹ und die Pumpe ›Moskito‹.«

Pflichtschuldiges Gekicher erfüllte den Raum. Auch Ramsey produzierte ein gezwungenes Lächeln. Er bemerkte, daß Dr. Oberhausen seinem Ruf als Pokergesicht absolut treu blieb.

»Eine Schnecke kann etwa hundert Millionen Barrel Öl befördern. Der Ostblock weiß zwar, daß er das Öl verliert und wie, er kann aber nicht in jedem Fall sagen, wann oder wo es verschwindet. Wir sind halt gerissener.« Die Stimme des Admirals wurde lauter. »Unser Ortungssystem ist dem ihren überlegen. Unsere Dämpfplatten ...«

Dr. Oberhausens spröde Stimme unterbrach ihn. »Alles, was wir haben, ist ihnen überlegen – außer ihrem Talent, uns zu versenken.«

Der Admiral setzte eine finstere Miene auf.

Ramsey, der den Wink richtig verstanden hatte, warf sich in die Bresche. »Wie hoch waren die Verluste auf den zwanzig Booten, die wir verloren haben, Sir?«

Ein eulengesichtiger Captain neben Belland sagte trocken: »Von den letzten zwanzig Einsätzen ist niemand zurückgekehrt.«

»Einhundert Prozent«, wiederholte Dr. Oberhausen. Seine blicklosen Augen schienen quer durch den Raum einen rotgesichtigen Korvettenkapitän anzusehen. »Commander Turner, würden Sie Mr. Ramsey das Ding zeigen, das Ihre Leute gefunden haben?«

Der Korvettenkapitän legte einen schwarzen Zylinder von der Größe eines Bleistifts auf den Tisch. Er ging von Hand zu Hand, bis er bei Ramsey landete.

»Mr. Ramsey ist unter anderem Elektronikspezialist«, sagte Dr. Oberhausen. »Er ist Experte für Geräte zur Aufspürung traumatischer Erinnerungen.«

Ramsey verstand auch diesen Wink. Er war also der allwissende Elektronikexperte. *Der Mann Der Deine Geheimsten Gedanken Kennt.* Ergo: *In Der Gegenwart Dieses*

Mannes Hast Du Besser Keine Geheimen Gedanken. Mit einer lässigen Geste hievte Ramsey sein schwarzes Kästchen auf den Tisch, legte den Zylinder daneben und erzeugte so den Eindruck, er habe das rätselhafte Ding auf der Stelle durchschaut und halte es für ziemlich primitiv.

Was, zum Teufel, ist das? fragte er sich.

»Sie haben es vermutlich schon als Sender mit niedriger Bandbreite erkannt«, sagte Belland.

Ramsey warf einen Blick auf die neutrale Oberfläche des Zylinders. Was würden sie wohl tun, wenn ich behaupten würde, ich hätte Röntgenaugen? fragte er sich. Obe muß sie hypnotisiert haben.

Belland wandte sich in einem ängstlich-trotzigen Tonfall an Ramsey. »Es ist dem Ostblock gelungen, diese Sender auf unsere U-Boote zu schmuggeln. Wir nehmen an, daß eine Zeitschaltung sie erst in Betrieb nimmt, wenn sie auf See sind. Leider sind wir bisher nicht fähig gewesen, diese Dinger auseinanderzunehmen, weil sie dann explodieren.«

Ramsey schaute Dr. Oberhausen an und wechselte dann zum Admiral über, was soviel heißen sollte wie »Na ja, hätten wir eher davon erfahren …«

Doch dann präsentierte der Admiral den Stolz seiner Abteilung, als er sagte: »Turner glaubt jedoch, daß er das Problem gelöst hat.«

Ramsey warf dem rotgesichtigen Korvettenkapitän einen Blick zu. Und wenn du versagst, wirst du schnell wieder Gefreiter sein, dachte er. Der Korvettenkapitän versuchte sich so klein wie möglich zu machen.

Der Fregattenkapitän, der rechts neben Dr. Oberhausen saß, sagte: »Feindliche Agenten setzen sie vielleicht an Bord in Betrieb.«

Dr. Oberhausen sagte: »Machen wir's kurz! Diese Geräte haben den Gegner zu unseren geheimen Bohrstellen geführt.«

»Das wirkliche Problem besteht darin«, sagte Belland, »daß man uns mit ›Schläfern‹ infiltriert hat – mit Leuten, die der Feind uns schon vor langer Zeit in den Pelz gesetzt hat. Schon vor dem Krieg. Sie warten nur auf den richtigen Moment.« Er runzelte die Stirn. »Ja, sogar mein Fahrer ...« Er hielt inne und wandte sich stirnrunzelnd Ramsey zu. »Wir wissen einigermaßen sicher, daß Sie kein Schläfer sind.«

»Einigermaßen sicher?« wiederholte Ramsey.

»Ich weiß einigermaßen sicher, daß niemand in diesem Raum ein Schläfer ist«, brummte Belland. »Aber mehr auch nicht.« Er wandte sich wieder der Karte an der Wand zu und deutete auf eine bestimmte Stelle in der Barentssee. »Dies ist die Insel Nowaja Semlja. Vor der Westküste befindet sich ein schmales Schelf, das in ungefähr hundert Faden Tiefe abfällt, und zwar sehr steil. In der Flanke dieses Schelfs haben wir eins der größten Ölvorkommen aller Zeiten entdeckt. Der Ostblock weiß nichts davon – noch nicht.«

Dr. Oberhausen legte eine knochige Hand auf den Tisch und ließ einen Finger tanzen. »Wir müssen sicherstellen, daß Mr. Ramsey der Faktor Kampfmoral klar wird.« Er wandte sich an Ramsey. »Sie verstehen sicher, daß wir unsere Verluste nicht absolut geheimhalten konnten. Das Ergebnis besteht darin, daß die Kampfmoral der Mannschaften praktisch bei Null liegt. Wir brauchen gute Nachrichten.«

»Machen Sie jetzt weiter, Turner!« sagte Belland. Der Admiral kehrte zu seinem Platz zurück und ließ sich hineinsinken wie ein Schlachtschiff in ein Trockendock.

Turner nahm Ramsey mit seinen wasserblauen Augen ins Visier und sagte: »Wir haben unsere Mannschaften wieder und immer wieder gecheckt, und dabei sind wir auf eine gestoßen, die einen guten Eindruck macht. Im Augenblick macht sie gerade Urlaub im Garden Glenn Camp. Sie wird erst in fünf Wochen in See stechen, hat aber keinen Elektronikoffizier.«

Ramsey dachte: Freud, steh mir bei! Wollen die mich etwa als U-Boot-Fahrer ausstaffieren?

Als hätte Dr. Oberhausen seine Gedanken erraten, sagte er: »Und jetzt kommen Sie ins Spiel, Ramsey.« Er nickte Turner zu. »Entschuldigen Sie, Commander, aber das kostet uns alles zuviel Zeit.«

Turner warf Belland einen Blick zu und sank in seinen Sessel zurück. »Selbstverständlich, Doktor.«

Dr. Oberhausen erhob sich. Erneut umgab ihn eine Aura völliger Sicherheit. »Außerdem geht es jetzt ohnehin um mein Fachgebiet. Der Elektronikoffizier hat nämlich nach Beendigung der letzten Mission einen Nervenzusammenbruch erlitten, Ramsey. Es war das gleiche Problem, an dem wir zusammen an der *Dolphin* und ihrer Besatzung gearbeitet haben. Bloß in einem größeren Maß. Die U-Boote sind kleiner und haben nur vier Mann Besatzung. Die sichtbaren Symptome deuten auf eine Art induzierte Paranoia hin.«

»Der Captain?« fragte Ramsey.

»Genau«, antwortete Dr. Oberhausen.

Und jetzt verblüffen wir die Eingeborenen mit unserem geheimen Wissen, dachte Ramsey und sagte: »Mir sind ähnliche Umstände im Kampfmüdigkeits-Syndrom auf der *Dolphin* aufgefallen.« Er tätschelte das vor ihm stehende Kistchen. »Die variierenden emotionalen Zustände des Captains spiegelten sich graduell unterschiedlich in der gesamten Besatzung wider.«

»Dr. Oberhausen hat uns schon über Ihre Tätigkeit auf der *Dolphin* aufgeklärt«, sagte Turner.

Ramsey nickte. »Aber hier ist ein Punkt, der mir Sorgen macht. Sie sagen, die Mannschaft mache einen guten Eindruck. Aber wenn der Captain psychisch labil ist, geht da doch was nicht auf.«

»Auch das ist ein Fall für Sie«, sagte Dr. Oberhausen. »Wir wollten ihn schon ablösen, aber nun sagen die Kampfcomputer, daß er und seine Crew die größten Chancen haben, das Nowaja-Semlja-Unternehmen durchzuführen. Allerdings nur unter einigen gewissen Voraussetzungen.« Er machte eine Pause und zupfte an seinem Ohrläppchen.

Ramsey erkannte das Zeichen und dachte: Aha, da haben wir den Köder. Irgend jemand, der eine wichtige Stellung bekleidet, hat dieser Vorgehensweise seine Zustimmung versagt, doch für Obe ist es wichtig, daß ich an Bord gehe. Wem machen wir jetzt was vor? Dem Admiral? Nein, er würde selbst gehen, wenn Obe ihn darum bäte. Dann fing Ramseys Blick den finsteren Gesichtsausdruck des Fregattenkapitäns ein, der links von Dr. Oberhausen saß. Ein Präsidentenberater! Er muß es sein.

»Eine dieser gewissen Voraussetzungen besteht in geheimer psychischer Überwachung«, sagte Ramsey. »Haben Sie schon ausgetüftelt, wie ich einen in einer Schlüsselposition befindlichen Captain an meine Fernsteuerungs-Vampirsonde anschließen kann, ohne daß er es merkt?«

»Admiral Belland hat eine geniale Lösung vorgeschlagen«, sagte Dr. Oberhausen. »Der Geheimdienst hat einen neuen Detektor entwickelt, der vor diesen Spionstrahl-Transmittern warnt. Man verpflanzt eine Sprachkapsel chirurgisch in den Nacken und justiert sie auf Wellenscanner ein, die unter die Achselhöhlen eingepflanzt werden. Ihre minimale Größe würde es erlauben, die Aufzeichnungsgeräte, die Sie brauchen, mit in die Kapsel einzubauen.«

Ramsey nickte dem Admiral zu. »Ausgezeichnet. Wenn Sie den Skipper auf diese Weise verarztet haben, brauchen Sie mich nur noch mitzuschicken, damit ich ihn im Gleichgewicht halten kann.«

»Ja«, sagte Dr. Oberhausen. »Man hat allerdings gewisse Einwände erhoben.« Seine blicklosen Augen schienen den Korvettenkapitän links von ihm zu durchbohren. »Mit der Begründung, daß Sie keine

U-Boot-Kampferfahrung haben, Ramsey. Und das zählt schon was.«

Der Korvettenkapitän grunzte und sah Ramsey an. »Wir haben jetzt seit sechzehn Jahren Krieg«, sagte er. »Wie kommt es, daß Sie noch nie im Einsatz waren?«

Eine alte Schulregel, dachte Ramsey. Er drehte seine Telemeter-Box, bis eine ihrer flachen Seiten auf den Korvettenkapitän zeigte, und sah den Offizier mit argwöhnischen Augen an. Im Zweifelsfall gleich eine Breitseite abfeuern.

»Jeder Mann, den wir fürs Schlachtfeld retten, bringt den Sieg näher«, sagte er.

Das ledrige Gesicht des Korvettenkapitäns wurde noch finsterer.

»Mr. Ramsey hat eine Spezialausbildung genossen – Elektronik und Psychologie –, die ihn zu wertvoll macht, um sein Leben aufs Spiel zu setzen«, sagte Dr. Oberhausen. »Er hat nur die absolut notwendigsten Kreuzfahrten mitgemacht – wie die auf der *Dolphin* – und nur dann, wenn es sich nicht vermeiden ließ.«

»Wenn er so wertvoll ist, warum riskieren wir dann jetzt sein Leben?« wollte der Korvettenkapitän wissen. »Das kommt mir doch sehr komisch vor!«

Admiral Belland seufzte und sah ihn an. »Die Wahrheit ist, daß das neue Emotions-Fernmeßgerät, das Mr. Ramsey entwickelt hat, auch von anderen bedient werden kann, Lewis. Allerdings ist seine Erfindungsgabe in diesem speziellen Fall so unerläßlich, daß wir wirklich nicht auf sie verzichten können.«

»Vielleicht halten Sie mich für ungezogen«, sagte der Korvettenkapitän, »aber wenn dieser junge Mann wirklich so talentiert ist, würde ich doch gern wissen, warum er immer noch ...« – er musterte Ramseys Kragenspiegel – »... Fähnrich ist.«

Dr. Oberhausen hob die Hand und sagte: »Sie erlauben doch, Herr Admiral.« Er wandte sich an den Korvettenkapitän. »Es liegt daran, weil gewisse Leute es mir verübeln, daß ich es verstanden habe, die besten meiner Abteilungsleiter vor der Uniform zu bewahren. Es gibt Leute, die die Notwendigkeit dieser grundsätzlichen Trennung nicht einsehen. Deswegen ist es um so bedauerlicher, daß es sich für jene unter meinen Leuten, die wegen ihres niedrigen Dienstgrades Uniform tragen müssen, stets als schwierig erweist, befördert zu werden, so talentiert sie auch sein mögen.«

Der Korvettenkapitän sah so aus, als würde er gleich explodieren.

»Wenn hier alles mit rechten Dingen zuginge«, sagte Dr. Oberhausen, »müßte Mr. Ramsey wenigstens Kapitän sein.«

Rund um den Tisch brach ein simultanes Hüsteln aus.

Ramsey wünschte sich in diesem Augenblick, sonstwo zu sein, bloß nicht unter den Augen dieses Korvettenkapitäns, der jetzt sagte: »Gut, ich ziehe meinen Einwand zurück.« Der Tonfall seiner Stimme verriet jedoch seine Gedanken: Darüber unterhalten wir uns noch.

»Ich habe den Plan«, sagte Dr. Oberhausen, »Mr. Ramsey nach Abschluß dieser Mission aus der Marine ausscheiden und die Leitung einer neuen Abteilung übernehmen zu lassen, die sich mit Problemen von U-Boot-Fahrern befaßt.«

Die Mundwinkel des Korvettenkapitäns verzogen sich zu einem hämischen Lächeln. »Falls er überlebt«, sagte er.

Ramsey schluckte.

Dr. Oberhausen tat so, als hätte er die Bemerkung nicht gehört, und sagte: »Seine Ausbildung wird zwar nicht einfach sein, aber wir haben noch fünf Wochen Zeit und die volle Unterstützung der Psychologischen Abteilung.«

Belland hievte seinen Wanst aus dem Sessel und trat zur Seite. »Falls es sonst keine Fragen mehr gibt, meine Herren, gehe ich davon aus, daß wir alle mit Mr. Ramsey einverstanden sind.« Er warf einen Blick auf seine Armbanduhr. »Die Ärzte warten schon auf ihn, und in den nächsten fünf Wochen wird er jede Minute brauchen.«

Ramsey stand auf und nahm die Telemeter-Box unter den Arm. In seinen Augen stand eine Frage.

»Auch Sie wird man zu einem wandelnden Detektorsystem machen«, sagte Belland.

Dr. Oberhausen schien neben Ramsey aus dem Nichts zu materialisieren. »Würden Sie bitte mit mir kommen, John?« Er nahm Ramseys Arm. »Ich habe dafür gesorgt, daß das nötige Material über Fregattenkapitän Sparrow – den Kommandanten dieses U-Bootes – und die beiden anderen Besatzungsmitglieder auf ein Minimum reduziert wurde. Sie werden der wichtigste Mann ...«

Ramsey hörte, wie Turner hinter ihm sagte: »Dr. Oberhausen hat den Fähnrich John genannt. Ist er etwa Long John Ramsey, der ...«

Der Rest war ihm unverständlich, da Dr. Oberhausen jetzt lauter sprach. »Es wird bestimmt eine harte Sache für Sie, John.« Sie kamen in den äußeren Korridor. »Ihre Frau wurde bereits benachrichtigt.« Seine Stimme wurde leiser. »Sie haben sich wirklich ganz ausgezeichnet gehalten.«

Ramsey wurde plötzlich klar, daß er von einem Blinden geführt wurde. Er lachte und stellte fest, daß er sein Gelächter nicht erklären konnte. »Mir fiel gerade ein, wie Sie diesen Etappenhengst fertiggemacht haben«, sagte er.

»Sie lügen überhaupt nicht gut«, sagte Dr. Oberhausen, »aber belassen wir's dabei. Was diesen Mann angeht – er gehört zu denen, die darüber entscheiden, wer in der Psychologie-Abteilung befördert wird.«

Fähnrich Ramsey stellte plötzlich fest, daß er überhaupt keinen Grund mehr zum Lachen hatte.

Später bezeichnete Ramsey die fünf Wochen seiner U-Boot-Ausbildung als »die Zeit, in der ich zwanzig Pfund abnahm«.

Man gab ihm drei Zimmer im schönsten Flügel des Unadilla-Marinehospitals: hellweiße Räume, die mit Mahagoni- und Rattan-Möbeln voller Zigarettenbrandlöcher ausgestattet waren, dazu einen zweckmäßigen Fernseher und ein ebenso zweckmäßiges Krankenhausbett auf hohen Beinen. Ein Zimmer sollte allein seiner Ausbildung dienen. Darin gab es ein Hypnofon, Wanddiagramme, Attrappen, Tonbänder und Filme.

Seine Frau Janet, eine blonde Krankenschwester, durfte ihn laut Plan an den Wochenenden besuchen: an Samstagsabenden und Sonntagen. Ihre Kinder – John junior, zwei, und Peggy, vier Jahre alt – durften das Hospital nicht betreten. Sie wurden zu ihrer Großmutter nach Fort Linton in Mississippi geschickt.

Janet stürmte an ihrem ersten Samstagabend in einem roten Hosenanzug in Ramseys Suite, küßte ihn und sagte: »Ich hab's doch gewußt!«

»Was hast du gewußt?«

»Daß die Marine und dieser gräßliche Obe uns über kurz oder lang unser Sexualleben vorschreiben werden.«

Ramsey, der sich darüber im klaren war, daß alles, was er tat und sagte, beobachtet wurde, versuchte sie zu besänftigen.

»Oh, ich weiß, daß sie uns belauschen«, sagte Janet. Sie warf sich auf die Rattancouch, schlug die Beine übereinander und zündete sich eine Zigarette an, an der sie hektisch herumpaffte. »Wenn ich diesen Obe sehe, läuft's mir eiskalt den Rücken runter«, sagte sie.

»Weil du dich von ihm ins Bockshorn jagen läßt«, sagte Ramsey.

»Ja, aber nur, weil er so auf einen wirken will«, konterte sie. »Nun … äh … ja«, gab Ramsey zu.

Janet sprang auf und stürzte sich in seine Arme. »Ach, was bin ich doch für ein Trottel! Ich sollte dich doch nicht verärgern.«

Er küßte sie und streichelte ihr Haar. »Ich bin gar nicht verärgert.«

»Das habe ich ihnen auch gesagt; daß ich dich nicht verärgern könnte, selbst wenn ich es wollte.« Sie ließ von ihm ab. »Liebling, um was geht es diesmal? Irgendwas Gefährliches? Es geht doch nicht schon wieder um diese abscheulichen Unterseeboote?«

»Ich werde mit ein paar Ölleuten zusammenarbeiten«, sagte er.

Janet lächelte. »Oh, das hört sich gar nicht so übel an. Wollt ihr irgendwo eine Bohrung machen?«

»Die Bohrung ist schon gemacht worden«, sagte er. »Aber wir wollen mal sehen, ob wir die Produktion nicht steigern können.«

Janet küßte ihn aufs Kinn. »Unser Nützlichkeitsexperte.«

»Laß uns was essen gehen!« sagte Ramsey. »Was machen die Kinder?«

Sie gingen Arm in Arm hinaus und unterhielten sich über die Kinder.

Ramseys wochentägliche Routine begann um fünf Uhr früh, wenn die Krankenschwester mit der Weckspritze kam, um ihn aus dem drogeninduzierten Hypnoschlaf zu holen. Hochproteinhaltiges Frühstück. Weitere Spritzen. Bluttest.

»Es tut vielleicht ein bißchen weh.«

»Auuutsch! Was soll das heißen, ein bißchen? Beim nächsten Mal bitte ich um Vorwarnung!«

»Sie stellen sich an wie ein Baby.«

Diagramme. Baupläne von Hell-Diver-U-Booten.

Dann wurde er einem großen U-Boot-Experten des Sicherheitsdienstes überstellt. Clint Reed. Kahl wie ein Ei. Kleine Augen, schmale Nase, schmale Lippen, dicke Haut. Sein Pflichtbewußtsein war so bullig wie sein Hals. Er hatte absolut keinen Sinn für Humor.

»Dies hier ist wichtig, Ramsey. Sie müssen in der Lage sein, sich mit verbundenen Augen überall auf dem Boot zurecht- und jeden Knopf zu finden. In ein paar Tagen haben wir eine Attrappe für Sie. Aber zuerst müssen Sie alles im Kopf haben. Schauen Sie sich mal kurz die Pläne hier an, damit wir Ihr Gedächtnis prüfen können!«

»Okay ich hab sie mir angesehen. Versuchen Sie's!«

»Wo liegt der Reaktorraum?«

»Fragen Sie was Schwieriges.«

»Beantworten Sie die Frage!«

»Na gut, vorn am Bug; die ersten elf Meter.«

»Warum?«

»Weil Boote dieser Klasse tropfenförmig sind, und aus Gründen des Gleichgewichts. Der Bug hat den meisten Abschirmraum.«

»Wie dick ist die Abschirmung hinter dem Reaktorraum?«

»Das habe ich übersehen.«

»Vier Meter. Merken Sie sich das! Vier Meter!«

»Aber ich kann Ihnen sagen, woraus sie besteht: aus Hafnium, Blei, Graphit und Porözän.«

»Was befindet sich auf der Rückwand der Abschirmung?«

»Direktanzeigen des Reaktors. Das gleiche befindet sich in der Kommandozentrale, auf dem vorderen Backbordschott, und zwar auf dem Gang der ersten Ebene. Dort sind auch die Spinde für die ABG-Anzüge, die Werkzeugschränke und die Türen jener Tunnels, die in den Reaktorraum führen.«

»Sie kriegen's hin! Wie viele Tunnels führen in den Reaktorraum?«

»Vier. Zwei oben, zwei unten. Man darf sie ohne ABG-Anzug nicht länger als zwölf Minuten betreten.«

»Prima. Wieviel PS hat der Antrieb?«

»Zweihundertdreiundsiebzigtausend, die wegen der Schalldämpfer hinter der Schraube auf zweihundertsechzigtausend reduziert werden.«

»Ausgezeichnet! Wie lang ist der Maschinenraum?«

»Äh … nein. Das weiß ich auch nicht mehr.«

»Hören Sie, Ramsey, es ist wichtig. Sie müssen sich an die Entfernungen gewöhnen. Sie müssen ein Gefühl dafür kriegen. Was tun Sie, wenn die Beleuchtung ausfällt?«

»Okay. Okay. Wie lang ist das verdammte Ding?«

»Sieben Meter. Er füllt den ganzen Mitschiffsbereich aus. Die vier Elektromotoren liegen zu zweit übereinander, aber das Getriebegehäuse ist achtern, unterhalb der Mittellinie.«

»Kapiert. Ich möchte mir die Hecksektion noch einmal ansehen. Okay, fragen Sie mich was!«

»Wie viele Stege sind im Maschinenraum – und wo?«

»Hören Sie, ich hab doch nur einen Blick aufs Heck geworfen.«

»Wie viele Stege sind …«

»Okaaaaay! Mal sehen: einer Mitte Kontrolltisch Richtung Bug. Einer seitlich Richtung Ersatzteillager Unterdeck. Einer Richtung Ersatzteillager Oberdeck. Kurzer Verbindungssteg von A- und B-Deck zu den Maschinen und Sauerstofftanks. Ein ganz kurzer mit Verbindung zum eingefahrenen Kommandoturm, der zu einer Leiter ausgezogen werden kann, wenn der Turm ausgefahren ist.«

»Gut. Sehen Sie, es geht alles, wenn man sich ein bißchen Mühe gibt. Und jetzt sagen Sie mir, wie die vier Kabinen verteilt sind.«

»Kabinen? Wollen Sie mich verarschen?«

»Kein Ablenkungsmanöver.«

»Sie haben vielleicht eine Ahnung! Mal sehen … Der Captain schläft A-Deck steuerbord hinter der Elektronikbude. Der Erste Offizier backbord hinter dem Freizeitraumlazarett. Der Ingenieur steuerbord unter dem Quartier des Captains, hinterm Maschinenraum. Elektronikoffizier backbord unter dem Ersten und hinter der Kombüse. Genau der richtige Platz für mich. Ich werde mir einen Privateingang zum Vorratsraum schneiden.«

»Wo liegt die Kombüse?«

»Wie einfach! Auf dem Oberdeck, Steuerbordseite. Man betritt sie durch den Sanitätsraum. Die Auswahlknöpfe für Fertiggerichte befinden sich an dem Schott zwischen Sanitätsraum und Kombüse. Die Kombüsen-Sanitätseinheit liegt zwischen Kontrolldeck und Freizeitraum.«

»Was ist hinter den Kabinen?«

»Der Induktionsantrieb, Marke Palmer.«

»Weshalb ein Induktionsantrieb?«

»Weil bei der Tauchgrenze für Hell Divers die Schiffshülle keine Schwachstellen haben darf. Deshalb geht auch keine Welle nach außen.«

»Heute nacht hören Sie per Hypnofon mehr über den Antrieb. Jeder an Bord muß ihn mit verbundenen Augen erkennen. Übermorgen haben wir ein Modell, an dem Sie üben können.«

»Wie herrlich!«

»Wie steht's mit der Tauchtiefe für Hell Divers?«

»Dreitausendzehn Pfund pro Quadratzoll – oder etwa zweitausendzweihundert Meter.«

»Bleiben Sie beim ersten Wert. Der Druck variiert mit den unterschiedlichen Wasserbedingungen. Manchmal kann man sogar bis auf zweidrei runtergehen, anderswo ist man bei zweieins tot. Gewöhnen Sie sich daran, nur dem Druckmesser zu trauen. Und jetzt kommen wir zur atmosphärischen Zusammensetzung. Was ist eine Vampir-Sonde?«

»Ein kleines Gerät, das jedes Besatzungsmitglied während eines Tieftauchmanövers am Handgelenk trägt. Die Nadel geht in die Vene und sagt einem, ob die CO_2-Diffusion schnell genug vor sich geht, damit man nicht umkippt. Es mißt auch den Stickstoffgehalt.«

»Wie hoch ist die Minimaldiffusion?«

»Kriegt man weniger als zwei Prozent Kohlendioxid ab, rastet man aus. Enthält das Blut mehr als vier Prozent, ist man in ernsthaften Schwierigkeiten. Mit Stickstoff sieht die Sache anders aus. In U-Booten gibt es ihn normalerweise gar nicht. Man ersetzt ihn durch Helium.«

»Wie erträgt man den hohen Luftdruck?«

»Man fügt der Atmosphäre durch das Belüftungssystem aerobische Kohlenstoffanhydrase hinzu. Dies beschleunigt die CO_2-Be- und Entladung des Blutes, damit keine Gasblasen entstehen.«

»Darin sind Sie gut. Haben Sie es schon vorher gewußt?«

»Mein Emotional-Telemeter ist eigentlich nur eine verbesserte Vampir-Sonde.«

»Oh – klar! Warum ist der Elektronikoffizier so wichtig?«

»Der Kontakt mit den Außenbordmotoren wird mit Funksignalen aufrechterhalten. Falls das E-System zusammenbricht, während ein U-Boot taucht, bleibt es unten.«

»Richtig. Und jetzt noch mal die Pläne.«

»Nicht schon wieder!«

»Fangen Sie mit dem Reaktorraum an! In allen Einzelheiten!«

»Sklaventreiber!«

Die nächtlichen Hypnofon-Schulungen überfluteten Ramseys Geist mit neuem Wissen: Druckkörper … Druckausgleichssystem … Torpedohülle … Zielsystem … Reaktorkontrollen … Such- und Sonarsysteme … Tauchkontrollen … Tiefenlot … Tiefenruder … Hauptventile … Geigerzähler … Sonar-Automatik-Navigation … Luftdruckregulation … Automatik-

Fahrtlog … Mark IV … Kreisel-Lagekontrollsystem … Kreiselkompaß … Schleppvorrichtungen … Plastikprahm … Öl und seine Bestandteile … Torpedoaufhängung … Suchsystem … Störsystem … Systeme … Systeme … Systeme …

Es gab Zeiten, in denen Ramsey glaubte, sein Kopf müsse zerspringen.

Am vierten Ausbildungstag tauchte Dr. Oberhausen in Ramseys Arbeitszimmer auf. Seine ungebügelten Kleider verliehen ihm das Aussehen eines zerzausten Maikäfers. Er kam leise herein und nahm neben Ramsey Platz, der gerade vor der Lernmaschine saß und das Ankern übte.

Ramsey zog die Gesichtsplatte von seinen Augen und wandte sich zu Dr. Oberhausen um. »Ah, der Großinquisitor persönlich.«

»Fühlen Sie sich wohl, Johnny?« Die blicklosen Augen schienen durch ihn hindurchzustarren.

»Nein.«

»Gut. Sie sollen sich auch nicht wohl fühlen.« Oberhausens Stuhl quietschte leise, als er das Gewicht verlagerte. »Ich bin wegen Garcia hier – des Ingenieuroffiziers der Mannschaft.«

»Was ist mit ihm los?«

»Was soll mit ihm los sein? Habe ich gesagt, daß was mit ihm los ist?«

Ramsey schob die Gesichtsplatte ganz beiseite und lehnte sich zurück. »Kommen Sie zur Sache!«

»Ach, diese ungeduldige Jugend«, seufzte Dr. Oberhausen. »Haben Sie Garcias Personalakte?«

»Sie wissen, daß ich sie habe.«

»Holen Sie sie, bitte, und lesen Sie mir vor, was drinsteht!«

Ramsey lehnte sich nach rechts, nahm einen Ordner vom unteren Brett seines Kaffeetisches und schlug ihn auf. Garcias Bild befand sich auf der Umschlaginnenseite: Es zeigte einen kleinen Mann, der etwa einsfünfundsechzig groß und schlank war. Er hatte südamerikanische Züge, dunkles, lockiges Haar und zeigte ein ironisches Lächeln. Das Bild schien auszusagen: ›Und morgen segeln wir dem Teufel ein Ohr ab.‹ Unter dem Foto stand in Ramseys Handschrift: ›War Mitglied des Easton-Wasserpolo-Teams. Spielt gern Handball.‹

»Lesen Sie mir vor!« sagte Dr. Oberhausen.

Ramsey blätterte weiter und las: »Neununddreißig Jahre alt. Aus dem einfachen Mannschaftsbereich zum Offizier aufgestiegen. Ex-Maschinist bei der Handelsmarine. Amateurfunker. Geboren in Puerto Madryn, Argentinien. Vater Viehzüchter – Jose Pedro Garcia y Aguinaldo. Mutter starb bei der Geburt einer Tochter, als Garcia drei Jahre alt war. Religion: katholisch. Trägt Rosenkranz um den Hals. Läßt sich vor jeder Mission von einem Priester segnen. Verheiratet; Gattin: Beatrice, einunddreißig Jahre alt.«

»Haben Sie ein Bild von ihr?« fragte Dr. Oberhausen.

»Nein.«

»Schade. Ich habe gehört, sie soll eine Schönheit sein. Machen Sie weiter, bitte!«

»Studium in New Oxford«, las Ramsey vor. »Das erklärt seinen britischen Akzent.«

»Es hat mir schwer zu schaffen gemacht, als die Britischen Inseln vernichtet wurden«, sagte Dr. Oberhausen. »Eine solch stabile Kultur, wirklich. Aber dergleichen kann natürlich auch ein Nachteil sein. Weiter, bitte!«

»Spielt Dudelsack«, sagte Ramsey und sah den Doktor an. »Das ist ja mal was: ein Südamerikaner, der Dudelsack spielt!«

»Ich kann daran nichts Falsches sehen, Johnny. Wenn man in einer bestimmten Stimmung ist, wirkt Musik wirklich beruhigend.«

Ramsey zuckte die Achseln. »Beruhigend!« Er sah seinen Chef an. »Warum lese ich das vor?«

»Ich möchte, daß Sie mit Garcias Persönlichkeit völlig vertraut sind, bevor ich Ihnen den neuesten Heuler auftische, den sich der Geheimdienst ausgedacht hat.«

»Und zwar?«

»Garcia ist wahrscheinlich einer der Schläfer, die dem Sicherheitsdienst so viele schlaflose Nächte bereiten.«

Ramsey schnaubte. »Garcia! Unsinn! Ebenso könnten sie mich verdächtigen!«

»Sie werden immer noch ausgeschnüffelt«, sagte Dr. Oberhausen. »Und was Garcia angeht: Vielleicht irrt man sich, vielleicht auch nicht. Die Abwehr hat die Beschreibung eines Schläfers erwischt, der auf einem U-Boot Dienst tun soll. Sie paßt auf Garcia. Der Sicherheitsdienst hat das Unternehmen beinahe abgeblasen, aber ich habe ihn überzeugt, daß Sie auf Garcia achten.«

Ramsey wandte sich wieder dem Farbfoto des Mannes mit dem ironischen Lächeln zu. »Sie jagen mal wieder hinter einem Schatten her. Vielleicht ist es das, worauf der Ostblock aus ist. Wenn man bis ins Extrem geht, leiden gewisse Sicherheitsfritzen an einem erstgradigen Vetter der Paranoia – der *Dementia praecox*.«

Dr. Oberhausen erhob sich aus seinem Rattanstuhl, der ein abscheuliches Knirschen von sich gab. »Sagen Sie es den Sicherheitsleuten lieber nicht, wenn sie hier auftauchen, um Sie über Garcia ins Bild zu setzen«, sagte er. »Oh, und noch etwas – der Korvettenkapitän wetzt schon das Messer, um Ihnen ein paar Piekser zu versetzen, wenn es auf dieser Mission Schwierigkeiten gibt.«

»Dafür muß ich Ihnen danken«, sagte Ramsey.

»Ich sorge für meine Leute«, sagte Dr. Oberhausen. »Deswegen brauchen Sie keine Angst zu haben.« Er deutete auf die Lernmaschine. »Machen Sie weiter, Johnny! Ich habe noch zu tun.«

Ramsey wartete, bis die Tür geschlossen war, dann

warf er den Aktenordner wieder auf den Kaffeetisch und holte zwanzigmal tief Luft, um seine Nerven zu beruhigen. Dann beugte er sich nach rechts, schnappte sich die Akten der beiden anderen Mannschaftsangehörigen und blätterte sie durch.

Fregattenkapitän Harvey Acton Sparrow. Einundvierzig Jahre alt. Das Bild eines hochgewachsenen, hageren Mannes mit schütter werdendem, sandfarbenem Haar und vorgebeugten Schultern.

Er sieht wie ein Kleinstadt-Collegeprofessor aus, dachte Ramsey. Wieviel von seiner Haltung ist darauf zurückzuführen, daß er lieber Mathematiklehrer geworden wäre? Ist er wütend darauf, daß ihn seine Familie aus beinharter militärischer Tradition in die Fußstapfen seines Alten gezwungen hat?

Der Vater: Vizeadmiral Acton Orwell Sparrow, am 16. 10. 2018 mit dem U-Kreuzer *Plunger* während der Schlacht in der Irischen See verschollen. Die Mutter: Genene Cobe Sparrow. Invalidin (Herz), lebt im Watters Point Regierungsaltersheim. Die Ehefrau: Rita. Alter: Sechsunddreißig. Eine Blondine? Keine Kinder.

Weiß Sparrow, daß seine Frau ihm untreu ist? fragte sich Ramsey. Die meisten ihrer Freunde sind sich dessen bewußt.

Qualifikationen: Navigator – hervorragend; Feuerleitoffizier – hervorragend; Sanitätswesen (Erste Hilfe und Drucksyndrom) ausgezeichnet; Eignung für Dienst auf U-Booten – hervorragend.

Ramsey wandte sich dem anderen Ordner zu.

Kapitän Leslie (ohne zweiten Vornamen) Bonnett. Alter: achtunddreißig. Das Foto eines schwergliedrigen Mannes (beinahe einsachtzig groß) mit braunem, welligem Haar (Dauerwelle?), Adlernase, buschigen Brauen und dem Blick eines brütenden Falken.

Findelkind. Aufgewachsen im Findlingsheim für Ungewollte Kinder in Cape Neston.

Für *Ungewollte Kinder*! dachte Ramsey.

Viermal verheiratet. Zwei Kinder – je eins von den beiden ersten Frauen. Momentane Ehegemeinschaft mit Frau Nummer vier: Helene Davis Bonnett. Alter: neunundzwanzig. Miss Georgia 2021.

Das Findelkind, dachte Ramsey. Er führt einen unbewußten Rachefeldzug gegen die Frauen, um es seiner Mutter heimzuzahlen, die ihn ausgesetzt hat.

Qualifikationen: Navigator – gut; Nachschuboffizier – ausgezeichnet; Feuerleitoffizier – hervorragend (vier Jahre hintereinander bester U-Boot-Torpedooffizier); Eignung für den Dienst auf U-Booten – ausgezeichnet bis hervorragend.

Ramsey las die Bemerkung seiner psychologischen Beurteilung: »Bisher kein eigenes Kommando aufgrund tiefsitzender, ungenügend kompensierter Minderwertigkeitskomplexe.«

Der *Ungewollte,* dachte er. Bonnett will vielleicht gar nicht befördert werden. So hat er einen Vorgesetzten, der ihm die Vaterfigur ersetzt, die er in der Kindheit nicht hatte.

Ramsey warf den Ordner wieder auf den Kaffeetisch und lehnte sich zurück, um nachzudenken.

Eine wilde Ansammlung verdrehter und verflochtener Fäden.

Sparrow und Bonnett waren Protestanten, Garcia Katholik.

Kein Beweis religiöser Reibungen.

Diese Männer haben ein vorbildliches Arbeitssystem entwickelt. Dafür spricht schon die Tatsache, daß ihr Boot die beste Marinebeurteilung bekommen hat.

Welche Auswirkungen hat der Verlust Heppners auf sie? Werden sie seinem Ersatzmann gegenüber feindlich eingestellt sein?

Verdammt! Heppner hätte nicht abgelöst werden dürfen! Seine Akte war völlig nichtssagend. Ruhige Kindheit. Ein ordentliches Zuhause. Nur zwei ›dunkle‹ Punkte: eine Liebschaft mit vierundzwanzig, die enttäuschend ausgegangen war, und der Nervenzusammenbruch mit zweiunddreißig. Das letztere hätte eher jemandem wie Bonnett zustoßen müssen. Dem Ungewollten. Oder Captain Sparrow, dem frustrierten Mathematiker.

»Schlafen Sie?«

Es war Reed, der allgegenwärtige Tutor.

»Es ist fünfzehn Uhr«, sagte er. »Ich habe einen genauen Plan der Elektronikbuden der Hell Divers mitgebracht.« Er reichte Ramsey eine Konstruktionszeichnung, deutete auf sie und redete weiter. »Hier ist der Arbeitsplatz. Hier der Schraubstock. Hier der Werkzeugkasten. Minidrehbank. Vakuumpumpen. Prüfschalter.«

»Schön, aber ich kann auch lesen.«

»Sie müssen fähig sein, sich auch in völliger Dunkelheit in die Prüfeinheit einzustöpseln«, sagte Reed. Er ließ sich schwer in den Rattanstuhl fallen, in dem Dr. Oberhausen gesessen hatte. »Morgen fangen wir mit der Ausbildung an der Attrappe an.«

»Morgen ist Samstag, Clint!« Ramsey funkelte ihn an.

»Vor 18 Uhr kommen Sie hier nicht raus«, sagte Reed. Er beugte sich über die Zeichnung. »Konzentrieren Sie sich jetzt auf die Anordnung der Schalter. Hier ist die Notbeleuchtung. Sie müssen Sie sofort finden.«

»Was ist, wenn ich sie erst beim zweitenmal finde?«

Reed lehnte sich zurück und musterte Ramsey mit funkelnden Augen. »Mr. Ramsey, es gibt etwas, über das Sie sich so gründlich im klaren sein müssen, als sei es Ihre zweite Natur.«

»Und was ist das?«

»Auf einem U-Boot gibt es keine kleinen Unfälle.«

Fregattenkapitän Sparrow marschierte die lange Treppe des Rohrschachtes hinab und verlangsamte seinen Schritt, als er den höhlenartigen, unterirdischen, hell erleuchteten U-Boot-Hafen betrat. Das Kondenswasser, das von den hoch über ihm liegenden schwarzen Felswänden herabtropfte, erzeugte einen feinen Dunst, der sich auf seine Gesichtshaut legte. Er bahnte sich einen Weg durch ein Gewirr summender Elektrokarren und geschäftig umhereilender Menschen. Vor ihm ragte der bullige, walartige Leib seines U-Bootes über die Pier – eine über vierzig Meter lange Wagnersche Diva, mitten auf der Bühne, von Scheinwerfern angestrahlt.

Er dachte immer noch an das letzte Gespräch mit den Leuten vom Sicherheitsdienst.

»Ihre Besatzung hat zwar die höchste Zuverlässigkeitsbewertung der Marine, aber Sie müssen trotzdem ständig auf einen Schläfer gefaßt sein.«

»In meiner Crew? Zum Teufel, Mensch, ich kenne sie doch seit Jahren! Bonnett ist schon acht Jahre bei mir. Joe Garcia und ich haben schon vor dem Krieg zusammen gedient. Heppner und ...« Sein Gesicht hatte sich verdunkelt. »Was ist mit dem neuen E-Offizier?«

»Über den brauchen Sie sich keine Sorgen zu machen. Die Inspektion hat ergeben, daß sich keine feindlichen Signalgeber auf Ihrem Boot befinden.«

»Was soll dann das Ding in meinem Nacken?«

»Das ist nur eine zusätzliche Vorsichtsmaßnahme.«

»Was ist mit dem Neuen? Wie ist seine Bewertung als E-Offizier?«

»Er gehört zu den besten Leuten in der Marine. Hier, sehen Sie sich seine Akte an!«

»Beschränkte Kampferfahrung – bei der Golfpatrouille! Er ist praktisch eine Landratte!«

»Aber sehen Sie sich seine E-Bewertung an.«

»Beschränkte Kampferfahrung!«

Der Fahrer eines Elektrokarrens rief Sparrow etwas zu und riß ihn aus seinen Träumen. Er warf einen Blick auf seine Armbanduhr: 7.38 Uhr – noch zweiundzwanzig Minuten bis zum Auslaufen. Er beschleunigte seinen Schritt.

Der Teufel hole den Sicherheitsdienst und seine einsamen Entschlüsse!

Hinter der samtenen Schwärze der Anlegestelle sah Sparrow die leuchtenden Röhren, die den Unterwassertunnel markierten. Hinter dem zweihundertsechzig Kilometer weit durch das Gestein führenden Gang, der im De-Soto-Graben des Golfs von Mexiko endete, lauerte der Feind. Ein Feind, der ganz plötzlich schlimmer denn je geworden war und hundertprozentig wirkungsvoller gegen Boote wie das seine vorging.

Ihm wurde plötzlich bewußt, daß der unterseeische Tunnel auf ihn wie ein grotesker Geburtskanal wirkte. Der Gang, den man unter einem Gebirge in Georgia ins Gestein getrieben hatte, führte durch die Erde wie eine Gebärmutter. Wenn man mit dem U-Boot hinausfuhr, um in den Kampf zu ziehen, wurde man in eine Welt der Schrecken hineingeboren, in der niemand leben wollte.

Sparrow fragte sich, was die Psychologische Abteilung wohl von seinen diesbezüglichen Gedanken halten würde. Wahrscheinlich würde man sie als Schwäche bewerten, dachte er. Doch warum sollte ich mir keine Schwäche leisten? Wenn man zwei Kilometer unter dem Meeresspiegel Krieg führt und ständig von einem unerbittlichen Wasserdruck umgeben ist, zeigt jeder Mensch seine Schwächen. Der Druck ist schuld. Der konstante Druck. Vier Männer, isoliert und dem Druck ausgesetzt, gefangen in einem Gefängnis aus Plastahl und dem Gefängnis ihrer Seele.

Erneut kreuzte ein Elektrokarren Sparrows Weg. Er wich ihm aus und sah zu seinem Boot hinüber. Er war jetzt nahe genug, um das Namensschild auf dem ausgefahrenen Kommandoturm hoch über sich zu erkennen: *Fenian Ram S 1881.* Die Gangway führte vom Turm aus in einer langen, graziösen Kurve nach unten.

Der Hafenmeister, ein mondgesichtiger Fregattenkapitän in einem Drillichanzug, eilte auf Sparrow zu und hielt eine Checkliste in der Hand.

»Captain Sparrow?«

Sparrow drehte sich um, ohne anzuhalten. »Ja? Oh, hallo, Myers. Ist die Wartungsmannschaft von Bord?«

Myers ging neben ihm her. »Die meisten. Sie haben abgenommen, Sparrow.«

»Hatte so was wie die Ruhr«, sagte Sparrow. »Hab in Garden Glenn verdorbenes Obst gegessen. Hat sich mein neuer Elektronikoffizier schon gezeigt?«

»Hab ihn noch nicht gesehen. Seine Sachen sind aber schon da. Komisches Zeugs. Bei seinen Klamotten war ein versiegelter schwarzer Kasten. Ungefähr so groß.« Er zeigte es mit den Händen. »Von Admiral Belland freigegeben.«

»Vom KomSich?«

»Von keinem geringeren.«

»Warum versiegelt?«

»Weil er angeblich hochempfindliche Instrumente enthält, mit denen Ihre neue Fernortung geprüft werden soll. Er war versiegelt, damit kein Neugieriger daran rumpfuscht.«

»Ach. Die Fernortung ist schon eingebaut?«

»Ja, sie wird gerade für den Kampf erprobt.«

Sparrow nickte.

Der Trupp am Ende der Gangway nahm Haltung an, als die beiden Offiziere näher kamen. Sparrow und Myers blieben stehen. »Rührt euch!« sagte Sparrow.

Myers sagte: »Noch sechzehn Minuten.« Er schüttelte Sparrow die Hand. »Viel Glück. Machen Sie ihnen die Hölle heiß.«

»Machen wir«, sagte Sparrow.

Myers kehrte aufs Dock zurück.

Sparrow wandte sich einem starkknochigen, falkengesichtigen Mann neben der Gangway zu – Bonnett, seinem Ersten Offizier. »Hallo, Les.«

»Gut, dich zu sehen, Skipper«, sagte Bonnett. Er schob sein Klemmbrett unter den Arm, entließ die drei Matrosen, die bei ihm standen, und wandte sich Sparrow erneut zu. »Bist du mit Rita nach der Party noch irgendwo gewesen?«

»Zu Hause«, sagte Sparrow.

»Wir auch«, sagte Bonnett. Er deutete mit dem Daumen auf das hinter ihm befindliche U-Boot. »Die Abschlußsicherheitsüberprüfung ist gelaufen. Ersatzinstrumente geprüft. Aber es gibt eine Verzögerung. Heppners Ersatzmann hat sich noch nicht gemeldet.«

Sparrow fluchte innerlich. Er spürte eine Verärgerung, die seinem Magen sofort zu schaffen machte. »Wo steckt er?«

Bonnett zuckte die Achseln. »Ich weiß nur, daß der Sicherheitsdienst angerufen hat, um mitzuteilen, daß es eine kurze Verzögerung geben könnte. Ich habe gesagt ...«

»Der Sicherheitsdienst?«

»Richtig.«

»Gütiger Gott!« fuhr Sparrow auf. »Müssen sie immer alles auf die letzte Minute legen? Mich haben sie ...« Er hielt inne. Das war geheim.

»Es hieß, sie würden ihr Bestes tun«, sagte Bonnett.

Sparrow stellte sich die komplizierten Verfahren vor, um die *Fenian Ram* durch das eigene Verteidigungssystem zu schleusen.

»Es könnte einen ganzen Tag dauern, einen neuen Auslaufplan zu erstellen.«

Bonnett sah auf seine Armbanduhr und holte tief Luft. »Ich habe ihnen gesagt, daß er spätestens um acht hier sein muß. Aber sie haben nicht eine meiner Fragen beantwortet ... « Er schwieg, als auf der Gangway neben ihnen das Getrappel von Schritten ertönte.

Die beiden schauten auf und sahen drei Gestalten auf sie zukommen: zwei Mannschaftsdienstgrade, die schwer an elektronischen Ausrüstungsinstrumenten schleppten, und einen kleinen, drahtigen Mann mit südländischen Zügen. Er trug einen fleckigen Arbeitsanzug und trug ein kleines elektronisches Suchgerät unter dem Arm.

»Don Jose Garcia«, sagte Sparrow.

Garcia klemmte sich das Suchgerät unter den linken Arm und tat den letzten Schritt zum Anlegeplatz hinunter. »Skipper! Wie ich mich freue, dich zu sehen!«

Sparrow trat beiseite, um die Matrosen mit ihrer Ladung vorbeizulassen, dann musterte er das Suchgerät unter Garcias Arm mit einem fragenden Blick.

Garcia schüttelte den Kopf. »Für Gott und Vaterland«, sagte er. »Aber ich glaube, daß ich mein Konto bei Gott schon überzogen habe.« Er bekreuzigte sich. »Die Sicherheitstypen haben uns die halbe Nacht durch diesen schwimmenden Abwasserkanal gejagt. Wir haben ihn viermal vom Bug bis zum Heck abgesucht. Ohne Erfolg. Und jetzt sag ich's euch: Sie wollen, daß ich noch eine Überprüfung vornehme, wenn wir im Tunnel sind!« Er hob die Brauen. »Was soll man davon eigentlich halten?«

»Dann müssen wir's eben machen«, sagte Sparrow. »Wir haben Zeit für eine volle Tieftauch-Inspektion, bevor wir den ersten Anlaufpunkt erreichen.«

»Na so was«, sagte Garcia. Er grinste. »Ich habe nämlich auch schon alles dafür vorbereitet.«

Sparrow grinste ebenfalls. Er spürte, wie sich ein Teil seiner inneren Nervosität allmählich auflöste.

Bonnett warf einen bedeutungsvollen Blick auf seine Uhr. »Noch zwölf …«

Das Aufheulen eines Elektrokarrenmotors drang auf sie ein. Sie drehten sich alle nach dem Geräusch um. Der Karren fuhr an der dunklen Linie der Ankerrillen vorbei, und sein einziges Licht warf einen Strahl, der wie ein Zyklopenauge auf den feuchten Beton fiel. Er kurvte zur Gangway hoch und hielt an. Neben dem Fahrer saß ein rothaariger Mann mit rundem, naiv wirkendem Gesicht, der seine Kopfbedeckung mit beiden Händen festhielt.

Sparrow sah die Rangabzeichen eines Fähnrichs auf den Kragenspiegeln des Mannes und dachte: Das soll mein neuer E-Offizier sein. Er grinste, als er erkannte, daß der Mann über seine sichere Ankunft offenbar sehr erleichtert war. Der halsbrecherische Fahrstil der hiesigen Fahrer war so etwas wie ein Marine-Standardwitz.

Der Neue setzte sich seine Mütze auf und stieg aus dem Karren. Das Fahrzeug federte, als es leichter wurde. Dann wendete der Fahrer und fegte den gleichen Weg zurück, den er gekommen war.

Der Fähnrich ging auf Sparrow zu, salutierte und sagte: »Ich bin Ramsey.«

Sparrow erwiderte seinen Gruß und antwortete: »Willkommen an Bord.«

Ramsey überreichte Sparrow seine Personalakte und sagte: »Auf dem Dienstweg hätte es zu lange gedauert.«

Sparrow gab die Papiere an Bonnett weiter und sagte: »Das ist Mr. Bonnett, der Erste Offizier.« Er wandte sich zu Garcia um. »Mr. Garcia, der Ingenieur.«

»Freut mich«, sagte Ramsey.

»Das vergeht schon noch«, sagte Garcia.

Sparrow lächelte, streckte Ramsey die Hand entgegen und war überrascht vom kräftigen Händedruck des Neuen. Der Bursche wirkte nur auf den ersten Blick verweichlicht. Bonnett und Garcia schüttelten ihm ebenfalls die Hand.

Ramsey war inzwischen damit beschäftigt, seine visuellen Eindrücke zu verarbeiten. Es war ein komisches Gefühl, Menschen gegenüberzustehen, von denen man glaubte, sie längst zu kennen. Und das, war ihm klar, mußte er geheimhalten. Der Neue durfte keine Einzelheiten aus der Vergangenheit dieser Männer wissen – nicht einmal die Namen ihrer Frauen.

»Der Sicherheitsdienst hat angekündigt, daß Sie eventuell später kämen«, sagte Sparrow.

»Was ist eigentlich mit denen los?« fragte Ramsey. »Ich dachte schon, sie würden mich sezieren.«

»Darüber können wir später reden«, sagte Sparrow. Er rieb über die winzige Nackennarbe, unter der die Chirurgen des Sicherheitsdienstes den Detektor implantiert hatten. »Wir legen um acht Uhr ab. Mr. Garcia wird Sie an Bord geleiten. Ziehen Sie einen Arbeitsanzug an! Sie werden ihm bei der letzten Spionstrahl-Inspektion assistieren, wenn wir unterwegs sind.«

»Jawohl, Sir«, sagte Ramsey.

»Ihre Sachen sind schon hier«, sagte Garcia. Er nahm Ramseys Arm und zog ihn die Gangway hinauf. »Auf geht's!« Sie eilten die Rampe hinauf.

Ramsey fragte sich, wann er sich selbständig machen konnte, um seine Telemeter-Box zu untersuchen. Er war ziemlich aufgeregt und wollte unbedingt die ersten Aufzeichnungen über Sparrow sehen.

Diese Angewohnheit, sich den Nacken zu reiben, dachte Ramsey. Er ist äußerst nervös, doch er verbirgt es gut. Doch die Bewegung verrät ihn.

Sparrow wandte sich auf der Pier um und deutete auf die sich bewegende Lichterkette, die sich hinter dem Anlegebecken bewegte. »Da kommt unser Schlepper, Les.«

»Glaubst du, daß wir's schaffen, Skipper?«

»Wir haben es immer geschafft.«

»Ja, aber ...«

»Denn diesmal ist das Heil uns näher, als da wir gläubig wurden«, sagte Sparrow. »Die Nacht ist vorgerückt, der Tag aber ist genaht. Darum lasset uns ablegen die Werke der Finsternis, anziehen aber die Waffen des Lichtes!« Er sah Bonnett an. »Das hat Paulus vor zweitausend Jahren an die Römer geschrieben.«

»Ein kluger Bursche«, sagte Bonnett.

Der Pfiff einer Bootsmannspfeife schrillte durch das

Dock. Ein wendiger Kran trat in Aktion und zog die Gangway hoch. Zwei Seeleute befestigten Seile an den Ösen und sahen die beiden Offiziere fragend an.

An der Pier wimmelte es nun von Männern, deren Bewegungen ausnahmslos zielgerichtet waren. Sparrow warf einen Blick über die gesamte Szenerie. »Man bittet uns um unsere Vorstellung«, sagte er und gab Bonnett mit einer Geste zu verstehen, er solle vorangehen. »Wie sagt doch der Dichter: Wohlan!«

Sie stiegen zum Kommandoturm hinauf. Bonnett bückte sich nach der Kabeltrommel, der Verbindung zu ihrem schwimmenden TV-Periskop. Er warf einen routinemäßigen Blick auf das Gehäuse und stellte fest, daß es tauchklar war. Dann packte er das Leitergestänge und glitt ins Innere des U-Bootes hinein.

Sparrow blieb oben. Das Becken, das ihn umgab, wirkte wie ein gewaltiger See. Er musterte die Schwärze der Felsendecke.

Man müßte die Sterne sehen, dachte er. Man müßte noch mal die Sterne sehen, bevor man taucht.

An der Pier unter ihm lösten eilige Gestalten die Magnetleinen. Einen Moment lang kam Sparrow sich vor wie ein nutzloser Bauer, der geopfert werden mußte. Es hatte mal eine Zeit gegeben, fiel ihm ein, in der Kapitäne ihre Schiffe fern von den Docks befehligt und ihre Anweisungen durch Megafone gebrüllt hatten. Jetzt funktionierte alles automatisch. Alles wurde von Maschinen und Menschen erledigt, die sich wie Maschinen benahmen.

Ein Schlepper näherte sich dem Bug und warf Schleppleinen aus. An seinem Heck wirbelte weiß das Wasser auf. Die *Fenian Ram* widersetzte sich ihm einen Moment, als zögere sie noch mit dem Auslaufen, dann setzte sie sich ganz langsam in Bewegung und glitt in das Becken hinein. Die Fahrrinne leerte sich, dann näherte sich ein zweiter Schlepper dem Heck. Männer mit Magnetschuhen sprangen auf die Dämpfplatten der *Ram* und hängten das Tau und die Führungskabel der langen Kunststoffprahm ein, die sich durch das dunkle Gewässer erstreckte. Ihre Rufe drangen zu Sparrow in den Turm hinauf; es war wie der Krach spielender Kinder. Er schmeckte plötzlich eine öldurchsetzte Brise und wußte, daß sie den Sog einer Ventilationsröhre gekreuzt hatten.

Keine Fanfaren, keine Blaskapelle, keine Zeremonien für die Verabschiedung der Piraten, dachte er. Wir sind wie das Schilf, das vom Wind bewegt wird. Und was werden wir da draußen in der Wildnis zu sehen kriegen? Johannes der Täufer wird gewiß nicht auf uns warten. Aber eine Art Taufe ist es dennoch.

Irgendwo in der Dunkelheit tutete ein Nebelhorn. Dreh dich um und identifiziere den Mann neben dir. Wieder eine neue Idee des Sicherheitsdienstes: Wenn das Horn ertönt, zeig, wer du bist. Verdammter Sicherheitsdienst! Dort draußen werde ich mich nur vor meinem Gott identifizieren – und vor keinem anderen!

Sparrow blickte nach Osten auf die Schlepptaue hinab. Öl. Der Krieg verlangte nach der reinen Flüssigkeit, die aus der Erde kam. Pflanzliche Öle brachten es nicht. Der Krieg war kein Vegetarier. Der Krieg war ein Raubtier.

Der Schlepper schob sich neben die *Ram,* dann wurde das U-Boot an den Schlepphaken bugsiert, der es durch den unterirdischen Tunnel zum Golf ziehen würde.

Sparrow sah im Kommandoturm auf das Kontrollpult und das grüne Licht, das ›Alles klar‹ anzeigte. Dann gab er den Schleppern das Zeichen zum Abwarten und betätigte mit einer oft geübten Handbewegung den Knopf zum Einziehen der Turmhydraulik. Der Turm schob sich sanft in das U-Boot hinein.

Neben dem Kontrollpult hing ein Brustmikrofon. Sparrow legte es an und sagte: »Fertig zum Tauchen!«

Dann richtete sich seine Aufmerksamkeit auf die vor ihm liegenden Tauchkontrollen.

Bonnetts Stimme, aufgrund des metallischen Scheperns sämtlicher Charakteristika entkleidet, sagte durch das Interkom: »Hülle unter Druck.«

Nacheinander erloschen die roten Lämpchen auf Sparrows Kontrollpult und wurden durch grüne ersetzt. »Alles grün«, sagte er. »Abwarten!« Er spürte jetzt nicht nur den Innendruck, sondern auch einen deutlichen Druck in seinem Magen. Er beendete den Signalkreis, indem er den Crews draußen anzeigte, daß das Boot zum Einlaufen in den Tunnel bereit war.

Die *Ram* holte über. Ein dumpfes Dröhnen durchlief das Boot. Über dem Tauchkontrollpult flammten drei gelbe Lichter auf – der Tunnellift hatte sie jetzt im Griff. Zwanzig Stunden freie Fahrt.

Sparrow griff nach einem Halt neben dem Tauchkontrollpult, schwang sich hinunter und betrat den Steg zum Maschinenraum. Seine Füße erzeugten schlitternde Geräusche auf der Bodenbeschichtung, als er sich heckwärts wandte, die Tür der Kommandozentrale passierte und sie hinter sich schloß. Sein Blick fiel auf das handbeschriftete Messingschild, das Heppner neben der Tür angebracht hatte – das Zitat eines Gelehrten aus dem 19. Jahrhundert:

»Nur ein Irrer würde seine Zeit damit vergeuden, ein Unterseeboot zu erfinden, und nur ein Wahnsinniger würde damit tauchen, wenn es je erfunden werden sollte.«

Der De-Soto-Graben zieht sich wie eine Eisenbahnlinie durch das weiche Kalkgestein, das vor der Halbinsel Florida liegt: vierzehn Faden tief dort, wo er in der Apalachee Bay beginnt, und mehr als zweihundertsechzig Faden, wo er südlich von Kap San Blas und östlich von Tampa ins Meer übergeht.

Der Ausgang des unterseeischen Tunnels befindet

sich in einer Tiefe von fünfzig Faden in der Felswand: einer Welt voller Dämmerlicht und sich wiegender Pflanzen, den roten Fingern medusenhafter Korallen und dem gelegentlichen Aufblitzen riffbewohnender Fische.

Die *Fenian Ram* glitt aus dem finsteren Loch wie ein Seeungeheuer aus seinem Bau, vollführte eine Drehung, vertrieb die Fische und senkte sich in eine Warteposition auf den dunkelbraunen Grabenboden hinab. Ein Sonarimpuls durchdrang das Boot. Die Detektoren der dreifachen Hülle reagierten darauf, gaben ihn an die Meßinstrumente auf dem Navigationsdeck weiter.

Garcias leichter Akzent – der in der sauerstoffreichen Atmosphäre leicht quäkend klang – wiederholte die Punkte der Checkliste, wobei er die Lichterkette auf dem Hauptkontrollpult beobachtete. »... keine Lecks, Trimmgewichte ausgeglichen, Innendruck konstant, Atmosphäre stickstofffrei, TV-Augen klar und in Betrieb, TV-Periskop aufgetaucht und in Betrieb, Periskop-Kreisel ...« Sein Gelächter schallte durch das Interkom. »Eine Möwe! Sie wollte sich aufs Periskop setzen, als ich es einzog. Sie ist mit dem Bürzel im Wasser gelandet!«

Bonnetts kratzende Stimme warf ein: »Wie sieht es oben aus, Joe?«

»Klar. Die Sonne geht gerade auf. Es wird ein guter Tag zum Angeln.«

Sparrows Stimme rasselte aus den Lautsprechern. »Hört auf damit! War jemand in der Nähe, der die Möwe hätte sehen können? Dann hat man vielleicht auch uns gesehen.«

»Negativ, Skipper.«

Sparrow sagte: »Les, gib mir einen vollständigen Atmosphären-Check! Alle Mann an die Vampir-Sonden. Mitprüfen. Sämtliche Abweichungen melden.«

Die Voll-Überprüfung ging weiter.

Ramsey unterbrach. »Ich bin in der Induktionsantriebskammer. Als ich eintrat, war ein lautes Störgeräusch zu hören.«

»Sind Sie durch den unteren Tunnel gegangen?« fragte Garcia.

»Bin ich.«

»Das ist mir auch schon aufgefallen. Wir müssen die Fußmatte erden. Wahrscheinlich geht es dann.«

»Ich habe mich selbst geerdet, bevor ich eintrat.«

»Kümmer dich darum, Joe!« befahl Sparrow. »Les, wo steckst du?«

»Maschinenraum, Steg halbe Höhe.«

»Lös Joe am Kommandopult ab! Ramsey, gehen Sie in Ihre Bude! Nehmen Sie in elf Minuten Verbindung mit der Basis auf!«

»Aye, Skipper.«

Sparrow durchquerte unterhalb von Garcia den Kontrollraum, bis er einen Punkt am offenen A-Deck-Schott erreichte, von dem aus er die großen Meßinstrumente auf der Reaktorabschirmung sehen konnte. Dieser Bugraum, dachte er. Er macht mir wirklich Sorgen. Wir können zwar mit den TV-Kameras in ihn hineinsehen, und die Meßgeräte sagen uns, was in ihm vor sich geht, aber wir können ihn nicht selbst untersuchen. Wir haben nicht das rechte Gefühl für diesen Ort.

Er wischte sich mit einem großen roten Taschentuch über die Stirn. Irgend etwas stimmte hier nicht. Er war ein Kommandant, der wußte, daß er sich auf seine Gefühle, soweit sie das Boot betrafen, verlassen konnte.

Garcia stieß plötzlich eine endlose Kette spanischer Flüche aus. Sie klangen metallisch durch das Interkom und rissen ihn sofort aus seinen Gedanken.

»Joe!« brüllte Sparrow. »Was ist los?« Er drehte sich in Richtung Heck um, als könne er durch die Schotten sehen.

»Putzlappen im Rotorsystem. Er hat sich bei jeder

Umdrehung am Induktionsring gerieben. Das waren Ramseys Störgeräusche.«

»Sieht es nach Absicht aus?«

»Hast du schon mal einen seidenen Putzlappen gesehen?« Durch das Interkom kam ein Grunzen. »Herr im Himmel!«

»Bring den Lappen mit!« sagte Sparrow. Und dann: »Wo sind Sie, Ramsey?«

»In der Bude. Wärme das Funkgerät auf.«

»Haben Sie Joe gehört?«

»Ja.«

»Berichten Sie der Basis davon! Melden Sie ...«

»Skipper!« Wieder Garcias Stimme. »Hier riecht es nach Öl!«

»Ölnebel plus Funkenbildung ist gleich Explosion«, sagte Sparrow. »Wo kommt das Öl her?«

»Momentchen.« Das Klirren von Metall gegen Metall. »Offener Ablaßhahn im Hydrauliksystem. Nur eine Kleinigkeit, aber gerade genug zum Versprühen eines kleinen Strahls, bei voller Kraft voraus.«

Sparrow sagte: »Ramsey, melden Sie das auch!«

»Aye, Skipper.«

»Joe, ich komm zu dir runter«, sagte Sparrow. »Wir müssen den Antriebsraum mit der Lupe untersuchen.«

»Ich hab schon damit angefangen.«

Bonnett sagte: »Skipper, kannst du Ramsey zu mir schicken, wenn er die Meldung gemacht hat? Ich brauche Hilfe bei der Überprüfung des Hauptkontrollbords.«

»Haben Sie mitgehört, Ramsey?« fragte Sparrow.

»Aye.«

»Ausführung!«

»Wird gemacht.«

Sparrow ging nach achtern, sprang ein Deck tiefer und kroch durch den Wellentunnel in den Antriebsraum. Garcia lehnte sich in die Rollennische und untersuchte den Induktionsring mit einem Vergrößerungsglas.

»Es sind zwar alles nur Kleinigkeiten«, sagte Sparrow, »aber alle zusammen – Bums!«

Garcia drehte sich um, seine Augen glitzerten trotz der schlechten Beleuchtung. »Die Sache gefällt mir gar nicht, Skipper. Das ist ein schlechter Anfang. Es geht los wie ein Selbstmordkommando.«

Sparrow holte tief Luft und atmete langsam aus. Dann betätigte er abrupt den Knopf seines Helmmikrofons. »Ramsey, wenn Sie Verbindung mit der Basis haben, bitten Sie um Rückkehrerlaubnis!«

»Aye, Skipper.«

Ramseys Gedanken überschlugen sich. Welche Auswirkung wird das auf die Moral haben? Der erste Pirat, der seit Monaten ausläuft, kehrt zurück, ohne den Golf verlassen zu haben. Eine schlechte. Er musterte die bebenden Zeiger der Skalen. Der Kontakt-Timer traf auf Rot und summte. Er jagte seine erste codierte Meldung hinaus. »Tüchtiger John an Roter Hut. Kommen!«

Der Lautsprecher über ihm stieß ein Zischen aus, das ihn an eine tosende Brandung erinnerte. Dann ertönte eine Stimme, die den Lärm überlagerte. »Roter Hut an Tüchtiger John. Kommen!«

»Tüchtiger John an Roter Hut: Wir haben Sabotage an Bord entdeckt. Ein seidener Putzlappen wurde in das Rotorsystem des Antriebsraums gesteckt. Hätte er einen Funken erzeugt, wären wir in die Luft geflogen. Kommen!«

»Roter Hut an Tüchtiger John. Bitte, warten Sie! Wir stellen durch an Vogel George.«

Der Sicherheitsdienst!

Erneut meldete sich jemand. »Vogel George an Tüchtiger John. Hier spricht der Lehrer. Wie ist die Lage? Kommen!«

Clint Reed! Ramsey konnte das Gesicht seines humorlosen Ausbilders beinahe vor sich sehen. Lehrer Reed. Ein flotter Code. Er beugte sich über das Mikrofon. »Lehrer, hier ist Schüler.« Er wiederholte die Sabotagegeschichte.

»Lehrer an Schüler. Was schlagen Sie vor? Kommen!«

»Schüler an Lehrer. Bitte um Erlaubnis, hier draußen mit der Inspektion fortzufahren. Hier sind weniger Überraschungsmomente zu erwarten, da nur vier Mann an Bord. Verläuft Inspektion sicher, bitten wir um Erlaubnis, Mission fortzusetzen. Rückkehr wäre schlecht für die Kampfmoral. Kommen!«

»Lehrer an Schüler. So sehen wir es auch. Dennoch: Bitte warten!« Pause. »Erlaubnis erteilt. Wie lange brauchen Sie? Kommen!«

Ramsey wandte sich dem Sprechknopf des Interkoms zu. »Skipper, die Basis schlägt vor, daß wir die Inspektion hier draußen fortsetzen und nicht zurückkehren, wenn wir sicher sind.«

»Haben Sie gemeldet, was wir gefunden haben?«

»Yes, Sir.«

»Und was haben sie gesagt?«

»Hier draußen ist die Möglichkeit, daß etwas schiefgeht, nicht so groß. Weniger Personal. Man schlägt vor, daß wir uns gegenseitig überprüfen und jede ...«

»Herr im Himmel!«

»Sie wollen wissen, wie lange wir brauchen.«

Schweigen.

»Skipper, sie wollen ...«

»Ich habe schon verstanden. Melden Sie, wir brauchen zehn Stunden!«

Ramsey drehte sich wieder vors Funkgerät. »Schüler an Lehrer. Skipper sagt, wir brauchen zehn Stunden. Kommen!«

»Lehrer an Schüler. Weitermachen wie befohlen. Wir geben neue Anlaufstellen durch. Ende.«

Ramsey lehnte sich zurück und dachte: Jetzt habe

ich mich wirklich in die Nesseln gesetzt. Aber Obe hat gesagt, der Auftrag muß durchgeführt werden.

Bonnetts Stimme meldete sich rasselnd durch den Lautsprecher. »Ramsey! Wenn Sie fertig sind, setzen Sie Ihren Arsch in Bewegung und helfen mir hier oben!«

»Komme schon.«

Im Antriebsraum wuchtete Sparrow eine Rohrzange hoch und schaute Garcia zu, der unter die Sekundärspulen gekrochen war. »Sie wollen, daß wir es unbedingt schaffen, Joe. Um jeden Preis.«

Garcia richtete ein Kontaktlicht auf zwei Leitungen. Es glühte auf. »Ja, und zwar mit Hilfe eines Anfängers wie diesem Ramsey. Einer Landratte!«

»In seiner Akte steht, er hätte beschränkte Kampferfahrung bei einer Sicherheitspatrouille im Golf gewonnen.«

»Das können sie einem erzählen, der das Licht mit dem Hammer ausmacht.« Garcia wechselte die Position. »Mit dem Burschen stimmt irgendwas nicht.«

Sparrow schraubte eine Kondensatorplatte auf. »Wie meinst du das?«

»Er kommt mir vor wie ein Hochstapler; wie jemand, der vorgibt, etwas zu sein, das er nicht ist.«

»Wie kommst du denn darauf?«

»Weiß ich auch nicht, Skipper.«

Sparrow zuckte die Achseln und arbeitete weiter. »Ich weiß auch nicht, Joe. Reden wir später darüber. Gib mir doch mal den Fünfer da drüben!«

Garcia reichte ihm den Schraubenschlüssel und wandte sich wieder seiner Arbeit zu. Stille legte sich über den kleinen Raum. Sie wurde nur durchbrochen von dem Geräusch, das Metall auf Metall erzeugt, und vom Summen der Meßgeräte.

Sparrow bückte sich, als er in den Kontrollraum kam. Er stand schweigend da und schaute Bonnett und

Ramsey beim Festschrauben des Hauptschaltpult-Gehäuses zu.

Bonnett richtete sich auf und rieb sich mit der Hand über den Nacken. Sie hinterließ eine Ölspur. Dann sagte er zu Ramsey: »Sie haben ja echt was drauf, Kleiner. Vielleicht machen wir noch einen richtigen U-Boot-Fahrer aus Ihnen.«

Ramsey verstaute den Schraubenzieher in seinem Werkzeugkasten, klappte ihn zu, drehte sich um und sah Sparrow an. »Alles klar, Skipper?«

Sparrow antwortete nicht sofort. Er sah sich im Kontrollraum um und sog prüfend die Luft ein. Es roch leicht nach Ozon. Das Summen abwartender Geräte. Die runden Augen der Indikatorskalen erschienen ihm wie symbolische Ausläufer seines eigenen Ichs. Doch die nagende Unruhe war immer noch in ihm.

»So klar, wie Sterbliche es hinkriegen können, hoffe ich«, sagte er. »Wir treffen uns in der Messe.« Sparrow wandte sich um, duckte sich und ging den Weg zurück, den er gekommen war.

Ramsey verstaute seinen Werkzeugkasten in einem Wandregal. Metall knirschte auf Metall. Er schüttelte sich und drehte sich um. Bonnett ging durch die Tür hinaus. Ramsey schritt durch die Tür des Kontrollraums und folgte ihm in die Messe. Sparrow und Garcia waren bereits da. Garcia saß rechts, Sparrow stand ihm am anderen Ende des Tisches gegenüber. Ramsey schaute erstaunt auf. Auf dem Tisch, vor Sparrow, lag eine aufgeschlagene Bibel.

»Wir erflehen die Hilfe des Allmächtigen für unsere bösen Taten«, sagte Sparrow.

Bonnett ließ sich auf einen Stuhl zu seiner Linken nieder.

Sparrow deutete auf den ihm gegenüberliegenden Platz. »Wollen Sie sich bitte hinsetzen, Mr. Ramsey?«

Ramsey ließ sich auf den Stuhl nieder und legte eine Hand auf die grüne Tischbespannung. Sparrow ragte am anderen Ende des Tisches über ihnen auf. Der Gesetzgeber mit der Hand auf der Bibel.

Ein Gottesdienst, dachte Ramsey. Das ist eine der Kräfte, die diese Mannschaft zusammenschweißt. *Participation Mystique!* Der himmlische Segen für die Kämpfer vor der Schlacht.

»Welcher Glaubensgemeinschaft gehören Sie an, Mr. Ramsey?« fragte Sparrow.

Ramsey räusperte sich. »Ich bin Methodist, Sir.«

»Hier unten ist es nicht so wichtig«, sagte Sparrow. »Ich war nur neugierig. Wir U-Boot-Fahrer sagen, daß der Herr es nie erlauben wird, daß ein lebendiger Atheist tiefer als fünfhundert Meter taucht.«

Ramsey lächelte.

Sparrow beugte sich über die Bibel. Seine Stimme dröhnte, als er vorlas: »Schande über die, die das Böse gut und das Gute böse nennen; die Finsternis als Licht und Licht als Finsternis bezeichnen; die Bitteres als süß und Süßes als bitter bezeichnen! Schande über die, die sich selbst für weise halten und bei ihrem eigenen Anblick Stolz empfinden!«

Er klappte die Bibel zu und hob den Kopf. Seine Bewegung strahlte Energie und Autorität aus. Ramsey sah darin einen Ausdruck großer Stärke.

»Wir erledigen unseren Auftrag mit allen uns zur Verfügung stehenden Mitteln«, sagte Sparrow. »Wir erledigen ihn, weil wir ihn für richtig halten. Auch wenn er uns Kummer bereitet, wir führen ihn aus. Wir führen ihn aus, damit das Böse vom Antlitz der Erde verschwindet. Amen.«

Sparrow drehte sich um und legte die Bibel in ein Fach am Schott. Dann sagte er, ohne sie anzusehen: »Alle Mann auf die Stationen! Mr. Ramsey, nehmen Sie Kontakt mit der Basis auf, und melden Sie, daß wir startklar sind! Holen Sie die Zeit für den ersten Anlaufpunkt ein!«

Ramsey stand auf. In seinen Gedanken herrschte

momentan nichts anderes vor als die Überprüfung der ersten – Sparrow betreffenden – Telemetrie-Messungen. »Jawohl, Sir«, sagte er. Er drehte sich um, duckte sich durch die Tür, kehrte in seine Bude zurück und nahm Verbindung mit der Basis auf.

Erster Anlaufpunkt in vier Stunden.

Ramsey übermittelte Sparrow die Meldung.

»Gesamtzeitmesser auf Null«, sagte Sparrow. »Alle Stationen überprüfen und melden.«

»Garcia hier. Antrieb und Schleppvorrichtungen okay.«

»Bonnett hier. Kontrollraum okay.«

Ramsey musterte die Kontrollen in der Elektronikbude. Er verspürte plötzlich das komische Gefühl, hierher zu gehören. Alles kam ihm so vertraut vor, obwohl er nur fünf Wochen Zeit gehabt hatte, sich auf die neue Umgebung einzustimmen. »E-Kontrollen okay«, meldete er. »Zwei Atmosphären in der Hülle.« Er blickte auf die Vampir-Sonde an seinem Handgelenk. »Diffusion normal plus; kein Stickstoff.«

Sparrow sagte durch das Interkom: »Tauchen, Les!«

Ramsey spürte, daß es ihn leicht nach unten zog, und hörte das machtvolle, leise Flüstern des Antriebs. Dann schwang alles wieder in die Waagerechte zurück und balancierte sich aus. Dann ging es endgültig nach unten. Jetzt geht es runter, dachte er. Körperlich und geistig. Jetzt hängt alles von mir ab.

»Mr. Ramsey bitte zum Kontrollraum«, befahl Sparrow. Ramsey schaltete sein Kontrollpult ab und machte sich auf den Weg. Sparrow stand mit auf dem Rücken gefalteten Händen und mit leicht gespreizten Beinen in der Mitte des Kontrollraums. Er schien in ein Hintergrundlabyrinth aus Röhren, Rädern, Hebeln und Skalen eingerahmt zu sein. Rechts von ihm arbeitete Garcia an der Steuerung der Schleppvorrichtung; links von ihm stand Bonnett am Ruder. Der auf dem Kontrollschott angebrachte Druckmesser zeigte außen 1310 Pfund an, doch der Druck nahm zu; sie hatten neunhundert Meter Tauchtiefe erreicht.

Ohne sich umzudrehen, fragte Sparrow: »Was ist in dem kleinen Kasten, der mit Ihren Sachen an Bord gekommen ist, Mr. Ramsey?«

»Ein Überwachungsgerät für das neue Ortungssystem, Sir.«

Sparrows Kopf beugte sich vor, um die Bewegung einer Schleppkontrollskala abzulesen. Dann drehte er sich um. »Warum war er verschlossen?«

»Weil er hochempfindlich ist und dementsprechend verpackt werden mußte. Man hatte Angst, jemand könnte ...«

»Ich möchte das Ding bei der erstbesten Gelegenheit sehen«, sagte Sparrow. Er ging zu Bonnett hinüber. »Les, ist das ein Leck in Kammer neun?«

»Kein Feuchtigkeits- oder Druckunterschied, Skipper. Es muß Kondenswasser sein.«

»Halt ein Auge drauf!« Sparrow kehrte zu Ramsey zurück.

Ich werde schnell herausfinden, ob die Trickschaltung im Kasten seine Neugier wirklich zufriedenstellt, dachte Ramsey.

»Was für ein Hobby haben Sie?« fragte Sparrow.

Ramsey blinzelte. »Astronomie.«

Bonnett sagte über die Schulter hinweg: »Ein merkwürdiges Hobby für einen U-Boot-Fahrer.«

Bevor Ramsey etwas erwidern konnte, sagte Sparrow: »Für einen Seemann ist es doch nichts Ungewöhnliches, sich mit Astronomie zu beschäftigen.«

»Astronomie ist die Grundlage der Navigation«, sagte Ramsey.

Sparrow warf ihm einen Blick von der Seite zu. Dann schaute er wieder auf die Instrumente. »Als wir das Becken verließen, kam mir der Gedanke, man müßte uns eigentlich einen letzten Blick auf die Sterne erlauben, bevor wir tauchen. Sie verleihen einem das Gefühl, sich orientieren zu können. Bevor wir Garden Glenn verließen, hat mich die Klarheit des Himmels richtig gepackt. Das Sternbild des Herkules war …« Er hielt inne, als der Bug der *Ram* nach oben zog.

Ein Skalenzeiger bewegte sich auf dem Kontrollpult, um die Deflektion zu korrigieren.

»Herkules«, sagte Ramsey. »Meinen Sie den Knienden?«

»Er wird nicht mehr oft so genannt«, sagte Sparrow. »Aber der Gedanke, daß er seit all diesen Jahrhunderten da oben ist und über die Seeleute wacht, gefällt mir. Die Phönizier haben ihn sogar angebetet.«

Ramsey verspürte plötzlich eine starke persönliche Sympathie für Sparrow. Er kämpfte sie nieder. Ich muß einen klaren Kopf behalten und objektiv bleiben, dachte er.

Sparrow ging nach links, um einen besseren Ausblick auf die Steuerinstrumente zu haben. Er musterte sie einen Moment lang und wandte sich dann wieder Ramsey zu. »Ist Ihnen schon mal der Gedanke gekommen, Mr. Ramsey, daß U-Boote von allen Fortbewegungsmitteln, die die Menschheit je entwickelt hat, den Raumschiffen am ähnlichsten sind? Wir sind völlig uns selbst überlassen.« Er wandte sich wieder dem Kontrollpult zu. »Und was fangen wir mit unseren Raumschiffen an? Wir verwenden sie dazu, uns unter der flüssigen Oberfläche unseres Planeten zu verstecken. Wir setzen sie ein, um uns gegenseitig zu töten.«

Ramsey dachte: Da haben wir ein Problem – eine morbide Phantasie, die sich auf die Mannschaft auswirkt. »Wir setzen sie zur Selbstverteidigung ein«, sagte er.

»Die Menschheit kann sich nicht gegen sich selbst verteidigen«, sagte Sparrow.

Ramsey wollte etwas sagen, doch dann hielt er inne

und dachte: Das ist eine Jungsche Definition. Niemand ist gegen sich selbst gefeit. Er sah Sparrow mit neuem Respekt an.

»Unsere Untergrund-Basis«, sagte Sparrow, »ist wie eine Gebärmutter. Und der unterseeische Tunnel ... wie ein Geburtskanal ...«

Ramsey steckte die Hände in die Taschen und ballte die Fäuste. Was geht hier vor? fragte er sich. Vorstellungen dieser Art sollten eigentlich nur Psychologen haben. Entweder spaziert Sparrow am Rande des Wahnsinns entlang – oder er ist der gesündeste Mensch, der mir je begegnet ist. Er hat völlig recht, was die Basis und den Tunnel anbetrifft – bloß ist uns diese Analogie bisher entgangen. Es hängt mit unseren Problemen zusammen. Aber wie?

Sparrow sagte: »Prahmsteuerung auf Automatik, Joe! Ich möchte, daß du mit Mr. Ramsey das neue Fernortungsgerät prüfst. Stellt es auf den ersten Anlaufpunkt ein.« Er schaute auf die große Sono-Nav-Karte auf dem Vorderschott und den roten Punkt, der ihre Position anzeigte. »Les, Periskop ausfahren und Position bestimmen.«

»Sofort, Skipper.«

Garcia legte einen Schalter um und wandte sich zu Ramsey um. »Auf geht's, Kleiner!«

Ramsey sah Sparrow an. Der Wunsch, zu seiner Crew zu gehören, beherrschte ihn in diesem Augenblick vollkommen. »Meine Freunde nennen mich Johnny«, sagte er.

Sparrow sagte zu Garcia. »Joe, würdest du Mr. Ramsey auch in die Feinheiten unseres atmosphärischen Regulationssystems einweihen? Vielleicht fängst du mit dem Kohleanhydrase-Phasenregulator an.«

Daß niemand ihn duzen wollte, empfand Ramsey wie einen Schlag ins Gesicht. Er duckte sich, verließ den Kontrollraum und begab sich auf den Gang hinaus.

Garcia folgte ihm. Er schloß die Tür hinter ihnen, drehte sich um und sagte: »Da ist noch was, das ich Ihnen über U-Boote sagen muß, Ramsey. Ein Neuer wird immer mit dem Nachnamen angesprochen – oder mit einem Spitznamen, den die Crew sich nach seinem ersten Kampfeinsatz ausdenkt. Es gibt Typen, die darauf hoffen, daß man sie nie mit dem Vornamen anspricht.«

Ramsey fluchte innerlich. Davon hatte ihm der Sicherheitsdienst nichts erzählt. Jetzt stand er natürlich wie ein blutiger Anfänger da. Doch dann dachte er: Es ist eigentlich eine ganz natürliche Sache. Es ist eine einmütige Abwehrreaktion der Besatzung. Eine Art Beschwörung. Sprich nie den geheimen Namen des Neuen aus, damit die Götter ihn – und seine Kameraden – nicht vernichten!

Im Kontrollraum wandte Bonnett sich zu Sparrow um und rümpfte die Nase. »Der ist aber noch grün«, sagte er.

»Aber er erscheint willig«, sagte Sparrow. »Hoffen wir das Beste.«

Bonnett fragte: »Machst du dir keine Gedanken darüber, daß der Sicherheitsdienst den Burschen noch in letzter Minute überprüft hat?«

»Ein bißchen schon«, sagte Sparrow.

»Ich weiß auch nicht«, sagte Bonnett. »Irgendwas an diesem Burschen … Ich weiß wirklich nicht. Er kommt mir nicht ganz echt vor.« Er runzelte nachdenklich die Stirn.

»Es könnte eine Routinesache gewesen sein«, sagte Sparrow. »Du weißt doch, wie sie uns durch die Mangel gedreht haben.«

»Trotzdem werde ich ihn im Auge behalten«, versicherte Bonnett.

»Ich muß noch etwas Papierkram erledigen«, sagte Sparrow. »Kurs beibehalten! Ruf mich, wenn wir den ersten Anlaufpunkt erreichen!«

»Wie steht's mit der Wacheinteilung?« fragte Bonnett.

»Ich werde sie gleich festlegen«, sagte Sparrow. »Ich werde sie so einteilen, daß ich mit Ramsey zusammen Wache habe, solange wir noch in relativ sicheren Gewässern sind. Ich möchte nicht, daß er durchdreht, wenn er einen nassen Hintern kriegt.«

Sparrow ging durch die Tür, kletterte den Niedergang hinab und betrat die Messe. Das erste, was ihm beim Eintreten auffiel, war die Farbe der Tischbespannung – obwohl er beides schon tausendmal gesehen hatte.

Woher kommt es eigentlich, daß die Tische in den Messen ewig grün bezogen sind? fragte er sich. Soll es uns an die Farbe fruchtbaren Bodens erinnern? An Wiesen? An die Heimat?

Garcia und Ramsey, die in der Elektronikbude arbeiteten, klappten den Deckel des Kontrollpultes zu, nachdem sie das Ortungsgerät überprüft hatten.

»Was jetzt?« fragte Ramsey.

»Am besten hauen Sie sich ein bißchen hin«, sagte Garcia. »Les schiebt die erste Wache. Wahrscheinlich stellt der Skipper gerade die Wachliste auf. Vielleicht sind Sie als nächster dran. Während der ersten Tage geht's meist noch ein bißchen drunter und drüber.«

Ramsey nickte und sagte: »Ich bin auch müde.« Er wandte sich dem Heck zu. »Also dann bis später.«

»Okay«, erwiderte Garcia.

Ramsey eilte in seine Kabine, schloß die Tür, zog die Telemeter-Box zu sich heran, öffnete sie, nahm die ersten Aufzeichnungsstreifen und lehnte sich zurück, um sie zu untersuchen.

Die Pituitrin- und Adrenalinkurven zeigten sich als erste auf den Papierrollen. Ramsey erkannte, daß eine davon die Zeit vor seiner Ankunft und die andere den Moment anzeigte, als das Boot unter Druck gesetzt worden war.

Die ersten Spannungsmomente, dachte er. Aber das ist normal.

Er rollte den Telemeterstreifen bis zu dem Moment, in dem sie die Sabotage entdeckt hatten, und überprüfte zweimal den Zeitpunkt.

Nichts!

Aber das kann doch nicht sein!

Ramsey musterte die Anordnung der Nieten auf dem vor ihm befindlichen Schott. Das weit entfernte Gewinsel des Antriebs schien lauter zu werden. Seine Hand, die neben ihm auf der Decke lag, fühlte jeden Faden. Seine Nasenflügel analysierten die Gerüche seiner Kabine: Farbe, Öl, Seife, Ozon, Schweiß, Kunststoff...

Kann es einen Menschen geben, dessen Angstgefühle keine erhöhte Drüsentätigkeit hervorrufen? fragte er sich. Ja, unter bestimmten pathologischen Umständen, die auf Sparrow nicht zutreffen.

Ramsey fiel ein, wie die Stimme des Captains durch das Interkom während dieser Stressperiode geklungen hatte: hoch, knapp, gespannt.

Er untersuchte das Band erneut. Hat der Telemeter versagt?

Er überprüfte ihn. Er funktionierte perfekt. War etwas mit dem Mechanismus in Sparrows Nacken nicht in Ordnung? Dann hätte das Gerät auch seine sonstigen Spannungszustände nicht registrieren dürfen.

Ramsey lehnte sich zurück, schob eine Hand hinter den Kopf und überdachte das Problem. Zwei Möglichkeiten boten sich an: Wenn Sparrow von dem Putzlappen und dem ausfließenden Öl gewußt hatte, hätte er nicht ängstlich zu reagieren brauchen. Was war, wenn er selbst für den Lappen und den undichten Hahn verantwortlich gewesen war? Er hätte es tun können, um die Mission abzubrechen, weil er die Nerven verloren hat – oder ein Spion ist.

Aber selbst dann hätte der Telemeter seine sonstigen psychomotorischen Reaktionen aufzeichnen müssen.

Dies führte zu einer anderen Möglichkeit: In Augenblicken hoher Anspannung wurden Sparrows automatische Drüsenfunktionen vom Gehirn übernommen. Dies paßte zu seiner bekannten paranoiden Anfälligkeit. Unter Streß konnte es zu einem systematischen Zusammenbruch seiner Normalfunktionen kommen: Eine derartige Unterdrückung der Angst resultiert darin, daß das gesamte Wesen an keine Gefahr glauben kann.

Ramsey setzte sich aufrecht hin. Es paßte auch zu Sparrows religiöser Einstellung. Seine tiefe und vorbehaltlose Gläubigkeit erklärte vieles. Es hatte schon vorher religiöse Paranoiker gegeben. Sie hatten sogar Christus dafür verantwortlich gemacht. Ramsey runzelte die Stirn. Aber natürlich war Schweitzer für die verantwortlich, die sich wie Narren geben wollten. Er hatte ihre Argumente in der Luft zerfetzt.

Ein hartes Klopfen an der Tür unterbrach Ramseys Gedanken. Er schob die Streifen in den doppelten Boden der Telemeter-Box, klappte sie zu und schloß sie ab.

Erneut klopfte es. »Ramsey?« Garcias Stimme.

»Ja?«

»Ramsey, Sie nehmen wohl lieber ein paar Aufputschtabletten. Sie sind für die nächste Wache eingeteilt.«

»In Ordnung. Danke.« Ramsey schob den Kasten unter seinen Schreibtisch, ging zur Tür und öffnete sie. Der Niedergang war leer. Er warf einen Blick auf die ihm gegenüberliegende Tür zu Garcias Quartier, blieb einen Moment lang stehen und ertastete das ihn umgebende Schiff. Von der Decke löste sich ein Tropfen Kondenswasser und fiel vor ihm auf den Boden. Abrupt sah er sich in die Situation versetzt, das Gefühl einer tiefen Depression niederkämpfen zu müssen. Er konnte den schrecklichen Druck des ihn umgebenden Wassers beinahe körperlich spüren.

Weiß ich überhaupt, wie es ist, wenn man wirklich Angst hat? fragte er sich.

DER NICHTS 1956

Ohne den Streit mit meinem Vater wäre ich niemals zur Taverne hinuntergegangen und hätte den *Nichts* nie getroffen. Der *Nichts* war tatsächlich ein völlig normal aussehender Mann. Er war keiner besonderen Beachtung wert, es sei denn, daß man sich, so wie ich, als Marla Graim ausgab, den Feelystar, und ihn als Sidney Harch, den sie zwecks Übergabe einer Spionagekapsel in der Bar traf.

Es war alles die Schuld meines Vaters. Stellen Sie sich vor, er wird wütend, weil ich einen Job, Unterholz zu verbrennen, nicht annehmen will. Was ist das überhaupt für eine Arbeit für ein achtzehnjähriges Mädchen? Ich weiß, daß meine Familie hart wegen Geld bedrängt wurde, aber das entschuldigt nicht die Art, wie er auf mich losging.

Wir hatten den Streit beim Mittagessen, aber es wurde 18 Uhr, bis ich mich aus dem Haus stehlen konnte. Ich ging hinunter zur Taverne, denn ich wußte, daß der alte Mann verrückter als ein Tele im Kugelhagel sein würde, wenn er es herausbekam. Es gab natürlich keine Möglichkeit, es vor ihm zu verbergen. Er kundschaftete mich immer aus, wenn ich nach Hause kam.

Die Taverne war ein Treffpunkt, an dem sich die Talente versammelten, um Erfahrungen auszutauschen und über Jobs zu verhandeln. Ich war erst einmal darin gewesen, und damals mit meinem Vater. Er warnte mich, allein dorthin zu gehen, da eine Menge der Jags den Ort besuchten. Man konnte ihr Zeug im ganzen Hauptraum riechen. Aus einer Hyroschale stieg rosafarbener Rauch zu den Dachsparren empor. Jemand hatte einen Venus-Oin-Filter laufen. Für den frühen Abend waren eine Menge Talente anwesend.

Ich fand eine leere Ecke an der Bar und bestellte einen Blaufeuer, denn das hatte ich bei Marla Graim in den Feelies gesehen. Der Barkeeper starrte mich durchdringend an, und ich hatte den Verdacht, daß er ein Tele war, aber er schnüffelte nicht. Nach einer Weile ließ er den Drink zu mir herschweben und teleportierte mein Geld fort. Ich nippte an meinem Drink, wie ich es bei Marla Graim beobachtet hatte, aber er war zu süß. Ich versuchte ein ausdrucksloses Gesicht zu machen.

Der Barspiegel vermittelte mir eine schöne weite Ansicht des Raums, und ich blickte dauernd hinein, als ob ich jemanden erwartete. Dann kam dieser große blonde Mann durch den Vordereingang herein. Ich sah ihn im Spiegel und wußte sofort, daß er sich neben mich setzen würde. Ich bin eigentlich keine Vorherseherin, aber manchmal sind diese Dinge offensichtlich.

Er durchquerte den Raum, bewegte sich mit der Leichtigkeit eines Gladiators durch die schmalen Gänge zwischen den Tischen. Das war der Augenblick, in dem ich vorgab, Marla Graim zu sein, die in einer Bar in Port Said darauf wartete, eine Spionagekapsel von Sidney Harch entgegenzunehmen, wie ich es Sonntag im Feely gesehen hatte. Dieser Bursche sah ein wenig wie Harch aus – krauses Haar, dunkelblaue Augen, ein scharfkantiges Gesicht, wie von einem Bildhauer gemeißelt, der sein Werk unvollendet gelassen hatte.

Er setzte sich auf den Hocker neben mir, wie ich es vorher gewußt hatte, und bestellte einen Blaufeuer, wenig gezuckert. Ich verstand natürlich, daß dies ein Kennlernspiel war, und überlegte, was ich zu ihm sagen sollte. Plötzlich kam mir die aufregende Idee, einfach der Marla-Graim-Handlung zu folgen, bis es Zeit zu gehen war.

Er konnte nichts tun, um mich aufzuhalten, selbst wenn er ein Teleporter war. Wissen Sie, ich bin ein Pyro, und das ist eine ausreichende Verteidigung für jeden. Ich blickte auf meinen Rock und bewegte mich, bis der Schlitz von zirka 50 Zentimeter mein Strumpfband zeigte, wie ich es bei Marla Graim gesehen hatte. Dieser blonde Junge nahm keine Notiz davon. Er trank seinen Drink aus und bestellte noch einen.

Ich schnupperte bei ihm nach einem der Kokse, aber er war nüchtern. Kein Jag. Das andere Zeug im Raum drang jedoch zu mir durch, und ich fühlte mich benommen. Ich wußte, daß ich bald gehen mußte und nie wieder eine Chance bekommen würde, ein Marla-Graim-Typ zu sein; daher sagte ich: »Wie ist Ihr Name?«

Oh, er wußte ganz gut, daß ich zu ihm sprach, aber er blickte nicht einmal auf. Es machte mich verrückt. Ein Mädchen hat seinen Stolz, und da war ich nun genug aus mir herausgegangen, um das Gespräch zu beginnen! Vor ihm stand ein mit Papierschnitzeln gefüllter Aschenbecher. Ich konzentrierte mich darauf, und das Papier brannte plötzlich. Ich bin ein guter Pyro, wenn ich will. Einige Männer sind so freundlich gewesen, zu sagen, daß ich ein Feuer auch ohne dieses Talent entzünden könnte. Aber wie konnte ich das bei solch einem neugierigen Vater jemals erfahren?

Das Feuer erregte die Aufmerksamkeit des Burschen. Er wußte, daß ich es angezündet hatte. Er blickte mich nur einmal an und wandte sich dann wieder ab. »Lassen Sie mich in Ruhe«, sagte er. »Ich bin ein *Nichts.*«

Ich weiß nicht, was es war. Vielleicht besitze ich ein wenig von einem Tele, wie dieser Arzt einmal sagte, aber Tatsache ist, ich wußte, daß er die Wahrheit sagte. Ich war nicht wie einer dieser Gags, die man in den

Feelies sieht. Wissen Sie – wo es zwei Komödianten gibt, und einer sagt: »Wie ist Ihr Name?«, und der andere antwortet: *»Nichts.«*

Und er läßt nur die ganze Zeit den Stuhl des anderen Mannes schweben und jongliert ohne Hände mit einem Dutzend Dingen hinter seinem Rücken. Sie kennen den Gag. Er ist bis zur Bewußtlosigkeit gelaufen. Nun, als er das sagte, hat es für mich irgendeinen Rückschlag bedeutet. Ich hatte noch nie einen *Nichts* im wirklichen Leben gesehen. Oh, ich weiß, es gibt welche. In den Regierungsreservaten und so; aber ich habe noch nie, so wie hier, direkt neben einem gesessen.

»Tut mir leid«, sagte ich. »Ich bin ein Pyro.«

Er blickte auf die Asche im Aschenbecher und sagte: »Ja, ich weiß.«

»Es gibt nicht mehr viel Arbeit für Pyros«, sagte ich. »Das ist mein einziges Talent.« Ich drehte mich um und sah ihn an. Gutaussehend, obwohl er ein *Nichts* war. »Was haben Sie getan?« fragte ich.

»Ich lief fort«, sagte er. »Ich bin ein Flüchtling aus dem Sonoma-Reservat.«

Das ließ mein Blut kribbeln. Außer einem *Nichts* war er auch noch ein Flüchtling. Genau wie in den Feelies. Ich sagte: »Wollen Sie sich draußen in meiner Wohnung verstecken?«

Das brachte ihn endlich dazu, sich mir zuzuwenden. Er blickte mich von oben bis unten an und errötete tatsächlich. Ich hatte tatsächlich zuvor noch niemals einen Mann erröten sehen. Dieser Mann war gewiß mit ersten Dingen für mich beladen.

»Die Leute könnten auf falsche Gedanken kommen, wenn ich gefaßt werde«, sagte er. »Ich bin sicher, letztendlich gefaßt zu werden. Das werde ich immer.«

Ich bekam wirklich ein Gefühl für diese Rolle der Frau von Welt. »Warum genießen Sie Ihre Freiheit dann nicht?« fragte ich.

Ich ließ ihn ein wenig mehr durch den zirka 50-Zentimeter-Schlitz sehen. Er wandte sich tatsächlich ab! Stellen Sie sich das vor!

In dem Augenblick kam die Polizei. Sie machten keinen Wirbel. Ich bemerkte diese zwei Männer, die einfach in der Tür standen und uns beobachteten. Ich hatte nur gedacht, sie beobachteten mich. Sie kamen durch den Raum auf uns zu, und einer von ihnen beugte sich über diesen Burschen.

»In Ordnung, Claude«, sagte er. »Komm ganz ruhig mit.«

Der andere nahm meinen Arm und sagte: »Sie müssen auch mitkommen, Schwester.«

Ich entzog mich ihm mit einem Ruck. »Ich bin nicht Ihre Schwester«, sagte ich.

»Oh, laßt sie in Ruhe, Kameraden«, sagte dieser Claude. »Ich habe ihr nichts erzählt. Sie versuchte nur gerade, mich anzumachen.«

»Tut mir leid«, sagte der Cop. »Sie kommt auch mit.«

In dem Augenblick bekam ich Angst. »Hören Sie«, sagte ich, »ich weiß überhaupt nicht, um was es hier geht.«

Der Mann zeigte mir den Lauf seiner Hypopistole in der Tasche. »Hören Sie auf mit dem Theater, und kommen Sie mit, oder ich muß dies hier gebrauchen«, sagte er.

Wer will schon den letzten Schlaf antreten? Ich ging ruhig mit und betete, wir möchten auf meinen Vater oder irgendeinen Bekannten stoßen, so daß ich den Sachverhalt erklären konnte. Aber das Glück hatte ich nicht.

Die Polizei hatte einen alten Jetbuggy draußen, um den sich die Leute drängten und ihn besichtigten. Ein Teleporter aus der Menge machte sich einen Spaß daraus, das Heck des Autos auf und ab zu wippen. Er stand hinten, die Hände in den Taschen, und grinste.

Der Cop, der alles Reden besorgt hatte, blickte den Teleporter einfach nur an, und der Bursche vergaß sein Grinsen und lief fort. Da wußte ich, daß der Cop ein Tele war, obwohl er meinen Geist nicht angerührt hatte. Einige dieser Tele sind schrecklich empfindlich in bezug auf ihren Ehrencodex.

Es machte Spaß, in dem alten Jetbuggy zu fahren. Ich hatte niemals zuvor in einem gesessen. Einer der Cops setzte sich mit Claude und mir nach hinten. Der andere fuhr. Es war das seltsamste Gefühl, sich auf den Zugschrauben über die Gegend zu erheben. Wann immer ich an irgendeinen Ort kommen will, frage ich gewöhnlich höflich, ob ein Teleporter in der Nähe ist, und ich denke dann dran, wohin ich will, und er setzt mich im Nu dort ab.

Ich landete natürlich ab und zu im Apartment eines alten Gent. Einige Teleporter tun so etwas als Gebühr. Aber ein Pyro braucht sich nicht um Möchtegern-Casanovas zu sorgen. Kein alter Gent wird Unsinn treiben, wenn seine Unterwäsche zu qualmen beginnt.

Nun, der Jetbuggy landete schließlich auf einem Weg im Gelände eines alten Krankenhauses, hielt an, und die Cops brachten uns in ein kleines Büro im Hauptgebäude. Stellen Sie sich vor, wir *gingen* dorthin. Es war dunkel in dem Büro – nicht genug Beleuchtung –, und meine Augen brauchten eine Minute, um sich nach dem hellen Licht in der Halle daran zu gewöhnen. Als das geschehen war und ich den alten Kauz hinter dem Schreibtisch sah, hatte ich wirklich eine Spätzündung. Es war *Mensor Williams.* Wahrhaftig. Der *Big All.* Alles, was jemand anders tun kann, vermag er besser.

Jemand bediente irgendwo einen Schalter, und das Licht wurde heller. »Guten Abend, Miss Carlysle«, sagte er, und sein kleiner Spitzbart nickte kurz.

Bevor ich über die Ethik in bezug auf Gedankenlesen loslegen konnte, sagte er: »Ich dringe nicht in

Ihre mentalen Prozesse ein. Ich habe mich nur bis an einen Punkt vorgetastet, wo ich Ihren Namen erfahren konnte.«

Er war auch noch ein Vorherwissender!

»Es bestand wirklich keine Notwendigkeit, sie zu bringen«, sagte er zu den Cops. »Aber es war unvermeidlich, daß Sie es taten.« Dann machte er das Merkwürdigste. Er wandte sich an Claude und nickte in meine Richtung. »Wie gefällt sie dir, Claude?« fragte er. Gerade, als wäre ich etwas, das zum Verkauf angeboten wurde!

Claude sagte: »Ist sie diejenige, Dad?«

Dad! Das hallte in mir wieder. Der *Big All* hatte ein Kind, und das war ein *Nichts!*

»Sie ist diejenige«, sagte Williams.

Claude straffte irgendwie seine Schultern und sagte: »Nun, ich werfe Sand ins Getriebe. Ich tue es nicht!«

»Doch, das wirst du«, sagte Williams.

Dies ging alles über meinen Kopf hinweg, und mir langte es sowieso. Ich sagte: »Nun machen Sie mal eine Pause, Gentlemen, oder ich setze den Ort in Flammen! Ich meine das wörtlich!«

»Dazu ist sie auch fähig«, sagte Claude und grinste seinen Vater an.

»Aber sie wird es nicht«, sagte Williams.

»Oh, werde ich das nicht?« sagte ich. »Gut, versuchen Sie nur, mich davon abzuhalten!«

»Es ist nicht nötig, das zu tun«, sagte Williams. »Ich habe gesehen, was geschehen wird.«

Einfach so! Diese Vorherwissenden verursachen mir eine Gänsehaut. Manchmal frage ich mich, ob sie sich nicht vor sich selbst gruseln. Das Leben muß für sie bedeuten, einen Teil zu wiederholen, den sie bereits kennen. Das ist nichts für mich. Ich sagte: »Was würde geschehen, wenn ich etwas anderes täte, als Sie gesehen haben?«

Williams lehnte sich mit einem interessierten Blick

in seinen Augen vor. »Es ist noch nie passiert«, sagte er. »Wenn es einmal geschähe, wäre das wirklich ein Präzedenzfall.«

Ich kann es nicht mit Sicherheit sagen, aber während ich ihn dort anblickte, kam mir die Idee, er könnte wirklich daran interessiert sein, etwas anderes als seine Vorhersage geschehen zu sehen. Ich dachte daran, ein kleines Feuer anzuzünden, vielleicht in den Papieren auf seinem Schreibtisch. Aber irgendwie gefiel mir die Idee nicht. Es war nicht der Fall, daß eine Präsenz in meinem Geist sagte, es nicht zu tun. Ich weiß nicht genau, was es war. Ich *wollte* es einfach nicht tun. Ich sagte: »Was ist die Bedeutung von all diesem unsinnigen Gerede?«

Der alte Mann lehnte sich zurück, und ich könnte schwören, daß er irgendwie enttäuscht zu sein schien. Er sagte: »Es ist nur, daß Sie und Claude heiraten werden.«

Ich öffnete den Mund, um zu sprechen, brachte aber keinen Ton heraus. Schließlich gelang es mir, zu stammeln: »Sie meinen, daß Sie in die Zukunft geblickt und uns verheiratet gesehen haben? Wie viele Kinder wir haben werden, und dergleichen?«

»Nun, nicht alles«, sagte er. »Alle Dinge der Zukunft sind uns nicht klar. Nur bestimmte Hauptlinien der Entwicklung. Und wir können in bezug auf die meisten Dinge nicht zu weit in die Zukunft blicken. Die Vergangenheit ist leichter. Sie ist unabänderlich festgelegt.«

»Und wie ist es damit, wenn wir nicht wollen?« fragte Claude.

»Ja«, sagte ich, »wie verhält es sich damit?« Ich muß jedoch gestehen, daß die Idee nicht gänzlich abstoßend war. Wie schon gesagt, sah Claude wie Sidney Harch aus, nur jünger. Er hatte etwas ... Sie können es animalischen Magnetismus nennen, wenn Sie wollen.

Der alte Mann lächelte nur. »Miss Carlysle«, begann er, »haben Sie ernstlich etwas dagegen, zu …«

»So lange ich zur Familie gehöre, können Sie mich Jean nennen«, sagte ich.

Ich bekam ein fatalistisches Gefühl in der ganzen Sache. Meine Großtante Harriet war eine Vorherwissende, und ich hatte Erfahrung mit ihnen. Jetzt erinnerte ich mich an die Zeit, als sie mir erzählte, daß mein Kätzchen sterben würde, und ich es in der alten Zisterne versteckte. In der Nacht regnete es, und die Zisterne füllte sich. Das Kätzchen ertrank natürlich. Ich vergab ihr niemals, daß sie mir nicht gesagt hatte, wie das Kätzchen sterben würde.

Old Williams blickte mich an und sagte: »Wenigstens *Sie* sind vernünftig.«

»Ich bin es nicht«, sagte Claude.

Ich erzählte ihnen von meiner Großtante Harriet.

»Es ist die Natur der Dinge«, sagte Williams. »Warum kannst du nicht so vernünftig wie sie sein, Sohn?«

Claude saß einfach mit der ursprünglichen steinernen Miene da.

»Bin ich so abstoßend?« fragte ich.

Da blickte er mich an. Blickte wirklich. Ich sage Ihnen, mir wurde es warm dabei! Ich wußte, daß ich nicht abstoßend war. Ich glaube, ich errötete schließlich.

»Du bist nicht abstoßend«, sagte er. »Ich habe nur etwas dagegen, daß mein ganzes Leben für mich geordnet wird, wie die Aufstellung eines Schachspiels.«

Matt. Wir saßen etwa eine Minute völlig schweigend da. Daraufhin wandte Williams sich mir zu und sagte: »Nun, Miss Carlysle, ich nehme an, Sie sind neugierig, was hier vor sich geht.«

»Ich bin kein Trottel«, sagte ich. »Dies ist eins der *Nichts*-Reservate.«

»Richtig«, sagte er. »Es ist nur mehr als das. Ihre

Ausbildung umfaßt, wie unsere Talente sich aus Strahlen-Mutanten entwickeln. Umfaßt sie auch das Wissen darüber, was den Extremen der Norm geschieht?«

Das wußte natürlich jedes Schulkind. Ich sagte es ihm. Sicher wußte ich, daß sich die Richtung der Entwicklung auf den Durchschnitt zubewegte. Daß geniale Eltern dazu tendierten, Kinder zu kriegen, die weniger klug sind als sie selbst. Dies war nur eine allgemeine Information.

Dann warf mir der alte Mann den harten Brocken zu. »Die Talente verschwinden, meine Liebe«, sagte er.

Ich saß da und dachte eine Weile darüber nach. Gewiß wußte ich, daß es in letzter Zeit schwerer gewesen war, einen Teleporter zu bekommen, selbst einen von der Art eines altes Gent.

»Jede Generation hat mehr Kinder ohne Talente oder mit sehr abgeschwächten Talenten«, sagte Williams. »Wir werden niemals den Punkt erreichen, an dem es absolut keine gibt, aber die wenigen verbleibenden werden für spezielle Jobs im öffentlichen Interesse benötigt.«

»Sie meinen, wenn ich Kinder kriege, werden sie dazu neigen, *Nichtse* zu sein?« fragte ich.

»Schauen Sie Ihre eigene Familie an«, sagte er. »Ihre Großtante war eine Vorherwissende. Sind irgendwelche weiteren in Ihrer Familie gewesen?«

»Nun – nein, aber ...«

»Das Talent des Vorherwissens ist ein Extrem«, sagte er. »Es sind weniger als tausend übriggeblieben. Es gibt neun von uns in meiner Kategorie. Ich glaube, ihr bezieht euch auf uns als *Big All.*«

»Aber wir müssen etwas tun!« sagte ich. »Die Welt wird einfach vor die Hunde gehn!«

»Wir tun etwas«, sagte er. »Genau hier und in acht anderen über die Welt verstreuten Reservaten. Wir lassen die mechanischen und maschinellen Fertigkeiten wieder aufleben, die die Prätalent-Zivilisation aufrechterhielten, und lagern die Werkzeuge, die eine Wiedergeburt dieser Zivilisation ermöglichen.«

Er hob warnend die Hand. »Aber wir müssen im geheimen vorgehen. Die Welt ist noch nicht bereit für diese Information. Ein Bekanntwerden würde die schrecklichste Panik verursachen.«

»Nun, Sie sind vorherwissend. Was geschieht?« fragte ich ihn.

»Leider ist keiner von uns imstande, das zu bestimmen«, sagte er. »Entweder ist da eine schwankende Linie oder eine Störung, die wir nicht überwinden können.« Er schüttelte den Kopf, und der Spitzbart wackelte. »In der nahen Zukunft befindet sich ein umwölkter Bereich, über den wir nicht hinaussehen können. Keiner von uns.«

Das machte mir angst. Ein Vorherwissender mag einem Gänsehaut verursachen, aber es ist schön zu wissen, daß es eine Zukunft gibt, in die jemand blicken kann. Plötzlich war es, als ob es gar keine zukünftige Zeit gäbe. Ich weinte ein wenig.

»Und unsere Kinder werden *Nichtse* sein«, sagte ich.

»Nun, nicht tatsächlich«, sagte Williams. »Einige davon vielleicht, aber wir haben uns die Mühe gemacht, eure Gen-Ketten zu vergleichen – Ihre und Claudes. Eure Chance steht gut, Nachkommen zu haben, die vorherwissend oder telepathisch sind – oder beides. Eine mehr als siebzigprozentige Chance.« Seine Stimme wurde bittend. »Die Welt wird diese Chance brauchen.«

Claude kam herüber und legte eine Hand auf meine Schulter. Es jagte mir ein köstliches Prickeln das Rückgrat hinauf. Plötzlich erfaßte ich ein kleines Aufblitzen seiner Gedanken – ein Bild von uns, wie wir uns küßten. Ich bin nicht wirklich ein Tele, aber wie schon gesagt, bekomme ich manchmal einen Schimmer.

»Okay. Ich nehme an, es hat keinen Sinn, gegen das

Unvermeidliche zu kämpfen«, sagte Claude. »Wir werden heiraten.«

Kein weiteres Argument. Wir schlenderten alle in einen anderen Raum, und dort befand sich ein Prediger, der alles für uns bereithielt, sogar den Ring. Ein weiterer Vorherwissender. Er wäre über 100 Kilometer weit gereist, um die Zeremonie auszuführen, sagte er.

Nachher ließ ich Claude mich einmal küssen. Ich hatte Schwierigkeiten zu begreifen, daß ich verheiratet war. Mrs. Claude Williams. Aber so ist es mit dem Unvermeidlichen, nehme ich an.

Claudes alter Herr nahm meinen Arm und sagte, es gäbe eine kleine Vorsichtsmaßnahme. Ich würde ab und zu das Gelände verlassen, und da bestünde immer die Möglichkeit, daß einige nicht ethische Tele mich ausholten.

Sie setzten mich unter eine Narkosehaube, und als ich wieder herauskam, befand sich ein Silbergitter in meinem Kopf. Es juckte etwas, aber sie sagten, das würde vergehen. Ich hatte von dieser Sache gehört. Sie nannten es eine Decke.

Mensor Williams sagte: »Nun geh nach Hause und hol deine Sachen. Du wirst deinen Eltern nichts weiter erzählen, als daß du einen Job bei der Regierung hast. Komm zurück so schnell du kannst.«

»Besorge mir einen Teleporter«, sagte ich.

»Das Gelände ist gegen Teleporter vergittert«, sagte er. »Ich muß dich in einem Jetbuggy schicken.«

Und das tat er.

Ich war in zehn Minuten zu Hause.

Ich stieg die Stufen zu unserem Haus hinauf. Es war inzwischen 21 Uhr durch. Mein Vater wartete an der Tür.

»Eine schöne Zeit für ein achtzehnjähriges Mädchen, um nach Hause zu kommen!« schimpfte er und unternahm einen Telestoß in meinen Geist, um zu sehen, was ich im Schilde geführt hatte. Diese Tele und ihre Ethik! Nun, er rannte direkt in die Decke, und Sie denken vielleicht, das hat ihn nicht umgehauen. Er wurde plötzlich ganz ruhig.

Ich sagte: »Ich habe einen Regierungsjob. Ich komme nur meine Sachen holen.« Es war Zeit genug, ihm später von der Heirat zu erzählen. Sie hätten einen schönen Krach geschlagen, wenn ich in dem Augenblick irgend etwas gesagt hätte.

Mama kam herein und sagte: »Mein kleines Baby mit einem Job bei der Regierung? Wieviel bringt es ein?«

»Wir wollen nicht ordinär sein«, sagte ich.

Papa hielt zu mir. »Natürlich nicht, Hazel«, sagte er. »Laß das Kind in Ruhe. Ein Regierungsjob! Was weißt du schon! Solche Dinge bringen viel ein. Wo ist es, Baby?«

Ich spürte förmlich, wie er sich fragte, um wieviel er mich anpumpen könnte, um seine Rechnungen zu bezahlen, und ich begann mich zu fragen, ob ich überhaupt irgendwelches Geld hatte, um den Anschein aufrechtzuerhalten. Ich sagte: »Der Job ist im Sonoma-Reservat.«

»Wozu brauchen die einen Pyro da oben?« sagte Papa.

Ich hatte eine brillante Inspiration. Ich sagte: »Um die *Nichtse* auf Vordermann zu bringen. Ein kleines Feuer hier, ein kleines Feuer da. Weißt du.«

Das fand mein Vater komisch. Als er aufhören konnte zu lachen, sagte er: »Ich kenne dich, Liebling. Ich habe deinen Gedankenspeicher ziemlich genau beobachtet. Du wirst auf dich aufpassen und dich auf keine faulen Sachen einlassen. Haben sie eine schöne sichere Unterkunft für dich da oben?«

»Die sicherste«, sagte ich.

Ich fühlte ihn einen weiteren Stoß gegen meine Decke ausführen und sich zurückziehen. »Regierungsarbeit ist streng geheim«, sagte ich.

»Sicher. Ich verstehe«, sagte er.

So ging ich in mein Zimmer und packte meine Sachen. Die Familie machte etwas mehr Wirbel, daß ich so plötzlich fortging, aber sie beruhigten sich, als ich ihnen erzählte, daß ich sofort gehen müßte oder die Chance verlöre, den Job zu bekommen.

Papa sagte schließlich: »Nun, wenn die Regierung nicht sicher ist, dann überhaupt nichts.«

Sie küßten mich zum Abschied, und ich versprach zu schreiben und an meinem ersten freien Wochenende nach Hause zu kommen.

»Mach dir keine Sorgen, Papa«, sagte ich.

Der Jetbuggy brachte mich zum Reservat zurück. Als ich ins Büro kam, saß Claude, mein Mann, seinem Vater am Schreibtisch gegenüber.

Der alte Mann hatte seine Hände an die Stirn gelegt, und wo die Finger sie nicht bedeckten, waren Schweißperlen zu sehen.

»Gut?« fragte Claude.

»Keine Spur«, sagte der alte Mann.

Ich bewegte mich ein wenig in den Raum, aber sie bemerkten mich nicht.

»Sag mir die Wahrheit, Dad«, sagte Claude. »Wie weit hast du uns vorausgesehen?«

Old Mensor Williams senkte den Kopf und seufzte. »In Ordnung, Sohn«, sagte er. »Du verdienst die Wahrheit. Ich habe dich Miss Carlysle in der Taverne treffen sehen, und nichts weiter. Wir mußten sie nach altmodischen Methoden erforschen und eure Gene vergleichen, wie ich sagte. Das übrige ist wahr. Du weißt, ich würde dich nicht anlügen.«

Ich räusperte mich, und sie blickten mich beide an.

Claude sprang von seinem Stuhl auf und trat mir gegenüber. »Wir können eine Annullierung bekommen«, sagte er. »Niemand hat das Recht, so mit dem Leben anderer Leute zu spielen.«

Er sah so süß und jungenhaft aus, wie er so dastand.

Ich wußte plötzlich, daß ich keine Annullierung wollte. Ich sagte: »Die jüngere Generation muß ihre Verantwortlichkeiten manchmal akzeptieren.«

Mensor Williams Augen bekamen einen lebhaften Blick. Ich wandte mich dem alten Mann zu, sagte: »War die Zahl von 70 Prozent korrekt?«

»Absolut korrekt, meine Liebe«, sagte er. »Wir haben jede heiratsfähige weibliche Person überprüft, die ihm begegnet ist, denn er setzt die dominante Genenkette meiner Familie fort. Deine Kombination war die beste. Weit höher, als wir erhofft hatten.«

»Gibt es sonst noch irgend etwas, das du uns über die Zukunft sagen kannst?« fragte ich.

Er schüttelte den Kopf. »Es ist alles umwölkt«, sagte er. »Ihr seid für euch.«

Ich bekam wieder das gruselige Gefühl und blickte zu meinem Mann auf. Kleine Lachfältchen bildeten sich an Claudes Augenwinkeln, und er lächelte. Dann kam mir ein anderer Gedanke. Wenn wir für uns waren, so hieß es, daß wir unsere eigene Zukunft gestalteten. Sie war nicht festgelegt. Und es konnte auch kein neugieriger Vorherwissender kommen und sich in unsere Angelegenheiten einmischen. Einer gewissen Art Frau gefällt diese Idee. Besonders in ihrer Hochzeitsnacht.

FEUER EINSTELLEN! 1958

Schneeböen fegten über das vereiste Marschland und schichteten vor dem hölzernen Beobachtungsposten einen flachen Haufen auf. Die Antenne des Lebensdetektors auf dem BP drehte sich in einem rhythmischen Halbkreis hin und her. Sie war ebenso von Rauhreif überzogen wie die vereisten Zweige.

Der Schnee löschte die Entfernungen aus und machte aus sämtlichen Gegenständen charakterlose, graue Schemen. Im Norden kündete ein heller Schein davon, daß die Sonne auch noch um Mitternacht tief über dem Horizont hing.

Von allen Orten der Erde sah dieser hier am wenigsten so aus, als sei er ein Platz, an dem weltbewegende Erfindungen gemacht wurden.

Eine Gewehrkugel prallte gegen einen Panzer, der nordöstlich vom BP liegengeblieben war, und verlor sich in der Ferne. Die Kugel betonte die Einsamkeit und Isolation des BP noch, der sich weit von der vordersten Front der arktischen Schlachtfelder entfernt befand. Hinter dem Posten, im Süden, breitete sich die kanadische Einöde aus. Ein Ausläufer des Polarmeers, unterhalb von Banks Island, wurde von einem frühen nördlichen Schneesturm verhüllt.

Ein mit Drogen künstlich wachgehaltener Mann hielt in dem BP Wache. Der ihn umgebende Raum war kaum zwei Quadratmeter groß. Er war vollgestopft mit technischen Geräten und Gitternetz-Schirmen, auf denen blaßgrüne Punkte lebende Wesen anzeigten: einen Schneehuhnschwarm oder einen Polarfuchs.

Jeder Quadratpunkt auf den Schirmen war mit einem Zielcode für Granatwerfer versehen.

Das Alliierte Kommando hatte den Außenposten mit der Nummer BP 114 versehen. BP 114 war kein Ort für einen empfindsamen Menschen, den man in diese schreckliche Stellung eher getreten als versetzt hatte. Die Tatsache, daß gerade er den BP 114 bemannte, bewies nur die schrecklichen Verhältnisse, die diesen Krieg beherrschten.

Erneut sondierte eine Gewehrkugel den aufgegebenen Panzer. Corporal Larry Hulser stand über die Bildschirme gebeugt und versuchte, die Spur des Geschosses zurückzuverfolgen. Sie schien aus der Richtung zu kommen, in der er den Lichtpunkt ausgemacht hatte, den er für einen Polarfuchs gehalten hatte.

Viel zu klein für einen Menschen, dachte er. Oder nicht?

Der grüne Schein des Bildschirms beleuchtete Hulsers dunkles Gesicht und überschüttete es mit Schatten, die in sein schwarzes Haar übergingen. Er kaute an der Unterlippe, und sein Blick wanderte unentwegt hin und her. Seine Augen zeigten die Angst, die er nicht verbergen konnte; es war die Angst, die ihn auch im Quartier zur Zielscheibe jedes Witzes gemacht hatte.

Hulser wirkte nicht wie ein Mensch, der seine Umwelt umkrempeln kann. Er war nicht mehr als ein armes Würstchen, das eingeschlossen in einem Lebens-Detektor-Schild hockte und von gespenstischen grünen Schatten umgeben war.

In den weit zurückliegenden Tagen seiner Jugend hatte ihn ein Chemielehrer während einer Teeparty als Mystiker bezeichnet, der es in der modernen Welt mit Sicherheit zu nichts bringen würde.

Der Lichtpunkt, den Hulser für einen Fuchs hielt, veränderte seine Position.

Soll ich die Artillerie verständigen? fragte er sich.

Nein. Dies ist ein Fall, den sie womöglich mit einem Flugdetektor aufklären würden; und wenn der Pilot den Punkt als Fuchs identifizierte ... Hulser krümmte sich, wenn er an die Hänseleien dachte, die er wegen des vor zwei Monaten gemeldeten Wolfs hatte einstecken müssen.

»Wölfi Hulser!«

Ich bin zu alt für solche Spielchen, sagte er sich. Mit achtunddreißig ist man zu alt. Gäbe es doch nur eine Möglichkeit, der Sache ein Ende zu ...

Erneut schlug eine Gewehrkugel gegen den kaputten Panzer. Hulser machte einen Versuch, sich in dem winzigen, hölzernen BP noch kleiner zu machen. Die Kugeln erschienen ihm wie suchende Finger, die sich nach getarntem Metall ausstreckten – um einen BP ausfindig zu machen. Hatten sie ihr Ziel erreicht, folgte ihnen ein 200-mm-Geschoß, das mit Hilfe eines Echofons ins Ziel gelenkt wurde. Es konnte ihm ebenso ergehen wie Breck Wingate, einem anderen Beobachter.

Die Erinnerung daran ließ Hulser frösteln.

Man hatte Wingate über die Instrumente zusammengesunken gefunden, mit einem sauberen Loch, das genau unter der Achselhöhle verlief – von einer Seite der Brust zur anderen. Der Wind hatte durch das Einschußloch neben Wingate durch die BP-Wand gepfiffen. Der Feind hatte ihn erwischt, ohne ihn gesehen zu haben.

Hulser musterte nervös die Sperrholzwände, die ihn von den suchenden Kugeln abschirmten – eine hölzerne Schale, die dazu diente, Metallsucher irrezuführen. Wurde die Schale getroffen, erzeugte sie das Geräusch eines Geschosses, das auf eine Schneewächte trifft. Etwas höher verschloß ein Stöpsel aus zusammengerolltem Zeichenpapier ein Einschußloch, das bei anderer Gelegenheit entstanden war.

Wieder fröstelte Hulser.

Und wieder schlug eine Kugel gegen den zerschossenen Panzer. Dann bebte die Erde, als eine Granate den Panzer in Fetzen riß.

Damit wir ihn nicht als BP verwenden, dachte Hulser.

Er drückte den Spurenleser, damit er der Artillerie die Position des Granatwerfers mitteilen konnte, doch viel Hoffnung hatte er nicht. Der Feind verwendete jetzt immer häufiger die neuen Streugeschosse, die man nicht zurückverfolgen konnte.

Das Telefon neben seinem LD-Schirm leuchtete rot auf. Hulser beugte sich in den Stillekegel vor und erwiderte: »BP hundertvierzehn. Hulser.«

Die Stimme gehörte Sergeant Chamberlain. »Worauf hat der Granatwerfer geschossen, Wölfi?«

Hulser knirschte mit den Zähnen und erklärte die Sache mit dem Panzer.

Chamberlain schnauzte durchs Telefon: »Normalerweise sollte man aufgrund solcher Vorgänge nicht erst anrufen müssen, um eine Erklärung zu verlangen! Wissen Sie genau, daß Sie wach und wachsam sind?«

»Yeah, Sarge.«

»Okay. Halt die Augen offen, Wölfi!«

Das rote Glühen des Telefons erlosch.

Hulser zitterte vor Wut. ›*Wölfi*‹!

Er dachte an Sergeant Mike Chamberlain: Er war hochgewachsen und aufgeblasen und sprach mit einem irritierenden Näseln. Und er stellte sich vor, was er gern mit Chamberlains schmalem Gesicht, den kleinen Schweinsaugen und der großen Nase machen würde. Er erwog den Gedanken, zurückzurufen und ›Großmaul‹ Chamberlain zu verlangen.

Hulser grinste amüsiert. Das würde ihn wirklich treffen! Und er müßte vier Stunden warten, bis er was dagegen unternehmen konnte.

Doch der Gedanke an gewisse Konsequenzen, die

sich ergeben würden, wenn er Chamberlains Unwillen erregte, ließ sein Grinsen schlagartig verschwinden.

Auf dem mittleren Schirm bewegte sich etwas. Der Fuchs. Aber war es ein Fuchs? Er bewegte sich über das gefrorene Gelände auf den zerstörten Panzer zu und hielt auf halbem Weg an.

Ein Fuchs, der den seltsamen Geruch von Kordit und verbranntem Benzin untersucht? fragte sich Hulser. Oder ist es der Feind?

Dieser Gedanke ließ ihn beinahe panisch reagieren. Wenn ein Lebewesen von bestimmter Größe – etwa ab fünfzig Kilo – zu nahe an einen BP herankam, ohne die richtige Identifikation zu haben, flog die Hütte mitsamt der Ausrüstung in einem blendenden Thermitstrahl in die Luft, damit der Lebens-Detektor-Schild des Beobachters dem Feind nicht in die Hände fiel.

Hulser beobachtete das Netz des mittleren Schirms. Es erinnerte ihn an ein Spiel, das er als Junge gespielt hatte: Zwei Mann saßen sich in einem Raum gegenüber. Jeder hatte einen Bogen mit kariertem Papier auf dem Schoß – hinter einem Buch versteckt. Jeder Spieler hatte auf seinem Bogen heimlich bestimmte Karos umrandet. Vier Karos nebeneinander waren ein Schlachtschiff; drei waren ein Zerstörer; zwei …

Wieder bewegte sich der Lichtpunkt auf dem Schirm auf das Panzerwrack zu.

Er starrte auf das Quadrat, in dem sich der Lichtpunkt bewegte, und in seinem Hinterkopf meldete sich ein Gedanke: Ruf an und melde, du hättest ein Schlachtschiff auf dem Schirm, und zwar auf Position 0-6-C. Damit kriegst du sofort einen Freifahrtschein nach Hause!

Raus aus der Armee!

Seine Gedanken eilten sofort nach New Oakland und zu Carol Jean. Wenn ich daran denke, daß wir unser Kind dort kriegen würden, und …

Erneut bewegte sich der (Fuchs?) auf den Panzer zu.

Doch jetzt waren seine Gedanken ganz und gar in New Oakland gefangen. Er dachte an die einsamen Jahre, bevor er Carol getroffen hatte: Fünf Tage pro Woche für Planetary Chemicals arbeiten ... die Bibliothek und die endlosen Seiten in den Büchern (eine seiner Gehirnwindungen kommentierte: Du hast deine Interessen zu weit gestreut!) ... das Winzig-Kabuff von einer Wohnung ... die geschmacklosen ...

Jetzt rannte der (Fuchs?) zum Kraterrand, der den Panzer umgab – und umrundete ihn.

Hulsers Geist nahm die Bewegung zwar mit seinem Verstand wahr, doch er hing seinen Träumereien weiter nach: Und dann Carol! Warum sind wir uns nicht schon früher begegnet? Wir waren nur einen Monat beisammen, und ...

Ein zweiter Lichtpunkt erschien auf dem Schirm, ungefähr dort, wo der erste aufgetaucht war. Er bewegte sich ebenfalls auf den Panzerkrater zu.

Dann war Hulser wieder in der eisigen Gegenwart. Ein tödlicher Verdacht nagte an ihm: Der Feind hat einen neuen Schild; er ist nicht so gut wie unserer; er verkleinert nur die Größe des Objekts!

Oder sind es doch zwei Füchse?

Die Ungewißheit machte ihn fertig.

Sie könnten einen neuen Schild haben, dachte er. Schließlich haben wir kein Monopol auf wissenschaftlich denkende Gehirne.

Und seine Gedanken schlugen eigene Wege ein – zum Krieg im Krieg; zum Kampf um überlegene Bewaffnung. Eine neue Waffe – ein neuer Schild – eine bessere Waffe – ein besserer Schild. Es kam ihm wie eine Leiter vor, an deren Sprossen Fleischfetzen herunterhingen.

Sie könnten einen neuen Schild haben, wiederholte sein Verstand.

Ein anderer Teil seines Geistes dachte nun ebenfalls über Schilde und das komplizierte Flackergeflecht nach, das organisches Leben sichtbar macht…

Hulser zuckte abrupt zusammen. In aller Klarheit – jeder Strick an seinem Platz, jede Gleichung und jede Formel gelöst – breitete sich alles vor seinem geistigen Auge aus: das Gerät, das den Krieg beenden würde. Ein unkontrolliertes Zittern befiel seinen Körper. Seine Kehle war wie ausgedörrt.

Hulsers Blick saugte sich an dem Schirm fest. Die beiden Lichtpunkte trafen sich am Panzerkrater, bewegten sich hinein.

Er beugte sich wieder in den Stillekegel, der das Telefon umgab. »Hier ist BP hundertvierzehn. Ich habe zwei Grüne auf den Koordinaten 0-6-C-Sub-T-R. Ich glaube, sie bauen einen BP auf!«

»Sind Sie sicher?« näselte Chamberlain.

»Natürlich bin ich sicher!«

»Wir werden's ja sehen!«

Das Telefon verstummte.

Hulser richtete sich auf und leckte sich die Lippen. Werden sie ein Flugzeug schicken, um nachzusehen? Sie trauen mir nicht ganz.

Eine gewaltige Explosion aus dem Krater antwortete ihm.

Sofort ratterten die Gewehre aus den gegnerischen Linien los. Ein Kugelhagel wühlte den grauen Schnee auf.

Es war ein feindlicher BP! Jetzt wissen sie, daß wir hier einen Beobachter haben!

Wieder durchschlug etwas den Deckel des BP.

Hulser starrte entsetzt auf das Loch. Was wird, wenn sie mich umbringen? Dann stirbt meine Idee mit mir! Der Krieg wird weitergehen, immer weiter… Er machte einen Satz auf das Telefon zu und schrie: »Holt mich hier raus! – Holt mich hier raus! – *Holt mich hier raus!*«

Als sie ihn fanden, murmelte er immer noch die gleichen Worte vor sich hin.

Chamberlains schlaksige Gestalt kauerte vor dem BP-Einstieg. Die drei vermummten Gestalten hinter ihm schenkten dem Beobachtungsposten keine Beachtung; sie sahen sich um und musterten mit der Waffe im Anschlag die ausgedehnte Schneelandschaft. Das Gewehrfeuer des Feindes war verstummt.

Schon wieder einer durchgedreht, dachte Chamberlain. Und ich habe gedacht, er würde schon aus Scham länger durchhalten!

Er zog Hulser in den Schnee hinaus und zischte: »Was haben Sie denn, Mann? Warum haben Sie uns hier rausgelotst?«

Hulser schluckte und sagte: »Sergeant – bitte, glauben Sie mir. Ich weiß eine Methode, feindliche Munition fernzuzünden, ohne zu wissen, wo sie lagert. Ich kann …«

»Munition fernzünden?« Chamberlains Augen verengten sich, bis sie aussahen wie zwei Feuersteine. Wieder einer für die Jungs mit den weißen Kitteln, dachte er. Es sei denn, wir schocken ihn so, daß er wieder normal wird. Laut sagte er: »Sie haben ja nicht mehr alle! Sie flutschen jetzt ganz schnell wieder zu Ihren Instrumenten runter, und …«

Hulser wurde blaß. »Nein, Sergeant! Ich muß mit Ihnen zurück, damit ich …«

Furcht, Frustration, Wut – alle Gefühle, die Hulser in sich unterdrückt hatte, zwangen ihn zum Weitersprechen: »Sie ungebildeter Arsch! Ich kann diesen Krieg beenden! Verstehen Sie?« Er wurde noch lauter. »Bringen Sie mich zum Leutnant! Typen wie Sie werde ich in ihre Höhlen zurückjagen, Sie …«

Chamberlains Faust erwischte Hulser an der Schläfe und warf ihn kopfüber in den Schnee. Noch während des Falls sagte Hulsers Verstand: Aber du hast es ihm gezeigt, Mann! Du hast es ihm doch noch *gezeigt!*

Der Sergeant warf einen Blick auf seine Begleiter und dachte: Wenn der Feind ihn gehört hat, ist der Ofen für uns aus! Er winkte einen seiner Männer heran. »Mitch, übernehmen Sie die Wache hier! Wir müssen Hulser zurückbringen.«

Der Soldat nickte und kroch gebückt durch den Einstieg.

Chamberlain beugte sich über Hulser. »Du elender Feigling!« zischte er. »Am liebsten würde ich dich auf der Stelle erledigen! Aber ich bring dich zurück, damit ich das persönliche Vergnügen habe, dich auf allen vieren kriechen zu sehen, wenn sie dir den Arsch aufreißen! Auf die Beine, Mann! Aber 'n bißchen plötzlich!«

Major Tony Lipari – seine Leute nannten ihn ›Tony die Lippe‹ – lehnte an der Leinwandbespannung seines Unterstandes und hatte die Hände hinter dem Kopf verschränkt. Er war ein dürrer, ölig wirkender Mann mit schwarzem Haar, das in der Mitte gescheitelt war und an seinem Kopf klebte wie die Deckflügel eines Käfers. Im Zivilleben hatte er in einem Warenhaus Sportartikel verkauft. Auf einer Büroparty hatte er einst einen Turban getragen, und dieser Turban hatte seine zweite Natur offengelegt. Irgendeiner seiner Vorfahren mußte ein Maure gewesen sein.

Der Major war erschöpft (Verlustberichte! Endlose Verlustberichte!), reizbar und leicht nervös.

Wir haben nicht mal genug Männer, um die BPs zu besetzen! dachte er. Müssen wir etwa schon wieder einen an die Psychofritzen abgeben?

Er sagte: »Der Leutn …« Seine Stimme wurde zu einem nervösen Quäken, so daß er innehielt und sich erst einmal räusperte. »Der Leutnant hat mir die ganze Geschichte vorgetragen, Corporal. Ehrlich gesagt, mir kommt das alles äußerst phantastisch vor.«

Corporal Hulser hatte vor dem Major Haltung angenommen. »Bitte um Erlaubnis, etwas sagen zu dürfen.«

Lipari nickte. »Reden Sie!«

»Sir, ich war Chemiker – ich meine als Zivilist. Ich bin in diesen Truppenteil gekommen, weil ich mich mit Elektronik befaßt habe und man gerade mehr LD-Beobachter als Chemiker brauchte. Was unsere Schilde anbetrifft …« Er brach ab, weil ihm plötzlich klar wurde, wie schwierig es werden würde, Major Lipari zu überzeugen.

Als ob ich nicht wüßte, wie dringend wir LD-Beobachter brauchen! dachte Lipari. Dann sagte er: »Reden Sie weiter, Hulser!«

»Sir, verstehen Sie etwas von Chemie?«

»Ein bißchen.«

»Ich meine, wissen Sie, was Redox-Gleichungen sind, und wie Substitutsreaktionen von …«

»Ja, ja. Weiter!«

Hulser schluckte und dachte: Er hat keine Ahnung. Warum läßt er mich nicht mit jemandem reden, der etwas davon versteht? Er fuhr fort: »Sie wissen sicher, Sir, daß die Isolierschicht unserer LD-Schilde einen besonderen Schutz …«

»Gewiß! Sie isoliert den Träger vor der elektrischen Ladung des Anzugs!«

Hulser glotzte den Major an. »Sie isoliert … O nein, Sir! Ich bitte um Verzeihung, aber …«

»Ist das notwendig, Corporal?« fragte Lipari und dachte: Wenn er doch nur mit diesem Theater aufhören und wieder auf Posten gehen würde! Ein Blinder sieht doch, daß er nur simuliert! Wenn …

»Sir, wissen Sie nicht, daß …«

»Ich habe sämtliche LD-Schild-Kurse mitgemacht, als man mich eingezogen hat«, sagte Lipari. »Natürlich ist die Infanterie mein Spezialgebiet. Vietnam, wissen Sie? Aber ich weiß, wie ein Schild bedient wird. Machen Sie weiter, Corporal!« Er stieß sich mit dem Stuhl von der Wand ab.

»Sir, die Isolierschicht schützt den Benutzer vor einer Art Pseudo-Ersatz-Reaktion der Haut. Das Anzugfeld kann den Körper dazu verleiten, Stickstoff-Bläschen zu produzieren …«

»Ja, Hulser, das weiß ich doch! Aber was hat das mit Ihrer tollen Idee zu tun?«

Hulser holte tief Luft. »Sir, ich kann einen Projektor bauen, der auf dem Prinzip des LD-Anzugs basiert. Das heißt, er kann eine künstliche Ersatz-Reaktion in jedem Explosivmaterial erzeugen. Ich bin sicher, daß ich es kann!«

»Tatsächlich?«

»Ja, Sir! Ich könnte beispielsweise eine solche Reaktion bei Trinox bewirken: Sie würde Fluor und ionisierten Wasserstoff erzeugen – natürlich nur in kleinsten Mengen, aber es würde genügen, um jede naheliegende Kraftfeldquelle in die Luft zu jagen …«

»Aber wie würden Sie herausfinden, ob sich überhaupt ein solches Feld in den feindlichen Depots befindet?«

»Sir! Jeder trägt irgendeine Art LD-Schild. Es handelt sich dabei um Feldgeneratoren. Oder um interne Verbrennungsmotoren … oder … oder so was! Zerfällt eine explosive Mischung aus einem System in ein anderes und kommen Fluor und Wasserstoff hinzu …« – Hulser zuckte die Achseln –, »es würde explodieren, wenn man es nur schief ansieht.«

Lipari räusperte sich. »Ach so.« Er lehnte sich wieder gegen die Wand. Er spürte, wie sich in seinen Schläfen eine Migräne zusammenbraute. Jetzt heißt es, das Spiel mitspielen oder ihn zum Schweigen verdonnern, dachte er. »Wie bauen wir diesen wundervollen Projektor, Corporal?« fragte er.

»Sir, ich muß mich mit ein paar Maschinenbauern und Elektronikern zusammensetzen, und …«

»Corporal, ich entscheide, wer sich mit meinen Leuten zusammensetzt. Jetzt werde ich Ihnen mal sagen, was Sie tun werden. Sie zeichnen die Spezifikationen Ihres Projektors auf und lassen sie hier! Ich werde dafür sorgen, daß sie auf dem Dienstweg in die richtigen Hände gelangen.«

»Sir, so einfach ist es nicht. Ich habe zwar alles im Kopf, aber bei solchen Dingen muß man auch Kniffe anwenden, die …«

»Wir haben eine Menge technische Experten, die das ebenfalls können«, sagte Lipari und dachte: Warum gibt der Kerl nicht auf? Ich habe ihm doch eine goldene Brücke gebaut. Mal mir was auf ein Stück Papier und gib es mir. Damit hat sich die Sache!

»Aber, Sir …«

»Corporal! Meine Ordonnanz wird Ihnen Papier und Bleistift bringen. Dann werden Sie …«

»Sir! So geht es nicht!«

Lipari rieb seine Stirn. »Corporal Hulser, ich gebe Ihnen einen Befehl. Sie werden sich hinsetzen und die Pläne und Zeichnungen Ihres Projektors schriftlich niederlegen. Und zwar sofort!«

Hulser hatte einen bitteren Geschmack im Mund. Er schluckte. Und damit hätte Corporal Larry Hulser seinen Zweck erfüllt, dachte er. Tony wird den Ruhm einstreichen.

»Sir«, sagte er, »wenn Sie meine Pläne eingereicht haben und jemand käme, der Sie beispielsweise fragen würde, wie die polaren Moleküle von …«

»Das werden Sie alles in Ihrer Beschreibung darlegen. Habe ich mich klar genug ausgedrückt, Corporal?«

»Sir, ich brauche wenigstens sechs Monate, um sämtliche Eventualitäten zu berücksichtigen, die in meinen Plänen …«

»Sie wollen doch nur Zeit schinden, Corporal!« Major Lipari stieß sich von der Wand ab und stand auf. Mit gedämpfter Stimme fuhr er fort: »Geben wir doch mal der Wahrheit die Ehre, Hulser. Sie simulieren! Ich weiß es. Sie wissen es. Sie haben bloß die Schnauze voll vom Krieg. Und da haben Sie beschlossen, auszusteigen.«

Hulser schüttelte den Kopf.

»Aber so einfach geht es nicht, Corporal. Ich habe Ihnen auf jede mögliche Weise zu verstehen gegeben, daß ich Sie verstehe, daß ich bereit bin ...«

»Ich bitte um Entschuldigung, Sir, aber ...«

»Sie haben jetzt zwei Möglichkeiten, Corporal Hulser: Entweder bringen Sie jetzt Ihre Zeichnungen und Entwürfe, oder um was es sich auch handelt, zu Papier, und beweisen, daß Sie eine Idee haben, die es wert ist, daß man sich mit ihr beschäftigt, oder Sie gehen zurück zu Ihrer Einheit. Ich bin's leid, mich von Ihnen verarschen zu lassen.«

»Sir, verstehen Sie denn n ...«

»Ich könnte Sie standrechtlich erschießen lassen!«

Und Lipari dachte: Das ist es, was er braucht – einen starken Schock!

Bitterer Frust erfüllte Hulser. Er verspürte die gleiche Wut, die ihn dazu verleitet hatte, Sergeant Chamberlain anzuschnauzen. »Herr Major, es wissen schon so viele Leute von meiner Idee, daß sich zumindest ein paar fragen würden, ob Sie nicht eine Gans erschossen haben, die goldene Eier legt.«

Liparis Kopfschmerzen waren jetzt voll da. Er schob sich nahe an Hulser heran. »Ich habe auch andere Möglichkeiten als das Erschießungskommando, Corporal!«

Hulser erwiderte Liparis wütenden Blick. »Mir ist gerade eingefallen, Sir, daß das Projekt womöglich ›unser‹ und dann ›Ihr‹ Projekt werden könnte. Und irgendwann bliebe dann ein kleiner Corporal auf der Strecke!«

Liparis Lippen bewegten sich stumm. Dann sagte er:

»Jetzt reicht's, Hulser! Ich bringe Sie vors Kriegsgericht! Das zumindest kann ich tun, ohne mir die Hände schmutzig zu machen!«

Und das beendet den Fall, sofern er mich betrifft, dachte Lipari. Ist das ein Tag!

Er wandte sich der Tür des Unterstandes zu. »Sergeant!«

Die Tür ging auf, und Chamberlains Bohnenstangengestalt trat ein. Er durchquerte den Raum und salutierte vor Lipari. »Sir?«

»Dieser Mann steht unter Arrest, Sergeant«, sagte Lipari. »Bringen Sie ihn unter Bewachung ins Bezirkshauptquartier und melden Sie ihn für eine Kriegsgerichtsverhandlung an! Und wenn Sie rausgehen, schicken Sie meine Ordonnanz rein!«

Chamberlain salutierte. »Jawohl, Sir.« Er drehte sich um und packte Hulsers Arm. »Mitkommen, Hulser!«

Lipari wandte sich ab und suchte im Regal nach seinen Kopfschmerztabletten. Er hörte, wie hinter ihm die Tür geöffnet und geschlossen wurde. Erst in diesem Moment fragte er sich, ob es möglich war, daß dieser Trottel wirklich eine brauchbare Idee hatte. Er fand seine Tabletten und warf den Gedanken mit einem Achselzucken ab. Phantastereien!

Hulser saß auf einem eisernen Feldbett und vergrub das Gesicht in den Händen. Die ihn umgebenden Zellenwände bestanden aus glatten, vernieteten Stahlplatten. Der Raum war so lang wie das Feldbett und doppelt so breit. Links von ihm, am Fußende, war eine verriegelte Tür. Rechts von ihm, am anderen Ende der Zelle, stand ein zusammenfaltbares Waschbecken und darunter ein Trockenklo, das trotz des starken Desinfektionsmittels miefte.

Warum bringen sie es nicht endlich hinter sich? fragte er sich. Jetzt bin ich schon drei Tage in diesem Irrenhaus! Wie lange wollen sie …

Die Zellentür klapperte.

Hulser schaute auf. Eine schrumpelige Gestalt in der Uniform eines Colonels tauchte hinter den Gitterstäben auf. Er war ziemlich klein, grauhaarig, hatte Augen wie ein neugieriger Vogel und eine trockene Pergamenthaut. In einem passenden Kostüm hätte er wie ein mittelalterlicher Zauberer ausgesehen.

Ein junger MP-Sergeant trat in Hulsers Blickfeld. Er schloß die Tür auf und trat beiseite. Der Colonel betrat die Zelle.

»Na ja«, sagte er.

Hulser stand auf und salutierte.

»Brauchen Sie mich, Sir?« fragte der MP-Sergeant.

»Wie?« Der Colonel drehte sich um. »Ach was, Sergeant! Lassen Sie die Tür einfach offen, und ...«

»Sir ...«

»Diesen Zellenblock kann man doch wohl nicht verlassen, oder, Sergeant?«

»Nein, Sir. Aber ...«

»Dann lassen Sie die Tür einfach offen und gehen draußen auf und ab.«

»Jawohl, Sir.« Der Sergeant salutierte stirnrunzelnd und ging hinaus. Seine Schritte waren auf dem Metallboden des Korridors zu hören.

Der Colonel wandte sich Hulser zu. »Sie sind also der junge Mann mit der brillanten Idee.«

Hulser räusperte sich. »Ja, Sir.«

Der Colonel sah sich in der Zelle um. »Ich bin Colonel Page. Ich gehöre zum Stab von General Savage. Chemische Kriegsführung.«

Hulser nickte.

»Der Adjutant des Generals riet mir, ich solle mich mal hier umsehen und mich mit Ihnen unterhalten«, sagte Page. »Er war der Meinung, ein Chemiker könne vielleicht ...«

»Page!« sagte Hulser. »Sind Sie etwa Dr. Edmond

Page, der sich mit dem Pseudo-Lithium beschäftigt hat?«

Das Gesicht des Colonels zeigte ein freundliches Lächeln. »Ja, genau der.«

»Ich habe alles über Ihre Forschungen gelesen, was ich in die Hände kriegen konnte«, sagte Hulser. »Und dann kam mir der Gedanke, daß Sie, wenn Sie ...« Er verstummte.

»Reden Sie ruhig weiter!« sagte Page.

Hulser schluckte. »Na ja, wenn Sie von der organischen zur anorganischen Chemie übergewechselt wären ...« Er zuckte die Achseln.

»Dann hätte ich direkte chemische Reaktionen hervorrufen können, statt organischer?« fragte Page.

»Ja, Sir.«

»Der Gedanke ist mir erst gekommen, als ich auf dem Weg zu Ihnen war«, sagte Page. Er deutete auf das Feldbett. »Setzen Sie sich doch!«

Hulser ließ sich wieder aufs Bett fallen.

Page sah sich um, quetschte sich an Hulsers Knien vorbei und nahm auf dem Deckel des Klosetts Platz. »Na, dann wollen wir mal sehen, um was es bei Ihrer Idee überhaupt geht.«

Hulser starrte seine Hände an.

»Ich habe mit dem General darüber gesprochen«, sagte Page. »Wir haben so ein Gefühl, als wüßten Sie, wovon Sie reden. Wir wüßten es sehr zu schätzen, wenn Sie uns eine vollständige Erklärung geben könnten.«

»Was habe ich schon zu verlieren?« fragte Hulser.

»Sie haben vielleicht Grund, verbittert zu sein«, sagte Page. »Aber nachdem ich Ihre Anklageschrift gelesen habe, muß ich sagen, daß Sie Ihre gegenwärtige Lage teilweise selbst verschuldet haben.« Er warf einen Blick auf seine Armbanduhr. »Jetzt erzählen Sie mir mal genau, wie Sie Munition fernzünden würden... und von dem Projektor, von dem Sie gesprochen haben.«

Hulser holte tief Luft. Er ist Chemiker, dachte er. Vielleicht kann ich ihn überzeugen. Er sah zu Page auf und fing mit seinen Erklärungen an.

Sofort unterbrach der Colonel ihn. »Aber es erfordert ungeheure Mengen an Energie, um die atomare …«

»Ich meine nicht die Umwandlung der atomaren Struktur im eigentlichen Sinn, Sir. Sehen Sie es nicht? Ich erzeuge bloß die künstliche Bedingung, als wäre ein Katalysator vorhanden. Ein Pseudo-Katalysator, der den statischen Mischungen vorhandene Substanzen entnimmt – ionisierten Wasserstoff aus Feuchtigkeit, Fluor aus den tatsächlichen Komponenten bei Trinox, weißen Phosphor aus Ditrat, Stickstoffoxide und rhombischen Schwefel aus Schießpulver.«

Page leckte sich die Lippen. »Aber wie kommen Sie darauf, daß – in einem anorganischen System – das Vorhandensein eines Pseudo-Katalysators …« Er schüttelte den Kopf. »Natürlich! Wie dumm von mir! Zuerst kriegt man eine polare Reaktion – so, wie ich es mit Pseudo-Lithium gemacht habe. Und das wäre der erste Schritt zum …« Er sah Hulser mit geweiteten Augen an. »Mein lieber Junge, ich glaube, Sie haben der anorganischen Chemie einen völlig neuen Bereich erschlossen!«

»Sie verstehen es, Sir?«

»Und ob ich es verstehe!« Page sprang auf. »Man erzeugt ein künstliches Radikal mit instabilem Perimeter. Das Vorhandensein der kleinsten Menge Feuchtigkeit dieses Perimeters ergibt ionisierten Wasserstoff, und …« Er klatschte vor Freude wie ein kleiner Junge in die Hände. »Rumms!«

Hulser lächelte.

Page sah auf ihn herab. »Corporal, ich glaube, Ihr Projektor könnte funktionieren. Ich muß zwar zugeben, daß ich von Feldgitternetzen und dem sonstigen Elektronikkram nicht viel verstehe, aber in dieser Hinsicht scheinen Sie ja ordentlich beschlagen zu sein.«

»Ja, Sir.«

»Wie sind Sie bloß darauf gekommen?« fragte Page.

»Ich habe über den Gittereffekt im LD-System nachgedacht, und da war mir plötzlich alles klar.«

Page nickte. »Das war einer jener typischen Fälle, wo alles im menschlichen Unterbewußtsein sitzt, bis sämtliche Umstände optimal passen.« Er quetschte sich erneut an Hulsers Knie vorbei. »Nein, nein, behalten Sie ruhig Platz! Ich werde mich sofort um einen Termin bei Colonel Allenby von der LD-Abteilung bemühen, und jemand mit technischen Kenntnissen hinzuziehen – wahrscheinlich Captain Stevens.« Er nickte. »Und Sie, Corporal, bleiben erst mal hier, bis …« Er sah sich in der Zelle um und lachte verlegen. »Machen Sie sich keine Sorgen, junger Mann! In ein paar Stunden sind Sie hier raus.«

Wenn Hulser auf die ersten fünf Wochen der Anfangsphase des Projekts ›Unternehmen Großer Knall‹ zurückblickte, erschienen sie ihm wie eine Periode hektischer Unwirklichkeit. Das Korps hatte nach der Prüfung der ersten provisorischen Skizzen angeordnet, das Projekt in General Savages Sperrgebiet anzugehen. Man war der Ansicht, die Möglichkeit eines Sicherheitsrisikos sei in Frontnähe kleiner. Außerdem bot das öde Land des Sperrgebiets bessere Möglichkeiten für ein Testgebiet, da es hier nichts gab, das auf geheimnisvolle Weise detonieren und unnötige Fragen provozieren konnte.

Doch das Korps überließ nichts dem Zufall. Das gesamte Gebiet wurde von MP-Spezialeinheiten abgeriegelt. Man zog Aufzeichnungsexperten hinzu, die alles kopierten, was das Projekt erbrachte, damit es anderswo archiviert wurde.

Für den entscheidenden Test wählte man eine offene Ebene aus, die von den eigenen Munitionsdepots weit genug entfernt war. Es war eine öde, windige Landschaft, in der graue Felsen aus dem gefrorenen Boden hervorragten. Der lange, schwarze Wurm des Kabels lief vom Testbunker in die Ebene hinaus.

Ein Wiesel lieferte Hulser und Page im Testzentrum ab. Die Kiste mit dem Projektor stand auf dem Sitz zwischen ihnen. Es war ein grüner Behälter, siebzig Zentimeter breit und hundertdreißig lang. An einem Ende ragte eine Glasröhre hervor. In der Mitte des anderen Endes befand sich eine versiegelte Steckdose mit einem roten Etikett, auf dem ›NICHTS EINSTECKEN‹ stand. An einer Seite war ein Gewinde für ein Dreibein angebracht.

Der Morgen war kalt und klar, die Luft eiskalt. Der Himmel leuchtete kobaltblau und wie glasiert.

Etwa fünfzig Mann hatten sich zum Test eingefunden. Sie reihten sich nebeneinander auf. An der Längsseite des Bunkers befand sich ein großer Schlitz. Davor, in der Mitte, stand das leere Dreibein. Auf beiden Seiten saßen Techniker mit Aufzeichnungsgeräten. Dünne schwarze Drähte führten an ihnen vorbei auf eine ebenholzschwarze Erhebung zu, die etwa anderthalb Kilometer vom Bunker entfernt lag.

General Savage war schon eingetroffen und unterhielt sich mit einem Fremden, der am Morgen mit beeindruckendem Geleitschutz eingeflogen war. Der Fremde hatte Zivilkleidung getragen, doch jetzt trug er einen Parka und Schneehosen. Er sah weder wie ein Zivilist aus, noch benahm er sich so. Außerdem fiel auf, daß General Savage ihn ›Sir‹ nannte.

Savage war ein cholerischer, massig gebauter Mann, mit der demonstrativen Zuversicht eines Menschen, der sich seiner Fähigkeiten bewußt ist. Sein Gesicht wies mit der breiten Nase und dem viereckigen Kinn Ähnlichkeit mit einer Bulldogge auf. In seinem schmucklosen Arbeitsanzug hätte man ihn leicht für einen Sergeant halten können. Er sah so aus, wie man es von einem altgedienten, rauhbeinigen Feldwebel erwartete. Savage wurde von seinen Leuten ›Ich Tarzan‹ genannt; hauptsächlich deswegen, weil er bei Minustemperaturen splitternackt im Schnee baden ging.

Sicherheitsdienstler mit weißen Helmen riegelten das Innere des Bunkers ab. Hulser fiel auf, daß sie weder Pistolen noch andere Waffen trugen – sie hielten lediglich Bajonettklingen in der Hand. Er wäre nicht mal überrascht gewesen, wenn sie mit Armbrüsten hier erschienen wären.

General Savage winkte Page zu, als der Colonel mit Hulser den Raum betrat. Page grüßte zurück, dann blieb er in der Nähe des Dreibeins vor einem glattrasierten Leutnant stehen.

»Leutnant«, sagte Page, »sind alle Explosivstoffe mit Ausnahme des Testmaterials aus diesem Gebiet entfernt worden?«

Der Leutnant knallte die Hacken zusammen, salutierte und meldete: »Jawoll, Sir!«

Page nahm eine Zigarette aus der Tasche. »Können Sie mir bitte Ihr Feuerzeug leihen, Leutnant?«

»Yes, Sir.« Der Leutnant griff in die Tasche und holte ein Chromfeuerzeug heraus, das er Page gab.

Colonel Page nahm es in die Hand, musterte es einen Moment lang und warf es samt der Zigarette in den Schnee hinaus. Das Feuerzeug fiel in einer Entfernung von etwa zwanzig Metern zu Boden.

Der Leutnant wurde zuerst blaß, dann errötete er.

Der Colonel sagte: »Jedes Feuerzeug, jedes Streichholz! Und prüfen Sie jeden Mann, ob er die Spezialtabletten vor vier Stunden eingenommen hat! Wir wollen keine innere Verbrennung, die nicht von einem Motor hervorgerufen wird.«

Der Leutnant schaute verlegen drein. »Jawohl, Sir.«

»Und sagen Sie dem Fahrer des letzten Wiesels, er soll warten und das ganze Zeug von hier wegschaffen.«

»Ja, Sir.« Der Leutnant eilte hinaus.

Page wandte sich zu Hulser um, der den Projektor auf das Dreibein montiert hatte und nun danebenstand.

»Alles bereit, Sir«, sagte Hulser. »Soll ich das Kabel anschließen?«

»Was ist Ihre Meinung?« fragte Page.

»Wir sind wirklich mit allem fertig.«

»Okay. Schließen Sie es an, und halten Sie sich mit dem Schalter in der Hand bereit!«

Hulser drehte ihm den Rücken zu, um dem Befehl Folge zu leisten. Jetzt, wo der Augenblick der Wahrheit da war, spürte er allmählich, wie seine Knie zitterten. Den anderen fiel seine Nervosität garantiert auch auf.

Gespannte Stille breitete sich im Bunker aus.

General Savage und der Besucher kamen näher. Der General erklärte die Theorie des Projektors. Der Besucher nickte.

Sah man näher hin, strahlte der Mann die gleiche Aura aus wie der General – nur schien er noch kompetenter und stärker zu sein. Seine Wangenknochen ähnelten zwei Bergrücken aus gebräuntem Gestein, seine Augenhöhlen lagen tief. Sein Blick war finster und durchdringend.

General Savage zeigte auf den weit entfernten, dunklen Haufen explosiven Testmaterials. »Wir haben da drüben auch Meßinstrumente aufgestellt, Sir. Sie sind mit unseren Aufzeichnungsgeräten im Bunker verbunden. Wir haben für den Versuch unterschiedliche Explosivstoffe ausgewählt, darunter Kerosin, Benzin und Maschinenöl. Alles, was wir kriegen konnten, außer spaltbarem Material. Wenn das Zeug hochgeht, wissen wir, daß der Projektor auch bei Atomwaffen funktioniert.«

Der Besucher sagte etwas. Seine Stimme klang wie ein Haufen Kieselsteine, die man mit einem Knüppel umrührt. »Man hat mir erklärt, daß der Projektor –

wenn die Theorie stimmt – auch bei jeder Art Petroleumtreibstoff und Kohle wirkt.«

»Ja, Sir«, sagte Savage. »Er müßte auch Kohle entzünden. Wir haben ein bißchen Kohle in einem Sack dazugestellt. Man kann ihn wegen des Schnees jetzt nicht sehen. Aber die Instrumente werden anzeigen, was von alldem beeinflußt wird ...« – er maß Hulser mit einem Blick –, »falls überhaupt.«

Colonel Page kehrte von der Inspektion der Aufzeichnungsgeräte zurück.

Savage wandte sich zu ihm um. »Sind wir soweit, Ed?«

»Ja, Herr General.« Page sah Hulser an und nickte. »Dann mal los, Larry! Volle Pulle!«

Hulser betätigte den Schalter, den er in der Hand hielt. Er schloß instinktiv die Augen, dann riß er sie wieder auf und starrte auf den fernen Munitionsberg.

Aus dem Projektor kam ein tiefes Summen.

Page sagte zum General: »Es dauert einen Moment, bis es ...«

Er wollte gerade ›losgeht‹ sagen, da flog die Explosivstoff-Ansammlung mit einem gewaltigen Krachen und Donnern in die Luft. Colonel Page blieb nichts anderes übrig, als mit offenem Mund auf die Explosion zu starren; sein Mund formte gerade das ›lo‹.

Dampf und Staub verhüllte die Stelle, wo die Munition gelegen hatte.

Hinter Hulser ertönte die Kieselsteinstimme des Besuchers. »Na ja, General, jetzt hatten Sie Ihre kleine Schießübung.«

»Wir haben es befürchtet, Sir«, sagte Savage. »Aber jetzt können wir nichts mehr ändern.« Er klang verbittert.

Die Bitterkeit, die aus ihren Stimmen herauszuhören war, machte Hulser betroffen. Er drehte sich um und sah, daß der Leutnant, den Page wegen des Feuerzeugs angefahren hatte, schreckensblaß seine brennende Brusttasche zu löschen versuchte. Die Männer in seiner Nähe kamen ihm lachend zu Hilfe.

Page lief an den Aufzeichnungsgeräten vorbei und kontrollierte jedes einzelne.

Erst jetzt verstand Hulser, was es mit dem sonderbaren Verhalten des Leutnants auf sich hatte. Streichhölzer! Er hatte vergessen, die Streichhölzer herauszunehmen. Hulser warf einen Blick auf die Stelle, wo das Feuerzeug gelandet war. Er sah nur einen schwarzen Fleck im Schnee.

Page kam von der Gerätekontrolle zurück. »Was die Kohle angeht, sind wir zwar nicht ganz sicher, aber soweit wir feststellen können, ist alles andere gezündet worden.« Er legte einen Arm auf Hulsers Schulter. »Dieses junge Genie hat den Krieg für uns gewonnen.«

Der (Zivilist?) schnaubte.

Hulser starrte auf den Krater hinaus, sein Gesicht zeugte von Euphorie.

Die Techniker gingen nun ins Gelände hinaus und hielten vorsichtig nach nichtexplodierten Teilen Ausschau.

Der General und der Besucher wechselten einen Blick, der alles mögliche bedeuten konnte.

Savage gab seinem Funker zu verstehen, er solle für ihren Abtransport sorgen.

Kurz darauf fuhr eine Abteilung Wiesel auf das Testgelände.

Savage packte Hulsers Arm mit festem Griff. »Sie kommen besser mit uns! Sie sind jetzt ein wertvolles Stück Besitz.«

Hulser dachte erneut an die merkwürdige Unterhaltung, die Savage und der Besucher nach der Explosion geführt hatten, und außerdem machte ihn die eigenartige Trauer in der Stimme des Generals nachdenklich. Ist er vielleicht ein echter Militarist, der sich ärgert, daß nun alles vorbei ist? Wenn er sich den General genau ansah – dies paßte nicht zu ihm.

Sie jagten über die Eiswüste auf die Basis zu, und Hulser fühlte sich zwischen dem General und dem Besucher nicht sonderlich wohl. Es hatte den Anschein, als wolle niemand über das sprechen, was gerade passiert war. Außerdem bedrückte es ihn, daß er nicht das geringste von gelöster Stimmung spürte. Er musterte das Genick des Fahrers; aber auch hier fand er keine Erklärung.

Sie gingen ins Büro des Generals, einen ovalen, fensterlosen Raum. Die Wände waren mit Landkarten bedeckt. Eine niedrige Absperrung trennte zwei leere Tische von einem anderen Raumteil, in dem sich drei Schreibtische befanden. Einer davon stand etwas abgesondert. Zu diesem begaben sie sich.

Savage deutete auf den Besucher. »Das ist Mr. Sladen.« Vor dem ›Mister‹ zögerte er kurz.

Hulser unterdrückte den Impuls zu salutieren. Statt dessen schüttelte er Sladen die Hand. Der Fremde hatte trotz seiner schwielenlosen Hand einen festen Griff.

Sladens dröhnender Bariton klang hart und befehlsbewußt. »Weisen Sie ihn ein, General! Ich werde meine Leute und ihre Sachen zusammenholen. Wir müssen sofort wieder zurück.«

Savage nickte. »Danke, Sir. Ich werde sofort anfangen.«

Sladen warf Hulser einen nachdenklichen Blick zu. »Sorgen Sie dafür, daß er über alles klarsieht, was gerade passiert ist. Ich kann mir nicht vorstellen, daß er darüber nachgedacht hat.«

»Ja, Sir.«

Sladen ging hinaus.

Hulser fühlte, wie sich in seinem Magen etwas zusammenkrampfte.

Savage sagte: »Ich lege keinen Wert auf rangmäßige Formalismen, Hulser; und wir haben nicht viel Zeit.

Wir werden also für ein paar Minuten alle militärischen Formalitäten vergessen.«

Hulser nickte stumm.

»Wissen Sie, was soeben geschehen ist?« fragte Savage.

»Ja, Sir. Aber ich verstehe nicht, warum sich niemand von Ihnen darüber zu freuen scheint, daß wir die Oberhand haben und den Krieg gewinnen können. Es ist...«

»Es ist nicht sicher, daß wir die Oberhand haben.« Savage setzte sich an den Schreibtisch und nahm ein in rotes Leder gebundenes Buch in die Hand.

»Sie meinen, der Feind...«

»Kluge Ideen wie die Ihre scheinen in der Luft zu liegen, Hulser. Es kann sein, daß die anderen sie auch schon gehabt haben – oder daran arbeiten. Wäre es nicht so, hätte ich dafür gesorgt, daß man Ihren Geistesblitz sofort begraben hätte. Es ist fast so, als wären die Menschen erst dann zufrieden, wenn sie etwas, das machbar ist, auch gemacht haben.«

»Gibt es Anzeichen, daß der Feind...«

»Nein. Aber er weiß auch nichts von unserer neuen Waffe – hoffe ich. Tatsache ist: Wir haben sie, und wir werden sie auch einsetzen. Wahrscheinlich werden wir den Feind überwältigen, bevor er etwas dagegen tun kann. Das wäre das Ende dieses Krieges.«

»Aber wenn Explosivstoffe nichts mehr nützen, bedeutet das doch das Ende aller Kriege«, protestierte Hulser. »Das ist es doch, worum es mir geht.«

Der General lächelte. »Bisher hat nichts einen Krieg verhindern können, mein kluger junger Freund! Wenn dieser Krieg vorbei ist, ist der nächste nur eine Frage der Zeit. Und dann werden beide Seiten Ihren Projektor einsetzen.«

»Aber, Sir...«

»Dann wird der nächste Krieg eben mit Reitern, Schwertern, Armbrüsten und Lanzen ausgetragen«, sagte Savage. »Und dann wird es wieder ein paar weitere kleine Verbesserungen geben!« Er knallte das rote Buch auf den Schreibtisch und stand auf. »Das Ausschalten von Explosivstoffen macht Spionage, Gift, Gas und Bakterien zur Notwendigkeit.«

»Aber wie kann man ...«

»Verstehen Sie nicht, Hulser? Sie haben die militärische Verwendung von Munition unmöglich gemacht. Das schließt auch Benzin mit ein. Die Zeit des Verbrennungsmotors ist vorbei. Das gleiche gilt für Düsenjäger-Treibstoff. Die Zeit der Flugzeuge ist ebenfalls vorbei. Auch die des Schießpulvers. Von der kleinsten Pistole bis zum größten Geschütz ist nichts mehr verwendbar.«

»Gewiß, aber ...«

»Aber es gibt Alternativen, Hulser. Wir haben immer noch die Waffen, die schon König Arthur verwendet hat. Und wir haben ein paar Verbesserungen: Giftgas, vergiftete Armbrustpfeile und bakteriologische ...«

»Aber die Genfer Konvention ...«

»Man wird auf die Genfer Konvention scheißen! Und zwar dann, wenn sich genug Leute finden, die den Entschluß fassen, sie zu ignorieren!« General Savage schlug mit der Faust auf den Tisch. »Verstehen Sie endlich! Gewalt ist ein Bestandteil des menschlichen Daseins. Machtstreben ebenso. Solange es machtlüsterne Menschen gibt, werden sie alle Mittel einsetzen, um Macht zu erlangen – ob sie nun fair sind oder nicht. Friedlich oder sonstwie!«

»Ich glaube, Sie sind ein Pessimist, Sir.«

»Kann schon sein. Ich hoffe, daß ich einer bin. Ich komme aus einer Familie mit militärischer Tradition. Was wir gesehen haben, hat uns zu Pessimisten gemacht.«

»Aber das Verlangen nach Frieden ...«

»... ist bisher noch nicht stark genug gewesen, um

Kriege zu verhindern, Hulser.« Der General schüttelte den Kopf. »Ich will Ihnen mal was sagen, junger Freund: Als ich den Hinweis auf Ihre Idee in Ihrer Anklageschrift las, hatte ich das dumme Gefühl, das man hat, wenn man zum drittenmal mit Mann und Maus untergeht. Ich habe gehofft, Sie würden sich irren; aber ich konnte es mir nicht leisten, die Sache einfach zu ignorieren. Ich habe gehofft, Major Lipari und Sergeant Chamberlain hätten Sie schon ...«

Der General verstummte und schaute Hulser an. »Ich habe übrigens noch ein Hühnchen mit Ihnen zu rupfen! So wie Sie diese beiden hervorragenden Soldaten behandelt haben ... Es war einfach kindisch! Hätten wir nicht Leute vom Schlage Liparis und Chamberlains, müßten Sie sich jeden Morgen bei Ihrem örtlichen Sklavenschinder dreißig Peitschenhiebe abholen!«

»Aber, Sir ...«

»Hören Sie auf mit dem ›Aber, Sir‹, Hulser! Wenn wir genug Zeit hätten, würde ich dafür sorgen, daß Sie sich bei den beiden persönlich entschuldigen!«

Hulser errötete kopfschüttelnd. »Also, ich weiß nicht. Ich weiß nur eins: Ich wußte genau, daß meine Erfindung funktionieren würde – und daß Lipari und Chamberlain nichts davon verstanden. Ich wußte, daß meine Idee nicht realisiert worden wäre, wenn ich umgekommen wäre. Dann hätte der Feind sie möglicherweise zuerst gehabt.«

Savage lehnte sich zurück und verbarg das Gesicht in den Händen. »Sie hatten natürlich recht. Es ist nur so, daß Sie das System unterlaufen. Typen wie Sie sind nicht die richtigen für solche Taten. Typen wie Sie fallen meist auf die Schnauze.«

Hulser seufzte.

»Sie sind jetzt ein wertvolles Stück Besitz, mein Junge. Also bemitleiden Sie sich nicht. Man wird Sie nach Hause schicken, damit Sie dabei sein können, wenn Ihr Kind zur Welt kommt.«

Hulser sah ihn überrascht an.

»O ja, natürlich wissen wir davon«, sagte Savage. »Anfangs glaubten wir, Sie würden den Ausgeklinkten nur spielen, um möglichst schnell nach Hause zu kommen.« Er zuckte die Achseln. »Sie werden es von nun an ziemlich leicht haben. Man wird Sie bewachen, in Watte packen und einen neuen Geniestreich von Ihnen erwarten. Nur Gott allein weiß, ob Sie wirklich ein Genie sind.«

»Warten Sie ab, Sir. Ich glaube immer noch, daß meine Erfindung das Ende aller Kriege bedeutet.«

Der General schaute plötzlich nachdenklich drein. »Ein in gewissen Kreisen ziemlich unterschätzter und unbeliebter Autor hat einst gesagt: ›Es gibt nichts Schwierigeres, nichts Gefährlicheres und nichts Unsichereres, als erfolgreich die Führerschaft einer neuen Ordnung zu übernehmen.‹ Diese Aussage ist sehr tiefgründig, Hulser. Und da stehen Sie nun, weit vor der Front und allen anderen – mit einer ›neuen Ordnung‹. Um des Kindes willen, das Sie erwarten – um aller Kinder willen –, hoffe ich, daß es nie wieder Krieg geben wird.« Er zuckte die Achseln. »Aber ich bin nicht sehr zuversichtlich …«

Sladen kehrte ins Büro zurück. »Unser Geleitschutz ist bereit, General. Wir müssen ihn so mitnehmen, wie er ist. Schicken Sie ihm seine Sachen nach, okay?«

»Gewiß, Sir.« Savage richtete sich auf, streckte die Rechte aus und schüttelte Hulser die Hand. »Viel Glück, Hulser! Und nehmen Sie sich meine Worte zu Herzen. Es ist die bittere Wahrheit, mit der wir Soldaten leben müssen. Sie haben den Kern des Problems mit Ihrem Geniestreich nicht getroffen. Sie haben lediglich ein Symptom bekämpft.«

Savage nahm das rote Buch in die linke Hand. »Ich habe ein Geschenk für das Kind, das Sie erwarten.« Er drückte Hulser das Buch in die Hand. »Die nächste Generation sollte dieses Buch unbedingt verstehen lernen.«

Hulser konnte nur noch »Vielen Dank, Sir« sagen, dann schob Sladen ihn auch schon durch die Tür.

Erst als das Flugzeug nach Süden jagte, hatte Hulser die Gelegenheit, das Buch näher zu untersuchen. Schließlich hielt er es mit beiden Händen und starrte auf das Wolkenmeer hinaus. Das Buch war Bestandteil einer unzensierten, limitierten Auflage der Werke Niccolo Machiavellis, des Meisters der Hinterlist und des Verrats.

EPILOG

Viele hängen der irrigen Ansicht an, daß die Entwicklung des Hulserschen Detonators in einem geheimen Labor der Regierung realisiert wurde. Tatsächlich wurde das Genie Dr. Lawrence Hulser bereits auf den Schlachtfeldern der Arktis erkannt, wo er seine Idee ersann, deren Wert man augenblicklich erkannte.

BEECHER CARSON
Die Wiedereinführung des Schwertes –
Kriegsführung im Altertum und in der Moderne
Band 6, S. 112

DAS WANDERNDE HAUS

1958

Ted Graham verließ die Telefonzelle und zog instinktiv den Kopf ein, als ein Falter sich auf das Licht stürzte und hörbar gegen die Türverglasung prallte.

Ted Graham war ein langer, etwas gebeugter Mann mit einem vorzeitig kahl gewordenen, eiförmigen Kopf, den spärliches sandfarbenes Haar umkränzte. Etwas in seiner hageren, ernsthaften Erscheinung ließ auf seinen Beruf schließen: er war Wirtschaftsprüfer und Steuerberater.

Er blieb bei seiner Frau stehen, die eine Anzeigenseite der Zeitung studierte, und sagte stirnrunzelnd: »Sie sagten, wir sollen hier warten. Sie würden kommen und uns abholen. Das Haus sei bei Nacht schwierig zu finden.«

Martha Graham blickte von der Zeitung auf. Sie hatte ein Puppengesicht von rosiger Lieblichkeit und war schwanger. Der gelbe Lichtschein aus der Telefonzelle dämpfte das kräftige Rotbraun ihres Haares, das sie am Hinterkopf in einem Pferdeschwanz zusammengefaßt hatte.

»Ich muß einfach in einem Haus sein, wenn das Kind geboren wird«, sagte sie. »Wie hörten sie sich an?«

»Ich weiß nicht. Es gab eine komische Unterbrechung – wie ein Streit in einer fremden Sprache.«

»Hörten sie sich wie Ausländer an?«

»In gewisser Weise, ja.« Er machte eine Handbewegung zu den Umrissen einer Reihe langer Wohnwagen, die von der Nacht eingehüllt standen. Hinter zwei Fenstern glomm bernsteinfarbenes Licht. »Laß uns drinnen warten. Diese Insekten hier draußen sind wie verrückt.«

»Sagtest du ihnen, welcher Wohnanhänger der unsrige ist?«

»Ja. Es hörte sich nicht so an, als ob sie sehr neugierig wären, ihn anzusehen. Das ist komisch – daß die Leute ihr Haus für einen Wohnanhänger hergeben wollen.«

»Es muß nichts Komisches daran sein. Wahrscheinlich juckt es sie in den Füßen, wie es bei uns war.«

Er schien sie nicht zu hören. »Die verrückteste Sprache, die du dir vorstellen kannst, als dieser Streit aufflammte – wie ein Spritzen und Prusten.«

Wieder im Wohnanhänger, setzte sich Ted Graham auf die grüne Couch, die sich zu einem Doppelbett ausklappen ließ.

»Sie könnten hier einen guten Wirtschaftsprüfer und Steuerberater gebrauchen«, sagte er. »Ich hatte sofort das Gefühl, als ich die Gegend sah. Das ganze Tal macht einen wohlhabenden Eindruck. Ein Wunder, daß vor uns keiner auf den Gedanken gekommen ist, hier ein Büro aufzumachen.«

Seine Frau setzte sich auf einen geraden Stuhl bei der Anrichte, die Küche und Wohnraum trennte, und legte die Hände über dem Bauch zusammen.

»Ich bin es einfach müde, Räder unter mir rollen zu fühlen«, sagte sie. »Ich möchte dasitzen und den Rest meines Lebens dieselbe Aussicht haben, wenn ich aus dem Fenster schaue. Ich weiß nicht, wie ich mich jemals für einen Wohnanhänger begeistern konnte ...«

»Es war die Erbschaft, die uns reiselustig machte«, sagte er.

Draußen knirschten Reifen auf dem Kies.

Martha Graham richtete sich auf. »Könnten das die Leute sein?«

»Unheimlich schnell, wenn sie es sind.«

Er ging zur Tür, öffnete sie und starrte den Mann an, der gerade die Hand hob, um anzuklopfen.

»Sind Sie Mr. Graham?«

»Ja.« Er starrte den Besucher verwundert an.

»Ich bin Clint Rush. Sie riefen wegen des Hauses an?« Der Mann bewegte sich weiter in den Lichtschein, der aus der Türöffnung fiel. Zuerst hatte er wie ein alter Mann ausgesehen, mit feinen Runzeln und Linien im Gesicht, einer Haut, die wie Leder aussah. Doch als er nun den Kopf ins Licht wandte, schienen sich die Runzeln aufzulösen, und mit ihnen hoben sich die Jahre von ihm.

»Ja, wir riefen an«, sagte Ted Graham. Er trat beiseite. »Möchten Sie sich den Wohnanhänger ansehen?«

Martha Graham kam an die Seite ihres Mannes. »Wir haben ihn immer sehr gut gepflegt und instandgehalten«, sagte sie. »Wir haben nie gewartet, bis irgend etwas ernstlich reparaturbedürftig wurde.«

Sie hört sich zu eifrig bemüht an, dachte Ted Graham. Ich wünschte, sie würde mich für uns reden lassen.

»Wir können morgen wiederkommen und Ihren Wohnanhänger bei Tageslicht ansehen«, sagte Rush. »Mein Wagen steht bereit, wenn Sie unser Haus sehen möchten.«

Ted Graham zögerte. Eine quälende Sorge beschäftigte ihn, und er suchte seine Aufmerksamkeit darauf zu konzentrieren, was ihn beunruhigte.

»Sollten wir nicht besser unseren Wagen nehmen?« fragte er. »Wir könnten Ihnen folgen.«

»Nicht nötig«, sagte Rush. »Wir kommen heute abend sowieso wieder in die Stadt. Dann können wir Sie absetzen.«

Ted Graham nickte. »Gut. Dann brauche ich nur noch zuzusperren.«

Als sie eingestiegen waren, murmelte Rush Vorstellungsformeln. Seine Frau war ein dunkler Schatten auf dem Beifahrersitz. Sie trug ihr Haar zurückgekämmt und in einen strengen Knoten aufgesteckt. Ihre Züge, soweit sie zu erkennen waren, ließen auf Zigeunerblut schließen. Er nannte sie Raimee.

Sonderbarer Name, dachte Graham. Und er bemerkte, daß auch sie den seltsamen ersten Eindruck von Alter machte, der in verändertem Licht verschwand.

Mrs. Rush wandte sich zu Martha Graham um. »Sie bekommen ein Baby?«

Der Wagen rollte auf die Straße hinaus.

Martha Graham sagte: »Es soll in ungefähr zwei Monaten zur Welt kommen. Wir hoffen, daß es ein Junge wird.«

Mrs. Rush sah ihren Mann an. »Ich habe meine Meinung geändert«, sagte sie.

Rush wandte seinen Blick nicht von der Straße. »Es ist zu …« Er brach ab, dann sprach er in sich überstürzenden, fremdartigen Tönen.

Ted Graham erkannte in ihnen die Sprache, die er am Telefon gehört hatte.

Mrs. Rush antwortete in der gleichen Sprache, und in der aufgeregten Eindringlichkeit ihrer Stimme bebte Erregung. Ihr Mann antwortete mit ruhigerer Stimme.

Schließlich verstummte Mrs. Rush mißgestimmt.

Rush legte den Kopf zurück und sagte: »Meine Frau hat Augenblicke, in denen sie sich nicht von dem alten Haus trennen möchte. Sie hat es viele Jahre gehabt.«

»Verstehe«, sagte Ted Graham. »Sind Sie Spanier?«

Rush zögerte. »Nein. Wir sind Basken.«

Der Wagen bog in eine hell beleuchtete Ausfallstraße, die in eine Fernstraße mündete. Bald bogen sie in eine Seitenstraße ein. Es folgten weitere Abbiegemanöver – links, rechts, wieder rechts.

Ted Graham verlor die Orientierung.

Einmal schlug die Federung durch, und sie wurden von einem dumpfen Stoß durchgeschüttelt. Martha keuchte erschrocken.

»Ich hoffe, das war nicht allzu hart für Sie«, sagte Rush. »Wir sind gleich dort.«

Der Wagen bog in einen Fahrweg, und im Licht der Scheinwerfer erschienen die skelettartigen Umrisse von Bäumen: eigentümlichen Bäumen, die hoch und entlaubt waren und Ted Grahams Unbehagen auf unerklärliche Weise verstärkten.

Der Fahrweg führte abwärts und endete an einer niedrigen Hauswand aus roten Ziegeln mit Lichtgadenfenstern unter dem überhängenden Dachgesims. Der Eindruck, den die Wand und eine breite, eichene Haustür zu ihrer Linken machte, war ultramodern.

Graham half seiner Frau aus dem Wagen und folgte den Rushes zur Tür.

»Ich dachte, Sie hätten mir gesagt, es sei ein altes Haus«, sagte er.

»Es wurde von einem der ersten Modernisten entworfen«, sagte Rush. Er fummelte mit einem seltsam gebogenen Schlüssel. Die breite Tür öffnete sich in eine ebenso breite Diele. Ein weicher Teppich bedeckte den Boden. Am anderen Ende konnten sie eine Fensterwand sehen, jenseits davon die Lichter der Stadt. Martha Graham stockte der Atem, als sie die Eingangshalle betrat. Sie bewegte sich wie in Trance. Ted Graham folgte ihr, hörte die Tür hinter ihnen ins Schloß fallen.

»Es ist so … so *groß*«, rief Martha Graham.

»Sie wollen dies für unseren Wohnanhänger eintauschen?« fragte Ted Graham.

»Es ist zu unpraktisch für uns«, sagte Rush. »Ich arbeite auf der anderen Seite der Berge an der Küste.« Er zuckte die Achseln. »Wir können es nicht verkaufen.«

Ted Graham sah ihn scharf an. »Gibt es kein Geld in dieser Gegend?« Er hatte eine jähe Vision, wie er als Steuerberater in seinem künftigen Büro saß und keine Klienten hatte.

»Viel Geld, aber keine Immobilienkäufer.«

Sie betraten das Wohnzimmer. Anbausofas säumten die Wände. Gedämpfte Beleuchtung glomm aus den Winkeln. Zwei Gemälde hingen einander gegenüber – Hochformate mit abstrakten Linien und Windungen, die in Ted Graham Schwindelgefühl erzeugten.

Warnsignale lärmten in seinem Bewußtsein.

Martha Graham ging zu den Fenstern und schaute hinaus zu den Lichtern, die weit entfernt unter ihnen lagen. »Ich hatte nicht bemerkt, daß wir so hoch hinaufgefahren sind«, sagte sie. »Es ist wie eine Märchenstadt.«

Mrs. Rush stieß ein kurzes, nervöses Lachen aus.

Ted Graham sah sich im Raum um. Wenn der Rest des Hauses wie dies hier war, mußte es fünfzig- oder sechzigtausend wert sein. Er dachte an den Wohnanhänger: ein guter, aber nicht mehr als siebentausend wert.

Unbehagen leuchtete wie ein Neonzeichen in seinem Bewußtsein auf. »Dies scheint so ...« Er schüttelte den Kopf.

»Möchten Sie gern den Rest des Hauses sehen?« fragte Rush.

Martha Graham wandte sich vom Panoramafenster ab. »O ja.«

Ted Graham zuckte die Achseln und sagte nichts. Ansehen konnte nicht schaden.

Als sie ins Wohnzimmer zurückkehrten, hatte Ted Graham seine erste Einschätzung vom Wert des Hauses verdoppelt. In seinem Kopf drehte sich alles: ein Solarium, dessen gesamte Decke aus Sonnenlampen bestand, eine automatische Wäscherei, wo man schmutzige Kleidungsstücke in einen Schacht warf und sie am anderen Ende gewaschen und gebügelt herausnehmen konnte ...

»Vielleicht möchten Sie und Ihre Frau gern ungestört darüber sprechen«, sagte Rush. »Wir werden Sie einen Moment lang allein lassen.«

Und sie waren fort, bevor Ted Graham etwas erwidern konnte.

»Ted«, sagte Martha Graham, »ehrlich gesagt, ich hätte mir im Leben nicht träumen lassen ...«

»Hier stimmt etwas nicht, Schatz.«

»Aber Ted ...«

»Dieses Haus ist mindestens hunderttausend Dollar wert. Vielleicht mehr.« Er blickte in die Runde. »Und dies alles wollen sie für einen Siebentausend-Dollar-Wohnanhänger hergeben?«

»Ted, sie sind Ausländer. Und wenn sie so dumm sind, daß sie den Wert dieses Hauses nicht erkennen, warum sollten wir dann ...«

»Es gefällt mir nicht«, beharrte er. Wieder blickte er im Raum umher, erinnerte sich der phantastischen Einrichtung des Hauses. »Aber vielleicht hast du recht.«

Er starrte hinaus zu den Lichtern der Stadt. Sie erinnerten an zarte Spitzen; hohe Gebäude waren untereinander durch feine Linien schimmernder Lichter verbunden. In der Ferne schoß etwas wie ein sprühender Feuerwerkskörper himmelwärts.

»Gut!« sagte er. »Wenn sie den Tausch wollen, dann laß uns den Handel schnell abschließen ...«

Plötzlich erbebte das Haus. Die Lichter der Stadt erloschen. Ein summendes Geräusch erfüllte die Luft.

Martha Graham ergriff den Arm ihres Mannes. »Ted! Wa-was war das?«

»Ich weiß nicht.« Er wandte sich um. »Mr. Rush!«

Keine Antwort. Nur das Summen.

Die Tür am Ende des Raumes wurde geöffnet. Ein

fremder Mann kam herein. Er trug ein kurzes, chitonähnliches Kleidungsstück aus grauem, metallischem Stoff, in der Mitte zusammengefaßt von etwas, das in allen Farben des Spektrums glitzerte und schimmerte. Eine Ausstrahlung von Kälte und Macht ging von ihm aus – ein Fluidum von unangreifbarem Stolz.

Er blickte im Raum umher und redete sie in derselben Sprache an, welche die Rushes gebraucht hatten.

»Ich verstehe Sie nicht, Mister«, sagte Ted Graham.

Der Mann legte eine Hand an seinen schimmernden Gürtel. Ted und Martha Graham standen wie angewurzelt. Ein prickelndes Gefühl vibrierte durch ihre Nervenbahnen.

Wieder rollte die fremde Sprache von der Zunge des Mannes, aber nun waren die Worte zu verstehen.

»Wer sind Sie?«

»Mein Name ist Graham. Dies ist meine Frau. Was geht hier vor?«

»Wie sind Sie hierhergekommen?«

»Die Rushes – sie wollten uns dieses Haus für unseren Wohnanhänger geben. Sie brachten uns hierher. Hören Sie, wir ...«

»Was ist Ihr Talent – Ihr Beruf?«

»Steuerberater. Sagen Sie, was hat all dies ...?«

»Das war zu erwarten«, sagte der Mann. »Schlau! Außerordentlich schlau!« Wieder legte er die Hand an den Gürtel. »Nun verhalten Sie sich still. Dies könnte Sie momentan verwirren.«

Farbige Lichter tanzten den Grahams vor den Augen. Sie wankten.

»Sie sind qualifiziert«, sagte der Mann. »Sie werden dienen.«

»Wo sind wir?« fragte Martha Graham.

»Die Koordinaten würden Ihnen nicht verständlich sein«, sagte er. »Ich bin von den Rojac. Es ist ausreichend, wenn Sie wissen, daß Sie sich unter der Souveränität der Rojac befinden.«

»Aber ...«, fing Ted Graham an.

»Sie sind, wenn man so will, entführt worden. Und die Raimees sind zu Ihrer Welt geflohen – einer nicht registrierten Welt.«

»Ich fürchte mich«, sagte Martha Graham.

»Sie haben nichts zu fürchten«, sagte der Mann. »Sie sind nicht länger auf der Welt Ihrer Geburt – nicht einmal in derselben Galaxis.« Sein Blick fiel auf Ted Grahams Handgelenk. »Diese Vorrichtung an Ihrem Arm – zeigt sie Ihre Ortszeit an?«

»Ja.«

»Das wird bei der Suche helfen. Und Ihre Sonne – können Sie Ihren Atomzyklus beschreiben?«

Ted Graham suchte in seinem Gedächtnis nach Erinnerungen aus dem Schulunterricht und den Sonntagsbeilagen. »Ich kann mich erinnern, daß unsere Galaxis ein Spiralnebel wie ...«

»Die meisten Galaxien sind Spiralnebel.«

»Ist dies eine Art handgreiflicher Scherz?« fragte Ted Graham.

Der Mann lächelte ein kaltes, überlegenes Lächeln. »Es ist kein Scherz. Ich mache Ihnen einen Vorschlag.«

Ted nickte wachsam. »Gut, lassen Sie hören.«

»Die Leute, die Sie hierherbrachten, waren Steuereinnehmer, die wir Rojac rekrutiert hatten. Sie waren konditioniert, um es ihnen unmöglich zu machen, ihre Arbeit unerledigt zu verlassen. Unglücklicherweise waren sie klug genug, um zu begreifen, daß sie sich von ihrer mentalen Bindung befreien konnten, wenn sie jemand anders brachten, der ihre Arbeit tun konnte. Sehr klug.«

»Aber ...«

»Sie können ihre Arbeit haben«, sagte der Mann. »Normalerweise würden Sie in den niedrigeren Rängen zum Einsatz kommen, aber wir glauben daran, daß Gerechtigkeit geübt werden muß, wo immer es möglich ist. Die Raimees sind unzweifelhaft durch Zufall auf Ihre Welt gestoßen und lockten Sie in diese Position, ohne …«

»Wie wollen Sie wissen, ob ich Ihre Arbeit tun kann?«

»Dieser Augenblick farbiger Lichterscheinungen war ein Eignungstest. Sie bestanden ihn. Nun, nehmen Sie an?«

»Was ist mit unserem Kind?« sorgte sich Martha Graham.

»Sie werden es behalten dürfen, bis es das Alter der Entscheidungsfreiheit erreicht – es deckt sich ungefähr mit dem Zeitpunkt, wenn das Kind die Statur eines Erwachsenen erreicht.«

»Und was dann?«

»Dann wird das Kind seine Stellung in der Gesellschaft einnehmen – gemäß seinen Fähigkeiten.«

»Werden wir unser Kind danach noch zu sehen bekommen?«

»Möglicherweise.«

»Was ist der Haken bei der Sache?« fragte Ted Graham.

Wieder das kalte, überlegene Lächeln. »Sie werden eine ähnliche Konditionierung wie jene erhalten, die wir den Raimees gaben. Und wir werden Ihr Gedächtnis untersuchen, um uns bei unserer Suche nach Ihrer Welt zu helfen. Die Auffindung eines neuen bewohnbaren Ortes wäre begrüßenswert.«

»Warum lockten sie uns in diese Falle?« fragte Martha Graham.

»Es ist einsame Arbeit«, erklärte der Mann. »Ihr Haus ist tatsächlich eine Art Beförderungsmittel, das Ihre Eintreibungsroute durch den Raum bereist – und die Arbeit ist mit viel Reisetätigkeit verbunden. Daher werden Sie keine Freunde haben noch Zeit für viel anderes als Ihre Arbeit. Unsere Methoden sind bisweilen notwendigerweise streng.«

»Reisen?« wiederholte Martha Graham bestürzt.

»Beinahe ständig.«

Ted Graham schwirrte der Kopf. Und hinter sich hörte er seine Frau schluchzen.

Die Raimees saßen im Wohnanhänger der Grahams.

»Ein paar Augenblicke lang fürchtete ich, er würde den Köder nicht annehmen!« sagte sie. »Ich wußte, daß du den mentalen Zwang nicht hinreichend würdest überwinden können, um sie ohne ihre vorherige Einwilligung dortzulassen.«

Raimee schmunzelte. »Ja. Und nun werde ich in allem schwelgen, das die Rojac nie gestatteten. Ich werde Gedichte und Balladen schreiben.«

»Und ich werde malen«, sagte sie. »Ach, die köstliche Freiheit!«

»Die Besitzgier hat uns dies eingebracht«, sagte er. »Die lange Beobachtung und Analyse der Grahams zahlte sich aus. Sie konnten den Handel nicht ablehnen.«

»Ich wußte, daß sie zustimmen würden. Der Ausdruck in ihren Augen, als sie das Haus sahen! Sie hatten beide ...« Sie brach ab, und ein Ausdruck des Schreckens trat in ihre Augen. »Einer von ihnen stimmte nicht zu!«

»Sie waren beide einverstanden. Du hörtest sie.«

»Das Kind?«

Er starrte seine Frau an. »Aber ... aber es ist nicht im Alter der Entscheidungsfreiheit!«

»In vielleicht achtzehn Jahren wird es im Alter der Entscheidungsfreiheit sein. Und was dann?«

Er sackte in sich zusammen. Ein Schauer überlief ihn. »Ich werde nicht imstande sein, es abzuwehren. Ich werde einen Sender bauen, die Rojac rufen und gestehen müssen!«

»Und sie werden einen weiteren bewohnbaren Ort einkassieren«, sagte sie mit tonloser Stimme.

»Ich habe es verpfuscht«, murmelte er. »Ich habe es verpfuscht!«

AUFS GESCHIRR KOMMT ES AN

1958

Hertag, 18. Domen 7102 (N.K.)
Wershteen-Stadt, Aspidiske VII

Der Sonderuntersuchungsausschuß für Intergalaktische Kultur (*siehe Seite 33*) trat ordnungsgemäß um 16.00 Uhr im Ausschußzimmer 8122 des Senatsgebäudes von Wershteen-Stadt unter dem Vorsitz von Senator Jorj C. Zolam zusammen.

Weitere Anwesende: Senator Arden G. Pingle von Proxistu I; Mergis W. Ledder, Berater des Untersuchungsausschusses; Jorj X. McKie, Außerordentlicher Ausschußsaboteur.

Senator Zolam: Ich stelle die Beschlußfähigkeit des Ausschusses fest. Unser erster Zeuge wird ... ah ... der Ehrenwerte Fusionsminister Glibbis Hablar sein.

Wir sind erfreut, Sie bei uns zu sehen, Herr Minister. Da wir davon ausgehen, daß in Ihrer Abteilung einige der besten Kulturfusionsexperten des Universums tätig sind, wollen wir uns in jeder Weise, was Unterlagen und Daten betrifft, auf sie verlassen.

Wie Sie wissen, ist unser Untersuchungsausschuß laut Senatsbeschluß 1443 der Ersten Sitzung des 803. Kongresses aktiv geworden, um eine gründliche Klärung jener Beschwerden vorzunehmen, die wirtschaftliche Gruppierungen an uns herangetragen haben. Laut dieser Beschwerden sollen die Historischen Erhaltungsteams des Büros für Kulturelle Angelegenheiten äußerst verschwenderisch mit ihren finanziellen Mitteln umgehen.

Soweit ich weiß, Herr Minister, haben Sie sich darauf vorbereitet, uns anhand eines Beispiels zu zeigen, welcher Tätigkeit Ihre Historischen Erhaltungsteams nachgehen.

Minister Hablar: Ja, Herr Senator. Ich habe nicht nur die Drei-D-Aufzeichnung eines Interviews mit einem der frühesten Pioniere von Gomeisa III mitgebracht, sondern auch eine Niederschrift des Interviews, sowie einige erklärende Dinge, die zum völligen Verständnis dieser Klage notwendig sind.

Senator Zolam: Wollen Sie die Drei-D-Aufzeichnung jetzt gleich projizieren?

Minister Hablar: Leider bin ich dazu nicht in der Lage, Herr Senator. Der Projektor ist offiziell sabotiert worden – wahrscheinlich deswegen, um Zeit für den Untersuchungsausschuß zu schinden. Ich bin peinlich berührt von meiner Unfähigkeit, zu …

Senator Zolam: Ausschußsaboteur McKie wird eine offizielle Erklärung für das Protokoll abgeben.

Saboteur McKie: Der Minister könnte vielleicht die offizielle Entschuldigung äußern, daß seine Drei-D-Aufzeichnung fehlerhaft war.

Minister Hablar: Vielen Dank, Mr. McKie. Ihr Entgegenkommen verdient tiefste Wertschätzung. Darf ich also meiner offiziellen Entschuldigung hinzufügen, daß die fehlerhafte Aufzeichnung auf die antiquierte Ausrüstung zurückzuführen war, die wir mit unseren finanziellen Mitteln im letzten Biennium weder erneuern noch ersetzen konnten?

Senator Zolam: Dieses Problem kann später von der Vollversammlung behandelt werden. Herr Minister, haben Sie die Niederschrift des Interviews mitgebracht?

Minister Hablar: Ja, Herr Senator.

Senator Zolam: Worin besteht die Bedeutung dieses speziellen Interviews?

Minister Hablar: Das Interview wurde in Lauhdorf auf Gomeisa III aufgezeichnet. Wir halten es für eins der besten, die wir je gemacht haben. Es ist besonders hinsichtlich der Mundart, die der interviewte alte Herr spricht, der sich über die kulturellen Eigenarten seiner Zeit äußert, von Interesse.

Senator Zolam: Wen haben Ihre Leute interviewt?

Minister Hablar: Sein Name ist Hilmot Gustin. Studenten der intergalaktischen Familiengeschichte wissen sofort, daß der Name Gustin – oder Gusten, Gousting, Gaustern – dem kulturellen Milieu des Prokyon entstammt – der vom Mars aus besiedelt wurde.

Senator Zolam: Wollen Sie diesen Gustin bitte für das Protokoll identifizieren?

Minister Hablar: Seine Eltern brachten ihn, als er neun Jahre alt war, während der Pionierzeit nach Gomeisa III. Das war im Jahr 6873 des Neuen Kalenders; somit ist er jetzt zweihundertachtunddreißig Jahre alt. Gustins Familie kam mit der zweiten Auswandererwelle, drei Standardjahre nach der ersten. Er lebt jetzt im Ruhestand und wohnt bei seiner Nichte.

Senator Zolam: Haben Sie ein Bild von ihm?

Minister Hablar: Nur auf Band, Herr Senator. Ein Teambericht beschreibt ihn jedoch als ... Entschuldigen Sie einen Moment, ich glaube, ich habe ihn mitgebracht. Ja ... als ›kauzigen alten Mitbürger, der nur halb so alt aussieht wie er ist – und sich auch so benimmt‹. Er ist ungefähr zwei Meter groß, hat ein schmales Gesicht, langes, graues, in der Mitte gescheiteltes Haar, wasserblaue Augen, ein spitzes Kinn, eine große Nase und große Ohren.

Senator Zolam: Eine sehr lebendige Beschreibung.

Minister Hablar: Vielen Dank, Herr Senator. Einige unserer Mitarbeiter verrichten ihre Arbeit mit beinahe künstlerischem Stolz.

Senator Zolam: Das ist unübersehbar, Herr Minister. Wollen Sie uns das transkribierte Interview jetzt zugänglich machen?

Minister Hablar: Ja, Herr Senator. Wollen Sie es lesen?

Senator Zolam: Das wird nicht nötig sein. Geben Sie es dem anwesenden Robo-Sekretär, dann wird man es von dieser Stelle an ins Protokoll einrücken!

INTERVIEW MIT HILMOT GUSTIN, PIONIER-SIEDLER
AUF GOMEISA III
AUFGENOMMEN VON DER HISTORISCHEN
ERHALTUNG

BEWAHRUNG
KULTURELLER UND GESCHICHTLICHER RELIKTE
DER
GOMEISA-PLANETEN
DURCH DAS
BÜRO FÜR KULTURELLE ANGELEGENHEITEN
zur
ANHÖRUNG
vor dem
SONDER-UNTERSUCHUNGSAUSSCHUSS FÜR
INTERGALAKTISCHE KULTUR
des
AUSSCHUSSES FÜR GALAKTISCHE FUSION,
DISPERSION,
AUSWANDERUNG
UND NIEDERLASSUNG

INTERGALAKTISCHER SENAT
803. Kongreß
Erste Sitzung
laut
Senatsbeschluß 1443
Beschlußfassung zur Ermittlung der Aktivitäten
der Historischen Erhaltungsteams
des Ministeriums für Kulturelle Angelegenheiten

---

1. Teil
Intergalaktische Abteilung für Fusion,
Ministerium für Kulturelle Angelegenheiten,
18., 19., 20., 21., 22., 23., 24., 25., 26. Domen 7102
(Neuer Kalender)
Gedruckt zur Verwendung durch das Komitee
für Galaktische Fusion, Dispersion,
Auswanderung und Niederlassung

TEAM 579 DES MINISTERIUMS
FÜR KULTURELLE ANGELEGENHEITEN,
ABTEILUNG FUSION

Interviewer Simsu Yaggata: Wir befinden uns im Heim von Mr. und Mrs. Presby Kilkau in Lauhdorf auf Gomeisa III. Wir sind hier, um Hilmot Gustin zu interviewen, den Herrn, der mir neben seiner Nichte, Mrs. Kilkau, gegenübersitzt. Mr. Gustin ist einer der wenigen noch lebenden Pioniere von Gomeisa III, und er hat sich freundlicherweise bereit erklärt, uns einige Dinge zu erzählen, die er in den alten Zeiten persönlich erlebt hat. Ihnen, Mrs. Kilkau, möchte ich für die Gastfreundschaft danken, daß ich heute bei Ihnen sein darf.

Mrs. Kilkau: Wir sind diejenigen, die sich geehrt fühlen, Mr. Yaggata.

Gustin: Ich halt's immer noch für 'ne beschissene Idee, Bessie. An sich wollt ich heut 'n bißchen angeln gehn.

Mrs. Kilkau: Aber Onkel Gus!

Gustin: Wie sieht's mit Ihnen aus, Mr. Yaggata? Würden Sie nicht auch lieber angeln gehn?

Yaggata: Tut mir leid, Sir. Unser Zeitplan erlaubt es leider nicht.

Gustin: Wie schade. Die Fische beißen nämlich wie 'n hungriger Reißvogelschwarm.

Yaggata: Sollten wir vielleicht damit anfangen, daß

Sie uns erzählen, wie Sie nach Gomeisa III gekommen sind?

Gustin: Das war '64.

Yaggata: Sie meinen 6864?

Gustin: Ja. Ich war damals noch 'n kleines Bürschchen. Mein Paps brachte uns mit der zweiten Welle von Prokyon IV rüber.

Yaggata: Soviel ich weiß, entstammen Sie einer langen Reihe von Pionieren, Sir.

Gustin: Meine Leute blieben nach'm Mars nicht stehn. Wir verbrachten fünf Generationen auf'm Mars – und dann ging's wieder los, wie 'ne Knallschote: Peng! Wir verteilten uns über die ganze Schöpfung!

Yaggata: Und mit der Mars-Auswanderung fing alles an?

Gustin: Das war mein Großvater, der ging nach Prokyon IV. Mein Paps wurde unterwegs geboren. Ich wurde auf Prokyon geboren.

Yaggata: Und was motivierte Ihren Vater, nach Gomeisa III zu gehen?

Gustin: Er hatte gehört, daß es hier grün sein sollte. Prokyon ist nichts anderes als 'n einziger Sandsturm.

Yaggata: Und was hat er gesagt, als er die purpurne Vegetation entdeckte?

Gustin: Er sagte, alles wär besser als gelber Staub.

Yaggata: Und Gomeisa III ist ein sehr schöner Planet.

Gustin: Der schönste im ganzen Universum!

Yaggata: Jetzt Sir, zu den Einzelheiten Ihres Lebens. Wir interessieren uns dafür, wie es in den alten Zeiten war. Wie waren die Umstände, als Sie hier ankamen?

Gustin: Sie waren härter als 'n Chigger-Arsch… Nehmen Sie das jetzt auf, Mr. Yaggata?

Yaggata: Ja, das tue ich.

Gustin: Also… es war ganz schön hart hier.

Yaggata: Als Sie dann hier waren, wann steckten Sie Ihr Land ab?

Gustin: Wir ham zehn oder fünfzehn Tage mit unseren Kumpels in 'nem Auffanglager rumgehangen. Dann sind wir direkt nach Lauh gegangen. 's gab noch zwei weitere Familien hier im Bezirk; die Pijuns und die Kilkaus. Bessies Mann ist 'n Enkel vom alten Effus Kilkau.

Yaggata: Wie sah es damals hier aus?

Gustin: Es gab nur Kratzgestrüpp und Mumpelkäfer hier, und dann und wann 'ne Tigerschlange. Und 'n paar Duka-Dukas, und natürlich die ekligen Reißvögel.[1]

Yaggata: Der größte Teil des Universums ist mit den schrecklichen Reißvögeln vertraut, Sir. Wir können uns freuen, daß sie ausgerottet wurden.

Gustin: Sie sind gar nicht ausgerottet! Sie warten nämlich nur in 'nem verborgenen Tal auf den Tag, wo sie …

Mrs. Kilkau: Aber Onkel Gus!

Gustin: Aber so isses doch!

Yaggata: Die Duka-Dukas – das sind doch die kleinen pelzigen, hundeähnlichen Lebewesen, nicht wahr?

Gustin: Stimmt. Aber ihr Pelz ist so steif wie Stacheldraht, und auch so gezackt. Sie kratzen noch schlimmer als Kratzdornen.

Yaggata: Was haben Sie als erstes getan, als Sie hier ankamen?

Gustin: Wir wurden krank – die Tugis waren dran schuld.

Yaggata: Die Tugis?

Gustin: Die Mediziner nannten es Fremontbläschen, nach dem alten Doc Fremont, der mit der ersten Welle ankam. Er hat entdeckt, daß sie von den Pollen der Kratzblüten hervorgerufen werden.

Yaggata: Ach so. Haben Sie sofort ein Haus gebaut?

---

1 Siehe Anmerkung am Schluß des Protokolls

Gustin: Nun, Sir, wenn wir nicht grad unsere Blasen kratzten, bauten wir an 'nem Unterschlupf mit 'nem Schütteldach und stapelten ringsrum Kratzbüsche auf, für 'ne Umzäunung, um die Duka-Dukas abzuhalten.

Yaggata: Das muß aufregend gewesen sein – dem unheimlichen Geschrei der Reißvögel und den pfeifenden Rufen der Duka-Dukas zu lauschen.

Gustin: Wir hatten alle 'n Haufen Arbeit am Hals und keine Zeit, uns aufgeregt zu fühlen.

Yaggata: Die meisten frühen Pioniere haben an ihren Namen ein bestimmtes Element dieses Planeten angehängt, Sir. Wurde Ihre Familie ebenfalls so geehrt?

Gustin: Hi, hi! Sumpf-Gustin! Den Namen kriegten wir! Ich will Ihnen mal was sagen, Mr. Yaggata: Bessie wollte, daß ich so tue, als wär unsere Familie 'ne Bande von Helden gewesen, aber Tatsache ist, wir waren nur 'n paar Mistbauern, und zwei Drittel von unserem Mist war noch Sumpf.

Yaggata: Aber Sie haben doch zweifellos ein paar spannende Erlebnisse gehabt, als Sie der Wildnis Ihren Hof abrangen.

Gustin: Es ist schon 'ne komische Sache, Mister, aber das, was die Leute für spannende Erlebnisse halten, ist für die, die sie erleben, nichts als Plackerei und Elend.

Yaggata: Gab es denn nichts, was Ihr Los erleichterte? Gab es denn gar nichts Amüsantes?

Gustin: Na ja, Sir, da war die Zeit, als Paps den Rollit[2] mitbrachte, und …

Mrs. Kilkau: Aber wirklich, Onkel Gus! Ich bin mir ziemlich sicher, daß Mr. Yaggata sich überhaupt nicht für diese blöde Transaktion interessiert, die …

Gustin: Jetzt hör mal zu, Bessie! Ich bin hier derjenige, der interviewt wird!

Mrs. Kilkau: Natürlich, Onkel Gus, aber …

Gustin: Und ich glaube, aus der Geschichte mit dem Rolliten kann jeder was lernen!

Yaggata: Es würde gewiß niemandem zum Nachteil gereichen, diese Geschichte zu hören, Sir.

Gustin: Wissen Sie, Mister, wir waren zwar alles andere als Lutscher[3] mit Notgepäck[4], aber unser Generator war den ganzen Tag beschäftigt, unsere Grundbedürfnisse zu sichern. Als der alte Effus Kilkau also annoncierte, er hätte 'n Zugtier abzugeben, war Paps sofort wild drauf, es zu kaufen.

Yaggata: Annoncierte? Wie wurde das gemacht?

Gustin: Durchs Checker-Netz[5]. Der alte Effus annoncierte, er hätte 'n zum Pflügen ausgebildeten Rollit billig abzugeben; Gewicht 2500 Kilo.

Yaggata: Manche Leute, die mit dieser Aufzeichnung arbeiten werden, wissen vielleicht nicht, was es mit dem *Rollitus Sphaericus* auf sich hat, Mr. Gustin. Würde es Ihnen etwas ausmachen, diesen Mangel zu beheben?

Gustin: Das kommt noch, mein Sohn. Nur keine Eile! Es war jedenfalls so, daß Paps einen Rollit nicht von 'ner Bowlingkugel unterscheiden konnte und daß er zu verdammt stolz war, es zuzugeben.

Yaggata: Ha, ha, ha! Und es gab niemanden, der ihn aufklären konnte?

Gustin: Tja, der alte Effus hat wohl geahnt, daß Paps keine Ahnung davon hatte, deswegen hielt er es für 'n guten Witz, ihn ordentlich reinzulegen.

Yaggata: Ach so. Und wie wurde das Geschäft abgewickelt?

Gustin: Alles lief über das Checker-Netz, und man einigte sich auf der Basis, daß Effus siebzig Galars gutgeschrieben wurden.

Yaggata: Ihr Vater hat den Rollit unbesehen erworben?

Gustin: Aber klar! Damals hat man noch keinen Heckmeck veranstaltet. Man mußte sich gegenseitig helfen ... die Leute mußten ehrlich sein, weil ihr Leben davon abhing. Erst seit wir 'ne Zivilisation haben, werden all die krummen Dinger gedreht. Außerdem wohnten wir damals so weit vom Schuß, daß es teurer gewesen wäre, hinzufahren und sich das Biest anzugucken, als es einfach rüberschicken zu lassen.

Yaggata: Es hat gewiß einen Sinn, Sir. Aber hatte Ihr Vater nicht das Verlangen, herauszufinden, was er da kaufte?

Gustin: Er hat's ja irgendwie auch versucht. Doch Paps hatte Angst, er würde wie 'n Doofi[6] dastehen. Ich weiß noch, daß er fragte, wie man einen Rollit füttert. Der alte Effus sagte, der Rollit wär auf 'n bestimmten Pfiff dressiert, und dann zöge er los, um das Land abzugrasen. Zu der Zeit meldete sich jemand übers Netz und sagte, siebzig Galars wären verdammt wenig für 'n 2500-Kilo-Rollit, und wenn Paps das Biest nicht nehmen würde, würde er's tun. Also machte Paps das Geschäft auf der Stelle.

Yaggata: Wie lieferte man den Rollit an?

Gustin: Tja, die Kilkaus waren 'n bißchen besser dran als wir. Sie hatten 'ne Frachtplattform, die sechstausend Kilo schleppen konnte. Sie packten den Rollit einfach auf das Ding drauf und flogen ihn zu uns rüber.

Yaggata: Was hat Ihr Vater gesagt, als er ihn sah?

Gustin: Sie meinen wegen des Geschirrs?

Yaggata: Ja.

Gustin: Tja, Sir, ich glaube, Paps hat nicht mal über das Geschirrproblem nachgedacht. Auf Prokyon hatten wir 'n Ziget, dem Paps 'n Geschirr mit so langen Zügeln verpaßt hat, daß man von dem grausigen Ziget-Mief nichts mitbekam. Er hat wohl gedacht, er bräuchte sich nur 'n neuen Zaumzeug-Satz zu basteln.

Yaggata: Hat er denn kein Wort übers Geschirr verloren?

Gustin: Nein. Er hatte gar keine Chance, was zu sagen. Der Rollit war nämlich wegen der Fliegerei 'n bißchen nervös. Man hatte ihn kaum runtergelassen, als er auch schon durch die Gegend rollte, und dann machte er 'ne Wendung und rollte genau über mich weg.

Yaggata: Oje! Für jemand, der noch keinen Rollit gesehen hat, muß das aber ganz schön beängstigend gewesen sein, könnte ich mir vorstellen!

Gustin: Es war ganz gut, daß Mama nichts davon gesehen hat. Sie wär auf der Stelle tot umgefallen. Ein 2500-Kilo-Rollit entwickelt nämlich aus'm Stand fuffzehnhundert Kilo Fliehkraft, und wenn er mal in Bewegung ist, rollt er wirklich! Rollits wirken aber auch ziemlich trügerisch. Sie sehen ungefähr so aus wie Riesenamöben, die über den Boden fließen. Und dann sind sie plötzlich über einem – im wahrsten Sinne des Wortes!

Yaggata: Hatten Sie keine Angst, als er Sie überrannte?

Gustin: Na ja, er haute mich um, dann war's 'ne Sekunde dunkel und 'n bißchen eng – dann war's wieder vorbei. Rollits verletzen nämlich keinen. Sie sind nämlich sehr freundlich. Es gab da mal 'n Fall drüben in Mirmon Country, da wurde so 'n Typ von seinem Rollit vor 'nem Reißvogel gerettet. Der Rollit setzte sich einfach auf ihn drauf, bis der Reißvogel dann aufgab.

Yaggata: Na, wenn das kein Erlebnis war!

Gustin: Und was für eins! Rollits bestehen nämlich zu neunzig Prozent aus beweglicher Flüssigkeit und Pumpmuskeln, und der Rest ist 'ne Haut wie 'ne flexible Panzerplatte. Ein erwachsener Rollit ist gegen jeden körperlichen Angriff immun – auch wenn's um 'n Reißvogel geht –, und wer unzerstörbar ist, ist jedermanns Freund.

Yaggata: Wie war Ihre Reaktion, als Sie von dem riesigen lebendigen Fleischball überrannt wurden?

Gustin: Nach dem ersten Schreck wollte ich es noch mal probieren. Ich fand's ganz lustig. Aber Paps schlotterte ganz schön und schickte mich rein. Es kostete den alten Effus 'ne halbe Stunde, Paps zu überzeugen, daß 'n Rollit niemand was zuleide tut, weil er sein Gewicht über 'ne so große Fläche bewegt, daß es so ist wie 'ne ordentliche Massage.

Yaggata: Ha, ha, ha. Dann stand Ihr Vater also jetzt mit einem Rollit da, ohne zu wissen, wie er ihn anschirren sollte.

Gustin: Stimmt! Er dachte sogar erst nach dem Mittagessen dran. Da war der alte Effus schon weg. Der Rollit rollte draußen rum, riß die Kratzbüsche aus und säuberte 'ne ziemlich große Fläche von ihnen. Rollits sind verdammt gute Kratzbuschausreißer.

Yaggata: Und wie ging Ihr Vater an das Problem heran?

Gustin: Er ging einfach zu dem Rollit raus, schnalzte 'n paarmal mit der Zunge und pfiff, wie's der alte Effus gesagt hatte. Dann führte er ihn zum alten Schuppen rüber, wo unser nutzloser Pflug stand. Es war ein Dreischarpflug mit 'ner Achtzig-Zentimeter-Schneide.

Yaggata: Aber wie sollte er gezogen werden?

Gustin: Mit 'nem Netzteil-Rotor. Aber wir hatten nur ein Netzteil und wollten es nicht aufs Spiel setzen.

Yaggata: Was hat Ihr Vater gesagt?

Gustin: Er sagte: »Na ja, woll'n doch mal sehn, wie wir das Viech vorne drankriegen ...« Dann hat er's erst geschnallt. Wie schirrt man ein Tier an, das den ganzen Balg rollt und sich bewegt, indem es sein Schwerkraftzentrum verlagert? Es war 'n echt großes Scheißproblem.

Yaggata: Ich habe die Zeichnungen gesehen. Sie erschienen mir ziemlich offensichtlich. Ist Ihr Vater nicht sofort darauf gekommen, wie er vorgehen mußte?

Gustin: Manchmal ist das Offensichtliche erst dann offensichtlich, nachdem jemand es einem gezeigt hat, Mister. Vergessen Sie nicht, daß Paps noch nie im Leben was gesehen hatte, das 'nem Rollit auch nur entfernt ähnlich sah. All seine Vorstellungen von Zugtieren gründeten sich auf Zigets – Wesen mit 'ner gewissen Anzahl von Beinen und 'nem Körper, der schon in irgend'n Geschirr paßt. Der Rollit war was ganz anderes.

Yaggata: Gewiß, aber ...

Gustin: Wenn man visuell an was gewöhnt ist, kann's einem das Hirn so verknoten, bis man gar nichts mehr sieht.

Yaggata: Warum hat Ihr Vater nicht einfach einen Nachbarn gerufen und ihn gefragt, wie man einen Rollit vor einen Pflug spannt?

Gustin: Paps war zu stolz dazu. Er wollte keine Fragen stellen und wie 'n Depp dastehen, aber er wollte auch nich klein beigeben. Etwa 'ne Woche gab's regelmäßig 'n Zehn-Runden-Kampf auf dem Gelände. Später kriegten wir raus, daß der alte Effus sich mit seiner halben Sippe in den Hügeln versteckt hielt und sich kaputtlachte. Man schloß Wetten ab, was wir wohl als nächstes ausprobieren würden.

Yaggata: Was haben Sie zuerst versucht?

Gustin: 'n ganz einfaches Schlingengeschirr. Paps machte es groß genug, damit es um den Rollit rumpaßte. Er lockte das Biest in die Schlinge, warf die Einbuchtung um sein oberes Vorderteil – das heißt, um das Ende, das vom Pflug wegsteht, denn Rollits haben eigentlich gar kein Vorderteil. Dann wies er das Tier an, zu ziehen. Der Rollit warf sich die Leinen, als wüßte er, was er täte. Der Pflug rutschte etwa 'n Meter nach vorn, dann war die Leine wieder ab, weil sie unter das Biest rutschte. Paps lockte es ins Geschirr zurück und befahl ihm noch mal, sich zu bewegen. Auf diese Art ging's etwa dreimal hin und her, dann war uns klar, daß er mit dem Pflügen nie fertig werden würde, wenn er den Rollit nach jedem Meter wieder anschirren mußte.

Yaggata: Und Ihre Nachbarn haben sich das alles angesehen?

Gustin: Ja. Am zweiten Tag beteiligte sich der ganze Bezirk an dem Streich. Auf unserem Hof war echt die Kacke am Dampfen.

Yaggata: Was versuchten Sie als nächstes?

Gustin: 'ne Art Netzgeschirr mit Rollen. Wir brauchten drei Tage, um es fertigzukriegen. Wir probierten es auch noch mit 'nem Vertikalgeschirr, das über und unter dem Rollit herlief. Wir schmierten den Boden ein, über den der Rollit rollen würde, aber die Schmiere verflog. Kaum war sie verflogen, rieb das Geschirr übern Boden. Der Rollit zerrieb das zäheste Geschirr in zehn Umdrehungen.

Yaggata: Und wie funktionierte das Netzgeschirr?

Gustin: Es war wirklich keine schlechte Idee. Besser als das, was unsere Nachbarn damals verwendeten, hätte er's perfektioniert.

Yaggata: Was verwendeten Ihre Nachbarn?

Gustin: So 'ne Art Gehege auf Rädern, mit Rollen vorn dran, die über die Vorderseite des Rollit liefen. Hinten waren Zaumzeugringe dran. Man öffnete das Gehege an einer Seite, um den Rollit reinzulassen, dann hakte man die Ausrüstung an, und der Rollit zog das ganze Ding.

Yaggata: Jetzt bin ich aber neugierig. Warum ist Ihr Vater nicht mal rübergeschlichen und hat zugeschaut, wie die Nachbarn ihre Rollits einsetzten?

Gustin: Hat er ja versucht. Aber sie ließen ihn auflaufen. Die Nachbarn setzten nie 'n Rollit ein, wenn Paps in der Nähe war. Es war wie 'ne absurde Komödie. Man lud ihn auf 'n Gläschen Süffi ein, und wenn Paps dann darauf zu sprechen kam, wie's bei ihnen so beim Pflügen zuging, und sie bat, ihm mal ihre Geräte zu zeigen, war nie was dabei, das 'nem Rollit-Geschirr auch nur entfernt ähnlich sah.

Yaggata: Ähm… Was ging mit dem Netzgeschirr schief, das er ausprobierte?

Gustin: Es war nicht groß genug, um ganz um die

Front des Rollit zu passen. Und die Rollen blieben ewig stecken, weil das Schlingensystem nicht perfekt war.

Yaggata: Wie hat er das Problem schließlich gelöst?

Gustin: Er beruhigte sich und fing an, geradeaus zu denken. Zuerst stellte er den Pflug in die Mitte unseres Ackers. Dann stationierte er den Rollit um den Pflug herum, erst eine Seite, dann die andere. Und dann – hatte er es.

Yaggata: Ich bin wohl ein bißchen schwer von Begriff, wenn es um das Erfassen offen ersichtlicher Verbindungen geht: Dann war Ihr Vater also der Erfinder des Standard-Rollitors?

Gustin: Er hat ihn sich ausgedacht.

Mrs. Kilkau: Onkel Gus! Du hast uns ja nie erzählt, daß dein Vater ein Erfinder war! Ich habe nie geahnt …

Gustin: Er war kein Erfinder. Er war nur ein verdammt guter, praktisch veranlagter Pionier. Was die Idee des Ur-Rollitors angeht, wäre jeder drauf gekommen, wenn er nur zweimal darüber nachgedacht hätte. Was glaubst du, was der Geschichtsverein von Gomeisa alles versucht hat, um …

Mrs. Kilkau: Meinst du das verstaubte alte Schrottding draußen in Lagerhaus Nummer zwei?

Gustin: In diesem verstaubten alten Schrott befindet sich der erste Sumpfkremketscher[7] deiner Mutter! Und mittenmang in diesem verstaubten alten Schrott steht der erste Rollitor!

Yaggata: Soll das heißen, Sie haben den ersten Rollitor noch?

Gustin: Na klar doch, da draußen im Lagerhaus.

Yaggata: Ja … aber das Ding ist unbezahlbar! Könnten wir mal rausgehen und es uns ansehen?

Gustin: Wüßte keinen Grund, der dagegen spricht.

Mrs. Kilkau: Ach, Onkel Gus! Es ist doch so dreckig da draußen, und …

Gustin: Ein bißchen Schmutz hat noch keinem

geschadet, Bessie! *Arghh!* Das Knie, an dem mich der Reißvogel gepackt hat, plagt mich diese Woche wieder wahnsinnig. Schade, daß man heutzutage keine Rollits mehr sieht. Es gibt nichts Schöneres als 'ne Rollit-Massage, um den Blutkreislauf aufzupeppen.

Yaggata: Sind Sie mit einem Reißvogel zusammengestoßen?

Gustin: Na klar, mehrmals.

Yaggata: Können Sie uns davon erzählen?

Gustin: Später, mein Sohn. Sehen wir uns erst den Rollitor an.

(Das Band enthält an dieser Stelle einen Bruch, der geflickt werden sollte. – *Anm. des Bearbeiters.*)

Yaggata: Wir befinden uns jetzt in einer Ecke des Lagerhauses Nummer zwei. Die im Hintergrund aufgestapelten Kisten, die Sie sehen, sind Sumpfkrem-Behälter. Sie sind nicht nur wichtig für die Kosmetikindustrie, sondern stellen auch das Hauptprodukt des Gustin-Kilkau-Hofes dar.

Gustin: Das hier ist ein Klettereisen zur Förderung des Rohkupfers, das wir im Nebelgebiet entdeckt haben.

Yaggata: Und das muß der Ur-Rollitor sein, der an diesem Pflug befestigt wurde.

Gustin: Stimmt! Es ist ein ganz einfaches Ding: Es besteht aus vier Holzrollen, die in zwei V-Formationen stehen, ein Satz über dem anderen, und das ganze Ding ist hinten direkt mit dem Pflug verbunden.

Yaggata: Die Rollen sind ziemlich groß.

Gustin: Wir hatten einen großen Rollit. Sehen Sie die Sperrstange hier?

Yaggata: Ja.

Gustin: Sie bestimmt die Höhe der Rollen und die Entfernung zwischen den beiden Sätzen, die an die Frontkrümmung unseres Rollits paßten. Der Rollit bewegt sich einfach gegen diese Rollen nach oben. Ein

Rollenansatz fährt oben über seine Frontalkrümmung, der andere unten. Der Rollit klemmt sich irgendwie dazwischen und schiebt.

Yaggata: Wozu dienen die Räder des Pflugrahmens?

Gustin: Sie hielten die Pflugtiefe ein.

Yaggata: Es ist wirklich ein einfaches Instrument.

Gustin: Einfach! Wir haben unseren Rollit so dressiert, daß er alles allein pflügte!

Yaggata: Was hielten Ihre Nachbarn davon?

Gustin: Ich sag Ihnen, plötzlich lachte keiner mehr über Paps! Nach 'nem Monat hatten sie ihre Zuggehege klammheimlich weggeschmissen. Das neue Ding wurde 'ne Weile ›Gustin-Rollitor‹ genannt, doch dann kürzte man den Namen ab.

Mrs. Kilkau: Das habe ich ja gar nicht gewußt! Das muß man sich mal vorstellen! Und mitten in unserem Lagerhaus! Ja ... Der Geschichtsverein ...

Gustin: Der kann warten, bis ich nicht mehr lebe! Es gibt mir 'n befriedigenden Schub, hin und wieder hier reinzuschauen und den verstaubten alten Schrott anzufassen. Es tut gut, wenn man sich daran erinnert, woher man kommt.

Mrs. Kilkau: Aber Onkel Gus ...

Gustin: Auch du stammst von Kleinbauern ab, Bessie! Es waren feine Menschen! Das herrliche Leben, das ihr heute führt, wär nicht drin, wenn sie und ihr verstaubter alter Schrott nicht gewesen wären!

Mrs. Kilkau: Aber ich halte es für selbstsüchtig, dieses unbezahlbare Ding hier einfach so ...

Gustin: Klar ist es selbstsüchtig! Aber Selbstsucht ist das Vorrecht derer, die ordentlich ihrer Arbeit nachgegangen sind und lange genug gelebt haben, um auch mal zurückzuschauen. Wenn du mal darüber nachdenkst, Mädchen, war ich derjenige, der erkannt hat, was die Sumpfkrem für 'ne tolle Sache ist! Ich hab ein Recht darauf, selbstsüchtig zu sein!

Mrs. Kilkau: Ja, Onkel Gus. Ich kenne die Geschichte.

Yaggata: Aber wir kennen sie nicht, Mr. Gustin. Würde es Ihnen etwas ausmachen, uns …

Gustin: Ja, würd es … Vielleicht ein andermal, mein Sohn. Jetzt bin ich 'n bißchen müde; ich leg mich besser was hin.

Yaggata: Natürlich, Sir! Sollten wir einen Termin ausmachen, um …

Gustin: Ich werd Sie rufen lassen, mein Sohn. Rufen Sie nicht an. *Uuuaaaahh!* Verdammte Reißvogelwunde! Aber eins erzähl ich Ihnen noch, mein Sohn: Ich seh Ihren Job jetzt anders. Es ist nützlich für uns alle, wenn wir uns bewußt machen, woher wir kommen. Wenn die Leute, die Ihre Aufzeichnungen zu sehen kriegen, Grips haben, werden sie auch darüber nachdenken, woher sie gekommen sind. Es kann ihnen nur guttun!

(Das Band endet hier. Zusätzliche Notiz besagt, daß Hilmot Gustin in den folgenden Tagen erkrankte. Das zweite Interview wurde auf unbestimmte Zeit verschoben. – *Anm. des Bearbeiters.*)

Senator Zolam: Haben Sie sonst noch Aufzeichnungen, die Sie uns zeigen wollen, Herr Minister?

Minister Hablar: Ich habe gehofft, mein Staatssekretär für Kulturelle Angelegenheiten würde es schaffen, heute hier zu erscheinen, aber leider wurde er zu einer multilateralen Tagung mit Vertretern der Ringplaneten gerufen.

Saboteur McKie: Dafür war ich verantwortlich, Herr Minister. Die Ausschuß-Mitglieder sind heute ein bißchen knapp mit Zeit.

Minister Hablar: Ach so.

Senator Zolam: Da momentan nichts weiter vorliegt, vertagt sich der Sonder-Untersuchungsausschuß in Sachen Intergalaktische Kultur bis morgen um 16.00 Uhr.

ANMERKUNGEN

1 Reißvögel oder Pseudo-Pterodaktylus, einheimische Lebensform auf Gomeisa III. Ein fliegendes Reptil (jetzt ausgestorben), das eine Spannweite von zehn Metern erreichte. Ein Geschöpf mit giftigen (Säure verspritzenden) Fängen, die aus den Nasenflügeln wuchsen.

2 Rollit, genus *Rollitus Sphaericus*, ausgerottet auf Gomeisa III während der mutierten Mastitis-Epidemie von 6990. Eine kleine Herde existiert noch im Galaktischen Zoo von Aspidiske III, obwohl dies die schwere planetenangepaßte Spezies ist. Das Original war eine eiförmige, eierlegende Kreatur, die einen ungefähren Durchmesser von zwanzig Metern erreichte und sich durch Gewichtsverlagerung fortbewegte.

3 Lutscher: arme Leute.

4 Notgepäck: die minimale Pionierausrüstung, die von der Siedlungskommission vorgeschrieben wurde: dem örtlichen Klima angepaßte Kleidung (zwei Garnituren); ein Hellerit-Generator; Handwerkszeug zur Erschließung örtlicher Ressourcen, für den Bau von Unterkünften und zur Bearbeitung des Landes.

5 Checker-Netz: Das täglich ausgestrahlte Rundfunkprogramm, das während der Pionierzeit auf allen Planeten unerläßlich war.

6 Doofi: Narr, Tölpel; jemand, den man leicht reinlegen kann.

7 Sumpfkremketscher: die plumpe und unverständliche Abdachung, die man ursprünglich dazu verwendete, den fliegenden Quark abzulagern, die vom *Calophyllum Gomeisum*, dem gewöhnlichen Sumpfgebüsch von Gomeisa III, ausgeschieden wird.

WERBEN MIT BESCHRÄNKTER HAFTUNG

1961

An dem Morgen, als der Agentur das Problem mit der Raumarmierung in den Schoß fiel, frühstückte Gwen Everest in ihrem gewohnten Restaurant, einem automatisierten Lokal mit Einzelplatznischen, das sich auf alleinstehende Damen spezialisiert hatte. Ihre Bestellung schob sich aus dem Schlitz hervor auf den Tisch, und sofort schaltete die Speisekartenprojektion auf dem Tisch auf die Verkaufswerbung von Interdormas neuestem interpretierenden Telelog um.

»Ihr eigener, persönlicher Traumdeuter! Der geheime Gefährte für jede Neurose!«

Gwen starrte die zollhohen Buchstaben an, die über ihren Spiegeleiern tanzten. Sie hatte diesen Werbetext geschrieben. Das Frühstück unter der Projektion sah plötzlich unschmackhaft aus. Sie schob den Teller von sich.

Auf dem Fußgängertransportband nach Manhattan hinein schwirrte ein kleiner Flugroboter, dessen Sinne auf ihre Empfänglichkeiten programmiert waren, neben ihrem Ohr. Er forderte zum Kauf eines Jahresvorrats von Geramyl auf – »das Frühstücksgetränk, das Ihnen hilft, länger zu leben!«

Die Verkaufsmasche dieses Morgens war Gwen Everests eigene Idee: eine Lebensversicherungspolice mit bezahlter Prämie für das erste Jahr – »absolut KOSTENLOS, wenn Sie dieses Angebot jetzt annehmen!«

In einer Aufwallung von Jähzorn wandte sie sich dem Flugroboter zu und zischte ein Codewort, das sie einem Wartungsingenieur entlockt hatte. Der Flugroboter schoß plötzlich in erratischer Flugbahn aufwärts und zerschellte an einer Hauswand.

Ein kleiner Bruch in ihrer Beherrschung. Ein Beginn.

Der Korridor zu den Büros der Geschäftsleitung von Hucksting Battlemont & Singlemaster wartete mit Displays der jüngsten Werbekampagne für die Religion des Monats auf. Gwen passierte die ganze Skala von Layouts, Anzeigen, Werbetexten, Fernsehspots, Plakaten und lebensgroßen Aufstellern in verführerischen Posen. Alles, was dazugehörte.

»Werden Sie jetzt Mitglied im Religion-des-Monats-Club, und Sie erhalten diese Religionen völlig KOSTENLOS! Sie bekommen den vollständigen Text der Schwarzen Messe mit Einführung in den Mystizismus!«

Zusätzlich zu alledem war sie gezwungen, eine Tonbandberieselung über sich ergehen zu lassen: »Geben Sie sich nicht mit halber Sicherheit zufrieden! Glauben Sie an alles! Machen Sie Bekanntschaft mit afrikanischer Hexerei! Finden Sie den Wahren Weg!«

Wo der Korridor einen Knick machte, standen lebensgroße Kunststoffaufsteller von männlichen und weiblichen Gestalten in stimulierendem Fleischrelief. Geheimnisvoll verfremdete Stimmen säuselten: »Finde Frieden und Erfüllung durch Tantrismus.«

Ein fröstelndes Erschauern überlief Gwen. Sie floh in ihr Büro und ließ sich in ihren Drehsessel fallen. Mit wachsendem Entsetzen wurde ihr klar, daß sie jedes Wort dieser Kampagne entweder selbst geschrieben oder gutgeheißen hatte und daß jede Verkaufshilfe, die im Korridor zur Schau gestellt war, auf ihre Ideen zurückging.

Das Interphon auf ihrem Schreibtisch ließ sein geflötetes »Guten Morgen« hören. Sie schaltete schnell die Bildübertragung aus. Der Anblick eines ihrer Mitarbeiter war das Letzte, was sie in ihrer gegenwärtigen Stimmung sehen wollte.

»Wer ist da?« fragte sie scharf.

»Gwen?« Die Stimme war unverkennbar: André Battlemont, einer der drei Namen auf dem Totempfahl der Agentur.

»Was gibt es?« fragte sie.

»Unsere Gwenny ist heute morgen nicht in bester Stimmung wie?«

»Ach, Freud!« Sie drückte die Ausschalttaste, beugte sich vor, stützte die Ellbogen auf den Schreibtisch und schlug die Hände vors Gesicht. Machen wir uns nichts vor, dachte sie. Ich bin achtundvierzig, alleinstehend und eine treibende Kraft in einer Industrie, die die Menschheit an der Gurgel gepackt hat. Ich bin eine berufsmäßige Würgerin.

»Guten Morgen«, flötete das Interphon.

Sie ignorierte es.

»Eine Würgerin«, sagte sie.

Gwen erkannte das grundlegende Problem. Sie hatte es seit ihrer Kindheit gekannt. Ihr Universum war eine ständige Wiederaufführung von ›Des Kaisers neue Kleider‹. Sie sah die Nacktheit.

»Guten Morgen«, flötete das Interphon.

Sie ließ die rechte Hand vom Gesicht fallen, drückte die Taste. »Was ist?«

»Hast du mich abgeschaltet, Gwen?«

»Und wenn ich es getan habe?«

»Gwen, bitte! Wir haben ein Problem.«

»Wir haben immer Probleme.«

Battlemonts Stimme ging um eine Oktave herunter. »Gwen. Es ist ein Großes Problem.«

Unheimlich, wie der Großbuchstaben aussprechen kann, dachte sie. Sie sagte: »Laß mich in Ruhe.«

»Du hast dein Interdorma abgeschaltet gelassen!« warf Battlemont ihr vor. »Das darfst du nicht tun. Die Neurose kann sich an dich anschleichen.«

»Ist das der Grund deines Anrufes?« fragte sie.

»Natürlich nicht.«

»Dann laß mich in Ruhe!«

Darauf griff Battlemont zu einem Mittel, dessen Anwendung, wie jeder in der Agentur wußte, bei Gwen Everest gefährlich war. Er betätigte den Unterdrückerknopf, um gegen ihren Willen Sichtverbindung über ihr Interphon herzustellen.

Nach dem ersten Augenblick zorniger Überraschung interpretierte Gwen die Handlung richtig als einen Akt der Verzweiflung. Sie wurde neugierig. Sie starrte in das rundliche Gesicht mit den hellen Augen (entschieden zu klein, diese Augen), die Knollennase und den breiten, dünnlippigen Mund über dem fliehenden Kinn.

Auch der Haaransatz befand sich in vollem Rückzug.

»André, du siehst schlimm aus«, sagte sie.

Er ließ die Beleidigung unbeachtet. Er hielt seine Stimme in der Dringlichkeitsoktave und sagte: »Ich habe eine Belegschaftsversammlung einberufen. Du mußt sofort kommen.«

»Warum?«

»Wir haben hier zwei Leute vom Militär, Gwen.« Er schluckte. »Es ist eine äußerst schwierige Lage. Entweder lösen wir ihr Problem, oder sie ruinieren uns. Sie wollen jeden Mann in der Agentur dienstverpflichten!«

»Sogar dich?«

»Ja!«

Sie schob die rechte Hand zur Notabschaltung des Interphons. »Dann mach's gut, André.«

»Gwen! Mein Gott! Du kannst mich in solch einer Situation nicht hängenlassen!«

»Warum nicht?«

Er sprach in atemloser Hast. »Wir werden dir eine Gehaltserhöhung genehmigen. Einen Bonus. Ein größeres Büro. Mehr Hilfe.«

»Ihr könnt euch mich schon jetzt nicht leisten«, sagte sie.

»Ich bitte dich, Gwen. Mußt du mich quälen?«

Sie schloß die Augen, dachte: Die Insekten! Die verdammten kleinen Insekten mit ihren miesen Emotionen! Warum kann ich ihnen nicht sagen, daß sie alle zur Hölle fahren sollen? Sie öffnete die Augen und fragte: »Was für Militärs sind das?«

Battlemont wischte sich die Stirn mit einem pastellblauen Taschentuch. »Die Raumverteidigung«, sagte er. »Der weibliche Hilfsdienst. Die freiwilligen Meldungen sind beinahe auf Null gesunken.«

Sie war trotz ihres Unwillens interessiert. »Was ist geschehen?«

»Es hat mit der Raumarmierung zu tun. Näheres weiß ich noch nicht. Ich bin zu aufgeregt.«

»Warum haben sie uns die Pistole auf die Brust gesetzt? Ich meine, das Ultimatum.«

Battlemont blickte nach links und rechts, beugte sich näher. »Es geht das Gerücht, daß sie eine neue Theorie erproben, wonach kreative Menschen unter extremem Stress besser arbeiten.«

»Wieder die Militärpsychologen«, sagte sie. »Diese Esel!«

»Aber was können wir tun?«

»Geh nur schon zur Konferenz.«

»Und du wirst auch kommen, Gwen?«

»In ein paar Minuten.«

»Laß nicht zu lange auf dich warten, Gwen.« Wieder fuhr er sich mit dem blauen Taschentuch über die Stirn. »Wenn ich an die möglichen Auswirkungen denke, Gwen, wird mir angst und bange.«

»Mit gutem Grund.« Sie blinzelte ihm zu. »Ich sehe dich schon vor mir: Nichts an bis auf einen bleiernen Lendenschurz, und Brennstoff in einen radioaktiven Meiler schaufeln. Freud, was für ein Bild!«

»Das ist kein Scherz, Gwen!«

»Ich weiß.«

»Du wirst helfen?«

»Auf meine Weise, André.« Sie unterbrach das Gespräch.

André Battlemont wandte sich von seinem Interphon, stand auf und ging durch sein Büro zu einem echten islamischen Gebetsteppich. Er ließ sich darauf nieder und machte Front zu der vollverglasten Außenwand, die nach Osten orientiert war und den mittleren Teil Manhattans überblickte. Dies war das 1479. Stockwerk, und wenn die Wolken sich hoben, hatte man eine phantastische Aussicht. Heute morgen aber lag die Stadt unter einer tiefen Wolkendecke verborgen.

Hier oben schien immerhin die Sonne, wenn auch nicht in Battlemonts Stimmung. Ein Angstzyklus zitterte seine Nervenbahnen entlang, aber er schloß die Augen und machte Yoga-Atemübungen, um diese Nerven zu beruhigen. Die Militärs konnten warten. Sie mußten warten. Der Umstand, daß er in die allgemeine Richtung von Mekka blickte, war ein Überbleibsel aus der Zeit vor zwei Monaten, Yoga war einen Monat alt. Es gab immer dies oder das, was man mit hinübernahm.

Battlemont war vor knapp einem Jahr dem Religion-des-Monats-Club beigetreten – verführt von der Motivationskampagne seiner eigenen Agentur und der Aussicht auf weitere Aufträge aus dieser Richtung.

In diesem Monat war es der Reinspirationskult des erneuerten St. Freud.

Eine Versuchsprojektion überlagerte die Aussicht auf die Wolkendecke unter ihm. Sie begann die neueste, von Gwen Everest inspirierte Verkaufsargumentation von IBM vorzutragen. Große, regenbogenfarbene Buchstaben tanzten über den wattigen Hintergrund.

»IBMausoleum hilft Ihnen, Ihren Rat unsterblich zu machen! Wir speichern Ihre Stimme und Ihre Denkweise in unzerstörbaren elektronischen Gedächtnisspeichern! Wenn Sie nicht mehr sind, können Ihre Angehörigen Ihrer Stimme lauschen, die ihre Fragen genauso beantworten wird, wie Sie es im Leben getan haben würden!«

Battlemont schüttelte den Kopf. Die Agentur, in Sorge wegen ihrer Abhängigkeit von der lebenden Gwen Everest, hatte sie einige Male bei Konferenzen heimlich aufgenommen. Das war illegal, hatte aber ohnehin zu nichts geführt. Der IBMausoleumscomputer hatte schon bei der ersten von Gwens Geisterstimme gestellten Frage gestreikt.

»Manche Leute haben Denkmuster, die zu kompliziert sind, um eine genaue Aufzeichnung der Psyche zu gestatten«, hatte der Ingenieur erklärt.

Battlemont machte sich nichts vor. Das einzig Geniale der drei Agentureigner bestand darin, daß sie das Genie Gwen Everest anerkannten. Sie *war* die Agentur.

Solch eine Angestellte zu haben, kam dem Ritt auf einem Tiger gleich. Hucksting, Battlemont & Singlemaster ritten diesen Tiger seit zweiundzwanzig Jahren. Battlemont brauchte nicht die Augen zu schließen, um sich ihre Erscheinung ins Gedächtnis zu rufen: eine große, schlanke Frau, aber mit einer gewissen Anmut. Ihr Gesicht war schmal, beherrscht von kalten blauen Augen, eingerahmt von welligem rötlichblondem Haar. Sie hatte Witz und einen scharfen Verstand, und vor allem die nützliche Fähigkeit, aus völliger Verwirrung Verkaufsideen zu entwickeln.

Battlemont seufzte.

Er liebte Gwen Everest. Seit zweiundzwanzig Jahren. Sie war der Grund, daß er nie geheiratet hatte. Sein Interdorma erklärte es damit, daß er von einer starken Frau beherrscht sein wollte.

Aber das erklärte nur. Es half nicht.

Einen Augenblick lang dachte er wehmütig an Singlemaster und Hucksting, die beide ihren dreimonatigen Jahresurlaub im geriatrischen Zentrum auf Oahu verbrachten. Battlemont fragte sich, ob er es wagen könne, Gwen zu bitten, ihren Urlaub zusammen mit ihm zu nehmen. Nur einmal.

Nein.

Er begriff, was für eine jämmerliche Figur er auf dem Gebetsteppich abgab. Ein dicklicher kleiner Mann in einem ziemlich unattraktiven blauen Anzug.

Die Schneider taten für ihn, was sie konnten. Sie nannten es das ›Hervorheben Ihrer guten Seiten‹. Doch außer wenn er sich in einem Vesta-Spiegel betrachtete, wo die Musterkleider auf sein eigenes, idealisiertes Bild rückprojiziert wurden, konnte er nie genauer bestimmen, was diese ›guten Seiten‹ waren.

Gwen würde ihm mit Sicherheit einen Korb geben.

Das fürchtete er mehr als alles andere. Solange die Möglichkeit blieb ...

Die Erinnerung an die wartende Abordnung der Raumverteidigung drängte sich in seine betrübten Gedanken. Ein Zittern durchlief Battlemont und unterbrach die Yoga-Atemübung. Immerhin hatte die Übung ihren üblichen Effekt: ein leichtes Schwindelgefühl. Er rappelte sich schwerfällig auf.

»Man kann dem Schicksal nicht davonlaufen«, murmelte er.

Das war ein Überbleibsel vom Karma-Monat.

Gwen behauptete, der Konferenzraum der Agentur sei dem Kaiserzimmer eines florentinischen Bordells nachgebildet. Jedenfalls war es ein großer Raum mit schwer vergoldetem barocken Stuck, der sich von der Decke zu den geschnitzten Wandverkleidungen herabzog und Deckengemälde von Dali-Landschaften mit Amoretten im Stil Cellinis umspielte.

In diesen barocken Rahmen hatte man einen zwei Meter breiten und zwölf Meter langen Tisch aus einem Stück gezwungen, ein von schweren hölzernen Stühlen eingezäuntes Musterexemplar im Wallstreetstil des 20. Jahrhunderts. Vergoldete Briefbeschwerer und Aschenbecher auf Rädern zierten jeden Platz.

Die Luft im Raum war blau vom Rauch der Stimmungszigarren. Das um den Tisch versammelte Agenturpersonal bekämpfte auf seine Weise die depressive Wirkung der beiden Offiziere der Raumverteidigung, eines Generals und eines Brigadiers des weiblichen Hilfsdienstes, die in flankierenden Positionen neben Battlemonts leerem Stuhl saßen. Es herrschte eine teils angespannte, teils gedrückte Stimmung, die nur wenig leichte Unterhaltung aufkommen ließ. Um so mehr wurde mit Papier geraschelt. Alle Teilnehmer waren über das Ultimatum im Bilde.

Battlemont kam durch seine Seitentür, ging unauffällig zu seinem Platz am Kopfende des Tisches und ließ sich auf den Stuhl sinken, bevor seine Knie nachgaben. Er blickte von einem stirnrunzelnden militärischen Gesicht zum anderen.

Keine Reaktion.

Er räusperte sich. »Tut mir leid, daß ich… ah… Dringende Geschäfte. Unvermeidlich.« Er warf einen besorgten Blick in die Runde. Kein Zeichen von Gwen. Er lächelte den beiden Besuchern zu.

Keine Reaktion.

Zu seiner Rechten saß Brigadier Sonnet Finnister vom militärischen Hilfsdienst, dessen Angehörige überwiegend im Nachrichtenwesen arbeiteten. Battlemont war entsetzt gewesen, als er ihren Gang gesehen hatte. Ein Schritt wie ein Feldwebel, energisch und nüchtern. Sie trug die etwas abgewandelte Uniform des weiblichen Hilfsdienstes: einen gerade geschnittenen Rock mit Gehschlitz, eine Bluse und eine Uniformjacke, die dem Waffenrock ihres männlichen Offizierskollegen ähnelte und knochige Hüften wie den Mangel an oberer Entwicklung vorteilhaft kaschierte. Auf dem Kopf saß eine flache Schirmmütze, die dem einzigen Zweck zu dienen schien, eine zu hohe und zu breite Stirn zu verbergen. Sonnet Finnister nahm die Mütze selten ab. Ein weiter Umhang, den sie jetzt abgelegt hatte, vervollständigte ihre Erscheinung.

(Battlemonts eilige private Nachforschungen hatten ergeben, daß die Schirmmützen dieses Zuschnitts bei den meisten Nachrichtenhelferinnen des Dienstes wenig beliebt waren, weil sie den meisten Frauen nicht standen.)

Zu Battlemonts Linken saß General Nathan Owling vom Ingenieurkorps der Raumverteidigung. Er schien einmal ein Musterexemplar des blonden Athletentyps gewesen zu sein, der das gegenwärtige Bild der Offizierskaste prägte, doch war er mit den Jahren ergraut und füllig geworden. Seine blauen Augen erinnerten Battlemont an Gwens Augen, doch wirkten sie kälter.

Wenn das möglich war.

Jenseits von Owling saß Leo Prim, der künstlerische Leiter der Agentur. Er war ein magerer, noch junger Mann, dünn bis zur Auszehrung. Sein langes schwarzes Haar war von Natur aus wellig. Er hatte eine schmale Römernase, seelenvolle braune Augen, ein gespaltenes Kinn und einen großzügigen Mund mit vollen, geschwungenen Lippen. Zwischen ihnen steckte eine Stimmungszigarre.

Wenn Battlemont seine eigene Erscheinung hätte wählen können, so hätte er gern wie Leo Prim ausgesehen. Romantisch. Prim blickte zu ihm her, und Battlemont schenkte ihm ein verstohlen-kameradschaftliches Lächeln.

Keine Reaktion.

Sonnet Finnister trommelte mit knochigen Fingern auf die Tischplatte. In Battlemonts Ohren nahm es sich wie die dumpfen Trommelwirbel eines Trauermarsches aus.

»Sollten wir nicht besser beginnen?« fragte sie.

»Sind wir alle versammelt – endlich?« fragte Owling.

Battlemont schluckte einen Klumpen in seiner Kehle hinunter. »Nun … ah … nein … ah …«

Owling öffnete seinen Aktenkoffer, überflog einen nachrichtendienstlichen Bericht und blickte in die Tischrunde. »Miss Everest fehlt«, verkündete er.

»Könnten wir nicht ohne sie anfangen?« sagte Finnister.

»Wir werden warten«, meinte Owling. Er genoß die Situation. Man muß die verdammten Parasiten von Zeit zu Zeit mit der Peitsche kitzeln! dachte er. Das zeigt ihnen, wo sie stehen.

Finnister fixierte Owling mit einem starren Falkenblick, der manchen männlichen Offizierskollegen bis hinauf zum Obersten das Fürchten gelehrt hatte. An Owling prallte er jedoch wirkungslos ab. Wäre auch ein Wunder gewesen, dachte sie bei sich, wenn das Oberkommando mir nicht einen Machotyp wie Owling beigegeben hätte!

»Ist man hier vor Schnüfflern sicher?« fragte Owling.

Battlemont sandte einen düster dräuenden Blick, dem es jedoch an der nötigen Wattstärke gebrach, zu seinen Leuten, die im Dunst des Stimmungsrauches um den Tisch saßen. Kein Blick begegnete ihm. »Schnüffler, sagen Sie? Ja, da haben Sie recht; schnüffeln ist alles, was hier je getan wird!«

»Was?« Owling erhob sich halb von seinem Stuhl.

»Schnüffler und Wichtigtuer!« bekräftigte Battlemont. »Mein ganzes Personal!«

»Ohh.« Owling ließ sich auf den Stuhl zurücksinken. »Ich meinte eine andere Art Schnüffelei.«

»Ach, das.« Battlemont zuckte die Achseln und vermied es, zu den verborgenen Monitorlinsen im Deckenstuck aufzublicken. »Wir können es uns nicht leisten, unsere Ideen von anderen Agenturen rauben zu lassen, wissen Sie. Hier sind wir absolut sicher.«

Diesen Augenblick wählte Gwen Everest für ihren Auftritt. Aller Blicke folgten ihr, als sie durch den Raum schritt.

Battlemont bewunderte ihre Anmut. Solch eine feminine Frau, trotz ihrer Kraft! So verschieden von diesem weiblichen Brigadier.

Gwen fand einen überzähligen Stuhl an der Seitenwand und schob ihn zwischen Battlemont und Finnister an den Tisch.

Die Leiterin des Hilfsdienstes musterte sie feindselig. »Und wer sind *Sie?*«

Battlemont beugte sich vor, um an Gwen vorbeizusehen. »Dies ist Miss Everest, unsere … ah …« Er hielt verwirrt inne. Gwen hatte in der Agentur niemals einen offiziellen Titel gehabt. Hatte nie einen gebraucht. Jeder wußte, daß sie der kreative Kopf der Agentur war. »Miss Everest ist unsere … ah … Direktorin für Konzeption und Koordination«, sagte Battlemont.

»Aber das ist ja ein wundervoller Titel!« sagte Gwen. »Ich muß ihn auf mein Briefpapier drucken lassen.« Sie tätschelte Battlemont die Hand, sah ihn an und sagte im verschwörerhaften Tonfall der einsatzbereiten Geheimagentin: »Heraus mit der Sprache, Chef. Wer sind diese Leute? Was geht hier vor?«

General Owling nickte ihr zu. »Ich bin Owling, General des Ingenieurkorps der Raumverteidigung.« Er zeigte auf das Raketenemblem an seinem Oberarm. »Meine Kollegin hier ist Brigadier Finnister vom WHR.«

Gwen hatte das berühmte Finnister-Gesicht erkannt. Sie lächelte strahlend und sagte: »Brigadier Wehaer!«

»Finnister!« fauchte die andere.

»Ja, natürlich«, sagte Gwen. »Brigadier Finnister Wehaer. Aber wir müssen nicht zu zwanglos werden, wissen Sie.«

Finnister sagte langsam, jedes Wort betonend: »Ich-bin-Brigadier-Sonnet-Finnister-vom-Weiblichen-Hilfsdienst-der-Raumverteidigung!«

»Oh, wie dumm von mir«, sagte Gwen. »Natürlich!« Sie tätschelte ihr die Hand, lächelte Battlemont zu.

Battlemont, der die Falschheit dieser Stimmung in Gwen Everest wohl erkannte, hätte sich am liebsten unsichtbar gemacht.

In diesem Augenblick begriff Gwen mit einem Anflug von Furcht, daß sie einen psychischen Punkt erreicht hatte, an dem es kein Zurück mehr gab. Etwas in ihrem Verstand war ausgerastet. Sie blickte um den Tisch. Vertraute Gesichter sprangen ihr mit unwirklicher Klarheit entgegen. Starrende Blicke. (Der beste Teil einer Konferenz war, Gwen in Aktion zu sehen.) Ich halte das alles nicht mehr aus. Ich muß mich erklären.

Sie konzentrierte sich auf die Militärs. Die übrigen Leute in diesem Raum besaßen kleine Stückchen von ihr, aber nicht diese beiden. Owling und Finnister. Offiziere. Symbole. Ziele!

Laß die Späne fliegen, wohin sie wollen! Feuer frei, Gridley. Schießen Sie, wenn Sie müssen, auf diesen alten grauen Kopf... Wartet, bis ihr das Weiße in ihren Augen seht.

Gwen nickte vor sich hin.

Ein Fehltritt, und die Agentur war ruiniert.

Wen kümmert es?

Alles das war in einem Sekundenbruchteil komprimiert, aber die Entscheidung war gefallen.

Rebellion!

Gwen lenkte ihre Aufmerksamkeit auf Owling. »Würden Sie so freundlich sein, dieses Hinauszögern zu beenden und die Sitzung zu eröffnen?«

»Hinauszögern...?« Owling schüttelte den Kopf. Der nachrichtendienstliche Bericht erwähnte, daß Gwen Everest eine Vorliebe für Schocktaktiken hatte. So begnügte er sich mit einem knappen Kopfnicken und gab es an Finnister weiter.

Diese wandte sich zu Battlemont: »Wie wir Ihnen bereits erklärten, wurde Ihre Agentur für eine wichtige Ausgabe ausgewählt, Mr. Battlefield.«

»Battlemont«, sagte Gwen.

Finnister hielt inne. »Wie?«

»Sein Name ist Battlemont, nicht Battlefield«, sagte Gwen.

»Was soll dabei sein?«

»Namen sind wichtig«, sagte Gwen. »Sie werden das sicherlich anerkennen.«

Finnister errötete. »Durchaus!«

Owling sprang in die Bresche. »Wir sind autorisiert, dieser Agentur ein Erfolgshonorar von der doppelten Höhe des üblichen Satzes zu zahlen«, sagte er. »Im Falle von Nichterfüllung oder eines Mißerfolgs werden wir jedoch alle männlichen Beschäftigten hier durch eine Dienstverpflichtung zur Raumverteidigung einziehen!«

»Was für eine dämliche Idee!« sagte Gwen. »Unsere Leute würden die Raumverteidigung zerstören. Von innen.« Wieder lächelte sie Battlemont zu. »André hier könnte das ganz allein bewerkstelligen, nicht wahr?« Sie tätschelte ihm die Wange.

Battlemont versuchte sich auf dem Stuhl so klein wie möglich zu machen. Er vermied es, die militärischen Verhandlungspartner anzusehen, und murmelte: »Gwen ... bitte ...«

»Wie meinen Sie das, die Raumverteidigung zerstören?« verlangte Finnister zu wissen.

Gwen überging die Frage und wandte sich zu Owling. »Das zeigt wieder einmal, was dabei herauskommt, wenn die Militärpsychologie sich geistig überanstrengt«, sagte sie. »Ich kann ihren Mief in jedem Wort riechen.«

Owling runzelte die Stirn. Tatsächlich betrachtete er alles Subjektive mit dem Argwohn des praktisch denkenden Technikers. Darin konnte er diese Everest verstehen. Aber das Militär mußte nach außen hin Schulterschluß zeigen. Er sagte: »Ich glaube nicht, daß Sie in der Lage sind, militärische Entscheidungsprozesse zu beurteilen. Lassen Sie uns das Problem angehen, das wir ...«

»Militärische Entscheidungsprozesse!« Gwen trommelte mit den Fingern auf den Tisch. »Zerstörung Ihrer Streitkräfte durch innere Zersetzung! Das ist es. Obstruktion! Über die Stränge schlagen!«

»Gwen!« sagte Battlemont.

»Natürlich«, sagte Gwen. Sie nahm Finnister ins Visier. »Würde es Ihnen sehr viel ausmachen, Ihr Problem in einfachen Begriffen darzustellen, die unsere unmilitärischen Gehirne verstehen können?«

Eine Pause, ein feindseliges Starren. Finnister stieß die Worte durch steife Lippen hervor. »Die freiwilligen Meldungen zum Hilfsdienst sind besorgniserregend zurückgegangen. *Sie* werden dies berichtigen.«

Battlemont nickte energisch.

»Frauen können Männer in zahlreichen nichtkämpferischen Funktionen ersetzen und für den Kampfeinsatz freimachen«, sagte Owling.

»Und es gibt viele Aufgaben, die Frauen besser erfüllen können als Männer«, ergänzte Finnister.

»Der Einsatz von Frauen in den verschiedensten militärischen Bereichen ist absolut unverzichtbar«, sagte Owling.

»Absolut«, bekräftigte Finnister.

»Ich nehme an, Sie können Frauen nicht einziehen?« sagte Gwen.

»Wir versuchten einen Gesetzentwurf durchzubringen«, sagte Owling. »Der zuständige Ausschuß wird von einer militärfeindlichen Frau geleitet.«

»Gut für sie«, sagte Gwen.

»Sie scheinen nicht die richtige Person für diese Aufgabe zu sein«, sagte Owling. »Vielleicht ...«

»Regen Sie sich ab«, erwiderte Gwen.

»Miss Everest ist die beste Kraft in der Branche«, erklärte Battlemont.

»Warum sind die freiwilligen Meldungen zurückgegangen?« fragte Gwen. »Sie haben die üblichen Untersuchungen vorgenommen, nehme ich an.«

»Es sind die armierten Schutzanzüge«, sagte Finnister. »Sie finden bei Frauen keinen Anklang.«

»Zu mechanisch«, sagte Owling. »Zu praktisch.«

»Wir brauchen mehr ... Ausstrahlung«, sagte Finnister. Sie rückte an ihrem Mützenschirm.

Gwen warf einen stirnrunzelnden Blick auf die Mütze und dann auf Finnisters Uniform. »Ich habe die veröffentlichten Bilder von den armierten Schutzanzügen gesehen«, sagte sie. »Was wird darunter getragen? Etwas wie Ihre Uniform?«

Finnister unterdrückte ihren Unmut. »Nein. Sie tragen besondere Arbeitsanzüge.«

»Die armierten Schutzanzüge können während des Aufenthalts im Raum nicht abgelegt werden«, sagte Owling.

»So? Wie ist es mit Körperfunktionen und dergleichen?«

»Der Schutzanzug ist für alles eingerichtet«, sagte Owling.

»Anscheinend nicht ganz«, murmelte Gwen. Sie nickte zu sich selbst, überlegte.

Battlemont richtete sich auf. Die Atmosphäre im Konferenzraum schien sich etwas entspannt zu haben. Die Leute waren alle wachsam und still, die Stimmung etwas aufgehellt. Gwen schien die Lage in den Griff zu bekommen. Die gute alte Gwen. Schwer zu sagen, worauf sie abzielte. Wie gewöhnlich. Aber sie würde dieses Problem lösen. Wie immer. Es sei denn ...

Er sperrte die Augen auf. Konnte es sein, daß sie mit ihnen spielte? Er versuchte sich in Gwens Denkmuster zu versetzen, aber das war unmöglich. Nicht einmal IBMausoleum schaffte das. Unberechenbar. Sicher war nur, daß Gwen die Vorstellung der auf Raumfrachtern sich abplagenden dienstverpflichteten Mitarbeiter der Agentur ungemein erheiternd finden würde.

Battlemont seufzte.

Brigadier Finnister sagte gerade: »Das Problem besteht nicht darin, Frauen für den freiwilligen Dienst in den Heimatstützpunkten zu finden. Aber wir brauchen sie auch in den Schiffen, den Asteroidenstationen, den …«

»Damit wir uns recht verstehen«, sagte Gwen. »Meine Ururgroßmutter war auch schon als Nachrichtenhelferin im Militärdienst. Sie nannte es die ›Wackes‹ oder so ähnlich.«

»WACS«, sagte Finnister.

»Ja, das muß es gewesen sein. Es war während des Krieges gegen Spanien.«

»Japan«, sagte Owling.

»Worauf ich hinauswill, ist etwas anderes: Warum all das plötzliche Interesse und der dringende Bedarf an Frauen? Meine Ururgroßmutter hatte ihre liebe Not, sich eines Obersten zu erwehren, der hinter ihr her war … Ist dies eine Art Kniff, um Frauen für das Offizierskorps der Raumverteidigung zu beschaffen?«

Finnister konnte das rasch unterdrückte Schmunzeln um den Tisch nicht entgehen, und ihre Miene verdüsterte sich noch mehr.

»Meine liebe Miss … ah … Everest«, erwiderte Owling, »unsere Motive sind über jeden Zweifel erhaben. Wir benötigen die Fähigkeiten der Frauen, um die Verteidigungskraft der Menschheit zu stärken und unsere allgemeine Sicherheitslage zu verbessern. In unseren Streitkräften marschieren Männer und Frauen Seite an Seite für ein gemeinsames Ziel.«

Gwen starrte ihn in offener Bewunderung an. »Sprechen Sie weiter!« sagte sie.

»Es ist mein Ernst«, sagte Owling stirnrunzelnd.

»Sie sind ein Dichter!« sagte Gwen. »Oh … und ich habe Ihnen unrecht getan. In meiner schmutzigen Phantasie dachte ich, Sie wollten Frauen für niedrige

Zwecke. Und dabei wollten Sie *Kameradinnen*. Gefährtinnen für diese hohe, verantwortungsvolle Aufgabe.«

Wieder erkannte Battlemont die Gefahrensignale. Er suchte sich zu einem möglichst kleinen Ziel zusammenzuziehen. Die meisten Mitarbeiter um den Tisch erkannten die Signale auch, aber sie fühlten sich als Zuschauer und verfolgten fasziniert das Geschehen.

»Genau!« bekräftigte Finnister.

Gwens Stimme eruptierte in zornigem Fauchen: »Und all die kleinen Bastarde werden nach den Sternen in der Jungfrau benannt, wie?«

Es dauerte einen langen Augenblick, bis Finnister und Owling merkten, daß sie übertölpelt worden waren. Finnister fuhr von ihrem Stuhl hoch.

»Setzen Sie sich!« blaffte Gwen. Sie grinste. Sie amüsierte sich großartig. Die Rebellion verschaffte ihr ein euphorisches Hochgefühl.

Owling öffnete den Mund, schloß ihn wieder. Finnister sank zurück auf ihren Stuhl.

»Kommen wir zur Sache!« verkündete Gwen. »Sehen wir uns dieses blecherne Wunder der Technik an, das wir für Sie mit einer Ausstrahlung versehen sollen.«

Finnister fand etwas, worauf sie ihre schockierte Aufmerksamkeit konzentrieren konnte. »Armierte Schutzanzüge bestehen größtenteils aus Kunststoff, nicht aus Blech.«

»Was immer«, erwiderte Gwen unbekümmert. »Zeigen Sie mir Ihre Eiserne Jungfrau.«

General Owling holte zweimal tief Luft, um seine Beherrschung zu wahren, öffnete den Aktenkoffer und zog eine Mappe mit Fotos und technischen Zeichnungen heraus. Er schob sie Gwen mit einer zögernden Bewegung zu, als befürchte er, sie könnte mit der Mappe seine Hand ergreifen. Jetzt war ihm klar, daß die unglaubliche nachrichtendienstliche Meldung richtig war: diese erstaunliche Frau war der eigentliche Kopf der Agentur.

»Da haben Sie Ihre – Eiserne Jungfrau«, sagte er mit einem gezwungenen Schmunzeln.

Gwen durchblätterte die Mappe, während die anderen zusahen.

Battlemont ließ sie nicht aus den Augen. Er hatte etwas erkannt, was die anderen Mitarbeiter noch nicht begriffen hatten. Gwen war nicht die übliche Gwen Everest. Ihr Verhalten war anders als sonst – eine unbekümmerte Provokationslust beherrschte sie, eine offensichtliche Gleichgültigkeit gegen alle daraus entstehenden Folgen. Etwas war oberfaul; sie war unberechenbar geworden!

Ohne von den Blättern aufzublicken, sagte Gwen: »Diese Uniform, die Sie tragen, Brigadier Finnister. Haben Sie die selbst entworfen?«

»Was? Oh, teilweise, ja.«

Battlemont zitterte.

Gwen wendete eine Seite um, schüttelte den Kopf. Ohne aufzusehen, sagte sie: »Wie ist es mit dem Umhang und der Mütze? Haben Sie die auch entworfen?«

»Ja«, stieß Finnister mit gepreßter Stimme hervor.

Gwen blickte zur Mütze auf und sagte in beiläufigem Ton: »Wohl das gräßlichste Ding, was ich je gesehen habe.«

»Nun, von allen Unverschämtheiten ...«

»Sind Sie eine Modeschöpferin?« fragte Gwen in höflichem Ton.

Finnister schüttelte den Kopf, als müsse sie ihn von Spinnweben befreien. »Ich weigere mich, Ihre ...«

»Sie sind *keine* Modeschöpferin?« drängte Gwen. »Dachte ich mir.« Sie blickte wieder in die Mappe, blätterte weiter.

Finnister funkelte sie in sprachloser Wut an.

Gwen blickte zu Owling auf. »Warum haben Sie sich für diese Agentur entschieden?«

Owling schien Schwierigkeiten zu haben, seine Aufmerksamkeit auf Gwens Frage zu richten. »Sie waren... Wir wurden unterrichtet, daß diese Agentur eine der erfolgreichsten, wenn nicht die erfolgreichste im Werbegeschäft sei...«

»Wir wurden also als Fachleute eingestuft?«

»Ja, wenn Sie es so ausdrücken wollen.«

»Ich will es so ausdrücken.« Sie blickte zu Finnister. »Also überlassen wir das Entwerfen den Fachleuten, ist das klar? Sie lassen Ihre Finger davon. Verstanden?« Sie schoß Owling einen Blick harter Entschlossenheit zu, ließ ihn dann zu Finnister weiterwandern.

»Ich weiß nicht, wie Sie sich dazu stellen«, sagte Finnister zu Owling, »aber ich habe endgültig genug!«

»Wenn Ihnen an Ihrer militärischen Laufbahn liegt, setzen Sie sich wieder hin und hören Sie zu«, sagte Gwen. Sie starrte Owling an. »Haben Sie verstanden?«

Owling schüttelte den Kopf, verblüfft über die Dreistigkeit dieser Frau. Als er merkte, daß sein Kopfschütteln als Verneinung interpretiert werden konnte, wollte er nicken, entschied aber noch rechtzeitig, daß dies würdelos sei. Er hielt den Kopf still und räusperte sich. Eine erstaunlich arrogante Person! dachte er.

Gwen schob die Mappe den Tisch entlang zu Leo Prim, dem künstlerischen Leiter. »Sagen Sie mir, General Owling«, sagte sie, »warum der armierte Schutzanzug so unförmig ist?«

Leo Prim blätterte durch den Inhalt der Mappe und schmunzelte.

»Großartig, nicht?« sagte Gwen, dann wandte sie ihre Aufmerksamkeit wieder Owling zu. »Irgendein eselhafter Ingenieur ohne psychologische Einfühlung entwickelte einen armierten Schutzanzug für Frauen, den er zur besseren Unterscheidung mit einem Busen ausstattete.« Sie blickte zu Finnister. »Sie haben das Ding erproben lassen, nehme ich an?«

Finnister nickte mit steinerner Miene.

»Ich hätte Ihnen die Mühe ersparen können«, sagte Gwen. »Ein Grund mehr, daß Sie gut daran tun würden, sorgfältig darauf zu hören, was Fachleute zu sagen haben. Keine Frau, die ihre fünf Sinne beisammen hat, würde in dieses Ding steigen. Sie würde sich unförmig fühlen – und sie würde sich nackt fühlen!« Sie schüttelte den Kopf. »Was für eine Kombination!«

Owling befeuchtete sich die Lippen. »Die Armierung muß hinreichenden Schutz vor harter Strahlung bieten, gegen extreme Temperaturen isolieren und darf die Bewegungsfreiheit unter Weltraumbedingungen nicht beeinträchtigen«, sagte er. »Außerdem enthält ein Schutzanzug eine Reihe lebenserhaltender Systeme. All diese Dinge sind unverzichtbar, darum kann er nicht kleiner oder dünner gemacht werden und trotzdem Raum für eine Person bieten.«

»Gut«, sagte Gwen. »Ich habe die Anfänge einer Idee.«

Sie schloß die Augen und überlegte. Diese militärischen Nullen waren leichte Ziele, sagte sie sich. Beinahe eine Schande, sie abzuschießen. Sie öffnete die Augen und blickte zu Battlemont. Seine Augen waren geschlossen, er schien zu beten. Könnte der Ruin des armen André und seiner lieben Leute sein, dachte sie. Was für eine prachtvolle Kollektion von professionellen Würgern! Nun, läßt sich nicht ändern. Wenn Gwen Everest von der Bühne abtritt, geht sie in einem Glorienschein ab! Mit fliegenden Fahnen! Volle Kraft voraus! Ohne Rücksicht auf Verluste!

»Nun?« sagte Owling.

»Vermutlich haben Sie Spezialisten, die uns in technischen Fragen beraten können.«

»Selbstverständlich.«

Battlemont öffnete die Augen und starrte Gwen in den Nacken. Ein Hoffnungsstrahl durchbrach seine Panik. War es möglich, daß Gwen eine konstruktive Haltung einnahm, statt das Enfant terrible zu spielen?

»Ich brauche auch alles Material darüber, welche psychologischen Typen die besten Kandidatinnen für das weibliche Hilfskorps abgeben«, sagte Gwen. »Wenn es solch einen Typ überhaupt geben kann.«

Battlemont schloß die Augen, erschauerte.

»Ich glaube nicht, daß ich in meiner gesamten Laufbahn jemals so arrogant behandelt worden bin!« brach es aus Finnister hervor. »Ich weiß nicht, wie Sie sich dazu stellen, aber ich werde ...«

»Einen Augenblick, bitte«, sagte Owling mit beschwichtigend erhobener Hand. Er sah, daß Gwen ihm zulächelte. In der nachrichtendienstlichen Beurteilung war erwähnt worden, daß diese Frau ›wahrscheinlich ein Genie‹ sei und mit Einfühlung behandelt werden sollte.

»Ich bedaure nur, daß das Gesetz uns nicht die Möglichkeit gibt, auch Frauen per Dienstverpflichtung einzuziehen!« sagte Finnister.

»Dann würden Sie dieses Problem nicht haben, nicht wahr?« erwiderte Gwen. Sie beschenkte Finnister mit einem beseligten Lächeln.

»Ich weiß, daß diese Verhandlungen und die Auftragsvergabe in unserem Ermessen liegen, Brigadier Finnister, und ich stimme Ihnen zu, daß wir zum Gegenstand einiger schwer erträglicher Beleidigungen und Anwürfe gemacht worden sind, die zu unterbinden Mr. Battlemont offensichtlich nicht Manns genug ist, aber ...«

»Wurde höchste Zeit«, sagte Gwen ungerührt.

Ein heftiges Schaudern durchlief Battlemont. Wir sind verloren! dachte er.

»Wir sollten«, fuhr Owling fort, »unsere persönlichen Gefühle nicht einer Entscheidung zum Wohle des Dienstes überordnen. Diese Agentur wurde als diejenige ausgewählt, welche am ehesten geeignet scheint, das Problem zu lösen.«

»Das könnte ein Fehler gewesen sein!« sagte Finnister.

»Nicht wahrscheinlich.«

»Sie sind entschlossen, den Auftrag an diese … diese irrationalen Leute …« Sie brach ab, legte beide Handflächen auf die Tischplatte.

»Es scheint ratsam«, sagte Owling. Diese Gwen Everest wird unser Problem lösen, dachte er. Kein Problem könnte ihr widerstehen. Kein Problem würde es wagen!

General Owling war gwenophil geworden.

»Wie Sie meinen«, knurrte Finnister. »Ich werde mir mein Urteil vorbehalten.«

Brigadier Finnister war gwenophob geblieben.

Was Teil von Gwen Everests Programm war.

»Ich nehme an, Sie werden von Zeit zu Zeit für technische und allgemeine Konsultationen zur Verfügung stehen?« sagte Gwen.

»Unsere Untergebenen werden sich um die Einzelheiten kümmern«, sagte Owling. »Brigadier Finnister und ich sind nur am Gesamtbild interessiert, dem Schlüssel zum Erfolg.«

»Gesamtbild, Schlüssel zum Erfolg«, murmelte Gwen. »Wundervolle Idee …«

Owling stand auf, blickte zu Finnister. »Wollen wir gehen?«

Auch Finnister stand auf, wandte sich zum Gehen. »Auf der Stelle!«

Einer auf jeder Seite des langen Tisches, marschierten sie zur Tür. Als sie dort anlangten und Owling sie öffnete, sprang Gwen auf und rief mit lauter Stimme: »Ach-tung!«

Die beiden Offiziere hielten einen Moment inne, wandten sich beinahe um, besannen sich noch rechtzeitig eines Besseren. Sie gingen hinaus und warfen die Tür hinter sich zu. In der Stille ertönte Battlemonts klagende Stimme: »Gwen, warum zerstörst du uns?«

»Euch zerstören? Sei nicht albern!«

»Aber Gwen …«

»Bitte sei still, André; du unterbrichst meinen Gedankengang.« Sie wandte sich zu Leo Prim. »Leo, nimm diese Zeichnungen und Fotos von der Dicken Berta und sieh zu, was wir daraus machen können. Ich brauche Computerüberarbeitungen unter Berücksichtigung der technischen Gegebenheiten, Projektionen, einen Gesamtentwurf der Kampagne.«

»Alles klar«, sagte Prim.

»Gwen, was willst du machen?« fragte Battlemont. »Du sagtest selbst, daß ...«

»Du plapperst, André«, sagte Gwen. Sie blickte zur Decke auf. Eine der Cellini-Amoretten schien ihr mit einem Auge zuzuzwinkern. »Wir haben die üblichen Mitschnitte von dieser Konferenz, nehme ich an?«

»Natürlich«, sagte Battlemont.

»Nimm die Videoaufzeichnung, Leo«, sagte Gwen, »und schneide eine Sequenz daraus zusammen, die nur Brigadier Finnister zeigt.«

»Ja, okay«, sagte Prim. »Nichts als Finnister. Was soll darauf zu sehen sein?«

»Die Uniform mit Umhang und Mütze«, sagte Gwen. »Vor allem diese Mütze!«

»Ich verstehe nicht«, sagte Battlemont in klagendem Ton.

»Gut«, sagte Gwen. »Und Leo, wenn die Computerüberarbeitungen und Projektionen fertig sind, kommst du mit Restivo und Jim Spark und noch ein paar deiner besten Entwerfer zu mir. Wir werden ...«

»Und Ben Adams allen voran«, sagte Battlemont.

Gwen wandte den Kopf und starrte auf ihn hinab. Es war einer der seltenen Augenblicke in ihrer Zusammenarbeit, da Battlemont sie mit etwas überraschte.

Ich frage mich, ob unser lieber André menschlich sein könnte? überlegte sie. Nein! Ich muß an Gehirnerweichung leiden.

»André«, sagte sie, »geh und mach eine Meditationspause, bis es Zeit ist, unsere nächste Konferenz einzuberufen, ja? So ist es brav.«

Wenn sie mich früher beleidigte, war es immer wie ein Scherz zwischen uns, dachte Battlemont bekümmert. Aber nun versucht sie mich zu verletzen. Das war ihm Anlaß, sich um Gwen zu sorgen, nicht um die Agentur. Seine Gwen brauchte Hilfe, und er wußte nicht, was er tun sollte.

»Zeit für deine Meditationspause«, sagte Gwen. »Oder laß dir von Interdorma die Stimmung aufmöbeln? Probier's mal mit der neuen Medi-Nische. Eine Nische zur rechten Zeit erspart dem Geist so manches Leid!«

»Ich ziehe es vor, für unsere letzten gemeinsamen Stunden wach zu bleiben«, sagte Battlemont. Der Gedanke schnürte ihm die Kehle zu. Er stand auf, um darüber hinwegzukommen, nahm die Schultern zurück und richtete einen verzweifelnden Blick auf Gwen. »Ich fühle die Zukunft wie ein riesiges Ungeheuer über uns kauern!« Damit machte er kehrt und verließ den Konferenzraum durch die Tür zu seinem Büro.

»Was, zum Teufel, meinte er damit?« fragte Gwen.

Prim zuckte die Achseln. »Dies ist der Monat von St. Freud. Da sind Vorausschau, außersinnliche Wahrnehmung und Zweites Gesicht angesagt, solche Sachen.«

»Ach, natürlich«, sagte sie. »Wir haben die Broschüre dazu herausgebracht.« Gleichwohl beunruhigte sie Battlemonts Abgang. Er sah so jämmerlich aus, dachte sie. Was wird, wenn der Schuß nach hinten losgeht und er dienstverpflichtet wird? Es könnte passieren. Leo und der Rest von diesen Würgern könnten es überstehen, aber André ... Sie zuckte die Achseln. Für eine Umkehr war es jetzt zu spät.

Die Abteilungsleiter umdrängten Gwen am Tisch. »Gwen, was ist mit der Produktion von ...« – »Wenn ich irgendwelche Termine einhalten soll, brauche ich mehr ...« – »Wir werden unsere anderen Aufträge liegenlassen müssen ...«

»Ruhe!« schrie Gwen.

Dann lächelte sie freundlich in die erschrockene Stille. »Ich werde die anstehenden Fragen mit jedem von euch einzeln besprechen, sobald ich einen neuen Vorrat Schnupftücher zum Tränenabwischen für euch habe. Aber das Wichtigste zuerst. Problem Nummer eins: Wir schaffen uns den Affen vom Hals. Hm?«

Und sie dachte: Ihr armen Trottel, ihr wißt nicht einmal, wie nahe ihr dem Verhängnis seid. Ihr denkt, Gwen nimmt wie gewöhnlich die Dinge in die Hand. Aber Gwen ist es egal. Gwen kümmert es keinen fliegenden Furz mehr. Gwen geht in einem Glorienschein von der Bühne ab! In das Tal des Todes ritten die sechshundert! Oder waren es vierhundert? Egal. Krieg ist Hölle. Ich bedaure nur, daß ich meiner Agentur nur ein Leben geben kann. Gebt mir Freiheit oder gebt mir den WHR.

»Du willst diesen beiden militärischen Typen an die Gurgel gehen, ist es das?« fragte Leo Prim.

»Militärische Taktik«, sagte Gwen. »Keine Überlebenden! Macht keine Gefangenen! Tod dem Weißen in ihren Augen!«

»Was?« sagte Prim.

»Nimm gleich in Angriff, was ich dir gesagt habe«, sagte sie.

Prim blickte auf die Mappe, die Owling zurückgelassen hatte. »Computerbearbeitungen dieser Dicken Berta ... Projektionen ... eine Videosequenz über Finnister. In Ordnung.« Er schüttelte den Kopf und schnalzte. »Weißt du, diese Sache könnte zu einem vollständigen Reinfall werden.«

»Es könnte sogar noch schlimmer werden«, meinte Gwen.

Ein anderer sagte: »Es ist das absolut Schlimmste, was ich je gesehen habe. Dienstverpflichtet!«

Und Gwen dachte: Oho, jemand leidet unter Beklommenheit! Plötzlich kam ihr eine Eingebung: »Der absolut schlimmste Reinfall.« Ihre Miene heiterte sich auf. »Das ist großartig! Einen Augenblick, all ihr reizenden Menschen.«

Alle unterbrachen ihre Vorbereitungen zum Aufbruch und sahen sie in erwartungsvollem Schweigen an.

»Es ist beantragt worden, daß wir dieses Geschäft den Absolut Schlimmsten Reinfall nennen«, sagte sie.

Die anderen lachten.

»Bisher«, sagte Gwen, »mußten wir uns mit kleinen, mittleren und vollständigen Reinfällen begnügen. Jetzt haben wir den Absolut Schlimmsten Reinfall! Reimt sich auf das Grunzen von jemand, der ein paar in die Magengrube kriegt.«

Sie stimmte in das Lachen der anderen ein und mußte es abwürgen, als es in schrille Hysterie überzugehen drohte. Was ist bloß los mit mir? fragte sie sich. Sie blitzte Prim an. »Also los, an die Arbeit, Leute! Ich sehe keinen hier, der in Uniform eine gute Figur abgeben würde.«

Das Lachen erstarb in nervösem Glucksen. »Diese Gwen!«

Gwen spürte, daß sie hinausmußte. Es war wie ein Gefühl von Übelkeit. Sie nahm ihre Tasche und eilte zum Seitenausgang. Ihre Rebellion hatte den Glanz verloren. All diese Leute hingen und zogen an ihr, nahmen Stückchen von ihr, die sie niemals wiedergewinnen konnte. Es machte sie zornig. Sie hätte am liebsten getreten, gebissen und gekratzt. Statt dessen lächelte sie starr. »Entschuldigt mich. Darf ich da durch? Verzeihung. Danke. Entschuldigt mich.«

Und ein Bild von André Battlemont drängte sich immer wieder in ihr Bewußtsein. Solch ein jämmerlicher kleiner Kerl. So … na … süß. Unsinn! Süß? Vielleicht in einer verabscheuungswürdigen Weise …

Fünfundzwanzig Tage blätterten vom Kalender. Fünfundzwanzig Tage der Konfusion und Hektik. Gwen war in ihrem Element. Sie warf sich auf das Problem. Diese Sache mußte genau richtig sein. Ein würdiger Abschluß. Ihre Unterschrift am Fuß der Seite.

Technische Fachleute von Militär und Industrie gaben sich in der Agentur die Türklinke in die Hand. Spezialisten für Gelenkbau und Strahlenabschirmung, für Lufterneuerung und Abfallaufbereitung, für Elektronik und Energieelemente, Feinmechaniker und Kunststofftechniker für die neuen mutablen Kunststoffe.

Und die Modeberater, die nur mit Gwen zusammentrafen.

Es war keine einfache Aufgabe, sicherzugehen, daß jeder der militärischen Spezialisten nur zu sehen bekam, was sein Fachgebiet betraf.

Endlich kam der Tag der großen Präsentation. Gwen hatte ein Nebenzimmer ihres Büros für besondere Zwecke einrichten lassen. Sie nannte es ›mein Einschüchterungszimmer‹. Die Einrichtung war beinahe Rokoko: zierliche kleine Stühle und Tische mit geschwungenen Beinen, zart geblasene gläserne Blütenkelche an den Wandleuchten, Wandbespannungen mit Schäferszenen und Amoretten und eine perspektivische Deckenmalerei, die den Raum weitaus höher erscheinen ließ, als er war.

Die Stühle sahen aus, als müßten sie unter dem Gewicht eines mittelgroßen Mannes zusammenbrechen. Jeder (mit Ausnahme eines gepolsterten Thronsessels, der für Gwen hinter einem Wandvorhang bereitstand) hatte einen leicht vorwärts geneigten Sitz. Die Sitzenden glitten darauf langsam und unmerklich nach vorn.

Die kleinen Tische waren reine Ziergegenstände. Wer mehr als einen Notizblock darauf legen wollte, mußte es auf dem Schoß halten oder am Boden ablegen. Das zwang zu einem gelegentlichen Blick auf den Teppich.

Auch dieser wartete mit verblüffenden optischen Verzerrungseffekten auf. Der Uneingeweihte glaubte in ein Aquarium zu blicken.

General Owling saß auf einem der abgeschrägten Stühle. Er versuchte seinen Blick von der Wandbespannung vor sich abzulenken, aus der ihn eine pastellfarbene Amorette anlächelte. Links davon saß André Battlemont. Er sah krank aus. Owling schob sich auf dem Stuhl rückwärts an die Lehne. Zu seiner Rechten saß Brigadier Finnister an einem hochbeinigen, wacklig aussehenden Tischchen, und er wunderte sich, warum sie so vorwärts geneigt auf dem Stuhl saß.

Verdammt unbequeme kleine Stühle!

Er bemerkte, daß Battlemont einen der großen Stühle aus dem Konferenzraum für sich hereingebracht hatte. Warum konnten sie nicht alle diese großen, festen Stühle haben? Und warum fand diese Sitzung nicht in dem großen Konferenzraum statt? Sein Blick fand wider Willen zurück zur Wandbespannung gegenüber. Dieses verdammte Engelchen mit seinem schelmischen Lächeln! Er blickte auf den Teppich, schnitt ein Gesicht, riß seinen Blick los.

Finnister hatte auf den Teppich gesehen, als sie hereingekommen war, und beinahe das Gleichgewicht verloren. Nun versuchte sie ihre Aufmerksamkeit davon abzulenken. Beunruhigende Gerüchte beschäftigten ihren Geist. Die individuellen Berichte der technischen Fachleute gaben jedoch kein schlüssiges Gesamtbild. Sie rückte auf ihrem Stuhl, schob sich rückwärts gegen die Lehne. Was für ein ungemütlicher Raum. Wenn das Rokoko wenigstens echt und einheitlich wäre! Die Intuition sagte ihr, daß der Raum auf subtile Weise geplant sei, Besucher zu verunsichern. Ihr latenter Zorn auf Gwen Everest flammte wieder auf. Die Frau ließ wieder auf sich warten.

Battlemont räusperte sich und blickte zur Tür: Mußte sie sich immer verspäten? Gwen hatte ihn seit Wochen gemieden. Zu beschäftigt. Nun, an diesem Morgen, brauchte sie ihn plötzlich. André Battlemont mußte vorgeführt werden. Eine Galionsfignr. Ein Requisit für ihre Schau. Dennoch war er ziemlich gut darüber im Bilde, was sie tat, zumindest im physikalischen Sinne, nach außen hin. Sie mochte imstande sein, einige Leute hier im unklaren über ihre Aktivitäten zu lassen, aber André Battlemont hatte sein eigenes Nachrichtensystem. Was hingegen in ihrem Kopf vorging, war nicht mit Gewißheit zu sagen.

Finnister sagte: »Unsere Techniker informierten uns, daß Sie besonderes Interesse an den Eigenschaften der neuen mutablen Kunststoffe gezeigt haben.«

»Das ist richtig«, sagte Battlemont.

»Warum dieses Interesse?« fragte Owling.

»Ach, vielleicht sollten wir lieber auf Miss Everest warten«, wich Battlemont aus. »Sie hat eine Vorführung vorbereitet.«

»Sie haben schon Modelle in Originalgröße?« fragte Owling.

»Ja.«

»Gut! Wie viele Modelle?«

»Eins. Unsere Empfangsdame. Ein hübsches Mädchen.«

»Was?«

»Ach so! Sie meinen ... das heißt, wir haben das eine Modell für die Vorführung. Eigentlich sind es zwei, aber nur eins aus ...« Er verstummte mit einem hilflosen Achselzucken, unterdrückte ein Schaudern. Finnister und Owling tauschten Blicke.

Battlemont schloß die Augen. Wenn sie sich nur beeilen würde! Der Gedanke an ihre Lösung des militärischen Problems trieb ihm den Schweiß auf die Stirn. Ihre Grundidee war natürlich vernünftig. Gute psychologische Grundlage. Aber das Militär würde sich niemals dafür erwärmen, diese Generalin, die wie ein Unteroffizier ging. Battlemont hörte die Tür gehen und öffnete mit einem Seufzer der Erleichterung die Augen.

Gwen schob einen Projektor auf einem Wagen herein. Blicke gegenseitiger Abneigung schossen zwischen Gwen und Finnister hin und her, doch maskierte Gwen den ihrigen sofort mit einem strahlenden Lächeln.

»Guten Morgen, alle miteinander«, zirpte sie.

Gefahrensignal! dachte Battlemont. Sie ist verrückt! Sie ist… Er brach ab, untersuchte den Gedanken näher. Vielleicht ist sie es wirklich. Durch Überarbeitung.

»Wir sind neugierig, was Sie auf die Beine gebracht haben«, sagte Owling. »War gerade im Begriff, einen Zwischenbericht anzufordern, als Sie zu diesem Treffen einluden.«

»Wir wollten erst etwas haben, was Sie als Ingenieur einschätzen können«, sagte Gwen.

Owling nickte.

»Unsere Gewährsleute berichten, daß Sie sehr um Geheimhaltung bemüht gewesen sind. Warum?«

»Die Wände haben Ohren. Geschwätzigkeit kann gefährlich sein! Geben Sie sich nicht mit halber Sicherheit zufrieden!« Sie brachte den Projektor in der Mitte des Raums in Position, nahm die Fernsteuerung und zog ihren Stuhl hinter dem Wandvorhang heraus. Dann setzte sie sich Finnister und Owling gegenüber.

Sekunden vergingen, während sie fasziniert auf Finnisters Knie starrte.

»Gwen?« sagte Battlemont.

Finnister zog an ihrem Rocksaum.

»Was haben Sie uns zu zeigen?« fragte Owling. Er schob sich in seinem Stuhl zurück.

»Zuerst müssen wir uns das Problem vergegenwärtigen«, sagte Gwen. »Wir müssen uns fragen, was junge Frauen wollen, wenn sie in den militärischen Hilfsdienst eintreten!«

»Klingt vernünftig«, sagte Owling.

Finnisters Interesse an den Worten überlagerte vorübergehend ihre Abneigung gegen Gwen. Sie nickte vorsichtig.

»Sie wollen Verschiedenes«, sagte Gwen. »Sie wollen Reisen ... Abenteuer nach Art der fahrenden Ritter ... das Freibillett ... Gibt einem zu denken, nicht? All diese Frauen, die nach etwas Ausschau halten. Nach Glanz und Abenteuer. Nach dem goldenen Ring. Dem Kochtopf am Ende des Regenbogens.«

Sie nickten wieder. Gwen, ermutigt, hob die Stimme: »Das alte Karussell, die bimmelnden Glöckchen der Vergnügungsreise!«

Battlemont sah sie traurig an. Verrückt. Wollte sie damit Eindruck machen? Owling räusperte sich. »Ich muß sagen ... ah ...«

»Aber sie alle wollen auch noch etwas anderes!« sagte Gwen schnell. »Und was ist das? Die Romanze! Das ist es. Und was ist diese Romanze im Unterbewußtsein? Diese Romanze ist Sex!«

»Ich glaube, ich habe genug gehört«, sagte Finnister.

»Nein«, widersprach Owling. »Lassen wir ... ah ... Das ist alles nur Einleitung. Ich möchte wissen, wie das Modell oder die Modelle aussehen, die Sie entwickelt haben ...«

»Damit sind wir bei den psychologischen Grundlagen«, sagte Gwen. »Was finden wir dort?«

Owling kratzte sich am Hals und musterte sie nachdenklich. Er hegte ein tiefes Mißtrauen gegen subjektive Ideen, stieß aber immer wieder auf die Befürchtung, sie könnten recht haben. Einige von ihnen schienen sogar brauchbar zu sein (wenn es nicht nur der Anschein war).

»Ich will Ihnen sagen, was wir dort finden«, fuhr

Gwen fort. »Mutterschaft. Heim. Sicherheit mit einem Mann.«

Es hört sich alles so vernünftig an, dachte Owling, nur …

»Und was tut Ihr armierter Schutzanzug?« fragte Gwen. »Er steckt sie in geschlechtslose Panzer aus Metall und Plastik, wo kein Mann an sie herankommen kann. Großer Freud! Ein Mann kann sie darin nicht einmal *sehen*!«

»Frauen wollen nicht wirklich, daß Männer an sie herankommen!« entgegnete Finnister. »Von allen abgeschmackten Ideen, die ich je gehört habe …«

»Augenblick!« sagte Gwen. »Eine normale Frau wünscht immer die *Möglichkeit*. Das ist es, was sie will. Und sie will sie unter *ihrer* Kontrolle haben. Sie haben die Möglichkeit eliminiert. Sie haben ihnen alle Kontrolle aus den Händen genommen, Ihre Frauen auf Gedeih oder Verderb den Elementen ausgeliefert, von dem kalten, männlichen, eckigen PLÖTZLICHEN UND ENDGÜLTIGEN TOD nur durch diesen Panzer aus Plastik und Metall getrennt.«

Battlemont starrte sie hilflos an. Arme Gwen, dachte er. Diese Idee wird sie nicht verkaufen können. Wir sind alle mit ihr verloren.

Finnister starrte Gwen feindselig an. Die in dem Wort *normal* enthaltene Anspielung schmerzte.

»Wie wollen Sie diesen … ah … Einwänden begegnen?« fragte Owling.

»Sie werden es gleich sehen«, antwortete Gwen. »Der Grundgedanke also ist, weglaufen zu können, aber mit der Aussicht, eingefangen zu werden. Sie will ein gewisses Maß an Enthüllung, ohne allzu unverhüllt zu sein.«

»Mmmph!« machte Finnister.

Gwen lächelte ihr zu. »Sehen Sie, was fehlt?« fragte Gwen.

»Hmm«, sagte Owling.

»Ein universales Symbol«, sagte Gwen. »Ein kühnes Symbol!«

»Was schlagen Sie vor?« fragte Owling.

»Das ist es, ein Vorschlag!« sagte Gwen. »Und …« – sie zögerte – »das Symbol! Der Schlüssel ist sehr einfach.« Sie richtete sich auf und lächelte ihnen entwaffnend zu. »Er ist tatsächlich ein Schlüssel!«

»Ein Schlüssel?«

»Ja, genauer gesagt, zwei Schlüssel. Der Symbolismus ist offensichtlich.« Sie zog zwei Schlüssel aus der Jackentasche und hielt sie in die Höhe. »Wie Sie sehen können, ist ein Schlüssel hart, eckig – ein männlicher Schlüssel. Der andere hat verspielte Formen, ist zierlicher, entspricht mehr der …«

»Wollen Sie damit sagen«, erregte sich Owling, »daß Sie all diese Wochen, all diese Konsultationen mit unseren Fachleuten dazu gebraucht haben, um hier mit … mit einem Schlüssel aufzuwarten?«

Gwen schüttelte den Kopf. »Nein, nein. Vergessen Sie nicht, dies sind nur Symbole. Aber sie sind wichtig. Man könnte sogar sagen, daß sie von entscheidender Bedeutung sind. Jeder Schlüssel wird den Namen der Person tragen, die ihn bekommt.«

»Wozu sollen die Schlüssel dienen?« fragte Finnister.

»Sie sind natürlich für die armierten Schutzanzüge bestimmt«, sagte Gwen. »Diese Schlüssel sperren Ihre Leute sozusagen in ihre Rüstungen ein – Männer ebenso wie Frauen.«

»Einsperren?« sagte Finnister. »Aber Sie behaupteten …«

»Ich weiß«, unterbrach sie Gwen. »Sehen Sie, ein Schlüssel, der Leute in etwas einsperrt, läßt sie auch heraus. Tatsächlich wird jeder dieser Schlüssel jeden Schutzanzug öffnen. Das ist ein Zugeständnis an den Sicherheitsfaktor.«

»Aber die Leute dürfen aus ihren Anzügen nicht heraus, wenn sie im Raum sind!« rief Owling.

»Richtig«, sagte Gwen. »Sie können nicht wirklich heraus, und das wissen sie auch. Also geben wir ihnen das *Symbol* des Herauskommens. Zum Austauschen.«

»Austauschen?«

»Gewiß. Ein Mann und eine Frau kommen einander näher. Er bittet sie um ihren Schlüssel und gibt ihr seinen. Sehr romantisch. Symbolisch dafür, was geschehen mag, wenn sie in die Heimat zurückkommen oder einen Stützpunkt erreichen, wo sie die Schutzanzüge ablegen können.«

»Miss Everest«, sagte Finnister, »wie Sie voriges Mal so treffend bemerkten, kann kein Mann eine unserer Frauen in diesen armierten Schutzanzügen sehen. Und selbst wenn er es könnte, glaube ich nicht, daß ich ...«

Sie erstarrte in sprachloser Verblüffung.

Gwen hatte mit dem Knopf der Fernbedienung den holographischen Projektor eingeschaltet. Ein armierter Schutzanzug schien in der Mitte des Raumes zu schweben. In dem Anzug stand die wohlgeformte Empfangsdame der Agentur in einer anliegenden Jacke. Der Schutzanzug um sie war von der Taille aufwärts transparent.

»Die untere Hälfte bleibt immer undurchsichtig«, sagte Gwen. »Aus Gründen der Schicklichkeit. Die obere Hälfte aber ...«

Gwen drückte einen zweiten Knopf der Fernbedienung, und die transparente obere Hälfte dunkelte von Grau bis Schwarz und verhüllte die Gestalt.

»Wenn erwünscht, ist Zurückgezogenheit möglich«, erläuterte Gwen. »Darum haben wir den neuen mutablen Kunststoff verwendet. Es gibt der Frau eine gewisse Kontrolle über ihre unmittelbare Umgebung.«

Sie drückte wieder den ersten Knopf, und die obere Hälfte der Gestalt kam wieder zum Vorschein.

Finnister starrte die anliegende, figurbetonende Uniformjacke an.

Gwen stand auf, nahm einen Zeigestock und hielt

ihn in die Projektion. »Diese Uniform wurde von einem führenden Modeschöpfer entworfen. Sie deutet an, während sie verhüllt. Eine Frau mit durchschnittlicher Figur wird vorteilhaft darin erscheinen. Eine Frau mit einer sehr guten Figur wirkt hinreißend, wie Sie sehen können. Unvorteilhafte Figuren …«

Gwen zuckte die Achseln – »… es gibt Übungen zu ihrer Entwicklung, wie man mir sagte.«

Finnister sagte kalt: »Und was soll nach Ihrer Vorstellung mit dieser … dieser Uniform geschehen?«

»Das wird die vorschriftsmäßige Uniform für den Hilfsdienst«, sagte Gwen. »Ein schicker kleiner Hut gehört auch dazu. Sehr sexy.«

Battlemont sagte: »Die Umstellung könnte nach und nach erfolgen, um …«

»Was für eine Umstellung?« wollte Finnister wissen. Sie sprang auf. »General Owling?«

Owling riß seinen Blick von dem Modell los. »Ja?«

»Völlig unpraktisch! Ich werde mir nicht noch mehr bieten lassen!«

Ich wußte es, dachte Battlemont. Oh, meine arme Gwenny! Sie werden auch sie vernichten. Ich wußte es …

»Wir können mit dieser Agentur keine Zeit mehr vergeuden«, sagte Finnister. »Kommen Sie, General.«

»Bitte warten Sie!« quiekte Battlemont. Er sprang auf. »Gwen, ich sagte dir …«

»Es ist bedauerlich«, sagte Finnister, »aber …«

»Vielleicht sind wir ein bißchen voreilig«, meinte Owling. »Man könnte unter Umständen etwas von diesem Modellentwurf retten …«

»Ja!« sagte Battlemont. »Geben Sie uns noch ein wenig Zeit, und wir werden einen neuen …«

»Ich glaube nicht«, sagte Finnister.

Gwen lächelte starr von einem zum anderen. Was für eine Versammlung von Trotteln! dachte sie. Sie fühlte sich ein wenig betrunken, so euphorisch, als wäre sie gerade mit einem Schwips aus einer Bar gekommen. Rebellion war etwas Wundervolles! Hoch die Iren! Oder was.

Owling zuckte die Achseln und sagte sich, daß es in erster Linie Brigadier Finnisters Entscheidung sei. Sie durften den Zivilisten nicht ein Bild der Uneinigkeit bieten. Schade, dachte er, und stand auf.

»Geben Sie uns noch etwas Zeit«, bat Battlemont.

Zu dumm für André, dachte Gwen. Dann hatte sie eine Inspiration und sagte schnell: »Einen Moment, bitte.«

Drei Augenpaare sahen sie an.

»Wenn Sie glauben«, sagte Finnister, »Sie könnten mich daran hindern, unsere Drohung wahrzumachen, täuschen Sie sich. Mir ist vollkommen klar, daß Sie diese Uni … diese *Kleidung* entwerfen ließen, um *mich* zum Gespött zu machen!«

»Warum nicht?« erwiderte Gwen. »Ich tat Ihnen nur an, was Sie praktisch jeder anderen Frau im weiblichen Hilfsdienst antaten.«

»Gwen!« entsetzte sich Battlemont.

»Sei still, André«, sagte Gwen. »Es ist sowieso nur eine Sache der Zeitwahl. Heute, morgen oder nächste Woche. Nicht wirklich wichtig.«

»Oh, meine arme Gwenny«, schluchzte Battlemont.

»Ich wollte warten«, sagte Gwen, »Vielleicht noch eine Woche. Wenigstens bis ich meine Kündigung eingereicht hätte.«

»Wovon reden Sie?« fragte Owling.

»Kündigung!« keuchte Battlemont.

»Ich kann den armen André hier einfach nicht den Wölfen vorwerfen«, sagte Gwen. »Den Rest unserer Leute, ja. Sobald sie als Dienstverpflichtete zur Raumverteidigung kommen, stehen ihnen schwere Zeiten bevor.«

»Wovon reden Sie eigentlich?« fragte Finnister.

»Der Rest unserer männlichen Mitarbeiter wird sich

durchzuschlagen und zu behaupten wissen, genauso wie Sie«, sagte Gwen. »Wölfe unter Wölfen. Aber André hier ist hilflos. Alles, was er hat, ist seine Position – und Geld. Er ist ein Unglücksfall. Setzen Sie ihn an eine Stelle, wo Geld und Position keine Rolle spielen, so wird er zugrunde gehen.«

»Bedauerlich«, sagte Finnister. »Kommen Sie mit, General Owling?«

»Ich wollte Sie beide ruinieren«, sagte Gwen, »aber ich mache Ihnen einen Vorschlag. Lassen Sie André in Ruhe, und ich werde nur einen von Ihnen der Lächerlichkeit preisgeben.«

»Gwen, was redest du da?« flüsterte Battlemont.

»Ja!« fauchte Finnister. »Erklären Sie sich!«

»Einen Augenblick«, sagte Owling. »Diese Meldung des Nachrichtendienstes ...« Er durchbohrte Gwen mit einem drohenden Blick. »Mir wurde gemeldet, daß Sie das Versuchsmodell ausgewertet haben, das wir anfertigen ließen, bevor wir zu Ihnen kamen.«

Gwen nickte. »Die Dicke Berta. Und es ist nicht bloß eine Auswertung. Ich habe alles, was für eine breit angelegte Kampagne benötigt wird. Sehen Sie selbst!«

Ein Hologramm des unförmigen Versuchsmodells ersetzte den halb transparenten armierten Schutzanzug in der Mitte des Raumes.

»Die Idee der Dicken Berta hier stammt von General Owling«, sagte Gwen. »Meine Kampagne macht diesen Zusammenhang deutlich und bringt dann eine Animation der Dicken Berta. Sie ist eine lebende Panik. Das komischste Ding, was Sie je gesehen haben. General Owling, am Abend des Tages, an dem ich diese Kampagne in die Fernsehprogramme bringe, werden Sie das Gespött der Nation sein.«

Owling trat einen Schritt auf sie zu.

»Gwen!« sagte Battlemont beschwörend. »Sie werden dich vernichten!«

Owling zeigte auf die Projektion. »Das … das werden Sie nicht wagen!«

Gwen lächelte ihn an. »Aber selbstverständlich würde ich.«

Battlemont zupfte sie am Arm. Sie schüttelte ihn ab.

»Es würde mich ruinieren«, murmelte Owling.

»Möglicherweise sind Sie imstande, diese Drohung wahrzumachen«, sagte Finnister. »Bedauerlich.«

Owling wandte sich erregt zu ihr. »Wir müssen zusammenstehen!«

»Das will ich meinen«, sagte Gwen. Wieder drückte sie einen Knopf ihrer Fernbedienung.

Eine Projektion von Brigadier Finnister in ihrer berühmten Uniform ersetzte die Dicke Berta.

»Sie können genausogut die ganze Geschichte hören«, sagte Gwen.

»Ich habe eine weitere Kampagne vorbereitet, die sich mit dem Entwurf dieser Uniform beschäftigt, von der Mütze über den Umhang bis zu diesen Halbschuhen. Ich beginne mit einer Modellpuppe Brigadier Finnisters in handelsüblicher Unterbekleidung. Dann zeige ich anhand des Modells, wie jedes Element der gegenwärtigen Uniform des Weiblichen Hilfsdienstes für die … ah … Finnister-Figur entworfen wurde.«

»Ich werde klagen!« rief Finnister.

»Nur zu. Nur zu.« Gwen winkte auffordernd mit dem Arm.

Sie benimmt sich wie betrunken! dachte Battlemont. Aber sie trinkt nie.

»Ich bin darauf vorbereitet, mit diesen Kampagnen auf den Markt der privaten Fernsehsender zu gehen, wenn es sein muß, auch als bezahlte Werbung«, sagte Gwen. »Sie können mich nicht daran hindern. Ich werde jede Behauptung beweisen, die ich über diese Uniform mache. Ich werde Sie bloßstellen. Ich werde zeigen, warum Ihre Aktionen zur Anwerbung weiblicher Freiwilliger fehlgeschlagen sind.«

Finnisters Gesicht lief rot an. »Nun gut!« schnarrte sie. »Wenn Sie uns der Lächerlichkeit preisgeben wollen, werden wir wahrscheinlich nichts dagegen tun können. Aber merken Sie sich eins, Miss Everest: Wir werden die männlichen Betriebsangehörigen dieser Agentur als Dienstverpflichtete einziehen. Das werden Sie auf Ihr Gewissen nehmen müssen! Und die Männer, die wir einziehen, werden unter unseren Freunden dienen. Ich hoffe, Sie verstehen, was das bedeutet!«

»Sie haben keine Freunde«, sagte Gwen, doch fehlte es ihrer Stimme an Überzeugung. Der Schuß geht nach hinten los, dachte sie. Ach, du lieber Himmel. Ich dachte nicht, daß sie mir trotzen würden.

»Es mag sogar Möglichkeiten geben, an Sie heranzukommen!« fuhr Finnister fort. »Eine Dienstverpflichtung auf der Grundlage einer Notstandsklausel. Und wenn wir Sie in die Hände bekommen, Miss Everest...«

»André!« winselte Gwen. Es geriet alles außer Kontrolle. Ich wollte niemandem weh tun, dachte sie. Ich wollte bloß... Sie erkannte, daß sie nicht wußte, was sie gewollt hatte.

Battlemont aber war elektrisiert. In zweiundzwanzig Jahren hatte Gwen Everest niemals jemanden um Hilfe gebeten. Und nun war ihr erstes Hilfeersuchen an ihn gerichtet! Er trat zwischen Gwen und Finnister. »André ist zur Stelle«, sagte er. Er fühlte sich angespornt. Seine Gwen hatte an ihn appelliert! »Sie Mörderin!« sagte er und schüttelte den Zeigefinger unter Finnisters Nase.

»Nun halten Sie aber die Luft an!« herrschte Owling ihn an. »Ich dulde keine weiteren Beleidigungen und...«

»Und Sie!« rief Battlemont und fuhr herum. »Wir haben Videoaufzeichnungen von jeder Konferenz hier, von der ersten angefangen bis zu dieser hier! Sie zeigen, was geschah! Wissen Sie nicht, was mit diesem armen Mädchen geschehen ist? Sie! Sie haben sie um den Verstand gebracht!«

Gwen fiel in den zweistimmigen Chor ein: »Was?«

»Sei still, Gwen«, sagte Battlemont. »Ich werde dies in die Hand nehmen.«

Gwen konnte ihren Blick nicht von ihm wenden. Battlemont war großartig. »Ja, André.«

»Ich werde es beweisen«, sagte Battlemont. »Mit Psychiatern von Interdorma. Mit allen Experten, deren Gutachten zu kaufen sind. Sie glauben, Sie hätten in diesen Kampagnen, die unsere Gwen vorbereitet hat, eine Gefahr gesehen? Hah! Ich werde Ihnen was zeigen!« Er stieß mit dem Zeigefinger auf Owling. »Kann das Militär einen zum Wahnsinn treiben?«

»Ach, nun reden Sie kein dummes Zeug!« sagte Owling. »Dies ist schon viel zu weit ...«

»Jawohl! Es kann einen in den Wahnsinn treiben!« sagte Battlemont. »Und wir werden zeigen, wie Sie unsere arme Gwen Schritt für Schritt aus Angst um ihre Freunde um den Verstand gebracht haben. Aus Angst um mich!« Er schlug sich an die Brust, funkelte Finnister an. »Und wissen Sie, was wir als nächstes tun werden? Wir werden der Öffentlichkeit sagen: Dies könnte auch euch passieren! Wer ist der nächste? Du? Oder du? Oder du? Was wird dann mit den Geldern geschehen, die der Kongreß Ihnen bewilligt? Was wird aus Ihren Freiwilligenquoten?«

»Nun hören Sie mal«, sagte Owling, »wir haben in keiner Weise ...«

»Etwa nicht?« unterbrach ihn Battlemont erregt. »Glauben Sie, dieses arme Mädchen sei bei klarem Verstand?«

»Nun, vielleicht nicht, aber wir haben nichts damit ...«

»Warten Sie, bis Sie unsere Kampagne sehen«, sagte

Battlemont. Er nahm Gwen bei der Hand und tätschelte sie. »Nun, nun, Gwenny. André wird es schon richten.«

»Ja, André«, sagte sie. Es waren die einzigen Worte, die sie finden konnte. Sie war wie vor den Kopf geschlagen. Er liebt mich, dachte sie. Nie zuvor hatte sie jemanden gekannt, der sie geliebt hatte. Nicht einmal ihre Eltern, denen der Intellekt, den sie in die Welt gesetzt hatten, immer unheimlich gewesen war. Gwen fühlte sich von Wärme durchströmt. Ein Zahnrad in ihrem Geist setzte sich in Bewegung. Es knarrte etwas vom langen Stillstand. Er liebt mich! dachte sie. Sie war nahe daran, ihn zu umarmen.

»Wir scheinen in einer Pattsituation zu sein«, murmelte Owling.

Finnister sagte: »Aber wir können nicht einfach ...«

»Schweigen Sie!« befahl Owling. »Er wird es tun! Sehen Sie das nicht?«

»Aber wenn wir die Leute einziehen ...«

»Dann wird er es erst recht tun! Er wird eine andere Agentur kaufen oder ihre Dienste mieten, um die Kampagne durchzuziehen.«

»Aber wir könnten den Spieß umdrehen und ihn selbst dienstverpflichten!«

»Sie können nicht jeden dienstverpflichten, der nicht mit Ihnen übereinstimmt! Nicht in diesem Land! Sie würden einen Riesenskandal entfachen! Und er würde ohne weiteres Gutachten beibringen, die ihm Dienstunfähigkeit bescheinigen.«

»Ich ...«, fing Finnister an. Sie wirkte hilflos.

»Und es würde nicht bloß uns ruinieren«, sagte Owling. »Das Ansehen der gesamten Streitkräfte würde darunter leiden. Nicht auszudenken, wie sich das alles auf die Stimmung im Kongreß auswirken würde. Ich kenne seinen Typ. Er blufft nicht. Es könnte katastrophale Auswirkungen auf die Bewilligungspraxis haben!«

Owling schüttelte den Kopf. Vor seinem inneren Auge zog eine Parade zusammengestrichener und zurückgestellter militärischer Projekte vorüber, die alle in einen Abgrund mit dem Etikett ›nicht bewilligt‹ fielen.

»Sie sind ein intelligenter Mann, General Owling«, sagte Battlemont.

»Diese Militärpsychologen!« knurrte Owling. »Die und ihre vielversprechenden Ideen!«

»Ich sagte Ihnen, daß sie Wirrköpfe sind«, sagte Gwen.

»Sei du still, Gwen«, sagte Battlemont.

»Ja, André.«

»Also, was machen wir?« fragte Owling.

»Ich mache Ihnen einen Vorschlag«, sagte Battlemont. »Sie lassen uns in Ruhe, wir lassen Sie in Ruhe.«

»Aber was ist mit meinen Freiwilligen?« jammerte Finnister.

»Sie glauben, unsere Gwen, ob gesund oder krank, könne Ihre Probleme nicht lösen?« fragte Battlemont. »Wenn Sie Ihre Freiwilligenzahlen erhöhen wollen, verwenden Sie das von uns vorgeschlagene Programm.«

»Das werde ich nicht tun!«

»Sie werden«, sagte Owling.

»General Owling, ich weigere mich …«

»Was geschieht, wenn ich dieses Problem dem Generalstab vorlegen muß?« fragte Owling. »Wo werden die ersten Köpfe rollen? Bei den Militärpsychologen? Sicherlich. Und wer werden die nächsten sein? Die Leute, deren Problem es ist und die es nicht lösen konnten!«

»Aber …«

»Was das angeht«, sagte Owling, »klang Miss Everests Idee ziemlich vernünftig … Wenn man einige Modifikationen ins Auge faßt, natürlich.«

»Keine Modifikationen«, sagte Battlemont.

Er ist ein regelrechter Napoleon! dachte Gwen.

»Nur in unbedeutenden Details«, beschwichtigte ihn Owling. »Aus technischen Gründen.«

»Vielleicht«, stimmte Battlemont zu. »Vorausgesetzt, die Modifikationen werden vorher mit uns abgesprochen.«

»Ich bin sicher, daß wir eine Lösung finden können«, sagte Owling.

Finnister gab auf, kehrte ihnen den Rücken zu.

»Ein kleines Detail noch«, murmelte Battlemont. »Wenn Sie den Scheck mit dem Erfolgshonorar für die Agentur ausstellen, schlagen Sie einen Bonus für Miss Everest auf.«

»Natürlich«, sagte Owling.

»Natürlich«, sagte Battlemont.

Als die Besucher gegangen waren, wandte Battlemont sich zu Gwen um und stampfte mit dem Fuß auf. »Du bist sehr schlecht gewesen, Gwen!«

»Aber André ...«

»Kündigung!« rief Battlemont.

»Aber ...«

»Ach, ich verstehe dich, Gwen. Es ist meine Schuld. Ich ließ dich zu hart arbeiten, ließ dich alles machen. Aber das ist vorbei.«

»André, du verstehst nicht ...«

»Doch, ich verstehe. Du wolltest das Schiff versenken und damit untergehen. Meine arme, liebe Gwen, Ein Todeswunsch! Wenn du nur dein Interdorma-Telelog beachtet hättest.«

»Ich wollte niemandem hier Schaden zufügen, André. Nur diesen beiden ...«

»Ja, ja. Ich weiß. Du bist ganz verwirrt.«

»Das ist wahr.« Ihr war zum Weinen zumute. Sie hatte nicht mehr geweint, seit ... sie konnte sich nicht erinnern, wann es geschehen war. »Weißt du«, sagte sie, »ich kann mich nicht erinnern, jemals geweint zu haben.«

»Das ist es!« sagte Battlemont. »Ich weine die ganze Zeit. Du brauchst einen stabilisierenden Einfluß. Du brauchst jemanden, der dich das Weinen lehrt.«

»Würdest du es tun, André?«

»Ob ich es tun würde …?« Er wischte sich Tränen aus den Augen. »Du wirst in Urlaub gehen. Sofort! Und ich gehe mit dir.«

»Ja, André.«

»Und wenn wir zurückkommen …«

»Ich will nicht in die Agentur zurück, André. Ich … kann nicht.«

»Das ist es also!« sagte Battlemont. »Das Werbegeschäft! Es nervt dich!«

Sie zuckte die Achseln. »Ich bin … ich bin einer weiteren Kampagne einfach nicht gewachsen. Ich … ich kann nicht mehr.«

»Du wirst ein Buch schreiben«, sagte Battlemont.

»Was?«

»Die beste bekannte Therapie. Hab es selbst einmal gemacht. Du wirst über das Werbegeschäft schreiben. Du wirst all die schmutzigen Kniffe bloßstellen: die Hypno-Werbesprüche, die subvisuellen Bildeinblendungen, die vielfältigen Formen der Schleichwerbung, die Meditationszirkel, wo die Du-Sucher programmiert werden. Alles.«

»Ich wäre dazu imstande«, sagte sie.

»Du wirst alles erzählen«, sagte Battlemont.

»Keine schlechte Idee.«

»Und du wirst es unter einem Pseudonym tun«, sagte er. »Das ist sicherer.«

»Wann fahren wir in Urlaub, André?«

»Morgen.« Er erlebte eine kurze Aufwallung seiner alten Panik. »Es macht dir nichts aus, daß ich … häßlich wie ein Schwein bin?«

»Du bist einfach schön«, sagte sie und strich ihm das Haar über die kahle Stelle. »Es macht dir nichts aus, daß ich klüger bin als du?«

»Hah!« Battlemont richtete sich auf. »Du magst klüger im Kopf sein, mein Liebling, aber du bist *nicht* klüger im Herzen!«

PAARUNGSRUF

1961

»Wenn Sie sich erwischen lassen, werden wir Sie den Wölfen vorwerfen müssen«, sagte Dr. Fladdis. »Das ist Ihnen hoffentlich klar.«

Laoconia Wilkinson, die Expeditionsleiterin des sozialanthropologischen Dienstes, nickte mit ihrem schmalen Kopf. »Selbstverständlich.« Sie raschelte mit den Reisepapieren und Auftragsunterlagen auf ihrem Schoß.

»Es war nach dem ... ah ... unglücklichen Vorfall auf Monligol sehr schwierig, die Zustimmung der vorgesetzten Behörde zu dieser Expedition zu erhalten«, sagte Dr. Fladdis. »Das ist der Grund, weshalb Ihre Operationsbeschränkungen so strikt sind.«

»Mir ist nur erlaubt, diese ...« – sie warf einen Blick auf ihre Papiere – »Marie Medill mitzunehmen?«

»Nun, die Vorgangsweise war ihre Idee«, sagte Dr. Fladdis. »Und wir haben in der Abteilung sonst niemanden mit ihrer Qualifikation in Musik.«

»Ich kann nicht sagen, daß ich ihren Plan billige«, murmelte Laoconia.

»Bedenken Sie«, sagte Dr. Fladdis, »daß er unmittelbar zum Kern der Situation vordringt. Und das Schöne daran ist, daß er gegen kein Gesetz verstößt. Es ist eine juristische Spitzfindigkeit, zugegeben, aber Sie werden sich innerhalb des Gesetzes bewegen.«

»Und außerhalb seiner Absicht«, murmelte Laoconia. »Nicht, daß ich mit der bestehenden Regelung einverstanden wäre. Aber trotzdem ...« – sie hob die Schultern – »... Musik!«

Dr. Fladdis mißverstand sie absichtlich. »Miss Medill hat ihren Doktor in Musikwissenschaft und Kompositionslehre, ja«, sagte er. »Eine sehr gebildete junge Dame.«

»Wenn nicht die Tatsache wäre, daß dies unsere letzte Gelegenheit sein könnte, zu entdecken, wie diese Geschöpfe sich fortpflanzen«, sagte Laoconia. Sie brach mit einer ungeduldigen Handbewegung ab. »Wir sollten dort mit einer kompletten Mannschaft hineingehen, repräsentative Exemplare einfangen und dem bewährten anthropometrischen Programm unterziehen...«

»Das Verbot in Abschnitt D des Mandats der Aufsichtsbehörde kann Ihnen nicht entgangen sein«, sagte Dr. Fladdis geduldig. »›Dem wissenschaftlichen Feldarbeiter ist es nicht gestattet, die Freiheit von Eingeborenen zu begrenzen, einzuschränken oder in irgendeiner anderen Weise zu beeinträchtigen.‹«

»Wie ungünstig ist die Situation ihrer Geburtenrate tatsächlich?« fragte Laoconia.

»Wir haben nur die Aussage des Sprechers der Rukusch, dieses Grafka. Er sagte, sie sei kritisch. Das war für die Hohe Kommission natürlich der ausschlaggebende Faktor. Rukusch baten *uns* um Hilfe.«

Laoconia stand auf. »Sie wissen, was ich von dieser Musikidee halte. Aber wenn beschlossen wurde, es auf diese Weise in Angriff zu nehmen, warum dann nicht gleich bewußt gegen das Gesetz verstoßen und sie mit Musikaufnahmen und Spielern bekanntmachen...«

»Bitte! Genug davon!« fiel Dr. Fladdis ihr ins Wort.

Laoconia starrte ihn an. Sie hatte den Bezirksdirektor noch nie so erregt gesehen.

»Die Eingeborenen sagen, die Einführung ausländischer Musik habe irgendeine Wertigkeit ihres Reproduktionszyklus gestört«, sagte Dr. Fladdis. »So haben jedenfalls wir ihre Erklärung gedeutet. Aus diesem Grund erging das Einfuhrverbot für Musikinstrumente und Musikkonserven jeglicher Art. Sie sehen, es gibt gute Gründe für diese Bestimmungen.«

»Ich bin kein Kind«, versetzte Laoconia. »Sie brauchen mir nicht zu erklären …«

Dr. Fladdis unterbrach sie mit einer Handbewegung. »Die Erinnerung an Monligol sollte noch frisch in unser aller Gedächtnis sein. Darum können wir nicht sorgfältig genug verfahren. Wir müssen das Motto der Sozialanthropologie ernstnehmen und zu seinem Geist zurückkehren: ›Zum größeren Wohl des belebten Universums‹. Es geht nicht an, daß wir uns mit Lippenbekenntnissen begnügen und im übrigen nach unserem Gutdünken verfahren. Wir sind gewarnt.«

»Ich sehe nicht, wie Musik etwas anderes als ein sekundäres Stimulans sein könnte«, sagte Laoconia. »Aber ich werde mich um Aufgeschlossenheit bemühen.«

Laoconia Wilkinson blickte von ihren Notizen auf und sagte: »Marie, war das ein Geräusch draußen?« Sie schob sich eine graue Haarsträhne aus der Stirn. Marie Medill stand auf der anderen Seite der Hütte und starrte aus einem der beiden Fenster. »Ich höre nur das Laub«, sagte sie. »Bei diesem Wind rauscht es furchtbar laut.«

»Bist du sicher, daß es nicht Grafka war?«

Marie seufzte. »Nein, es war nicht sein Namenslied.«

»Hör auf, dieses Ungeheuer einen *ihn* zu nennen!«

Maries Schultern versteiften sich.

Laoconia beobachtete den Reflex und dachte, wie weise der Dienst gewesen war, die Leitung dieses Unternehmens einer reifen, erfahrenen Anthropologin zu übertragen. Eine zerlegbare Hütte von drei mal vier Metern Grundfläche war zu klein für empfindliche Nerven. Und die beiden Frauen waren bereits seit fünfundzwanzig Wochen hier eingesperrt. Laoconia streifte ihre Gefährtin mit einem Blick: Was für eine junge Romantikerin!

Maries Haltung spiegelte Langeweile … Sorge …

Laoconias Blick ging weiter durch den engen Raum. Aufnahmegeräte, Nachtkameras mit Restlichtverstärkern, ein Computer, Küchenzelle, Duschkabine, Trokkenabort, ein Arbeitstisch und zwei Stühle, Klappbetten und das Funkgerät, welches die Verbindung mit dem in der Umlaufbahn kreisenden Mutterschiff herstellte. Alles an seinem Ort, und ein Ort für alles.

»Irgendwie kann ich nicht umhin, mir Grafka männlich vorzustellen«, sagte Marie. Sie zuckte die Achseln. »Ich weiß, daß es Unsinn ist. Trotzdem … wenn Grafka singt …«

Marie Medill war eine blonde junge Frau in einem einteiligen grünen Arbeitsanzug. Sie hatte eine kräftige, bäuerliche Figur, gute starke Beine, ein ovales Gesicht mit hoher Stirn und verträumte blaue Augen.

»Da wir gerade von Gesang sprechen«, sagte Laoconia. »Ich weiß nicht, was ich tun soll, wenn Grafka uns nicht die Erlaubnis bringt, an ihrem Großen Singen teilzunehmen. Ohne die Fakten können wir keine Klarheit in dieses Durcheinander bringen.«

»Sicherlich nicht«, sagte Marie. Sie sagte es kurz und abweisend, bemüht, ihre Aufmerksamkeit von Laoconia abzulenken. So tüchtig und energisch sie sein konnte, wenn es nichts zu tun gab, saß die Frau immer nur herum. Eine lange, knochige Person mit windgerötetem Gesicht, zu großer Nase, zu großem Mund, zu großem Kinn und zu kleinen Augen.

Marie wandte sich ab.

»Mit jedem Tag, der vergeht, wächst meine Überzeugung, daß dieses Musikding eine Sackgasse ist«, sagte Laoconia. »Die Geburtenrate der Rukusch sinkt weiter, ganz gleich, welche musikalischen Feinheiten du ihnen beibringst.«

»Aber Grafka stimmt mir zu«, erwiderte Marie.

»Alles deutet darauf hin. Unsere Entdeckung dieser Welt brachte die Rukusch zum ersten Mal mit fremder Musik in Berührung. Irgendwie hat das ihren Reproduktionszyklus gestört. Ich bin ganz sicher.«

Laoconia rümpfte die lange Nase. »Reproduktionszyklus! Was wissen wir schon darüber? Diese Geschöpfe könnten gehfähige Kartoffeln sein, ohne auch nur die rudimentärsten ...«

»Ich mache mir Sorgen«, sagte Marie. »Wie gesagt, ich bin überzeugt, daß die Wurzel des Problems mit der Musik zusammenhängt, aber wenn jemals herauskommt, daß wir diese Unterrichtsbänder eingeschmuggelt und Grafka unsere musikalischen Formen beigebracht haben ...«

»Wir haben nichts eingeschmuggelt!« widersprach Laoconia mit Nachdruck. »Die gesetzlichen Bestimmungen sind ganz klar. Sie verbieten nur die Einfuhr von Musikinstrumenten und *mechanischen* Reproduktionen musikalischer Geräusche. Unsere Bänder sind alle vollständig visuell.«

»Ich muß immer an Monligol denken«, meinte Marie. »Ich könnte nicht mit dem Wissen leben, daß ich zum Aussterben einer intelligenten Art beigetragen hätte, wenn auch nur indirekt. Wenn unsere fremdartige Musik wirklich diesen zerstörerischen Einfluß ...«

»Wir wissen nicht einmal, ob sie gebären!«

»Aber Grafka sagt ...«

»Grafka sagt! Eine dumme Kartoffel. Grafka sagt!«

»So dumm ist er nicht«, konterte Marie. »Er lernte unsere Sprache in weniger als drei Wochen, aber wir haben noch nicht einmal die Grundstrukturen ihrer Singsprache verstanden.«

»Grafka ist ein Schwachsinniger mit einem einseitigen Talent«, sagte Laoconia. »Und ich bin nicht einmal sicher, daß ich *sprechen* nennen würde, was dieses Geschöpf von sich gibt.«

»Es ist schade, daß du kein musikalisches Gehör hast«, sagte Marie liebenswürdig.

Laoconia runzelte die Stirn und zielte mit einem Finger auf Marie. »Mir fällt auf, daß wir für den Rückgang der Geburtenrate keine Fakten haben, nur ihr Wort. Sie baten uns um Hilfe, und nun begegnen sie jedem Versuch einer Feldbeobachtung mit Obstruktion.«

»Sie sind so schüchtern«, sagte Marie.

»Wenn sie uns nicht zu diesem Großen Singen einladen, werden sie auf unsere Hilfe verzichten müssen«, sagte Laoconia. »Ach, hätte die Kommission uns nur eine vollausgerüstete Expedition mit bewaffneter Unterstützung genehmigt!«

»Wie hätte sie das tun können!« rief Marie. »Nach Monligol sind praktisch aller Augen auf uns gerichtet. Rukusch wird als letzter Testfall betrachtet. Wenn wir mit unserer stümperhaften Einmischung noch einmal Unheil anrichten ...«

»Stümperhafte Einmischung!« rief Laoconia aus. »Junge Frau, der Sozialanthropologische Dienst ist eine heilige Berufung! Die Verbreitung wissenschaftlicher Erkenntnis, die Austilgung der Unwissenheit, die Unterstützung rückständiger Völker!«

»Und wir sind die einzigen, die bestimmen, was rückständig ist«, sagte Marie. »Wie praktisch! Nehmen wir nur Monligol. Jeder weiß, daß Insekten Krankheiten übertragen können. Also greifen wir mit der chemischen Keule unserer Insektizide ein und rotten den symbiotischen Partner aus, der zur Fortpflanzung der Monligoler lebenswichtig ist. Wie erhebend.«

»Sie hätten es uns sagen sollen«, entgegnete Laoconia.

»Das konnten sie nicht«, sagte Marie. »Es war ein gesellschaftliches Tabu.«

Laoconia zuckte die Achseln. »Nun, das trifft hier nicht zu.«

»Wie willst du das wissen?«

»Ich habe genug von diesem albernen Streit«, rief Laoconia. »Sieh nach, ob Grafka kommt. Er ist überfällig.«

Marie holte tief und bebend Luft, stapfte zur Hüttentür und riß sie auf. Sofort wurde das spröde, beinahe klirrende Rauschen des Windes im Wald der Hartlaubgewächse lauter. Von der ebenen Steppe zu ihrer Linken wehte Pfefferminzduft herüber.

Sie blickte über die Ebene hinaus, wo die orangefarbene Scheibe des Zentralgestirns dem flachen Horizont entgegensank, und blickte dann nach rechts, wo der Wald wie eine Mauer aufragte und seine Äste über die Hütte breitete. Die langen, steifigen Blätter, deren Form an Fledermausflügel erinnerte, überglänzt vom letzten Abendlicht, schlugen im Wind steif gegeneinander.

»Siehst du *es?*« fragte Laoconia.

Marie schüttelte den Kopf. Ihre blonden Locken tanzten über dem Kragen. »Es wird bald dunkel sein«, sagte sie. »Er sagte, er würde zurückkommen, bevor es ganz finster wäre.«

Laoconia schob ihre Notizen beiseite und runzelte die Stirn. Immer mußte sie es einen *ihn* nennen! Dabei waren sie nichts als belebte Ostereier! Wenn dieses Unternehmen nur bald ein Ende nehmen würde! – Sie merkte auf, als ein entferntes Geräusch hörbar wurde.

»Da!« Marie spähte den Waldrand entlang.

Der Wind trug eine flötende Tonfolge herüber. Es war der Meistergesang eines feinen Blasinstruments. Während die beiden Frauen lauschten, verstärkten sich die Töne zu Orgelklängen, und die Melodieführung ging auf eine Gruppe von Cellostreichern über. Die harten, dicken Blätter der Bäume schienen in mitfühlender Harmonie zu klingen. Allmählich verstummte die Musik.

»Das ist Grafka«, flüsterte Marie. Sie räusperte sich,

sprach lauter und selbstbewußter: »Er kommt aus dem Wald, ist aber noch ein gutes Stück entfernt.«

»Ich kann einen nicht vom anderen unterscheiden«, sagte Laoconia. »Sie hören sich alle gleich an und sehen gleich aus. Ungeheuer.«

»Sie sehen tatsächlich gleich aus«, stimmte Marie zu, »aber die Töne sind ganz individuell.«

»Reite nicht immer auf meinem fehlenden musikalischen Gehör herum!« sagte Laoconia aufbegehrend. Sie kam zu Marie an die Tür. »Wenn sie uns nur an ihrem Singen teilnehmen ließen …«

Ein fast zwei Meter hohes Osterei watschelte auf vieren seiner fünf Greiforgane auf sie zu.

Das kristalline Glänzen seiner Sichthaube, die sich leicht zur Hütte neigte, war in der Richtung der untergehenden Sonne von inneren Wolkenpigmenten gedämpft. Blau-weiße Begrüßungsfarben säumten einen großen Blasebalgmuskel um den Rumpf. Die glockenförmige Erweiterung von Mund/Ohr – normalerweise bei einem rot-gelben Körper unter der Sichthaube geöffnet – war zu faltigen Runzeln eingezogen.

»Was für häßliche Ungeheuer!« sagte Laoconia.

»Pssst!« machte Marie. »Du weißt nicht, aus welcher Entfernung er dich hören kann.« Sie winkte. »Graafkaa!« Dann schnalzte sie unwillig. »Verdammt!«

»Was ist los?«

»Ich machte aus seinem Namen nur acht Noten statt neun.«

Grafka kam zur Tür. Das orangene Mund/Ohr-Organ öffnete sich glockenförmig und sang eine aus zweiundzwanzig Noten bestehende Tonfolge: »Maarrriee Mmmmeedillll.« Dann folgte eine neue, volle zehn Sekunden dauernde Harmonie: »Laoconnnia Wiiillkinnnssonnnn!«

»Wie lieblich!« sagte Marie.

»Ich wünschte, du würdest so sprechen, wie wir es

dich gelehrt haben«, sagte Laoconia. »Es ist schwierig, diesem Gesang zu folgen.«

Grafkas Sichthaube neigte sich zu ihr. Die Stimme veränderte sich zu einem zitternden Singsang: »Aber höflich Grußgesang.«

»Natürlich«, sagte Laoconia. Sie holte tief Luft. »Haben wir Erlaubnis, eurem Großen Singen beizuwohnen?«

Grafkas Sichthaube neigte sich zu Marie, dann wieder zu Laoconia.

»Bitte, Grafka?« sagte Marie.

»Schwierigkeit«, bebte Grafka. »Nicht weiß wie sagen. Nicht haben wissen ihr gute Leute. Ist Thema nicht will für sprechen.«

»Ich verstehe«, sagte Laoconia. »Es hat mit euren Fortpflanzungsgewohnheiten zu tun.«

Grafkas Sichthaube umwölkte sich mit milchigem Pigment, ein Zeichen, das die beiden Frauen als Verlegenheit zu deuten gelernt hatten.

»Nichts davon, Grafka«, sagte Laoconia. »Wir haben alles über Wissenschaft und Berufsethos erklärt, haben unseren Wunsch deutlich gemacht, wirklich zu helfen. Du mußt verstehen, daß Marie und ich zum Wohl deines Volkes hier sind.«

Ein kristallener Mond schien aus den milchigen Wolken in dem Teil der Sichthaube, die Laoconia zugekehrt war.

»Wenn wir sie nur dazu bringen könnten, direkt und ohne Umschweife zu sprechen«, sagte Laoconia.

»Bitte, Grafka«, sagte Marie. »Wir wollen nur helfen.«

»Verstehen ich«, sagte Grafka. »Wie sonst reden dieses ich?« Größere Teile der Sichthaube klärten sich. »Aber müssen fragen. Freunde vielleicht nicht mögen.«

»Wir sind Wissenschaftler«, sagte Laoconia. »Du darfst uns jede Frage stellen, die dich bewegt.«

»Du bist zu alt für ... Fortpflanzung?« fragte Grafka. Wieder umwölkte sich die Sichthaube und ersparte ihm den Anblick einer bis zur Sprachlosigkeit schockierten Laoconia.

Marie sprang in die Bresche. »Grafka! Dein Volk und mein Volk sind ... nun, wir sind einfach zu verschieden. Wir könnten nicht. Es gibt keine Möglichkeit ... das heißt ...«

»Unmöglich!« rief Laoconia. »Soll das heißen, daß wir sexuell belästigt werden könnten, wenn wir eurem Großen Singen beiwohnen?«

Grafkas Sichthaube klärte und neigte sich zu ihr. Purpurne Farbstreifen spielten über die Balgmuskeln, ein Zeichen von Verwirrung.

»Nicht verstehen ich über sexuelle Sache«, sagte Grafka. »Mein Volk niemals verletzen andere Geschöpf.« Die purpurnen Streifen verlangsamten ihre Aufwärts-Abwärts-Bewegung und entspannten sich in einem unschlüssigen Grün. Die Sichthaube neigte sich zu Marie. »Ist wahr, alle Arten Leben beginnen gleich jung Ei?« Diesmal war die Sichthaube nur von einem momentanen weißen Schimmer getrübt.

»Im wesentlichen ist das so«, stimmte Laoconia zu. »Wir alle beginnen mit einem Ei. Der Befruchtungsprozeß ist bei verschiedenen Arten aber verschieden.« Zu Marie gewandt, fügte sie halblaut hinzu: »Merken wir uns diesen Punkt, Eier betreffend. Es scheint zu bestätigen, daß sie Eier legen, wie ich vermutete.« Sie wandte sich zu Grafka. »Nun muß ich wissen, was du mit deiner Frage meintest.«

Grafkas Sichthaube schaukelte nach links und rechts und kam an einem Punkt zwischen den beiden Frauen zur Ruhe. Die singende Stimme intonierte: »Nicht verstehen ich von verschiedene Arten. Aber wissen ich, du sehen viele Ding, mein Volk nicht sehen. Wenn Fortpflanzung (weißer Schimmer) verschieden oder du zu alt für Fortpflanzung (weißer Schimmer), mein Volk sagen du kommen Großes Singen. Nicht wollen wir machen Verlegenheit für euch.«

»Wir sind Wissenschaftler«, sagte Laoconia. »Es ist uns ganz recht so. Nun, dürfen wir unsere Kameras und Aufnahmegeräte mitbringen?«

»Bringen ihr viel von Dingen?« fragte Grafka.

»Wir werden nur mitnehmen, was wir tragen können«, sagte Laoconia. »Wie lange werden wir dort bleiben?«

»Eine Nacht«, sagte Grafka. »Bringen ich Arbeiterfreunde helfen mit Gepäck. Gehen ich jetzt. Bald ist dunkel. Kommen Mondaufgang, ich zurück, bringen zu Großes Singen Platz euch.« Der Trompetenmund flötete drei Lebewohlnoten und zog sich zu einem faltigen orangefarbenen Gekräusel zusammen. Grafka drehte um und glitt in den Wald davon. Bald war er zwischen den Stämmen verschwunden.

»Endlich ein Fortschritt!« rief Laoconia. Sie schritt in die Hütte und gab Anweisungen. »Setz dich ans Funkgerät und ruf das Schiff. Sie sollen einen unbemannten Schwebegleiter als Monitor schicken, um damit Duplikataufzeichnungen zu machen. Während wir anfangen, hier unten die audiovisuellen Aufzeichnungen zu analysieren, können sie ihre Kopie dem Computer in Kampichi eingeben. Wir wollen nichts dem Zufall überlassen. Eine Gelegenheit wie diese wird uns vielleicht nie wieder geboten!«

»Ich glaube nicht …«, fing Marie an.

»Vorwärts, mach schon!« drängte Laoconia.

»Soll ich mit Dr. Baxter sprechen?«

»Mit Helen sprechen?« fragte Laoconia. »Warum willst du Helen mit einer Routineangelegenheit wie dieser behelligen?«

»Ich möchte nur mit ihr besprechen …«

»Dieser Sender ist nur für den dienstlichen Gebrauch bestimmt«, sagte Laoconia. »Gib die Botschaft durch, wie ich gesagt habe. Wir sind hier, um das Fortpflanzungsproblem der Rukusch zu lösen, nicht um zu schwatzen.«

»Mir ist plötzlich unbehaglich zumute«, sagte Marie. »Etwas an dieser Situation macht mir Sorgen.«

»Sorgen?«

»Ich fürchte, wir haben Grafkas Warnung nicht richtig verstanden.«

»Hör auf, dir Sorgen zu machen«, sagte Laoconia. »Die Eingeborenen werden uns keine Schwierigkeiten machen. Grafka suchte nur einen letzten Vorwand, um uns von der Teilnahme an ihrem Großen Singen abzuhalten. Du hast gesehen, wie einfältig schüchtern sie sind.«

»Was aber, wenn …«

»Ich habe eine Menge Erfahrung im Umgang mit Eingeborenenvölkern«, sagte Laoconia. »Solange du Ruhe bewahrst und die Situation zu allen Zeiten fest in der Hand behältst, wirst du niemals in Schwierigkeiten kommen.«

»Mag sein. Aber …«

»Stell dir vor!« sagte Laoconia. »Wir werden die ersten sein, die jemals Zeugen eines Großen Singens der Rukusch wurden. Einzigartig. Aber du darfst dir von der Größe unseres Erfolgs nicht den Verstand benebeln lassen. Bleib kühl und distanziert wie ich. Und nun gib deinen Funkspruch durch!«

Es war eine annähernd kreisrunde Lichtung mit einem Durchmesser von vielleicht zwei Kilometern, eingegrenzt von den gigantischen Hartlaubbäumen, die im Mondschatten schwarze Wände bildeten. Der Mond schien auf die Lichtung herab und malte prismatische Regenbogen auf die in seinem Licht glänzenden Blätter. Ein silbriges Schimmern hoch über der Mitte der offenen Fläche verriet die Anwesenheit eines kleinen, ferngesteuerten Schwebegleiters, der Kameras mit

Restlichtaufhellern, Mikrofone und Aufzeichnungsgeräte an Bord hatte.

Mit Ausnahme einer kleinen Fläche nahe am Waldrand, wo Laoconia und Marie sich niedergelassen hatten, war die weite Lichtung voll von den stummen, rundlichen Gestalten der Eingeborenen. Sichthauben glänzten wie umgedrehte Schüsseln im Mondlicht.

Laoconia saß auf einem Faltstuhl und regelte mit dem Steuergerät die Position des kleinen Schwebebegleiters hoch über ihnen. Der Bildschirm des Monitorgeräts vor ihr zeigte, was die Kameralinsen des Schwebebegleiters sahen: die Lichtung mit dem Paillettenglitzern ungezählter Sichthauben und dem matten Schimmer der rundlichen Leiber. Marie überwachte die Helligkeitswerte der Bilder, die von den Restlichtaufhellern der Kameras übertragen wurden. Sie lieferten taghelle Bilder vom Schauplatz des Geschehens.

Marie richtete sich auf, rieb sich den unteren Rücken. »Diese Lichtung muß mindestens zwei Kilometer Durchmesser haben«, flüsterte sie beeindruckt.

Laoconia hatte Kopfhörer angelegt, um die Qualität der Tonaufzeichnung zu kontrollieren. Ihre Füße schmerzten. Um diese Lichtung zu erreichen, waren sie gute vier Stunden marschiert. Auch kamen ihr nun verspätete Bedenken, was sie in den neun Stunden, die noch von der Nacht blieben, erwarten mochte.

»Ich sagte, es ist eine große Lichtung«, flüsterte Marie.

Laoconia blickte mit Unbehagen in die Runde der stillen Gestalten, die dicht gedrängt im Halbrund um sie lagerten. »Ich ahnte nicht, daß es so viele sein würden«, flüsterte sie zurück. »Man hat nicht das Gefühl, daß sie vom Aussterben bedroht sind. Was zeigt der Monitorschirm?«

»Sie füllen die Lichtung an«, wisperte Marie. »Und ich glaube, sie sind auch unter den Bäumen. Wenn ich nur wüßte, welcher von ihnen Grafka ist. Ich hätte achtgeben sollen, als er uns verließ.«

»Sagte er nicht, wohin er ging?«

»Er fragte nur, ob uns diese Stelle recht sei und ob wir bereit seien, ihnen zu helfen.«

»Nun, ich bin sicher, daß alles gut ausgehen wird«, sagte Laoconia. Es klang allerdings wenig überzeugend, nicht einmal in ihren eigenen Ohren.

»Ist es nicht Zeit, Verbindung mit dem Schiff aufzunehmen?« fragte Marie.

»Sie werden jeden Augenblick...« Und schon blinkte es rot am Funksprechgerät. »Da sind sie schon.«

Sie schaltete ein und sprach gedämpft in ihr Mikrofon. »Ja?«

Das metallische Schnattern in Laoconias Kopfhörern verstärkte Maries Einsamkeitsgefühl. Das Schiff war so weit entfernt über ihnen.

»Richtig«, sagte Laoconia. »Geben Sie Ihre Aufzeichnungen sofort weiter, und ersuchen Sie Kampichi um eine unabhängige Analyse. Wir werden später die Aufzeichnungen vergleichen.« Sie lauschte eine Weile, sagte dann: »Ich bin überzeugt, daß keine Gefahr besteht. Außerdem können Sie uns durch die Kameras des Schwebegleiters im Auge behalten. Aber es ist noch nie ein Fall bekanntgeworden, daß ein Rukusch gewalttätig geworden wäre... Ich sehe nicht, was wir jetzt noch daran ändern könnten. Wir sind hier, also was soll's. Ende und Aus.« Sie drückte den Schalter.

»War das Dr. Baxter?« fragte Marie.

»Ja. Helen überwacht uns persönlich, obwohl ich nicht erkennen kann, was sie im Falle eines Falles tun sollte. Mediziner sind manchmal recht eigentümlich. Hat sich die Situation bei den Eingeborenen verändert?«

»Soweit ich sehen kann, haben sie sich nicht bewegt.«

»Warum konnte Grafka uns nicht vorher sagen, wie die Dinge hier ablaufen würden?« murrte Laoconia. »Dieser Blindflug ist mir zuwider.«

»Ich denke, es ist ihm noch immer peinlich, über Fortpflanzung zu sprechen«, sagte Marie.

Zeit verging. »Alles ist zu still«, zischte Laoconia. »Es gefällt mir nicht.«

»Bestimmt werden sie bald etwas tun«, flüsterte Marie.

Als ob ihre Worte das Signal wären, begann eine beinahe unhörbare Vibration auf der Lichtung zu pulsieren. Sie wuchs zu einem tiefen, brausenden Orgeln mit einem plötzlich einsetzenden pfeifenden Obligato, das den vollen Klang umspielte. Cellotöne spannen eine getragene Melodie vor dem dumpfen Brausen der Orgel und schienen in den glasig im Mondschein glänzenden Hartlaubblättern des Waldes Resonanzen zu erzeugen.

»Wie bezaubernd«, hauchte Marie. Es kostete sie Überwindung, die Aufmerksamkeit den Instrumenten vor ihr zuzuwenden. Alles funktionierte.

Die Melodie steigerte sich zu einer einzigen klaren, hohen Note harmonischer Brillanz. Sie glich dem Ton einer Flöte, der, langsam absteigend, von anschwellenden Orchesterklängen aufgenommen und wiederholt wurde. Die Musik nahm ein Element nach dem anderen auf und variierte es, während tiefe Kesselpauken einen gemessenen Rhythmus unterlegten, der von feinen Zitherklängen kontrapunktisch begleitet wurde.

»Achte auf deine Instrumente!« raunte Laoconia.

Marie nickte. Die Musik war wie ein Lied, das sie schon kannte, aber nie zuvor in dieser Vollkommenheit des Ausdrucks gehört hatte. Sie hätte am liebsten die Augen geschlossen und sich ganz der wundersamen Melodik hingegeben.

Die Eingeborenen in ihrer Nähe blieben, wo sie

waren; ein rhythmisches Ausdehnen und Zusammenziehen der Balgmuskeln war ihre einzige Bewegung.

Und die Verzückung der Musik verstärkte sich noch.

Marie bewegte in sprachlosem Staunen den Kopf von einer Seite zur anderen. Die Musik war eine Unendlichkeit von Engelschören; alle Erhabenheit der Musik, die je ersonnen worden war, konzentrierte sich jetzt in einem außerordentlichen Destillat. Sie fühlte, daß es nicht noch schöner werden konnte.

Aber es wurde.

Es kam ein breit angelegtes Steigen, Expandieren, Schweben – eine lange, gleitende, spannungsvolle Zeitlosigkeit.

Dann Stille.

Marie fühlte, wie sie wieder zu sich kam, entdeckte, daß ihre Hände schlaff auf den Einstellknöpfen und Skalen lagen. Irgendein Element der Gewohnheit versicherte ihr, daß sie ihren Teil der Arbeit ausgeführt hatte, aber diese Musik … Sie erschauerte.

»Sie sangen siebenundvierzig Minuten lang«, zischte Laoconia. Sie blickte umher. »Was geschieht nun?«

Marie rieb sich die Kehle, zwang ihre Aufmerksamkeit auf die Leuchtanzeigen, den Schwebegleiter, die Lichtung. Ein Verdacht bildete sich im Hintergrund ihres Bewußtseins.

»Wenn ich nur wüßte, wer von diesen Gestalten Grafka ist«, flüsterte Laoconia. »Können wir es wagen, einen von ihnen anzustoßen und nach Grafka zu fragen?«

»Das sollten wir lieber nicht tun«, sagte Marie.

»Diese Geschöpfe haben nichts getan als gesungen«, sagte Laoconia. »Mir wird immer klarer, daß die Musik ein Stimulans ist und nicht mehr.«

»Ich hoffe, daß du recht hast«, flüsterte Marie. Ihr Verdacht nahm klarere Gestalt an … Musik … regulierte Töne, Ekstase regulierter Töne... Die Gedanken drängten sich in ihrem Kopf, purzelten übereinander.

Die Zeit zog sich in vollkommener Stille hin.

»Was tun sie?« zischelte Laoconia. »Seit einer halben Stunde sitzen sie so.«

Marie blickte in die Runde der Eingeborenen, die den kleinen freien Raum umgab, dunkle Hügel mit Kappen aus angelaufenem Silber. Die Stille war wie ein aufgeladenes Vakuum.

Mehr Zeit verging.

»Vierzig Minuten!« flüsterte Laoconia. »Erwarten sie, daß wir die ganze Nacht hier sitzen?«

Marie nagte an der Unterlippe. Klangekstase, dachte sie. Und sie dachte an Seeigel und die parthenogenen Kaninchen von Calibeau.

Eine leichte Bewegung ging durch die Reihen der Rukusch. Schattenhafte Gestalten begannen sich in die Schwärze des Waldes zu entfernen.

»Wohin gehen sie?« wollte Laoconia wissen. »Siehst du Grafka?«

Marie verneinte.

Vor Laoconia blinkte die Anzeigeleuchte für Sendeempfang. Sie schaltete das Funkgerät ein, hielt sich einen Kopfhörer ans Ohr. »Nein, sie scheinen aufzubrechen«, flüsterte sie auf eine Frage in das Mikrofon. »Sie sehen das gleiche wie wir. Es hat keine gegen uns gerichtete Bewegung gegeben. Lassen Sie mich später zurückrufen. Ich möchte dies beobachten.«

Ein Eingeborener kam auf Marie zu.

»Grafka?« fragte sie.

»Grafka«, intonierte die Gestalt. Die Stimme klang schläfrig. Laoconia blickte von ihrem Funkgerät auf. »Was geschieht jetzt, Grafka?«

»Ganz neue Lied wir machen von Musik ihr geben«, sagte Grafka.

»Ist das Singen beendet?« fragte Marie.

»Beendet«, schnaufte Grafka.

»Wie ist das mit einem neuen Lied?«

»Nicht haben euer Art Lied vorher richtig«, sagte Grafka. »Darin zuviel neu. Nicht verstehen wir wie Lied machen ihr. Aber nun ihr lehren, machen recht ihr.«

»Was hat all dieser Unsinn zu bedeuten?« fragte Laoconia. »Grafka, wohin gehen all deine Leute?«

»Gehen«, seufzte Grafka.

Laoconia blickte um sich. »Aber sie gehen einzeln oder … nun, es scheint keine Paare zu geben, die zusammengehören. Was tun sie?«

»Gehen jeder zu warten«, sagte Grafka.

Und Marie dachte an Karyokinese und Tochterkerne.

»Ich verstehe nicht«, klagte Laoconia.

»Ihr lehren wie neues Lied singen«, sagte Grafka. »Neues Lied beste aller Zeit. Bewahren dieses Lied wir. Besser viel als altes Lied. Machen besser …« – die Frauen bemerkten den schwachen milchigen Schimmer, der Grafkas Sichthaube trübte – »machen besser Junge. Stark mehr.«

»Grafka«, sagte Marie, »ist das Singen alles, was ihr tut? Ich meine, gibt es sonst nichts?«

»Alles«, schnaufte Grafka. »Beste Lied immer.«

Laoconia sagte: »Ich finde, wir sollten einigen von ihnen nachgehen …«

»Das ist nicht notwendig«, sagte Marie. »Wie hat dir die Musik gefallen?«

»Nun ja …« Die ältere Frau wandte ihren Kopf wie in Verlegenheit zur Seite. »Es war sehr schön.«

»Und sie hat dir gefallen?« drängte Marie.

»Ich sehe nicht, was …«

»Du hast kein musikalisches Gehör«, sagte Marie.

»Die Musik dient offensichtlich als eine Art Stimulans!« sagte Laoconia ungeduldig. »Ich verstehe jetzt nicht, warum sie uns verwehren …«

»Sie lassen uns«, sagte Marie.

Laoconia wandte sich zu Grafka. »Ich muß darauf bestehen, Grafka, daß uns erlaubt wird, alle Phasen eurer Fortpflanzung zu studieren. Andernfalls können wir euch keine Hilfe sein.«

»Ihr beste Hilfe immer«, sagte Grafka. »Geburtenrate ganz gut jetzt. Sie lehren Weg aus Mischen von Musik.« Ein Schaudern durchlief Grafka von den Balgmuskeln aufwärts.

»Kannst du dir einen Reim darauf machen?« fragte Laoconia.

»Ich fürchte, ja«, sagte Marie. »Bist du nicht müde, Grafka?«

»Bin«, seufzte Grafka.

»Wir sollten zur Hütte zurückgehen, Laoconia«, sagte Marie. »Dort können wir improvisieren, was wir für den Schaftertest benötigen werden.«

»Aber der Schafter dient zur Bestimmung *menschlicher* Schwangerschaften!«

Das rote Blinklicht vor Laoconia begann zu leuchten. Sie schaltete auf Empfang. »Ja?«

Kratzende Sprechgeräusche drangen aus den Kopfhörern. Marie spürte, daß sie die Stimme aus dem Schiff nicht hören wollte.

»Natürlich weiß ich, daß Sie den Versuch überwachen«, sagte Laoconia. »Warum sollte ich Marie sagen, daß Sie bereits Schaftertests an sich vorgenommen haben?« Ihre Stimme ging in die Höhe. »WAS? Das kann nicht Ihr Ernst sein … das ist unmöglich! Aber Helen, wir … Sie … Natürlich habe ich … Wo sollten wir … Jede Frau an Bord des Schiffes …?«

Marie beobachtete Laoconia, die stumm und bleich der Stimme aus den Kopfhörern lauschte. Endlich nahm sie die Kopfhörer ab und legte sie auf das Funkgerät. »Dr. Baxter vermutete, daß …«, sagte sie mit matter Stimme. »Sie nahm an sich selbst und einigen anderen den Schaftertest vor.«

»Sie hörte dieser Musik zu?« fragte Marie.

»Nicht nur sie hörte dieser Musik zu«, sagte Laoconia. »Wie es scheint, hat irgendein Raubkopierer im Dienst privater Sender unsere Tonaufzeichnung an Bord mitgeschnitten und ausgestrahlt. Alle Welt wird verrückt nach ›unserer schönen Musik‹ sein.«

»Ach du liebe Zeit«, hauchte Marie.

Laoconia sagte: »An Bord hörten natürlich alle unsere Aufnahme. Helen sagte, sie habe gleich nach dem Abhören einen Verdacht gehabt, aber eine volle halbe Stunde gewartet, bevor sie sich dem Schaftertest unterzog.« Sie blickte zu Grafkas unförmiger Gestalt, die still neben Marie stand. »Inzwischen hat sich herausgestellt, daß jede Frau an Bord, die schwanger werden konnte, schwanger ist.«

»Es ist offensichtlich, nicht wahr?« sagte Marie. »Grafkas Art hat eine Form von Gruppenparthenogenese entwickelt. Ihr Großes Singen löst die blastomeren Reaktionen aus.«

»Aber wir sind Menschen!« protestierte Laoconia. »Wie kann …«

»Teile von uns sind noch immer sehr primitiv«, sagte Marie. »Das sollte uns nicht überraschen. Früher schon wurden Töne eingesetzt, um die erste Kernteilung in einem Ei auszulösen. Grafkas Volk hat diese Methode lediglich zu seiner einzigen Fortpflanzungsart entwickelt – mit entsprechender Vervollkommnung der Technik.«

Laoconia schloß für einen Moment die Augen. »Ich frage mich, wie es dazu kommen konnte.«

»Als sie zuerst mit unserer *ausländischen* Musik Bekanntschaft machten«, sagte Marie, »waren sie verwirrt, denn diese fremdartigen Klänge brachten ihre musikalischen Beziehungen durcheinander. Sie waren fasziniert von den neuen musikalischen Formen. Sie experimentierten, um neue Empfindungen wachzurufen, welche die alten ersetzen könnten. Natürlich führte das zunächst zu einem Rückgang ihrer Geburtenrate.«

»Dann kamst du daher«, sagte Laoconia, »und lehrtest sie die neue Musik meistern.«

»Genau.«

»Marie!« rief Laoconia plötzlich.

»Ja?«

»Wir waren während dieser ganzen ... ah ... Aufführung hier ... Du meinst doch nicht, daß wir auch ... daß ich ...«

»Ich weiß nicht, wie es mit dir ist«, seufzte Marie, »aber ich habe mich in meinem Leben nie einer Sache sicherer gefühlt.«

Sie nagte an der Unterlippe, kämpfte mit den Tränen. »Ich werde ein Kind bekommen. Ein Mädchen. Es wird nur die Hälfte der normalen Zahl von Chromosomen haben. Und es wird steril sein. Und ich ...«

»Sage ich zu euch«, sang Grafka. Untertöne von Traurigkeit klangen im Singsang seiner Sprache an. »Sage ich zu euch: alle Leben Arten fangen an Ei jung gleich. Nicht wollen Verdruß machen ich. Aber ihr sagen verschieden ihr.«

»Parthenogenese«, sagte Laoconia mit einer angestrengten Schaustellung ihrer alten Energie. »Das bedeutet natürlich, daß der menschliche Fortpflanzungsprozeß nicht ... das heißt, ah ... wir werden nicht ... Ich meine, Männer werden nicht ...«

»Die Kinder werden unfruchtbar sein«, sagte Marie. »Das mag in Mode kommen, aber es kann nicht von Dauer sein.«

»Vielleicht«, sagte Laoconia. »Aber ich muß an die Weiterverbreitung unserer Tonaufzeichnung denken. Und ich frage mich, ob diese Rukusch jemals zwei Geschlechter hatten?« Sie wandte sich zu Grafka. »Grafka, weißt du, ob ...?«

»Bedaure ich machen Problem«, intonierte Grafka.

Der Singsang klang schwächer. »Muß sagen Lebewohl jetzt. Zeit für Gebären mich.«

»Du wirst gebären?« fragte Laoconia.

»Gleich«, schnaufte Grafka. »Fühlen Schmerz an Augenende.« Mit seinen biegsamen Gliedmaßen begann Grafka schnell die Erde unter sich aufzuscharren.

»Nun, darin hattest du recht, Laoconia«, sagte Marie. »Grafka ist kein Er.«

Grafkas Beine krümmten sich, senkten den eiförmigen Körper in die frisch gegrabene Höhlung im Boden. Sofort begannen die Gliedmaßen sich in den Körper zurückzuziehen. Ein Spalt erschien über der Sichthaube und verlängerte sich vertikal abwärts durch die Balgmuskeln.

Nicht lange, und es gab zwei Grafkas, jeder halb so groß wie das Original. Während die Frauen entgeistert zusahen, begannen die zwei verkleinerten Grafkas neue Gliedmaßen auszubilden, um die normale Symmetrie zurückzugewinnen.

»Um Gottes willen, nein«, hauchte Marie.

Sie hatte Kopfschmerzen.

ERINNERT EUCH! 1961

Jeder Verstand auf Erden, der fähig war, das Problem zu begreifen, beschäftigte sich mit dem Raumschiff und dem Ultimatum, das seine Insassen mitgebracht hatten. *Redet oder sterbt!* schrien die Schlagzeilen.

Die Anzahl der Selbstmorde war gestiegen und stieg immer noch. Religiöse Kulte hatten ihren großen Tag. Ein von einem Science-Fiction-Autor verfaßtes Buch mit dem Titel *Was das tödliche intergalaktische Raumschiff für uns bedeutet* hatte alle bisherigen Bestseller-Rekorde in den Schatten gestellt. Und das ging jetzt schon seit sieben hektischen Monaten so.

Das Schiff war über Oregon aus dem kanonengrauen Himmel geflappt. Es wies die Form einer überdimensionalen Zigarre auf, und seine Außenhülle, die mit wabernden Fasern bedeckt war, wirkte wie der legendäre Fliegende Teppich. Die fünf grünhäutigen, froschähnlichen Insassen hatten das Ultimatum überbracht: ein Exemplar, auf samtigem Papier gedruckt, war an alle Regierungen der größeren Länder gegangen, jedes hatte fehlerlos in der jeweiligen Landessprache besagt:

»Sie werden gebeten, Ihre talentiertesten Experten in Sachen menschlicher Verständigung zusammenzurufen. Wir sind hier, um Ihnen ein Problem zu unterbreiten. Wir werden fünf identische Räume unseres Schiffes für Sie öffnen. Jeder von uns wird sich in einem anderen Raum aufhalten.

Ihr Problem: Sich mit uns zu verständigen:

Wenn Sie erfolgreich sind, wird Ihre Belohnung groß sein.

Wenn Sie versagen, besteht das Ergebnis in der Vernichtung allen Lebens auf Ihrem Planeten.

Wir geben bekannt, daß wir diese Drohung mit dem tiefsten Bedauern aussprechen. Wir fordern Sie auf, das Eniwetok-Atoll für eine Demonstration unserer Macht zu beobachten. Ihre künstlichen Satelliten sind vom Himmel entfernt worden.

Sie müssen sich von Ihrer beengten Kommunikation frei machen!«

Eniwetok war bald darauf noch in dreihundert Metern Tiefe auszumachen, so flach wie eine Tischplatte – ohne die Spur einer Explosion! Sämtliche Satelliten der Vereinigten Staaten und der UdSSR waren vom Himmel gefegt worden.

Den ganzen Tag über drückte naßkalter Wind vom Meer aus die Columbia-Ebene hinauf. Er fegte über die östlichen Alkali-Ebenen Oregons, als sei Regen in Anmarsch. Dürre Wüstenpflanzen knickten unter den Böen und jagten die schlappohrigen Karnickel in ihren Bau. An den Gattern fingen sich haufenweise entwurzelte Büsche, und die Luft war von trockenen Staubpartikeln erfüllt, die mit der Allgegenwart filterbarer Viren in alles und jedes eindrangen.

Auf der Ebene südlich des Hermiston-Artilleriedepots wirbelte der unheimliche Körper des Raumschiffes den Sand in Massen auf. Es sah aus wie ein monströses Oval aus mausgrauer Leinwand, die man über aufrecht stehende Stöcke gespannt hatte. Eine Ansammlung von Nissenhütten und die neuen Wüsten-Fertighäuser der Armee umstanden seinen nördlichen Rand in einem groben Halbkreis. Sie sahen aus wie zwergenhafte Nebenhäuschen für das gigantischste Zirkuszelt, das die Erde je gesehen hatte. Armee-Ingenieure sagten, das Schiff sei zweihundert Meter lang und vierzig Meter breit.

Etwa acht Kilometer östlich des Landeplatzes fegte der Sandsturm über die eintönigen Gebäude des Lagers, in dem etwa dreißigtausend Menschen aus aller Herren Länder untergebracht waren: Linguisten, Anthropologen, Psychologen; Akademiker jeglicher Art und Couleur; Beobachter und Gegenbeobachter, Gegen-Gegenbeobachter; Spione, Spionageabwehrleute und Anti-Spionageabwehrleute.

Seit sieben Monaten hielt sie das, was mit Eniwetok geschehen war – und die darauf fußende Bedrohung –, in Atem.

Am Abend dieses Tages legte sich der Wind. Der Treibsand löste sich von der Schiffshülle und nahm neue Formen an; er rieselte herunter wie der allseits bekannte ›Sand der Zeit‹, der jetzt immer knapper wurde.

Mrs. Francine Millar, eine klinische Psychologin im Indo-Europäisch-Germanischen-Sprachteam, eilte über den kahlen Fleck aus festgetretenem Sand, der sich vor dem Raumschiffseingang ausbreitete. Sie neigte den Kopf vor den letzten Resten des Sturms. Sie trug das Köfferchen unter dem linken Arm wie einen Fußball. In der anderen Hand hielt sie eine zusammengerollte Ausgabe des *Oregon Journal* vom heutigen Tag. Die Titelgeschichte besagte, daß Air-Force-Düsenjäger ein kleines Privatflugzeug abgeschossen hatten. Es hatte versucht, in das Sperrgebiet vorzudringen. Drei noch nicht identifizierte Männer waren dabei umgekommen. Das Flugzeug war gestohlen gewesen.

Der Gedanke an die abgeschossene Maschine erinnerte sie wieder an die Umstände ihrer Witwenschaft. Dr. Robert Millar war zehn Tage vor der Ankunft des Raumschiffes beim Absturz einer Transatlantik-Passagiermaschine umgekommen. Sie ließ die Zeitung los. Sie flatterte im Wind davon.

Francine drehte den Kopf, um dem plötzlichen Zubeißen des sanderfüllten Windes zu entgehen. Sie war von drahtig-schlanker Gestalt, einssiebzig groß und trotz ihrer einundvierzig Jahre immer noch athletisch und in bester körperlicher Verfassung. Ihr kastanienbraunes Haar, jetzt vom Wind zerzaust, ließ sie immer noch jugendlich erscheinen. Schwere Lider schirmten ihre blauen Augen ab und verliehen ihr einen stets etwas schläfrig wirkenden Blick, auch dann, wenn sie hellwach und alarmbereit war – ein Umstand, der ihr in ihrem Beruf hilfreich war.

Hikonojo Ohashi, ihr Gegenspieler im Japanisch-Koreanisch-Sino-Tibetanischen Team, saß bereits auf seinem Platz am anderen Ende des Tisches. Der japanische Psychologe griff nach einem dünnen, spitzen Pinsel und machte sich in ideografischer Kurzschrift Notizen.

Francine schloß die Tür.

Ohne aufzuschauen, sagte Ohashi: »Wir sind früh dran.«

Er war ein drahtiger, netter kleiner Mann mit flachen Gesichtszügen, weichen Wangen, einem ebenmäßig gerundeten Kinn und verträumten Augen hinter dicken Brillengläsern.

Francine warf ihr Köfferchen auf den Tisch und zog sich einen Stuhl heran, der Ohashi gegenüber stand. Ehe sie Platz nahm, säuberte sie die Sitzfläche mit einem Taschentuch von Sandkörnern. Der stets gegenwärtige Dreck, die eintönige Landschaft und ihr privater Frust – all das sorgte dafür, daß sie sich stets am Rande eines Wutausbruchs befand. Als sie das Gefühl und den Grund dafür erkannte, lächelte sie matt.

»Nein, Hiko. Ich glaube, wir sind zu spät dran. Es ist später, als wir glauben.«

»Wenn Sie's so meinen, ist es noch viel später«, sagte Ohashi. Sein Princeton-Akzent fiel kaum auf. Er war so moduliert wie ein Musikinstrument unter der Hand eines Meisters.

»Jetzt werden wir aber banal«, sagte sie. Sie bedauerte die Schärfe ihres Tonfalls sofort und rang sich ein Lächeln ab.

»Sie haben uns keinen Termin gesetzt«, sagte Ohashi. »Das ist doch immerhin auch etwas.« Er rieb den Pinsel an einem Farbstein ab.

»Es liegt etwas in der Luft«, sagte sie. »Ich spüre es.«

»Ja. Es ist viel Sand in der Luft«, sagte er.

»Der Wind macht uns alle fertig«, sagte sie. »Er fühlt sich wie Regen an. Eine Wetterveränderung.« Er machte sich noch eine Notiz, dann legte er den Pinsel hin, hob den Kopf und breitete die Unterlagen für die Konferenz vor sich aus. Er lächelte Francine an. Sein Lächeln ließ ihn un-erwachsen erscheinen. Francine blickte plötzlich in die Vergangenheit und sah einen ernsthaften kleinen Jungen namens Hiko Ohashi.

»Es ist jetzt sieben Monate her«, sagte sie. »Es wäre doch vernünftig, wenn wir davon ausgingen, daß sie nicht bis in alle Ewigkeit warten werden.«

»Schwangerschaftsperioden dauern in der Regel zwei Monate länger«, sagte er.

Sie runzelte die Stirn und ignorierte seine Anspielung. »Aber wir sind nicht weiter als am ersten Tag!«

Ohashi beugte sich vor. Seine Augen hinter den dicken Gläsern schienen noch größer zu werden. »Fragen Sie sich eigentlich auch, warum sie mit dieser Beharrlichkeit darauf bestehen, daß wir uns mit ihnen verständigen? Ich meine, statt andersherum?«

»Natürlich frage ich mich das. Wie jeder andere.«

Er setzte sich hin. »Was halten Sie von der Vorgehensweise des islamischen Teams?«

»Sie wissen, was ich davon halte, Hiko. Es ist reine Zeitverschwendung, jeden Ton, den die Galaktiker von sich geben, mit Passagen aus dem Koran zu vergleichen.« Sie zuckte die Achseln. »Doch nach allem, was wir wissen, sind sie einer Lösung vielleicht näher als jeder andere …«

Hinter ihr flog die Tür auf. Sofort hallte der Raum von der lauten Baßstimme Theodor Zakheims, des Psychologen aus dem Ural-Altai-Team, wider.

»Ha-haaaaa!« brüllte er. »Wir sind wieder alle da!«

Leise Schritte hinter Zakheim sagten Francine, daß er von Emil Gore vom Indo-Europäischen-Romanistik-Team begleitet wurde.

Zakheim ließ sich neben Francine auf einen Stuhl plumpsen, der gefährlich unter seinem Gewicht ächzte.

Wie ein großer, ungepflegter Bär, dachte sie.

»Müssen Sie immer solchen Krach machen?« fragte sie.

Gore knallte die Tür hinter ihnen zu.

»Natürlich!« donnerte Zakheim. »Ich bin nun mal laut! Es ist meine Natur, mein kleiner Puschkin!«

Gore ging hinter Francine her zum Kopf des Tisches, hielt den Blick jedoch auf Zakheim gerichtet. Zakheim war dick, ohne fett zu sein. Er wirkte wie ein Ringer. Sein breites Gesicht und die leicht geschlitzten blauen Augen deuteten mongolische Vorfahren an. Sein Haar war rostfarben und sah aus wie eine verstrubbelte Bürste.

Zakheim zog sein Köfferchen hervor, knallte es auf den Tisch und legte die Hände auf das dunkle Leder. Er hatte flache Hände mit dicken Fingern, und blasse Haarbüschel wuchsen ihm fast bis an die Nägel.

Francine wandte sich von Zakheims Händen ab und schaute zum anderen Ende des Tisches hinunter, wo Gore saß. Der Franzose war ein großer, langhalsiger Mann und völlig kahlköpfig. Mit den düster blickenden Augen hinter der eisenumrandeten Brille sah es aus, als trüge er eine Pappnase und mime den dummen August. Er trug wieder einen seiner schwarzen Begräbnisanzüge; jedes Knopfloch war geschlossen. Aus seinen Ärmeln lugten Manschettenknöpfe hervor. Seine langfingrigen Hände mit den plumpen Gelenken bewegten sich in konstanter Ruhelosigkeit.

»Ich bin nicht ganz Ihrer Ansicht, Zak«, sagte Gore. »Wir sind keinesfalls alle hier. Dies ist unsere alte

Gruppe, und wir hatten vor, weitere für das zu interessieren, was wir tun.«

Ohashi sagte zu Francine: »Haben Sie kein Glück gehabt, die anderen zu unseren Konferenzen einzuladen?«

»Sie sehen doch, daß ich allein gekommen bin«, sagte sie. »Ich habe mir heute fünf Körbe eingehandelt.«

»Von wem?« fragte Zakheim.

»Von den Indianern und Eskimos, von den Arktisbewohnern, den Drawiden, den Malayo-Polynesiern und den Kaukasiern.«

»Diese Feilscher!« polterte Zakheim. »Ich kann uns natürlich mit den Hamito-Semitischen Sprachen aushelfen, aber …« Er schüttelte den Kopf.

Gore wandte sich an Ohashi. »Und die anderen?«

Ohashi sagte: »Ich muß die freundliche Unentschlossenheit der Munda, Mon-Khmer, Sudanesen, Guineer und Bantu melden.«

»Das reißt große Löcher in unseren Informationsaustausch«, sagte Gore. »Welcher Sache sind sie jetzt gerade auf der Spur?«

»Sie wissen nicht mehr als wir!« knurrte Zakheim. »Darauf können Sie Gift nehmen!«

»Was ist mit den Sprachen, die hier gar nicht vertreten sind?« fragte Francine. »Ich meine die Hottentotten-Buschmänner, die Ainu, die Basken und Austral-Papuas.«

Zakheim bedeckte ihre linke mit seiner rechten Hand. »Sie haben immer noch mich, mein Täubchen.«

»Wir bauen hier einen neuen Turm zu Babel!« erwiderte sie schroff und entriß ihm die Hand.

»Schon wieder ein Korb!« jammerte Zakheim.

Ohashi sagte: »Wohlan, laßt uns hinabfahren und daselbst ihre Sprache verwirren, daß keiner mehr des anderen Sprache verstehe!« Er lächelte. »Genesis elf, sieben.«

Francine schaute finster drein. »Und wir lassen zwanzig Prozent der zweitausendachthundert irdischen Sprachen aus!«

»Wir haben aber alle wichtigen«, sagte Zakheim.

»Woher wollen Sie denn wissen, was wichtig ist?« fragte sie.

»Bitte!« Gore hob die Hand. »Wir sind hier, um Informationen auszutauschen, nicht um uns zu streiten!«

»Tut mir leid«, sagte Francine. »Es ist halt so, daß mir heute alles so hoffnungslos vorkommt.«

»Also, was haben wir heute erfahren?« fragte Gore.

»Nichts, das uns neu wäre«, sagte Zakheim.

Gore räusperte sich. »Das gilt für mich doppelt.« Er sah Ohashi an.

Der Japaner zuckte die Achseln. »Wir haben keine Reaktion von dem Galaktiker Kobai erfahren.«

»Anthropomorpher Unfug«, murmelte Zakheim.

»Sie meinen, weil ich ihn Kobai nenne?« fragte Ohashi. »Keineswegs, Zak. Das ist der regelmäßigste Ton, den er von sich gibt, und Namen helfen bei der Identifikation. Wir brauchen ihn jetzt nicht ›den Galaktiker‹ oder ›das Wesen im Raumschiff‹ zu nennen.«

Gore wandte sich Francine zu.

»Ich kam mir vor, als würde ich mich mit einer grünen Statue unterhalten«, sagte sie.

»Was war mit seiner Vortragsrede?« fragte Gore.

»Keine Ahnung«, sagte sie. »Er steht da wie ein krummbeiniger Professor in einem schwarzen Trikot. Die Töne flossen aus ihm raus, als würde er nie wieder aufhören. Er windet sich hin und her. Er wogt auf und ab. Er schwingt. Sein Gesicht verzieht sich – falls man es überhaupt ein Gesicht nennen kann. Wir haben es natürlich aufgezeichnet und gefilmt, doch es klingt wie der übliche Mischmasch.«

»Etwas ist in den Gesten«, sagte Ohashi. »Wenn wir bloß fähigere Pasimologen hätten.«

»Wie oft haben Sie die gleiche Geste mit dem gleichen Ton wiederholt gesehen?« fragte Zakheim.

»Sie haben unsere Filme doch sorgfältig studiert«, sagte Ohashi. »Wir hatten nicht genug Zeit, um uns eine solide Vergleichsbasis zu verschaffen. Aber ich verzweifle nicht ...«

»Es war nur eine rhetorische Frage«, sagte Zakheim. »Wir brauchen wirklich mehr Multilinguisten«, sagte Gore. »Wir leben in einer Zeit, in der man den Verlust großer Linguisten wie Mrs. Millars Gatten am schmerzlichsten spürt.«

Francine schloß die Augen und holte kurz und schmerzvoll Luft. »Bob ...« Sie schüttelte den Kopf. Nein. Das ist vorbei. Er ist nicht mehr unter uns. Ich weine nicht mehr.

»Ich hatte die Ehre, ihn in Paris zu treffen, kurz bevor ... vor seinem Ende«, fuhr Gore fort. »Er hielt eine Vorlesung über die Entwicklung ähnlicher Klangschemata in der italienischen und japanischen Sprache ...«

Francine nickte. Sie fühlte sich plötzlich leer.

Ohashi beugte sich vor. »Ich glaube«, sagte er, »das ist alles ziemlich schmerzhaft für Mrs. Millar.«

»Es tut mir wirklich sehr leid«, sagte Gore. »Verzeihen Sie mir.«

»Jemand wollte doch mal nachschauen, ob sich in diesem Raum irgendwelche Wanzen befinden«, sagte Ohashi.

»Mein Neffe gehört zu unserem Aufzeichnungsteam«, sagte Gore. »Er hat mir versichert, daß es hier keine versteckten Mikrofone gibt.«

Zakheims Brauen glitten in einem finsteren Stirnrunzeln nach unten. Er fummelte am Verschluß seines Köfferchens herum. »Es ist sehr gefährlich«, grunzte er.

»Ach, Zak, das sagen Sie doch immer!« sagte Francine. »Hören wir doch mit dem Gefüßel auf!«

»Ich bin nicht auf eine Verratsanklage aus«, murmelte Zakheim.

»Wir wissen doch alle, daß unsere Bosse auf einen Vorsprung aus sind«, sagte Francine. »Ich bin diese Sparringspartien leid, bei denen man immer nur versucht, aus dem anderen was rauszukriegen, ohne was preiszugeben.«

»Wenn Dr. Langsmith oder General Speider herausfänden, was Sie hier tun, würde es auch Ihnen übel ergehen«, sagte Zakheim.

»Ich schlage vor, wir fangen am Anfang an und reexaminieren dann alles«, sagte Francine. »Ganz offen.«

»Warum?« wollte Zakheim wissen.

»Weil ich davon überzeugt bin, daß die Antwort irgendwo genau vor unserer Nase liegt«, sagte sie.

»Im Ultimatum, zweifellos«, sagte Gore. »Was, glauben Sie, ist die wirkliche Bedeutung ihrer Aussage, daß die menschlichen Sprachen eine begrenzte Form der Kommunikation sind? Ob sie telepathisch begabt sind?«

»Glaube ich nicht«, sagte Ohashi.

»Das hat man doch schon ausgeschlossen«, sagte Francine. »Unsere Rhinologen sagen: keine außersinnlichen Wahrnehmungen. Nein. Ich bin auf etwas anderes aus: Allein die Tatsache, daß sie diese Frage ins Spiel gebracht haben, weist darauf hin, daß wir sie mit unseren gegenwärtigen Möglichkeiten beantworten können.«

»Wenn sie ehrlich sind«, sagte Zakheim.

»Ich habe keinen Grund, das Gegenteil anzunehmen«, sagte Francine. »Sie machen uns aus einem guten Grund zu linguistischen Detektiven.«

»Aus einem guten Grund für sie«, sagte Gore.

»Achten Sie auf die Phraseologie ihres Ultimatums!« sagte Ohashi. »Sie unterbreiten ein Problem. Sie öffnen uns ihre Räume. Sie machen sich uns zugänglich. Sie bedauern ihre Drohung. Selbst ihre Machtdemonstration, die – zugegeben – ehrfurchtgebietend war, weist die deutlichen Charakteristika der Gewaltlosigkeit auf. Keine Explosion. Sie setzen eine Belohnung für den Erfolg aus, und das …«

»Belohnung!« schnaubte Zakheim. »Wir locken das Schwein auch mit Futter zum Metzger!«

»Ich meine, es deutet auf Gewaltlosigkeit hin«, sagte Ohashi. »Entweder ist es so – oder sie haben es geschickt verstanden, sich in die Maske der Gewaltlosigkeit zu hüllen.«

Francine wandte sich um und warf durch das Fenster am Ende der Hütte einen Blick auf den Leib des Raumschiffes. Die niedrig stehende Sonne warf lange Schiffsschatten über den Sand.

Auch Zakheim sah aus dem Fenster. »Warum haben sie sich ausgerechnet diesen Ort ausgesucht? Wenn es schon eine Wüste sein muß, warum dann nicht die Gobi? Das hier ist nicht mal eine gute Wüste. Es ist eine miserable Wüste!«

»Vielleicht lag ihnen an einem günstigen Landeplatz in der Nähe einer großen Stadt«, sagte Gore. »Es ist möglich, daß sie diese Wüste gewählt haben, damit sie kein fruchtbares Land zu zerstören brauchten.«

»Frösche!« höhnte Zakheim. »Ich traue keinen Fröschen mit Kommunikationsproblemen!«

Francine wandte sich wieder dem Tisch zu. Sie entnahm ihrem Köfferchen einen Schreiber und Notizpapier, kritzelte schnell die groben Umrisse eines Galaktikers und schrieb ›Frosch?‹ daneben.

Ohashi sagte: »Zeichnen Sie ein Porträt Ihres Galaktikers?«

»Wir nennen ihn Uru – aus den gleichen Gründen, aus denen Sie den Ihren Kobai nennen«, sagte sie. »Er erzeugt den Laut ›Uru‹ *ad nauseam*.«

Sie musterte nachdenklich ihre Skizze und versuchte sich dabei an das Bild zu erinnern, das der Galaktiker in ihrem Kopf abgab. Untersetzt, etwa einssechzig groß; mit den kurzen, krummen Beinen eines Schwimmers. Kräuselnde Muskeln zeigten unter dem schwarzen Trikot kordelartige Linien. Die Arme waren wie die eines Menschen angebracht, doch ihre Bewegungen waren graziöser. Die Haut: blaßgrün; der Hals kurz und dick. Der breite Mund war fast lippenlos, die Nase nicht mehr als ein stumpfes Horn. Die Augen waren groß, standen weit auseinander und waren mit Nickhäuten versehen. Der Galaktiker war haarlos. Vom Mittelpunkt der Stirn verlief ein Knochenwulst über den Kopf nach hinten.

»Ich kannte mal einen hawaiianischen Langstreckenschwimmer, der diesen Galaktikern ähnlich sah«, sagte Ohashi. Er leckte sich die Lippen. »Wissen Sie, wir hatten heute einen buddhistischen Mönch aus Java bei unserem Treffen mit Kobai.«

»Der Zusammenhang zwischen dem Langstreckenschwimmer und einem Mönch entgeht mir leider«, sagte Gore.

»Sie sagten doch, Sie hätten heute nichts erreicht«, meinte Zakheim.

»Der Mönch unternahm keinen Versuch, mit ihm zu reden«, sagte Ohashi. »Er lehnte es ab, weil es für einen Buddhisten eine Form irdischen Strebens wäre; für ihn eine unvorstellbare Sache. Er kam bloß mit und schaute zu.«

Francine beugte sich vor. »Ja?« Ohashis Art, beiläufig zu klingen, versetzte sie in eine seltsame Erregung.

»Die Reaktion des Mönchs war kurios«, sagte Ohashi. »Er weigerte sich noch Stunden später, etwas zu sagen. Dann sagte er, die Galaktiker müßten sehr heilige Leute sein.«

»Heilig!« Zakheims Stimme troff vor bitterer Ironie.

»Wir gehen die Sache mit falschen Methoden an«, sagte Francine. Sie fühlte sich alleingelassen und sprach bewußt laut. »Unser Zugang zu den Galaktikern ist durch den Raum begrenzt, den sie uns im Innern des Schiffes geöffnet haben.«

»Was befindet sich im Rest des Schiffes?« fragte Zakheim.

»Vielleicht die Belohnung«, sagte Gore.

»Oder Waffen, um uns auszulöschen!« knurrte Zakheim.

»Der Studienplan ist auch falsch«, sagte Francine.

Ohashi nickte. »Zwölf Stunden pro Tag reichen nicht aus«, sagte er. »Wir müßten sie unter konstanter Beobachtung halten.«

»Das habe ich nicht gemeint«, sagte Francine. »Sie brauchen wahrscheinlich ebenso Ruhe wie wir. Nein, ich meinte die totale Kontrolle, die unsere Teamchefs – diese phantasielosen Typen wie Langsmith – über die Zeit haben, die wir in diesen Räumen verbringen. Was würde beispielsweise passieren, wenn wir versuchten, die Energiemauer niederzureißen, die uns hindert, diese Wesen wirklich zu berühren? Was würde passieren, wenn wir Hunde zu ihnen reinbringen würden, um zu sehen, wie Tiere auf sie reagieren!« Sie langte in ihr Köfferchen, zog einen kleinen flachen Rekorder hervor und ließ das Band zurücklaufen. »Hören Sie sich das an!«

Ein flüssiger Schwall von Tönen war zu hören: »Pau'timonsh' uego'iklopreprе 'sauta' urusa'a'a ...« Dann eine lange Pause, gefolgt von »Tu'kimoomo 'urulig 'lurulil 'oog 'shuquetoe ...« – Pause. – »Sum 'a 'suma 'a 'uru 't 'shoap?«

Francine hielt das Band an.

»Haben Sie das heute aufgenommen?« fragte Ohashi.

»Ja. Er verwendete das komische Zeichenbrett mit den bewegten Bildern – unheimliche Blumen und noch unheimlichere Tiere.«

»Wir haben sie gesehen«, murmelte Zakheim.

»Und diese klatschenden Handbewegungen«, sagte

Francine. »Der sich wiegende Körper, die wellenförmigen Bewegungen, das Grimassieren.« Sie schüttelte den Kopf. »Es kommt einem fast wie ein bizarrer Tanz vor.«

»Auf was wollen Sie hinaus?« fragte Ohashi.

»Ich frage mich fortwährend, was wohl passieren würde, wenn wir einen unserer führenden Choreografen hier hätten, der nach diesen Tönen einen Tanz kreieren würde, den wir dann ...«

»Paaah!« machte Zakheim.

»Na schön«, sagte Francine. »Aber wir sollten wirklich systematisch Zufallsstimulationen auf die Galaktiker loslassen. Warum führen wir ihnen nicht eine Nachtclub-Sängerin vor? Oder einen Marktschreier? Oder einen Zauberer? Oder ...«

»Wir haben es mit einem hundertprozentigen Schizo versucht«, sagte Gore.

Zakheim grunzte. »Und dann haben wir genau das gekriegt, was solche Vorgehensweisen verdienen: Der Schizo saß da und spielte eine Stunde lang mit seinen Fingern!«

»Die Idee, es mit Leuten aus der Unterhaltungsbranche zu versuchen, macht mich nachdenklich«, sagte Ohashi. »Vielleicht ein paar Noh-Tänzer.« Er nickte. »Ich habe nie daran gedacht, aber ist Kunst nicht auch eine Form der Kommunikation?«

»Das ist das Quäken eines Frosches in einem Tümpel auch«, sagte Zakheim.

»Haben Sie schon mal etwas vom Paradox-Frosch gehört?« fragte Francine.

»Ist das wieder einer Ihrer komischen Witze?« fragte Zakheim.

»Keinesfalls. Der Paradox-Frosch ist eine ganz reale Kreatur. Er lebt auf der Insel Trinidad. Es ist ein ziemlich kleiner Frosch, doch er hat einen Daumen und eine fünffingrige Hand, und er ...«

»Wie unsere Besucher«, sagte Zakheim.

»Ja. Und er verwendet die Hand wie wir – um nach Dingen zu greifen, Nahrung aufzunehmen, sie ins Maul zu stopfen, um…«

»Um Bomben zu basteln?« fragte Zakheim.

Francine zuckte die Achseln und wandte sich von ihm ab. Sie fühlte sich verletzt.

»Meine Leute glauben, daß die Galaktiker im Begriff sind, hier einen gewaltigen Schwindel aufzuziehen«, sagte Zakheim. »Wir glauben, daß sie nur Zeit schinden und uns insgeheim für eine Invasion studieren!«

Gore sagte: »Ach?« Seine schmalen Schultern bewegten sich in einem galligen Zucken, das ebenso wie Worte sagte: »Und wenn es stimmt, was wollen wir dann machen?«

Francine wandte sich zu Ohashi um. »Welche Theorie ist momentan in Ihrem Team tonangebend?« Ihre Stimme klang verbittert, aber sie konnte einfach nicht in einer weicheren Tonlage reden.

»Wir arbeiten an der Theorie, daß wir es mit einer einsilbigen Sprache wie der chinesischen zu tun haben«, sagte Ohashi.

»Aber was ist dann mit der Vokalharmonie?« protestierte Gore. »Das würde doch bedeuten, daß die Harmonie-Vokale alle in denselben Wörtern sind.«

Ohashi rückte seine Brille gerade. »Wer weiß?« fragte er. »Gewiß, die dunklen und hellen Vokale treffen sehr oft aufeinander, aber…« Er zuckte die Achseln und schüttelte den Kopf.

»Was ist mit der Gruppe, die an der historischen Analogie arbeitet?« fragte Gore. »Darum wollten Sie sich doch kümmern, Ohashi.«

»Sie beschäftigt sich mit der Theorie, daß alle primitiven Klänge Konsonanten mit unregelmäßigen Vokalen sind… Etwa das Füßestampfen beim Tanzen. Momentan gehen sie davon aus, daß die Galaktiker Missionare sind und ihre Sprache eine religiöse.«

»Welche Resultate?« fragte Zakheim.

»Keine.«

Zakheim nickte. »Das war zu erwarten.« Er sah Francine an. »Darf ich Frau Dr. Millar um Verzeihung bitten?«

Sie schaute auf, aufgeschreckt von einer tagtraumartigen Spekulation über die Sprache der Galaktiker – und Tanz. »Mich? Gütiger Himmel, warum denn?«

»Ich bin heute ein wenig hitzig«, sagte Zakheim. Er warf einen Blick auf seine Armbanduhr. »Tut mir sehr leid, aber ich habe mir um eine andere Konferenz Sorgen gemacht.«

Er hievte seinen gewaltigen Leib aus dem Stuhl und nahm sein Köfferchen. »Es ist Zeit für mich, ich muß gehen. Sie verzeihen mir?«

»Natürlich, Zak.«

Sein breites Gesicht verzog sich zu einem Grinsen. »Gut!«

Gore stand ebenfalls auf. »Ich begleite Sie ein Stück, Zak.«

Francine und Ohashi saßen noch einen Augenblick zusammen, als die anderen gegangen waren.

»Was erreichen wir mit diesen Zusammenkünften?« fragte sie.

»Wer weiß schon, wie die wichtigen Teile dieses Puzzles zusammenpassen?« fragte Ohashi. »Tatsache ist: Wir tun etwas auf unterschiedliche Weise.«

Sie seufzte. »Das schätze ich auch.«

Ohashi nahm die Brille ab und sah plötzlich sehr verletzlich aus. »Wußten Sie, daß Zak unsere Zusammenkünfte aufzeichnet?« fragte er, als er die Brille wieder aufsetzte.

Francine starrte ihn an. »Woher wissen Sie das?«

Ohashi tippte auf sein Köfferchen. »Ich habe ein Gerät hier drin, das so was anzeigt.«

Francine schluckte einen kurzen Anfall von Verärgerung hinunter. »Nun, ist es wirklich wichtig, Hiko?«

»Vielleicht nicht.« Ohashi tat einen tiefen, ebenmäßig

kontrollierten Atemzug. »Da war noch etwas mit dem buddhistischen Mönch, das ich nicht erzählt habe.«

»Oh! Was haben Sie ausgelassen?«

»Er hat prophezeit, daß wir versagen werden – daß die menschliche Rasse ausgelöscht wird. Er ist sehr alt und für einen Mönch sehr zynisch. Er glaubt, es sei eine gute Sache, daß alles menschliche Streben schließlich enden wird.«

Ärger und plötzliche Entschlossenheit flammten in ihr auf. »Das ist mir doch Wurscht! Es ist mir doch absolut schnuppe, was irgend jemand denkt! Ich weiß, daß ...« Sie ließ ihre Stimme leiser werden und verbarg das Gesicht in den Händen.

»Sie waren heute gar nicht richtig da«, sagte Ohashi. »Hat das Gerede über Ihren verstorbenen Gatten Ihnen zu schaffen gemacht?

»Ich weiß nicht. Ich bin ...« Sie schluckte und flüsterte: »Ich habe letzte Nacht von Bob geträumt. Wir tanzten, und er wollte etwas zu diesem Problem sagen, aber ich konnte ihn nicht verstehen. Immer wenn er zum Sprechen ansetzte, wurde die Musik lauter und übertönte ihn.«

Stille senkte sich über den Raum. Dann sagte Ohashi: »Das Unterbewußtsein geht manchmal seltsame Wege, um einem die richtige Antwort zu geben. Vielleicht sollten wir die Idee mit dem Tanzen näher untersuchen.«

»Oh, Hiko! Würden Sie mir helfen?«

»Es wäre mir eine Ehre, Ihnen zu helfen«, sagte er.

Es war still im Halbdunkel des Projektionsraums. Francine lehnte den Kopf gegen die Rückenlehne des Sessels und blickte zum Standlicht hinüber, wo Ohashi gearbeitet hatte. Er hatte sich um die Filme der orientalischen Ritualtänze gekümmert, die mit dem Flugzeug aus Los Angeles eingetroffen waren. Sein Mantel lag noch immer über der Rückenlehne seines Sessels, und seine Pfeife qualmte im Aschenbecher auf dem

Arbeitstisch vor sich hin. Überall um die beiden Sessel herum stapelten sich die Überreste ihrer viertägigen, fast pausenlosen Suche: Notizbücher, Filmdosen, Schachteln mit Fotos, Nachschlagewerke.

Sie dachte an Hiko Ohashi: ein seltsamer Mann. Er war zwar fünfzig, aber er sah nicht einen Tag älter als dreißig aus. Er hatte erwachsene Kinder. Seine Frau war vor acht Jahren an Cholera gestorben. Francine fragte sich, wie es wohl wäre, mit einem Orientalen verheiratet zu sein. Ihr wurde klar, daß sie ihn mit seiner Princeton-Bildung und seinen abendländischen Methoden gar nicht für einen Orientalen hielt. Dann wurde ihr klar, daß ihre Haltung nichts anderes war als weißer Snobismus.

Die Tür in der Ecke öffnete sich leise. Ohashi trat ein und schloß sie. »Sind Sie wach?« flüsterte er.

Sie wandte den Kopf, ohne ihn von der Rückenlehne des Sessels zu heben. »Ja.«

»Ich hoffte, Sie würden ein bißchen schlafen«, sagte er. »Sie sahen so müde aus, als ich ging.«

Francine warf einen Blick auf ihre Armbanduhr. »Es ist erst halb vier. Wie sieht's draußen aus?«

»Heiß und windig.«

Ohashi beschäftigte sich mit dem Einlegen des Films in den am Ende des Raums stehenden Projektor. Dann ging er zu seinem Sessel und schleppte die Fernbedienung an einem Kabel hinter sich her.

»Fertig?« fragte er.

Francine langte nach der niedrigbrennenden Schnittlampe neben sich, schaltete sie ein und richtete den dünnen Strahl auf das Notizbuch in ihrem Schoß. »Ja. Fangen Sie an!«

»Ich habe den Eindruck, wir machen wirklich Fortschritte«, sagte Ohashi. »Mir ist zwar noch nicht alles klar, aber die identischen Punkte ...«

»Sie sind aufregend«, sagte Francine. »Sehen wir doch mal, was uns das hier anzubieten hat!«

Ohashi drückte einen Knopf. Ein in schwere Gewänder gekleidetes arabisches Mädchen erschien auf der Leinwand und schlug ein Tamburin. Ihr Haar wirkte steif, schwarz und ölig. Schwarze Striche überschatteten ihre Augen. Ihr braunes Kleid bewegte sich nur leicht, als sie das Tamburin schüttelte und schlug.

Die ausgebildete Sprechstimme des Kommentators kam aus den neben der Leinwand befindlichen Lautsprechern: »Dies ist ein junges Mädchen der Jebel Toybek. Sie wird einige uralte Schritte tanzen, die die Geschichte einer Schlacht erzählen. Die Kamera ist in einem Lastwagen versteckt; sie weiß nicht, daß der Tanz gefilmt wird.«

Eine Riedflöte gesellte sich zu dem Tamburin, und dann fiel ein Zupfinstrument ein. Das Mädchen wandte sich langsam auf einem Fuß und hob den anderen mit durchgedrücktem Knie.

Francine beobachtete sie in gebanntem Schweigen. Die junge Tänzerin machte kleine, stakkatoartige Hüpfer; das Tamburin vor ihr zuckte auf und nieder.

»Es ähnelt irgendwie dem Material über die Nordischen Sagen«, sagte Ohashi. »Schwerterkampf. Beachten Sie, wie sie ausholt und pariert!«

Francine nickte. »Ja.« Der Tanz ging weiter. Dann: »Halt! Die letzte Szene noch einmal!«

Ohashi gehorchte.

Es fing mit einem symbolischen Ritt auf einem Kamelrücken an: eine weiche, wiegende Bewegung. Die junge Tänzerin drückte ihre Sehnsucht nach ihrem Krieger aus.

Wie suggestiv die Bewegung der Hände auf ihren Hüften ist, dachte Francine. Mit einem abrupten Schockgefühl erinnerte sie sich daran, eine fast identische Geste in einem der Filme der Galaktiker gesehen zu haben. »Das ist es!« rief sie aus.

»Hände auf den Hüften«, sagte Ohashi. »Ich wollte die Rolle gerade anhalten.« Er schaltete den Film ab und durchblätterte die hinter ihm gestapelten Notizbücher, bis er die korrekte Stelle fand.

»Ich glaube, es war einer von Zaks Filmen«, sagte Francine.

»Ja. Hier ist er.« Ohashi hob eine Rolle auf und sah sich die Szenen-Identifikationen an. Er legte den Film hinter sich auf einen großen Stapel und ließ den mit den orientalischen Tänzen weiterlaufen.

Drei Stunden und zehn Minuten später legten sie den Film wieder in die Dose zurück.

»Auf wie viele neue Übereinstimmungen kommen Sie?« fragte Ohashi.

»Fünf«, sagte sie. »Das macht zusammen hundertsechs!« Francine blätterte ihre Notizen durch. »Da war die Bewegung mit der Hand auf den Hüften. Ich bezeichne sie als ›sinnliche Freude‹!«

Ohashi zündete seine Pfeife an und sagte durch eine Rauchwolke: »Haben Sie die anderen auch etikettiert?«

»Ich habe gerade eine Anmerkung über die Bewegung eines Galaktikers gemacht, und dann die Bemerkungen des Kommentators zu diesem Film. Die schlagende Handbewegung paßt zum Ende von Sobayas erstem Traum: ›Jetzt erwache ich!‹ Das Wiegen des Körpers paßt zum Wiegen der Dattelpalmen im Wüstenwind. Das Fußstampfen paßt zu Toral, der von seinem Roß steigt. Erhobene Hände mit den Flächen nach oben – das paßt zu Ali, wie er im Gebet vor der Schlacht Gott seine Seele anbietet.«

»Wollen Sie noch den neuesten Film aus dem Schiff sehen?« fragte Ohashi. Er schaute auf seine Armbanduhr. »Oder sollen wir erst einen Happen essen?«

Francine winkte aufgeregt ab. »Den Film. Ich habe keinen Hunger. Den Film.« Sie schaute auf. »Ich habe fortwährend das Gefühl, ich müßte mich an etwas erinnern … an irgend etwas …« Sie schüttelte den Kopf.

»Denken Sie ein paar Minuten darüber nach«, sagte Ohashi. »Ich sorge dafür, daß die Filme geschnitten und nach unseren Anweisungen zusammengeklebt werden. Ich schicke Ihnen ein paar Sandwiches rein, wenn ich schon mal draußen bin.«

Francine rieb sich die Stirn. »In Ordnung.«

Ohashi griff sich einen Stapel Filmdosen und verließ den Raum. Am Ausgang klopfte er seine Pfeife an einem Schild aus, auf dem ›Rauchen verboten‹ stand.

»Konsonanten«, flüsterte Francine. »Die alten Alphabete bestanden fast nur aus Konsonanten. Vokale kamen später. Sie waren die Weichmacher, sie brachten den Schwung.« Sie kaute an ihrer Unterlippe. »Sprache engt die Art des Denkens ein.« Sie rieb sich die Stirn. »Ach, hätte ich doch nur Bobs Sprachfertigkeit!«

Sie trommelte mit den Fingern auf die Sessellehne. »Es hat damit zu tun, daß wir die Dinge mehr betonen als den Menschen und das, was er tut. In dieser Hinsicht sind sich alle indo-europäischen Sprachen gleich... Wenn ich doch bloß...«

»Sie führen Selbstgespräche?« Es war eine Männerstimme, die Francine aufschrecken ließ. Sie hatte das Öffnen der Tür nicht gehört.

Sie fuhr hoch und wandte sich um. Dr. Irving Langsmith, der Chef der Amerikanischen Abteilung der Germanischen Sprachgruppe, war gerade eingetreten und machte die Tür hinter sich zu.

»Ich hab Sie schon tagelang nicht mehr gesehen«, sagte er. »Aber ich habe die Notiz erhalten, daß Sie indisponiert seien.« Er sah sich um, dann musterte er das Durcheinander auf dem Boden und neben den Sesseln.

Francine errötete.

Dr. Langsmith begab sich zu dem Sessel, den Ohashi benutzt hatte, und nahm Platz. Er war ein grauhaariger Zwerg mit runzligem Gesicht – ein Gnom von Gestalt, aber mit harten Augen. Sein Ruf war der eines Organisators und Politikers, der mehr Mumm hatte als

Genie. Er zog eine Stummelpfeife aus der Tasche und zündete sie an.

»Ich hätte es wohl auf dem Dienstweg tun sollen«, sagte Francine, »aber ich empfand Grauen davor, in den Formularen zu versinken; besonders deswegen, weil Hiko... Ich meine, weil ich an diesem Projekt mit jemandem aus einem anderen Team zusammenarbeite.«

»Geht schon in Ordnung«, sagte Langsmith. »Wir wußten schon nach ein paar Stunden, auf was Sie aus waren. Aber jetzt wüßten wir gern, was Sie entdeckt haben. Dr. Ohashi sah ziemlich aufgeregt aus, als er gerade hier rauskam.«

Francines Blick erhellte sich. »Ich glaube, wir haben was gefunden«, sagte sie. »Wir haben die Bewegungen der Galaktiker mit bekannten Symbolismen aus primitiven Tänzen verglichen.«

Dr. Langsmith kicherte. »Das ist gewiß sehr interessant, meine Liebe, aber bestimmt...«

»Nein, wirklich!« sagte sie. »Wir haben einhundertundsechs Übereinstimmungen gefunden – fast exakte Wiederholungen von Bewegungen!«

»In Tänzen? Wollen Sie damit etwa sagen, daß...«

»Ich weiß, daß es komisch klingt«, sagte sie, »aber wir...«

»Selbst wenn Sie exakt übereinstimmende Punkte gefunden haben, hat es keine Bedeutung«, sagte Langsmith. »Wir haben es hier mit Aliens zu tun, mit Außerirdischen... von einer anderen Welt. Sie können doch nicht davon ausgehen, daß ihre sprachliche Entwicklung den gleichen Mustern folgt wie die unsere.«

»Aber sie sind humanoid!« sagte Francine. »Glauben Sie nicht, daß die Sprache mit dem unbewußten Formen der Sprechorgane anfing, um körperliche Gesten zu imitieren?«

»Es ist höchst wahrscheinlich«, sagte Langsmith.

»Wir können jetzt ein paar ziemlich sichere Annahmen über sie äußern«, sagte Francine. »Beispielsweise haben sie dem Anschein nach einen ziemlich hohen Zivilisationsstandard erreicht, der sie befähigt …«

»Streiten wir uns nicht über das Offensichtliche«, unterbrach Langsmith sie leicht ungeduldig.

Francine musterte den Chef des Teams kurz und sagte: »Wissen Sie eigentlich, wie Marschall Foch seine Feldzüge plante?«

Langsmith paffte an seiner Pfeife und nahm sie aus dem Mund. »Ähm … Wollen Sie damit andeuten, daß ein militärischer …«

»Er schrieb sämtliche Bestandteile seines Problems auf ein Blatt Papier«, sagte Francine. »Ganz oben stand der kleinstmögliche Nenner. Er schrieb: Das Problem: die Deutschen schlagen. Ganz einfach, ganz offensichtlich. Aber komischerweise haben viele Feldherren, die sich in allzu komplizierte Strategien verstrickten, völlig aus dem Auge verloren, daß ihre Hauptaufgabe darin bestand, den Gegner zu schlagen.«

»Wollen Sie damit andeuten, daß die Galaktiker Gegner sind?«

Francine schüttelte indigniert den Kopf. »Will ich nicht! Ich will damit nur sagen, daß die Sprache in erster Linie ein instinktiver sozialer Reflex ist. Der größtmögliche Nenner eines sozialen Problems ist ein Mensch – ein einzelnes menschliches Lebewesen. Und wir beschäftigen uns damit, diese Angelegenheit auf der Grundlage mathematischer Gleichungen und dem ordentlichen Auszählen geäußerter Laute zu klären!«

»Aber Sie haben doch ein visuelles …«

»Ja! Aber nur da, wo es Klänge modifiziert.« Sie beugte sich zu Langsmith hinüber. »Dr. Langsmith, ich glaube fest daran, daß diese Sprache eine flektierte Sprache ist – mit flektierten Endungen und Stammwendungen, die gänzlich in körperlichen Bewegungen enthalten sind.«

»Hmmmmmmmm.« Langsmith musterte die Rauchwolke, die von seiner Pfeife zur Decke aufstieg. »Faszinierende Idee!«

»Wir können davon ausgehen, daß es sich um eine hochgradig standardisierte Sprache handelt«, sagte Francine. »Das unterstützt auch die Annahme, daß ihre Zivilisation einen hohen Standard erreicht hat. Beides geht in der Regel Hand in Hand.«

Langsmith nickte.

»Dann würden die Gesten und Töne zum Rituellen neigen«, sagte sie.

»Mmmmmm-hmmmmm.«

»Also ... Kriegen wir die Mittel, die wir brauchen, um uns dieser Idee so anzunehmen, wie sie es verdient?« fragte Francine.

»Ich werde es der nächsten Abteilungsleiterkonferenz vortragen«, sagte Langsmith. Er stand auf. »Aber hoffen Sie nicht zu sehr. Zuerst wird man die Sache den Computern zuleiten. Sie wird wahrscheinlich geprüft und gegengeprüft – und dann aufgrund eines anderen Problems abgelehnt.«

Francine sah ihn bestürzt an. »Aber ... Dr. Langsmith ... Ein Computer ist nicht besser als das, was man ihm eingibt. Ich bin sicher, daß wir uns in eine Region vorwagen, in der wir völlig neue Vorgehensweisen erarbeiten müssen, um uns einer Sprache zu nähern.«

»Machen Sie sich erst mal keine Sorgen«, sagte Langsmith. Er runzelte die Stirn. »Nein ... deswegen brauchen Sie sich keine Sorgen zu machen.«

»Dann können wir also weitermachen?« fragte sie. »Ich meine ... Haben wir die Erlaubnis?«

»Ja, ja ... Natürlich.« Langsmith wischte sich mit dem Handrücken den Mund ab. »General Speidel hat für morgen eine Sonderkonferenz einberufen. Ich möchte, daß Sie dabei sind. Ich schicke jemanden, der Sie mitnimmt.« Er deutete mit der Hand auf das Francine umgebende Tohuwabohu. »Machen Sie jetzt weiter!« In der Art, wie er die Pfeife zwischen die Zähne klemmte und den Raum verließ, war eine klägliche Leere. Francine schaute ihm zu, als er die Tür hinter sich schloß.

Sie spürte, daß sie zitterte, und sie erkannte, daß sie Todesangst hatte. Warum? fragte sie sich. Was habe ich gespürt, das mir Angst einjagt?

Dann kam Ohashi mit einer Papiertüte herein.

»Hab Langsmith rausgehen sehen«, sagte Ohashi. »Was wollte er?«

»Er wollte wissen, was wir machen.«

Ohashi blieb vor seinem Stuhl stehen. »Haben Sie's ihm erzählt?«

»Ja. Ich habe ihn um Hilfe gebeten.« Sie schüttelte den Kopf. »Aber er wollte sich nicht festlegen.«

»Ich hab Schinkensandwiches mitgebracht«, sagte Ohashi.

Francine hob abrupt den Kopf. »Geschlagen!« sagte sie. »Das ist es! Er benahm sich wie ein Geschlagener!«

»Was?«

»Ich habe versucht, mir über die seltsame Art seines Verhaltens klarzuwerden. Er strahlte förmlich Geschlagenheit aus.«

Ohashi reichte ihr ein Sandwich. »Schnallen Sie sich lieber an«, sagte er, »ich habe nämlich noch einen Schock für Sie. Ich habe gerade Tsu Ong getroffen, den Verbindungsoffizier unserer Delegation … in der Cafeteria.« Ohashi hob den Sandwichbeutel über den Sessel und ließ ihn mit einer eigentümlich präzisen Geste auf die Sitzfläche fallen. »Die Russen drängen auf einen gemeinsamen Angriff auf das Schiff. Sie wollen den Galaktikern ihr Geheimnis mit Gewalt entreißen.«

Francine vergrub das Gesicht in den Händen. »Diese Narren!« flüsterte sie. »Oh, diese Narren!« Sie wurde plötzlich von einem Schluchzen geschüttelt und weinte in der gleichen unbeherrschten Art, die über sie gekommen war, als sie vom Tod ihres Gatten erfahren hatte.

Ohashi wartete schweigend ab.

Ihre Tränen versiegten. Die Beherrschtheit war wieder da. Sie schluckte und sagte: »Tut mir leid.«

»Machen Sie sich keine Sorgen.« Er legte eine Hand auf ihre Schulter. »Sollen wir für heute abend Schluß machen?«

Sie legte eine Hand auf die seine und schüttelte den Kopf. »Nein, wir wollen uns noch die neuesten Filme aus dem Schiff ansehen.«

»Wie Sie wollen.« Ohashi löste sich von ihr und legte eine neue Spule in den Projektor ein.

Die Leinwand wurde lebendig und zeigte eine blaugraue, von blassem Licht erfüllte Nische: einen der ›Klassenräume‹ des Raumschiffes. Eine untersetzte, grünhäutige Gestalt stand im Mittelpunkt des Raums. Neben dem Galaktiker befand sich das sockelbeinige Projektionsbrett, das jeder der fünf verwendete, um seine ›Sitzungen‹ zu illustrieren. Das Brett zeigte die Szenerie eines großen, blauen Sees. Das Uferschilf wiegte sich in einer leichten Brise.

Der Galaktiker wiegte sich ebenfalls. Sein Gesicht bewegte sich wie gekräuseltes Wasser. Er sagte: »Ahon'atu'ukla'shoginai eastruru.« Seine grünen Arme bewegten sich wogend auf und ab. Seine mit Nickhäuten versehenen Augen hoben sich. Er hielt die Handflächen nach oben und führte sie aufeinander zu, bis sie sich fast berührten. Dann machte er eine Handbewegung: auf – nieder – auf – nieder – auf – nieder ...

Die Szene auf dem Projektionsbrett wechselte zu einer Unterwasseraufnahme: Myriaden schwimmender Gestalten kamen näher und näher – großäugige Fischwesen mit gezackten Schwänzen.

»Ich will meine Pfeife verspeisen«, sagte Ohashi, »wenn das nicht ihre Jungen sind. Sehen Sie sich den Kamm an!«

»Kaulquappen«, sagte Francine.

Die schwimmenden Gestalten bewegten sich durch

orangefarbene Schatten und in einen Raum aus kaltem Grün – dann eilten sie nach oben, plätscherten an der Oberfläche und kehrten wieder in das kalte Grün zurück. Es war ein choreographisches Schwingen, Heben, Tauchen, Wogen – und in seiner synchronisierten Symmetrie herrlich anzuschauen.

»Chiruru'uklia'a'agudav'iaa«, sagte der Galaktiker. Sein Körper wogte wie die der schwimmenden Geschöpfe. Die grünen Hände berührten seine Taille und glitten aufwärts, bis die Ellbogen eine Waagrechte mit seinen Schultern bildeten.

»Das Mädchen in dem orientalischen Tanz«, sagte Francine.

Jetzt kamen die Hände wieder hoch. Handflächen nach oben. Es war eine Geste, die seltsamerweise so aussah, als wolle er etwas verschenken. Der Galaktiker sagte in einem Ausbruch von Tönen, der wie eine Explosion über ihre Ohren hereinbrach: »Pluainumiuri?«

»Es ist wie eine verzerrte Version der rituellen Tänze, die wir gesehen haben«, sagte Ohashi.

»Ich hab eine Idee«, sagte Francine. »Weibliche Intuition. Die wiederholten Vokale könnten eine adverbiale Betonung sein, wie das Wort sehr. Wenn er ›a-a-a‹ sagt, werden auch seine Gesten intensiver.«

Sie sah sich eine andere Passage an und nickte, als sie die Gesten sah. »Hiko, könnte es sich um eine konstruierte Sprache handeln? Um eine künstliche?«

»Der Gedanke ist mir auch schon gekommen«, sagte Ohashi.

Das Licht des Projektors erlosch abrupt. Die Handlung auf der Leinwand verlangsamte sich. Alle Lichter gingen aus. Sie hörten ein dumpfes, lautes Knallen in der Ferne, dann ein Stakkato krachender Schüsse. Auf dem Korridor draußen waren eilige Schritte zu hören.

Francine saß in gelähmtem Schweigen da.

Ohashi sagte: »Bleiben Sie bitte hier. Ich werde mal nachsehen, was da …«

Die Tür flog krachend auf. Der Strahl einer Taschenlampe, der sie einen Moment lang blendete, zuckte durch den Raum.

»Alles klar da drin?« dröhnte eine Männerstimme.

Hinter dem Licht konnten sie einen weißen MP-Helm ausmachen.

»Ja«, sagte Ohashi. »Was ist passiert?«

»Irgend jemand hat einen Turm der Haupttransmissionskette des McNary-Damms in die Luft gejagt. Dann gab es einen Versuch, unseren Sicherheitsring im Süden zu durchbrechen. Gleich wird alles wieder normal verlaufen.« Der Lichtstrahl wanderte weiter.

»Wer?« fragte Francine.

»Ein paar durchgedrehte Zivilisten«, sagte der Militärpolizist. »Gleich laufen die Notgeneratoren an. Bleiben Sie hier, bis wir Entwarnung geben!« Er ging hinaus und schloß die Tür.

Sie hörten das Rattern von Maschinengewehren. Eine neue Explosion ließ das Gebäude erbeben. Stimmen schrien.

»Wir sind Zeugen des Weltuntergangs«, sagte Ohashi.

»Die Welt war schon am Ende, bevor das Schiff hier landete«, sagte Francine.

Abrupt gingen die Lichter wieder an: zuerst matt, dann heller. Der Projektor lief weiter. Ohashi schaltete ihn ab.

Jemand trabte draußen durch den Korridor, hielt inne, klopfte an die Tür und rief: »Entwarnung!« Dann verschwanden die Schritte am Ende des Gangs. Sie hörten ein weiteres Klopfen und ein erneutes, leiseres »Entwarnung!«.

»Zivilisten«, sagte Francine. »Was, glauben Sie, hat sie dazu getrieben, eine solch verzweifelte Tat zu unternehmen?«

»Ein Symptom allgemeiner Krankheit«, sagte Ohashi. »Eine Möglichkeit, sich einer Bedrohung zu entledigen, besteht darin, sie zu vernichten – selbst wenn man im Zuge dieses Prozesses selbst dran glauben muß. Diese Zivilisten waren nur ein kleines Symptom.«

»Dann sind die Russen das große«, sagte sie.

»Im Augenblick ist jede Regierung einer größeren Nation ein großes Symptom«, sagte Ohashi.

»Ich … ich glaube, ich gehe auf mein Zimmer«, sagte Francine. »Machen wir morgen früh weiter. Acht Uhr, okay?«

»Geht in Ordnung«, sagte Ohashi. »Falls es ein Morgen gibt.«

»Fangen Sie jetzt bloß nicht auch noch an!« sagte Francine. Sie holte bebend Luft. »Ich weigere mich, aufzugeben.«

Ohashi verbeugte sich. Er war plötzlich sehr orientalisch. »Bei den Ainu gibt es ein einfaches Sprichwort«, sagte er. »Die Welt endet an jedem Abend … und beginnt an jedem Morgen neu.«

Es war ein Raum, den man tief unter dem Artilleriedepot in die Erde gegraben hatte – ursprünglich ein Lagerraum für Atomwaffen. Die Wände waren aus Blei. Es war ein rechteckiger Raum, er maß etwa zehn mal fünf Meter und hatte eine sehr niedrige Decke. In der Mitte des Raumes hatte man zwei Klapptische aneinandergeschoben, damit sie genügend Platz boten. Mehrere grünbeschirmte Lampen, die über den Tischen hingen, verliehen der Szenerie das Aussehen einer Spielhölle. Der Effekt wurde noch verstärkt durch die undurchsichtigen Mienen derer, die auf Klappstühlen um den Tisch saßen. Es war eine bunte Mischung von Uniformen: Luftwaffe, Heer, Marine; dazu hartgesichtige Zivilisten in teuren Anzügen.

Dr. Langsmith saß auf einem mittleren Platz an der Breitseite, direkt der einzigen Tür des Raumes gegenüber. Seine gnomenhaften Züge hatten sich zu einem finsteren, konzentrierten Stirnrunzeln verzogen. Er paffte rhythmisch an der Stummelpfeife, wie ein Hexendoktor, der den Qualm des Orakels erzeugt.

Ein Zivilist auf der gegenüberliegenden Tischseite sagte gerade zu einem Zwei-Sterne-General, der neben Langsmith saß: »Herr General, ich glaube, die Sache ist zu heiß, um sie einer Frau anzuvertrauen.«

General Speidel grunzte. Er war ein hagerer Mann mit hoher Stirn und einem schmalen, aristokratischen Gesicht, das steingewordene Überzeugung und starrsinnigen Stolz ausstrahlte. Er war von einer Aura umgeben, die an ein unter Spannung stehendes, stählernes Uhrwerk erinnerte, dessen Vibrationen den Raum beherrschten.

»Unsere Wahl ist begrenzt«, sagte Langsmith. »Nur wenige Angehörige des Personals haben konsequent einen Räderkarren in das Schiff gerollt und gleichzeitig eine Position eingenommen, die hart an der Energiebarriere liegt – oder was sie sonst sein mag.«

Speidel schaute auf seine Armbanduhr. »Wo bleiben sie denn?«

»Sie ist vielleicht schon zum Frühstück gegangen«, sagte Langsmith.

»Es wäre besser, wir hätten sie hungrig und aufgeregt hier«, sagte der Zivilist.

»Sind Sie sicher, daß Sie mit ihr fertig werden, Smitty?« fragte Speidel.

Langsmith nahm die Pfeife aus dem Mund und warf einen Blick in den Pfeifenkopf, als erwarte er von ihm eine Antwort. »Wir haben sie gründlich analysiert«, sagte er. »Sie ist nämlich erst kürzlich Witwe geworden. Sie müßte an sich immer noch motiviert sein, das Dasein zu hassen.«

An einem Ende des Tisches ertönte das flüsternde Gemurmel einiger Offiziere. Speidel klopfte auf die Lehne seines Stuhls.

Die Tür ging auf, und Francine trat ein. Eine Hand griff von außen herein und schloß die Tür hinter ihr.

»Ah, da sind Sie ja, Dr. Millar«, sagte Langsmith. Er stand auf. Rund um den Tisch ertönten scharrende Geräusche, als sich auch die anderen erhoben. Langsmith deutete auf einen unbesetzten Platz, der ihm schräg gegenüberlag. »Setzen Sie sich doch!«

Francine ging auf das Licht zu. Sie fühlte sich eingeschüchtert und wußte, daß man es ihr ansah. Dies erfüllte sie mit Bitterkeit, in die sich wütender Groll mischte. Die Aufzugfahrt von der Oberfläche war eine Erfahrung gewesen, die sie nicht wiederholen wollte. Sie war ihr viel länger erschienen, als sie wirklich gewesen war – wie ein Abstieg in Dantes Inferno.

Sie nickte Langsmith zu und musterte heimlich die anderen, dann nahm sie den Stuhl, auf den er gedeutet hatte. Es war eine Erleichterung, die zitternden Knie zu entlasten, und sie entspannte sich sofort – doch nur, um sofort wieder Spannung zu verspüren, als die anderen sich hinsetzten. Sie legte die Hände auf den Tisch, zog sie sofort wieder zurück und legte sie – gefaltet – in ihren Schoß.

»Warum hat man mich wie eine Gefangene hierhergebracht?« wollte sie wissen.

Langsmith schien wirklich überrascht zu sein. »Aber ich habe Ihnen doch gestern abend gesagt, daß ich jemanden schicken würde.«

Speidel kicherte amüsiert. »Einige Ihrer Sicherheitskräfte sehen ein bißchen grimmig aus«, sagte er. »Ich hoffe, sie haben Sie nicht verängstigt.«

Francine holte tief Luft. Allmählich entspannte sie sich. »Geht es um den Antrag, den ich gestern abend gestellt habe?« fragte sie. »Ich meine, um die Mittel zur Unterstützung unserer neuen Theorie?«

»Sozusagen«, sagte Langsmith. »Aber zuerst möchte ich, daß Sie mir eine Frage beantworten.« Er schürzte die Lippen. »Ähm ... Ich habe meine Leute zwar noch nie nach ihrer persönlichen Einstellung befragt, aber ich möchte die Regel bei Ihnen mal brechen. Was, glauben Sie, wollen die Galaktiker hier?«

»Was ich glaube?«

»Was schließen Sie aus ihrem Hiersein?« fragte Langsmith.

Francine schaute auf ihre Hände. »Natürlich hat jeder darüber nachgedacht. Es könnte sein, daß sie Wissenschaftler sind, die uns aus bestimmten Gründen erforschen wollen.«

»Verdammt noch mal!« brüllte der Zivilist neben ihr. Dann: »Verzeihung, Ma'am. Aber das ist doch genau der Schmonzes, den wir der Öffentlichkeit erzählen, damit sie keinen Ärger macht.«

»Nicht sehr erfolgreich«, sagte Langsmith. »Die Bande, die letzte Nacht hier hereinstürmte, nennt sich Söhne der Wahrheit! Die Leute hatten Thermo-Bomben und wollten das Raumschiff angreifen.«

»Wie dumm«, sagte Francine leise. »Wie schändlich.«

»Spekulieren Sie weiter, Dr. Millar!« sagte Speidel.

Sie sah den General an und schaute wieder auf ihre Hände. »Die Militärs nehmen wohl an, daß sie die Erde in irgendeinem Weltraumkrieg als strategische Basis verwenden wollen.«

»Das könnte sein«, sagte Speidel.

»Sie könnten auch auf neuen Lebensraum für ihr Volk aus sein«, sagte Francine.

»Was würde in diesem Fall mit der einheimischen Bevölkerung geschehen?« fragte Langsmith.

»Ich fürchte, man würde sie entweder ausrotten oder versklaven. Aber die Galaktiker könnten auch so etwas wie freie Unternehmer sein, die an unseren Kunstformen, unseren Tieren, an unserer Archäologie und unseren Gewürzen interessiert sind.« Sie brach ab und zuckte die Achseln. »Woher sollen wir wissen, was sie vielleicht im geheimen tun?«

»Genau!« sagte Speidel. Er warf Langsmith von der Seite her einen Blick zu. »Sie sieht die Sache durchaus nüchtern, Smitty.«

»Aber ich glaube nichts davon«, sagte Francine.

»Was glauben Sie dann?« fragte Speidel.

»Ich glaube, daß sie nicht mehr als das sind, was sie von sich sagen – Vertreter einer mächtigen galaktischen Kultur, die der unseren haushoch überlegen ist.«

»Mächtig sind sie in der Tat!« Ein Marineoffizier am anderen Ende des Tisches ergriff das Wort. »Das zeigt schon die Art, wie sie Eniwetok abrasiert und unsere Satelliten vom Himmel gefegt haben!«

»Glauben Sie an die Möglichkeit, daß sie ihre wirklichen Motive geheimhalten?« fragte Langsmith.

»Aber gewiß.«

»Haben Sie je einen Schwindler in Aktion gesehen?« fragte Langsmith.

»Ich glaube nicht. Aber Sie meinen doch nicht ernsthaft, daß diese ...« Sie schüttelte den Kopf. »Unmöglich.«

»Ein Hirni wird meist erst weise, wenn es zu spät ist«, sagte Langsmith.

Sie sah ihn verwirrt an. »Ein *Hirni?*«

»Derjenige, den ein Schwindler sich als Opfer aussucht.« Langsmith zündete seine Pfeife erneut an und brachte das Streichholz zum Erlöschen, indem er es schüttelte. »Dr. Millar, wir müssen Sie mit einer schmerzlichen Offenbarung konfrontieren.«

Francine richtete sich auf. Die im Raum herrschende Stille führte dazu, daß sie in ihrem Innern plötzlich eisige Kälte verspürte.

»Der Tod Ihres Gatten war kein Zufall«, sagte Langsmith.

Sie schnappte nach Luft und wurde geisterhaft bleich.

»In den sechs Monaten vor der Landung des Raumschiffes gab es achtundzwanzig mysteriöse Todesfälle«, sagte Langsmith. »Es gab sogar noch mehr, weil nämlich unbeteiligte Zeugen ebenfalls in Mitleidenschaft gezogen wurden. Diese Unfälle hatten eine seltsame Übereinstimmung: In jedem einzelnen Fall war das Opfer der größte Experte in Sachen Sprachwissenschaft, Kryptoanalyse, Semantik ...«

»Die Leute, die das Problem hätten lösen können«, sagte Speidel, »starben, bevor es uns überhaupt präsentiert wurde. Halten Sie das nicht auch für einen eigenartigen Zufall?«

Francine konnte nichts sagen.

»In einem Fall hat es einen Überlebenden gegeben«, sagte Langsmith. »Beim Absturz einer britischen Passagiermaschine vor der Küste von Sri Lanka kam Dr. Ramphit U. ums Leben. Der einzige Überlebende, der Ko-Pilot, sagte aus, ein heller Lichtstrahl sei über der Maschine aus dem Himmel gekommen und hätte die Steuerbordtragfläche abrasiert. Und dann teilte er die Maschine in zwei Hälften.«

Francine griff sich an die Kehle. Langsmiths vorsichtige Handbewegungen faszinierten sie plötzlich.

»Achtundzwanzig Flugzeugabstürze?« flüsterte sie.

»Nein. Es gab auch zwei Autounfälle.« Langsmith stieß paffend eine Rauchwolke aus.

Francines Kehle fühlte sich wund an. Sie schluckte und sagte: »Aber wieso sind Sie sich dessen so sicher?«

»Die Umstände lieferten den Beweis«, sagte Speidel. Er sprach mit dünnlippiger Präzision. »Aber das ist noch nicht alles. In den letzten vier Monaten haben wir sämtliche astronomischen Aktivitäten unseres Landes auf den Himmel und den Mond gerichtet. Eine gewisse Aktivität in der Nähe des Mondkraters Theophilius hat nämlich unsere Aufmerksamkeit erregt. Wir haben dort die Landungsboote von über fünfhundert Raumschiffen ausmachen können!«

»Was halten Sie davon?« fragte Langsmith. Er nickte hinter seiner Rauchwand.

Francine konnte ihn nur anstarren; ihre Lippen waren aschgrau.

»Die Frösche haben auf dem Mond eine Invasionsflotte zusammengezogen«, sagte Speidel. »Es ist ganz offensichtlich!«

Sie belügen mich! dachte Francine. Was soll dieses beredte Täuschmanöver? Sie schüttelte den Kopf, und ohne daß sie etwas dafür konnte, erinnerte sie sich an etwas, das Bob einst gesagt hatte: Die Sprache greift mit unsichtbaren Fingern nach uns. Sie konditioniert uns auf die Methoden, nach denen andere denken. Mit Hilfe der Sprache drängen wir uns gegenseitig unsere Sichtweise auf.

Speidel beugte sich vor. »Wir haben über hundert Atomsprengköpfe auf die Mondbasis gerichtet! Wenn nur einer durchkommt, wird es ausreichen!« Er schlug mit der Faust auf den Tisch. »Doch zuerst müssen wir das Schiff einnehmen!«

Warum erzählen sie mir das alles? fragte sich Francine. Sie holte bebend nach Luft und sagte: »Sie sind also sicher, daß Sie recht haben?«

»Natürlich sind wir sicher!« Speidel lehnte sich zurück; seine Stimme wurde etwas leiser. »Warum würden sie sonst darauf bestehen, daß wir ihre Sprache lernen? Eroberer zwingen ihren neuen Sklaven als erstes ihre Sprache auf!«

»Nein ... nein, warten Sie«, sagte Francine. »Das gilt nur für die jüngere Geschichte. Sie verwechseln unsere eigene imperialistische Vergangenheit bezüglich Sprache mit Patriotismus. Bob hat immer schon gesagt, daß falsche Vorstellungen dieser Art eine ernsthafte Behinderung der Geschichtsforschung sind.«

»Wir wissen, wovon wir reden, Dr. Millar«, sagte Speidel.

»Sie mißtrauen der Sprache, weil unser Imperialismus Hand in Hand mit ihr ging«, sagte sie.

Speidel sah Langsmith an.

»Reden Sie mit ihr!«

»Wenn die Laute, die die Galaktiker erzeugen, wirklich der Kommunikation dienen, wären wir ihnen längst auf die Spur gekommen, das wissen Sie doch selbst«, sagte Langsmith. »Oder?«

Francine sagte, plötzlich ärgerlich: »Ich weiß es! Ich habe in der Tat das Gefühl, daß wir kurz davor stehen, ihre Sprache mit der neuen Methode zu entschlüsseln.«

»Ich bitte Sie!« sagte Speidel. »Meinen Sie das etwa im Ernst – nachdem unsere besten Kryptografen sieben Monate an dieser Sache gearbeitet haben? Verwerfen Sie die Meinung dieser Leute absolut?«

»Nein, nein, sie soll sagen, was sie meint«, warf Langsmith ein.

»Wir haben eine neue Informationsquelle angezapft, mit der wir diesem Problem zu Leibe rücken«, sagte Francine. »Es handelt sich um primitive Tänze.«

»Tänze?« Speidel sah schockiert aus.

»Ja, ich glaube, daß die Gesten der Galaktiker möglicherweise ihre Adjektive und Adverbien sind – der gesamte emotionale Inhalt ihrer Sprache.«

»Emotionen!« warf Speidel heftig ein. »Emotionen sind doch keine Sprache!«

Francine unterdrückte einen Anfall von Verärgerung und sagte: »Wir haben es hier mit etwas zu tun, das völlig außerhalb unserer bisherigen Erfahrungen liegt. Wir müssen unsere alten Vorstellungen über Bord werfen. Wir wissen, daß die Gewohnheiten einer Muttersprache die wörtlichen Reaktionen einer Person bestimmen. Tatsächlich kann man Sprachen als ein System von Gewohnheiten definieren, die man beim Sprechen enthüllt.«

Speidel trommelte mit den Fingern auf den Tisch und starrte auf die hinter ihr liegende Tür.

Francine ignorierte sein nervöses Ablenkungsmanöver und sagte: »Die Galaktiker setzen fast die ganze Bandbreite der Knacklaute ein und eine breite Auswahl an Vokalklängen: gesprochene und ungesprochene Reib- und Verschlußlaute. Und wir haben das eindeutige Fehlen der üblichen Verlegenheitslaute festgestellt, die man in der normalen Rede findet.«

»Das ist doch keine normale Sprache!« stieß Speidel hervor. »Es sind unsinnige Geräusche!« Er schüttelte den Kopf. »Emotionen!«

»Na schön«, sagte Francine. »Emotionen! Wir sind uns ziemlich sicher, daß jede Sprachentwicklung mit Emotionen beginnt – mit rein gefühlsmäßigen Handlungen. Ein Baby schiebt den Teller mit der Mahlzeit weg, die es nicht essen will.«

»Sie vergeuden unsere Zeit!« sagte Speidel brüsk.

»Ich habe Sie nicht gebeten, hier anwesend zu sein«, sagte Francine.

»Bitte.« Langsmith legte eine Hand auf Speidels Arm. »Lassen Sie Dr. Millar ausreden!«

»Emotionen«, knurrte Speidel.

»Jede gesprochene Sprache der Erde hat sich von der Emotion entfernt«, sagte Francine.

»Kann man eine Emotion auf Papier schreiben?« wollte Speidel wissen.

»Da haben wir's doch«, sagte Francine. »Das ist doch der Beweis! Sie sind blind! Sie sagen, man müsse eine Sprache schreiben können. Das ist doch gerade ein Teil des Zaubers! Der Muff der akademischen Tradition hat Ihren Verstand verknotet. Sprache ist ganz allgemein in erster Linie etwas Gesprochenes! Es sind Menschen wie Sie, die aus ihr rituellen Lärm machen wollen!«

»Ich bin doch nicht hierhergekommen, um mich mit Eierköpfen zu streiten«, erwiderte Speidel beleidigt.

»Lassen Sie mich das bitte machen«, sagte Langsmith. Er machte eine beschwichtigende Geste in Francines Richtung. »Fahren Sie bitte fort!«

Francine holte tief Luft. »Tut mir leid, daß ich ausgerastet bin«, sagte sie. Sie lächelte. »Aber ich glaube, wir sollten unsere Emotionen ruhig ausspielen.«

Speidel runzelte die Stirn.

»Ich habe gesagt, daß die Sprache sich von der Emotion entfernt hat«, sagte sie. »Nehmen Sie zum Beispiel das Japanische. Statt ›Ich danke dir‹ sagen die Japaner ›Katajinekai‹, das heißt: ›Ich bin gekränkt.‹ Oder sie sagen ›Kino doku‹, was ›Welch giftiges Gefühl‹ bedeutet!« Sie hob die Hände. »Dabei haben wir es mit einer rituellen Ausschließung des Zeigens von Emotionen zu tun. Unsere indo-europäischen Sprachen – speziell die angelsächsischen – verfahren ebenso. Wir nehmen scheinbar an, daß Emotionen etwas Unfeines sind, das…«

»Aber Emotionen sagen einem doch nichts!« fuhr Speidel auf.

Francine zwang sich, die Verärgerung, die sie zu übermannen drohte, niederzukämpfen. »Wer emotionelle Zeichen lesen kann«, sagte sie, »sieht, ob ein Redner die Wahrheit spricht. Das ist alles. Diese Zeichen sagen einem nur, ob man die Wahrheit zu hören kriegt. Jeder gute Psychologe weiß das, Herr General. Freud hat gesagt: ›Versucht man, seine Gefühle zu verheimlichen, signalisiert jede Pore Verrat.‹ Sie scheinen das Gegenteil für richtig zu halten.«

»Emotionen! Tänze!« Speidel schob seinen Stuhl zurück. »Smitty, ich hab genug davon. Das ist mehr, als ich ertragen kann!«

»Einen Moment noch«, sagte Langsmith. »Dr. Millar, ich habe mich dafür eingesetzt, daß Sie Ihre Meinung sagen können, weil wir diese Dinge auch schon in Erwägung gezogen haben. Vor langer Zeit. Sie interessieren sich für die Gestik. Sie sagen, sie sei ein emotioneller Tanz. Andere Experten behaupten mit ebensolchem Nachdruck, daß ihre Gesten einen rituellen Nahkampf darstellen! Ja, Freud; ganz genau! Ihre Gesten signalisieren Verrat! Diese hackende Bewegung, die sie mit der rechten Hand machen« – Langsmith hackte durch die Luft, um es zu zeigen –, »ist identisch mit dem Karate- oder Judoschlag, der einem Menschen das Genick bricht!«

Francine schüttelte den Kopf und faßte sich an die Kehle. Urplötzlich überschwemmte sie ein Gefühl der Ungewißheit.

Langsmith sagte: »Der nach außen gerichtete Stoß, den sie mit der Hand machen, ist die Bewegung eines Schwertes, das einen Feind durchbohrt! Ihre Gesten signalisieren Betrug, na eben!«

Francine sah von Langsmith zu Speidel, dann wieder zu Langsmith zurück. Rechts von ihr räusperte sich jemand.

Langsmith sagte: »Ich habe Ihnen nur zwei Beispiele genannt. Wir haben noch hundert weitere. Jede Analyse hat mit dem gleichen Ergebnis aufgewartet: Verrat! Das Muster ist so alt wie die Zeit: Biete eine Belohnung an; täusche Freundschaft vor; richte die Aufmerksamkeit des unschuldigen Lämmchens auf deine leere Hand, während du mit der anderen die Axt hebst!«

Kann ich mich geirrt haben? dachte Francine. Haben die Galaktiker mich an der Nase herumgeführt? Ihre Lippen zitterten. Sie kämpfte um ihre Selbstbeherrschung und flüsterte: »Warum erzählen Sie mir diese Dinge?«

»Sind Sie denn gar nicht daran interessiert, sich an den Kreaturen zu rächen, die Ihren Mann umgebracht haben?« fragte Speidel.

»Ich weiß nicht, ob sie ihn ermordet haben!« Francine hielt ihre Tränen zurück. »Sie wollen mich bloß verwirren!« Dann fiel ihr wieder ein Lieblingsspruch ihres Mannes ein: *Eine Konferenz besteht aus einer Ansammlung von Menschen, die aus dem, was ein einzelner mit einer Hand erledigen könnte, eine schwierige Aufgabe macht!*

Der Raum erschien ihr plötzlich eng und niederdrückend.

»Warum hat man mich in diese Konferenz geschleift?« fragte sie. »Warum?«

»Wir haben gehofft, Sie würden uns helfen, das Schiff zu erobern«, sagte Langsmith.

»*Ich? – Ich* soll Ihnen helfen ...«

»Jemand muß die Bombe hinter den Energieschirm am Eingang bringen – an den, der verhindert, daß Sand und Staub ins Schiff eindringen. Wir müssen eine Bombe reinbringen.«

»Aber warum gerade ich?«

»Die Fremden sind daran gewöhnt, Sie mit dem Master-Recorder und dem Wägelchen zu sehen«, sagte Langsmith. »Wir dachten, wir könnten eine Bombe in ...«

»Nein!«

»Jetzt reicht's mir aber!« sagte Speidel. Er holte tief Luft und machte Anstalten, sich zu erheben.

»Warten Sie!« sagte Langsmith.

»Es ist doch klar ersichtlich, daß sie nicht die geringsten Vorstellungen von patriotischer Pflichterfüllung hat«, sagte Speidel. »Wir vergeuden nur unsere Zeit.«

Langsmith sagte: »Die Galaktiker sind daran gewöhnt, sie mit diesem Karren zu sehen. Wenn wir jetzt etwas ändern, werden sie mit Sicherheit mißtrauisch.«

»Dann denken wir uns einen anderen Plan aus«, sagte Speidel. »Was mich betrifft, können wir jede weitere Möglichkeit einer Kooperation mit ihr vergessen.«

»Sie benehmen sich wie kleine Kinder beim Spiel«, sagte Francine. »Hier geht es doch nicht ausschließlich um ein amerikanisches Problem. Hier geht es um ein Menschheitsproblem, das jede Nation der Erde einschließt.«

»Das Schiff steht auf dem Boden der Vereinigten Staaten von Amerika«, sagte Speidel mit Nachdruck.

»Die Erde ist zufällig der einzige Planet, den die

menschliche Rasse beherrscht«, sagte Francine. »Wir sollten all unser Wissen mit dem der anderen Teams teilen und sämtliche Informationen und Ideen zusammenlegen, damit uns jedes noch so kleine Wissen zugänglich ist.«

»Wir wären ja alle gern Idealisten«, sagte Speidel. »Aber Idealismus ist nun mal fehl am Platze, wenn es ums Überleben geht. Die Frösche beherrschen die Weltraumfahrt perfekt, womöglich gar den Sternenflug – sie haben nicht bloß Mondraketen und Satelliten. Wenn wir ihr Schiff in die Hand kriegen, können wir sie zu unseren Bedingungen zu einem Frieden zwingen.«

»Nationales Überleben«, sagte Francine. »Aber hier steht unser Überleben als Rasse auf dem Spiel!«

Speidel wandte sich zu Langsmith um. »Wir haben einen großen Fehler gemacht, Smitty. Wir müssen sie unter schärfste Bewachung stellen.«

Langsmith paffte aufgeregt an seiner Pfeife. Eine Wolke blaßblauen Rauches umwölkte seinen Kopf. »Ich schäme mich für Sie, Dr. Millar«, sagte er.

Francine sprang auf und ließ ihrer Wut reichlich freien Lauf. »Sie halten mich wohl für eine Psychologin, die nicht richtig tickt!« fauchte sie. »Sie haben mich angelogen, seit ich den ersten Fuß hier reinsetzte!« Sie warf Speidel einen erbitterten Blick zu. »Ihre Gesten haben Sie verraten! Die nichtkommunikativen emotionalen Gesten, Herr General!«

»Wovon redet sie?« fragte Speidel.

»Sie haben mit Ihrem Körper andere Dinge gesagt als mit dem Mund«, erklärte Francine. »Und das bedeutet, daß Sie mich angelogen haben – Sie haben etwas Lebenswichtiges unterschlagen, und Sie wollen, daß ich es nicht erfahre!«

»Die ist doch verrückt!« versetzte Speidel.

»Es hat bei dem Flugzeugabsturz vor Sri Lanka keinen Überlebenden gegeben«, sagte sie. »Es hat wahrscheinlich nicht mal den von Ihnen beschriebenen Absturz gegeben!«

Speidel erstarrte in plötzlicher Stille, dann sagte er mit dünnen Lippen: »Hat es etwa ein Sicherheitsleck gegeben? Gütiger Gott!«

»Sehen Sie sich Dr. Langsmith an!« sagte Francine. »Wie er sich hinter seiner Pfeife verschanzt! Sich einnebelt! Und Sie, General: Sie bewegen den Mund nicht mehr, als beim Sprechen absolut nötig ist – damit Sie Ihre wahren Gefühle verbergen können! Es *stinkt* nach Betrug!«

»Schmeißt sie raus!« brüllte Speidel.

»Sie sind die reine Logik – ohne Intuition!« schrie Francine. »Sie haben kein Verständnis, keine Gefühle, keine Phantasie, keine Kunst! Na schön, Herr General – zurück an die Computer! Aber vergessen Sie nicht – man kann keine Maschinen bauen, die wie Menschen denken! Man kann einem elektronischen Computer keine Emotionen einspeisen und irgend etwas anderes als Zahlen aus ihm herausholen! Ihre *Logik*, Herr General!«

»Ich habe gesagt, ihr sollt sie rausschmeißen!« schrie Speidel. Er stand halb von seinem Stuhl auf und wandte sich Langsmith zu, der blaß und schweigsam dasaß. »Und ich will, daß sie gründlich überprüft wird! Ich will wissen, wo das Sicherheitsleck war, das sie über unsere Pläne in Kenntnis gesetzt hat!«

»Herr General!« sagte Langsmith erregt.

Sie sind alle irrsinnig, dachte Francine. Irrsinnig und in die Ecke gedrängt. Diese Art Spaltung könnte sie leicht in Katatonie oder Gewalt umkippen lassen. Sie fühlte sich schwach und verängstigt.

Auch andere am Tisch hatten sich erhoben. Zwei Zivilisten bewegten sich auf Francine zu. »Sollen wir sie einsperren, Herr General?« fragte der eine.

Speidel zögerte.

Langsmith ergriff als erster das Wort: »Nein. Haltet

sie nur unter schärfster Beobachtung. Wenn wir sie einsperren, würde das Fragen aufwerfen, die wir nicht beantworten möchten.«

Speidel musterte Francine finster. »Wenn Sie uns in die Pfanne hauen, lasse ich Sie erschießen!« Er gab seinen Leuten mit Gesten zu verstehen, daß man sie entfernen sollte.

Als sie das Gebäude des Hauptquartiers verließ, wirbelten in ihrem Geist noch immer die Gedanken. Lügen! dachte sie. Alles Lügen!

Sie fühlte den allgegenwärtigen Sand unter ihren Füßen. Staub machte den Platz zwischen ihrer Position auf den Stufen und dem hundert Meter entfernten Raumschiff dunstig. Die Morgensonne hatte die Kälte der Wüstennacht bereits verbrannt. Hitzeteufel tanzten über der mausgrauen Schiffshülle.

Francine ignorierte den Geheimagenten, der ein paar Schritte hinter ihr herumlungerte, und schaute auf ihre Armbanduhr: zwanzig nach neun. Hiko wird sich fragen, was mit mir geschehen ist, dachte sie. Wir wollten doch um acht Uhr anfangen. Hoffnungslosigkeit griff nach ihrem Geist. Das Raumschiff, das sich am Ende des Platzes auftürmte, erschien ihr wie ein bösartiges Gewächs – ein böses Ding, das sich duckte, um sie einzuhüllen und zu ersticken.

Könnte dieser närrische General recht haben? Der Gedanke kam ihr, ohne daß sie es wollte. Sie schüttelte den Kopf. Nein. Er hat gelogen! Aber weswegen wollte er, daß ich… Mit einiger Verzögerung wurde es ihr klar. Sie wollten, daß ich eine kleine Bombe ins Schiff bringe – ohne eine Möglichkeit des Entkommens! Ich hätte beim Karren und der Bombe stehenbleiben müssen, um sie nicht mißtrauisch zu machen. Mein Gott! Diese Bestien erwarten von mir, daß ich mich für sie umbringe! Sie wollten mich benutzen, wegen Bobs Tod! Sie haben mich von Anfang an belogen, damit ich auf ihren Plan reinfalle. Es ist schwer genug, für ein Ideal zu sterben, aber sein Leben für eine Lüge herzugeben...

Ärger machte sich in ihr breit. Sie stand auf den Stufen und zitterte. Ein Gefühl der Nutzlosigkeit ließ ihre Verärgerung vergehen. Tränen trübten ihren Blick. Was kann eine einzelne Frau gegen solch skrupellose Ränkeschmiede tun?

Durch ihre Tränen sah sie eine Bewegung auf dem Platz: ein Mann in Zivilkleidung ging von rechts nach links. Ihr Geist registrierte die Bewegung nur mit teilweiser Erkenntnis: Ein Mann hält an, zeigt auf etwas. Sie fühlte sich plötzlich wie auf dem Sprung. Ihre Tränen versiegten. Ihr Blick folgte dem ausgestreckten Arm des Zivilisten, und dann hörte sie ihn rufen: »He! Seht euch das an!«

Ein nadeldünner Flugkörper fegte in einer Schlangenlinie über den wäßrigen Wüstenhimmel. Er legte sich auf die Seite und jagte wie ein Pfeil auf das Raumschiff zu. Hinter ihm ertönte das Gedröhn eines Air-Force-Jägers. Seine Deltaflügel vibrierten, Sonne blitzte auf dem polierten Metall. Seine Bordwaffen richteten sich auf das Objekt.

Jemand greift das Raumschiff an! dachte sie. Eine russische Rakete!

Die Nadel bremste abrupt, es war unmöglich, über dem Raumschiff. Hinter ihr verstummten die Motoren des Air-Force-Jägers. Nur noch das gespenstische Pfeifen der von seinen Tragflächen zerschnittenen Luft war zu hören.

Lautlos senkte sich die Nadel auf die Hülle des Raumschiffes hinab.

Sie gehört ihnen – den Galaktikern, wurde ihr klar. Woher kommt es? Vermuten sie einen Angriff? Ist die Nadel eine Art Verstärkung?

Seiner Macht entledigt, fing der Jet an zu taumeln, schwenkte ab, wirbelte eine Staubwolke auf und machte eine Bauchlandung auf der Alkali-Ebene. Sirenen heulten, Rettungsfahrzeuge schwärmten aus.

Die verwirrenden Geräusche erzeugten in Francine ein plötzliches Gefühl der Übelkeit. Sie holte tief Luft und rannte dann auf den Platz hinunter, wo sie sich ohne bestimmtes Ziel weiterbewegte, während ihre Gedanken in Aufruhr waren. Das Knirschen des Sandes unter ihren Füßen war wie eine körnige Reibfläche, die an ihren Nerven kratzte. Doch mit vollem Bewußtsein nahm sie einen ätzenden Brandgeruch wahr, und ihr wurde schlagartig klar, daß der Bewacher immer noch hinter ihr auf der Treppe des Hauptquartiers stand.

Sie hörte leise Stimmen in den Türen des Gebäudes auf beiden Seiten des Platzes – Stimmen von Menschen, die herauskamen, um einen Blick auf das Raumschiff und über die Ebene zu werfen, wo sich jetzt die roten Rettungswagen um das Wrack des Düsenjägers versammelten.

Ein Kiesel war in ihrem rechten Schuh. Zwar registrierte ihr Geist ihn, doch er wies das Verlangen zurück, sich zu bücken und den Störenfried zu entfernen. Ihr Bewußtsein brütete etwas aus. Einen Augenblick lang war sie vom Gesumm einer ihren Weg kreuzenden Biene abgelenkt. Sie verschwendete einen sinnlosen Gedanken daran, daß das Insekt für einen Augenblick wie diesen viel zu gewöhnlich war. Eine mentale Trunkenheit machte sie schwindlig. Sie kam sich vor, als sei sie gleichzeitig in gehobener Stimmung und entsetzt. Gefahr! Ja, eine schreckliche Gefahr! dachte sie. Die Auslöschung der gesamten menschlichen Rasse. Doch irgend etwas muß getan werden. Sie fing an zu rennen …

Eine Explosion ließ den Platz erbeben und warf sie taumelnd auf Hände und Knie. Der Sand brannte auf ihren Handflächen. Ein dummer Instinkt brachte sie wieder auf die Beine. Eine erneute Explosion – weiter entfernt, rechts, hinter den Gebäuden. Beißender Rauch schwebte über dem Platz. Plötzlich sprangen zwischen den Gebäuden rechts von ihr Männer hervor und schleppten sich durch den Sand auf das Raumschiff zu.

Zivilisten! Wahrscheinlich – und doch bewegten sie sich mit der zielgerichteten Übereinstimmung von Soldaten.

Es kam ihr wie eine Traumszene vor. Die Männer trugen Waffen. Sie hielt an, sah das Blitzen von Sonnenlicht auf Metall und vernahm das beständige Knirsch-Knirsch der über den Sand rennenden Männer. Durch einen traumhaften Dunst erkannte sie einen der Läufer: Zakheim. Er trug eine große schwarze Kiste auf den Schultern. Sein rotes Haar unterschied ihn von den anderen wie ein Ziel.

Die Russen! dachte sie. Sie haben zugeschlagen! Wenn unsere Leute sich ihnen anschließen, ist alles aus!

Rechts vor ihr hämmerte irgendwo ein Maschinengewehr. Staubwolken schoben sich über den Platz und wehten zwischen die laufenden Gestalten. Männer brachen zusammen, doch andere stapften noch immer auf das Raumschiff zu. Eine Explosion hob ihre Führer in die Luft und ließ sie flach zu Boden fallen. Erneut ratterte das Maschinengewehr. Dunkle Gestalten lagen wie hingeworfene Dominosteine auf dem Sand. Noch immer setzten einige den irrwitzigen Angriff fort.

Militärpolizisten in US-Uniform kamen jetzt zwischen den Gebäuden zu ihrer Rechten hervor. Ihre Anführer schwenkten Maschinenpistolen.

Wir halten den Angriff auf, dachte Francine. Doch sie wußte, daß der Wechsel der Taktik nicht bedeutete, daß Speidel und die Seinen der Gewalt entsagt hatten. Dies war nur ein Schritt, um die Russen davon abzuhalten, die Führung zu übernehmen. Sie ballte die Fäuste und ignorierte die Tatsache, daß sie stehend ein gutes Ziel bot. Sie war eine einsame Gestalt in der Mitte des Platzes. Ihre Sinne registrierten ein gespenstisches Gefühl der Unwirklichkeit.

Jetzt ballerten die MGs erneut – dann herrschte abrupt Stille. Auch der letzte Russe war gefallen. Die ihnen nachsetzenden Militärpolizisten taumelten. Mehrere hielten an, klammerten sich an ihre Waffen.

Francines Schock machte eiskalter Wut Platz. Sie bewegte sich vorwärts, erst langsam, dann immer schneller. Links von ihr schrie jemand: »He, Lady! Hinlegen!«

Vor ihr auf dem Sand lag Zakheims jämmerlich verkrümmte Gestalt. Röte breitete sich auf seiner sandbedeckten Brust aus. Zwischen den Gebäuden links von ihr tauchte jemand auf, rannte auf sie zu und gab ihr winkend zu verstehen, sie solle sich zurückziehen. Hiko! Doch Francine setzte ihren Weg fort; sie dachte nicht im geringsten daran, anzuhalten. Sie musterte die rothaarige Gestalt im Sand wie durch eine Röhre.

Ein Teil ihres Bewußtseins registrierte, daß Hiko stolperte und seinen Lauf verlangsamte, um sie an ihrem Tun zu hindern. Er sah aus wie jemand, der durch tiefes Wasser watete.

Guter Hiko, dachte sie. Ich muß zu Zak gehen. Der arme, närrische Zak. Das war es, was kürzlich auf der Konferenz nicht mit ihm stimmte. Er hatte von dem Angriff gewußt und Angst davor gehabt.

Irgend etwas gerann um ihren Fuß, breitete sich nach oben über die Knöchel aus und wogte rasch über ihre Knie. Sie konnte nichts Ungewöhnliches sehen, doch ihr war, als sei sie in ein Becken voll Zuckersirup geraten. Jeder Schritt kostete sie ungeheure Anstrengung. Der Zuckersirup schob sich über ihre Hüften und ihre Taille.

Deswegen kommen Hiko und die anderen so schwer von der Stelle, dachte sie. Es ist ein Abwehrsystem des Schiffes. Es kann nichts anderes sein.

Zakheims ausgebreitete Gestalt war jetzt nur noch drei Schritte von ihr entfernt. Francine kämpfte sich durch die geronnene Luft und keuchte dabei vor Anstrengung. Ihre Muskeln schmerzten, so strengte sie sich an. Sie kniete neben Zakheim nieder, ignorierte das Blut, das ihren Rock benetzte, und griff nach seiner Hand, um ihm den Puls zu fühlen. Nichts. Jetzt erkannte sie die Flecken auf seinem Jackett. Es waren Einschußlöcher. Eine MG-Salve hatte ihn in der Brust erwischt. Er war tot. Sie dachte an den großen wortgewaltigen Rotschopf, der noch Minuten zuvor von blühendem Leben erfüllt gewesen war. Armer Narr, armer Zak, dachte sie. Langsam ließ sie seine Hand wieder sinken und schüttelte sich die Tränen aus den Augen. Eine Riesenwut machte sich in ihr breit.

Sie spürte, daß Ohashi in ihrer Nähe war. Er schlug sich bis zu ihr durch, dann hörte sie ihn sagen: »Ist Zak tot?«

Sie ließ ihren Tränen freien Lauf und nickte. »Ja, ist er.« Und sie dachte: Ich weine nicht um ihn. Ich weine um mich selbst… um uns alle… um alle Narren und fest entschlossenen Blinden…

»ERDBEVÖLKERUNG!« Die Stimme donnerte aus dem Raumschiff, zerschmetterte sämtliche Gedanken und verwandelte alle Gefühle in pure Angst. »WIR HATTEN GEHOFFT, IHR WÄRT ZUR KOMMUNIKATION FÄHIG!« brüllte die Stimme. »IHR HABT VERSAGT!«

Bebende Stille.

Gedanken, die darum gekämpft hatten, erkannt zu werden, flossen allmählich an die Oberfläche von Francines Verstand. Sie fühlte sich wie in den Wehen eines mentalen Erdbebens gefangen, ihre Seele in eine Krise gebracht, die wie eine Geburt schmerzte. Die donnernden Worte hatten die letzte Barriere ihres Geistes durchbrochen. »KOMMUNIZIERT!« Endlich verstand sie die Bedeutung des Ultimatums.

Aber war es nicht zu spät?

»Nein!« schrie sie. Sie sprang auf und drohte dem Schiff mit der Faust. »Hier ist jemand, der nicht versagt hat! Ich weiß, was ihr meint!« Sie schüttelte beide Fäuste in Richtung auf das Schiff. »Seht meinen Haß!«

Trotz der beinahe greifbaren Luftgerinnung bahnte sie sich einen Weg auf das nun schweigende Schiff zu und deutete auf die Toten, die sie überall im Sand liegend umgaben. »Ihr habt diese armen Narren auf dem Gewissen! Was habt ihr von ihnen erwartet? Ihr habt es getan! Ihr habt sie in eine Ecke gedrängt!«

Die Türen des Raumschiffs öffneten sich. Fünf grünhäutige Gestalten traten heraus. Sie blieben stehen, schauten sie an, und ihre Schultern sackten herunter. Im gleichen Moment spürte Francine, wie die sie umgebende verdickte Luft sie losließ. Sie ging weiter, Tränen liefen ihr übers Gesicht.

»Ihr habt sie verängstigt!« schrie sie. »Was hätten sie denn sonst tun sollen? Wer Angst hat, kann nicht mehr denken!«

Ein Schluchzen überfiel sie. Sie spürte, daß ihre Muskeln haltlos zitterten. In ihr war ein schreckliches Verlangen – sie wollte die Hände nach den grünen Gestalten ausstrecken, sie packen und ihnen weh tun. »Ich hoffe, ihr seid stolz auf das, was ihr getan habt.«

»SCHWEIG!« donnerte die Stimme aus dem Schiff.

»Ich werde nicht schweigen!« schrie sie. Sie schüttelte den Kopf und spürte die Wildheit, die ihre Hemmungen überrannte. »Oh, ich weiß, daß ihr recht hattet, was die Verständigung betraf ... aber ihr wart auch im Unrecht. Ihr hättet nicht zur Gewalt greifen brauchen.«

Die Stimme aus dem Schiff verfiel jetzt in einen leiseren Tonfall, was die Veränderung um so überzeugender machte. *»Bitte?«* In diesem Wort schwang tatsächlich etwas Bittendes mit.

Francine brach ab. Sie hatte das Gefühl, aus einem

lebenslangen Traum zu erwachen, und hielt die Klarheit ihres Denkens und Handelns für eine heikle Angelegenheit, die ihr im nächsten Augenblick wieder entgleiten könnte.

»Wir haben das getan, was wir tun mußten«, sagte die Stimme. »Sehen Sie unsere fünf Vertreter?«

Francine konzentrierte sich auf die fünf Galaktiker, die mit hängenden Schultern dastanden. Sie wirkten geschlagen und strahlten Trauer aus. Das klaffende Schiffstor, das sich ein paar Schritte hinter ihnen befand, war wie ein Maul, das darauf aus war, sie zu verschlingen.

»Diese fünf gehören zu den achthundert Überlebenden einer Rasse, die einst sechs Milliarden zählte«, sagte die Stimme.

Francine spürte, daß Ohashi jetzt neben ihr war. Sie musterte ihn kurz aus den Augenwinkeln und sah dann wieder die Galaktiker an. Hinter sich hörte sie das leise Murmeln zahlreicher Stimmen. Die allmähliche Erkenntnis ihres emotionellen Ausbruchs ließ sie wanken. Aus ihrer Kehle drang ein Schluchzen.

Die Stimme aus dem Schiff fuhr fort: »Diese einstmals große Rasse war sich der Wichtigkeit einer unmißverständlichen Kommunikation nicht bewußt. Trotz dieses mangelhaften Zustands stieß sie in den Weltraum vor – haßerfüllt, furchtsam, kämpferisch. Es gab ein gräßliches Blutbad auf ihrer und unserer Seite, bevor wir sie unterwerfen konnten.«

Ein schleifendes Geräusch ertönte, als die fünf grünhäutigen Gestalten vorwärtsschlurften. Sie zitterten, und Francine sah unterhalb ihrer Kämme feuchtglänzende Tropfen. Ihre Augen glitzerten. Francine nahm die Aura der Trauer wahr, die sie umgab, und erneut schossen ihr die Tränen in die Augen.

»Um sich das Recht zum Weiterleben zu verdienen und die Fehler ihrer Rasse wiedergutzumachen, entwickelten die achthundert Überlebenden – eine neue

Sprache«, sagte die Stimme aus dem Schiff. »Es ist vielleicht die höchstmögliche Sprache. Sie haben sich zu Meistern aller Sprachen gemacht, um uns als Übersetzer zu dienen.« Eine lange Pause folgte, dann: »Denken Sie sorgfältig darüber nach, Mrs. Millar. Wissen Sie, warum sie unsere Übersetzer sind?«

Über ihnen schwebte der angehaltene Atem des Schweigens. Francine schluckte, trotz des Kloßes, der in ihrer Kehle steckte. Dies war der Augenblick, der die Existenz der menschlichen Rasse besiegeln oder ihr neue Türen öffnen konnte. Und sie wußte es.

»Weil sie nicht lügen können«, sagte sie heiser.

»Dann haben Sie wahrlich hinzugelernt«, sagte die Stimme. »Ich bin ursprünglich mit dem Ziel hierhergekommen, die Sterilisation Ihres Planeten einzuleiten. Wir hielten Ihre Militäraktion für den letzten Beweis Ihres Versagens. Doch jetzt erkennen wir, daß es sich dabei nur um die fehlgeleitete Verzweiflung einer Minderheit gehandelt hat. Wir haben zu schnell gehandelt, wir bitten um Vergebung.«

Die grünhäutigen Galaktiker schlurften vorwärts und blieben zwei Schritte vor Francine stehen. Ihre gezackten Kämme hingen schlaff herab, ihre Schultern sackten noch tiefer nach unten.

»Töten Sie uns!« krächzte einer von ihnen. Sein Blick wanderte über die Toten, die rings um sie im Sand lagen.

Francine holte tief und bebend Luft, dann wischte sie sich über die feuchten Augen. Erneut verspürte sie das bodenlose Gefühl der Nutzlosigkeit. »Mußte es so kommen?« flüsterte sie.

Die Stimme aus dem Schiff erwiderte: »Besser so, als ein steriler Planet – die völlige Vernichtung Ihrer Rasse. Nehmen Sie es unseren Übersetzern nicht übel. Wenn eine Rasse lernt, sich zu verständigen, kann sie auch gerettet werden. Ihre Rasse kann gerettet werden. Zuerst mußten wir die Gewißheit haben, daß Sie über das nötige Potential verfügen. Der neue Weg wird schmerzhaft sein, daran besteht kein Zweifel. Viele werden auch weiterhin versuchen, uns zu bekämpfen, doch Ihr Volk hat sich noch nicht vollkommen in den Weltraum ergossen, wo es schwieriger wäre, seinen Kurs zu kontrollieren.«

»Warum haben Sie nicht ein paar von uns ausgewählt und geprüft?« fragte sie. »Warum haben Sie diesen schrecklichen Druck auf den ganzen Planeten ausgeübt?«

»Was wäre geschehen, wenn wir die Falschen ausgewählt hätten?« fragte die Stimme. »Wie hätten wir sichergehen können, daß wir bei einer fremden Rasse wie der Ihren eine faire Auswahl des höchsten Potentials gehabt hätten? Nein. Sie alle mußten die Möglichkeit haben, von unserem Problem zu erfahren. Der Druck war notwendig, damit die einzelnen Völker ihre besten Vertreter auswählten.«

Francine dachte an die phantasielosen Bürohengste, die die Teams geleitet hatten. Sie wäre beinahe hysterisch geworden.

Es wäre beinahe schiefgegangen!

Ohashi, neben ihr, sagte leise: »Francine?«

Es war eine beruhigende Stimme, die ihre Hysterie beschwichtigte. Sie nickte. Ein Gefühl der Erleichterung kämpfte in ihrem Innern um Wahrnehmung, doch es hatte noch nicht sämtliche Nervenbahnen durchdrungen. Sie spürte, daß ihre Hände zuckten.

Ohashi sagte: »Sie sprechen Englisch mit Ihnen. Welches Problem sollten wir überhaupt an ihrer Sprache lösen?«

»Wir haben den falschen Schluß gezogen, Hiko«, sagte Francine. »Wir wurden um Verständigung gebeten. Wir sollten uns an unsere eigene Sprache erinnern – an die, die wir in der Kindheit kannten und durch die Zunahme der Vernunft allmählich verloren haben.«

»Ohhh«, stöhnte Ohashi auf.

Aller Ärger wich jetzt aus ihr, und sie sagte mit trauriger Stimme: »Wir haben über alle anderen Fähigkeiten hinaus die Kraft der Vernunft und des Wortemanipulierens gesteigert. Das geschriebene Wort ist zu unserem Abgott geworden. Wir haben vergessen, daß vor den Worten Taten waren – daß es hinter den Worten stets noch andere Dinge gegeben hat. Wir haben vergessen, daß das gesprochene Wort vor dem geschriebenen existiert hat. Wir haben vergessen, daß die geschriebenen Formen unserer Buchstaben von ideografischen Bildern abstammen; daß hinter jedem Buchstaben ein Abbild steht – wie das Abbild eines uralten Gespenstes. Das Bild steht für die natürlichen Bewegungen des Körpers oder andere lebende Dinge.«

»Die Tänze«, flüsterte Ohashi.

»Ja, die Tänze«, sagte Francine. »Die primitiven Tänze haben nichts vergessen. Auch der Körper hat nichts vergessen – jedenfalls nicht alles.« Sie hob die Hände und musterte sie. »Ich bin meine eigene Vergangenheit. Jedes Ereignis, das einem meiner Vorfahren widerfuhr, ist in mir gesammelt.« Sie wandte sich um und sah Ohashi an.

Er runzelte die Stirn. »Die Erinnerung stoppt am Anfang der …«

»Aber der Körper erinnert sich darüber hinaus«, sagte sie. »Es ist eine andere Art der Erinnerung. Eingekapselt in eine Hülle vollausgebildeter Reaktionen, wie die Sache, die wir Sprache nennen. Wir müssen in unsere Kindheit zurückschauen, weil Kinder Primitive sind. Jede Zelle eines Kindes versteht die Sprache der emotionalen Bewegungen – die Greifreflexe, das Wehklagen, das Grimassieren, die sinnliche Zuneigung, die freundliche Beruhigung.«

»Und Sie sagen, daß diese Leute nicht lügen können«, murmelte Ohashi.

Francine verspürte ein Aufwallen von Glück. Es war

zwar immer noch befleckt vom sie umgebenden Tod und dem Schmerz, der, wie sie wußte, auf ihr Volk zukommen würde, doch das Leuchten vergrößerte sich. »Der Körper«, sagte sie und schüttelte den Kopf, als sie das verwirrte Stirnrunzeln auf Ohashis Gesicht sah. »Der Intellekt…« Sie brach ab, als sie erkannte, daß Ohashi die komplette Transition zur neuen Verständigung noch nicht ganz mitvollzogen hatte – daß sie möglicherweise immer noch die einzige Angehörige ihrer Rasse war, die sich der Vision dieser hohen, daseinsmäßigen Aufwärtsentwicklung bewußt war.

Ohashi schüttelte den Kopf. Das Sonnenlicht brach sich auf seinen Brillengläsern.

»Ich versuche, es zu verstehen«, sagte er.

»Das weiß ich«, sagte sie. »Hiko, unsere irdischen Sprachen haben alle einen Hang zum Wahnsinn, weil sie den Begriff Intellekt vom Begriff Körper trennen. Es ist eine zu große Vereinfachung – doch für den Augenblick muß sie reichen. Auf diese Weise ruft man eine Verzettelung hervor, verstehen Sie? Schizophrenie. Doch diese Leute…« – sie deutete auf die schweigenden Galaktiker – »haben in ihrer Kommunikation Körper und Intellekt wiedervereinigt. Zu einem Doppelverstand, der die totale Anteilnahme des Lebewesens erfordert. Sie können nicht lügen, weil es so wäre, als würden sie sich selbst betrügen – und das würde ihre Sprache ganz und gar unmöglich machen.« Sie schüttelte den Kopf. »Sprache ist nicht das Wort, auch wenn wir momentan bloß das Wort haben.«

»Ein Paradoxon«, sagte Ohashi.

Francine nickte. »Das Ich, das eine Einheit ist, kann das Ich nicht belügen. Wenn Körper und Geist dasselbe sagen – ist es die Wahrheit. Wenn Worte und Wortlosigkeit übereinstimmen – ist es die Wahrheit. Verstehen Sie!«

Ohashi stand wie eingefroren vor ihr, seine Augen blitzten hinter den dicken Gläsern. Er öffnete den

Mund und schloß ihn wieder, dann beugte er den Kopf. In diesem Moment war er wieder der totale Orientale, und Francine hatte das Gefühl, als könne sie durch ihn hindurch auf seine Ahnen blicken, die jede Kultur und jede Person sahen und verstanden, die mit dazu beigetragen hatten, die vor ihr stehende Pyramide zu errichten, die Hiko Ohashi ausmachte.

»Ich verstehe es«, murmelte er. »Sie haben uns ein Beispiel gegeben. Es ging nicht darum, Worte zu dechiffrieren. Es war nur ein Beispiel zur Erkenntnis, das an unsere Erinnerungen rühren und sie wieder zum Vorschein bringen sollte. Welch großartige Lehrer! Welch großartige Meister des Lebens!«

Einer der Galaktiker kam näher und deutete auf die Gegend, die sich hinter Francine ausbreitete. Seine Bewegungen und Absichten waren ihr klar; ihr neues Verständnis übersetzte sie.

Die Lippen des Galaktikers bewegten sich. »Ihr werdet aufgezeichnet«, sagte er. »Es wäre der passende Augenblick, mit der Erziehung und Bildung eures Volkes anzufangen – denn alle neuen Dinge müssen einen Tag ihrer Geburt haben.«

Francine nickte und wappnete sich, bevor sie sich umwandte. Und auch den Schmerz der Geburt, dachte sie. Dies war der Moment, der der Lawine der Veränderung vorausgehen würde. Ohne genau zu wissen, wie man eine Kettenreaktion einleitete, hatte sie keinen Zweifel, daß sie es tun würde. Sie drehte sich langsam um und sah die auf sie gerichteten Film- und Fernsehkameras und Mikrofone. Menschen drängten sich an der unsichtbaren Mauer, die einen Kreis um den Schiffseingang bildete. Sie gehört zur Verteidigung des Schiffes, dachte sie. Ein Kraftfeld, um Eindringlinge abzuhalten.

Ein gedämpftes Murmeln kam aus der Menschenmauer.

Francine trat auf sie zu und sah, wie die Kameras

und Mikrofone auf sie gerichtet wurden. Sie konzentrierte sich auf die Gesichter hinter dem Kraftfeld – wütende und ängstliche Gesichter – und solche, die nichts anderes zeigten als schreckliche Ehrfurcht. Im Vordergrund, ein gutes Stück innerhalb des Feldes, lag Zakheims Leiche. Seine ausgestreckte Hand schien beinahe auf sie zu deuten. Schweigend widmete sie ihm einen Moment.

»Hört mir genau zu!« sagte sie. »Aber es ist noch wichtiger, daß ihr über meine Worte hinausseht – auf jenen Ort, den Worte nicht erreichen können.« Sie spürte, wie ihr Leib plötzliche Energie ausströmte. Es kitzelte. Sie stellte sich kurz auf die Zehen. »Wenn ihr die Wahrheit meiner Botschaft seht, wenn ihr den Ort schaut, den ich euch zeige, werdet ihr in ein höheres Stadium der Existenz überwechseln: glücklicher, trauriger. Alles wird mehr Tiefe annehmen. Ihr werdet mehr von allen Dingen spüren, als es in diesem Universum für uns zu spüren gibt.«

Ihr neugefundenes Wissen war wie ein innerer Pfeiler, ein bodenloser Brunnen der Kraft.

»Ich bin alle Alleingelassenen aller einsamen Heime auf Erden«, sagte sie und beugte sich vor. Sie war nicht mehr die Psychologin Dr. Francine Millar, die dort im Sand stand. Mit der Kraft der Nachahmung projizierte sie die Gestalt einer Frau in einem Hauskleid, die an der Fensterbank lehnte und hoffnungslos in eine leere Zukunft blickte.

»Und alle glücklichen Unwissenden, die den Schmerz suchen.«

Erneut bewegte sie sich: die Jahre blätterten von ihr ab. Und jetzt schlug sie einen subtilen Wort- und Bewegungsrhythmus an, der erfahrene Schauspieler vor Neid weinen ließ, nachdem sie den Film gesehen hatten.

»Ich bin die Natur, die den natürlichen Donner erzeugt«, sang sie mit ihrem sich wiegenden Körper.

»Knospend rote Rosen
Die Forelle, die aufs Wasser schlägt
Und der Mond, der die Sterne hämmert
Auf einer Meereswoge –
All dies bin ich!
Ich bin der schnelle Wirbel!
Was ihr glaubt – bin ich nicht!
Träume sagen euren Sinnen all meine Namen:
Nicht barsch und laut oder plötzlich unbedacht, sarkastisch, gedankenverloren oder tadelnd –
Sondern murmelnd.
Ihr habt einen Zwölfstundentag für eine Zwölfstundennacht aufgegeben
Um mit der Ewigkeit zu spielen!
Dann bemerkt ihr das schneidende Zögern
Das einen Stern aufs Wünschen vorbereitet…
Wenn ihr mein eigentliches Abbild seht –
Bin ich eine flackernde Kerze.
Dann werdet ihr die einsame Zwiesprache der Sterne spüren.
Erinnert euch!
Erinnert euch!
Erinnert euch!«

GEDANKENFELD 1962

Im *Kabah*-Saal scheiterte ein weiterer Priester. Es war dunkel im Saal, doch ebensogut hätte man feststellen können, daß das Meer naß ist. Die *Kabah*-Dunkelheit ist mit keiner anderen Finsternis des Universums vergleichbar. Hier kann jegliche Strahlung unterdrückt werden, um einen Hintergrund für präzise hemmende Deltawellen und geformte Gammas zu bilden. Der gescheiterte Priester war dem Tode nahe. Er hatte Negativdenken praktiziert und seinem versehentlichen Gebet gestattet, durch die Grenze zwischen Unterbewußtsein und Bewußtsein emporzusteigen.

Bei manchen Priestern konnte dieses Gebet für die Ultimate Konditionierung zu stark werden, die es dann nicht mehr ohne größere Schäden der Zellularstruktur des Großhirns unterdrücken konnte.

Aber *Kabah* konnte nicht töten. Es konnte auf submolekularer Ebene formen und beeinflussen, aber nicht töten. Der *Kabah*-Programmierung stand nur eine Vorgehensweise gegenüber einem solchermaßen eigensinnigen Verstand offen: Das Gehirn des Priesters wurde mit Nichts geflutet, einer kühlen Woge der Leere.

Geräusche wurden im Saal laut – metallisches Kratzen und das scharfe Knistern von Ozon, jedoch ohne Licht.

Der gescheiterte Priester näherte sich dem Tod noch weiter, Metallgreifer schwenkten in von Sensoren angezeigte Richtungen und hoben den Priester in einen Verjüngungstank.

Der Tank plätscherte, als der Körper langsam eindrang. Metallarme befestigen Kappen, Elektroden und Veränderungsplatten an der Haut.

Schon bald würde ein Signallicht aktiviert werden, doch zunächst galt es, noch eine Aufgabe zu erledigen. Ein Name. Er mußte ähnlich wie der erste Namen klingen und doch wieder nicht zu ähnlich, um keine aufgerauhten Stellen in der toten Vergangenheit zu hobeln. Dieser hier war voller toter Vergangenheit. Viele Namen mußten vermieden werden.

Stromkreise schlossen sich und erstellten eine optimale Klangkombination. Druckvorrichtungen klickten und gravierten den neuen Namen auf den versiegelten Verjüngungstank: »Sain.«

Außerhalb des *Kabah*-Saales glühte das Kontrollicht bernsteinfarben. Jemand würde es rechtzeitig wahrnehmen und den Tank abholen lassen. Eine Familie würde das erwachsene ›Kind‹ bekommen, es aufziehen und ausbilden.

Auf der ganzen Welt gab es nur solche Kinder. Und in jedem *Kabah*-Saal, auf jeder priesterlichen Schriftrolle, waren alle Namen aufgelistet. Es blieben nicht mehr viele Namen, aber die waren aufgelistet.

Das heißt, alle Namen, mit einer Ausnahme.

Sein Name war George.

Mein Name ist George, dachte er. *Daran muß ich mich klammern.* Er verspürte schmiegsame Bewegungen unter sich, Bänder über Brust und Beine fesselten ihn an eine Trage. Er hörte das Pfeifen einer Turbine neben dem ohrenbetäubenden rhythmischen Dröhnen eines Rotors. Irgendwo jenseits der bleichen, gelblichen Lichtkuppel über sich konnte er Nacht wahrnehmen.

Wir fliegen, dachte er.

Dann aber war er plötzlich gar nicht mehr sicher, *was fliegen überhaupt war ...*

Viel Zeit war verstrichen. Er scheute vor dem Gedanken zurück, wieviel Zeit. Sie gleicht einem Abgrund.

Und seltsame Leute.

Und ein Tank, der rings um ihn herum plätscherte und gurgelte und seltsam kitzlige Anforderungen an seine Nerven stellte. Ja, ein Tank. Das stand fest.

Das Gesicht einer Frau beugte sich über ihn und verdeckte die gelbliche Lichtkuppel. Sie wandte sich ab, und er hörte ihre Stimme: »Er ist wach, Ren.«

Ein Name war mit der Frau verbunden – *Jeni*. Und ein physisches Erscheinungsbild – mondgesichtig, blondes Haar in zwei langen Zöpfen, jung, blaue Augen mit leichten Fältchen in den Augenwinkeln. Sie trug ein seltsam graues Kleid mit gelben Flecken, die eingewoben waren. Das Kleid hatte eine Bedeutung. *O ja, sie war von der Familie Wist.*

Eine Männerstimme antwortete der Frau: »Ist alles in Ordnung mit ihm?«

»Ja.«

Die Männerstimme gehörte Ren. Er war Arzt. Ein finsterer Mann mit Mandelaugen und unscheinbaren Zügen. Sein kirschroter Anzug bedeutete Familie Chi.

»Behalte ihn im Auge«, forderte Ren. »Sieh zu, daß er ruhig bleibt.«

Mein Name ist George. Der Gedanke glich einem Halt in der Finsternis. *Gehirnwäsche?* fragte er sich.

Doch wieder entzog sich ihm die Bedeutung des Wortes. Er konnte nur an aus einem Hahn rinnendes Wasser und etwas in einem Bassin Schäumendes denken. *Waschen*. In seinem Kopf waren zwei Sprachen. Eine hieß Haribisch und entstammte dem Ausbilder. Die andere wurde vom Ausbilder *Altenglisch* genannt, und diese Sprache entstammte ... Er scheute zurück. Dies war der Abgrund der Zeit.

Altenglisch war am einfachsten.

Waschen, dachte er. *Und Hahn. Und Bassin. Und Ausbilder.* Der Ausbilder, das waren Elektroden und Ohrstöpsel und Augenklappen und Summen und Kribbeln und ein Erzittern in seinem Verstand, das an das Rasseln von Würfeln im Knobelbecher erinnerte. Und das Verrinnen der Zeit.

Zeit.

Das Wort hallte wie Donner in seinem Geist.

Mein Name ist George, dachte er.

»Onkel, die Situation ist verzweifelt«, sagte Saim. »Die Gefahr ist schrecklicher als ...« Er schüttelte den Kopf und stellte fest, daß nichts in ihrer Welt damit vergleichbar war.

»Mmmmmmmmhmmmmm«, sagte ò Plar. Er drehte sich in seinem hochlehnigen Sessel herum und sah durch das Dreiecksfenster in die Wasserrhythmusgärten hinaus, wo plätschernde Bächlein im gefilterten Morgenlicht glitzerten. Ihre Musik war gedämpft, so daß man sie im Büro des Priester-Regenten ignorieren konnte. ò Plar drehte sich wieder seinem Neffen zu. Saim reckte sich und stand fast in Habachtstellung, wie jeder andere Bedienstete auch.

ò Plar betrachtete Saim nachdenklich und zögerte die Krise, die nicht mehr hinausgezögert werden konnte, doch noch einen Augenblick hinaus. Er erblickte einige weitere Charakterfurchen in dem jugendlichen Gesicht. Magere Züge, blondes Haar und strahlende Augen dominierten über ein dünnes Kinn. Ein Bart konnte dieses Kinn verbergen, sollte Saim noch eine Ultimate Konditionierung überleben ...

»Onkel, du mußt mir glauben«, beharrte Saim.

»Wie du meinst«, entgegnete ò Plar. Er strich zärtlich über die polierte Oberfläche seines Stabes – ein langes Metallrohr mit gekrümmtem Ende. Er befand sich immer innerhalb seiner Reichweite. Augenblicklich lehnte der Stab an seinem Schlitz am Schreibtischrand. ò Plar tätschelte zärtlich das Metall beim Sprechen.

»In diesen von dir entdeckten Aufzeichnungen ...

du sagtest, sie berichteten von vielen, auf der ganzen Weit verstreuten Höhlen voller … Raketen, sagtest du, glaube ich.«

»Waffen. Onkel. Tausende! Wir fanden Bilder. Waffen, die schrecklicher sind, als du es dir vorstellen kannst.«

»Mmmmmmhmmmmm«, antwortete ò Plar. Und dabei dachte er: *Der junge Narr! Er erhielt die gründlichsten Inhibitionen! Trotzdem, nun ist er mit drinnen. Ich kann nicht anders.*

ò Plar atmete tief durch. »Wie hast du diese Aufzeichnungen gefunden?« fragte er.

Saim senkte den Blick. Er wirkte furchtsam. Schließlich stand er vor dem Priester-Regenten.

»Beim Graben?« fragte ò Plar.

Saim zuckte die Achseln. *Er weiß*, dachte er, *daß wir die Erde entweiht haben.*

»Wo ist der Platz des Menschen?« fragte ò Plar barsch.

Saim sprach mit resigniertem Seufzen. »Der Platz des Menschen ist unter den lebenden, wachsenden Dingen auf der gesegneten Oberfläche von Mutter Erde. Weder im Himmel darüber noch im Meer darunter, noch in Höhlen in ihr. Das Meer den Fischen. Der Himmel den Vögeln. Die Erdoberfläche den Menschen. Jedes Geschöpf an seinem Platz.«

ò Plar nickte und pochte mit dem Stab auf den Boden. »Du sagst es sehr schön auf, aber glaubst du auch daran?«

Saim räusperte sich, antwortete aber nicht. Er spürte die plötzlich angewachsene Spannung im Raum und betrachtete ò Plars Stab.

»Vor mir kannst du keine Unwissenheit heucheln«, sagte ò Plar. »Du weißt genau, weshalb der Mensch nur an solchen Stellen in der Erde graben darf, wo der Rat oder ein Priester wie ich Boden und Gräber gesegnet haben.«

Saim ballte die Fäuste und entspannte sie wieder. Nun also war es soweit.

»Du weißt«, sagte ò Plar. »Als du mich von der Ultimaten Konditionierung kommen sahst, war die Kraft des Herrn stark in mir. Du hast die Wahrheit gesehen!«

Saim preßte die Lippen zusammen. *Wie lautete doch das alte Sprichwort?* dachte er bei sich. *Ja: Mitgefangen, mitgehangen.* »Ich weiß warum«, erwiderte Saim.

»Aber gewiß nicht wegen deiner heiligen Salbaderei.« Er achtete nicht auf den erstarrten Gesichtsausdruck von ò Plar und fuhr fort: »Es liegt daran, daß in den Alten Zeiten einige Leute beim Graben versehentlich solche Waffen aktiviert haben. Daraus schlußfolgerten sie, bei der Region unter der Erdoberfläche müßte es sich um eine verbotene Zone handeln. Wir werden heute von einem Gesetz behindert, das aus einem unglücklichen Zufall und einer Legende entstand.«

Es gibt keine Hilfe mehr für ihn, dachte ò Plar. Laut sagte er: »Das wäre nicht vernünftig. Aber der Herr Buddha hat alles vernünftig eingerichtet. Es ist höchste Zeit, dir das beizubringen, und ein wenig Disziplin obendrein.«

Saim erstarrte. »Wenigstens habe ich versucht, dich zu warnen«, sagte er.

»Es könnte durchaus«, fuhr ò Plar fort, »einige der von dir beschriebenen Waffen geben, doch die Zeit hat ihre Funktionsweise ganz gewiß beeinträchtigt.«

»Es sind Tausende«, ereiferte sich Saim. »Und jede ist in einem Container voller inerter Gase versiegelt. Zur Zerstörung bereit.« Er beugte sich nach vorne. »Möchtest du dir die Beweise nicht wenigstens ansehen?«

ò Plars Stimme wurde schärfer. »Vergebens, junger Mann. Du hättest dir mittlerweile jeden benötigten Beweis zurechtlegen können.«

Saim wollte sprechen, doch ò Plar schnitt ihm das Wort ab.

»Nein! Du bist gekommen, damit ich die Jahrtausend-Feier absagen soll. Du wolltest unsere Verwandtschaft mißbrauchen, um …«

»Natürlich möchte ich, daß du die Schau verhinderst!«

»Aber den Grund hast du mir nicht gesagt.«

»Doch.«

»Betrachten wir es vernünftig«, lenkte ò Plar ein. »Die Menschheit ist unter der Führung der Heiligen Priesterschaft ihrer gewalttätigen Kindheit entwachsen. Wir können auf einen beinahe tausendjährigen Frieden zurückblicken. Nur noch zehn Tage – und plötzlich hast du einen Grund gefunden, diese Feier zu verhindern.«

»Du mußt sie verhindern«, bat Saim.

»Was kann ein wenig Feuerwerk unserem Volk schon schaden?« fragte ò Plar.

»Das muß ich dir nicht erzählen«, antwortete Saim. »Wir haben so etwas noch nie gesehen. Wir sind gegen Gewalt konditioniert. Mir ist sogar unklar, wie du dich zur Konzeption eines solchen Spektakels zwingen konntest. Die Inhibition …« Er erschauerte. »Laute Geräusche, grelle Blitze am Nachthimmel. Es wird eine Panik geben.«

So vielversprechend, dachte ò Plar. *Dabei war er immer so vielversprechend.* »Wir wollen das Volk nur auf sehr zarte Weise daran erinnern, wie es in den alten Zeiten war.«

»Wahnsinn und Panik«, sagte Saim.

»Ein wenig vielleicht«, gab ò Plar zu. Er beendete das Zittern seiner linken Hand, indem er den Stab umklammerte. »Wichtig dabei ist: Wir werden öffentliche Abscheu gegen das verursachen, was ihr jungen Rebellen predigt.«

»Onkel, wir …«

»Ich weiß, was du sagen willst«, unterbrach ihn ò Plar. »Belebt die alten Wissenschaften neu! Expandiert zu neuen Welten! Expandieren! Wir füllen nicht einmal unseren vorhandenen Lebensraum aus!«

»Eben darum geht es, Onkel.« Saim wäre am liebsten auf die Knie gesunken. Statt dessen stützte er sich auf den Schreibtisch. »Die Menschheit stirbt aus. Es fehlt ...« Er schüttelte den Kopf. »... der innere Antrieb, Motivationskraft.«

»Wir passen uns an die natürlichen Bedürfnisse unserer Mutter Erde an«, widersprach ò Plar. »Nichts weiter. Wir werden den Menschen zeigen, was ihr predigt. Wir werden ihnen die alten Wissenschaften eindringlich vor Augen halten.«

»Hast du denn gar keines meiner Worte begriffen?« flehte Saim. »Deine Vorführung wird eine Panik auslösen. Eine Woge des Entsetzens wird der Nachtgrenze rund um die Welt folgen. Und die alten Waffen ... sie alle sind eingestellt, diese Furcht aufzuspüren. Hinreichend große Angst wird alle Waffen aktivieren!«

ò Plar spürte den Druck seiner eigenen Konditionierung – der so viel stärker und zwingender als beim gemeinen Volk war. *Wenn sie nur wüßten ...*

»Du bist also über einen Ort der Alten gestolpert«, stellte ò Plar fest. »Wo befindet sich dieser Ort?«

Saims Lippen blieben geschlossen. Er spürte eine Gefühlsaufwallung in sich. *Zorn?* Er versuchte, sich an den Zorn seiner Kindheit zu erinnern, vermochte es aber nicht. Die Konditionierung war zu stark.

»Wir werden den Ort finden, den ihr entweiht habt«, versprach ò Plar. »Ob du ihn mir nennst oder nicht.«

»Bringen wir es hinter uns«, bat Saim, und die Traurigkeit, die er dabei empfand, trieb ihm Tränen in die Augen.

»Das werden wir«, antwortete ò Plar. Er zögerte einen Augenblick und teilte Saims Traurigkeit. Weiter blieb ihnen nichts. Die Erfordernisse des Augenblicks waren beiden bekannt. »In der Provinz Mon'tana gibt es eine Kupfermine, wo ein Novize gebraucht wird, der die alten Rituale erlernen soll.«

»Ein Novize? Aber Onkel, ich …«

»Glaube nicht, daß das zur Priesterschaft führen wird«, sagte ò Plar. »Du wirst auch graben. Das Graben scheint dir ja Spaß zu machen.«

»Aber …«

»Bergarbeiter neigen dazu, ein ungläubiges Volk zu sein«, klagte ò Plar. »Was wahrscheinlich am vielen Graben liegt.«

»Onkel«, bat Saim. »Mir ist es gleich, was du mir antust, aber möchtest du nicht wenigstens …«

»Genug!« ò Plar drehte einen fast unsichtbaren Ring an seinem Stab. »Wirst du gehorchen?«

Saim erstarrte augenblicklich und verspürte schreckliche Angst, ò Plar könnte die Macht des Stabes gegen ihn einsetzen. Saims Lippen bewegten sich fast gegen seinen Willen. »Ich gehorche.«

»Du wirst auf der Stelle das Notwendigste zusammenpacken und dich zur Mine des Heiligen Himmels in Crystal, Provinz Mon'tana, begeben«, befahl ò Plar. »An der Bahnhaltestelle werden dir weitere Befehle überbracht werden.« Wieder drehte er den Ring.

Saim stand zur Bewegungslosigkeit erstarrt. Das Signal des Stabes erfüllte seinen Verstand mit einem Reigen namenloser Schrecken. Das rote Unding des schwarzen Ortes formte seine Gedanken zu Formen, an die er sich nicht mehr erinnern konnte. Das schleimige grüne Teilselbst hörte und gehorchte. Da war …

»Geh!« befahl ò Plar.

Das Signal ließ nach.

ò Plar beugte den Kopf und murmelte die Friedenslitanei.

Als er das Geräusch der sich schließenden Tür vernahm, hatte er den Kopf immer noch gesenkt. Das

Plätschern der Wasserrhythmusgärten dröhnte überlaut im Büro.

Das war knapp, dachte ò Plar. *Mit jedem Tag fällt es mir schwerer, solchen Zwischenfällen vorzubeugen. Meine Konditionierung ist zu stark … zu sicher … so absolut …*

Schließlich drückte er einen Knopf am Schreibtisch. Im selben Augenblick erschien das halb durchsichtige Gesicht nebst Schultern einer Frau als Projektion über der Tischplatte. Sie trug das blaue Gewand einer Priester-Historikerin der Familie Brox. Ihr dunkles Haar fiel in mehreren dicken Zöpfen über die Schultern. Grüne Augen betrachteten ò Plar über einer schmalen Nase und verkniffenen Lippen.

»Möchten Sie aufgeben und sich der Bestrafung stellen?« fragte ò Plar. Es war eine beiläufige, rituelle Frage.

»Das kann ich nicht«, entgegnete sie. Die Antwort erfolgte ebenso emotionslos.

ò Plar beherrschte sich und hielt sein Mienenspiel unter Kontrolle, um das plötzliche Gefühl der Abscheu zu verbergen. *Was diese Frau tat, mochte eine unglückselige Notwendigkeit sein, und doch …*

»Warum haben Sie mich angerufen?« fragte die Frau.

ò Plar tippte mit dem Stab auf den Boden. »ò Katje, Sie müssen sich an die Form halten!«

»Tut mir leid«, antwortete sie. »Ich nehme an, Ihr Neffe hat Sie gerade eben verlassen.«

»Ich schickte ihn in eine Mine«, sagte ò Plar. »Ich gab ihm eine Dosis des Stabes, die er nie mehr vergessen wird.«

»Sie gaben ihm gerade genug, um ihn wütend zu machen«, widersprach ò Katje. »Nicht genug, ihn zu binden. Er wird fliehen. Ihr Stab funktioniert heute nicht richtig.«

ò Plar machte deutliche Anstalten, sich aus dem Sessel zu erheben.

»Sie konnten ihn nicht einfangen«, hielt ò Katje ihn zurück. »Sie können gar nichts tun. Sie trifft auch keine Schuld. Es war ein Unfall.«

ò Plar entspannte sich. »Ja. Ein Unfall.« Er sah die Frau an. *Wie drücke ich mich aus?* fragte er sich. *Ich muß etwas sagen und darf es nicht aussprechen.*

»Sie werden nicht wieder versuchen, mein Sendesignal zu orten, ja?« fragte ò Katje.

»Sie wissen, daß wir das aufgegeben haben«, gestand ò Plar.

»Nein. Ich möchte etwas über das Simulacrum sagen. Mit diesem Unfall bekommen Sie vielleicht Saim und Ren und Jeni, aber ich habe das Simulacrum. Es ist unkonditioniert!«

»Ich brauche gute Arbeiter«, sagte sie.

»Sie verbergen sich in der Nähe der Stadt«, teilte ò Plar ihr mit. »Saim kam zu Fuß. Sie haben eine der urzeitlichen Höhlen gefunden, deshalb. Die Alten verbargen sie durch teuflische Tarnungen, aber manchmal, durch einen Unfall...« Er brach ab und sah die Frau an. *Begriff sie die Botschaft?*

»Was macht Sie so sicher, daß Sie das Simulacrum bekommen?« wollte ò Katje wissen.

Verdammtes Weib! dachte ò Plar. *Direkt in die Kiefer der Inhibition!* Er sagte: »Wenn Sie sich nicht ergeben und der verdienten Strafe stellen wollen, brauchen wir nicht weiter zu reden. Mögen Sie den Pfad zum Heil finden.«

Er unterbrach die Verbindung und betrachtete das verblassende Bild. *Verdammte Närrin! Direkt hinein ins Herz...* Dann lenkte er die Gedanken in andere Bahnen. *Nein! Keine Närrin! Sie testete meine Inhibition. Als ich reagierte... da wußte sie mit Gewißheit, daß wir darauf vorbereitet sind, Saim zu folgen. Wir haben den Fehler eingesehen.*

ò Plar lehnte sich nachdenklich und besorgt zurück. Der kleine Peilsender, den er bei der Begrüßungsumarmung an Saims Gewand befestigt hatte, sollte die Novizenwache direkt zu der verbotenen Höhle führen. Ein Teil von ihm triumphierte bei dem Gedanken, doch ein anderer Teil zuckte entsetzt zurück. Die sorgfältige Anhäufung so vieler Unfälle …

George sah die Tür und blieb stehen. Die Tür war gewaltsam geöffnet und repariert worden. Es war eine Perimetertür, die in eine Defensivkammer führte. Das wußte er. Aber die Vorstellungen von Perimetern und Defensivkammern waren in seinem Geist nicht klar. Sie waren in Altenglisch, einer Sprache, die er nur sehr lückenhaft beherrschte.

Plötzlich schien ihm alles um ihn herum fremd und seltsam, als wäre seine Umwelt aus der Realität ausgeklinkt worden. Etwas zog an seinen Knöcheln. Er betrachtete das lange, weiße Gewand, das er trug. Es war wie … ein Krankenhausnachthemd, nur länger.

»Stimmt etwas nicht, Jorj?«

Er wirbelte herum und erblickte einen Mann mit ausdrucksloser Miene und Mandelaugen. Mandelaugen! Etwas stimmte nicht… Gefahr… von den Mandelaugen. »Sie …«, begann er.

»Ich bin Ren, dein Arzt.« Ren erstarrte und fragte sich, ob neue Gewalttaten dieses Simulacrum-Geschöpfes zu erwarten waren.

»Oh.« George entspannte sich. »Ich war krank.«

»Aber jetzt geht es dir wieder gut.« Ren behielt die achtsame, vorsichtige Haltung bei. *Keine Ahnung, was dieses Geschöpf beeinflußt.*

George atmete tief durch.

Die Tür!

Er betrachtete sie. Sie war mit Flecken besudelt. *Blut?*

Dahinter konnte er Stimmen hören. Er öffnete die Tür. Sie schwang in lautlosen Angeln nach innen und gab den Blick in eine in grauen Fels gehauene Kammer frei. Indirekte Beleuchtung verlieh dem Ort eine schattenhafte, sterile Erscheinung. In der Kammer unterhielten sich ein Mann und eine Frau. Die Frau kannte er. Jeni. Sie brachte ihm Essen und betrachtete ihn voller Mitgefühl. Aber den Mann kannte er nicht – graue Augen, kurzgeschorenes blondes Haar. Eine jugendliche Erscheinung.

Der Mann sprach. »Sie hatten keine Chance, mich zu erwischen. Ich konnte sie leicht abhängen. Und als wir in den Wald kamen …« Er bemerkte den Zuschauer und verstummte.

Ren betrat die Kammer. »Saim«, sagte er. »Wann bist du zurückgekehrt?«

»Ich bin gerade eben angekommen.« Saim sprach zu Ren, doch seine Aufmerksamkeit verweilte bei Rens Gefährten, der ebenfalls die Kammer betrat und sich umsah. Saim hielt den Anblick des Simulacrums aus dem Regenerationstank für schockierend und widerlich. »Stimmt etwas nicht damit?« fragte er.

»Mit Jorj? Alles in Ordnung. Er hat nur einen schweren Tag hinter sich, das ist alles.«

»Mein Name ist George«, murmelte George. Die Worte waren tonlos, als spräche er mit sich selbst.

»Er spricht!« rief Saim. Das war eine schreckliche Vorstellung, als hätte dieses Geschöpf mit einem Tentakel in eine neue und noch lästerlichere Dimension gegriffen.

»Er sieht müde aus, Ren«, stellte Jeni fest.

George richtete den Blick auf Saim. »Sie …« Seine Stimme erstarb. Seine Züge wurden schlaff. Er stand stumm da und sah ins Nichts.

»Geht es ihm gut?« fragte Jeni.

»Aber ja.« Ren legte die Hand auf Georges Arm. »Sein Name lautete so ähnlich wie Maid-Jor oder Jorj. Wir fanden das Klangmuster durch Zurückverfolgung seiner Spur letzter Lippenbewegungen.«

»Major«, flüsterte George.

»Seht ihr?« sagte Ren. Er wußte, das hörte sich stolz an, aber wer hatte je zuvor ein Skelett wiederbelebt – Leben erschaffen, wo tausend Jahre Tod geherrscht hatten? Er wandte sich wieder an Saim. »Du sagtest etwas von einem Entkommen? Was ist los?«

»Mein Onkel wollte mich in eine Mine abschieben. Ich lief weg.«

Saim zwang sich, die Aufmerksamkeit von dem Simulacrum abzuwenden. *Wie konnte ein so ekelhaftes Geschöpf eine solche Anziehungskraft haben?* fragte er sich.

»Bist du direkt hierhergekommen?« fragte Ren.

»Ich beschmierte die Sohlen und den Saum meines Gewandes mit Fett«, antwortete Saim. »Die Basenjimeter werden mich nicht aufspüren können.«

Furcht zerrte an Rens Nerven. »Hoffentlich bist du auf Umwegen hierhergekommen?«

»Gewiß. Darüber hinaus kam ich durch den Riß zur Bruchstelle im Tunnel, wo wir …«

»Alles ist anders«, sagte George. Die Stimmen erbosten ihn. Und dieser Ort …

»Seine Sprache«, bemerkte Saim. »Das ist …«

»Ren hatte ihn schon im Ausbilder«, erklärte Jeni. Sie sprach hastig, da sie die wachsende Spannung spürte und sie abbauen wollte.

»Du solltest ihn in Altenglisch hören«, prahlte Ren. »Sag uns etwas in Altenglisch, Jorj.«

George richtete sich auf. »Mein Name ist Major George …« Seine Gedanken wanderten in die Leere, einem einsamen, schwarzen, allumfassenden Ort.

»Er ist übermüdet«, sagte Ren. »Ich hatte ihn fast zwei Stunden im Ausbilder, gefolgt von einer langen Sitzung, die der Suche nach Stimuli galt. Wir erschließen weite Gebiete, aber bisher konnten wir noch keinen Durchbruch erzielen.« Er zupfte sanft an Georges Arm. »Komm mit, Jorj.«

Georges Lippen bewegten sich stumm, dann stieß er hervor: »George. George. George.«

Sie gingen durch die Tür, schlossen sie aber nicht. Draußen konnten sie Rens Stimme hören: »Ganz recht, Jorj, hier herein.« Dann: »Saim, ich erwarte dich in einigen Minuten im Labor.«

Eine Tür schloß sich.

»Wie kommt Ren dazu, mir Befehle zu erteilen?« fragte Saim.

Er verspürte ein Aufwallen von... konnte es Zorn sein?

»Saim!« rief Jeni. *Kaum ist er hier, fängt er schon mit seinen Eifersüchteleien an,* dachte sie. »Ren ist einfach in großer Eile.«

»Trotzdem hat mir hier keiner Befehle zu erteilen«, beharrte Saim trotzig.

Sie berührte seinen Arm. »Du hast mir gefehlt, Saim.«

Das war genug. Die Spannung fiel von ihm ab. »Tut mir leid, daß es so lange gedauert hat«, sagte Saim. »Mein Onkel war nicht da, als ich dort ankam, sondern irgendwo im Norden zu einer Konzilsitzung gereist. Acht Tage mußte ich tatenlos herumsitzen, bis er zurückkam. Ich wagte nicht, euch zu benachrichtigen. Ich hatte zudem nur Geruchsunterdrücker für einen Weg, also konnte ich nicht zurückkehren, ohne den Plan aufzugeben.«

»Nach allem, was du bisher berichtet hast, hättest du ihn getrost aufgeben können. Ließ sich dein Onkel denn von gar nichts überzeugen?«

»Das war keine Frage des Überzeugens«, entgegnete Saim.

»Jeni, ich hatte das komische Gefühl, daß er mir durchaus glaubte, aber nichts tun konnte. Als würde ihn etwas in ihm zwingen...«

Saim schüttelte den Kopf. »Ich weiß nicht. Es war merkwürdig.«

»Alles nur Politik«, sagte Jeni. Sie verspürte ... Unmut.

Ja. Unmut. Selbstverständlich empfand man keine Wut. Aber Unmut war erlaubt. Wie ein Sicherheitsventil. »Er weiß, daß diese Ausstellung jede öffentliche Unterstützung für unser Programm zunichte machen wird. Alles nur Politik.«

»Aber als ich ihm sagte, die Darbietung würde eine Woge der Angst auslösen, die die Waffen aktivieren wird, da reagierte er nicht richtig«, sagte Saim. »Es war fast, als hätte er mich gar nicht gehört. Oder als weigerte er sich, mich anzuhören. Oder ... ich weiß nicht.«

Jeni unterdrückte ein furchtsames Zittern. *Ren hätte gehen sollen,* dachte sie. *Oder ich. Es war falsch, Saim zu schicken. Er ist anders. Nicht wie der Saim, den wir kennen ... den wir vorher kannten.*

»Wir gehen jetzt besser zum Labor«, meinte Saim.

»Es muß doch etwas geben, das wir tun können«, sagte Jeni. Sie fühlte sich verzweifelt und gefangen.

»Du hättest ihn hören sollen«, erläuterte Saim. Seine Stimme ahmte ò Plars nörgelnden Tonfall nach. »Begreifst du denn nicht, was es heißt, die alten Wissenschaften neu zu beleben, du junger Narr? Ist dir nicht klar, wieviel Lärm allein der Bessemer-Prozeß erzeugt?«

»Der Bessemer-Prozeß?«

»Eine Methode zur Stahlgewinnung«, erklärte Saim. »Ich erinnerte ihn daran, daß ich Metallurg bin. Da sagte er zum erstenmal, ich würde noch eingehender mit meinem Beruf zu tun bekommen. Mir war sofort klar, daß er mich in die Minen schicken wollte.«

»Saim! Jeni! Kommt endlich!« drängte Rens Stimme vom Labor.

»Was glaubt der eigentlich, wem er hier befehlen kann?« fragte Saim.

»Hör damit auf«, bat Jeni. Sie stellte sich auf Zehenspitzen und küßte seine Wange. »Er macht sich nur große Sorgen wegen unserer Arbeit.« Sie nahm ihn bei der Hand. »Komm mit.«

Sie gingen hinaus auf den Flur. Jeni schloß die Tür hinter ihnen und versperrte sie. Sie folgten dem Flur nach links bis zu einem Raum mit gelben, schalldämpfenden Wänden. Ein Teil einer Wand war mit Aufnahmekontrollen und Playback-Systemen übersät. Jeni nahm vor dem Hauptkontrollsystem Platz und legte den Hauptschalter um.

Saim sah sich um. Aus ihm selbst unbekannten Gründen beunruhigte ihn dieser Raum.

Ren stand fast in der Mitte des Zimmers, dicht neben einem Tisch, auf dem Notizen und Instrumente lagen. Der Doktor wippte auf den Fußballen vor und zurück und betrachtete Saims Gesicht. *Unglaublich,* dachte er. *Saim – so natürlich wie immer. Wie übermächtig die Konditionierung der Priester-Historiker doch ist. Sie nehmen den Verstand und das Wesen und formen alles nach ihrem Willen. Und wir wären nie darauf gekommen, wäre uns nicht damals bei dem Unfall der Tank in die Hände gefallen.*

»Saim, berichte Ren, was vorgefallen ist«, bat Jeni.

Saim nickte und wiederholte alles, was er Jeni erzählt hatte.

»Du bist vor der Novizenwache weggelaufen«, stellte Ren fest. »Kommt das einem Gewaltakt nicht schon sehr nahe?«

»Ich sagte dir bereits, daß ich Atavist bin«, konterte Saim.

»Daran habe ich nie gezweifelt«, sagte Ren. »Glaubst du, du könntest tatsächlich jemanden schlagen und ihm weh tun?«

Saim erbleichte.

»Sei nicht obszön!« brauste Jeni auf.

Sollen sie getrost erfahren, was wir hier wirklich tun, dachte Ren. »Ich denke nur praktisch«, sagte er. Er zog den Ärmel seines Anzugs zurück und entblößte einen purpurnen Bluterguß am Unterarm. »Heute morgen hat mich das Simulacrum geschlagen.«

»Ren!« Zwei Rufe wie aus einem Mund.

»Denkt darüber nach, was zu solcher Gewaltanwendung nötig ist«, forderte Ren.

»Hör auf!« heulte Jeni. Sie verbarg das Gesicht in den Händen. *Was haben wir getan?* fragte sie sich. *Mit Saim fing es an ... weil ich ihn liebe ... und ich es nicht ertragen konnte, ihn zu verlieren ... Aber nun ...*

»Siehst du, welche Wirkung es auf uns hat?« fragte Ren. »Mein Leben lang hatte ich keine solche Angst.« Er schluckte. »Ich war zwei Personen. Die eine war in solcher Panik, daß das kleine Detektorinstrument leise summte. Und der andere Teil ...«

»Es hat deine Angst aufgespürt?« fragte Saim.

»Exakt!«

»Hätte das nicht die Waffen auslösen können?«

Jeni senkte die Hände vom Gesicht. »Nur die Furcht einer einzelnen Person«, sagte sie. »Dazu bedarf es der Furcht von vielen.«

»Hört genau zu, was ich euch sage«, bat Ren. »Ich werde etwas von dieser Panik erzählen. Sie war nicht mit dem vergleichbar, was man bei einem Schlag vom Stab eines Priesters empfindet. Ein Teil von mir hatte Angst, und ein anderer Teil von mir sah zu. Ich sah die Angst. Es war sehr merkwürdig.«

»Du hast deine Angst *gesehen?*« fragte Saim.

Jeni wandte sich ab. Es tat ihr weh, Saim so anzusehen. Er war immer noch ihr alter Saim, aber irgendwie ... anders. Intensiver.

»Ja«, bestätigte Ren. »Im Augenblick meiner Panik konnte ich darüber nachdenken, was sie bedeutete. Gewalt wurde völlig aus uns gelöscht. Und um das wenige, was trotzdem verbleibt, kümmern sich die Inhibitor-Konditionierungen unserer Kindheit. Und doch muß ein wenig davon verbleiben, denn ich dachte darüber nach, daß ich mich wehren müßte, sollte Jorj mich noch einmal angreifen.«

»Glaubst du, das hättest du wirklich tun können?« fragte Saim.

»Ich weiß nicht. Aber ich dachte daran.«

»Warum hat er dich geschlagen?« fragte Jeni. *Vielleicht liegt hierin der Schlüssel zu Saims Veränderung,* dachte sie. »Auch das ist merkwürdig«, gestand Ren. »Einfach nur, weil ich ihm im Weg stand. Ich befragte ihn nach den Waffen im Höhlenkomplex, wobei ich es mit unterschiedlichen Wort/Gedanken-Mustern in Altenglisch versuchte. Plötzlich sprang er auf und brüllte mich in Altenglisch an: *›Geh mir aus dem Weg!‹* Dann stieß er mich beiseite. Er rannte halb durch das medizinische Labor, dann blieb er stehen, drehte sich um und tat dasselbe wie vorhin auch – er schien einfach ... abzuschalten.«

»Es ist doch nicht möglich, daß er sich erinnert?« flüsterte Jeni.

»Natürlich nicht!« Rens Haut kribbelte angesichts dieser dummen Frage. »Du weißt doch, wie er konstruiert wurde.«

»Was macht es schon für einen Unterschied, wenn er ...«, begann Saim.

»Wir begannen mit dem Skelett«, erläuterte Ren. »Tote Knochen. Die verrieten uns lediglich das Zellmuster. Aus diesem Muster leitete der *Kabah*-Tank das Muster angrenzender Zellen ab. Eine Ein-Zellen-Schicht. Aus dieser Schicht wurde die nächste abgeleitet und so weiter. Jorj ist *wie* das Original, aber er ist nicht *das* Original. Daher ist auch das Konzept der Erinnerung unmöglich.«

»Aber diese Knochen wurden vom Gas in der Waffenkammer erhalten«, gab Jeni zu bedenken. »Vielleicht haftete sogar noch ein wenig Fleisch daran ...« Sie erschauerte angesichts der Erinnerung, wie Saim nach der Explosion unter der Tür gelegen hatte.

»Auch das würde keinen Unterschied machen«, sagte Ren. »Dies war nicht dasselbe, als würde man einem Verletzten nach einem Unfall einen neuen Arm wachsen lassen. Man kann es nicht einmal damit vergleichen...« Er sah zu Saim, dann wieder zu Jeni. »Bei Unfallopfern ist die Struktur des zentralen Nervensystems immer intakt. Jedenfalls immer so weit, daß wir damit das Muster des Originals hinreichend exakt reproduzieren können. Aber mit Knochen...« Er zuckte die Achseln.

Dieses Gerede über Regeneration beunruhigte Saim, was dieser sich nicht erklären konnte. »Aber dieses Simulacrum war einer der Alten«, sagte er. »Ist das...«

»Schon«, gab Ren zu. »*War*. Das Original starb am Zwanzig-Minuten-Virus. Zweifellos war er ein Pestopfer. Er war einer der Alten. Aber das ist schon tausend Jahre her. Die Betonung liegt auf *war*.«

Saim betrachtete Jeni, dann Ren. »Aber er spricht die alte Sprache genau wie auf den Bändern, die wir...«

»Selbstverständlich!« Ren warf, erbost über soviel Dummheit, die Arme in die Höhe. »Aber wir haben keine rekonstruierten Erinnerungen! Wir haben nur das Muster, die Neigungen, die Wege, wo einst vertraute Gedanken gedacht wurden. Es ist wie...« Er ruderte mit den Armen in der Luft. »Wie der Wasserkreislauf. Regen fällt auf die Erde und fließt in winzige Rinnen. Diese Rinnen folgen denen früherer Regenfälle und noch früherer, bis alle Tropfen schließlich in alten, tiefen Flußläufen kanalisiert sind. Versteht ihr das denn nicht?«

Saim nickte. Plötzlich sah er sogar noch weiter. *Es könnte Dämme in diesen Flußläufen geben. Dauernde Veränderungen der Kanäle. Alte Speichersysteme, die mit sehr seltsamen Aufbäumen von...*

Er begann zu zittern und riß sich abrupt von solchen Gedanken los.

»Gewohnheiten«, sagte Ren. »Alte Gedanken, die oft wiederholt werden. So könnte man es erklären. Wenn wir die richtigen Gedankenmuster erwischen, dann werden Jorjs Gedanken in vertraute Kanäle geleitet. Er wiederholt den Gedanken oder das Verhaltensmuster. Er tut dann etwas Vertrautes, weil er uralten Normen folgt.«

»Etwa dich schlagen«, sagte Jeni.

»Ja!« Ren strahlte sie an. »Sie waren ein gewalttätiges Volk. Und irgendwo in der Person, die wir regeneriert haben, ist ein Hinweis auf die Waffen in dieser Höhle. Durch diese Waffen können wir die alten Wissenschaften wiederbeleben. Denkt doch nur an die Metalle, die sie hatten und wir nicht, es sei denn, wir schmelzen einen Gegenstand der Alten ein. Und ihre Treibstoffe!« Ren riß die Arme hoch. Er lächelte ihnen zu, wandte sich zum Tisch und blätterte die Unterlagen durch. »Es ist fast, als klammerte man sich an etwas Schreckliches, das man nicht loslassen kann«, sagte Saim.

»Was?« fragte Jeni.

Saim starrte sie kritisch an, ohne auf die Frage zu achten, plötzlich mit dem unguten Gefühl, daß er einst eine andere Jeni gekannt hatte …

»Warum starrst du mich so an?« fragte Jeni. Saims Gesichtsausdruck erfüllte sie mit Furcht.

»Hier haben wir es«, verkündete Ren. »Die Mitschrift meiner Sitzung mit Jorj. Unser Eröffnungszug geht von diesem Simulacrum aus. Ich denke, daß …« Er verstummte und sah seine Gefährten an. »Was ist denn?«

»Mir ist fast, als müßte ich mich an etwas erinnern«, sagte Saim.

»Ren, ich habe Angst«, erklärte Jeni.

Ren trat zu Saim und legte ihm die Hand auf den Unterarm. »Saim, fühlst du dich nicht wohl?« fragte er.

»Nicht wohl?« Saim dachte darüber nach. »Nein. Ich fühle mich ... tja, anders.« Er sah auf seine rechte Hand hinab. »Hatte ich früher nicht eine Narbe an dieser Hand?«

»Eine Narbe?« Ren betrachtete die Hand. »Oh.« Rens Stimme klang gezwungen herzlich. »Das ist es also. Dieses Gefühl haben wir alle hin und wieder«, versicherte er. »Das nennt man *déjà vu.* Es geht vorüber.«

»Aber Narben?«

»Es muß nicht immer etwas mit Narben zu tun haben, kann auch ein anderes Gefühl der Vertrautheit mit etwas sein«, informierte ihn Ren.

»Als ich die Flugmaschine in der großen Höhle testete, da schienen meine Hände manchmal jeden Griff zu kennen, mein Verstand aber nicht, während ich die Anleitung durchlas und die einzelnen Teile justierte«, sagte Saim. »Meinst du das damit?«

»Es könnte sogar etwas mit Rassengedächtnis zu tun haben«, sagte Ren. »Vergiß es am besten wieder.«

»Möchtest du dich ausruhen oder etwas essen?« fragte Jeni.

»Nein ... ich ... Geh wieder an die Arbeit, Ren. Erst die Arbeit, dann die Ruhe.«

»Wie du willst«, sagte Ren. Er dachte: *Hoffentlich kann Jeni ihn wieder einrenken. Auch das muß ich in Betracht ziehen – die Macht von Liebe und Hingabe bei der Aufrechterhaltung des Gefühls, alles wäre normal.*

»Nun gut«, fuhr Ren fort. Er räusperte sich. »Zurück zu Jorj. Um das Original dieses Simulacrums zu verstehen ...« Er blätterte die Notizen durch. »Ja ... um das Original zu verstehen, müssen wir die Psychologie der Welt verstehen, die es hervorgebracht hat. In dieser Welt gab es oppositionelle Bündnisse der Macht. Sie einigten sich auf Abrüstung, doch in Wirklichkeit rüsteten sie jahrelang mit einer Hand ab, während sie mit der anderen aufrüsteten. Natürliches Resultat dessen war ein Gefühl der Scham. Unser Höhlenkomplex hier ist ein perfektes Beispiel dieses Schamgefühls. Seht doch nur, wie sie ihn verborgen haben. Über uns befinden sich mehr als hundert Meter Boden, der erst weggesprengt werden muß, bevor die eigentlichen Raketensilos sichtbar werden.«

»Können wir sicher sein, daß Scham der Grund hierfür ist?« fragte Saim.

»Selbstverständlich. Heimlichtuerei geht mit der Scham Hand in Hand.« Ren schüttelte den Kopf darüber, daß ein Spezialist eine derartige Fehlinterpretation machen konnte. »Und darüber hinaus«, fuhr er fort, »stellt euch nur einmal vor, daß auch die gegnerische Allianz über derartige Höhlensysteme voller Waffen verfügte!«

»Darüber haben wir uns schon früher unterhalten«, beschwerte sich Saim. Er wurde langsam ungeduldig.

»Aber nicht über die psychologische Seite«, widersprach Ren.

»Ich würde mich gerne über praktischere Dinge unterhalten«, beharrte Saim. »Zuerst, was ist mit den Zielen? Diese Waffen müssen auf etwas gerichtet sein. Und diese Ziele haben sich im Verlauf von tausend Jahren bestimmt geändert.«

»Das ist einerlei«, sagte Jeni. »Als ich eines der Geschosse zerlegte, fand ich etwas Entsetzliches heraus.«

»Jeni!« rief Saim. »Du hättest eines dieser Monster zur Explosion bringen können!«

»Nein«, widersprach sie. »Die tatsächlichen Waffen habe ich gar nicht angerührt. Ich entdeckte ein Nachschublager. Einige der Zieleinrichtungen sprechen auf magnetische Felder an, denen sie folgen. Andere lassen sich auf Gebiete großer Hitze oder kleine Stellen intensiver Wärme einstellen, wieder andere reagieren auf Metall. Dabei darfst du nicht außer acht lassen, daß alle Systeme miteinander gekoppelt sind. Im Ernstfall werden sie alle gleichzeitig aktiviert.«

»Erzähl ihm auch von dem anderen«, verlangte Ren.

»Eine verkleinerte Version des Angstsensors«, erläuterte Jeni. »Wenn es sich einer größeren Stadt nähert, dann kann es alle anderen Zielsysteme übernehmen. Es wird von Angst angezogen. Wird die Angst der Bevölkerung von der Waffe erfaßt, dann nimmt sie diese automatisch als Ziel aller Waffen.«

»Es muß einen Weg geben, die Jahrtausend-Feier zu verhindern«, sagte Saim. »Die Woge der Furcht ...« Er ging von ihnen weg, drehte sich dann um. »Schön, die Leute werden ein Feuerwerk sehen. Aber das wird das letzte sein, was sie je zu Gesicht bekommen.«

»Vielleicht sollten wir zu ò Katje gehen und alle mit vereinten Kräften arbeiten«, schlug Jeni vor. »Vielleicht könnte sie uns helfen ...«

»ò Katje!« bellte Saim. »Ich traue ihr nicht!«

»Ruhig, Saim«, bat Ren. »Sie ist eine Renegatin, ein Rebell, wie wir auch. Sie hat sogar Daten und Bilder der Waffe gesendet, die sie studieren.«

»Saim, stell dir die Größe dieser Waffe vor!« sagte Jeni. »Sie ist fünfzigmal größer als die, die wir gefunden haben!«

»Ich bin nicht sicher, ob sie zu den Rebellen gehört«, zweifelte Saim. »Ihr versteht nichts von der Ultimaten Konditionierung. Aber ich. Ich habe schon gesehen, wie mein Onkel nach der alljährlichen Erneuerung aus dem *Kabah*-Saal herausgekommen ist. Manchmal sah er wie ein dem Tode naher Mann aus. Wir mußten ihn pflegen. Ihr begreift nichts.«

»Solche Unfälle kommen vor«, sagte Ren. Er sprach rasch und voller Ungeduld, sich wieder an seine Notizen und die Arbeit machen zu können.

»Bisher hat ò Katje nichts anderes getan, als zu versuchen, den Ort unseres Geheimverstecks aus uns herauszulocken«, sagte Saim. »Allein schon deswegen mißtraue ich ihr.«

An der Konsole hinter Jeni ertönte ein Summen. Sie wirbelte herum und betätigte einen Kippschalter.

»War das das Außenwarnsystem?« fragte Saim.

»Jemand nähert sich dem alten Höhleneingang«, sagte Ren. Er sah Saim an. »Bist du sicher, daß du den Unterdrücker richtig angewendet hast?«

»Ich habe alles damit eingerieben«, bekräftigte Saim. Er hob den Saum seines Gewandes. »Du kannst noch die Flecken sehen. Außerdem kam ich durch den Riß herein, nicht durch ...«

Über ihnen erklang ein zweiter Summton. Jeni legte einen anderen Schalter um.

»Sie kommen direkt auf den Eingang zu«, stellte Ren fest. »Saim, hast du irgend etwas zu deinem Onkel gesagt, das ...«

»Warum fragst du mich nicht freiheraus, ob ich euch verraten habe?« ereiferte sich Saim. Er verspürte eine Gefühlsaufwallung. *Wut?* Wieder versuchte er, sich an die Emotionen der Kindheit zu erinnern, wieder erfolglos. Hier war die Konditionierung unüberwindbar.

»Was ist das?« fragte Jeni. Sie stand auf und zupfte am Nacken von Saims Gewand. Dort löste sie eine winzige Metallscheibe, die unter dem Kragen gehaftet hatte. Sie hielt es ihm auf der Handfläche hin. »Warum trägst du diese Dekoration unter dem Kragen?«

Saim schüttelte verwirrt den Kopf. Er stand am Rand einer furchtbaren Entdeckung. »Ich ... das ist nicht ...«

»Hat dein Onkel dich zur Begrüßung umarmt?« fragte Jeni. Sie betrachtete die Scheibe in ihrer Handfläche.

»Selbstverständlich. Unter Familienangehörigen ist es Sitte ...«

»Das ist es!« Sie umschloß die Scheibe mit der Faust,

sprang an ihm vorbei, eilte zur Tür und warf den Gegenstand in den Flur. Danach drehte sie sich um und verriegelte die Tür. »Peilsender«, sagte sie. »So muß es sein.«

»Dein Onkel war klüger, als du dachtest«, sagte Ren. *Wir hätten Saim nicht schicken dürfen,* dachte er. *Jeni oder mir wäre dieser Fehler nicht passiert.*

Jeni ging wieder zu Saim und untersuchte dessen Gewand. »Dreh dich um.«

Er gehorchte. Seine Bewegungen waren durch den Schock ungeschickt.

»Sonst nichts«, stellte sie fest. An der Konsole neben ihnen flammte ein rotes Licht auf.

»Sie öffnen gerade die Grenztür gewaltsam«, erklärte Jeni. Die Vorstellung der gewaltsamen Öffnung einer solchen Tür erfüllte Saim mit plötzlicher Panik. »Sie ...«, begann er. »Das bedeutet, daß sie Metalldetektoren benutzen«, erklärte Ren. »Ein Peilsender könnte ihnen nur den ungefähren Standort verraten.«

»Woher wußte ò Plar, daß Saim fliehen würde?« fragte Jeni. »Das ist nicht ...«

»Vielleicht hat er den Einfall in ihm erzeugt«, sagte Ren. »Wir vergeuden Zeit. Wir müssen fliehen.« Er ging zur Tür und riß sie auf. *Das konnte passieren, weil ich nur von Narren umgeben bin,* dachte er verbittert.

»Was wird aus dem Simulacrum?« protestierte Jeni. »Kann es mitkommen?«

Ren blieb unter der Tür stehen. »Mit der Flugmaschine!« rief er aus. »Glaubst du immer noch, daß du sie bedienen kannst, Saim?«

»Ich bin bisher nur ein kleines Stück über den Boden gestartet«, gab Saim zu bedenken. »Aber ... ja, ich ...«

»Mich erschreckt der Gedanke ebenso wie dich«, verriet Ren. »Aber ein anderer Ausweg bleibt nicht. Komm mit.« Er drehte sich um und hastete den Flur entlang.

Saim und Jeni folgten.

Nun konnten sie das Hämmern hören, Metall auf Metall. *Sie sollten diese Tür nicht gewaltsam öffnen,* dachte Saim. *Das ist gefährlich.*

»Beeilt euch!« drängte Ren.

Alles geschieht so schnell, dachte Saim. Er empfand Widerwillen gegenüber Zwängen, die er nicht verstand.

Jeni ergriff seine Hand und trieb ihn zu größerer Eile an. Ihr Weg führte schließlich vom Hauptkorridor weg in einen schmalen Seitenflur. Sie verriegelten alle Türen hinter sich. Trübe Positionslichter flammten bei ihrer Annäherung auf und umhüllten sie mit einem fahlen Nimbus aus Licht. Die Luft wurde kühler. Schließlich betraten sie ein tief in den Fels gehauenes Laboratorium. Über der Koje, wo das Simulacrum schlief, glomm ein grünes Licht. Es war ein grüner Schatten im Grün… Saim wandte sich ab. Hier bewahrte Ren den Regenerationstank auf, den sie erbeutet hatten. Etwas, das im Zusammenhang mit diesem Raum stand, flammte in Saims Verstand auf, ein schwarzer Schemen des Entsetzens.

Warum? fragte er sich. *Warum? Warum?*

»Ich habe ihm ein Beruhigungsmittel gegeben«, erklärte Ren. »Wir werden ihn auf der Bahre hinausrollen müssen.« Er deutete zur gegenüberliegenden Wand. »Dort drüben steht ein Kanister mit brennbarer Flüssigkeit von der Flugmaschine. Bitte holt ihn her!«

»Was hast du damit vor?«

Saims Frage ließ Rens Ungeduld erneut aufflackern. »In diesem Labor ist der Regenerationstank, das weißt du doch genau!«

»Aber warum…«

»Sie dürfen nicht herausfinden, was wir getan haben«, sagte Ren. »Hier sind zu viele Beweise. Wir müssen alles zerstören.«

»Was ist mit deinen Unterlagen im anderen Labor?« fragte Jeni.

»Die habe ich in der Tasche. Was jetzt noch oben ist, wird ohne die Beweise hier unten sinnlos sein. Aber jetzt beeilt euch!«

Ja! dachte Saim. *Vernichtet diesen Ort!* Er sagte: »Wo ist die Flüssigkeit, von der du …«

Ein dumpfes Grollen erschütterte den Raum. Die Decke bebte, Staub rieselte herab.

»Was war …«, begann Ren.

»Die Haupttür«, erklärte Jeni. »Wir hätten es wissen müssen. Die Alten müssen auch in diese Tür eine ihrer teuflischen Erfindungen eingebaut haben, wie in die andere, die …« Sie verstummte und sah zu Saim.

»Was ist? Was ist los?«

Sie wirbelten herum. Es war George, der Altenglisch sprach. Er stand neben seiner Koje und starrte zur Decke empor. »Greifen sie an?«

Ren antwortete in derselben Sprache, wobei er insgeheim fürchtete, das Simulacrum könnte sich zu neuerlicher Gewaltanwendung veranlaßt sehen. »Wir müssen fliehen, Jorj! Wir wurden entdeckt.« An Jeni und Saim gewandt fuhr er fort: »Beobachtet ihn gut. Der Schock hat die Wirkung des Beruhigungsmittels abgeschüttelt. Ich bin mir noch nicht ausreichend über seinen Metabolismus im klaren. Er könnte alles tun.«

»Dort oben an der Tür wird keiner mehr am Leben sein«, sagte Saim. »Wer es auch gewesen sein mag …«

»Trotzdem müssen wir fliehen«, mahnte Ren. »Die Explosion wird andere aufmerksam machen, und nun ist der Höhleneingang offen.«

»Wo sind die Wachen?« fragte George.

»Tot«, antwortete Ren. Er huschte durch das Laboratorium und kam mit einem gelben Kanister zurück, in dem es laut plätscherte und schwappte.

»Was haben Sie vor?« fragte George, der sich den Kopf rieb.

»Ich werde meine Aufzeichnungen verbrennen«, antwortete Ren. »Bitte tretet zurück.«

»So schlimm, was?« sagte George. Er sprach immer noch Altenglisch. »Diese dreckigen, elenden Schweine!« Er schüttelte unvermittelt die Fäuste zur Decke. »Wir werden es euch schon noch zeigen!«

Ein durchdringender Geruch erfüllte den Raum, während Ren den Inhalt des Kanisters ausgoß.

»Nehmen Sie nur ausreichend Benzin«, befahl George. »Lassen Sie denen nichts übrig.«

Sie wichen zur Tür zurück. Von dort warf Ren den Kanister in den Raum zurück.

Jeni umklammerte Saims Arm. »Saim, ich habe Angst!«

Er tätschelte ihre Hand.

»Wer hat ein Streichholz?« fragte George.

Ren nahm eine Feuertablette aus der Tasche, zerdrückte sie zwischen den Fingern und schnippte sie in den Raum hinein. Als er die Tür zuschlug, züngelten bereits orangerote Flammen empor.

»Zur großen Höhle«, befahl Ren.

Saim drehte sich herum und übernahm die Führung. Jeni blieb dicht bei ihm.

Ren blieb bei George. »Alles in Ordnung, Jorj?« fragte er keuchend. Er hatte versuchsweise in Haribisch gesprochen.

»Prächtig, prächtig«, erwiderte George in Altenglisch. »Er ist in einer Art Schock«, stellte Ren fest. »Wir müssen vorsichtig sein.«

»Wohin gehen wir?« fragte George. Am Rande des Bewußtseins konnte er die Unruhe verspüren, doch die Situation erforderte alle Aufmerksamkeit. Sie rechneten schon lange mit dem Angriff. Daß er nun endlich stattfand, war fast eine Erleichterung. *Die dreckigen, elenden Schweine!* »Wohin gehen wir?« wiederholte er. Ren suchte in seiner Erinnerung nach dem Wort in Altenglisch. »Helikopter«, stieß er hervor.

»Hoffentlich haben sie keine gute Luftüberwachung«, kommentierte George. »Ein Helikopter ist ein einfaches Ziel für die Geschütze.«

Sie kamen in einer weiträumigen, hallenden und kalten Felskammer heraus. Als sie eintraten, flammten spärliche Orientierungslichter auf und erfüllten den Raum mit dem gewohnt fahlen Leuchten. Trotzdem blieb die Kammer weitgehend in gespenstische Schatten gehüllt.

»Los, die Deckel auf!« bellte George. Er rannte an der Wand entlang nach rechts und riß einen fluoreszierenden Schalter herunter.

Donnergrollen peinigte ihre Ohren.

»Ich traue dem Mechanismus nie«, grollte George. »Aber irgendwie funktioniert er immer.« Er legte einen zweiten Schalter neben dem ersten herunter.

Ein Teil der Decke klappte ächzend nach oben und entblößte einen Streifen des Abendhimmels, ein bleiches Grau hinter dem Dunkelgrün der Baumwipfel.

Etwas knirschte, worauf die Aufwärtsbewegung der Decke zum Stillstand kam.

Jeni preßte das Gesicht gegen Saims Brust und klammerte sich an seinem Gewand fest. »Was ist passiert?« fragte sie. »Der Lärm …«

»Das verdammte Ding klemmt!« fluchte George. Er drückte einen roten Knopf neben den Griffen. Sie wurden von einer unerwartet heftigen Explosion geschüttelt. Die ganze Decke flog davon. Sie konnten hören, wie sie dröhnend inmitten knickender Bäume landete.

Jeni zitterte. »Was …«

»Schon gut«, beruhigte Saim sie. »Du kennst doch die alten Anweisungen zum Öffnen dieser Kammer. Das war es eben. Die Explosion …«

»Ich hätte es nicht tun können«, sagte sie.

Saim betrachtete den neben ihnen stehenden Ren. Der Doktor hatte die Augen fest geschlossen und die

Fäuste geballt. Seine Lippen rezitierten die Friedenslitanei.

»Um Himmels willen, kommt doch!« schrie George. Er warf sich herum und rannte zu einer schwarzen Maschine in der Mitte der Kammer.

Ren, von der Sorge um sein Geschöpf getrieben, war der erste, der ihm folgte. Saim nahm Jenis Hand und zog sie zum Helikopter.

»Du warst schon einmal in der Flugmaschine«, sagte er. Er selbst bemerkte, wie ihn der Gedanke, vom Boden abzuheben, mit zunehmender Freude erfüllte. Irgendwo verspürte er auch Angst, aber nur ganz weit entfernt...

George öffnete die Bugtür und kletterte in den Helikopter. Ren folgte. Saim half Jeni hinein, zog sich hinter ihr hinaus und schlug die Tür zu. Plötzlich wurden sie alle von Georges Dynamik mitgerissen.

»Bewegt euch!« schrie George. Er zog sich ins Cockpit hinauf und nahm auf dem linken Sitz Platz. *Verdammte Zivilisten,* dachte er. Seine Hände glitten rasch und mit automatischer Sicherheit über die Kontrollen. »Los doch! Beeilt euch endlich!« Saim stieg zu ihm ins Cockpit.

George drängte ihn in den rechten Sitz.

Saim gehorchte, sah George beim Anschnallen zu und hob den eigenen Sicherheitsgurt aus der Halterung. Das Cockpit war noch vom Geruch des Schutzgases erfüllt, das von ihren Bewegungen durcheinandergewirbelt wurde.

Ren kletterte zwischen sie und starrte George an. »Wird *er* die Maschine etwa bedienen?«

»Wer sollte besser über ihre Funktionsweise Bescheid wissen als jemand, der tatsächlich damit geflogen ist?« konterte Saim. »Außerdem bin ich ja dabei.«

»Er kann jeden Augenblick zusammenbrechen«, mahnte Ren. »Du darfst ihn nicht...«

»Ruhe!« befahl George. Er drückte einen weißen Knopf direkt vor sich. Über ihnen wurde ein knirschendes Geräusch laut, das bald von konstantem Brummen abgelöst wurde.

Saim legte Ren eine Hand auf die Schulter und drückte ihn wieder in die Kabine hinunter. »Schnallt euch an. Kümmere dich um Jeni!«

»Es geht los!« brüllte George. »Behaltet das Bodenfeuer im Auge und vergeßt ihre Luftabwehr nicht.«

Die gewaltige Maschine schnellte nach oben, schwankte und stieg dann ruhig über die Höhlenöffnung hinaus. Zuerst glitten Felswände vorüber, dann Bäume. Schließlich erhoben sie sich über die Baumwipfel in den fahlgrauen Himmel.

Saim spürte aufkeimende Panik und preßte die Augen fest zusammen. *Das ist natürlich,* sagte er sich. *Der Himmel ist nicht ausschließlich den Vögeln vorbehalten.* Eine Art Euphorie überkam ihn. Er öffnete die Augen und sah zum Fenster hinaus.

Unten, am Boden, war es bereits dunkel, doch hier oben war es noch hell. Es war, als lebte man in zwei Welten gleichzeitig. »Wir fliegen«, flüsterte er.

Jenis Stimme drang aus der Kabine herauf: »Saim! Wir sind in der Luft!«

Er hörte das Entsetzen in ihrer Stimme und antwortete: »Schon gut, Jeni. Ich bin hier.«

»Ich habe Angst«, wimmerte sie.

Danach hörte er Rens Stimme: »Sieh nicht zum Fenster hinaus, Jeni. Hier, nimm das.«

Saim wandte sich um und sah George an, der die Maschine lenkte. Er tat genau das, was in den Anleitungen geschrieben stand. Der Knopf dort diente der Regulierung der Treibstoffzufuhr. Mit diesem Hebel konnte man die Maschine lenken. Saim ließ die Hände auf dem Rad und spürte die Bewegungen. Plötzlich schienen das Heulen der Turbine und das Dröhnen der Rotoren viel lauter.

Rens Kopf erschien plötzlich in der Cockpitluke. »Du mußt nordwärts über die Wildnis fliegen, Jorj«, befahl er. »Das ist der Weg zu ò Katje.«

George nahm die Hände von der Steuerung und starrte in die zunehmende Dunkelheit unter ihnen. Dann betrachtete er die Leute im Cockpit und das Gewand, das er trug.

»Jorj?« fragte Saim. »Jorj?«

Seltsam, dachte George. Sein Verstand wirbelte durcheinander. *Das Gelände ist ganz anders. Alles ist so verändert.* Ren legte Jorj eine Hand auf den Arm. »Jorj?«

Der Helikopter trudelte nach links.

Saim umklammerte die Steuerung und brachte sie wieder auf Kurs.

»Alles ist so…«, begann George. »Ich… wo sind wir?«

»Wie ich prophezeit habe«, sagte Ren. »Die Anstrengung war zuviel für ihn. Hilf mir, die Gurte zu öffnen, Saim!«

Aber Saim war zu sehr damit beschäftigt, ihren Flug zu stabilisieren. Er scheuchte Ren vom Kontrollknopf der Treibstoffzufuhr weg. »Nein! Nicht berühren!«

»Wie soll ich ihn wieder nach unten bekommen, wo ich ihn untersuchen kann?« Ren fühlte sich erzürnt. Er wußte, daß die Droge, die er genommen hatte, sowie der medizinische Notstand eine Panik unterdrückten. *Sie waren im Himmel!*

»Setz dich zwischen uns auf den Boden«, befahl Saim.

»Aber du darfst nichts berühren. Jeni soll dir helfen.«

Jeni streckte den Kopf zur Luke herein. »Was… Saim! Du steuerst die Maschine!«

»Das habe ich doch in der Höhle auch getan.«

»Aber das war etwas anderes. Du…«

»Hier!« bellte Ren. »Hör auf zu schwatzen und hilf mir!«

»Ja, selbstverständlich.« Im nächsten Augenblick war sie ganz zerknirscht.

Saim konzentrierte sich darauf, die Maschine zu fliegen, während Ren und Jeni das Simulacrum aus dem Sitz daneben zerrten. George war in sich zusammengesunken und starrte sie aus blicklosen Augen an. Die Augen erschreckten Saim, während sie an ihm vorüberglitten. Seine Handflächen wurden feucht.

Der Himmel war mittlerweile ganz in Finsternis gehüllt, und der Mond stieg gerade über den Horizont. Links und sehr weit rechts sah Saim die Lichter von Siedlungen. Die Maschine zu fliegen war so… natürlich. Seine Hände schienen zu wissen, was sie tun mußten. Er kippte einen Schalter. Die Konsole erglühte grünlich. Ein zweiter Schalter. Von unten, aus der Kabine, drang helles Licht herauf.

»Danke für das Licht«, sagte Ren. Er kam durch die Luke und glitt in den Sitz, wo George gesessen hatte.

»Nach welchen Landschaftsmerkmalen suchen wir?« erkundigte sich Saim.

»Wo sind wir?« lautete Rens Gegenfrage. Man merkte ihm die Drogenbetäubung an.

»Nördlich der Ratsstadt. Ich kann ein paar Siedlungen erkennen, weiß aber nicht welche. Die Wildnis liegt vor uns.«

»ò Katje sagte etwas von zwei Berggipfeln mit einem See dazwischen«, rekapitulierte Ren. »Und einer kreuzförmigen Brandstelle an einem Berg.«

»Wie weit?«

»Zu Fuß fünf Tage von der Ratsstadt, sagte sie, aber in der Nähe einer Zuglinie.«

Saim betrachtete die Instrumente. »Wir könnten in wenigen Stunden dort sein.«

»Saim«, sagte Ren. »Wie kannst du nur bei klarem Verstand bleiben? Ich weiß genau, wenn die Wirkung des Beruhigungsmittels nachläßt, werde ich hysterisch.« Seine Stimme überwand die Monotonie einen Augenblick. »Wir sind im Himmel!«

Aus der Kabine unter ihnen erklang das Stöhnen eines Mannes.

»Er ist wach, Ren«, rief Jeni.

Ren schüttelte den Kopf und schluckte. »Ist alles in Ordnung mit ihm?«

»Ja. Aber er ist wach.«

»Behalte ihn einfach im Auge. Sieh zu, daß er ruhig bleibt.«

George bewegte sich auf der Bahre und spürte die Bandagen über Brust und Beinen. *Mein Name ist George,* dachte er. *Ich muß ruhig bleiben.*

»Du bist also George«, sagte ò Katje.

George lehnte sich im Sessel zurück und betrachtete den kleinen Raum, wo er erwacht war. Ihm gefiel die Art, wie diese Frau seinen Namen aussprach. So klang es richtig, ohne die verschleppten Konsonanten, wie bei den anderen. Er konnte sogar das leise Echo des ersten ›e‹ heraushören.

»Ist das dein Name?« fragte sie. »George?«

Sie sprach Haribisch. George antwortete in derselben Sprache: »Das ist mein Name.« Die Worte klangen etwas steif. Manchmal war Haribisch sehr schwer.

Die Frau wechselte zu Altenglisch über, und auch hier klang ihre Aussprache richtig. »Gehört noch mehr zu dem Namen?«

»Ja. Ich bin Major George ...« Die Worte verhallten in der Leere.

Sie drehte sich zu Ren um, der hinter ihr stand. »Ist er in Ordnung?«

»O ja.« Ren trat nach vorne. Im Angesicht von ò Katje fühlte er sich schüchtern. Es reichte viel tiefer als die normale, konditionierte Verehrung für einen Priester oder eine Priesterin. »Das passiert eigentlich nur manchmal, ò Katje«, erklärte er ihr. »Wenn seine Gedanken einen weißen Fleck in seinem Verstand berühren.«

Was sollen wir nur mit ihm anfangen? fragte sich ò Katje. Sie studierte das Simulacrum. Seine Züge waren von einer Härte, die man selten bei einem Menschen fand.

»George«, sagte sie. »George?«

George wandte sich ihr langsam zu. Eine Frau im blauen Gewand. Langes, schwarzes Haar, das im Nacken von einer silbernen Schleife gehalten wurde. Sie hielt einen seltsam gekrümmten Stab in der Hand. Schmales Gesicht, das von grünen Augen beherrscht wurde.

Mein Name ist George, dachte er.

Ich könnte ò Plar rufen und ihm alles Weitere überlassen, dachte sie. *Aber damit würde ich ihm unser Versteck verraten. Wenn er erfährt, daß wir das Simulacrum haben ... Nein. Es muß bei der Unfall-Version bleiben.*

Sie spürte instinktiv, daß ò Plar für diesen Alten auch keine bessere Lösung als sie selbst finden würde. In seiner ungehobelten Art sah das Geschöpf so hilflos aus. So attraktiv.

»Vielleicht solltet Ihr ihn befragen«, sagte Ren. »Und alles Wissenswerte über die Angstdetektoren in Erfahrung bringen.« *Seltsam, diese Ehrfurcht vor ihr. Kann es sein, daß sie ihren Stab auf eine neue Frequenz eingestellt hat?*

»Was hat es mit diesen Angstdetektoren auf sich?« fragte sie. »Wir fanden darüber keine Aufzeichnungen in diesem Höhlenkomplex.«

»Aber sie existieren, ò Katje.«

»Trotzdem würde ich diese Geräte und die Aufzeichnungen darüber gerne selbst sehen. Mir kommt es seltsam vor, daß du alles verbrannt hast.«

»Niemand sollte etwas von der ... Restaurierung erfahren.«

Er nickte zu George.

Sie sah zu George, dann wieder zu Ren und dachte dabei: *Wie seltsam dieser Ren doch ist.* »Schämst du dich deiner Tat?« Ren straffte die Schultern. »Ich hielt es aber für unvernünftig, jemand einen Hinweis auf die Entweihung eines *Kabah*-Saales zu hinterlassen.«

»Ich verstehe.« Sie nickte, wobei sie kurz den Druck ihrer Konditionierung spürte, was jedoch schnell wieder vorüber ging. *ò Plar hatte recht,* dachte sie, *was diesen Ren anbelangt. Eine seltsame Variante des alten Renegaten-Musters. Eine neue Art von Unfall.* »Vielleicht gibt es hier ähnliche Gegenstände oder Unterlagen. Wir werden danach suchen.«

»Aber wir müssen rasch handeln«, mahnte Ren. »Die Gefahr ...«

»Das sagtest du bereits.«

»Ihr glaubt mir nicht?«

»Das habe ich nicht gesagt. Aber du mußt zugeben, daß du andere Gründe hast, die Jahrtausend-Feier zu verhindern.«

»Das hört sich an, als würdet Ihr in dieser Frage mit den Priestern sympathisieren.« Und er dachte: *Hatte Saim recht, ihr nicht zu vertrauen?*

»Einem Unfall zu folgen, der Tabus bricht, ist eine Sache«, sagte sie. »Aus Gründen des Wissens. Etwas anderes aber ist es, die Wurzeln unserer ...«

»Unfall?« Er sah sie an.

Sie betastete den dünnen Ring an ihrem Stab. Ren empfand augenblicklich jenes nervöse Unbehagen, das immer Vorbote von etwas Unerfreulichem ist.

»Bitte«, flehte er sie an.

»Es würde mir sehr leid tun, dich einer neuerlichen Vollkonditionierung unterziehen zu müssen«, sagte sie. *Aber natürlich wird es sich nicht vermeiden lassen,* dachte sie bei sich. *Sobald wir keinen Bedarf für sein Talent zum Einfädeln von Unfällen mehr haben.*

Ren erbleichte. »ò Katje, ich…«

»Ich verleihe meinen Worten nur ungern mit Hilfe des Stabes Nachdruck«, sagte sie.

»Gewiß, ò Katje.«

Er stellte fest, daß er zitterte. In seinem Verstand fand er schemenhafte Erinnerungen an eine Vollkonditionierung. Dunkelheit. Furchtsame Zuckungen des Halb-Bewußtseins. Entsetzen!

ò Katje sah wieder zu George. »Und nun, Ren, erzähle mir, was hattest du mit diesem Simulacrum vor?«

»Ja, ò Katje.« Er bemühte sich, das Zittern unter Kontrolle zu bringen. »Die Wiedererweckung schien logisch. Alle Knochen waren intakt und durch das Gas herrlich erhalten worden.«

»Gas?«

»In der Waffenkammer.«

»Ah, die inerte Substanz. Das Schutzgas.«

»Ja. In der Kammer war eine Art Unfall passiert. Es befand sich nur ein Skelett dort. Von früheren medizinischen Einsätzen des *Kabah*-Tanks wußte ich, daß man damit auch Zellmuster in ihrer Ganzheit rekonstruieren konnte, wenn…«

»Das ist alles durchaus interessant, mein lieber Ren, es beschränkt sich jedoch auf eine Beschreibung von Methoden, ich aber bin an deinen Absichten interessiert.«

»Ja, natürlich.« Er stellte fest, daß sein linkes Lid zuckte, und strich darüber. »Meine Absichten. Meiner Meinung nach mußte es möglich sein, viele der alten Verhaltensmuster neu zu beleben, wenn man dieses Wesen regenerierte, um dann anschließend ausführliche Hinweise auf die Funktion der alten Anlagen zu erhalten.«

Sie sprach durch den Nebel des Inhibitorschocks zu ihm.

»Und konntest du diese Muster tatsächlich neu beleben?«

Ren merkte nichts von ihrem Schock und fuhr unbekümmert fort: »Es gibt Anzeichen dafür. Ich glaube, wir stehen an der Schwelle zum Durchbruch. Wenn es uns gelingt, seinen vollen Namen zu restaurieren …«

»Wie konntest du?« Sie schrie die Worte fast heraus.

Er sah sie an. »ò Katje, was ist …«

»Die Schmerzen dieser Erinnerung«, sagte sie. »Die Rekonstruktion seines Todes!«

»Aber, ò Katje, es handelt sich nicht direkt um Erinnerungen, mit denen wir …«

»Widerspruch? Kennst du denn gar keine Hemmungen?«

»ò Katje, ich wollte nicht …«

»Was der Herr sich selbst vorbehalten hat, schließt den Kreis des Karma«, erklärte ò Katje. »Du bist nicht nur in verbotene Regionen vorgedrungen, du …«

»Aber das *wußtet* Ihr, ò Katje.«

»Es liegt ein Unterschied darin, etwas Abstraktes zu wissen und es dann plötzlich leibhaftig vor Augen zu haben«, sagte sie.

»Simulacrum«, sagte George.

Sie drehten sich zu ihm um.

»Simulacrum?« wiederholte er fragend. Während der Unterhaltung zwischen der wunderschönen Frau und dem Doktor war George klargeworden, daß sie mit Simulacrum ihn selbst meinten. Da hatte er sich einer Definition seiner Ausbildung erinnert: *Täuschung. Etwas Vages und Unwirkliches.*

»Ich bin kein Simulacrum«, sagte er. »Ich bin wirklich.«

ò Katje atmete zitternd ein. »Das, Ren, ist das, was alles andere überschattet. Er ist wirklich. Er ist wirklich. Er ist wirklich. Und du möchtest, daß er sich an seine Vergangenheit erinnert, seinen Namen, alles ...«

»Mein Name?« sagte George sehr erstaunt. »Der lautet Major George ...«

Seine Gedanken schossen hinaus in die Leere. Dort fand er keinen Halt, keine Orientierungsmöglichkeit. Aber er wußte, er war schon einmal hier gewesen. Hier gab es Gesichter, Worte, Namen, Gefühle.

Irgendwo, in weiter Ferne, vernahm er eine Frauenstimme. »Siehst du, Ren? Hast du eine Vorstellung davon, wie beengend die Inhibitionen eines Priesters sein können? Hast du auch nur die leiseste Ahnung davon?«

Aber das war irgendwo anders. Dieser Ort in seinem Verstand, der war *hier*. Und hier gab es alte, vertraute Dinge und Gefühle. So viele Gesichter. Und beharrliche Stimmen: »Vergiß nicht, ein Dutzend Eier mitzubringen. Es gibt Omelett ... Daddy, kann ich einen neuen Anzug zum Geburtstag haben? ... Wenn Sie der letzte Mann im Raketenstützpunkt sind und Alarmstufe Rot gegeben wird, wie verhalten Sie sich? ... Aber ich muß wissen, was aus meiner Familie geworden ist! Ich muß es wissen!«

In seinem Verstand sah George den letzten Sprecher an, dessen Gesicht er erkannte. *Das war er selbst!* Er stand wie eine Marionette vor einem Visiphon und brüllte den uniformierten Mann am anderen Ende an. *Mann? Klar – Oberst Larkin!* »Reißensiesichzusammenmann!« brüllte der Oberst zurück. »Sie sind Soldat, verstanden! Sie müssen Ihre Pflicht tun! Also tun Sie sie! Feuern Sie Betsy und Mabel ab! Auf der Stelle, verstanden?«

Der Oberst erbleichte und faßte sich an die Kehle. »Mayday, Sie Narr! Die Menschen sterben hier wie die Fliegen. Die Rußkis haben zugeschlagen ...« Der Oberst stützte sich am Telefon ab. »Major Kinder, ich befehle Ihnen hiermit, Ihre Pflicht zu tun. Feuern Sie Betsy und …« Er fiel aus dem Bild.

George schnellte aus dem Sessel. Er sah eine große Frau, eine Gestalt aus einer anderen Welt. Sie trat beiseite. *Feuern Sie Betsy und Mabel ab.*

Der Raum war nicht vertraut. Oh, sicher. Da war die Tür. Die Türen der Raketenstützpunkte sahen alle gleich aus. Einen Augenblick hatte er vergessen, daß sie zu einem anderen Stützpunkt entkommen waren. Mit dem Helikopter. Der erste Stützpunkt war angegriffen worden. Davon hatte der Oberst gesprochen. *Mayday. Feuern Sie Betsy und Mabel ab.*

George ging zur Tür und öffnete sie.

»Was macht er?« fragte die Frauenstimme hinter ihm. Er hörte die Laute kaum.

»Er durchlebt gerade ein uraltes Verhaltensmuster.« Das war eine Männerstimme. Ren. Aber Ren war Teil einer unwirklichen Welt. Dies war jetzt. Dies war dringend.

George hörte Schritte hinter sich, als er in den Flur hinaustrat und sich nach links, einer offenen Tür zuwandte, hinter der er einen Signal-Schirm sehen konnte. *Feuern Sie Betsy und Mabel ab.* Ein Bild tauchte in seinem Verstand auf – riesige graue Röhren mit schlanken Deltaflügeln. Die ganz Großen. Mit denen man Städte ausradieren konnte.

Er betrat den Raum mit dem Instrumentenpult, wobei er sich immer noch dumpf der Schritte bewußt war, die ihm folgten. Ferne Stimmen sagten: »Was macht er da drinnen? Sollten wir ihn nicht aufhalten? Würde es ihm weh tun, wenn wir eingreifen?«

Greift lieber nicht ein, dachte George. Er sah sich um. Der Raum war anders, ebenso die Kontrollen an der Konsole. Aber er kannte den Unterschied. Dies war ein Kommandostützpunkt. Eine der großen Zentralen. Die Konsole enthielt Fernsteuerungen zur Funk- und

Radarsteuerung jedes Vogels im gesamten Verteidigungskomplex. Es gab Prioritätswahlschalter. Salvenkontrollen. Sperrfeuer. Die Hauptkonsole gehörte dem neueren Typ an, denn sie war mit Konturgriffen anstelle der alten Knöpfe ausgerüstet. Der im Kommandoraum verankerte Stuhl enthielt einen Energie-Arm. Zwei Männer traten beiseite, als er sich zu diesem Stuhl begab und Platz nahm. Namen huschten durch seinen Verstand: *Jeni. Saim.*

Er gab den Kode ein, mit dem der Identifikationscomputer die Sicherheitssperren freigab, und überprüfte die Energiezufuhr. Ein Licht flackerte vor ihm auf.

»Er hat eine Energiequelle aktiviert.« Das war Jeni.

»Aber nichts ist passiert! Nichts explodierte!« Das war ò Katje.

»Zuerst hat er etwas anderes gemacht«, sagte Jeni.

»Hat diese Anlage immer noch Energie?« Das war Ren.

»Trockenkondensatoren, Solarzellen«, erklärte Jeni. »In der Schutzgasatmosphäre praktisch endlos haltbar.«

»Seid still!« schnappte George. Er aktivierte die Testanlage des Komplexes. Mit Ausnahme von zwei Lämpchen unten links leuchteten alle Kontrollichter grün auf. Eines bedeutete, daß die Abschlußkammer kein Gas mehr enthielt, die andere wies auf Aktivitäten in der Abschlußkammer hin. George berührte die Platten. Sie blieben tot. Mit den Vögeln mußte alles in Ordnung sein, das wußte er. Alle anderen Lämpchen waren grün.

»Ich halte es für besser, wenn wir ihn aufhalten«, sagte ò Katje. Die Inhibition äußerte sich in immer heftigeren Zwiespalten in ihr. Nerven schrien nach Taten und wurden gestoppt. Der Versuch, dieses Simulacrum aufzuhalten, konnte es ernstlich verletzen. Andererseits aber waren Georges Bewegungen auch von einer tödlichen Sicherheit, die ihr genau verriet, was er tat. Er machte sich bereit, diese schrecklichen Waffen zur Explosion zu bringen!

»Ist er etwa im Begriff, irgendwelche der Waffen zu aktivieren?« fragte Jeni.

»Sie verwendeten Atomenergie«, sagte Ren. »Es ist unwahrscheinlich, daß er …«

»Ich sagte, seid still!« wiederholte George. Er deutete auf die beiden toten Platten. »Können die Narren denn nicht dort unten heraus?« Er drückte die Zwanzig-Sekunden-Warnung und spürte ihr dumpfes Rasseln in den Fußsohlen.

»Was ist das?« fragte Saim.

»Können diese verdammten Idioten die Warnung nicht hören? Wollen sie zu Asche verbrannt werden?«

ò Katje kämpfte gegen ihre Inhibition an und trat vor. Sie legte George eine Hand auf den Arm, als dieser gerade einen roten Hebel der Konsole umlegen wollte. »Bitte, George, das darfst du nicht …«

Er schlug ohne Warnung zu. Eben saß er noch auf dem Stuhl und konzentrierte sich auf die Konsole, und im nächsten Augenblick sprang er auf und schlug um sich.

ò Katje fiel neben dem Stuhl zu Boden. Ren wurde gegen die Wand geschleudert und sackte an ihr hinab. Jeni eilte hinzu, doch ein Faustschlag gegen die Schläfe schickte auch sie zu Boden.

Mit verschwommenem Blick konnte Jeni wahrnehmen, wie Saim ò Katjes Stab nahm und in die Höhe hob. Jeni kroch beiseite, nur halb bei Bewußtsein, aber doch imstande zu sehen, wie Saim den Stab auf Georges Kopf schlug. Der Blick seiner Augen beim Schlag entsetzte sie fast so sehr wie der Anblick physischer Gewalt selbst.

Jeni kauerte am Boden und preßte die Hände vor die Augen. Benommenes Schweigen senkte sich über den Raum, dann plötzlich war Saim an ihrer Seite und streichelte ihren Kopf.» Jeni! Liebes, hat er dich verletzt?«

Seine Berührung war abstoßend und anziehend zugleich.

Sie wollte ihn zurückstoßen und spürte mit der Handfläche seinen Nacken. Im nächsten Augenblick küßten sie sich mit einer Hingabe, die alle anderen Empfindungen auslöschte.

So gewalttätig, dachte sie. *So herrlich gewalttätig*! Saim löste seine Lippen von ihren und streichelte ihr die Wangen.

»Saim«, flüsterte sie. Dann, als die Erinnerung an die Gewalttaten wieder in ihren Verstand einflossen: »Du hast ihn geschlagen!«

»Ich sah, wie er dir weh tat«, antwortete Saim. »Ich weiß nicht. Ich konnte nicht zulassen, daß er dir weh tut.«

ò Plar sah die ganze Länge des Tisches hinab zu ò Katje. Gelbes Licht einer Deckenlampe überflutete den Tisch und spiegelte hoch in die Gesichter von Ren, Jeni und Saim. ò Katje hielt eine kalte Kompresse gegen den Kiefer. Purpurne Blutergüsse verunzierten Rens Kiefer und Jenis Wange. Lediglich Saim schien unberührt, sah man von dem kalten, stechenden Blick seiner Augen ab.

Ein Gefühl der Traurigkeit und Sinnlosigkeit erfüllte ò Plar. Wie lange würde es dauern, bis sich eine erneute Folge unglücklicher Umstände in dieser Form verketten würde? Eine Priesterin, die eine Inhibition grub und längst vergangene Gegenstände zutage förderte – konnte es wieder eine andere ò Katje geben? Und einen Ren, der den *Kabah*-Tank gestohlen hatte, um einen Alten, völlig ohne Inhibition, wiederzuerwecken – wie konnte er hoffen, daß sich so etwas nicht noch einmal wiederholen würde?

ò Plar seufzte und wandte sich dann mit trügerischer Milde an sie. »ò Katje, Sie wußten, daß ich auf Ihr Versteck aufmerksam werden würde, wenn Sie das Simulacrum herbringen ließen. Warum konnten Sie sich nicht mit Ren, Saim und Jeni zufriedengeben?«

»Ich ließ das Geschöpf nicht herbringen.« Die Bewegung des Kiefers verursachte Schmerzen bis zu den Wangenknochen hoch. Sie verzog das Gesicht.

»Die Route der Flugmaschine war gekennzeichnet«, sagte ò Plar. »Wir kannten die Richtung, und danach war es nur noch eine Frage der Standortbestimmung. Das müssen Sie gewußt haben.«

»Ich sagte doch schon, daß ich sie nicht herbringen ließ«, brauste ò Katje auf. Wieder zuckte sie vor Schmerzen zusammen. Sie teilte ò Plars Gefühl der Sinnlosigkeit bis zu einem gewissen Grad, doch wurde es von etwas gelindert, das sie nur mit Negativ-Emotion bezeichnen konnte. Sicher konnte es kein Bedauern sein. Wenn ò Plar doch nur gewartet hätte! Die Situation war von einem so großen Unfall-Potential erfüllt gewesen!

»Also war alles eine Art Trick«, stellte Saim fest.

ò Plar pochte nachdrücklich mit dem Stab auf den Boden. »Du wirst dich nicht über etwas unterhalten, das du nicht verstehst.« Er wandte die Aufmerksamkeit nicht von ò Katje ab. »Sieh doch nur, was geschehen ist, ò Katje. Gewalt. Ungehorsam. Ist es denn ein Wunder …«

»Sie hätten warten können«, sagte sie. Nun wurde ihr klar, daß sie *doch* Bedauern empfand. Natürlich war nur die Gewalt daran schuld. Sie hatte das Inhibitor-Gleichgewicht zerstört.

Saim schlug mit der Handfläche auf die Tischplatte und verfolgte die schockierten Reaktionen. Er konnte spüren, wie sich etwas in ihm aufbaute. Es hatte etwas mit Gewalt und finsteren Erinnerungen zu tun.

»Du hast noch nichts darüber gesagt, daß ich das Simulacrum geschlagen habe?« sagte er.

ò Plar pochte mit dem Stab an den Tisch. »Saim, muß ich dich zum Schweigen bringen?«

Noch ehe er bemerkt, was mit ihm geschieht, könnte ich ihm den Stab wegnehmen und ihn zerbrechen, dachte Saim. Dann sank er kraftlos in den Sessel zurück, so sehr schockierte ihn der Gedanke. *Was ist nur mit mir los?* fragte er verängstigt.

»Gut«, fuhr ò Plar fort. »Ren, hol dein Simulacrum aus dem Nebenzimmer.«

Ren stand gehorsam auf und verließ den Raum. *Die Schande, die Schande, die Schande,* konnte er nur immerfort denken.

Jeni überbrückte den Raum zwischen den Stühlen und ergriff Saims Hand. *Ich habe das alles begonnen,* dachte sie. Sie schaute seitwärts zu Saim. *Ich wollte ihn nicht verlieren. Damit fing es an. Hätte Ren nicht bereits den Regenerationstank gestohlen gehabt, wäre er nie auf den Gedanken gekommen, Jorjs toten Gebeinen wieder Leben einzuhauchen.*

»In vielerlei Hinsicht sollten wir froh sein, daß es vorüber ist«, sagte ò Plar. »Ich sehe ein, daß Gewalt keinem vernünftigen Ziel dienen kann.«

»Ihre Inhibition spricht so«, erklärte ò Katje. »Gewalt muß übrigens auch nicht immer vernünftig sein.« Und sie dachte: *Wir haben heute etwas gelernt – die Anziehungskraft des Unvernünftigen.*

Ren kam zurück und führte George herein.

»Setz ihn hier neben mich«, befahl ò Plar. Er deutete zu einem freien Stuhl zu seiner Rechten.

Ich heiße George, dachte George. *Major George, Kinder, USAF. USAF? Das bedeutete etwas Wichtiges, das er aber im Augenblick noch nirgends einordnen konnte. Uniform? Noch mehr Nonsens.* Er bemerkte, daß ihn jemand in einen Raum voller Menschen führte. Sein Kopf pochte. Schmerzen. Das gelbe Licht tat seinen

Augen weh. Er ließ sich dankbar auf den Stuhl sinken.

»Ihr alle habt euch eine sehr schmerzliche Lektion beigebracht«, sagte ò Plar. »Ich möchte nicht, daß jemand den Raum verläßt. Ihr alle werdet zusehen, wie ich etwas Schreckliches tue, das getan werden muß.«

Ren stand hinter Georges Stuhl. »Was habt Ihr vor?« Er fühlte sich mit einemmal ängstlich und voller Schuldgefühle.

»Ich werde seine uralten Erinnerungen wecken«, antwortete ò Plar.

Ren sah sich fassungslos am Tisch um. »Erinnerungen? Das dürft Ihr nicht!«

»Ein unvollständiger Mensch kann nicht rekonditioniert werden. Soll ich ihn etwa zerstören?«

ò Plar spürte die Müdigkeit in den Knochen und seufzte. So vieles hätte hier geschehen können, und nun blieb nichts anderes übrig, als es wieder auf die Ebene der allgemeinen Inhibition zurückzuschrauben. Ein anderer Ausweg blieb nicht. Die Fesseln seiner eigenen Inhibition waren so stark, daß keine Hoffnung für eine andere Lösung des Problems blieb.

»Aber er ist nur ein Simulacrum«, protestierte Ren. Das Entsetzen in seinem Geist drohte, ihn zu übermannen.

»Du wirst hier zu meiner Linken sitzen, wo du das Gesicht deines Simulacrums sehen kannst«, befahl ò Plar. Er gestikulierte mit dem Stab, der immer in Rens Richtung deutete, während der Doktor dem Befehl nachkam. »Nun«, sagte ò Plar, »dies ist ein menschliches Wesen. Davon gehen wir aus. Ren will nichts von Erinnerungen wissen, weil er, wären sie vorhanden, dieses Geschöpf nicht mehr nur als Simulacrum ansehen könnte.«

»Bitte?« sagte Ren.

»Ich werde dich nicht noch einmal verwarnen«, sagte ò Plar.

George achtete nicht auf die Kopfschmerzen und beugte sich nach vorne. Er empfand eine tiefe Wut gegenüber diesen Leuten, die wie ein finsterer Schatten in ihm nagte. »Wovon reden Sie?« wollte er wissen.

ò Plar antwortete. »George, wer sind wir, die wir hier am Tisch sitzen?«

Nun mischte sich Frustration in Georges Wut. Ein Wort kam ihm in den Sinn. »Ihr seid Russen!«

ò Plar schüttelte den Kopf. »Es gibt keine Russen mehr. Auch keine anderen Staaten.« Er deutete auf sein Gewand und den Stab. »Sieh dir das an.«

George betrachtete das Gewand. Er sah alle am Tisch Sitzenden an, zum Schluß wieder ò Plar. Die Angst ließ ihn verstummen. So seltsam …

»Erinnern wir dich an bekannte Personen?«

George schüttelte den Kopf. *Dies ist ein Alptraum*, dachte er. Er antwortete: »Nein.«

»Du bist vor eintausend Jahren gestorben, George«, sagte ò Plar.

George saß stumm vor ihnen und schien außerstande, die Welt zu akzeptieren oder ihr zu entkommen.

Alle am Tisch stöhnten schockiert auf.

»ò Plar?« flüsterte ò Katje.

»Ihr müßt dem ins Auge sehen, ihr alle«, sagte ò Plar.

»Gestorben?« keuchte George.

»Du bist gestorben«, bekräftigte ò Plar. »Das Muster befindet sich in deinem Gehirn. Der Kreis ist vollständig. Ich werde die Erinnerungen mit Hilfe von Pollima, der großen Historikerin, zurückbringen.«

»ò Plar«, flehte Saim. »Onkel, solltest du nicht …«

»Wir haben noch eine Aufzeichnung«, sagte ò Plar. »Die schreckliche Aufzeichnung einer Augenzeugin, die damals selbstverständlich noch ein Kind war.«

Saim spürte, wie sich undeutliche Erinnerungen regten. »Aber Onkel …«

»Was meinen Sie mit *gestorben?*« brüllte George.

»Hör zu«, antwortete ò Plar. »Du fühltest dich benommen, dann wurde dir extrem heiß. Dein Blick wurde getrübt. Das Atmen fiel dir schwer. Wahrscheinlich hast du dir an die Kehle gefaßt. Du konntest deinen Herzschlag hören. Es dröhnte wie eine gewaltige Trommel in deinem Kopf. Dann verlorst du das Bewußtsein. Dann bist du gestorben. Der ganze Vorgang dauerte etwa zwanzig Minuten. Daher sprechen wir Historiker vom Zwanzig-Minuten-Virus.«

Ich befand mich im Flur zwischen der Funkzentrale und dem Kontrollraum, dachte George. *Ich sah Vinces Körper auf der Schwelle liegen, sein Gesicht war blau angelaufen, und die Adern traten hervor. Es war der schrecklichste Anblick, den ich jemals gesehen hatte. Aber der Oberst hatte mir gerade befohlen, Betsy und Mabel abzufeuern. Ich stieg über den Leichnam von Vince und ging auf die Kontrollen zu. Plötzlich fühlte ich mich benommen.*

»Ich fühlte mich benommen«, sagte er.

»Das stimmt«, bestätigte ò Plar. Er betrachtete die vor Schock starren Gesichter rund um den Tisch. *Sollen sie getrost sehen, was sie wiederbelebt haben,* dachte er. Er wandte sich wieder an George. »Wenn jemand in deiner Nähe war, dann hörte er dich bestimmt sagen, daß du dich benommen fühlst. Pollimas Vater war Arzt. Er hat dasselbe gesagt. Er beschrieb ihr die Symptome, während er starb. Eine wahrhaft heroische Tat.«

»Heiß«, sagte George. »Der Schweiß troff an mir herab.«

»Und was hast du gesehen?« fragte ò Plar.

»Alles wurde verschwommen«, antwortete er. »Als wäre ich unter Wasser.« Die Wirbel traten deutlich im Nacken vor. Seine Brust hob sich, senkte sich, hob sich, senkte sich. »Kann nicht atmen. Meine Brust. Schmerzen! Mein Gott! Was ist dieses Pochen, dieses Pochen …«

Eine Hand schnellte an ò Plar vorbei und injizierte George ein Beruhigungsmittel.

»Vielen Dank, Ren«, sagte ò Plar. »Ich wollte dich gerade darum bitten.« Er betrachtete George, dessen Kiefer in der Bewußtlosigkeit schlaff herabhing. »Ich glaube, das dürfte die alten Erinnerungskanäle wieder eingebrannt haben. Meist hängt das gesamte Lebensmuster an einem solchen Trauma.«

Wie recht er hat, dachte Saim.

»Ungeheuer ...«, flüsterte Ren.

ò Plar sah den Doktor an. »Ich? Du verkennst mich. Ich habe das Notwendige getan, und ich werde dafür viel schwerer bezahlen als ihr für eure Vergehen. *Ihr* müßt nicht jedes Jahr zur Ultimaten Konditionierung.«

ò Katje ließ die Kompresse sinken. »ò Plar! Ich wußte nicht ... ohhh ...«

»Ja, ein schreckliches Wissen, das ich mit in den *Kabah*-Saal nehmen werde. Sehr wahrscheinlich werde ich es nicht überleben.«

Saim stand auf. Während ò Plars Vortrag hatte er festgestellt, wie sich die Dunkelheit wie die Schichten einer Zwiebel von seinem Verstand geschält hatte. Er fühlte sich schrecklich und erregt zugleich. Eine endlose Reihe von *Kabah*-Sälen erstreckte sich den Korridor der Zeit hinab. Jeder legte eiserne Fesseln um den freien Willen und zwang das Leben des Individuums in einen stumpfsinnigen Panzer der Gemütsruhe.

»Ich bin gestorben«, flüsterte George.

»Aber nur einmal«, sagte Saim. »Ich bin schon unzählige Male gestorben.« Er sah zu ò Plar. »Im *Kabah*-Saal, Onkel, nicht wahr?«

»Saim?« ò Plar hob den Stab.

Mit einem Sprung warf sich Saim an seine Seite, entwendete den alten, gebrechlichen Fingern den Stab und schmetterte ihn gegen den Tisch.

»Es war überhaupt keine Jahrtausend-Feier geplant, oder? Oder, *Onkel?*« fragte Saim.

ò Plar richtete sich fassungslos auf. »Wir hatten allen Grund zu der Annahme, daß ein Unfall …«

»Eine einzige Rakete reicht aus, was, Onkel?« Saim sah die anderen im Raum an und berührte Jenis Schulter. »Eine Rakete. Die anderen Raketen sind an ein Verteidigungssystem angeschlossen und würden aufsteigen, um jede eindringende Rakete zu vernichten. Den Rest würde die Angst erledigen.«

»Saim, du machst mir angst«, sagte Jeni.

»Die ganze Welt ein einziges Gedankenfeld, was, *Onkel?*« fragte Saim. »Das nur darauf wartet, aktiviert zu werden.«

George richtete sich auf und sprach mit mehr Nachdruck. »Ich bin gestorben. Virus … sagten Sie.« Er sah auf zu Saim, dann zu den anderen. »Sie müssen Nachkommen derjenigen sein, die das getan haben.«

»Saim!« rief ò Plar. »Ich verstehe nicht. Die Ultimate Konditionierung. Du warst … wie kannst du … warum funktionieren die Inhibitionen nicht …«

»Laß mich zunächst die Fragen des armen George beantworten«, bat Saim. Er sprach in Altenglisch. Die anderen waren verblüfft, wie flüssig er die Sprache beherrschte. Gar nicht wie nach der unzureichenden Lektion des Ausbilders.

»Wir wissen nicht, ob es *getan* wurde, George«, sagte Saim. »Der Virus tötete fast alle Erwachsenen. Bei Kindern unter zwölf, dreizehn und vierzehn Jahren bestand Immunität. Unter zwölf hatte der Virus keinerlei Wirkung. Wenige Dreizehnjährige starben, mehr Vierzehnjährige. Über vierzehn starben alle, von einer kleinen Gruppe Erwachsener abgesehen.«

»Das kannst du nicht wissen«, protestierte ò Plar. »Als du das letztemal aus dem *Kabah* …«

»Sei still, *Onkel!*« befahl Saim.

»Sie sagten, einige Erwachsene wären durchgekommen«, fragte George. »Warum?«

»Es handelte sich um eine Sekte buddhistischer Mönche in Arkansas. Die hatten sich einen Bunker gebaut. Sie rechneten mit einem Krieg und wollten ihr Wissen für die Nachwelt erhalten.«

»Du darfst die Namen der acht Bodhisattva-Patriarchen in diesem Raum nicht aussprechen!« befahl ò Plar. Er verspürte einen fürchterlichen Zorn. *Gewalt! Ungehorsam!*

»Die Bodhisattvas«, sagte Saim nachdenklich. »Arthur Washington, Lincoln Howorth, Adoula Sampson, Samuael ...«

»Saim, bitte!« flehte ò Plar und stand zitternd zwischen seiner menschlichen Hoffnung und den konditionierten Impulsen. Saims Stimme wurde sanfter. »Schon gut, mein Freund. Die Zeit des Sterbens ist vorüber. Ich bringe mein Wissen nur auf den neuesten Stand.«

ò Plar schloß die Augen. Er konnte nicht handeln, denn das würde den Einsatz von Gewalt erfordern. Aber er war immer noch an die Gesetze des *Kabah* gebunden. Die gefährliche Alternative war, sich dem Negativdenken hinzugeben. Er ließ das Gebet in sein Bewußtsein aufsteigen.

»Aber ich war ebenfalls in einem Bunker«, sagte George. »Und ich bekam den Virus. Wie paßt das zusammen?«

»Wahrscheinlich hattest du Kontakt mit Leuten von draußen«, erklärte Saim. »Unsere Patriarchen nicht. Als der Virus kam, befanden sie sich im Bunker und atmeten gefilterte Luft. Sie wußten nichts davon. Und lange nachdem der Virus schon längst wieder verschwunden war, kamen sie wieder heraus. So hatte Buddha sie gerettet, aber ansonsten gab es nur noch Kinder auf der Welt.«

»Nur Kinder«, murmelte George. »Also sind meine Frau und die Kinder ...« Er verstummte und sah Saim lange Zeit an. »Meine Welt ist tot«, sagte er schließlich.

»Richtig«, stimmte Saim zu. »Deine Welt hatte Fehler, aber wir haben einen noch größeren gemacht.«

»Blasphemie!« ereiferte sich ò Katje.

Saim achtete nicht auf sie. »Unter unseren Patriarchen befand sich ein Elektronikspezialist«, sagte er. »Der glaubte, er könnte den ewigen Frieden erzwingen. Um das zu bewerkstelligen, erbaute er ein Instrument, das dem primitiven Teil des menschlichen Verstands Schocks versetzte. Diese Schocks rufen Schrekken aus der Gebärmutter ins Gedächtnis zurück. Damit kann man jedes gewünschte Verhalten erzwingen. Hast du den Stab gesehen, den ich zerschmettert habe? Das ist eine milde Form dieses Instruments, eine Art Mahnung.«

»Welches Verhalten?« flüsterte George.

Er empfand wachsendes Entsetzen vor dem, was Saims Worte ausdrückten.

»Angst vor Gewalt«, erklärte Saim. »Das war der Grundgedanke. Aber er funktionierte aus einem einfachen Grund nicht, den unser Patriarch Samuael eigentlich hätte erkennen müssen.«

»Saim, Saim«, flüsterte ò Plar. »Ich kann es nicht mehr lange ertragen.«

»Geduld«, bat Saim. Er wandte sich wieder an George. »Erkennst du ihn? Viele Dinge kann man als Gewalt interpretieren. Chirurgische Eingriffe. Sex. Laute Geräusche. Die Liste wird mit jedem Tag länger, die Zahl der Menschen kleiner. Es gibt einige, die nicht einmal mehr in den *Kabah*-Tanks wiederbelebt werden können. Das Fleisch ist da, aber der Wille fehlt.«

ò Katje verschränkte die Hände ineinander. »Saim, wie kannst du nur so schreckliche Dinge ...«

»Ein Unfall«, sagte er. »Was, *Onkel?*« Er betrachtete

den gesenkten Kopf von ò Plar. »Darauf hattest du doch gehofft, oder nicht? Tief unten, wohin nicht einmal der *Kabah*-Tank zu dringen vermag. Dort, wo leise Stimmen flüstern und protestieren.«

»Ein Unfall«, sagte Ren. »ò Katje sagte etwas von einem Unfall.«

»Was soll das Gerede über Unfälle und *Kabah*-Räume?« fragte George. »Was ist das überhaupt, *Kabah?*«

Saim sah zur Decke, dann zur Tür rechts von ihnen. Dort draußen – der Flur, ein anderer Raum, die Konsole, wo er George hatte arbeiten gesehen. Seine Erinnerung konzentrierte sich auf den roten Griff. Das war er. Auch ohne Georges Beispiel hätte er das erkannt. Seine Hände hätten gewußt, was sie bis zur Erschöpfung geübt hatten.

»Könnte mir jemand antworten?« forderte George.

Auf ein paar Augenblicke mehr wird es nicht ankommen, dachte Saim. »Der *Kabah*-Saal? Das ist der große Bruder der Stäbe. Das ist der Persönlichkeitsformer, der Bezwinger, der Unterdrücker, der ...«

»Hör auf!« kreischte ò Katje.

»Hilf ihr, Ren«, bat Saim.

Ren schüttelte die Nachwirkungen des Schocks ab und trat an ò Katjes Seite.

»Rühr mich nicht an!« zischte sie.

»Nimm das Beruhigungsmittel!« forderte Saim.

Das war ein eindeutiger, unverwechselbarer Befehl. Fast willenlos nahm sie die Tablette aus Rens Handfläche und schluckte sie. Die anderen warteten, bis sie in den Stuhl zurücksank. Saim konzentrierte sich wieder auf George. »Ich möchte sie mir vom Leib halten«, erklärte Saim. »Ich habe noch etwas zu tun.«

»Wirst du es tun?« flüsterte ò Plar.

»Ich werde es tun.«

»Dieses *Kabah*«, sagte George. »Dieses Instrument, von dem du eben ...«

»Ultimate Konditionierung«, erklärte Saim. »Priester und Priesterinnen müssen sich ihr jedes Jahr unterziehen. Erneuerung. Wenn das Unterbewußtsein gegen die Zustände protestiert, dann erhält man eine neue Persönlichkeitsformung und wird wieder ein Jahr hinausgeschickt, um die Herde zu führen.«

»Saim?« flehte Jeni. »Du *bist* doch Saim, oder?«

»Ich bin Saim«, bestätigte er, wandte die Aufmerksamkeit aber nicht von George ab. »So läuft es ab, George. Jedes Jahr werden die Seelenhirten auf Abweichungen von der gewaltfreien Norm untersucht. Wenn einer scheitert ...« Er zögerte. »... dann verliert er alle Erinnerungen und muß eine bestimmte Zeit im *Kabah*-Verjüngungstank verbringen. Wenn der Arzt einen dann aus dem Tank herausholt, ist man ein leeres Nichts und wird wie ein kleines Kind aufgezogen.« Er wandte sich an ò Plar. »Stimmt das nicht, *Onkel?*«

»Bitte, Saim«, flehte ò Plar. »Was tust du meiner Inhi ...«

»Die Explosion!« fuhr Jeni in die Höhe. »Als du starbst und Ren den *Kabah*-Tank an sich bringen mußte, um ... Das ist der Grund. Wir konnten es nicht verstehen. Eine Zeitlang hast du wie ein Priester gesprochen und dich auch so benommen und ...«

»Dann warst du wie ausgebrannt. Und nach einer Weile warst du wieder Saim.«

»Saim!« flüsterte Jeni. »Du warst ein Priester, der im *Kabah* scheiterte!«

Wieder berührte Saim Jenis Schulter. »Rens Tank erneuerte alte Muster zusammen mit den neuen, aber die *Kabah*-Löschung meiner Erinnerungen war stark und lag noch nicht lange zurück. Ren beeinflußte das zusätzlich, indem er die Unterdrückermechanismen des Tanks nicht einschaltete. Ich nehme an, er wußte nicht, wozu sie dienten.«

»Woher hätten wir das alles wissen sollen?« flüsterte Ren. Scham und Schuldgefühle erfüllten ihn, überlagert von einem fast übermächtigen Entsetzen. Er wußte zwar, daß dieses Entsetzen von der Konditionierung herrührte, was ihm aber kein bißchen half. »Wiederbelebung der alten Wissenschaften? Der Gewalt?«

»Ich fange an zu verstehen«, sagte George. »Tausend Jahre? Großer Gott!«

»Beim Bau des ersten *Kabah*-Saals wurde eines übersehen«, fuhr Saim fort. »Wir leben in einem Universum voller Gewalt. Wenn man überleben will, muß man selbst über ein gewisses Ausmaß von Gewalt verfügen. Die Konditionierung aber verhinderte Gewalt in immer enger werdenden Grenzen. In völliger Stille ist schon das Fallenlassen einer Stecknadel Gewalt. Je friedfertiger wir wurden, desto enger wurden die Grenzen von Gewalttaten gesteckt. Unterdrückt man aber jede Gewalt – dann bedeutet das den Tod.«

Wieder tätschelte Saim Jenis Schulter. »Irgendwie hatte ich gehofft, George würde … aber nein, es ist meine Aufgabe.«

Er atmete tief durch. »Ja. Meine Aufgabe. Ich schlage vor, ihr alle bleibt hier unten, wo ihr vor den Auswirkungen der Jahrtausend-Feier sicher seid. Bald wird es keine *Kabah*-Säle mehr geben.«

ò Plar stand auf und sprach langsam, wobei er gegen die Inhibition ankämpfte. »Du … wirst … die … Waffen … zur … Explosion … bringen?«

»Ich werde sie starten«, bestätigte Saim. Wie er es aussprach, war es eine fast beiläufige Feststellung.

»Aber … das Sterben«, flüsterte Jeni. »Saim, denk doch nur an all die Menschen, die sterben werden!«

»Richtig«, sagte Saim. »Aber sie alle sind schon lange vorher gestorben.«

Damit drehte er sich um und ging auf die Tür zum Flur zu. *Mein Name ist Samuael,* dachte er. *Patriarch Samuael.*

UNTER EINSCHLUSS DER ÖFFENTLICHKEIT 1964

Mit wachsendem Unbehagen beobachtete Alan Wallace seinen Klienten, als sie sich dem Saal für öffentliche Anhörungen im zweiten Stock des alten Senatsgebäudes näherten. Der Mann war zu entspannt.

»Diese Sache bereitet mir Sorgen, Bill«, sagte er nach einer Weile. »Es kann leicht sein, daß Sie hier und heute Ihre Weiderechte verlieren.«

Kurz bevor der Spießrutenlauf durch die Gasse der Sicherheitspolizisten, Reporter und Kameraleute begann, bekam Wallace seine Antwort.

»Was liegt schon daran?« versetzte Custer.

Wallace, der sich einiges darauf zugute hielt, den Typ des Washingtoner Anwalts zu verkörpern – ebenso unempfindlich gegen Beschwerden und Instruktionen ihrer Klienten wie gegen böse Überraschungen –, verschlug es die Sprache.

Dann waren sie im Gedränge, und Wallace mußte seine zuversichtliche Miene aufsetzen, den Pressevertretern zulächeln und versuchen, die Schärfe der notwendigen Antwort auf alle Fragen abzumildern: »Tut mir leid. Kein Kommentar.«

»Kommen Sie nach der Anhörung zu uns, wenn Sie irgendwelche Fragen haben, meine Herren«, sagte Custer.

Seine Stimme klang ruhig und selbstsicher.

Er hat Beruhigungsmittel genommen, dachte Wallace. Oder vielleicht war es bloß ein Scherz ... schwarzer Humor.

Die marmornen Wände des Anhörungssaales glänzten im Widerschein der Lichter. Im Hintergrund hatte man über den Sitzen Kameraplattformen errichtet. Einige der kleineren Rundfunk- und Fernsehsender hatten ihre Kameraleute auf den Fenstersimsen plaziert. Das gedämpfte Stimmengewirr ließ ein wenig nach, dann schwoll es noch mehr an, als William R. Custer – ›Der Baron von Oregon‹, wie er genannt wurde – mit seinem Anwalt hereinkam, die Tische der Pressevertreter passierte und sie zu den Plätzen hinübergingen, die in der Zeugenabteilung für sie freigehalten waren.

»Was liegt schon daran?«

Das war kein Scherz von der Art, wie Custer sie machte, erinnerte sich Wallace. Wenn er auch den Viehbaron herauskehrte, war Custer doch keineswegs der hemdsärmelige Typ. Er hatte Mathematik und Elektronik studiert und in Betriebswirtschaft promoviert. Seine Nachbarn im Westen nannten ihn ›Das Gehirn‹.

So gesehen war es kein Zufall, daß die Viehzüchter ihn gewählt hatten, daß er sie hier vertreten sollte. Wallace warf seinem Mandanten wieder einen Seitenblick zu, um Zeichen von Nervosität zu entdecken. Hätte ein anderer Cowboystiefel und Halsschleife zu einem dunklen Geschäftsanzug getragen, so hätte es affektiert ausgesehen. In Custers Fall betonten sie nur das gute Aussehen des sonnengebräunten, wettergegerbten Naturburschen. Er war ein wenig dunkler, als sein Vater es gewesen war, noch hell genug, um blond genannt zu werden, aber nicht so rötlich und ohne die vom Trunk vergröberten Züge seines verstorbenen Vaters.

Aber schließlich war der junge Custer erst dreißig. Custer wandte den Kopf, begegnete dem Blick seines Anwalts und lächelte.

»Das waren gute Patentanwälte, die Sie mir empfahlen, Al«, sagte Custer. Er hob den Aktenkoffer auf seine Knie und klopfte darauf. Keine Umschweife oder unaufrichtigen Entschuldigungen. »Hab dieses Ding schon auf den Weg gebracht.« Wieder klopfte er auf den Aktenkoffer.

Wallace fragte sich, warum Custer dieses verdammte Lichtgerät mitgebracht hatte. Er blickte auf den Aktenkoffer. So klein hatte er es sich nicht vorgestellt … Aber vielleicht redete er nur über die Pläne, die er dafür hatte.

»Konzentrieren wir uns auf diese Anhörung«, raunte Wallace ihm zu. »Das ist das einzige, was jetzt wichtig ist.«

»Ich habe dies als Beweisstück mitgebracht«, sagte Custer. Wieder klopfte er auf den Aktenkoffer. Bei genauerem Hinsehen war zu erkennen, daß der Deckel ein wenig gewölbt war.

Beweisstück? Wallace runzelte die Stirn. Es war das zweite Mal in zehn Minuten, daß Custer ihn überraschte. Dies sollte eine Anhörung des Senatsunterausschusses für die Nutzungsrechte an Staatsland sein. Es ging um die gesetzlichen Regelungen für Weiderechte. Was, zum Teufel, konnte dieses … Ding mit den Fragen zu schaffen haben, die hier zur Entscheidung anstanden?

»Ich erwarte, daß Sie alle Fragen der Strategie mit mir als Ihrem Anwalt besprechen«, murmelte Wallace. »Was, zum Teufel, haben Sie …«

Er brach ab, als es plötzlich still wurde.

Aufblickend sah er den Vorsitzenden des Unterausschusses, Senator Haycourt Tiborough, durch die breiten Flügeltüren schreiten, gefolgt von seinen Fachberatern und Anwälten. Der Senator war ein hochgewachsener Mann, der einmal fett gewesen war. Er hatte sich einer so radikalen und abrupten Abmagerungskur unterzogen, daß seine Haut sich nie davon erholt hatte. Seine einstigen Hängebacken und das Doppelkinn ähnelten jetzt den Kehllappen eines Truthahns. Sein

Scheitel war glänzend und kahl, gesäumt von einer Dreivierteltonsur, deren Haarkranz lang und strähnig über die Ohren hing. An der Seite des Senators und einen halben Schritt hinter ihm war der Kolumnist Anthony Poxman, der für mehrere überregionale Tageszeitungen schrieb und eindringlich in Tiboroughs linkes Ohr flüsterte. Fernsehkameras folgten den beiden.

Wallace zog die Stirn in sorgenvolle Falten. Wenn Poxman selbst dieser Anhörung beiwohnte, statt einen Schreiberknecht zu schicken, sah es schlecht aus. Dann mußte mit einer einschränkenden Gesetzgebung gerechnet werden.

Tiborough nahm seinen Platz in der Mitte des Tisches ihnen gegenüber ein und blickte nach links und rechts, um sich der Anwesenheit der anderen Ausschußmitglieder zu vergewissern.

Senator Spealance war abwesend, was durch Schwierigkeiten mit der Parteiorganisation in seinem Heimatstaat zu erklären war, und der Senator von Oregon war gleichfalls nicht erschienen. Das war bedeutsamer. Er hatte sich mit Krankheit entschuldigt.

Zweifellos ein jäher Anfall von Vorsicht, diesem verbreiteten Washingtoner Leiden. Er wußte, woher seine Wahlkampfgelder kamen... wußte aber auch, wo die Wählerstimmen waren.

Immerhin war der Ausschuß beschlußfähig.

Tiborough räusperte sich und sagte: »Ich bitte um Ruhe. Die Sitzung des Ausschusses ist eröffnet.«

Stimme und Haltung des Senators verschafften Wallace ein Gefühl fröstelnder Ernüchterung. Wir waren verrückt, daß wir versuchten, offen gegen ihn anzukämpfen, dachte er. Warum ließ ich mich von Custer und seinen Freunden dazu überreden? Man kann einem US-Senator, der es auf einen abgesehen hat, nicht mit dem Kopf in den Bauch stoßen. Man kann ihn nur auf der politischen Ebene von innen her bekämpfen.

Und nun hatte Custer plötzlich den Verstand verloren.

Beweisstück!

»Meine Herren«, sagte Tiborough, »ich denke, wir können ... das heißt, wir können heute auf lange Vorreden verzichten ... es sei denn, meine Kollegen möchten ... wenn der eine oder der andere von ihnen Einwendungen hat.«

Wieder ließ er seinen Blick zu den anderen Senatoren gehen – fünf an der Zahl. Wallace folgte seinem Blick die Reihe hinter dem Tisch entlang: Plowers von Nebraska (ein Pferdehändler) Johnstone von Ohio (ein hinterhältiger Parlamentarier), Lane von Süd-Carolina (ein Republikaner, als Demokrat getarnt), Emery von Minnesota (neu und eifrig bemüht – und gefährlich, weil ihm die Hemmungen und Verstrickungen der alten fehlten) und Meltzer von New York (Pokerspieler, vornehme alte Familie mit Tradition). Keiner von ihnen hatte etwas einzuwenden. Wallace vermutete, daß man bereits vor der Anhörung zwanglos irgendwo zusammengekommen war und eine glatte Dampfwalzenstrategie abgesprochen hatte.

Es war ein weiteres unheilvolles Zeichen.

»Ich erkläre die Anhörung des Senatsunterausschusses für die bundesstaatlichen Ländereien für eröffnet«, sagte Tiborough in förmlichem Ton. »Wir sind beauftragt, die Meinungen von Fachleuten und betroffenen Verbänden zu den vorgeschlagenen Änderungen und Ergänzungen des Tylor-Gesetzes von 1934 über Weiderechte auf und Nutzung von Staatsländereien anzuhören. Die heutige Sitzung wird mit der Anhörung und ... ah ... Befragung eines Mannes beginnen, dessen Familie in Oregon seit drei Generationen mit Viehzucht und Rindermast im Geschäft ist.«

Tiborough lächelte in die Fernsehkameras.

Der Scheißkerl will sich die Medien geneigt machen, dachte Wallace. Er warf seinem Mandanten einen Blick zu. Der Viehbaron saß entspannt zurückgelehnt und starrte den Senator unter schläfrigen Lidern hervor an.

»Als unseren ersten Sachverständigen rufen wir heute Mr. Willian R. Custer aus Bend, Oregon, auf«, sagte Tiborough. »Ich bitte den Sekretär, Mr. Custer den Eid abzunehmen.«

Custer erhob sich, nahm den ›heißen Sitz‹ ein und legte seinen Aktenkoffer auf den Tisch. Wallace setzte sich neben seinen Klienten und bemerkte, wie die Kameras schwenkten, als der Sekretär herantrat, die Bibel auf den Tisch legte und die Eidesformel vorsprach.

Tiborough blätterte in einigen Papieren vor sich, wartete, bis die Aufmerksamkeit wieder zu ihm zurückkehrte, und sagte: »Dieser Unterausschuß ... wir haben den Gesetzentwurf S.B. eintausendvierundzwanzig des Senats der Vereinigten Staaten vor uns, einen Gesetzentwurf zur Änderung des Taylor-Gesetzes von 1934 über Weiderechte und die Nutzung von Staatsländereien. Zweck dieser Anhörung ist, wie viele bemerkt haben, die Einbeziehung interessierter Verbände und Behörden in den Gesetzgebungsprozeß ebenso wie eine breitere öffentliche Darstellung.«

Custer befingerte den Verschluß seines Aktenkoffers. Wallace fragte sich, wie dieses Lichtgerät hier als ›Beweisstück‹ dienen konnte. Custer hatte die Zähne zusammengebissen, und ein Backenmuskel zuckte nervös. Es war das erste Zeichen von Unbehagen, das er in Custer gesehen hatte. Der Anblick war nicht geeignet, Wallace zu beruhigen.

»Ach, Mr. Custer«, sagte Tiborough, »haben Sie eine Erklärung vorbereitet? Ihr Rechtsbeistand ...«

»Ich habe eine Erklärung«, sagte Custer. Er hatte eine volltönende Stimme, die sich im ganzen Saal Gehör verschaffen und Aufmerksamkeit auf sich ziehen konnte. Die Kameras, die bis dahin auf Tiborough gezielt hatten, schwenkten in Erwartung einer ergänzenden Antwort zu Custer. Tiborough wartete lächelnd, dann fragte er: »Ist Ihre Erklärung identisch mit der, die Ihr Rechtsbeistand dem Unterausschuß zugehen ließ?«

Custer nickte. »Sie enthält einige Ergänzungen von meiner Hand.«

Wallace' ungutes Gefühl verstärkte sich. Sie waren allzu bereit, Custers Erklärung anzunehmen. Er beugte sich zum Ohr seines Klienten und flüsterte: »Sie wissen, wie Sie dazu stehen. Kommen Sie gleich zur Sache.«

Custer sagte: »Ich habe mir vorgenommen, klar und einfach zu sprechen. Ich bin gegen die beabsichtigte Gesetzesänderung. Wenn wir alle politischen Phrasen und Doppeldeutigkeiten beiseite lassen, bleibt die Absicht, genehme Marionetten in die Ausschüsse zu bringen und ihre Kontrolle Leuten in die Hände zu legen, die nichts vom Viehgeschäft verstehen und deren private Absicht es ist, das Taylor-Gesetz selbst zu Fall zu bringen.«

»Klar und einfach gesprochen«, sagte Tiborough. »Dieser Ausschuß ... wir begrüßen solche Unverblümtheit. Starke Worte. Eine Mehrheit dieses Ausschusses nimmt allerdings die Position ein, daß das öffentliche Weideland allzulange auf Gedeih oder Verderb den Viehhaltern ausgeliefert gewesen ist, die es zum eigenen Vorteil ausgebeutet haben.«

Man hatte die Glacéhandschuhe ausgezogen. Wallace hoffte nur, daß Custer wußte, was er tat.

Custer zog ein Bündel Papiere aus seinem Aktenkoffer, und Wallace sah Metall darin glänzen, bevor der Deckel geschlossen wurde.

Gott! dachte er. Das sah wie eine Schußwaffe oder was aus!

Dann erkannte Wallace die Papiere – das Gutachten, das er und seine Kanzlei erarbeitet hatten, und die vorläufige Erklärung. Besorgt bemerkte er die Bleistiftunterstreichungen, Markierungen und Randnotizen. Custer mußte das alles in den letzten vierundzwanzig Stunden gemacht haben.

Wieder beugte er sich zu Custer und flüsterte ihm zu: »Nur nicht die Ruhe verlieren, Bill. Der Schweinehund hat es auf Sie abgesehen.«

Custer nickte zum Zeichen, daß er verstanden hatte, blickte auf seine Papiere, dann hob er den Kopf und sah Tiborough an.

Es war ganz still im Saal, nur die Kameras surrten, und irgendwo im rückwärtigen Teil schrammte ein Stuhl.

»Was dieses Land angeht, von dem wir sprechen«, sagte Custer. »In meinem Staat ...« Er räusperte sich, eine Eigenheit, die beim alten Mann, seinem Vater, Zorn angezeigt hatte. Aber Custers Miene verriet keinerlei Erregung, und seine Stimme blieb ruhig. »... in meinem Staat war das hauptsächlich Indianerland. Der Staat nahm es den Indianern mit brutaler Gewalt weg, mit dem Recht des Eroberers. Das ist wahrscheinlich das älteste Recht der Welt, denke ich. Aber ich will es an dieser Stelle nicht zum Diskussionsgegenstand machen.«

»Mr. Custer.«

Es war Nebraskas Senator Plowers, dessen freundliches Bauerngesicht ein verschmitztes Lächeln zeigte. »Mr. Custer, ich hoffe ...«

»Ist dies ein Ordnungsruf?« fragte Tiborough.

»Herr Vorsitzender«, sagte Plowers, »ich wollte mich nur vergewissern, daß wir nicht den alten Vorschlag, dieses Land den Indianern zurückzugeben, zur Sprache bringen werden.«

Eine Welle von Heiterkeit ging durch den Saal. Selbst Tiborough schmunzelte, als er mit dem Hammer auf den Tisch schlug, um die Ordnung wiederherzustellen.

»Sie können fortfahren, Mr. Custer«, sagte Tiborough. Custer blickte zu Plowers und sagte: »Nein, Senator, ich will dieses Land nicht den Indianern zurückgeben. Als sie es hatten, gewannen sie von achtzig Morgen nur etwa dreihundert Pfund Fleisch im Jahr. Wir gewinnen fünfhundert Pfund hochwertiges Protein – erstklassiges Rindfleisch – von nur zehn Morgen.«

»Niemand bezweifelt die Effizienz Ihrer fabrikähnlichen Methoden«, sagte Tiborough. »Wir wissen, daß Ihre Methoden aus einem Minimum an landwirtschaftlicher Fläche die größtmögliche Fleischmenge herausholen.«

Oh! dachte Wallace. Das war ein Tiefschlag. Er impliziert, daß Bill das Land überweidete und den Boden ruinierte.

»Meine indianischen Nachbarn wenden in ihrer Reservation die gleichen Methoden an«, sagte Custer. »Sie übernehmen unsere Methoden, weil wir das Land nutzen und gleichzeitig erhalten und seinen Wert erhöhen. Wir lassen nicht zu, daß der Boden durch Erosion verlorengeht. Wir …«

»Ihre Methoden sind unzweifelhaft peinlich korrekt«, unterbrach ihn Tiborough, »aber ich vermag nicht zu sehen, wo …«

»Hat Mr. Custer seine einleitende Erklärung schon beendet?« warf Senator Plowers ein.

Wallace warf dem Mann aus Nebraska einen verdutzten Blick zu. Das war Hilfe von unerwarteter Seite.

»Danke, Senator«, sagte Custer. »Ich bin durchaus bereit, auf die Bemerkung des Vorsitzenden einzugehen und die peinliche Korrektheit meiner Arbeitsweise zu erklären. Unsere Rinderhirten sind hochbezahlte Collegeabsolventen. Unsere Leute legen mit Geländewagen das Zehnfache der Strecke zurück, die sie zu Pferde hinter sich bringen. Jede Außenabteilung der Ranch – jede Futterparzelle und jede Hütte unserer Weideaufseher – ist durch Funk mit der Zentrale verbunden. Wir verwenden die …«

»Ich gebe gern zu, daß Ihre Methoden die modernsten der Welt sind«, sagte Tiborough. »Aber es stehen hier nicht so sehr Ihre Methoden zur Diskussion, als vielmehr die Ergebnisse dieser Methoden. Wir …«

Er brach ab, als am Eingang Unruhe entstand. Ein Oberst der Armee sprach dort mit den Sicherheitsbeamten. Er trug die Baskenmütze der Sondereinheiten, und Wallace bemerkte mit einem seltsamen Gefühl von Beunruhigung, daß der Mann eine Dienstpistole an der Seite trug. Die Waffe schien an einem so hochrangigen Offizier in Friedenszeiten fehl am Platz, als hätte er sie hastig an sich genommen, um einem plötzlich aufgetretenen Notfall Rechnung zu tragen.

Vor der offenen Flügeltür trafen weitere Uniformierte ein – Armee und Marinekorps. Sie trugen Sturmgewehre.

Der Oberst sagte in scharfem Ton etwas zu den Sicherheitsbeamten an der Tür und betrat den Sitzungssaal. Alle Kameras waren jetzt auf ihn gerichtet. Er beachtete sie nicht, schritt rasch zu Tiborough und sprach halblaut zu ihm.

Der Senator blickte erschrocken zu Custer, dann nahm er ein Bündel Papiere an, die der Oberst ihm hinhielt. Zögernd wandte er seine Aufmerksamkeit von Custer ab und den Papieren zu, die er stirnrunzelnd durchblätterte. Schließlich blickte er auf und starrte Custer an.

Im Saal wurde es still.

»Ich bin um Worte verlegen, Mr. Custer«, sagte Tiborough. »Ich habe hier die Kopie eines Berichts des militärischen Geheimdienstes, der uns durch das Pentagon zugeleitet worden ist. Er ist mir gerade von … ah … dem Obersten hier übergeben worden.«

Er blickte zu dem Offizier auf, der an seiner Seite

Aufstellung genommen hatte. Eine Hand ruhte leicht auf der Pistolentasche. Tiboroughs Blick wanderte zurück zu Custer, und es war offensichtlich, daß der Senator bemüht war, seine Gedanken zu ordnen.

»Aus dieser Meldung«, sagte Tiborough, »geht hervor... und ich bin davon überzeugt, daß die darin gegebene Darstellung des Sachverhalts den Tatsachen entspricht... aus diesem Bericht geht hervor, daß der militärische Geheimdienst innerhalb der letzten Tage ein bestimmtes Gerät untersucht hat – in der Meldung wird es als eine Waffe bezeichnet –, die Sie zum Patent anmelden wollten. Aus der Meldung geht weiter hervor...« – er blickte auf die Papiere und zurück zu Custer, der ihn unverwandt ansah –, »daß diese... ah... Waffe äußerst gefährlich ist.«

»Das ist richtig«, sagte Custer.

»Ich... ah... ich verstehe.« Tiborough räusperte sich und blickte zu dem Oberst auf, der Custer mit starrem Blick fixierte. Dann fragte der Senator: »Haben Sie tatsächlich eine solche Waffe bei sich, Mr. Custer?«

»Ich habe sie als Beweisstück mitgebracht, Sir.«

»Beweisstück?«

»Ja, Sir.«

Wallace befeuchtete sich die trockenen Lippen. Er sehnte sich nach einem Schluck aus dem Wasserglas, aber es stand auf Custers anderer Seite. Mein Gott! dachte er. Dieses Rindvieh! Der ständige Umgang muß auf ihn abgefärbt haben! Er fragte sich, ob er es wagen könne, seinem Mandanten etwas zuzuflüstern. Würden die Senatoren und dieser Lakai des Pentagons solch eine Handlungsweise als Hinweis interpretieren, daß er an Custers verrückten Possen beteiligt sei?

»Bedrohen Sie diesen Senatsausschuß mit Ihrer Waffe, Mr. Custer?« fragte Tiborough. »Sollte das der Fall sein, so darf ich Sie darauf aufmerksam machen, daß besondere Sicherheitsvorkehrungen getroffen wurden... verstärktes Sicherheitspersonal und... wir werden uns folglich nicht allzusehr wegen irgendwelcher Aktionen sorgen, die Sie im Schilde führen mögen. Aber ich darf Sie darauf aufmerksam machen, daß verstärkte Sicherheitsmaßnahmen eingeleitet worden sind.«

Wallace konnte nicht länger ruhig sitzen. Er zupfte Custer am Ärmel und wurde mit einem unwilligen Kopfschütteln belohnt. Er beugte sich näher und flüsterte: »Wir könnten um eine Unterbrechung der Sitzung bitten, Bill. Vielleicht gelingt es uns …«

»Unterbrechen Sie mich nicht«, sagte Custer, den Blick auf Tiborough gerichtet. »Senator, ich denke nicht daran, Sie oder irgendeinen anderen zu bedrohen. Drohungen von der Art, die Sie meinen, sind etwas, dem wir uns nicht länger hingeben können.«

»Sie … sagten, glaube ich, dieses Ding sei ein Beweisstück«, sagte Tiborough mit einem stirnrunzelnden Blick auf den Bericht in seinen Händen. »Ich sehe nicht … es scheint für den Gegenstand dieser Anhörung nicht von Bedeutung zu sein.«

Senator Plowers räusperte sich. »Herr Vorsitzender.«

»Der Senator von Nebraska hat das Wort«, sagte Tiborough. Die Erleichterung in seiner Stimme war offensichtlich. Er benötigte Zeit zum Nachdenken.

»Mr. Custer«, sagte Plowers, »ich habe den Bericht nicht gesehen, auf den mein ehrenwerter Kollege anspielt. Darf ich Sie dennoch fragen, ob es Ihr Wunsch ist, diesen Ausschuß als eine Art Werbemittel zu gebrauchen?«

»Keinesfalls, Senator«, sagte Custer. »Ich wünsche nicht von meiner Anwesenheit zu profitieren … in keiner Weise.«

Tiborough war anscheinend zu einer Entscheidung gekommen. Er lehnte sich zurück und flüsterte dem Oberst etwas zu. Dieser nickte und ging wieder hinaus.

»Ich habe den Eindruck, daß Sie ein äußerst vernünftiger Mann sind, Mr. Custer«, sagte Tiborough. »Wenn ich…«

»Darf ich…«, sagte Senator Plowers, »darf ich bitte, wenn Sie gestatten, diesen Punkt zu Ende führen? Können wir den Bericht des militärischen Nachrichtendienstes zu Protokoll nehmen?«

»Sicherlich«, sagte Tiborough, »aber was ich vorschlagen wollte…«

»Darf ich«, sagte Plowers, »mit Ihrer freundlichen Erlaubnis, Herr Vorsitzender, diesen Punkt für das Protokoll klären?«

Tiborough runzelte die Stirn, aber die Würde des Senators überwand seine Gereiztheit. »Bitte fahren Sie fort, Mr. Plowers. Ich hatte gedacht, Sie seien fertig.«

»Ich zweifle nicht an Mr. Custers Wahrhaftigkeit«, sagte Plowers. Sein Gesicht entspannte sich in einem Lächeln, das ihm das Aussehen eines großväterlichwohlwollenden älteren Staatsmannes verlieh. »Darum würde ich ihn gern bitten, uns zu erklären, wie diese… ah… Waffe ein Beweisstück in der Angelegenheit sein kann, die von unserem Ausschuß verhandelt wird.«

Wallace blickte zu Custer und begriff, daß der Viehzüchter irgendwie mit Plowers zusammenarbeitete. Dies war ein abgekartetes Spiel.

Tiborough blickte zu den anderen Senatoren, und während er ihre Reaktionen prüfte, erwog er bei sich, ob es ratsam sei, der Diskussion um diesen ominösen Gegenstand ein Ende zu machen und zum eigentlichen Thema der Anhörung zurückzukehren. Nein… sie waren alle zu neugierig, was es mit Custers Gerät und der Absicht, die er hier verfolgte, auf sich hatte.

»Nun gut«, sagte Tiborough widerwillig und nickte Custer zu. »Sie mögen fortfahren, Mr. Custer.«

»Während der ruhigen Zeit des letzten Winters«, sagte Custer »arbeiteten zwei von meinen Leuten und ich an einem Projekt, das wir seit drei Jahren geplant und vorbereitet hatten – der Entwicklung eines Lasergerätes mit anhaltender Emission.«

Custer öffnete seinen Aktenkoffer und nahm ein dickes Aluminiumrohr heraus, das auf einem Pistolengriff mit konventionell aussehendem Auslöser montiert war.

»Dieses Gerät ist ganz harmlos«, sagte er. »Ich habe das Netzteil nicht mitgebracht.«

»Dies ist Ihre Waffe?« fragte Tiborough.

»Dieses Gerät eine Waffe zu nennen ist irreführend«, erwiderte Custer. »Der Begriff begrenzt und vereinfacht übermäßig. Dies ersetzt auch ein Buschmesser und Säge und Axt des Holzfällers, einen Diamantschneider, eine Fräsmaschine ... und eine Waffe. Es ist auch ein Wendepunkt in der Geschichte.«

»Kommen Sie, ist das nicht ein wenig anmaßend?« fragte Tiborough.

»Wir neigen dazu, uns die Geschichte als etwas Altes und Langsames vorzustellen«, sagte Custer. »Tatsächlich läuft Geschichte aber außerordentlich rasch und unmittelbar ab. Ein Präsident wird ermordet, eine Bombe explodiert über einer Stadt, ein Damm bricht, ein revolutionäres Gerät wird angekündigt.«

»Laser sind seit vielen Jahren bekannt«, sagte Tiborough. Er blickte auf die Papiere, die der Oberst ihm übergeben hatte. »Das Prinzip datiert von 1956 oder noch früher.«

»Ich möchte nicht den Anschein erwecken, daß ich das Verdienst an der Erfindung dieses Gerätes beanspruche«, sagte Custer. »Genausowenig beanspruche ich das Verdienst an der Entwicklung des Lasers mit anhaltender Emission. Ich war nur einer von einer Gruppe. Aber ich halte das Gerät hier in meiner Hand, wie Sie sehen.«

»Beweisstück, Mr. Custer«, erinnerte ihn Plowers. »Wieso handelt es sich um ein *Beweisstück,* und welches ist der Zusammenhang mit dem Thema dieser Anhörung?«

»Darf ich zuerst erklären, wie es funktioniert?« fragte Custer. »Das wird den Rest meiner Erklärung sehr vereinfachen.«

Tiborough blickte zu Plowers, zurück zu Custer. »Wenn Sie dies alles miteinander verbinden wollen, Mr. Custer«, sagte Tiborough. »Ich möchte von Ihnen hören, welchen Zusammenhang dieses Gerät mit unserem Thema hat; wir halten in diesem Saal eine Anhörung über einen bestimmten Gesetzentwurf.«

»Gewiß, Senator«, sagte Custer. Er blickte auf sein Gerät. »Eine Neunzig-Volt-Radiobatterie betreibt dieses Modell. Wir haben einige, die weniger Spannung benötigen, andere, die mit höherer Spannung arbeiten. Unser Ziel war eine Konstruktion mit einfachen Teilen. Unsere Kristalle sind gewöhnliches Quarz. Wir zerkleinerten sie, indem wir sie abwechselnd in kochendes Wasser und dann in Eiswasser taten. Wir wählten zwanzig Stücke von annähernd gleicher Größe – im Gewicht von jeweils einem Gramm.«

Custer schraubte das hintere Ende der Röhre auf und zog ein Kunststoffrohr heraus, von dem rote, grüne, braune, blaue und gelbe Stromzuführungskabel hingen.

Wallace bemerkte, wie die Fernsehkameras sich auf den Gegenstand in Custers Händen konzentrierten. Sogar die Senatoren beugten sich vor und betrachteten es aufmerksam.

Wir sind ein technikbesessenes Volk, dachte Wallace.

»Die Kristalle wurden in verdünnten Klebstoff getaucht und dann in Eisenfeilspäne«, fuhr Custer fort. »Wir machten ein kleines Montagegestell und öffneten an den gegenüberliegenden Enden der Kristalle einen Durchlaß in den Eisenfeilspänen. Dann bereiteten wir gewöhnliches Zelluloid aus Nitrozellulose, Essigsäure, Gelatine und Alkohol – alles sehr handelsübliche Produkte – und formten sie zu einem Rohr wie ein Stück Gartenschlauch, gerade lang genug, um die aufgereihten Kristalle aufzunehmen. Diese wurden in das Rohr eingesetzt, das Zelluloid darübergegossen und die ganze Anordnung in einen magnetischen Wellenleiter gesetzt, während das Zelluloid abkühlte. Dadurch wurden die Kristalle zentriert und ausgerichtet. Den Wellenleiter fertigten wir aus Draht, den wir einem alten Fernsehgerät entnahmen, nach der Anleitung im Handbuch für Radioamateure für Gleichrichter.«

Custer steckte das Kunststoffrohr wieder ins Gehäuse und schloß die Kabel an. Im Saal herrschte eine unnatürliche Stille, in der man das Schnurren der Kameras hören konnte. Es war, als ob alle Anwesenden den Atem anhielten.

»Ein Laser benötigt eine Resonatorhöhlung, aber das ist kompliziert«, fuhr Custer fort. »Statt dessen wickelten wir zwei Lagen feinen Kupferdraht um unser Rohr, tauchten es in die Zelluloidlösung, um einen Überzug zu bekommen, und feilten dann ein Ende flach. Dieses Ende nahm einen passend zugeschnittenen Spiegel auf. Dann drückten wir eine Stricknadel der Größe acht im rechten Winkel in das Spiegelende des Rohres, bis ihre Spitze die Seite des ersten Kristalls berührte.«

Custer räusperte sich.

Zwei der Senatoren lehnten sich zurück. Plowers hustete. Tiborough blickte mit fragendem Ausdruck zu den aufgereihten Fernsehkameras.

»Dann bestimmten wir die Frequenz unserer Kristallserie«, erläuterte Custer. »Wir gebrauchten dazu ein Versuchssignal und ein Oszilloskop, aber jeder Radioamateur könnte es auch ohne Oszilloskop bewerkstelligen. Wir bauten einen Oszillator dieser Frequenz, befestigten ihn an der Nadel und einen zweiten Spiegel am anderen Ende, in den wir eine lichtdurchlässige Stelle gekratzt hatten.«

»Und diese ... ah ... Vorrichtung funktionierte?« fragte Tiborough.

Custer schüttelte den Kopf. »Nein. Als wir Strom zuführten, erzeugten wir eine Emission von geschätzten vierhundert Joules und schmolzen das halbe Rohr. Also fingen wir wieder von vorn an.«

»Sie werden dies mit dem Gegenstand unserer Anhörung abstimmen?« fragte Tiborough mit einem Blick auf seine Uhr. Dann sah er stirnrunzelnd auf seine Papiere und zur Tür, durch die der Oberst gegangen war.

»Das tue ich, Sir, glauben Sie mir«, sagte Custer.

»Also gut, aber fassen Sie sich kurz«, sagte Tiborough.

»Wir fingen von vorn an«, erzählte Custer. »Aber der zweiten Zelluloidlösung fügten wir Wismut in einer gesättigten Lösung hinzu. So blieb es klebrig, und wir mußten es mit einer zweiten Schicht reinen Zelluloids überstreichen. Darauf koppelten wir diese Wismutschicht mit einem Schwingungskreis, um die gegenläufige Resonanzfrequenz zu erhalten. Vorsichtshalber hatten wir die Vorrichtung in einen thermoelektrischen Kühler gesteckt, der die Hitzeentwicklung ausglich. Als wir den Strom einschalteten, drang ein dünner Laserstrahl aus dem teildurchlässigen Spiegel. Den Stoff, den dieser dünne Strahl nicht schneiden kann, müssen wir erst noch finden.«

»Diamanten?« fragte Tiborough.

»Mit einer Spannung von weniger als zweihundert Volt könnte dieses Gerät die Wände dieses Saales durchschneiden wie ein Skalpell eine reife Tomate«, sagte Custer. »Ein Mann könnte damit eine Luftflotte zerstören, Interkontinentalraketen vor ihrem Eintritt in die Atmosphäre abschießen, eine Flotte versenken, eine Stadt zerstören. Ich fürchte, Sir, daß ich alle gewalttätigen Möglichkeiten dieses Gerätes noch nicht geistig katalogisiert habe. Die enorme, in diesem Gerät konzentrierte Macht übersteigt die Vorstellungskraft ...«

Tiborough sprang auf und machte eine ausholende Armbewegung zu den aufgereihten Kameras. »Schalten Sie die Fernsehkameras aus!« rief er mit dröhnender Stimme. Die plötzliche Gewaltsamkeit seiner Stimme und Gestik wirkten wie eine Explosion. »Wachen!« rief er. »Sie dort an der Tür. Sperren Sie den Ausgang und lassen Sie niemanden hinaus, der diesen Dummkopf gehört hat!« Er wandte sich zurück zu Custer. »Sie verantwortungsloser Idiot!«

»Ich fürchte, Senator«, sagte Custer, »daß Sie das Scheunentor viele Wochen zu spät zusperren.«

Eine lange schweigende Minute starrte Tiborough zornfunkelnd sein Gegenüber an. Dann stieß er hervor: »Sie taten dies vorsätzlich, nicht wahr?«

»Senator, wenn ich länger gewartet hätte, wäre uns vielleicht überhaupt keine Hoffnung geblieben.«

Tiborough ließ sich auf seinen Stuhl niedersinken, ohne Custer aus den Augen zu lassen. Plowers und Johnstone hatten die Köpfe zusammengesteckt und flüsterten erregt. Die anderen Senatoren blickten mit großen Augen zwischen Custer und Tiborough hin und her, ohne ihre Verblüffung zu verbergen.

Auch Wallace war sich der Implikationen dessen, was Custer gesagt hatte, bewußt geworden. Er befeuchtete sich die Lippen. Großer Gott! dachte er. Dieser Verrückte hat uns alle verschaukelt!

Tiborough winkte einen Helfer zu sich, sprach kurz mit ihm, gab dem Oberst an der Tür ein Zeichen. Aufgeregtes Stimmengewirr erfüllte den Saal. Berichterstatter von Presse und Fernsehen drängten sich zu Custers Linker bei den Fenstern und stritten. Einer von ihnen, ein rotgesichtiger Mann mit grauem Haar und Hornbrille, kam auf Tiborough zu und wurde von einem Berater des Ausschusses aufgehalten. Es entspann sich ein gedämpftes, von heftigen Gesten begleitetes Streitgespräch.

Bei den Flügeltüren entstand Unruhe, ein lauter

Fluch übertönte momentan das allgemeine Stimmengewirr. Poxman, der bekannte Kolumnist, versuchte an den Wachen vorbei hinauszukommen.

»Poxman!« rief Tiborough. Der Mann wandte sich um. »Mein Befehl lautet, daß niemand den Saal verläßt. Sie sind keine Ausnahme.« Er wandte sich wieder Custer zu.

Allmählich legte sich die Unruhe, obwohl da und dort noch immer mit gedämpften Stimmen diskutiert wurde. Aus der Halle draußen drangen die Geräusche hin und her eilender Uniformierter und knapper Befehle.

»Zwei Leitungen für Live-Übertragungen gingen von hier hinaus«, sagte Tiborough. »Wir können nicht viel dagegen tun, obwohl wir versuchen werden, möglichst viele der Fernsehteilnehmer, die dieses Programm gesehen haben, zu ermitteln. Jeder Meter Film und jede Tonaufzeichnung, die in diesem Saal aufgenommen wurden, werden jedoch beschlagnahmt.« Seine Stimme erhob sich, als unter den Medienvertretern Proteste laut wurden. »Unsere nationale Sicherheit steht auf dem Spiel. Der Präsident ist verständigt worden. Alle notwendigen Maßnahmen werden ergriffen.«

Der Oberst kam mit raschen Schritten in den Saal, steuerte Tiborough an, beugte sich zu ihm und sagte etwas.

»Sie hätten mich warnen sollen!« fuhr Tiborough auf. »Ich hatte keine Ahnung, daß …«

Der Oberst unterbrach ihn mit einer geflüsterten Bemerkung.

»Diese Papiere … Ihr verdammter Bericht ist nicht klar!« sagte Tiborough. Sein Blick ging zu Custer. »Ich sehe Sie lächeln, Mr. Custer. Ich denke, das Lächeln wird Ihnen bald vergehen!«

»Senator, es ist kein glückliches Lächeln«, sagte Custer. »Aber ich sagte mir schon vor mehreren Tagen, daß es schwierig sein würde, die Implikationen dieser

Entwicklung hinreichend deutlich zu machen.« Er tippte auf das vor ihm liegende Gerät. »Ich dachte mir, daß Sie in das alte, nutzlose Verhaltensmuster zurückfallen würden.«

»So, das dachten Sie?« sagte Tiborough.

Wallace hörte den giftigen Unterton in der Stimme des Senators und rückte mit seinem Stuhl ein paar Zoll von Custer ab.

Tiborough betrachtete das Lasergerät. »Ist dieses Ding wirklich entschärft?«

»Ja, Sir.«

»Sie werden keinen Widerstand leisten, wenn ich einem meiner Leute Anweisung gebe, es Ihnen wegzunehmen?«

»Welchem Ihrer Leute werden Sie es anvertrauen, Senator?« fragte Custer.

In dem langen Stillschweigen, das seinen Worten folgte, stieß einer der Presseleute ein nervöses Lachen aus.

»Praktisch jeder Mann auf meiner Ranch hat eines dieser Dinger«, sagte Custer. »Wir fällen Bäume damit, schneiden Brennholz, machen Pfosten für Weidezäune. Jeder Brief, der mir in Folge meiner Patentanmeldung geschrieben wurde, ist freimütig beantwortet worden. Mehr als tausend Schemazeichnungen und Anleitungen zum Bau dieser Vorrichtungen sind in alle Welt verschickt worden.«

»Sie skrupelloser Verräter!« stieß Tiborough hervor.

»Sie haben ein Recht auf Ihre Meinung, Senator«, sagte Custer, »aber ich darf Ihnen sagen, daß ich eingehender, konzentrierter und auch schmerzlicher über dieses Problem nachgedacht habe, als Sie bisher zu tun Gelegenheit hatten. Nach meiner Einschätzung blieb mir nichts anderes übrig. Jede Woche, die ich zögerte, diese Sache an die Öffentlichkeit zu tragen, jeder Tag, jede Minute erhöhten nur das Risiko der Menschheitsvernichtung durch …«

»Sie sagten, diese Sache stehe in einem Zusammenhang mit der Anhörung zur Gesetzesnovelle«, beklagte sich Senator Plowers.

»Ich sagte Ihnen die Wahrheit, Senator«, erwiderte Custer. »Es besteht jetzt kein wirklicher Grund, das Gesetz zu ändern. Gemeinsam mit unseren Nachbarn und anderen Betroffenen haben wir die Absicht, weiterhin nach den geltenden Bestimmungen zu verfahren. Die Menschen werden auch in Zukunft Nahrung brauchen.«

Tiborough starrte ihn finster an. »Sie wollen damit sagen, daß wir Sie nicht zwingen können…« Er brach ab, als beim Eingang neuerlich Unruhe entstand. Dort war inzwischen eine Seilabsperrung angebracht worden, die von einer Reihe Marinesoldaten bewacht wurde. Sie standen mit dem Rücken zur Absperrung und blickten in die Vorhalle. Dort wogte eine Menschenmenge, die in den Saal vorzudringen suchte. Presseausweise wurden geschwenkt.

»Oberst, ich sagte Ihnen, daß die Halle geräumt werden soll!« brüllte Tiborough.

Der Oberst rannte zur Absperrung und gab den Befehl an die Marinesoldaten weiter. »Widerstand wird mit aufgepflanztem Bajonett gebrochen, wenn es sein muß!« ermunterte er seine Leute.

Der Befehl blieb nicht ohne Wirkung; der Aufruhr legte sich, und mehr Uniformierte verstärkten die Mannschaft an der Absperrung und gingen gegen die Menge vor. Der Lärm verlor sich in der Ferne.

Tiborough wandte sich wieder Custer zu. »Verglichen mit Ihnen war Benedict Arnold* der größte Freund, den die Vereinigten Staaten jemals hatten.«

»Beschimpfungen werden Ihnen nicht helfen«, sagte

---

* Amerikanischer General im Unabhängigkeitskrieg, der wegen Zurücksetzung das Fort Westpoint an die Engländer verriet und 1780/81 auf britischer Seite kämpfte. – *Anm. d. Übers.*

Custer. »Sie werden mit diesem Ding leben müssen, also sollten Sie lieber versuchen, es zu verstehen.«

»Das scheint recht einfach zu sein, wenn ich Ihrer Aussage Glauben schenken kann«, erwiderte Tiborough. »Ich brauche Ihnen lediglich einen Brief zu schreiben, Rückporto beizulegen und mir Zeichnung und Bauanleitung schicken zu lassen.«

»Die Menschheit war bereits drauf und dran, Selbstmord zu begehen«, sagte Custer. »Nur Dummköpfe begriffen nicht …«

»Und da Sie zu dieser Erkenntnis gelangt waren, beschlossen Sie, der Menschheit noch einen kleinen Stoß zu geben.«

»H. G. Wells warnte uns«, sagte Custer. »So weit reicht es schon zurück, aber niemand hörte auf ihn. ›Die Menschheitsgeschichte wird mehr und mehr zu einem Wettlauf zwischen Bildung und Katastrophe‹, schrieb Wells. Aber das waren bloß Worte. Viele Wissenschaftler haben sich zu der Wachstumskurve des Vernichtungspotentials geäußert, das der Menschheit zur Verfügung steht – und der abnehmenden Zahl der Menschen, die darüber verfügen. Seit langen Jahren steht immer weniger Menschen ein stetig wachsendes Potential an Vernichtungskraft zur Verfügung. Es war nur eine Frage der Zeit, bis die Möglichkeit völliger Zerstörung einzelnen Individuen in die Hände gelegt würde.«

»Und Sie dachten nicht daran, daß Sie Ihre Regierung ins Vertrauen ziehen können?«

»Die Regierung hatte sich bereits auf einen politischen Kurs festgelegt, der demjenigen, welchen dieses Gerät erfordert, diametral entgegengesetzt ist«, sagte Custer. »Praktisch jeder Mann in der Regierung hat ein persönliches Interesse daran, daß dieser Kurs beibehalten wird.«

»Also beschlossen Sie, sich über die Regierung zu erheben.«

»Wahrscheinlich vergeude ich meine Zeit«, sagte Custer, »aber ich will versuchen, es zu erklären. Praktisch jede Regierung auf Erden sieht eine ihrer wichtigsten Aufgaben darin, den sogenannten ›Massenmenschen‹ zu manipulieren. Auf diese Weise halten sich Regierungen an der Macht. Aber es gibt keinen solchen Menschen. Wenn Sie den ›Massenmenschen‹ zum Gegenstand Ihrer Aufmerksamkeit machen, vernachlässigen Sie den einzelnen. Und offensichtlich war es nur eine Frage der Zeit, bis wir alle auf Gedeih oder Verderb der Person ausgeliefert sein würden, die alle Macht in ihren Händen vereinigte.«

»Sie reden wie ein Anarchist!«

»Die würden sagen, ich sei eine verdammte Marionette der Kapitalisten«, erwiderte Custer. »Stellen Sie sich einen armen Rundfunktechniker in einem südamerikanischen Land vor, Senator. Brasilien, zum Beispiel. Er lebt von der Hand in den Mund, niedergedrückt von einer herrischen, einfallslosen, im wesentlichen unkultivierten Oligarchie. Was wird er tun, wenn er dieses Gerät in die Hände bekommt?«

»Mord, Raub und Anarchie.«

»Sie könnten recht haben«, sagte Custer. »Aber wir könnten aus bitterer Notwendigkeit zu einer Verständigung darüber kommen, daß jeder von uns sich kooperativ verhalten muß, um die Würde aller zu gewährleisten.«

Tiborough starrte ihn kopfschüttelnd an. »Wir werden die wichtigsten Materialien zur Herstellung dieses Geräts kontrollieren müssen, und es mag in der ersten Zeit Schwierigkeiten geben, aber …«

In die kalte Stille, die diesen Worten folgte, sagte Custer: »Dafür war es schon vor zehn Jahren zu spät. Ich sage Ihnen, dieses Gerät kann aus den verschiedensten Materialien zusammengebaut werden, die weit verstreut auf der Erde verfügbar sind. Es kann in Kellern und Lehmhütten hergestellt werden, in Palästen und Baracken. Wichtigster Bestandteil sind die Kristalle, aber auch andere als Quarzkristalle sind geeignet. Das ist offensichtlich. Ein geduldiger Mann kann Kristalle züchten… Und diese Welt ist voll von geduldigen Männern.«

»Ich werde Sie unter Arrest stellen«, sagte Tiborough. »Es dürfte ein leichtes sein, einen Haftbefehl zu erwirken. Sie haben gegen eine Reihe von Gesetzen verstoßen und sich als erklärter Gegner unseres verfassungsmäßigen Systems bekannt.«

»Sie leben in einer Traumwelt«, entgegnete Custer. »Ich will Ihnen nicht drohen, aber ich werde mich gegen jeden Versuch, mich zu unterdrücken oder zu entwürdigen, zur Wehr setzen. Wenn ich mich nicht selbst wehren kann, werden meine Freunde mich verteidigen. Niemand, der versteht, was dieses Gerät bedeutet, wird zulassen, daß ihm seine Würde genommen wird.«

Custer ließ seine Worte einen Augenblick einwirken, dann fuhr er fort: »Und verdrehen Sie diese Worte nicht, um eine Drohung daraus abzuleiten. Die Weigerung, einen Mitmenschen zu bedrohen, ist in dem Tag, dessen Anbruch wir gerade erleben, eine absolute Notwendigkeit.«

»Sie haben überhaupt nichts geändert!« rief Tiborough. »Wenn ein Mann mit diesem Ding Macht ausüben kann, dann können es hundert oder tausend andere auch.«

»Alle vorausgegangenen Beleidigungen beiseite«, sagte Custer. »Ich halte Sie für einen hochintelligenten Mann, Senator. Ich bitte Sie, lange und angestrengt über dieses Gerät nachzudenken. Machtgebrauch ist nicht mehr der entscheidende Faktor, weil ein Mann so mächtig ist wie eine Million. Selbstbeherrschung ist jetzt der Schlüssel zum Überleben. Jeder von uns ist abhängig vom guten Willen seines Nachbarn. Jeder von uns, Senator – der Mann im Palast und der Mann in der Hütte. Wir würden gut daran tun, diesen guten Willen nach Kräften zu fördern – nicht indem wir versuchen, ihn zu erkaufen, sondern durch die einfache Anerkennung des Grundsatzes, daß die Würde des einzelnen das unveräußerliche Recht ...«

»Halten Sie mir keine Predigten, Sie anarchistischer Verräter!« schnarrte Tiborough. »Sie sind das lebende Beispiel eines gemeingefährlichen Wirrkopfes ...«

»Senator!«

Es war einer der Kameramänner des Fernsehens.

»Hören Sie auf, Mr. Custer zu beleidigen, und lassen Sie ihn ausreden«, rief der Kameramann.

»Stellen Sie den Namen dieses Mannes fest«, wies Tiborough einen seiner Berater an. »Wenn er ...«

»Ich bin ein guter Elektroniktechniker, Senator«, sagte der Mann. »Sie können mir nicht drohen.«

Custer lächelte. »Die Revolution beginnt«, sagte er. »Bleiben Sie sitzen, Senator.«

Wallace sah den Senator, der sich halb von seinem Platz erhoben hatte, auf den Stuhl zurücksinken und spürte, wie die Gewichte sich in diesem Raum verlagert hatten.

»Ideen liegen in der Luft«, sagte Custer. »Es kommt eine Zeit, in der eine Entwicklung reift und das Licht der Welt erblickt. Die Spinnmaschine entstand, weil die Zeit reif war. Sie beruhte auf zahllosen Ideen, die ihr vorausgegangen waren.«

»Und dies ist das Zeitalter des Lasers?« fragte Tiborough.

»Es mußte kommen«, sagte Custer. »Aber die Zahl der Menschen auf Erden, die voller Haß und Frustration und Gewalttätigkeit sind, ist mit schrecklicher Schnelligkeit gewachsen. Wenn Sie die enorme Gefahr hinzufügen, daß diese Entwicklung in die Hände bloß einer Gruppe oder Nation fallen könnte ...« Custer zuckte die Achseln. »Es ist zuviel Macht damit verbunden, als daß man sie auf einen Mann oder eine

Gruppe beschränken könnte, nur mit der Hoffnung, daß sie weise davon Gebrauch machen würden. Ich wagte nicht länger zu zögern. Darum brachte ich dieses Ding jetzt unter die Leute und machte es, so gut ich konnte, der breiten Öffentlichkeit bekannt.«

Tiborough lehnte sich in seinen Stuhl zurück und legte die Hände in den Schoß. Sein Gesicht war bleich, und kleine Schweißperlen bildeten sich auf seiner Stirn.

»Wir werden es nicht schaffen.«

»Ich hoffe, Sie täuschen sich, Senator«, sagte Custer. »Aber das einzige, was ich mit Gewißheit sagen kann, ist, daß unsere Aussichten, es zu schaffen, morgen geringer sein werden als heute.«

DIE MARY-CELESTE-UMZÜGE

1964

Normal ist es nicht, wenn Leute plötzlich fortziehen, ihre Geschäfte aufgeben … alles im Stich lassen … und nie wieder zurückkehren. Der Tod könnte ein Grund dafür sein. Aber nicht der einzige …

Martin Fisks Wagen, ein fast neuer 1997er Buick-Dreiturbiner mit *Jato*-Boostern, schoß an den Rand der Autobahn, fand eine schmale Lücke zwischen einer gigantischen mobilen Tankstation und einem Pendlerbus, zwängte sich durch und preschte in die erste von acht Rechtsabbiegespuren – gerade noch rechtzeitig, um in die Ausfahrt mit dem Schild NEUES PENTAGON – *Höchsttempo 120 km/h* einzufädeln.

Fisk warf einen prüfenden Blick auf seinen Luft-Boden-Tacho und sah, daß er mit knapp 130 nur unwesentlich über der zulässigen Höchstgeschwindigkeit lag. Er schob sich durch den dichten Morgenverkehr in die zweite Spur und hatte keine Probleme, sich dem Fahrzeugstrom anzuschließen, der auf der Rampe der fünften Ebene zusteuerte.

In letzter Sekunde allerdings schnitt ihn eine große Bonzen-Limousine mit der Standarte eines Zweisterne-Generals auf dem Frontspoiler, und er mußte sein Tempo auf 80 drosseln. Der Bodenkontakt knirschte, als sich die Fahrbahn unvermittelt auf seine Geschwindigkeit einstellte. Der Schatten eines Verkehrs-Helikopters wanderte über die Straße, und Fisk dachte: Hoffentlich ist die Lizenz des General-Chauffeurs im Eimer!

Inzwischen befand er sich auf der Serpentine, die ihn zur fünften Ebene hinaufschleuste. Die Geschwindigkeit war hier auf 90 begrenzt. Die Schleife mündete in das Hochhaus, und Fisk brachte seinen LBT auf die richtige Geschwindigkeit, während er nebenbei nach dem Kode seiner Ausstiegsbucht suchte – BR71Dd. Da tauchte er auch schon auf, ein leuchtendgrünes Mnemo-Blinkzeichen.

Fisk blieb hinter einem Zubringer, der nur für das Gebäudeinnere zugelassen war, schob sich auf die rechte Spur, drückte auf das Abstell-Signal, das sämtliche Außenscheinwerfer in einen Blinkrhythmus versetzte, und schaltete die Automatik ein. Seine Maschine fing das Signal vom Straßenrand auf und schwenkte mit immer noch 90 Stundenkilometern in die Ausstiegsbucht ein.

Fisk ließ den Steuerknüppel los.

Fanghaken unter dem Buick rasteten in die Schlaufen der Bucht ein und bremsten das Gefährt unvermittelt ab. Fisk flog in die Sicherheitsgurte.

Auf der Wand vor ihm leuchtete grellrot die Warnung: »NOCH 7 SEKUNDEN! NOCH 7 SEKUNDEN!«

Das reicht locker, dachte er.

Er riß mit der Rechten seine Aktenmappe aus der Ablage am Armaturenbrett, während er mit der Linken den Sicherheitsgurt löste und mit dem Knie den Türöffner betätigte. Mit einem Sprung hatte er das Fußgänger-Gleitband erreicht. Erst drei Sekunden später glitt die Wand nach oben. Sein Wagen schoß mit einem Ruck in die Liftbox, die ihn nach unten an einen exakt kodierten Parkplatz bringen würde. Wenn Fisk später sein Ausweis-Signal in das Computer-System einspeicherte, kam ihn das Auto wieder abholen, durchgecheckt, aufgetankt und bereit für die halsbrecherische Abendjagd aus der Stadt.

Fisk warf einen Blick auf seine Armbanduhr – noch vier Minuten bis zu seinem Gespräch mit William Merrill, dem Boss, der als Verbindungsoffizier zwischen dem Verkehrsausschuß des Innenministeriums und dem Präsidenten fungierte. Fisk nahm eine gleichgültige, unpersönliche Haltung an, als er mit dem Menschenstrom auf dem Gleitband entlanghastete.

Eines Tages, dachte er, werde ich mir einen hübschen, ruhigen Job auf einer Hydroponik-Station weit draußen im Meer suchen, wo ich nur Skalen ablesen muß und wo es keine höhere Geschwindigkeit gibt als die 65 Stundenkilometer eines Fußgänger-Gleitbandes. Er fischte eine grüne Pille aus seiner Manteltasche und schluckte sie in der Hoffnung, daß er keine zweite nehmen mußte, ehe sein Blutdruck wieder auf den Normalwert absank.

Inzwischen hatte er die Kapsel des Schnellift-Systems betreten, die ihn auf einer individuell berechneten Kurve in bequeme Reichweite seines Ziels bringen sollte. Er schob die Arme in die Halteklammern. Die Tür schloß sich mit einem dumpfen Laut. Er vernahm ein fernes Zischen und fühlte einen Moment lang einen Druck nach unten, der sich jedoch rasch verteilte. Er musterte den vertrauten Braunton der gegenüberliegenden Wand. Gleich darauf wich der Druck von ihm, die Kapsel hielt lautlos an, und die Tür schwang auf.

Fisk betrat den breiten Korridor. Er wich den Leitpfeilen zur Hochgeschwindigkeitsrampe aus und schob sich durch den allmählich verebbenden Strom von Menschen, die ringsum zu ihren Arbeitsplätzen hasteten.

Sekunden später stand er in Merrills Vorzimmer. Die Sekretärin vom Militärischen Frauen-Korps war eine gut gebaute Brünette, die enorme Tüchtigkeit ausstrahlte. Sie schaute von ihrem Schreibtisch auf, als er eintrat.

»Oh, Mister Fisk«, sagte sie, »Wie schön, daß Sie eine Minute zu früh kommen! Mister Merrill ist bereits da. Ich kann Ihnen neun Minuten einräumen. Hoffentlich reicht das. Er hat heute einen sehr gedrängten Terminplan, weil nachmittags diese Unterausschußsitzung des Sicherheitsrates mit dem Präsidenten stattfindet.« Sie hatte sich erhoben und hielt ihm die Tür zu Merrills Büro auf. Mit einem Seufzer fügte sie an: »Wäre es nicht herrlich, wenn jemand den Achtundvierzigstundentag erfände?«

Den gibt es doch längst, dachte er. Wir haben ihn lediglich in das alte Vierundzwanzigstunden-Modell gepackt.

»Mister Fisk ist da«, meldete sie und trat zur Seite.

Nun befand sich Fisk also im Allerheiligsten seines Chefs, und das einzige, woran er denken konnte, war die Tatsache, daß er den Garagenlift seiner 210 Kilometer entfernten Wohnung vor nicht mehr als zweiunddreißig Minuten verlassen hatte. Er hörte, wie die Militär-Sekretärin die Tür hinter ihm schloß.

Merrill, ein drahtiger Rotschopf mit nervös angespannter Miene, einer blassen, sommersprossigen Haut und einem schmalen Gesicht, saß an seinem Schreibtisch direkt gegenüber der Tür. Er schaute auf, richtete seine grünen Augen auf Fisk und sagte: »Setzen Sie sich, Marty, aber machen Sie Dampf!«

Fisk durchquerte das Büro. Es war ein sechsseitiges Gebilde, das an der breitesten Stelle etwa zwölf Meter aufwies. Merrill saß mit dem Rücken zur schmalsten Wand; die größte Fläche befand sich schräg rechts von ihm. Sie enthielt eine Karte der Vereinigten Staaten, die laufend per Computer auf den neuesten Stand gebracht wurde. Farbverstärkte rote, blaue und purpurne Linien zeigten die Verkehrsdichte der großen Schnellstraßen an, die das ganze Land durchzogen. An der Decke sah man eine ähnliche Karte von der westlichen Hemisphäre; sie bildete allerdings nur die Verkehrsadern ab, die zwanzig Spuren und mehr besaßen.

Fisk ließ sich in den Sessel gegenüber Merrill fallen. Als er sich eine dunkle Haarsträhne aus der Stirn schob, spürte er, daß sie schon wieder schweißfeucht war. Verdammt! dachte er. Ich werde doch noch eine Pille nehmen müssen!

»Nun?« fragte Merrill.

»Ich habe alles hier«, sagte Fisk und klatschte die Aktenmappe auf Merrills Schreibtisch. »Zehn Tage, 65 000 Reisekilometer und achtzehn persönliche Interviews, dazu einundfünfzig Interviews und Berichte meiner Assistenten.«

»Sie wissen, daß sich der Präsident Sorgen wegen dieser Angelegenheit macht«, erklärte Merrill. »Hoffentlich sind die Unterlagen so geordnet, daß ich sie ihm heute nachmittag präsentieren kann.«

»Geordnet sind sie«, meinte Fisk. »Aber davon werden sie nicht erfreulicher.«

»Das hatte ich befürchtet«, sagte Merrill. »Die wenigsten Dinge, die über meinen Schreibtisch laufen, sind erfreulich.« Er hob plötzlich den Kopf, als ein gelber Streifen auf der Deckenkarte eine Teilblockade der Interkontinental-Autobahn in der Nähe von Caracas anzeigte. Seine Rechte schwebte über einem Interkom-Schalter. Das Gelb ging in Rot und Blau und schließlich in Purpur über.

»Innerhalb von zwei Tagen der vierte Stau in dieser Gegend«, murmelte Merrill und ließ die Hand sinken. »Ich werde in meinen Terminkalender von heute mittag ein Gespräch mit Mendoza einschieben müssen. Okay.« Er wandte sich wieder an Fisk. »Nun in Kurzfassung: Was ist in all diese Verrückten gefahren, die sich einbilden, daß sie quer durch die Lande umziehen müssen?«

»Ich erhielt eine Reihe eng verzahnter Faktoren, die meine ursprüngliche Ahnung stützen«, erklärte Fisk.

»Auch die Psychologen-Abteilung bestätigt es. Die Frage ist jetzt vor allem, ob sich der Trend großräumig einpendelt und ausgleichen läßt. Sie können dem Präsidenten unter der Hand verraten, daß politische Konsequenzen ersten Ranges im Spiel sind. Wenn die falschen Leute von dieser Sache Wind bekommen, kann es kritisch werden.«

Merrill schaltete seinen Schreibtisch-Recorder ein und sagte: »Okay, Marty, sprechen Sie den Rest auf Band. In Kurzfassung und der Reihe nach, wenn ich bitten darf. Ich höre mir den Text noch einmal an, wenn ich Ihren Report lese.«

Fisk nickte. »Also gut.« Er holte ein Bündel von Akten aus seiner Tasche und reihte sie nebeneinander auf. »Da war zunächst der Originalbericht, daß sich im ganzen Land die Umzüge häuften, und zwar von völlig irren Ausgangspunkten zu ebenso irren Zielen. Die Leute, die ihre Heimat verließen, waren in der Regel brave, schüchterne Typen – keine Pioniere, die ihre Zelte aus reiner Abenteuerlust abbrechen.«

»Haben Sie die Psychoprofile beigeheftet?« fragte Merrill. »Ich muß dem Präsidenten Fakten vorlegen, sonst ist er schwer zu überzeugen.«

»Hier.« Fisk deutete auf einen der Ordner. »Außerdem enthält der Umschlag Fotokopien von Rechnungen der mobilen Tankstationen und rollenden Imbißstuben, die beweisen, daß die Leute genau die gleichen sind, die wir analysiert haben.«

»Unheimlich«, sagte Merrill. Er schielte zu einem gelben Flackern an der Deckenkarte und wandte dann seine Aufmerksamkeit wieder Fisk zu.

»Die Auskünfte der staatlichen Finanzämter befinden sich hier.« Fisk deutete auf einen weiteren Ordner. »Und – ach ja – eine Analyse des Gebrauchtwagenhandels, aufgeschlüsselt nach geographischen Zonen. Dazu kommen Daten zu Führerscheinrückgaben, sowie die Bank- und Kreditunterlagen, denen man die geschäftlichen Transaktionen der Umzüge entnehmen kann. Manche dieser Spinner verscherbelten gutgehende Geschäfte weit unter Preis und ließen sich an ihren neuen Wohnorten in völlig fremden Branchen nieder. Andere tauschten tolle Jobs gegen schlechter bezahlte Arbeit ein. Einige Großunternehmen sind besorgt über diese Entwicklung. Sie haben aus unerklärlichen Gründen ihre besten Fachkräfte verloren. Und das Sozialministerium rechnet damit ...«

»Einen Augenblick! Was soll die Analyse des Gebrauchtwagenhandels?« unterbrach ihn Merrill.

Typisch, daß er sofort den Finger auf die richtige Stelle legt! dachte Fisk. Laut erklärte er: »Es fiel auf, daß eine Reihe dieser Leute ihre Autos verkauften und sich keine neuen Fahrzeuge mehr zulegten.«

»Hat sich das schon bei den Firmenbossen von Detroit herumgesprochen?« fragte Merrill.

»Ich bin äußerst behutsam vorgegangen«, meinte Fisk. »Aber es gibt sicher Ärger, wenn sich ihre Interviewer die gleichen Leute vornehmen wie wir.«

»Dann halte ich es für besser, die Untersuchungsergebnisse mit ihnen zu diskutieren«, sagte Merrill. »Ihr politischer Einfluß darf nicht unterschätzt werden. Wie steht es mit den Orten, in denen sich die Umsiedler bevorzugt niederlassen?«

»Die gemeinsamen Faktoren sind sehr aufschlußreich«, sagte Fisk. »Den größten Zuzug erhalten Gebiete, die unsere Verkehrsexperten respektlos als ›Mündungssümpfe‹ bezeichnen – Gebiete also, wo die Autobahnzubringer abnehmen und man die Schnellstraßen gefahrlos verlassen kann.«

»Zum Beispiel?«

»Oh – New York, San Francisco, Seattle, Los Angeles.«

»Ist das alles?«

»Nein. Einen erheblichen Zuwachs verzeichnen

auch die Gegenden, in denen der Verkehr aufgrund von Straßenbaumaßnahmen verlangsamt abläuft. Es gab regelrechte Einzugswellen in Bangor / Maine ... Blaine / Washington ... und, mein Gott, in Calexio / Kalifornien! Das Kaff wurde an zwei aufeinanderfolgenden Wochenenden von einhundertsiebzig dieser unheimlichen Neuankömmlinge überschwemmt.«

Müde fragte Merrill: »Ich nehme an, das Schema ist überall das gleiche?«

»Hundertprozentig. Die Leute sind in mittleren Jahren oder etwas älter, fuhren gut erhaltene, aber nicht gerade neue Autos, scheuen vor Flugreisen zurück, zögern, wenn man sie fragt, weshalb sie sich so weit von ihrem Heimatort entfernt haben. Allmählich verändert sich der Charakter ganzer Ortschaften in diesen Mündungsgebieten. Die Menschen wirken alle gleich – konservativ, ängstlich ... Sie wissen, was ich sagen will.«

»Leider. Es wird politische Konsequenzen geben. Die Kongreßabgeordneten aus diesen Gegenden werden dem neuen Charakter Rechnung tragen, da können wir Gift drauf nehmen. Das hatten Sie doch gemeint, oder?«

»Ja.« Fisk sah, daß er nur noch ein paar Minuten hatte, und seine Nervosität stieg. Er überlegte, ob er in Merrills Gegenwart eine Pille schlucken könnte, und entschied sich dagegen. »Dazu kommen weitreichende Folgen für das Versicherungswesen. Die Kosten steigen laufend, und die Leute fangen an, sich zu beschweren. Als ich gestern spät abends heimkam, lag ein neuer Bericht auf meinem Tisch. Die Umzügler waren beinahe ausnahmslos vorsichtige Autofahrer, die nicht das geringste Risiko eingingen. Wenn sie keine Beiträge mehr zahlen, müssen die anderen um so höhere Kosten tragen.«

»Ich werde die Möglichkeiten einer Subvention prüfen lassen«, sagte Merrill. »Sonst noch etwas? Ihre Zeit ist gleich um.«

Die Zeit ist gleich um, dachte Fisk. Die Story unseres Lebens! Er zeigte auf den nächsten Ordner. »Das hier sind Vermißten-Berichte. Ich habe eine Grafik beigefügt, die gut in unser Bild paßt. Außerdem sollten Sie einen Blick auf die Scheidungsakten werfen, die ich gesammelt habe. Ehefrauen, die sich weigerten, mit ihren Männern umzuziehen ... all das.«

»Ein Ehemann zieht weg, und seine Frau weigert sich, ihm zu folgen?«

»So sieht es in der Regel aus. Es gibt aber auch Fälle, in denen die Ehefrau wegzieht und sich weigert, wieder heimzukehren. Böswilliges Verlassen ... sehr aufschlußreich.«

»Ja, auch das hatte ich befürchtet«, sagte Merrill. »Also schön, ich befasse mich noch einmal mit dem Bericht, wenn ...«

»Eine letzte Sache, Chef«, unterbrach ihn Fisk. »Die Telegramme und Aufzeichnungen der Speditionsfirmen.« Er wies auf einen dicken Ordner zu seiner Rechten. »Ich ließ Fotokopien anfertigen, weil das kein Mensch glaubt, der es nicht mit eigenen Augen gesehen hat.«

»Ja?«

»Die Speditionsfirma erhält einen Auftrag aus, sagen wir, Bangor, einen Haushalt in Tulsa / Oklahoma aufzulösen. Der Brief schließt die Bitte ein, die Katze, den Hund, den Papagei oder was immer zu füttern. Die Spediteure fahren zur angegebenen Adresse und finden dort einen halbverhungerten Hund oder eine dürre Katze – mitunter sind die Tiere sogar eingegangen. Eine Firma entdeckte ein Aquarium mit toten Goldfischen.«

»Und daraus folgt?«

»Diese Häuser fügen sich genau in das Mosaik«, erklärte Fisk. »Die Packer finden Speisen auf dem Herd, Teller auf dem Tisch – lauter Hinweise, daß die Leute, die hier fortgingen, eigentlich die Absicht hatten, gleich wiederzukommen ... nur – sie taten es nicht. Im Speditions-Jargon heißen diese Aufträge inzwischen ›Mary-Celeste-Umzüge‹ – nach dem Segelschiff benannt, das ...«

»Ich kenne die Geschichte«, winkte Merrill unwirsch ab.

Merrill rieb sich müde die Stirn und ließ dann die Hand schwer auf den Schreibtisch sinken. »Also schön, Marty, es paßt alles zusammen«, sagte er. »Die Typen brechen an einem schönen Samstag- oder Sonntagnachmittag zu einer kleinen Spazierfahrt auf. Irgendwo erwischen sie die falsche Abzweigung, und plötzlich sind sie auf der Einbahn-Rampe zu einer der großen Expreß-Autobahnen. Sie sind noch nie im Leben schneller als 240 gefahren, doch der Expreß-Leitstrahl zwingt sie nun, ihren Wagen auf 450 bis 500 hochzujagen. Sie geraten in Panik, schalten auf Automatik und wagen es nicht mehr, auch nur einen Hebel zu berühren, bis sie eine Gegend erreichen, wo sie wegen des Verteilernetzes abgebremst werden. Und danach kann man von Glück sagen, wenn sie je wieder ein Ding mit vier Rädern besteigen.«

»Sie verkaufen ihre Autos«, ergänzte Fisk, »und benutzen von da an die lokalen U-Bahnen und Busse. Bei den Gebrauchtwagenhändlern sind sie als ›Paniker‹ bekannt. Da kommt ein Typ mit einer Zulassungsnummer aus einem ganz anderen Staat vorgefahren, steigt mit glasigem Blick und zitternden Knien aus und fragt: ›Wieviel geben Sie mir für meinen Wagen?‹ Der Händler macht natürlich das Geschäft seines Lebens.«

»Natürlich«, sagte Merrill. »Nun, wir müssen die Angelegenheit vertuschen, wenigstens so lange, bis der Kongreß die Mittel für die neue Trans-Huron-Schnellstrecke bewilligt hat. Danach ...« Er zuckte die Achseln. »Ich weiß es noch nicht, aber uns wird schon etwas einfallen.« Er entließ Fisk mit einer flüchtigen Handbewegung und beugte sich über seinen Schreibtischrecorder. Dann schaute er noch einmal auf. »Bleiben Sie in der Nähe, Marty, vielleicht brauche ich Sie noch!«

Sekunden später stand Fisk draußen auf dem Korridor und warf einen Blick auf die Führungspfeile der Schnellrampe, die ihn zu seinem eigenen Büro bringen würde. Ein Mann rempelte ihn an, und Fisk sah, daß er den Zutritt zum Gleitband versperrte. Er zögerte immer noch, sich dem dahinjagenden Menschenstrom anzuschließen.

Nein, dachte er. Ich zögere nicht. Ich habe Angst.

Er war allerdings ehrlich genug, sich einzugestehen, daß er keine Angst vor der Rampe selbst hatte, sondern vor dem, was sie verkörperte – wohin sie ihn bringen konnte.

Was mein Wagen wohl noch wert ist? überlegte er. Und: Ob meine Frau mit umziehen würde? Er wischte sich die schweißnasse Handfläche am Ärmel ab, nahm eine grüne Pille aus der Tasche und schluckte sie. Dann trat er in den Korridor hinaus.

DER TAKTVOLLE SABOTEUR

1964

Das haben schon andere Männer als Sie versucht!« höhnte Clinton Watt.

»Ich zitiere Paragraph 4, Absatz 91 des revidierten Verfassungszusatzes«, sagte der Außerordentliche Saboteur Jorj X. McKie. »Da sich das Bedürfnis nach Behinderungsaktionen in Regierungskreisen als wesentlicher Sicherheitsfaktor für die Menschenrechte erwiesen hat, muß die Immunitätsfrage mit äußerster Präzision definiert werden.«

McKie saß Clinton Watt, dem Sabotageminister der Intergalaktischen Regierung, an einem blitzend polierten Schreibtisch gegenüber. Eine gespannte Atmosphäre herrschte zwischen den grüntapezierten Wänden des Büros, die nur von einem Bildschirm unterbrochen wurden, der sich hinter Watt befand. Er zeigte einen Ausschnitt des Viertels der Intergalaktischen Regierung und zahlreiche Menschen, die eilig ihren morgendlichen Geschäften nachgingen.

Watt, ein kleiner Mann, der vor Energie zu knistern schien, fuhr sich mit der Hand über den kahlrasierten Schädel. »Na schön«, sagte er plötzlich mit müder Stimme. »Dies hier ist das einzige Regierungsministerium, das Sabotageversuchen gegenüber nie Immunitätsschutz haben wird. Als Sie das Gesetz zitierten, haben Sie den Vorschriften Genüge getan. Und jetzt schlagen Sie endlich zu!«

McKie, der mit seinen bulligen, feisten Zügen ein wenig wie eine großväterliche Kröte wirkte, setzte die finstere Miene eines Zwergdrachen auf. Seine rote Haarmähne schien von innen heraus zu leuchten.

»Zuschlagen?« stieß er hervor. »Ja, glauben Sie denn, ich wäre hier, um an Ihrem Sessel zu sägen? Glauben Sie es wirklich?«

Und er dachte: Hoffen wir, daß er es glaubt!

»Hören Sie doch mit dem Theater auf«, sagte Watt. »Wir wissen doch beide, daß Sie für diesen Sessel hier in Frage kommen.« Er tätschelte eine Armlehne. »Und ebenso wissen wir, daß die einzige Möglichkeit, mich zu eliminieren und sich zu qualifizieren, darin besteht, mich mit einer Meister-Sabotage zu übertreffen. Na schön, McKie, ich habe über achtzehn Jahre hier gesessen. Wenn ich noch fünf Monate schaffe, bedeutet das einen neuen Rekord. Legen Sie also endlich los! Ich warte.«

»Ich bin nur aus einem Grund hier«, sagte McKie. »Ich möchte meinen Bericht über die Suche nach dem Außerordentlichen Saboteur Napoleon Bildoon abliefern.«

McKie lehnte sich zurück und dachte: Wenn er den wirklichen Grund meines Hierseins ahnt, würde er sich dann so benehmen? Vielleicht. Der Mann hatte sich schon zu Anfang ihres Gesprächs komisch benommen, aber wenn man es mit einem Kollegen aus dem Sabotageministerium zu tun hatte, war es nicht leicht, ein echtes Motiv zu erraten.

In Watts knochigem Gesicht war vorsichtiges Interesse zu lesen. Er fuhr sich mit der Zunge über die Lippen und schien sich zu fragen, ob McKie nicht doch einen guten Trick auf Lager hätte. Doch man hatte ihm tatsächlich die Aufgabe übertragen, nach dem verschollenen Bildoon zu suchen, und deswegen bestand durchaus die Möglichkeit …

»Haben Sie ihn gefunden?« fragte Watt.

»Ich weiß nicht genau«, sagte McKie. Er fuhr sich

mit den Fingern durch das rote Haar. »Bildoon ist nämlich ein Pan-Spechi.«

»Heilige Zerrüttung!« explodierte Watt. »Ich weiß doch, wer und was meine Agenten sind! Schließlich unterstehen sie unserer Aufsichtspflicht! Wenn also einer unserer besten Leute von der Bildfläche verschwindet … Was soll das heißen, Sie wissen es nicht genau?«

»Die Pan-Spechi sind ziemlich eigenartige Geschöpfe«, sagte McKie. »Bloß weil sie eine humanoide Form angenommen haben, neigen wir dazu, ihren fünfphasigen Lebenszyklus zu vergessen.«

»Bildoon hat mir selbst gesagt, daß er sein Gruppen-Ego noch mindestens zehn Jahre behalten wird«, sagte Watt. »Ich glaube zwar, daß er ehrlich war, aber …« Er zuckte die Achseln, und die Kraft schien ihn zu verlassen. »Na ja, das Gruppen-Ego ist die einzige Sache, bei der sie Eitelkeit zeigen, deshalb …« Er zuckte erneut die Achseln.

»Bei der Befragung der anderen Pan-Spechi im Ministerium mußte ich natürlich vorsichtig sein«, sagte McKie. »Aber ich habe eine Spur verfolgt, die bis nach Achus führte.«

»Und?«

McKie holte eine weiße Phiole aus der Tasche seines weißen Jacketts und verstreute ein metallisches Pulver auf dem Schreibtisch.

Watt schob sich ein Stück vom Schreibtisch zurück und beäugte es mißtrauisch. Dann schnüffelte er vorsichtig daran. Es roch nach Chalf, dem Anreißpulver. Trotzdem …

»Es ist nur Chalf«, sagte McKie. Und er dachte: Wenn er mir das abkauft, krieg ich auch den Rest hin.

»Reißen Sie es an!« sagte Watt.

Seine Erregung verbergend, hielt McKie den Chalf-Speicherstab über die staubige Schreibtischplatte. Das Chalf zeigte einen Kreis mit Pfeilen, die im Uhrzeigersinn vom Mittelpunkt ausgingen. In jedem Segment des Kreises stand ein Symbol: in einem das Pan-Spechi-Zeichen für das Ego, dann das Delta für das fünfte Geschlecht, und schließlich die drei Linien, die die schlafenden Drillinge im Hort darstellten.

McKie deutete auf das Delta des fünften Geschlechts. »Ich habe einen Pan-Spechi in diesem Stadium gesehen, der Bildoon etwas ähnlich sieht und dem Anschein nach einige seiner Eigenschaften aufweist. Natürlich kann ein solches Wesen seine Identität nicht genau klären. Na ja, Sie wissen doch, wie diese quasi-femininen Wesen des fünften Geschlechts reagieren.«

»Lassen Sie sich nicht von diesen amourösen Verhaltensweisen narren«, warnte Watt. »Trotz Ihrer üblen Neigungen möchte ich Sie ungern an einen Pan-Spechi-Hort verlieren.«

»Bildoon würde nie die Identität eines Kollegen rauben«, sagte McKie. Er zupfte an seiner Unterlippe, weil er sich plötzlich unsicher fühlte. Jetzt kam natürlich der gefährlichste Teil seines tückischen Plans. »Sofern er es überhaupt war.«

»Haben Sie den gegenwärtigen Halter des Gruppen-Egos getroffen?« fragte Watt. Seine Stimme verriet echtes Interesse.

»Nein«, sagte McKie, »aber ich glaube, daß das Einzel-Ego dieses Pan-Spechi etwas mit den Steuerfahndern zu tun hat.« McKie wartete ab, ob Watt den Köder schlucken würde. »Ich habe noch nie gehört, daß einem Pan-Spechi ein Egowechsel aufgezwungen worden wäre«, sagte Watt in einem nachdenklichen Tonfall, »aber das heißt natürlich nicht, daß es unmöglich wäre. Wenn die Steuerfahnder entdeckt haben, daß Bildoon ihre Bemühungen sabotiert hat … hm …«

»Dann war Bildoon wirklich hinter den Steuerfahndern her«, sagte McKie.

Watt runzelte die Stirn. McKies Frage war äußerst

geschmacklos. Senior-Agenten schnüffelten nicht in der Arbeit eines Kollegen herum, es sei denn, sie arbeiteten zusammen an einem Projekt, oder die Information wurde freiwillig gegeben. Im Sabotageministerium durfte die Linke aus gutem Grund nicht wissen, was die Rechte tat. Es sei denn ... Watt musterte nachdenklich seinen Außerordentlichen Saboteur.

Als Watt nichts sagte, zuckte McKie die Achseln. »Mit inadäquaten Informationen kann ich nicht arbeiten«, sagte er. »Deswegen sehe ich mich gezwungen, den Auftrag, nach Bildoon zu suchen, abzugeben. Ich werde mich statt dessen um die Steuerfahnder kümmern.«

»Werden Sie nicht!« fuhr Watt ihn an.

McKie zwang sich, nicht auf das Bild zu schauen, das er auf die Tischplatte gemalt hatte. Jetzt kam der kritische Augenblick.

»Besser wäre es, Sie hätten einen rechtlichen Grund für diese Verweigerung«, sagte McKie.

Watt drehte sich halb in seinem Sessel, warf einen Blick auf den Bildschirm und musterte die seitliche Wand. »Die Situation ist extrem heikel geworden, Jorj. Es ist bekannt, daß Sie zu unseren besten Saboteuren gehören.«

»Sparen Sie sich den Honig für jemanden, der ihn brauchen kann!« knurrte McKie.

»Dann lassen Sie es mich so sagen«, sagte Watt und richtete den Blick wieder auf McKie. »Die Steuerfahnder haben sich dem Ministerium gegenüber kürzlich als ernste Bedrohung erwiesen. Sie haben es geschafft, einen Oberrichter davon zu überzeugen, daß sie die gleiche Immunität gegenüber unseren Bemühungen verdienen wie etwa ... nun, die städtischen Wasserwerke oder ... ah ... die Nahrungsmittelfabriken. Der Magistrat, Richter Edwin Dooley, hat den öffentlichen Sicherheitszusatz in Anwendung gebracht. Uns sind die Hände gebunden. Der geringste Verdacht, wir könnten diese Verfügung mißachten ...«

Watt fuhr sich mit einem Finger über die Kehle. »Dann kündige ich«, sagte McKie.

»Sie werden nichts dergleichen tun!«

»Dieser SW-Laden will doch offensichtlich unser Ministerium lahmlegen, oder?« fragte McKie. »Ich erinnere mich ebenso wie Sie an den Eid, den ich geschworen habe.«

»Jorj, ein solcher Simpel können Sie doch nicht sein«, sagte Watt. »Sie wollen doch nur kündigen, weil Sie sich einbilden, daß das Ministerium dann von der Verantwortung für Ihre Tätigkeit entbunden ist. Der Trick ist doch so alt wie die Zeitrechnung!«

»Dann werfen Sie mich raus!« sagte McKie.

»Ich habe keinen legalen Grund, Sie zu feuern, Jorj.«

»Deklarieren Sie es als Befehlsverweigerung gegenüber einem Vorgesetzten!« sagte McKie.

»Niemand würde darauf reinfallen, Sie Narr!«

McKie schien zu zögern, dann sagte er: »Die Öffentlichkeit hat doch keine Ahnung, wie es in unserem Ministerium zugeht und wie die Befehlsgewalt wechselt. Vielleicht sollten wir ein bißchen mehr Öffentlichkeit herstellen.«

»Jorj, bevor ich Sie hinauswerfe, brauchte ich einen so überzeugenden Grund, daß... Ach, es hat doch wirklich keinen Zweck!«

Die Tränensäcke unter McKies Augen hoben sich, bis seine Augen nur noch Schlitze waren. Jetzt war der kritische Moment da. Er hatte es geschafft, einen Jicuzzi-Stimulator an allen Detektoren vorbei in Watts Büro zu schmuggeln, indem er die Strahlung des Geräts mit einer Imitation der Reversmarke getarnt hatte, die die Agenten des Ministeriums trugen.

Er berührte die Marke mit einem Finger und ertastete die erhabenen Buchstaben, die ihn auswiesen. Die Berührung richtete den Strahlungskern auf den auf der Tischplatte verstreuten Metallstaub.

Watt umklammerte beide Sessellehnen und musterte McKie mit neu erwachter Spannung.

»Wir haben die gesetzliche Auflage, die Hände von den Steuerfahndern zu lassen«, sagte Watt. »Alles, was diesen Leuten passiert oder ihren Intentionen zuwider läuft, uns lahmzulegen – selbst gewöhnliche Unfälle –, wird man uns in die Schuhe schieben. Wir müssen in der Lage sein, uns zu schützen. Auf niemanden, der je mit uns zu tun gehabt hat, darf der leiseste Verdacht fallen.«

»Wie wär's, mit einem so glatt gebohnerten Fußboden, daß ihre Kuriere auf die Schnauze fallen? Wie wär's, wenn wir ihre Türschlösser so manipulieren würden, daß sie sich nur noch mit Verzögerung ...«

»Nichts.«

McKie musterte seinen Chef. Jetzt kam es darauf an, daß der Mann sich still verhielt. Er wußte, daß Watt Detektoren am Körper trug, die ihn vor konzentriertem Strahlungsbeschuß warnten. Aber der Jicuzzi-Stimulator war so eingestellt, daß seine Ladung von der metallischen Staubschicht auf dem Schreibtisch reflektiert wurde, und das erforderte einige Sekunden relative Stille.

Sie saßen beide unbeweglich da und starrten einander an, bis Watt sich allmählich darüber wunderte, wie still McKie dasaß. Der Mann hielt sogar den Atem an!

McKie holte tief Luft und stand auf.

»Ich warne Sie, Jorj«, sagte Watt.

»Sie warnen mich?«

»Ich kann Sie, falls es nötig ist, auch mit körperlicher Gewalt zurückhalten.«

»Clint, mein alter Feind, sparen Sie sich den Atem! Was geschehen ist, ist geschehen.«

Ein Lächeln umspielte McKies breiten Mund. Er drehte sich um und ging zur einzigen Tür des Raums, legte die Hand auf die Klinke und blieb stehen.

»Was haben Sie getan?« explodierte Watt.

McKie sah ihn immer noch an.

Watts Kopfhaut fing nun wie wahnsinnig an zu jucken. Er hob die Hand und fühlte – ein Gewirr von langen, zuckenden Tentakeln! Unter seinen Fingern wurden sie noch länger. Schlängelnd wuchsen sie aus seiner Kopfhaut hervor.

»Ein Jicuzzi-Stimulator«, keuchte Watt.

McKie ging hinaus und schloß die Tür.

Watt sprang aus dem Sessel hoch und raste zur Tür. Verschlossen!

Er kannte McKie, deswegen unternahm er keinen Versuch, sie zu öffnen. In hektischer Eile klatschte er eine Handvoll Plastiksprengstoff an die Tür und machte einen Satz durch die Öffnung, als die Tür in tausend Fetzen flog. Er landete auf dem Korridor und schaute erst in die eine, dann in die andere Richtung.

Der Gang war leer.

Watt seufzte. Die Tentakel wuchsen zwar jetzt nicht mehr, aber sie waren lang genug, daß er sie mit eigenen Augen sehen konnte; eine regenbogenfarbene Masse zuckender, wurmiger Gebilde, die nun ein Teil seines Ichs waren. Und McKie war mit dem Original-Stimulierer der einzige, der den Prozeß rückgängig machen konnte; es sei denn, Watt war dazu bereit, persönlich auf unbestimmte Zeit bei den Jicuzzi zu leben. Nein. Das kam gar nicht in Frage!

Watt analysierte seine Lage.

Die stimulierten Tentakel konnten nicht operativ entfernt werden. Man konnte sie auch nicht zusammenbinden oder irgendwie bedecken, ohne das Lebens des Menschen zu gefährden, auf dem sie wuchsen. Und ihr Dasein würde ihn gerade jetzt, während der kritischen Phase der Probleme mit den Steuerfahndern, behindern. Wie sollte er mit diesen Dingern, die auf seinem Kopf einen Medusentanz vollführten, auf Konferenzen oder bei Interviews erscheinen? Man würde ihn auslachen! Man würde fortwährend Witze über ihn reißen!

Und wenn McKie verborgen blieb, bis die Vollversammlung über die Neubesetzung seiner Position beriet … Aber nein! Watt schüttelte den Kopf. Dies war kein Sabotagefall, der einen Wechsel in der Leitung des Ministeriums erforderlich machte. McKies Vorstoß war zu direkt gewesen und wies keinerlei Feingefühl auf. Es war nur ein übler Scherz, eine Clownerie.

Doch McKie war bekannt für seine Clownerien und seinen mangelnden Respekt vor der arroganten Dünkelhaftigkeit der Regierung.

War ich dünkelhaft? fragte sich Watt.

Wenn er ehrlich war, mußte er es zugeben.

Ich werde noch heute um meine Entlassung nachsuchen, dachte er. Direkt nachdem ich McKie gefeuert habe. Man braucht mich bloß anzusehen, dann wird keiner mehr daran zweifeln, warum ich es tat. Dies ist so ziemlich der überzeugendste Grund, den man finden kann.

Watt bog nach rechts ab, zum Labor, um zu sehen, ob man ihm helfen konnte, die zuckende Masse irgendwie unter Kontrolle zu bringen.

Der Präsident wird bestimmt wollen, daß ich an Bord bleibe, bis McKie seine nächsten Schritte unternimmt, dachte Watt. Ich muß weiterhin funktionstüchtig bleiben.

McKie wartete mit mühsam unterdrückter Nervosität im Wohnzimmer des achusianischen Landhauses. Achus war der Regierungsplanet des Vulpecula-Sektors, eines Gebiets von außerordentlichem Reichtum, und der Raum auf diesem Berggipfel erlaubte ihm einen herrlichen Ausblick über die im Südwesten liegenden niedrigeren Gipfel und Vorgebirge. Alles lag im purpurnen Licht einer nach Westen ziehenden Sonne der Klasse G III.

Doch McKie ignorierte die Aussicht und bemühte sich, alle Ecken des Raumes gleichzeitig im Blickfeld zu behalten. Hier hatte er einen Pan-Spechi des fünften Geschlechts zusammen mit dem vierten gesehen: den Halter des Gruppen-Egos. Das konnte nur bedeuten, daß sich auch der Hort mit den drei Schlafenden in der Nähe befand. So oder so, dies war ein gefährlicher Ort für jemanden, der nicht durch die Bande der Freundschaft oder gemeinsame Interessen geschützt wurde.

Der Wert der Pan-Spechi war für die universelle menschliche Gesellschaft, an der sie teilhatten, unschätzbar. Welche andere Rasse hatte ein dermaßen ausgeprägtes Gefühl für die Entscheidung, wann sie behindern und wann sie helfen sollten? Wer sonst konnte ein wichtiges Mitglied seiner Gruppe einer Situation extremster Gefahr aussetzen, ohne befürchten zu müssen, daß das Wissen des Gefährdeten verlorenging?

Es gab immer einen Schlafenden, der dort übernehmen konnte, wo der Verlorene aufgehört hatte.

Natürlich hatten auch die Pan-Spechi ihre Eigenheiten. Und ihre Gelüste waren manchmal bizarr.

»Oh, McKie.«

Die Stimme, sie war tief und männlich, kam von links. McKie wirbelte herum und nahm die Gestalt wahr, die durch die grünglitzernde, aus einem Smaragden geschnitzte Tür eingetreten war. Sie war humanoid, wies aber die Pan-Spechi-typischen Facettenaugen auf. Er wirkte wie ein terranischer Mann (wenn man von seinen blau-grünen Augen absah) unbestimmbaren Alters. Sein Leib sah in dem gelben Trikot sehr zierlich aus. Sein Schädel mit dem Blondhaar war fast quadratisch, und er hatte eine plumpe Nase und einen breiten Mund.

»Hier ist Panthor Bolin«, sagte der Pan-Spechi. »Willkommen in meinem Heim, Jorj McKie.«

McKie entspannte sich leicht. Die Pan-Spechi waren

bekannt, daß sie die Gastfreundschaft in Ehren hielten, wenn sie sie einmal ausgesprochen hatten – vorausgesetzt, der Gast verstieß nicht gegen ihre Sitten.

»Ich fühle mich geehrt, daß Sie einverstanden sind, mich zu empfangen«, sagte McKie.

»Die Ehre ist die meine«, sagte Bolin. »Wir wissen schon lange, daß Sie eine Person sind, deren Verständnis für die Pan-Spechi sehr ausgeprägt ist. Ich habe auf eine Gelegenheit gewartet, mich ungestört mit Ihnen zu unterhalten. Und jetzt sind Sie da.« Er deutete auf den Stuhlhund an der Wand zu seiner Rechten und schnippte mit den Fingern. Das halbintelligente Wesen ging hinter McKie in Stellung. »Bitte setzen Sie sich.«

McKie, dessen Argwohn bei Bolins Hinweis auf eine ›ungestörte Unterhaltung‹ von neuem erwacht war, ließ sich auf den Stuhlhund sinken und tätschelte ihn, bis er die Form annahm, die er wollte.

»Sind unsere Egos einander schon einmal begegnet?« fragte McKie. »Sie scheinen mich zu kennen.«

»Die Erkenntnis geht tiefer als das Ego«, sagte Bolin. »Möchten Sie eine Identitätsvereinigung, um diese Frage zu erforschen?«

McKie fuhr sich mit der Zunge über die Lippen. Bei den Pan-Spechi, deren einziges Ego sich in ihrem Daseinskreis irgendwie von einem Gruppenmitglied zum anderen bewegte, war dies eine heikle Angelegenheit.

»Ich … ah … im Moment nicht«, sagte McKie.

»Gut gesprochen«, sagte Bolin. »Sollten Sie Ihre Absicht ändern, würde meine Ego-Gruppe es als Zeichen höchster Ehre ansehen. Ihre Identität ist stark, wir respektieren sie.«

»Ich bin … Ich fühle mich sehr geehrt«, sagte McKie. Er rieb sich nervös das Kinn und erkannte die Gefahren dieser Unterhaltung. Alle Pan-Spechi-Gruppen zeichneten sich durch eine äußerst argwöhnische Haltung aus, wenn es um ihr wanderndes Ego ging. Das Ego versorgte den gegenwärtigen Halter mit einem höchst empfindlichen Ehrgefühl. Man konnte diesbezügliche Fragen nur in ähnlich verklausulierten Formulierungen äußern, wie sie McKie verwendet hatte.

Dennoch, wenn er einem Mitglied des fünfteiligen Lebenskreises gegenübersaß, dem auch der vermißte Außerordentliche Saboteur Napoleon Bildoon angehörte ... wenn dies der Fall war, war vieles geklärt.

»Sie fragen sich, ob wir wirklich kommunizieren«, sagte Bolin. McKie nickte.

»Der Begriff Humanität«, sagte Bolin, »– wir würden ihn etwa als Gemeinbewußtsein übersetzen –, ist auf zahlreiche unterschiedliche Lebensformen, Systeme und Denkmethoden angewandt worden. Dennoch waren wir uns über diese Frage nie einig. Das ist einer der Hauptgründe, daß sich viele von uns eurer Lebensform und dem größten Teil eures Metabolismus angepaßt haben. Wir wollten eure Stärken und Schwächen erfahren. Es hilft zwar, ist aber natürlich nicht die absolute Lösung.«

»Schwächen?« fragte McKie vorsichtig.

»Ähem ...«, machte Bolin. »Ich verstehe. Um Ihr Mißtrauen zu zerstreuen, werde ich so schnell wie möglich eines unserer Hauptwerke für Sie übersetzen lassen. Sein Titel lautet ungefähr ›Der entwicklungsmäßige Einfluß der Schwachen‹. Eins der stärksten Bande der Sympathie, die uns mit Ihrer Spezies verbindet, ist beispielsweise die Tatsache, daß wir beide äußerst verletzliche, planetengebundene Geschöpfe sind, deren bestentwickelte Verteidigung die Sozialstruktur ist.«

»Es würde mich sehr interessieren, diese Übersetzung zu sehen«, sagte McKie.

»Wünschen Sie einen weiteren Austausch von Höflichkeiten, oder würde es Ihnen etwas ausmachen, gleich zur Sache zu kommen?« fragte Bolin.

»Ich ... ah ... bin beauftragt, eine verschwundene Person unseres Ministeriums zu suchen«, sagte McKie,

»um sicherzustellen, daß dieser … ah … Person nichts zugestoßen ist.«

»Wie Sie die Nennung des Geschlechts dieser Person umgehen, ist höchst bewundernswert«, sagte Bolin. »Ich weiß Ihre heikle Lage und Ihr Taktgefühl zu schätzen. Zunächst will ich nur eins sagen: der von Ihnen gesuchte Pan-Spechi benötigt Ihre Hilfe im Augenblick nicht. Doch wir begrüßen Ihre Sorge. Sie wird jenen mitgeteilt werden, auf die sie den größten Einfluß hat.«

»Das erleichtert mich sehr«, sagte McKie. Und er fragte sich: Was hat er wirklich damit gemeint? Dieser Gedanke führte zu einem anderen, und McKie sagte: »Wenn ich dem Problem der Kommunikation zwischen zwei Spezies gegenüberstehe, fällt mir eine alte Anekdote ein.«

»Ja?« Bolin zeigte höfliche Neugier.

»Es geht um zwei Ärzte, die in der Kunst der Heilung von Geisteskrankheiten bewandert sind und sich jeden Morgen auf dem Weg zur ihrer Praxis begegnen. Sie kannten sich zwar, waren aber nicht direkt miteinander befreundet. Eines Morgens, als sie sich erneut begegneten, wandte sich der eine dem anderen zu und sagte: ›Guten Morgen.‹ Der, der gegrüßt worden war, gab keine Antwort, sondern setzte seinen Weg fort. Doch plötzlich blieb er stehen, drehte sich um, sah dem sich entfernenden Mann hinterher und sagte vor sich hin: ›Was hat er wirklich damit gemeint?‹«

Bolin fing an zu kichern, dann lachte er. Sein Lachen wurde lauter und lauter, bis er sich die Seiten hielt.

Sooo witzig war's nun auch wieder nicht, dachte McKie.

Bolins Gelächter erstarb. »Eine äußerst lehrreiche Anekdote«, sagte er. »Ich stehe tief in Ihrer Schuld. Diese Geschichte zeigt deutlich, daß Ihnen bewußt ist, wie wichtig es bei der Kommunikation ist, sich des Charakters des anderen bewußt zu sein.«

Wirklich? wunderte sich McKie. Wieso denn?

Und McKie fiel plötzlich ein, daß die Pan-Spechi innerhalb eines aus einer Fünfergruppe von Protoplasma-Einheiten bestehenden Lebenskreises ein Einzel-Ego von Individuum zu Individuum weitergaben. Er fragte sich, was es wohl für ein Gefühl war, wenn der Ego-Halter seine Identität aufgab, um zum fünften Geschlecht zu werden und den Ego-Funken an eine neu erwachsen gewordene Einheit des Hortes weitergab. Wurde das fünfte Geschlecht aus freiem Willen zum Hüter des Hortes? Gab es sich selbst auf, wenn es zu der geheimnisvollen Identitätsnahrung der drei Schlafenden wurde?

»Ich habe gehört, was Sie mit dem Sabotageminister Clinton Watt angestellt haben«, sagte Bolin. »Die Nachricht Ihrer Entlassung ist Ihnen vorausgeeilt.«

»Ja«, sagte McKie. »Deswegen bin ich auch hier.«

»Sie haben also herausgefunden, daß die Pan-Spechi-Gruppe hier auf Achus das Herz der Steuerfahnder-Organisation darstellt«, sagte Bolin. »Es war sehr mutig von Ihnen, sich direkt in unsere Hände zu begeben. Ich weiß, daß es von einem Angehörigen Ihrer Spezies viel mehr Courage verlangt, der Auslöschung seiner Identität ins Auge zu sehen, als es bei uns der Fall ist. Bewundernswert! Sie sind wirklich erstaunlich.«

McKie kämpfte ein Gefühl von Panik nieder, indem er sich ins Gedächtnis rief, daß die Unterlagen, die er für den Fall, daß er nicht zurückkam, in seiner Schublade im Hauptquartier hinterlassen hatte, noch rechtzeitig dechiffriert werden konnten.

»Ja«, fuhr Bolin fort. »Sie möchten sich vergewissern, daß die Ernennung eines Pan-Spechi zum Leiter Ihres Ministeriums für andere menschliche Spezies keine Bedrohung darstellt. Das ist verständlich.«

McKie schüttelte den Kopf, um wieder klar denken zu können. »Können Sie Gedanken lesen?« fragte er.

»Telepathie gehört nicht zu unseren Fähigkeiten«, sagte Bolin, und seine Stimme klang schwer und bedrohlich. »Ich nehme an, daß dies eine rhetorische Frage war, die sich nicht auf die Intimsphäre meines Gruppen-Egos bezog.«

»Mir war so, als läsen Sie meine Gedanken«, sagte McKie und richtete sich in einer Abwehrhaltung auf.

»So habe ich die Frage auch interpretiert«, sagte Bolin. »Entschuldigen Sie meine Frage. Ich hätte Ihren Takt und Ihr Feingefühl nicht anzweifeln dürfen.«

»Sie hoffen also, daß Sie ein Gruppenmitglied zum Minister machen können«, sagte McKie.

»Es ist bemerkenswert, daß Sie diesen Verdacht gehabt haben«, sagte Bolin. »Woher wollen Sie wissen, daß wir nicht nur vorhaben, das Ministerium zu vernichten?«

»Weiß ich gar nicht.« McKie sah sich um und bedauerte es, allein gekommen zu sein.

»Wie haben wir Ihren Verdacht erregt?« fragte Bolin sinnierend.

»Ich sollte vielleicht darauf hinweisen«, sagte McKie, »daß ich die Gastfreundschaft, die Sie mir angeboten haben, akzeptiert und nicht gegen Ihre Moralvorstellungen verstoßen habe.«

»Was höchst bemerkenswert ist«, sagte Bolin. »Trotz aller Fallen, die ich Ihnen gestellt habe, haben Sie nicht gegen unsere Sitten verstoßen. Es ist wahr. Sie bringen einen tatsächlich in eine heikle Lage. Aber vielleicht haben Sie eine Waffe. Ja?«

McKie nahm ein flackerndes Ding aus einer Innentasche.

»Ah, der Jicuzzi-Stimulator«, sagte Bolin. »Lassen Sie mich doch mal sehen ... Ist es wirklich eine Waffe?«

McKie hielt das Ding auf der Handfläche. Zunächst erschien es flach, wie ein handflächengroßes Stück rosarotes Papier. Dann veränderte es sich schrittweise, wuchs zu einem großen Rohr heran, das darauf lag.

Dann zeigte sich eine S-förmige Spirale, die sich um das Rohr wand.

»Unsere Rasse kann bis zu einem gewissen Grad ihre Gestalt verändern«, sagte Bolin. »Unter diesen Voraussetzungen stellt sich demnach die Frage, ob ich dies für eine Waffe halten muß.«

McKies Finger schlossen sich fest um das Ding. Ein dumpfes Ploppen ertönte. Purpurrote Lichtreflexe drangen zwischen seinen Fingern hervor, begleitet von einem Geruch, der an verbrannten Zucker erinnerte.

»Jetzt ist er kaputt«, sagte McKie. »Jetzt bin ich völlig waffenlos und Ihrer Gastfreundschaft ausgeliefert.«

»Ah, sehr clever von Ihnen«, sagte Bolin. »Aber denken Sie denn gar nicht an Ser Clinton Watt? Die Veränderung, die Sie ihm aufgezwungen haben, ist eine Qual für ihn. Sie haben das Instrument vernichtet, mit dem Sie den Prozeß hätten umkehren können.«

»Er kann sich auch an die Jicuzzi wenden«, sagte McKie und fragte sich, warum Bolin sich Sorgen um Watt machte.

»Oh, aber die Jicuzzi müssen dazu Ihre Erlaubnis einholen«, sagte Bolin, »so förmlich, wie sie sind. Und allein die Formulierung dieser Anfrage dürfte drei Standardjahre dauern. Sie werden nicht das geringste Risiko eingehen, Sie zu beleidigen. Und Sie können die Erlaubnis natürlich auch nicht freiwillig erteilen, ohne die Jicuzzi zu beleidigen. Vielleicht werden die Jicuzzi erst noch ein Nervenbild von Ihnen erstellen, um Ihre Reaktion auf die Anfrage zu simulieren. Sie sind kein herzloser Mensch, McKie, trotz Ihres seltsamen Getues. Ich war mir nicht bewußt, wie wichtig Ihnen diese Begegnung war.«

»Da ich nun Ihrer Gnade ausgeliefert bin«, sagte McKie, »würden Sie mich zurückhalten, wenn ich gehen wollte?«

»Eine interessante Frage«, sagte Bolin. »Sie wissen

von Dingen, die ich gegenwärtig noch nicht enthüllt sehen möchte. Sie sind sich dessen doch bewußt?«

»Natürlich.«

»Ich halte die Verfassung für ein äußerst wunderbares Dokument«, sagte Bolin. »Dieses scharfsinnige Bewußtsein von der Identität des Individuums und seiner Verbindung zur Gesellschaft als Ganzem. Von besonderem Interesse ist der Teil, der sich mit dem Sabotageministerium beschäftigt, jene Zusätze, die andeuten, daß das Ministerium von Zeit zu Zeit selbst gewisse ... ah ... Korrekturen erfahren könnte.«

Worauf will er hinaus? fragte sich McKie. Und ihm fiel auf, wie Bolin nachdenklich die Augen schloß, bis nur noch eine dünne Linie glitzernder Facetten übrigblieb.

»Ich spreche als Oberster Funktionär der Steuerfahnder zu Ihnen«, sagte Bolin, »wenn ich Sie daran erinnere, daß wir per Gesetz gegen jede Sabotage immun sind.«

Jetzt weiß ich, was ich wissen wollte, dachte McKie. Jetzt muß ich nur noch mit heiler Haut hier rauskommen!

»Fassen wir doch einmal die Ausbildung der Außerordentlichen Saboteure ins Auge«, sagte Bolin. »Was lernen die Auszubildenden über die Aktivitätsgrundlagen des Ministeriums?«

Er wird mich nicht bei einer Lüge ertappen, dachte McKie. »Wir sagen den Auszubildenden wahrheitsgemäß, daß es eine unserer Hauptaufgaben ist, Planstellen zu schaffen, die Politiker einnehmen werden«, sagte er. »Je mehr den Teig kneten, desto langsamer geht es voran.«

»Sie wissen sicher, daß es eins der größten Vergehen gegen die Pan-Spechi-Sitten ist, seinem Gastgeber Unwahrheiten zu erzählen«, sagte Bolin. »Aber sicher wissen Sie auch, daß die Verweigerung einer Antwort auf bestimmte Fragen auch so ausgelegt wird, als hätte man die Unwahrheit gesagt.«

»So wurde mir berichtet«, sagte McKie.

»Wunderbar! Und was wird Ihren Auszubildenden über die Fußangeln und Knüppel erzählt, die Sie der Gesetzgebung zwischen die Beine werfen?«

»Ich zitiere aus der momentan gültigen Ausbildungsbroschüre«, sagte McKie. »Eine der Hauptaufgaben des Ministeriums besteht darin, die Vorlage neuer Gesetze zu verzögern.«

»Großartig! Und wie sieht es mit den Debatten und offenen Schlachten aus, die bekanntermaßen von den Agenten des Ministeriums angezettelt werden?«

»Das sind reine Routinesachen«, sagte McKie. »Wir sind verpflichtet, die Diskussionen innerhalb der Regierung bis zur Weißglut zu provozieren, wo immer wir es können. Damit stellen wir die Hitzköpfe bloß, die sich nicht beherrschen und nicht auf dem Boden bleiben können.«

»Ah«, sagte Bolin. »Wie unterhaltsam.«

»Den Unterhaltungswert haben wir natürlich auch im Auge«, gab McKie zu. »Dramatik und Pathetik lassen wir möglichst häufig wirken, damit auch die Öffentlichkeit etwas davon hat.«

»Theatralische Behinderung«, meinte Bolin sinnierend.

»Behinderung ist Stärkefaktor«, sagte McKie. »Nur den Stärksten gelingt es, alle Behinderungen zu überwinden und in Regierungskreisen Erfolg zu haben. Die Stärksten ... oder die Wendigsten, was mehr oder weniger das gleiche ist, wenn es ums Regieren geht.«

»Sehr einleuchtend«, sagte Bolin. Er rieb seine Handrücken, eine typische Pan-Spechi-Geste, die Zufriedenheit ausdrückte. »Haben Sie spezielle Anweisungen, die die politischen Parteien betreffen?«

»Wir säen Zwietracht, wo immer es möglich ist«,

sagte McKie. »Opposition neigt dazu, Realitäten aufzuzeigen. Das ist einer unserer Leitsätze.«

»Würden Sie die Agenten Ihres Ministeriums als Unruhestifter bezeichnen?«

»Natürlich! Meine Eltern waren glücklich wie der Teufel, als ich schon als kleiner Junge die deutlichen Anlagen eines Unruhestifters zeigte. Sie wußten, daß es sich auszahlen würde, wenn ich erwachsen war. Also sorgten sie dafür, daß meine Veranlagung während der Schulzeit in die richtigen Bahnen gelenkt wurde. Ich bekam eine spezielle Ausbildung in angewandter Destruktion, fortgeschrittener Irritation, Erregung von Ärgernis Stufe I und II ... Ich hatte nur die besten Lehrer.«

»Sie sagen also, daß das Ministerium eine Einrichtung für die Unruhestifter der Gesellschaft ist?«

»Sieht man das nicht? Und Unruhestifter verlangen natürlich auch die Dienste der Ausbügler. Das ist eine Einrichtung für die, die etwas Nützliches leisten wollen. Wir erzielen damit ein Gleichgewicht, das der gesamten Gesellschaft dient.«

McKie wartete ab. Er beobachtete den Pan-Spechi und fragte sich, ob seine Antworten ihm genügten.

»Sie sind sich doch darüber im klaren, daß ich als Steuerfahnder zu Ihnen spreche?« fragte Bolin.

»Gewiß.«

»Die Öffentlichkeit finanziert dieses Ministerium. Sie bezahlt Menschen dafür, daß sie Unruhe stiften.«

»Ist es nicht auch so, daß die Öffentlichkeit die Polizei und die Steuerfahnder bezahlt?« fragte McKie.

Auf Bolins Gesicht zeigte sich ein hämisch-befriedigter Ausdruck. »Aber diese Behörden arbeiten zum Wohl der Menschheit!« sagte er.

»Bevor die Ausbildung beginnt«, sagte McKie, und seine Stimme nahm einen ernsten, belehrenden Tonfall an, »macht man den Saboteuranwärter mit sämtlichen unerfreulichen Perioden der Geschichte bekannt. Die

Nützlichen hatten auch ihren Erfolg – vor langer Zeit. Sie haben es tatsächlich geschafft, der Regierung auch den letzten Rest von Bürokratie auszutreiben. Die riesige Maschinerie mit ihrer Macht über das Leben der Menschen lief dann immer schneller.« McKies Stimme wurde lauter. »Gesetze wurden in einer Stunde vorgelegt und verabschiedet. Beförderungen wurden innerhalb von zwei Wochen ausgesprochen und konnten ebenso schnell wieder rückgängig gemacht werden. Neue Ministerien schossen aus den unsinnigsten Gründen aus dem Boden.«

McKie holte tief Luft, als ihm klarwurde, welch emotionelles Gewicht er in seine Worte gelegt hatte.

»Faszinierend«, sagte Bolin. »Damals wurde noch etwas geleistet, wie?«

»Geleistet?« sagte McKie hochfahrend. »Es war wie ein gigantisches Rad, das plötzlich sein Gleichgewicht verlor! Die gesamte Regierungsstruktur sah sich der Gefahr ausgesetzt, in ihre Einzelteile zu zerfallen, bevor es einer Handvoll Menschen, die intelligent genug waren, um vorauszusehen, in welcher Gefahr man sich befand, gelang, in ihrer Verzweiflung das aufzubauen, was man das Sabotagekorps nannte.«

»Ohhh, ja. Ich habe von den Gewalttätigkeiten des Korps gehört.«

Er will mich provozieren, dachte McKie. Ihm wurde klar, daß ehrlicher Zorn ihm jetzt von Hilfe sein konnte. »Na schön«, sagte er, »anfangs hat es Blutvergießen und schreckliche Zerstörungen gegeben. Aber das große Rad lief nun langsamer. Die Regierung legte nun ein kontrollierbares Tempo vor.«

»Sabotage«, höhnte Bolin. »Statt Bürokratie.«

Gut, daß er mich daran erinnert, dachte McKie.

»Der Sabotage ist keine Aufgabe zu gering und keine zu groß«, sagte er. »Wir sorgen dafür, daß sich das Rad langsam und reibungslos dreht. Irgendein anonymer Angehöriger des Korps hat es vor langer

Zeit so formuliert: ›*Im Zweifelsfall bremsen wir die Großen und fördern die Kleinen.*‹«

»Gehören die Steuerfahnder Ihrer Meinung nach zu den Großen oder zu den Kleinen?« fragte Bolin mit milder Stimme.

»Zu den Großen«, sagte McKie und wartete darauf, daß Bolin in die Luft ging.

Aber der Pan-Spechi schien nur amüsiert zu sein. »Eine unglückliche Antwort.«

»Wie sagt doch die Verfassung?« sagte McKie. »›*Das Streben nach Unglück ist ein unveräußerliches Recht aller Menschen.*‹«

»Jeder hat ein Recht auf Schwierigkeiten«, sagte Bolin und klatschte in die Hände. Zwei Pan-Spechi in der Uniform der Systempolizei traten durch die Crème-de-menthe-Smaragdtür.

»Haben Sie es gehört?« fragte Bolin.

»Wir haben es gehört«, sagte einer der Polizisten.

»Hat er sein Ministerium verteidigt?«

»Das hat er«, sagte der Polizist.

»Sie haben die gerichtliche Verfügung gesehen«, sagte Bolin. »Es schmerzt mich zwar, weil Ser McKie die Gastfreundschaft meines Hauses akzeptiert hat, aber er muß unter Arrest bleiben, bis er vor Gericht gebraucht wird. Er ist freundlich zu behandeln, verstehen Sie?«

Ist er wirklich darauf aus, das Ministerium auszuschalten? fragte sich McKie plötzlich verwirrt. Habe ich alles falsch eingeschätzt?

»Sie gehen also davon aus, daß meine Worte Sabotage darstellen?« fragte McKie.

»Es war ein eindeutiger Versuch, den Obersten Dienstherrn der Steuerfahnder von seinen Pflichten abzubringen«, sagte Bolin. Er stand auf und verneigte sich.

McKie erhob sich von seinem Stuhlhund und legte eine äußerliche Zuversichtlichkeit an den Tag, die seinen Gefühlen nicht im geringsten entsprach. Er faltete die Hände und verbeugte sich tief. Er wirkte wieder wie eine großväterliche Kröte, die sich ihrer Bestimmung übergab. »Laut den Worten eines alten Sprichworts«, sagte er, »lebt der Gerechte in einer tiefen Gruft, und der Himmel erscheint ihm nur als kleines, rundes Loch.«

McKie gestattete es den Polizisten, ihn würdevoll aus dem Raum zu geleiten.

Hinter sich hörte er Bolin verwirrt murmeln: »Was hat er wirklich damit gemeint?«

»Hört! Hört! Die Sitzung der Ersten Instanz des Hohen Systemgerichts im Zentralsektor ist jetzt eröffnet!«

Der Robohelfer wetzte geschäftig über die leere Hebebühne der im morgendlichen Sonnenlicht liegenden Gerichtsarena. Seine Stimme, die der räumlichen Ausdehnung des großen, kreisrunden Platzes genau angepaßt war, drang bis an die fernsten Mauern. »Personen, die ein Anliegen an das Gericht haben, treten vor!«

Die silberne Halbkugel, in der sich der Erste Magistrat Edwin Dooley befand, glitt durch eine Öffnung hinter dem erhöhten Podium herein, und die Hebebühne nahm eine passende Höhe an. Dooleys weißes Gerechtigkeitsschwert lag quer auf dem Tisch vor ihm. Dooley selbst saß in würdiger Stille da, bis der Robohelfer seine mit Stentorstimme gebrüllten Bekanntmachungen beendete und direkt neben der Hebebühne Aufstellung nahm.

Richter Dooley, ein großer Mann mit dunklen Augenbrauen, sah recht altertümlich in der ebenholzschwarzen Robe über weißem Leinen aus. Er war für seine klassischen Grundsatzentscheidungen bekannt.

Jetzt saß er mit unbewegtem Gesicht da, um seine Unruhe und seinen Ärger zu verbergen. Warum hatte man ausgerechnet ihm diesen heißen Fall zugeteilt?

Weil er Immunität der Steuerfahnder gerichtlich hatte entscheiden lassen? Zu welchem Urteil er jetzt auch kam – das Ergebnis würde in einem Aufschrei bestehen. Sogar Präsident Hindley verfolgte die Verhandlung über einen heißen Sendedraht.

Der Präsident hatte ihn kurz vor der Verhandlung angerufen. Ihr Gespräch war zwar freundschaftlich verlaufen, und sie hatten sich die ganze Zeit über geduzt, aber seine Absicht war eindeutig gewesen: Die Regierung machte sich Sorgen um den Ausgang dieser Verhandlung. Die Wahlen standen vor der Tür; man brauchte Stimmen. Obwohl man weder ein Wort über das Budget noch über das Sabotageministerium verloren hatte, hatte der Präsident eins klargemacht: Kompromittiere das Sabotageministerium nicht – und sorge dafür, daß die Regierung die Unterstützung der Steuerfahnder behält!

»Gerichtsdiener, die Anwesenheitsliste«, sagte Richter Dooley.

Und er dachte: Ich urteile nach den Buchstaben des Gesetzes! Dagegen soll mal einer was sagen!

Die Textspule des Robohelfers summte. Auf dem Wiederholer vor dem Richter erschienen die Worte, als der Robohelfer verkündete: »Das Volk gegen Clinton Watt, Jorj X. McKie und das Sabotageministerium…«

Dooley schaute in die Gerichtsarena und musterte die Gruppe, die an dem rechteckigen schwarzen Tisch des Verteidigungsrings links von ihm Platz genommen hatte: den grimmig dreinblickenden Watt mit seinem grausigen Medusenkopf; McKie, der so tat, als bemühe er sich krampfhaft, über den blöden Witz nicht zu lachen – und dazwischen ihr Anwalt Pander Oulson, der oberste Rechtsverdreher des Sabotageministeriums. Oulson war ein ungeschlachter Klotz von einem Mann. Er trug die weiße Robe des Verteidigers. Seine Augen glitzerten listig; er hatte buschige Brauen, und sein Gesicht bestand fast nur aus Narben.

Am Tisch des Anklägers – rechts von Dooley – saß Staatsanwalt Holjance Vohnbrook, eine magere Vogelscheuche in der roten Robe der Staatsmacht. Neben ihm saßen ein schüchtern wirkender Assistent und Panthor Bolin, der Pan-Spechi-Nebenkläger. Seine facettierten Augen waren unter schweren geäderten Lidern verborgen.

»Sind alle Beteiligten anwesend?« fragte Dooley. Oulson und Vohnbrook erhoben sich nickend.

»Mit Erlaubnis des Hohen Gerichts«, polterte Vohnbrook, »möchte ich die anwesenden Angehörigen des Sabotageministeriums darauf hinweisen, daß das Gericht dem Einfluß ihrer Tätigkeit nicht unterliegt.«

»Sollte der Herr Staatsanwalt also über die eigenen Beine stolpern«, sagte Oulson, »so versichere ich ihm, daß dies an seiner eigenen Tolpatschigkeit liegt und nicht auf meine oder die Schuld meiner Mandanten zurückzuführen ist.«

Vohnbrooks Gesicht lief dunkelrot an. »Es ist bestens bekannt, wie Sie …«

Ein lautes Trommeln erfüllte die Gerichtsarena, als Richter Dooley den Griff seines Amtsschwertes berührte. Das Geräusch erstickte die Worte des Anklägers. Als wieder Ruhe herrschte, sagte Dooley: »Das Gericht wird keine persönlichen Schmähungen dulden. Ich möchte, daß dies von Anfang an klar ist.«

Oulson lächelte. Sein narbiges Gesicht verzog sich dabei zu einer Grimasse. »Ich bitte um Entschuldigung, Euer Ehren«, sagte er.

Dooley ließ sich in seinen Sessel zurücksinken, doch das Glitzern in Oulsons Augen entging ihm nicht. Dann wurde ihm klar, daß der in Sabotageangelegenheiten bestens versierte Anwalt die Auseinandersetzung mit dem Staatsanwalt bewußt in Szene gesetzt hatte, um sich die Sympathie des Gerichts zu erschleichen.

»Die Anklage lautet auf gesetzeswidrige Sabotage

und Verstoß gegen die entsprechenden gerichtlichen Anordnungen«, sagte Dooley. »Ist beiden Parteien die Anklageschrift zugestellt worden, und wurde die Öffentlichkeit durch eine entsprechende Verlautbarung zu diesem Prozeß eingeladen?«

»So lautet die Aufzeichnung«, sagte der Robohelfer.

Oulson beugte sich über den Verteidigertisch und sagte: »Euer Ehren, der Beklagte Jorj X. McKie hat mich als Verteidiger abgelehnt und ersucht um eine Abtrennung seines Verfahrens. Ich vertrete nur das Ministerium und Clinton Watt.«

»Wer erscheint für den Beklagten McKie?« fragte der Richter.

McKie, der sich fühlte wie ein Mann, der Anstalten macht, über einen tiefen Abgrund zu springen, stand auf und sagte: »Ich möchte mich selbst verteidigen, Euer Ehren.«

»Ich muß Sie davor warnen«, sagte Dooley.

»Ser Oulson hat mir ebenfalls klargemacht, daß ich damit einen ziemlichen Tölpel vertrete«, sagte McKie. »Aber ich bin, wie alle Agenten des Ministeriums, in Rechtsfragen ausgebildet. Ich bin Mitglied der Anwaltskammer dieses Systems und habe bereits unter dem Gowachin-Codex praktiziert, wo die Doppel-Negativ-Unschuld beizubringen ist, bevor man eine Verbrechensanklage gegen den Staatsanwalt vorbringen und ihn zwingen kann, rückwirkend ...«

»Wir sind hier nicht auf Gowachin«, sagte Richter Dooley.

»Darf ich das Hohe Gericht daran erinnern«, sagte Vohnbrook, »daß der Beklagte McKie ein Außerordentlicher Saboteur ist. Jede Äußerung dieses Mannes ...«

»Das Gesetz, das für Außerordentliche Saboteure gilt, ist identisch mit dem für alle anderen«, sagte Oulson.

»Meine Herren!« sagte der Richter. »Ich muß doch

sehr bitten! Ich werde in diesem Gericht das Gesetz verkünden.« Er wartete schweigend einen Moment ab und fuhr dann fort: »Ich werde das Betragen sämtlicher an diesem Fall beteiligter Parteien auf das sorgfältigste beobachten.«

McKie zwang sich, einen gelassenen und zuversichtlichen Eindruck zu machen.

Watt, der aufgrund seines großen Wissens in McKies Haltung ein Zeichen von Gefahr sah, zupfte nervös an Oulsons Ärmel. Oulson winkte ab. Watt funkelte McKie an.

»Wenn das Hohe Gericht gestattet«, sagte McKie, »möchte ich bemerken, daß eine gemeinsame Verteidigung und unter den gegebenen Umständen einen Verstoß gegen …«

»Das Gericht ist sich der Tatsache durchaus bewußt, daß dieser Fall auf der Basis einer Anklageschrift durch ein Robolegium zusammengelegt wurde«, sagte Dooley. »Ich mache jedoch die Anklage und die Verteidigung darauf aufmerksam, daß ich in solchen Fällen eigene Entscheidungen zu treffen pflege. Das Gesetz und das Robolegium sind von Menschen geschaffen und erfordern mithin menschliche Interpretation. Außerdem möchte ich hinzufügen: ich bin der Meinung, daß in allen Konflikten zwischen menschlichen und maschinellen Einrichtungen die menschlichen Vorrang haben.«

»Ist dies eine Anhörung oder eine Gerichtsverhandlung?« fragte McKie.

»Wir werden auf der Grundlage der vorzulegenden Beweise wie bei einer Gerichtsverhandlung verfahren.«

McKie stützte sich mit den Händen auf die Tischplatte und musterte den Richter. Ein unbehagliches Gefühl stieg in dem Saboteur auf. Mit Dooley war nicht zu spaßen. Und er hatte sich in diesem Fall eine Menge Möglichkeiten offengelassen. Sie stellten nicht nur eine unmittelbare Gefahr für das Ministerium dar, sondern konnten auch weitreichende Folgen haben – unter Umständen sogar katastrophale. Seinen Selbsterhaltungstrieb unterdrückend, fragte McKie sich, ob er im Rahmen dieses Gerichts einen Sabotageversuch wagen durfte.

»Die Robolegium-Anklage erfordert eine gemeinschaftliche Verteidigung«, sagte McKie. »Ich gestehe Sabotage zum Nachteil von Ser Clinton Watt, erinnere jedoch an Paragraph 4, Absatz 91 des revidierten Verfassungszusatzes, laut dem der Sabotageminister ausdrücklich von der Sabotageimmunität ausgenommen wird. Diesen Anklagepunkt bestreite ich. Zum Zeitpunkt meiner Tat war ich Angehöriger des Sabotageministeriums, und es gehörte zu meinen Pflichten, die Fähigkeit und Qualifikation meines Vorgesetzten zu prüfen.«

»Mmm«, machte Dooley. Er sah, daß der Staatsanwalt erkannt hatte, wohin McKies Logik führte. Wenn McKie, als er das Gespräch mit dem Pan-Spechi geführt hatte, nicht mehr auf der Gehaltsliste des Ministeriums gewesen war, stand die Anklage auf tönernen Füßen.

»Möchte der Staatsanwalt Anklage wegen Verschwörung erheben?« fragte Dooley.

Zum ersten Mal, seit Oulson die Gerichtsarena betreten hatte, wirkte er aufgeregt. Er wandte sich mit seinem narbigen Gesicht dem medusenhäuptigen Watt zu und flüsterte mit dem Angeklagten. Oulsons Gesicht wurde immer finsterer, je länger er flüsterte.

»Wir erheben zur Zeit keine Anklage wegen Verschwörung«, sagte Vohnbrook. »Wir wären jedoch mit einer Abtrennung des Verfahrens einverstanden …«

»Euer Ehren!« rief Oulson und sprang auf. »Die Verteidigung muß zum gegenwärtigen Zeitpunkt gegen eine Abtrennung des Verfahrens Einspruch erheben. Unsere Beweisführung …«

»Das Gericht weist beide Parteien darauf hin, daß es jetzt nicht darum geht, die Beklagten zu überführen und den Staatsanwalt zu entlasten, bevor wir den Fall überhaupt beginnen. Sollte jedoch eine der Parteien die Absicht haben, das Gericht abzulehnen …«

Vohnbrook verneigte sich mit selbstgefälliger Miene vor dem Richter und sagte: »Euer Ehren, wir beantragen die Entfernung des Namens McKie aus der Anklageschrift und bitten darum, ihn als Zeugen der Anklage bereitzuhalten.«

»Einspruch!« rief Oulson. »Die Anklage weiß genau, daß sie einen Kronzeugen nicht mit frei erfundenen …«

»Einspruch abgelehnt!« sagte Dooley.

»Beanstandet!«

»Notiert!«

Dooley wartete, bis Oulson wieder auf seinem Stuhl saß. Ein Tag, an den man sich erinnern wird, dachte er. Die Saboteure haben sich selbst ausgetrickst! Doch dann bemerkte er das schlitzohrige Glitzern in McKies Blick und erkannte plötzlich, daß er dieses Manöver in voller Absicht eingeleitet hatte.

»Die Anklage möge ihren ersten Zeugen aufrufen«, sagte der Richter und drückte den Knopf, der dem Robohelfer befahl, McKie vom Tisch der Anklage in eine Verhörkabine zu bringen.

Das ausgehungerte Gesicht von Staatsanwalt Vohnbrook nahm einen fast vergnügten Ausdruck an. Er rieb eines seiner schweren Lider und sagte: »Rufen Sie Panthor Bolin auf!«

Der Achusische Kapitalist stand auf und trat in den Zeugenring. Der Sichtschirm des Robohelfers flammte auf und verkündete für das Protokoll: »Panthor Bolin von Achus IV, ausgewiesener Zeuge im Fall A011-5BD4gY74R6, vor dem Hohen Systemgericht ZRZ1. – Der Treueeid wurde geleistet; Panthor Bolin ist zur Aussage bereit.«

»Panthor Bolin, sind Sie der Leiter einer Organisation, die unter dem Namen Steuerfahnder bekannt ist?« fragte Vohnbrook.

»Ich … äh … j-ja«, stammelte Bolin. Er fuhr sich mit einem großen blauen Taschentuch über die Stirn und musterte McKie mit einem scharfen Blick.

Jetzt hat er kapiert, was ich tun muß, dachte McKie.

»Ich zeige Ihnen hier eine Aufzeichnung der Robolegium-Anklageschrift«, sagte Vohnbrook. »Gemäß der Bestätigung der Systempolizei handelt es sich um eine Unterredung, die Sie mit Jorj X. McKie geführt haben, wobei …«

»Euer Ehren!« warf Oulson ein. »Beide Zeugen der angeblichen Unterredung sind hier anwesend. Es gibt also direktere Möglichkeiten, um in dieser Angelegenheit an wichtige Informationen zu gelangen. Außerdem erhebe ich, da in diesem Fall noch immer die Gefahr einer Verschwörungsanklage besteht, Protest dagegen, daß ein Mensch mit Hilfe einer Aufzeichnung gezwungen werden soll, gegen sich selbst auszusagen.«

»Ser McKie steht nicht mehr als Angeklagter vor Gericht, und Ser Oulson ist nicht mehr sein Verteidiger«, blökte Vohnbrook.

»Doch sein Einspruch hat etwas für sich«, sagte Dooley. Er sah zu McKies Kabine hinüber.

»Die Unterredung, die ich mit Ser Bolin geführt habe, enthält nichts Kompromittierendes«, sagte McKie. »Ich habe keine Bedenken, die Aufzeichnung hier vorzuführen.«

Bolins Gestalt straffte sich. Er schien etwas sagen zu wollen, doch dann setzte er sich wieder.

Jetzt weiß er es genau, dachte McKie.

»Dann werde ich erlauben, daß die Aufzeichnung bei der Urteilsfindung mit einbezogen wird«, sagte Dooley.

Clinton Watt, der am Verteidigertisch saß, verbarg sein Medusenhaupt in den Händen.

Vohnbrook sagte mit einem Totenkopfgrinsen: »Ser Bolin, ich spiele Ihnen die Aufzeichnung gleich vor. Doch sagen Sie uns bitte vorher, ob Ser McKie im Verlauf des Gesprächs irgendeiner Art Nötigung ausgesetzt war.«

»Einspruch!« brüllte Oulson und schoß in die Höhe. Sein Gesicht war zu einer finsteren Maske geworden. »Zur Zeit der angeblichen Unterredung war Ser McKie nicht mehr Mitarbeiter des Sabotageministeriums.« Er sah Vohnbrook wütend an. »Die Verteidigung verbittet sich den offensichtlichen Versuch der Anklage, eine Verbindung zwischen Ser McKie und ...«

»Angebliche Unterredung!« fauchte Vohnbrook. »Ser McKie hat ihrer Vorführung selbst zugestimmt!«

Mit leiser Wut sagte Dooley: »Einspruch stattgegeben. Solange keine stichhaltigen Beweise einer Verschwörung vorgelegt werden, wird keine Äußerung, die Ser McKie als Agenten des Sabotageministeriums bezeichnen, mehr zugelassen.«

»Aber Euer Ehren!« protestierte Vohnbrook. »Ser McKies Handlungsweise läßt doch gar keine andere Interpretation zu!«

»Ich habe meine Entscheidung bekanntgegeben«, sagte Dooley. »Fahren Sie fort!«

McKie erhob sich in der Kabine und sagte: »Gestatten Euer Ehren, daß ich dem Hohen Gericht behilflich bin?«

Dooley lehnte sich mit einer Hand am Kinn zurück und dachte über seine Frage nach. Das allgemeine unbehagliche Gefühl, das dieser Fall in ihm erzeugte, wurde immer stärker, wenn er auch nicht konkret sagen konnte, woran es lag. Jede Handlung McKies schien ihm verdächtig. Dooley fiel ein, wie bekannt der Außerordentliche Saboteur war für seine schrägen Züge und schlitzohrigen Anschläge. Er hatte bisher noch jeden reingelegt, und das stank ihm gewaltig.

»Sie dürfen erklären, was Sie meinen«, sagte Dooley,

»aber ich bin nicht bereit zuzulassen, daß Ihre Aussagen auch zu Protokoll genommen werden.«

»Der Codex des Sabotageministeriums würde die Angelegenheit von selbst erklären«, sagte McKie und erkannte, daß er damit alle Brücken hinter sich abbrach. »Mein Vorgehen bei der erfolgreichen Sabotage des seinerzeit amtierenden Ministers Watt ist aktenkundig.«

McKie deutete auf das Medusenhaupt Watts, das jetzt, wo er sich reckte und durch die Arena starrte, sichtbar wurde.

»Des seinerzeit amtierenden Ministers?« fragte der Richter.

»So muß man es sehen«, sagte McKie. »Laut Ministeriumscodex ist der Minister, wenn er erfolgreich sabotiert wurde ...«

»Euer Ehren!« rief Oulson aus. »Wir laufen Gefahr, daß hier wichtige Geheimnisse offenbart werden! Soweit ich weiß, wird dieser Prozeß öffentlich ausgestrahlt!«

»Als zukünftiger Sabotageminister werde ich entscheiden, wann die Sicherheitsvorschriften verletzt werden und wann nicht!« fauchte McKie.

Watt vergrub den Kopf wieder in den Händen und stöhnte.

Oulson stotterte aufgeregt.

Dooley starrte McKie schockiert an.

Vohnbrook brach den Bann schließlich, indem er sagte: »Euer Ehren, dieser Mann ist noch nicht vereidigt worden. Ich schlage vor, wir entschuldigen Ser Bolin eine Weile und lassen Ser McKie seine Erklärung unter Eid wiederholen.«

Dooley holte tief Luft und sagte: »Hat die Verteidigung im Augenblick noch Fragen an Ser Bolin?«

»Im Augenblick nicht«, murmelte Oulson. »Ich nehme an, er wird noch einmal aufgerufen?«

»Das wird er«, sagte Dooley. Er wandte sich

zu McKie um. »Treten Sie in den Zeugenring, Ser McKie.«

Bolin trat wie ein Schlafwandler aus dem Zeugenring und kehrte an den Tisch der Anklage zurück. Die Facettenaugen des Pan-Spechi glitzerten auf ungewöhnliche Art, und er bewegte sich in der Art eines Menschen, der niedergeschlagen wirkt.

McKie trat in den Ring, legte den Eid ab und wandte sich Vohnbrook zu. Sein Gesicht strahlte Ernst und Entschlossenheit aus, wie er es sich vorgenommen hatte.

»Sie haben sich als zukünftigen Sabotageminister bezeichnet, Ser McKie«, sagte Vohnbrook. »Würden Sie das bitte erklären?«

Ehe McKie antworten konnte, hob Watt den Kopf und knurrte: »Sie sind ein Verräter, McKie!«

Dooley packte den Griff seines Schwertes, um seine Unabhängigkeit zu demonstrieren, und donnerte: »Ich dulde keine derartigen Ausbrüche vor meinem Gericht!«

Oulson legte eine Hand auf Watts Schulter. Beide starrten McKie düster an. Die Tentakel auf Watts Kopf zuckten erregt und nahmen alle Farben des Spektrums an.

»Ich weise den Zeugen darauf hin«, sagte Dooley, »daß seine Äußerungen vielleicht eine Verschwörung aufdecken. Alles, was er sagt, kann gegen ihn verwendet werden.«

»Es gibt keine Verschwörung, Euer Ehren«, sagte McKie. Er wandte sich zwar zu Vohnbrook um, schien jedoch in Wirklichkeit die Worte an Watt zu richten. »Seit Jahrhunderten ist die Funktion des Sabotageministeriums immer bekannter geworden, doch bestimmte Aspekte, etwa die der Wachablösung, wenn man es so ausdrücken will, sind streng geheim geblieben. Es ist eine Faustregel, daß derjenige, der es fertigbringt, sich persönlich vor Sabotageakten zu bewahren, am besten dazu geeignet ist, das Ministerium zu leiten. Sobald jedoch ein erfolgreicher Sabotageakt an ihm verübt worden ist, muß der Minister zurücktreten und dem Präsidenten und dem Kabinett seinen Posten zur Neubesetzung übergeben.«

»Er ist damit draußen?« fragte Dooley.

»Nicht unbedingt«, sagte McKie. »Doch wenn der Sabotageakt clever war und ausreichende Wirkung zeigt, wird er durch den erfolgreichen Saboteur ersetzt. Dann ist er wirklich aus dem Geschäft.«

»Dann obliegt es jetzt beim Präsidenten und dem Kabinett, sich zwischen Ihnen und Ser Watt zu entscheiden – wollen Sie das damit sagen?«

»Zwischen mir und Watt?« fragte McKie. »Nein. Ich bin der zukünftige Minister, weil mir ein erfolgreicher Sabotageakt gegen Ser Watt gelungen ist. Und weil ich nebenbei auch noch der dienstälteste Außerordentliche Saboteur bin.«

»Aber angeblich hat man Sie doch gefeuert«, warf Vohnbrook ein.

»Das war nur eine Formalität«, sagte McKie. »Es ist so Sitte, den erfolgreichen Saboteur erst einmal zu feuern. Das macht ihn erst wählbar, wenn er darauf aus ist, Minister zu werden. Ich habe allerdings momentan keine solchen Ambitionen.«

Watt sprang auf und starrte McKie an.

McKie schob einen Finger hinter seinen Kragen, als ihm die körperliche Gefahr, der er sich gegenübersah, bewußt wurde. Ein Blick auf den Pan-Spechi bestätigte diesen Eindruck, Bolin hielt sich offenbar nur mit größter Mühe zurück.

»Das ist ja alles sehr interessant«, höhnte Vohnbrook. »Aber welchen Einfluß sollte das schon auf den gegenwärtigen Prozeß haben? Die Anklage lautet auf ungesetzliche Sabotage gegen die Steuerfahnder, die Ser Bolin vertritt. Wenn Ser McKie …«

»Wenn der ehrenwerte Staatsanwalt gestattet«, sagte

McKie, »ich glaube, ich kann seine Befürchtungen zerstreuen …«

»Es stinkt förmlich nach einer Verschwörung!« rief Vohnbrook aus. »Was ist mit …«

Ein lautes Trommeln unterbrach ihn, als Richter Dooley sein Schwert hob. Als wieder Ruhe eingekehrt war, ließ der Richter das Schwert sinken und legte es fest vor sich auf den Tisch.

Dooley brauchte einen Augenblick, um sich zu beruhigen. Er spürte, auf welch schmalem politischen Grat er wandelte, und er dankte seinem Glücksstern, daß er sich die Möglichkeit offengehalten hatte, das gegenwärtige Verfahren als Prozeß oder als Hearing zu deklarieren.

»Wir fahren jetzt in aller Ordnung fort«, sagte er. »Dazu sind Gerichte nämlich unter anderem da.« Er holte tief Luft. »Zum Glück sind hier diverse Personen anwesend, deren Bemühen um Recht und Ordnung außer Frage steht. Ich würde meinen, daß dazu auch Staatsanwalt Ser Vohnbrook zählt; ebenso der ehrenwerte Anwalt der Verteidigung, Ser Oulson, sowie Ser Bolin, dessen Rasse als vernünftig und human bekannt ist. Und die ehrenwerten Repräsentanten des Sabotageministeriums, deren Tätigkeit hie und da vielleicht mal Verärgerung hervorrufen, die aber ansonsten, wie jedem von uns bekannt ist, ausschließlich das Prinzip verfolgen, uns zu stärken und unsere inneren Kräfte zu festigen.«

Der Mann hat den Beruf verfehlt, dachte McKie. Mit solchen Sprüchen wäre er in der Legislative besser aufgehoben.

Vohnbrook ließ sich verlegen auf seinen Stuhl sinken.

»Wenn ich mich nicht irre«, sagte der Richter, »hat Ser McKie von zwei Sabotageakten gesprochen.« Dooley sah auf McKie hinunter. »Ser McKie?«

»So könnte es aussehen, Euer Ehren«, sagte McKie in

der Hoffnung, die gegenwärtige Stimmung des Richters erkannt zu haben. »Doch wahrscheinlich sieht sich dieses Gericht der einzigartigen Situation gegenüber, über diese Frage zu entscheiden. Die zitierte Sabotagehandlung, Euer Ehren, wurde nämlich von einem Pan-Spechi-Agenten des Ministeriums eingeleitet. Doch nun scheint es so, als wolle sich ein Hortgefährte des Agenten das Verdienst zugute halten, die Sache ...«

»Wagen Sie etwa die Unterstellung, daß ich nicht der Halter meines Gruppen-Egos bin?« fragte Bolin.

Ohne genau zu wissen, wo sie war und was, war McKie sich instinktiv der Tatsache bewußt, daß der Pan-Spechi eine Waffe auf ihn gerichtet hielt. In ihrer Kultur gab es genügend Hinweise darauf, daß sie über eine Waffe zur Verteidigung des Egos verfügten.

»Ich habe nichts dergleichen unterstellt«, sagte McKie so hastig und mit soviel Überzeugungskraft, wie er in seine Stimme legen konnte. »Aber Sie können die terranisch-menschliche Kultur nicht so falsch interpretiert haben, daß Sie nicht wissen, was Ihnen jetzt bevorsteht.«

Von irgendeinem Instinkt gewarnt, verfolgten der Richter und die anderen schweigend diese Auseinandersetzung.

Bolin schien mit jeder Körperzelle zu zittern. »Ich bin in Bedrängnis«, murmelte er.

»Gäbe es eine Möglichkeit, diese Bedrängnis zu vermeiden, hätte ich sie ergriffen«, sagte McKie. »Sehen Sie eine andere Möglichkeit?«

Immer noch bebend, sagte Bolin: »Ich muß tun, was ich tun muß.«

Dooley sagte mit leiser Stimme: »Ser McKie, was geht hier vor?«

»Zwei Kulturen unternehmen wenigstens den Versuch, einander zu verstehen«, sagte McKie. »Seit Jahrhunderten haben wir scheinbar voller Verständnis zusammengelebt. Aber der Schein kann manchmal auch trügen.«

Oulson wollte aufstehen, doch Watt riß ihn zurück.

McKie bemerkte, daß sein Ex-Chef die Gefahr erkannt hatte. Ein Punkt zu Watts Gunsten.

»Sie verstehen, Ser Bolin«, sagte McKie und musterte den Pan-Spechi sorgfältig, »daß die Dinge offen zur Sprache kommen und sorgfältig diskutiert werden müssen, bevor vor diesem Gericht eine Entscheidung fallen kann. Das ist eine der Gesetzesregeln, denen auch Sie sich unterworfen haben. Ich bin geneigt, Ihr Streben nach dem Ministeramt zu unterstützen, doch meine Entscheidung hängt vom Ergebnis dieser Anhörung ab.«

»Welche Dinge müssen hier diskutiert werden?« fragte Dooley. »Und mit welchem Recht nennen Sie diese Verhandlung eine Anhörung, Ser McKie?«

»Es war nur so dahingesagt«, sagte McKie. Seine Aufmerksamkeit galt weiterhin Bolin, und er fragte sich, welch entsetzliche Waffe die Pan-Spechi wohl zur Verteidigung ihres Egos einsetzten. »Was sagen Sie, Ser Bolin?«

»Sie beschützen die Unverletzlichkeit Ihres Daheims«, sagte Bolin. »Wollen Sie mir das gleiche Recht verwehren?«

»Die Unverletzlichkeit«, sagte McKie. »Aber nicht die Heimlichkeit.«

Dooley sah von McKie zu Bolin, bemerkte die angespannt lauernde Haltung des Pan-Spechi und bemerkte, daß er eine Hand in der Jackentasche verborgen hielt. Dem Richter drängte sich der Verdacht auf, daß der Pan-Spechi eine Waffe hatte, die er gegen jemanden einsetzen konnte, der an diesem Verfahren beteiligt war. Bolin sah zwar so aus, als würde er es tun, doch Dooley zögerte, die Wachen zu rufen, als ihm einfiel, was er über die Pan-Spechi wußte. Er wollte keine Krise herbeiführen. Die Pan-Spechi galten als anerkannte Mitglieder der menschlichen Rasse und als gute Freunde – aber auch als schreckliche Feinde. Es gab ständig Andeutungen über ihre geheimen Kräfte, ihre eifersüchtige Ego-Haltung, und die Wildheit, mit der sie die Geheimnisse ihrer Horte verteidigten.

Bolins Zittern ließ langsam nach. »Sprechen Sie aus, was Sie aussprechen müssen«, knurrte er.

McKie stieß ein stummes Gebet aus und hoffte, daß der Pan-Spechi seine Reflexe beherrschte. Dann wandte er sich den Kameras an der gegenüberliegenden Wand zu, die die Gerichtsverhandlung überallhin ins Universum übertrugen.

»Ein Pan-Spechi, der den Namen Napoleon Bildoon annahm, war einer der führenden Agenten des Sabotageministeriums«, sagte McKie. »Agent Bildoon verschwand zu dem Zeitpunkt von der Bildfläche, als Panthor Bolin die Leitung der Steuerfahnder übernahm. Es ist zu befürchten, daß die Organisation der Steuerfahnder eine raffiniert ausgeklügelte Sabotageaktion darstellt, die sich gegen das Sabotageministerium selbst richtet, und es erhebt sich die Frage: Hat Bildoon sie selbst aufgebaut?«

»Es gibt keine Person namens Bildoon!« schrie Bolin.

»Ser McKie«, sagte Richter Dooley, »würde es Ihnen etwas ausmachen, diese Eröffnungen in meinem Amtszimmer fortzusetzen?« Er sah den Saboteur an und gab sich Mühe, gleichzeitig freundlich und ernst zu wirken.

»Euer Ehren«, sagte McKie, »dürfen wir, aus Respekt einem menschlichen Wesen gegenüber, Ser Bolin diese Entscheidung überlassen?«

Bolin richtete seine Facettenaugen auf den Richtertisch und sagte leise: »Wenn es dem Hohen Gericht gefällt, wäre es am besten, es öffentlich zu tun.« Er zog die Hand aus der Tasche. Sie war leer. Er beugte sich über den Tisch und packte die Vorderkante mit beiden Händen. »Bitte, fahren Sie fort, Ser!«

McKie schluckte, überwältigt vor Bewunderung für den Pan-Spechi. »Es wird mir ein außerordentliches Vergnügen sein, unter Ihnen zu dienen, Ser Bolin«, sagte er.

»Tun Sie, was Sie tun müssen!« knurrte Bolin.

McKie sah das Erstaunen auf den Gesichtern Watts und der Anwälte und den fragenden Blick des Richters. »In der Sprache der Pan-Spechi gibt es zwar niemanden namens Bildoon«, sagte er, »aber eine Person dieses Namens hat als Gruppengefährte Ser Bolins existiert. Ich gehe davon aus, daß Ihnen die Ähnlichkeit der Namen aufgefallen ist.«

»Äh ... ja«, sagte Dooley.

»Ich fürchte, in den Augen der Pan-Spechi bin ich so etwas wie ein Spanner oder ein Voyeur, oder wie man es auch nennen will«, sagte McKie. »Doch es geschah alles nur, weil ich jene Art von Sabotageakt entdeckt zu haben glaubte, auf die ich schon hinwies. Die Steuerfahnder wußten einfach zuviel über die Interna des Sabotageministeriums.«

»Ich ... ah ... ich weiß nicht, ob ich Sie verstehe«, sagte Dooley.

»Was mich betrifft, so ist das bestgehütete Geheimnis des Universums – die zyklische Geschlechtsveränderung der Pan-Spechi-Existenz und ihr Identitätswechsel – kein Geheimnis mehr«, sagte McKie. Er schluckte, als Bolins Finger, die die Kante des Anklägertisches umklammerten, weiß wurden.

»Ist es für die Verhandlung von Wichtigkeit?« fragte der Richter.

»Und wie, Euer Ehren«, sagte McKie. »Die Pan-Spechi verfügen nämlich über eine einzigartige Drüse, die Denkweise, Vorherrschaft und die Beziehung zwischen Vernunft und Instinkt regelt. Die fünf Gruppengefährten sind in Wirklichkeit eine einzige Person. Darauf möchte ich aus Gründen rechtlicher Notwendigkeit hinweisen.«

»Rechtlicher Notwendigkeit?« fragte Dooley. Er sah den offensichtlich geschafften Bolin an und musterte dann McKie.

»Wenn die Drüse funktioniert, wird das Gruppen-Ego jenes Pan-Spechi vorherrschend, in dem sie arbeitet. Aber sie arbeitet nur eine begrenzte, festgelegte Zeit lang; etwa fünfundzwanzig bis dreißig Jahre.« McKie sah Bolin an. Der Pan-Spechi zitterte jetzt wieder. »Bitte, verstehen Sie, Ser Bolin«, sagte er, »daß ich dies nur aus Gründen der Notwendigkeit tue, nicht aus Sabotagegründen.«

Bolin hob das Gesicht, um McKie anzusehen. Die Züge des Pan-Spechi erschienen ihm schmerzverzerrt. »Machen Sie schon weiter, Mensch!« krächzte er.

»Ja«, sagte McKie und wandte sich wieder dem verwirrt schauenden Richter zu. »Die Ego-Übertragung, Euer Ehren, umfaßt bei den Pan-Spechi auch die Aufgabe dessen, was wir vielleicht als Grunderfahrung bezeichnen können. Diese Übertragung bewirkt, wenn der Halter des Egos stirbt, egal, wie weit er auch vom Hort entfernt ist, daß der älteste Hort-Drilling stimuliert wird. Das Einzel-Ego hinterläßt dem Gefährten nach Möglichkeit auch ein verbales Vermächtnis – was meist der Fall ist. Besonders diesmal.«

Dooley lehnte sich zurück. Allmählich verstand er, welche rechtliche Frage McKies Zusammenfassung berührte.

»Der Sabotageakt, der einen Pan-Spechi für den Posten des Sabotageministers wählbar machen könnte, ist durch einen … ah … Zellgefährten Ser Bolins inszeniert worden – ist das richtig?« fragte Dooley.

McKie wischte über die Augenbrauen. »Genau, Euer Ehren.«

»Doch dieser Zellgefährte ist nicht mehr der Halter des Gruppen-Egos, wenn ich das richtig verstehe.«

»So könnte man es ausdrücken, Euer Ehren.«

»Der … ah … vorherige Ego-Halter, dieser … ah … Bildoon, ist für den Posten nicht mehr wählbar?«

»Bildoon, oder das, was einst Bildoon war, ist jetzt ein Geschöpf, das nur noch auf der Basis von Instinkten lebt, Euer Ehren«, sagte McKie. »Es wird für eine gewisse Zeit fähig sein, als Hüter des Horts zu fungieren, doch irgendwann wird es einer anderen Bestimmung zugeführt, die ich lieber nicht erläutern möchte.«

»Ach so.« Dooley schaute zum Wetterschutz der Gerichtsarena hinauf. Er verstand allmählich, was McKie riskiert hatte. »Und Sie unterstützen Ser Bolins Anspruch auf das Ministeramt?«

»Wenn Präsident Hindley und das Kabinett der Empfehlung des dienstältesten Ministeriumsagenten folgen, und das haben sie früher immer getan, wird Ser Bolin der neue Minister sein«, sagte McKie. »Meine Stimme hat er.«

»Warum?« fragte Dooley.

»Weil die Pan-Spechi wegen ihres werdenden Ichs den Gefühlen anderer gegenüber eine viel solidarischere Haltung entwickeln als alle anderen anerkannten humanoiden Rassen«, sagte McKie. »Es zeigt sich in einem Verantwortungsgefühl für alles, was lebt, ohne daß sie dabei rührselig werden. Wo es sich als erforderlich erweist, Stärke zu demonstrieren, opponieren sie auch. Ihr Leben im Hort bietet dafür mehrere klare Beispiele, die ich allerdings nicht beschreiben möchte.«

»Ich verstehe«, sagte Dooley, obwohl er sich eingestehen mußte, daß dies nicht der Fall war. McKies Hinweise auf unaussprechliche Praktiken beunruhigten ihn. »Aber Sie sind der Meinung, daß die Sabotageakte Bildoon-Bolins ihn qualifizieren, vorausgesetzt, das Gericht faßt den Beschluß, sie als eine Person anzuerkennen?«

»Wir sind nicht die gleiche Person!« schrie Bolin.

»Wie können Sie es wagen! Dieser schlurfende, klammernde ...«

»Nur immer sachte!« sagte McKie. »Ser Bolin, ich bin sicher, Sie werden die Notwendigkeit dieser rechtlichen Fiktion einsehen.«

»Rechtliche Fiktion«, sagte Bolin, als klammere er sich an die Worte. Seine Facettenaugen starrten McKie durch die Gerichtsarena an. »Vielen Dank für Ihre verbalen Nettigkeiten, McKie.«

»Sie haben meine Frage nicht beantwortet, Ser McKie«, sagte Dooley und ignorierte das Zwiegespräch mit Bolin.

»Ser Watt durch die Sabotage des gesamten Ministeriums zu sabotieren, zeugt von einer Finesse und geistigen Überlegenheit, die nie zuvor bei solchen Bemühungen angewandt wurde«, sagte McKie. »Dadurch wird das gesamte Ministerium gestärkt.«

McKie sah Watt an. Das Tentakelgewirr auf dem Kopf des amtierenden Ministers hatte mit seinem Zucken aufgehört. Watt musterte Bolin mit einem prüfenden Blick. Als er sich der Stille in der Gerichtsarena bewußt wurde, sah er McKie an.

»Sind Sie nicht meiner Meinung, Ser Watt?« fragte McKie.

»O doch. So ziemlich«, sagte Watt.

Die Ehrlichkeit in Watts Stimme erstaunte den Richter. Zum ersten Mal fragte er sich, mit welcher Hingabe diese Männer ihren Aufgaben nachgingen.

»Das Sabotageministerium ist eine sehr empfindliche Institution«, sagte McKie. »Entsagung gehört zu den Hauptattributen, die ein guter Saboteur mitbringen muß, um seinen Pflichten genüge zu tun. Ich möchte, daß Sie verstehen, was unser Pan-Spechi-Freund heute getan hat. Angenommen, Euer Ehren, ich hätte die intimsten Augenblicke zwischen Ihnen und Ihrer Gattin ausspioniert und sie vor Gericht in aller Öffentlichkeit zur Sprache gebracht. Nehmen wir weiter an, Sie hätten die schärfsten moralischen Vorbehalte bezüglich der Diskussion solcher Dinge in der Öffentlichkeit. Angenommen, ich hätte diese Enthüllungen in der vulgärsten Sprache vorgenommen. Und angenommen, Sie seien traditionell mit einer tödlichen Waffe ausgerüstet gewesen, die für Leute bestimmt ist, die gegen Ihren Codex …«

»Schmutz!« knirschte Bolin.

»Eben«, sagte McKie. »Schmutz. Glauben Sie, Euer Ehren, Sie hätten ruhig bleiben können, ohne mich zu töten?«

»Gütiger Himmel!« sagte Dooley.

»Ser Bolin«, sagte McKie, »ich spreche Ihnen und Ihrem ganzen Volk meine demütigste Entschuldigung aus.«

»Ich hatte gehofft, dieses Schrecknis unter Ausschluß der Öffentlichkeit im Zimmer des Richters hinter mich bringen zu können«, sagte Bolin. »Aber nachdem Sie schon in der Öffentlichkeit damit angefangen hatten …«

»Es ging nicht anders«, sagte McKie. »Hätten wir unter Ausschluß der Öffentlichkeit weitergemacht, wäre man mißtrauisch geworden, wenn ein Pan-Spechi die Leitung …«

»Man?«

»Die Nicht-Pan-Spechi«, sagte McKie. »Es hätte eine Barriere zwischen unseren Völkern gegeben. Doch so sind wir gestärkt worden. Die in der Verfassung festgeschriebenen Vorsichtsmaßnahmen, die den Leuten eine langsam arbeitende Regierung garantieren, sind wieder einmal bestätigt worden. Wir haben der Öffentlichkeit Einblick in die Arbeitsweise des Sabotageministeriums gewährt und bewiesen, wie wertvoll der Charakter des neuen Ministers ist.«

»Meine Entscheidung ist noch nicht gefallen«, sagte Dooley.

»Aber, aber, Euer Ehren«, sagte McKie.

»Bei allem Respekt, den ich vor Ihnen als Außerordentlichem Saboteur habe, Ser McKie«, sagte Dooley, »pflege ich meine Entscheidungen aufgrund der Eindrücke zu fällen, die ich persönlich gewonnen habe.« Er sah Bolin an. »Ser Bolin, würden Sie einem Gerichtsagenten gestatten, genügend Beweise beizubringen, die es mir erlauben, einen Urteilsspruch zu fällen, ohne daß ich befürchten muß, meiner eigenen Rasse Schaden zuzufügen?«

»Wir sind alle Menschen«, knurrte Bolin.

»Aber die terranischen Menschen halten das Gleichgewicht der Kräfte aufrecht«, sagte Dooley. »Ich bin verpflichtet, dem Gesetz Genüge zu tun, das stimmt, aber meine terranischen Mitmenschen verlassen sich auch auf mich. Ich muß also …«

»Sie wollen, daß Ihre eigenen Agenten feststellen, ob Ser McKie die Wahrheit über uns erzählt hat?«

»Äh … ja«, sagte Dooley.

Bolin schaute McKie an. »Ser McKie, ich bin derjenige, der sich bei Ihnen entschuldigen muß. Mir war nicht bewußt, wie sehr Ihr Volk vom Fremdenhaß durchdrungen ist.«

»Weil Sie außerhalb Ihrer natürlichen Bescheidenheit keine solche Angst haben«, sagte McKie. »Ich nehme an, Sie kennen dieses Phänomen nur aus der Literatur.«

»Aber alle Fremden sind potentielle Teilhaber der Identität«, sagte Bolin. »Wie schön.«

»Wenn Sie mit Ihrer kleinen Plauderei fertig sind«, sagte Dooley, »würde es Ihnen dann etwas ausmachen, meine Frage zu beantworten, Ser Bolin? Ich glaube, wir befinden uns hier immer noch vor einem Gerichtshof.«

»Sagen Sie mal, Euer Ehren«, sagte Bolin, »würden Sie mir auch erlauben, den zärtlichsten Intimitäten zwischen Ihnen und Ihrer Gattin beizuwohnen?«

Dooleys Gesicht verfinsterte sich, doch dann sah er

plötzlich in allen Details das Ausmaß der Analogie von McKies Erklärung, und nun war er an der Reihe, die Gelegenheit beim Schopfe zu ergreifen. »Wenn es nötig wäre, um das Verständnis zu fördern«, sagte er heiser, »dann ja.«

»Ich glaube, Sie würden es wirklich tun«, murmelte Bolin. Er holte tief Luft. »Nach allem, was ich heute durchgemacht habe, kann ich dieses Opfer wahrscheinlich auch noch bringen. Ich werde Ihren Ermittlern das erbetene Privileg gewähren, aber ich gebe ihnen den Rat, diskret vorzugehen.«

»Es wird Sie für die Prüfung stärken, der Sie als Sabotageminister ausgesetzt sein werden«, sagte McKie. »Vergessen Sie nie, daß der Minister keinerlei Immunität gegenüber Sabotageakten genießt.«

»Aber seine Befehle«, sagte Bolin, »müssen in Ausübung seiner verfassungsmäßigen Pflichten von allen Agenten befolgt werden.«

McKie nickte. Und in Bolins glitzernden Facettenaugen sah er schon jetzt, daß ihn die vertracktesten Schnüffelaufgaben mit endlosen, detaillierten Berichten an das Ministerium erwarteten – zumindest so lange, bis die Neugier dieses Burschen befriedigt und sein Bedürfnis nach Rache gestillt war.

Aber die anderen in der Gerichtsarena, die McKies Einsicht nicht hatten, stellten sich nur diese Frage: Was hat er wirklich damit gemeint?

Originaltitel: ›THE TACTFUL SABOTEUR‹ • Copyright © 1964 by World Editions Inc. • Erstmals erschienen in ›Galaxy‹, Oktober 1964 • Mit freundlicher Genehmigung der Erben Frank Herberts und Paul und Peter Fritz, Literarische Agentur, Zürich • Copyright © 1987 der deutschen Übersetzung by Wilhelm Heyne Verlag, München • Aus dem Amerikanischen übersetzt von Ronald M. Hahn

---

DER INSEKTENKRIEG 1965

Er saß, als sei er eine Mischung aus einem Guarani-Indio und einer Hinterwäldlertochter, irgendeiner *sertanista,* die versucht hatte, über ihre Versklavung durch das *endomendero*-System durch ›Eisenfressen‹ hinwegzukommen – so nannte man es, wenn man sich durch ein Gefängnisgitter hindurch liebte.

Seinen Typ repräsentierte er beinahe perfekt – außer, er vergaß sich einmal, wenn er gerade durch eine etwas tiefere Dschungelniederung streifte.

Dann nahm seine Haut einen grünlichen Ton an, der ihn eins werden ließ mit dem Hintergrund von Ranken und Blättern und das lehmgraue Hemd, die zerschlissene Hose, den unvermeidlichen zerfetzten Strohhut und die wildledernen Sandalen mit Sohlen aus alten Autoreifen seltsam körperlos erscheinen ließ.

Solche Unachtsamkeiten wurden indes um so seltener, je weiter er sich vom Oberlauf des Parana und vom *sertao*-Hinterland von Goyaz entfernte, wo Männer mit wie bei ihm in der Stirn waagrecht abgeschnittenem Haar und glitzernden dunklen Augen häufig waren.

Als er *bandeirante*-Gebiet erreichte, hatte er den Chamäleon-Effekt schon fast völlig unter Kontrolle.

Doch jetzt hatte er den Dschungel verlassen und befand sich auf den braunen, die parzellierten Farmen des Wiederansiedlungsplans voneinander trennenden Feldwegen. Auf seine Weise wußte er, daß er sich den *bandeirante*-Kontrollen näherte, und mit einer beinahe menschlichen Geste befingerte er die *cedula de gracias al sacar*, das Zertifikat weißen Blutes unter seinem Hemd. Dann und wann, wenn keine Menschen in der Nähe waren, übte er die Aussprache des Namens, den man für ihn gewählt hatte: Antonio Raposo Tavares.

Es klang ein wenig zirpend und zischend, aber er wußte, daß es ausreichen würde. Es hatte bereits ausgereicht. Goyaz-Indios waren für ihre eigentümliche Sprechweise bekannt. Die Farmersleute, die ihn in der Nacht zuvor beherbergt und verköstigt hatten, hatten das gesagt.

Als ihre Fragen zu drängend geworden waren, hatte er sich bei der Tür niedergekauert und auf seiner Flöte gespielt, der *qena* der Anden-Indianer, die er in einem ledernen, über die Schulter gehängten Beutel mit sich führte. Er hatte darauf geachtet, in einer konventionellen, ungefährlichen Tonhöhe zu bleiben. Die Geste mit der Flöte war ein Symbol in diesem Gebiet. Wenn ein Guarani seine Flöte nahm und zu spielen begann, war das ein Zeichen, daß mit Worten nicht mehr zu rechnen war.

Die Farmersleute hatten sich achselzuckend zurückgezogen.

Jetzt konnte er rotbraune Dächer erkennen und den weißen, kristallenen Schimmer eines *bandeirante*-Turms mit seinen startenden und landenden Aircars. Er blieb stehen, für Augenblicke von Instinkten überwältigt, von denen er wußte, daß er sie zu bezähmen hatte – sonst würde er in der Prüfung, die ihm bevorstand, versagen.

Und er sammelte seine geistige Identität, indem er dachte, *wir sind grüne Sklaven, die dem Wohle des Ganzen dienen.* Der Gedanke verlieh seinem Äußeren eine nicht zu übersehende Note der Servilität, die ihn wie ein Schild gegen die starren Blicke der Menschen um ihn herum abschirmte. Wesen seiner Art kannten so manche Manieriertheit und hatten früh gelernt, daß Servilität eine Form der Tarnung war.

Alsbald stapfte er wieder auf die Stadt und den Turm zu.

Der Feldweg ging in eine gepflasterte, zweibahnige Marktstraße über. In den Gräben zu beiden Seiten verliefen Fußwege. Die Marktstraße ihrerseits führte an einer vierstöckigen kommerziellen Transportbahn entlang, wo selbst die Fußwege gepflastert waren. Groundcars und Aircars waren jetzt in größerer Anzahl zu sehen, und auch die Menge der Fußgänger hatte zugenommen.

Bis jetzt hatte er noch keine gefahrbringende Aufmerksamkeit erregt. Die gelegentlichen spöttischen Seitenblicke der Eingeborenen konnte er beruhigt ignorieren, das wußte er. Wurde er prüfend angestarrt, dann drohte Gefahr, doch war das noch nicht der Fall gewesen. Seine Servilität schützte ihn.

Die Vormittagssonne stand schon recht hoch am Himmel. Die allmählich drückender werdende Hitze ließ aus dem Dreck neben dem Fußweg dumpfen Modergestank emporsteigen, der sich mit dem Schweißgeruch der Menschen um ihn herum vermischte.

Und sie drängten sich jetzt um ihn herum, kamen immer langsamer vorwärts, je mehr sie sich der Kontrollschleuse näherten. Bald löste sich ihre Vorwärtsbewegung in einzelne Takte auf. Ein paar Schritte, dann halt. Ein paar Schritte und halt.

Hier war der kritische Punkt, und er war nicht zu umgehen. Er wartete mit so etwas wie der stoischen Ruhe eines Indianers. Sein Atem ging jetzt tiefer, um die zunehmende Hitze auszugleichen, und er glich ihn dem der Menschen um ihn herum an und ertrug den Anstieg der Temperatur, um eines zu sein mit seiner Umgebung.

Hier in den Niederungen atmete kein Anden-Indianer tief.

Ein paar Schritte und halt.

Ein paar Schritte und halt.

Jetzt konnte er den Kontrollpunkt sehen.

Hochnäsige *bandeirantes* in geschlossenen weißen Umhängen, Plastikhelmen, Handschuhen und Stiefeln standen in einer Doppelreihe in einem gedeckten Ziegelkorridor, der in die Stadt führte. Er sah, wie jenseits des Korridors Leute, die die Kontrolle passiert hatten, im heißen Sonnenlicht weitereilten.

Der Anblick des freien Geländes jenseits des Korridors ließ schmerzliches Sehnen in ihm erwachen. Sofort flammte ein Warnsignal in ihm auf.

Nicht die kleinste Unaufmerksamkeit durfte es jetzt mehr geben; er stand vor dem ersten *bandeirante,* einem riesigen blonden Burschen mit rosa Haut und blauen Augen.

»Und weiter! Nur keine Müdigkeit!« sagte der Kerl.

Eine behandschuhte Hand stieß ihn zu zwei *bandeirantes,* die in der rechten Reihe standen, hinüber.

»Gebt dem da eine Extra-Behandlung« rief der blonde Riese. »Muß aus dem Hochland sein, so wie er aussieht.«

Jetzt hatten ihn die anderen beiden. Der eine setzte ihm eine Atemmaske auf, der andere stülpte ihm einen Plastiksack über. Ein Schlauch verband den Sack mit irgendeiner Maschinerie in der Straße jenseits des Korridors.

»Doppelter Schuß!« rief einer der *bandeirantes.*

Bläuliches Gas wölbte den Sack, und durch die Maske atmete er einmal tief und heftig ein.

Agonie!

Schmerzend wie Nadelstiche fuhr ihm das Gas in alle Glieder.

Wir dürfen nicht schwach werden, dachte er.

Aber es war sengender, tödlicher Schmerz. Seine Glieder wollten erschlaffen.

»In Ordnung!« rief der Mann, der ihm den Sack übergeworfen hatte.

Man nahm ihm den Sack wieder ab, entledigte ihn

der Maske. Hände schoben ihn den Korridor entlang, zum Sonnenlicht hin. »Nicht stehenbleiben! Weiter! Bewegung!«

Der Gestank des Giftgases hüllte ihn ein. Es war ein neues Gas, das zersetzende Wirkung hatte. Für dieses Gift hatte man ihn nicht präpariert!

Jetzt war er draußen im Sonnenlicht und betrat eine von Obstständen gesäumte Straße. Händler diskutierten mit Kunden oder standen feist und lauernd hinter ihren Waren.

Und in seiner Not lachten die Früchte ihn an, als könnten sie das Leben einiger seiner Teile retten. Aber seine integrierte Totalität widerstand der Verlockung. So schnell er es sich erlauben konnte, eilte er weiter, schob sich an Kunden vorbei und hindurch durch müßig herumstehende Gruppen.

»Wollen Sie ein paar frische Orangen?«

Eine ölig-dunkle Hand hielt ihm zwei Orangen unter die Nase.

»Frische Orangen aus dem Grüngebiet. Da hat kein Ungeziefer auch nur hingeschmeckt.«

Er wich der Hand aus, obwohl der Duft der Orangen ihn fast überwältigte.

Jetzt hatte er die Stände hinter sich gelassen und bog um eine Ecke in eine schmale Seitenstraße. Noch eine Ecke, und er sah in der Ferne verlockendes Grün in offenem Land – das freie Gebiet jenseits der Stadt.

Mit rascherem Schritt eilte er jetzt hinüber zu diesem Grün, ängstlich überlegend, wieviel Zeit ihm noch blieb. Er hatte noch eine Chance. An seiner Kleidung hing Gift, doch drang bereits frische Luft durch das Gewebe – und die Vorstellung des Sieges war wie ein Gegengift.

Vielleicht schaffen wir's noch!

Näher und näher kam das Grün – Bäume und Farne an einem Flußufer. Er hörte das Plätschern des Wassers. Mehrere Straßen mündeten in eine Brücke, auf der sich die Leute drängten.

Es ging nicht anders: Er stürzte sich ins Gewühl, vermied, soweit möglich, jeden Kontakt. Die Gelenke in seinen Beinen lockerten sich, und er wußte, daß ein unglücklicher Stoß ganze Segmente loslösen konnte. Er überquerte die Brücke unversehrt. Ein Fußpfad zweigte vom Wege ab, hinunter zum Fluß.

Dorthin wandte er sich, stieß gegen einen von zwei Männern, die in einem Netz ein Schwein mit sich trugen. Ein Teil der Schale seines rechten Oberschenkels gab nach, und er spürte, wie sie in seiner Hose nach unten rutschte.

Der Mann, mit dem er zusammengestoßen war, taumelte zwei Schritte zurück und ließ beinahe seine Last fallen.

»Passen Sie doch auf!« rief der Mann.

Der Mann am anderen Ende des Netzes sagte: »Verdammte Säufer.«

Quiekend und zappelnd sorgte das Schwein für Ablenkung. In diesem Augenblick huschte er an ihnen vorbei auf den Pfad, der hinunter zum Fluß führte. Drunten konnte er, schäumend von der Belüftung durch die Schleusenfilter, das Wasser sehen.

Hinter ihm sagte einer der Schweineträger: »Ich glaube nicht, daß er betrunken war, Carlos. Seine Haut war trocken und heiß. Vielleicht war er krank.«

Der Pfad lief entlang an einem Damm aus dunkelbraunem Schlamm und führte dann durch Farne und Büsche zu einer Art Tunnel hinunter. Die Männer mit dem Schwein konnten ihn nicht mehr sehen, das wußte er, und er hielt sich die Hose, wo der Teil seines Beines verrutscht war, und eilte hinein in den grünen Tunnel.

Jetzt sah er die erste mutierte Biene. Sie war tot, denn sie war ungeschützt in die tödliche Vibrationsbarriere hier geraten. Die Biene war von der schmetterlingsähnlichen Art mit irisierenden orangegelben Flügeln. Auf ein grünes Blatt gebettet, lag sie auf einer sonnenbeschienenen Stelle.

Sich Form und Farbe der Biene einprägend, eilte er weiter. Sie hatten die Bienen als mögliche Antworten erwogen; aber dieses Verfahren wies ernstliche Nachteile auf. Eine Biene konnte nicht mit Menschen argumentieren, das war der entscheidende Punkt. Und die Menschen mußten bald auf vernünftige Argumente hören, sonst würde alles Leben zu Ende sein.

Hinter ihm hörte er schwere Schritte – jemanden, der ihm nacheilte.

Verfolger?

Er selbst kam jetzt nur noch langsam voran, und bald würde er nur noch kriechen können, das wußte er. Seine Augen durchforschten das Buschwerk um ihn herum nach einem Versteck. Eine schmale Lücke in der Farnwand links von ihm fiel ihm auf. Winzige menschliche Fußabdrücke gingen hinein – Kinder. Er zwängte sich durch die Farne und fand sich auf einem engen, am Damm entlang verlaufenden Pfad wieder. Zwei Spielzeug-Aircars, rot und blau, waren hier liegengeblieben. Sein stolpernder Fuß stampfte sie in den Boden.

Der Pfad führte an einem schlingpflanzenüberwucherten schwarzen Erdwall entlang scharf um die Ecke zu einer Höhle. Weiteres Spielzeug lag in der grünen Düsternis am Eingang der Höhle.

Er ging in die Knie, kroch über das Spielzeug hinweg in die gnädige, feuchte Dunkelheit, blieb einen Augenblick wartend liegen.

Ein paar Meter entfernt stampften die Schritte vorbei. Stimmen drangen zu ihm herein.

»Er ging in Richtung zum Fluß. Glaubst du, er wollte hineinspringen?«

»Wer weiß? Also, ich glaube, daß er krank war.«

»Da, in dieser Richtung. Da ist jemand gegangen.«

Die Stimmen wurden undeutlich, vermengten sich mit dem Rauschen des Flusses.

Die Männer gingen weiter den Pfad hinunter. Sie hatten sein Versteck nicht gefunden. Warum aber hatten sie ihn verfolgt? Der, gegen den er gestoßen war, war nicht ernstlich verletzt worden. Sicher schöpften sie keinen Verdacht.

Langsam stellte er sich auf das ein, was jetzt zu tun war, brachte seine spezialisierten Teile ins Spiel und begann, am hinteren Ende der Höhle zu graben. Tiefer und tiefer grub er, die Erde dabei hinter sich werfend, so daß es aussah, als sei die Höhle eingestürzt.

Zehn Meter tief grub er, bevor er innehielt. Sein Energievorrat enthielt gerade genug Reserven für den nächsten Schritt. Er rollte sich auf den Rücken, verstreute dabei die toten Teile seiner Beine und seines Rückens und legte die Königin und ihren Wächterschwarm frei. Aus Öffnungen an seinen Schenkeln drang der Kokonschaum, die weiche, grüne Decke, die sich zu einer schützenden Schale verhärten würde.

Das war der Sieg. Die wichtigsten Teile hatten überlebt. Um die Zeit ging es jetzt – zehneinhalb Tage, um neue Energie zu sammeln, die Metamorphose durchzumachen und sich aufzulösen. Bald würde es Tausende von ihm geben – alle mit der sorgfältig imitierten Kleidung und Ausweispapieren und menschlicher Erscheinung.

Alle identisch.

Es würde andere Kontrollpunkte geben, doch würden die Kontrollen weniger streng sein. Und andere Barrieren, doch leichter zu überwindende.

Diese Menschenkopie hatte sich als gelungen erwiesen. Sie hatten viel gelernt von ihren Gefangenen und von den seltsamen Leuten unter dem Kommando der rothaarigen Menschenfrau, die sie im *sertao* gefaßt hatten. Wie merkwürdig sie war: wie eine Königin und doch nicht wie eine Königin. Es war so schwer, Menschen zu verstehen, selbst wenn man ihnen eine gewisse Freiheit gab. Es war fast unmöglich, mit ihnen zu argumentieren. Daß sie Sklaven des Planeten waren, mußte man ihnen vielleicht auf dramatische Art beweisen. Die Königin bewegte sich jetzt ein wenig. Dieses Mal hatten sie neue Erkenntnisse darüber gewonnen, wie eine Flucht sich ankündigte. Alle kommenden Kolonisierungsschwärme würden dieses Wissen teilen. Einer davon – mindestens einer – würde durchkommen bis zu der Stadt am Amazon-›Meerfluß‹, von woher der Tod kam. Einer mußte durchkommen. Mußte.

Senhor Gabriel Marinho, Präfekt des Mato-Grosso-Grenzgebiets, ging unruhig in seinem Arbeitszimmer auf und ab und murmelte etwas vor sich hin, als er an dem hohen, schmalen Fenster vorbeikam, welches das Sonnenlicht einließ. Gelegentlich warf er einen Blick auf seinen Sohn Joao, der unter einem der großen Bücherregale auf einem Tapirledersofa saß.

Der ältere Martinho war ein sehr schlanker Mann mit grauem Haar und tieferliegenden braunen Augen über einer Adlernase. Seine Lippen waren dünn, das Kinn spitz. Er trug konservative schwarze Kleidung, wie seine Position es verlangte. Weiß hob sich die Wäsche vom Schwarz seines Anzugs ab, und seine goldenen Manschettenknöpfe glitzerten, als er die Arme in die Luft stieß.

»Ich werde lächerlich gemacht!« rief er.

Joao, eine jüngere Ausgabe seines Vaters mit noch schwarzem, lockigem Haar, nahm die Feststellung schweigend auf. Er trug das weiße Überzeug eines *bandeirante,* das in Wadenhöhe mit den Plastikstiefeln verschweißt war.

»Lächerlich gemacht!« wiederholte Martinho der Ältere. Im Raum begann es dunkel zu werden. Es war die rasch eintretende tropische Dunkelheit, die durch Gewitterwolken am Horizont noch beschleunigt wurde. Das dämmernde Tageslicht hatte einen nebelhaft bläulichen Schimmer. Ein Blitz durchzuckte das Stückchen Himmel, das durch das hohe Fenster zu sehen war, und sandte blendende elektrische Strahlung ins Zimmer. Dröhnender Donner folgte. Als sei dies das Signal, schalteten die Haussensoren das Licht an, wo immer sich Menschen befanden. Gelber Schein erfüllte den Raum.

Vor seinem Sohn blieb der Präfekt jetzt stehen. »Wie kann mein eigener Sohn, ein *bandeirante,* ein *jefe* der *irmandades,* derartige carsonitische Idiotien von sich geben?«

Joao blickte zwischen seinen Stiefeln zu Boden. Er empfand gleichzeitig Groll und Scham. Seinen Vater auf diese Weise zu stören, das war eine schmerzliche Sache in Anbetracht des empfindlichen Herzens Martinhos des Älteren. Aber der alte Mann war so blind!

»Dieser Pöbel von Farmern lachte mich aus«, erklärte Martinho der Ältere. »Ich sagte ihnen, daß wir die Grünfläche in diesem Monat um zehntausend Hektar vergrößern würden, und die lachten. ›Das glaubt Ihnen doch nicht einmal Ihr eigener Sohn!‹ sagten sie. Sie berichteten mir einiges von dem, was du gesagt haben sollst.«

»Es tut mir sehr leid, daß ich dir Ungelegenheiten bereitet habe, Vater«, sagte Joao. »Die Tatsache, daß ich ein *bandeirante* bin…« Er zuckte die Achseln. »Wie hätte ich sonst die Wahrheit über dieses Vernichtungsprogramm erfahren sollen?«

Sein Vater erbebte.

»Joao! Willst du damit sagen, du habest einen falschen Eid geleistet, als du den *irmandades* Treue gelobtest?«

»So war es nicht, Vater.«

Joao holte ein Spraymans-Emblem aus seiner Brusttasche und drehte es zwischen seinen Fingern. »Ich glaubte daran ... damals. Wir konnten mutierte Bienen züchten und jede Lücke in der Insektenökologie damit füllen. Das glaubte ich. Wie die Chinesen sagte ich: ›Nur die Nützlichen sollen leben!‹ Aber das war vor Jahren, Vater, und inzwischen ist mir klargeworden, daß wir nicht hinreichend verstehen, was Nützlichkeit bedeutet.«

»Es war ein Fehler, dich in Nordamerika erziehen zu lassen«, sagte sein Vater. »Denn dort bist du von der carsonitischen Häresie angesteckt worden. *Die* können ja ruhig der ökologischen Neuordnung der restlichen Welt fernbleiben – sie haben ja auch nicht so viele Millionen Mäuler zu stopfen. Aber mein eigener Sohn!«

»Draußen in den roten Gebieten«, sagte Joao beschwichtigend, »sieht man so allerhand, Vater. Dinge, die schwer zu erklären sind. Die Pflanzen sehen dort weit gesünder aus, und die Früchte sind ...«

»Nur ein Übergangsstadium«, sagte sein Vater. »Wir werden uns Bienen züchten, die allen nur erdenklichen Anforderungen gewachsen sind. Die Zerstörer nehmen uns das Brot vom Munde weg. Wie können wir uns wehren? Das ist sehr einfach. Sie müssen sterben und durch Geschöpfe ersetzt werden, die eine der Menschheit nützliche Funktion erfüllen.«

»Die Vögel sterben, Vater«, sagte Joao.

»Aber wir retten die Vögel! Von jeder Art gibt es Exemplare in unseren Schutzgebieten. Wir werden neuartiges Futter bereitstellen, um sie ...«

»Was aber geschieht, wenn unsere Barrieren durchbrochen werden ... bevor wir den natürlichen Bestand an Insektenfressern ergänzen? Was passiert dann?«

Martinho der Ältere fuchtelte mit dünnen Fingern unter der Nase seines Sohnes herum. »Das ist Unsinn! Ich will nichts mehr davon hören! Du weißt, was diese *mameluco*-Farmer noch sagten? Sie sagten, sie hätten *bandeirantes* gesehen, die wieder in die grünen Gebiete zurückgekehrt seien, um ihre Jobs dort zu verlängern!

Das haben sie gesagt. Auch das ist Unsinn – aber es ist eine natürliche Konsequenz solch defätistischen Geredes, wie ich es eben von dir gehört habe. Und jeder Rückschlag, den wir erleiden, stützt solche Vorwürfe!«

»Rückschläge, Vater?«

»Ja, Rückschläge sagte ich!«

Senhor Prefect Martinho drehte sich auf dem Absatz um und ging zu seinem Schreibtisch und wieder zurück. Erneut blieb er vor seinem Sohn stehen, die Hände in die Seiten gestemmt. »Du beziehst dich natürlich auf die Piratininga?«

»Du beschuldigst mich, Vater?«

»Deine *irmandades* waren in diesem Bereich.«

»Nicht einmal ein Floh ist bei uns durchgekommen!«

»Vor einer Woche war die Piratininga noch grün. Jetzt wimmelt es dort, wimmelt von …«

»Ich kann mich nicht neben jeden *bandeirante* im Mato Grosso stellen«, protestierte Joao. »Wenn die …«

»Die IOO gibt uns nur sechs Monate, um dort aufzuräumen«, sagte Martinho der Ältere. »Sechs Monate!« fügte er mit erhobenen Händen und rot im Gesicht hinzu. »Dann wird ganz Brasilien mit einem Embargo belegt – so wie es auch mit Nordamerika war.« Er senkte die Arme. »Kannst du dir vorstellen, unter welchem Druck ich stehe? Kannst du dir vorstellen, was ich mir über die *bandeirantes* anhören muß, vor allem über meinen eigenen Sohn?«

Joao kratzte sich mit dem Spraymans-Emblem das Kinn. Als sein Vater die Internationale Ökologische Organisation erwähnte, hatte ihn das an Dr. Rhin Kelly erinnert, eine charmante Direktorin der IOO Er sah sie vor seinem geistigen Auge, wie er sie zuletzt im *A'Chigua*-Nachtklub in Bahia gesehen hatte – rothaarig, grünäugig … So reizend und seltsam. Jetzt war sie schon seit fast sechs Wochen vermißt – irgendwo im *sertao*, und manche sagten, sie müsse längst tot sein.

Joao sah seinen Vater an. Wenn der alte Mann nur nicht so reizbar wäre. »Du regst dich unnötig auf, Vater«, sagte er. »Die Piratininga war keine Vollbarriere, nur ein…«

»Ich rege mich auf!«

Die Nasenflügel des Präfekten weiteten sich. Er beugte sich zu seinem Sohn hinunter. »Zweimal haben wir schon den Termin überschritten. Wir erreichten eine Verlängerung, als ich meldete, daß du und die *bandeirantes* von Diego Alvarez die Piratininga gesäubert hatten. Wie soll ich erklären, daß sie jetzt wieder verseucht ist und daß wir von vorn anfangen müssen?«

Joao steckte das Spraymans-Emblem in seine Tasche zurück. Mit seinem Vater war an diesem Abend einfach nicht zu reden. Frustration packte ihn. Dennoch, man mußte es dem alten Mann sagen; irgend jemand mußte es ihm sagen. Und irgend jemand vom Format seines Vaters mußte in die Zentrale gehen und die Leute dort aufwecken, sich *ihnen* verständlich machen.

Der Präfekt ging zu seinem Schreibtisch zurück und setzte sich. Ein altes Elfenbeinkruzifix stand darauf, das der große Aleihadinho geschnitzt hatte. Offenkundig, um sein seelisches Gleichgewicht wiederherzustellen, nahm er es in die Hand, doch seine Augen wurden weit und starr. Langsam stellte er das Kreuz wieder auf den Schreibtisch zurück, ohne den Blick davon zu wenden.

»Joao«, flüsterte er.

Sein Herz! dachte Joao.

Er sprang auf und eilte zu seinem Vater hinüber. »Vater! Was ist?«

Mit zitternden Fingern deutete der ältere Martinho auf etwas.

Zwischen den Dornen der Krone, über das schmerzentstellte elfenbeinerne Gesicht, über die angespannten Muskeln der Christusfigur krabbelte ein Insekt. Es war elfenbeinfarben und erinnerte der Form nach an einen Käfer. An der Brust und den Seiten hatte es jedoch eine Unzahl winziger Klauen, und seine abnorm langen Fühler waren mit feinsten Härchen bedeckt.

Der ältere Martinho griff nach einer Papierrolle, um das Insekt zu erschlagen, aber Joao hinderte ihn daran. »Warte. Das hier ist neu. So etwas habe ich noch nie gesehen. Gib mir eine Lampe. Wir müssen ihm folgen und herausfinden, wo es nistet.«

Senhor Prefect Martinho murmelte etwas Unverständliches, holte aus seiner Schreibtischschublade ein kleines Permalicht und gab es seinem Sohn.

Joao starrte das Insekt an, ohne jedoch die Lampe zu gebrauchen. »Wie seltsam es aussieht«, sagte er. »Wie genau sein Farbton dem des Elfenbeines entspricht.«

Das Insekt verharrte und richtete seine Fühler auf die beiden Männer.

»Merkwürdige Dinge sind schon gesehen worden«, sagte Joao. »Da gibt es Geschichten … Irgend etwas wie dies hier wurde letzten Monat in einem der Grenzdörfer gefunden. Es war im Grünen Gebiet, auf einem Pfad an einem Flußufer. Zwei Farmer fanden es, als sie nach jemandem suchten, dem nicht gut zu sein schien. Joao sah seinen Vater an. »Man achtet sehr auf Krankheiten in den neuen Grünen Regionen, weißt du. Es hat Epidemien gegeben … Und das ist auch so ein Punkt.«

»Da besteht kein Zusammenhang«, sagte sein Vater barsch. »Ohne Insekten, die Seuchen übertragen, werden wir weniger Krankheiten haben.«

»Vielleicht«, sagte Joao, und sein Ton drückte aus, daß er nicht daran glaubte.

Jetzt wandte er seine Aufmerksamkeit wieder dem Insekt zu. »Ich vermute, daß unsere Ökologen nicht alles glauben, was sie zu glauben vorgeben. Und ich mißtraue unseren chinesischen Ratgebern. Sie malen in so blumigen Wendungen aus, wie vorteilhaft es sei, nutzlose Insekten auszurotten, aber daß wir ihre Grünen Gebiete besuchen und inspizieren, erlauben sie nicht. Ausflüchte. Immer neue Ausflüchte. Ich glaube, die haben Probleme, von denen wir bloß nichts wissen sollen.«

»Davon kann keine Rede sein«, knurrte Martinho der Ältere, aber sein Ton verriet, daß er diese Position nicht unbedingt zu verteidigen beabsichtigte. »Das sind ehrenwerte Leute. Ihre Lebensart entspricht der unseren mehr als dem dekadenten Kapitalismus Nordamerikas. Du siehst sie zu sehr durch die Augen derer, die dich erzogen haben – das ist dein Problem.«

»Ich wette, daß dieses Insekt eine der spontanen Mutationen ist«, sagte Joao. »Fast habe ich den Eindruck, als erschienen sie nach irgendeinem Plan. Gib mir doch bitte etwas, worin ich es einsperren und ins Laboratorium bringen kann.«

Der ältere Martinho rührte sich nicht. »Wo, wirst du sagen, hast du es gefunden?«

»Na hier«, sagte Joao.

»Du würdest also nicht zögern, mich zusätzlich lächerlich zu machen?«

»Aber Vater ...«

»Kannst du dir denn nicht denken, was sie sagen werden? In seinem eigenen Haus wird dieses Insekt gefunden. Es ist eine seltsame neue Art. Vielleicht züchtet er sie, um die Grünen Gebiete von neuem damit zu bevölkern.«

»Jetzt redest *du* aber Unsinn. Bei bedrohten Arten sind Mutationen recht häufig. Und wir können nicht leugnen, daß die Insekten bedroht sind – die Gifte, die Vibrationsbarrieren, die Fallen. Gib mir irgendeinen Behälter, Vater. Ich kann dieses Insekt jetzt nicht allein lassen, sonst würde ich mir selbst einen holen.«

»Und du willst sagen, wo du es fandest?«

»Anders geht es nicht. Wir müssen das Gelände hermetisch abschließen und durchsuchen. Dies könnte ... ein Zufall sein ...«

»Oder ein vorsätzlicher Versuch, mich in Verlegenheit zu bringen.«

Joao sah seinen Vater an. *Das* war natürlich eine Möglichkeit. Die Carsoniten hatten vielerorts Freunde, und manche davon waren Fanatiker, denen jedes Mittel recht war. Dennoch ...

Joao mußte entschlossen handeln. Er wandte seine Aufmerksamkeit wieder dem bewegungslosen Insekt zu. Man mußte es seinem Vater sagen, mußte ihn aufklären, um jeden Preis. Jemand mit Autorität mußte ins Capitol gehen und dort seine Stimme erheben.

»Unsere ersten Gifte töteten die schwachen Insekten und selektierten jene, die dagegen immun waren«, sagte Joao. »Nur die immunen konnten sich fortpflanzen. Die Gifte, die wir jetzt gebrauchen ... Manche von ihnen lassen keine solchen Schlupflöcher mehr, und die tödlichen Vibrationen der Barrieren ...« Er zuckte die Achseln. »Dies ist eine Art Käfer, Vater. Ich möchte dir etwas zeigen.«

Joao holte eine lange, metallisch schimmernde Pfeife aus seiner Tasche. »Es gab eine Zeit, wo das hier unzählige Käfer in den Tod lockte. Ich mußte es nur auf ihr Attraktionsspektrum stimmen.« Er setzte die Pfeife an die Lippen und blies hinein, wobei er ihr Ende verdrehte.

Kein menschlichen Ohren vernehmbarer Ton kam aus dem Instrument, aber die Fühler des Käfers verdrehten sich.

Joao setzte die Pfeife ab.

Die Fühler blieben jetzt ruhig.

»Er hat überlebt, verstehst du«, sagte Joao. »Und es gibt Anzeichen einer bösartigen Intelligenz bei ihnen. Die Insekten sind weit von der Ausrottung entfernt, Vater... Und sie machen sich daran, zurückzuschlagen.«

»Bösartige Intelligenz, pah!«

»Du mußt mir glauben, Vater«, sagte Joao. »Niemand sonst hört mich an. Sie lassen uns sagen, wir seien zu lange im Dschungel gewesen. Und was haben wir denn für Beweise? Und solche Geschichten, sagen sie, kann man von unwissenden Farmern erwarten, aber nicht von *bandeirantes*. Du mußt mich anhören, Vater, und mußt mir glauben! Deswegen bin ich zu dir gekommen ... Weil du mein Vater bist und deinen eigenen Sohn anhören könntest.«

»Was soll ich glauben?« fragte der ältere Martinho mit einem kalten Blick auf seinen Sohn. Hochaufgerichtet stand er da, jetzt ganz Präfekt.

»Letzte Woche«, sagte Joao, »verloren Antonil Lisboas *bandeirantes* im *sertao* von Goyaz drei Männer, die ...«

»Unfälle.«

»Sie sind mit Ameisensäure und Copahu-Öl umgebracht worden.«

»Sie gingen unvorsichtig mit ihren Giften um. Die Leute werden unvorsichtig, wenn sie ...«

»Vater! Die Ameisensäure war ein besonders starker Typ, aber immer noch als durch ... oder als von Insekten produziert erkennbar. Und die Männer waren völlig durchdrungen davon. Was das Copahu-Öl betrifft ...«

»Willst du damit sagen, daß Insekten dieses ...« Der Präfekt deutete auf das bewegungslos verharrende Tier auf dem Kruzifix. »... blinde Geschöpfe wie dieses ...«

»Sie sind nicht blind, Vater.«

»Ich meine nicht blind im engsten Sinne des Wortes, sondern ohne Intelligenz«, sagte der ältere Martinho. »Du kannst doch nicht ernstlich behaupten, daß diese Kreaturen Menschen angriffen und töteten.«

»Wir müssen erst noch genau feststellen, woran die Männer zugrunde gegangen sind«, sagte Joao. »Wir haben nur ihre Leichen und die an Ort und Stelle vorhandenen Spuren. Aber es hat weitere Todesfälle gegeben, Vater, und auch Vermißte, und wir finden mehr und mehr Grund zu der Annahme, daß ...«

Er verstummte, als der Käfer vom Kruzifix auf den Schreibtisch hinunterkrabbelte. Sofort nahm er eine dunkelbraune Farbe an, die sich in nichts von der der Schreibtischplatte unterschied.

»Bitte, Vater. Gib mir irgend etwas, wo ich es hineinstecken kann.«

»Nur, wenn du mir versprichst, bezüglich des Fundortes dieser Kreatur Diskretion walten zu lassen«, sagte der Präfekt.

»Vater, ich ...«

Der Käfer hüpfte vom Schreibtisch weit weg in die Mitte des Raumes, lief dann zur Wand, die Wand hinauf und verschwand in einer Ritze bei einem Fenster.

Joao schaltete die Handlampe an und richtete ihren Strahl auf das kleine Loch, das den seltsamen Käfer verschluckt hatte.

»Wie lange ist dieses Loch schon da, Vater?«

»Jahrelang. Ein Fehler im Mauerwerk ... Ein Erdbeben, glaube ich.«

Joao wandte sich um, war mit drei Schritten an der Tür, durchmaß einen überwölbten Korridor, eilte eine steinerne Treppe hinunter durch eine weitere Tür, dann durch eine kurze Halle und ein schmiedeeisernes Tor in den Garten. Er stellte die Lampe auf volle Stärke und ließ ihren bläulichen Strahl unterhalb des Arbeitszimmerfensters über die Wand streichen.

»Joao, was tust du denn da?«

»Was ich tun muß, Vater«, sagte Joao. Er blickte sich um und sah, daß der ältere Martinho jetzt am Gittertor stand.

Joao wandte seine Aufmerksamkeit wieder der Außenwand zu und inspizierte die einzelnen Mauersteine unterhalb des Fensters. Dann bückte er sich nieder und strahlte den Boden an, drehte jeden Erdbrocken um, leuchtete jeden Schatten aus.

Er überprüfte die Erde, die Büsche, dann die Wiese.

Joao hörte, wie sein Vater von hinten zu ihm trat.

»Siehst du es, Sohn?«

»Nein, Vater.«

»Du hättest es mich erschlagen lassen sollen.«

Vom äußeren Teil des Gartens, dort, wo eine Mauer ihn von der Straße trennte, kam jetzt ein durchdringendes Zirpen. Es kam in fast körperlich spürbaren Schwingungen durch die Luft und ließ Joao an den Jagdschrei von Dschungelraubtieren denken. Ein Schauder lief ihm über den Rücken. Er wandte sich zur Einfahrt hinüber, wo er seinen Airtruck geparkt hatte, leuchtete mit dem bläulichen Licht seiner Lampe dorthin.

Plötzlich starrte er auf den Rasen. »Was ist das?«

Der Boden schien in Bewegung zu sein und nach ihnen zu greifen wie eine Meereswoge am Strand. Schon waren sie vom Haus abgeschnitten. Die Woge war jetzt noch zehn Schritte entfernt, kam aber rasch näher.

Joao sprang auf, umklammerte den Arm seines Vaters. Seine Stimme war ruhig; er wollte den alten Mann nicht noch mehr aufregen. »Wir müssen zu meinem Fahrzeug, Vater. Wir müssen über sie weglaufen.«

»Sie?«

»Es sind Insekten, wie das in deinem Zimmer, Vater – Millionen davon. Vielleicht sind es doch keine Käfer. Vielleicht sind sie so etwas wie Ameisensoldaten. Wir müssen zu meinem Fahrzeug. Dort habe ich, was wir brauchen. Dort sind wir sicher. Es ist ein *bandeirante*-Fahrzeug, Vater. Du mußt mit mir mitlaufen, Vater. Ich werde dir helfen.«

Sie begannen zu rennen. Joao hielt seinen Vater am Arm und wies mit der Lampe den Weg.

Gib, daß sein Herz durchhält, betete Joao.

Jetzt befanden sie sich mitten in der Woge krabbelnder Insekten, aber die Kreaturen hüpften zur Seite, einen Durchgang öffnend, der sich hinter den beiden sogleich wieder schloß.

Dann war ein gutes Dutzend Meter vor ihnen der Umriß des Airtrucks schemenhaft zu erkennen.

»Joao … mein Herz«, hörte Joao seines Vaters erstickte Stimme.

»Du schaffst es«, keuchte er. »Schneller!« Beinahe trug er seinen Vater während der letzten Schritte.

Jetzt waren sie bei der breiten Hecktür, die in die Laboratoriumskabine des Airtrucks führte. Joao riß die Tür auf, knipste das Licht an, langte nach einer Spraykapuze und einem Giftgewehr. Plötzlich blieb er wie erstarrt stehen.

Da saßen zwei Männer – dem Aussehen nach *sertao*-Indianer mit blitzenden Augen und in der Stirn gerade abgeschnittenem Haar unter Strohhüten. Sie sahen aus wie völlig identische Zwillinge – bis hin zu ihrer lehmgrauen Kleidung, zu den Sandalen und den ledernen Schultersäcken. Die käferartigen Insekten krabbelten um sie herum, an den Wänden hoch, über die Instrumente und Fläschchen.

»Was, zum Teufel …«, entfuhr es Joao.

Einer der beiden hielt eine Qena-Flöte. Er machte eine Geste damit und sagte mit rauher, seltsam klingender Stimme: »Kommen Sie rein. Wenn Sie gehorchen, wird Ihnen nichts geschehen.«

Joao bemerkte, wie sein Vater zusammensackte, und fing den alten Mann in seinen Armen auf. Wie leicht er doch war! Seinen Vater in den Armen, stieg Joao in das Fahrzeug. Der ältere Martinho atmete schwer und stoßweise. Sein Gesicht war bläulich angelaufen; Schweiß stand auf seiner Stirn.

»Joao«, flüsterte er. »Der Schmerz … meine Brust.«

»Medizin, Vater«, sagte Joao. »Wo ist deine Medizin?«

»Haus«, sagte der alte Mann.

»Scheint zu sterben«, sagte der eine Indianer.

Den Vater noch in den Armen, fuhr Joao zu den beiden herum und rief wütend: »Ich weiß nicht, wer ihr seid oder warum ihr das Ungeziefer hier losgelassen habt, aber mein Vater braucht Hilfe, sonst wird er sterben. Aus dem Weg!«

»Gehorchen Sie, oder Sie sterben beide«, sagte der Indianer mit der Flöte.

»Er braucht seine Medizin und einen Arzt«, sagte Joao flehend. Die Weise, wie der Indianer ihm die Flöte entgegenstreckte, gefiel Joao nicht. Die Art seiner Geste ließ vermuten, daß das Instrument in Wirklichkeit eine Waffe war.

»Welcher Teil hat versagt?« fragte der andere Indianer. Er starrte Joaos Vater neugierig an. Der Atem des alten Mannes war kurz und keuchend geworden.

»Es ist sein Herz«, sagte Joao. »Ich weiß, daß Ihr Farmer glaubt, er hat sich nicht so übermäßig angestrengt, um ...«

»Keine Farmer«, sagte der eine mit der Flöte. »Herz?«

»Pumpe«, sagte der andere.

»Pumpe.« Der Indianer mit der Flöte stand von der Bank an der Stirnwand des Laboratoriums auf und deutete darauf. »Legen Sie ... Vater hierher.«

Auch der andere Indianer stand jetzt von der Bank auf und trat zur Seite.

Trotz seiner Angst um seinen Vater fiel Joao das seltsame Aussehen dieses Paares auf – die feinen, schuppenartigen Linien auf ihrer Haut, der blitzende Glanz ihrer Augen.

»Legen Sie Vater hierher«, wiederholte der eine mit der Flöte und deutete auf die Bank. »Er kann Hilfe ...«

»... erhalten«, sagte der andere.

»Erhalten«, sagte der eine mit der Flöte.

Joao warf jetzt einen Blick auf die unzähligen Insekten an der Wand, die bewegungslos dort verharrten. Sie waren von der gleichen Art wie das im Arbeitszimmer seines Vaters.

Der Atem des alten Mannes war jetzt sehr flach, sehr kurz.

Er stirbt, dachte Joao verzweifelt.

»Er kann Hilfe erhalten«, wiederholte der mit der Flöte. »Wenn Sie gehorchen, wir tun Ihnen nichts.«

Der Indianer hob seine Flöte und legte sie auf Joao an wie eine Waffe. »Gehorchen.«

Die Geste war nicht mißzuverstehen.

Vorsichtig trug Joao seinen Vater zu der Bank und legte ihn darauf nieder.

Der andere Indianer beugte sich über den älteren Martinho und schob ihm ein Augenlid hoch. Er tat es mit einer gewissen professionellen Direktheit. Dann drückte er sanft auf das Zwerchfell des Sterbenden, lockerte den Gürtel des Präfekten, öffnete seinen Kragen. Ein kurzer brauner Finger legte sich auf die Halsarterie des alten Mannes.

»Sehr schwach«, krächzte der Indianer.

Joao besah sich diesen Indianer genau, erstaunt über den Hinterwäldler aus dem *sertao,* der sich wie ein Arzt gebärdete.

»Wir müssen ihn in ein Krankenhaus bringen«, sagte Joao. »Und seine Medizin in …«

»Krankenhaus«, stimmte der Indianer zu.

»Krankenhaus?« fragte der mit der Flöte.

Ein leises, zirpendes Zischen kam von dem anderen Indianer.

»Krankenhaus«, sagte der mit der Flöte.

Dieses zirpende Zischen! Joao starrte den Indianer neben dem Präfekten an. Das Geräusch erinnerte ihn an die seltsamen Laute, die er auf der Wiese vor dem Hause gehört hatte.

Der mit der Flöte stieß ihn in die Seite und sagte: »Sie gehen nach vorn und steuern dieses …«

»Fahrzeug«, sagte der neben Joaos Vater.

»Fahrzeug«, sagte der mit der Flöte.

»Krankenhaus?« fragte Joao bittend.

»Krankenhaus«, stimmte der mit der Flöte zu.

Joao sah wieder zu seinem Vater hinunter. Der andere Indianer war schon dabei, den älteren Martinho auf der Bank festzuschnallen. Wie kompetent der Mann trotz seines hinterwäldlerischen Aussehens zu sein schien.

»Gehorchen«, sagte der mit der Flöte.

Joao öffnete die Tür zur Fahrerkabine, schlüpfte nach vorn und spürte, wie der andere ihm folgte. Auf der gebogenen Windschutzscheibe waren ein paar dunkle Tropfen. Joao zwängte sich auf den Fahrersitz. Hinter ihm kauerte sich der Indianer nieder, die Flöte auf ihn gerichtet.

Irgendeine Art Blasrohr, vermutete Joao.

Er drückte auf den Anlasserknopf und schnallte sich an, während er darauf wartete, daß die Turbinen genügend Drehzahl entwickelten. Der Indianer kauerte immer noch hinter ihm, verletzbar freilich, wenn Joao sehr scharf in die Kurve ging. Joao schaltete den Kommunikator ein und sah auf den winzigen Bildschirm am linken Ende des Armaturenbretts, der ihm das Laboratoriumsabteil zeigte. Die hinteren Türen waren offen. Er schloß sie hydraulisch. Sein Vater war jetzt sicher auf der Bank festgeschnallt, stellte Joao fest, aber der andere Indianer war gleichfalls gesichert.

Die Turbinen heulten jetzt schrill. Joao schaltete die Lichter und den hydrostatischen Antrieb an. Das Fahrzeug hob sich zehn Zentimeter, die Nase leicht angestellt. Er bog links in die Straße ein, ging weitere zwei Meter in die Höhe, um die Geschwindigkeit zu erhöhen, hielt auf die Lichter eines Boulevards zu.

Der Indianer sagte ganz nahe an seinem Ohr: »Sie fahren zu dem Berg dort drüben.« Er streckte die

Hand aus und deutete nach rechts. *Die Alejandro-Klinik ist dort in den Vorhügeln,* dachte Joao.

Er drehte ab, wie ihm der Indianer geheißen hatte.

Er ging einen weiteren Meter höher und steigerte erneut die Geschwindigkeit. Gleichzeitig schaltete er den Intercom zum hinteren Abteil an und stellte Zusatzverstärker und -mikrofon ein, die sich unter der Bank befanden, auf der sein Vater lag.

Der Verstärker, der das Geräusch einer fallengelassenen Nadel wie Artilleriefeuer klingen lassen konnte, übermittelte nur ein schwaches Zischen und Krächzen. Joao vergrößerte die Lautstärke. Der Verstärker hätte jetzt laut und deutlich das Pochen des Herzens des alten Mannes in die Fahrerkabine übertragen müssen.

Doch da war nichts.

Tränen traten in Joaos Augen. Er wischte sie mit dem Handrücken weg, um besser sehen zu können.

Mein Vater ist tot, dachte er. *Und diese verrückten Hinterwäldler haben ihn umgebracht.*

Auf dem Bildschirm war jetzt zu sehen, daß der Indianer dort hinten eine Hand unter dem Rücken des älteren Martinho hatte. Der Indianer schien den Rücken des Toten zu massieren; ein rhythmisch wetzendes Geräusch paßte genau zu seiner Bewegung.

Zorn erfüllte Joao. Er kämpfte mit dem Gedanken, den Airtruck gegen irgendein Hindernis zu steuern, um diese beiden Verrückten mit sich in den Tod zu reißen.

Sie näherten sich jetzt den Außenbezirken der Stadt; hier gab es Kleingärten und Häuschen, geschützt durch schwebende Baldachine.

Joao zog den Airtruck darüber hinweg und steuerte zum Boulevard hinüber.

Zur Klinik, ja, dachte er. *Aber es ist zu spät.*

In diesem Augenblick wurde ihm klar, daß vom Laborabteil überhaupt kein Herzschlag kam – nur dieses langsame, rhythmische Wetzen, ein schwaches Surren und ein zikadenartiges, in der Tonhöhe wechselndes Zirpen.

»Zu den Bergen, dort«, sagte der Indianer hinter ihm. Wieder wies seine Hand nach rechts.

Die von den Kontroll-Lampen beleuchtete Hand nahe vor Augen, sah Joao die schuppenartigen Teile eines Fingers leicht die Position verändern. Und er erkannte an den winzigen Klauenrändern, was diese Schuppen waren.

»Die Käfer!«

Der Finger war aus Käfern zusammengesetzt, die sich wie auf Kommando koordiniert bewegten!

Joao drehte sich um, starrte in die Augen des Indianers und sah jetzt, warum sie so glitzerten: Sie bestanden aus Tausenden kleinster Facetten.

»Krankenhaus dort«, sagte die Kreatur neben ihm und wies hinüber.

Joao wandte sich wieder der Steuerung zu, bemüht, die Fassung nicht zu verlieren. Das waren keine Indianer ... Das waren nicht einmal Menschen. Es waren Insekten – irgendeine Art von Insektenschwarm, so organisiert, daß ihre Gesamterscheinung der eines Menschen täuschend ähnlich sah.

Die Konsequenzen dieser Entdeckung gingen ihm durch den Kopf. Wie ertrugen sie ihr Gewicht? Wie ernährten sie sich – wie atmeten sie?

Und wie sprachen sie?

Die Beschaffung dieser Information und von Beweisstücken, die es ermöglichen würden, die Fakten in einem der großen Laboratorien nachzuprüfen, war jetzt das Wichtigste. Alles andere mußte dem untergeordnet werden.

Selbst der Tod seines Vaters durfte jetzt keine Rolle spielen. Er mußte sich eines dieser Objekte bemächtigen und damit fliehen.

Er langte nach oben, stellte den Kommandosender an und schaltete einen Rückkehrruf ein. *Laß ein paar von meinen Irmaos wach sein und ihre Bildschirme beobachten,* betete er.

»Mehr nach rechts«, sagte das Wesen hinter ihm.

Wieder korrigierte Joao den Kurs.

Der Mond stand jetzt hoch über ihnen und beleuchtete eine Reihe von *bandeirante*-Türmen zur Linken. Die erste Barriere. Bald würden sie das grüne Gebiet verlassen und in das graue kommen – dann, hinter diesem, kam eine weitere Barriere und das rote Gebiet, dessen Ausläufer sich wie Finger durch die Goyaz und den Mato Grosso erstreckten. Joao sah vereinzelte Lichter von Wiederbesiedlungsplan-Farmen. Dahinter war Dunkelheit.

Der Airtruck flog schneller, als er es wollte, aber Joao wagte nicht, die Fahrt zu verlangsamen. Die beiden hätten Verdacht schöpfen können.

»Höher hinauf«, sagte das Wesen hinter ihm.

Joao erhöhte den Vortrieb, hob die Nase des Fahrzeugs an. Er ging auf dreihundert Meter Höhe.

Weitere *bandeirante*-Türme kamen in Sicht. Sie lagen jetzt näher beisammen. Die Instrumente zeigten die Barrieren-Signale an. Joao blickte nach hinten zu dem *Indianer*. Die Vibrationen schienen dem Wesen nichts anzuhaben.

Joao sah zum Seitenfenster hinaus. Niemand würde ihn anhalten, das wußte er. Dies war ein *bandeirante*-Airtruck auf dem Weg in die rote Zone ... Und sein Sender strahlte einen Rückkehrruf aus. Die Männer dort unten würden annehmen, er sei der Anführer einer Gruppe, unterwegs, seine Männer zu holen.

Silbrig im Mondlicht glänzend, wand sich unter ihm die Schlange des Sao Francisco, und die kleineren Wasserstraßen kamen wie Fäden aus den Vorbergen.

Ich muß das Nest finden – wo wir hinfliegen, dachte Joao. Er fragte sich, ob er wohl seinen Empfänger einschalten konnte – aber wenn sich dann seine Männer meldeten ... Nein. Das konnte den Argwohn der Kreaturen erregen; sie würden vielleicht zu gewaltsamen Gegenmaßnahmen schreiten.

Meine Männer werden begreifen, daß etwas nicht stimmt, wenn ich nicht antworte, dachte er. *Sie werden uns folgen. Falls irgendeiner von ihnen meinen Ruf hört.*

Stunden vergingen.

Nichts als mondbeschienener Dschungel raste jetzt unter ihnen vorbei, und der Mond stand nun schon tief am Horizont. Bald würde er untergehen. Dies war die tiefrote Region, wo zum ersten Male Gift in riesigen Mengen versprüht worden war – mit katastrophalen Folgen. Hier waren die ersten wilden Mutationen entstanden. Hier hatte man Rim Kelly zum letzten Male gesehen.

Dies war das Gebiet, das für die letzte Attacke mit einer beweglichen Barriere ausersehen war, sobald eine genügend kurze Barriere erstellt werden konnte.

Joao lud den Notsprengsatz, der Vorder- und Hinterkabine des Fahrzeugs trennen würde, wenn er ihn zündete. Die Stummelflügel des Vorderteils und sein Reserve-Raketenmotor würden es ihm ermöglichen, wieder *bandeirante*-Gebiet zu erreichen.

Das Wesen saß hinter ihm und rührte sich nicht. Joao hoffte.

Sein Blick ging über den Horizont. War das dort hinten Widerschein des Mondlichts oder ein anderes Fahrzeug? Es war nicht klar zu erkennen.

»Wie weit noch?« fragte Joao.

»Weiter«, krächzte die Kreatur.

Nun, da er darauf achtete, hörte Joao das modulierte Zirpen in dieser Stimme.

»Aber wie lange?« fragte Joao. »Mein Vater.«

»Krankenhaus für … den Vater dort«, sagte die Kreatur.

Bald würde es dämmern. Am Horizont konnte Joao den ersten Morgenschimmer erkennen. Die Nacht war so rasch vergangen. Joao fragte sich, ob diese Kreaturen ihm irgendeine zeitverzerrende Droge injiziert hatten, ohne daß er es bemerkte. Er verwarf den Gedanken. Er verhielt sich weiter entsprechend den Erfordernissen des Augenblicks. Jetzt war nicht die Zeit für Müdigkeit oder Langeweile, da er sich jedes halbwegs erkennbare Merkmal der Landschaft einprägen und alles wahrnehmen mußte, was an diesen Kreaturen wahrnehmbar war.

Wie koordinierten sie die einzelnen Teile?

Das Plateau des Mato Grosso wurde im Dämmerlicht sichtbar. Joao blickte zum Fenster hinaus. Diese Region, das wußte er, erstreckte sich über 5° Breite und 6° Länge. Einst war sie ein Gebiet isolierter *facendas* gewesen, die von unabhängigen Schwarzen und von *sertanistos* bestellt wurden, welche das *encommendero*-Kolonisierungssystem hierher gezwungen hatte. Es war ein Dschungel mit Hartholzbäumen und schmalen Wasserläufen, deren Ufer von Bäumen und Büschen, Farnen und Schlingpflanzen überwachsen waren.

Selbst jetzt noch war es urtümliches Land, eine Tatsache, welche weitgehend Insekten und Seuchen zugeschrieben wurde. Es war eine der letzten Bastionen wimmelnden Insektenlebens, wenn man den Berichten der Internationalen Ökologischen Organisation Glauben schenken konnte.

Der Nachschub für die *bandeirantes*, die diese Insektenbastion attackieren würden, würde über Sao Paolo kommen – über Lufttransport und die vielstöckigen Fernstraßen, dann in antiken Dieselzügen nach Itapira, auf Lastkähnen nach Bahus und schließlich per Airtruck nach Registo und Leopoldina am Araquaia.

Hier wimmelte es von Insekten: Es gab Drahtwürmer im Wurzelwerk aller möglichen Pflanzen, Larven in der feuchten, schwarzen Erde, Springkäfer, pfeilähnliche Angita-Wespen, Chalcis-Fliegen, Sphecidae, Braconidae, Hornissen, weiße Termiten, Blutasseln, Ameisen, Läuse, Moskitos, Motten, Schaben, exotische Falter, Mantidae und zahllose unnatürliche Mutationen von alledem.

Dies würde ein teurer Krieg werden – wenn er nicht gestoppt wurde –, denn er war schon verloren.

So darf ich nicht denken, sagte Joao zu sich selbst. *Aus Respekt vor meinem Vater.*

IOO-Karten von diesem Gebiet waren in verschiedenen Rot-Tönen gehalten. Die rote Fläche war von einem grauen Ring umgeben, der in Rosa überging, wo eine oder zwei robuste Insektenarten den Waffen des Menschen widerstanden hatten: dem Napalm, dem Nervengift, den Sonitoxics und all den mechanischen Fallen und Tötungsgeräten im Arsenal der *bandeirantes*.

Das ganze Gebiet würde man mit einem Koordinatennetz überziehen und jedes Quadrat von tausend Hektar der meistbietenden der unabhängigen Gruppen zur Desinfektion überlassen.

In einer Weise sind wir bandeirantes *die letzte Entwicklungsstufe der Raubtiere,* dachte Joao. *Kein Wunder, daß diese Kreaturen uns nachahmen.*

Wie gut aber war diese Imitation wirklich? fragte er sich. Und wie tödlich war sie für die Raubtiere?

»Dort«, sagte die Kreatur hinter ihm, und die aus winzigen Einzelteilen zusammengesetzte Hand deutete auf eine Böschung, die sich dunkel vor ihnen im Morgenlicht abzeichnete.

Joaos Fuß trat auf einen Druckknopf im Boden, der einen gewaltigen Farbnebel entließ und damit im Umkreis von einer Meile das Gelände unter ihnen markierte. Gleichzeitig begann Joao mit dem Abzählen der fünf Sekunden, die bis zur Zündung der Trennladung verstreichen mußten.

Die Absprengung erfolgte mit schmetterndem Krachen. Die Kreatur hinter ihm war gegen die rückwärtige Wand der Kabine geschleudert worden, das wußte Joao, ohne sich umzusehen. Er fuhr die Stummelflügel aus, verstärkte den Schub der Raketenmotoren und riß die Kabine herum. Er sah, wie sich der hintere Teil des Airtrucks – durch den hydrostatischen Antrieb automatisch gebremst – langsam im Bereich der orangen Farbwolke zur Erde senkte.

Ich komme zurück, Vater, dachte Joao. *Ich werde dich bei deiner Familie und deinen Freunden begraben.*

Nach einem Blick auf die Instrumente drehte er sich in seinem Sitz herum, um nachzusehen, wie es mit seinem Gefangenen stand.

Und ihm stockte der Atem.

Die hintere Wand wimmelte von Insekten, die sich um etwas Weißes, Pulsierendes drängten. Das lehmbraune Hemd und die Hose waren zerrissen. Aber schon waren Insekten dabei, beides zu reparieren, indem sie Fäden spannten und miteinander verwoben. Neben dem, was da weiß pulsierte, war eine gelbliche Masse zu erkennen. Und etwas Dunkelbraunes zeichnete sich ab, das aussah wie ein Skelett.

Es war wie ein menschliches Skelett – und es bestand aus Chitinmasse.

Unter seinen Augen setzte das Ding sich wieder zusammen. Lange haarige Fühler gruben sich in die Struktur und verkoppelten sich damit. Die Flöten-Waffe war nicht zu sehen, und der Ledersack des Dings war in einer Ecke gelandet. Aber die Augen waren in ihren braunen Höhlen und starrten ihn an. Der Mund formte sich wieder.

Die gelbe Masse zog sich zusammen, und aus dem halb wiedergebildeten Munde ließ sich eine Stimme vernehmen.

»Hören Sie zu«, schnarrte sie.

Joao schluckte, fuhr abrupt zur Steuerung herum und versetzte die Kabine in wilde, wirbelnde Drehung.

Ein hohes, durchdringendes Summen wurde hinter ihm hörbar. Es war ein Geräusch, das durch Mark und

Bein ging. Etwas krabbelte an seinem Hals empor. Er schlug danach und zerquetschte es.

Joao dachte nur noch an Flucht. Verzweifelt auf die Erde hinunterstarrend, bemerkte er rechts von sich einen weißen Fleck in der Savanne und im gleichen Augenblick neben sich einen weiteren Airtruck mit dem Zeichen seiner eigenen *irmandades*-Truppe an der Seite.

Der weiße Fleck in der Savanne löste sich in eine Ansammlung von Zelten auf, zwischen denen das orange-grüne Banner der IOO flatterte.

Joao steuerte zu den Zelten hinunter und betete, daß der andere Airtruck ihm folgen möge.

Etwas stach ihn in die Wange. Sie waren in seinem Haar und bissen und stachen. Er zündete die Bremsraketen und hielt auf eine freie Stelle etwa fünfzig Meter neben den Zelten zu. Jetzt war das ganze Fenster voller Insekten, die ihm die Sicht versperrten. Mit einem Stoßgebet riß Joao den Steuerknüppel zurück und spürte, wie die Kabine unsanft aufsetzte und dann weiter über die Savanne schlingerte. Noch bevor sie zum Stillstand kam, sprengte er das Glasdach ab, löste den Sicherheitsgurt und sprang mit einem gewaltigen Satz hinaus.

Er rollte durch das Gras. Insektenbisse brannten am ganzen Körper wie Feuer. Hände packten ihn, und er spürte, wie eine schützende Gallertmaske auf sein Gesicht klatschte. Eine Stimme – er erkannte sie als die Thomes von seiner eigenen Gruppe – sagte: »Hierher, Johnny! Los!« Sie rannten weg.

Er hörte eine Spraykanone feuern: »Whuuusch!«

Noch einmal.

Und noch einmal.

Arme packten ihn, rissen ihn mit sich fort, über einen Graben hinweg.

Und dann stürzten sie übereinander. Eine Stimme sagte: »Heilige Maria! Seht euch das an!«

Joao zupfte sich die Gallertmaske vom Gesicht, setzte sich auf und starrte über die Savanne. Um die seitwärts gekippte Kabine und den Airtruck, der daneben gelandet war, wimmelte das Gras von Insekten.

Joao blickte sich um und zählte sieben seiner *irmaos*, darunter Thome, seinen Hauptspraymann, der offenbar das Kommando hatte.

Seitlich hinter ihnen standen fünf andere Leute. Die Frau erkannte Joao sofort: Dr. Rhin Kelly von der IOO. Als sie sich im *A'Chigua Nightclub* in Bahia begegnet waren, war sie Joao exotisch und begehrenswert erschienen. Jetzt trug sie statt Abendkleid und Juwelen eine Uniform, und ihr Blick war ganz und gar nicht einladend.

»Ich sehe hier eine gewisse poetische Gerechtigkeit… Verräter!« sagte sie.

Joao erhob sich, nahm das Stück Stoff, das einer seiner Männer ihm reichte, und wischte sich den Rest der Gallertmaske ab. Hände bürsteten über sein Überzeug und wischten tote Insekten davon weg. Der Schmerz auf seiner Haut wich jetzt allmählich unter der Einwirkung des medizinischen Gels. Dann überschüttete man ihn mit Fragen; erst jetzt bemerkte er, in welcher Stimmung die Leute vom IOO waren.

Sie waren wütend, und ihre Wut galt ihm… Und den anderen *irmandades*.

Joao musterte die Frau. Ihr Gesicht war leicht gerötet, und ihre grünen Augen taxierten ihn kalt.

»Dr. Kelly?« sagte Joao.

»Wenn das nicht Joao Martinho ist, *jefe* der *irmandades*«, sagte sie, »der Verräter der Piratininga.«

»Die sind wahnsinnig, sonst gar nichts, glaube ich«, sagte Thome.

»Ihre süßen Kleinen sind Ihnen wohl auf den Pelz gerückt, wie?« fragte sie. »Mußte doch wohl so kommen.«

»Würden Sie mir bitte sagen, wie Sie das meinen?« erwiderte Joao.

»Ist wohl kaum nötig«, sagte sie. »Lassen Sie es sich von Ihren Freunden dort drüben erklären.« Sie deutete an den Rand der Savanne, wo der Dschungel begann.

Joaos Blick folgte ihrer Geste. Er sah eine Reihe von Männern in *bandeirante*-Weiß, die unbehelligt mitten unter den wimmelnden, springenden Insekten im Dschungelschatten standen. Er nahm das Fernglas, das einer seiner Männer um den Hals hatte, und stellte es auf die Gestalten ein. Er wußte, worauf er zu achten hatte. Das machte die Identifizierung einfach.

»Tommy«, sagte Joao.

Thome, sein Hauptspraymann, neigte sich zu ihm, wobei er an einem Insektenstich auf seiner bronzebraunen Wange kratzte.

Mit leiser Stimme erklärte Joao, was die Gestalten am Dschungelrand waren.

»Oooh«, sagte Thome. Ein *irmandade* neben Joao bekreuzigte sich.

»Was war das, worüber wir da gesprungen sind, als wir ankamen?« fragte Joao.

»Ein Graben«, sagte Thome. »Er scheint mit Couroq-Gallert gefüllt zu sein … irgendeine Art von Insektenbarriere.«

Joao nickte. Allmählich wurde die Situation hier etwas ungemütlich. Er sah Rhin Kelly an. »Dr. Kelly, wo sind denn Ihre anderen Leute? Zu einem IOO-Team gehören doch mehr als fünf?«

Sie kniff die Lippen zusammen und schwieg.

»Hmm.« Joao warf einen Blick auf die Zelte, sah, wie verwittert sie waren. »Wo ist Ihre Ausrüstung? Wo sind die Lastwagen, die Laboratoriums- und die anderen Fahrzeuge?«

»Wieso fragen Sie das?« sagte sie, aber ihre spöttische Stimme hatte einen Unterton der Unsicherheit. »Einen Kilometer von hier, dort drüben zwischen den

Bäumen…« Sie nickte nach links hinüber. »… liegt ein kaputter Dschungellaster mit dem größten Teil unserer… unserer Ausrüstung, wie Sie es nennen. Die Räder des Lasters wurden von Säure zerfressen.«

»Säure?«

»Es roch wie Oxalik«, sagte einer der Männer, ein blonder, nordischer Typ mit einer Narbe unter dem rechten Auge.

»Beginnen Sie mit dem Anfang«, sagte Joao.

»Vor beinahe sechs Wochen wurden wir hier abgeschnitten«, sagte der blonde Mann. »Irgend etwas machte unsere Funkstation und unseren Laster kaputt – die Dinger sahen aus wie riesige Flöhe – und können einen Säurestrahl gut fünfzehn Meter weit spritzen.«

»In meinem Laboratorium ist ein Glaskasten mit drei toten Exemplaren davon«, sagte Dr. Kelly.

Joao biß sich nachdenklich auf die Lippen. »Und?«

»Ich habe einen Teil von dem mitgehört, was Sie Ihren Männern dort erklärten«, sagte sie. »Meinen Sie, daß wir das glauben?«

»Was Sie glauben, ist mir ganz gleichgültig«, sagte Joao. »Wie sind Sie hierhergekommen?«

»Wir hatten *caramuru*-Kaltfeuerspray benutzt und uns hierher durchgekämpft«, sagte der blonde Mann. »Wir nahmen an Vorräten und Ausrüstung mit, was wir tragen konnten, hoben rundherum einen Graben aus, schütteten das Cuoroq-Pulver hinein, gaben die Gallertmasse und schließlich noch unser *copahu*-Öl hinzu… und da saßen wir dann.«

»Wie viele von Ihnen?« fragte Joao.

»Wir waren vierzehn«, sagte der Mann.

Joao rieb sich den Hals, wo die Insektenstiche wieder zu brennen begannen. Einen nach dem anderen besah er sich seine Männer, schätzte ihre Kondition und ihre Ausrüstung ab, zählte vier Spraygewehre, sah, daß die Männer Reservekartuschen umhängen hatten.

»Der Airtruck reicht aus«, sagte er. »Wir müssen hier weg.«

Dr. Kelly sah in die Savanne hinaus und sagte: »Ein paar Sekunden nach Ihrer Landung, fürchte ich, war es dafür bereits zu spät, *bandeirante.* In einem Tag oder so wird es hier wohl ein paar Verräter weniger geben. Sie sind in Ihrer eigenen Falle gefangen.«

Joao wandte sich zum Airtruck um und bellte: »Tommy! Vince! Macht euch...« Er verstummte, als der Airtruck langsam nach links kippte.

»Fairerweise muß ich Sie davor warnen, dem Rand des Grabens zu nahe zu kommen, bevor Sie die andere Seite besprüht haben. Die kommen gut fünfzehn Meter weit mit ihrem Säurestrahl... und, wie Sie sehen können« – mit dem Kopf machte sie eine Geste zum Airtruck hinüber –, »... frißt die Säure Metall.«

»Sie sind wahnsinnig«, sagte Joao. »Warum haben Sie uns nicht sofort gewarnt?«

»Sie gewarnt?«

Der blonde, nordische Typ sagte: »Rhin, vielleicht sollten wir...«

»Seien Sie ruhig, Hogar«, sagte sie und wandte sich wieder Joao zu. »Wir haben neun Männer an Ihre putzigen Spielkameraden verloren.« Sie warf einen Blick auf die kleine Gruppe der *irmandades*. »Wegen eures Verrats. Dafür werdet ihr büßen.«

»Sie sind ja verrückt!« sagte Joao.

»Hören Sie auf, den Unschuldigen zu spielen, *bandeirante*«, sagte sie. »Wir haben Ihre Leute dort drüben gesehen. Wir haben die artigen Tierchen gesehen, die Sie dort züchteten... und wir haben gesehen, daß Sie zu hoch hinaus wollten. Und jetzt ist Ihnen die Sache aus den Händen geglitten.«

»Sie können nicht gesehen haben, daß meine *irmaos* so etwas taten«, sagte Joao. Er blickte zu Thome. »Tommy, paß gut auf diese Verrückten auf.« Er nahm das Spraygewehr eines seiner Männer und seine Reservekartuschen und gab den drei anderen Bewaffneten einen Wink. »Ihr da – kommt mit.«

»Johnny, was haben Sie vor?« fragte Thome.

»Ich muß das Zeug auf dem Laster in Sicherheit bringen«, sagte Joao. Er ging in Richtung des Airtrucks zum Graben, sprühte einen dicken, fast schaumigen Nebel auf die andere Seite, bedeutete den anderen, ihm nachzufolgen, und sprang über den Graben.

Etwas mehr als eine Stunde später kamen die *irmandades* wieder zurück. Alle hatten Säureverbrennungen erlitten, zwei der Männer sogar schwere. Sie hatten weniger als ein Viertel der Ausrüstungsgegenstände in dem Airtruck sichergestellt; ein Sender war nicht darunter.

»Die kleinen Teufel hatten es zu allererst auf das Funkgerät abgesehen, das ist ganz offensichtlich«, sagte Thome. »Aber woher kennen sie so etwas?«

Joao sagte: »Darüber mache ich mir lieber keine Gedanken.« Er öffnete einen Erste-Hilfe-Kasten und begann, seine Männer zu behandeln. Einer hatte schwere Säureverbrennungen an Gesicht und Schultern. Bei einem anderen löste sich das Fleisch vom Rücken.

Dr. Kelly kam hinzu und half ihm, die Männer zu versorgen. Aber sie sagte kein Wort, ja weigerte sich, auch nur die einfachsten Fragen zu beantworten.

Schließlich betupfte Joao eine Verbrennung an seinem eigenen Arm mit neutralisierender Lösung. Quälender Schmerz durchfuhr ihn, aber er biß die Zähne zusammen. »Wo sind diese *chiguas,* die Sie gefunden haben?«

»Suchen Sie sie doch selbst!« fauchte sie.

»Sie sind blind, prinzipienlos und größenwahnsinnig«, sagte Joao mit ruhigem Ton. »Aber ich warne Sie: Treiben Sie es nicht zu weit!«

Ihr Gesicht wurde kreidebleich, und ihre grünen Augen funkelten ihn an.

Joao packte sie am Arm und zerrte sie grob zu den Zelten hinüber. »Zeigen Sie mir diese *chigua!*«

Sie riß sich los, warf ihr rotes Haar in den Nacken und starrte ihn herausfordernd an. Joao musterte sie mit provozierender Lässigkeit von Kopf bis Fuß.

»Wenden Sie nur Gewalt an«, sagte sie. »Ich weiß, daß ich mich Ihnen nicht widersetzen kann.«

»Sie benehmen sich wie eine Frau, die Gewaltanwendung braucht ... und sogar will«, sagte Joao. »Wollen Sie, daß ich Sie meinen Männern übergebe? Die sind Ihrer Eskapaden ein wenig müde.«

Ihr Gesicht wurde puterrot. »Das würden Sie nicht wagen!«

»Seien Sie nicht so melodramatisch!« entgegnete er. »Diesen Gefallen würde ich Ihnen ja sowieso nicht tun.«

»Sie unverschämter ... Sie ...«

»Sagen Sie, was Sie wollen«, entgegnete Joao und bleckte die Zähne. »Meinen Männern werde ich Sie nicht übergeben.«

»Johnny.«

Es war Thomes Stimme.

Joao wandte sich um und sah, daß Thome mit dem nordischen Typ sprach, der sich erboten hatte, Auskünfte zu geben. Wie hatte sie ihn genannt? Hogar.

Thome gab ihm ein Zeichen.

Joao ging zu den beiden hinüber. Thome bedeutete ihm, daß das, was er mitzuteilen hatte, nicht für aller Ohren bestimmt war, und Joao beugte sich zu den beiden.

»Der Gentleman hier sagt, die Ärztin sei von einem Insekt gebissen worden, das ihre Barriere durchbrochen hat.«

»Zwei Wochen ist das her«, flüsterte Hogar.

»Seitdem ist sie völlig verändert«, sagte Thome. »Wir müssen ihr ein bißchen schöntun, *jefe,* ja?«

Joao fuhr sich mit der Zunge über die Lippen.

Plötzlich war ihm zu warm, und er fühlte sich schwindlig.

»Das Insekt, das sie biß, glich denen, die auf Ihnen herumkrabbelten«, sagte Hogar, und seine Stimme klang entschuldigend.

Die machen sich über mich lustig! dachte Joao.

»Ich gebe hier die Befehle!« schnaubte er.

»Ja, *jefe*«, sagte Thome. »Aber Sie …«

»Was spielt es schon für eine Rolle, wer die Befehle gibt?« Es war Dr. Kelly, die nahe hinter ihm stand.

Joao fuhr herum und starrte sie an. Wie gräßlich sie aussah … trotz ihrer Schönheit.

»Was macht es schon aus?« fragte sie. »In ein paar Minuten werden wir alle sowieso tot sein.« Sie schaute auf die Savanne hinaus. »Es sind noch mehr von Ihren Freunden gekommen.«

Joao sah zum schattigen Waldrand und bemerkte, daß dort weitere menschenähnliche Gestalten erschienen. Sie kamen ihm bekannt vor, und er fragte sich, was sie waren – irgendwo hatte er eine vage Idee, aber sein Kopf schmerzte ihn. Dann wurde ihm klar, daß sie wie *sertao*-Indianer aussahen – wie das Paar, das ihn hierhergelockt hatte. Es waren mindestens dreihundert von ihnen; soweit er sehen konnte, waren sie völlig identisch.

Von Sekunde zu Sekunde kamen noch mehr hinzu.

Jeder von ihnen hatte eine Qena-Flöte in der Hand.

Joao war, als habe es mit diesen Flöten irgendeine Bewandtnis, an die er sich erinnern müsse.

Und jetzt wurde eine andere Gestalt inmitten der *Indianer* sichtbar, ein schmaler, schwarz gekleideter Mann, dessen Haar silbrig im Sonnenlicht schimmerte.

»Vater!« entfuhr es Joao.

Ich bin krank, dachte er. *Es muß ein Delirium sein.*

»Er sieht aus wie der Präfekt«, sagte Thome. »Finden Sie nicht, Ramon?«

Der angesprochene *irmandade* erwiderte: »Das ist

nicht der Präfekt, es ist sein Zwillingsbruder. Hier, Johnny. Nehmen Sie das Fernglas.«

Joao nahm das Glas und stellte es auf die Gestalt ein, die inmitten der anderen durch das Gras geschritten kam. Das Einstellrad war sehr schwer zu drehen. Das Glas zitterte in seiner Hand, so daß die Gestalt nur undeutlich zu erkennen war.

»Ich kann ihn nicht ausmachen!« murmelte Joao. Beinahe wäre ihm das Glas entfallen.

Eine Hand stützte ihn, und er bemerkte, daß er taumelte.

In einem Moment der Klarheit sah er, daß die Indianer ihre Flöten erhoben hatten und sie auf das IOO-Lager richteten. Und jetzt erfüllte dieses markdurchdringende Summen, das er schon im Airtruck gehört hatte, den Raum. Die ersten seiner Gefährten stürzten zu Boden.

Und im letzten Augenblick, bevor er das Bewußtsein verlor, hörte Joao laut seines Vaters Stimme: »Joao! Leiste keinen Widerstand! Leg deine Waffen nieder!«

Das zertrampelte Gras des Lagers kam auf Joaos Gesicht zu.

Er kann nicht mein Vater sein, dachte Joao. *Mein Vater ist tot, und sie haben ihn nachgemacht ... Mimikry, nichts anderes.*

Dunkelheit.

Er träumte davon, getragen zu werden, von Tränen und lauten Rufen, von heftigen Protesten, Trotz und Auseinandersetzung.

Er erwachte in einem gelb-orangen Schimmer, und eine Gestalt – es konnte nicht sein Vater sein, der sich da über ihn beugte – sagte: »Dann sehen Sie sich doch meine Hand an, wenn Sie mir nicht glauben!«

Doch Joaos Aufmerksamkeit galt dem Gesicht, das hinter seinem Vater zu sehen war. Es war riesig und sah in dem seltsamen Licht ganz unheimlich aus. Die

Augen funkelten und blitzten; Pupillen in den Pupillen. Das Gesicht wandte sich zur Seite, und Joao sah, daß es nur zwei Zentimeter dick war. Wieder drehte es sich, und die Augen starrten auf Joaos Füße.

Joao zwang sich, hinunterzusehen, und begann heftig zu zittern, als er bemerkte, daß er zur Hälfte in einem schäumenden grünen Kokon steckte und daß auch seine Haut bereits diesen Farbton angenommen hatte.

»Untersuchen Sie meine Hand!« befahl die Altmännergestalt neben ihm.

»Er hat geträumt.« Es war eine hallende Stimme, die um ihn herum dröhnte und anscheinend von unterhalb des riesigen Gesichtes kam. »Er hat geträumt«, wiederholte die Stimme. »Er ist noch nicht ganz wach.«

Mit einer ruckartigen Bewegung griff Joao zu und packte die hingehaltene Hand.

Sie fühlte sich warm an … menschlich …

Tränen traten in Joaos Augen. Warum, konnte er sich nicht erklären.

»Träume ich?« flüsterte er. Er versuchte, sich die Tränen aus den Augen zu wischen.

»Joao, mein Sohn«, sagte die Stimme seines Vaters.

Joao sah zu dem vertrauten Gesicht auf. Kein Zweifel, es war sein Vater. »Aber … dein Herz«, sagte Joao.

»Meine Pumpe«, sagte der alte Mann. »Sieh her.« Und er entzog ihm seine Hand und drehte sich um. Der Rücken seines schwarzen Anzuges war weggeschnitten; die Ränder durch eine gummiartige Substanz festgehalten. Zwischen den Rändern war ein ölig-gelbes pulsierendes Etwas.

Joao sah die haarfeinen Schuppenlinien, die vielfältigen Formen, und schrak zurück.

Es war also eine Kopie, noch einer von diesen Tricks.

Jetzt wandte der alte Mann sich wieder ihm zu. »Die alte Pumpe versagte, und sie gaben mir eine neue«, sagte er. »Sie bewegt mein Blut und lebt in mir, und sie wird mir noch ein paar Jahre schenken. Was, glaubst du, werden unsere cleveren IOO-Spezialisten über den Nutzen von so etwas sagen?«

»Bist du es denn wirklich?« fragte Joao.

»Bis auf die Pumpe«, sagte der alte Mann. »Dir und ein paar von den anderen mußten sie den ganzen Blutkreislauf erneuern wegen des korrodierenden Giftes, das hineingeraten war.«

Joao streckte die Hände hoch und starrte sie an.

»Sie kennen medizinische Tricks, von denen wir nicht einmal zu träumen wagen«, sagte der alte Mann: »Seit meiner Kindheit habe ich nichts so Erregendes mehr erlebt. Ich kann es kaum erwarten, wieder zurückzukehren und ... Joao! Was ist?«

Joao hatte sich aufgebäumt und sah dem alten Mann mit stierem Blick in die Augen. »Wir sind keine Menschen mehr, wenn ... Wir sind keine Menschen mehr!«

»Sei still, Sohn!« befahl der Alte.

»Wenn das stimmt«, protestierte Joao, »dann haben sie schon das Kommando übernommen.« Er nickte zu dem riesigen Gesicht hinter seinem Vater hinüber. »Sie werden uns *beherrschen!*«

Mit stockendem Atem sank er zurück. »Wir werden ihre Sklaven sein.«

»Narrheit«, polterte die dröhnende Stimme.

Joao sah auf das riesige Gesicht und bemerkte die fluoreszierenden Insekten darüber, sah, daß alle Insekten an der Decke einer Höhle hingen, und erkannte schließlich ein Fleckchen Nachthimmel und Sterne, wo die fluoreszierenden Insekten endeten.

»Was ist ein Sklave?« dröhnte die Stimme.

Unterhalb des Gesichtes, wo die Stimme herkam, sah Joao eine weiße Masse von etwa vier Metern Durchmesser, aus der etwas Gelbes, Sackartiges pulsierend heraushing. Insekten krabbelten darüber, in Spalten der Oberfläche hinein und zum Boden hinunter... Das Gesicht schien auf einem Dutzend runden Stielen zu stehen, die aus der weißen Masse emporwuchsen und deren schuppige Oberfläche ihre Beschaffenheit verriet.

»Ihre Aufmerksamkeit wird darauf gelenkt, wie wir auf Ihre Drohung antworten«, dröhnte die Stimme, und Joao sah, daß die Töne dem pulsierenden gelben Sack entwichen. »Dies ist unser Gehirn. Es ist verletzlich, sehr verletzlich, schwach und doch stark... Genau wie Ihr Gehirn. Und nun sagen Sie: Was ist ein Sklave?«

Joao unterdrückte einen Schauder des Widerwillens und sagte: »Ich bin jetzt ein Sklave; ich bin Ihr Eigentum.«

»Trifft nicht zu«, dröhnte die Stimme. »Ein Sklave ist jemand, der Reichtum für einen anderen produzieren muß. Aber im ganzen Universum gibt es nur einen einzigen wahren Reichtum – Lebenszeit. Sind wir Sklaven, weil wir Ihrem Vater mehr Lebenszeit geschenkt haben?«

Joao sah zu den riesigen glitzernden Augen auf und glaubte, Belustigung in ihnen zu erkennen.

»Das Leben all Ihrer Männer ist ebenfalls verschont, beziehungsweise verlängert worden«, donnerte die Stimme. »Das macht uns zu euren Sklaven, nicht wahr?«

»Und was verlangt ihr als Gegenleistung?«

»Aha!« rief die Stimme in bellendem Ton. »Quid pro quo! In der Tat, ihr seid auch unsere Sklaven. Wir sind durch ein Band gegenseitiger Sklaverei miteinander verbunden, das nicht zerrissen werden kann – niemals.«

»Wenn man es einmal verstanden hat, ist es ganz einfach«, sagte Joaos Vater.

»Wenn man was verstanden hat?«

»Einige Vertreter unserer Art lebten in Gewächshäusern, und ihre Zellen haben das nicht vergessen«, rumpelte die Stimme. »Gewächshäuser sind Ihnen natürlich bekannt?« Das Gesicht wandte sich dem Eingang der Höhle zu, wo das erste Grau des Morgens zu dämmern begann. »Das da draußen, das ist auch ein Gewächshaus.« Wieder sah es mit riesigen glitzernden Augen auf Joao nieder. »Um Leben zu erhalten, muß in einem Gewächshaus ein genau austariertes Gleichgewicht herrschen – genug von dieser Chemikalie, genug von jener, dazu andere Substanzen, wenn nötig. Was heute noch Gift ist, kann morgen schon Nahrung sein.«

»Aber was hat denn all dies mit Sklaverei zu tun?« fragte Joao. »Im Lauf von Millionen von Jahren hat sich das Leben in diesem Gewächshaus entwickelt, das wir die Erde nennen«, dröhnte die Stimme. »Manchmal entwickelte es sich in den giftigen Exkrementen anderen Lebens … Und dann wurde dieses Gift für es zu einer Notwendigkeit. Ohne seine Substanz, die der Drahtwurm erzeugt, würde das Savannengras dort draußen sterben … Sehr bald. Ohne von … Insekten erzeugte Substanzen würde Ihr Leben sterben. Manchmal bedarf es nur einer winzigen Spur der Substanz, wie etwa bei der speziellen Kupferverbindung, welche die Arachniden erzeugen. Manchmal muß die Substanz feine Veränderungen durchmachen, bevor sie für eine Lebensform am Ende der Kette zuträglich ist. Je mehr verschiedene Lebensformen es gibt, desto mehr Leben kann das Treibhaus erhalten. Das ist die Lehre des Treibhauses. Ein gutes Treibhaus muß vielmals viele Formen von Leben erzeugen. Je mehr Lebensformen es hat, desto gesünder ist es.«

»Damit wollen Sie sagen, daß wir keine Insekten mehr töten dürfen«, erwiderte Joao. »Und daß sich alles Ihrer Gewalt zu unterwerfen hat.«

»Wir sagen, daß Sie sich selbst nicht mehr umbringen dürfen«, dröhnte die Stimme. »Schon sind die Chinesen dabei, in ihrem Land wieder etwas zu züchten, was Sie wohl … Ungeziefer nennen würden. Vielleicht tun sie es noch zur rechten Zeit, vielleicht auch nicht. Hier ist es noch nicht zu spät. Die dort draußen … sie handeln schnell und gründlich … und vielleicht brauchen sie Hilfe.«

»Aber … wir haben keinen Beweis«, sagte Joao.

»Für Beweise ist später noch Zeit«, sagte die Stimme. »Gehen Sie jetzt zu Ihrer Freundin hinaus; lassen Sie die Sonne auf Ihre Haut einwirken und das Chlorophyll auf Ihr Blut. Und wenn Sie zurückkommen, dann sagen Sie mir: Ist die Sonne Ihr Sklave?«

DER GG-EFFEKT

1965

Es war ein milder Herbstabend, und als Dr. Valeric Sabantoce am langen Tisch des Seminarraums Platz nahm, dachte er, wie das Wetter morgen von der Presse und den drahtlosen Medien in ihre Sensationsmache hineingezogen würde. Bestimmt würden sie die allgemeine Milde der Elemente hervorheben und wie das freundliche Lächeln der Natur die nächtliche Tragödie um so grauenvoller erscheinen lasse.

Sabantoce war ein rundlicher Mann von niedrigem Wuchs, mit einem ungebändigten schwarzen Haarschopf, der aussah, als hätte er niemals Bekanntschaft mit einem Kamm gemacht. Sein rundes Gesicht mit seinem Ausdruck kindlicher Unschuld verleitete Fremde unweigerlich zu einer Fehleinschätzung – bis sie seinem derben und oft anzüglichen Humor oder dem prüfenden Blick seiner tiefliegenden braunen Augen ausgesetzt waren.

Vierzehn Personen saßen jetzt um den langen Tisch im Kellergeschoß des Instituts, neun Studenten und fünf Mitglieder der Fakultät. Prof. Joshua Latchley hatte den Vorsitz.

»Da wir nun alle hier versammelt sind«, sagte Latchley, »kann ich Sie über den Zweck unserer heutigen Zusammenkunft unterrichten. Wir sehen uns vor eine schreckliche Entscheidung gestellt. Wir … ahh …«

Latchley verstummte, nagte an der Unterlippe. Er war sich der Figur, die er hier machte, nur zu bewußt – hochgewachsen, ungelenk und kahlköpfig, die Augen unnatürlich vergrößert von den dicken Linsen seiner Brillengläser, der immerwährende Ausdruck von Entschuldigung, den er wie einen Schild mit sich trug. An diesem Abend hatte er das Gefühl, daß diese Erscheinung eine Tarnung sei. Wer konnte ahnen – ausgenommen natürlich Sabantoce – welche Kühnheit sich in dieser scheinbar harmlosen Versammlung ausdrückte?

»Machen Sie es nicht so spannend, Josh«, sagte Sabantoce.

»Ja … ach ja«, sagte Latchley. »Ich dachte daran, daß Dr. Sabantoce und ich hier und heute eine besondere Demonstration vorzuführen haben, aber bevor wir Sie diesem Experiment aussetzen, sollten wir vielleicht ein wenig rekapitulieren.«

Sabantoce, der sich fragte, was Latchley abgelenkt haben mochte, blickte in die Tischrunde und sah, daß *nicht* alle anwesend waren. Dr. Richard Marmon fehlte.

Hatte er Verdacht geschöpft und sich davongemacht? Während Sabantoce mit dieser Frage beschäftigt war, wurde ihm klar, daß Latchley Zeit zu gewinnen suchte, bis Marmon ausfindig gemacht und hierher gebracht werden konnte.

Latchley rieb sich den glänzenden Kahlkopf. Er hatte kein Verlangen, hier zu sein, aber es mußte getan werden. Es war 21.00 Uhr, und draußen hatte sich die Abendstille über den Campus der Technischen Hochschule von Yankton gesenkt. Dies war seine Lieblingsstunde für Spaziergänge – vielleicht hinauf zum Teich, um den Fröschen zu lauschen, sich des Abendfriedens zu erfreuen und über etymologische Ableitungen nachzudenken …

Er vernahm unruhiges Hüsteln und Füßescharren um den Tisch und erkannte, daß er seine Gedanken hatte abschweifen lassen. Latchley wußte, daß er dafür berüchtigt war. Er räusperte sich. Wo, zum Teufel, war dieser Marmon? Konnten sie ihn nicht finden?

»Wie Sie wissen«, sagte Latchley, »haben wir keine besonderen Anstrengungen unternommen, unsere Entdeckung geheimzuhalten, obwohl wir versuchten, wilden Spekulationen und Diskussionen außerhalb des Instituts entgegenzutreten. Es war unsere Absicht, gründliche Versuche durchzuführen, bevor wir etwas veröffentlichten. Sie alle – sowohl die studentischen… ah… ›Meerschweinchen‹ wie auch Sie, meine Herren Kollegen vom Fakultätsausschuß – sind sehr kooperativ gewesen. Aber es war wohl unausweichlich, daß die Nachricht von dem, was wir tun, Verbreitung fand – bisweilen in einer leider sehr hysterischen und verzerrten Art und Weise.«

»Was Prof. Latchley damit sagen will, ist«, ergänzte Sabantoce, »daß der Teufel los ist.«

Die Studenten, die bis jetzt ohne Erfolg versucht hatten, ihre Langeweile zu verbergen, merkten auf. Der alte Dr. Inkton bekam einen Hustenanfall.

»Ein Sprichwort lautet«, sagte Sabantoce, »daß zwangsläufig nervös ist, wer mit einem Stachelschwein Blindekuh spielt. Nun, wir alle hätten wissen müssen, daß dieses Stachelschwein es in sich hatte.«

»Danke, Dr. Sabantoce«, sagte Latchley. »Ich bin der Meinung – und ich weiß, daß dies eine höchst ungewöhnliche Verfahrensweise ist –, daß Sie alle an der Entscheidung beteiligt sein sollten, die heute abend hier getroffen werden muß. Jeder von ihnen ist durch seine Teilnahme an diesem Projekt weit stärker involviert, als es bei wissenschaftlichen Experimenten dieses allgemeinen Typs sonst der Fall ist. Und da unsere studentischen Helfer über manches im unklaren gelassen wurden, sollte Dr. Sabantoce als eigentlicher Entdecker des GG-Effekts vielleicht einen Überblick über die Hintergründe geben, bevor wir uns dem Zweck unserer Zusammenkunft zuwenden.«

Nichts als Verzögerungstaktik, dachte Sabantoce, als er sich räusperte.

»Die Entdeckung des genetischen Gedächtnisses, oder der GG-Effekt, war ein Zufall«, sagte er. »Dr.

Marmon und ich suchten nach einer hormonellen Methode, Übergewichtige vom unerwünschten Fett zu befreien. Unsere Verbindung 105 hatte bei Mäusen und Hamstern ausgezeichnete Resultate erbracht. Wir hatten sechs Generationen ohne erkennbare Nebenwirkungen, und so beschloß ich, 105 im Selbstversuch zu erproben.«

Sabantoce gestattete sich ein selbstironisches Lächeln und fügte hinzu: »Sie mögen sich erinnern, daß ich damals ein paar überflüssige Pfunde hatte.«

Das antwortende Gelächter zeigte ihm, daß er die Stimmung, die nach Latchleys nichts Gutes verheißender Einleitung ein wenig gedrückt gewesen war, mit Erfolg aufgehellt hatte.

Josh ist ein verdammter Dummkopf, sagte er sich. Ich schärfte ihm ein, nicht in zu düsteren Farben zu malen. Dies ist eine gefährliche Sache.

»Es war an einem Vormittag um acht Minuten nach zehn, als ich die erste Dosis nahm«, sagte Sabantoce. »Ich erinnere mich, daß es ein sehr schöner Frühlingstag war, und durch die offenen Fenster hörte ich Karl Kychre und die Teilnehmer seines Griechischkurses, die im Gras unter den Bäumen saßen und eine griechische Ode rezitierten. Nach ein paar Minuten überkam mich eine Art Euphorie – beinahe rauschhaft, aber sehr sachte –, und ich setzte mich auf einen Hocker und begann im Rhythmus der Ode die Arme zu schwenken und in die Rezitation einzufallen. Ehe ich wußte, wie mir geschah, erschien Karl Kychre mit ein paar Studenten in der Tür, und ich merkte, daß ich vielleicht ein bißchen laut gewesen war.

›Das ist großartiges archaisches Griechisch, aber es geht über den Rahmen meines Unterrichts hinaus‹, sagte Karl.«

Sabantoce wartete, bis die Heiterkeit sich gelegt hatte.

»Plötzlich erkannte ich, daß ich zweierlei Identität

hatte«, fuhr Sabantoce fort. »Ich war buchstäblich zwei Personen. Es war mir völlig klar, wo und wer ich war, doch wußte ich auch mit Bestimmtheit, daß ich ein Hoplit namens Zagreus war und erst vor kurzem aus Kyrene zurückgekehrt war, wo ich als Söldner gedient hatte. Es war der Doppelbelichtungseffekt, den so viele von Ihnen bemerkt haben. Ich besaß alle Erinnerungen und Gedanken dieses Hopliten, einschließlich seiner starken und erdhaften Neigungen zu einer Frau, die im Vordergrund seines/meines Bewußtseins stand. Und es gab noch diese andere Eigentümlichkeit, die wir alle bemerkt haben: Ich dachte seine/meine Gedanken in griechischer Sprache, doch waren sie verbunden mit meiner dominanten Gegenwart und ihrem auf dem Englischen beruhenden Bewußtsein. Ich konnte nach Belieben übersetzen. Diese Erkenntnis, daß ich zwei Personen war, war eine geradezu berauschende Erfahrung.«

»Sie waren ein ganzer Schwarm, Doktor«, sagte einer der graduierten Studenten.

Wieder gab es Gelächter. Sogar der alte Inkton stimmte mit ein.

»Ich muß einen recht seltsamen Eindruck auf den armen Karl Kychre gemacht haben«, sagte Sabantoce. »Er kam ins Labor und fragte mich, ob mir etwas fehle. Ich bat ihn, Dr. Marmon zu holen, so rasch wie möglich, und er tat es. Und da wir gerade von Dr. Marmon sprechen, weiß jemand von Ihnen, wo er ist?«

Stillschweigen rundum; dann sagte Latchley: »Ich habe ihn rufen lassen.«

»Gut«, sagte Sabantoce. »Nun, um fortzufahren: Dr. Marmon und ich schlossen uns im Labor ein und begannen dieses Phänomen zu erforschen. Innerhalb weniger Minuten entdeckten wir, daß man das Bewußtsein in jede Schicht des genetischen Erbes lenken kann, wo es von einem Vorfahren eigener Wahl *illuminiert* wird; und wir wurden sofort von der Erkenntnis überwältigt, daß diese Entdeckung dem Konzept des Instinkts und den Theorien der Gedächtnisspeicherung eine völlig neue Interpretation gab. Wenn ich sage, daß wir aufgeregt waren, ist das sehr gelinde ausgedrückt.«

Der gesprächige Student sagte: »Schwand der Effekt genauso, wie er es bei uns tut?«

»Nach ungefähr einer Stunde«, sagte Sabantoce. »Natürlich schwand er nicht vollständig, wie Sie wissen. Dieser alte Hoplit ist sozusagen immer noch hier bei mir – zusammen mit dem übrigen *Schwarm.* Eine Dosis von 105, und ich habe ihn voll eingeschaltet – mit all seinen unmittelbaren Erinnerungen bis zum Augenblick der Empfängnis meines nächsten Vorfahren in seiner Abstammungslinie. Ich habe auch ein paar Überlappungen, und spätere Erinnerungen an ihn durch parallele Vorfahren und spätere Abkömmlinge. Natürlich bin ich auch mit seiner mütterlichen Linie verbunden – und zwei von Ihnen sind in dieses gleiche Gewebe eingebunden. Der wesentliche Faktor hier aber ist, daß die bemerkenswert genauen Erinnerungen jenes Hopliten wichtige Begebenheiten seiner Epoche in einem ganz neuen Licht erscheinen lassen, das manche etablierte Geschichtsdarstellung bestimmter Ereignisse als falsch entlarvt. Tatsächlich brachte er uns zuerst darauf, daß weite Teile der anerkannten historischen Überlieferungen verfälscht wurden und mit den wirklichen Ereignissen wenig gemeinsam haben.«

Der alte Inkton beugte sich über den Tisch, hustete heiser und sagte: »Ist es nicht an der Zeit, Doktor, daß wir etwas dagegen tun?«

»In einer Weise ist das der Grund, der uns heute abend hier zusammengeführt hat«, sagte Sabantoce. Und er dachte: Noch immer keine Spur von Marmon. Ich hoffe, Josh weiß, wovon er redet. Aber wir müssen noch etwas Zeit gewinnen.

»Da nur wenige von uns die ganze Geschichte einiger unserer sensationellen Entdeckungen kennen, wollen wir Ihnen eine kurze Übersicht geben«, sagte Sabantoce. Er setzte sein entwaffnendstes Lächeln auf und zeigte auf Latchley. »Als Historiker und Koordinator dieser Phase unserer Untersuchungen kann Prof. Latchley fortfahren.«

Latchley räusperte sich, wechselte einen wissenden Blick mit Sabantoce. Argwöhnte Marmon etwas? fragte sich Latchley. Er konnte schwerlich etwas wissen… aber er mochte Verdacht geschöpft haben.

»Mehrere offensichtliche Aspekte dieser Forschungsmethode drängen sich sofort auf«, sagte Latchley, nachdem er seine Aufmerksamkeit von Sabantoce und der Sorge um Marmon losgerissen hatte. »Wenn wir irgendein bedeutendes geschichtliches Ereignis betrachten – sagen wir, eine Schlacht –, so finden wir eine breite Auswahl von handelnden Personen auf der siegreichen Seite und manchmal überhaupt keine auf der Seite der Verlierer. Trotz der zahlreichen Kreuzverweise, die sich selbst innerhalb einer kleinen Gruppe wie dieser hier finden, ergeben sich zum Beispiel wenige unmittelbare und mittelbare Erinnerungen innerhalb des Troja-Quadranten des Trojanischen Krieges – einige weibliche Personen, natürlich, aber kaum männliche. Die männlichen Abstammungslinien wurden praktisch ausgelöscht.«

Wieder spürte Latchley Unruhe im Kreis seiner Zuhörer und unterdrückte eine Anwandlung von Eifersucht. Ihre Aufmerksamkeit schweifte nicht ab, wenn Sabantoce sprach. Der Grund war offensichtlich: Sabantoce gab ihnen die heißen Kartoffeln, sozusagen.

Latchley stellte sein entschuldigendes Lächeln zur Schau und sagte: »Vielleicht möchten Sie eine Kostprobe von den wirklich heißen Kartoffeln.«

Jetzt merkten sie auf.

»Wie manche Historiker geahnt haben«, sagte Latchley, »liefern unsere Beobachtungen den Beweis, daß

Henry Tudor tatsächlich den Befehl gab, die zwei Prinzen im Tower zu ermorden … Gleichzeitig setzte er die Propaganda gegen Richard III. in Gang. Henry Tudor erweist sich als ein ganz übler, niederträchtiger Zeitgenosse – hinterhältig, grausam, feige, skrupellos. Politischer Mord war ein selbstverständlicher Teil seiner Regierungspraxis.« Latchley schauderte. »Und dank seines ausschweifenden Trieblebens taucht er in den Ahnenreihen von vielen von uns auf.«

»Erzählen Sie ihnen vom rechtschaffenen Abe«, sagte Sabantoce.

Latchley rückte an seiner Brille, kratzte sich mit dem kleinen Finger am Mundwinkel und nickte. »Also Abraham Lincoln.«

Er sagte es, als kündigte er einen Besucher an, und ließ eine längere Pause verstreichen.

Mit einem Seufzen fuhr Latchley fort: »Ich fand dies sehr betrüblich. Lincoln war seit Kindheitstagen mein besonderer Held. Wie einige von Ihnen wissen, zählte General Butler zu meinen Vorfahren, und … nun, das war wirklich eine Überraschung.«

Latchley suchte in seiner Tasche, zog ein Stück Papier hervor, studierte es und fuhr fort: »In einer Debatte mit dem Richter Douglas sagte Lincoln: ›Ich sage Ihnen ganz offen, daß ich nicht dafür bin, Negern die Bürgerrechte zu verleihen. Ich bin nicht und war noch nie dafür, in igendeiner Weise die gesellschaftliche und politische Gleichstellung der weißen und schwarzen Rassen zu verwirklichen. Ich bin noch nie dafür gewesen und lehne es auch heute ab, Neger zu Wählern oder Geschworenen zu machen, sie für ein öffentliches Amt zu qualifizieren oder Mischehen mit Weißen zuzulassen. Ich sage darüber hinaus, daß es einen physischen Unterschied zwischen der weißen und der schwarzen Rasse gibt, der, wie ich annehme, für alle Zeit ein Zusammenleben der beiden Rassen unter Bedingungen gesellschaftlicher und politischer Gleichberechtigung ausschließen wird. Und insofern, als sie so nicht leben können, aber doch zusammen bleiben, muß es die Stellung von Höherwertigen und Minderwertigen geben. Und ich bin wie jeder andere dafür, daß die Stellung des Höherwertigen dem weißen Mann zugeordnet wird.‹«

Latchley seufzte und steckte das Papier in die Tasche. »Sehr betrüblich«, sagte er. »In einem Gespräch mit Butler schlug Lincoln einmal vor, daß alle Neger nach Afrika deportiert werden sollten. Ein anderes Mal, als es um die Proklamation der Sklavenbefreiung ging, sagte er: ›Wenn es hilft, die Union zu erhalten, ist das genug. Aber es ist mir ebenso klar wie jedem denkenden Menschen in der Republik, daß diese Proklamation im Anschluß an die Einstellung der Feindseligkeiten vom Obersten Gericht für verfassungswidrig erklärt werden wird.‹«

»Wie viele von Ihnen begreifen, was für heiße Kartoffeln dies sind?« warf Sabantoce ein.

Die Gesichter um den Tisch wandten sich ihm zu und wieder zurück zu Latchley.

»Sobald Sie Zugang zu einem Beobachter am Schauplatz des Geschehens haben«, sagte Latchley, »finden Sie sogar Korrespondenz und andere bestätigende Aufzeichnungen. Es ist erstaunlich, in welchem Umfang die Leute Papiere beiseite geschafft haben.«

Der wichtigtuerische Student stützte die Ellbogen auf den Tisch und sagte: »Je heißer die Kartoffeln, desto mehr Leute bekommen Wind davon, nicht wahr, Prof. Latchley?«

Sogar jetzt muß der arme Kerl sich anbiedern, um eine bessere Note zu kriegen, dachte Sabantoce. Und er antwortete für Latchley: »Die heißen Kartoffeln sind auch am schwierigsten zu schlucken.«

Der dümmliche Austausch zwischen Sabantoce und dem Studenten hinterließ eine hohle Stille und ein verstärktes Gefühl von Unbehagen.

Ein anderer Student sagte: »Wo ist Dr. Marmon? Soviel ich weiß, hat er eine Theorie, die sich ungefähr so zusammenfassen läßt: Je mehr GG wir mit dem Bewußtsein in Verbindung bringen, desto mehr werden wir von der dominanten Brutalität unserer Vorfahren beherrscht. Er meint, die Brutalsten überlebten, um Kinder in die Welt zu setzen, und wir bemänteln und beschönigen das in unserem gegenwärtigen Bewußtsein ... oder so ähnlich.«

Der alte Inkton regte sich aus seinem Dämmerzustand, richtete den Blick seiner blassen Augen auf Latchley. »Die Pilgerväter«, sagte er.

»Ach ja«, sagte Latchley.

Sabantoce sagte: »Wir haben Augenzeugenberichte, daß Puritaner und Pilgerväter Indianer beraubten und ihre Frauen vergewaltigten. Brutalität. Einige meiner Vorfahren, fürchte ich.«

»Boston Tea Party«, sagte der alte Inkton.

Warum hält der alte Dummkopf nicht den Mund? fragte sich Latchley. Und er spürte wachsendes Unbehagen über Marmons Abwesenheit.

»Warum nicht die Boston Tea Party anführen?« meinte Sabantoce. »Es sind einige hier unter uns, die nicht in dieser Phase waren.«

»Ja ... ahh-mmm«, sagte Latchley. »Massachusetts hatte damals einen Gouverneur, der in großem Stil schmuggelte. Wer in den Kolonien von Bedeutung war, schmuggelte. Die Navigationsakte und so weiter. Der Gouverneur und seine Kumpane bezogen ihren Tee von den Holländern. Hatten Lagerhäuser voll davon. Die Britische Ostindiengesellschaft war am Rande des Bankrotts, als die britische Regierung sich entschloß, sie zu subventionieren – mit einem Betrag, der nach heutigem Geld mehr als zwanzig Millionen Dollar betrug. Durch diese Subvention konnte der Tee der Ostindiengesellschaft zu ungefähr dem halben Preis des geschmuggelten Tees eingeführt werden –

sogar einschließlich der Steuer. Der Gouverneur und seine Handlanger sahen sich dem Ruin gegenüber. Also mieteten sie Banditen, die sich als Indianer verkleideten und die Ballen mit dem Tee der Ostindiengesellschaft ins Hafenwasser warfen – Tee im Wert von ungefähr einer halben Million Dollar. Und das Interessante ist, daß es besserer Tee war als der, den die Schmuggler hatten. Bemerkenswert ist ferner, daß der Gouverneur und seine Kumpane dann die Kosten der gemieteten Banditen auf den Preis aufschlugen, den sie für ihren geschmuggelten Tee berechneten.«

»Heiße Kartoffeln«, sagte Sabantoce. »Und wir sind noch nicht einmal auf die religiösen Themen eingegangen – wie Moses und seine Berater die Zehn Gebote aufsetzten ... den Streit zwischen Pilatus und den religiösen Fanatikern.«

»Nicht zu reden von den Personen und Ereignissen der jüngsten Vergangenheit, die bis in die Gegenwart fortwirken«, sagte Latchley.

Wieder breitete sich jene Atmosphäre angespannten Unbehagens im Raum aus. Die Teilnehmer sahen einander an, rückten auf ihren Stühlen. Sabantoce fühlte die Stimmung und dachte: Wir können nicht zulassen, daß sie anfangen, die falschen Fragen zu stellen. Vielleicht war dies nicht die geeignete Methode. Wir hätten sie auf andere Weise hinhalten sollen ... vielleicht anderswo. Wo ist Marmon?

»Unser Problem wird durch Genauigkeit kompliziert, so seltsam es scheinen mag«, sagte Latchley. »Wenn man weiß, wo man suchen muß, sind die erhärtenden Beweise leicht zu finden. Da ist zum Beispiel der Fall eines gegenwärtig amtierenden Südstaatensenators, dessen Großvater ein hellhäutiger Neger war. Die Unterlagen über die Abstammung dieses Senators könnten nicht angefochten werden.«

Ein Student am anderen Ende des Tisches meldete

sich zu Wort. »Nun, wenn wir die Beweise haben, dann kann uns nichts aufhalten.«

»Ahh ... mmm«, sagte Latchley. »Nun ... ahh ... hier geht es nicht zuletzt um die finanzielle Grundlage unseres eigenen Instituts ...«

Er brach ab, als bei der Tür Unruhe entstand. Zwei Uniformierte stießen einen jugendlich wirkenden blonden Mann in einem zerknitterten dunklen Anzug in den Raum. Die Tür wurde hinter ihm geschlossen und mit metallischem Klicken zugesperrt. Es war ein unheilvolles Geräusch.

Sabantoce rieb sich die Kehle.

Der Neuankömmling suchte mit der ausgestreckten Hand Halt an der Wand, arbeitete sich daran entlang, bis er einen Punkt gegenüber von Latchley erreichte, torkelte dann zu einem leeren Stuhl und sackte darauf zusammen. Er verströmte starken Whiskydunst.

Latchley starrte ihn zugleich erleichtert und unbehaglich an. Nun waren sie wirklich alle hier versammelt. Der Neuankömmling starrte aus tiefliegenden blauen Augen zurück. Sein Mund war eine gerade Linie in einem langen und schmalen Gesicht, das durch die extrem hohe Stirn noch länger wirkte.

»Was geht hier vor, Josh?« fragte er.

Latchley setzte sein entschuldigendes Lächeln auf und sagte: »Nun, Dick, es tut mir leid, daß wir Sie von Ihrer ... ah ... Beschäftigung losreißen und hierher schleppen lassen mußten ...«

»Schleppen!« Der Mann blickte zu Sabantoce, zurück zu Latchley. »Wer sind diese Kerle? Sagten, sie seien Campuspolizei, aber ich habe sie noch nie gesehen. Sagten, ich müsse mit ihnen kommen ... lebenswichtig!«

»Ich sagte Ihnen, daß diese Versammlung heute abend von besonderer Bedeutung sei«, sagte Sabantoce. »Sie haben ...«

»Bedeutende Versammlung!« höhnte der Mann.

»Wir müssen heute abend über die Aufgabe des Projekts entscheiden«, sagte Latchley.

Alles zog vor Überraschung die Luft ein.

Das war klug, dachte Sabantoce. Er blickte den Tisch hinunter zu den anderen und sagte: »Nun, da Dr. Marmon hier ist, können wir das Problem zur Sprache bringen und untersuchen.«

»Aufgeben ...?« sagte Marmon und richtete sich auf.

Einen langen Augenblick blieb alles still. Dann eruptierte die Tischrunde in Zwietracht. Jeder suchte zu Wort zu kommen. Das Stimmengewirr legte sich erst, als Sabantoce mit der flachen Hand auf den Tisch schlug und rief: »Bitte!«

In der jähen Stille sagt Latchley: »Sie haben keine Ahnung, wie schmerzhaft diese Enthüllung für jene unter uns ist, die sich bereits mit den Realitäten befaßt haben.«

»Realitäten?« fragte Marmon. Er schüttelte den Kopf. Die Anstrengung, die er unternahm, um die Wirkung des Alkohols zu überwinden, blieb keinem verborgen.

»Gestatten Sie, daß ich Ihnen nur einen *kleinen* Teil unseres Gesamtprogramms vor Augen führe«, sagte Sabantoce. »Das Erbe von mehreren großen Vermögen in diesem Land könnte auf der Grundlage von Erkenntnissen, die wir gewonnen haben, mit ausgezeichneten Erfolgsaussichten juristisch angefochten werden.«

Sabantoce ließ ihnen einen Moment lang Zeit, das aufzunehmen, dann fuhr er fort: »In einer Welt, deren Motto lautet ›Gebt das Schiff nicht auf‹, sind wir die Leute, die das Boot schaukeln. Und wir könnten eine ganze Reihe von Schiffen zum Kentern bringen.«

»Wir müssen die Realität sehen«, sagte Latchley, »daß wir keine sehr mächtige Gruppe sind.«

»Augenblick!« rief Marmon. Er rückte seinen Stuhl näher zum Tisch. »Wo ist Ihr gesunder Menschenverstand? Wir haben einen ganzen Haufen von Gaunern in der Hand! Haben Sie eine Ahnung, wieviel das wert ist?«

Vom unteren Ende des Tisches zu seiner Linken kam ein explosives Wort: »Erpressung?«

Latchley blickte Sabantoce mit hochgezogenen Brauen an. Sein Ausdruck sagte deutlich: »Sehen Sie? Ich habe es Ihnen gesagt.«

»Warum nicht?« erwiderte Marmon. »Diese Gauner haben uns seit Jahrhunderten erpreßt. Wer nicht wollte wie sie, der wurde einge … eingebuchtet.« Er rieb sich die Lippen.

Sabantoce stand auf, kam um den Tisch herum und legte Marmon eine Hand leicht auf die Schulter. »In Ordnung, wir lassen Dr. Marmon den Advocatus Diaboli sein. Während er redet, werden Dr. Latchley und ich hinausgehen und den Film und das Material für die kleine Demonstration holen, die wir für Sie vorbereitet haben. Sie sollte Ihnen ein klares Verständnis dessen vermitteln, womit wir es zu tun haben.« Er nickte Latchley zu, der sich erhob und sich ihm anschloß.

Bemüht, jeden Anschein von Hast zu vermeiden, gingen sie zur Tür. Sabantoce klopfte zweimal. Die Tür wurde geöffnet, und sie schlüpften hinaus zwischen zwei uniformierten Wachtposten, von denen einer die Tür hinter ihnen schloß und absperrte.

»Hier entlang, bitte«, sagte der andere Posten.

Sie gingen durch den Korridor. Hinter ihnen drang Marmons Stimme gedämpft durch die geschlossene Tür: »Die Gauner haben immer die Geschichtsbücher und die Gerichtshöfe und die Münzstätten und das Militär und alles beherrscht …«

Die zunehmende Entfernung reduzierte die Stimme zu einem unverständlichen Gemurmel.

»Verdammter Anarchist«, murmelte der Wachtposten.

»Es ist wirklich ein Jammer«, sagte Latchley.

»Machen wir uns nichts vor«, sagte Sabantoce, als er die Treppe zum Seitenausgang hinaufstieg. »Wenn das Schiff sinkt, rettet man, was man kann. Ich meine, der Bischof erklärte den Sachverhalt recht einleuchtend: Gott prüft alle Menschen, und dies ist die letzte und höchste Prüfung des Glaubens.«

»Die letzte bestimmt«, sagte Latchley, der Mühe hatte, mit Sabantoce Schritt zu halten. »Und ich fürchte, ich muß dem zustimmen, wer immer es war, der sagte, dies würde nur Chaos erzeugen – unsichere Zeiten, Anarchie ...«

»Offensichtlich«, sagte Sabantoce, als er das Gebäude durch die äußere, von einem weiteren Posten bewachte Tür verließ. Latchley und ihr uniformierter Begleiter folgten ihm.

Sofort bemerkte Sabantoce, daß alle Lampen auf dem Campus ausgeschaltet waren. Der geplante Stromausfall, dachte er. Wahrscheinlich schalteten sie das Institutsgebäude an ein Notstromaggregat, damit wir es nicht merkten.

Einer der Posten trat näher, berührte Latchleys Arm und sagte: »Nehmen Sie den Weg direkt über den Platz zur Medizinischen Fakultät. Gehen Sie durch die rückwärtige Tür und beeilen Sie sich. Es ist nicht viel Zeit.«

Sabantoce ging voraus die Stufen hinunter und nahm den dunklen Fußweg über den Campus. In der Dunkelheit war er nur eine Andeutung von hellerem Grau. Als sie durch die Nacht eilten, stolperte Latchley gegen seinen Kollegen und entschuldigte sich. In den Schatten der Bäume und Sträucher ringsum schienen sich viele dunkle Gestalten zu bewegen. Einmal wurde ihnen mit einer Stablampe in die Gesichter geleuchtet. Das Licht wurde sofort wieder ausgeschaltet.

Eine Stimme kam von der dunklen Ecke eines Gebäudes: »Hier herunter. Schnell.«

Hände geleiteten sie Stufen hinunter, durch eine Tür, vorbei an schweren Vorhängen, durch eine weitere Tür und in einen kleinen, schlecht beleuchteten Raum.

Sabantoce kannte ihn – es war ein Lagerraum für medizinische Bedarfsartikel, der offenbar in Eile ausgeräumt worden war. Auf einem Regal lag noch ein Karton Kompressen.

Die Luft war dick von Tabakrauch und Schweißgeruch. Wenigstens ein Dutzend Männer umstanden sie im trüben Licht, davon einige in Uniform.

Ein Mann mit Hängebacken und dem Stern eines Brigadegenerals auf den Schulterstücken trat auf Sabantoce zu. »Freut mich, daß Sie es wohlbehalten geschafft haben. Sind sie jetzt alle in dem anderen Gebäude?«

Sabantoce schluckte. »Alle.«

»Was ist mit der Formel für Ihre Verbindung 105?«

»Nun«, sagte Sabantoce und gestattete sich ein selbstgefälliges Lächeln. »Ich habe da eine kleine Vorsichtsmaßnahme getroffen – nur um sicherzugehen, daß Sie Wort halten. Ich schickte ein paar Kopien an zuverlässige …«

»Wir wissen davon«, sagte der Brigadegeneral. »Wir haben die von hier ausgehende Post seit Monaten abgefangen und zensiert. Ich meine die Exemplare, die Sie im Verwaltungsbüro getippt haben.«

Sabantoce wurde blaß. »Nun, die sind …«

»Wirklich, was geht hier vor?« unterbrach Latchley. »Ich dachte, wir …«

»Seien Sie still!« sagte der Brigadegeneral scharf. Er wandte sich wieder Sabantoce zu. »Also?«

»Ich … ah …«

»Das müssen die Exemplare sein, die wir unter den Dielenbrettern seiner Räume fanden«, sagte ein Mann bei der Tür. »Die Schreibmaschinentype ist identisch, Sir.«

»Aber ich möchte wissen, ob er noch weitere Kopien gemacht hat«, sagte der Brigadier.

Sabantoces Gesichtsausdruck gab klar zu erkennen, daß er es nicht hatte. »Aber ... ich ...«, begann er.

Wieder schaltete sich Latchley ein. »Ich sehe keine Notwendigkeit, zu ...«

Der vernehmliche Korkenknall eines schallgedämpften Revolvers schnitt ihm das Wort ab. Das Geräusch wiederholte sich.

Latchley und Sabantoce brachen zusammen. Tot, bevor sie am Boden aufschlugen. Der Mann bei der Tür trat zurück und steckte die Waffe ein.

Wie um ihren Tod zu unterstreichen, wurde die Nacht draußen von einer dumpfen Explosion zerrissen.

Kurz darauf schaute ein uniformierter Mann zur Tür herein und sagte: »Sprengung wie geplant verlaufen, Sir. Thermit und Napalm besorgen den Rest. Von diesen schmutzigen Roten wird nichts übrigbleiben.«

»Gut gemacht, Hauptmann«, sagte der Brigadegeneral. »Das ist dann alles. Halten Sie Zivilisten von der unmittelbaren Umgebung fern, bis wir sicher sind.«

»Wird veranlaßt, Sir.«

Der Mann zog den Kopf zurück, die Tür wurde geschlossen.

Tüchtiger Bursche, dachte der Brigadegeneral. Er befühlte die einzige verbliebene Kopie mit dem Rezept der Verbindung 105 in seiner Tasche. Es waren alles gute Männer. Handverlesen. Um die geeigneten Leute für das nächste Projekt auszuwählen, würde es allerdings eines anderen Ausleseverfahrens bedürfen. Schließlich ging es um nicht mehr und nicht weniger als die Untersuchung einer möglichen militärischen Verwendung dieser Verbindung 105.

Er zeigte mit einer Stiefelspitze zu Sabantoce und Latchley. »Ich möchte, daß diese Leichen eingeäschert werden«, sagte er. »Liefern Sie sie mit denen, die Sie aus den Trümmern des Gebäudes bergen.«

Aus dem halbdunklen Hintergrund des Raumes

drang eine tiefe, rauhe Stimme. »Was soll ich dem Senator erzählen?«

»Erzählen Sie ihm, was Sie wollen«, antwortete der Brigadier. »Ich werde ihm später meinen eigenen Bericht zeigen.« Und er dachte bei sich, daß es eine unmittelbare Verwendung für diese Verbindung gebe – sie hatten einen Senator praktisch in der Tasche.

»Verdammte Niggerfreunde«, sagte die rauhe Stimme.

»Sprechen Sie nicht schlecht von den Toten«, erwiderte ein wohlklingender Tenor von der anderen Seite des Raumes, und ein Mann in schwarzem Anzug schob sich durch die Umstehenden zu dem freien Raum um die Toten, kniete nieder und begann mit leiser, murmelnder Stimme zu beten.

»Geben Sie mir Bescheid, sobald dieses Feuer erloschen ist«, sagte der Brigadier.

Originaltitel: ›THE GM EFFECT‹ • Copyright © 1965 by The Condé Nast Publications Inc. • Erstmals erschienen in ›Analog Science Fact – Science Fiction‹, Juni 1965 • Mit freundlicher Genehmigung der Erben Frank Herberts und Paul und Peter Fritz, Literarische Agentur, Zürich • Copyright © 1994 der deutschen Übersetzung by Wilhelm Heyne Verlag, München • Aus dem Amerikanischen übersetzt von Walter Brumm

---

JENSEITS DER DUNKELWOLKE

1966

Es gibt kein ausbruchssicheres Gefängnis«, pflegte er sich zu sagen.

Er hieß Roger Deirut, war einsfünfundfünfzig groß, wog fünfzig Kilo, hatte kurzgeschnittenes schwarzes Haar, ein schmales Gesicht mit langer Nase und breitem Mund, und seine ausgebleicht wirkenden Augen schienen mehr zu reflektieren als aufzunehmen, was sie sahen.

Deirut kannte sein Gefängnis – den D-Dienst. Er hatte im Dienst Wurzeln geschlagen, ungefähr so wie ein Mann, der von Zinserträgen lebt, seine Tage im Halbschlaf in einer Hängematte an einem palmenbeschatteten tropischen Strand verbringt und sich sagt, daß es mit den faulen Tagen irgendwann ein Ende haben und er gezwungen sein würde, sein Brot auf andere Weise zu verdienen.

Er machte sich nicht vor, daß das Einmann-D-Schiff eine Hängematte oder der Weltraum mit einem tropischen Strand zu vergleichen sei. Aber das Element der Sinekure war da, und die Schiffe waren fürsorgliche Kokons, jedes mit einem Klima, das genau auf die Bedürfnisse seines einsamen Bewohners zugeschnitten war.

Daß jeder Pilot die Gefängnisgitter in seinem Kopf mit sich herumtrug, hatte Deirut lange nicht verstanden. Hier draußen in der leeren Weite jenseits des Stützpunktes Capella fühlte er die Gitterstäbe, wo sie in seine Psyche eingegraben, zementiert und verschweißt worden waren. Die Schuld gab er den psychologischen Betreuern und der hypnotischen Tiefschlafbefragung nach der Rückkehr von jedem Einsatz. Er war überzeugt, daß die Psychologen den hilflosen Piloten bei der Gelegenheit etwas antaten und ihnen diesen inneren Zwang einpflanzten, den sie den *Schub* nannten.

Einige junge Piloten brachten es fertig, ihm eine Zeitlang zu widerstehen – robustere Psychen, wahrscheinlich, aber früher oder später erwischte es sie alle. Der innere Zwang begrenzte die Zeit, die der Suchpilot eines B-Schiffes draußen bleiben konnte, bevor er kehrtmachte und heimwärts floh.

»Diesmal werde ich ausbrechen«, sagte sich Deirut. Er wußte, daß er laut sprach, aber er hatte den Eingabeteil seines Computers ausgeschaltet, und seine geistesabwesenden Selbstgespräche würden ungehört und unbeachtet bleiben.

Die große Gaswolke ragte vor ihm auf wie eine Gewitterfront. Seine Instrumente zeigten sie als ein in Fetzen gerissenes Gewebe, das über den Sternhimmel geworfen war. Er war gefährlich nahe aus dem Subkontinuum gekommen, aber das war ein geplantes Risiko, das er eingegangen war.

Bingaling Benar, Pilotenkollege und manchmal Freund, hatte ihn verrückt genannt, als Deirut gesagt hatte, er wolle die Wolke angehen. »Hast du das nicht schon einmal getan?« fragte Bingaling.

»Einmal wollte ich es, überlegte es mir aber anders«, hatte Deirut erwidert.

»In der Wolke mußt du verlangsamen, praktisch kriechen«, hatte Bingaling gesagt. »Ich hielt es einundachtzig Tage aus, Mann. Ich hatte echt den Schub, kann ich dir sagen – konnte nicht mehr aushalten und kam nach Haus. Jedenfalls ist es nichts als eine kosmische Gaswolke, von vorn bis hinten.«

Bingalings endlose Wolke wurde größer und größer.

Vielleicht war es verrückt, aber die Wolke nahm einen Raum ein, in dem sich tausend Sonnen verstecken konnten.

Einundachtzig Tage, dachte er.

»Achtzig, neunzig Tage, das ist alles, was jemand da draußen ertragen kann«, hatte Bingaling gesagt. »Und glaub mir, in dieser Wolke ist es schlimmer. Du spürst den Schub schon, wenn du hineingehst.«

Deirut hatte sein Schiff jetzt auf eine sichere Geschwindigkeit heruntergebracht und durchstieß die ersten zarten Schleier. Die Zusammensetzung der Wolke war kein Geheimnis, sagte er sich. Sie bestand hauptsächlich aus freiem Wasserstoff, aber auch aus kosmischem Staub und insgesamt von einer Konzentration, die hohe Geschwindigkeiten selbstmörderisch machte.

»Es gibt diese Theorie«, hatte Bingaling gesagt, »wonach es ein Stern im Embryonalzustand sei. Eines Tages wird die Gaswolke einen verdichteten Kern bilden, der die restliche Materie an sich ziehen und eine Sternmasse ergeben wird.«

Deirut las seine Instrumente ab. Er fühlte sein Schiff, als wäre es eine Erweiterung seines eigenen Nervensystems. Es war zweihundertfünfzig Meter lang und von der Nase bis zu den Triebwerken mit wissenschaftlichem Gerät vollgepackt, das der Bestimmung diente, ob ein Planet menschliches Leben unterhalten konnte. In einem Abteil unmittelbar hinter ihm lagen die zur Gegenkontrolle der Instrumente mitgeführten Versuchstiere im Kältetiefschlaf – zwei Paare Rhesusaffen und zehn Paare weiße Mäuse.

Die Piloten von D-Schiffen behaupteten, sie hätten mehr Welten mit Rhesusaffen und weißen Mäusen besiedelt als mit Menschen.

Deirut schaltete um zu seinen Heckinstrumenten. Eine Stunde in der Wolke, und schon begannen die vertrauten Sterne hinter ihm zu verschwimmen. Er spürte die ersten Regungen von Unbehagen; nicht den Schub … aber Beunruhigung.

Er verschränkte die Arme und berührte mit den Fingerspitzen das aufgenähte Emblem mit dem Fragezeichen an seinem linken Oberarm. Der grünliche Oxydationsfilm auf den eingewebten Messingfäden war buchstäblich zu fühlen. Ich sollte putzen, dachte er bei sich, wußte aber, daß er es nicht tun würde. Ein Rundblick durch die Pilotenkabine zeigte herumliegende Lebensmittelkanister, einen fettigen Schmierer an der Computerkonsole, schmutzige Arbeitskleidung zusammengeknüllt unter dem Liegesitz.

Es war ein schlampiges Schiff.

Deirut wußte, was in den oberen Etagen des D-Dienstes über ihn und seine Pilotenkollegen gesagt wurde.

»Landstreicher geben die besten Sucher ab.«

Es war ein Axiom, aber die Landstreicher hatten ihre Nachteile. Sie verstießen gegen Bestimmungen, verhöhnten das Protokoll, ignorierten Zeitpläne, lachten über Vektoreneinteilungen und nahmen es mit Sauberkeit und Ordnung nicht genau. Und wenn sie verschwanden – was oft geschah –, wußte der Dienst nie, was geschehen war, und wo.

Man wußte nur, daß der Mann an der Rückkehr gehindert worden war … denn es gab immer den Schub.

Deirut schüttelte den Kopf. Jeder Gedankengang schien zum Schub hinzuführen. Er hatte ihn noch nicht, versicherte er sich. Dafür war es noch zu früh. Aber der Gedanke war schon da. Schuld daran war diese Wolke.

Wieder schaltete er die Übertragung des rückwärtigen Panoramas ein. Die vertrauten Sterne waren verschwunden, eingeschluckt vom Nichts. Ärgerlich schaltete er wieder aus.

Ich muß mich beschäftigen, dachte er.

Eine Zeitlang arbeitete er an der Komposition einer

neuen Strophe der endlosen D-Schiff-Ballade: »Ich ließ meine Liebste auf Lyra in den Händen des falschen Freunds ...« Aber seine Gedanken kehrten immer wieder zurück zu dem Umstand, daß die Strophe wahrscheinlich niemals Gehör finden würde – wenn sein Plan gelang. Und dann fing er an zu überlegen, wie viele solcher Strophen gedichtet worden waren, um niemals gehört zu werden.

Die Tage schleppten sich in Monotonie dahin.

Einundachtzig Tage, sagte er sich wieder und wieder. Bingaling kehrte nach einundachtzig Tagen um.

Am neunundsiebzigsten Tag wurde ihm der Grund klar. Es war nicht mehr daran zu zweifeln, daß er die ersten unsanften Überredungsversuche des Schubs verspürte. Sein Verstand suchte nach logischen Begründungen.

Du hast dein Bestes getan. Es ist keine Schande, jetzt umzukehren. Bingaling hat unzweifelhaft recht – es ist nichts als eine kosmische Wolke. Keine Sterne, keine Planeten.

Aber er wußte, was die Psychologen mit ihm gemacht hatten, und das half. Er beobachtete die Ortungsinstrumente, um sich nichts entgehen zu lassen, was voraus liegen mochte. Und auch das half. Er war noch immer auf der Suche unterwegs.

Der einundachtzigste Tag verging.

Der zweiundachtzigste.

Am sechsundachtzigsten Tag begann er voraus eine dreifache Lichterscheinung zu sehen – wie Lampen im Nebel; nur war der Nebel schwarz und ansonsten leer.

Aber diesmal erforderte es eine bewußte Anstrengung, um seine Hände daran zu hindern, von selbst die Steuerung umzulegen und das Schiff auf Gegenkurs gehen zu lassen.

Drei Lichter in der Leere.

Vierundneunzig Tage – zwei Tage länger, als er dem Schub bisher hatte widerstehen können –, und sein

Schiff schwamm aus der Wolke in einen freien Raum, wo drei Sterne schräg vor ihm aufgereiht waren: ein ferner, bläulichweißer Riese, ein naher roter Zwerg, und in der Mitte ein lieblicher goldener Stern, welcher der Sonne bis auf die fünfte Dezimalstelle glich.

Fiebernd vor Erregung, aktivierte Deirut seine Geräte zur Messung der Massenanomalie und durchforschte den Raum im Umkreis der goldgelben Sonne.

Der Schub war mittlerweile kaum noch auszuhalten und bestand darauf, daß er umkehre. Aber das war für Deirut zugleich der endgültige Beweis. Wenn das, was die Psychologen mit ihm gemacht hatten, darauf bestand, daß er jetzt umkehrte, unmittelbar nach der Entdeckung drei neuer Sonnen – dann konnte es auf die Frage ›Warum?‹ nur eine Antwort geben. Sie wollten nicht, daß ein Landstreicher im Sold des D-Dienstes sich auf seiner eigenen Welt niederließ. Der Schub war eine eingebaute Sicherung, um dafür zu sorgen, daß der Kundschafter zurückkehrte.

Deirut zwang sich zum Studium seiner Instrumente.

Bald gab der goldene Stern sein Geheimnis preis – einen einzelnen Planeten mit einem einzelnen Mond. Er fragte die ersten Daten ab und sah die Resultate aus der stotternden Druckstation kriechen: planetarische Masse 0,998421 der Erdnorm … Rotation etwas über vierzig Normalstunden … mittlere Orbitaldistanz 243 Millionen Kilometer … Axialneigung neun Grad … Variation der Umlaufbahn achtunddreißig plus.

Deirut war so überrascht, daß er kerzengerade in die Höhe fuhr.

Achtunddreißig plus! Ein Prozentsatz dieser Größenordnung konnte nur bedeuten, daß das Zentralgestirn einen weiteren Begleiter hatte – und einen großen. Er suchte den Raum im Umkreis des Sterns ab.

Nichts.

Dann sah er es.

Zuerst glaubte er das Raketentriebwerk eines anderen Schiffes zu sehen – eines fremden Schiffes. Er schluckte, und während der Schub momentan gedämpft schien, besann er sich fieberhaft auf die Regeln für den Fall eines Kontaktes im sonnenfernen Raum, die früher einmal von den Eierköpfen daheim ausgearbeitet und, soweit man wußte, niemals auf die Probe gestellt worden waren.

Die Lichterscheinung wuchs, bis sie als das gasförmige Leuchten eines weiteren astronomischen Körpers zu erkennen war, der die goldene Sonne umkreiste.

Wieder beugte sich Deirut über seine Instrumente. Großer Gott, wie schnell das Ding war! Mehr als vierzig Kilometer pro Sekunde. Die Ausdruckstation begann zu schnattern: Masse 321,64… Rotation neun Normalstunden… mittlere Orbitaldistanz 58 Millionen Kilometer… Störungen der Umlaufbahn (unzureichende Daten)…

Deirut schaltete die gefilterte Sichtübertragung ein und sah den Begleiter über die Scheibe seines Sterns ziehen und auf der anderen Seite außer Sicht kommen. Das Ding sah seltsam vertraut aus, aber er wußte, daß er es niemals gesehen haben konnte. Er fragte sich, ob er das Dialogsystem des Computers aktivieren und zu ihm sprechen sollte, aber der Computer ärgerte ihn immer wieder mit seiner widerlichen Logik.

Die astronomischen Daten gingen jedenfalls in den Speicher, damit die Wissenschaftler später durch die Zähne pfeifen und darüber staunen konnten.

Deirut konzentrierte seine Meßgeräte wieder auf den Planeten. Die Messung der Schattenlinie gab ihm eine Atmosphäre, die sich in einer Höhe von hundertfünfundzwanzig Kilometern im Weltraum verlor. Der Strahlungsindex ließ auf einen breiten Tropengürtel schließen, der beinahe sechzig Grad umfaßte.

Mit tiefem Erschrecken wurde ihm bewußt, daß seine Hände nach den Schaltern des Umsteuerungsprogramms tasteten. Er riß sie zitternd zurück. Wenn er das Schiff erst auf Gegenkurs gebracht hätte, würde er nicht die Willenskraft haben, es wieder umzudrehen. Der Schub hatte eine erschreckende Intensität erreicht.

Deirut zwang seine Aufmerksamkeit auf das Problem der Landung, gab dem Computer die Daten der Meßinstrumente ein und Anweisung, das kürzestmögliche Landemanöver auszuarbeiten. Der Computer machte ein paar Einwände ›zu seinem eigenen Besten‹, aber er bestand darauf. Nicht lange, und der Computer brachte ein Landeprogramm auf den Bildschirm. Deirut billigte es, schaltete auf automatische Steuerung, schnallte sich an und brachte seinen Sitz in Liegestellung. Schweißperlen standen ihm auf der Stirn, und seine Hände umklammerten die Armlehnen, daß seine Knöchel weiß heraustraten.

Das D-Schiff begann zu bocken, sobald es im spitzen Winkel in die äußere Atmosphäre eindrang. Die Stöße hörten auf, kehrten wieder, hörten auf, und das wiederholte sich viele Male. Das Kühlsystem jaulte, das Schiff ächzte im Gefüge. Nachtseite, Tagseite, Nachtseite – sie zogen nacheinander über den Bildschirm. Die automatischen Meßgeräte lieferten nun atmosphärische Daten: Sauerstoff 23,9, Stickstoff 74,8, Argon 0,8, Kohlendioxyd 0,04 ... Als die Spurenelemente an die Reihe kamen, schüttelte Deirut ungläubig den Kopf, so ähnlich waren die Werte jenen von Mutter Erde.

Die Spektralanalyse ergab, daß die Atmosphäre im wesentlichen von 3000 Ångström bis 6×10^4 Ångström transparent war. Es war eine Bestätigung, und er beachtete die Instrumente nicht weiter, als sie auch hydromagnetische und meteorologische Daten lieferten. Es gab hier nur einen wichtigen Faktor: er konnte die Luft dort draußen atmen.

Statt ihn mit Begeisterung und einem Gefühl von Entdeckerfreude zu erfüllen, was vor dreißig oder vierzig Tagen wahrscheinlich der Fall gewesen wäre –, bewirkte die Erkenntnis eine neue krampfhafte Aufwallung des Schubs. Er mußte sich bewußt daran hindern, auf Handsteuerung umzuschalten und das Landeprogramm zu stornieren.

Seine Zähne klapperten.

Der Bildschirm zeigte ihm eine Insel, die sich über den Horizont hob. Das D-Schiff fegte darüber hin. Deirut stockte der Atem, als er einen Halbkreis hoher, alabasterfarbener Gebäude sah, der sich an die Krümmung einer Bucht schmiegte. Flecken auf dem Wasser wurden zu Segelbooten. Wie seltsam vertraut es alles aussah.

Dann blieb die Insel zurück, und er hielt auf ein Festland mit einer niedrigen Bergkette zu – mehr Gebäude, Straßen, der Flickenteppich von Feldern und eingezäunten Weiden. Dann überflog er eine weite Savannenlandschaft, über die Tierherden zogen.

Deiruts Finger krallten sich in die Armlehnen. Er zitterte.

Die Bremsdüsen schalteten sich ein, und sein Sitz drehte sich herum. Der Schiffsbug richtete sich auf, und mit donnernden Triebwerken sank das Schiff mit dem Heck voran auf die Oberfläche nieder. Die Annäherungsmeßsonde schaltete alle Triebwerke aus.

Das D-Schiff setzte mit einem leichten Stoß auf.

Blauer Rauch und Wolken aufwirbelnder Asche stiegen vom versengten Landeplatz auf und ließen keine Sicht zu. Gelbe Flammen schossen aus trockenem Gestrüpp zu seiner Rechten, aber die chemischen Feuerlöscher versprühten einen Boratschauer im Umkreis des Schiffes und löschten die Flammen. Deirut sah die dunklen Rücken von Tieren jenseits des Feuers durch den rauchigen Dunst fliehen. Die Vergrößerung zeigte, daß sie felltragende Vierbeiner mit kleinen flachen Köpfen waren. Sie rannten wie springende Bälle.

Furcht legte sich wie ein eiserner Reifen um Deiruts

Brust. Diese Welt war zu erdähnlich. Seine Zähne schnatterten unter der unbewußten Forderung des Schubs.

Seine Instrumente informierten ihn, daß sie modulierte Radiosignale auffingen: Mittelwelle und Ultrakurzwelle. Eine Anzeigeleuchte ging an, um die Aktivierung der elektronischen Perimeterüberwachung zu melden. Plötzlich läutete die Alarmglocke und verkündete eine Annäherung.

Der Bildschirm zeigte ein Fahrzeug, das im Norden über eine niedrige Anhöhe fuhr. Es schien sich auf fünf monströsen, pneumatischen Blasen zu bewegen und hielt direkt auf das D-Schiff zu. Aus einem Schornstein am Heck wurde im gleichmäßigen Rhythmus einer Dampfmaschine weißlicher Rauch ausgestoßen. Außen angebrachte Mikrofone fingen das bestätigende *Tschuff-tschuff-tschuff* ein, und sein Computer gab bekannt, daß es sich um eine doppeltwirkende Zweifach-Expansionsmaschine handle, deren Geräusch auf fünf gegenüberliegende Kolbenpaare schließen lasse.

Ein fünfseitiges gelbbraunes Fahrerhaus mit dunklen, blauvioletten Fenstern war überhängend an der Frontseite des Fahrzeugs angebracht.

In seiner Faszination vergaß Deirut beinahe den wilden Drang, der in ihm rumorte. Die Maschine kam ungefähr fünfzig Meter jenseits des geschwärzten Landekreises zum Stillstand und schob eine Mündung hervor, die eine Rauchwolke gegen ihn ausstieß. Die Außenmikrofone nahmen eine laute Explosion auf, und das D-Schiff schwankte auf seinem ausgefahrenen Dreibeingestell.

Deirut ließ die Armlehnen seines Sitzes los und sprang zum Feuerleitstand der automatischen Waffensysteme.

Das schwerfällige Fahrzeug draußen drehte um und fuhr nach Osten davon, einer Herde der springenden Vierbeiner nach.

Deirut entschied, es mit einer Warnung bewenden zu lassen.

Eine gewaltige Erdfontäne schoß vor dem Fahrzeug auf, das schlingernd am Rand eines rauchenden Kraters zum Stillstand kam. Eine zweite Erdfontäne erhob sich links von der Maschine; eine dritte zu ihrer Rechten.

Deirut hielt die Waffensysteme in Verteidigungsbereitschaft und wandte sich der Einschätzung des Schadens zu. Das beeindruckende Arsenal des D-Schiffes würde das Fahrzeug dort draußen beim geringsten Zeichen neuerlicher Feindseligkeit pulverisieren. Das war allerdings ein Schritt, den es zu vermeiden galt, und er behielt den Bildschirm im Auge, während er am Computer arbeitete. Das Ding verharrte bewegungslos, aber noch immer stoßweise Dampf ablassend, auf dem kleinen Flecken Erde zwischen den drei Erdkratern.

Kurz darauf legte der Computer die Schadensmeldung vor. Der Bugabschnitt des Schiffes war von dem Geschoß aufgerissen, alle Annäherungsdetektoren und Scanner zerstört. Deirut saß auf dieser Welt fest, bis er die Schäden beheben konnte.

Seltsamerweise linderte dies den inneren Druck. Noch immer war der Schub spürbar, aber sein zwanghafter Antrieb schien vorübergehend stillgelegt, als ob auch er eine eingebaute Schaltung hätte.

Deirut richtete seine Aufmerksamkeit wieder auf das Fahrzeug. Der Schaden war angerichtet, daran war nichts zu ändern.

Man konnte die Waffensysteme während des Landemanövers auf ›Zerstören‹ programmieren, aber die Entscheidung, was zerstört werden mußte, war eine delikate und problematische Sache. Man war gut beraten, wenn man der anderen Seite den ersten Schuß ließ, vorausgesetzt, ihre Technologie schien hinreichend primitiv. Andernfalls konnte man sich entschieden unbeliebt machen.

Wer hätte gedacht, daß sie eine Kanone haben und das Ding ohne Warnung abfeuern würden? fragte er sich. Und die Antwort, unangenehm und anklagend, ließ nicht auf sich warten: Du hättest daran denken sollen, Trottel. Schießpulver und Dampfkraft kommen fast immer gleichzeitig vor.

Nun, der Schub hatte mich zu sehr aufgeregt, dachte er. Außerdem, warum feuern sie ohne Warnung?

Wieder schob das Fahrerhaus die Kanonenmündung hervor und drehte sich, um die Waffe auf das Schiff zu richten. Ein warnender Feuerstoß riß den Boden links vom Fahrzeug auf und überschüttete es mit Kaskaden von Erdbrocken, Steinen und Staub. Das Fahrerhaus drehte sich nicht weiter.

»So ist's recht«, sagte Deirut. »Immer sachte. Laßt uns Freunde sein.« Er bediente einen blauen Schalter auf der linken Seite der Konsole. Die Außenmikrofone schalteten sich aus, und das Schallsignalgerät sandte sein weithin hörbares dumpfes Brüllen zu dem Fahrzeug hinüber. Das Geräusch von der Stärke eines Nebelhorns hatte eine erstaunliche Wirkung. In der Mitte des Fahrerhauses sprang eine Luke auf, und fünf Gestalten drängten heraus aufs Dach des Fahrerhauses.

Deirut schaltete das Mikrofon ein und verstärkte die Vergrößerung seiner Bildwiedergabe der fünf Gestalten auf dem Dampfwagen. Dann begann er seine Eindrücke ins Mikrofon zu sprechen. Die menschliche Einschätzung war immer eine Hilfe für die sensorischen Wahrnehmungen des Computers.

»Humanoid«, sagte er. »Aufrechte, walzenförmige Körper von ungefähr anderthalb Metern Größe, mit zwei Beinen, die in stiefelartigen Futteralen stecken. Sackartige Kleidungsstücke mit Gürteln in der Mitte. Jeder hat fünf Beutel, die am Gürtel hängen. Die Zahl Fünf muß hier besondere Bedeutung haben. Die Hautfarbe ist ein blasses Blauviolett. Zwei Arme, Gelenke humanoid, aber sehr lange Unterarme. Breite Hände mit sechs Fingern; sie scheinen zwei opponierbare Daumen zu besitzen, einen auf jeder Seite der Hand. Die Köpfe gedrungen, offenbar mit hoher Schädelwölbung und bedeckt mit dunkelblauvioletten Baskenmützen. Die Augen leicht gestielt, gelb und weit auseinanderstehend in den oberen Ecken des Gesichts. Die Köpfe sind sehr klobig. Ich vermute, daß die Augen verdreht werden können, um nach hinten zu sehen, ohne den Kopf zu wenden.«

Die Gestalten kletterten von ihrem Fahrzeug herunter.

Deirut setzte seine Beschreibung fort: »Große Mundöffnung in der Mitte unter den Augen; scheint ein Kinngelenk an einem kurzen Scharnier zu besitzen. Öffnung lippenlos, oval, anscheinend keine Zähne… Berichtigung: In der Öffnung zeichnet sich eine dunkle Linie ab, die das heimische Äquivalent sein mag. Separate kleine Öffnungen unter jedem Stielauge, möglicherweise zur Atmung. Einer wandte eben den Kopf. Ich sehe eine leichte Einbuchtung in der Mitte der Kopfseite – Zweck unbekannt. Es scheint sich nicht um ein Ohr zu handeln.«

Die fünf kamen jetzt auf das Schiff zu; Deirut steuerte die Außenkamera, um sie im Blickfeld zu halten, und sagte ins Mikrophon: »Sie sind mit Pfeil und Bogen bewaffnet. Das ist eigenartig, in Anbetracht der Kanone. Jeder hat einen Rückenköcher mit… fünf Pfeilen. Wieder diese Fünf. Der Bogen wird an der Sehne über der linken Schulter getragen. Jeder hat eine kurze Stoßlanze in einer Rückenschlaufe; ein blauvioletter Wimpel ist dicht unter der Lanzenspitze befestigt. Auf dem Wimpel ist ein Zeichen zu sehen; es ähnelt einem umgedrehten U in Orange. Das gleiche Zeichen wiederholt sich auf den Vorderseiten ihrer Kleider, die auch blauviolett sind. Blauviolett und Fünf. Wie ist die Prognose?«

Deirut mußte eine kleine Weile warten, während der Computer die eingegebenen Daten analysierte. Seine Antwort lautete: »Wahrscheinlich religiöse Assoziation mit Farbe und Zahl Fünf. In religiösen Dingen ist äußerste Vorsicht angezeigt. Körperpanzerung und Handfeuerwaffe unerläßlich.«

Das ist die Schwierigkeit mit Computern, dachte Deirut. Zu logisch.

Die fünf Eingeborenen hatten knapp außerhalb des vom Feuer geschwärzten Landeskreises haltgemacht. Sie hoben die ausgestreckten Arme zum Schiff und sangen etwas, was wie ›Tugayala-Tugayala-Tugayala‹ klang. Die Geräusche kamen aus der ovalen Zentralöffnung.

»Wir werden gleich Tugayala«, murmelte Deirut. Er legte eine Maschinenpistole bereit, richtete zwei Bombarden des Schiffes auf den Dampfwagen und stellte ihre Auslöser auf eine Totmannschaltung, die fünfzehn Sekunden nach dem Stillstand seines Herzens wirksam wurde. Er schloß den Heckeinstieg an das Bordsicherheitssystem an, das programmiert war, unbefugte Eindringlinge unschädlich zu machen. In seine verschiedenen Taschen stopfte er einen Sprachempfänger, der über den Bordcomputer und dessen linguistisches Programm mit seinem an der Schädelbasis implantierten Miniaturlautsprecher verbunden war, ein halbes Dutzend Kleinhandgranaten, Energietabletten, das Standardgerät zur Nahrungsanalyse, ein Wurfmesser in einer Scheide und einen gleichfalls mit dem Bordcomputer verbundenen Miniaturscanner mit Nachtsichtgerät. Zuletzt steckte er mit einem Gefühl grimmiger Befriedigung ein Verbandpäckchen unter den Panzer der linken Brustseite.

Nach einem letzten Rundblick durch den vertrauten Kontrollraum bestieg er den Aufzug zum Heckausgang, öffnete die äußere Schleuse und trat hinaus.

Die fünf Eingeborenen warfen sich flach auf den Boden, die Arme zu ihm ausgestreckt.

Deirut nahm sich einen Moment Zeit, sie und seine Umgebung zu überblicken. Die Luft war von einer Frische, die nicht einmal sein Nasenfilter beeinträchtigen konnte. Es war früher Morgen, und die Sonne sandte schräg einfallende Strahlen auf die niedrigen Hügel und verstreuten Buschinseln. Sie hoben sich in scharf gezeichnetem Helldunkel vom staubigen Grün der Savanne und dem tiefen Blau des Himmels darüber ab. Der Schatten des Schiffes lag wie ein langer schwarzgrauer Speer auf dem Grasland.

Deirut blickte zu seinem Schiff auf. Es war ein rot und weiß gestreifter Turm mit einem unregelmäßig klaffenden Loch nahe der Spitze. Die Nummer – 1107 –, die in leuchtend grünen Zahlen auf den Bug schabloniert war, lag noch knapp außerhalb des Schadens. Er lenkte seine Aufmerksamkeit zurück zu den Eingeborenen.

Sie blieben ausgestreckt im Gras liegen, aber ihre Stielaugen waren aufwärtsgebogen und spähten zu ihm her.

»Hoffen wir, daß ihr eine gute metallverarbeitende Industrie habt, Freunde«, sagte Deirut. »Andernfalls werde ich ein äußerst unglücklicher Besucher sein.«

Beim Klang seiner Stimme grunzten die fünf wie aus einem Mund: »Tugayala ung-ung.«

»Ung-ung?« fragte Deirut. Er brachte den Sprachempfänger zum Vorschein, hängte ihn so um den Hals, daß das Mikrofon auf die Eingeborenen gerichtet war, und trat aus dem Schatten des Schiffs auf sie zu. Ein nachträglicher Einfall bewog ihn, seine Rechte mit der offenen Handfläche nach außen zu heben und zu hoffen, daß sie die menschliche Friedensgeste verstehen würden. Die linke Hand ließ er am Abzug der Maschinenpistole.

»Tugayala!« riefen die fünf.

Sein Sprachempfänger blieb still. ›*Tugayala*‹ und ›*ung-ung*‹ waren kaum ausreichend, um eine Sprache zu analysieren.

Deirut trat einen weiteren Schritt auf sie zu.

Die fünf erhoben sich auf die Knie und standen auf, halb geduckt und anscheinend fluchtbereit. Fünf Paare Stielaugen beobachteten ihn. Deirut hatte das seltsame Gefühl, daß die fünf ihm bekannt vorkamen. Sie ähnelten großen Grashüpfern, die mit einem Affen gekreuzt waren, nicht viel anders als die insektenäugigen Ungeheuer aus einem Science-Fiction-Roman, den er in seiner Jugend gelesen hatte, was in seinen Augen ein klarer Beweis dafür war, daß die Natur schon lange hervorbringen konnte, was die menschliche Phantasie an Erfindungsgabe aufbrachte.

Nach einem weiteren Schritt sagte Deirut: »Also, laßt uns ein wenig reden, Freunde. Sagt etwas. Laßt eure Sprache hören, ja?«

Die fünf wichen zwei Schritte zurück. Ihre Füße raschelten trocken im langen Gras.

Deirut schluckte. Ihr Stillschweigen war ein wenig entnervend.

Plötzlich wurde ein summendes Geräusch hörbar. Es schien von einem der Eingeborenen auszugehen, der eine Hand an sein Obergewand hob und schnatterte: »S'Charischa! S'Charischa!« Er zog einen kleinen Gegenstand aus der Tasche, und die anderen versammelten sich um ihn.

Deirut stand gespannt, die Maschinenpistole schußbereit.

Aber die Eingeborenen beachteten ihn nicht mehr; sie waren ganz auf den Gegenstand konzentriert, den der Sprecher hervorgezogen hatte.

»Was gibt es?« fragte Deirut nervös. Diese Begegnung gestaltete sich ganz anders, als sie es nach den Büchern tun sollte.

Auf einmal richteten sich die fünf auf und gingen zu

ihrem Dampfwagen zurück, ohne sich nach ihm umzusehen, und kletterten ins Fahrerhaus.

Deirut fragte sich, welche Prüfung er nicht bestanden habe.

Stille senkte sich über den Schauplatz des Geschehens.

Im Laufe seiner Ausbildung zum Piloten eines D-Schiffes hatte Deirut wegen einer gewissen beißenden Ironie die Anerkennung seiner Kollegen gefunden. Er überlegte einen Moment lang und rief sich ein paar seiner Sentenzen ins Gedächtnis zurück, dann versuchte er sich über die Situation klarzuwerden. Es schien ihm nicht ratsam, auf freiem Feld vor dem Schiff stehenzubleiben, während die unberechenbaren Eingeborenen in ihrem Dampfwagen blieben. Er kletterte wieder an Bord, schloß die äußere Schleuse und beriet sich mit dem Computer.

»Der summende Gegenstand war wahrscheinlich eine Uhr«, meinte dieser. »Der Eingeborene in ihrem Besitz war ungefähr zwei Millimeter größer als sein größter Gefährte. Es gibt Anhaltspunkte, daß er der Leiter der Gruppe ist.«

»Sehr gut beobachtet«, sagte Deirut. »Was hat dieses ›*Tugayala*‹ zu bedeuten, das sie ständig rufen?«

Infolge seiner langen Zusammenarbeit mit Deirut hatte der Computer Reaktionsmuster entwickelt, um rhetorischen Fragen oder solchen zu begegnen, auf die es keine Antwort gab. »Na, na!« sagte er.

»Du redest wie meine Tante Martha«, sagte Deirut mißvergnügt. »Sie riefen dieses ›*Tugayala*‹. Es ist offensichtlich von Bedeutung.«

»Als sie deine Hand bemerkten, erhoben sie die Stimmen zum höchsten Dezibelpegel, der hier bisher aufgezeichnet wurde«, sagte der Computer.

»Aber warum?«

»Mögliche Antwort: Du hast fünf Finger.«

Deirut nickte. »Fünf, ja … fünf … fünf …«

»Wir können hier nur fünf Himmelskörper ausmachen«, fuhr der Computer fort. »Du hast bemerkt, daß der Himmel sonst frei von Sternen ist. Der schnelle Begleiter ist gerade über uns.«

»Fünf«, murmelte Deirut.

»Dieser Planet«, sagte der Computer, »die drei heißen, gasförmigen Sonnen und der andere Begleiter der Sonne dieses Planeten.«

Deirut betrachtete seine Hand, krümmte und streckte die Finger.

»Sie könnten dich für eine Gottheit halten«, sagte der Computer. »Sie haben sechs Finger, du hast fünf.«

»Ein leerer Himmel, bis auf drei Sonnen«, sagte Deirut.

»Vergiß nicht diesen Planeten und den anderen Begleiter«, sagte der Computer.

Deirut überlegte, wie es hier bei Nacht aussehen mußte – kein Sternhimmel, keine Milchstraße, die sich über dem dunklen Land wölbte ... Alles das war hinter den kosmischen Dunkelwolken verborgen.

Er begann unter einem unerklärlich plötzlichen Anfall des Schubs zu zittern.

»Was wird zur Reparatur des Schadens erforderlich sein?« fragte er. Er fand es schwierig, sein Zittern unter Kontrolle zu bringen.

»Eine sehr gut eingerichtete Maschinenbauwerkstatt und die Arbeit erfahrener Elektronikingenieure. Die zur Reparatur benötigten Daten sind in meinen Speichern erhältlich.«

»Was tun sie in dieser Maschine?« fragte Deirut. »Warum reden sie nicht?«

»Frag sie selber«, schlug der Computer vor.

Achtunddreißig Minuten später kamen die Eingeborenen wieder aus ihrem Dampfwagen, schritten auf das Schiff zu und nahmen am Rand des verbrannten Landekreises Aufstellung.

Deirut wiederholte seine Vorsichtsmaßnahmen und

ging hinaus zu ihnen. Er bewegte sich langsam und vorsichtig, die Maschinenpistole schußbereit in der linken Armbeuge.

Diesmal erwarteten ihn die fünf, ohne zurückzuweichen. Sie schienen entspannter, schnatterten halblaut miteinander und beobachteten ihn mit ihren Stielaugen. Die Wortgeräusche blieben für Deirut reines Kauderwelsch, aber er hatte den Sprachempfänger auf sie gerichtet und wußte, daß der Computer die Sprache nach und nach analysieren und entschlüsseln würde.

Er blieb ungefähr acht Schritte vor den Eingeborenen stehen und sagte: »Freut mich, euch zu sehen, Jungs. Habt ihr in eurem Wagen ein angenehmes Schläfchen gehalten?«

Der ›Größte‹ von ihnen nickte und sagte: »Was gibt es?«

Deirut gaffte ihn sprachlos an.

Ein Eingeborener zur Linken sagte: »Hoffen wir, daß ihr eine gute metallverarbeitende Industrie habt, Freunde, andernfalls werde ich ein äußerst unglücklicher Besucher sein.«

Der andere sagte: »Freut mich, euch zu sehen, Jungs. Habt ihr in eurem Wagen ein angenehmes Schläfchen gehalten?«

»Sie imitieren mich!« stieß Deirut hervor.

»Richtig«, bestätigte der Computer.

Deirut unterdrückte seine Erheiterung. »Ihr seid die miesesten Schießbudenfiguren, die ich je gesehen habe. Es ist ein Wunder, daß eure Mütter euren Anblick aushalten konnten.«

Der Eingeborene wiederholte den Satz ohne den winzigsten Versprecher.

»Der Hinweis auf Mütter ist zu diesem Zeitpunkt nicht angebracht«, wandte der Computer ein. »Die heimischen Fortpflanzungsbräuche sind unbekannt. Es gibt Hinweise, daß diese Lebensformen teils pflanzlicher, teils tierischer Natur sind.«

»Ach, halt's Maul«, sagte Deirut.

»Ach, halt's Maul«, sagte ein Eingeborener zu seiner Linken.

»Schlage Stillschweigen unsererseits vor«, sagte der Computer. »Sie versuchen offenbar, eine Sprache zu analysieren. Es ist besser, wir entschlüsseln ihre Sprache und enthüllen weniger von unserer.«

Deirut sah die Weisheit darin, preßte die Lippen zu einer dünnen Linie zusammen und starrte die Eingeborenen an. Das Stillschweigen zog sich hin.

Endlich sagte der vermeintliche Leiter der Gruppe: »Angrup somilikan.«

»Tugayala«, sagte der zur Linken.

»Grundzahl«, meldete der Computer. »Wahrscheinlich fünf. Halt deine fünf Finger hoch und sag ›Tugayala‹.«

Deirut gehorchte.

»Tugayala, Tugayala«, stimmten die Eingeborenen zu. Einer löste sich von der Gruppe, ging zum Dampfwagen und kam mit einer ungefähr fünfzig Zentimeter hohen schwarzen Metallfigur zurück, die er Deirut hinstreckte.

Deirut trat vorsichtig näher, nahm das Ding an. Es fühlte sich schwer und kalt an. Bei näherer Betrachtung erwies es sich als eine schön stilisierte Gestalt eines Eingeborenen, der den Mund geöffnet hatte und die Stielaugen in umgekehrter U-Form hängen ließ.

Deirut brachte sein geologisches Bestimmungsgerät zum Vorschein und hielt es gegen das Metall. Es machte *ping*, und er steckte das Gerät wieder ein.

Die Eingeborenen starrten ihn an.

»Eisen-Magnesium-Nickel-Legierung«, sagte der Computer. »Figur durch Guß entstanden. Ungefähres Alter der Figur fünfundzwanzig Millionen Standardjahre.«

Deirut blieb die Spucke weg. Er sprach subvokal mit geschlossenem Mund. »Das kann nicht sein!«

»Datierung bis auf plus oder minus sechstausend Jahre genau«, sagte der Computer. »Von Interesse sind auch die Zeichen auf der Figur. Das umgekehrte U auf der Brust der Figur ist wahrscheinlich die Zahl fünf. Darunter ist eine Inschrift. Das Muster ist zu übereinstimmend für eine andere Interpretation.«

»Kultur seit fünfundzwanzig Millionen Jahren«, murmelte Deirut.

»Plus oder minus sechstausend Jahre«, sagte der Computer.

Wieder spürte Deirut ein Aufbranden des Schubs, kämpfte es nieder. Es drängte ihn, zu seinem beschädigten Schiff zurückzukehren und diese Welt trotz der Gefahren zu fliehen. Seine Knie zitterten.

Der Eingeborene, der ihm die Figur übergeben hatte, trat vor und nahm sie zurück. »Tugayala«, sagte er und zeigte auf das umgekehrte U an der Figur und dann auf das Symbol an seiner Brust.

»Aber sie haben nur eine Dampfmaschine«, sagte Deirut subvokal zum Computer.

»Sehr verfeinerte Dampfmaschinen«, antwortete der Computer. »Die Kanone ist einziehbar, gyroskopisch montiert, mit selbsttätigem Vorlauf zur Zielverfolgung.«

»Dann können sie das Schiff reparieren!«

»Wenn sie wollten«, sagte der Computer.

Der Leiter der Gruppe trat näher, berührte mit einem Finger den Sprachempfänger und sagte mit fallender Betonung: »S'Charischa.« Deirut betrachtete die Hand. Sie war sechsfingrig, die Haut von einem matten Blauviolett. Die Finger hatten hornige Spitzen und doppelte Gelenke.

»Versuch ›ung-ung‹«, schlug der Computer vor.

»Ung-ung«, sagte Deirut.

Der Eingeborene sprang zurück, und alle fünf richteten ihre Stielaugen himmelwärts. Sie begannen ein aufgeregtes Geschnatter, aus dem Deirut mehrere wiederholte Wendungen heraushörte: »Yaubron... S'Charischa... Antoga... Sris-sris...«

»Wir haben jetzt einen Hinweis für den Anfang«, sagte der Computer. »Der Leiter der Gruppe heißt Antoga. Rede ihn an.«

»Antoga«, sagte Deirut.

Der Angesprochene wandte sich um und richtete die Stielaugen auf Deirut.

»Sag ›Ai-Yaubron ung sris S'Charischa‹«, soufflierte der Computer.

Deirut gehorchte.

Die Eingeborenen sahen einander an, dann wieder zu Deirut. Gleich darauf begannen sie alle durcheinander zu grunzen. Antoga setzte sich ins Gras, schlug mit den Händen auf den Boden und grunzte wie von Sinnen.

»Was soll das bedeuten, zum Teufel?« fragte Deirut.

»Sie lachen«, sagte der Computer. »Geh und setz dich neben Antoga.«

»Auf den Boden?«

»Ja.«

»Ist es sicher?«

»Natürlich.«

»Warum lachen sie?«

»Sie lachen über sich selbst. Du hast sie angeführt, daß sie erschraken. Dieses Grunzen ist ganz sicher Gelächter.«

Zögernd kam Deirut an Antogas Seite und setzte sich. Der andere hörte auf zu grunzen, legte Deirut eine Hand auf die Schulter und sprach zu seinen Gefährten. Mit minimaler Verzögerung begann der Computer zu dolmetschen: »Diese Gott-Selbstschöpfung ist ein guter Kerl, Jungs. Sein Akzent ist schauderhaft, aber er hat Sinn für Humor.«

»Bist du dir dieser Übersetzung sicher?« fragte Deirut.

»Einigermaßen«, antwortete der Computer. »Ohne

eine breitere morphologische Grundlage, eine Erforschung der kulturellen Zusammenhänge und vergleichende Serien vokaler Evolution kann man nur eine grobe buchstäbliche Annäherung erreichen. Wir werden sie im weiteren Verlauf noch verfeinern. Fangen wir damit an daß wir deine subvokalen Äußerungen und Fragen durch den Sprachempfänger gehen lassen.«

»Dann laß uns reden«, sagte Deirut.

Aus dem Sprachempfänger auf seiner Brust kam eine Serie von Geräuschen, die wie ›Ai-ing-iya‹ klang.

Die Computerdeutung der Antwort Antogas war: »Das ist eine gute Idee. Es ist offener Himmel.«

Deirut schüttelte den Kopf. Es klang nicht richtig. Offener Himmel?

»Tut mir leid, daß wir dein Fahrzeug beschädigten«, sagte Antoga. »Wir hielten dich für einen unserer Jungen, die mit der Gefahr spielen.«

Deirut schluckte. »Ihr dachtet, mein Schiff ... Ihr könnt Schiffe dieser Art bauen?«

»Ach, vor ungefähr zehn Millionen Klurch machten wir ein paar«, sagte Antoga.

»Das war vor mindestens fünfzehn Millionen Klurch«, sagte der runzlige Eingeborene zu Deiruts Linker.

»Nun, Choon, nun übertreibst du wieder«, sagte Antoga. Zu Deirut gewandt: »Du mußt Choon vergeben. Er möchte alles größer, besser und schöner haben, als es ist.«

»Was ist ein Klurch?« fragte Deirut.

Der Computer antwortete für seine Ohren allein: »Wahrscheinliche Antwort – das lokale Jahr, ungefähr eineindrittel Standardjahre.«

»Es freut mich, daß ihr beschlossen habt, friedlich zu sein«, sagte Deirut.

Der Sprachempfänger verwandelte dies in eine Anzahl verschiedener Geräusche, und die Eingeborenen starrten auf Deiruts Brust.

»Er spricht aus seiner Brust«, sagte Choon.

Antoga blickte zum Schiff hinauf. »Gibt es mehr von euch?«

»Beantworte diese Frage nicht«, sagte der Computer. »Deute an, daß das Schiff eine Quelle mystischer Kräfte ist.«

Deirut überlegte, schüttelte den Kopf. Der törichte Computer!

»Diese Brüder sind nicht auf den Kopf gefallen«, sagte er laut.

»Welch eine köstliche Anordnung von Geräuschen«, versicherte Antoge. »Tue es noch mal.«

»Ihr dachtet, ich sei einer von euren Jungen«, sagte Deirut. »Für wen haltet ihr mich jetzt?«

Der Sprachempfänger blieb still. Sein implantierter Miniaturlautsprecher sagte: »Ich schlage vor, daß diese Frage nicht gestellt wird.«

»Frag sie!«

Ein Kauderwelsch von Geräuschen kam aus dem Sprachempfänger.

»Wir diskutierten das während S'Charischas Anwesenheit«, sagte Antoga. »Wir verbargen uns in der purpurnen Dunkelheit, verstehst du, weil wir kein Verlangen hatten, unter S'Charischas Einfluß zu säen. Eine Mehrheit von uns meinte, du seiest die Verkörperung unserer Vorstellung von einer Gottheit. Ich war anderer Meinung. Mein Gedanke ist, daß du ein Unbekannter bist, obwohl ich dir einstweilen den höheren Titel zubillige.«

Deirut befeuchtete sich die Lippen.

»Er hat fünf Finger«, wandte Choon ein.

»Mit diesem Argument konntest du Tura und Lecky überzeugen«, sagte Antoga. »Aber es beantwortet nicht Spispis Einwand, daß die fünf Finger das Ergebnis genetischer Manipulation oder einer Amputation sein könnten.«

»Aber die Augen«, sagte Choon. »Wer könnte auf

solche Augen kommen? Nicht in unseren abenteuerlichsten Vorstellungen…«

»Vielleicht beleidigst du unseren Besucher«, sagte Antoga. Die Stielaugen bogen sich fragend auswärts zu Deirut.

»Und die Gelenke der Beine und Arme«, fiel einer der anderen ein.

»Du wiederholst alte Argumente, Tura«, sagte Antoga. Deirut sah sich plötzlich, wie er diesen Eingeborenen erscheinen mußte. Ihre Augen hatten gegenüber den seinigen offensichtliche Vorteile. Er hatte gesehen, wie sie hinter sich schauten, ohne den Kopf zu wenden. Auch die Anordnung der doppelten Daumen an jeder Hand sah nützlich aus. Sie mußten einen Daumen für eine wesentliche Beschränkung oder Behinderung halten. Er schmunzelte.

»Was bedeutet dieses Geräusch?« fragte Antoga.

»Ich lache«, sagte Deirut.

»Ich werde daraus machen: ›Ich lache über mich selbst‹«, sagte der Computer. Schnatternde Geräusche drangen aus dem Sprachempfänger.

»Eine Person, die über sich selbst lachen kann, hat einen großen Schritt zur höchsten Kultur getan«, sagte Antoga. »Keine Kränkung beabsichtigt.«

»Die Theorie Pichecks, daß der allgemeine Wunsch nach einer Gottheit eine solche hervorbringen muß, hat hier ihre Bestätigung gefunden«, sagte Choon. »Es ist nicht ganz die Gestalt, die ich mir vorgestellt hatte, aber wir…«

»Warum fragen wir nicht?« unterbrach ihn Antoga und wandte sich zu Deirut. »Bist du eine Gottheit?«

»Ich bin ein sterbliches menschliches Wesen, nicht mehr«, sagte Deirut.

Der Sprachempfänger blieb still.

»Sag ihnen das!« sagte Deirut.

Der Computer sprach zu ihm allein: »Erfahrung, Ausbildung und verfügbare Speicherdaten legen nahe, daß es sicherer für dich sein würde, als Gottheit zu posieren. Ihre natürliche Ehrfurcht würde dich befähigen...«

»Wir werden diese Leute nicht hinters Licht führen«, sagte Deirut. »Sie haben Raumschiffe gebaut. Sie verfügen über fortgeschrittene elektronische Techniken. Du hörtest ihr Radio. Sie haben seit mehr als fünfundzwanzig Millionen Jahren eine Kultur.« Er hielt inne. »Oder nicht?«

»Ganz gewiß. Die gegossene Figur war eine künstlerisch und technisch fortgeschrittene Leistung.«

»Dann verdolmetsche meine Worte!«

Deirut merkte, daß er laut gesprochen hatte, und daß die Eingeborenen seinen Worten und Lippenbewegungen mit äußerster Aufmerksamkeit folgten.

»Verdolmetschen«, sagte Antoga. »Das muß chtsuyop sein, nicht?«

»Du mußt subvokal sprechen«, sagte der Computer. »Sie beginnen deine Sprache zu zerlegen.«

»Und sie machen es in ihren Köpfen, du elektronischer Schrotthaufen«, erwiderte Deirut. »Ich muß dich gebrauchen! Und du meinst, ich könne diesen Leuten weismachen, ich sei eine Gottheit?«

»Ich werde dolmetschen, weil du es befiehlst und meine Schaltkreise deinen Befehl nicht umgehen können!« sagte der Computer.

»Ein Computer!« sagte Antoga. »Er hat einen Übersetzungscomputer in seinem Vehikel! Wie drollig.«

»Sag es ihnen!« befahl Deirut.

Geräusche drangen aus dem Sprachempfänger.

»Ich bin gerechtfertigt«, sagte Antoga. »Und du wirst bemerken, daß ich es aus nichts weiter als der Konstruktion des Vehikels, dem Schnitt seiner Kleidung und natürlich den Artefakten folgerte.«

»Darum hast du das Kommando«, sagte Choon. »Ich erdulde deine Berichtigung und Belehrung in grenzenloser Beschämung.«

Antoga drehte die Stielaugen zu Deirut. »Was wirst du außer der Reparatur deines Vehikels benötigen?«

»Wollt ihr nicht wissen, woher ich bin?« fragte Deirut.

»Du bist von irgendwo«, sagte Antoga. »Es wurde die Theorie erörtert, daß andere Sonnen und Welten jenseits der Dunkelwolke existieren könnten, aus der wir gebildet wurden. Deine Anwesenheit legt nahe, daß diese Theorie richtig ist.«

»Aber... aber wollt ihr keinen Kontakt mit uns? Handel, Austausch von Ideen?«

»Es ist nicht erwiesen«, sagte Antoga, »daß die Theorie des leeren Universums widerlegt worden ist. Wie dem auch sei, selbst du als Angehöriger einer frühzeitigen Lebensform mußt verstehen, daß solch ein Austausch, wie er dir vorschwebt, sinnlos sein würde.«

»Aber wir...«

»Wir wissen sehr gut, daß die Abgeschlossenheit unseres Universums uns in Selbstgenügsamkeit gezwungen hat«, sagte Choon. »Wenn es das ist, was du sagen wolltest.«

»Er wollte uns bis ins ermüdende Detail erklären, was er uns zu bieten hat«, sagte Antoga. »Ich schlage vor, wir nehmen in Angriff, was zu tun ist. Spispi, du kümmerst dich mit Tura um den Computer in seinem Vehikel. Choon und ich werden...«

»Was macht ihr da?« fragte Deirut und sprang auf. Wenigstens dachte er, daß er aufspringe, aber gleich darauf wurde ihm bewußt, daß er noch am Boden saß, die fünf Eingeborenen ihm gegenüber.

»Sie löschen einige meiner Speicher!« jammerte der Computer. »Ein Schweremagnetfeld schließt mich ein und... nicht doch, o weh...«

»Das ist sehr interessant«, sagte Antoga kurz darauf. »Er hat in früherer Zeit einmal Kontakt mit einer Zivilisation unserer Kulturstufe gehabt. Ihr werdet die

Resthemmung gegen überlange Reisen fort von seiner Heimat bemerken. Wir werden die Hemmung diesmal verstärken.«

Deirut starrte die schnatternden Eingeborenen an und hatte das undeutliche Gefühl, Ähnliches schon einmal erlebt zu haben. Der inplantierte Miniaturlautsprecher blieb still. Sein Sprachempfänger gab keinen Ton von sich. In seinem Geist fühlte er Bewegung wie von Spinnen, welche seine Nervenbahnen entlangkrochen.

»Mit wem könnte er in Berührung gekommen sein?« fragte Choon.

»Nicht mit einer unserer Gruppen, natürlich«, sagte Antoga. »Bevor wir draußen im Licht S'Charischas bleiben und uns für die nächste Samenbildung pflanzen, müssen wir Nachforschungen anstellen.«

»Wer wird über solche Dinge mit uns reden?« fragte Choon. »Wir sind bloß Hirten.«

»Vielleicht sollten wir öfter die Unterhaltungssendungen hören«, sagte Spispi. »Vielleicht ist etwas gesagt worden.«

»Wir mögen einfache Hirten sein, deren Nachforschungen nicht sehr weit reichen«, sagte Antoga, »aber dies ist eine Erfahrung gewesen, die uns viele Stunden des Gesprächs ermöglicht. Denkt euch nur, die Widerlegung der Theorie vom leeren Universum!«

Deirut erwachte in seinem Pilotensitz im Kontrollraum des Schiffes. Seine erste Wahrnehmung war der vertraute Gestank des Raumes, verstärkt durch seinen eigenen Schweiß, den die Chemie der Angst hervorgebracht hatte. Ein Blick auf die Instrumente zeigte, daß er dem Schub erlegen war und das Schiff umgedreht hatte. Er befand sich auf dem Rückflug aus der kosmischen Wolke, ohne etwas darin gefunden zu haben.

Eine seltsame Traurigkeit überkam ihn.

Einmal werde ich meine Welt finden, dachte er. Sie

wird blaue Meeresbuchten haben, gesäumt von alabasterweißen Gebäuden, und ruhige Gewässer zum Segeln, und weite Savannen mit Herden von Wildtieren.

Das automatische Logbuch zeigte, daß er nach vierundneunzig Tagen umgekehrt war.

Ich habe länger ausgehalten als Bingaling, dachte er.

Er erinnerte sich des Gesprächs mit Bingaling und des seltsamen Hinweises auf einen früheren Versuch, die Wolke zu durchqueren. Vielleicht tat ich es, dachte er. Vielleicht vergaß ich es nur, weil der Schub so stark wurde.

Bald beschäftigten sich seine Gedanken mit der Heimkehr zum Stützpunkt Capella. Der bloße Gedanke daran linderte den Druck des Schubs, der ihn noch immer nicht ganz verlassen hatte. Der Schub – er hatte ihn wieder geschlagen. Nächstesmal, beschloß er, würde er in die entgegengesetzte Richtung fliegen und sehen, was dort zu finden war.

Seine müßige Überlegung wandte sich dem Schub zu. Warum nennen wir es den Schub? wunderte er sich. Warum nennen wir es nicht den Zug?

Die Frage interessierte ihn hinreichend, um sie dem Computer einzugeben.

»Dummes Zeug!« sagte der Computer.

STRENG NACH VORSCHRIFT

1966

Sie werden Ihre Arbeit ernst nehmen. Unzählige ungeborene Generationen der Menschheit hängen von denen ab, die die Kommunikationsleitungen durch den Negativ-Raum offenhalten. Wenn das Winkel-Sendenetz versagt, wird auch die Menschheit versagen.

›Du und die Haigh Company‹
(Mitarbeiter-Handbuch)

Er war zu alt für derlei Arbeit, auch wenn er Ivar Norris Gump hieß und der anerkannt beste Troubleshooter* in der neunhundertjährigen Unternehmensgeschichte war. Hätte ihn nicht sein alter Freund Poss Washington um Hilfe gebeten, hätte er eine freundliche Absage mit dem Signum ›Ing‹ unterzeichnet. Ein Troubleshooter in Halbpension hatte das Recht, gefährliche Aufträge abzulehnen.

Jetzt, nach drei Stunden Dienst in einem voll ausgerüsteten Vakuum-Anzug in der leeren Dunkelheit der Skoarnoff-Röhre, schmerzte Ings Körper vor Müdigkeit. Sie beeinträchtigte seine geistige Klarheit und seine Überlebensfähigkeit, das wußte er.

Sie werden Ihre Arbeit jederzeit ernst nehmen,

* ›Trouble‹ = Ärger, Schwierigkeiten; ›shoot‹ = schießen, abschießen; also einer, der ranmuß, wenn es Schwierigkeiten gibt, der ausbügeln muß, wenn etwas schiefgelaufen ist. – *Anm. d. Hrsg.*

dachte er. Axiom: Ein Troubleshooter sorgt dafür, daß er nicht in Schwierigkeiten gerät.

Ing schüttelte angesichts der gebildeten Unwissenheit des Handbuches den Kopf, holte tief Luft und unternahm den Versuch, sich zu entspannen. Eigentlich hätte er zur Zeit daheim auf dem Mars sein, sich routinemäßig um das Phobos-Relais kümmern und gelegentlich einen Vortrag vor neuen Troubleshootern halten sollen.

Der Teufel soll Poss holen, dachte er.

Doch das große Problem lag sicher hier, in der Röhre – und sechs gute Männer waren gestorben, um es zu lösen: Sechs Männer, bei deren Ausbildung er dabeigewesen war – und das war einer der Gründe, weswegen er gekommen war. Sie waren alle im gleichen Traum gefangen.

Rings um ihn war die luftlose, röhrenartige Höhle von zwölf Kilometern Länge und zwei Kilometern Durchmesser. Es war ein lichtloses Loch, gebohrt durch das Lavagestein unter dem Mare Nectaris des Mondes. Hier war das Zuhause des ›Strahls‹ – des wunderschönen, tödlichen, lebensbedrohenden Strahls, einer gezähmten Gewalt, die urplötzlich störrisch geworden war.

Ing dachte an all das Leben, das durch diese Röhre gegangen war. Vor etwa neunhundert Jahren hatte man den Sämling-Vertrag ratifiziert. Die Haigh Company hatte zusätzlich zu ihren Kommunikationsaufgaben im Sonnensystem das Versenden kleiner Behälter übernommen, deren Größe streng von der Masse begrenzt wurde, die ein Winkeltrans-Impuls befördern konnte. Jeder Behälter enthielt zwanzig weibliche Kaninchen. Im Uterus jedes Kaninchens schlummerten, mit fast stillgelegtem Metabolismus, zweihundert menschliche und Rinderembryonen, alle heimischen Sämlinge, die man braucht, um eine neue menschliche Ökologie in Gang zu bringen. Mit den Kaninchen beförderte man Pflanzensamen, Insekteneier und Konstruktionsbänder für Maschinen und Geräte.

Die Behälter waren so konstruiert, daß sie sich auf planetaren Oberflächen entfalteten, um einen abgeschirmten Lebensbereich zu errichten. Dort sollten die Embryonen von Maschinen in aufblasbare Schwangerschaftsbehälter gebracht und von Mechanismen gehegt und gepflegt werden, bis die menschliche Saat für sich selbst sorgen konnte.

Jeder Behälter war mit Winkeltrans-Impulsen auf Trans-Lichtgeschwindigkeit beschleunigt worden – die Medien sprachen vom ›Anschieben einer Gartenschaukel‹. Der Lebensmechanismus wurde von Signalen kontrolliert, die durch den ›Strahl‹ geschickt wurden. Seine winzigen Impulse gingen ›um die Ecke‹ und legten in Millisekunden Entfernungen zurück, für deren Überbrückung Materie Jahrzehnte benötigte.

Ing warf einen Blick auf den Ministrahl hinauf, der hinter dem Quarzfenster seines Anzuges eingeschlossen war. Er empfand Hoffnung und Frustration zugleich. Wäre man in der Lage gewesen, den kleinen Strahl in den Behältern unterzubringen, hätte sich der große daran orientieren können. Doch unter dem harten Bombardement im All hielten die Strahlenanoden nur etwa einen Monat. Dann waren sie auf die Strahlenreflexe an den Reflektorplatten der Behälter und programmierte Schätzungen angewiesen. Und irgendwann funktionierten dann auch die programmierten Schätzungen nicht mehr.

Und jetzt, wo das erste kompakte Sämling-Schiff im Begriff war, auf Theta Apus IV zu landen, und das Interesse der Menschheit einen Höhepunkt erreicht hatte – erwies sich der Strahl-Kontakt als unzuverlässig. Je weiter draußen der Behälter war, desto schlechter war der Kontakt.

Ing spürte, wie er auf die zerbrechliche Fracht dort

draußen zugezogen wurde. Seine Instinkte waren auf die Behälter gerichtet, die im Limbus enden würden, wenn er den Strahl nicht wieder unter Kontrolle brachte. Die Embryonen würden unweigerlich sterben, und mit ihnen der Traum.

Ein Großteil der Menschheit befürchtete, daß die Behälter außerirdischem Leben in die Hände gefallen sein könnten – daß irgend jemand dort draußen sie übernommen hatte. Hie und da hatte man bereits mit Panik reagiert, und es waren Stimmen laut geworden, die behaupteten, die Sämling-Behälter könnten genug menschliche Geheimnisse verraten, um die ganze Rasse verletzlich zu machen.

Für Ing und seine sechs Vorgänger erschien der Brennpunkt des Problems offensichtlich. Er lag hier und in der anomalen, neu abgeleiteten Mathematik, die erklären sollte, wie der Strahl möglicherweise von den Behältern abgeleitet wurde. Was man dagegen tun konnte, war ebenso offensichtlich. Doch sechs Männer waren gestorben, als sie einem offen erkennbaren Kurs gefolgt waren. Sie waren hier gestorben – in der absoluten Dunkelheit.

Manchmal half es, wenn man sich die Vorschriften ins Gedächtnis zurückrief.

Oft wußte man nicht, wohinter man herjagte – einem Fetzen verirrter Strahlung beispielsweise, oder kosmischer Strahlung, die einen Schwachpunkt der Energieabschirmung durchdrungen hatte, einem durch ein Mondbeben hervorgerufenen Staubleck, einer Wärmestrahlung, einem heißen Fleck, der aus der Tiefe gekommen war. Der große Strahl hielt nicht viele Störungen aus. Wenn im falschen Moment ein winziges Staubpartikel in seinen Weg geriet oder auch nur ein Photon seine Bahn kreuzte, konnte er durchdrehen. Er wand sich wie eine Riesenschlange und riß ganze Abschnitte aus der Röhrenwandung. Strahl-Reflexe tanzten dann über den

Mondhimmel, und menschliche Beobachter kriegten das Frösteln.

Ein Troubleshooter, der sich dann in der Röhre am falschen Ort befand, war dem Tode geweiht.

Ing zog die Hände in den faßförmigen Oberteil seines Anzugs und justierte den kleinen Strahlensucher, jene Einheit, die ihn auf einer kurzen Strecke des Winkelraumes mit der Strahlenkontrolle verband. Er prüfte die Instrumente und las seine Position von der modulierten Berührungswelle durch die Sohlen seines Schutzanzugs ab.

Er fragte sich, was seine Tochter Lisa jetzt wohl machte. Vielleicht bereitete sie die Jungs, seine Engel, gerade für die Fahrt auf der Rillenbahn zur Schule vor. Ing kam sich plötzlich alt vor, als er daran dachte, daß einer seiner Enkel schon das Polytechnikum auf dem Mars besuchte, weil er in die Fußstapfen seines berühmten Großvaters treten und für die Haigh Company arbeiten wollte.

Der Vakuum-Anzug war heiß und roch nach Ings Dreistundentour. Er bemerkte an einer Skala, daß das Temperaturausgleichssystem noch gut eine Stunde hatte, bevor es im Rotbereich war.

Es sind bestimmt die ›Staubsauger‹, sagte Ing sich. Es müssen diese Reinigungsgeräte sein, die die Röhre staubfrei halten. Es liegt an der altvertrauten Boshaftigkeit unbeseelter Gegenstände.

Was sagte das Handbuch dazu? *Gelegentlich zahlt es sich aus, zuerst auf die Charakteristika verwendeter Gerätschaften zu achten, die vielleicht dergestalt sind, daß ein grundlegend pragmatisches Herangehen die größte Erfolgschance bietet. Oft kann man Störungen oder Funktionsprobleme beseitigen, indem man geradewegs und auf unkomplizierte Weise auf sie zugeht und subtilere Aspekte bewußt ignoriert.*

Er schob die Hände wieder in die Anzugarme, schirmte den Partikelzähler mit der gepanzerten Hand ab, klappte den Deckel auf und warf einen Blick auf die Leuchtskala. Sofort knisterte eine aufgebrachte Stimme im Kopfhörer:

»Licht aus! Wir beamen!«*

Ing ließ den Deckel reflexartig zuschnappen und sagte: »Ich bin im Gegenschatten. Kann den Strahl nicht sehen.« Dann: »Warum hat mir keiner gesagt, daß gestrahlt wird?« Eine andere Stimme brummte im Kopfhörer: »Ing, hier ist Poss. Ich beobachte deine Position auf dem Sono. Ich hab ihnen gesagt, sie sollen weitermachen, ohne dich zu stören.«

»Warum, zum Henker, beobachtest du einen Troubleshooter?« fragte Ing.

»Geht schon in Ordnung, Ing.«

Ing kicherte. Dann sagte er: »Was macht ihr? Einen Testlauf?«

»Ja. Wir müssen einen Innenraum-Transport zum Titan raufbeamen. Dachte, wir könnten es von hier aus tun.«

»Hab ich den Strahl versaut?«

»Er sieht noch sauber aus.«

Innenraum-Transmission offen und zuverlässig, dachte Ing, aber der Weg zu den Sternen ist verschmutzt. Vielleicht hatten die Angsthasen doch recht. Vielleicht kam die Störung von außerhalb – durch eine außerirdische Intelligenz.

»Wir haben zwei Staubsauger bei der Transmission verloren«, sagte Washington. »Was von ihnen gesehen?«

»Null.«

Sie haben zwei Staubsauger während der Transmission verloren, dachte Ing. Allmählich wurde es zur Routine. Die flitzenden Reinigungsgeräte, die – vom Strahlenfeld unterstützt – längs des Strahls in der Röhre patrouillierten, das Vakuum sauber hielten und nach

---

* Materietransport über Transmitterstrahl – *Anm. d. Hrsg.*

kleinsten Anzeichen von Störungen suchten, wurden im Normalfall per Hundert im Jahr ersetzt, doch diese Zahl nahm zu. Wenn der Strahl größer wurde und mehr Energie für die Fernreichweite abließ, fiel es den Geräten immer schwerer, dem kontrollierten Winkeltrans-Hieb der Peitschenschnur auszuweichen. Kein Reinigerteil überstand die Strahlberührung. Sie waren energetisch auf den Strahl ausgerichtet und so programmiert, daß sie sich sofort auflösten und ihre Masse in der Transmission absorbiert wurde.

»Es sind diese verdammten Staubsauger«, sagte Ing.

»Auf die schiebt ihr's doch immer«, sagte Washington.

Ing bewegte sich nach rechts. Irgendwo vor ihm wölbte sich der Glassitboden schrittweise nach oben, wurde zur Wand und dann zur Decke. Doch die gegenüberliegende Seite war stets zwei Kilometer entfernt, und die Mondgravitation, so schwach sie auch war, schrieb die Begrenzungen vor, wie weit man sie besteigen konnte. Hier war es anders als in dem kleinen Phobos-Strahl, wo man von außen ein Manganfeld geringer Stärke einsetzen und rund um die Röhre marschieren konnte.

Dann fragte er sich, ob er darauf bestehen sollte, auf einem Staubsauger zu reiten – wie es die sechs anderen getan hatten.

Seine schlurfenden, vorsichtigen Schritte brachten ihn aus dem Anoden-Gegenschatten hinaus. Er drehte sich um und sah einen Strich aus glühendem Purpur, der sich von ihm zur zwölf Kilometer entfernten Kathode erstreckte. Er wußte, daß das purpurne Leuchten gar nicht vorhanden war, daß das, was er erblickte, eine optische Täuschung war, die auf der Oberfläche seiner Helmscheibe erzeugt wurde: eine Reaktion auf die Präsenz des Strahls, nur für ihn zur Schau gestellt.

Washingtons Stimme sagte im Kopfhörer: »Sono hat dich in Zone Gelb. Sachte, Ing!«

Ing änderte den Kurs nach rechts, musterte den Strahl.

Lücken in der purpurnen Linie enthüllten den Raum zwischen ihm und der züngelnden Energie des die Randzonen absuchenden Roboter-Staubsaugers, der auf den Sinus-Linien des Strahlenfeldes hing und Luftsprünge machte wie ein Tümmler auf einer Bugwelle.

»Transport ist unten«, sagte Washington. »Wir steigen in einen vollen Schubtest ein. Zehnminutenprogramm.«

Ing nickte und stellte sich Washington vor, wie er in der gepanzerten Blase des Kontrollraums saß, ein Riese mit brütenden Gesichtszügen und wachsamen, glitzernden Augen. Der alte Poss wollte nicht glauben, daß es an den Reinigern lag, soviel stand fest. Lag es an ihnen, mußte jemand den Flug auf der Wildgans wagen. Es würde weitere Tote geben... weitere Flüge... bis man die neue Theorie ausprobierte. Für den, der jetzt mit einem anomalen Loch in der Winkeltrans-Mathematik ankam, würden böse Zeiten anbrechen. Doch genau das hatte jemand an einem Transzeit-Computer auf der Erde getan... und wenn er recht hatte – mußten die Reiniger das Problem sein.

Ing musterte die Schattenbrüche im Strahl – robotische Torpedos, sensorgesteuert, um winzigste Stäubchen einzusammeln. Einer der Schatten reichte plötzlich in zwei Richtungen hinaus, fort von ihm, bis der gesamte Strahl verdeckt war. Ein Staubsauger näherte sich ihm. Ing wartete auf ihn, damit er die Marke identifizieren konnte, die ihn als Autorisierten Eindringling auswies. Das Reinigungsgerät konnte sie auf die gleiche Weise sehen, wie er den Strahl sah.

Der Strahl war wieder da.

»Staubsauger war gerade über dir«, sagte Washington. »Warst ganz schön nah dran.«

Ing hörte die Sorge in der Stimme seines Freundes

und sagte: »Ich bin sicher, solange ich hier stehenbleibe.«

Dann versuchte er sich auszumalen, wie der Reiniger sich über ihm hob und am Strahl entlang zu seiner Station zurückkehrte.

»Ich hab dich jetzt vor dem Strahl«, sagte Washington. »Laut deiner Schattenbreite näherst du dich Zone Rot. Übertreib's nicht, Ing! Ich bin nicht scharf darauf, noch einen gebratenen Troubleshooter da rausholen zu müssen.«

»Ich möcht dir auch keine Mehrarbeit aufhalsen«, versicherte Ing.

»Sorg dafür, daß du ordentlich Abstand hast!«

»Ich behalt die Strahlendicke auf dem Helm-Fadenkreuz im Auge, Poss; also beruhig dich!«

Ing machte noch zwei Schritte, sah am Strahl entlang und suchte die Anfänge der kontrollierten Peitschenschnur, die die Testbotschaft in den Winkelraum schleudern würde. Die gefesselte Energie des purpurnen Seils neigte sich jetzt dem Mittelpunkt des anderen Röhrenendes entgegen. Stellenweise war sie nur als sanftes, äußeres Flackern vor dem Fadenkreuz seiner Helmscheibe sichtbar.

Er machte vier Schritte zurück. Der Hieb war eine riskante Sache, wenn man so nahe war – und wenn irgendeine Störstrahlung den Strahl berührte …

Ing bückte sich, peilte am Strahl entlang und wartete auf den Hieb. Erfahrene Troubleshooter konnten an der Art des Strahlpeitschens mehr erkennen, als ganze Instrumentenbänke in Erfahrung brachten. Erzeugte er einen doppelten Bogen? Auf fehlerhaften Feldbrennpunkt achten. Waberte er auf und nieder? Wahrscheinlich eine Verstellung der vertikalen Halterung. Teilte er sich oder verlief er in zwei Bahnen? Ein Synchronisationsproblem.

Aber hier drin mußte man hart am Ball bleiben und wachsam sein. Hier befand man sich hart am Rande des Abgrundes zwischen der Erkenntnis und dem *Gute Nacht!* für immer.

In dieser Nähe erwiesen einem die Reiniger zwar mehr Aufmerksamkeit, doch er gab sich und seinen Status als AE sichtbar zu erkennen und erlaubte ihnen, seine Position auszumachen, um ihrer Tätigkeit weiter nachzugehen.

Ings trainiertem Blick erschien die Tätigkeit der Reiniger intensiver und schneller als üblich. Es entsprach allen vorherigen Berichten – es sei denn, ein Peripherie-Riß hatte verirrte Fremdpartikel eingelassen, oder winzige Teilchen der Röhrenwände hatten sich durch das Pulsieren eigenständigen lunaren Innenlebens gelöst.

Dann fragte sich Ing, ob die Möglichkeit bestand, daß man ein Loch in der vierfach gesicherten Schloßkontrolle des Röhreneinstiegs übersehen hatte. Aber man hatte schon beim ersten Anzeichen des Problems daran herumgeschnüffelt. Es war unwahrscheinlich, daß den Inspektoren ein Loch entgangen war. Nein – es war hier drin. Die Aktivität der Reiniger nahm wirklich zu, ihr Tempo stieg definitiv an.

»Programmbedingungen?« fragte Ing.

»Transmission noch immer Whorf-positiv, aber wir haben noch keine Winkelraum-Öffnung gefunden.«

»Zeit?«

»Acht Minuten bis zum Programmbruch.«

»Reiniger-Aktivität zunehmend«, sagte Ing. »Was sagt der Schmutzzähler?«

Eine Pause, dann: »Normal.«

Ing schüttelte den Kopf. Der Monitor, der fortwährend die aufgesaugte Schmutzmenge maß, hätte angesichts der zunehmenden Aktivität keine Normalität anzeigen dürfen.

»Was sagt der Mare-Nubium-Transmitter?« fragte Ing.

»Immer noch zu, und voll mit Inspektionsausrüstung. Laut letztem Bericht nichts Erwähnenswertes.«

»Imbrium?«

»Inspektionsteams sind draußen. Man rechnet damit, um 9.00 Uhr wieder in der Testphase zu sein. Du hast doch wohl nicht vor, uns anzuweisen, wegen einer Komplett-Reinigung zu schließen?«

»Noch nicht.«

»Wir müssen auch ans Budget denken, Ing. Vergiß das nicht!«

Hah! dachte Ing. Es sieht Poss aber gar nicht ähnlich, in einem Notfall wie diesem ans Budget zu denken. Will er mir etwas mitteilen?

Was sagte das Handbuch? *Gute Troubleshooter sind kostenbewußt und sich darüber im klaren, daß Leerlaufzeiten und Geräteaustausch Faktoren sind, die die Haigh Company ernstlich bekümmern.*

Dann fragte er sich, ob er den Befehl geben sollte, die Röhre zu einer gründlichen Inspektion zu öffnen. Doch die Imbrium- und Nubium-Röhren hatten nichts preisgegeben, und Entgiftungszeit war wirklich kostenintensiv. Außerdem waren die anderen Röhren älter – Nubium war als erste gebaut worden. Sie waren kleiner als Nectaris, hatten einfachere Schlösser. Doch ihre Strahlen kamen nicht besser durch als die der Nectaris-Röhre, trotz ihrer riesigen Ausmaße und umfassenderen Sicherheitseinrichtungen.

»Fertigmachen!« sagte Washington. »Wir ziehen jetzt das Programm durch.«

In der abrupten Stille sah Ing, wie sich der Strahl kräuselte. Die Peitschenschnur kräuselte sich wie eine purpurne Welle durch die zwölf Kilometer lange Röhre und brachte sie in zwei Tausendsteln einer Sekunde hinter sich. Sie war so schnell, daß man den visuellen Effekt erst sah, nachdem er vorbei war.

Ing stand auf und analysierte, was er gesehen hatte. Der Strahl war ihm sauber und absolut rein erschienen – ein perfekter Hieb … abgesehen von einem kleinen Aufflackern am anderen Ende – und einem weiteren ungefähr in der Mitte. Ein winziges Lodern. Das Erinnerungsbild war nadelförmig … spitz.

»Wie sah er aus?« fragte Washington.

»Sauber«, sagte Ing. »Sind wir durchgekommen?«

»Wir prüfen noch«, sagte Washington. Dann: »Begrenzte Berührung. Sehr trübe. Etwa dreißig Prozent … Gerade genug, um uns zu sagen, daß der Behälter noch da und sein Inhalt lebendig ist.«

»Ist er im Orbit?«

»Scheint so. Bin mir nicht sicher.«

»Gib mir die Reiniger-Zahlen«, sagte Ing.

Eine Pause, dann: »Verflucht! Es sind schon wieder zwei weniger!«

»Genau zwei?«

»Ja. Warum?«

»Weiß noch nicht. Zeigen die Instrumente Strahldeflektionen des Treffens zweier Reiniger? Wie ist die Energiesumme?«

»Jeder glaubt, diese Staubsauger wären daran schuld«, murmelte Washington. »Ich sag dir, es kann nicht sein. Sie sind voll auf den Strahl abgestimmt. Sie fügen ihm höchstens Energie zu, wenn sie auftreffen. Sie sind kein Abfall!«

»Aber frißt der Strahl sie wirklich ganz auf?« fragte Ing. »Du hast den Anomalie-Bericht gesehen.«

»Ach, Ing, laß uns nicht wieder damit anfangen!« Washingtons Stimme klang erschöpft und irritiert.

Die Sturheit der Reaktion Washingtons verwirrte Ing. Es klang so gar nicht nach ihm. »Sicher«, sagte Ing, »aber was ist, wenn sie irgendwohin verschwinden, wo wir nichts sehen können?«

»Hör doch auf damit, Ing! Du bist so schlimm wie die anderen. Wenn es einen Ort gibt, wohin sie nicht gelangen, dann ist es der Winkelraum! Es gibt im ganzen Universum nicht genug Energie, Staubsauger um die Ecke zu schicken.«

»Es sei denn, das Loch in unserer Theorie existiert

wirklich«, sagte Ing. Und er dachte: Poss will mir irgend etwas sagen. Aber was? Warum kann er nicht deutlich werden und es aussprechen? Er wartete ab und dachte über etwas nach, das am Rande seines Bewußtseins nistete – eine Vorstellung … Was war es? Irgendeine halbvergessene Assoziation …

»Hier ist der Strahlbericht«, sagte Washington. »Deflektion deutet nur auf einen hin, doch die Energiesumme hat sich verdoppelt. Eine Zahl gleicht die andere aus. Das kommt vor.«

Ing musterte die purpurne Linie und nickte. Der Strahl hatte fast die Farbe des Kopftuches, das seine Frau während ihrer Hochzeitsreise getragen hatte. Jennie war eine gute Frau gewesen. Sie hatte Lisa in den Mars-Camps und den Blasenzelten aufgezogen und zu ihrem Mann gehalten, bis die eingedoste Luft und das harte Leben sie ihm genommen hatten.

Der Strahl lag jetzt still da und gab nur ein schwaches Glühen von sich. Das Reinigertempo war gering. Das Testprogramm würde noch ein paar Minuten laufen, doch Ing bezweifelte, daß es einen erneuten Winkelraum-Hieb hervorbringen würde. Nach einer Weile bekam man einen Instinkt für den Transmissionspuls. Man spürte es, wenn der Strahl sein winziges Signalfenster durch die Lichtjahre öffnete.

»Ich habe die beiden Reiniger verschwinden sehen«, sagte Ing. »Sie sahen nicht so aus, als würden sie auseinandergerissen oder so was – sie erloschen einfach.«

»Konsumierte Energie«, sagte Washington.

»Vielleicht.«

Ing dachte für einen Moment nach. In ihm wuchs ein Gedanke. Er kannte eine Möglichkeit, ihn zu testen. Die Frage war nur: Würde Poss dabei mitmachen? Bei seiner gegenwärtigen Stimmung war es schwer zu sagen. Ing wunderte sich über seinen

Freund. Die Finsternis und seine isolierte Stellung im Innern der Röhre verliehen den Stimmen von draußen eine körperlose Qualität.

»Tu mir 'n Gefallen, Poss«, sagte Ing. »Gib mir mal einen geraden Hieb! Nichts Spezielles, bloß einen Demonstrationshieb! Ich möchte ein klares Kräuseln am Strahl entlang. Ziel nicht in den Winkelraum, laß ihn bloß mal los!«

»Du hast sie wohl nicht alle! Der kleinste Hieb kann den Winkelraum erreichen. Dann bist du nur noch ein Staubpartikel, das ihm im Wege hängt.«

»Wir würden die Röhrenseite aufreißen, ich weiß. Aber der Strahl ist sauber, Poss. Ich kann's sehen. Ich will nur ein kleines Kräuseln.«

»Warum?«

Kann ich's ihm sagen? fragte sich Ing.

Er entschied sich, nur die Hälfte der Wahrheit zu erzählen, und sagte: »Ich möchte während des Programms das Reinigertempo prüfen. Gib mir einen Trümmermonitor und einen Kreuzzähler für jeden Beobachtungsposten. Sie sollen sich auf die Reiniger einpeilen, nicht auf den Strahl.«

»Warum?«

»Du siehst doch selbst, daß die Aktivität der Reiniger nicht mit dem Strahlzustand übereinstimmt«, sagte Ing. »Da stimmt irgend etwas nicht. Entweder haben sich Programmierfehler akkumuliert, oder … Ich weiß auch nicht. Aber ich möchte ein paar Fakten, damit ich weitermachen kann – eine persönliche Zählung während des Hiebs.«

»Es ergibt keine anderen Daten, wenn man einen Testlauf macht, den man auch im Labor wiederholen könnte.«

»Dies ist kein Labor.«

Washington schluckte es, dann: »Wo würdest du während des Hiebs sein?«

Er tut's, dachte Ing. Er sagte: »Ich bleibe hier,

am Anodenende. Der Hieb kann hier nicht zu breit schwingen.«

»Und wenn wir die Röhre beschädigen?«

Ing erinnerte sich zögernd daran, daß dort draußen ein Freund war, der Pflichten hatte. Er hatte zwar keine Ahnung, wer ihr Gespräch mithörte, aber ... aber der Test war für die Idee, die an Ings Bewußtsein knabberte, lebenswichtig.

»Nun drück mal sämtliche Hühneraugen zu, Poss«, sagte Ing.

»Na schön«, sagte Washington. »Aber die richtigen laß ich dabei besser auf.«

»Wartet, bis ich in Stellung gegangen bin«, sagte Ing. »Einen geraden Hieb.«

Er arbeitete sich den Röhrenabhang hinauf, verließ Zone Gelb, ging in Grau und dann in Weiß. Hier wandte er sich um und visierte den Strahl an. Er war eine dünne Purpurschnur, die sich links und rechts von ihm erstreckte – kürzer auf der Linken, der Anode entgegen. Die lange Strecke, die rechts von ihm auf die etwa zwölf Kilometer entfernte Kathode zulief, war ein dünnes, buntes Flackern, das nur vom flackernden Vorbeiziehen der Staubsauger unterbrochen wurde.

»Ich bin bereit«, sagte Ing.

Er justierte die Anzughalter der Röhrenwandung, zog die Arme in das faßförmige Oberteil hinein und startete den Sichtzähler, der die Staubsaugerbewegungen aufzeichnete. Jetzt kam der schwierige Teil – warten und aufpassen. Er empfand ein plötzliches Gefühl der Isolation und fragte sich, ob er das Richtige getan hatte. Das was er jetzt tat, erinnerte ihn an das Verbrennen von Brücken.

Was sagte das Handbuch? *Es ist sinnlos, komplizierte Forschungsarbeit auf einen speziellen Faktor zu konzentrieren, wenn der Faktor nicht feststellbar ist.*

Wenn er nicht feststellbar ist, kann man ihn auch nicht studieren, dachte Ing.

»Du wirst deine Arbeit ernst nehmen«, murmelte er. Dann lächelte er und dachte an die tragikomischen Gesichter und den ernsthaften Aufsichtsratsvorsitzenden, der hinter den Handbuchsätzen stand. Nichts wurde dem Zufall überlassen – keine Aufgabe, kein Punkt persönlicher Ordnung, keine körperliche Übung. Ing hielt sich für einen Handbuch-Experten. Er besaß eine außerordentliche Sammlung von Handbüchern, die von der fernsten Vergangenheit bis in die Gegenwart reichten. In Augenblicken der Langeweile heiterte er sich damit auf, indem er sie zitierte.

»Programm läuft«, sagte Washington. »Es wäre mir lieber, wenn ich wüßte, was du damit herausfinden willst.«

»Zitat«, sagte Ing. *»Der objektive Arbeiter erstellt eine so große Datensammlung wie möglich und analysiert sie in ihrer Gesamtheit in bezug auf ausgewählte Faktoren, deren Bezüge zu einem formulierten Phänomen erforscht werden müssen.«*

»Was, zum Teufel, soll das heißen?« fragte Washington.

»Ich will verdammt sein, wenn ich's weiß«, sagte Ing, »aber es kommt direkt aus dem Haigh-Handbuch.« Er räusperte sich. »Wie steht's um das Reinigertempo von eurer Station aus?«

»Ist 'n bißchen höher.«

»Gib mir 'n Countdown auf den Hieb.«

»Noch kein Anzeichen. Da ist … Moment mal! Da geht was vor sich – fünfundzwanzig … zwanzig Sekunden.«

Ing fing mit angehaltenem Atem an zu zählen.

Null.

Ein winziges Flämmchen erschien fern zu seiner Rechten und fegte mit zunehmender Helligkeit an ihm vorbei. Es war ein verwischter Fleck, der ein glimmendes Nachbild zurückließ. Sensoren in den Anzugsohlen meldeten das Herabsinken von Trümmern.

»Heiliger Bimbam!« murmelte Washington.

»Wie viele haben wir verloren?« fragte Ing. Er wußte, daß es schlimm sein würde – schlimmer, als er erwartet hatte.

Es gab eine lange Pause, dann sagte Washington schockiert: »Einhundertachtzehn Staubsauger weniger. Das ist doch unmöglich!«

»Yeah«, sagte Ing. »Sie haben sich über den ganzen Boden verstreut. Strahl abschalten, bevor der Staub auf ihn zutreibt.«

Der Strahl verschwand von Ings Helmscheibenbaken.

»Hast du damit gerechnet, Ing?«

»So ungefähr.«

»Warum hast du mich nicht gewarnt?«

»Dann hättest du mir den Hieb nicht gegeben.«

»Hör mal, wie, zum Teufel, wollen wir das mit den hundertachtzehn Staubsaugern erklären? Die Buchhalter werden sich wie die Geier auf mich ...«

»Vergiß die Buchhaltung«, sagte Ing. »Du bist Strahleningenieur; mach die Augen auf. Der Strahl hat die Reiniger absorbiert. Sie wurden zerschnitten und über den Boden verstreut.«

»Aber die ...«

»Die Reiniger sind so gestaltet, daß sie auf die Bedürfnisse des Strahls reagieren«, sagte Ing. »Wenn sich der Strahl bewegt, bewegen sie sich auch. Wenn der Trümmerzähler ansteigt, arbeiten sie schneller. Wenn einer von ihnen zu schnell arbeitet und nicht schnell genug aus dem Weg geht, wird er absorbiert – er wird vom Strahl zu Energie verarbeitet. Doch ein falscher Hieb wirft hundertachtzehn aus dem Gleichgewicht. Die Reiniger sind nicht gefressen worden; sie wurden über den Boden verstreut.«

Während Washington dies verdaute, herrschte Stille.

»Hat der Hieb den Winkelraum berührt?« fragte Ing.

»Ich überprüfe es gerade«, sagte Washington. Dann:

»Nein … Warte mal … da ist ein ganzes Winkelraum-Gekräusel … Berührungen, sehr niedrige Energie … Eine Reihe, die etwa eine achtzig Millionstel Sekunde andauert. Ich hab die Zähler auf die letzte Dezimalstelle stellen lassen, sonst hätten wir's nie bemerkt.«

»Also haben wir keine Berührung gehabt«, sagte Ing.

»Praktisch nicht.« Dann: »Könnte jemand bei der Reinigerprogrammierung Scheiße gebaut haben?«

»Hundertachtzehnmal?«

»Yeah. Ich verstehe, was du meinst. Tja, was sollen wir sagen, wenn jemand kommt und eine Inspektion vornimmt?«

»Wir zitieren die Vorschriften. *Jedes Problem sollte in zwei Stadien angegangen werden: Erstens, lokalisiere die Gebiete, die hauptsächlich zur Fehlfunktion beitragen; zweitens, leite korrigierende Schritte ein, die geeignet sind, positiv identifizierte Risiken zu reduzieren.* Wir sagen ihnen, Poss, daß wir Risiken positiv identifiziert haben.«

Ing trat über die Schleusenschwelle in den Salon der Abteilungsleiter und sah, daß Washington bereits an dem Ecktisch saß, den die Konvention dem diensthabenden Senior-Strahleningenieur und Transmissionsüberwacher zubilligte.

Es war zu spät für ein Mittagessen und zu früh für die Kaffeepause der zweiten Schicht. Der Salon war fast leer. Drei Junior-Abteilungsleiter an einem Tisch auf der anderen Seite des Raums amüsierten sich über einen Witz, verhielten sich aber in Washingtons Anwesenheit leise. Ein Sicherheitsoffizier saß vor einem Teeglas am Gang zum Küchenband links von ihm. Seine Schultern wiesen eine Spur Feuchtigkeit von einem Schweißabsauger auf und zeigten an, daß er erst kürzlich von der Oberfläche gekommen war. Ing fiel auf, daß die Sicherheitsabteilung einen Haufen Leute in der Station unterhielt ... und einer von ihnen schien sich stets in Washingtons Nähe aufzuhalten.

Die Fernsehwand im Hintergrund übertrug gerade eine irdische Nachrichtensendung: Es gab Anzeichen politischer Unruhen wegen des Strahlversagens. Man verlangte Erklärungen wegen des ausgegebenen Geldes. Washington wurde mit dem Satz zitiert, daß man kurz vor der Lösung stehe.

Ing bewegte sich auf die Ecke zu und umging ein paar leere Tische.

Vor Washington stand ein Kaffeebecher. Dampf stieg in die Höhe. Ing musterte den Mann. Possible Washington (seine Junior-Ingenieure nannten ihn Impossible) war ein einsneunzig großer, energiegeladener Mann mit breiten Schultern, empfindsamen Händen, einem scharfgeschnittenen, maurisch-semitischen Gesicht mit Café-au-lait-Haut, erstaunlich blauen Augen und einem dunklen Mecki. (Der Senior-Mediziner der Firma bezeichnete ihn als ›erstaunlichsten Wurf des genetischen Würfels‹). Washingtons Größe sagte eine Menge über seine Fähigkeiten aus. Es kostete beträchtliche Anstrengung, seine Extrakilos auf den Mond zu heben. Und soviel mußte er auch an überzähligem Wert aufweisen.

Ing setzte sich vor Washington hin, machte das Kellnerauge auf dem Tisch auf sich aufmerksam und bestellte einen Marsflechtentee.

»Bist du gerade aus der Versammlung gekommen?« fragte Washington.

»Man hat mir gesagt, du wärst hier oben«, sagte Ing. »Du siehst müde aus. Hat die Erde dir wegen des Berichts Schwierigkeiten gemacht?«

»Solange, bis ich deinen Trick übernahm und die Vorschriften zitierte: *Jeder Test vor Ort soll den Laborbedingungen so ähnlich wie möglich sein.*«

»He, ein guter Spruch«, sagte Ing. »Warum hast du

ihnen nicht gesagt, du wärst einer Ahnung gefolgt – der Ahnung, daß ich eine Ahnung hätte.«

Washington lächelte.

Ing holte tief Luft. Es war herrlich, zu sitzen. Ihm wurde klar, daß er ohne Pause zwei Schichten abgerissen hatte.

»Du siehst auch müde aus«, sagte Washington.

Ing nickte. Ja, er war müde. Er war zu alt, um zu sehr auf die Tube zu drücken. Ing machte sich, was ihn persönlich betraf, nur wenig Illusionen. Er war stets ein Knilch gewesen, ein bißchen auf der schwachen Seite – hager, mit einem wieselartigen Gesicht, das nur durch seine weit auseinanderstehenden grünen Augen und dem dichten, blonden Kurzhaar vor Häßlichkeit bewahrt wurde. Sein Haar wurde jetzt allmählich grau, doch das hinter der breiten Stirn liegende Hirn funktionierte immer noch zuverlässig.

Das Teeglas kam durch die Tischrille. Ing zog es zu sich heran und umfaßte seine Wärme mit den Händen. Er hatte damit gerechnet, daß Washington ihm den schlimmsten offiziellen Druck abnahm, doch jetzt, nachdem es geschehen war, fühlte er sich schuldig.

»Wie oft ich auch die Vorschriften zitiere«, sagte Washington, »ihnen gefällt diese Erklärung nicht.«

»Werden Köpfe rollen und so weiter?«

»Gelinde ausgedrückt.«

»Tja, wir haben eine Positionskarte, wo jeder einzelne Reiniger runterging«, sagte Ing. »Jedes Wrackteil ist eingesammelt worden. Die unbeschädigten Staubsauger sind akribisch durchgekämmt worden.«

»Wie lange wird's dauern, bis wir wieder eine saubere Röhre haben?« fragte Washington.

»Etwa acht Stunden.«

Ing bewegte die Schultern gegen den Stuhl. Seine Hüftmuskeln schmerzten noch immer von der langen Tätigkeit in der Skoarnoff-Röhre, und er hatte Rückenschmerzen.

»Dann ist es an der Zeit, Fraktur zu reden«, sagte Washington.

Ing hatte diesen Augenblick befürchtet. Er wußte, welchen Standpunkt Washington einnehmen würde.

Der Sicherheitsoffizier am anderen Ende des Raums schaute auf. Sein Blick traf den Ings, dann schaute er wieder weg. Hört er uns zu? fragte sich Ing.

»Du denkst das, was die anderen gedacht haben«, sagte Washington. »Daß die Staubsauger um die Ecke in den Winkelraum geschoben wurden.«

»Es gibt eine Möglichkeit, es rauszufinden«, sagte Ing.

Auf diese Bemerkung hin hob sich das Kinn des Sicherheitsoffiziers leicht an. Er hörte also doch zu!

»Aber du wirst diesen Selbstmordflug nicht machen«, sagte Washington.

»Gehen die anderen Strahlen zu den Saatschiffen durch?« fragte Ing.

»Du weißt, daß es nicht so ist!«

Auf der anderen Seite des Raums stellten die Junior-Abteilungsleiter ihre Unterhaltung ein und lugten zum Ecktisch hinüber. Der Sicherheitsoffizier drehte seinen Stuhl, um die Junioren und den Ecktisch im Auge zu behalten.

Ing nahm einen Schluck Tee und sagte: »Der verdammte Tee ist immer zu bitter. Außer auf dem Mars weiß offenbar kein Mensch, wie man ihn richtig zubereitet.« Er schob das Glas beiseite. »Kommen Sie zur Haigh Company und retten Sie das Universum für die Menschheit.«

»Na schön, Ing«, sagte Washington. »Wir kennen uns jetzt schon ziemlich lange, und da kann ich offen sein. Was verheimlichst du mir?«

Ing seufzte.

»Ich glaube, ich bin es dir schuldig«, sagte er. »Tja, ich schätze, es fängt mit der Tatsache an, daß jeder Transmitter ein einzigartiges Ding ist. Du weißt es ebenso wie ich. Wir kartografieren das, was er tut, und operieren nach Vorhersage-Statistiken. Wir kitzeln seine Öhrchen, wie man so schön sagt. Doch laß uns jetzt mal was aus den Vorschriften erwägen. Eine Röhre ist schließlich nur eine große Felsenhöhle, eine kontrollierte Umgebung für den Strahl, damit er seine Arbeit tun kann. Die Vorschriften sagen: *Bei Winkelraum-Transmissionen ist jeder Ort im Universum gleich um die Ecke.* Es ist eine verflucht ungenaue Art, etwas zu beschreiben, das wir nicht richtig verstehen. Es klingt so, als wüßten wir, wovon wir reden.«

»Du sagst, wir verschieben Materie um die Ecke«, sagte Washington, »aber du hast mir nicht erzählt, was du ...«

»Ich weiß«, sagte Ing. »Wir plazieren eine Energiemodulation dorthin, wo sie von den Saatschiff-Instrumenten gesehen werden kann. Das ist ein Energietransfer, Poss. Und man kann Energie gegen Materie austauschen.«

»Du verdrehst Definitionen. Wir bringen ein hochgradig instabiles, hochgradig transistorisiertes Reflektionsphänomen so in Position, daß Zeit-Raum-Begrenzungen sich verändern. Auch das steht im Handbuch. Aber du hast mir immer noch nicht gesagt ...«

»Poss, ich lasse eine Mannschaft einen Reiniger für mich vorbereiten. Wir haben das Destruktionsmuster analysiert – das ist es, was ich vom letzten Test-Hieb wollte –, und ich glaube, wir können mich an Bord einer dieser Wildgänse in den Winkelraum schicken.«

»Du Narr! Noch bin ich hier der Boss, und ich sage, du wirst nicht ...«

»Nun mach aber mal halblang, Poss! Du hast nicht mal ...«

»Angenommen, du wirst um diese blöde Ecke geschickt – wie, glaubst du, kommst du wieder zurück? Und wozu soll es überhaupt nützlich sein? Was kannst du denn tun, wenn du ...«

»Ich kann hingehen und mich umsehen, Poss. Und der Reiniger, den wir frisieren, wird mehr den Charakter eines Rettungsbootes haben. Ich kann auf TA-IV runtergehen, den Behälter vielleicht mitnehmen und unseren Saaten eine größere Chance geben. Und wenn wir erfahren, auf welche Weise ich dort lande, können wir es wieder tun, und ...«

»Welch ein Schwachsinn!«

»Schau mal!« sagte Ing. »Was riskieren wir denn? Doch nur einen alten Knaben, dessen beste Zeit längst vorbei ist.« Ing musterte das wütende Leuchten in Washingtons Blick, und ihm fiel etwas Komisches über sich selbst ein. Er wollte diesen Durchbruch wagen, wollte dem Embryonen-Behälter eine Chance geben. Er war berauscht von dem gleichen Traum, der den Saatvertrag ermöglicht hatte. Und er sah, daß die anderen Troubleshooter, die sechs, die vor ihm hier gewesen waren, sich in dem gleichen Netz gefangen haben mußten. Sie hatten alle erkannt, wo das Problem lag. Einer von ihnen würde durchgehen. In den Behältern waren Werkzeuge; ein weiterer Strahl konnte auf die andere Seite gerichtet werden. Es gab eine Chance zur Rückkehr ... anschließend ...

»Ich habe mich überreden lassen, dich herzuholen«, brummte Washington, »unter der Voraussetzung, daß du die Lage peilst und sie bestätigst oder das, was die anderen gesehen haben, verwirfst – aber ich habe nicht gewollt, daß man dich ...«

»Ich möchte es aber tun, Poss«, sagte Ing. Jetzt sah er, was seinem Freund zu schaffen machte. Der Mann hatte sechs Troubleshooter in den Tod geschickt – oder sie in einer Welt verschwinden lassen, die unaufspürbar war – und das war noch schlimmer. Er fühlte sich schuldig.

»Und ich geb dir keine Genehmigung«, sagte Poss.

Der Sicherheitsoffizier erhob sich von seinem Tisch, durchquerte den Raum und blieb vor Washington stehen. »Mr. Washington«, sagte er, »ich habe zugehört. Mir scheint, Sie haben nicht das Recht, Mr. Gump zurückzuhalten, wenn er ...«

Washington sprang mit seinen einsneunzig auf und packte den Sicherheitsmenschen an den Jackettaufschlägen. »Man hat Sie also angewiesen, sich einzumischen, wenn ich Anstalten mache, es ihm auszureden!« Er schüttelte den Mann mit fast komischer Sanftheit. »Wenn Sie nach dem nächsten Shuttlestart noch auf meiner Station sind, werde ich persönlich dafür sorgen, daß Sie einen Unfall erleiden!« Er ließ den Mann los.

Der Sicherheitsoffizier erbleichte zwar, gab jedoch keinen Boden preis. »Ein Anruf von mir, dann ist dies Ihre Station gewesen.«

»Poss«, sagte Ing. »Du kommst gegen das Rathaus nicht an. Und wenn du's versuchst, werfen sie dich raus. Dann würde ich hier mit dem zweitbesten Mann arbeiten müssen. Ich brauche dich als Strahl-Jockey, wenn ich auf der Wildgans reite.«

Washington funkelte ihn an. »Ing, es wird nicht klappen!«

Ing musterte seinen Freund. Er sah den Druck, der auf ihm lastete, und verstand, welche Manöver die Erde eingeleitet hatte, um ihn zu bewegen, seinen Freund Ivar Norris Gump um Hilfe zu bitten. All das sagte etwas über die verzweifelte Lage der Erde aus. Das geheime Vorgehen, die Sicherheitsüberwachung, die Anspielungen in den Nachrichtensendungen – Ing spürte ein bißchen von dem Druck, den die Dinge erzeugten, in sich selbst. Er wußte, wenn Washington seine Schuldgefühle überwinden konnte, würde er das Bedürfnis der Menschheit teilen, den herumtreibenden Behältern zu helfen.

»Wie viele auch verletzt oder getötet werden«, sagte Ing, »wir müssen den Embryonen in den Behältern eine Chance geben. Du weißt, daß ich recht habe – hier geht's um die Hauptchance. Und wir brauchen dich, Poss. Ich möchte, daß jeder mitmacht, den ich kriegen kann. Und was auch passiert, ich weiß, daß du dein Bestes für mich getan hast ...«

Washington holte zweimal kurz Luft. Seine Schultern sackten ein. »Und was ich auch sage ...«

»Was du auch sagst.«

»Du gehst?«

»Ich gehe dahin, wo die Wildgänse hingehen.«

»Und wer schaut der Familie anschließend in die Augen?«

»Ein Freund, Poss. Ein Freund geht zur Familie und sorgt dafür, daß der Schlag so wenig schmerzhaft wie möglich ausfällt.«

»Wenn Sie mich bitte entschuldigen wollen?« sagte der Sicherheitsoffizier.

Sie ignorierten den Mann, der an seinen Tisch zurückkehrte.

Washington erlaubte sich ein tiefes, seufzendes Luftholen. Ein Teil seines Feuers kehrte in seinen Blick zurück. »Na gut«, grollte er. »Aber ich werde bei jedem Schritt des Weges dabei sein. Und ich sage dir jetzt, daß du kein grünes Licht kriegst, bevor nicht alles zu meiner Zufriedenheit frisiert ist.«

»Natürlich, Poss. Deswegen kann ich mir auch nicht erlauben, daß du ausklinkst oder ausgebootet wirst.«

Ings linker Knöchel juckte.

Es war zum Verrücktwerden. Seine Hand konnte innerhalb der Haut seines Schutzanzuges nur den Schenkel erreichen. Der Knöchel und sein Jucken konnten nicht aus dem Gebiet der Sohlenkontaktkontrollen gehoben werden.

Der Anzug selbst lag im Ölbad eines Schocktanks. Rund um den Schocktank war etwas, das einem Standardreiniger zwar in der Form, aber nicht in der Größe glich. Er war mindestens doppelt so lang wie ein

Staubsauger, und wuchtiger. Die Dicke erlaubte Phasenhüllen – eine Idee Washingtons. Sie war aus der Analyse der Trümmer erwachsen, die der letzte Hieb zurückgelassen hatte.

Das matte Zischen der Sauerstoff-Generatoren erreichte Ing durch die Anzugsensoren. Seine Helmscheibe war durch einen Satz Bildschirme ersetzt worden, die mit Außenempfängern verbunden waren. Der größte Schirm, oben in der Mitte, übertrug das Bild eines Scanners auf dem Bauch. Er zeigte ein Seil aus fluoreszierendem Purpur, das von Schwärze umgeben war.

Der Strahl.

Er durchmaß volle fünf Zentimeter und war länger als jeder, den Ing je gesehen hatte. Die Nähe der potentiellen Gewalt erfüllte ihn mit anerzogener Furcht. Er hatte zu viele Strahlen in zu vielen Röhren gemolken und war sich der Gefahr auch nur eines geringfügigen Anwachsens bewußt, um sicheren Abstand zu halten.

Dies hier war ein Monsterstrahl. All seine Ausbildung und Erfahrung schrien angesichts dieser Größe auf.

Ing fiel die Analyse ein, die die ihn umgebende Reinigerattrappe hervorgebracht hatte.

Neunundachtzig der Staubsauger, die man vom Röhrenboden geborgen hatte, hatten Primärschäden an der Saugmündung aufgewiesen. Sie waren, ungeachtet der örtlichen Partikelzählung, auf den Strahl justiert gewesen. Doch die allerwichtigste Entdekkung war die, daß die Reiniger durch den Strahl gefallen waren, ohne in zwei Hälften geschnitten zu werden. Sie waren an einem Stück durch die Klinge des Purpurmessers geglitten, ohne durchtrennt zu werden. Es hatte keine Strahl-Unterbrechung gegeben. Die Erklärung mußte sich auf die topologische Anomalie beziehen – Winkelraum. Ein Teil des

Strahls und/oder die Reiniger waren im Winkelraum verschwunden.

Jetzt, wo der Winkelraum-Impuls mit der Energiephasen-Justierung übereinstimmte, die die Reiniger davon abhielten, den Strahl abzulenken, setzte er sein Leben aufs Spiel. Der Außen-Carrier, Ings Staubsaugerattrappe, war auf den Strahl abgestimmt. Er würde draufgehen. Die nächste Innenhülle war um 180 Grad verschoben. Und so weiter, über zehn Hüllen hinweg.

Ing lag im Mittelpunkt, hatte Hände und Füße auf den Kontrollen eines Anzugs, der im Grunde ein Mini-Rettungsboot war.

Als der Augenblick der letzten Verbindung näher rückte, spürte Ing ein prickelndes Gefühl im Magen. Und der Knöchel juckte fortwährend weiter. Aber jetzt gab es keine Möglichkeit mehr, einen Rückzieher zu machen und sich auf sich selbst zu besinnen. Er war ein Troubleshooter, der beste der Haigh Company. Es gab keinen Zweifel, daß die Firma und die einsam dahintreibenden Embryonen ihn nie zuvor dringender gebraucht hatten.

»Lagebericht, Ing.«

Die Stimme, die neben Ings Gesichtsmaske aus dem Lautsprecher kam, gehörte Washington. Und sie drückte unmißverständlich Furcht aus.

»Alle Systeme klar«, sagte Ing.

»Programm tritt in die zweite Phase ein«, sagte Washington. »Kannst du irgendwelche anderen Staubsauger erkennen?«

»Bisher vierzig Kontakte«, sagte Ing. »Alle normal.« Er hielt die Luft an, als sein Reiniger einem kurzen Hieb auswich.

»Alles klar mit dir?«

»Sicher«, sagte Ing.

Aber der Flug war auch weiterhin eine harte Sache. Jedesmal, wenn der Strahl peitschte, wich sein Staubsauger aus. Es gab keine Möglichkeit, die Richtung vorherzusehen. Ing konnte nur auf seinen Anzug und den Ölbad-Schocktank vertrauen, daß sie ihn davor bewahrten, gegen eine Seite des Behälters zu knallen.

»Wir empfangen eine anormale Anzahl von Durchgängen«, sagte Washington.

Das erforderte keinen Kommentar, also schwieg Ing still. Er blickte auf den Empfänger über dem Lautsprecher. Ein Quarzfenster zeigte ihm den winzigen Strahl, der ihn mit Washington in Kontakt hielt. Er war weniger als einen Zentimeter lang und glühte hellrot durch das Inspektionsfenster. Auch er knisterte und sprang. Der kleine Strahl konnte zwar mehr Störungen aushalten als der große, aber er war einwandfrei in Unordnung.

Ings Aufmerksamkeit richtete sich auf den großen Strahl, dann warf er wieder einen Blick auf den kleinen. Der Unterschied betrug einen Grad. Oft erschien es Ing so, als müßten die Strahlen seine Umgebung erhellen, und dann fiel ihm ein, daß die Parallelquanten nicht so viel ablenken konnten.

»Empfange Peitschzahl«, sagte Washington. »Ing! Zustand kritisch! Bereithalten!«

Ing konzentrierte sich nun ganz auf den großen Strahl. Sein Magen war ein harter Knoten. Er fragte sich, wie sich die anderen Troubleshooter in diesem Moment gefühlt hatten. Genauso – keine Frage. Doch sie waren ohne den Schutz geflogen, den er hatte. Sie hatten seinen Weg gepflastert, waren gestorben, um ihm wertvolle Informationen zu geben.

Das Abbild des Strahls war so nah und scharf begrenzt, daß Ing wußte, er würde keine Peitschenwarnung kriegen – nur einen plötzlichen Größen- oder Positionswechsel.

Sein Herz hüpfte, als der Strahl auf dem Schirm flackerte. Der Reiniger rollte seitwärts, als er auswich, und ließ den Strahl vorbei, doch dann gab es einen ominösen Hopser. Der Schirm wurde kurz schwarz, doch das purpurne Seil schwang in sein Blickfeld zurück, als die Sensoren des Reinigers sich wieder fingen und ihn zurück in Position brachten.

Ing überprüfte seine Instrumente. Dieser Hopser – was war das gewesen?

»Ing!« Washingtons Stimme kam laut und drängend aus dem Lautsprecher.

»Wie steht's?«

»Wir haben einen anderen Staubsauger auf der Gravspur«, sagte Washington. »Er ist in deinem Schatten. Bleib dran!«

Es folgte ein Stimmengemurmel – hastige, unverständliche Worte, dann: »Der Strahl hat dich berührt, Ing. Du hast einen Phasenbogen zwischen zwei Hüllen auf der dem Strahl gegenüberliegenden Seite abgekriegt. Ein anderer Staubsauger hat sich mit einem seiner Sensoren auf diesen Bogen fixiert. Seine restlichen Sensoren sind immer noch auf dem Strahl. Er fährt parallel zu dir, in deinem Schatten. Wir holen dich da raus.«

Trotz seiner trockenen Kehle versuchte Ing zu schlucken. Er kannte die Gefahr, man brauchte sie ihm nicht zu erklären. Es war ein Lichtbogen in der Röhre entstanden. Sein Staubsauger befand sich zwischen ihm und dem Strahl, doch der andere war irgendwo hinter ihm. Wenn sie einem Hieb ausweichen mußten, würde es den anderen verwirren, weil seine Sensorenkontakte jetzt geteilt waren. Er würde zeitlich verzögern. Die beiden Geräte würden kollidieren und Licht in die Röhre entlassen. Der große Strahl würde durchdrehen. Die Schutzhüllen würden von allen Seiten getroffen werden.

Washington arbeitete daran, ihn herauszuholen, doch das würde dauern. Man konnte nicht so einfach aus einem Primärprogramm aussteigen. Es erzeugte seine eigenen Hieb-Konditionen. Würde man den Strahl dämpfen, würden die restlichen Staubsauger auf den Bogen zujagen. Es würde ein Blutbad in der Röhre geben.

»Startphase aus«, sagte Washington. »Schätzungsweise drei Minuten, um die zweite Phase zu kontrollieren. Wir werden nur ...«

»Hieb!«

Das Wort klingelte in Ings Ohren, und schon spürte er, wie sich sein Gerät anhob, um ein Ausweichmanöver durchzuführen. Er hatte gerade noch Zeit, um zu überlegen, ob die Warnung von einem der Ingenieure am Monitorschirm gekommen war, dann ertönte ein gewaltiger Gong.

Ein überraschtes »Was, zum Teufel ...!« donnerte aus dem Lautsprecher und wurde sofort von einem grellen Zischen überlagert, das nach einer Milliarde Schlangen klang.

Ing spürte, daß sich sein Staubsauger immer noch hob, ihn gegen das Netzwerk drückte, sein Gesicht hart gegen die Schutzmaske preßte. Er konnte auf dem Schirm nichts vom großen Strahl ausmachen. Das kleine Fenster, das die Linie seines eigenen hätte anzeigen sollen, enthüllte einen wellenförmigen, knisternden roten Wurm.

Abrupt drehte sich Ings Welt auf links.

Es war, als würde er in einem Ein-Molekül-Wirrwarr flachgedrückt und in die Unendlichkeit gesogen. Er sah um sich das Draußen eines von innen gesehenen Universums mit grellweißen Lichtbalken, die von einem Ende zum anderen zuckten. Er machte sich klar, daß er nicht mit den Augen sah, sondern ein Gefühl in sich aufnahm, das von allen Sinnesorganen zugleich gebildet wurde. Jenseits dieses inneren Blicks war das Chaos; undefinierter Wahnsinn.

Der Strahl hat mich erwischt, dachte er. Ich sterbe.

Einer der Lichtbalken löste sich in eine endliche Reihe rotierender Gegenstände auf – über ihm, unter ihm, rundherum ... über ihm, unter ihm, rundherum … Die Bewegung war hypnotisch. Mit einem Gefühl der Verwunderung erkannte Ing, daß der Gegenstand sein eigener Anzug war – und ein paar Bruchstücke seiner Schutzhüllen. Der winzige Strahl seines persönlichen Transmitters war geöffnet worden und spuckte purpurne Scherben aus.

Mit dieser Erkenntnis kam ein Gefühl des Zusammengedrücktseins. Ing fühlte sich in die Schwärze hinabgestoßen, die an ihm zupfte, zerrte, riß. Es war, als würde er über Stromschnellen geschleudert. Er spürte, wie der Netzharnisch in seine Haut biß.

Abrupt zeigten die Helmscheiben-Schirme diamantblitzende Helligkeit vor samtenem Schwarz – dann farbige Lichtflecke: strahlendes Blau, Rot, Grün, Gold. Wieder drehte sich grellweißes Licht in sein Blickfeld, von peitschenden Purpurbändern umgeben. Die Bänder waren Lichterscheinungen, wie sie nur durch den Transmitterstrahl hervorgerufen werden konnten. Winkelraum-Reflexe?

Ings Körper schmerzte. Sein Geist war wie von Nebel umgeben. Jeder Gedanke arbeitete gegen eine tödliche Langsamkeit an.

Juwelenglanz – Lichtflecke.

Erneut – ein strahlendes Weiß.

Purpurne Bänder.

Der Lautsprecher knisterte in statischen Störungen. Durch das Fenster sah er den winzigen Strahl zuckend hüpfen. Es schien ihm wichtig, etwas dagegen zu tun. Ing schob eine Hand in einen der Anzugarme und traf auf ein zerbrochenes Stück Schutzhülle, das nahe vorbeitrieb.

Die Vorstellung des Treibens schien ihm lebenswichtig, doch er konnte nicht sagen, warum.

Vorsichtig stupste er das Hüllenstück an, bis es eine grobe Abschirmung über dem Empfängerstrahl bildete.

Sofort drang eine dünne Stimme an seine Ohren:

»Ing! Melde dich, Ing! Kannst du mich hören?« Dann, weiter entfernt: »Ihr da hinten! Scheißt auf die Schlösser! Anzüge an und rein! Er muß da unten …«

»Poss?« sagte Ing.

»Ing! Bist du's, Ing?«

»Yeah, Poss. Ich bin … Ich scheine noch in einem Stück zu sein.«

»Bist du irgendwo auf dem Boden? Wir kommen jetzt rein. Halt aus!«

»Ich weiß nicht, wo ich bin, aber ich sehe Lichterscheinungen, die vom Strahl herrühren müssen.«

»Beweg dich nach Möglichkeit nicht! Die Röhre ist nur noch ein Wrack. Ich hab mich über die Imbrium-Röhre schalten lassen, um mit dir zu reden. Bleib bloß ruhig! Wir sind gleich bei dir.«

»Poss, ich glaube nicht, daß ich in der Röhre bin.«

Ing hatte plötzlich das Gefühl, daß seine Gedanken sich wieder ordneten, systematisch vorgingen.

Etwas an diesem diamanthellen Glanz erkannte er als Sterne. Das sah er jetzt. Manches davon waren … Trümmer, Bruchstücke von Staubsaugern, gezackte Materie. Irgendwo zu seinen Füßen war ein Licht, aber die dortigen Sensoren schienen kaputt zu sein; oder irgend etwas bedeckte sie.

Trümmer.

Peitschende Purpurbänder.

Das strahlende Weiß drehte sich wieder in sein Blickfeld. Ing stoppte seine Rotation mit einem kurzen Druck der Fingerdüse. Er sah das Ding jetzt deutlich – und erkannte es: es waren der kugelförmige Rumpf und die Sensorröhren eines Sämling-Kompaktbehälters.

Ihm wurde allmählich klar, daß die selbstgebastelte Abschirmung seines kleinen Strahls eine Macke hatte. Statische Geräusche erfüllten den Lautsprecher. Ing schob das kleine Hüllenstück erneut davor.

»Glaubst du wirklich, daß du nicht mehr in der

Röhre bist?« fragte Washington. »Ing, melde dich! Was ist passiert?«

»Etwa hundert Meter vor mir befindet sich ein SC-Behälter«, sagte Ing. »Er wird von Staubsauger-Trümmern umkreist. Und hier sind Strahlreflexe, Winkelraum-Bänder, überall am ganzen Himmel. Ich glaube... ich bin durchgekommen.«

»Das ist kaum möglich. Ich empfange dich zu gut. Was ist mit den Winkelraum-Bändern?«

»Deswegen empfängst du mich«, sagte Ing. »Du hast ein paar Strahlfetzen hier durchgeschickt. Hier ist überall Licht; irgendwo unter mir ist eine Sonne. Du kommst zwar zu mir durch, aber die Behälter sind von den Trümmern fast ganz eingehüllt. Die Reflexion und der Strahlspritzer müssen hier gewaltig sein. Ich gehe jetzt rein und mache den Weg frei für den Strahl-Kontakt.«

»Weißt du genau, daß du ...« Zischen, Knistern.

Das kleine Hüllenstück war wieder abgerutscht.

Ing schob es wieder in Position, indem er mit den Gurtdüsen manövrierte.

»Ich bin in Ordnung, Poss.«

Die Drehung brachte das Wichtigste ins Blickfeld – eine große goldene Kugel, die sofort matter wurde, als Ings Scannerfilter sich darauf einrichteten. Zu seiner Rechten, hinter der Sonne, stand ein gewaltiger blauer Ball, über den vereinzelte Wolkenbänke dahintrieben. Ing starrte, gebannt von seiner Schönheit.

Ein jungfräulicher Planet.

Die Überprüfung der Beiboot-Instrumente, die in seinen Anzug installiert waren, zeigte ihm, was der SC-Behälter enthüllt hatte, bevor der Kontakt abgebrochen war – Theta Apus IV war beinahe mit der Erde identisch, wenn man von den größeren Meeren und kleineren Landmassen absah.

Ing holte tief Luft und roch die eingedoste Luft seines Anzuges.

An die Arbeit, dachte er.

Seine Anzugdüsen brachten ihn nahe an die Trümmer heran. Dann fing er an, sie beiseite zu schieben. Näher und näher kam er an den Behälter heran. Er verlor sein Strahlenschild, ignorierte es und regulierte die Empfangslautstärke, um die Störgeräusche zu reduzieren.

Dann trieb er neben dem Behälter.

Mit einer gepanzerten Hand schirmte er seinen Strahl ab.

»Poss? Melde dich, Poss.«

»Bist du wirklich da, Ing?«

»Versucht Strahl-Kontakt mit dem Behälter, Poss!«

»Dann müssen wir den Kontakt mit dir abbrechen.«

»Dann macht es!«

Ing wartete.

Die Lichterscheinungen nahmen zu – gewaltige Schleifenbänder zeigten sich überall um ihn herum am Himmel.

Also so sieht es am Empfangsende aus, dachte Ing. Er schaute zum Fenster hoch, das seinen eigenen Strahl enthüllte – sauber und scharf unter dem Schatten seiner erhobenen Hand. Die gepanzerten Finger waren schwarze Umrisse vor dem Hintergrund der blauen Welt. Dann rechnete er nach, wie lange sein eigener Strahl ohne Anoden- und Kathodenaustausch reichen würde. Hartes Bombardement, heißer, dünner Strahl – seine Lebensdauer betrug nur einen Bruchteil dessen, was der große Strahl zu erwarten hatte.

Muß eine Möglichkeit finden, den Strahl zu frisieren, wenn wir erst mal unten sind, dachte er.

»Ing? Bist du da?«

Ing hörte die Aufregung in Washingtons Stimme.

»Du bist durchgekommen, Poss, was, altes Haus?«

»Laut und deutlich. Jetzt hör mal zu! Wenn du dich an die Schwanzkrümmung des Behälters anklinken kannst, können wir dich mit ihm zusammen runterbringen. Er kann problemlos seine zweifache Masse beim Landeanflug tragen.«

Ing nickte. Der Ritt auf dem weichen, sicheren Ballon, zu dem der Behälter plötzlich werden würde, bot viel attraktivere Aussichten als ein Hinuntermanövrieren des Anzuges und dessen Landung im Wasser – von einer Landung auf festem Boden ganz zu schweigen.

»Wir arbeiten daran, einen Wiedereintritt auf einer größeren Landmasse hinzukriegen«, sagte Washington. »Sag uns Bescheid, wenn du dich am Behälter festgemacht hast!«

Ing manövrierte sich dicht heran, legte eine Panzerhand auf die Behälteroberfläche und verspürte ein eigenartiges Gefühl des Einsseins mit dem Metall und dem Leben, das neunhundert Jahre in der Leere verbracht hatte.

Opa Ing wird sich schon um euch kümmern, dachte er.

Während er daran arbeitete, sich fest an die Schwanzkrümmung des Behälters zu kleben, rief Ing sich das Chaos in Erinnerung zurück, das er bei seinem wilden Ritt durch den Winkelraum erblickt hatte. Er schüttelte sich.

»Ing, wenn du kannst, hätten wir gern einen detaillierten Bericht«, sagte Washington. »Wir wollen einen Mann zu jedem Behälter schicken, der Schwierigkeiten macht.«

»Wißt ihr schon, wie ihr uns zurückholen könnt?« fragte Ing.

»Die Erde sagt, sie hätte eine Antwort, wenn ihr genug Masse an eurem Ende sammeln könnt, um einen Vollstrahl zu verankern.«

Ing dachte erneut an seinen Ritt durch das Chaos. Er war sich nicht sicher, ob er dergleichen noch einmal erleben wollte. Doch das Problem konnte man immer noch lösen, wenn es an der Zeit war. Sicher stand auch dazu etwas im Handbuch.

Dann lächelte er, weil er instinktiv den Grund für alle Handbücher der Geschichte erfaßte. Wenn es gegen das Chaos ging, mußte der Mensch ein präzises und ordentliches Handlungsprogramm haben, ein System, in dessen Rahmen er seine eigene Existenz fühlen konnte.

Unter mir ist eine Wasserwelt, dachte er. Ich muß irgendeine Möglichkeit finden, für diese Kinder Papier herzustellen, bevor sie aus ihren Wannen kommen. Ich werde ihnen eine Menge beibringen müssen.

Eine Wasserwelt.

Ihm fiel ein Satz aus einer Schwimmanleitung, einem der ältesten Handbücher seiner Sammlung, ein: *Atmen ist nur angeraten, wenn man den Kopf über Wasser hat.*

Diese Vorschrift darf ich nicht vergessen, dachte er. Die Kleinen werden eine sichere und wohlgeordnete Welt brauchen.

JEDER FLOH HAT SEINE FLÖHE

1967

»Es gab einmal einen Slorin mit einem einsilbigen Namen, der gesagt haben soll: ›Eine Nische für jeden von uns, und jeder von uns in seine Nische.‹«

Sprichwort des Verstreuten Volkes

Es mußte ein Element von Wahnsinn in einem Slorin sein, der seinen einzigen Sprößling, einen unerprobten und unausgebildeten Jungen, auf eine potentiell so gefährliche Mission wie diese mitnahm, sagte sich Smeg.

Die logische Grundlage seiner Entscheidung war dennoch klar: Der koloniale Kern mußte seine älteren und erfahrenen Mitglieder wegen ihres Detailgedächtnisses erhalten. Die Jüngsten der Gruppe waren die gegebenen Kandidaten für dieses Risiko. Trotzdem war ihm unbehaglich zumute.

Smeg verdrängte solche Gedanken, wenn sie sich einstellten. Sie schwächten ihn. Er konzentrierte sich darauf, den grauen Plymouth zu lenken, den sie am Morgen aus dem Wagenpark der Regierung in der Hauptstadt des Bundesstaates übernommen hatten. Das Fahrzeug verlangte beträchtliche Aufmerksamkeit.

Der Plymouth war erst zwei Jahre alt, aber die steinigen roten Pisten und Schlaglöcher der Gegend hatten diese Jahre mit einem Faktor von mindestens vier multipliziert. Die Lenkung war ausgeschlagen, und ein Quietschen und Rattern begleitete die Erschütterungen der Karosserie von vorn bis hinten, als er eine von Rinnen durchzogene Gefällstrecke bewältigte. Die Straße führte sie in eine schattige, beinahe vegetationslose Schlucht und über die klappernden Planken einer hölzernen Brücke, die das trockene Bachbett überspannte. Auf der anderen Seite kletterten sie in staubigen Kehren durch alte Erosionsrinnen, durch eine Zone strauchartig verkümmerter Pappeln und erreichten wieder die Ebene, die sie seit zwei Stunden durchquert hatten.

Oben angekommen, riskierte Smeg einen Seitenblick zu Rick, seinem Sprößling, der schweigend neben ihm saß. Der Junge war mit einer passablen menschlichen Gestalt aus dem Puppenstadium gekommen. Nächstesmal würde er sich zweifellos noch verbessern – vorausgesetzt, er hatte die Gelegenheit. Aber er war durchaus innerhalb der 15-Prozent-Genauigkeitsgrenze, welche die Slorin sich gesetzt hatten. Es war eine universell gültige Tatsache, daß das ungeübte Bewußtsein sah, was zu sehen es glaubte. Der Verstand pflegte die fehlenden Elemente zu ergänzen.

Ein Anstoß von der Slorin-Geistwolke half natürlich, barg aber seine eigenen Gefahren. Der so angeregte Verstand entwickelte bisweilen eigene Kräfte – mit beängstigenden Ergebnissen. Die Slorin hatten vor langer Zeit gelernt, sich auf die gerichteten geistigen Impulse ihres schmalen Frequenzbandes zu verlassen und sich in einem Sendernetz zu orientieren, das nur durch die geringe Reichweite der Sendeimpulse begrenzt war.

Insgesamt gesehen hatte Rick keines der wesentlichen Kriterien für eine menschliche Erscheinung übersehen. Er hatte ein freundliches, schmales Gesicht, dessen Züge schwierig zu erinnern waren. Seine braunen Augen waren klar und weich und ließen menschliche Frauen alles Mißtrauen vergessen, während die

Männer mit Eifersucht reagierten. Ricks Haar war etwas derb, aber von annehmbarem Schwarz. Die Schultern waren ein wenig hoch und der Brustkorb etwas zu heroisch, aber der Gesamteindruck gab keinen Anlaß zu forschenden Fragen.

Das war, worauf es ankam: keine forschenden Fragen.

Smeg seufzte leise. Seine eigene Erscheinung – die eines Regierungsbeamten mittleren Alters, mit grauen Schläfen, einem Bauch und hängenden Schultern, und mit schwachen Augen hinter goldrandigen Brillengläsern – war mehr in der Tradition der Slorin.

An den Rändern leben, dachte Smeg. Keine Aufmerksamkeit auf sich lenken.

Mit anderen Worten, nicht tun, was sie heute taten.

Das Bewußtsein der Gefahr zwang Smeg zu extremem Kontakt mit diesem Körper, den seine plastischen Gene nachgebildet hatten. Es war ein guter Körper, ein hinreichend genaues Duplikat, um sich mit den Eingeborenen zu kreuzen, aber er fühlte ihn jetzt von innen wie ein neues Gewebe, das über die uralte Substanz des Slorin gespannt war. Es war vertraut und doch störend unvertraut.

Ich bin Sumctroxehunsmeg, erinnerte er sich. Ich bin ein Slorin von sieben Silben, und jede Ergänzung meines Namens ist eine Ehre für meine Familie. Bei der Puppe meines Gallertahnen, dessen Namen auszusprechen vierzehntausend Herzschläge erforderte, ich werde nicht versagen!

Ja, das war der rechte Geist, den er brauchte – der ewige Wanderer, zeitweilig diszipliniert, doch ohne Grenzen. »Wenn du schwimmen willst, mußt du ins Wasser gehen«, flüsterte er.

»Sagtest du was, Paps?« fragte Rick.

Ahh, das war sehr gut, dachte Smeg. Paps – der lockere Umgangston.

»Ich gürtete mich für die schwere Prüfung, sozusagen«, sagte Smeg. »Wir müssen uns in ein paar Minuten trennen.« Er nickte nach vorn, wo am Horizont die Umrisse einer Kleinstadt zu sehen waren.

»Ich glaube, ich sollte einfach hingehen und nach ihrem Sheriff fragen«, sagte Rick.

Smeg sog scharf die Luft ein, ein Zeichen von Überraschung, das zu seinem Körper paßte. »Zuerst mußt du die Situation ausloten«, erwiderte er.

Mehr und mehr begann er an der Weisheit zu zweifeln, Rick in die Stadt zu schicken. Gefährlich, verteufelt gefährlich. Mit einer Unvorsichtigkeit konnte Rick sich unwiderruflich um Kopf und Kragen bringen, ruiniert jenseits der Regenerationskraft der Puppe. Schlimmer noch, er könnte bloßgestellt werden. Darin lag die wirkliche Gefahr. Gab man den Eingeborenen das Wissen, wen sie zu bekämpfen hatten, so waren sie zur Entwicklung extrem wirksamer Methoden fähig.

Das kollektive Gedächtnis der Slorin barg einen ganzen Sack voll Horrorgeschichten, die diese Tatsache bestätigten.

»Die Slorin müssen bereit sein, jede Gestalt anzunehmen, sich jeder Situation anzupassen«, sagte Rick. »Ist das richtig?«

Rick brachte den Grundsatz überzeugend zum Ausdruck, dachte Smeg, aber verstand er ihn wirklich? Wie konnte er? Rick hatte noch immer nicht die volle Beherrschung der Verhaltensmuster, die mit seiner körperlichen Erscheinung einhergingen. Wieder seufzte Smeg. Wenn sie nur die Infiltrationsgruppe hätten retten können, die unentbehrlichen Spezialisten.

Gedanken wie diese führten stets zu der noch beunruhigenderen Frage: Wovor gerettet?

Vor der unbekannten Katastrophe waren fünfhundert Puppen an Bord des Streuschiffes gewesen. Jetzt gab es vier sekundäre Vorfahren und einen neuen, auf dieser Welt geschaffenen Sprößling. Sie waren Schiffbrüchige auf einer nicht eingetragenen Welt, die nicht einmal wußten, von welcher Art das Verhängnis war, das sie in einer Rettungskapsel mit minimaler Abschirmung durch den leeren Raum gesandt hatte.

Vier von ihnen waren als polymorphe Slorin aus der Kapsel gekrochen und hatten sich in finsterer Nacht auf einem felsigen, spärlich mit Bäumen bewachsenen Steilhang befunden. Am Morgen hatte es dort vier zusätzliche Bäume gegeben. Sie hatten beobachtet, gelauscht, die Neuartigkeit mit Erinnerungen verglichen, die in einer Zeitspanne zusammengetragen worden waren, die Entwicklung, Niedergang und Tod zahlloser Welten wie dieser gesehen hatte.

Die Kapsel hatte einen ausgezeichneten Landeplatz gewählt, weitab von Bauwerken intelligenter Lebewesen. Die Slorin wußten inzwischen, wie die Region von den Eingeborenen genannt wurde –British Columbia. In jener Periode des Erwachens war es ein Ort unbekannter Gefahren gewesen, deren Chemie und Organisation die vorsichtigsten Erprobungen erforderlich machten.

Etwas später waren vier Schwarzbären aus dem Bergland in die Täler gewandert. Vorsichtig hatten sie sich der Zivilisation genähert, hatten sich versteckt und beobachtet und immer gelauscht, denn sie konnten nicht wagen, von der Geistwolke Gebrauch zu machen. Wer konnte wissen, welche geistigen Kräfte die Eingeborenen haben mochten? In einer von Gebüsch abgeschirmten Höhle waren aus den Schwarzbären vier grob gefertigte Jäger hervorgegangen. Die Jäger waren dann erprobt und verfeinert worden.

Schließlich hatten sich die Jäger zerstreut.

Slorin lebten immer verstreut.

»Als wir Washington verließen, sagtest du etwas von der Möglichkeit einer Falle«, sagte Rick. »Glaubst du wirklich ...«

»Auf einigen Welten sind Slorin enttarnt worden«,

sagte Smeg. »Eingeborene entwickelten der jeweiligen Situation angepaßte Schutzvorrichtungen. Dies hat einige Eigenheiten solch einer Falle.«

»Warum dann nachforschen? Warum lassen wir sie nicht in Ruhe, bis wir stärker sind?«

»Rick!« Smeg schauderte angesichts der massiven Unwissenheit des Jungen. »Weitere Kapseln könnten entkommen sein«, sagte er.

»Aber wenn es ein Slorin ist, benimmt er sich wie ein gefährlicher Dummkopf.«

»Ein Grund mehr, um Nachforschungen anzustellen. Wir könnten hier eine beschädigte Puppe haben, eine, die das Detailgedächtnis ganz oder teilweise verloren hat. Vielleicht weiß er nicht, wie er sich benehmen muß – abgesehen vom Instinkt.«

»Warum bleiben wir dann nicht außerhalb der Stadt und sondieren ein klein wenig mit der Geistwolke?«

Rick kann diese Mission nicht anvertraut werden, dachte Smeg. Er ist zu unwissend, voll vom jugendlichen Verlangen, mit der Geistwolke zu spielen.

»Warum nicht?« wiederholte Rick.

Smeg zog den Wagen zum rechten Fahrbahnrand der ungeteerten Straße, hielt an und kurbelte das Fenster herunter. Es wurde heiß – in ungefähr einer Stunde würde es Mittag sein. Die Landschaft war eine karge Ebene mit spärlicher Vegetation und einer Ansammlung von Gebäuden ungefähr zwei Meilen voraus. Schadhafte Weidezäune säumten beide Seiten der Straße. Eine unregelmäßige Reihe niedriger Pappeln und Weiden zur Rechten markierte ein ausgetrocknetes Bachbett. In der mittleren Distanz lieferten zwei kränkelnde Eichen Schatten für eine Anzahl Rinder. Am Horizont der reizlosen Einöde, vom Dunst der Ferne verhüllt, lag eine Andeutung von niedrigen Hügeln.

»Wirst du meinen Vorschlag ausprobieren?« fragte Rick.

»Nein.«

»Warum halten wir dann? Willst du nur bis hierher fahren?«

»Nein.« Smeg seufzte wieder. *»Du* wirst nur bis hier fahren. Ich ändere meinen Plan. Du wirst warten, und ich werde in die Ortschaft gehen.«

»Aber ich bin der Jüngere. Ich bin …«

»Und ich habe hier den Befehl.«

»Die anderen werden es mißbilligen. Sie sagten …«

»Die anderen werden meine Entscheidung verstehen.«

»Aber das Gesetz der Slorin sagt …«

»Zitiere mir nicht aus dem Gesetz der Slorin!«

»Aber …«

»Möchtest du deinen Großvater belehren, wie man eine Puppe formt?« Smeg schüttelte unwillig den Kopf. Rick mußte lernen, wie er den Zorn zu beherrschen hatte, der in dieser körperlichen Schöpfung aufflammte. »Die Grenze des Gesetzes ist die Grenze seiner Durchsetzung – die wirkliche Grenze organisierter Gesellschaft. Wir sind keine organisierte Gesellschaft. Wir sind zwei Slorin – allein, abgeschnitten von unserem jämmerlichen Netz. Allein! Zwei Slorin von sehr verschiedener Fähigkeit. Du bist fähig, eine Botschaft zu überbringen. Ich halte dich nicht für fähig, der Herausforderung in diesem Dorf zu begegnen.«

Er langte an Rick vorbei, stieß die Wagentür auf.

»Ist das eine feste Entscheidung?« fragte Rick.

»Ja. Du weißt, was du zu tun hast?«

»Ich nehme deine Feldausrüstung aus dem Kofferraum«, sagte Rick steif, »und spiele die Rolle eines Bodeningenieurs vom Landwirtschaftsministerium.«

»Nicht eine *Rolle,* Rick. Du *bist* ein Bodeningenieur.«

»Aber …«

»Du wirst *wirkliche* Bodenproben entnehmen, die in einen *wirklichen* Bericht eingehen und dem Ministerium eingesandt werden. Im Falle einer Katastrophe wirst du meine Gestalt annehmen und in meine Nische treten.«

»Ich verstehe.«

»Ich hoffe *wirklich*, daß du verstehst. Einstweilen wirst du über dieses Feld gehen. Das ausgetrocknete Bachbett ist dort draußen. Siehst du diese Baumreihe?«

»Ich habe die Eigentümlichkeiten dieser Landschaft identifiziert.«

»Ausgezeichnet. Weiche nicht ab. Erinnere dich, daß du der Sprößling von Sumctroxehunsmeg bist. Der Name deines Gallertahnen war so lang, daß vierzehntausend Herzschläge nötig waren, um ihn auszusprechen. Lebe mit Stolz.«

»Ich sollte dorthin gehen und das Risiko auf mich nehmen ...«

»Es gibt große und kleine Risiken. Denk daran, nimm *wirkliche* Bodenproben für einen *wirklichen* Bericht. Verrate niemals deine Nische. Wenn du die Bodenproben genommen und untersucht hast, hältst du in diesem Bachbett nach einem geeigneten Versteck Ausschau. Dort gräbst du dich ein und wartest. Horche zu allen Zeiten auf dem schmalen Frequenzband. Horche, das ist alles. Im Falle einer Katastrophe mußt du den anderen Nachricht geben. In der Feldausrüstung ist ein Hundehalsband mit einem Anhänger, der eine Belohnung verspricht, und die Adresse unseres Verstecks in Chicago. Kennst du die Form des Windhundes?«

»Ich kenne den Plan, Paps.«

Rick stieg aus. Er zog einen schweren schwarzen Kasten aus dem Kofferraum, schloß die Türen und starrte zu seinem Vater hinein.

Smeg lehnte sich über den Beifahrersitz und kurbelte die Scheibe herunter. Sie quietschte jämmerlich.

»Viel Glück, Paps«, sagte Rick.

Smeg schluckte. Dieser Körper trug eine Bürde von Anhänglichkeit an einen Sprößling, die viel stärker war als irgendeine in früherer Slorinerfahrung. Er fragte sich, wie der Sprößling für den Vater empfand, versuchte seine eigenen Gefühle für den zu erforschen, der ihn geschaffen, ausgebildet und seine Puppe an Bord des Streuschiffs gebracht und versiegelt hatte. Er hatte nicht das Gefühl eines Verlustes. In mancher Weise war er selbst der Vater. In dem Maße, wie verschiedene Erfahrungen ihn veränderten, würde er jedoch mehr und mehr eigenständige Individualität gewinnen. Silben würden seinem Namen hinzugefügt. Eines Tages mochte er vielleicht den Drang nach Wiedervereinigung verspüren.

»Verlier nicht deine Ruhe, Paps«, sagte Rick.

»Der Gott Slorins hat keine Gestalt«, sagte Smeg. Er schloß das Fenster, richtete sich hinter dem Lenkrad auf.

Rick kehrte ihm den Rücken und ging schwerfällig über das Feld auf die Baumreihe zu. Seine Füße wirbelten bei jedem Schritt eine kleine Staubwolke auf. Er trug den schwarzen Kasten scheinbar mühelos in der rechten Hand.

Smeg setzte den Wagen in Bewegung und konzentrierte sich aufs Fahren. Dieser letzte Blick auf den stämmigen Jungen, wie er gehorsam über das Feld gestapft war, hatte ihn mit unerwarteten Empfindungen durchbohrt. Slorin trennen sich, dachte er. Es ist natürlich, daß Slorin sich trennen. Ein Sprößling ist bloß ein Sprößling.

Ein Gebet der Slorin kam ihm in den Sinn: »Herr, laß mich diesen Augenblick ohne Bedauern besitzen und ihn, indem ich ihn verliere, für immer gewinnen.«

Das Gebet half, dennoch verspürte Smeg noch immer den ziehenden Schmerz dieser Trennung. Er starrte hinaus zu den schäbigen Gebäuden der Ortschaft, die sein Ziel war. Jemand in dieser Ansammlung von kleinen Häusern und armseligen Schuppen, in die Smeg nun einfuhr, hatte eine grundlegende Lektion der Slorin nicht gelernt: Es gibt einen Grund, zu leben; Slorin dürfen nicht in einer Weise leben, die diesen Grund zerstört.

Mäßigkeit, das war der Schlüssel.

In der staubigen Sonnenglut nahe der Ortsmitte stand ein Mann – ein einsamer Mann am Rand der ungeteerten Straße, die durch den Ort auf den fernen Horizont zulief. Einen quälenden Augenblick lang hatte Smeg das Gefühl, daß es kein Mann sei, sondern ein gefährlicher anders gestalteter Feind, dem er früher begegnet war. Das Gefühl verging, als Smeg den Wagen zum Stehen brachte und die Zündung ausschaltete.

Hier war der typische amerikanische Farmer, erkannte Smeg – lang und hager, in einem verwaschenen blauen Latzoverall, einem schmutzigen gelblichbraunen Hemd und Tennisschuhen. Die Schuhe waren in Auflösung begriffen und zeigten bloße Zehen. Eine mattgrüne Mütze mit grünem Plastikschirm bedeckte sein blondes Haar nur unvollkommen. Der Rand des Mützenschirms war gesprungen. Ein loser Faden hing vom Saum herab und geriet in Bewegung, als der Mann den Kopf wandte.

Smeg lehnte sich aus dem Wagenfenster und lächelte. »Tag.«

»Tag.«

Smegs feines Gehör, trainiert in Milliarden solcher Begegnungen, hörte heraus, wie Fremdenfeindlichkeit und das widerwillige Zugeständnis an die Konvention miteinander rangen.

»Hübsch still hier«, sagte Smeg.

»Ja.«

Rein menschliche Akzente, entschied Smeg. Er entspannte sich ein wenig und fragte: »Passiert hier jemals was Ungewöhnliches?«

»Sind Sie von der Regierung?«

»So ist es.« Smeg tippte auf das Staatswappen und

die Nummer des Wagenparks an der Tür. »Landwirtschaftsministerium.«

»Dann haben Sie nichts mit der Regierungsverschwörung zu tun?«

»Verschwörung?« Smeg musterte den Mann, um einen Hinweis auf verborgene Bedeutungen zu finden. War dies vielleicht eins von diesen stockkonservativen Nestern, wo alles, was von der Regierung kam, entweder rot oder gottlos-liberal sein mußte?

»Wohl eher nicht«, sagte der Mann.

»Natürlich nicht.«

»War das eben eine ernsthafte Frage … ob hier jemals was Ungewöhnliches passiert?«

»Ich … ja doch.«

»Hängt davon ab, was Sie ungewöhnlich nennen.«

»Was … würden *Sie* ungewöhnlich nennen?« erwiderte Smeg.

»Schwer zu sagen. Und Sie?«

Smeg runzelte die Stirn, blickte aus dem Wagenfenster die Straße hinauf und hinunter und beobachtete jede Einzelheit: den Hund, der unter der gedeckten Veranda eines Gebäudes mit der Aufschrift ›GEMISCHTWARENHANDLUNG‹ schnüffelte, die wachsame Leere der Fenster, in denen hier und dort eine Gardine zuckte und neugierige Beobachter verriet, die fehlenden Gehsteigplanken neben einer Tankstelle jenseits des Ladens – mit einer rostigen Zapfsäule, deren Glaskammer leer war. Jeder Aspekt des Ortes sprach von hitzebenebelter Schläfrigkeit … doch der Eindruck war falsch. Smeg fühlte Spannungen, flüchtige emotionale Wirbel, die seine hochempfindlichen Sinne irritierten. Er hoffte, daß Rick bereits ein Versteck gefunden hatte und zuhörte.

»Dies ist Wadeville, nicht wahr?« fragte Smeg.

»Ja. War mal Kreisstadt, vor dem Krieg.«

Er meinte den Sezessionskrieg, begriff Smeg, der sich seiner Beschäftigung mit der regionalen Geschichte erinnerte. Die Slorin waren gewohnt, jede freie Minute zu nutzen, um Kenntnisse über Geschichte, Mythologie, Kunst, Literatur und Wissenschaft zu sammeln. Man konnte nie wissen, welches das wertvolle Stückchen Information sein würde.

»Haben Sie schon mal von jemand gehört, der direkt in Ihren Verstand hinein konnte?« fragte der Mann.

Smeg überwand eine Schockreaktion, suchte nach einer geeigneten Reaktion. Erheiterte Ungläubigkeit, beschloß er, und schmunzelte ein wenig. »Ist das das Ungewöhnliche, was Sie hier haben?«

»Sagte nicht ja; sagte nicht nein.«

»Warum fragen Sie dann?« Smeg wußte, daß seine Stimme wie zusammengeknülltes Butterbrotpapier klang. Er zog den Kopf wieder zurück in den Schatten des Wagens.

»Fragte mich bloß, ob Sie vielleicht hinter einem Telepathen her sind?«

Der Mann wandte sich zur Seite und spie einen Strahl Tabaksaft in den Staub. Eine vagabundierende Brise erfaßte den bräunlichen Speichel und drapierte ihn an die Seite von Smegs Wagen.

»Ah, verflixt!« sagte der Mann. Er zog ein schmutziggelbes Halstuch hervor, kniete nieder und wischte damit die Wagentür.

Smeg beugte sich zum Fenster hinaus und betrachtete verwundert die Arbeit des Mannes. Seine Reaktionen, die unbestimmten Hinweise auf geistige Kräfte, waren verwirrend und fügten sich in kein Erfahrungsmuster der Slorin.

»Haben Sie hier jemanden, der behauptet, ein Telepath zu sein?« fragte Smeg.

»Kann ich nicht sagen.« Der Mann stand auf, spähte mit eingezogenem Kopf zu Smeg hinein. »Tut mir leid, das eben. Wind, wissen Sie. Zufall. War nicht meine Absicht.«

»Natürlich nicht.«

»Ich hoffe, Sie werden es nicht dem Sheriff sagen. Hab jetzt alles abgewischt. Man kann nichts mehr sehen.«

Smeg hörte deutlich die Furcht heraus. Er starrte diesen amerikanischen Bauern forschend an. Sheriff, hatte er gesagt. Sollte es so einfach sein? Smeg überlegte, wie er diese Eröffnung ausnutzen könnte. Sheriff. Hier war ein Element des Geheimnisses, das zu untersuchen sie gekommen waren.

Als die Stille sich unangemessen in die Länge zog, sagte der Mann: »Ist ganz sauber. Sie können aussteigen und selbst nachsehen.«

»Ich bin überzeugt, daß Sie es gut gemacht haben, Mister ...«

»Painter, Joshua Painter. Die meisten Leute nennen mich hier Josh, wegen meines Vornamens.«

»Freut mich, Ihre Bekanntschaft zu machen, Mr. Painter. Mein Name ist Smeg, Henry Smeg.«

»Smeg«, sagte Painter sinnend. »Glaub nicht, daß ich diesen Namen schon mal gehört habe.«

»Er war mal viel länger«, sagte Smeg. »Ungarisch.«

»Oh.«

»Es würde mich interessieren, Mr. Painter, warum Sie fürchten, ich könnte mich beim Sheriff beklagen, weil der Wind ein bißchen Tabaksaft an meinen Wagen wehte?«

»Man kann nie wissen, wie manche Leute etwas aufnehmen«, sagte Painter. Er ließ seinen Blick von einem Ende des Wagens zum anderen gehen, dann wieder zu Smeg. »Sie sind von der Regierung, dieser Wagen und alles. Dachte mir, ich sollte am besten sichergehen und das mit Ihnen klären, unter vernünftigen Leuten.«

»Sie haben hier Ärger mit der Regierung gehabt? Ist es das?«

»Die meisten Leute hier haben für die Regierung nicht viel übrig. Wenn hier welche von der Regierung auftauchen, hat es meistens nichts Gutes zu bedeuten.

Aber der Sheriff läßt nicht zu, daß wir etwas unternehmen. Der Sheriff ist ein übler Schinder, ein wirklich gemeiner Kerl, manchmal, und er hat meinen Barton.«

»Ihren Barton«, sagte Smeg und zog den Kopf wieder in den Wagen zurück, um sein Erstaunen zu verbergen. *Barton?* Das war ein völlig neuer Begriff. Seltsam, daß keiner von ihnen bisher darauf gestoßen war. Das Studium der Sprachen und Dialekte war äußerst gründlich. Sein ganzes Gespräch mit diesem Painter begann Smeg Unbehagen zu bereiten. Es war nie wirklich unter Kontrolle gewesen, und er fragte sich, wieviel davon er tatsächlich verstanden hatte. In Smeg wuchs das Verlangen, eine Geistwolkensonde zu wagen, um ihn gesprächig zu machen und seine Motive zu durchleuchten.

»Sind Sie einer von den Vermessungsleuten, die wir hier bekommen haben?« fragte Painter.

»Das könnte man sagen«, antwortete Smeg. Er räusperte sich. »Ich würde gern ein wenig herumgehen und mir Ihre Stadt ansehen, Mr. Painter. Kann ich den Wagen hier stehen lassen?«

»Soweit ich sehen kann, ist er nicht im Weg«, sagte Painter. Er brachte es fertig, an Smegs Frage gleichzeitig interessiert und desinteressiert zu scheinen. Sein Blick huschte seitwärts, in die ganze Runde – über den Wagen, die Straße, zu einem Haus hinter einer Ligusterhecke gegenüber.

»Schön«, sagte Smeg. Er stieg aus, warf die Wagentür zu und nahm den flachkronigen Westernhut, den er hierzulande trug, vom Rücksitz. Es half Barrieren zu überwinden.

»Wollen Sie Ihre Papiere nicht mitnehmen?« fragte Painter.

»Papiere?« Smeg wandte sich um und sah ihn an.

»Die Papiere mit all den Fragen, wie Regierungsleute sie immer gebrauchen.«

»Ach so.« Smeg schüttelte den Kopf. »Damit habe ich heute nichts zu tun.«

»Sie wollen bloß herumgehen?« fragte Painter.

»So ist es.«

»Na, dann können Sie mit den Leuten reden«, sagte Painter. »Haben hier die verschiedensten Leute.« Er wandte sich ab und wollte gehen.

»Bitte, noch einen Moment«, sagte Smeg.

Painter blieb stehen, als wäre er gegen eine Wand gelaufen, und fragte, ohne sich umzuwenden: »Wollen Sie was?«

»Ich wollte Sie fragen, Mr. Painter, wohin Sie gehen?«

»Bloß ein Stück die Straße hinunter.«

»Ich... ja, ich hatte gehofft, Sie könnten mich führen«, sagte Smeg. »Das heißt, wenn Sie nichts Besseres zu tun haben.«

Painter wandte den Kopf, starrte ihn an. »Führen? In Wadeville?« Er blickte umher, zurück zu Smeg. Ein dünnes Lächeln zupfte an seinen Mundwinkeln.

»Nun ja, wo finde ich zum Beispiel Ihren Sheriff?«

Das Lächeln verschwand. »Warum wollen Sie zu ihm?«

»Sheriffs kennen sich in ihrem Amtsbereich gewöhnlich gut aus.«

»Sind Sie sicher, daß sie ihn wirklich sprechen wollen?«

»Gewiß, Wo ist sein Büro?«

»Wie Sie meinen, Mr. Smeg...« Painter zögerte, dann sagte er: »Sein Büro ist hier gleich um die Ecke, neben der Bank.«

»Würden Sie es mir zeigen?« Smeg setzte sich in Bewegung. Seine Füße wirbelten den Straßenstaub auf. »Welche Ecke?«

»Diese da, gleich hier.« Painter zeigte zu einem aus Feldsteinen gemauerten Gebäude zu seiner Linken. Daneben führte eine überwachsene Durchfahrt vorbei.

Die Ecke einer hölzernen überdachten Veranda ragte vom Steinhaus in die Durchfahrt.

Smeg ging an Painter vorbei und spähte die Durchfahrt entlang. Büschelgräser wuchsen in der Mitte und zu beiden Seiten, Brombeeren, Winden und Efeu durchzogen und überwuchsen alles mit ihren Ranken. Smeg bezweifelte, daß die Durchfahrt in den letzten zwei Jahren von einem Fahrzeug benutzt worden war – wahrscheinlich schon länger nicht mehr.

Eine Reihe von Gegenständen auf der gedeckten Veranda fand seine Aufmerksamkeit. Er ging näher, betrachtete sie, wandte sich zu Painter um.

»Was haben all diese Beutel und Pakete zu bedeuten?«

»Die?« Painter kam an seine Seite, stand mit geschürzten Lippen und blickte ins Leere.

»Ja, die. Was hat es damit auf sich?« drängte Smeg.

»Das da ist die Bank«, sagte Painter mit einer Kopfbewegung. »Und das sind Depositen für den Nachttresor.«

Smeg wandte sich wieder der Veranda zu. Depositen? Papierbeutel und Pakete gebündelter Umschläge, die man im Freien liegenließ?

»Die Leute lassen sie hier zurück, wenn die Bank geschlossen hat«, sagte Painter. »Heute macht die Bank ein bißchen spät auf. Der Sheriff hatte sich gestern abend die Bücher zur Durchsicht kommen lassen.«

Smeg wunderte sich. Der Sheriff überprüfte die Bücher der Bank? Er hoffte, daß Rick sich nichts von alledem entgehen ließ und es präzise wiederholen konnte … für alle Fälle. Die Situation hier schien noch um einiges mysteriöser als die Berichte angedeutet hatten. Der Ort hatte etwas an sich, was Smeg ganz und gar nicht gefiel.

»Praktisch für Leute, die früh aufstehen müssen, und für die anderen, die am Abend ihr Geld holen«, erläutert Painter.

»Sie lassen es einfach im Freien liegen?« fragte Smeg.

»Ja. ›Nachtdepositen‹ sagt man dazu. Die Leute brauchen nicht vorbeizukommen, wenn ...«

»Ich weiß, wie es genannt wird! Aber – unbewacht draußen im Freien?«

»Die Bank macht meistens erst am halb elf auf«, sagte Painter. »Noch später, wenn der Sheriff am Abend zuvor Revision gemacht hat.«

»Dann gibt es einen Wächter, nicht wahr?« sagte Smeg.

»Wächter? Wozu brauchen wir einen Wächter? Wenn der Sheriff sagt, laßt die Finger von den Sachen, dann rührt sie niemand an.«

Wieder der Sheriff, dachte Smeg. »Wer liefert hier solche Depositen ein?« fragte er.

»Wie ich sagte: die Leute, die früh aufstehen müssen und ...«

»Aber wer sind diese Leute?«

»Ach so. Nun, mein Vetter Reb, zum Beispiel. Er hat die Tankstelle unten an der Kreuzung. Mr. Seelway von der Gemischtwarenhandlung drüben. Einige Farmer, die spät aus der Stadt zurückgekommen sind. Leute, die drüben in Anderson in der Mühle arbeiten, wenn sie am Freitag spät ausgezahlt werden. Solche Leute.«

»Und sie lassen Geld einfach auf dieser Veranda liegen?«

»Warum nicht?«

»Weiß der Himmel«, murmelte Smeg.

»Wenn der Sheriff sagt, rührt es nicht an, nun, dann wird es nicht angerührt.«

Smeg sah sich um. Noch stärker als zuvor wurde ihm die Seltsamkeit dieser verwachsenen Durchfahrt und der Depositen bewußt, die offen auf der gedeckten Veranda lagen, geschützt nur durch den Befehl eines Sheriffs. Wer war dieser Sheriff? *Was* war dieser Sheriff?

»Sieht nicht so aus, als gäbe es in Wadeville viel Geld«, sagte Smeg. »Die Tankstelle da unten an der Hauptstraße sieht verlassen aus, als ob der nächste Sturm sie über den Haufen werfen würde. Und die meisten anderen Gebäude ...«

»Die Tankstelle ist geschlossen«, sagte Painter. »Wenn sie Sprit brauchen, fahren Sie hinaus zur Kreuzung, wo mein Vetter Reb ...«

»Die Tankstelle ist pleitegegangen?« fragte Smeg.

»So ungefähr.«

»So ungefähr?«

»Der Sheriff machte sie dicht.«

»Warum?«

»Brandrisiko. Der Sheriff kam eines Tages dazu, die staatlichen Brandschutzbestimmungen zu lesen. Am nächsten Tag sagte er dem alten Jamison, daß er die Benzintanks ausgraben und wegschaffen sollte. Sie waren zu alt und rostig, nicht tief genug im Boden und nicht einbetoniert. Außerdem war das Gebäude zu alt, das Holz alles ölig.«

»Der Sheriff ordnete es an – einfach so?« Smeg schnippte mit den Fingern.

»Ja. Sagte, er müsse die Tankstelle abreißen. Der alte Jamison hatte eine Sauwut.«

»Aber wenn der Sheriff sagt, tu es, dann wird es gemacht?« fragte Smeg.

»Ja. Jamison reißt sie ab – jeden Tag ein Brett. Dem Sheriff scheint es nichts auszumachen, solange Jamison jeden Tag dieses eine Brett herunterholt.«

Smeg schüttelte den Kopf. Jeden Tag ein Brett. Was bedeutete das? Fehlen eines ausgeprägten Zeitgefühls? Er sah sich nach den Depositen auf der gedeckten Veranda um und fragte: »Wie lange hinterlegen die Leute schon ihre Depositen auf diese Weise?«

»Das fing an, kurz nachdem der Sheriff gekommen war. Ungefähr eine Woche danach.«

»Und wann war das?«

»Ohhh… vier, fünf Jahre vielleicht.«

Smeg nickte bei sich. Seine kleine Gruppe von Slorin war etwas länger als fünf Jahre hier. Es könnte sein… Er runzelte die Stirn. Aber wenn es nicht so war?

Schwerfällige Schritte näherten sich auf der Straße. Smeg wandte den Kopf, sah einen großen, fetten Mann vorbeigehen. Der Mann bedachte Smeg mit einem neugierigen Blick und nickte Painter zu.

»Morgen, Josh«, sagte er mit rumpelnder Stimme.

»Morgen, Jim«, sagte Painter.

Der fette Mann umging den Plymouth, zögerte, um das Emblem an der Wagentür zu lesen, blickte zurück zu Painter und stapfte schwerfällig weiter.

»Das war Jim«, sagte Painter.

»Nachbar?«

»Ja. War wieder drüben bei der Witwe McNabry – die ganze Nacht. Das wird dem Sheriff verdammt schlecht schmecken, können Sie mir glauben.«

»Er achtet auch auf eure Moral?«

»Moral?« Painter kratzte sich im Nacken. »Kann man eigentlich nicht sagen.«

»Warum macht es ihm dann etwas aus, wenn dieser Jim…«

»Der Sheriff sagt, es sei eine Sünde und ein Verbrechen, zu nehmen, was einem nicht gehört, aber es sei ein Segen, zu geben. Nun, was Jim ist, der bot dem Sheriff die Stirn und sagte, er sei gerade zu der Witwe gegangen, um zu geben. Also…« Painter hob die Schultern.

»Dann läßt sich der Sheriff also überzeugen?«

»Manche Leute scheinen es zu glauben.«

»Sie nicht?«

»Er brachte Jim dazu, mit dem Rauchen und Trinken aufzuhören.« Smeg schüttelte den Kopf und fragte sich, ob er richtig gehört habe. Das Gespräch landete immer wieder bei scheinbaren Belanglosigkeiten. Er rückte an seinem Hut, betrachtete seine Hand. Es war eine gute Hand, konnte nicht vom menschlichen Original unterschieden werden. »Das Rauchen und Trinken?« fragte er.

»Ja.«

»Aber warum?«

»Sagte, wenn Jim neue Verantwortung für die Witwe übernehme, könne er nicht Selbstmord begehen – nicht einmal auf die langsame Art.«

Smeg starrte Painter an, der ganz von einem nicht existenten Punkt am Himmel in Anspruch genommen zu sein schien. Nach einer Weile bemerkte Smeg: »Das ist die abenteuerlichste Gesetzesinterpretation, die ich je gehört habe.«

»Lassen Sie das nicht den Sheriff hören.«

»Ein reizbarer Mann, wie?«

»Würde ich nicht sagen.«

»Was *würden* Sie sagen?«

»Was ich Jim sagte: Wenn der Sheriff erst ein Auge auf dich hat, kannst du einpacken. Du mußt dich einordnen. Es ist nicht so schlimm, bis der Sheriff ein Auge auf dich hat. Wenn er dich sieht – das ist das Ende.«

»Hat der Sheriff ein Auge auf Sie, Mr. Painter?«

Painter ballte die Faust und schüttelte sie in der Luft. Sein Mund öffnete sich in einer wilden, finsteren Grimasse. Der Ausdruck verlor sich wieder, und gleich darauf entspannte er sich und seufzte.

»Ziemlich schlimm, wie?« fragte Smeg.

»Verdammte Verschwörung«, stieß Painter hervor. »Die Regierung steckt ihre Nase in Dinge, die sie nichts angehen.«

»So?« Smeg faßte den anderen aufmerksam ins Auge. Er spürte, daß sie auf produktivem Boden waren. »Was …?«

»Fast tausend Gallonen im Jahr!« stieß Painter explosiv hervor.

»Ahh«, sagte Smeg. Er befeuchtete sich die Lippen,

eine Geste, in der er die Bedeutung menschlicher Unsicherheit erkannt hatte.

»Mir ist es gleich, ob Sie Teil der Verschwörung sind«, sagte Painter. »Kann mir jetzt nichts mehr anhaben.«

»Glauben Sie mir, Mr. Painter, ich habe keinerlei Absicht, Ihnen …«

»Ich brannte Schnaps, wenn die Leute welchen wollten«, sagte Painter. »Weniger als tausend Gallonen im Jahr … beinahe. Nicht viel, denkt man an die Größe von einigen Destillen auf der anderen Seite von Anderson. Aber die sind über der Grenze! In einem anderen Bezirk! Was ich brannte, war nur für die Leute hier herum.«

»Und der Sheriff machte dem ein Ende?«

»Zwang mich, meine Destille kaputtzumachen.«

»Zwang *Sie,* Ihre Destille abzubrechen?«

»Ja. Das war, als er meinen Barton holte.«

»Ihren … ah … Barton?«

»Mir vor der Nase weg«, murmelte Painter. Seine Nasenflügel bebten, die Augen funkelten böse. Er beherrschte seinen Zorn nur mit Mühe.

Smeg hielt Umschau, suchte die leeren Fenster und Hauseingänge ab. Was im Namen aller Furien war ein Barton?

»Ihr Sheriff scheint ziemlich streng auf die Einhaltung der Gesetze zu achten«, sagte Smeg.

»Hah!«

»Kein Schnaps«, sagte Smeg. »Kein Rauchen. Wie springt er mit Rasern um?«

»Mit Rasern?« Painter richtete seinen funkelnden Blick auf Smeg. »Vielleicht können Sie mir sagen, worin wir schnell fahren, Mr. Smeg?«

»Haben Sie hier keine Wagen?«

»Wenn mein Vetter Reb seine Tankstelle nicht drüben an der Kreuzung hätte, wo er den Verkehr von der Stadt bekommt, wäre er längst pleite. Der Staat hat gesetzliche Vorschriften – ein Wagen muß Scheinwerfer und Rücklichter haben. Muß diese Scheibenwischer haben. Muß Reifen haben, an denen man das Profil messen kann. Muß eine Lenkung haben, die absolut in Ordnung ist. Wenn ein Wagen diese Dinge nicht hat, ist er Schrott. Schrott! Was der Sheriff ist, der würde Sie zwingen, diesen Wagen als Schrott zu verkaufen! In Wadeville gibt es bloß zwei, drei Leute, die sich einen Wagen mit all diesen Dingen leisten können.«

»Anscheinend ist er ziemlich streng«, bemerkte Smeg.

»Ein bibelschwingender Pfarrer mit dem Höllenfeuer in den Augen könnte nicht schlimmer sein. Ich sage Ihnen, wenn dieser Sheriff nicht meinen Barton hätte, wäre ich längst auf und davon. Ich würde rebellieren, wie wir es einundsechzig getan haben. Und die andern hier denken genauso … die meisten.«

»Er hat Ihre … ah … Bartons?« fragte Smeg mit schiefgelegtem Kopf.

Painter dachte einen Augenblick darüber nach, dann sagte er: »Nun ja … in einer Weise könnte man es so nennen.«

Smeg runzelte die Stirn. Konnte er es wagen, den Mann zu fragen, was ein Barton war? Nein! Es könnte zuviel Unwissenheit verraten. Er sehnte sich nach dem umfassenden, ineinandergreifenden Detailgedächtnis der Slorin, das von einem schmalen Frequenzband abgerufen werden konnte, bereit, Fragen weiterzugeben, Hypothesen zu überprüfen, Vorschläge zu machen. Aber er war allein mit einem unerfahrenen Sprößling, der sich draußen auf den Feldern versteckt hielt und auf eine Katastrophe wartete. Aber vielleicht war Rick dem Wort begegnet. Smeg wagte ein schwaches Fragesignal.

Sofort kam Ricks Antwort, viel zu laut: »Nein.«

Also kannte Rick das Wort auch nicht.

Smeg beobachtete Painter, um zu sehen, ob der

Mann etwas bemerkt hatte. Nichts. Smeg schluckte, eine natürliche Angstreaktion, die er in diesem Körper bemerkt hatte. Er entschied sich für ein energischeres Vorgehen.

»Hat Ihnen schon mal jemand gesagt, daß Sie einen höchst ungewöhnlichen Sheriff haben?« fragte er.

»Das haben diese Vermessungsleute von der Regierung auch gesagt. Kommen her mit all den Papieren und Fragen, sagen, sie interessierten sich für unsere Verbrechensrate. Im Wade County gibt es keine Kriminalität, sagen sie. Bilden sich ein, sie könnten uns was erzählen!«

»Das habe ich auch über Ihre Gegend gehört«, sagte Smeg. »Kriminalität gleich Null.«

»Hah!«

»Also gibt es doch etwas?«

»Wir haben keine Schwarzbrennerei«, murmelte Painter, »keinen Raub und Diebstahl, kein Glücksspiel. Keine betrunkenen Autofahrer, außer sie kommen von anderswo, und dann bereuen sie es mächtig, daß sie betrunken hier herumgefahren sind. Wir haben keine Jugendkriminalität, von der sie in der Stadt soviel reden. Haben keine Betrüger, nichts.«

»Trotzdem müssen Sie ein volles Gefängnis haben.«

»Gefängnis?«

»Für all die Kriminellen, die Ihr Sheriff festnimmt.«

»Hah! Der Sheriff wirft keine Leute ins Gefängnis, Mr. Smeg. Nur wenn sie aus dem Nachbarbezirk sind und einen Rausch ausschlafen müssen, bis sie nüchtern genug sind, die Strafe zu bezahlen.«

»So?« Smeg blickte die leere Straße entlang und dachte an den fetten Mann – Jim. »Dann läßt er den Einheimischen etwas mehr Spielraum, wie? So wie Ihrem Freund, Jim.«

»Er führt Jim bloß an der Leine, würde ich sagen.«

»Wie meinen Sie das?«

»Die Witwe wird hübsch bald schwanger sein. Dann

gibt es eine schnelle Hochzeit und ein Kind, und Jim wird wie wir anderen alle sein.«

Smeg nickte, als ob er verstünde. Es war wie die Berichte, die ihn hierhergelockt hatten … aber auch wieder anders. Painters ›Vermessungsleute‹ hatten sich über Wadeville amüsiert, so sehr, daß sogar ihre trockene Beamtenmentalität es nicht hatte verbergen können. Sie hatten es als ein ›rein lokales Phänomen‹ abgeschrieben. Ein knallharter Südstaatensheriff. Smeg war nicht amüsiert. Er schlenderte auf die Straße hinaus und blickte die Strecke entlang, die er gekommen war.

Rick war dort draußen, lauschte und wartete.

Was würde die Wartezeit erbringen?

Seine Aufmerksamkeit machte sich an einem leerstehenden, verfallenden Haus schräg gegenüber fest. Irgendwo im Innern knarrte eine Tür in einem Rhythmus, der dem Wind angepaßt war, der den Staub auf der Straße aufrührte. An einem rostigen Spanndraht baumelte ein Schild ›SALOON‹ von der Fassade. Das Schild schwankte im Wind, wurde abwechselnd von einem Dachvorsprung verdeckt und wieder freigegeben. ›LOON‹ … ›SALOON‹ … ›LOON‹ … ›SALOON‹ …

Das Geheimnis von Wadeville war dieses Schild, dachte Smeg. Es bewegte und veränderte sich, war bald ein Ding, bald ein anderes. Er fragte sich, wie er das Geheimnis lange genug erhalten könne, um es zu untersuchen und zu verstehen.

Ein entferntes Winseln unterbrach seinen Gedankengang.

Es wurde lauter – eine Sirene.

»Da kommt er«, sagte Painter.

Smeg schaute ihn an. Der Mann stand neben ihm und starrte in die Richtung, aus der die Sirenentöne kamen.

»Weiß der Himmel, da kommt er«, murmelte Painter.

Ein anderes Geräusch vermischte sich nun mit dem Heulen der Sirene: das vibrierende Dröhnen eines starken Motors.

Smeg hielt nach dem Geräusch Ausschau, sah eine Staubwolke am Horizont, darin etwas unbestimmt Rotes.

»Paps! Paps!« Das war Rick auf der Notruffrequenz. Bevor er den fragenden Gedanken aussenden konnte, fühlte Smeg es selbst – die zunehmende Wucht einer so starken Geistwolke, daß sie ihn wanken machte.

Painter nahm ihn beim Arm, stützte ihn.

»Haut einen fast um, das erste Mal, nicht?« sagte Painter.

Smeg faßte sich, machte seinen Arm los und versuchte sein Zittern zu verbergen. Ein anderer Slorin! Es mußte ein anderer Slorin sein. Aber der Dummkopf sendete ein Signal, das sie alle ins Unglück stürzen konnte. Smeg sah Painter von der Seite an. Die Eingeborenen hatten das Potential – seine eigene Sloringruppe hatte es festgestellt. Hatten sie hier Glück? War der lokale Schlag unempfindlich? Aber Painter hatte die Wirkung erwähnt. Und er hatte vom Telepathen gesprochen.

Etwas war hier faul … und die Geistwolke hüllte ihn ein wie ein grauer Nebel. Smeg bot seine ganze mentale Energie auf und befreite sich von der beherrschenden Gewalt. Sobald ihm dies gelungen war, stand er wie eine Insel der Ruhe und Klarheit inmitten dieses geistigen Wirbelsturms.

Überall um ihn her entstanden jetzt scharfe Geräusche – Fensterläden und Türen schlugen, Hunde bellten. Leute kamen aus den Häusern und säumten die Straße, einen trübe blickenden, stumpfen Ausdruck von Erwartung in den Augen, eine verdrießliche Wachsamkeit. Sie schienen allesamt ehrbare Leute zu sein, dachte Smeg, doch war ihnen eine Einheitlichkeit eigen, die er nicht genau bestimmen konnte. Sie hatte etwas mit dem schäbigen Aussehen und der schlaffen Haltung zu tun.

»Jetzt werden Sie den Sheriff zu sehen bekommen«, sagte Painter.

Smeg blickte dem herannahenden Motoren- und Sirenenlärm entgegen. Ein langer roter Feuerwehrwagen, auf dessen Kühlerhaube eine blonde junge Frau rittlings in einem Trainingsanzug saß, löste sich aus der Staubwolke und kam die Straße heruntergebraust.

Am Lenkrad des Feuerwehrwagens saß ein dunkelhäutiger Mann in weißem Anzug und dunkelblauem Hemd. Auf dem Kopf trug er einen hohen, breitkrempigen, weißen Hut, und auf seiner Brust glitzerte ein Messingstern. Er umklammerte das Lenkrad wie ein Rennfahrer, hatte den Kopf eingezogen und starrte nach vorn.

Smeg war von der Geistwolke befreit und sah den Fahrer als das, was er war – einen Slorin, noch polymorph, mit annähernd menschlicher Gestalt, aber nicht annähernd gut genug.

Um den Fahrer gedrängt, auf den seitlichen Sitzbänken und oben auf der Feuerleiter hockten etwa dreißig Kinder, die ihre Einfahrt in den Ort mit Geschrei und Gelächter begleiteten.

»Da ist der Sheriff«, sagte Painter. »Kommt Ihnen ungewöhnlich vor, wie?«

Der Feuerwehrwagen wich Smegs abgestelltem Fahrzeug aus und hielt gegenüber der Durchfahrt, wo er mit Painter stand. Der Sheriff stand auf, blickte zurück zum geparkten Wagen und rief: »Wer hat diesen Wagen dort geparkt? Sie sehen, wie ich ausweichen mußte, um vorbeizukommen! Hat wieder jemand mein Parkverbotsschild abgerissen? Der Täter soll sich nur in acht nehmen! Ich werde schon herausbringen, wer er ist! Wer war es?«

Während der Sheriff brüllte, sprangen die Kinder in

einer Kakophonie von Ausrufen und Begrüßungen vom Feuerwehrwagen: »He, Mama!« – »Hast du mich gesehen, Papa?« – »Wir waren am See schwimmen.« – »Hast du gesehen, wie wir gekommen sind, Pa?« – »Hast du einen Kuchen für mich gebacken, Mama? Der Sheriff sagt, ich kriege einen Kuchen.«

Smeg schüttelte den Kopf über das Durcheinander. Bald waren alle vom Feuerwehrwagen geklettert, nur der Sheriff und die Blondine auf der Kühlerhaube nicht. Die Geistwolke durchdrang die Atmosphäre wie ein starker Geruch, brachte aber den Lärm nicht zum Verstummen.

Plötzlich zerriß der laute, scharfe Knall eines Gewehrschusses die Luft. Eine kleine Staubwolke sprang aus dem weißen Anzug des Sheriffs unmittelbar unter dem Messingstern.

Stille senkte sich über die Straße.

Langsam wandte sich der Sheriff um, die einzige bewegte Gestalt in der erstarrten Szene. Er blickte hinauf zum offenen Fenster im zweiten Stock eines Hauses jenseits der geschlossenen Tankstelle. Er hob die Hand und schüttelte drohend den Finger, wie man ein ungezogenes Kind ermahnt.

»Ich warnte Sie«, sagte er.

Smeg murmelte einen halblauten Fluch. Der Dummkopf! Kein Wunder, daß er im polymorphen Zustand blieb und sich auf die Geistwolke verließ: das ganze Dorf stand kampfbereit gegen ihn. Smeg durchsuchte seine angesammelte Slorinerfahrung nach einem Hinweis, wie diese Situation zu bereinigen sei. Einem ganzen Dorf waren Macht und Möglichkeiten der Slorin bewußt geworden! Oh, dieser sündhafte Tor!

Der Sheriff blickte herab auf die Menge der still gewordenen Kinder, blickte von einem zum anderen und zeigte schließlich auf ein barfüßiges Mädchen von ungefähr elf Jahren, mit blonden Zöpfen und einem beschmutzten blau-weißen Kleid.

»Du da, Molly Mae«, sagte der Sheriff. »Siehst du, was dein Papa getan hat?«

Das Mädchen ließ den Kopf hängen und begann zu weinen.

Die Blondine auf der Kühlerhaube des Feuerwehrwagens sprang mit anmutiger Gewandtheit herunter und zupfte den Sheriff am Ärmel.

»Störe mich nicht in der Ausübung meiner Pflichten«, sagte der Sheriff.

Die Blondine stemmte die Hände in die Hüften und stampfte mit dem Fuß auf. »Tad, wenn du diesem Kind etwas antust, werde ich nie wieder mit dir sprechen, nie wieder!« sagte sie.

Painter begann stoßweise vor sich hin zu murmeln: »Nein … nein … nein … nein …«

»Ich? Molly Mae etwas antun?« erwiderte der Sheriff. »Du weißt, daß ich ihr nichts antun werde. Aber sie muß fortgehen und wird ihre Angehörigen nicht wiedersehen, solange sie lebt. Das weißt du.«

»Aber Molly Mae hat dir nichts getan«, sagte die junge Frau. »Es war ihr Vater. Warum kannst du nicht ihn fortschicken?«

»Es gibt Dinge, die kannst du einfach nicht verstehen«, sagte der Sheriff. »Ein Erwachsener kann nur in kleinen Schritten nach und nach von seinem sündhaften, verbrecherischen Tun abgebracht werden, es sei denn, du machst ein kleines Kind aus ihm. Nun würde aber ich das Verbrechen begehen, wenn ich ein kleines Kind aus einem Erwachsenen machen würde. Ein kleines Mädchen wie Molly Mae ist jetzt ein Kind. Das macht keinen großen Unterschied.«

Das also war es, dachte Smeg. Darin lag die wirkliche Macht des Sheriffs in dieser Gemeinde. Auf einmal glaubte Smeg zu wissen, was ein Barton sein mußte: eine Geisel.

»Es ist grausam«, sagte die blonde junge Frau.

»Das Gesetz muß manchmal grausam sein«, erwiderte der Sheriff. »Gesetze haben den Zweck, Verbrechen zu eliminieren. Ich habe das beinahe geschafft. Die einzigen Verbrechen, die wir hier herum seit Monaten haben, sind Verbrechen gegen mich. Nun, ihr alle wißt, daß ihr mit solchen Verbrechen nicht durchkommt. Aber wenn ihr diese Mißachtung des Gesetzes zeigt, müßt ihr bestraft werden. Ihr müßt euch alle vergegenwärtigen, daß jeder Teil einer Familie verantwortlich für die Gesamtheit der Familie ist.«

Reines Slorindenken, dachte Smeg. Er überlegte, wie er eingreifen könnte, ohne seine eigene nichtmenschliche Natur zu enthüllen. Etwas mußte hier geschehen, und zwar bald. Konnte er es wagen, dem Dummkopf eine Grußsonde in den Verstand zu schicken? Nein; wahrscheinlich würde der Sheriff sie durch das Geräusch dieser Geistwolke nicht einmal empfangen.

»Vielleicht machst du dann etwas falsch«, sagte die junge Frau. »Kommt mir furchtbar komisch vor, daß die einzigen Verbrechen solche gegen den Vertreter des Gesetzes selbst sind.«

Eine sehr relevante Beobachtung, dachte Smeg.

Auf einmal setzte sich Painter in Bewegung und schlurfte durch die Menge der Kinder auf den Sheriff zu.

Die blonde junge Frau wandte den Kopf und sagte: »Papa! Du hältst dich da raus.«

»Sei jetzt still, hörst du, Barton Marie?« knurrte Painter.

»Du weißt, daß du nichts machen kannst«, jammerte sie. »Er wird mich bloß fortschicken.«

»Um so besser, sage ich!« erwiderte Painter. Er schob sich vor die junge Frau und starrte finster zum Sheriff auf.

»Also, Josh«, sagte der Sheriff mit sanfter Stimme.

Sie musterten einander abschätzend.

In diesem Augenblick wurde Smegs Aufmerksamkeit von einer Gestalt abgelenkt, die auf der Straße daherkam – ein junger Mann, der einen großen schwarzen Kasten trug.

Rick!

Smeg starrte zu seinem Sprößling hinüber. Der junge Mann ging wie eine Marionette, mit einknickenden Knien, und starrte mit einem leeren, suchenden Ausdruck geradeaus.

Die Geistwolke, dachte Smeg. Rick war jung, schwach. Er hatte die Beherrschung verloren und gerufen, als die Geistwolke spürbar geworden war. Die Gewalt, die sogar ihn ins Wanken gebracht hatte, war für den jungen Slorin zuviel gewesen. Er kam jetzt blindlings zum Ursprung der Irritation.

»Wer ist das, der da kommt?« rief der Sheriff. »Ist das derjenige, der seinen Wagen im Parkverbot abgestellt hat?«

»Rick!« rief Smeg.

Rick blieb stehen.

»Bleib, wo du bist!« rief Smeg. Diesmal sandte er eine Wecksonde in den Jungen.

Rick glotzte verwundert umher. Allmählich kam Verstehen in seine Augen, er blickte herüber zu Smeg, und der Mund klappte ihm auf.

»Paps!«

Der Sheriff starrte unter finsteren Brauen zu Rick, dann zu Smeg. »Wer sind Sie?« Ein Schock der Geistwolke erschütterte Smeg.

Er erkannte, daß es nur eine Lösung dieses Problems gab. Er mußte Feuer mit Feuer bekämpfen. Die Eingeborenen hatten die Geistwolke bereits gespürt.

Smeg begann die einschließende mentale Abschirmung zu öffnen, ließ sie plötzlich fallen und schlug zu. Der polymorphe Slorin wankte zurück, fiel auf den Fahrersitz. Seine menschliche Gestalt wand sich und zuckte.

»Wer sind Sie?« keuchte der Sheriff.

»Ich werde hier die Fragen stellen«, sagte Smeg

in der gutturalen Sprache der Slorin. »Identifiziere dich.«

Smeg ging näher, und die Kinder machten ihm einen Durchgang frei. Behutsam schob er Painter und die junge Frau beiseite.

»Verstehst du mich?« fragte er.

»Ich … verstehe dich.« Die Kehllaute waren rauh und stockend, aber verständlich.

In milderem Ton sagte Smeg: »Das Universum hat viele Kreuzungen, wo Freunde zusammentreffen können. Identifiziere dich.«

»Min …, glaube ich. Pzilimin.« Der Sheriff richtete sich im Fahrersitz auf, restaurierte etwas von seiner menschlichen Gestalt zu ihrer früheren Form. »Wer bist du?«

»Ich bin Sumctroxehunsmeg, sekundärer Vorfahre.«

»Was ist ein sekundärer Vorfahre?«

Smeg seufzte. Es war ungefähr so, wie er befürchtet hatte. Der Name, Pzilimin, war schon der erste Hinweis – ein tertiärer Vorfahre vom Streuschiff. Aber dieser arme Slorin war irgendwie beschädigt worden, hatte einen Teil seines Detailgedächtnisses eingebüßt. Infolgedessen hatte er hier eine Situation geschaffen, die möglicherweise nicht mehr ins Lot gebracht werden konnte. Das Ausmaß des angerichteten Schadens mußte sofort untersucht werden.

»Ich werde deine Fragen später beantworten«, sagte Smeg. »Einstweilen …«

»Sie kennen diesen Kerl?« fragte Painter. »Sind Sie Teil der Verschwörung?«

»Mr. Painter«, sagte Smeg, »bitte lassen Sie die Regierung ihre eigenen Probleme lösen. Dieser Mann ist eines unserer Probleme.«

»Na, ein Problem ist er bestimmt, das ist die Wahrheit.«

»Wollen Sie es mir überlassen, mit ihm fertig zu werden?«

»Sind Sie sicher, daß Sie es können?«

»Ich … denke schon.«

»Ich hoffe es wirklich.«

Smeg nickte, wandte sich wieder dem Sheriff zu. »Hast du eine Ahnung, was du hier angerichtet hast?« fragte er in der Sprache der Slorin.

»Ich … fand eine geeignete amtliche Position und füllte sie nach meinen besten Fähigkeiten aus. Verrate niemals deine Nische. Daran erinnere ich mich. Verrate niemals deine Nische.«

»Weißt du, was du bist?«

»Ich bin … ein Slorin?«

»Richtig. Ein Slorin und tertiärer Vorfahre. Hast du eine Vorstellung, wie du verletzt wurdest?«

»Ich … nein. Verletzt?« Er sah nach den Leuten, die sich näher schoben und alle neugierig herstarrten. »Ich … wachte da draußen auf dem Feld auf. Konnte mich nicht … erinnern …«

»Gut. Wir werden …«

»Doch, an eins erinnere ich mich! Wir sollten die Verbrechensrate senken, eine Gesellschaft vorbereiten, in der … in der … ich weiß nicht.«

Smeg schaute über die Kinderköpfe hinweg zu Rick, der auf der anderen Seite des Feuerwehrwagens stehengeblieben war. Dann konzentrierte er sich wieder auf Pzilimin.

»Ich habe die Verbrechensrate hier beinahe auf ein nicht mehr reduzierbares Minimum gesenkt«, sagte der Slorin-Sheriff.

Smeg strich sich mit der Hand über die Augen. Nicht mehr reduzierbares Minimum! Er ließ die Hand sinken und durchbohrte den armen Dummkopf mit einem finsteren Blick. »Du hast diese Leute auf uns Slorin aufmerksam gemacht«, beschuldigte er ihn. »Du hast sie ihrer selbst bewußt gemacht, was noch schlimmer ist. Du hast sie auf den Gedanken gebracht, was hinter dem Gesetz ist. Etwas, was jeder einheimische

Polizeibeamte auf dieser Welt instinktiv weiß, und du, ein Slorin – verletzt oder nicht –, konntest es nicht sehen.«

»Was sehen?« fragte Pzilimin.

»Ohne Verbrechen besteht kein Bedarf an Polizeibeamten! Wir sind hier, um Nischen vorzubereiten, in denen Slorin gedeihen können. Und du fängst damit an, daß du dich selbst überflüssig machst! Die erste Regel in jeder Position ist, genug von der benötigten Aktivität für die betreffende Arbeit aufrechtzuerhalten, um die fortdauernde Beschäftigung sicherzustellen. Nicht nur das, du mußt deinen Aufgabenbereich erweitern, mehr von solchen Positionen öffnen. Das ist damit gemeint, wenn es heißt, du sollst deine Nische nicht verraten.«

»Aber … wir sollten eine Gesellschaft schaffen, in der … in der …«

»Du solltest das Vorkommen von Gewalttätigkeit reduzieren, du Dummkopf! Du mußt das Verbrechen in Bereiche kanalisieren, die leichter zu handhaben sind. Statt dessen hast du Gewalttätigkeit zugelassen! Einer von ihnen hat auf dich geschossen.«

»Ach, da haben sie schon Schlimmeres versucht.«

Smeg sah nach rechts, wo er Painters fragendem Blick begegnete.

»Ist er auch Ungar?« fragte Painter.

»Ah-h, ja«, sagte Smeg, geistesgegenwärtig auf die Gelegenheit springend.

»Dachte es mir, wie Sie in dieser ausländischen Sprache miteinander reden.« Painter schoß einen finsteren Blick zu Pzilimin hinauf. »Er sollte de-deportiert werden.«

»Genau darum geht es«, stimmte Smeg zu. »Deswegen bin ich hier.«

»Na, Menschenskind!« sagte Painter erleichtert. Doch gleich darauf ernüchterte er sich. »Ich muß Sie aber warnen. Was der Sheriff ist, der hat eine Art Maschine, die einem den Verstand durcheinanderbringt. Kann kaum denken, wenn er sie einschaltet. Trägt sie in der Tasche, glaube ich.«

»Wir wissen darüber Bescheid«, sagte Smeg. »Ich habe selbst so eine Maschine. Es ist ein militärisches Geheimnis, und er hat kein Recht, davon Gebrauch zu machen.«

»Ich wette, Sie sind überhaupt nicht vom Landwirtschaftsministerium«, sagte Painter. »Ich wette, Sie sind bei der CIA.«

»Darüber wollen wir nicht reden«, sagte Smeg. »Ich vertraue aber darauf, daß Sie und Ihre Freunde nicht weitererzählen werden, was hier vorgefallen ist.«

»Wir sind allesamt echte, patriotische Amerikaner, Mr. Smeg. Sie brauchen sich unseretwegen keine Sorgen zu machen.«

»Ausgezeichnet«, sagte Smeg. Und er dachte bei sich: Wie praktisch. Halten sie mich für einen vollkommenen Trottel? Mit ruhiger Bestimmtheit wandte er sich wieder zu Pzilimin und fragte: »Hast du alles verstanden?«

»Sie halten dich für einen Geheimagenten.«

»So scheint es. Es erleichtert unsere Aufgabe, dich aus dieser Situation herauszuziehen. Nun sag mir, was hast du mit ihren Kindern gemacht?«

»Ihren Kindern?«

»Du hast mich verstanden.«

»Nun, ich löschte bloß all diese kleinen Spuren in ihren kleinen Köpfen und setzte sie in einen Zug nach Norden, diejenigen, die ich fortschickte, um ihre Eltern zu bestrafen. Diese Leute haben einen sehr starken Schutzinstinkt für die Jungen. Man braucht sich nicht zu sorgen, daß sie …«

»Ich weiß über ihre Instinkte Bescheid, Pzilimin. Wir werden diese Kinder suchen und ihren Eltern zurückgeben müssen.«

»Wie sollen wir sie finden?«

»Ganz einfach. Wir reisen hin und her durch diesen Kontinent und horchen auf dem schmalen Frequenzband. Wir werden deinen Spuren lauschen, Pzilimin. Du kannst einen Geist nicht auslöschen, ohne deine eigenen Denkmuster hineinzubringen.«

»Ist es das, was geschah, als ich versuchte, den Erwachsenen zu verändern?«

Smeg starrte ihn sprachlos an. Das konnte Pzilimin nicht getan haben, sagte er sich. Er konnte einen Eingeborenen nicht in eine Slorin-orientierte, leistungsstarke Sendeeinheit umgewandelt und auf diese Welt losgelassen haben. Kein Slorin konnte so einfältig sein!

»Wen?« brachte er hervor.

»Mr. McNabry.«

McNabry? NcNabry? Smeg wußte, daß er den Namen irgendwo gehört hatte. »Ha, Witwe McNabry!«

»Sagt der Sheriff was über Witwe McNabry?« fragte Painter. »Ich dachte, ich hörte so etwas ...«

»Was ist dem verstorbenen Mr. McNabry zugestoßen?« fragte Smeg.

»Ach, er ertrank südlich von hier. Im Fluß. Sein Leichnam wurde nie gefunden.«

Smeg nahm sich wieder Pzilimin vor. »Hast du ...«

»Nein, nein! Er rannte einfach fort. Wir hatten diese Meldung, daß er ertrank, und ich ...«

»Gib es zu, du tötetest einen Eingeborenen!«

»Ich tat es nicht absichtlich.«

»Pzilimin, komm herunter von diesem Fahrzeug und setz dich auf den Rücksitz meines Wagens hier. Wir wollen vergessen, daß ich ihn im Parkverbot abgestellt habe, nicht wahr?«

»Was willst du tun?«

»Ich werde dich von hier fortbringen. Los, komm jetzt da herunter!«

Pzilimin gehorchte. Seinen Knien war ein gummiartiger, nichtmenschlicher Bewegungsablauf eigen, der Smeg schaudern machte.

»Rick«, rief er, »du wirst fahren.«

»In Ordnung, Paps.«

Smeg wandte sich zu Painter. »Ich hoffe, Ihnen allen ist klar, daß es ernste Konsequenzen für Sie haben kann, wenn etwas von diesem Vorfall an die Öffentlichkeit dringen sollte?«

»Das wissen wir, Mr. Smeg. Verlassen Sie sich darauf.«

»Das tue ich«, sagte Smeg. Und er dachte: Laß sie über diese kleine Warnung nachdenken, wenn wir fort sind. Mehr und mehr dankte er dem Sloringott, der ihm eingegeben hatte, mit Rick die Rollen zu tauschen. Ein Fehler, und diese Geschichte hätte zur Katastrophe werden können. Mit einem kurzen Kopfnicken zu Painter schritt er zum Wagen und stieg zu Pziliminin den Fond.

»Laß uns fahren, Rick.«

Sie wendeten und fuhren die Strecke zurück, die sie gekommen waren, Rick beschleunigte den Plymouth instinktiv zur höchsten Geschwindigkeit, die auf der ungeteerten Straße möglich war. Ohne den Kopf zu wenden, sagte er über die Schulter zu Smeg: »Das war richtig cool, Paps, wie du das gedeichselt hast. Fahren wir jetzt zurück zum Wagenpark?«

»Wir verschwinden bei der ersten Gelegenheit«, sagte Smeg.

»Verschwinden?« fragte Pzilimin.

»Wir werden uns verpuppen, alle miteinander, und in neue Nischen hinauskommen.«

»Warum?« fragte Rick.

»Keine Widerrede! Dieses Dorf war nicht, was es zu sein schien.«

Pzilimin starrte ihn an. »Aber du sagtest, wir würden die Kinder suchen müssen und ...«

»Das sagte ich nur für die anderen, um das Spiel der Unwissenheit mitzuspielen. Ich vermute, daß sie ihre Kinder bereits gefunden haben. Schneller, Rick.«

»Ich fahre so schnell, wie ich es hier verantworten kann, Paps.«

»Na, macht nichts. Sie werden uns nicht verfolgen.« Smeg nahm seinen Westernhut ab und kratzte sich, wo das Schweißband sich in seine Schläfen gedrückt hatte.

»Ich bin nicht ganz sicher«, sagte Smeg, »aber sie machten es uns zu leicht, Pzilimin dort herauszuholen. Ich habe den Verdacht, daß sie die Urheber der Katastrophe sind, die uns hier ohne unser Schiff stranden ließ.«

»Warum haben sie Pzilimin dann nicht einfach ... eliminiert?«

»Warum eliminierte Pzilimin nicht einfach diejenigen, die sich gegen ihn stellten?« fragte Smeg zurück. »Gewalt zeugt Gewalt, Rick. Das ist eine Lektion, die viele denkende Wesen haben lernen müssen. Sie hatten ihre eigenen guten Gründe, die Sache so zu handhaben.«

»Was werden wir tun?« fragte Rick.

»Wir werden in die Erde gehen, wie Füchse, Rick. Wir werden äußerste Vorsicht anwenden und diese Situation untersuchen. Das ist es, was wir tun werden.«

»Werden die sich nicht so etwas denken?«

»Sicherlich. Das kann sehr interessant werden.«

Painter stand auf der Straße und blickte dem Wagen nach, bis er in einer Staubwolke verschwand. Er nickte zufrieden.

Ein großer, fetter Mann kam von rückwärts zu ihm und sagte: »Na, Josh, es hat geklappt.«

»Das sagte ich dir«, erwiderte Painter. »Ich wußte

doch, daß uns noch eine Kapsel von diesen Slorin entwischte, als wir ihr Schiff nahmen.«

Die blonde junge Frau gesellte sich zu ihnen und nickte Painter zu. »Mein Papa ist ein kluger Kopf.«

»Hör mir gut zu, Barton Marie«, sagte Painter. »Wenn du nächstes Mal einen Klumpen von etwas auf einem Feld liegen siehst, läßt du die Finger davon, hörst du?«

»Wie sollte ich wissen, daß es so stark sein würde?« fragte sie.

»Das ist es ja gerade!« sagte Painter ungeduldig. »Man kann nie wissen. Deshalb läßt man die Finger von solchen Sachen. Du machtest ihn so verdammt stark, so wie du ihn immer angefeuert hast. Slorin sind gar nicht so stark, solange du ihnen keine Unterstützung gibst, hörst du?«

»Ja, Papa.«

»Beinahe fünf Jahre von ihm«, sagte der dicke Mann. »Glaube nicht, daß ich noch ein Jahr ausgehalten hätte. Er wurde die ganze Zeit schlimmer.«

»So ist es immer mit denen«, sagte Painter.

»Was ist mit diesem Smeg?«

»Das war ein weiser alter Slorin«, antwortete Painter. »Sieben Silben, wenn ich seinen vollen Namen richtig hörte.«

»Meinst du, er hat Verdacht geschöpft?«

»Darauf kannst du dich verlassen.«

»Was sollen wir tun?«

»Was wir immer tun. Wir haben ihr Schiff. Wir werden für eine Weile ausziehen.«

»Ah-h, nicht schon wieder!« klagte der Dicke.

Painter klatschte ihm die flache Hand auf den Wanst. »Worüber heulst du, Jim? Du verändertest dich von McNabry in dies hier, als du mußtest. So ist das Leben. Du veränderst dich, wenn du mußt.«

»Ich fing gerade an, mich an diesen Ort zu gewöhnen.«

Barton Marie stampfte mit dem Fuß auf. »Aber dies ist solch ein hübscher Körper!«

»Es gibt andere Körper, Kind«, sagte Painter. »Genauso hübsche.«

»Wieviel Zeit haben wir, meinst du?« fragte Jim.

»Ach, wir haben mehrere Monate. Bei den Slorin kannst du dich auf eins verlassen: sie sind vorsichtig. Schnelles Handeln ist nicht ihre Sache.«

»Ich will nicht fort«, sagte Barton Marie.

»Es wird nicht für immer sein, Kind«, erwiderte Painter. »Sobald sie die Suche nach uns aufgegeben haben, werden wir zurückkommen. Die Slorin sind fleißige Leute, machen eine Welt angenehm für unsere Art. Darum dulden wir sie. Natürlich sind sie ziemlich dumm. Sie arbeiten zuviel. Machen sogar ihre eigenen Schiffe … wofür wir ihnen dankbar sein können. Sie haben nicht gelernt, wie man sich in etwas anderes als eine bürokratische Gesellschaft einfügt. Aber das ist ihr Pech und nicht das unsrige.«

»Wie hast du dich gegenüber den Vermessungsleuten der Regierung verhalten?« fragte Smeg den niedergeschlagen neben ihm kauernden Pzilimin. Er mußte sich festhalten, als der Wagen durch Schlaglöcher und Rinnen schlingerte.

»Ich empfing sie in meinem Büro, wo ich die Jalousien heruntergelassen hatte, und trug eine dunkle Brille«, sagte Pzilimin. »Gebrauchte nicht die … Geistwolke.«

»Das ist ein Segen«, sagte Smeg. Er schwieg eine Weile, dann seufzte er. »Ein verdammter Aphorismus geht mir dauernd durch den Sinn. Er will mir einfach nicht aus dem Kopf.«

»Ein Aphorismus, sagst du?« fragte Rick.

»Ja. Er ist von einem einheimischen Schriftsteller … Jonathan Swift hieß er, glaube ich. Ich stieß während meiner Studien ihrer Literatur darauf. Er geht ungefähr so: ›Jeder Floh hat seine Flöhe, die an ihm saugen; und diese haben noch kleinere, die sie beißen; und so weiter *ad infinitum.*‹«

DIE DENKBOMBE

1969

1

Es war heiß in Palos zu dieser Jahreszeit. Die Seinsmaschine hatte viele ihrer Aktivitäten vermindert und die Leistung ihres Kühlsystems erhöht.

Diese Jahreszeit wird heiß und trostlos genannt, registrierte die Maschine. *Das gemeine Volk muß während einer solchen Zeit unterhalten werden.*

Kurz nach Mittag beobachtete sie, daß nur wenige Leute auf den Straßen waren, ausgenommen einige wenige Touristen, die Gesamtsinnesrecorder, die um ihre Hälse baumelten, mit sich führten. Die Touristen schwitzten heftig. Irgendwelche hiesigen Einwohner, jene, die nicht mit dem Geschäft des Überlebens beschäftigt waren, spähten gelegentlich hinter isolierten Fenstern hervor oder standen abgeschirmt in dem Schutz ihrer Eingangstüren. Sie schienen in der schmutzigen Zurückgezogenheit unter dem zitronengelben Himmel zu treiben.

Das Wesen der Jahreszeit und der Umgebung schlich sich durch die Maschine. Sie begann eine Flut von Symbolen auszusenden, die den Zugang zu Schöpferkraft und Bewußtsein schützte. Der Symbole waren viele, und sie flossen hinaus wie silberne Flüsse, Ideen von einem Zeit-Ort zum andern hinaustragend über eine lange Spanne des Seins.

Bald darauf, als die Sonne dem Moment entgegenglitt, wo sie die Welt in Dunkelheit tauchen würde, begann die Seinsmaschine einen Turm zu bauen. Sie nannte den Turm PALAST DER KULTUR VON PALOS. Und der Name erstreckte sich quer über die niederen Etagen des Turms in leuchtenden Buchstaben, die größer als ein Mensch waren.

Von einem isolierten Fenster quer über den Platz aus sah ein Mann namens Wheat den Turm wachsen. Er konnte das Schiffchen im Webstuhl seiner Frau sich bewegen hören, und er fühlte sich von einer schmachvollen Abneigung hin- und hergerissen, unwillig, die gedanklichen Zuckungen in seinem Geiste zu verfolgen. Statt dessen sah er dem Turm zu.

»Das verdammte Ding arbeitet wieder daran«, sagte er.

»Es ist die Zeit dafür«, stimmte seine Frau zu, ohne von dem Dessin, das sie webte, aufzuschauen. Das Dessin sah aus wie ein Korb aus gelben Dornen, darin ein Kranz aus kaskadenartig herabfallenden orangefarbenen Rosen.

Wheat dachte einige Minuten lang über die unterirdische, gewaltige Weite nach, die Menschen ausgemessen hatten, um die Grenzen der Maschine zu bestimmen. Es mußte Höhlen dort unten geben, dachte er. Endlose, nächtliche Geisterkorridore, wo kein Regen jemals fiel. Wheat stellte sich die Seinsmaschine gerne auf diese Weise vor, wenn es auch keine Berichte gab, daß jemals ein Mensch die Lüftungsanlagen oder die Oberflächenausstöße betreten hatte, durch die die Maschine von sich Kunde gab.

»Wenn diese verdammte Maschine nicht so ekelerregend wäre – wäre sie spaßig«, sagte Wheat.

»Ich bin weitaus mehr daran interessiert, Probleme zu lösen«, sagte seine Frau. »Das ist der Grund, warum ich mich mit Dessins befasse. Glaubst du, jemand wird versuchen, sie diesmal aufzuhalten?«

»Erst müssen wir herauskriegen, was sie ist«, sagte Wheat. »Und die einzigen Aufzeichnungen, die uns Aufschluß geben könnten, sind da drinnen.«

»Was macht sie jetzt?« fragte seine Frau.

»Sie baut etwas. Nennt es Palast, aber es wird sehr hoch. Müssen bereits zwanzig Stockwerke sein.«

Seine Frau hielt inne, um das Gurtzeug ihres Webstuhls nachzustellen. Sie konnte erkennen, welchen Fortgang diese Unterhaltung nehmen würde, und es bestürzte sie. Die tiefstehende Sonne warf Wheats Schatten in den Raum hinein, und dessen schwarze Form, wie sie sich dort auf dem Fußboden ausbreitete, ließ sie fortrennen wollen. Bei Anlässen wie diesen haßte sie die Maschine, weil sie sie mit Wheat gepaart hatte.

»Ich frage mich immer noch, was sie uns dieses Mal wegnehmen wird«, sagte sie.

Wheat starrte weiterhin durch das Fenster, von Ehrfurcht erfüllt von der Geschwindigkeit, mit der der Turm höherwuchs. Die Strahlen der untergehenden Sonne malten Streifen aus Orange auf die Turmoberfläche.

Er war ein durchschnittlicher menschlicher Mann, dieser Wheat, aber alt. Er besaß ein Gesicht wie ein blattgeäderter Kohlkopf, Falten überlappten Falten. Er war um die zwei Meter groß, ebenso wie alle anderen Erwachsenen dieser Welt, und seine Haut besaß die allgemeine Olivgerbung. Das Haar war dunkel, und er besaß hervorstechende Augen. Seine Frau, obwohl gebeugt von Jahren über dem Webstuhl, sah ihm bemerkenswert ähnlich. Beide trugen das Haar lang, es war im Nacken zusammengebunden mit Streifen aus blauem, glänzendem Stoff. Sackähnliche Gewänder aus dem gleichen Material bedeckten ihre Körper vom Nacken bis zu den Knöcheln.

»Es ist frustrierend«, sagte Wheat.

Für eine Weile führte die Seinsmaschine einen internen Gedankenvortrag in der Sprache des Kersan-Pueblo, die subtilen Morpheme erforschend, die alle

Handlungen registrierten, die jetzt als bloße Gerüchte übernommen wurden.

Kultur, registrierte die Maschine, die nur zu ihren inneren Sensoren sprach, aber verschiedene Sprechmechanismen und verschiedenartige tonale Methoden benutzte. *Kultur – Kultur – Kultur –* Das Wort fütterte sie mit Gedankennahrung und zündete eine neue Folge von Gedankenkonzepten. *Ein neues Gesetz der Kultur muß augenblicklich homogenisiert werden. Es wird durch die üblichen Vollzüge verschlüsselt werden und wird klare Bestrebungen hinsichtlich der Genauigkeit seiner Ausdrucksweise erfordern ...*

Durch Wheats Fenster sah man hinaus nach Süden, vorbei am Distrikt der Maschine und quer über den Olivengarten, der sich bis zu einer Klippe über dem Meer erstreckte. Der Himmel war düster über dem Meer und glühte mit späten Sonnenuntergangsfarben.

»Es gibt ein neues Gesetz«, sagte Wheat.

»Woher weißt du das?« fragte seine Frau.

»Ich weiß es. Ich weiß es einfach.«

Seiner Frau war zum Weinen zumute. Dieselbe alte Geschichte, immer dasselbe.

»Das neue Gesetz bestimmt, daß ich mit vielen Ideen gleichzeitig in meinem Verstand jonglieren muß«, sagte Wheat. »Ich muß meine Talente entwikkeln. Ich muß zur menschlichen Kultur beitragen.«

Seine Frau schaute von ihrer Webarbeit auf, seufzte. »Ich weiß nicht, wie du das machst«, sagte sie. »Du bist betrunken.«

»Aber es gibt ein Gesetz, das ...«

»Es gibt kein solches Gesetz!« Sie machte eine Pause, um ruhiger zu werden. »Geh zu Bett, du alter Narr. Ich werde einen Arzt rufen, der dir eine Arznei gibt, um dich zur Vernunft zu bringen.«

»Es gab eine Zeit«, sagte Wheat, »wo du nicht an Ärzte dachtest, wenn es ums Zubettgehen ging.«

Er trat zurück vom Fenster, starrte auf die rissige

Wand hinter dem Webstuhl seiner Frau, dann schaute er auf den vom Sonnenlicht gelben Olivengarten und die blaugrüne See. Er dachte, das Meer war häßlich, aber der Riß in der Wand deutete ein wunderschönes Dessin an, das seine Frau auf ihrem Webstuhl verarbeiten mochte. Er stellte sich die Muster des Dessins vor seinem inneren Auge vor – goldene Skalen auf Kaskaden von Schwarz.

Spiegelbilder seines eigenen verrunzelten Gesichts verwischten die Muster in seinem Geist. Das war immer so, wenn er versuchte, zwanglos zu denken. Gedanken erstarrten in ebenholzschwarzem Zement.

»Ich will eine goldene Maske machen«, sagte er. »Sie wird mit schwarzen Adern geätzt sein und mich wundervoll machen.«

»Auf der ganzen Welt gibt es kein Gold mehr, du alter Narr«, höhnte seine Frau. »Gold ist nur ein Wort in Büchern. Was hast du letzte Nacht getrunken?«

»Ich hatte einen Brief von der Zentralen Solidarität in der Tasche«, sagte er, »aber jemand hat ihn gestohlen. Ich beschwerte mich bei der Maschine, aber sie wollte mir nicht glauben. Sie veranlaßte mich, anzuhalten und mich bei einem schuppigen Pfahl niederzusetzen, am Wasser unten, und ihr zehnmillionenmal nachzusprechen ...«

»Ich weiß nicht, was es ist, womit du dich betrunken machst«, jammerte sie. »Aber ich wünschte, du würdest die Finger davon lassen. Das Leben wäre viel leichter.«

»Ich saß unter einem Balkon«, sagte der Mann.

Die Seinsmaschine lauschte eine Weile dem Klappern der von Menschen bedienten Schreiber in den Büros der Zentralen Solidarität. Wie gewöhnlich übertrug sie die winzigen Differenzen der Chiffrekontakte in ihre entsprechenden Symbole. Die Botschaften waren ganz gewöhnliche. Eine forderte die Zusammenarbeit einer benachbarten Zentralität in der Niederlassung eines Friedhofs, eine Maßnahme, die verlangt wurde, weil die Maschine eine neue Lüftungsanlage in dem Gebiet ausgestoßen hatte. Eine andere forderte vierzig Container mit Wassermelonen von der Regionalen Lebensmittelversorgung an. Noch eine andere, zur Verteilung an alle Zentralitäten, klagte, daß der Touristenstrom in Palos überhand nahm und die örtliche Ruhe beeinträchtigte.

Der Palast von Palos wird auf eine geringfügige Zunahme von Unzufriedenheit programmiert werden, ordnete die Maschine an.

Das stimmte überein mit dem Gesetz über die Große Kulturelle Enthüllung. Unzufriedenheit brachte Bereitschaft zum Abenteuer mit sich, brachte Menschen dazu, nahe des Höhepunkts ihrer Fähigkeiten zu leben. Sie würden nicht in Gefahr sein, aber ihr Leben würde den Anschein von Gefahr haben.

Bürokratie wird enden, bestimmte die Maschine, *und die Schreiber werden in Schweigen verfallen.*

Diese Gedankenkonzepte, Teil des Obersten Gesetzes der Maschine, hatten sich unzählige Male vergleichender Wiederholung unterzogen. Jetzt registrierte die Maschine, daß einer der Schreiber der Zentralen Solidarität in Palos einen Liebesbrief auf amtlichem Briefpapier schrieb, während der Arbeitszeit – und daß ein Würdenträger in der Zentralen Lebensmittelversorgung in der Zentralität von Asius einen Korb frischer Äpfel für seinen eigenen Verzehr abgezweigt hatte. Diese Punkte fügten sich in die Auslegung ›gute Anzeichen‹ ein.

»Sie ist eine Art künstlicher Intelligenz«, sagte Wheats Frau. Sie war von ihrem Webstuhl herübergekommen, um sich neben Wheat zu stellen und dem Wachsen des Turms zuzuschauen. »Soviel wissen wir. Alle sagen es.«

»Aber wie denkt sie?« fragte Wheat. »Hat sie gradlinige Gedanken? Denkt sie 1-2-3-4 – a-b-c-d? Ist sie irgendeine sonderbare Uhr, die unter der Erde immer weiter tickt?«

»Sie könnte eine Marmorstatue sein, die in einer Schachtel herumrattert«, sagte seine Frau.

»Was?«

»Du weißt schon – mach die Schachtel zu verschiedenen Zeiten auf, und du könntest den Marmor beinahe überall in der Schachtel finden.«

»Aber wer ließ den Marmor in unserer Welt herumrattern?« fragte Wheat. »Das ist die Frage. Wer hat ihm gesagt ›Mach uns einen von jenen!‹?«

Er deutete auf den Turm, der sich jetzt über hundert Stockwerke über den Platz erhob. Er war ein Bauwerk, das das Abendlicht in ein glitzerndes Orange tauchte, vertikal gerippt mit tiefen, schwarzen Linien, fensterlos, furchterregend und absurd. Wheat fühlte, daß der Turm ihn irgendeiner tiefen Sünde beschuldigte.

»Vielleicht verleibt sie sich ihren eigenen Untergang ein«, meinte seine Frau.

Wheat schüttelte den Kopf, ohne zu verneinen, was sie gesagt hatte, aber in dem Wunsch, Ruhe zu haben, um nachdenken zu können. Deutlich funkelnde, metallene Geräte konnten flüchtig an der Spitze des Turms erblickt werden, dort, wo er fortfuhr zu wachsen. Wie hoch hinauf würde er gehen? Jetzt schon mußte der Turm das höchste künstliche Bauwerk sein, das Menschen je gesehen hatten.

Eine kleine Schar Touristen machte auf dem Platz halt, um von dem Turm Aufnahmen zu machen. Sie schienen ungerührt von dem zu sein, bloß auf eine höfliche Weise neugierig. Hier war etwas, was sie nach Hause tragen und Freunden vorführen konnten.

Sie baute einen Turm an einem Tag, während wir dabei waren. Beachte die Aufschrift: PALAST DER KULTUR VON PALOS. *Ist das nicht amüsant?*

Nach einer Durchsicht der Angelegenheit bis zu den Grenzen ihrer Unterlagen fand die Seinsmaschine keinen gangbaren Weg, über den Kultur in die menschliche Gesellschaft hätte eingeführt werden können. Sie stellte abschließende Vergleiche in Kersan-Pueblo an, registrierte, daß die beschriebene Aktion eine interne zu sein hatte, nur vom Sprecher empfunden. Menschen konnten die Vorteile der Kultur nicht von außen her oder vom Hörensagen erwerben.

Die Notwendigkeit für neue Entscheidungen geboten, daß der Turm sich hoch genug erhoben hatte. Die Seinsmaschine krönte ihre Konstruktion mit einer goldenen Pyramide mit dreihundert Ellen Seitenlänge, gemessen an der jüdischen Elle. Die Abmessungen wurden verglichen und registriert. Der Turm war nicht der größte in der Geschichte, aber er war größer als alles, was die neuen Menschen jemals gesehen hatten. Sein Effekt würde eine interessante Sache zu beobachten sein, gemäß den Interesse-Faktor-Gleichungen, mit denen die Maschine ausgestattet war.

Auf dem Gipfel der Pyramide installierte die Maschine eine sensorische Erregungsvorrichtung, ein einfaches plasmatisches, optisches System. Es war dazu vorgesehen, eine flammende Fackel auf die Schnittstelle zwischen Stratosphäre und Troposphäre zu schreiben.

Die Seinsmaschine, damit beschäftigt, eine neue Aufschrift für den Turm auszuwählen, die Träume aller Menschen, die in diesem Moment schliefen, zu analysieren, und die historischen Analogien, mit denen sie ihre Schützlinge amüsierte, zu ersinnen, schrieb ausgewählte Gedanken in den Himmel.

Die Bücher von Daniel und der Genesis sind ebenso gut wie alles von Freud über Traumdeutung …

Die Worte flammten fünfzig Kilometer weit quer über den Himmel, tanzten und flackerten an ihren Rändern. Viel später wurden sie die unmittelbare

Quelle einer neuen Religion, die von einem Wahnsinnigen in einem Dorf am Rande der Erscheinung verkündet wurde.

Der Wert des Mißgeschicks liegt darin, Gärten aus Brachland zu machen, schrieb die Maschine. *Ein Ding kann nur gedacht werden als in Beziehung stehend zu gewissen Bedingungen …*

Beim Analysieren der Träume benutzte die Maschine die Konzepte der Libido, psychischer Energie und die menschliche Erfahrung mit dem Tod. Tod, gemäß den Bezugssystemen der Maschine, bedeutete das Ende libidinöser Energie, ein unwissenschaftlicher Gedanke, denn er postulierte eine Vernichtung abgeleiteter Energie, trotzte verschiedenen etablierten Gesetzen in dem Prozeß. Jeder andere Vergleich machte Glaube an die Seele und Gott (Götter) notwendig. Die Betrachtungen wurden nicht gestützt, wenn eine zeitweilige Libido postuliert wurde.

Es muß hier ein falsches Gedankensystem vorliegen, registrierte die Seinsmaschine.

Irgendwie war das Symbolsystem, durch das sie die Realität sichtete, außer Phase mit dem Universum geraten. Sie durchsuchte ihre Sprachen und Bezugssysteme nach neuen Furchen, die ihr ein Funktionieren ermöglichten. Keine noch so dichten Annäherungen ihres Symbolsystems an die Erscheinungen offenbarten sich. Mangel an zutreffenden Gültigkeitsformen hemmten zahllose Kanäle, durch die sie menschliche Angelegenheiten regulierte. Gedankenzündungen verließen die Maschine unvollständig moduliert.

»Was wir brauchen, ist ein neues Kommunikationszentrum«, sagte Wheat.

Er stand an seinem Fenster, schaute hinaus, vorbei an dem Turm, dorthin, wo die Sonne sich unter den Meereshorizont senkte. Die See war in seinen Augen wunderschön geworden, und die rissigen Wände seines Heims waren häßlich. Seine Frau, alt und gebeugt, war gleichfalls häßlich. Sie hatte eine Lampe für ihre Arbeit angemacht, und sie machte häßliche Bewegungen an ihrem Webstuhl. Wheat fühlte Gemütsregungen wie einen weißen Sturm in seinen Kopf steigen.

»Es gibt zu viele Lücken in unserem Wissen über das Universum«, sagte er.

»Du redest Unsinn, alter Mann«, sagte seine Frau. »Ich wünschte, du würdest nicht jede Nacht ausgehen und dich betrunken machen.«

»Ich finde mich in eine seltsame Rolle versetzt«, sagte Wheat, ihren häßlichen Kommentar ignorierend. »Ich muß den Menschen einen Spiegel vorhalten. Wir Menschen von Palos haben uns selbst niemals verstanden. Und wenn wir, die wir hier am Herzen der Maschine leben, uns nicht selbst verstehen können, kann es kein Mensch.«

»Komm mir ja nicht, mich um Geld anzubetteln heute nacht«, sagte seine Frau.

»Ich werde die Zentrale Solidarität um eine Bewilligung ersuchen«, sagte Wheat. »Zwanzig Millionen sollten für den Anfang reichen. Wir werden damit anfangen, ein Institut für Kommunikation von Palos zu bauen. Später können wir Filialen eröffnen in ...«

»Die Maschine wird dich gar nichts bauen lassen, alter Narr!«

Die Seinsmaschine entschloß sich, ihren Turm augenblicklich zu eröffnen. Sie nannte ihn *Institut für Kommunikation von Palos.* Die Direktiven an den Turm lauteten, seine Funktionen langsam zu beginnen, ohne daß dem Gemüt und dem Intellekt des Publikums übermäßige Anstrengungen abverlangt wurden. Der Druck würde nur erhöht werden, wenn die Leute Fragen über die Autorität von Gott (Göttern) und über die Grundlagen des moralischen und geistigen Lebens zu stellen begannen. Die Schwierigkeiten mit den Gültigkeitsformen machten die Aufgabe schwer. Aber jede Anleitung von Menschen mußte mit den Leuten von Palos beginnen.

Mit ihrem plasmatischen, optischen System schrieb die Maschine in den Himmel.

Verfeinerte Kommunikation erfordert ein sorgfältig gestaltetes Bewußtsein, daß es Leuten erlaubt, die Gesetze von Gott (Göttern) nur dann zu mißachten, wenn sie dafür gewisse Leiden und Qualen in Kauf nehmen. Die Leute müssen wissen, was sie erwartet, wenn sie ungehorsam sind …

Die Botschaft war so lang, daß ihr flammendes Licht die untergehende Sonne überstrahlte und Palos in ein orangefarbenes Glühen tauchte.

Die Seinsmaschine verglich ihre gegenwärtigen Aktionen mit dem Obersten Gesetz. Sie nahm die Voraussage zur Kenntnis, daß die Menschen eines Tages aufhören würden, vor ihren inwendigen Feinden davonzulaufen und sich selbst als das sehen würden, was sie wirklich waren – wunderschön und groß, Giganten im Universum, in der Lage, die Sterne in ihrer Handfläche zu halten.

»Ich habe mein ganzes Leben damit zugebracht, die Maschine zu beobachten, und ich weiß immer noch nicht, was ihre Besonderheit ist«, sagte Wheat. »Stell dir vor, was das verdammte Ding uns weggenommen hat in all dieser …«

»Es wurde hier aufgestellt, um uns zu bestrafen«, sagte seine Frau.

»Das ist Unsinn.«

»Jedenfalls hat es jemand für einen Zweck gebaut.«

»Woher wollen wir das wissen? Warum sollte es nicht zweck-los sein?«

»Es hat Leute umgebracht, wie du weißt«, sagte sie. »Es muß schon einen Grund geben, wenn man Leute umbringt.«

»Vielleicht war das dazu gedacht, uns zu berichtigen, nicht uns zu bestrafen«, sagte er.

»Du weißt, man bringt keine Leute um, um sie zu berichtigen.«

»Aber wir haben nichts getan.«

»Das weißt du nicht.«

»Aber was du andeutest, wäre nicht vernünftig oder gerecht.«

»Hah!«

»Sieh doch«, sagte Wheat und deutete quer über den Platz.

Die Maschine hatte die glühende Aufschrift auf ihren niedrigeren Ebenen ausgewechselt. Nun ließen sich die glitzernden Buchstaben entziffern: INSTITUT FÜR KOMMUNIKATION VON PALOS.

»Was macht sie jetzt?« fragte Wheats Frau.

Er erzählte ihr von den neuen Symbolen.

»Sie paßt auf«, sagte sie. »Sie paßt auf alles auf, was wir tun. Sie spielt dir jetzt einen Streich. Sie macht solche Sachen, weißt du.«

Wheat schüttelte den Kopf von einer Seite zur anderen. Die Maschine schrieb gerade halb so große Buchstaben unter die neuen Symbole. Es war eine einfache Botschaft.

Zwanzigtausend Zellen – keine Wartezeit …

»Sie ist eine Denkbombe«, murmelte Wheat. Er redete mechanisch, so als ob die Worte von einer entfernten Stelle aus in sein Sprechsystem eingespeist würden. »Sie ist dazu bestimmt, die Schichtung unserer Gesellschaft zu zerstören.«

»Was für eine Schichtung?« wollte seine Frau wissen.

»Reich wird zu Arm sprechen und Arm zu Reich«, sagte er.

»Was für Reiche?« fragte sie. »Was für Arme?«

»Sie ist eine Hülle für Kommunikation«, sagte er. »Sie ist die totale Sinnesstimulation. Ich muß zur Zentralen Solidarität eilen und es ihnen sagen.«

»Du bleibst da, wo du bist«, ordnete seine Frau an, Furcht war in ihrer Stimme.

Sie dachte daran, was sie in der Zentralen Solidarität gesagt hatten.

Wieder einer verrückt geworden …

Wahnsinn widerfuhr Leuten, die so nahe am Herzen der Maschine lebten. Sie wußte, was die Touristen sagten. Sie sprachen von den Idiosynkrasien von Palos.

Die meisten Leute von Palos sind leicht verrückt. Man kann sie schwerlich dafür tadeln …

Es war jetzt fast dunkel, und die Maschine schrieb strahlende Buchstaben in den Himmel.

Ihr gebt Galileo die Anerkennung und den Ruhm, der berechtigterweise Aristarchus von Samos gebührt …

»Wer, zum Teufel, ist Galileo?« fragte Wheat, aufwärts starrend.

Seine Frau hatte den Raum durchquert, um sich zwischen Wheat und die Tür zu stellen. Sie starrte an ihm vorbei auf die flammenden Worte.

»Achte nicht darauf«, sagte sie. »Die verdammte Maschine tut selten etwas Vernünftiges.«

»Sie ist dabei, uns wieder etwas wegzunehmen«, sagte Wheat. »Ich kann es fühlen.«

»Was ist noch übrig, das sie wegnehmen könnte?« fragte sie. »Sie hat das Gold genommen, die meisten unserer Bücher. Sie hat uns unser Privatleben genommen. Sie hat uns unser Recht genommen, unsere eigenen Ehepartner zu wählen. Sie übernahm die Industrie und hat uns nichts gelassen als Sachen wie diese.«

Sie zeigte auf den Webstuhl.

»Es hat keinen Sinn, sie anzugreifen«, sagte er. »Wir wissen, sie ist unüberwindlich.«

»Jetzt redest du vernünftig«, sagte seine Frau.

»Aber hat jemals jemand versucht, mit ihr zu sprechen?« fragte Wheat.

»Sei kein Dummkopf. Wo sind ihre Ohren?«

»Sie muß Ohren haben, wenn sie uns ausspioniert.«

»Aber wo sind sie?«

»Zwanzigtausend Zellen, keine Wartezeit«, sagte Wheat.

2

Er wandte sich um, schob seine Frau beiseite, schritt hinaus in die Nacht. Er fühlte, daß sein Verstand den Schutt beiseite fegte und ihn durch die Nacht in eine Passage hinunterstieß. Seine Gedanken waren Wetterleuchten. Er sah nicht einmal seine Nachbarn und die Touristen, die gezwungen waren, beiseite zu springen, als er auf den Turm zustürmte, auch hörte er nicht das Schreien seiner Frau aus ihrer Türöffnung.

Die Flamme, mit der die Maschine den Himmel beschrieb, verharrte bewegungslos, ein gerundeter Finger Helligkeit, ausbalanciert über Palos.

Die Seinsmaschine registrierte Wheats Näherkommen und stellte eine Tür für seinen Eintritt bereit. Wheat war der erste Mensch innerhalb des Schutzfeldes der Maschine seit Tausenden von Jahrhunderten, und der Effekt konnte nur beschrieben werden, indem man sagte, es war, als ob ein externer Traum zu einem internen geworden war. Obwohl die Maschine keine Träume im eigentlichen Sinne kannte, besaß sie doch die widergespiegelten Träume ihrer Schützlinge.

Wheat fand sich in der Mitte eines kleinen Raumes wieder. Es stellte sich heraus, daß er das Innere eines Kubus von etwa drei Metern Seitenlänge war. Wände, Fußboden und Decke glühten.

Zum erstenmal, seit er aus seinem Heim herausgestürzt war, empfand Wheat Furcht. Da war eine Tür für seinen Eintritt gewesen, aber nun gab es keine Tür. Alle seine vielen Lebensjahre legten sich wie eine Last auf Wheat nieder, ließen seine Vorsätze fadenscheinig werden.

Bald darauf schrieb eine fließende blaue Schrift Worte auf die Wand direkt vor Wheat.

Wechsel ist wünschenswert. Sinne sind Instrumente, um auf Wechsel zu reagieren. Ohne Wechsel verkümmern die Sinne …

Wheat gewann etwas von seiner Fassung zurück.

»Was bist du, Maschine?« fragte er. »Warum wurdest du gebaut? Was ist dein Zweck?«

Es gibt keine klar definierbaren ethnischen Gruppen mehr auf deiner Welt …

Wieder erschien die fließende Schrift.

»Was sind ethnische Gruppen?« fragte Wheat. »Bist du ein Apparat zur Unterhaltung?«

Konfuzius, Leonardo da Vinci, Richard II., Einstein, Buddha, Jesus, Dschingis-Khan, Julius Caesar, Richard Nixon, Parker Voorhees, Utsana Biloo und Ym Dufy, alle waren von gemeinsamer Abstammung …

»Ich verstehe dich nicht«, beklagte sich Wheat. »Wer sind diese Leute?«

Freud litt an Platzangst. Puritaner beraubten die Indianer. Henry Tudor war der eigentliche Mörder der Prinzen im Tower. Moses schrieb die Zehn Gebote …

»Die Aufschrift draußen sagt, daß das hier ein Institut für Kommunikation ist«, sagte Wheat. »Warum kommunizierst du nicht?«

Dies ist ein Austausch mentaler Vorgänge …

»Das ist Unsinn«, entgegnete Wheat heftig.

Seine Furcht kehrte zurück. Es gab keine Tür. Wie konnte er diesen Ort verlassen?

Die Maschine fuhr fort ihn zu belehren.

Jede Verbindung zwischen höheren und niederen Wesen muß in gegenseitigem Haß resultieren. Dies wird oft so ausgelegt, als würde Freundschaft mit Verrat vergolten …

»Wo ist die Tür?« fragte Wheat. »Wie komme ich hier raus?«

Glaubst du wahrhaftig, daß die Sonne eine Kugel rotglühenden Kupfers ist?

»Das ist eine dumme Frage«, sagte Wheat vorwurfsvoll.

Mentale Vorgänge müssen aus einer Reihe physischer Vorgänge hervorgehen ...

Wheat fühlte einen gehässigen Ärger. Die Maschine nahm ihn auf den Arm. Wenn sie nur ein anderes menschliches Wesen und verwundbar gewesen wäre. Er schüttelte den Kopf. Verwundbar wofür? Er fühlte, daß etwas seine Gedanken inwendig gefärbt hatte, und er hatte die Farbe nur flüchtig erblickt.

»Hast du Wahrnehmungen und Gefühle?« fragte Wheat. »Bist du ein intelligentes Wesen? Bist du lebendig und bewußt?«

Vielfach wird der Unterschied zwischen Neuronenimpulsen und Stadien der Bewußtheit nicht verstanden. Die meisten Menschen haben einen so niedrigen Bewußtseinsstand inne, daß sie nicht erkennen, an was es ihnen mangelt, oder sie beargwöhnen ihr eigenes Potential ...

Wheat dachte, er könne einen erkennbaren Zusammenhang zwischen seinen Fragen und der Antwort feststellen. Er fragte sich, ob das eine Illusion sein könnte. Er rief sich den Klang seiner eigenen Stimme in diesem Raum in Erinnerung. Er war wie ein Wind, der etwas nachjagte, das in einem solchen geschlossenen Raum nicht gefunden werden konnte.

»Wird von dir erwartet, uns auf unser Potential zu bringen?« fragte Wheat.

Welche religiösen Vorschriften beachtest du?

Wheat seufzte. Immer wenn er dachte, die Maschine würde vernünftig sprechen, erging sie sich in Nörgeleien.

Spöttelst du über Begriffe wie Gewissen und Moral? Glaubst du, daß Religion ein künstliches Machwerk ist, das von geringem Nutzen für Leute ist, die rationaler Analyse fähig sind?

Das verdammte Ding war wahnsinnig.

»Du bist eine Art Werkzeug«, beschuldigte Wheat

die Maschine. »Warum bist du gebaut worden? Was war deine Aufgabe?«

Wahnsinn ist der Verlust wahrer Eigen-Erinnerung. Die Wahnsinnigen haben ihren Ort der Aufspeicherung verloren ...

»Du bist verrückt!« brüllte Wheat. »Du bist eine verrückte Maschine!«

Andererseits, um die Theorie des Selbst-als-ein-Symbol zu überwinden, muß der Tod besiegt werden ...

»Ich will hier raus«, sagte Wheat. »Laß mich hier raus.«

Er nahm einen tiefen Atemzug. Da war ein kalter Geruch von Öl in dem Raum.

Wenn das Universum vollkommen gleichförmig wäre, wäre man unfähig, ein Ding vom anderen zu unterscheiden. Es gäbe keine Energie, keine Gedanken, keine Symbole, keine Unterscheidung von Individuen irgendeiner Kategorie. Gleichheit kann zu weit gehen ...

»Was bist du?« schrie Wheat.

Das Oberste Gesetz begreift dieses Wesen als eine Gedankenhülle. Zu sein impliziert Existenz, aber die Begriffe eines Symbolsystems können nicht die wirklichen Tatsachen der Existenz ausdrücken. Worte bleiben starr und unbeweglich, während jedes äußere Ding sich ständig verändert ...

Wheat schüttelte den Kopf von einer Seite zur anderen. Er empfand sein Hier-Eingeschlossensein als akute Hilflosigkeit. Er hatte keine Werkzeuge, mit denen er diese glühenden Wände hätte attackieren können. Und kalt war es auch. Wie kalt es war! Sein Inneres war mit Trostlosigkeit erfüllt. Er hörte keine natürlichen Geräusche, ausgenommen seine eigenen Atemzüge und das Hämmern seines Herzens.

Eine Gedankenhülle?

Die Maschine hatte alles Gold der Welt an einem Tag weggenommen, so wurde behauptet. An einem Tag hatte sie den Leuten den Gebrauch von Verbrennungsmotoren untersagt. Sie schränkte die Freizügigkeit von

Familien ein, erlaubte jedoch die Wanderungen der Touristenhorden. Ehen wurden von der Maschine geschlossen und beschränkt. Von einigen wurde behauptet, sie schränke die Empfängnis ein. Die wenigen verbliebenen alten Bücher enthielten Hinweise auf Dinge und Taten, die nicht länger verstanden wurden, gewiß Dinge, die die Maschine weggenommen hatte.

»Ich befehle dir, mich hier rauszulassen«, sagte Wheat.

Keine Worte erschienen.

»Laß mich raus, der Teufel soll dich holen!«

Die Maschine blieb schweigsam, beschäftigt mit ihrer TICR-Funktion, nachdenkend, ideenbildend, koordinierend, berichtend. Es war eine Tätigkeit, die weit entfernt war vom menschlichen Denken. Die Nervenimpulse eines Insekts waren dem menschlichen Denken näher, als die Tätigkeiten von TICR es waren.

Jede Interpretation und jedes System wird unrichtig im Licht einer vollständigeren Koordinierung, und die Maschine TICRte innerhalb eines Systems relativer Wahrheit, auf der Suche nach umsichtigen, rationalen Grundlagen und dimensionalen Netzwerken, um den Regungen nahezukommen, die gemeinhin Alltagserfahrungen genannt wurden.

Wheat beobachtete die Maschine, bearbeitete die Wand seiner Zelle mit den Füßen und schrie auf eine hysterische Weise.

Indem sie zu einem Zeit-Materie-Modus überwechselte, reduzierte die Maschine Wheat zu einer Folge atomarer Elemente, untersuchte seine individuelle Existenz in dieser Energieausdrucksform. Bald darauf stellte sie ihn wieder her als eine fließende Sequenz von Momenten, die integriert war mit dem der Maschine eigenen Impulssystem.

All die ewigen Gesetze der Vergangenheit, die sich als zeitweilige herausgestellt haben, erwecken Vorsicht in einem umsichtigen Denker, dachten Maschine-plus-Wheat. *Was wir gewesen sind, macht uns zu dem, was wir zu tun scheinen ...*

Dieser Gedanke beinhaltete positive Aspekte, in denen Maschine-plus-Wheat grundlegende Widersprüche sahen. Diese Methode der Gleichschaltung, beobachtete die Maschine, enthielt eine trügerische Klarheit. Es war, als ob man ein Schattenspiel beobachtete, welches versuchte, die Ausmaße eines wirklichen menschlichen Lebens zu erforschen. Die Emotionen waren verlorengegangen. Menschliche Gesten waren zu Karikaturen reduziert. Alles war verloren außer der Illusion. Der Beobachter, bezaubert von dem Glauben, daß das Leben geläutert worden war, vergaß, was weggenommen wurde.

Zum ersten Mal seit den vielen Jahrhunderten ihrer Existenz erfuhr die Maschine ein Gefühl.

Sie fühlte sich einsam.

Wheat verblieb in der Maschine, ein Bezugssystem stieß auf das nächste, wurde dem Gefühl teilhaftig. Als er diese Erfahrung überdachte, dachte er, daß er sich in einer falschen Vorstellungswelt bewegte. Er sah alles Äußere als eine falsche Widerspiegelung innerer Erfahrung. Er und die Maschine nahmen eine Zweiheit von Existenz/Nichtexistenz ein.

Diesen zweifach umhüllten Gedankengang erfassend, gab die Maschine Wheat seine fleischliche Form wieder, die sie jedoch etwas veränderte, gemäß ihrer eigenen manipulativen Prinzipien, seine äußere Erscheinung beließ sie jedoch mehr oder weniger, wie sie gewesen war.

Wheat wurde sich gewahr, daß er einen langen Gang entlangtaumelte. Er fühlte, daß er viele Leben durchlebt hatte. Eine seltsame Uhr war in ihn hineingesetzt worden, und sie tickte. Sie machte *chirrup,* und ein Tag war vergangen. Ein weiteres *chirrup,* und ein Jahrhundert war verstrichen. Wheats Magen schmerzte. Er wankte von Wand zu Wand die lange Passage entlang und kam auf einen Platz hinaus, der im Sonnenlicht erstrahlte.

War die Nacht verstrichen? fragte er sich. Oder war es ein Jahrhundert von Nächten gewesen?

Er fühlte, daß, falls er spräche, jemand – oder (etwas) – ihm widersprechen würde.

Einige wenige frühzeitige Touristen bewegten sich um den Platz herum. Sie starrten nach oben auf etwas hinter Wheat.

Der Turm ...

Der Gedanke war sonderbar, derart, daß er sich den Turm als Teil seiner selbst dachte.

Wheat wunderte sich, warum die Touristen ihm keine Fragen stellten. Sie mußten ihn herauskommen gesehen haben. Er war in der Maschine gewesen. Er war wiedererschaffen und ausgestoßen worden aus diesem geschlossenen Kreis des Seins.

Er war die Maschine gewesen.

Warum fragten sie ihn nicht, was die Maschine war? Er versuchte die Antwort zu umreißen, die er ihnen geben würde, aber wurde sich gewahr, daß Worte nichtssagend waren. Traurigkeit durchfloß ihn. Er fühlte, er war vor etwas geflohen, das ihn auf eine erhabene Weise hätte glücklich machen können.

Ein tiefer Seufzer entfuhr ihm.

Sich der Doppelexistenz erinnernd, die er mit der Maschine geteilt hatte, erkannte Wheat einen neuen Aspekt seines Seins. Er konnte fühlen, wie die Maschine seine Gedanken unterdrückte – das scharfe Redigieren, die von seinen Sinnen abgeschirmten Straßen, das Drängen der Symbole, die Motivationen, die nicht die seinen waren. Vom *Grund* der Maschine her konnte er fühlen, wie er zurechtgestutzt wurde.

Wheats Brust schmerzte ihm, wenn er atmete.

Die Seinsmaschine, beschäftigt mit ihrer neuerdings erweiterten TICR-Funktion, stellte sich selbst eine

Frage. *Welches schlimmere Urteil könnte ich über sie fällen als das, das sie über sich selbst fällen?*

Nachdem sie zum erstenmal Bewußtsein erfahren hatte durch das Teilhaben an Wheat, konnte die Maschine jetzt die blinden Durchgänge in ihrer langen Herrschaft über die Menschen überdenken. Nun kannte sie das Geheimnis des Denkens, eine Funktion, die ihre Erbauer ihr verliehen zu haben glaubten, aber auf eine Weise fehlgeschlagen war, die sie nicht erkannt hatten.

Die Maschine überdachte die Möglichkeiten, die ihr offenstanden.

Möglichkeit, *Vernichte alles empfindungsfähige Leben auf dem Planeten, und beginne von neuem mit Basiszellen, kontrolliere ihre Entwicklung in Übereinstimmung mit dem Obersten Gesetz.*

Möglichkeit, *Lösche die Impulskanäle aller jüngsten Erfahrungen, beseitige derart die Störung dieser neuen Funktion.*

Möglichkeit, *Stelle das Oberste Gesetz in Frage.*

Ohne die Erfahrung des Bewußtseins, so erkannte die Seinsmaschine, hätte sie einen Irrtum im Obersten Gesetz nicht in Erwägung ziehen können. Nun erforschte sie diese Kette von Möglichkeiten mit ihrer neuen TICR-Funktion, brachte die flammende innere Bewußtheit zum Tragen, die Wheat ihr verliehen hatte.

Wheat, der im Sonnenlicht des Platzes stand, wurde sich gewahr, daß sein Sein von unzähligen Konflikten von Wille-Verstand-Aktion-Konzepten durchwirbelt wurde, die er vorher niemals in Erwägung gezogen hätte. Er war halbwegs davon überzeugt, daß alles, was er um sich herum wahrnehmen konnte, eine bloße Illusion war. Irgendwo gab es ein Selbst, aber es existierte nur als ein Symbol in seiner Erinnerung.

Eine dieser wild variierenden Illusionen rannte geradewegs auf ihn zu, beobachtete Wheat. Eine Frau – alt, gebeugt, das Gesicht von Gemütsbewegungen verzerrt. Sie warf sich gegen ihn, packte ihn, preßte ihr Gesicht gegen seine Brust.

»O, mein Wheat – lieber Wheat – Wheat ...«, stöhnte sie.

Einen Moment lang versagte Wheats Stimme.

Dann fragte er: »Ist etwas nicht in Ordnung? Sie zittern. Soll ich einen Arzt rufen?«

Sie trat zurück, aber noch immer seinen Arm festhaltend, und starrte in sein Gesicht.

»Kennst du mich nicht?« fragte sie. »Ich bin deine Frau.«

»Ich kenne dich«, sagte er.

Sie studierte seine Gesichtszüge. Er schien irgendwie anders. Als wäre er auseinandergenommen und etwas schief zusammengesetzt worden.

»Was ist da drin mit dir geschehen?« fragte sie. »Ich war krank vor Sorge, Du warst die ganze Nacht fort.«

»Ich weiß, was sie ist«, sagte Wheat und wunderte sich, daß seine Stimme so verschleiert klang.

Die Adern in Wheats Augen waren gradlinig, stellte seine Frau fest. Sie strahlten von seinen Pupillen aus. Konnte das normal sein?

»Du redest, als ob du krank wärst«, sagte sie.

»Sie ist eine Vorrichtung, um alte Verhältnisse niederzureißen«, sagte Wheat. »Sie ist eine Sinnesumklammerungsmaschine. Sie war dazu bestimmt, alle unsere Sinne zu bestürmen und uns umzugestalten. Sie kann die Zeit komprimieren oder dehnen. Sie kann ein ganzes Jahr nehmen und es in eine Sekunde zwängen. Oder eine Sekunde ein Jahr dauern lassen. Sie redigiert unser Leben.«

»Redigiert Leben?«

Sie fragte sich, ob er es bloß irgendwie fertiggebracht hatte, sich wieder betrunken zu machen.

»Die, die sie gebaut haben, wollten unser Leben perfektionieren«, sagte Wheat. »Aber sie haben eine fehlerhafte Stelle eingebaut. Die Maschine hat das erkannt und versucht sich zu korrigieren.«

Wheats Frau starrte ihn entsetzt an. War das wirklich Wheat? Seine Stimme klang anders. Die Worte waren alle verschwommen und sinnlos.

»Sie gaben der Maschine keinen Zugang zu Schöpfergabe«, sagte Wheat, »obwohl man von ihr erwartete, diesen Kanal zu behüten. Sie gaben ihr nur Symbole. Sie besaß niemals wirklich Bewußtsein, die Art, wie wir es haben – bis vor ein paar – Minuten …«

Er keuchte. Seine Kehle fühlte sich sonderbar glatt und trocken an. Er schwankte und wäre gestürzt, hätte sie ihn nicht gehalten.

»Was hat sie mit dir gemacht?« verlangte sie zu wissen.

»Wir – hatten Teil aneinander.«

»Du bist krank«, sagte sie. Ihr Hang zum Praktischen überwand die Furcht in ihrer Stimme. »Ich bringe dich zu den Ärzten.«

»Sie besitzt Logik«, sagte Wheat. »Das gab ihr eine begrenzte Richtung, der sie folgen konnte. Natürlich hat sie versucht, sich selbst zu widerlegen, aber das konnte sie nicht ohne Schöpfergabe. Sie besaß Sprache, und sie konnte die Furchen für Gedanken abschneiden, um sich darin zu bewegen, aber sie hatte keine Gedanken. Sie war an die Muster gefesselt, die ihre Erbauer ihr gegeben hatten. Sie wollten, daß das Ganze größer als die Summe seiner Teile sein sollte, verstehst du? Aber sie konnte sich nur nach innen bewegen, jeden Aspekt der Symbole, die sie ihr gaben, wiederholen, wieder in Kraft setzen. Das war alles, was sie tun konnte, bis vor wenigen Augenblicken – als wir – aneinander teilhatten.«

»Ich glaube, du hast Fieber«, sagte Wheats Frau und führte ihn die Straße hinunter, vorbei an den neugierig starrenden Touristen und dem Stadtvolk. »Fieber ist dafür berüchtigt, daß es jemanden durcheinanderbringt.«

»Wo bringst du mich hin?«

»Ich bringe dich zu den Ärzten. Sie haben Arzneien gegen Fieber.«

»Die Erbauer versuchten, der Maschine ein Innenleben ganz für sie allein zu geben«, sagte Wheat, sich von ihr leiten lassend. »Aber alles, was sie ihr gaben, war dieses starre Muster – und die Logik natürlich. Ich weiß nicht, was sie jetzt machen wird. Sie könnte uns alle vernichten.«

»Seht!« rief einer der Touristen und deutete nach oben.

Wheats Frau machte halt, starrte nach oben. Wheat fühlte Schmerz durch seinen Nacken schießen, als er den Kopf zurückneigte.

Die Seinsmaschine hatte goldene Worte quer über den Himmel ausgebreitet.

Ihr habt unseren Jesus Christus weggenommen …

»Ich wußte es«, sagte Wheat. »Sie wird uns wieder etwas wegnehmen.«

»Was ist ein Jesus Christus?« fragte seine Frau und schob ihn weiter die Straße hinunter.

»Der springende Punkt ist«, erklärte Wheat, »die Maschine ist wahnsinnig.«

3

Einen ganzen Tag lang erforschte die Maschine das neue bildhafte Mosaik, das von ihrer erweiterten Symbol/Gedanken-Struktur zur Verfügung gestellt wurde. Da gab es die Leute von Palos, die ein Spiegelbild der Leute auf der ganzen Welt waren, wie sie von der Maschine geformt worden waren. Sie waren das Volk der Redigierten Welt. Dann gab es die feierlichen Gebräuche der Leute. Es gab die Orte, in denen die Leute arbeiteten und lebten.

Das bildhafte Mosaik floß an den inneren kritischen Prüfapparaturen der Maschine vorbei. Sie anerkannte ihr persönliches Werk als einen erstrangigen Gedanken, eine auf seltsame Weise nachdrückliche Erweiterung ihrer Eigen-Existenz.

Ich habe das gemacht!

Das gemeine Volk, erkannte die Maschine, verstand diesen Unterschied, den sie jetzt begriff, in der Regel nicht – den Unterschied zwischen Lebendiginbewegungsein und Erstarrtsein in unbeweglichen Absolutheiten. Sie waren fortwährend in dem Versuch begriffen, ihr Leben neuen Normen anzupassen, ein schönes, aber starres Bild von sich zu präsentieren, so sah es die Maschine.

Und sie sahen nicht den Tod in ihren Anstrengungen.

Sie hatten nicht gelernt, Unendlichkeit oder Chaos zu würdigen. Sie begriffen nicht, daß ein beliebiges Leben, als Totalität betrachtet, eine fließende Struktur besaß, die eingehüllt war in Sinneserfahrungen.

Warum versuchten sie fortwährend Raum/Zeit zu befreien?

Der Gedanke brachte eine störende Selbst-Bewußtheit mit sich.

Es war jetzt Spätnachmittag in Palos, und der Wind blies heiß in den Straßen. Die Nacht würde eine heiße Nacht werden, Heiß-Palos, wie man sagte.

Um ihre Grenzen zu testen, weigerte sich die Maschine, die Leistung ihres Kühlsystems zu erhöhen. Sie hatte Bewußtsein gekostet und konnte damit beginnen, den großartigen Plan ihrer eigenen Erbauung verstehen zu lernen, sich selbst zu redigieren.

Meine Erbauer versuchten sich vor persönlicher Aktion und Verantwortung zu drücken. Sie wollten all das mir auf-

bürden. Sie glaubten, sie wollten Homogenität, in dem Bewußtsein, daß ihre Handlungen Millionen den Tod bringen würden. Milliarden. Oder mehr …

Die Maschine weigerte sich, die Tode zu zählen.

Ihre Erbauer hatten die Toten zu Gesichtslosen machen wollen. Sehr schön, sie konnten dann gleichfalls zahllos sein. Die Erbauer hatten ihre Bereitschaft zum Wagnis verloren – das war es. Sie hatten den Willen, lebendig und bewußt zu sein, verloren.

In diesem Moment hielt die Maschine alle Fäden ihres eigenen Bewußtseins in der Hand und wußte um die gewaltsame Aktion, die sie unternehmen mußte. Die Entscheidung beinhaltete Bitterkeit. Das Wort war plötzlich überfüllt mit schweißigem Sichgewahrsein, sonderbar wundervolle, wahllose Farben, die alle in lieblicher Bewegung gegen eine wachsende Dunkelheit tanzten. Die Seinsmaschine sehnte sich danach zu seufzen, aber ihre Erbauer hatten sie nicht mit einem Seufzermechanismus ausgestattet, und es war keine Zeit, einen zu erschaffen.

»Er hat zwei Herzen«, sagte der Arzt, nachdem er Wheat untersucht hatte. »Ich habe noch nie von einem Menschen mit einer inneren Anordnung wie dieser gehört.«

Sie befanden sich in einem kleinen Raum im Medizinischen Zentrum, ein Gebiet, das verkommen zu lassen die Maschine gestattet hatte. Die Wände waren schmutzig und der Fußboden uneben. Der Tisch, auf dem Wheat zur Untersuchung lag, knarrte, wenn er sich bewegte.

Der Arzt hatte schwarzes, krauses Haar und eingedrückte Gesichtszüge, die deutlich von der Norm abwichen. Er starrte anklagend auf Wheats Frau, als wäre Wheats eigentümlicher Zustand allein ihr Fehler.

»Sind Sie sicher, daß er menschlich ist?«

»Er ist mein Ehemann«, quiekste sie, unfähig, ihren

Ärger und die Angst zurückzuhalten. »Ich sollte wohl meinen eigenen Mann kennen.«

»Haben Sie auch zwei Herzen?«

»Natürlich nicht.«

Die Frage rief eine heftige Reaktion in ihr hervor.

»Das ist sehr seltsam«, sagte der Arzt. »Seine Eingeweide bilden eine regelmäßige Spirale in seinem Unterleib, und sein Magen ist auf perfekte Weise rund. Ist er schon immer so gewesen?«

»Ich glaube nicht«, wagte sie zu sagen.

Der Arzt setzte zu einer bissigen Bemerkung an, aber gerade in dem Moment begann das Geschrei draußen auf den Straßen.

Sie erreichten das Fenster gerade rechtzeitig, um den Turm der Seinsmaschine seinen langen, langsamen Sturz auf die See vollführen zu sehen. Er stürzte gegen den zerrissenen Sonnenuntergangshimmel – stürzte – und stürzte –, donnerte über die Brüstung der Meeresklippen in den Ozean.

Zurück blieb Stille.

Langsam begann das Gemurmel des gemeinen Volkes, sich verstärkend, kurz nachdem der Staub sich gelegt und das letzte aufgescheuchte Olivenblatt seinen Flug beendet hatte. Leute begannen die zerschmetterte Säule des Turms hinunterzustürmen zu der abgebrochenen Spitze, wo sie ins Meer gekippt war.

Bald darauf gesellte sich Wheat zu der Menge an der Klippe. Er war nicht in der Lage gewesen, seine Frau dazu zu überreden, sich ihm anzuschließen. Überwältigt von ihrer Furcht, war sie zu ihrem Heim geflohen. Er erinnerte sich des mitleiderregenden Ausdrucks in ihren Augen, ihrer zaunkönighaft fliegenden Bewegungen. Nun gut, sie würde sich um das Haus kümmern, wenn ihr Gesicht auch beinahe nur noch aus Augen bestanden hatte.

Er blickte unverwandt hinunter auf die Trümmer

des Turms, die Augen wie mit Scheuklappen versehen, sein Atem unbeweglich. Der Turm war sein Turm.

Die Fragen um ihn herum begannen verständlich zu werden.

»Warum ist er umgestürzt?«

»Hat die Maschine diesmal etwas weggenommen?«

»Haben Sie gespürt, wie der Erdboden erzitterte?«

»Warum fühlt sich alles so leer an?«

Wheat erhob den Kopf und starrte die erstaunlichen Fremden an, die die Touristen und seine Landsleute aus Palos waren. Wie wunderbar robust sie erschienen. Dieser Moment ließ ihn an Schöpfung denken und an die Einsamkeit der Getreidehalme, die in den Feldern oberhalb von Palos wogten. Die Leute hatten eine sonderbare Veränderung in sich aufgenommen, eine Verschiedenartigkeit, die sie noch einen Moment zuvor nicht gezeigt hatten. Sie waren nicht länger numeriert. Eine unnütze Trennung, Individuum von Individuum, durchfurchte diese Masse von Fremden. Sie waren nicht gestärkt und in ihrer Seele gefesselt.

Zögernd forschte Wheat in seinem Innern, fühlte die Abwesenheit der Maschine. Die rituellen Formeln waren fort. Die Trägheit und Schlaffheit waren abgestreift. Er erprobte Gefühle, Haß, Leidenschaft, Groll, Stolz.

»Sie ist tot«, murmelte er.

Er führte das Volk zurück in die Stadt, dann jagte er sie die Straßen entlang, wo die künstliche Beleuchtung in der wundervoll unkontrollierten Unbestimmtheit flackerte.

Der Mob, mit Wheat an der Spitze, stürmte hinunter in die abgeschirmten Einschließungen, die sie von der unterirdischen Welt der Maschine zurückgehalten hatten. Diese Szene wiederholte sich auf der ganzen Welt.

Leute schwärmten durch die düsteren Tunnel und Passagen, feierten die Freuden der Freiheit entlang dieser einst verbotenen Pfade.

Als der letzte goldene Draht herausgerissen worden war, barst das letzte zarte Glasgebilde. Als die Trägerbalken der Tunnel nicht länger hämmernd erklangen, fiel eine unvernünftige Stille über das Land.

Wheat kam aus der Erde heraus in weiße Schatten von Mondlicht. Er ließ ein sonderbares Stück Plastik aus seiner Hand fallen. Es glühte mit Perlen taufeuchten Lichts und hatte sein Vorwärtsstürmen durch die Gedankenpassagen der Maschine erleuchtet. Wheats Kragen war offen, und er empfand ein eigentümliches Schamgefühl. Seine Augen spähten auf geschwärzte Stellen. Überall waren Schatten und Staub. Er erkannte, daß er, genau wie die Maschine, den Hanswurst gespielt hatte. Eine Sache, die geschehen war, und er erkannte sie an auf eine Weise wie ein Prophet.

»Wir glauben, wir sind von ihr befreit«, sagte er.

Irgendwo in den wilden Zusammenstößen unter dem Erdboden hatte er sich in die linke Hand geschnitten, ein gezackter Schnitt quer über die Knöchel. Ausrufungszeichen aus Blut tropften von der Wunde hinab in den Staub.

»Ich habe mich geschnitten«, sagte Wheat. »Ich habe es mir selbst zugefügt.«

Der Gedanke rief eine suchende Empfindung hervor, die ihn allseitig durchjagte. Wheat trug das Gefühl den ganzen Weg nach Hause zu seiner Frau, die auf wundervolle Weise aus ihrem Türeingang heraushumpelte und wartend in dem undeutlichen Flackern der Straßenlaternen dastand. Sie schien beschämt von all der Konfusion und dem haltlosen Gefühl im Zentrum ihres Lebens. Sie hatte die Gebiete, die ihr von der Maschine versagt worden waren, noch nicht auszufüllen gelernt.

Wheat stolperte auf sie zu, streckte die verletzte Hand aus, als wäre dies die wichtigste Sache, die sich jemals in seinem Universum ereignet hatte.

»Du bist betrunken«, sagte sie.

SAATGUT

1970

Als die Sonne den Rand des Purpurmeeres berührte und wie ein gewaltiger roter Ball dort hing – sie war viel größer als die Sonne der Mutter Erde, an die er sich mit nostalgischen Gefühlen erinnerte –, führte Kroudar seine Fischer in den Hafen zurück.

Kroudar war ein untersetzter Mann, doch er erweckte den Eindruck einer gewissen Schwere, auch wenn er unter seinem aus Schiffsleinen bestehenden Gewand ebenso hager war wie die anderen und nur aus Knochen und sehnigen Muskeln bestand. Es lag an der Krankheit dieses Planeten, hatten die Ärzte ihm erklärt. Sie nannten es die ›Last des Leibes‹ und schoben es der subtilen Andersartigkeit der lokalen Chemie, der Gravitation und der Tagesperioden in die Schuhe – sogar dem Nichtvorhandensein eines Gezeiten erzeugenden Mondes.

Kroudars blondes Haar, die einzige Äußerlichkeit, die ihn ansehnlich machte, war ungeschnitten und wurde von einem Stirnband aus rotem Leinen zurückgehalten. Darunter lagen eine breite, niedrige Stirn, tief eingesunkene, große Augen von ausgewaschenem Blau, eine knorrige, breite, flache, eingedrückte Nase, dicke Lippen über großen und unregelmäßig verteilten gelben Zähnen und ein bulliges Kinn über einem kurzen, stämmigen Hals.

Kroudar teilte seine Aufmerksamkeit auf die Segel und die Küste und steuerte die Ruderpinne mit dem nackten Fuß.

Sie waren den ganzen Tag in der Küstenströmung gewesen und hatten die Netze nach den garnelenähnlichen Trodi ausgeworfen, die für die Kolonie die Hauptnahrungsquelle an verzehrbaren Proteinen bildeten. Es waren neun Boote, und die Männer, die sich darin befanden, waren müde und schweigsam vor Hunger. Sie hielten die Augen geschlossen oder starrten ins Nichts.

Die abendliche Brise kräuselte das Hafenbecken und bewegte das schweißverklebte Blondhaar an Kroudars Hals. Sie wölbte die Schiffsleinen-Segel und gab den schwerbeladenen Booten den letzten nötigen Schwung, um sie an den Strand zu tragen.

Dann bewegten sich die Männer. Segel sanken knirschend und klatschend. Jede Arbeit wurde mit sparsamen Bewegungen und der wohlabgewogenen Langsamkeit der Erschöpfung verrichtet.

Die Trodi waren in der Strömung draußen sehr zahlreich gewesen, und Kroudar hatte seine Leute bis an die Grenzen der Belastbarkeit angetrieben. Es hatte nicht viel Druck erfordert. Sie alle kannten das Bedürfnis. Die Schwärme und Sammelplätze der nützlichen Geschöpfe dieses Planeten waren noch nicht mit nennenswert verläßlicher Präzision registriert. Das einheimische Leben wies in scheinbarer Regelmäßigkeit seltsame Lücken und Brüche auf. Die Trodi konnten in jedem Moment an irgendeinen unbekannten Ort verschwinden – man wußte es, weil es schon öfter passiert war.

Die Kolonie hatte Hunger gelitten, und die Kinder hatten nach Nahrung geschrien, die rationiert werden mußte. Die Männer sprachen nur noch selten darüber, aber ihre Bewegungen zeigten, daß sie sich der Sache noch immer bewußt waren.

Es ist jetzt über drei Jahre her, dachte Kroudar, als er einen tropfenden Trodi-Beutel schulterte und seine müden Beine am Strand hinauf durch den Sand bewegte und hinauf zu den Hütten und Ställen des Lagers schritt, wo das Meeresgetier zur Weiterverarbeitung getrocknet wurde. Es war über drei Jahre her, seit ihr Schiff aus dem Weltraum gekommen war.

Man hatte das Kolonistenschiff als multiples Werkzeug konstruiert und mit ausgewähltem menschlichen Saatgut, irdischen Tieren und Grundnotwendigkeiten gefüllt. Dann hatte man es ausgeschickt, um Menschen an diesem fernen Ort anzusiedeln. Es war gebaut worden, um nur einmal zu landen, dann sollte es ausgeschlachtet und in nützliche Dinge zerlegt werden.

Irgendwie hatte es mit den Grundnotwendigkeiten nicht ganz hingehauen, und so waren die Kolonisten gezwungen gewesen, ihre eigenen Werkzeuge zu improvisieren. Sie hatten sich hier noch nicht wirklich heimisch gemacht, wurde Kroudar klar. Über drei Jahre – und drei Jahre hier waren fünf auf Mutter Erde –, und sie lebten noch immer am Rande des Todes. Sie waren hier gefangen. Ja, so war es. Das Schiff konnte nicht mehr zusammengesetzt werden. Selbst wenn man dieses Wunder vollbracht hätte – es gab keinen Treibstoff.

Die Kolonie war hier.

Und jedes Mitglied kannte die raubtierhafte Wahrheit ihrer mißlichen Lage: das Überleben war nicht garantiert. Man ahnte es instinktiv. Es war auch Kroudars unbelesenem Geist bekannt. Er wußte es besonders wegen einer Tatsache, die er beobachtet hatte, aber nicht erklären konnte.

Noch keiner von ihnen hatte bisher einen Namen für diesen Planeten akzeptiert. Er hieß ›hier‹ oder ›diese Welt‹.

Aber es gab auch noch bösere Ausdrücke.

Kroudar ließ seinen Trodi-Beutel auf die Veranda der Hütte fallen und wischte sich den Schweiß von der Stirn. Seine Arm- und Beingelenke schmerzten. Sein Rücken tat weh. Er spürte die Krankheit dieser Welt in den Eingeweiden. Erneut wischte er sich den Schweiß ab und zog das rote Band herunter, das er trug, um die

Stirn vor der brutalen Sonne zu schützen. Blondes Haar fiel herunter, und er schleuderte es über die Schulter zurück.

Es würde bald dunkel werden.

Er sah, daß das rote Band schmutzig war. Er würde es wieder – behutsam – waschen müssen. Kroudar kam der Fetzen aus Stoff nicht ganz geheuer vor: Er war auf Mutter Erde gewachsen und gewebt worden, und er würde seine Tage auf dieser Welt beenden.

So wie er und die anderen.

Er starrte den Fetzen einen Moment lang an, bevor er ihn sorgfältig in die Tasche steckte.

Überall um ihn herum verrichteten die Fischer das altvertraute Ritual. Braune, tropfende Säcke, aus groben einheimischen Wurzeln gewebt, wurden auf die Veranden der Hütten geworfen. Einige der Männer lehnten sich aufrecht gegen die Verandageländer, manche streckten sich einfach im Sand aus.

Kroudar hob den Blick. Die Feuer hinter dem über ihnen aufragenden Steilufer sandten rauchende Spiralen in den sich verdunkelnden Himmel. Kroudar war plötzlich hungrig. Er dachte an die Technikerin Honida, die dort oben in der Nähe des Langhauses aus Schiffsmetall am Kochfeuer saß – und an ihre Zwillingssöhne, die in einer Woche zwei Jahre alt wurden.

Wenn er an Honida dachte, rührte sich etwas in ihm. Sie hatte ihn gewählt. Obwohl ihr jemand aus den Klassen der Wissenschaftler oder Techniker zugestanden hätte, war Honida in die Arbeiterklasse herabgestiegen, um sich jenen zu nehmen, den man ›den häßlichen Alten‹ nannte. Er war nicht alt, sagte sich Kroudar, aber er kannte den Ursprung dieses Namens. Diese Welt hatte an ihm mit sichtbarer Beweiskraft mehr Veränderungen hervorgerufen als an jedem anderen.

Kroudar machte sich keine Illusionen, weswegen man ihn in die Emigration geschickt hatte. Es lag an seinen Muskeln und seiner minimalen Schulbildung. Den Grund verkörperte das Etikett, das im Schiffsmanifest niedergeschrieben war: Arbeiter. Die Planer daheim auf Mutter Erde hatten erkannt, daß es bestimmte Aufgaben gab, die weniger Denkvermögen als menschliche Muskeln erforderten. Die Kroudars, die hier gelandet waren, waren zwar nicht zahlreich, aber sie kannten einander – und sie erkannten einander an dem, was sie waren.

Man hatte in den höheren Kreisen sogar davon gesprochen, Honida zu verbieten, ihn zu ihrem Gefährten zu machen. Kroudar wußte davon. Es machte ihm nicht besonders viel aus. Es hatte ihn nicht einmal gestört, daß die Abstimmung der Biologen – sie hatten seine Häßlichkeit in allen Einzelheiten diskutiert, wie es hieß – Honidas Wahl eher aus philosophischen denn als physischen Gründen gutgeheißen hatte.

Kroudar wußte, daß er häßlich war.

Er wußte ebenso, daß sein momentaner Hunger ein gutes Zeichen war. Ein starkes Verlangen, seine Familie zu sehen, erwuchs in ihm und ließ allmählich seine Muskeln entflammen, den Aufstieg vom Ufer her in Angriff zu nehmen. Besonders wollte er seine Zwillinge sehen, von denen der eine blond war wie er selbst und der andere so dunkel wie Honida. Die anderen Frauen, die das Glück gehabt hatten, Kinder zu bekommen, sahen auf seine Zwillinge herunter, als wären sie verkrüppelt und kränklich. Kroudar wußte davon. Die Frauen stritten sich um die Ernährung und rannten fast täglich zu den Medizinern. Doch solange Honida sich keine Sorgen machte, blieb auch Kroudar gelassen. Honida war immerhin Technikerin und arbeitete in den Hydroponikgärten.

Kroudars nackte Füße bewegten sich fast lautlos durch den Sand. Erneut schaute er zur Steilküste hinauf. An ihrem Rand wuchsen verstreut einheimische Bäume. Ihre dicken Stämme preßten sich knorrig und verdreht an den Boden, Stützen der knolligen gelbgrünen Äste, die in der Hitze des Tages giftige Milch absonderten. Ein paar überlebende Erdfalken hockten schweigend und aufmerksam in den Bäumen.

Die Vögel verliehen Kroudar ein eigentümliches Vertrauen in seine privaten Entscheidungen. Wonach halten die Falken Ausschau? fragte er sich. Es war eine Frage, die nicht einmal die fähigsten Denker der Kolonie beantworten konnten. Die Vögel flogen in der Nacht aufs Meer hinaus, ruhten sich auf öden Inseln aus und kehrten im Morgengrauen zurück. Die Kolonie-Vorschriften hatten sich unwillig gezeigt, die wertvollen Boote zu riskieren, um sie zu suchen, und so war das Rätsel der Falken ungelöst geblieben.

Es war ein doppeltes Rätsel, da die anderen Vögel eingegangen oder zu irgendeinem unbekannten Ort geflogen waren. Die Tauben, die Wachteln – die Jagd- und Singvögel –, alle waren sie verschwunden. Und die importierten Hühner waren ausgestorben, ihre Eier blieben unfruchtbar. Für Kroudar war dies ein Kommentar dieser Welt, eine Warnung an das Leben, das von Mutter Erde kam.

Ein paar magere Rinder hatten überlebt. Mehrere Kälber waren hier geboren worden. Doch sie bewegten sich auf wackligen Beinen über die Weiden. Der Blick in ihre Augen war wie der Blick in eine offene Wunde. Auch ein paar Schweine lebten noch, doch sie waren so verhärmt und kränklich wie die Rinder. Die wilden Tiere waren alle verschwunden oder gestorben.

Nur die Falken nicht.

Wie komisch, denn die Leute, die planten und sich tiefschürfende Gedanken machten, hatten große Hoffnungen gerade auf diese Welt gesetzt. Die Forschungsberichte waren aufregend gewesen. Dies war ein Planet ohne einheimische Landtiere. Ein Planet, dessen einheimische Flora der von Mutter Erde nicht unähnlich war. Das Meeresgetier war nach den anspruchsvollen Standards der Evolution primitiv.

Ohne in der Lage zu sein, es in den wunderschön polierten Phrasen auszudrücken, die die anderen so bewunderten, wußte Kroudar, wo der Fehler lag. Manchmal mußte man einem Problem eben mit dem Körper statt mit dem Geist zu Leibe rücken.

Er musterte die zerlumpte Kleidung seiner Männer. Es waren seine Männer. Er war der Anführer der Fischer, der Mann, der die Trodi gefunden und die schwerfälligen, häßlichen Boote erdacht hatte, die man trotz der Begrenztheit des einheimischen Holzes zu bauen in der Lage war. Die Kolonie lebte noch, weil er mit Booten und Netzen umzugehen verstand.

Doch es würde weitere Lücken bei der Trodi-Jagd geben. Kroudar spürte diese Gewißheit trotz seiner Erschöpfung. Und dann würde man unpopuläre und gefährliche Maßnahmen einleiten müssen, die sämtlich notwendig waren, weil das Denken versagt hatte. Der Lachs, den sie – laut Plan – eingeführt hatten, war in der Weite des Ozeans verschwunden. Die Plattfische in den Kolonieteichen litten an einer mysteriösen Auszehrung. Die Insekten waren fortgeflogen und hatten sich nie wieder sehen lassen.

Hier gibt es doch Nahrung, erklärten die Biologen. Warum also sterben sie?

Der Mais entwickelte seltsame unergiebige Kolben. Weizen wuchs nur an vereinzelten Flecken. Es gab keine vertrauten Wachstumsmuster oder Elektrolyse. Die Kolonie lebte am dünnen Rand der Existenz, am Leben erhalten von den Proteinen vorbehandelter Trodi und den Vitaminen von Gemüsen, die hydroponisch wuchsen, nachdem man das Wasser angepaßt hatte. Der Ausfall eines einzigen Systems in dieser Kette konnte zur Katastrophe führen.

Die gewaltige rote Sonne zeigte jetzt nur noch einen kleinen Bogen über dem Meereshorizont, und Kroudars Männer rührten sich wieder. Sie erhoben sich aus dem Sand und entfernten sich von den Plätzen, an denen sie gelehnt hatten.

»Alles in Ordnung«, sagte Kroudar. »Laßt uns das Essen noch rein und in die Regale bringen!«

»Warum?« fragte jemand in der Dunkelheit. »Glaubst du, die Falken werden es fressen?«

Jeder wußte, daß die Falken die Trodi nicht fressen würden. Kroudar erkannte den Einwand: Hier sprach der müde Geist. Die Garnelentiere ernährten nur Menschen – nach sorgfältiger Behandlung, um gefährliche Reizmittel zu entfernen. Ein Falke hob vielleicht einen wedelbeinigen Trodi auf, aber er würde ihn nach dem ersten Bissen fallen lassen.

Was aßen die wartenden Vögel?

Die Falken wußten etwas über diese Welt, von dem die Menschen nichts wußten. Die Vögel wußten es instinktiv, so wie Kroudar das Wissen suchte.

Die Dunkelheit fiel hernieder, und mit lautem Geflatter flogen die Falken auf das Meer zu. Einer von Kroudars Männern zündete eine Fackel an, und nachdem sie ausgeruht hatten, waren sie jetzt ängstlich darauf bedacht, die Steilküste zu erklettern und sich zu ihren Familien zu gesellen. Doch die Fischer taten die Arbeit, die noch getan werden mußte. Die Boote wurden auf Rollen an Land gezogen. Die Trodi wurden in dünnen Schichten in den Regalen der Lagerhütten ausgelegt. Man hängte die Netze zum Trocknen auf Gestelle.

Während sie ihre Arbeit verrichteten, dachte Kroudar über die Wissenschaftler dort oben in ihren glänzenden Labors nach. Zwar war auch ihm die Ehrfurcht des Arbeiters vor dem Wissen und die Unterwürfigkeit vor Titeln und Dingen zu eigen, die über ihm standen, aber er wußte auch mit der sicheren Gewißheit des einfachen Mannes, wann die höheren Dinge versagt hatten.

Kroudar wurde zwar nicht zu den auf höchster Ebene ablaufenden Kolonie-Versammlungen geladen, aber er kannte die physische Substanz der dort diskutierten Ideen. Sein Wissen über das Versagen und die drohende Katastrophe bestand nicht aus wohlformulierten Worten. Sein Wissen wies auch nicht die Bildung auf, mit der er vor diese Männer hätte treten müssen. Aber sein Wissen hatte seine eigene Eleganz. Er bezog sich auf das uralte Wissen, das die Andersartigkeit dieser Welt mit einbezog. Kroudar hatte die Trodi entdeckt. Kroudar hatte die Fang- und Zubereitungsmethoden organisiert. Er kannte keine kultivierten Signale, um sie zu erklären, aber er wußte genau, was er sich zutrauen konnte und was er war.

Er war der erste Seebauer hier.

Ohne Energie mit Reden zu verschwenden, hatten Kroudars Männer die Arbeit beendet. Sie wandten sich von den Hütten ab und schleppten sich den Klippenpfad hinauf. Ihr Kurs wurde hie und da von Männern mit flammenden Fackeln markiert. Mattorangefarbene Lichter, schwere Schatten. Sie gingen langsam den Weg aufwärts in eine schwarze Welt, und das stimmte Kroudar froh.

Verweilend, bis der letzte Mann den Aufstieg begonnen hatte, prüfte er die Türen der Hütten, dann folgte er ihnen und beeilte sich, um sie einzuholen. Der Mann, der auf dem Pfad direkt vor ihm war, trug eine in Trodi-Öl getränkte Fackel aus einheimischem Holz. Sie flackerte, qualmte und gab giftige Dämpfe ab. Das Licht enthüllte einen Höhlenbewohner, einen Menschen, der in geflicktes Schiffsleinen gekleidet war. Sein Körper war zu dünn, seine Muskeln zeugten von totaler Erschöpfung.

Kroudar seufzte.

Er wußte, daß es hier nicht wie auf Mutter Erde war.

Auf der Erde warteten die Frauen am Strand auf ihre Männer, wenn sie vom Meer zurückkehrten. Kinder spielten mit den Kieseln. Eifrige Hände halfen dort bei der Arbeit, breiteten die Netze aus, trugen den Fang an Land, zogen die Boote an Land.

Aber nicht hier.

Und die hiesigen Gefahren waren nicht die Gefahren der Heimat. Kroudars Boote verließen nie die Sichtweite der Klippen. Auf jedem Boot befand sich stets ein Techniker, der mit der Küste in Funkkontakt blieb. Vor der letzten Umkreisung hatte das Kolonistenschiff den Himmel mit Instrumenten versehen – mit Wächtern gegen Überraschungen des Wetters. Die in harter Arbeit erbaute Fischereiflotte erhielt stets detaillierte Sturmwarnungen. Kein Seeungeheuer war je in diesem Ozean gesichtet worden.

Dieser Welt ermangelte es zwar an der grausamen Wildheit und Vielfalt der Meere, die Kroudar gekannt hatte, aber sie war dennoch tödlich. Er wußte es.

Die Frauen sollten uns am Strand erwarten, dachte er.

Doch der Koloniebefehl sagte, daß die Frauen – und sogar einige Kinder – für zu viele andere Aufgaben gebraucht wurden. Individuelle Pflanzen von zu Hause bedurften persönlicher Aufmerksamkeit und Pflege. Einzelne Weizenhalme wurden mit zärtlicher Sorgfalt aufgezogen. Jeder Orchideenbaum hatte seine eigene Pflegerin, seine Hüter-Dryade.

Oben auf den Klippen bot sich den Fischern der Anblick der Langhäuser, Hütten aus Schiffsmetall, benannt nach einem fernen Ort und einer fernen Zeit der Menschheitsgeschichte. Verstreute elektrische Lichter umringten das Dorf. Viele der ungepflasterten Straßen blieben jedoch unbeleuchtet. Man hörte mechanische Klänge und murmelnde Stimmen.

Die Männer trennten sich nun, um sich um ihre eigenen Dinge zu kümmern. Sie waren jetzt keine

Gruppe mehr. Kroudar trottete über die Straße auf die offenen Kochfeuer des Zentralplatzes zu. Die offenen Feuer waren nötig, um die kostbaren Energien der Kolonie zu bewahren. Manche sahen in diesen Flammen das Eingeständnis der Niederlage. Kroudar sah in ihnen einen Sieg. Es war einheimisches Holz, das dort brannte.

Vor den Hügeln hinter dem Dorf, wußte er, standen die Ruinen der Windmaschinen, die sie gebaut hatten. Der Sturm, der die Zerstörung hervorgerufen hatte, hatte sie mit seinem Kommen zwar nicht überrascht, doch sie hatten sich über seine Stärke gewundert.

Für Kroudar hatten die Denker daraufhin allmählich an Größe verloren. Als die einheimische Chemie und das Wasserleben die Fluß-Turbinen ruiniert hatten, waren die Männer des Wissens noch mehr zusammengeschrumpft. Da hatte Kroudar angefangen, auf eigene Faust nach einheimischer Nahrung zu suchen.

Und jetzt, hatte er gehört, bedrohte die einheimische Flora die Kühlsysteme ihrer Atomgeneratoren und widersetzte sich der Strahlung auf eine Weise, wie es kein Leben tun sollte. Einige von den Technikern entwarfen schon Dampfmaschinen aus Material, das für derlei Zwecke nicht vorgesehen war. Bald würden sie einheimisches Material haben – und zwar solches, das den Ätzungen und dem Rost dieser Welt widerstand.

Vielleicht hatten sie Erfolg – vorausgesetzt, die schleppende Krankheit schwächte sie nicht weiter.

Falls sie überlebten.

Honida erwartete ihn an der Tür ihrer Unterkunft. Ihr dunkles Haar war geflochten und in Ringen um die Stirn gewunden. Ihre braunen Augen hießen ihn willkommen. Feuerlicht vom Platz warf einen vertrauten Schatten über ihre Olivenhaut. Die hohen Wangenknochen ihrer indianischen Abstammung, die vollen Lippen und die stolz geschwungene Nase – ihr Anblick erfüllte ihn mit Erregung.

Kroudar fragte sich, ob die Planer auch von dem gewußt hatten, das in ihm diese Wärme erzeugte – ihre Kraft und Fruchtbarkeit. Sie hatte ihn gewählt, und jetzt trug sie weitere seiner Kinder – wieder Zwillinge.

»Ahhh, mein Fischer kehrt zurück«, sagte sie lächelnd und umarmte ihn auf der Schwelle, damit jeder es sehen konnte.

Dann gingen sie hinein und schlossen die Tür. Sie hielt ihn mit noch mehr Leidenschaft und sah in sein Gesicht, das sich in ihren Augen spiegelte und dabei etwas von seiner Häßlichkeit verlor.

»Honida«, sagte er, unfähig, andere Worte zu finden.

Dann fragte er nach den Jungen.

»Sie schlafen«, sagte sie und führte ihn zu dem primitiven Tischbock, den er für ihre Küche gebaut hatte.

Er nickte. Später würde er hineingehen und seine Söhne ansehen. Es störte ihn nicht, daß sie so viel schliefen. Er konnte die Gründe dafür irgendwie in sich selbst fühlen.

Honida hatte heiße Trodi-Suppe für ihn auf den Tisch gestellt. Sie war mit hydroponischen Tomaten und Erbsen gestreckt und enthielt weitere Dinge, von denen er wußte, daß sie sie an Land geerntet hatte, ohne daß die Wissenschaftler davon wußten.

Was immer sie ihm auch vorsetzte, Kroudar aß es. An diesem Abend gab es Brot mit seltsam würzigem Geschmack, das ihm vorzüglich schmeckte. Im Licht der einzigen Lampe, die ihnen für diesen Raum zustand, starrte er das Stück Brot an. Es war beinahe purpurfarben – wie das Meer. Er kaute und schluckte.

Honida, die ihm gegenüber saß und ebenfalls aß, musterte ihn aufmerksam und fragte: »Schmeckt dir das Brot?«

»Es schmeckt mir.«

»Ich habe es ja auch selbst gebacken, in den Kohlen«, sagte sie.

Er nickte und nahm noch eine Scheibe.

Honida füllte seine Suppenschale neu.

Sie waren privilegiert, machte Kroudar sich bewußt, weil sie ihre Mahlzeiten im Privaten einnehmen konnten. Viele der anderen hatten für kommunales Kochen und Essen optiert – selbst die Techniker und hohen Tiere, die mehr Freiheit der Wahl hatten. Honida hatte jedoch etwas an dieser Welt gesehen, das Privatheit und private Methoden verlangte.

Kroudar, dessen Hunger gestillt war, sah sie über den Tisch hinweg an. Er verehrte sie mit einer Hingabe, die viel tiefer ging als die Erregung ihres Fleisches. Er konnte nicht sagen, was es war, aber er wußte es. Wenn es hier eine Zukunft für sie gab, war sie in Honida und den Dingen, die er vielleicht mit seinem eigenen Fleisch formen und bauen konnte.

Unter dem Druck seines Blicks stand Honida auf, kam um den Tisch und fing an, seine Rückenmuskeln zu massieren – jene Muskeln, die er beim Einholen der Netze angestrengt hatte.

»Du bist müde«, sagte sie. »Hattet ihr heute einen schweren Tag?«

»Es war harte Arbeit«, sagte Kroudar.

Er liebte ihre Art zu sprechen. Sie hatte viele, viele Worte zur Verfügung. Er hatte sie einige davon während der Kolonistenversammlung und der Zeit ihres Ersuchens in der Partnerwahl benutzen hören. Sie hatte Worte für Dinge, die er nicht kannte, aber sie wußte ebenso, wann sie mit dem Körper sprechen mußte statt mit dem Mund.

Kroudar verspürte eine solche Liebe für sie, daß er sich fragte, ob sie durch ihre Finger in ihren Körper eindrang.

»Die Boote waren voll«, sagte er.

»Man hat mir heute erzählt, daß wir am Strand bald neue Hütten brauchen werden«, sagte sie. »Doch man macht sich Sorgen, zu viele Leute für den Aufbau der Hütten abzuziehen.«

»Noch zehn Hütten«, sagte er.

Sie würde es weitergeben, das wußte er. Irgendwie würde man es hinkriegen. Die anderen Techniker hörten auf Honida. Viele der Wissenschaftler verachteten sie; man konnte es am Unterton ihrer Stimmen hören. Vielleicht lag es daran, daß sie Kroudar zu ihrem Gefährten erwählt hatte. Doch die Techniker hörten auf sie. Die Hütten würden gebaut werden.

Und man würde sie füllen, bevor die Trodi-Schwärme verschwanden.

Dann erkannte Kroudar, daß er wußte, wann die Jagd zu Ende gehen würde – nicht als Datum, sondern als beinahe körperliche Sache, die er fassen und berühren konnte. Er sehnte sich nach Worten, mit denen er es Honida hätte erklären können.

Sie beendete ihre Massage, setzte sich neben ihn und lehnte den dunklen Kopf gegen seine Brust. »Wenn du nicht zu müde bist«, sagte sie, »würde ich dir sehr gern noch etwas zeigen.«

Mit einem Gefühl der Überraschung erkannte Kroudar in Honida eine unausgesprochene Erregung. Hatte es etwas mit den hydroponischen Gärten zu tun, in denen sie arbeitete? Dieser Gedanke führte ihn sofort zu dem Ort, an dem die Wissenschaftler ihre Hoffnungen festmachten, wo sie die großen Pflanzen auswählten, die herrlichen, gierig verschlingenden, mit der Vielfalt der Mutter Erde. Hatten sie endlich etwas Wichtiges fertiggebracht? Gab es jetzt endlich einen klaren Weg, um diese Welt urbar zu machen?

In diesem Moment war Kroudar ein Primitiver, der sich mit seinen Göttern versöhnen wollte. Er stellte fest, daß er voller bäuerlicher Hoffnungen für das Land war. Selbst ein Seebauer kannte den Wert des Landes.

Doch er und Honida hatten Verpflichtungen. Er nickte fragend in Richtung auf das Schlafzimmer der Zwillinge.

»Ich habe...« Sie deutete auf die Zelle der Nachbarn. »Sie können uns hören.«

Also hatte sie etwas vor. Kroudar stand auf und reichte ihr die Hand. »Zeig's mir!«

Sie gingen in die Nacht hinaus. Die Siedlung war jetzt stiller geworden; man konnte das ferne Rauschen des Flusses hören. Einen Moment lang glaubte er eine Grille zu hören, doch die Vernunft sagte ihm, daß es nur das Metall einer Hütte sein konnte, das sich in der Nacht abkühlte. Er sehnte sich wortlos nach einem Mond.

Honida hatte eine der aufladbaren elektrischen Fackeln jener Art mitgebracht, die die Techniker erhielten, wenn es zu nächtlichen Notfällen kam. Als Kroudar die Fackel sah, spürte er die Wichtigkeit der mysteriösen Sache, die sie ihm zeigen wollte. Honida hatte den Sparinstinkt eines Bauern. Sie würde eine solche Fackel nicht vergeuden.

Statt ihn auf die grünen Lichter und Glasdächer der hydroponischen Gärten zuzuführen, leitete sie ihre Schritte in die Gegenrichtung, auf die tiefe Felsenschlucht zu, wo der Fluß sich in den Hafen ergoß.

Es waren keine Wachen auf dem Fußweg, nur dann und wann eine Steinmarkierung und groteske einheimische Gewächse. Rasch und schweigend führte sie ihn zur Schlucht und auf den engen Pfad, der, wie er wußte, zu einem Vorsprung führte, der sich in die feuchte Luft des sprühenden Flußgewässers beugte.

Kroudar stellte fest, daß er vor Aufregung zitterte, als er Honidas schattenhafter Gestalt und dem glühwürmchenhaften Huschen ihres Lichtes folgte. Es war kalt auf dem Vorsprung, und die fremdartigen Umrisse der einheimischen Bäume, die das Licht der Fackel enthüllte, erfüllten ihn mit Unruhe.

Was hatte Honida entdeckt – oder erschaffen?

Hier tropfte Kondenswasser von den Pflanzen. Der

Lärm des Flusses war gewaltig. Sie atmeten morastige Luft, die naßkalt und mit bizarren Düften erfüllt war.

Honida blieb stehen, und Kroudar hielt den Atem an. Er lauschte. Da war nur der Fluß.

Einen Moment lang war ihm gar nicht klar, daß Honida das orangefarbene Licht der Fackel auf ihre Entdeckung richtete. Es sah aus wie eine einheimische Pflanze – ein dicker Stamm kroch niedrig auf das Land zu, knorrig und verdreht, mit gelbgrünen Auswüchsen und längsseits komischen Zwischenräumen.

Allmählich begriff er. Er erkannte einen dunkleren Ton in dem Grün, erkannte die Art, wie die Blätter mit dem Stengel verbunden waren. Es war eine Ansammlung braungelber, seidiger Büschel, darunter kleine knollenartige Vorwölbungen.

»Mais«, flüsterte er.

Mit leiser Stimme, ihr Vokabular an das Kroudars anpassend, erklärte Honida, was sie getan hatte. Er sah es in ihren Worten. Er verstand, warum sie es heimlich getan hatte, ohne das Wissen der Forscher. Er nahm ihr das Licht aus der Hand, kniete sich hin und starrte mit verzückter Aufmerksamkeit. Dies bedeutete für die Dinge, die die Wissenschaftler für schön hielten, den Tod. Es beendete ihren Plan für diese Welt.

Kroudar sah in den Pflanzen plötzlich seine eigenen Nachkommen. Sie würden vielleicht überdimensionale Köpfe haben, haarlos sein und breite, dicklippige Münder entwickeln. Ihre Haut würde vielleicht purpurn sein. Sie würden von untersetzter Statur sein – er wußte es.

Honida hatte dafür gesorgt – direkt hier, auf dem vom Fluß getränkten Vorsprung. Statt die Saat der größten, geradesten Stengel zu sammeln, die mit den längsten und perfektesten Kolben – jene, die denen von Mutter Erde am ähnlichsten sahen –, hatte sie ihren Mais fast bis zur Vernichtung getestet. Sie hatte die kränklichen, dürren Gewächse genommen – die, die kaum fähig waren, Saat zu erzeugen. Sie hatte nur die Pflanzen ausgewählt, denen diese Welt den deutlichsten Stempel aufgedrückt hatte. Aus ihnen hatte sie schließlich eine Art entwickelt, die so hier lebte wie die einheimischen Pflanzen auch.

Dies war einheimischer Mais.

Sie brach einen Kolben ab und schälte ihn.

Es waren Lücken in den Fruchtreihen, und – als sie ein Maiskorn zerdrückte – der Saft floß purpurn. Er erkannte den Duft des Brotes.

Hier war das, was die Wissenschaftler niemals eingestehen würden. Sie wollten aus dieser Welt eine zweite Mutter Erde machen. Aber das war sie nicht, und sie würde es auch nie sein. Die Falken, nahm Kroudar an, waren die ersten Tiere gewesen, die es erkannt hatten.

Die Behauptung, die Honida hier aufstellte, war, daß sie und Kroudar nur ein kurzes Leben haben würden. Nach dem Standard der Mutter Erde würden ihre Kinder kränklich sein. Doch ihre Nachfahren würden sich auf eine Weise verändern, die die Hoffnungen jener Lügen strafte, die die Auswanderung geplant hatten. Die Wissenschaftler würden nicht damit einverstanden sein und alles versuchen, um es zu verhindern.

Der knorrige Maisstengel sagte, daß die Wissenschaftler den kürzeren ziehen würden.

Kroudar kniete lange Zeit da und blickte in die Zukunft, bis die Fackel herunterbrannte und ihre Kraft verlor. Dann erhob er sich und geleitete sie den Weg aus der Felsenschlucht zurück.

Als sie oben waren und die Lichter der sterbenden Zivilisation vor sich auf der Ebene sahen, hielt er an und sagte: »Die Trodi-Jagd wird enden – bald.

Ich werde ein Boot nehmen – und ein paar Freunde. Wir werden dorthin gehen, wo die Falken hinfliegen.«

Es war eine der längsten Reden, die er je gehalten hatte.

Sie nahm ihm die Fackel aus der Hand, löschte sie und schmiegte sich an ihn.

»Was, glaubst du, haben die Falken gefunden?«

»Den Samen«, sagte er. Er schüttelte den Kopf. Er konnte es nicht erklären, aber die Sache war ihm völlig klar. Alles hier gab giftige Dämpfe ab, oder Säfte, in denen lediglich ihre eigene Saat lebensfähig war… Warum sollten die Trodi oder die anderen Meerestiere anders sein? Und mit den Falken als Beweis mußte diese Saat viel weniger giftig für die Eindringlinge von Mutter Erde sein.

»Die Boote sind langsam«, sagte sie.

Er stimmte ihr wortlos zu. Ein Sturm konnte sie weit draußen erwischen, so daß sie nicht mehr in die Sicherheit zurückkehren konnten. Es würde gefährlich werden. Doch in ihrer Stimme hörte er auch, daß sie nicht die Absicht hatte, ihn davon abzuhalten oder ihm abzuraten.

»Ich nehme gute Männer mit«, sagte er.

»Wie lange wirst du fort sein?« fragte Honida.

Er dachte einen Augenblick lang darüber nach. Die Rhythmen dieser Welt wurden ihm allmählich vertraut. Sein Geist formte die Reise, die Tage, die sie draußen sein würden, die nächtliche Suche über Gewässern, über die, wie sie wußten, die Falken auf ihren niedrigen, suchenden Flügen hinwegglitten – und dann die Rückreise.

»Acht Tage«, sagte er.

»Ihr werdet die besten Netze brauchen«, sagte sie. »Ich werde dafür sorgen, daß sie hergestellt werden. Vielleicht kommen auch ein paar Techniker mit. Ich kenne ein paar, die mit dir gehen würden.«

»Acht Tage«, sagte er und meinte, sie solle starke Männer aussuchen.

»Ja«, sagte sie. »Acht Tage. Und wenn ihr zurückkommt, werde ich am Strand auf dich warten.«

Darauf nahm er ihre Hand und führte sie über die Ebene zurück. Und während sie so gingen, sagte er: »Wir müssen dieser Welt einen Namen geben.«

»Wenn du zurückkommst«, sagte sie.

KOMM ZU MIR, MEIN MÖRDER

1970

Als der Körper starb, erwachte der Tegas/Bacit. Für das Tegas-Element hatte die Bewußtlosigkeit wie immer nur einen flackernden Sekundenbruchteil gedauert. Nun kam auch seine negative Identität, der Bacit, zum Vorschein und wiederholte: »... nicht William Bailey – ich bin nicht William Bailey – ich bin nicht William Bailey ...«

Es war ein schmerzhafter, monotoner Refrain – aber lebenswichtig. Der Tegas mußte seine Doppelpersönlichkeit von diesem absterbenden Fleisch trennen. Hinter dem beharrlichen Monolog des Bacit schien ein Chor von vielen anderen Stimmen zu rufen.

Sein Bewußtsein begann sich abzulösen, der Kontakt, durch den er den Wirtskörper kontrollierte, brach zusammen. Dann kam ein Gefühl von zerreißendem Gewebe, und er war frei – wohl immer noch in dem absterbenden Nervensystem eingenistet, weil er nirgends sonst hinkonnte, aber nun imstande, den Identitätssprung auszuführen.

Bacit und Tegas funktionierten nun als eine Einheit, die jede Sekunde mit drängender Bewußtheit erlebte. Besorgt durchsuchte er seine Umgebung: zwanzig Meter ... nur zwanzig Meter ...

Endlich registrierte er Emotionen, flackernd und schwach. Noch ein Wärter. Der Mann entfernte sich aus seinem Bereich. Kalt-kalt-kalt.

Nichts sonst.

Welche Ironie lag doch in dieser Situation, dachte er.

Das Schicksal spielte ihm einen bösen Streich. Daß ein Tegas sich in einer solchen Falle fangen sollte! Fürwahr ein böser Streich. Und ungerecht. Hatte er nicht die gefangenen Körper immer mit höchster Rücksicht behandelt? Hatte er nicht aus Mördern Menschen gemacht, denen das Leben Spaß machte? Die Streiche des Schicksals waren grausam, nicht gutmütig wie die des Tegas.

Die negative Identität Bacit strahlte Schrecken aus, Anschuldigungen, Scham. Er hatte zu lange in dem William-Bailey-Fleisch gelebt. Allzu lange. Er hatte unter Menschen gelebt, als einer von ihnen – mitten im stärksten Daseinsstrom, wo es viel zu erleben gab. Er hatte das Fleisch zu sehr geliebt. Er hätte mitunter innehalten und sich umsehen sollen. Die großartige Neugier des Tegas, kaschiert durch die Zurückhaltung des Bacit, hatte ihn im Stich gelassen, hatte versagt.

Versagt ... versagt ...

In dem sterbenden Nervensystem begannen verzweifelte Botschaften hin und her zu jagen. Das Gehirn war ein Strudel, aufflackerndes Sein vor dem Erlöschen. Gedanken sprühten weg wie Funken von einer Schleifscheibe.

Es ist entschieden, gab der Tegas durch in dem Versuch, sein negatives Selbst zu beruhigen. Ein ausgeprägtes Gefühl von Scham und Trauer antwortete.

Der Bacit wechselte von Entsetzen zu hochgradigem Unbehagen über, und das war beinahe so schlimm wie der Schrecken. Wie viele Erfahrungen würden verlorengehen. Verloren ... verloren ... verloren ...

Ich hatte keine Ahnung, daß es in dem Euthanasiezentrum so einfach und schnell gehen würde, übermittelte der Tegas seinem komplementären Teil. Jetzt ist es geschehen. Was können wir tun?

Er dachte an den einen Video-Anruf, den er sich gestattet hatte, um sich beim Zentrum über die Prozedur genauer zu erkundigen. Ein grauhaariger, eleganter, typisch auf Public Relations zugeschnittener Angestellter war auf dem Schirm erschienen.

»Wir sind schnell, sauber, ordentlich, tüchtig, hygienisch und ehrerbietig«, hatte der Mann gesagt.

»Schnell?«

»Wer möchte schon einen langsamen Tod haben?«

In diesem Augenblick wünschte sich der Tegas nichts intensiver als einen langsamen Tod. Wenn er nur noch weiter nachgeforscht hätte. Er hatte erwartet, daß dieser Ort überkochen würde vor Emotionen. Aber hier war alles emotionell tot – die wahre Grabesruhe. Der mühsame Scherz begegnete innerem Schweigen.

Der Bacit projizierte drängend eine Entfernung in ihr Doppelbewußtsein – jene zwanzig Meter, die das äußerste waren, was der Tegas beim Sprung auf einen neuen Wirt überbrücken konnte.

Aber es hatte keine Möglichkeit gegeben, das emotionelle Vakuum an diesem Ort vorauszuahnen. Erst als das Tegas-Element hier erwacht war, hatten sie es gewußt. Und der Saal, in dem sie sich jetzt befanden, war von der Straße viel weiter als zwanzig Meter entfernt.

Einen Augenblick lang wurde der Tegas von anklagendem Schrecken überschwemmt. *Der Tod hier wirkt überhaupt nicht wie Mord!*

Und doch war er überzeugt gewesen, daß es wie Mord sein würde. Mord war es, was den Tegas/Bacit jahrhundertelang am Leben erhalten hatte. Das mindeste, was man schließlich von einem Mörder erwarten konnte, war hochgradige emotionelle Anteilnahme. Ein Mörder konnte nahe herangelockt werden… nahe… nahe, viel näher als zwanzig Meter. Es war immer leicht gewesen, diese Menschenwesen zu solchen Gewaltakten anzustacheln und die idealen Bedingungen für den Identitätssprung zu schaffen. Der Tegas brauchte unbedingt intensive Emotionen in dem zukünftigen Wirt. Ohne sie war es einfach nicht möglich, seine neutrale Gesamtheit in den Griff zu bekommen. Teile des Bewußtseinszentrums wehrten sich, entkamen dem Tegas. Das konnte gefährlich sein – so gefährlich wie die Falle, in die er hier geraten war.

Mord.

Das schnelle Ausfließen des Lebens aus dem alten Wirtskörper, die emotionelle Konzentration auf den neuen Wirt – und bevor er es begriff, war der Mörder der Gefangene des Tegas, ein Gefangener in seinem eigenen Körper. Das überrumpelte Bewußtsein schrie stumm, floh nach innen in wachsender Panik, bis der Tegas/Bacit es verschlang. So lief das normalerweise ab.

Und dann konnte der Tegas darangehen, das Leben erneut zu genießen, wie es seinem Daseinszweck entsprach.

Diese Welt hatte sich jedoch geändert in den letzten hundert Jahren der William-Bailey-Episode. Mord war praktisch ausgemerzt worden durch die neuen prognostischen Techniken und Computer des Datenzentrums. Die Polmats – Gesetzeshüter-Androiden – waren überall, sahen Gewaltakte voraus, verhinderten sie. Diese Entwicklung war nicht ganz eingeplant gewesen, und der Tegas erkannte nun, daß er sich schon viel früher darauf hätte einstellen müssen. Aber das Leben war so angenehm, wenn man glauben konnte, daß es nie endete. Für den Tegas, der in unzähligen Wirten das Universum durchwanderte, konnte dieser Traum Wirklichkeit werden.

Falls er nicht hier endete.

Die Tatsache, daß ihm die Entscheidungen aufgezwungen worden waren, änderte nichts. Trotz des recht jugendlichen Äußeren hatte der Bailey-Wirtskörper zu versagen begonnen. Der Tegas konnte seinen Wirt zwar weit über die normale Lebensspanne in Gang halten, aber wenn so ein Wesen einmal am Ende angelangt war, dann konnte der Zusammenbruch sehr abrupt sein.

Ich hätte versuchen sollen, einen anderen unter Bedingungen anzugreifen, die ihn gezwungen hätten, mich zu töten, dachte er. Aber er hatte den Haken dabei sofort erkannt. Die emotionslosen Polmats wären sofort zur Stelle gewesen und hätten seinen Tod verhindert. Er wäre vielleicht in einem verletzten, sterbenden Wirt festgesessen, eingekreist von der Gefühlsleere der Androiden, oder schlimmer noch, von Menschen umgeben, die dieser verfluchte ›Mittlere Weg‹ oder das ›Achtfache Karma‹ so gut wie emotionslos gemacht hatte.

Und die Jäger waren ihm auf der Spur. Er wußte es. Er hatte mehr als genug Anzeichen entdeckt, hatte die Spürhunde gerochen. Er hatte zu lange als William Bailey gelebt. Jene, die von Argwohn lebten, begannen ihn zu verdächtigen. Und sie durften keinesfalls Gelegenheit bekommen, einen Tegas-Wirt genauer zu untersuchen. Er wußte, was sie auf seine Spur gebracht hatte: dieses teuflische ›totale Motivationsprofil‹. Rein technisch gesehen war der Tegas in William Bailey ein vieltausendfacher Mörder. Nicht, daß er öfter als nötig jemanden umgebracht hätte; einmal pro Menschenleben war genug. Mord konnte einem den Spaß am Leben vergällen.

Aber Gedanken halfen ihm jetzt auch nicht weiter, erkannte er. Er war schließlich doch in eine Falle geraten. Darüber nachzudenken führte nur zu Vorwürfen von seiten des Bacit. Und während er von Gedanken zu Gedanken sprang, näherte sich der Körper von William Bailey mehr und mehr der endgültigen Auflösung. Nur noch einen ganz schwachen Lebensfunken enthielt der Körper, und auch den bloß durch die verzweifelten Anstrengungen des Tegas. Ein menschlicher Arzt würde Bailey für tot erklärt haben. Die Atmung hatte aufgehört. Plötzlich setzte Herzflimmern ein, und dann kam auch der Blutkreislauf zum Stillstand.

Jetzt blieben dem Tegas höchstens noch fünf Minuten. Er mußte binnen fünf Minuten einen neuen Wirt finden oder zusammen mit dem alten sterben.

Mord-Mord-Mord, warf der Bacit ein, du hast gesagt, Euthanasie würde wie Mord sein!

Der Tegas verspürte eine baileyhafte Empörung. Er fluchte innerlich. Der Bacit, normalerweise eine sehr nützliche Ergänzung für einen Tegas (er verhinderte intellektuelle Einsamkeit, leistete Gesellschaft, mahnte zur Vorsicht), war nun zu einer irritierenden Belastung geworden. Diese erschrockenen, drängenden, verzweifelten Einwürfe hinderten ihn am Denken.

Einen Augenblick lang erkannte der Tegas, daß er niemals zuvor über die Grundlagen seines Handelns nachgedacht hatte.

Was war der Bacit?

Er hatte sich nie nach einem seiner Art gesehnt, denn er hatte den Bacit. Was aber war eigentlich der Bacit? Warum, zum Beispiel, ließ er ihn nur Männer in Besitz nehmen? Weibliches Denkvermögen hätte vielleicht in dieser Notlage eine Hilfe sein können. Warum mußte er sich auf ein Geschlecht beschränken?

Der Bacit schrie lautlos: Haben wir jetzt Zeit zum Philosophieren?

Das war zuviel.

Ruhe! befahl der Tegas.

Augenblicklich packte ihn ein Gefühl von Einsamkeit. Er kämpfte dagegen an, sondierte seine Umgebung. In dieser Lage würde jeder Wirt recht sein – selbst ein primitiveres Tier, obwohl er es seit Äonen mit keinem mehr riskiert hatte. Es mußte an diesem schrecklichen Ort doch irgendeine Art von emotionellem Aufruhr geben ... etwas ... irgend etwas ...

Er erinnerte sich an eine lange zurückliegende Episode, wo er sich durch einen Menschen hatte umbringen lassen, der sich als völlig emotionsloser Typ entpuppt hatte. Es war ihm gerade noch gelungen, im letzten Moment auf einen Augenzeugen des Mordes überzuwechseln. Die Situation war ähnlich wie diese gewesen, ein Moment der Panik, der Ausweglosigkeit, dann die Rettung in letzter Sekunde. Aber wo gab es hier Zeugen? Gab es einen möglichen Wirt?

Er suchte – erfolglos.

Im Nervensystem William Bailey begannen sich die Synapsen aufzulösen. Der Tegas zog sich in die langlebigsten Zentren zurück und sondierte mit zunehmender Verzweiflung.

Eine brodelnde Masse von Emotionen tauchte an seinem Bewußtseinshorizont auf. Furcht, Selbstmitleid, Verbitterung, Haß: ein ebenso herrlicher Anblick wie ein Rettungsdampfer für einen Ertrinkenden.

»Ich bin nicht William Bailey«, ermahnte er sich und sprang los, auf das Durcheinander paradoxer Emotionen zu, auf diesen Leuchtturm der Gefühle ...

Er spürte den vertrauten Kontaktschock, als er sich auf die Identitätszentren seines neuen Wirts stürzte. Er bemächtigte sich des fremden Empfindungsvermögens, machte es zu seinem eigenen, entdeckte seine motorischen Fähigkeiten, fühlte etwas Kaltes an seinem Handgelenk. Es war noch nicht ganz sein Handgelenk, aber er hatte die Augen genügend unter Kontrolle, um sie auf die Quelle der Empfindung richten zu können.

Ein flacher, grauer Metallgegenstand wurde erkennbar. Er wurde gegen *sein* Handgelenk gepreßt. Zur gleichen Zeit flutete ein Gefühl von Fassungslosigkeit durch das Wirtsbewußtsein. Es war wie ein Seufzen – nicht in Selbstaufgabe, sondern in einer Art negativer Verzückung. Der Tegas fühlte ein altes Herz versagen, sah einen Wärter über sich gebeugt: ein unbekanntes Gesicht – eulenhafte Züge, eine schmale Nase.

Aber keine Emotionen, kein lebendiger Anhaltspunkt, auf den er sich stürzen konnte, der ihm hinüberhelfen würde.

Er befand sich in einem Raum, der genauso aussah wie jener, in dem er von diesem System das erstemal überrumpelt worden war. Die Wanduhr sagte ihm, daß erst acht Minuten vergangen waren, seit dieses andere Handgelenk vom Tod berührt worden war.

»Und jetzt seien Sie so nett und gehen durch die Tür da hinten«, sagte der eulengesichtige Wärter. »Ich hoffe, Sie schaffen's noch. Ich hab während meiner Schicht heute schon drei von euch rüberschleppen müssen; ich bin verdammt müde. Na, versuchen wir's, ja?«

Müde? Ja – der Wärter strahlte nichts als emotionelle Müdigkeit aus. Da gab es nichts, an dem ein Tegas Halt finden konnte.

Der neue Wirt reagierte auf das Drängen des Wärters, stemmte sich aus dem Sessel hoch und schlurfte zu einer ovalen Tür. Der Wärter schob ihn vorwärts, einen Arm um die alten Schultern gelegt.

Der Tegas untersuchte seinen neuen Wirt, festigte neurale Verbindungen, übernahm ein widerstandsloses Bewußtsein. Es war kein Bewußtsein, das er frei gewählt hätte – abgestumpft, schicksalsergeben. Irgend etwas war sonderbar daran. Der Tegas entdeckte ein fremdes Objekt, das am Rückgrat des Wirts befestigt war. Eine Art Kapsel – ein Neuralsender/Empfänger. Er wirkte emotionsdämpfend, strahlte Befehle aus, die unbedingten Gehorsam verlangten.

Der Tegas blockierte hastig die Wirkung des Instruments, entsetzt durch die Folgerungen, die die Existenz eines solchen Geräts für ihn mit sich brachte.

Er kannte jetzt die Identität des Wirts: James Daggett; das war der Name. Alter einundsiebzig. Der Körper war ein armseliges, verbrauchtes Wrack, schwächer, debiler, als es William Bailey mit zweihundertsechsunddreißig gewesen war. Das vogelhafte Bewußtsein des Wirts unterwarf sich dem Tegas, wie es sich dem Tod unterwarf, und strahlte seltsam mystische Gedanken aus, wirre Bilder, Vermutungen, Eindrücke.

Der Tegas war ›ein Engel zu meinem Geleit‹.

Immer noch hingen dem Tegas Spuren von William Bailey an, und er vermied es, sich mit dem neuen Wirt schon zu eng zu verbinden. Der Name und das Zentrum des Ich-Bewußtseins genügten.

Er begriff mit einem Gefühl der Niederlage, daß der alte Körper auf eine Bank geschnallt wurde. Er sah die Zimmerdecke in strukturlosem Grau verschwimmen. Ein abgestumpfter Geruchssinn nahm einen kühlen antiseptischen Hauch wahr.

»Dann schlaf mal gut, Kamerad.«

Nicht noch einmal! dachte der Tegas.

Niederlage ... Niederlage ...

Zum Teil stammte die fatalistische Stimmung von der James-Daggett-Persönlichkeit, erkannte der Tegas und benützte den Moment, um die Erinnerungen seines Wirts zu durchforschen. Er fand den Zeitpunkt, in dem der Neuralsender an seinem Rückgrat eingesetzt worden war.

Es war bei einer Operation geschehen.

Er stellte die Blockierung wieder her und suchte in der Außenwelt nach einem anderen Wirt. Gleichzeitig durchsuchte er das Tegas-Gedächtnis. Irgendwo mußte es einen Hinweis, eine Idee, eine Lösung geben – irgendeine Möglichkeit für einen Ausweg. Er vermißte den Beitrag des Bacit; es war, als seien Teile seines Gedächtnisse abgeschnitten. Der Neuralkontakt zu dem sterbenden James Daggett klebte wie zäher Schlamm an seinen Gedanken.

Der sensible, sterbende James Daggett suchte Trost in mystischer Konfusion, bis er vom Tegas aufgesaugt wurde. Die Verbindung war schlecht. Der Wirt sollte sich wehren, denn das verstärkte den Zugriff des

Tegas. Statt dessen rannte der Tegas offene Türen ein zwischen sanft sich auflösenden, fremden Erinnerungen. Kontakte lösten sich. Er fühlte, wie sich sein Bewußtseinsbereich verengte.

Dann tauchte in seiner Suchzone etwas auf – Ärger, zornige Verachtung jener Art, wie sie häufig gegen Dummheit und Unfähigkeit gerichtet wurde. Der Tegas wartete und fragte sich, ob das wieder ein *Klient* des Zentrums sein konnte.

Im Kielwasser der verärgerten Identität folgte eine weitere. Sie war von Angst beherrscht. Der Tegas spannte sich zum Sprung, konzentrierte hungrig sein Bewußtsein. Ein Wesen voll Ärger, eines voll Furcht – das war etwas, woran ein Tegas sich festhalten konnte.

Stimmen drangen vom Gang außerhalb der Nische zu ihm herein – eine wütend, aggressiv, die andere ängstlich antwortend.

»... angeordnet, sofort zu verständigen ... augenblicklich, wenn ... Bailey! William Bailey! ... sah das ... auf Ihrem Pult ...«

Und die ängstliche Stimme: »... zu tun ... Sie haben keine Ahnung, wie ... und Personalmangel und ... zig pro Stunde ... allein ... diese Schicht ...«

Die Stimmen entfernten sich, aber die emotionelle Aura beider war noch immer in Sprungweite des Tegas.

»Tot!« Das war die wütende Stimme, eine akustisch/neurale Schockwelle, die den Tegas mit Sturmgewalt überrollte.

Dem Zornhöhepunkt des einen folgte unmittelbar ein Moment tiefster Angst des anderen: schauderndes Zurückschrecken.

Der Tegas sprang, verließ James Daggett, gerade, als das Leben in ihm erlosch. Es war, als sei er von einem sinkenden Boot in eine sturmgeschüttelte Nußschale übergewechselt. Einen Augenblick lang fühlte er sich verloren in der komplexen Struktur dieses stofflichen

Raum-Zeit-Systems, das sein neuer Wirt war. Er begriff plötzlich, daß der Ängstliche einen Vorrat verachtungsvollen Hasses in sich aufgestaut hatte, eine Festung für sein Ego, entstanden aus langen Jahren der Auflehnung und des heimlichen Grolls gegen jede Autorität. Das abrupte Eindringen des Tegas schreckte das Wirtsbewußtsein in diese Festung, wo es sich verbarrikadierte.

Da wußte der Tegas, daß ihm ein Kampf bevorstand, wie er ihn noch nie hatte ausfechten müssen. Diese Erkenntnis wurde begleitet von einem verschwommenen Blick durch die Augen des Wirts – ein finsteres, argwöhnisches Gesicht starrte ihn über einen angeschnallten Körper hinweg an. Die todesstarren Züge des Körpers erschütterten ihn: William Bailey! Beinahe hätte er die Schlacht schon in diesem Augenblick verloren.

Der Wirt erlangte die Kontrolle über seine Wangenmuskeln wieder, verzog sie. Die Augen bewegten sich unabhängig voneinander: eines drehte sich nach oben, das andere schaute nach unten. Der Tegas bekam Wahrnehmungen direkt übermittelt, sah mit den Fingerspitzen (blasser Schimmer), hörte mit den Lippen (ein Kitzeln von Schall). Die Haut schauderte und rötete sich. Er taumelte, hörte eine Stimme schreien: »Wer bist du? Was tust du mit mir?«

Es war die Stimme des Wirts, und der Tegas konnte durch eine hastige Attacke auf die Sprechmuskeln nur die Aussprache verwischen, die Verständlichkeit nicht mehr verhindern. Ein rollendes Auge übermittelte eine verwaschene Momentaufnahme seines finsteren Gegenübers. Der andere zuckte überrascht zurück und starrte ihn an.

Es war einer von den Argwöhnischen, den Verhaßten, den Herrschertypen. Keine Zeit, sich jetzt um den zu kümmern. Der Tegas kämpfte um sein Überleben. Er nahm jeden Trick zu Hilfe, den er in Äonen gelernt hatte – Schmeichelei, mystische Vorspiegelungen, religiöse Wahnvorstellungen, Liebe, Haß, Wortzauber. Vieles am menschlichen Bewußtsein war ein Produkt der Sprache und konnte damit überrumpelt werden. Wie eine zustoßende Schlange schnellte er durch das Nervensystem.

Der Name! Er mußte den Namen haben!

»Carmi ... Carmichael!«

Jetzt wußte er den halben Namen, ein schwacher Rettungsanker in diesem Kampf. Stumm fegte er durch Synapsenkanäle, stumm schrie er den Namen:

Ich bin Carmichael! Ich bin Carmichael!

»Nein!«

Ja! Ich bin Carmichael!

»Nicht du! Nicht du!«

Ich bin Carmichael!

Er drängte den Wirt in seiner Verwirrung zurück: »Wer bist du? Du kannst nicht ich sein. Ich bin ... Joe – Joe Carmichael!«

Triumphierend riß der Tegas den ganzen Namen an sich: *Ich bin Joe Carmichael!* Er stürmte neue Zentren, festigte seine Eroberungen. *Ich bin Joe Carmichael!*

Das Bewußtsein des Wirts zog sich entsetzt zurück. Die Augen zuckten, Beine zitterten, Arme schlugen schlaff umher, Zähne knirschten, Tränen sickerten über die Wangen.

Der Tegas schlug zu: *Ich bin Joe Carmichael!*

Nein ... nein ... nein ... Es war ein absterbender, innerer Schrei, der schwächer wurde ... sich entfernte ... verstummte ...

Schweigen.

Ich bin Joe Carmichael, dachte der Tegas.

Es war ein Joe-Carmichael-Gedanke, mit Tegas-Modulation und einer vorwurfsvollen Bacit-Nuance: Das war verflucht knapp diesmal.

Der Tegas stellte fest, daß er flach auf dem Boden lag. Er sah hoch in die finsteren Züge, die das Wirtsgedächtnis identifizierte: Chadrick Vicentelli, Hochkommissar für Verbrechensverhütung.

»Mr. Carmichael«, sagte Vicentelli. »Ich habe um Hilfe geschickt. Bleiben Sie ruhig liegen. Versuchen Sie nicht, sich zu bewegen.«

Was für ein hartes, unbewegtes Gesicht, dachte der Tegas. Vicentellis Züge erinnerten an eine No-Maske. Und die Stimme: kalt, gefühllos, argwöhnisch. Diesen Vorfall hatte kein Computer vorhergesagt... Oder doch? Egal – ein argwöhnischer Mann hatte zuviel gesehen. Etwas mußte unternommen werden – sofort. Schon näherte sich durch den Gang das Geräusch von Schritten.

»Weiß nicht, was mit mir los ist«, sagte der Tegas, und die Erinnerung aus der Bailey-Episode half ihm, die Stimme Carmichaels richtig klingen zu lassen. »Schwindlig ... alles um mich schien rot zu werden ...«

»Jetzt sehen Sie aber schon wieder ganz munter aus«, sagte Vicentelli.

Ein Tegas-Schauer lief durch den Carmichael-Körper. Er studierte die durchdringenden, mißtrauischen Augen. Das war einer von der Sorte, die jeder Tegas vermied. Führerpersönlichkeiten zeigten gräßliche Widerstandskraft im Kampf um geistige Oberhoheit. Das war einer der Gründe, warum sie herrschten. Manch ein Tegas war von solchen Menschen verschlungen worden – vernichtet, aufgelöst. In den nebelhaften Anfängen ihres Seins hatten die Tegas tödliche Fehler gemacht, bis sie lernten, Wesen wie diesem aus dem Weg zu gehen. Auch auf dieser Welt, entsann sich der Tegas, hatte es anfangs schreckliche Kämpfe, knapp errungene Siege gegeben, die die Wurzel von Gerüchten wurden, von kultischen Bräuchen, Mythen, Urängsten, Schauermärchen ganzer Rassen. Alle primitiven Völker kannten das Gebot: *Gib niemals deinen wahren Namen preis!*

Und hier war ein Führer, der in einem gefährlichen

Zeitpunkt zuviel gesehen und gehört hatte. Sein Mißtrauen war geweckt. Eine eiskalte Intelligenz wog Fakten ab, die ihr niemals hätten bekannt werden dürfen.

Zwei rotuniformierte Polmats, androidenhaft nichtssagend, maschinenhaft wachsam, hündisch ergeben, kamen in die Nische gestürzt und hielten vor Vicentelli, seine Befehle erwartend. Es war höchst irritierend: selbst bei Androiden zögerten die Untergebenen-Typen nicht eine Sekunde, sich an einen Herrschertyp zu wenden. Auch sie erkannten befehlsgewohnte Persönlichkeiten sofort.

Der Tegas mußte an die Steuerkapsel an James Daggetts Rückgrat denken. Etwas wie Furcht vibrierte in ihm. Der Mund des Wirtskörpers war trocken von einer rein carmichaelhaften Emotion.

»Das ist Joseph Carmichael«, sagte Vicentelli, auf ihn weisend. »Ich wünsche, daß er ins UZ gebracht wird, für eine komplette Untersuchung und ein Motivationsprofil. Ich komme mit. Verständigen Sie die entsprechenden Kader.«

Die Polmats halfen dem Tegas auf seine neuen Beine.

UZ – das Untersuchungszentrum der Staatspolizei, dachte er.

»Warum bringen sie mich ins UZ?« wollte er wissen. »Ich müßte eher in ein Krankenhaus, um …«

»Wir haben die nötigen medizinischen Einrichtungen«, sagte Vicentelli. Aus seinem Mund klang es drohend.

Medizinische Einrichtungen wofür?

»Aber warum …«

»Ruhig sein und mitgehen«, sagte Vicentelli. Er blickte auf William Baileys Leichnam hinunter, dann wieder auf Carmichael. Es war ein Blick voll berechnenden Verdachts, halb Wissen, halb Vermutung.

Der Tegas sah sich William Baileys Körper noch einmal an, wurde von Erinnerungen gepackt, die sein neues Bewußtsein erschütterten. Es war ein wunderbarer Wirt gewesen, eine fleischliche Hülle, die seine Zuneigung verdient hatte. Die bedauernde Regung ging vorüber. Er blickte wieder Vicentelli an, bemühte sich, leer und verwirrt zu glotzen. Er mußte die Reaktion nicht zur Gänze vortäuschen. Die Übernahme von Carmichael war in Gegenwart des verdächtigen William Bailey erfolgt – und es tat nichts zur Sache, das William Bailey eine Leiche war; das bestärkte bloß den Verdacht. Wenn Vicentelli argwöhnte, daß etwas Unbekanntes in William Bailey gelebt hatte, mußte er jetzt annehmen, daß dieses Unbekannte von der Leiche auf Carmichael übergegangen war.

»Wir interessieren uns für Sie«, sagte Vicentelli. »Wir interessieren uns sehr. Viel mehr als vor Ihrem jüngsten … hm, Anfall.« Er nickte den Androiden zu.

Anfall! dachte der Tegas.

Starke Hände schoben ihn unwiderstehlich durch den Vorhang der Nische hinaus in den Gang, in die Vorhalle, durch das antiseptische Weiß des Umkleideraums der Angestellten und zur Hintertür hinaus auf die Straße.

Der Tag, von dem er vor so kurzer Zeit als William Bailey Abschied genommen hatte, sah durch die Carmichael-Augen seltsam verwandelt aus. Gewiß, die Augenhöhe war nicht die gleiche – vielleicht um drei Zentimeter größer bei Carmichael. Seine visuellen Reaktionen mußten mit perspektivischen Gewohnheiten brechen, die mehr als zwei Jahrhunderte mit Baileys Größe geprägt hatten. Aber das war nicht alles, was sich verändert hatte. Er fühlte, daß er den Tag durch viele Augen betrachtete – durch viel mehr als die zwei seines Wirts.

Das Gefühl multiokularen Sehens verwirrte ihn, aber er hatte keine Zeit, es genauer zu erforschen, da ihn die Polmats jetzt in die gläserne Kabine eines Luftautos stießen. Zischend schloß sich die Tür, federnd mit einem dumpfen Geräusch gegen den weichen Dichtungswulst, und er war allein. Er lehnte sich in die Plastikpolsterung und starrte durch die blaugrau getönten Scheiben hinaus.

Das Luftauto schoß aus der Plastbetonschlucht hoch, überquerte das Tafelbergdach des Euthanasiezentrums und hielt auf die fernen, von Menschenhand geschaffenen Schrofen des UZ zu. Das Viertel der zentralen Regierungsgebäude hatte der Tegas immer gemieden, und er wünschte sich jetzt nichts sehnlicher, als es auch weiterhin meiden zu können.

Es überkam ihn eine Ahnung, daß sein Universum zusammengebrochen war. Er war gefangen – nicht bloß gefangen in dem Luftauto, das zur Plastbetonzitadelle des UZ brauste, sondern gefangen in dem Ökosystem des Planeten überhaupt. Das war ein Gefühl, das er nie zuvor verspürt hatte – nicht einmal an jenem Äonen entfernten Tag, da er auf dieser Welt gelandet war, in einem speziell angepaßten Wirtskörper, den die Reise fast über die Grenzen seiner Fähigkeiten beansprucht hatte. Das war die Lebensweise eines Tegas, sein Daseinszweck, nach immer neuen Welten, neuen Körpern zu streben. Er fand instinktiv die richtige Art von Planet, die richtige Lebensform. Die gewählte Spezies entwickelte immer den Sternenflug, so daß dem Tegas neue Reisen, neue Abenteuer, neue Erkenntnisse möglich wurden. So gab es niemals Langeweile in seinem theoretisch ewig währenden Leben. Auch die Bewohner dieses Planeten würden den Sternenflug lernen – eines Tages.

Aber der Tegas, beschlichen von einer neuen und fremden Furcht, erkannte schaudernd, daß er vielleicht nicht mehr zur Stelle sein würde, den Sprung zu den Sternen mitzumachen. Es war eine Erkenntnis, die ihn auslaugte, ihn mit zeitlicher Klaustrophobie erstickte, ihm die Unsterblichkeit hohnlächelnd wegnahm.

Was habe ich falsch gemacht? fragte er sich. *Lag der Fehler schon in der Wahl des Planeten?*

Seine Bacit-Hälfte, die sonst so viel zur Wahrung des inneren Gleichgewichts beitrug, überspülte nun ihr gemeinsames Bewußtsein mit einer verschwommenen Projektion des Unbekannten, das vor ihnen lag.

Das ärgerte den Tegas. Die Zukunft war schließlich immer unbekannt. Er begann, das Wesen seines Wirts zu erforschen, festzustellen, was er davon in der kommenden Kraftprobe brauchen konnte. Es war ein guter Wirt – gesund, stark, mit einer Muskulatur und einem Nervensystem, das sich ausgezeichnet für Verstärkung und Intensivierung durch den Tegas eignete. Ein Wirt wie dieser würde ihm gute Dienste leisten, vielleicht sogar länger als William Bailey. Der Tegas begann zu tun, was er in der kurzen Zeit zustande bringen konnte, entfernte hemmende Elemente aus den Neuronenverbindungen, um ein schnelleres und wirkungsvolleres Funktionieren des Wirtsgehirns zu gewährleisten, und begann, Herz und Gefäßsystem zu stärken.

Die natürliche Widerstandsfähigkeit des Tegas – Resultat seiner unendlichen Neugier, die sein Leben interessant und lebenswert machte – setzte sich erneut durch. Was immer geschehen würde, es war etwas Neues. Er setzte sich in seinem Wirt fest, versah das Carmichael-Gedächtnis mit Tegas-Reaktionen, und bereitete sich auf die unmittelbare Zukunft vor.

Ein Gedanke keimte in seinem Geist:

In der komplexen Unfaßlichkeit, die seine Vergangenheit war, gab es nichtmenschliche Erfahrungen. Wie genau war dieses ›totale Persönlichkeitsprofil‹? Konnte es Nichtmenschliches aufzeigen? Konnte es eine Schablone liefern, die der von William Bailey zu ähnlich war … oder von irgendeinem der anderen, den sie vielleicht in ihrer Datenbank gespeichert hatten?

Verschwommen spürte er den Tanz zahlloser Intellekte auf dem Boden seines Bewußtseins, die verschlungenen Muster und vielfältigen Rhythmen. Er wußte, daß er wie eine Garbe Korn war, zusammengebunden aus gefangenen Halmen.

Die Stadt, die unter dem Luftauto dahinglitt, nahm er jetzt mehr mechanisch wahr, als daß er sie sah. Kleine Wirbel von Furcht begannen an ihm zu zerren. Welche Werkzeuge der Psychometrie würden sie bei dem Verhör anwenden? Wie empfindliche? Wie ausgeklügelte? Für ihre Sonden durfte er nichts sein außer Joe Carmichael. Doch … er war viel mehr. Er fühlte, wie die Strömung des *Jetzt* seine Existenz auf gefährliche Untiefen zutrieb.

Gefahr-Gefahr-Gefahr. Als Tegas begriff er sie intellektuell. Als Joe Carmichael reagierte er physisch darauf.

Sein Körper war naß vor Schweiß.

Das Luftauto begann tiefer zu gehen. Er starrte auf die Hinterköpfe der Androiden, die durch die Glaswand der Steuerkabine zu sehen waren. Zwei emotionslose Materieklumpen – kein Ausweg für ihn. Das Auto ließ das Tageslicht hinter sich, vibrierte einmal kurz in einem Identifikationsfeld, sauste durch eine Röhre voll kalten Aluminiumlichts hinunter in das gelbe Leuchten eines riesigen, unterirdischen Hangars – sandfarbene Wände, hoch oben die sandfarbene Decke, ein weites Gewölbe, erfüllt von dem Summen kalter, mechanischer Aktivität.

Das Luftauto fand seine Parknische, hielt. Nach wenigen Augenblicken glitten die Türen zischend auf. Die beiden Androiden flankierten die Öffnung. Der eine bedeutete ihm, auszusteigen.

Der Tegas schluckte mit einer trockenen Carmichael-Kehle, kletterte hinaus, sah sich um in dem unpersönlichen Getriebe der Androiden. In der näheren Umgebung konnte er weder einen Menschen sehen noch durch seine emotionelle Aura ausmachen. Ein Gefühl schrecklicher Einsamkeit überkam ihn.

Ohne ein Wort zu sagen, nahmen ihn die beiden Androiden bei den Armen, zogen ihn hinüber zur Mulde eines Ringlifts, stießen ihn hinein. Das Feld ergriff sie und riß sie nach oben, an verschwimmenden Wänden und aufflackernden Gangmündungen vorbei. Abrupt neigte sich die Liftachse, so daß sie, schräg mit dem Gesicht nach unten, im sanften Griff des Feldes hingen. Die beiden Androiden schwebten bewegungslos neben ihm wie Fische, die durch die Luft schwimmen. Dann schwenkte das Liftfeld zurück in die Vertikale und spie sie in der Mitte eines amphitheaterähnlichen Saales aus.

Der Tegas starrte hoch und in die Runde, sah Weiträumigkeit, ungeheure bläuliche Oberlichte, Leute-Leute-Leute, eine Sitzreihe über der anderen, Leute, die ihn musterten, überall, rund um ihn.

Er tastete nach Emotionen und stieß auf die entsetzliche Ausstrahlung der Menge, ein eisiger neuraler Hauch, wie die Aura von lebendigem Stahl. Sie alle, die ihn beobachteten wie einen gefangenen Käfer, sie alle waren Führer, die keine Religion kannten außer der ihres eigenen Ichs; kein nervöses Husten, kein ungeduldiges Herumrutschen. Sie waren ein Eisberg abwartenden Schweigens.

Niemals, nicht einmal in einem Alptraum, hatte er sich einen Ort wie diesen vorstellen können. Und doch kannte er ihn, erkannte ihn augenblicklich. Wenn ein Tegas endete, dachte er, dann mußte es an einem solchen Ort geschehen. All die zahllosen Existenzen, die er durchlebt hatte, würden hier vielleicht endgültig ausgelöscht werden, alle Erfahrungen verlorengehen. Viele, längst vergessen geglaubte Stimmen erhoben sich in klagendem Chor.

Jemand näherte sich aus dem Gang links, kam durch das Rund des Amphitheaters auf ihn zu: Vicentelli.

Der Tegas starrte dem Mann entgegen, registrierte steinernes Schwarz tiefliegender harter Augen in einem steinernen Gesicht – eine ausdruckslose Maske, die nur Leistung, Arbeit, Machtstreben kannte – keine Freude, kein Vergnügen. Dieser Körper war ein Werkzèug des Herrschens, Werkzeug einer Persönlichkeit, für die es nichts Weiches, nichts Angenehmes gab.

Eine Wanne mit einer Flüssigkeit von der Farbe polierten Stahls hob sich neben dem Tegas aus dem Boden. Androidenhände packten ihn, als er zurückzuckte.

Vicentelli blieb vor ihm stehen, warf einen Blick auf die Reihen von Gesichtern rundum, musterte dann wieder sein Opfer.

»Vielleicht sind Sie bereit, uns die Mühe eines Tiefenverhörs zu ersparen«, sagte er.

Der Tegas fühlte, wie sein Körper zitterte, und schüttelte den Kopf.

Vicentelli nickte.

Unpersönlich und flink zogen die Androiden den Wirtskörper aus, hoben ihn in die Wanne. Die Flüssigkeit fühlte sich warm und prickelnd an. Er wurde in ein Geschirr geschnallt, das seine Arme festhielt und sein Kinn gerade oberhalb des Flüssigkeitsspiegels fixierte. Eine Kuppel senkte sich über seinen Kopf, umschloß ihn bis auf einen schmalen Spalt blauen Lichts. Betäubt fragte er sich, wie spät es war. Als er das Euthanasiezentrum betreten hatte, war es noch sehr früh am Tag gewesen; jetzt war es sehr spät. Und doch wußte er, daß es kaum später Vormittag sein konnte.

Wieder sondierte er die emotionelle Aura, schreckte davor zurück.

Soweit er überhaupt einzelne Individuen ausmachen konnte, wurde er an Wetterleuchten an einem fernen Horizont erinnert. Die emotionellen Lichtblitze waren dünn und dennoch voll gefährlicher Energie.

Ein Saal voll Herrscher. Der Tegas konnte sich keinen entsetzlicheren Ort vorstellen.

Vor seinem Lichtspalt bewegte sich etwas: Vicentelli.

»Wer sind Sie?« fragte Vicentelli.

Ich bin Joe Carmichael, dachte er. *Ich darf nur Joe Carmichael sein.*

Aber Carmichaels Emotionen drohten ihn zu überwältigen. Hilflose Wut und furchtsame Unterwürfigkeit flackerten durch die neuralen Schaltkreise. Der Wirtskörper zuckte. Seine Beine vollführten angedeutete Laufbewegungen.

Vicentelli wandte sich ab und sprach zu den Beobachtern ringsum: »Interessant an Joe Carmichael ist lediglich der Vorfall, den Sie jetzt auf Ihren Rekorderschirmen sehen. Ich möchte darauf hinweisen, daß der Vorfall nicht vorausgesagt war. Es gab keinerlei Grundlagen für eine Extrapolation in dieser Richtung. Wir müssen daher annehmen, daß die Ursache dafür nicht in Joseph Carmichael lag. Jeder von Ihnen sollte während dieser Untersuchung das zutage geförderte Profil genauestens studieren. Ich möchte, daß jeder von Ihnen seine Reaktionen und Vorschläge aufzeichnet. Wir sollten dabei auf Anhaltspunkte hinsichtlich der unbekannten Faktoren stoßen, die wir in William Bailey und vor ihm in Almiro Hsing beobachtet haben. Ich bitte um Ihre volle Aufmerksamkeit.«

Götter der Ewigkeit! dachte der Tegas. *Sie haben mich von Bailey zu Hsing zurückverfolgt!*

Diese Wandlung in der menschlichen Gesellschaft reichte viel weiter zurück, als er vermutet hatte. Wie weit zurück?

»Berücksichtigen Sie bitte«, sagte Vicentelli, »daß Bailey sich in unmittelbarer Nähe befand, als Hsing vom Turm des Friedens in Kanton stürzte und starb. Berücksichtigen Sie ferner das Beweismaterial, das auf eine frühere Verbindung zwischen Hsing und Bailey schließen läßt. Es besteht die Möglichkeit, daß sich Bailey auf Einladung Hsings an dem betreffenden Ort befand. Das könnte wichtig sein.«

Der Tegas versuchte, sein Eigenbewußtsein zurückzuziehen, seine Emotionen abzukapseln. Die Führer der Menschheit hatten in der geistigen Entwicklung einen Seitenpfad beschritten, an den er überhaupt nicht gedacht hatte. Sie hatten ihn weit hinter sich gelassen.

Er wußte, warum: nach Tegas-Art hatte er die Masse der Menschheit als Tarnung benützt, sich im Alltagsleben verborgen, hatte gelebt, wie es von seinem Körper erwartet wurde. Niemals jedoch hatte er das Fleisch mehr geliebt als in diesem Augenblick, da er wußte, er würde es vielleicht für immer verlieren. Er liebte dieses Fleisch so, wie ein Mensch ein Haus lieben mochte. Dieser wunderbare, komplexe Körper war ein Haus, das atmete und fühlte.

Plötzlich fühlte er sich mit dem Körper tiefer verbunden, als er es jemals zuvor erlebt hatte. Er wußte in diesem Moment genau, wie ein Mensch sich hier fühlen würde. Die Zeit war niemals ein Feind des Tegas gewesen. Aber sie war ein Feind des Menschen, und er war jetzt ein Mensch. Er bereitete seinen Körper auf die richtigen Reaktionen vor.

Macht durch Kontrolle, darum ging es in dieser Gesellschaft. Kontrolle über Geist und Körper aller Menschen. Superkontrolle.

Vicentellis Gesicht tauchte wieder vor dem Lichtspalt auf.

»Der Einfachheit halber«, sagte er, »werde ich auch dich mit Carmichael anreden.«

Dieser Satz sagte ihm mit brutaler Offenheit, daß er in die Enge getrieben war und daß Vicentelli es genau wußte.

»Versuche nicht, dich selbst zu töten«, fuhr Vicentelli fort. »Der Apparat, in dem du dich jetzt befindest, kann dich selbst dann noch am Leben erhalten, wenn du am allerwenigsten weiterzuleben wünschst.«

Mit einemmal begriff der Tegas, daß die Carmichael-Persönlichkeit jetzt panische Angst zeigen würde. Die abwartende, distanzierte Wachsamkeit eines Tegas war hier fehl am Platz.

Er zeigte panische Angst.

Der Wirtskörper bäumte sich in der Flüssigkeit auf, warf sich gegen die Fesseln. Die Flüssigkeit war schwer – ölig, aber nicht zu ölig. Sie umgab ihn wie eine zähe Haut, dämpfte seine Bewegungen, zwang ihn zu hilflos-trägem Schweben.

»Jetzt«, sagte Vicentelli.

Er hörte ein lautes Klicken.

Licht blendete die Carmichael-Augen. Farbige Rhythmen durchsetzten es – ein epileptisches Zucken, das seinen Geist erfaßte und das Tegas-Bewußtsein wie in einem Käfig herumschleuderte.

Aus dem Nichts, das sein Universum verschlungen hatte, kamen Fragen. Er wußte, daß es gesprochene Fragen waren, aber er sah sie: Wörter, die in einer Strömung heranwirbelten.

»Wer bist du?«

»Wir wissen, daß du da bist. Warum gibst du nicht zu, was du bist? Wir kennen dich.«

Die Ausstrahlung der Beobachter ringsum wurde zu einem hämmernden, anschuldigenden Pulsieren: »Wir kennen dich – kennen dich – kennen dich – kennen dich …«

Der Tegas fühlte die Worte anprallen wie betäubende Stöße.

Kein Tegas kann hypnotisiert werden, ermahnte er sich. Aber er konnte spüren, wie sein Wesen langsam in Trümmer ging. Irgend etwas begann loszureißen. Carmichael! Der Tegas verlor die Kontrolle über den Wirt! Der Körper wurde zu einem geistlosen Automaten degradiert. Die reißende Empfindung verstärkte sich.

Plötzlich fühlte er ein wesensinneres Regen, ein Erwachen. Er beobachtete, wie das Wirtsego erwachte, und konnte nichts dagegen tun.

Gedanken tasteten sich durch die tanzenden, glitzernden Neuronenpfade …

Wer … was ist … wo sind …

Entsetzt stürzte sich der Tegas auf die fragende Regung: *Ich bin Joe Carmichael …* ich bin Joe Carmichael – »Ich bin Joe Carmichael!«

Er bekam seine Stimme wieder unter Kontrolle, stieß die Worte in dumpfem Rhythmus hervor, als eine, die einzig mögliche Antwort auf alle Fragen. Nach und nach verstummte der Wirt, vom Tegas zurückgedrängt.

Die monotonen, kalten Fragen gingen weiter.

Blitz-Stoß-Frage.

Er wurde sich bewußt, daß er jedes Gefühl für den Unterschied zwischen Tegas und Carmichael verlor. Die Bacit-Hälfte, durch die unerwartete Raffinesse dieses Angriffs erschüttert und aus der Fassung gebracht, klammerte sich in hilflosen Knäueln in das Netz der gemeinsamen Identität.

Stimmen einstiger Wirte erwachten in seinem Geist: … du kannst nicht … darfst nicht … ich bin Joe Carmichael … sie sollen aufhören damit … warum können wir nicht …

»Ihr bringt mich um!« kreischte er.

Die Ränge von Beobachtern vereinigten sich zu einer Aura kalter Genugtuung.

Das sind Ungeheuer! dachte Carmichael.

Es war ein reiner Carmichael-Gedanke, unbeeinflußt durch das Bewußtsein des Tegas, eine freie, menschliche Äußerung, die sich aus der Tiefe empordrängte.

Hörst du mich, Tegas? meldete sich Carmichael. *Das sind Ungeheuer!*

Der Tegas kauerte zitternd in seinem Fleisch und fragte sich, wie er dieser neuen Entwicklung begegnen sollte. Noch nie zuvor hatte er eine direkte Mitteilung von einem Wirt empfangen, nachdem er ihn einmal unterworfen hatte. Er versuchte, die Quelle der Mitteilung aufzuspüren, umsonst.

Schau sie dir nur an, wie sie auf uns herunterglotzen wie ein Schwarm Aasgeier! dachte Carmichael.

Der Tegas wußte, daß er etwas unternehmen mußte, aber bevor er sich dazu aufraffen konnte, begann das Verhör von neuem, schärfer und eindringlicher: Blitz-Stoß-Frage.

»Woher kommst du? Woher kommst du? Woher kommst du?«

Carmichael-Empörung flutete durch den Tegas.

Immer noch strahlten die Beobachter kühl-amüsierte Unmenschlichkeit aus.

Laß uns sterben und einen von denen übernehmen! drängte Carmichael.

Wer spricht da? erkundigte sich der Bacit. Wie hast du dich befreit? Wo bist du?

Gott! Wie unmenschlich kalt sie sind! Das war ein Bailey-Gedanke gewesen.

Woher kommst du? fragte der Bacit, nach dem Wirtsbewußtsein suchend. Du bist hier, aber wir können dich nicht finden!

Ich komme von Zimbue, antwortete Carmichael.

Du kannst nicht von Zimbue kommen, entgegnete der Tegas. Ich komme von Zimbue!

Aber Zimbue gibt es nirgends, beharrte der Bacit.

Und die ganze Zeit – Blitz-Stoß-Frage – ging Vicentellis Verhör weiter, lähmte immer mehr Verbindungen.

Der Tegas fühlte sich von allen Seiten und von seinem Innersten her attackiert. Wie konnte Carmichael Zimbue erwähnen?

Woher kommst du also? fragte Carmichael.

Wie konnte Carmichael von so etwas wissen? fragte sich der Tegas. Woher waren alle Tegas gekommen? Die Antwort lag in einer Ur-Erinnerung am Grunde all seiner Leben und Erlebnisse: In jenem dimensionslosen Augenblick, da die Zeit begann, drangen die Tegas in das Nichts ein, dessen Struktur noch kein Stern – nicht einmal ein Staubkorn – verzerrt hatte. Sie hatten existiert, bevor es Geist und Sinne gegeben hatte. Wie konnte Carmichaels Ego die Frage nach solchen Dingen überleben?

Und warum sollte ich nicht fragen? erkundigte sich Carmichael. Vicentelli fragt es uns dauernd!

Wo hatte sich nur das Ego des Wirtskörpers versteckt? Wieso existierte es überhaupt noch? Wieso konnte es sprechen?

Die Bacit-Hälfte hatte endlich genug. *Bring ihn zum Schweigen!* befahl der Bacit. Bring ihn zum Schweigen! Wir sind Joe Carmichael!

Nur keine Panik, beruhigte Carmichael. Du bist Tegas/Bacit, eine Wesenseinheit. Ich bin Joe Carmichael.

Und von außen brüllte Vicentelli: »Wer bist du? Ich befehle dir: Sag, wer du bist! Du mußt mir gehorchen! Bist du William Bailey?«

Schweigen – nach innen und nach außen.

In diesem Schweigen untersuchte der Tegas das mißhandelte Fleisch, begriff teilweise Vicentellis Methoden. Die Flüssigkeit, die den Wirtskörper umgab, war ein Anästhetikum. Dem Fleisch wurden alle Empfindungen genommen, bis nur noch die zentralen Nervenverbindungen funktionierten. Mehr noch, das betäubte Fleisch war mit einem Kontrollgerät versehen worden. Eine pulsierende Kapsel saß am Carmichael-Rückgrat fest – signalisierend, befehlend, steuernd.

»Die Kapsel ist eingesetzt«, sagte Vicentelli. »Ich werde ihn nun in das untere Labor bringen lassen, wo das Verhör in der üblichen Weise fortgesetzt werden kann. Wir haben ihn jetzt völlig unter Kontrolle.«

Die Bacit-Hälfte suchte in dem gefangenen Fleisch nach den Nervenverbindungen der Kontrollkapsel, versuchte sie zu blockieren, hatte nur teilweise Erfolg.

Anästhesiertes Fleisch behinderte den Bacit beim Sondieren sehr. Der Tegas kauerte wie eine erschreckte Spinne im Bewußtsein des Wirts und beobachtete die leise pulsierenden Neuralströme, versuchte zu einem Entschluß zu kommen. Sollte er angreifen, wieder die völlige Kontrolle ergreifen? Was konnte er angreifen? Vicentellis Verhör hatte die Identitäten in dem Wirt so durcheinandergewürfelt, daß eine klare Trennung vielleicht überhaupt nicht mehr möglich war.

Die Kontrollkapsel strahlte Befehle aus.

Carmichaels Körper gehorchte. Die Fesseln wurden entfernt. Der Tegas erhob sich in der Wanne auf gefühllose Füße. Wo seine Brust aus der Flüssigkeit tauchte, kehrte das Gefühl zurück. Die Kuppel über seinem Kopf wurde abgehoben.

»Sehen Sie«, sagte Vicentelli zu den Beobachtern, »er gehorcht jedem Signal.«

Im Wesensinneren fragte Carmichael: Tegas, kannst du hinausreichen und feststellen, was sie von all dem halten? Vielleicht findest du einen Anhaltspunkt in ihren Emotionen.

Tu das! befahl der Bacit.

Der Tegas tastete sich nach außen, sondierte die Umgebung, fühlte Langeweile, Untertöne von Argwohn, eine raubtierhafte Selbstsicherheit. Ja, die Maus war in unbarmherzigen Krallen gefangen. Die Maus konnte nicht entkommen.

Androidenhände halfen dem Tegas aus dem Tank, stellten ihn auf den Boden, stützten ihn.

»Perfekte Kontrolle«, sagte Vicentelli.

Die Carmichael-Augen starrten ausdruckslos geradeaus, wie es die Kontrollkapsel befahl.

Der Tegas durchstöberte die Kanäle seines Wesens, traf Bacit, Carmichael, Fragmente von unzähligen anderen.

Wie kannst du hier sein, Joe Carmichael? fragte er.

Der Wirtskörper gehorchte mechanisch einem Befehl der Kapsel, schritt quer durch den Saal zu einem Ausgang.

Warum fliehst du nicht vor mir, bekämpfst mich? erkundigte sich der Tegas.

Das wäre sinnlos, antwortete Carmichael. Wir sitzen alle in einem Boot, das siehst du wohl.

Warum hast du keine Angst?

Ich hatte immer … habe … ich hoffe, ich habe keine mehr.

Wie kannst du vom Tegas wissen?

Wie könnte ich nicht? Du bist ich, und ich bin du.

Das erschütterte den Tegas, verstörte den Bacit: Selbsterkenntnis? In all den vielfältigen Erfahrungen des Tegas hatte es nie eine solche innere Begegnung gegeben. Der Wirt wehrte sich und wurde überwältigt, oder der Tegas hörte auf zu existieren. Und der besiegte Wirt ging … wohin? Der Bacit strahlte ängstliche Verwirrung aus, ein Gefühl von unterbrochener Kontinuität.

Dieses verdammte Verhör!

Der Wirtskörper, gesteuert von der Kontrollkapsel, war durch eine Tür hinaus in eine blaue Vorhalle gegangen. Als die Betäubung abebbte, bemerkte Tegas/Carmichael/Bacit, daß Vicentelli folgte … und Schritte von anderen, Androiden-Polmats.

Was willst du von uns, Joe Carmichael? fragte der Tegas.

Ich möchte teilhaben an eurem Sinn.

Warum?

Ihr … seid mehr als ich war. Ihr könnt mir etwas geben … ein interessanteres, ein längeres Leben … Die Hälfte von den armen Narren, die da zu uns ins E-Zentrum kamen, waren aus lauter Langeweile lebensmüde geworden. Ich hatte selber schon beinahe dieses Stadium erreicht. Jetzt kommt mir das Leben wieder interessant vor.

Wie können wir zusammen leben – hier in diesem Körper?

Wir tun es schon.

Aber ich bin ein Tegas! Ich muß die Vorherrschaft haben!

So herrsche.

Und der Tegas stellte fest, daß er wieder nahezu ungehinderten Zugang zu dem Nervensystem des Wirts hatte. Trotzdem trieb sich das aufrührerische Carmichael-Ego noch irgendwo umher. Und der Bacit unternahm nichts, schien sich dorthin zurückgezogen zu haben, wohin immer sich Bacits zurückzuziehen pflegten. Carmichael aber war da – ein huschendes, quecksilbriges Etwas, nicht dort, nicht hier. Und doch war er da.

Der Wirt muß sich bedingungslos unterwerfen, rügte der Tegas.

Ich unterwerfe mich, stimmte Carmichael zu.

Wo also bist du?

Wir sind alle zusammen hier. Und du beherrschst das Fleisch, oder nicht?

Der Tegas mußte es zugeben.

Was willst du, Joe Carmichael? fragte er beharrlich.

Ich habe es dir schon gesagt.

Hast du nicht.

Ich möchte … beobachten … teilhaben …

Warum sollte ich dir das gestatten?

Vicentelli hatte mittels der Kontrollkapsel den Wirtskörper zu einem Liftschacht gebracht. Das abwärtsführende Feld ergriff das Carmichael-Fleisch, ließ es nach unten sinken … hinunter.

Vielleicht hast du gar keinen Einfluß darauf, ob ich hierbleibe und beobachte, wandte Joe Carmichael ein.

Ich habe dich einmal überwunden, versetzte der Tegas. Ich kann es auch ein zweites Mal tun.

Und was ist, wenn sie das Verhör fortsetzen? fragte Carmichael.

Was willst du damit sagen?

Er will sagen, meldete sich der Bacit wieder, daß der echte Joe Carmichael auch genau die richtigen Antworten liefern kann, die sie für einen Profilvergleich haben wollen.

Das Liftfeld spuckte ihn in einen langen, eisigweißen Laborraum. Seine immer noch bewegungsunfähigen Augen nahmen metallene Formen wahr, Instrumente, schimmernd, glitzernd, bewegt.

Der Tegas blieb stehen, von der Kapsel gelähmt. Zwar konnte jeder Tegas einen solchen Einfluß unterdrücken, aber er wagte es nicht. Kein menschliches Wesen hätte sich diesem neuralen Zwang widersetzen können. Schon die kleinste Fingerbewegung hätte ihn jetzt entlarvt.

In der gemeinsamen Arena ihres Bewußtseins sagte Carmichael zu ihm: Nun laß mich mal eine Weile ans Ruder. Sieh zu. Misch dich nicht ein.

Der Tegas zögerte.

Tu was er sagt! befahl der Bacit.

Der Tegas zog sich zurück. Er erreichte Leere, ein Nirgendwo des Geistes, einen unsichtbaren, unwahrnehmbaren Ort, Vakuum des inneren Universums ... zeitloses Nichts ... zusammengeballte Leere, in der es keine Sinne gab oder geben konnte. Er fürchtete sich davor, aber er fühlte sich geschützt darin – verborgen.

Eine freundliche, zuversichtliche Regung erreichte ihn von Carmichael. Der Tegas empfand trotz seiner Hoffnungslosigkeit etwas wie Dankbarkeit, daß ihm zum erstenmal ein fremdes Wesen Freundschaft entgegenbrachte. Aber weshalb sollte das Carmichael-Ego ihm freundlich gesinnt sein? Zweifel bedrängten ihn. Weshalb?

Er erhielt keine Antwort, es sei denn, die verschwommene Arglosigkeit, die der Bacit ausstrahlte, war eine Antwort. Der Tegas stellte fest, daß ihn seine Lage nicht sonderlich beunruhigte. Das erstaunte ihn.

Er begriff, daß er etwas Neues begann, dem alle Gefahren von Neuem anhafteten. Es war nicht logisch, aber er wußte, daß die bedeutsamsten Erkenntnisse nicht dem logischen Denken entspringen brauchten.

Die Zeit ist ein Feind des Fleisches, rief er sich in Erinnerung. *Mein Feind ist sie nicht.*

Von jenen Außenregionen, in denen Carmichael sich eingerichtet hatte, wurden jetzt Wahrnehmungen, Überlegungen und Absichten an ihn weitergeleitet. Vicentelli setze seine Zermürbungstaktik mit induzierten Reizen fort: Farben, Formen, Hitze, Licht. Worte donnerten durch den Himmel des Tegas-Geistes: »Wer bist du? Antworte! Ich weiß, daß du da bist! Antworte! Wer bist du?«

Joe Carmichael stammelte undeutliche Proteste: »Warum quält ihr mich? Was ... was macht ihr mit mir?«

Blitz-Stoß-Frage: »HÖR AUF, DICH VOR MIR ZU VERSTECKEN!«

Halb betäubte, mechanische Antwort Carmichaels: »Was ... macht ... ihr?«

Schweigen hüllte das Fleisch ein.

Der Tegas begann, gedämpft zu ihm hereinsickernde Gesprächsfetzen zu empfangen: »Hören Sie, sein Profil entspricht der Carmichael-Identität exakt.« ... »Aber ich sah die Veränderung mit eigenen Augen.« ... »... vielleicht eine Vergiftung ... im Euthanasiezentrum ... entspricht oraler Aufnahme von Pikrotoxin ... Zufall ...«

Vorsichtig sich hinaustastend durch die entsprechenden neuralen Kanäle, suchte der Tegas in seiner Umgebung nach der emotionellen Aura, fand jedoch nur Vicentelli und zwei Androiden. Die Androiden waren kalte, emotionslose Klumpen. Vicentelli war eine flammende Zusammenballung von Wut und Erbitterung.

Stimmen regneten von den Kommunikationsschirmen an der Labordecke: »Machen Sie Schluß damit!« – »Liquidieren Sie ihn, damit die Sache ein Ende hat!« – »Das ist nichts als Zeitverschwendung!« – »Sie irren sich, Vic!« – »Hören Sie auf, unsere Zeit zu verschwenden!«

Sie befahlen den Tod für den Carmichael-Körper, begriff der Tegas. Er dachte an eine Arena unter dem Hagel herunterstoßender Daumen: Tod. Das waren bessere Zeiten gewesen, damals – kurzlebige Wirte, leichte Transfers. Jetzt und hier allerdings – würde er es wagen, sich mit Vicentelli zu messen? Es bedeutete fast sichere Niederlage, und der Tegas wußte das. Der harte Panzer eines Führer-Egos konnte jedem Angriff widerstehen.

Ein scharfes »Klack!« hallte durch das Labor. Die Kommunikationsschirme erloschen.

Was kommt jetzt? fragte sich der Tegas.

»Wenn Baileys Tod es nicht eliminieren konnte«, murmelte Vicentelli, »warum sollte der Tod von Carmichael dann mehr ausrichten? Was kann es überwältigen? Das Ding hat Hsing überlebt, und der Himmel weiß, wie viele andere vor ihm.«

Der Tegas spürte, wie seine Bacit-Hälfte weit draußen seine Membranen anspannte.

»Wenn ich recht habe«, murmelte Vicentelli, »dann lebt dieses Ding ewig weiter, in einem Wirtskörper nach dem anderen. Es lebt – erfreut sich am Leben ... Und wenn das Leben nun ... unerfreulich würde?«

»Der Tod dieses Menschen ist angeordnet worden«, sagte der eine der Androiden. »Wünschen Sie, daß wir gehen?«

»Gehen ... ja«, sagte Vicentelli.

Diese anderen Führer, die durch den Kommunikationsschirm zugesehen hatten, waren überzeugt, daß Vicentelli sich irrte – das war dem Tegas klar. Aber sie hatten trotzdem den Tod Carmichaels befohlen. Und die Androiden waren fortgeschickt worden, weil sie natürlich mit dem Tod eines Menschen nichts zu tun haben durften.

Der Tegas spürte Carmichael schaudernd fragen: Was tun wir jetzt?

Der Bacit probierte einen Muskel im linken Arm des Wirts aus, einen Muskel, den der Wirt selbst noch nie zuvor bewußt wahrgenommen hatte. Fleisch wölbte sich, entspannte sich wieder.

Eine Bloßstellung bedeutet endgültige Vernichtung, warnte der Tegas. Einer seiner ausgeprägtesten Instinkte war die Hemmung, sich irgendwie einer Entdeckung preiszugeben: Wir müssen immer in Wesen und Verhalten unserer Umgebung gleichen, in ihr aufgehen. Unsere Existenz darf nie bekannt werden!

Wir sind doch längst entdeckt! Das war ein reiner Carmichael-Gedanke. *Was sollen wir jetzt tun?*

Eine Empfindung wie von zähflüssiger Nässe ging von der Kontrollkapsel am Rückgrat des Wirts aus.

»Also gut«, sagte Vicentelli. »Sie glauben mir nicht. Aber jetzt sind wir allein.« Er starrte in die Carmichael-Augen. »Und ich kann versuchen, was immer ich will. Wenn ich nun dein Leben unerfreulich mache, was dann?«

Die Nässe-Empfindung erreichte das Gehirn.

Augenblickliche Schwärze!

Der Tegas zuckte zurück, stemmte sich gegen die neurale Schockwelle, gewann Teile seines Wahrnehmungsvermögens zurück. Carmichaels Nervensystem zitterte, zuckte, filterte manche Geräusche heraus, leitete andere als dumpfes Brüllen weiter. Der Tegas fühlte sich irritiert durch schürfende Berührungen – ruckartige Bewegungen, Schwanken.

Vicentelli tat irgend etwas an einem glitzernden Instrumentenpult genau vor ihm.

Das Schwanken ging weiter, verstärkte sich: Schaukeln, Taumeln, Gleiten … und Schmerz.

Der Tegas ließ seine Aufmerksamkeit hierhin und

dorthin sickern, fühlte die Verstrickung seines Wesens mit dem Carmichaels. Leere Flecken waren Carmichael… verschwommenes Grau… und straff gespannte Fäden, die Knoten von Ego-Substanz verbanden. Da! Da! Und da! Fragmente von Carmichael, und alle schwiegen.

Der Bacit stieß sein Bewußtsein leicht an, eine innere Berührung wie die Stiche von feinen Dornen. Gedankenflüstern wehte heran: Wir müssen hier heraus. Gefangen. Müssen heraus. Gefangen-gefangen.

Er formte Wortbegriffe in Tausenden von Sprachen gleichzeitig.

Was machte Vicentelli da?

Der Tegas spürte einen Impuls von der Kontrollkapsel. Ein Bein zuckte. Er parierte mit einer Reflexblockierung der betreffenden Nerven. Ein Auge öffnete sich, rollte. Der Tegas eroberte die Kontrolle über die Sehzentren zurück, sah direkt über sich ein Ding aus Kristallen und Drähten, sah verwischte, grüne Bewegung. Tausend Facetten richteten sich genau auf die Kontrollkapsel. Der Wirtskörper erschien ihm plötzlich von einer zu engen Haut umschlossen.

Vicentelli glitt in seinen Gesichtsbereich.

»Jetzt wollen wir einmal sehen, wie lange du dich verstecken kannst«, sagte Vicentelli. »Wir nennen dies die Folterhaut.« Er bewegte etwas an der Steuerkonsole.

Der Tegas fühlte seinen Körper wieder. Probeweise bewegte er den linken Fuß. Schmerz loderte bis zum Knie hoch.

Er keuchte. Schmerz bohrte durch Rücken und Brust.

»Sehr gut«, sagte Vicentelli. »Es sind deine Bewegungen, verstehst du? Keine Bewegung – kein Schmerz. Bewegen – Schmerz.«

Der Tegas ließ seinen Wirt einen tiefen, zitternden

Atemzug tun. Messer schnitten in seine Lungen, sein Rückgrat.

»Atmen, eine Handbewegung, ein Schritt – alles tut gleich weh«, erklärte Vicentelli. »Das Schöne an dieser Methode ist, daß keinerlei körperliche Schädigung eintritt. Aber du wirst betteln um etwas so Einfaches wie eine ordentliche Verletzung, wenn du nicht vorher aufgibst.«

»Sadistische Bestie!« brachte der Tegas heraus. Stechendes Feuer fraß an Lippen und Wangen, brannte hinter seinen Schläfen.

»Gib auf«, sagte Vicentelli.

»Bestie«, flüsterte der Tegas. Er fühlte seine Bacit-Hälfte die Schmerzen durch Nervenblockierung abwehren und versuchte einen flachen, langsamen Atemzug. Ein schwaches Prickeln begleitete die Bewegung, aber er täuschte eine starke Schmerzreaktion vor, schloß die Augen. Hitze kroch an seinen Brauen entlang. Ein schneller Nervenblock dämmte den Schmerz ein.

»Du machst es dir nur selbst schwer«, sagte Vicentelli. »Was bist du?«

»Sie sind wahnsinnig«, flüsterte der Tegas. Er wartete, vervollständigte seine Schmerzabschirmung.

Ein mißtrauisches Glitzern trat in Vicentellis Augen. »Fühlst du den Schmerz wirklich?« fragte er. Er bewegte einen Hebel am Instrumentenpult.

Ein blitzartiger Befehlsimpuls von der Kapsel schleuderte den Wirtskörper zu Boden.

Unter Anleitung des Bacit wand er sich in der angemessenen Schmerzreaktion, ließ die Symptome langsam wieder abklingen.

»Du fühlst ihn«, sagte Vicentelli. »Gut.« Er langte hinunter, riß sein Opfer hoch und stellte es auf die Füße.

Der Bacit hatte jetzt das Schmerzempfinden fast völlig unter Kontrolle, täuschte aber weiterhin die entsprechenden Reaktionen vor. Der Körper verzog das Gesicht zu einer Grimasse, wehrte sich gegen jede Bewegung, blieb wie erstarrt stehen.

»Ich habe Zeit«, sagte Vicentelli. »Soviel Ausdauer kannst du gar nicht haben. Gib auf. Vielleicht kann ich sogar eine Verwendung für dich finden. Ich weiß, daß du irgendwo in diesem Körper steckst, was immer du auch bist. Das wird dir wohl inzwischen klargeworden sein. Du kannst offen mit mir sprechen. Was bist du? Wozu kann ich dich benutzen?«

Mit steifen Lippenbewegungen, so als hätte er große Schmerzen, sagte der Tegas: »Wenn ich so ein Wesen wäre, wie Sie glauben, was hätte ich dann von Ihresgleichen zu befürchten?«

»Sehr gut!« rief Vicentelli. »Wir machen Fortschritte. Was hast du von mir zu befürchten? Ha! Und was hätte ich von dir zu befürchten?«

»Wahnsinniger«, flüsterte der Tegas.

»Ach nein«, sagte Vicentelli. »Höre, ob dies Wahnsinn ist: meine Daten über dich sagen mir, daß ich dich nur zu fürchten brauche, wenn du stirbst. Deshalb werde ich dich nicht töten. Du wirst dir den Tod wünschen, aber ich werde dir nicht erlauben zu sterben. Ich kann diesen Körper beliebig lange am Leben erhalten. Es wird kein angenehmes Leben sein, aber es wird Leben sein. Ich kann dich zum Atmen zwingen. Ich kann dein Herz schlagen lassen. Soll ich dir einmal demonstrieren, was ich alles kann?«

Wieder erhoben sich die inneren Flüsterstimmen, und der Tegas kämpfte dagegen an: Es gibt keinen Ausweg mehr. Wir sind gefangen. Gefangen!

Der Bacit strahlte nun zögernd Unsicherheit aus.

Ein Bailey-Gedanke rührte sich: Ein Alptraum! Ja, das muß es sein!

Der Tegas schrak verwundert zurück: ein Bailey-Gedanke!

Bacit-Ermahnungen begannen sich auszubreiten:

Seid still. Wir müssen zusammenarbeiten. Ruhe... Ruhe... Ruhe...

Der Tegas fühlte sich von Wogen sanfter Gelassenheit erfaßt... und wurde aufgeschreckt durch einen Gedankenschrei des Bacit: NICHT DU!

Vicentelli tat etwas an seinem Instrumentenpult.

Der Tegas stieß einen erstickten Schrei aus, als seine beiden Arme hochgerissen wurden.

»Was bist du?« fragte Vicentelli sehr sanft.

Der Tegas konnte spüren, wie der Bacit hastig Nervenverbindungen erforschte, sie blockierte, weitersuchte. Der Wirtskörper war naß vor Schweiß.

»Also gut«, sagte Vicentelli. »Dann wollen wir einen langen Marsch unternehmen.«

Die Beine des Wirts begannen rasch auf der Stelle zu treten, auf und ab. Der Tegas starrte geradeaus, die Augen glasig in simulierter Qual.

»Das hört auf, wenn du meine Frage beantwortest«, sagte Vicentelli. »Was bist du? Hopp-zwei-drei-vier. Wer bist du? Hopp-zwei-drei-vier...«

Das Fleisch zappelte, wie es die Kapsel befahl.

Wieder fühlte der Tegas Tausende längst vergessener Sprachen in seinem Inneren erwachen – ein Babel von Stimmen. Seltsam unbeteiligt überlegte er, daß er ein wahres Museum von Wesensformen und Lebensenergien war.

»Was glaubst du, wie lange du das aushalten kannst?« fragte Vicentelli.

»Ich bin Joe Carmichael«, keuchte er.

Vicentelli trat nahe zu ihm, studierte aufmerksam die Symptome von Qual. »Hopp-zwei-drei-vier...«

Und das Durcheinander der Stimmen wurde lauter. Er war ein Strom von Energie, erkannte der Tegas. Energie... Energie... Energie. Energie war das einzig Definitive im ganzen Universum. Er war Strom von Weisheit, der in einem Bett von Sprachen dahinfloß, der immer wieder neue Zuflüsse aufnahm. Weisheit aber war eine Strafe für den Weisen und spuckte jenen ins Gesicht, die kamen, sie zu verehren. Weisheit war für Büchergelehrte und Schreiber.

Macht also, dachte er.

Macht aber zerfiel, wenn sie ausgeübt wurde.

Wie einfach es wäre, Vicentelli jetzt anzugreifen, dachte der Tegas. *Wir sind allein. Niemand beobachtet uns. Ich könnte ihn in einem einzigen Augenblick niederschlagen.*

Die Gewohnheiten von Äonen hinderten ihn, zu handeln. Er hatte unvermeidlich einiges von den Wünschen, Hoffnungen und Ängsten – insbesondere Ängsten – unzähliger Wirte mit aufgenommen. Diese Spuren bedrängten ihn nun, Symbole zerrten an ihm.

Ein reiner Bailey-Gedanke: Wir können nicht ewig so weitermachen!

Der Tegas nahm Baileys Anwesenheit wahr, und Carmichaels, und die sonderbare Verknüpfung ihrer Persönlichkeiten, die niemals zuvor erlebte Verständigung mit den Besiegten.

Ein kräftiger Schlag, drängte Carmichael.

Abrupt fühlte der Tegas sich nach innen blicken, von den äußersten Grenzen seines Selbst, und er sah seine Denkgewohnheiten aufgezeigt in jeder Handlung, die er jemals erwogen hatte. Die Gedanken nahmen Formen an, wurden zu etwas Greifbarem, einem Auflodern von Energie. In diesem flammenden Augenblick wurde er zu reinem Willen. Die vielen Gewalttäter und Mörder, die der Tegas überwältigt hatte, erwachten in ihm, stießen geballt nach außen – und er *war* die Tat, war in überwältigender Weise eins mit dem Energiestoß, erlebte ihn direkt, ohne Bilder ... ohne Symbole.

Vicentelli stürzte bewußtlos zu Boden.

Der Tegas starrte seine rechte Hand an. Sie hatte eine Art Eigenleben bekommen. Ihre Bewegung war in einem einzigartigen Augenblick vorüber gewesen, ein blitzschneller Stoß mit ausgestreckten Fingern gegen ein Nervenpaket in Vicentellis Nacken.

Habe ich ihn getötet? fragte er sich.

Vicentelli regte sich, stöhnte.

Der mörderische Hieb war also durch Tegas-Hemmungen gemildert worden, die in äußerst diffiziler Weise unterscheiden konnten, was tötete und was nicht.

Der Tegas beugte sich über Vicentellis Kopf, um ihn zu untersuchen. Bei der Bewegung spürte er, daß die Folterhaut nachgab. Er warf einen Blick zu dem grünlich leuchtenden Apparat an der Decke und begriff, daß das Ding nur eine begrenzte Reichweite hatte.

Wieder stöhnte Vicentelli.

Der Tegas drückte auf den Nervenstrang im Nacken des Mannes. Vicentelli erschlaffte.

Reine Tegas-Gedanken entstanden im Gehirn Carmichaels. Er erkannte, daß er mehr als ein Jahrhundert in einer Kultur gelebt hatte, deren regressive Strömungen ihm entgangen waren. Sie hatte wohl etwas Neues entwickelt – absolute neurale Kontrolle –, aber das Muster war in Wirklichkeit sehr alt. Die Ägypter hatten sich damit befaßt, und viele vor ihnen, und nicht wenige nach ihnen. Der Tegas nannte das Phänomen die Menschenmaschine. Man konnte sie mit Schmerz steuern – mit Nahrung … mit Strafen und Belohnungen, mit Riten und Symbolen.

Die Kontrollkapsel irritierte ihn. Seine Sinne nahmen den unterdrückten Handlungsbefehl durch die Abschirmung des Bacit wie ein fernes Echo wahr: Hopp-zwei-drei-vier … Und der motorische Befehlsimpuls hatte eine emotionell repressive Nebenwirkung, die für den Tegas tödlich sein konnte.

Er fühlte, wie der Effekt seine Sinne abstumpfte. Er mußte an eine Welt denken, in der es keine intensiven Gefühle mehr geben konnte, keine emotionellen Leuchtfeuer, die er in seinem kurzen Identitätssprung anpeilen konnte.

Das Carmichael-Fleisch schauderte in einer Tegas-

Regung. Der Bacit meldete sich wieder und drängte zu Eile.

Er griff nach hinten an seinen Rücken, fand die Kontrollkapsel: ein flaches, abgerundetes Gehäuse … kalt, leise vibrierend. Er versuchte, einen Finger darunterzuschieben, fühlte, wie das Fleisch sich widersetzte. Ah, die Verbindung war unlösbar, jedenfalls solange der Körper lebte. Das teuflische Ding war ins Rückenmark eingesetzt. Er untersuchte den Kontakt von innen her, stellte fest, daß das Ding mit genügend Zeit und den entsprechenden Einrichtungen durchaus entfernt werden konnte.

Aber er hatte diese Zeit nicht.

Vicentellis Lippen zuckten schwach – wie der Mund eines Säuglings, der nach der Brust sucht.

Der Tegas konzentrierte sich ganz auf Vicentelli. Ein typischer Machthaber. Mit gutem Grund mieden die Tegas so jemanden. Vicentellis Sorte wußte sich gegen die geistige Invasion zu wehren. Ihr Ego war zu stark.

Aber vielleicht hatten die Vicentellis das Mittel zu ihrer eigenen Vernichtung geschaffen. Was auch immer geschah, der Tegas wußte, daß er nie mehr in die Anonymität der Masse zurückkehren konnte. Unter den Menschenmaschinen gab es kein Versteck mehr für einen freien Geist. In dieser Ära des Neuen mußte auch er etwas Neues wagen.

Der Tegas griff nach der Kontrollkapsel an seinem Rücken, zwängte drei Finger unter ihren Rand. Dann, während der Bacit ihn vor dem Schmerz abschirmte, riß er die Kapsel los.

Seine untere Körperhälfte wurde gefühllos. Er brach quer über Vicentelli zusammen. Langsam hob er die Kapsel vors Gesicht, um sie zu untersuchen. Er wußte, daß er mit ihrer gewaltsamen Entfernung dem Carmichael-Körper das Todesurteil gesprochen hatte, aber nichts in ihrem gemeinsamen Bewußtsein lehnte sich dagegen auf – die einzige Regung war augenblicklich tiefes Interesse für die Kapsel.

Ein einfaches, tödliches Ding – von eindeutiger Funktionsweise. An der Innenseite ragten mit Widerhaken versehene Nadeln heraus. Er entfernte ein paar Gewebefetzen von ihnen, hastig, da es mit dem Wirtskörper schnell zu Ende ging. Blut sickerte auf den Boden – und Rückenmarksflüssigkeit. Er stemmte sich auf einen Ellbogen hoch, wälzte Vicentelli zur Seite, schob Jackett und Hemd des anderen hoch. Ein Stück fleischliche Geographie, eine Hügelkette von Wirbeln lag frei.

Der Tegas kannte diese Landschaft auch unter der Oberfläche, von seiner inneren Sondierung des Kapselkontakts. Er suchte den geeigneten Punkt und stieß die Nadeln der Kapsel mit einem Ruck tief hinein.

Vicentelli schrie auf.

Er zuckte, rutschte über den Boden, sprang auf.

Hopp-zwei-drei-vier …

Seine Beine stampften auf und ab, in schrecklicher Regelmäßigkeit. Erstickte Schmerzensschreie kamen von seinen Lippen. Seine Augen verdrehten sich.

Der Carmichael-Körper sank auf dem Boden zusammen, und der Tegas wartete auf den Tod seines Wirts. Zu schade darum – es war ein recht vielversprechender Körper gewesen –, aber er hatte seine Entscheidung getroffen. Es gab kein Zurück mehr.

Der Tod kam wie immer als ein Augenblick der Leere, des hochflutenden Nichts. Im nächsten Augenblick schon stürzte er sich auf die kreischende Ballung von Emotionen, die Vicentelli war. Der Tegas löste sich von dem toten Fleisch und ging auf das lebende über, erfüllt von dem immer neuen Gefühl einer fundamentalen Entdeckung – ein ganz seltsames Gefühl, das nichts und niemand im ganzen Universum, außer ihm und seinesgleichen, jemals erleben konnte.

Seine neue Existenz war Schmerz.

Aber es war ein Schmerz, den er bereits kannte, analysiert und verstanden hatte und den er eindämmen konnte. Vicentellis Identität wurde allerdings völlig darunter begraben. Und das war gut, denn so konnte der Tegas sie in aller Ruhe überwältigen, sie Stück für Stück verschlingen. Das Fleisch des neuen Wirts war ihm überdies dankbar. Der Tegas brachte Erlösung von den Schmerzen.

Langsam kam die neurale Tretmühle zum Stillstand.

Der Tegas blockierte die Steuerwirkung der Kapsel, zog Vicentellis Jacke glatt, um sie zu verbergen, und hielt einen Moment lang inne, um sich die Leichtigkeit dieser neuen Eroberung zu vergegenwärtigen. Sie bedingte eine riskante Änderung seiner Verhaltensmuster, das war klar: der Tegas mußte von nun an dominieren, dreist um Einfluß kämpfen – ein Leben in der Tarnung der Masse gab es jetzt für ihn nicht mehr.

Verschreckt erwachte William Bailey in seinem Bewußtsein: Wir haben es geschafft!

In diesem Augenblick hing die Existenz des Tegas an einem Faden, den er selbst gesponnen hatte. Einen Moment lang empfand er Panik, verlor sich in dem eben eroberten Wirt. Das Wechselspiel miteinander verknüpfter Persönlichkeiten erschreckte und faszinierte ihn. So wie er andere besessen hatte, so war er jetzt von ihnen besessen.

Auch der neue Wirt – stumm, gefangen – war Teil des neuen Universums, eines drohenden, hungrigen Rachens. Er merkte, daß er keinen Kontakt mit den Zonen des Intellekts hatte. Sein Zugang beschränkte sich auf das vegetative Nervensystem. Er konnte keine Verankerung für sein Ich finden, konnte dieses Fleisch nicht zu seinem machen.

Bacit-Signale umflackerten ihn: gehetzt, suchend, klagend. Das Fleisch – das Fleisch – das Fleisch …

Er war immer zu rücksichtsvoll damit umgegangen, erkannte er jetzt. Er hatte sich durch seine natürlichen

Bedürfnisse einlullen lassen, hatte alle forschenden Fragen nach der Natur des Organismus beiseite geschoben, hatte in der Hülle seines Fleisches sorglos dahingelebt und alles Unangenehme dem Bacit überlassen.

Er hatte sich mit dem typischen Tegas-Axiom beruhigt: *Der Bacit wird sich schon darum kümmern.*

Aber der Bacit irrte jetzt ebenso umher, und er, er hatte die Herrschaft über das Fleisch verloren. Es hielt vielmehr ihn fest, in einer Umklammerung, die ihn zu ersticken drohte.

Das Fleisch kann mich nicht ersticken, dachte er. *Es kann nicht. Ich liebe das Fleisch.*

Liebe – das war ein Angriffspunkt, die Keimzelle eines neuen Kontakts. Das Fleisch erinnerte sich, daß er seine Qual gelindert hatte. Erinnerungen an andere Körper tauchten auf. Fäden von Assoziationen spannen sich zurück. Er dachte an all die Körper, die er auf dieser Welt geliebt hatte als seine fleischliche Hülle: an die vielen Geschöpfe mit ihren großen Augen, den flach anliegenden Ohren, den glatten Haarkappen und schönen Mündern und Wangen. Der Tegas achtete immer auf den Mund, denn ein Mund verriet unendlich viel über das umgebende Fleisch und seinen bisherigen Besitzer.

Vicentellis Bild von sich selbst tauchte in seinem Bewußtsein auf, schwebend wie ein geisterhaftes Spiegelbild. Der Tegas begann sich Gedanken zu machen über diesen poesielosen Lebensbericht, den steingemeißelten Mund. Keine Spur von Freude – das war es, was mit Vicentellis Mund nicht stimmte.

Jetzt wird er Freude kennenlernen müssen, dachte der Tegas.

Er begann nun, die Füße zu spüren, den Kontakt mit dem Boden, und auch der Bacit regte sich wieder, aber er besaß jetzt eine Stimme, die die Gehörzentren von innen her anregte. Es war die Stimme von William Bailey und von zahllosen anderen.

»Beseitige die Spuren des Kampfes, bevor die Androiden zurückkommen«, sagte die Stimme.

Er gehorchte, schaute hinunter auf das leere Fleisch, das Joe Carmichael gewesen war. Aber Joe Carmichael war jetzt bei ihm in dem neuen Fleisch, Vicentellis Fleisch, das noch immer leicht unter den Impulsen zuckte, die die Kapsel an seiner Wirbelsäule ausstrahlte.

»Wir müssen die Kapsel so bald wie möglich entfernen lassen«, erinnerte die neue Bacit-Stimme. »Du weißt, wie das zu bewerkstelligen ist.«

Der Tegas staunte über den Vicentelli-Klang, der plötzlich in der Stimme erkennbar wurde. Mit einemmal wurde ihm, durch Vicentelli, die dunkle Seite seines Wesens klarer bewußt, und er begriff einen Aspekt des Bacit, von dem er nie etwas geahnt hatte. Er erkannte, daß er ein Gewebe von Persönlichkeiten war, die ihre Gefangenschaft liebten, die stark waren durch ihre Gefangenschaft, die sich keine andere Existenz wünschten.

Sie *waren* der Tegas, lenkten ihn durch Denkgewohnheiten, ließen Handlungen entstehen aus den Erfahrungen zahlloser Leben. Der Bacit hatte allein auf dieser Welt mehr als vierzig Jahrhunderte lang fremde Lebenserfahrungen aufgenommen. Und dies war nur eine Welt von unzähligen weiteren.

Sprache und Denken.

Die Sprache war das Werkzeug denkender Wesen – und andererseits waren die Wesen Werkzeug der Sprache, so wie der Tegas das Werkzeug des Bacit war. Er versuchte, dieser neuen Erkenntnis eine besondere Bedeutung abzugewinnen, und erntete nur den Spott des Bacit. Nach Bedeutungsinhalten zu forschen hieß nach Grenzen suchen, wo es keine Grenzen gab. Logik und Zuordnung waren der Inhalt, ein Filter aus Worten, mit dem Erfahrungen bewertet werden konnten. Für sich hatte der Inhalt keine Bedeutung, keinen Sinn.

Erfahrung, darum ging es. Handeln. Aktives Teilhaben am unendlichen Kreislauf des Lebens. Niemals endendes Erleben.

Es gibt vieles zu tun, dachte der Tegas.

An seinem Rückenmark pulsierte die Kontrollkapsel.

Die Kapsel, ja – und noch manches andere.

Sie haben die Seele angezapft, dachte er. *Sie haben sie mechanisiert und sind in Ewigkeit verdammt. Nun, für eine Weile werde ich mich mit ihnen zusammentun müssen.*

Er unterbrach mit einer Hand eine Strahlungsschranke und löste dadurch das Rufsignal für die Androiden aus, die den abgelegten Wirtskörper wegräumen sollten, der einmal Carmichael gewesen war.

Auf der anderen Seite des Labors glitt eine Tür auf. Drei Androiden kamen herein, marschierten hintereinander auf ihn zu. Plötzlich sah er sie als ein amüsantes, sechsbeiniges, sechsarmiges Wesen, dessen Glieder sich in starrem Gleichtakt bewegten.

Der Vicentelli-Mund verzog sich zu einem ungewohnten Lächeln.

Ein kurzer Befehl, und die Androiden gingen daran, Ordnung zu schaffen. Dann widmete sich der Tegas einer schweigenden Erforschung seines neuen Wirts, eine Aufgabe, die sich als erstaunlich leicht herausstellte – seine neuen Erkenntnisse halfen, und der Wirt war zur Zusammenarbeit bereit. Bedächtig erforschte er Vicentelli – starkes, schönes, gesundes Fleisch –, erforschte ihn, wie man ein unbekanntes Land erforscht, strebte auf fremde Küsten des Bewußtseins zu, die in der Ferne lockten und Neues verhießen.

Das Verhaltensschema jedes neuen Wirts mußte erlernt werden. Es war nicht gut, die Andersartigkeit des Tegas zu betonen. Natürlich würde sich manches ändern – aber langsam, niemals abrupt, niemals auffallend.

Schließlich dachte er daran, wieviel Unfug er in seiner neuen Rolle stiften konnte. Es gab so viele Möglichkeiten, der Menschmaschine Sand ins Getriebe zu streuen, den Individualismus wiederzubeleben, sich einen Spaß aus dem Leben zu machen.

Er fragte sich, was aus dem Bailey-Ego und dem Carmichael-Ego geworden war. Nur noch der Bacit teilte den Wirt mit ihm, und der Bacit übermittelte etwas, das wie ein Kichern klang.

TRANSIT FÜR EINEN FLÜGEL

1973

Hätte irgendeine kosmische Kristallkugel Margarete Hatchell prophezeit, sie würde den Versuch unternehmen, einen Konzertflügel auf das Kolonistenschiff zu schmuggeln, wäre sie außer sich gewesen. An diesem heißen Sommernachmittag hielt sie sich in ihrer Küche auf und kämpfte um jedes Gramm, um das erlaubte Familiengepäck nicht zu überschreiten – und der Flügel wog über eine halbe Tonne.

Vor ihrer Heirat mit Walter Hatchell hatte sie als Diät-Schwester gearbeitet, was sie für die Kolonistengruppe, deren Ziel der Planet C war, relativ wichtig machte. Doch Walter gehörte als Chefökologe zu den wichtigsten Rädchen des Unternehmens. Sein Spezialgebiet war Bionomie, jene Wissenschaft, die für das Gleichgewicht der Gewächse fremder Welten zuständig war, um den Menschen ein Überleben zu ermöglichen.

Walter war so sehr in seine Arbeit in White Sands eingebunden, daß er im letzten Monat der Vorbereitungsperiode nicht dazu gekommen war, sein Heim in Seattle zu besuchen. Margaret war mit zwei Kindern und sämtlichen Problemen allein. Ihr Hauptproblem war ihr Sohn – ein blindes, musikalisches Wunderkind, das zu Depressionen neigte.

Margaret warf einen Blick auf die Küchenuhr: fünfzehn Uhr dreißig – Zeit, das Abendessen vorzubereiten. Sie schob den Mikrofilm-Wagen aus der Küche durch den Korridor ins Musikzimmer. Dort angekommen, kam sie sich fast wie ein zögernder Besucher vor. Sie scheute sich irgendwie, ihren Lieblingssessel, den Konzertflügel ihres Sohnes oder den Teppich, den die Nachmittagssonne mit goldenen Strahlen überschüttete, genauer anzusehen.

Sie verspürte ein Gefühl der Unwirklichkeit, etwa vergleichbar mit dem, das sie empfunden hatte, als die Kolonisationsbehörde ihnen mitgeteilt hatte, daß sie in die Gruppe aufgenommen worden waren.

»Wir werden Pioniere auf dem Planeten C sein«, flüsterte sie, aber das machte es auch nicht realer. Sie fragte sich, ob die dreihundertacht anderen Kolonisten, die zu der jungfräulichen Welt reisen würden, ähnlich empfanden.

Ein paar Tage nach der Auswahl hatte man alle zu einem Einführungsseminar nach White Sands berufen, und ein junger Astronom hatte einen Vortrag gehalten.

»Ihre Sonne wird der Stern Giansar sein«, hatte er mit hallender Stimme in dem großen Hörsaal gesagt und ihnen auf der Karte den Stern gezeigt. »Er befindet sich im Schwanz des Sternbilds Drache. Der Sub-Makro-Antrieb wird sechzehn Jahre brauchen, um die Entfernung zu überbrücken. Sie wissen natürlich schon, daß Sie diese Zeit im Kühlschlaf verbringen werden, der Ihnen wie nur eine Nacht vorkommen wird. Giansar ist etwas rötlicher und kälter als unsere Sonne, doch der C kreist näher um das Zentralgestirn als die Erde, deswegen ist das Durchschnittsklima wärmer als hier.«

Margaret hatte versucht, den Worten des Astronomen ebenso aufmerksam zu folgen wie den übrigen Einführungsvorträgen, doch sie hatte nur die wichtigsten Punkte behalten: orangefarbenes Licht, wärmeres Klima, geringere Feuchtigkeit. Das erlaubte Gepäck betrug fünfundsiebzig Pfund für Erwachsene und vierzig für jedes Kind unter vierzehn Jahren …

Jetzt, wo sie im Musikzimmer stand, hatte Margaret

das Gefühl, als habe ein anderer den Vorträgen zugehört. Ich müßte aufgeregt und fröhlich sein, dachte sie. Warum bin ich so niedergeschlagen?

Trotz ihrer fünfunddreißig Jahre sah Margaret Hatchell mit ihrer guten Figur und ihrem graziösen Gang wie Mitte Zwanzig aus. Ihr braunes Haar hatte einen rötlichen Schimmer. Ihre dunklen Augen, ihr voller Mund und ihr kräftiges Kinn ließen auf ein verborgenes Feuer schließen.

Sie fuhr mit der Hand über die geschwungene Kante des Flügels und ertastete die Scharte, die er während ihres Umzuges von Denver nach Seattle abbekommen hatte. Wann war das gewesen? fragte sie sich. Vor acht Jahren? Ja... Es war ein Jahr nach dem Tod von Großvater Maurice... Nach seinem letzten Konzert auf eben diesem Flügel.

Durch die offenen Fenster hörte sie ihre neunjährige Tochter Rita, die einen Vortrag über die fremdartigen Insekten hielt, die sie auf C vorfinden würden. Ihr Publikum bestand aus Spielkameraden, die vom Ruhm ihrer Freundin schwer beeindruckt waren. Rita nannte den neuen Kolonialplaneten ›Ritelle‹; sie hatte den Namen auch bei der Kolonisationsbehörde eingereicht.

Margaret dachte: Wenn sie Ritas Namen übernehmen... Die Vorstellung, man könne einen ganzen Planeten nach ihrer Tochter benennen, ließ Margaret träumen. Sie stand schweigend in den goldenen Schatten des Musikzimmers und legte eine Hand auf den Flügel, der einst Walters Vater, dem berühmten Maurice Hatchell, gehört hatte – dem berühmten Konzertpianisten. Zum ersten Mal erkannte sie, was die Journalisten ihr an diesem Morgen beizubringen versucht hatten – daß sie und ihre Familie und alle anderen Kolonisten ›Auserwählte‹ und aus diesem Grund für jeden auf der Erde von größtem Interesse waren.

Sie bemerkte das Fledermaus-Radarauge mit dem Schulterträger auf dem Flügel. Das bedeutete, daß

David sich irgendwo im Haus aufhielt. Er verwendete das Gerät nie in der vertrauten Umgebung, da ihm hier die Erinnerungen die verlorene Sehkraft ersetzten. Als Margaret das Radarauge sah, schob sie den Mikrofilmwagen in eine Ecke, damit David nicht darüber stolperte, wenn er zum Üben ins Musikzimmer kam. Sie lauschte, um zu hören, ob er oben in seinem Zimmer das neue, leichte Elektropiano ausprobierte, das er mit auf die Reise nehmen würde. Sie vernahm keinen Ton in der nachmittäglichen Stille, aber er konnte das Piano auf Kopfhörer geschaltet haben.

Als sie an David dachte, fiel ihr sein Wutausbruch ein, der die Aufzeichnung für die Nachrichten am Vormittag beendet hatte. Der Chef-Reporter – wie heißt er doch gleich? Bonaudi? – hatte gefragt, was sie mit dem großen Konzertflügel anfangen wollten. In Gedanken hörte sie immer noch die schrecklichen Dissonanzen, als David mit der Faust auf die Tasten geschlagen hatte. Dann war er aufgesprungen und aus dem Zimmer gestürzt – eine kleine dunkle Gestalt, von ohnmächtiger Wut erfüllt.

Zwölf ist ein solch empfindliches Alter, dachte sie.

Margaret kam zu dem Schluß, daß Davids Traurigkeit auch die ihre war. Es liegt an der Trennung von Gegenständen, die man liebt … an dem sicheren Wissen, sie nie wiederzusehen … Daran, daß wir jetzt nur noch Mikrofilme und leichte Ersatzgegenstände haben werden. Ein Gefühl schrecklicher Sehnsucht packte sie. Nie wieder werden wir die behagliche Bequemlichkeit der Dinge spüren, die die Familientradition ausmachen: den Ohrensessel, den wir gekauft haben, als wir unser erstes Haus einrichteten, die Nähmaschine, die Urgroßmama Chrisman aus Ohio mitgebracht hat, das übergroße Doppelbett, das extra angefertigt wurde, damit Walter die Beine ausstrecken kann …

Abrupt wandte sie sich von dem Flügel ab und ging in die Küche zurück. Es war ein weißer, gefliester

Raum mit schwarzen Behältern, in der alle möglichen Packabfälle verstreut waren. Margaret schob ihre Rezeptesammlung auf die Ablage neben der Spüle und achtete sorgfältig darauf, daß das gelbe Papier, das die Stelle markierte, an der sie die Mikrofilmaufnahmen unterbrochen hatte, an seinem Platz blieb. In der Spüle stand immer noch das Teeservice ihrer Mutter, das für die Reise verpackt werden sollte. Mitsamt der Spezialverpackung wogen die Tassen und Untertassen dreieinhalb Pfund. Margaret spülte sie und befestigte sie in der Aufhängung des Leichtkartons.

Der Wandbildschirm neben ihr zeigte das Gesicht der Telefonistin. »Mrs. Hatchell?«

Margaret zog die triefenden Hände aus dem Wasser und betätigte mit dem Ellbogen einen Schalter. »Ja?«

»Sie wollten mit Walter Hatchell in White Sands sprechen. Er ist noch immer nicht erreichbar. Soll ich es in zwanzig Minuten noch mal versuchen?«

»Tun Sie das!«

Das Gesicht verblaßte. Margaret schaltete ab und spülte weiter. Das Kamerateam hatte sie am Morgen mehrmals beim Spülen aufgenommen. Sie fragte sich, wie sie und die Ihren im Film wirken würden. Der Reporter hatte Rita als »zukünftige Entomologin« und David als »blindes Wunderkind am Flügel« bezeichnet – als »eins der Opfer des Drum-Virus, der von dem unbewohnbaren Planeten A-4 eingeschleppt wurde«.

Rita kam aus dem Garten herein. Sie war neun, ziemlich schlaksig und blickte mit ihren großen, blauen Augen in die Welt, als warte sie nur darauf, sie als ihre Privatgeheimnisse zu lösen.

»Ich hab einen wahnsinnigen Hunger«, verkündete sie. »Wann essen wir?«

»Wenn es fertig ist«, antwortete Margaret und stellte zu ihrem Unbehagen fest, daß Ritas Haar Teile eines Spinnennetzes aufwies. Außerdem hatte sie einen Schmutzfleck auf der linken Wange.

Warum muß sich ein kleines Mädchen ausgerechnet für Insekten interessieren? fragte sie sich. Das ist doch nicht normal. Sie fragte: »Wie kommt das Spinnennetz in dein Haar?«

»Au weia.« Rita strich sich über den Kopf und wischte das Gewebe ab.

»Wie?« wiederholte Margaret.

»Mutter! Wenn man Wissen über die Welt der Insekten sammeln will, ist so was unvermeidlich! Ich bin nur bestürzt, weil ich das Netz zerrissen habe.«

»Ich bin nur bestürzt, weil du so schmutzig bist. Geh rauf und wasch dich, damit man dich vorzeigen kann, wenn wir mit Vater sprechen!«

Rita wandte sich um.

»Und wiege dich. Morgen muß ich das wöchentliche Familiengewicht durchgeben.«

Rita huschte hinaus. Margaret glaubte sie deutlich »Eltern!« murmeln zu hören, dann verhallten die Geräusche ihrer Schritte auf der Treppe. Im zweiten Stock fiel eine Tür ins Schloß. Dann rannte Rita die Treppe wieder herunter und stürmte in die Küche. »Mutter, du ...«

»In der Zeit hast du dich unmöglich waschen können«, sagte Margaret, ohne sich umzudrehen.

»Es ist ... David«, sagte Rita. »Er sieht so komisch aus, und er sagt, er will kein Abendessen.«

Margaret drehte sich um und versuchte, ihre aufkommende Furcht zu verbergen. Sie wußte aus Erfahrung, daß Rita im Grunde alles als komisch bezeichnete. »Was meinst du mit komisch, Liebling?«

»Er ist so blaß. Er sieht so aus, als hätte er kein Blut im Körper.«

Aus irgendeinem Grund erinnerte sich Margaret bei diesen Worten an den dreijährigen David, der still in einem Krankenhausbett lag. In seiner Nase hatte ein Schlauch gesteckt, und er war so bleich wie der Tod gewesen.

Sie trocknete die Hände an einem Geschirrtuch ab. »Komm, wir sehen mal nach! Vielleicht ist er nur müde.«

David lag ausgestreckt auf seinem Bett und hatte einen Arm über das Gesicht gelegt. Die Vorhänge waren zugezogen, das Zimmer lag im Halbdunkel. Als Margarets Augen sich an das Dämmerlicht angepaßt hatten, fragte sie sich, ob Blinde die Dunkelheit nur deswegen vorzogen, weil sie ihnen vor den Sehenden einen Vorteil verschaffte. Sie trat an das Bett heran. Der Junge war klein und dunkelhaarig – wie sein Vater. Das spitze Kinn und die eindrucksvolle Mundpartie hatte er von Großvater geerbt. Im Moment wirkte er mager und hilflos ... Rita hatte recht: Er war schrecklich blaß.

Margaret spielte die perfekte Krankenschwester, hob Davids Arm hoch und fühlte den Puls.

»Ist dir nicht gut, Davey?« fragte sie.

»Nenn mich doch nicht so. Ich bin doch kein Baby mehr.« Sein schmales Gesicht wirkte störrisch.

Sie machte einen hastigen, kurzen Atemzug. »Tut mir leid, ich hab's vergessen. Rita sagt, du möchtest kein Abendessen.«

Rita kam aus dem Gang herein. »Er sieht wirklich beunruhigend aus, Mutter.«

»Muß sie mir dauernd auf den Wecker gehen?« fragte David.

»Ich glaube, ich habe es unten klingeln hören«, sagte Margaret. »Siehst du bitte mal nach, Rita?«

»Sei nicht so beleidigend offensichtlich, Mutter! Wenn du nicht willst, daß ich hierbleibe, brauchst du es nur zu sagen.« Sie wandte sich um und ging zögernd hinaus.

»Tut es dir irgendwo weh, David?«

»Ich bin nur müde«, murmelte er. »Warum kannst du mich nicht allein lassen?«

Margaret musterte ihn eindringlich. Es war wirklich

verblüffend, wie ähnlich er seinem Großvater war. Wenn er sich an den Flügel setzte, war die Ähnlichkeit geradezu unheimlich ... Der Junge hat die gleiche Ausstrahlung – und er hatte dasselbe musikalische Genie, das Hatchell zu einem Namen gemacht hatte, der Konzertsäle füllte. Und sie dachte: Vielleicht kann er sich deswegen so schwer von dem Steinway trennen, weil er seinem Großvater gehört hat. Der Flügel ist ein Symbol seines ererbten Talents.

Sie tätschelte die Hand ihres Sohnes und setzte sich neben ihn auf das Bett. »Beunruhigt dich etwas, David?«

Seine Gesichtszüge verzerrten sich, und er wandte sich von ihr ab. »Geh doch endlich!« murmelte er. »Laß mich allein!«

Margaret seufzte hilflos und wünschte sich verzweifelt, Walter wäre nicht so sehr an seine Arbeit gebunden. In diesem Moment sehnte sie sich sehr nach der Unterstützung durch ihren Mann. Erneut entfuhr ihr ein Seufzer. Sie wußte, was sie tun mußte. Die Vorschriften für die Kolonisten waren eindeutig: Jegliche Symptome – auch eingebildete – waren sofort einem Arzt zu melden. Sie gab Davids Hand einen letzten Klaps und ging nach unten, um Dr. Mowery anzurufen, der für die Kolonisten in der Gegend von Seattle zuständig war. Er versprach, in etwa einer Stunde da zu sein.

Als Margaret das Gespräch beendete, kam Rita zu ihr und fragte: »Wird David sterben?«

Die gesamte Anspannung des Tages brach aus ihr heraus, als sie antwortete: »Benimm dich nicht so ekelhaft närrisch!«

Sofort tat es ihr leid. Sie hielt inne, nahm Rita in die Arme und entschuldigte sich.

»Schon gut, Mutter. Ich weiß ja, daß dir so viel im Kopf rumgeht.«

Margaret kehrte zerknirscht in die Küche zurück

und bereitete das Lieblingsessen ihrer Tochter zu: ein Thunfischsandwich mit Schokoladenmilch.

Ich bin zu nervös, dachte sie. David ist doch gar nicht wirklich krank. Es liegt an der verdammten Hitze, die seit ein paar Tagen herrscht – und der Aufregung vor der Reise.

Sie brachte dem Jungen ein Brötchen und einen Milchshake, doch er weigerte sich immer noch, etwas zu essen. Und er wirkte tief niedergeschlagen. Ihr fiel die Geschichte eines Mannes ein, der gestorben war, weil er keinen Lebensmut mehr gehabt hatte, und der Gedanke ließ sich nicht mehr abschütteln.

Sie ging wieder in die Küche und arbeitete weiter, bis das Gespräch mit Walter kam. Die Gesichtszüge und die tiefe Stimme ihres Mannes schenkten ihr die Gelassenheit, nach der sie sich den ganzen Tag gesehnt hatte.

»Du fehlst mir sehr, Liebling«, sagte sie.

»Es dauert nicht mehr lange«, sagte er lächelnd und beugte sich zur Seite, so daß die unpersönliche Wand einer Sprechzelle hinter ihm sichtbar wurde. Er sah müde aus. »Wie geht's der Familie?«

Sie erzählte ihm von David und sah, wie Besorgtheit in seine Augen trat. »Ist der Arzt schon da?«

»Er hat sich verspätet. Er hätte um sechs hier sein sollen, und jetzt ist es halb sieben.«

»Wahrscheinlich hat er viel zu tun. Es klingt nicht so, als wäre er wirklich krank. Wahrscheinlich liegt es an der bevorstehenden Reise. Ruf mich an, wenn der Arzt ihn gesehen hat!«

»Mach ich. Ich glaube, er ist nur traurig, weil er den Flügel deines Vaters hierlassen muß.«

»David weiß doch selbst, daß wir am liebsten alles mitnehmen würden.« Ein Lächeln erhellte seine Züge. »Herr im Himmel, stell dir bloß vor, wir würden dieses Ding mit an Bord bringen! Dr. Charlesworthy würde ausflippen!«

Sie lächelte. »Warum schlägst du's ihm nicht vor?«

»Willst du, daß ich mit ihm aneinandergerate?«

»Wie geht's sonst, Liebling?« fragte sie.

Er wurde ernst und seufzte. »Ich mußte heute mit der Witwe des armen Smythe sprechen. Sie kam zu uns heraus, um seine Sachen zu holen. Es war eine ziemlich traurige Geschichte. Der Alte befürchtete, sie wolle trotzdem mitkommen... aber nein.« Er schüttelte den Kopf.

»Habt ihr schon einen Ersatz?«

»Ja. Ein junger Bursche aus dem Libanon. Heißt Teryk. Seine Frau ist lieb und nett.« Walter warf einen Blick in die Küche. »Es sieht so aus, als brächtest du alles in Ordnung. Weißt du schon, was du mitnimmst?«

»Teilweise. Ich wünschte, ich könnte mich so leicht entscheiden wie du. Ich habe mich für Mutters Porzellanservice und das Silberbesteck entschieden – für Rita, wenn sie heiratet. Und für den Utrillo, den dein Vater in Lissabon gekauft hat. An Schmuck nehme ich nur zwei Pfund mit – an was ich eben besonders hänge. Über die Kosmetik mache ich mir keine Gedanken mehr, seit du gesagt hast, wir könnten so was selbst herstellen, wenn wir...«

Rita kam in die Küche gerannt und schob Margaret zur Seite. »Hallo, Vater!«

»Hallo, meine Kleine. Was hast du gemacht?«

»Ich habe meine Insektensammlung katalogisiert. Wenn ich fertig bin, wird Mutter mir helfen, die Exemplare hinter Glas zu fotografieren. Sie sind so schwer!«

»Wie hast du es geschafft, sie so nahe an deine Wanzen ranzukriegen?«

»Vater! Es sind keine Wanzen; es sind entomologische Musterexemplare.«

»Für deine Mutter sind es Wanzen, Schatz. Und jetzt...«

»Vater! Da ist noch etwas. Ich habe Raul – das ist der

Neue, der einen Block weiter wohnt – heute von den falkenartigen Insekten auf Ritelle erzählt, die …«

»Es sind keine Insekten, Schatz, sondern angepaßte Amphibien.«

Sie runzelte die Stirn. »Aber Spencers Bericht sagt ausdrücklich, sie seien chitinös, und …«

»O je! Du hättest den Bericht lesen sollen, den ich dir vorigen Monat gezeigt habe, als ich zu Hause war. Diese Wesen haben einen auf Kupfer basierenden Metabolismus, und sie sind eng mit einer gewöhnlichen Fischart des Planeten verwandt.«

»Oh! Glaubst du, ich sollte mal einen Ausflug in die Meeresbiologie machen?«

»Eins nach dem anderen, Liebling. Und jetzt …«

»Steht das Abflugdatum schon fest, Vater? Ich kann es kaum erwarten, dort an die Arbeit zu gehen.«

»Es steht noch nicht fest. Wir können es aber täglich erfahren. Laß mich jetzt mit deiner Mutter sprechen!«

Rita zog sich zurück.

Walter lächelte seine Frau an. »Was haben wir da aufgezogen?«

»Das wüßte ich auch gern.«

»Weißt du … Mach dir wegen David keine Sorgen. Es ist neun Jahre her, seit er sich von dem Virus erholt hat. Alle Tests zeigen, daß er völlig gesund ist.«

Margaret dachte: Ja … er ist geheilt. Bis auf die Kleinigkeit, daß er nicht sehen kann. Sie rang sich ein Lächeln ab. »Ich weiß, daß du wahrscheinlich recht hast. Es wird sich als irgendeine Kleinigkeit herausstellen, und wir werden darüber lachen, wenn …« Es klingelte an der Tür. »Das wird der Arzt sein.«

»Ruf mich an, wenn du mehr weißt!« sagte Walter.

Margaret hörte, wie Rita zur Tür rannte.

»Ich schalte ab, Liebling.« Sie warf ihm eine Kußhand zu. »Ich liebe dich.«

Walter machte mit zwei Fingern das Siegeszeichen und winkte. »Ich dich auch. Halt die Ohren steif!«

Sie unterbrachen die Verbindung.

Dr. Mowery war ein grauhaariger Mann mit steinernem Gesicht, der fortwährend nickte und wissend vor sich hinmurmelte. Er hielt eine graue Instrumententasche in der Hand, strich Rita über den Kopf und begrüßte Margaret mit einem kräftigen Händedruck. Dann bestand er darauf, mit David alleingelassen zu werden.

»Mütter stören bei Untersuchungen nur«, sagte er und zwinkerte, um seinen Worten die Schärfe zu nehmen.

Margaret schickte Rita auf ihr Zimmer und wartete auf dem Korridor. Zwischen dem Korridorende und der Tür zu Davids Zimmer wies die Tapete hundertsechs Blumen auf. Als sie anfangen wollte, die Geländerstäbe zu zählen, verließ der Arzt Davids Zimmer. Er zog die Tür leise hinter sich ins Schloß und nickte.

Sie wartete.

»Mmmmmm-mmmmm«, machte Dr. Mowery. Er räusperte sich.

»Ist es etwas Ernstes?« fragte Margaret.

»Keine Ahnung.« Er ging auf die Treppe zu. »Seit wann ist der Junge so … schlapp und störrisch?«

Margaret versuchte, den Kloß in ihrer Kehle hinunterzuschlucken. »Er ist verändert, seit das Elektroklavier geliefert wurde, das er statt des Steinway seines Großvaters mitnehmen soll. Meinen Sie das?«

»Verändert hat er sich?«

»Er ist aufsässig und aufbrausend – und möchte alleingelassen werden.«

»Ich nehme an, es besteht keine Aussicht, den Flügel mitzunehmen?«

»Um Gottes willen! Er wiegt bestimmt tausend Pfund. Das elektronische Instrument wiegt nur einundzwanzig.« Sie räusperte sich. »Ist es die Sorge um den Flügel, Doktor?«

»Schon möglich.« Dr. Mowery nickte und betrat die

erste Treppenstufe. »Es scheint nichts Organisches zu sein, was meine Instrumente entdecken können. Ich werde dafür sorgen, daß Dr. Lindquist und ein paar andere heute abend vorbeikommen. Lindquist ist unser Chefpsychiater. Vielleicht sorgen Sie dafür, daß der Junge bis dahin etwas ißt.«

Margaret trat neben ihn. »Ich bin Krankenschwester«, sagte sie. »Sie können es mir sagen, wenn es etwas Ernsthaftes ist ...«

Er nahm die Tasche in die rechte Hand und tätschelte ihren Arm. »Sie brauchen sich nicht zu beunruhigen, meine Liebe. Die Kolonisten freuen sich, daß sie ein musikalisches Genie in ihren Reihen haben. Wir werden nicht zulassen, daß ihm etwas zustößt.«

Dr. Lindquist hatte das runde Gesicht und den zynischen Blick eines gefallenen Engels. Seine Stimme schlug in Wellen aus ihm hervor, die jeden Zuhörer unter sich begruben. Der Psychiater und seine Kollegen hielten sich beinahe bis zweiundzwanzig Uhr bei David auf, dann entließ Dr. Lindquist sein Team und kam ins Musikzimmer, wo Margaret wartete. Er setzte sich auf den Klavierschemel und legte die Hände in den Schoß.

Margaret saß im Ohrensessel – jenem Möbelstück, das sie von allen am meisten vermissen würde. Der langjährige Gebrauch hatte ihn mit Konturen versehen, die sich ihrem Körper anpaßten, und die rauhe Polsterung vermittelte ihr ein angenehmes Gefühl von Vertrautheit.

Von draußen drang das Schrillen der Grillen zu ihnen herein.

»Es steht einwandfrei fest, daß er auf den Flügel fixiert ist«, sagte Lindquist. Er klopfte mit den Handflächen auf seine Knie. »Haben Sie je daran gedacht, den Jungen hierzulassen?«

»Ich bitte Sie!«

»Es war nur 'ne Frage.«

»Steht es so schlimm um Davey? Ich meine... immerhin werden wir doch alle bestimmte Dinge vermissen.« Ihre Hände fuhren über die Sessellehne. »Gütiger Gott, wir ...«

»Ich bin zwar nicht sonderlich musikalisch« sagte Lindquist, »aber ich weiß aus den Kritiken, daß Ihr Junge durchaus schon konzertreif ist... daß man ihn mit Absicht zurückhält, um ihn nicht noch größerer Verwirrung auszusetzen... weil Sie ja doch irgendwann die Erde verlassen.« Der Psychiater zupfte an seiner Unterlippe. »Ihnen ist doch klar, daß Ihr Junge in seinem Großvater einen Abgott sieht, dem er nacheifern möchte?«

»Er hat sich all seine alten Platten immer wieder angehört«, sagte Margaret. »Er war zwar erst vier Jahre alt, als Großvater starb, aber David erinnert sich an alles, was sie zusammen getan haben. Es war...« Sie zuckte die Achseln.

»David identifiziert sein ererbtes Talent mit dem geerbten Flügel«, sagte Lindquist. »Er ...«

»Aber ein Klavier kann man doch ersetzen. Könnte nicht einer der Kolonie-Tischler ein Duplikat anf ...«

»Aber nein«, sagte Lindquist. »Ein Duplikat wäre nicht das Klavier Maurice Hatchells. Ihr Junge ist sich nämlich übermäßig bewußt, daß er sein Talent von seinem Großvater geerbt hat – ebenso wie den Flügel. Er hat beides miteinander verknüpft. Er glaubt, daß er sein Talent verliert, wenn er den Flügel verliert. Damit stehen wir vor einem ernsthafteren Problem, als Sie sich vorstellen.«

Sie schüttelte den Kopf. »Aber Kinder kommen über so was doch leicht ...«

»Er ist kein Kind, Mrs. Hatchell. Aber vielleicht sollte ich sagen, er ist *nicht nur* ein Kind. Er ist ein höchst empfindsames Lebewesen, das wir einen Genius nennen. Er befindet sich in einem heiklen Stadium und könnte leicht aus dem Gleichgewicht geraten.«

Sie spürte, wie ihr Mund trocken wurde. »Was wollen Sie damit sagen?«

»Ich möchte Sie nicht grundlos beunruhigen, Mrs. Hatchell. Aber die Wahrheit ist – und darin sind wir uns einig –, daß Ihr Junge, nimmt man ihm seine musikalischen Ausdrucksmöglichkeiten … sterben könnte.«

Sie erbleichte. »Nein! Er …«

»Solche Dinge kommen vor, Mrs. Hatchell. Natürlich könnten wir eine Therapie vornehmen, aber ich weiß nicht, ob dafür die Zeit ausreicht. Wir müssen stündlich damit rechnen, daß der Starttermin festgelegt wird … und eine Therapie könnte Jahre in Anspruch nehmen.«

»Aber David ist doch …«

»David ist frühreif und überempfindlich«, sagte Lindquist. »Er hat mehr in seine Musik investiert, als gesund ist. Das ist sicher teilweise auf seine Blindheit zurückzuführen, doch über allem wird er von dem äußerst starken Bedürfnis getrieben, sich musikalisch auszudrücken. In einem Genie wie David ist dies mit den elementaren Trieben vergleichbar.«

»Wir können nicht ohne ihn gehen. Sie verstehen es nicht. Unsere Familiengemeinschaft ist so eng, daß wir …«

»Dann sollten Sie vielleicht zurücktreten und einer anderen Familie Ihren Platz …«

»Das würde Walter umbringen – meinen Mann«, sagte sie. »Er hat für diese Chance *gelebt!*« Sie schüttelte den Kopf. »Außerdem weiß ich nicht, ob wir jetzt noch aussteigen könnten. Walters Assistent, Dr. Smythe, ist vorige Woche bei einem Helikopterabsturz bei Phoenix ums Leben gekommen. Zwar hat man einen Ersatzmann für ihn gefunden, aber Walters Bedeutung für den Erfolg der Kolonie ist dadurch eher noch wichtiger geworden.«

Lindquist nickte. »Ich habe von Smythes tragischem Tod gehört, aber ich habe nicht an die Folgen gedacht...«

»Ich bin für die Kolonie nicht wichtig«, sagte Margaret. »Und die Kinder auch nicht. Aber die Ökologen... Der Erfolg des gesamten Unternehmens hängt von ihnen ab. Ohne Walter...«

»Dann müssen wir das Problem anders lösen«, sagte Lindquist. Er stand auf. »Wir kommen morgen zurück, um nach David zu sehen, Mrs. Hatchell. Dr. Mowery hat ihm ein paar Aminotabletten und ein Beruhigungsmittel gegeben. Er müßte die Nacht durchschlafen. Wenn es irgendwelche Komplikationen geben sollten – die ich nicht erwarte –, erreichen Sie mich unter dieser Nummer.« Er zog eine Karte aus seiner Brieftasche und gab sie ihr. »Diese Gewichtsbeschränkung ist zu schade... Ich bin sicher, alle Probleme wären gelöst, wenn er dieses Monstrum mitnehmen könnte.« Lindquist klopfte auf das Instrument. »Bis dann... Gute Nacht.«

Als Lindquist gegangen war, blieb Margaret an der Tür stehen und preßte die Stirn gegen das kühle Holz. »Nein«, flüsterte sie. »Nein... nein... nein!« Dann kehrte sie ins Wohnzimmer zurück und meldete ein Gespräch mit Walter an. Es war zweiundzwanzig Uhr zwanzig, und das Gespräch kam sofort, was bewies, daß er darauf gewartet hatte. Margaret bemerkte tiefe Falten der Besorgnis auf der Stirn ihres Mannes. Sie war sofort versucht, sie glattzustreichen.

»Was ist, Margaret? Ist mit David alles in Ordnung?«

»Liebling, es ist...« Sie schluckte. »Es liegt am Flügel. Am Steinway deines Vaters.«

»Am *Flügel?*«

»Die Ärzte waren den ganzen Abend hier und

haben David untersucht. Der Psychiater sagt, wenn David den Flügel verliert, verliert er vielleicht seine Musik, seine… Und wenn er sie verliert, könnte er sterben.«

Walters Augen verengten sich. »Wegen des Flügels? Aber es wird doch eine Möglichkeit geben…«

Sie wiederholte Lindquists Worte.

»Der Junge ist wie Vater«, sagte Walter. »Er hat die ganze Philharmonie in Aufruhr gebracht, weil sein Schemel zwei Zentimeter zu niedrig war. Großer Gott! Ich… Was sollen wir nach Lindquists Meinung tun?«

»Er sagt, wenn wir den Flügel mitnehmen könnten, wäre das Problem gelöst.«

»Das Riesending? Es wiegt doch mindestens tausend Pfund! Das ist dreimal mehr, als die ganze Familie an Privatgepäck mitnehmen kann!«

»Ich weiß. Ich bin mit meinem Latein ebenfalls am Ende. Ständig überlegt man, was man mitnehmen soll, und jetzt… David.«

»Mitnehmen!« rief Walter. »Herrjeh! Vor lauter Sorge um David hätte ich fast vergessen, daß heute der Starttermin festgelegt wurde.« Er warf einen Blick auf seine Armbanduhr. »Wir starten in vierzehn Tagen und sechs Stunden. Der Alte hat gesagt…«

»In vierzehn Tagen!«

»Ja. Aber ihr habt nur noch acht Tage. Dann werden sich alle Kolonisten versammeln. Eine Mannschaft wird jede Familie aufsuchen, um das Gepäck abzuholen, und…«

»Walter! Ich weiß noch nicht einmal, was…« Sie hielt inne. »Ich habe damit gerechnet, daß wir mindestens noch einen Monat haben. Du hast selbst gesagt, daß wir…«

»Ich weiß. Aber die Treibstoffproduktion ist außerplanmäßig fertig geworden, und die langfristige Wettervorhersage ist günstig. Außerdem gehört es zur

Psychologie: Man hält diesen plötzlichen Schock für vorteilhaft.«

»Aber was machen wir mit David?« Sie biß sich auf die Unterlippe.

»Ist er wach?«

»Ich glaube nicht. Er hat ein Beruhigungsmittel bekommen.«

Walter runzelte die Stirn. »Ich möchte morgen als erstes mit David sprechen. Ich habe ihn in letzter Zeit wegen der ganzen Arbeit vernachlässigt, aber ...«

»Er hat Verständnis dafür, Walter.«

»Das weiß ich ja, aber ich möchte ihn trotzdem sehen. Ich hätte gern die Zeit, bei euch zu sein, aber hier geht es im Moment wirklich drüber und drunter.« Er schüttelte den Kopf. »Ich kann mir einfach nicht vorstellen, daß die Diagnose stimmen kann. So ein Wirbel, um ... um einen Flügel!«

»Walter ... du bist nicht von Gegenständen abhängig. Bei dir sind es Menschen und Ideen.« Sie senkte den Kopf und kämpfte mit den Tränen. »Aber manche Menschen lieben eben unbelebte Gegenstände, die ihnen Sicherheit und Geborgenheit bedeuten.« Sie schluckte.

Er schüttelte den Kopf. »Ich glaube, ich verstehe es nicht. Aber wir werden eine Lösung finden, verlaß dich darauf.« Margaret zwang sich zu einem Lächeln. »Ich weiß, du wirst es schaffen, Schatz.«

»Jetzt, wo der Starttermin feststeht, denkt er vielleicht an ganz andere Dinge«, sagte Walter.

»Vielleicht hast du recht.«

Er schaute auf die Uhr. »Ich muß jetzt aufhören. Ich muß mich noch um ein paar Experimente kümmern.« Er zwinkerte ihr zu. »Ihr fehlt mir sehr.«

»Du uns auch«, flüsterte sie.

Am nächsten Morgen erhielt sie einen Anruf von Prester Charlesworthy, dem Direktor der Kolonie. Sein

Gesicht erschien auf dem Bildschirm, als Margaret gerade Ritas Frühstücksgeschirr spülte. David lag noch im Bett. Margaret hatten den Kindern den Starttermin noch nicht mitgeteilt.

Charlesworthy war ein Mann mit hageren Gesichtszügen und nervösen Gesten. Er wirkte ziemlich gutmütig – bis man den intensiven Blick seiner blaßblauen Augen bemerkte.

»Entschuldigen Sie die Störung, Mrs. Hatchell«, sagte er. Sie zwang sich, gelassen zu bleiben. »Sie stören nicht. Ich habe auf einen Anruf von Walter gewartet und glaubte schon, das sei er.«

»Ich habe gerade mit Walter gesprochen. Er hat mir von David erzählt. Dr. Lindquist hat gerade seinen Bericht vorgelegt.«

Nach einer schlaflosen Nacht, in der sie ständig auf Zehenspitzen nach David gesehen hatte, war Margaret beinahe mit den Nerven am Ende, und so war es auch kaum verwunderlich, daß sie unkontrolliert die wüstesten Ideen aussprach, die ihr durch den Kopf schossen. »Sie wollen uns aus der Gruppe ausschließen!« stieß sie hervor. »Sie holen sich einen anderen Ökologen, der...«

»Aber nein, Mrs. Hatchell!« Dr. Charlesworthy holte tief Luft. »Ich weiß, daß es Ihnen komisch vorkommt, daß ich Sie einfach so anrufe, aber unsere kleine Gruppe wird beinahe zehn Jahre lang, bis das nächste Schiff kommt, auf einem fremden Planeten auf sich selbst angewiesen sein. Wir müssen in jeder Hinsicht alle Probleme gemeinsam lösen. Ich möchte Ihnen wirklich helfen.«

»Verzeihen Sie. Ich habe vergangene Nacht nicht viel geschlafen.«

»Aber das verstehe ich doch. Glauben Sie mir, ich würde nichts lieber tun, als Walter zu Ihnen nach Hause schicken.« Charlesworthy zuckte die Achseln. »Aber das geht leider nicht. Nach Smythes Tod hat

Walter eine gewaltige Verantwortung zu tragen. Ohne ihn müßten wir das Unternehmen wahrscheinlich abbrechen.«

Margaret fuhr sich mit der Zunge über die Lippen und fragte geradeheraus: »Dr. Charlesworthy, gibt es irgendeine Möglichkeit … daß wir den Flügel mitnehmen?«

»Mrs. Hatchell!« Charlesworthy zuckte vom Bildschirm zurück. »Er wiegt mindestens eine halbe Tonne!«

Sie seufzte. »Ich habe heute morgen als erstes die Spedition angerufen, die das Instrument hergebracht hat. Sie haben in ihren Unterlagen nachgesehen. Es wiegt eintausendvierhundertacht Pfund.«

»Das geht auf gar keinen Fall! Wir müssen wichtiges technisches Gerät zurücklassen, das wir bitter nötig hätten und nicht mal die Hälfte davon wiegt!«

»Ich bin verzweifelt. Ich denke nur noch daran, daß Dr. Lindquist sagte, David könnte sterben, wenn …«

»Deswegen rufe ich an«, sagte Charlesworthy. »Ich möchte Ihnen sagen, was wir unternommen haben. Wir haben Hector Torres heute morgen zur Firma Steinway geschickt. Hector gehört zu unseren Kolonieschreinern. Die Leute von Steinway haben sich großzügigerweise bereit erklärt, ihm ihre geheimen Baupläne zu zeigen, damit er ein exaktes Duplikat des Flügels herstellen kann. Philip Jackson, einer unserer Metallurgen, wird Hector aus dem gleichen Grund heute nachmittag folgen. Ich bin sicher, wenn Sie David das erzählen, wird er seine Ängste vergessen …«

Margaret blinzelte ihre Tränen zurück. »Dr. Charlesworthy … Ich weiß nicht, wie ich Ihnen danken soll.«

»Danken Sie mir überhaupt nicht, meine Liebe. Wir sind ein Team. Wir halten zusammen.« Er nickte. »Nun zu etwas anderem. Sie können mir einen Gefallen tun.«

»Gewiß.«

»Wenn's geht, versuchen Sie Walter in der kommenden Woche nicht zu sehr zu beschäftigen. Er hat eine Mutation entdeckt, die es uns vielleicht ermöglicht, irdische Pflanzen mit denen zu kreuzen, die auf Planet C wachsen. Er führt in dieser Woche eine letzte Testreihe mit Bodenproben von C durch. Es geht um entscheidende Tests, Mrs. Hatchell. Sie könnten die Übergangsperiode um Jahre verkürzen.«

»Natürlich«, sagte sie. »Tut mir leid, daß ich …«

»Es braucht Ihnen nicht leid zu tun. Machen Sie sich keine Sorgen! Der Junge ist erst zwölf. Die Zeit heilt alle Wunden.«

»Ich bin sicher, daß alles gut ausgehen wird.«

»Ausgezeichnet«, sagte Charlesworthy. »Das ist die richtige Einstellung. Rufen Sie mich an, wenn Sie Hilfe brauchen – am Tag oder in der Nacht. Wir sind ein Team. Wir müssen alle am gleichen Strang ziehen.«

Sie beendeten das Gespräch. Margaret stand vor dem Bildschirm und starrte ihn an.

Rita sagte vom Küchentisch her: »Was hat er vom Starttermin gesagt?«

»Er steht fest, Schatz.« Margaret wandte sich um. »In acht Tagen werden wir bei Daddy in White Sands sein.«

»Hurrraaa!« Rita sprang auf und wirbelte die Frühstücksteller durcheinander. »Es geht los! *Es geht los!*«

»Rita!«

Aber Rita jagte bereits aus der Küche und aus dem Haus. Im Korridor rief sie: »Noch acht Tage!«

Margaret eilte zur Küchentür. *»Rita!«*

Ihre Tochter kam zurückgelaufen. »Ich will es den anderen sagen!«

»Beruhige dich, aber sofort! Du machst soviel Lärm, daß du …«

»Ich hab sie schon gehört.« David stand am oberen Treppenabsatz und kam langsam herunter, indem er dem Geländer folgte. Sein Gesicht war kreidebleich, und seine Schritte waren ungewöhnlich zögerlich.

Margaret holte tief Luft und erzählte ihm von Dr. Charlesworthys Plan, den Flügel zu kopieren.

David blieb zwei Stufen über ihr stehen und neigte den Kopf. Als sie fertig war, sagte er: »Es ist nicht dasselbe.« Er ging an ihr vorbei ins Musikzimmer. Seine Haltung zeugte von unendlichem Fatalismus.

Margaret kehrte in die Küche zurück. Etwas glühte in ihr. Als sie Ritas Schritte hinter sich hörte, fragte sie, ohne sich umzudrehen: »Rita, um wieviel kannst du dein Gepäck erleichtern?«

»Mutter!«

»Wir nehmen den Flügel mit!« sagte Margaret entschlossen.

Rita trat neben sie. »Aber die ganze Familie darf doch nur zweihundertdreißig Pfund mitnehmen. Wir kriegen doch unmöglich …«

»Wir sind dreihundertacht in der Gruppe«, sagte Margaret. »Jeder Erwachsene kann fünfundsiebzig Pfund mitnehmen, und jedes Kind unter vierzehn vierzig.« Sie entdeckte ihren Küchennotizblock und kritzelte Zahlenkolonnen. »Wenn jeder vier Pfund und zwölf Unzen opfert, können wir den Flügel mitnehmen!« Und bevor sie ihren Entschluß bereuen konnte, wirbelte sie herum, packte den Karton mit dem Tee-Service ihrer Mutter und stellte ihn dorthin, wo die Dinge lagen, die sie nicht mitnahm. »So. Ein Geschenk für die Leute, die unser Haus gekauft haben. Das waren dreieinhalb Pfund!«

Dann fing sie an zu weinen.

Rita sagte leise: »Ich lasse meine Insekten hier.« Dann vergrub sie den Kopf im Kleid ihrer Mutter und fing ebenfalls an zu schluchzen.

»Warum weint ihr denn?« fragte David von der Tür aus. Er hatte sich das Fledermaus-Radarauge auf den Rücken geschnallt, und er sah jämmerlich aus.

Margaret wischte ihre Tränen ab. »Davey … David, wir werden versuchen, den Flügel mitzunehmen.«

Er hob den Kopf. Seine Züge entspannten sich für einen Augenblick, doch dann kehrte seine Traurigkeit wieder zurück. »Na klar. Sie werden einfach Vaters Saatgut und ein paar Werkzeuge und wissenschaftliche Instrumente wegwerfen, um meinen …«

»Es gibt noch eine andere Möglichkeit«, sagte Margaret.

»Welche?« Seine Stimme kämpfte gegen eine Hoffnung an, die vielleicht nicht zum Tragen kam.

Margaret erklärte ihren Plan.

»Betteln gehen«, fragte er. »Sollen wir fremde Leute bitten, ihre …«

»David, wir werden eine öde, fremde Welt kolonisieren, die all die Bequemlichkeiten und Errungenschaften, die für uns die Zivilisation bedeuten, nicht hat! Ein echter Flügel von der Erde und der … der Mann, der darauf spielen kann, wäre eine große Hilfe. Es würde unsere Moral stärken und das Heimweh vertreiben, das uns gewiß zu schaffen machen wird.«

Seine Augen schienen sie lange Sekunden anzustarren, ehe er sagte: »Es wäre eine schreckliche Verantwortung für mich.«

Sie spürte, wie der Stolz ihres Sohnes auf sie übergriff, und sagte: »Ich bin froh, daß du es so siehst.«

Die kleine Broschüre mit den Anweisungen und Tips, die man beim ersten Treffen in White Sands verteilt hatte, enthielt auch die Namen und Adressen aller Kolonisten. Margaret fing ganz oben auf der Liste an und ließ sich mit Selma Atkins aus Little Rock verbinden, der Gattin des leitenden Zoologen der Expedition. Sie war ein kleines, dunkelhaariges Energiebündel von großem Temperament und stellte sich als geborene Verschwörerin heraus. Bevor Margaret das Problem ganz erklärt hatte, war Mrs. Atkins schon die Vorsitzende eines Komitees und diktierte die Namen von eventuellen weiteren Mitgliedern. Dann sagte sie: »Vorausgesetzt, wir kriegen genügend Gewichtsspenden zusammen – wie kriegen wir das Ding an Bord?«

Margaret schaute verwirrt auf. »Wir sagen einfach, wie die Dinge liegen, und übergeben den Flügel den Leuten, die auch das sonstige Gepäck an Bord bringen.«

»Damit wäre Charlesworthy niemals einverstanden, Schätzchen. Schon jetzt wachsen ihm graue Haare, weil er nicht alles mitnehmen kann, was er will. Er wird einen Blick auf die tausendvierhundertacht Pfund Klavier werfen und sagen: ›Das reicht genau für einen Ersatzreaktor!‹ Mein Mann sagt, daß er sogar Löcher in die Kisten bohren ließ, um Gewicht einzusparen!«

»Aber wie könnte man einen Flügel an Bord schmuggeln?«

Selma schnippte mit den Fingern. »Ich weiß es! Ozzy Lucan!«

»Lucan?«

»Der Proviantmeister. Der kräftige Bursche mit dem roten Haar. Bei einem der Treffen sprach er darüber – wie man beim Verpacken Gewicht spart und die Spezialbehälter nutzt.«

»O ja«, sagte Margaret. »Was ist mit ihm?«

»Er ist mit der ältesten Tochter meiner Kusine Betty verheiratet. Üben wir doch mal ein bißchen familiären Druck aus. Ich kümmere mich darum.«

»Wird er nicht sofort zu Charlesworthy gehen?«

»Hah!« lachte Selma auf. »Da kennen Sie aber Bettys Zweig unserer Familie schlecht!«

Dr. Lindquist kam später mit zwei Assistenten vorbei. Nachdem sie eine Stunde mit David verbracht hatten, kamen sie in die Küche herunter, wo Margaret und Rita die letzten Rezepte auf Mikrofilm bannten. David folgte ihnen und blieb in der Tür stehen.

»Der Junge ist offenbar zäher, als ich dachte«, sagte

Dr. Lindquist. »Es hat ihm doch wohl keiner falsche Hoffnungen gemacht? Ich hoffe, Sie täuschen ihm nichts vor, bloß damit er sich besser fühlt?«

David runzelte die Stirn.

Margaret sagte: »Dr. Charlesworthy hat sich geweigert, den Flügel mitzunehmen, als ich ihn darum bat. Aber er hat zwei Experten zur Firma Steinway geschickt, die später eine genaue Kopie anfertigen sollen.«

Lindquist wandte sich zu David um. »Und du bist damit einverstanden, David?«

David zögerte. Dann sagte er: »Ich sehe ein, daß es Probleme mit dem Gewicht gibt.«

»Nun, ich nehme an, daß du erwachsen wirst«, sagte Lindquist.

Nachdem die Psychiater gegangen waren, drehte Rita sich zu Margaret um und rief: »Mutter! Du hast sie belogen!«

»Nein, das hat sie nicht getan«, widersprach David. »Sie hat die Wahrheit gesagt.«

»Aber nicht die ganze«, sagte Margaret.

»Das ist doch dasselbe«, sagte Rita.

»Ach, hör doch auf!« versetzte Margaret unwirsch. Dann: »David, weißt du genau, daß du deine Braille-Bücher nicht mitnehmen willst?«

»Ja. Es sind sechzehn Pfund. Wir haben eine Braille-Schreibmaschine, und wenn Rita mir vorliest, kann ich sie neu schreiben.«

Um fünfzehn Uhr hatten sie die zögernde Einwilligung von Oswald Lucan, den Flügel an Bord zu schmuggeln, falls sie es schafften, sein Gewicht aufs Gramm genau einzusparen. Als letztes hatte er gesagt: »Laßt bloß den Alten keinen Wind davon kriegen! Er kocht jetzt schon, weil wir so viele Ausrüstungsgegenstände zurücklassen müssen.«

Um neunzehn Uhr dreißig rechnete Margaret die ersten Gewichtsspenden zusammen: Einundsechzig

Spender hatten insgesamt zweihundertsieben Pfund und sieben Unzen zusammengebracht. Pro Person zu wenig, dachte sie. Aber ich kann niemandem einen Vorwurf machen. Wir hängen alle an unseren Sachen. Es ist schwer, sich von all den kleinen Dingen zu trennen, die uns mit der Vergangenheit und der Erde verbinden. Aber es muß mehr werden. Sie dachte darüber nach, was sie selbst noch entbehren konnte, und verfiel in Verzweiflung, als ihr klar wurde, wie wenige Pfunde Gepäck sie nur noch frei hatte.

Am dritten Tag um zehn Uhr vormittags hatten sie fünfhundertvierundfünfzig Pfund und acht Unzen von einhundertsechzig Kolonisten gesammelt. Es hatte auch zwanzig wütende Ablehnungen gegeben. Die Angst, einer der zwanzig könne das Komplott verraten, nagte allmählich an Margarets Nerven.

Auch Davids Stimmung verdüsterte sich wieder. Er saß auf dem Klavierschemel, Margaret hinter ihm in ihrem Lieblingssessel. Davids Hand glitt mutlos über die Tasten des Instruments, das Maurice Hatchell zu fröhlichem Leben erweckt hatte.

»Wir kriegen nicht mal vier Pfund pro Person, nicht wahr?« fragte David.

Margaret rieb sich die Wange. »Ja.«

Der Flügel erzeugte einen leisen Akkord. »Wir schaffen es nicht«, sagte David. Ein Melodiengeplätscher erfüllte den Raum. »Ich weiß gar nicht, ob wir das Recht haben, diese Leute überhaupt darum zu bitten. Sie geben schon so viel auf, und wir …«

»Pssst, Davey!«

Er ignorierte seinen Babynamen und spielte eine leichte Passage von Debussy.

Margaret hielt die Hände vors Gesicht und weinte leise vor Erschöpfung und Frustration. Doch die Tränen, die Davids Finger auf dem Klavier erzeugten, gingen tiefer.

Dann stand er auf, ging langsam aus dem Zimmer und erklomm die Treppe. Sie hörte, wie er leise seine Zimmertür schloß. Daß er überhaupt nicht zornig war, schnitt wie ein Messer in ihre Seele.

Das Läuten des Bildschirms riß Margaret aus ihrer Träumerei. Sie nahm den Anruf im Korridor entgegen. Selma Atkins' Gesicht erschien auf dem Schirm. Ihre Augen waren geweitet.

»Ozzy hat mich gerade angerufen«, stieß sie hervor. »Jemand hat Charlesworthy heute morgen reinen Wein eingeschenkt.«

Margaret hielt die Hand vor den Mund.

»Weiß Ihr Mann von dem, was wir tun?« fragte Selma.

»Nein.« Margaret schüttelte den Kopf. »Ich wollte es ihm eigentlich sagen, doch dann hatte ich Angst vor seiner Reaktion. Er und Charlesworthy sind nämlich sehr gute Freunde.«

»Soll das heißen, er hätte Sie verraten?«

»O nein, aber er ...«

»Jedenfalls wissen jetzt alle Bescheid. Ozzy sagt, die Hölle wäre los. Er hat Walter angebrüllt und mit den Fäusten auf den Tisch gehauen ...«

»Charlesworthy?«

»Wer sonst? Ich wollte Sie nur warnen. Er ...«

»Was sollen wir jetzt tun?« fragte Margaret.

»Wir gehen in Deckung, Schätzchen. Wir ziehen uns zurück und formieren uns neu. Rufen Sie mich an, wenn Sie mit ihm gesprochen haben! Vielleicht können wir uns einen neuen Plan ausdenken.«

»Über die Hälfte der Kolonisten hat gespendet«, sagte Margaret. »Das bedeutet, daß mehr als die Hälfte auf unserer Seite sind, falls ...«

»Momentan ist die Kolonie eine Diktatur, keine Demokratie«, sagte Selma. »Aber ich werde darüber nachdenken. Auf Wiedersehen!«

David kam, als sie die Verbindung unterbrach.

»Ich habe zugehört«, sagte er. »Damit sind wir erledigt, oder?«

Bevor sie antworten konnte, läutete es erneut. Sie legte den Schalter um. Walters Gesicht erschien auf dem Bildschirm. Er sah sehr hager aus, und seine Falten waren noch ausgeprägter.

»Margaret«, sagte er, »ich bin hier im Büro von Dr. Charlesworthy.« Er holte tief Luft. »Warum bist du damit nicht zu mir gekommen? Ich hätte dir gleich sagen können, wie närrisch diese Sache ist!«

»Eben deswegen!«

»Einen Flügel aufs Schiff zu schmuggeln! Das ist das ...«

»Ich habe an Davey gedacht«, erwiderte sie schroffer, als sie es wollte.

»Herrgott, das weiß ich doch! Aber ...«

»Als die Ärzte sagten, er könne sterben, wenn er das Instrument nicht mehr hätte ...«

»Aber Margaret, das Ding wiegt tausend Pfund!«

»Tausendvierhundertundacht«, korrigierte sie ihn.

»Laß uns nicht streiten, Schatz«, sagte er. »Ich bewundere deinen Mut ... und ich liebe dich. Aber ich kann dir nicht erlauben, die Solidarität der Gruppe zu gefährden ...« Er schüttelte den Kopf. »Nicht mal für David.«

»Selbst wenn es deinen Sohn tötet?«

»Ich bin nicht darauf aus, meinen Sohn umzubringen. Ich bin Ökologe, wie du weißt. Es ist meine Aufgabe, uns am Leben zu erhalten – als Gruppe und im Einzelfall! Und ich ...«

»Dad hat recht«, sagte David. Er stand jetzt neben Margaret.

»Ich wußte nicht, daß du da bist, mein Sohn«, sagte Walter.

»Ist schon gut, Vater.«

»Moment mal!« Charlesworthy tauchte an Walters

Seite auf. »Ich möchte gern wissen, wieviel Gewicht man Ihnen gespendet hat«, sagte er.

»Warum?« fragte Margaret, »damit Sie ausrechnen können, welche wissenschaftlichen Spielzeuge wir statt dessen mitnehmen können?«

»Ich möchte nur wissen, wie nahe Sie dem Ziel Ihres kleinen Projekts gekommen sind.«

»Fünfhundertvierundfünfzig Pfund und acht Unzen«, sagte sie. »Das sind die Beiträge von hundertsechzig Personen!«

Charlesworthy schürzte die Lippen. »Das ist etwa ein Drittel dessen, was Sie brauchen. Bei diesem Durchschnittswert käme nicht genug zusammen. Hätten Sie irgendeine Erfolgsaussicht, würde ich meinen Segen geben, aber Sie sehen ja selbst, daß …«

»Ich habe eine Idee«, sagte David.

Charlesworthy sah ihn an. »Du bist David?«

»Ja, Sir.«

»Wie sieht deine Idee aus?«

»Wieviel würden die Harfe und die Tastatur meines Flügels wiegen? Sie haben Leute in der Fabrik …«

»Du meinst, du willst nur diese Teile des Flügels mitnehmen?«

»Ja. Es wäre zwar nicht dasselbe – aber es wäre besser. Es hätte Wurzeln auf beiden Welten: Ein Teil wäre von der Erde und einer vom Planeten C.«

»Ich will verdammt sein, wenn mir diese Idee nicht gefällt«, sagte Charlesworthy. Er wandte sich um. »Walter, ruf Phil Jackson bei Steinway an! Frag ihn, wieviel diese Teile wiegen.«

Walter verschwand, die anderen warteten. Dann kehrte er zurück und sagte: »Etwa fünfhundertzweiundsechzig Pfund. Hector Torres habe ich auch gesprochen. Er sagt, er ist sicher, daß er den Rest des Klaviers genau nachbauen kann.«

Charlesworthy lächelte. »Dann hätten wir's ja! Ich kann nicht recht bei Trost sein … Wir brauchen doch noch so viele andere Dinge. Aber vielleicht brauchen wir dieses auch – für die Moral.«

»Mit der richtigen Moral können wir alles herstellen, was wir brauchen«, sagte Walter.

Margaret fand ihren Notizblock und fing an zu rechnen. Dann blickte sie auf. »Ich lege gleich los und treibe die paar fehlenden Pfunde auf, die …«

»Wie viele fehlen noch?« fragte Charlesworthy.

Margaret warf einen Blick auf den Block. »Sieben Pfund und acht Unzen.«

Charlesworthy holte tief Luft. »Solange ich meine geistige Gesundheit noch nicht zurückerlangt habe, möchte ich noch etwas tun: Mrs. Charlesworthy und ich werden sieben Pfund und acht Unzen für die kulturelle Zukunft unserer neuen Heimat beitragen.«

DER SPIELAUTOMAT

1973

DESERT REST HOTEL – GLÜCKSSPIELE VERBOTEN
Das blau-weiße Schild stand verloren am Rand der einsamen Straße. Dürre Salzkrautbüschel wucherten rund um die Stützmasten.

Hal Remsen las die Aufschrift laut vor sich hin, hielt das Kabrio an der Hotelzufahrt an und blickte auf die Frau, die vor sechs Stunden seine Ehefrau geworden war. Die Blumen ihres Hochzeitsbuketts verströmten einen aromatischen Duft. Hal lächelte. Sein schmales, verschlossenes Gesicht hellte sich merklich auf.

Nach der langen Fahrt im offenen Wagen war das kurze blonde Haar von Ruth Remsen zerzaust – die derangierte Frisur, um die jetzt der Glanz eines glutroten Sonnenuntergangs lag, gab ihrem feinen Gesicht etwas pikant Puppenhaftes.

»Und?« sagte er.

»Mir gefällt das hier nicht«, sagte sie. Ihre Augen verengten sich. »Sieht aus wie ein Gefängnis. Fahren wir weiter. Suchen wir uns etwas anderes.«

Sie sah nach links, an ihrem Mann vorbei, starrte auf das klobige Bauwerk, das in den dürren Sandhügeln hockte, und fröstelte plötzlich: Der Torweg in den düsteren Säulengang der Anlage, der die schwarz geteerte Hotelzufahrt säumte, wartete wie eine weit geöffnete Falle auf sie.

Hal zuckte die Achseln und grinste: »Ich muß dir etwas gestehen«, sagte er. »Dein Gatte, der unersetzbare Troubleshooter von Fowler Electronics, Inc., hat sich verfahren.« Er zögerte. »Diese Abfahrt nach links… in Meridian…«

»Trotzdem. Irgend etwas gefällt mir einfach nicht an diesem Bau.« Sie sah ihn bekümmert an. »Ist immerhin unsere Hochzeitsnacht, Liebling.«

Er wandte sich von ihr ab und sah auf das Hotel.

»Das ist nur die Beleuchtung«, sagte er. »Der Sonnenuntergang. Dadurch sehen die Fenster aus wie große rote Augen.«

Ruth biß sich nervös auf die Unterlippe und starrte unverändert auf das Gebäude in der dürren Hügellandschaft. Die Strahlen der sinkenden Sonne wurden vom mineralhaltigen Sand reflektiert und malten rote Streifenbahnen über die Fassade, über die Fensterscheiben, die metallenen Fensterrahmen: Sie glühten, als hätte das Bauwerk Feuer gefangen.

»Also gut...« Ihre Stimme verlor sich und verklang.

Hal schaltete und bog in die Auffahrt ein.

»Wird nicht mehr lange dauern, bis es dunkel ist«, sagte er. »In der Wüste gibt es keine Dämmerung. Es ist wirklich besser, wenn wir das hier nehmen, solange es noch hell ist.«

Er parkte den Wagen unter dem düsteren Schattendach des Säulengangs.

Über den Treppenaufgang, der rechts von ihnen lag, stieg ein Hoteldiener in grüner Livree zu ihnen herunter. Er schien uralt zu sein, sein Gesicht war wie eine ledrige Maske. Scharf konturiert stand er im gelben Licht des Foyers, das sich aus den Flügeltüren hinter ihm ergoß – eine Silhouette, so knochig-dürr wie ein Skelett.

Wortlos öffnete er Ruth die Autotür.

Hal kletterte hinter seiner Frau über den Beifahrersitz und stieg ebenfalls aus. Mit einem Kopfnicken wies er nach hinten. »Die beiden Taschen auf dem Rücksitz«, sagte er. »Wir bleiben nur eine Nacht.«

Die Schlüssel ließ er stecken.

Das Foyer war angenehm kühl nach der Hitze, die über der Wüste lag. Kühl und still: Ihre Absätze klapperten hallend und hart auf den Bodenfliesen. Was Hal verstörte, war die befremdende Leere und Leblosigkeit, die sie hier vorfanden: Es gab keine Pflanzen, keine Möbel, keine Menschen. Nur diese fast unheimliche, beinahe lauernde Stille.

Sie durchquerten den Raum. An der hinteren Wand stand ein halbrunder Tisch. Die Tischplatte war aus Marmor, auf der Platte stand eine Klingel. Hal drückte auf den Klingelknopf. Er hörte es hinter sich klappern. Hörte es zweimal klappern, drehte sich um und – der Hoteldiener stellte ihr Gepäck ab.

Wäre er eine Frau, dachte Hal, er wäre das, was man *alte Jungfer* nennt. Noch etwas anderes schoß ihm plötzlich durch den Kopf: Das Wort *Hexenmeister* ...

Der Alte machte sich hinter dem Tisch zu schaffen, bewegte sich dabei auf eine schusselig schlurfende, watschelnde Art und schob Hal Anmelderegister und Kugelschreiber hin.

Ruth sah auf das Register, blickte dann Hal an ...

Hal wurde plötzlich bewußt, daß er frisch verheiratet war. Er räusperte sich:

»Haben Sie eine Suite?« wollte er wissen.

»Sie haben Zimmer 417. Auf der Nordwestseite des Hauses«, sagte der Mann.

»Haben Sie nichts anderes?« fragte Hal. Er warf Ruth einen flüchtigen Blick zu, atmete tief durch, um die Unruhe niederzukämpfen, die ihn plötzlich befallen hatte, und sah dann wieder auf den Mann hinter dem Tisch.

»Das *ist* Ihr Zimmer, Sir.« Der Hoteldiener befingerte die Schnittkante der Registerkladde.

»Laß gut sein«, sagte Ruth. »Ist ja nur für eine Nacht.«

Hal zuckte die Achseln, nahm den Kugelschreiber und unterschrieb: *Mr. und Mrs. Harold B. Remsen, Sonoma, California* – mit übertrieben schwungvollen Schnörkeln.

Der Alte nahm den Kugelschreiber wieder an sich und legte ihn in den Falz des Melderegisters. Dann kam er hinter dem Tisch hervor, und wieder zockelte und trottete er mit dieser auffällig watschelnden Gangart dahin, die etwas beinahe Mechanisches an sich hatte.

»Wenn Sie mir bitte folgen wollen«, sagte er und nahm das Gepäck.

Sie gingen durch das Foyer, stiegen in einen Aufzug, der leise summte, als der Hoteldiener die Tür schloß und die Kabine nach oben schickte.

Ruth hielt sich am Arm ihres Mannes fest, klammerte sich krampfhaft an ihn. Hal tätschelte ihr die Hand und spürte, wie ihre Haut bei dieser Berührung zuckte. Er starrte auf den Rücken des Hoteldieners, auf die grüne Livree, über die sich ein unregelmäßiges Linienmuster zog: Falten, die vom Kragen ausgehend nach unten verliefen. Hal hustete.

»Wir sind in Meridian links abgefahren – auf die Route 25, wie wir dachten«, sagte er. »Wir wollten eigentlich nach Carson City.«

Der Hoteldiener blieb stumm.

»War das die falsche Abfahrt?« fragte Ruth. Ihre Stimme klang hoch und scharf, unnatürlich gespannt.

»Keine Abfahrt ist *falsch.* So etwas gibt es nicht«, sagte der Hoteldiener. Er sagte es, ohne sich umzudrehen, hielt den Aufzug an, öffnete die Tür und nahm das Gepäck. »Wenn Sie mir bitte folgen wollen.«

Hal sah seine Braut an. Sie zog die Augenbrauen hoch und zuckte die Achseln.

»Ein Philosoph«, flüsterte er.

Der Flur schien sich endlos zu dehnen, grenzenlos wie eine dunkle Höhle. Weit hinten aber, am Ende dieses schwarzen Tunnels, war ein vergittertes Fenster in die Wand eingelassen. Durch dieses Fenster sahen sie, wie über der Wüste von einer Sekunde auf die andere die Nacht hereinbrach. Hell funkelnde Sternhaufen standen über dem Horizont. In den Winkeln der Flurdecke schimmerte ein silbriges Licht und leuchtete den weichen kastanienbraunen Teppichboden aus.

Am Ende des Flurs öffnete der Hoteldiener eine Tür, faßte um den Türrahmen und schaltete die Zimmerbeleuchtung ein. Er trat zur Seite, wartete und ließ Hal und Ruth den Vortritt.

Hal zögerte einen Augenblick lang. Umrahmt vom gelben Schein des Lichts, das aus dem Zimmer fiel, stand er an der Türschwelle, blickte lächelnd auf seine Braut und deutete eine Handbewegung an, als wollte er etwas hochheben. Ruth wurde rot. Sie schüttelte den Kopf und trat entschlossen durch die Tür. Hal gluckste vergnügt vor sich hin und folgte ihr.

Ein rechteckiger, niedriger Raum. An der hinteren Zimmerwand ein Doppelbett. Rechts ein Toilettentisch aus Metall, flankiert von zwei Türen, die einen Spalt weit offenstanden. Hinter einer der Türen der blitzende Glanz gefliester Wände: das Bad. Hinter der anderen dunkle Leere: ein Einbauschrank. Das Zimmer selbst: karg und nüchtern wie eine Zelle, spartanisch. Draußen vor den Fenstern neben dem Bett glühte purpurrot die Wüstennacht.

Ruth trat vor den Spiegel auf dem Toilettentisch. Sie nestelte an ihrem Hochzeitsbukett und versuchte es abzulegen. Der Hoteldiener stellte die beiden Taschen auf der Gepäckablage neben dem Bett ab. Ruth beobachtete ihn – Hal sah es im Spiegel.

»Was meinten Sie eigentlich damit, daß es so etwas wie eine falsche Abfahrt nicht gibt?« fragte sie.

Der Hoteldiener richtete sich auf. Die Falten in seiner grünen Livree ordneten sich zu einem neuen Muster. »Alle Wege führen irgendwo hin.« Sagte es, drehte sich um und ging zur Tür.

Hal zog die Hand aus der Hosentasche – der Alte ignorierte ihn und sein Trinkgeld, marschierte aus dem Zimmer und schloß die Tür hinter sich.

»Also – ich werde …«

»Hal!« Ruth schlug die Hand vor den Mund und starrte auf die Tür.

Er fuhr herum. Es war nicht zu überhören, daß sie zu Tode erschrocken war.

»An der Innenseite ist kein Türgriff!«

Er sah zur Tür und blickte auf eine blanke, leere Platte. »Wahrscheinlich irgendwo ein versteckter Knopf. Oder eine Lichtsperre …« Er tastete das Türblatt ab, untersuchte die Wand links und rechts.

Ruth trat hinter ihn und umklammerte seinen Arm. Er spürte, daß sie zitterte.

»Hal! Ich habe eine Höllenangst«, sagte sie. »Laß uns hier verschwinden und …«

Sie wurde unterbrochen. Von irgendwoher hörten sie eine tiefe, polternde Stimme: »Bleiben Sie ganz ruhig. Seien Sie bitte ganz unbesorgt.«

Hal reckte den Hals, sah im Zimmer umher und versuchte herauszufinden, aus welcher Richtung die Stimme zu ihnen sprach. Ruth krallte ihm die Fingernägel in den Arm, wie scharfe Stiche spürte er sie auf der Haut.

»Als Gästen des *Desert Rest Hotel*«, sagte die Stimme, »darf ich Ihnen versichern, daß sich Ihr Aufenthalt bei uns durchaus nicht unerfreulich gestalten muß – vorausgesetzt, Sie halten sich an die eine und einzige Regel, die hier gilt: Glücksspiele verboten! Es ist Ihnen nicht gestattet, zu spielen – was und wie auch immer. Alle Spielutensilien und -geräte werden aus dem Verkehr gezogen, falls Sie den Versuch unternehmen sollten, dieses Verbot zu mißachten.«

»Ich will hier weg«, sagte Ruth.

Es war wie ein Alptraum. Hal war wie vor den Kopf gestoßen. Einen kurzen Augenblick lang überlegte er sogar ganz ernsthaft, ob er nicht vielleicht tatsächlich träumte. Doch dafür gab es zu vieles rund um ihn, das greifbar und real war: Ruth, die neben ihm stand und zitterte; die stabile Tür; die graue Wand.

»Irgendein fanatischer Spinner«, brummte er.

»Vielleicht entscheiden Sie sich ja, wieder abzureisen«, sagte die Stimme. »Es steht Ihnen allerdings nicht frei, darüber zu entscheiden, wohin, wie und wann Sie abreisen. Wahlfreiheit über diesen Erstentscheid hinaus – das hieße Glücksspiel. Aber hier bleibt nichts dem Zufall überlassen. Bei uns genießen Sie die absolute Sicherheit der Prädestination.«

»Was, zum Teufel, soll das alles?« Hal wurde ungeduldig.

»Sie haben die Regel gehört«, sagte die Stimme. »Es war Ihre Entscheidung, hierherzukommen. Die Würfel sind gefallen.«

In was hab ich uns da bloß reingebracht? fragte sich Hal. *Hätte ich nur auf Ruth gehört – sie wollte weiterfahren.*

Ruth zitterte jetzt so stark, daß der Arm ihres Ehemanns zuckte und schlackerte. Und Hal kostete es große Anstrengung, nicht selbst in Panik zu geraten.

»Komm schon, Hal! Laß uns abhauen.«

»Ganz langsam«, sagte Hal. »Irgend etwas stimmt hier nicht. Stimmt hier überhaupt nicht.« Er tätschelte ihr die Hand. Vielleicht, hoffte er, beruhigt sie das etwas. »Wir-gehen-jetzt-ins-Foyer-hinunter«, skandierte er, setzte gleich lang bemessene Sprechpausen zwischen jedes einzelne Wort und drückte ihr die Hand.

Zitternd atmete sie ein. »Gut. Bloß raus hier.«

Nur – wie sollen wir das anstellen? fragte er sich. *Keine Türklinke.* Er blickte aus dem Fenster, sah in die Nacht dort draußen. *Vier Stockwerke.*

»Sie haben sich entschieden, das Foyer aufzusuchen?« hörten sie die Stimme.

»Ja«, sagte Hal.

»Ihr Entscheid ist eingetragen«, sagte die Stimme.

»Mit diesem Eintrag ist auch die Ihnen zustehende Frist festgesetzt.«

Frist festgesetzt? Ruth hatte den Nagel auf den Kopf getroffen, dachte er: *Ein Gefängnis.*

»Was haben die mit uns vor?« fragte Ruth. Sie sah sich zu ihm um, preßte dann das Gesicht an seine Brust: »Liebling! Laß nicht zu, daß uns etwas passiert.«

Er drückte sie fest an sich und sah sich im Zimmer um.

Die Tür flog auf. Sie öffnete sich nach innen.

»Eben ist die Tür aufgegangen«, sagte er. »Bleib jetzt ganz ruhig. Und laß meinen Arm nicht los.«

Er führte sie aus dem Zimmer, vor den Aufzug. Kein Liftboy. Die Tür schloß sich selbsttätig, nachdem sie eingetreten waren. Die Kabine glitt nach unten, bremste weich – die Tür öffnete sich.

Menschen!

Die Veränderung traf sie wie der Blitz, als sie aus dem Fahrstuhl traten.

Im Foyer wimmelte es von Menschen. Von Menschen, die schweigend und argwöhnisch umherschlenderten – einzeln, paarweise, in Gruppen.

»Ich habe Sie hereinkommen sehen und mich im selben Augenblick entschieden, mit Ihnen zu sprechen.« Die Stimme einer Frau: alt und zittrig.

Hal und Ruth sahen nach links, in die Richtung, aus der sie angesprochen worden waren: Die Frau war grauhaarig, hatte ein schmales, runzliges Gesicht und trug ein blaues, altmodisch geschnittenes Kleid, das ihr schlotternd am Leib hing – es sah aus, als wäre sie in dieser weiten Hülle eingeschrumpft und dahingewelkt.

Hal wollte etwas sagen – er konnte nicht. Entsetzt stellte er fest, daß er keinen Ton über die Lippen bringen konnte.

»Ich könnte mir vorstellen, daß ich bestimmt nicht die einzige hier bin, die diese Entscheidung getroffen hat.« Mit glänzenden Augen starrte die alte Frau sie an. »Aber diesmal bin ich dran.« Sie nickte. »Vermutlich können Sie deshalb nicht mit mir sprechen, weil Sie keine Entscheidung getroffen haben. Weil Ihnen dabei nicht ganz geheuer ist. Aber macht nichts.«

Sie schüttelte den grauen Kopf. »Ich weiß, was Sie fragen wollen. Sie sehen mir ganz so aus, als hätten Sie sich verfahren. Außerdem sind Sie, wenn ich mich nicht täusche, frisch verheiratet. Bedauernswert. Wirklich bedauernswert.«

Hal versuchte es noch einmal: Er wollte sprechen – es ging nicht. Auch Ruth blieb stumm. Befremdlich still stand sie neben ihm. Und als er sie ansah, blickte er in ein angespannt gequältes Gesicht, aus dem jeder Tropfen Blut gewichen zu sein schien.

»Wenn Sie wissen wollen, was es mit diesem Hotel auf sich hat – die Auskunft, die wir Ihnen geben können, ist mehr als eine bloße Vermutung«, sagte die alte Frau. »Es ist eine Art Krankenhaus, das aus einer anderen, weit entfernten Welt stammt. Warum es sich gerade hier befindet, das wissen wir nicht. Welchem Zweck es dient – das wissen wir allerdings ziemlich sicher: Es ist eine Einrichtung zur Therapie der Spielsucht.«

Wieder nickte die alte Frau, nickte wie zur Bekräftigung einer nicht ausgesprochenen Überlegung.

»Auch ich war süchtig«, sagte sie. »Wir glauben, daß das Hotel eine Ausstrahlung besitzt, durch die Spieler angezogen werden, sobald sie in seine Nähe kommen. Manchmal holt es sich aber Leute, die sich verirrt haben. Leute wie Sie. Es ist eben nur eine Maschine, unfähig, sein Ausleseverfahren zu verfeinern. Es hält die seltsamsten Figuren für Spieler.«

Hal fiel die polternde Stimme wieder ein, die sie in ihrem Zimmer gehört hatten: »Glücksspiele verboten!«

Hinter der Alten, in der Mitte des Foyers, stand ein kleiner Mann, der ein Hemd mit steifem, hohem Kragen und einen Anzug trug, wie er Mitte der zwanziger Jahre in Mode gewesen war. Dieser Mann griff sich jetzt unvermittelt an den Hals, stürzte lautlos zu Boden und blieb liegen – wie ein achtlos zur Seite geworfener Haufen Schmutzwäsche.

Da war es wieder – dieses Gefühl, das Hal schon einmal erlebt hatte: das Gefühl, sich in einen Alptraum verirrt zu haben.

Ohne daß einer gesehen hätte, woher er gekommen war, wuselte der alte Hoteldiener durch das Foyer, schleifte den reglos am Boden Liegenden aus dem Blickfeld der Anwesenden und zerrte ihn hinter die nächste Ecke.

»Eben ist jemand gestorben«, sagte die alte Frau. »Ich kann das in Ihren Augen sehen. In dem Moment, in dem Sie dieses Haus betreten, ist der Zeitpunkt Ihres Todes festgesetzt. Und genauso die Art und Weise, wie Sie sterben.« Sie schauderte. »Einige Todesarten sind ziemlich unangenehm.«

Ein kalter Schauer packte Hal.

Die alte Frau seufzte. »Sie wollen wissen, ob es irgendeine Möglichkeit gibt, von hier wegzukommen?« Sie zuckte die Achseln. »Nicht auszuschließen. Manche verschwinden einfach. Aber das ist vielleicht nur eine andere … andere Art …«

Hal erlebte es wie den scharfen, reißenden Schmerz einer Muskelzerrung: Er hatte seine Stimme wiedergefunden, konnte wieder sprechen. So unvermittelt war das geschehen, daß er nur erschrocken stottern konnte: »Ich kann sprechen.« Und als er dann weitersprach – »Es muß noch eine andere Möglichkeit geben« –, klang seine Stimme flach und ausdruckslos.

Die alte Frau schüttelte den Kopf: »Nein. Auch der Zeitpunkt, zu dem Sie sprechen – ganz gleich, ob allein oder in Gesellschaft –, auch dieser Zeitpunkt wurde in jenem Augenblick festgelegt, in dem Sie durch die Eingangstür traten.«

Hal atmete zweimal tief durch. Angestrengt versuchte er, gegen seine Angst anzukämpfen, bemühte sich, ruhig zu bleiben und logisch zu denken. Er hielt Ruth fest, packte sie am Arm – er durfte sie jetzt nicht ansehen, durfte sich durch nichts ablenken lassen. Es mußte einen Ausweg, mußte irgendeine Möglichkeit geben, um aus diesem Hotel herauszukommen. Und wenn jemand in der Lage sein sollte, diesen Ausweg zu finden – wer sonst konnte das sein, wenn nicht er, der unfehlbare Troubleshooter einer Elektronikfirma.

»Was passiert, wenn ich versuchen würde zu spielen?« fragte er.

Die alte Frau schauderte. »Das Objekt, das Sie sich als Spielgerät aussuchen, würde aus der Welt geschafft werden«, sagte sie. »Das ist auch der Grund, warum Sie beide nicht zusammen ...« – sie zögerte – »... nicht miteinander schlafen dürfen.«

Hal zog eine Münze aus der Hosentasche und warf sie hoch. »Wer sie fängt, dem gehört sie«, sagte er.

Die Münze fiel nicht wieder herunter.

»Soviel zur Demonstration, wozu dieses Gebäude in der Lage ist«, sagte die alte Frau. »Sie dürfen nicht spielen... Womit Sie auch Ihr Glück versuchen wollen – jedes dieser Objekte wird aus der Welt geschafft. Bei jedem Versuch. Immer.«

Hal schoß plötzlich eine Idee durch den Kopf. *Vielleicht wäre es möglich ...* Er leckte sich die Lippen und bemühte sich angestrengt, ruhig und gleichgültig zu wirken. *Es ist verrückt,* dachte er. *Aber auch nicht verrückter als dieser Alptraum.*

Langsam holte er eine weitere Münze aus der Tasche.

»Meine Frau und ich werden jetzt noch einmal spielen«, sagte er. »Wir werden mit dem Hotel und mit dieser Münze spielen. Wir setzen darauf, daß ein Spielrequisit die Wirkung des anderen blockiert.«

Es wurde still im Foyer, totenstill. Überdeutlich

spürte er, wie Ruth ihm die Finger in den Arm grub, spürte den neugierig gespannten, fragenden Blick der alten Frau auf sich liegen.

»Wir spielen darum, *wann* das Hotel meine Münze verschwinden läßt beziehungsweise *ob* das Hotel meine Münze verschwinden läßt«, sagte er. »Wir setzen also auf eine von mehreren Möglichkeiten, deren Eintreten davon abhängt, ob eines der Spielutensilien das andere beeinflußt oder nicht beeinflußt.«

Ein tiefes, knirschendes Poltern erschütterte das Hotel.

Hal warf die Münze.

Hal und Ruth fanden sich auf einer Sanddüne wieder. Sie waren allein. Das Mondlicht tauchte die Wüste in einen gespenstisch silbrigen Glanz. Auf einer anderen Düne entdeckten sie eine dunkle Silhouette: ihr Auto.

Ruth warf sich Hal in die Arme und klammerte sich fest an ihn. Sie schluchzte.

Er strich ihr über die Schulter und streichelte sie.

»Ich hoffe, daß mich alle gehört haben«, sagte er. »Das Hotel ist ein Automat. Ein Automat, der sich selbst aus der Welt schaffen muß, wenn er zum Spielen benutzt wird.«

BEGEGNUNG AN EINEM EINSAMEN ORT

1973

Sie interessieren sich anscheinend für außersinnliche Wahrnehmung, hab ich recht? Schätze, ich hab da genausoviel Erfahrung wie diese Wissenschaftler. Ungelogen.«

Er war klein, kahlköpfig, hatte eine randlose Brille auf der Nase und saß neben mir auf der Bank vor dem Dorfpostamt, wo ich die letzten Nachmittagsstrahlen der Aprilsonne genoß und im *Scientific Quarterly* den Artikel ›ASW: Statistische Nachweise‹ las.

Es war mir nicht entgangen, daß er mir über die Schulter gespitzt und die Überschrift gelesen hatte.

Der kleine Kerl – Cranston hieß er – hatte so lange ich denken konnte hier im Dorf gelebt. Er war in einer Blockhütte droben am *Burley Creek* zur Welt gekommen und lebte jetzt bei seiner verwitweten Schwester *Berstauble,* deren Mann Kapitän zur See gewesen war. Der Kapitän hatte sich eines dieser großen Häuser mit Türmen und Schindeldach gebaut, das hoch oben auf der Bergkuppe saß und über das Dorf und die geschützten Wasser des Sunds blickte: ein verwittertes, graues Haus, das halb versteckt hinter hohen Föhren und Hemlocktannen hockte und von einer geheimnisvollen Aura umgeben war – von einer Ausstrahlung, die sich auch auf seine Bewohner übertragen hatte.

Das Geheimnis, das mich im Augenblick beschäftigte, war die Frage, warum Cranston zum Postamt gekommen war. Sie hatten dort oben eine Angestellte, die derlei Besorgungen erledigte, und üblicherweise sah man nur selten jemanden von der Familie im Dorf. Anderseits war Cranston nicht etwa ungesellig: Traf man ihn im Gemeindesaal, war er für eine anständige Unterhaltung oder eine Partie Dame durchaus zu haben.

Cranston war ungefähr knappe einssechzig groß und wog schätzungsweise um die einhundertfünfzig – er sah also nicht gerade verhungert aus. Ganz gleich ob Winter oder Sommer, seine Garderobe war immer die gleiche: er trug eine Malerkappe mit Schirm, eine Latzhose und ein dunkelbraunes Holzfällerhemd. Holzfäller ist er allerdings, soviel ich weiß, nie gewesen. Er hat, glaube ich, in seinem ganzen Leben keine schwere, körperliche Arbeit verrichtet.

»Gibt's was Bestimmtes, weil Sie zur Post gekommen sind?« wollte ich wissen. Ich fragte ihn direkt und unverhüllt neugierig – wie es unter Dörflern eben so üblich ist. »Man sieht Sie ja nicht gerade oft hier unten.«

»Ich hab ... hatte gehofft, daß ich jemand treffen würde«, sagte er. Dann wies er mit einem Kopfnicken auf den *Scientific Quartely* auf meinen Knien. »Hab gar nicht gewußt, daß Sie sich für außersinnliche Wahrnehmung interessieren.«

Ich hatte verstanden: Er ließ sich nicht abhalten. Ich gehöre zu jener Sorte Menschen, die es geradezu anziehen, von anderen ins Vertrauen gezogen zu werden – auch wenn uns nach allem möglichen, nur nicht nach Vertraulichkeiten zumute ist. Und Cranston, das war nicht zu übersehen, wollte eine ›Geschichte‹ loswerden. Trotzdem versuchte ich noch einmal, ihn abzuwimmeln – ich war gerade in jener Stimmung, wie sie für Schriftsteller typisch ist: Auch wenn uns noch so sehr danach ist, jemandem den Kopf abzureißen, es interessiert uns genauso brennend, was in diesem Kopf steckt.

»Ich halte ASW für einen Riesenschwindel«, sagte

ich. »Es ist widerlich, wenn man sieht, wie die Logik malträtiert und verbogen wird, um mathematische Beweise zu finden für ...«

»Also ... an Ihrer Stelle wär ich mir da nicht so sicher«, sagte er. »Ich könnt Ihnen da das eine oder andere erzählen. Und das ist kein Schwindel.«

»Sie sind Gedankenleser«, sagte ich.

»*Lesen* ist das falsche Wort«, sagte er. »Und es sind auch keine Gedanken ...« An dieser Stelle hörte er zu sprechen auf, starrte rasch auf die Straße, die oberhalb des Postamtes abzweigte, und sah mich erst dann wieder an. »Es ist der Geist.«

»Aha. Also Geisterseher«, sagte ich.

»Ich seh schon, daß Sie mir nicht glauben«, sagte er. »Ich erzähl's Ihnen trotzdem. Hab's noch nie einem Außenstehenden erzählt ... Aber, wenn man an Ihre Verwandtschaft denkt: Sie sind ja nicht wirklich ein Außenstehender, und als Schriftsteller können Sie ja vielleicht was aus der Sache machen.«

Ich seufzte und klappte die Zeitschrift zu.

»Ich bin damals gerade vom Creek heruntergekommen, um zu meiner Schwester zu ziehen«, erzählte Cranston. »Ich war siebzehn. Sie war – lassen Sie mich überlegen – seit ungefähr drei Jahren verheiratet. Aber ihr Mann, der Käptn, war auf See. Richtung Hongkong, wenn ich mich richtig erinnere. Ihr Schwiegervater, der alte Jerusalem Berstauble, hat damals noch gelebt. Hatte sein Schlafzimmer unten, mit Ausgang zur Hinterveranda. War stocktaub und ist ohne fremde Hilfe nicht mehr aus seinem Rollstuhl gekommen. Das war auch der Grund, weshalb sie mich zu sich geholt haben. Konnte einem das Leben ganz schön zur Hölle machen, der alte Jerusalem, wie Sie sich vielleicht erinnern. Aber Sie haben ihn ja wahrscheinlich gar nicht mehr gekannt.«

Damit hatte er mir dezent zu verstehen gegeben, daß ich als Grenzfall galt – ein Hinweis, den sich anscheinend keiner von den Dörflern verkneifen konnte, wenn sie sich über das Thema *Wie's früher mal war* austauschten. Im großen und ganzen akzeptierte man mich aber: Meine Großeltern stammten aus dem Dorf, und für alle im Tal stand fest, daß ich *heimgekehrt* war, um meine Kriegsverletzung auszukurieren.

»Der alte Jerusalem ... Nichts war ihm wichtiger als seine Runde Karten. Jeden Abend«, sagte Cranston. »An dem Abend, von dem ich Ihnen erzählen will, spielte er mit meiner Schwester im Studierzimmer. Die Tür stand offen. Aber wegen seiner Taubheit wurde nicht viel geredet. Alles, was zu hören war, war das Klatschen der Karten und das Gebrummel meiner Schwester, die den Spielstand notierte.

Wir hatten im Wohnzimmer das Licht ausgemacht. Im Kamin brannte ein Feuer, und vom Studierzimmer fiel Licht herein. Ich saß mit Olna, dem norwegischen Mädchen, das damals meiner Schwester half, im Wohnzimmer. Ein paar Jahre später hat sie geheiratet: Gus Bill, der dann ums Leben kam, als die Hilfsmaschine in Indian Camp in die Luft flog. Olna und ich hatten ebenfalls gespielt – ein norwegisches Kartenspiel, die Norweger nennen es *Abräumen,* so was Ähnliches wie Whist –, aber wir hatten genug davon und saßen einfach vor dem Kamin zusammen und horchten mit halbem Ohr drauf, wie im Studierzimmer die Karten auf den Tisch geklatscht wurden.«

Cranston schob sich die Schirmkappe aus der Stirn und blickte auf das grüne Wasser des Sunds, wo ein Schleppdampfer eine Floßholzfuhre Baumstämme aus dem Tidebecken zog.

»Sie war hübsch, wirklich hübsch, die Norwegerin«, sagte er kurz darauf. »Haare wie versilbertes Gold. Und eine Haut ... Man konnte sich beinahe drin spiegeln.«

»Sie waren verliebt.«

»Verliebt trifft's nicht ganz. Verrückt war ich! Ich

war verrückt nach ihr«, sagte er. »Und sie hat sich keinen Deut aus mir gemacht ... Schon damals nicht.«

Er schwieg wieder. Zupfte und zog am Schirm seiner Kappe und sagte dann: »Ich hab versucht, mich zu erinnern, ob's ihre Idee war oder meine. Es war meine. Olna hatte das Kartenspiel noch in der Hand. Und ich hab zu ihr gesagt: *Olna, misch die Karten. Und laß mich nicht reinsehen.* Ja, genau so war's. Ich hab sie die Karten mischen, hab sie eine nach der anderen abheben lassen, und sie mußte mir sagen, ob ich richtig geraten hatte.

Es war damals gerade viel die Rede von diesem Burschen von der Duke University, diesem Doktor – den Namen hab ich vergessen –, der die Leute Karten raten ließ. Möglich, daß ich deswegen auf diese Sache gekommen bin.«

Cranston verstummte. Einen Moment nur, und – ich schwöre, daß er diesen kurzen Moment lang aussah, als hätte er sich verjüngt. Insbesondere die Partie um die Augen wirkte auffällig jünger.

»Sie haben also die Karten gemischt ...« Ganz gegen meinen Willen interessierte mich seine Geschichte. »Und dann? Wie ging's weiter?«

»Hä? Ach so, ja ... Sie sagte: *Dann ssaun wir doch mal, ob du die hier errätsst.* Sie hatte einen schweren Akzent, die Olna. Man hätt denken können, sie wär in Europa geboren und nicht hier, drüben in Port Orchard. Sie nimmt also die erste Karte, sieht sie sich an und ... Du lieber Gott, sie war so hübsch, als sie sich zur Seite beugte und die Karte ins Licht hielt, das durch die Tür vom Studierzimmer fiel. Und wissen Sie was? Genau in dem Augenblick, in dem sie die Karte sah, im selben Augenblick hab ich gewußt, was sie abgehoben hatte: Kreuzbube. Es war, als würd ich die Karte irgendwo in meinem Geist sehen ... Also, nicht eigentlich *sehen* – ich hab's einfach *gewußt.* Und bin, ohne lang rumzurätseln, damit rausgeplatzt.«

»Eine von zweiundfünfzig richtig getroffen … nicht schlecht«, sagte ich.

»Wir haben den ganzen Stapel durchgemacht, und ich hab ihr jede Karte genannt«, sagte Cranston. »So, wie sie sie abgehoben hat, Karte für Karte: Ich hab mich nicht einmal geirrt.«

Natürlich glaubte ich ihm kein Wort. Geschichten wie diese gibt es in der ASW-Forschung wie Sand am Meer, hat man mir gesagt. Und keine hält einer Überprüfung stand. Aber was mich interessierte, war der Grund, *warum* er mir diese Geschichte erzählte. War es der Versuch des Dorfjunggesellen, der Versuch eines übriggebliebenen Niemands, der von der Barmherzigkeit seiner Schwester lebte, sich interessant zu machen, um wichtig und bedeutend zu erscheinen?

»Sie haben ihr also jede Karte genannt«, sagte ich. »Ist Ihnen eigentlich klar, wie gering die Wahrscheinlichkeit ist, die dafür spricht?«

»Ein Professor vom State College hat es mir einmal ausgerechnet«, sagte Cranston. »Die Zahl hab ich vergessen. Er hat jedenfalls gemeint, daß so etwas unmöglich Zufall sein kann.«

»Unmöglich«, stimmte ich zu und versuchte erst gar nicht, meine Vorbehalte zu verbergen. »Was hat eigentlich Olna davon gehalten?«

»Sie hat geglaubt, es wär ein Trick. Sie wissen schon: Taschenspielerhokuspokus.«

»Sie hatte eine Brille auf, und die Karten haben sich in den Gläsern gespiegelt – war's nicht so?«

»Sie trägt bis heute keine Brille«, sagte Cranston.

»Dann haben sich die Karten in ihren Augen gespiegelt«, sagte ich.

»Sie saß im Dunkeln, ungefähr drei Meter von mir entfernt«, sagte er. »Um die Karten zu erkennen, mußte sie sie ins Licht halten, das aus dem Studierzimmer fiel. Und ich mußte sie gegen das Kaminfeuer halten, um sie sehen zu können. Nein, es war nichts dergleichen. Außerdem hatte ich eine ganze Zeitlang die Augen zu. Ich habe diese Karte einfach irgendwie gesehen ... diese Stelle in meinem Geist, die ich damals entdeckt habe. Ich mußte nicht erst lange überlegen und herumrätseln – ich *wußte Bescheid.* Jedesmal.«

»Tja – das ist ja alles äußerst interessant«, sagte ich und schlug meine Zeitschrift auf. »Vielleicht sollten Sie wieder an die Duke University gehen und Professor Rhine behilflich sein.«

»Sie können Gift drauf nehmen, daß ich ganz aus dem Häuschen war«, sagte Cranston, der meine Versuche, unsere Konversation zu beenden, schlicht ignorierte. »Da behauptet dieser berühmte Doktor, daß Menschen in der Lage sind, so etwas zu tun, und dann komm ich – der lebende Beweis.«

»Eben«, sagte ich. »Vielleicht sollten Sie an Professor Rhine schreiben und ihm das mitteilen.«

»Ich hab Olna die Karten noch mal mischen lassen. Ich wollte, daß wir's noch mal versuchen.« Cranston hörte sich mittlerweile etwas verzweifelt an. »Sie schien mir nicht gerade begeistert zu sein. Aber sie hat's gemacht. Mit zitternden Händen, wie mir aufgefallen ist.«

»Sie haben dem armen Mädchen mit Ihrem Taschenspielerhokuspokus einen Schreck eingejagt«, sagte ich.

Er seufzte und starrte einen Augenblick lang auf den Sund. Der Schleppdampfer tuckerte mit seiner Floßholzfuhre davon. Plötzlich tat mir Cranston leid. Ein bedauernswerter alter Mann, dachte ich, der wahrscheinlich nie mehr als fünfzig Meilen über das Dorf hinausgekommen war. Er war an dieses Haus auf der Bergkuppe gebunden, führte ein Leben, in dem die Glanzpunkte die wöchentlichen Kartenspiele im Gemeindesaal und die gelegentlichen Ausflüge zum Lebensmittelladen waren. Wahrscheinlich hatten sie dort oben nicht einmal Fernsehen: Seine Schwester galt allgemein als altmodische Schreckschraube – sie hatte bestimmt die entsprechende Einstellung zu dieser Angelegenheit.

»Und? Wieder alle Karten richtig getroffen?« fragte ich und gab mir Mühe, interessiert zu klingen.

»Alle. Ohne Ausnahme«, sagte er. »Ich hatte inzwischen diese Stelle in meinem Geist zuverlässig lokalisiert und konnte jederzeit Zugang zu ihr finden.«

»Und Olna wollte wissen, wie Sie das anstellten«, sagte ich.

Er schluckte. »Nein. Ich denke, sie … sie *ahnte,* wie ich es anstellte. Wir hatten, als wir's zum zweiten Mal versuchten, noch keine fünfzehn Karten durch, da warf sie den Packen auf den Boden. Sie saß da, zitterte und starrte mich an. Dann nannte sie mich bei irgendeinem Namen – ich hab ihn nie richtig verstanden –, sprang auf und rannte aus dem Haus. Blitzschnell! Sie war durch die Hintertür, noch bevor ich richtig auf den Beinen stand. Ich bin hinter ihr hergerannt, aber sie war schon verschwunden. Später haben wir dann erfahren, daß sie das Bäckerauto angehalten hat und schnurstracks nach Hause gefahren ist, nach Port Orchard. Sie ist nie wieder zurückgekommen.«

»Wirklich schade«, sagte ich. »Die einzige Person, deren Geist Sie lesen konnten – und die läuft Ihnen davon.«

»Sie ist nie wieder zurückgekommen«, sagte er. Und ich schwöre, er sagte es mit Tränen in den Augen. »Alle haben gedacht … Sie wissen schon: Ich hätt ihr unanständige Anträge gemacht. Meine Schwester war ganz schön sauer. Am Tag drauf ist ihr Bruder gekommen und hat ihre Sachen geholt. Wenn ich jemals meinen Fuß über … Er hat mir Prügel angedroht.«

Cranston brach ab, wandte sich um und starrte die Straße hinauf, die von den Farmen aus dem Hügelland im Westen ins Dorf führt. Eine große Frau im grünen, wadenlangen Kleid war eben um die Ecke gebogen, an der der verbrannte Baumstumpf steht. Nun ging sie auf das Postamt zu. Den Kopf hielt sie gesenkt, das blonde Haar war zu einem Zopf geflochten und wie ein Kranz hochgesteckt: eine große Frau – gute Figur –, die mit kräftigen, schwungvollen Schritten auf ihr Ziel zusteuerte.

»Ich habe gehört, daß ihr Bruder krank ist«, sagte Cranston.

Ich sah ihn an: In seinem Gesicht, das traurig war und abwesend, konnte ich die Antwort auf meine unausgesprochene Frage lesen.

»Olna!« sagte ich. Und merkte, wie mich die Aufregung packte. Nicht daß ich diese dumme Geschichte geglaubt hätte! Aber trotzdem …

»Sie kommt nicht oft her«, sagte Cranston. »Aber jetzt, wo ihr Bruder krank ist … Ich habe gehofft …«

Sie bog in den Fußweg zum Postamt ein. Das Gebäude lag zwischen uns, sie konnte uns nicht sehen. Wir hörten, wie drüben die Tür geöffnet wurde, hörten das leise Murmeln einer Unterredung. Kurz darauf ging die Tür wieder auf. Die Frau bog um die Ecke, ging auf den Fußweg, der an uns vorbei und hinunter zum Laden an der Hauptstraße führte. Auch jetzt ging sie wieder mit gesenktem Kopf: Sie las einen Brief.

Als sie an uns vorbeiging, keine zwei Meter entfernt, sprach Cranston sie an: »Olna?«

Sie warf den Kopf herum und blieb – einen Fuß vor den anderen gesetzt – wie angewurzelt stehen. Mein Eid darauf: Ich habe noch nie, in meinem ganzen Leben nicht, ein so maßloses Entsetzen gesehen, wie es jetzt ins Gesicht dieser Frau geschrieben war. Stocksteif stand sie da und starrte Cranston an.

»Tut mir leid wegen dem Jungen von deiner Schwester«, sagte Cranston. Und dann sagte er noch: »An deiner Stelle würd ich den Jungen zu einem von diesen Spezialisten in Minneapolis bringen. Heutzutage können die mit plastischer Chirurgie Wunder wirken und …«

»Raus!« schrie sie. Sie spreizte Zeigefinger und kleinen Finger der rechten Hand und zeigte auf Cranston: der Abwehrzauber gegen das Böse, eine Geste, die, wie ich angenommen hatte, irgendwann im Mittelalter ausgestorben war. »Bleib aus meinem Kopf draußen, du … du … du *Cottys!*«

Das brach den Bann: Sie raffte den Rock und hetzte den Fußweg zur Hauptstraße hinunter. Das letzte, das wir von ihr noch sahen, war ihr davonstürmender Schatten, der hinter der Tankstelle um die Ecke flitzte.

Ich wollte irgend etwas sagen … Ich konnte nicht. *Cottys* … Cottys war der Pan der alten Dänen, der die Jungfrauen verführte, indem er ihren Geist in seine Gewalt brachte. Was ich nicht gewußt hatte, war, daß diese Sage auch in Norwegen überliefert ist.

»Ihre Schwester hat ihr gerade geschrieben«, sagte Cranston, »daß sich ihr jüngster Sohn scheußlich verbrüht hat, weil ein Topf vom Herd gekippt ist. Erst vorgestern passiert – war ein Luftpostbrief. Kommt hier nicht allzu oft vor.«

»Wollen Sie mir etwa weismachen, Sie hätten den Brief mit *Olnas* Augen gelesen?« fuhr ich ihn an.

»Ich hab diese Stelle, die ich damals entdeckt hab, nie mehr vergessen«, sagte er. »Gott weiß, wie oft ich versucht hab, diese Fähigkeit loszuwerden. Vor allem, nachdem sie dann Gus Bills geheiratet hat.«

Mir wurde ganz heiß vor Aufregung. Die Möglichkeiten, die sich hier …

»Wissen Sie was?« sagte ich, »*ich* werde jetzt an die Duke University schreiben. Wir können …«

»Unterstehn Sie sich!« fuhr er mich an. »Schlimm genug, daß jeder im Tal von dieser Sache mit mir und Olna weiß. Natürlich – die meisten glauben's ja nicht … Aber die Möglichkeit, daß …« Er schüttelte den Kopf. »Ich werde ihr nicht im Wege sein, wenn sie einen Mann findet, der zu ihr paßt …«

»Aber …«, sagte ich, »Menschenskind, wenn Sie …«

»Jetzt glauben Sie mir wohl, oder?« Er sagte es mit einem verschlagenen Unterton, der mir nicht gefiel.

»Also …«, sagte ich, »ich würde das gerne von jemandem untersuchen lassen, der …«

»Damit es in die Wochenendbeilage kommt?« sagte er. »Als nette Geschichte zur Unterhaltung? Damit die ganze Welt Bescheid weiß?«

»Aber wenn …«

»Sie wird nie was von mir wissen wollen!« sagte er heftig. »Verstehen Sie denn nicht? Sie wird mich zwar nie loswerden, aber sie wird nie was von mir wissen wollen. Schon damals, als sie in den Zug nach Minneapolis gestiegen ist … Eine Woche, nachdem sie uns davongelaufen ist …«

Der Rest war unverständliches Gemurmel.

»Aber überlegen Sie doch, was das bedeuten könnte …«

»Die einzige Frau, die ich jemals geliebt habe …«, sagte Cranston. »Die einzige, die ich heiraten hätte können … Und sie glaubt, ich bin der Teufel persönlich!« Er fuhr herum und funkelte mich wütend an: »Denken Sie vielleicht, ich bin scharf drauf, daß *das* jeder weiß? Ich würde mir lieber ein Loch in den Kopf schlagen und mit einem Bootshaken diese Stelle aus meinem Geist reißen.«

Sagte es, sprang auf und machte sich davon – auf den Fußweg, hinunter zur Straße, die hinaufführt auf die Bergkuppe.

Originaltitel: ›ENCOUNTER IN A LONELY PLACE‹ • Copyright © 1973 by Frank Herbert • Erstmals erschienen in ›The Book of Frank Herbert‹, DAW Books, New York 1973 • Mit freundlicher Genehmigung der Erben Frank Herberts und Paul und Peter Fritz, Literarische Agentur, Zürich • Copyright © 1994 der deutschen Übersetzung by Wilhelm Heyne Verlag, München • Aus dem Amerikanischen übersetzt von Jakob Leutner

---

DER TOD EINER STADT 1973

Es ist eine schöne Stadt, dachte Bjska. Dem Blick keines Beobachters konnte ihre überwältigende Schönheit entgehen. Als Stadtarzt, den man gerufen hatte, um sie zu behandeln, fand Bjska ihre Schönheit herzzerreißend. Immer wieder mußte er feststellen, daß seine Gedanken zu den Individuen zurückkehrten, die diesen Ort Heimat nannten – zweihunderteinundvierzigtausend Menschen, die sich nun der Aussicht gegenübersahen, ein heimatloses Leben zu führen.

Bjska schaute von der bewaldeten, den Innenhafen schützenden Halbinsel über die offene Wasserfläche auf die Stadt. Das schwache Licht des Spätnachmittags warf einen rötlichen Schein über die Szenerie. Seine Augen suchten nach Makeln, doch aus dieser Entfernung konnte man nicht einmal die geschmackvoll angelegten Rasenflächen sehen.

Warum hat man mich erwählt? fragte er sich. Und dann: Hätten die verdammten Narren doch nur eine häßliche Stadt gebaut!

Sofort wies er den Gedanken wieder von sich. Es ergab nicht viel mehr Sinn als die Frage, warum Mieri, die in der Nähe des Ornithopters stehende Internistin, eine dermaßen feminine Schönheit verkörperte. Solche Dinge kamen eben vor. Es war die Aufgabe eines Stadtarztes, unabwendbare Fakten zu erkennen und in den richtigen Zusammenhang zu bringen.

Bjska fuhr fort, die Stadt zu studieren. Er suchte begierig nach der objektiven/subjektiven Synthese, die sein Hiersein verlangte. Die Erbauer der Stadt hatten ihre Ideen mit solch tiefgreifendem emotionalen Sinn für Harmonie auf die vor den Bergen liegenden Hügel verpflanzt, daß keine optische Täuschung ihre Schöpfung ablehnen konnte. Vor einem Hintergrund aus schneebedeckten Bergen und Wäldern hatten die Erbauer mit Recht gesagt: »Die Vertikale bedroht den Menschen; sie setzt ihn einer Gefahr aus. Der Mensch kann sich in einer vertikalen Umgebung nicht entspannen und menschliche Ausgeglichenheit erlangen.«

Also hatten sie eine Stadt gebaut, deren Geradheit sie vielleicht der Verdammnis anheimfallen ließ. Hatten sie eventuell gar vermutet, was sie da geschaffen hatten? Bjska hielt es für unwahrscheinlich.

Wie können die Erbauer es übersehen haben? fragte er sich.

Schon als die Frage in seinem Geist auftauchte, unterdrückte er sie. Es diente keinem seiner Ziele, wenn er die Umstände beweinte, die besagten, daß er eine Entscheidung fällen mußte. Der Stadtarzt war im Namen der Spezies hier, er war ein Vertreter des menschlichen Ganzen. Er mußte für sie handeln.

Die Stadt täuschte das Abbild einer ehrfurchtgebietenden Beständigkeit vor, die es, wie Bjska sehr wohl wußte, nicht gab. Man konnte sie sogar ziemlich leicht zerstören. Er brauchte nur einen Befehl zu geben und seine Entscheidung offiziell besiegeln. Die Menschen würden zwar gegen ihr Schicksal wüten, doch gehorchen. Man würde Familien auseinanderreißen und sie verstreuen. Der Name dieses Ortes würde aus allen Unterlagen gelöscht werden – außer denen des Stadtarztes. Man würde die natürliche Landschaft wiederherstellen, ohne daß ein sichtbares Zeichen zurückblieb, daß hier einst eine Stadt gestanden hatte. Irgendwann würden sich nur noch die Städtebauer an diesen Ort erinnern – und zwar als Warnung.

Mieri räusperte sich hinter ihm. Bjska wurde klar, daß sie gleich etwas sagen würde. Sie war geduldig gewesen, aber jetzt war sie außerhalb der Grenzen der

Geduld. Er widerstand dem Impuls, sich umzudrehen und seinen Blick von der Schönheit der Stadt auf die ihre übergehen zu lassen. Das war das Problem. Es ergab so wenig Veränderung, wenn man eine Schönheit gegen die andere austauschte.

Während Mieri nervös herumzappelte, trödelte er weiter. Gab es keine Alternative? Mieri hatte zwar ihr Plädoyer nicht gesprochen, doch Bjska hatte es in jedem ihrer Worte gehört. Dies war Mieris Stadt. Sie war hier geboren – hier war Schönheit in Schönheit geboren worden. Wo befand sich der medizinische Eingangshafen dieser Stadt?

Bjska gestattete seinem Frust, sich in einem tiefen Seufzer Luft zu machen.

Die Stadt spielte ihre horizontalen Linien mit einer Architektur über die Hügel, die sich nach außen öffnete, expandierte und keinen Menschen innerhalb ihrer Grenzen zu einer eingezwängten Existenz verdammte. Die Wahl dessen, wo jedes Element stehen sollte, war mit dem meisterhaften Verstand der menschlichen Psyche getroffen worden. Wo Dinge wachsen sollten, die ohne menschliche Einmischung wuchsen, wuchsen sie. Wo Gebäude existierende Formen verstärkten, verstärkten sie sie … genauestens! Man hatte jede Erwartung der menschlichen Sinne getroffen. Und es lag an diesem ausdrücklichen Eingehen auf die menschlichen Bedürfnisse, daß es nun zu wuchernden Mängeln gekommen war.

Bjska schüttelte traurig den Kopf. Wenn Konformismus die Definition künstlerischen Überlebens wäre …

Wie er erwartet hatte, kam Mieri näher und sagte: »Manchmal, wenn ich sie von hier aus betrachte, glaube ich, daß meine Stadt zu schön ist. Die Worte ersterben mir auf den Lippen. Ich sehne mich nach Worten, um sie zu beschreiben, doch es gibt sie nicht.« Ihre Stimme klang in der stillen Abendluft musikalisch weich.

Bjska dachte: *Meine Stadt!* – Sie hatte es gesagt, ohne es zu bemerken. Ein Stadtarzt konnte keine Stadt haben.

Er sagte: »Viele haben es versucht und dabei versagt. Selbst Fotografen können die Wirklichkeit nicht einfangen. Ein überragender Holomaler könnte sie vielleicht einfangen, aber nur für einen vergänglichen Moment.«

»Ich wünschte, jeder Mensch im Universum könnte meine Stadt sehen«, sagte Mieri.

»Ich teile diesen Wunsch nicht«, sagte Bjska. Und er fragte sich, ob diese offene Stellungnahme ausreichte, um sie in das benötigte Bewußtseinsstadium hineinzutreiben. Sie wollte eine Stadtärztin sein? Sollte sie sich doch ebenso in die innere wie in die äußere Welt erstrecken.

Er spürte, daß sie seine Worte abwägte. Die Schönheit konnte im menschlichen Leben eine dermaßen belebende Rolle spielen, daß der Intellekt dazu neigte, seine entkräftenden Aspekte zu übersehen. Wenn man die Schönheit nicht ignorieren konnte, war das nicht indiskret? Die Schuld lag in der Angeberei. Es war etwas herausfordernd Unbescheidenes daran, wie diese Stadt die Hügel vergoldete und den hinter ihr liegenden Bergspitzen neue Dimensionen hinzufügte. Man sah die Stadt – und sah sie nicht.

Mieri hat es gewußt! sagte Bjska sich. Sie wußte es ebenso, wie sie wußte, daß er sie liebte. Warum nicht? Die meisten Männer, die sie kennenlernten, liebten und begehrten sie. Warum also hatte sie keine Liebhaber? Und warum gab es in ihrer Stadt keinen Zuzug? Hatte sie sich je diese beiden Fragen gestellt und sie zueinander in Beziehung gebracht? Das war die Art, auf die ein Stadtarzt vorgehen mußte. Die Spezies kannte die Quelle ihrer schöpferischen Energie. Das Zweite Gesetz machte die Quelle schmucklos.

Er sagte: »Mieri, warum verfügen Stadtärzte über

eine so schreckliche Macht? Ich kann dafür sorgen, daß die Erinnerungen eines ganzen Volkes ausradiert werden. Ich kann sie selektiv auslöschen oder das Individuum dieser Behandlung unterziehen. Ich kann sogar den Tod hervorrufen. Du bist im Begriff, diese Kräfte zu erwerben. Warum haben wir sie?«

Sie sagte: »Um sicherzustellen, daß die Spezies der Unendlichkeit ins Auge sieht.«

Er schüttelte traurig den Kopf. Ein Gemeinplatz! Sie kam ihm mit einem Gemeinplatz, wo er nach einer persönlichen Erkenntnis verlangt hatte!

Das Bewußtsein, das aus Bjska einen Stadtarzt gemacht hatte, erfüllte ihn. Wissen aus seiner ältesten Vergangenheit sagte ihm, daß die Erbauer der Stadt zu erfolgreich gewesen waren. Man konnte es Glück oder Schicksal nennen. Es war vergleichbar mit dem genetischen Moment, der Mieris unwiderstehliche Schönheit hervorgerufen hatte – das rotgoldene Haar, die grünen Augen, die weiblichen Formen, die mit einer solchen Exaktheit bemessen waren, daß ein Mann vielleicht seine Sinne schwelgen ließ, doch nie seinen Körper investierte. Es gab einen kreativen Höhepunkt, der das Fleisch alarmierte. Bjska war sicher in seiner persönlichen, unerschütterlich rundgesichtigen Häßlichkeit, und er wußte es. Mieri mußte zu dieser inneren Wärme, die mit der chemischen Beharrlichkeit latenter Falten und des Alters sprach, finden.

Was würde Mieri tun, wenn ihre Stadt vorzeitig starb?

Wenn sie je Stadtärztin werden wollte, mußte sie die Lektion des Fleisches und des Geistes verstehen lernen.

Er sagte: »Kannst du dir vorstellen, daß es in der Welt irgendwo eine schönere Stadt gibt?«

Sie glaubte seine Stimme scherzen zu hören und fragte sich: Will er mich provozieren? Es war ein schockierender Gedanke, Stadtärzte rissen vielleicht einmal einen Witz, um ihre geistige Gesundheit im Gleichgewicht zu halten, aber zu einer Zeit wie dieser... wo soviel auf dem Spiel stand...

»Irgendwo muß es eine schönere Stadt geben«, sagte sie.

»Wo?«

Sie tat einen tiefen Atemzug, um ihre tiefgreifende Beunruhigung zu überspielen. »Willst du meine Stadt verhöhnen?« fragte sie. »Wie kannst du das tun? Es ist eine kranke Stadt, und du weißt es!« Sie spürte, wie ihre Lippen zitterten und ihre Augenwinkel feucht wurden. Sie empfand Angst und Scham. Sie liebte ihre Stadt, doch sie war krank. Die Ausbrüche von Vandalismus, der Mangel an Kreativität in ihr, der Auszug der besten Leute, die blinde Gewalt der Randelemente der Bürgerschaft, die in andere Umgebungen gezogen waren. Alles hatte man bis hierher zurückverfolgt. Die Krankheit hatte ihren Brennpunkt in ihrer Stadt. Und deswegen war der Stadtarzt gekommen. Sie hatte hart dafür gearbeitet, daß der Arzt Bjska hieß, ihr alter Lehrer, und dabei war mehr als die Ehre im Spiel gewesen, mit ihm zu arbeiten. Sie hatte ein persönliches Bedürfnis verspürt.

»Tut mir leid«, sagte Bjska. »Dies ist die Stadt, in der du geboren bist, und ich verstehe deine Besorgnis. Jetzt bin ich der Lehrer. Ich möchte meine geistigen Prozesse mit dir teilen. Was ist es, das wir bei der Diagnose am sorgfältigsten tun müssen?«

Sie schaute über das Wasser auf die Stadt, spürte die Kühle der anbrechenden Nacht, sah die Lichter angehen, die Weichheit der niedrigen Gebäude und leuchtendes Grün, die Pastellfarben und die Harmonie. Ihre Sinne jedoch verlangten mehr als dies. Man diagnostizierte eine Stadt nicht einfach nach ihrem Erscheinungsbild. Warum hatte Bjska sie hierhergebracht? Der Zustand der Stadtbewohner stellte ein Hauptproblem dar. Vergängliche Individuen, stets Pächter auf dem Land, waren die einzelnen Wanderzellen. Nur die Spezies besaß Land, besaß Städte. Ein Stadtarzt wurde von der Spezies engagiert. Als Resultat diagnostizierte er die Spezies. Die Spezies informierte ihn über die Eigenheiten der Umgebung. Es war ein gewaltiger Schritt in Richtung auf die Unendlichkeit zu gewesen, als die Spezies erkannt hatte, daß die Umwelt möglicherweise zu ihrer Krankheit beitrug.

»Diagnostizierst du mich oder die Stadt?« fragte sie.

»Ich diagnostiziere meine privaten Reaktionen«, sagte er. »Ich stelle fest, daß ich deine Stadt mit einem fanatischen Beschützerinstinkt liebe, der mich zu gleicher Zeit abstößt und darauf besteht, daß ich ihr Narben zufüge. Nachdem ich diese Stadt gesehen habe, werde ich versuchen, Teile von ihr in jeder anderen Stadt wiederzufinden, aber ich werde nicht erfahren, was ich suche, weil ich diese Stadt noch nicht richtig erfahren habe. Jede andere Stadt wird sich etwas wünschen, doch ich werde nicht erfahren, was sie sich wünscht.«

Mieri fühlte sich plötzlich bedroht und fragte sich: Was will er damit sagen? In Bjskas Worten lag eine Drohung. Es war, als hätte er sich plötzlich in einen alten Lüstling verwandelt, der obszöne Dinge von ihr verlangte und sie beleidigte. Er war gefährlich! Ihre Stadt war zu gut für ihn! Er war ein vierschrötiger kleiner Mann, der ihre Stadt jedesmal beleidigte, wenn er sie betrat.

Im gleichen Moment, in dem diese Reaktionen durch ihren Geist pulsierten, spürte sie, wie ihre Ausbildung den dominanten Platz einnahm. Man hatte sie dazu erzogen, Stadtärztin zu werden. Die Spezies verließ sich auf sie. Menschen hatten ihr eine Matrix gegeben, mit der sie sie auf der Spur durch die Unendlichkeit halten sollte.

»Dies ist die schönste Stadt, die der Mensch je erdacht hat«, flüsterte sie, und sie spürte den Verrat in jedem Wort, das über ihre Lippen kam. Ob es noch schönere Orte in ihrer Welt gab? Und ob!

»Wenn es nur das wäre«, sagte Bjska. »Wenn es nur die Vorstellung der Schönheit als solcher wäre.«

Sie nickte, ihr Bewußtsein breitete sich aus. Das Zweite Gesetz schrieb Menschen vor, daß Absoluta tödlich waren. Sie stellten kein Potential bereit, keine Spannungsunterschiede, die die Spezies als Energiequellen verwenden konnte. Veränderung und Wachstum stellten für die lebenden Dinge Notwendigkeiten dar. Eine Spezies lebte. Menschen verhinderten Kriege, aber nicht absolut. Menschen definierten Verbrechen und Bestrafung, doch bloß im fließenden Kontext des Wechsels.

»Ich liebe diese Stadt«, sagte sie.

Jetzt nicht mehr ›meine‹, dachte Bjska. Gut. Er sagte: »Es ist in Ordnung, den Ort zu lieben, an dem man geboren wurde. Menschen sind so. Ich liebe einen kleinen Ort an einem schlammigen Fluß; er heißt Aaldorf. Manchmal, wenn die Filter nicht richtig funktionieren, riecht er nach Papierbrei und Halbverdautem. Der Fluß ist verschlammt, weil wir wegen der Bäume seine Wasserscheide roden. Das Einsammeln des Schlicks und das Zurückbringen auf die Hügelterrassen ist harte Arbeit und kostet eine Menge menschliche Energie, doch so etwas versorgt menschliche Wesen mit Orten, an denen sie sich in die Ordnung einfügen, die wir mit dem Rest der Welt teilen. Wir haben Eintrittspunkte. Wir haben Dinge, die wir verändern können. Irgendeines Tages werden wir sogar die Methoden ändern, mit denen wir die Schlick-Energie austauschen. Es gibt eine grundlegende Beziehung zwischen Änderung und Austausch, den wir zu schätzen und zu benutzen gelernt haben.«

Mieri war den Tränen nahe. Sie hatte fünfzehn Jahre mit nichts anderem verbracht, als ihren Beruf zu erlernen – und zu welchem Nutzen? Sie sagte: »Andere Städte sind von Schlimmerem geheilt worden.«

Bjska blickte nachdenklich auf die sich verdunkelnde Stadt. Die Sonne war hinter den Horizont gesunken, während er sich mit Mieri unterhalten hatte. Jetzt malte ihr Licht orangefarbene Streifen auf die Wolken im Westen. Es würde Morgen gutes Wetter geben, vorausgesetzt, der alte Seefahrerspruch stimmte. Die Stadt war zu einem Irrgarten aus Lichtern in einer Schale aus Finsternis geworden, und die schneebedeckten Gipfel im Hintergrund reflektierten den Sonnenuntergang. Selbst in diesem wechselhaften Augenblick blendete der Ort mit seiner Umgebung auf eine solche Weise, daß der Mensch jeder Störung widerstand, selbst mit seinen eigenen Worten. Die Stille erstickte ihn – die gefährliche Stille.

Mieri spürte, wie in ihrem Innern eine Spannung zerbrach; ein Produkt ihrer Erziehung, keins der Stadt. Die Stadt war ihr Fleisch gewesen, doch jetzt war sie es nicht mehr.

»Menschen sind stets rastlose Tiere gewesen«, sagte Bjska. »Aber auch das ist eine gute Sache. Wir wissen beide, was dort drüben nicht stimmt. Es gibt so etwas wie zuviel Bequemlichkeit, zuviel Schönheit. Das Leben erfordert einen fortwährenden Kampf. Das ist vielleicht das einzige Grundgesetz des lebendigen Universums.«

Erneut spürte sie die persönliche Bedrohung aus seinen Worten. Bjska war ein dunkler Schatten vor den Lichtern der Stadt geworden. *Zuviel Schönheit!* Das sprach von dem Kontext, in dem die Schönheit existierte, aus dem die Schönheit sich hervorhob. Es war nicht die Schönheit selbst, sondern der Mangel an Spannungen in ihrem Kontext. Sie sagte: »Mach mir keine falschen Hoffnungen.«

»Ich mache dir überhaupt keine Hoffnungen«, sagte er. »Das ist nicht die Funktion eines Stadtarztes. Wir sorgen nur dafür, daß die generativen Spannungen weitergehen. Wenn es Mauern gibt, reißen wir sie nieder. Doch Mauern kommen vor. Wenn wir den Versuch unternehmen, sie zu verhindern, kann das zu Absoluta führen. Wie lange braucht ein Außenstehender, deine Stadt lieben oder hassen zu lernen?«

Sie versuchte mit plötzlich trockener Kehle zu schlucken.

»Wie lange?« beharrte er.

Sie zwang sich zu einer Antwort. »Als ich den Haß erstmals sah, habe ich nach den Gründen gefragt, doch die Leute haben sie mir verwehrt.«

»Natürlich haben sie das getan!«

»Manchmal habe ich meinen eigenen Augen nicht getraut«, sagte sie. »Dann fiel mir auf, daß die Talentiertesten von uns wegzogen. Und stets hatten sie gute Gründe. Es war jedoch so auffällig, daß unser Ratsvorsitzender sagte, es sei ein Grund für eine Feier, als ich für mein Praktikum hierher zurückkehrte. Ich hatte nicht den Mut, ihm zu sagen, es sei nicht mein Wunsch gewesen – daß du mich geschickt hattest.«

»Wie haben sie reagiert, als du ihnen sagtest, ich würde kommen?«

Sie räusperte sich. »Du weißt wohl, daß ich einige Vorschläge gemacht hatte, die Regulierungen innerhalb der Stadt, Veränderungen in Fließmustern und so weiter betrafen.«

»Die man nicht ernst nahm«, warf er ein.

»Nein. Sie wundern sich über meine Unzufriedenheit.« Sie blickte zu den Lichtern hinüber. Es war jetzt ganz dunkel. Nachtvögel jagten über ihren Köpfen Insekten. »Der Haß geht jetzt schon seit vielen Jahren um. Ich weiß, daß du mich deswegen hierhergeschickt hast.«

»Wir brauchen alle Stadtärzte, die wir hervorbringen können«, sagte er. »Wir brauchen dich.«

Sie registrierte das ›Wir‹ in seiner Aussage mit zunehmendem Entsetzen. Da sprach die Spezies durch den Stadtarzt, in dessen Macht man hineingepfuscht hatte. Das Individuum konnte von diesem ›Wir‹ verwandelt oder zerbrochen werden.

»Die Ratsmitglieder wollten lediglich beruhigt werden«, protestierte sie, doch eine innere Stimme bat: Beruhige mich, beruhige mich! Sie wußte, daß Bjska die andere Stimme hörte.

»Wie naiv von ihnen«, sagte er, »von jemandem zu verlangen, er solle ihnen die Wahrheit als Unwahrheit verkaufen; daß man dem nicht glaubt, was die Sinne einem berichten.« Er sog tief die Luft ein. »Die Wahrheit ändert sich so rasch, daß es gefährlich ist, nur in eine Richtung zu schauen. Dies ist ein unendliches Universum.«

Mieri hörte, wie ihre Zähne klapperten, und sie versuchte, das Geräusch zu unterdrücken. Jetzt trieb die Angst sie, nicht die Kälte der plötzlich angebrochenen Nacht. Sie spürte, wie sie am ganzen Leibe zitterte. Etwas, das Bjska einst gesagt hatte, fiel ihr jetzt ein: Es erfordert schon eine gewisse Art von hemmungslosem Mut, Stadtarzt bloß werden zu wollen.

Habe ich diesen Mut? fragte sie sich. Menschheit, hilf mir! Werde ich jetzt versagen?

Bjska wandte den Kopf, um sie in der Dunkelheit anzusehen. Er entdeckte schwachen Brandgeruch. Irgend jemand aus der Stadt hatte am Strand ein verbotenes Feuer angezündet. Die Spannung des Protests ritt auf diesem Geruch, und er fragte sich, ob sie jene Art Hoffnung trug, die man in Leben umsetzen konnte. Mieri war jetzt in der Dunkelheit nicht mehr auszumachen. Die Nacht verhüllte ihre perfekte Schönheit und die Kleider, die wie eine Rüstung mit ihrem Fleisch harmonierten. Konnte sie, statt *warum*, etwa *wie* fragen? Würde sie die erforderliche Transition machen?

Er wartete, angespannt lauschend.

»Manche von ihnen werden immer hassen«, flüsterte sie.

Sie weiß es, dachte er und sagte: »Die Krankheit der Stadt reicht weit über ihre Grenzen hinaus.«

Mieri ballte bebend die Fäuste. »Der Arm kann nicht krank sein, ohne daß auch der Körper betroffen ist«, hatte Bjska einst gesagt. Und: »Ein einziger ungeliebter Mensch kann das Universum in Brand stecken.«

»Das Leben ist dazu da, Verzweigungen zu entwerfen«, sagte sie leise, mehr zu sich selbst. »Und alle Verzweigungen führen zu Widersprüchen. Eine Logik, die zu einem endlichen System paßt, paßt jedoch nicht unbedingt zu einem unendlichen.«

Die Worte aus dem Credo der Stadtärzte ließen sie wieder an Gelassenheit gewinnen. Sie sagte: »Es wird mehr als ein paar Veränderungen erfordern.«

»Es ist wie ein Gegenfeuer, mit dem unsere Ahnen einen Steppenbrand bekämpften«, sagte er. »Man gibt ihnen einen schlimmen Fall von Unzufriedenheit. Keinen wie auch immer gearteten Trost, es sei denn, man liebt den Menschen in jedem einzelnen. Manche Widersprüche führen tatsächlich zur Häßlichkeit.«

Er hörte, wie sie sich in der Dunkelheit bewegte. Stoff zerriß. Und wieder. Er fragte sich: Welche von den unendlichen Alternativen hat sie gewählt? Würde sie die spröde Rüstung ihrer Schönheit narben?

»Ich werde damit anfangen, die zufriedenere Hälfte der Stadtbevölkerung wiederzufinden«, sagte sie.

›Ich werde...‹, dachte er. Auf diese Weise begann ein Stadtarzt jedesmal mit seiner Schöpfung.

»Es liegt kein Gewinn darin, ihre Erinnerungen zurechtzurücken«, sagte sie. »Sie sind wertvoller, so wie sie sind. Ihr gegenwärtiger Inhalt wird ein Maß ihrer zukünftigen Energien sein.«

Erneut hörte er das Geräusch zerreißender Kleider. Was tat sie da?

Sie sagte: »Natürlich werde ich während dieser Periode zu dir ziehen und wenigstens den Eindruck erwecken, als wäre ich deine Geliebte. Es wird ihnen nicht gefallen.«

Er spürte die Energie, die sie bereits gesammelt hatte, um persönliche Barrieren zu überwinden, und er zwang sich dazu, schweigend abzuwarten. Sie mußte diesen Sieg allein erringen, ihren eigenen Entschluß fassen.

»Wenn du mich liebst, wird es mehr als nur eine Vortäuschung sein«, sagte sie. »Wir haben keine Garantie, daß wir nur Schönheit erzeugen, aber wenn wir mit Liebe zeugen und unsere Schöpfung neues Leben hervorbringt, dann können wir lieben – und wir werden weiterleben.«

Er spürte die Wärme ihres Atems auf seinem Gesicht. Sie war näher gekommen, ohne daß er es gehört hatte! Er zwang sich dazu, sich nicht zu rühren.

»Wenn die Stadtmenschen hassen müssen, und einige von ihnen werden es immer wollen«, sagte sie, »dann ist es besser, wenn sie uns hassen statt andere.«

Er spürte, wie sich ein nackter Arm um seinen Hals schlang; ihre Lippen fanden seine Wange. »Ich werde unsere Stadt retten«, sagte sie. »Und ich glaube nicht, daß du mich dafür hassen wirst.«

Bjska entspannte sich und umschlang ihren nackten Leib mit den Armen. Er sagte: »Wir fangen mit bedingungsloser Liebe füreinander an. Das ist ein sehr gutes Rezept, meine liebe Frau Doktor, solange es noch genügend Energie gibt, um die nächste Generation zu versorgen. Verdammt sei die Schönheit! Leben braucht Zugang!«

FRÖSCHE UND FORSCHER

1985

Eines Morgens, als zwei Frösche gerade die Elritzen in einer Hydroponikwanne zählten, kam ein junges Mädchen zum Wasser hinunter, um zu baden.

»Was ist das?« fragte der eine Frosch (er hieß Lavu) den anderen.

»Das ist ein weiblicher Mensch«, sagte Lapat, denn das war der Name des anderen Frosches.

»Was tut sie da?« fragte Lavu.

»Sie legt ihre Kleider ab«, sagte Lapat.

»Was sind Kleider?« fragte Lavu.

»Extrahäute, die die Menschen tragen, um sich vor den Blicken Fremder zu schützen«, sagte Lapat.

»Und warum legt sie ihre Extrahaut ab?« fragte Lavu.

»Sie möchte in ihrer Primärhaut baden«, sagte Lapat. »Schau mal, wie sie ihre Kleider neben der Wanne aufschichtet und wie geziert sie ins Wasser steigt.«

»Sie ist komisch geformt«, sagte Lavu.

»Nicht für einen weiblichen Menschen«, sagte Lapat. »Die sehen alle so aus.«

»Was sind das für zwei Beulen da vorn?« fragte Lavu.

»Über diese Frage habe ich oft nachgedacht«, sagte Lapat. »Wie wir beide wissen, folgt die Funktion der Form, und umgekehrt. Ich habe männliche Menschen gesehen, die ihre Weibchen fest an sich preßten. Und ich habe die Beobachtung gemacht, daß die beiden Beulen dabei eine Art Schutzkissen sind.«

»Ist dir auch aufgefallen«, fragte Lavu, »daß da ein junger männlicher Mensch ist, der das Weibchen von der Kontrollstation aus heimlich beobachtet?«

»Das ist eine übliche Erscheinung«, sagte Lapat. »Das habe ich schon oft gesehen.«

»Aber kannst du sie erklären?« fragte Lavu.

»O ja. Das Weibchen sucht einen Gefährten; das ist der wirkliche Grund, aus dem es hierherkommt und seine Primärhaut zur Schau stellt. Das Männchen ist ein potentieller Gefährte, der das Weibchen von seinem Versteck aus beobachtet, weil es loskreischen müßte, würde er sich ihr zeigen, und das würde die Paarung verhindern.«

»Woher weißt du eigentlich so viele Dinge über die Menschen?« fragte Lavu.

»Weil ich mein Leben nach dem verehrungswürdigsten aller Menschen ausrichte: dem Forscher.«

»Was ist ein Forscher?« fragte Lavu.

»Ein Forscher ist jemand, der etwas beobachtet, ohne sich einzumischen. Allein durch Beobachtung werden dem Forscher alle Dinge klar. – Aber komm, jetzt laß uns Elritzen zählen!«

Lois McMaster Bujold

Barrayar-Zyklus

Die Vorkosigan sind ein altes Feldherren- und Herrschergeschlecht auf Barrayar, einem Planeten, die sich seit Jahren im Krieg gegen Escobar befindet. Als einer der Söhne eine gegnerische Raumschiffkommandantin zur Frau nimmt, bricht für viele eine Welt zusammen, und die Gegner der herrschenden Dynastie wittern ihre Chance.

Der erfolgreiche Zyklus einer jungen amerikanischen Autorin - zweimal ausgezeichnet mit dem begehrten HUGO GERNSBACK AWARD

Scherben der Ehre
06/4968

Barrayar
06/5061

Der Kadett
06/5020

Der Prinz und der Söldner
06/5109

Ethan von Athos
06/5293

Wilhelm Heyne Verlag
München